ELIZABETH GEORGE

Undank ist der Väter Lohn

GOLDMANN

Buch

Am umjubelten Premierenabend seines neuen Musicals »Hamlet« nimmt sich der erfolgreiche Komponist und Produzent David King-Ryder scheinbar grundlos das Leben. Und in einem Moor in Derbyshire macht eine Spaziergängerin einen grausigen Fund: Ein Mann liegt, von Brandwunden entstellt und mit etlichen Stichverletzungen, an einer verwüsteten Campingstelle. Nicht weit davon entfernt finden die örtliche Polizei und Thomas Lynley von Scotland Yard die Leiche von Nicola Maiden. Zwischen diesen drei Menschen lässt sich keine nachweisbare Verbindung herstellen. Eine harte Nuss für Inspector Lynley und Sergeant Havers – zumal die Zusammenarbeit der beiden an einem seidenen Faden hängt. Havers, die wegen einer Befehlsmissachtung vorübergehend suspendiert und später degradiert wurde, zweifelt an der Loyalität Lynleys und stürzt in eine schwere berufliche und menschliche Krise. Lynley hingegen bedrückt die Tatsache, dass es sich bei der Ermordeten im Moor um die Tochter eines ehemaligen Polizeikollegen handelt. Lynley und Havers gehen verschiedenen Spuren nach, können aber nicht umhin festzustellen, dass all ihre Theorien gravierende Lücken aufweisen. Letztendlich sind es die unkonventionellen Methoden von Barbara Havers, die einen Mörder ans Tageslicht befördern – und mehr als einen Schuldigen …

Die Inspector-Lynley-Romane:

Gott schütze dieses Haus · Keiner werfe den ersten Stein · Auf Ehre und Gewissen · Mein ist die Rache · Denn bitter ist der Tod · Denn keiner ist ohne Schuld · Asche zu Asche · Im Angesicht des Feindes · Denn sie betrügt man nicht · Undank ist der Väter Lohn · Nie sollst du vergessen · Wer die Wahrheit sucht · Wo kein Zeuge ist · Am Ende war die Tat · Doch die Sünde ist scharlachrot · Wer dem Tode geweiht · Glaube der Lüge · Nur eine böse Tat · Bedenke, was du tust · Wer Strafe verdient · Was im Verborgenen ruht · Wer Zwietracht sät

(Alle Titel sind auch als E-Book erhältlich.)

Elizabeth George

Undank ist der Väter Lohn

Ein Inspector-Lynley-Roman

Deutsch von
Mechtild Sandberg-Ciletti

GOLDMANN

Die Originalausgabe erschien unter
dem Titel »In Pursuit of the Proper Sinner«
bei Bantam Books, New York.

MIX
Papier | Fördert gute Waldnutzung
FSC® C014496

Penguin Random House Verlagsgruppe FSC® N001967

5. Auflage
Taschenbuchausgabe Juni 2015
Wilhelm Goldmann Verlag, München,
in der Penguin Random House Verlagsgruppe GmbH,
Neumarkter Straße 28, 81673 München

produktsicherheit@penguinrandomhouse.de
(Vorstehende Angaben sind zugleich
Pflichtinformationen nach GPSR.)

Umschlaggestaltung: UNO Werbeagentur, München
Umschlagmotiv: Getty Images/Tony Eveling
KN · Herstellung: Str.
Druck und Bindung: GGP Media GmbH, Pößneck
Printed in Germany
ISBN: 978-3-442-48288-7

www.goldmann-verlag.de

In liebevoller Erinnerung an meinen Vater
Robert Edwin George

Und in Dankbarkeit für
das Rollschuhlaufen auf der Todd Street
Ausflüge nach Disneyland
Big Basin
Yosemite
Big Sur
Luftmatratzenritte auf dem Big Chico Creek
das Shakespeare-Ratespiel
den Raben und den Fuchs
und vor allem dafür
dass er in mir die Leidenschaft
für unsere Sprache geweckt hat

Dass sie empfinde, wie es
schärfer nage
Als Schlangenzahn, ein
undankbares Kind
zu haben.

König Lear

Juni

Im West End

Prolog

Das Einzige, was er spürte, war eine unbeschreibliche innere Leere. Schwermut und Verzweiflung überwältigten ihn, obwohl – dessen war sich David King-Ryder bewusst – seine Gefühle in völligem Widerspruch zum Augenblick standen.

Unten, auf der Bühne des Agincourt Theatre, hob Horatio ein letztes Mal die Stimme, während Fortinbras seinen Gesang dagegenhielt. Drei der vier Toten wurden von der Bühne getragen, während Hamlet, in Horatios Armen liegend, zurückblieb. Die Mitglieder des Ensembles – dreißig an der Zahl – bewegten sich zur Bühnenmitte, norwegische Soldaten von links, dänische Höflinge von rechts, um hinter Horatio Aufstellung zu nehmen. Als sie den Refrain anstimmten, schwoll die Musik an, und das Donnern der Geschütze – gegen das David sich zunächst gewehrt hatte, weil er fürchtete, es würde Vergleiche mit *1812* herausfordern – wütete aus den Kulissen. In diesem Moment erhoben sich im Parkett die ersten Zuschauer. Das Publikum auf den Rängen folgte ihnen. Musik, Gesang und Geschützdonner gingen unter in tosendem Applaus.

Mehr als zehn Jahre hatte er auf diesen Augenblick gewartet – auf die rückhaltlose Bestätigung seiner künstlerischen Brillanz. Und nun endlich hatte er sein Ziel erreicht. Drei Jahre geistig und körperlich erschöpfender Arbeit fanden in diesem Moment ihre Krönung in den Ovationen, die ihm für seine beiden vorangegangenen Produktionen an diesem Theater verwehrt geblieben waren. Die Art des Applauses und die Reaktion des Publikums hatten damals alles gesagt. Höflicher, pflichtschuldiger Anerkennung für die Schauspieler und Sänger war ein hastiger Auszug aus Parkett und Rängen gefolgt, und die anschließende Premierenfeier hatte mehr einem Leichenbegängnis geglichen. Und die Kritiken in den Londoner Zeitungen bestätigten nur noch einmal, was nach der Premiere die Spatzen von den Dächern pfiffen. Zwei ungeheuer aufwendige Produktionen waren untergegangen wie mit Kanonen überladene Schlachtschiffe.

Und David King-Ryder hatte das zweifelhafte Vergnügen gehabt, sich anhand zahlloser Analysen über das Nachlassen seiner schöpferischen Kraft belehren lassen zu müssen. Worte wie »Ein Leben ohne Chandler« waren noch das Freundlichste, was ihm ein wohlwollender Kritiker zuteilwerden ließ. Die übrigen Schmierfinken spitzten morgens am Frühstückstisch ihre Giftpfeile und warteten dann wochenlang auf eine Gelegenheit, sie abschießen zu können. Da blieb alle Sachlichkeit auf der Strecke, die Schlagzeilen reichten von »Scharlatan des Kunstbetriebs« bis zu »Ein Schatten, der sich in vergangenem Glanz sonnt«. Und jener Glanz entsprang natürlich nur einer Quelle: dem Genie Michael Chandlers.

David King-Ryder fragte sich, ob andere Musikerpartnerschaften ebenso scharf unter die Lupe genommen wurden wie seine Zusammenarbeit mit Michael Chandler. Er bezweifelte es. Seinem Eindruck zufolge war es Musiker- und Librettistenduos wie Gilbert und Sullivan oder Rice und Lloyd-Webber gestattet, ohne das Begleitgeheul der Schakale, die ständig nach ihm schnappten, aufzuleuchten und zu verblassen, zu Glanz und Ruhm emporzusteigen, Fehlschläge zu landen, die Kritiker zu überwältigen, zu straucheln und zu triumphieren.

Natürlich hatte der romantische Aspekt einer Verbindung mit Michael Chandler zu diesen Analysen Anlass gegeben. Wenn der eine Partner eines Gespanns, das zwölf der erfolgreichsten Produktionen des West End auf die Bühne gebracht hat, auf so grauenvolle Weise ums Leben kommt, muss aus diesem Tod eine Legende wachsen. Ja, Michaels Tod hatte sich dafür prächtig geeignet: Er hatte sich in einer Unterwasserhöhle vor der Küste Floridas verirrt, die schon zahllose Taucher das Leben gekostet hatte, nachdem er sämtliche Tauchregeln missachtet hatte. Er hatte den Ausflug allein unternommen, bei Nacht, in betrunkenem Zustand. Zurückgeblieben war nur sein Boot, das draußen vor Anker gelegen und die Stelle markiert hatte, wo er ins Wasser gesprungen war. Er hinterließ eine Ehefrau, eine Geliebte, vier Kinder und sechs Hunde. Und einen Partner, mit dem er seit der gemeinsamen Kindheit in Oxford, wo sie beide als Söhne von Fließbandarbeitern aufgewachsen waren, von Ruhm, Reichtum und Erfolg am Theater geträumt hatte.

Das Interesse der Medien an David King-Ryders seelischer und künstlerischer Wiederherstellung nach Michael Chandlers allzu frühem Tod war daher nur verständlich gewesen. Nach seinem ersten Alleingang auf der Musicalbühne fünf Jahre später hatten die Kritiker ihn unter Beschuss genommen, aber sie hatten nur das leichte Geschütz aufgefahren, als meinten sie, ein Mann, der mit einem Schlag den langjährigen Partner und lebenslangen Freund verloren hatte, dürfe einmal scheitern, ohne für sein Bemühen, einen eigenen künstlerischen Weg zu finden, öffentlich gedemütigt zu werden. Bei seinem zweiten Misserfolg allerdings waren sie nicht mehr so gnädig gewesen.

Aber das war jetzt vorbei. Das gehörte der Vergangenheit an.

»Wir haben es geschafft, David! Wir haben es geschafft, verdammt noch mal!«, rief Ginny, die neben ihm saß, überschwänglich. Sie freute sich, dass sie – allen absurden Vorwürfen von Vetternwirtschaft zum Trotz, die man gegen sie und ihren Mann erhoben hatte, als er ihr die Regie des Stücks anvertraut hatte – soeben einen Status erreicht hatte, den Künstler wie Hands, Nunn und Hall in Anspruch nahmen.

Und Matthew, der als Manager seines Vaters nur zu gut wusste, wie viel für sie alle mit dieser Produktion auf dem Spiel stand, packte seinen Vater bei der Hand und sagte rau: »Bravo, Dad. Das hast du grandios gemacht.«

Gern hätte David sich an diesen Worten gewärmt, bedeuteten sie doch, so wie er es verstand, dass Matthew sich von seinen anfänglichen Zweifeln an dem Vorhaben, Shakespeares größte Tragödie zu einem Musicaltriumph zu machen, entschieden abwandte. »Willst du das wirklich wagen?«, hatte er gefragt und die zweite Frage unausgesprochen gelassen: *Forderst du damit nicht den endgültigen Absturz heraus?*

David war klar gewesen, dass er genau das zu tun im Begriff war, aber er hatte es nur sich selbst eingestanden. Hatte er denn eine andere Möglichkeit gehabt, als alles auf eine Karte zu setzen, um seinen Ruf als Künstler wiederherzustellen?

Und das Wagnis war gelungen. Nicht nur das Publikum lag ihm zu Füßen, nicht nur das Ensemble applaudierte ihm begeistert von der Bühne zu, auch die Kritiker, deren Sitzplätze er sich genau gemerkt hatte – um sie »treffsicher in die Luft sprengen zu können«, wie Matthew mit grimmigem Spott vermerkt hatte –, waren aufgestanden und stimmten in den Beifall ein, von dem David bereits befürchtet hatte, er sei ihm so unwiederbringlich verloren wie sein Freund und Partner Michael.

In den folgenden Stunden nahm der Beifall noch zu. Bei der Premierenfeier im Dorchester, in einem Saal, der mit viel Phantasie in ein Schloss Helsingör verwandelt worden war, nahm David an der Seite seiner Frau und der Hauptdarsteller des Stücks die Glückwünsche der Londoner High Society entgegen. Stars aus Film und Theater überschütteten die Kollegen mit Komplimenten und knirschten im Stillen vor Neid mit den Zähnen. Prominenz aus allen Bereichen des gesellschaftlichen und öffentlichen Lebens zollte King-Ryders Hamlet Lob, das von »allererste Klasse« über »einfach fabelhaft, Darling« bis zu »packend von Anfang bis Ende« reichte. Schicke junge Dinger – in ausgefallenen Fummeln mit gewagten Dekolletés, bekannt entweder weil sie überall anzutreffen waren oder berühmte Eltern hatten – erklärten, endlich habe jemand Shakespeare »genießbar« gemacht; Vertreter jenes ehrenwerten Clans, der Phantasie und Wirtschaft der Nation bis zum Äußersten zu strapazieren pflegte – der königlichen Familie nämlich –, wünschten viel Erfolg. Und während alle sich natürlich freuten, Hamlet und seinen Mitspielern die Hände zu drücken, während es allen eine Ehre war, Virginia Elliott zur meisterhaften Inszenierung der Pop-Oper ihres Mannes zu gratulieren, war der umschwärmte Star des Abends der Mann, den man mehr als ein Jahrzehnt lang geschmäht und beschimpft hatte.

Der Triumph war in der Tat vollkommen, und David King-Ryder wünschte, er hätte ihn genießen können. Er lechzte nach einem Gefühl froher Zuversicht, dass sich nun das Leben vor ihm auftun würde, aber er konnte einfach das Gefühl nicht loswerden, dass der Vorhang nun sprichwörtlich gefallen war. *Es ist vorbei,* dröhnte es wie Theaterdonner in seinen Ohren.

Er wusste, was Ginny gesagt hätte, wenn er ihr anvertraut hätte, was seit dem Schluss der Vorstellung in ihm vorging. Sie hätte ihm erklärt, seine Niedergeschlagenheit, Beklemmung und Hoffnungslosigkeit seien ganz normal. »Das ist eine typische Reaktion«, hätte sie gesagt. Und während sie in ihrem gemeinsamen

Schlafzimmer herumgegangen wäre, ihre Ohrringe auf den Toilettentisch gelegt und ihre Schuhe achtlos in den Schrank geworfen hätte, hätte sie ihm gähnend erklärt, dass sie weit mehr Grund zur Niedergeschlagenheit habe. Ihre Arbeit als Regisseurin war getan. Gewiss, es gab noch ein paar Feinarbeiten – »es wäre wirklich schön, wenn der Mann in der Beleuchtung mitmachen und die letzte Szene auch noch richtig hinkriegen würde« –, aber im Grunde war es so, dass sie diese Arbeit jetzt hinter sich lassen musste, um den Prozess bei der Produktion eines anderen Stücks ganz neu aufzunehmen. Ihm hingegen würde der Morgen eine Flut telefonischer Glückwünsche bringen, Bitten um Interviews und Angebote aus aller Welt. Er würde sich entweder in eine weitere Inszenierung von *Hamlet* stürzen oder etwas ganz Neues in Angriff nehmen können. Diese Möglichkeit der Wahl hatte sie nicht.

Wenn er gestanden hätte, dass er einfach nicht die Kraft hatte, etwas Neues anzupacken, hätte sie gesagt: »Nein, im Moment natürlich nicht, David. Das ist doch ganz normal. Woher solltest du die Kraft so schnell nehmen? Lass dir Zeit zur Erholung. Du musst erst wieder zur Ruhe kommen.«

Innere Ruhe war die Quelle der Kreativität, und wenn er seine Frau darauf aufmerksam gemacht hätte, dass sie es anscheinend nie nötig hatte, sich diese Ruhe zu gönnen, hätte sie dagegengehalten, dass Regie etwas ganz anderes sei als die Komposition eines Werks. Sie habe immerhin das Rohmaterial, mit dem sie arbeiten könne – ganz zu schweigen von einem Heer künstlerischer Mitarbeiter, mit denen sie sich auseinandersetzen könne, während die Inszenierung Gestalt annahm. Er habe nur sein Musikzimmer, das Klavier, die Einsamkeit und seine Phantasie.

Und die Erwartungen des Publikums, dachte er trübsinnig. Sie waren der Preis des Erfolgs.

Zusammen mit Ginny hatte er sich von der Feier im Dorchester weggeschlichen, sobald es möglich war. Sie hatte zunächst protestiert, als er ihr sagte, dass er gehen wolle – ebenso Matthew, der, ganz der Manager, argumentiert hatte, es würde keinen guten Eindruck machen, wenn der Held des Abends vorzeitig die Party verließe. David jedoch hatte sich auf Erschöpfung und überreizte Nerven berufen, und Matthew und Virginia hatten das akzeptiert. Er hatte ja wirklich seit Wochen nicht mehr richtig geschlafen, sein Gesicht war fahl, und sein Verhalten während der Vorstellung – die Unfähigkeit stillzusitzen, der ständige Drang, aufzustehen und in der Loge umherzugehen – hatte bereits gezeigt, dass er am Ende seiner Kräfte war.

In der einen Hand ein Glas Wodka, Daumen und Zeigefinger der anderen gegen seine Augenbrauen gedrückt, hüllte er sich in Schweigen, während Ginny mehrmals versuchte, ihn in ein Gespräch zu ziehen. Sie meinte, sie sollten sich nach den langen Jahren harter Arbeit einen Urlaub gönnen. Sie sprach von Rhodos, Capri und Kreta. Oder gewiss wäre auch Venedig schön, wenn sie abwarteten, bis sich im Herbst die Horden von Touristen, die die Stadt im Sommer unerträglich machten, verzogen hätten.

An ihrem künstlich munteren Tonfall merkte David, dass seine Verschlossenheit sie zunehmend beunruhigte. Und in Anbetracht ihrer gemeinsamen Geschichte – sie war seine zwölfte Geliebte gewesen, bevor er sie zu seiner fünften Frau gemacht hatte – hatte sie guten Grund zu vermuten, dass sein Zustand mit Premierennervosität, Erschöpfung nach dem Triumph oder Furcht vor kritischen Reaktionen auf sein Werk nichts zu tun hatte. Die vergangenen Monate waren für ihre Beziehung sehr belastend gewesen, und sie wusste sehr wohl, was er in seiner letzten Ehe unternommen hatte, um seine Lustlosigkeit zu kurieren, sie selbst war ja die Kur gewesen. Deshalb hätte er sie gern irgendwie beruhigt, als sie schließlich sagte: »Darling, so was kommt vor. Das sind die Nerven, weiter nichts. Das gibt sich wieder.« Aber er fand die Worte nicht.

Und so schwieg er noch immer, als der Wagen in die Schatten des Ahornwäldchens eintauchte, das das Stück Land, auf dem ihr Haus stand, begrenzte. Hier, keine Stunde von London entfernt, gab es lichte Wälder, und Trampelpfade, von Generationen von Forstleuten und Bauern ausgetreten, verschwanden in einem Dickicht von Farnen.

Der Wagen bog in die von zwei Eichen flankierte Zufahrt zum Haus ein. Zwanzig Meter weiter öffnete sich ein schmiedeeisernes Tor. Die Straße dahinter schlängelte sich unter Erlen, Pappeln und Buchen dahin und umrundete einen Teich, in dem sich der Sternenhimmel spiegelte, ehe sie eine kleine Anhöhe erklomm, an einer Reihe gleichförmiger Bungalows vorüberführte, um unversehens in das fächerförmig ausufernde Delta der Auffahrt vor dem Herrenhaus David King-Ryders zu münden.

Die Haushälterin hatte ihnen ein spätes Abendessen gerichtet, das aus einer Auswahl von Davids bevorzugten Speisen zusammengestellt war. »Mr. Matthew hat angerufen«, erklärte sie in ihrem gewohnt ruhigen, würdevollen Ton. Portia, die mit fünfzehn Jahren aus dem Sudan geflohen und seit zehn Jahren bei Virginia angestellt war, hatte das melancholische Gesicht einer schönen schwarzen Madonna in Trauer. »Meine herzlichsten Glückwünsche Ihnen beiden«, fügte sie hinzu.

David dankte ihr. Er blieb im Speisezimmer stehen. In den hohen Fenstern, die vom Boden bis zur Decke reichten, spiegelten sich ihre drei Gestalten. Er bewunderte das Blumenarrangement auf dem Tisch, weiße Rosen mit kunstvoll eingeflochtenem Efeu. Er nahm eine der silbernen Gabeln zur Hand. Er kratzte mit dem Daumennagel an einem Klümpchen herabgetropften Kerzenwachses. Und er wusste, dass er nicht einen Bissen hinunterbringen würde.

Er erklärte seiner Frau, er benötige ein wenig Zeit, um abzuschalten. Er würde ihr später Gesellschaft leisten, denn er brauche einen Moment für sich, um den ganzen Druck loszuwerden.

Von einem Künstler erwartete man stets, dass er sich in das Herzstück seines Schaffens zurückzog. David ging also in sein Musikzimmer. Er genehmigte sich einen weiteren Wodka und stellte das Glas auf den ungeschützten Flügel.

Michael, dachte er, hätte so etwas niemals getan. Michael war in dieser Beziehung immer achtsam. Er war sich des Werts eines Musikinstruments stets bewusst, respektierte seine Grenzen und Möglichkeiten. Er war überhaupt ein achtsamer Mensch. Nur in jener einen unglückseligen Nacht in Florida hatte er sich zu Unachtsamkeit hinreißen lassen.

David setzte sich an den Flügel. Ohne zu überlegen, beinahe automatisch, begann er eine Arie zu spielen, die er liebte, eine Melodie aus seinem größten musikalischen Misserfolg – *Mercy*. Er summte vor sich hin, während er die Tasten anschlug, und versuchte vergeblich, sich an den Text zu erinnern. Das Lied war einmal der Schlüssel zu seiner Zukunft gewesen.

Beim Spielen ließ er seinen Blick über die Wände schweifen, die ihn wie Monumente seines Erfolgs umgaben. Preise und Auszeichnungen auf Borden, gerahmte Urkunden, Plakate und Programmhefte zu Produktionen, die selbst heute noch in allen Teilen der Welt aufgeführt wurden. Und Dutzende von Fotografien in silbernen Rahmen, Dokumente seines künstlerischen Lebens.

Auch Michael war auf vielen dieser Fotos. Und als Davids Blick auf das Gesicht seines alten Freundes fiel, wechselte sein Spiel wie von selbst von der halbvergessenen Arie zu dem Lied aus *Hamlet*, von dem er wusste, dass es der neue Musicalhit werden würde. »Welche Träume auch kommen mögen« war sein Titel, dem berühmten Monolog Hamlets entnommen.

Vor Müdigkeit hörte er auf zu spielen, bevor er zum Ende kam, die Hände glitten ihm von den Tasten. Als ihm die Augen zufielen, sah er immer noch Michaels Gesicht vor sich.

»Du hättest nicht sterben dürfen«, flüsterte er. »Ich habe geglaubt, ein Erfolg würde alles ändern, aber er macht die Angst vor dem Misserfolg nur noch größer.«

Er nahm sein Glas und ging aus dem Zimmer. Mit einem Schluck spülte er den Wodka hinunter und stellte das Glas neben eine Blumenvase in einem kleinen Alkoven. Er merkte gar nicht, als das Glas, das er nicht weit genug nach hinten geschoben hatte, auf den teppichbespannten Boden fiel.

Irgendwo über sich in dem riesigen Haus konnte er das Rauschen fließenden Wassers hören. Wahrscheinlich saß oben Ginny in der Wanne, um den Stress des Abends und die Spannung der letzten Monate wegzuspülen. Er wünschte, er könnte es ihr gleichtun. Ihm schien, er habe so viel mehr Grund dazu.

Noch einmal rief er sich den herrlichen Moment des Triumphs ins Gedächtnis: den begeisterten Applaus des Publikums, das sich von seinen Plätzen erhoben hatte, noch ehe der Vorhang gefallen war, die Ovationen, die lauten Bravorufe.

All das hätte ihm eigentlich genügen müssen. Aber so war es nicht. Es konnte nicht genügen. Es stieß auf taube Ohren oder, genauer gesagt, auf Ohren, die einer ganz anderen Stimme lauschten.

»Petersham Mews und Elvaston Place. Punkt zehn.«

»Aber wo – wo sind sie?«

»Oh, das kriegen Sie schon raus.«

Und während David jetzt versuchte, das Lob und die Komplimente, das aufgeregte Geplapper, die Elogen, die ihm Luft, Licht, Speise und Trank hätten sein sollen, zu hören, vernahm er einzig diese letzten fünf Worte: *Das kriegen Sie schon raus.*

Und es war Zeit.

Er ging nach oben ins Schlafzimmer. Hinter der Verbindungstür genoss seine Frau ihr Bad. Sie trällerte mit einer verbissenen Heiterkeit vor sich hin, die ihm verriet, wie tief besorgt sie in Wirklichkeit um ihn war.

Sie ist ein feiner Mensch, dachte David. Sie war die beste seiner Ehefrauen. Er wollte bis zum Ende seiner Tage mit ihr verheiratet bleiben. Er hatte nicht geglaubt, dass dieses Ende so frühzeitig kommen würde.

Mit drei schnellen Bewegungen war es getan.

Er nahm die Pistole aus der Nachttischschublade. Er hob sie. Er drückte ab.

September

Derbyshire

1

Julian Britton war sich im Klaren darüber, dass er bisher nichts aus seinem Leben gemacht hatte. Er züchtete Hunde, er verwaltete den Familiensitz, der kaum noch mehr war als eine bröckelnde Ruine, und er versuchte mit täglichen Vorträgen, seinen Vater vom Alkohol fernzuhalten. Das war auch schon alles. Zur Meisterschaft hatte er es einzig darin gebracht, Gin in den Ausguss zu kippen, und so fühlte er sich jetzt mit seinen siebenundzwanzig Jahren als völliger Versager. Aber heute Abend durfte er nicht klein beigeben. Er musste sich durchsetzen.

Er begann mit den Vorbereitungen bei seiner äußeren Erscheinung. Vor dem Ankleidespiegel in seinem Zimmer unterzog er sich einer gnadenlosen Musterung, zupfte seinen Hemdkragen gerade, schnippte einen Fussel von seiner Schulter. Stirnrunzelnd betrachtete er sein Gesicht und bemühte sich, den Ausdruck in seine Züge zu legen, den er am Abend zeigen wollte. Ernsthaftigkeit wäre angemessen, meinte er. Und auch eine gewisse Besorgnis, denn die war vertretbar. Aber keinesfalls durfte er den Anschein erwecken, mit einem inneren Konflikt zu kämpfen, und schon gar nicht durfte er aussehen, als sei er völlig aus dem Lot. Und er durfte sich auf keinen Fall fragen, wie er gerade in diesem Augenblick, da sein Leben ein einziges Trümmerfeld war, dazu kam, dieses Wagnis einzugehen.

Zwei schlaflose Nächte und zwei endlose Tage hatten ihm reichlich Zeit gegeben, sich zu überlegen, was er sagen wollte. Und in der Tat hatte Julian den größten Teil der beiden Nächte und Tage nach Nicola Maidens unglaublicher Enthüllung mit wohldurchdachten Phantasiegesprächen gefüllt, gerade mit so viel Besorgnis unterlegt, dass keiner auf den Gedanken kommen konnte, er fühle sich in irgendeiner Weise persönlich betroffen. Und nun, nach achtundvierzig Stunden ununterbrochener Selbstgespräche, trieb es Julian, die Sache endlich auf den Weg zu bringen, auch wenn er keine Garantie dafür hatte, dass seinen Worten das gewünschte Gewicht beigemessen würde.

Er wandte sich vom Spiegel ab und nahm seine Autoschlüssel von der Kommode. Die feine Staubschicht, die sonst meist das mattglänzende Holz bedeckte, war entfernt worden. Samantha, seine Cousine, hatte sich also wieder einmal in eine Putzorgie gestürzt, ein sicheres Zeichen dafür, dass sie bei ihrem wildentschlossenen Bemühen, seinem Vater das Trinken auszutreiben, erneut gescheitert war.

In ebendieser Absicht, ihren Onkel vor dem Alkohol zu retten, war Samantha vor acht Monaten nach Derbyshire gekommen, ein guter Engel, der eines Tages in Broughton Manor erschien, um eine Familie wiederzuvereinen, die seit mehr als drei Jahrzehnten zerstritten war. Sie hatte in dieser Richtung allerdings kaum etwas erreicht, und Julian fragte sich, wie lange sie den Kampf noch weiterführen würde.

»Wir *müssen* ihn trocken kriegen, Julie«, hatte Samantha erst an diesem Morgen gesagt. »Dir muss doch klar sein, wie wichtig das gerade jetzt ist.«

Nicola andererseits, die seinen Vater seit acht Jahren kannte und nicht erst seit acht Monaten, vertrat schon lange den Standpunkt, ihn in Ruhe zu lassen. Mehr als einmal hatte sie gesagt: »Wenn dein Dad sich zu Tode trinken will, kannst du nichts dagegen tun, Jule. Und Sam genauso wenig.« Aber Nicola hatte ja auch keine Ahnung, was das für ein Gefühl war, wenn man zusehen musste, wie der eigene Vater langsam, aber sicher dem Alkohol verfiel und immer tiefer in trunkenen Wahnvorstellungen von einer romantischen Vergangenheit versank. Sie war in einer Umgebung groß geworden, wo die Dinge das waren, was sie zu sein schienen. Sie hatte Eltern, deren Liebe unerschütterlich war. Sie hatte nicht die bittere Erfahrung machen müssen, zuerst von der Mutter im Stich gelassen zu werden, weil die sich den »Blumenkindern« angeschlossen hatte und am Abend vor dem zwölften Geburtstag ihres Kindes auf und davon war, um bei einem Guru in wallenden Gewändern zu »studieren«, und dann vom Vater, dessen Liebe zum Alkohol anscheinend stärker war als die Liebe zu seinen drei Kindern. Ja, dachte Julian, hätte Nicola sich auch nur einmal über die unterschiedlichen Verhältnisse, in denen sie beide aufgewachsen waren, Gedanken gemacht, so hätte sie vielleicht erkannt, dass jede ihrer verdammten Entscheidungen –

Er dachte nicht weiter. Diese Gedanken würde er nicht zulassen. Er konnte es sich nicht erlauben. Er durfte sich nicht von dem Vorhaben, das jetzt in Angriff genommen werden musste, ablenken lassen.

»Jetzt hör mir mal zu!« Er nahm seine Brieftasche und schob sie ein. »Du bist für jede gut genug. Sie hat Scheißangst gekriegt. Sie hat den falschen Weg genommen. Und damit basta. Behalt das im Kopf. Und denk dran, dass jeder weiß, wie gut ihr beide immer zueinander gepasst habt.«

Daran glaubte er. Nicola Maiden war seit Jahren genauso ein Teil von Julian Brittons Leben wie er ein Teil von ihrem. Wer sie kannte, wusste längst, dass sie zusammengehörten. Nicola war die Einzige, die das offenbar nicht akzeptierte.

»Ich weiß ja, dass wir nicht verlobt sind«, hatte er ihr an dem Abend vor zwei Tagen gesagt, als sie ihm eröffnet hatte, dass sie für immer aus dem Peak District fortwolle und von nun an nur noch zu Kurzbesuchen zurückkehren würde. »Aber zwischen uns hat es doch immer eine stillschweigende Vereinbarung gegeben, oder nicht? Ich würde nicht mit dir schlafen, wenn ich das nicht ernst nähme ... Komm schon, Nick! Verdammt noch mal, du kennst mich doch!«

Es war nicht der Heiratsantrag, wie er ihn sich vorgestellt hatte, und sie interpretierte seine Worte auch nicht so. Sie sagte sehr direkt: »Jule, ich mag dich unheimlich gern. Du bist ein prima Kerl und warst mir immer ein echter Freund. Und bei uns läuft's gut, viel besser als es für mich je mit einem anderen gelaufen ist.«

»Ja, also dann –«

»Aber ich liebe dich nicht«, fuhr sie fort. »Sex ist nicht gleich Liebe. Das ist nur in Filmen und Büchern so.«

Im ersten Moment war er sprachlos vor Bestürzung. Es war, als hätte jemand jeden Gedanken in seinem Kopf gelöscht. Und als er schwieg, sprach sie weiter.

Sie würde, sagte sie, weiterhin seine Freundin im Peak District bleiben, wenn er das wolle. Sie würde hin und wieder ihre Eltern besuchen kommen und sich gerne immer die Zeit nehmen, auch Julian zu sehen. Sie könnten, wenn er das wolle, auch in Zukunft miteinander schlafen. Ihr sei das recht. Aber heiraten? Dazu seien sie beide viel zu verschieden, erklärte sie.

»Ich weiß, wie viel dir daran liegt, Broughton Manor zu erhalten«, sagte sie. »Das ist dein Traum, und du wirst ihn wahrmachen. Aber mir bedeutet dieser Traum nichts, und ich bin nicht bereit, dich oder mich damit zu kränken, dass ich so tue, als ob. Das ist keinem gegenüber fair.«

Und endlich sagte er in einem Moment der bitteren Klarheit: »Es geht doch nur um das gottverfluchte Geld. Und die Tatsache, dass ich keines habe oder jedenfalls nicht genug, um dir zu genügen.«

»Nein, Julian, das stimmt nicht. Nicht ganz.« Sie drehte sich halb herum, so dass sie ihm ins Gesicht sehen konnte, und seufzte tief. »Ich will versuchen, es dir zu erklären.«

Er hatte sie angehört, stundenlang, wie ihm schien, obwohl sie wahrscheinlich kaum zehn Minuten gesprochen hatte. Und am Ende, als alles zwischen ihnen gesagt war, als sie aus dem Rover gestiegen und im Schatten der Giebelveranda von Maiden Hall verschwunden war, war er wie im Schlaf nach Hause gefahren, betäubt von Schmerz, Verwirrung und ungläubiger Überraschung. Nein, hatte er immer nur gedacht, nein, sie könnte doch nie … sie kann nicht ernstlich … nein … Nach der ersten schlaflosen Nacht war ihm in all seinem Schmerz klargeworden, dass er unbedingt etwas unternehmen musste. Er hatte sie angerufen, und sie hatte eingewilligt, sich mit ihm zu treffen. Sie würde es niemals ablehnen, ihn zu sehen, hatte sie gesagt.

Ehe er aus dem Zimmer ging, warf er einen letzten Blick in den Spiegel und gönnte sich ein letztes Wort der Selbstbestätigung. »Ihr habt euch immer gut verstanden. Vergiss das nicht.«

Dann ging er durch den düsteren oberen Korridor des Gutshauses und öffnete die Tür zu dem kleinen Raum, den sein Vater als Wohnzimmer benutzte. Die angespannten finanziellen Verhältnisse der Familie hatten zu einem allgemeinen Auszug aus den größeren unteren Räumen geführt, die mit dem Verkauf antiker Möbelstücke, von Gemälden und Kunstgegenständen allmählich unbewohnbar geworden waren. Jetzt lebten die Brittons nur noch in der oberen Etage des Hauses. Zimmer waren genug da, aber sie waren klein und dunkel.

Jeremy Britton saß in seinem Wohnzimmer, offensichtlich volltrunken. Der Kopf war ihm auf die Brust gesunken, und zwischen den Fingern seiner rechten Hand verglühte eine Zigarette. Julian ging zu ihm und nahm ihm die Zigarette ab. Sein Vater rührte sich nicht.

Julian schüttelte resigniert den Kopf, als er ihn betrachtete: All sein Verstand, seine Kraft und sein Stolz waren ausgelöscht von der Sucht. Eines Tages würde sein Vater noch das Haus abbrennen. Es gab Momente – wie eben jetzt –, da dachte Julian, ein vernichtender Brand wäre vielleicht sogar das Beste. Er drückte die Zigarette aus und nahm die Packung Dunhill und das Feuerzeug aus der Brusttasche seines Vaters. Dann packte er die Ginflasche und ging.

Er war gerade dabei, Gin, Zigaretten und Feuerzeug hinter dem Haus zum Müll zu werfen, als er ihre Stimme hörte.

»Hast du ihn wieder erwischt, Julie?«

Er fuhr zusammen, schaute sich um, konnte sie aber im Halbdunkel nicht sehen. Bis sie aufstand. Sie hatte auf der Trockenmauer gesessen, die den hinteren Zugang des Gutshauses vom ersten seiner verwilderten Gärten abgrenzte. Eine unbeschnittene Glyzinie, die mit dem nahenden Herbst die ersten Blätter zu verlieren begann, hatte sie verborgen. Sie klopfte sich den Staub von ihren Khakishorts und ging ihm entgegen.

»Ich glaube langsam wirklich, dass er sich umbringen will«, sagte Samantha nüchtern, wie es ihre Art war. »Nur auf den Grund bin ich bis jetzt noch nicht gekommen.«

»Er braucht keinen Grund«, versetzte Julian kurz. »Nur das Mittel.«

»Ich versuche immer wieder, ihn von dem Zeug wegzukriegen, aber er hat überall etwas versteckt.« Sie starrte auf das dunkle Haus, das sich wie eine Festung in der Landschaft vor ihnen erhob. »Ich versuch's wirklich, Julian. Ich weiß, dass es wichtig ist.« Sie richtete ihren Blick wieder auf ihn und musterte seine Kleidung. »Du hast dich ja richtig fein gemacht. Ich bin gar nicht auf die Idee gekommen, was Besonderes anzuziehen. Hätte ich das tun sollen?«

Julian sah sie verständnislos an, während er die Hände zu seiner Brust hob und auf der Suche nach etwas, von dem er wusste, dass es nicht da war, gegen sein Hemd klopfte.

»Du hast's vergessen, stimmt's?«, fragte Samantha, der es an Scharfsinn nicht mangelte.

Julian wartete auf eine Erklärung.

»Die Mondfinsternis«, sagte sie.

»Die Mondfinsternis?« Er schlug sich mit der Hand vor die Stirn. »Ach Gott! Die Mondfinsternis. Mensch, Sam, die hatte ich wirklich ganz vergessen. Ist sie heute Nacht? Gehst du irgendwohin, wo man sie besser sehen kann?«

Mit einer Kopfbewegung zu der Glyzinie, unter der sie eben hervorgekommen war, sagte sie: »Ich hab uns Proviant eingepackt. Käse, Obst, Brot und ein bisschen Wurst. Und Wein. Ich dachte, falls wir länger warten müssen als vermutet.«

»Warten …? Ach, Mist, Samantha …« Er wusste nicht, wie er es ihr sagen sollte. Er hatte nie den Eindruck erwecken wollen, dass er sich mit ihr zusammen die Mondfinsternis ansehen wollte.

»Hab ich mich im Tag geirrt?« Ihr Ton verriet ihre Enttäuschung. Sie wusste schon, dass sie sich nicht im Tag geirrt hatte und allein zum Eyam Moor würde hinausmarschieren müssen, wenn sie sich das große Ereignis von dort aus ansehen wollte.

Er hatte nur ganz beiläufig von der zu erwartenden Mondfinsternis gesprochen. Zumindest hatte er es beiläufig gemeint. »Vom Eyam Moor aus kann man sie gut sehen«, hatte er bemerkt. »Es soll ungefähr eine halbe Stunde vor Mitternacht passieren. Interessierst du dich für Astronomie, Sam?«

Samantha hatte diese Bemerkung offensichtlich als Aufforderung interpretiert, und einen Moment lang ärgerte sich Julian über seine Cousine. Was die sich einbildete! Aber er bemühte sich, seinen Unwillen zu verbergen, er war ihr immerhin einiges schuldig. Mit dem Ziel, ihre Mutter und ihren Onkel – Julians Vater – miteinander zu versöhnen, kam sie nun seit acht Monaten regelmäßig zu ausgedehnten Besuchen aus Winchester nach Broughton Manor. Und jeder Aufenthalt hatte sich mehr in die Länge gezogen, so viel gab es für sie auf dem Gut zu tun, sei es die Renovierung des Hauses oder die Durchführung der Turniere, Feste und Inszenierungen historischer Ereignisse. Julian organisierte sie auf dem Gutsgelände, um das Einkommen der Familie Britton aufzubessern. Er war aufrichtig dankbar für Samanthas Hilfe, zumal seine Geschwister ihrem Zuhause längst den Rücken gekehrt hatten und sein Vater keinen Finger gerührt hatte, seit er kurz nach seinem fünfundzwanzigsten Geburtstag den Besitz geerbt und nichts Eiligeres zu tun gehabt hatte, als ihn mit seinen Hippiefreunden zu bevölkern und völlig vor die Hunde gehen zu lassen.

Aber Julians Dankbarkeit änderte nichts daran, dass Samanthas Erwartungen ihn nervten. Er hatte doch nur ins Blaue hinein geschwatzt, während sie mit vereinten Kräften schufteten, um drei Ecksteine an der Außenmauer der alten Kapelle zu ersetzen. Er hatte ein schlechtes Gewissen, dass er Samantha, die aus reiner Gutherzigkeit mit anpackte, so viel arbeiten ließ, und suchte hilflos nach irgendeiner Art der Wiedergutmachung. Geld, um sie zu entschädigen, hatte er keines; sie hätte es im Übrigen sowieso nicht genommen; sein einziger Besitz waren seine Hunde und sein umfangreiches Wissen über seine Heimat Derbyshire. Und so bot er ihr, weil ihm daran lag, dass sie sich auf Broughton Manor wohl fühlte, eben an, was ihm möglich war: gelegentliche gemeinsame Aktivitäten mit den Jagdhunden und Gespräche. Und sie hatte das missverstanden.

»Ich hab nicht geglaubt ...« Er stieß die Schuhspitze in ein Fleckchen kahler Erde im Kies, wo ein Löwenzahnstängel sich emporreckte. »Es tut mir wirklich leid, aber ich wollte gerade rüber nach Maiden Hall.«

»Oh!«

Seltsam, dachte Julian, dass eine einzige Silbe zugleich Missbilligung und Entzücken ausdrücken konnte.

»Wie blöd von mir«, sagte sie. »Ich weiß gar nicht, wieso ich auf die Idee gekommen bin, dass du ... Na ja, ist ja auch egal ...«

»Wir holen das nach.« Er hoffte, er konnte sie überzeugen. »Wenn ich nicht schon verabredet wäre – du verstehst das doch.«

»Aber natürlich«, sagte sie. »Wir dürfen doch unsere Nicola nicht enttäuschen.«

Mit einem flüchtigen, kühlen Lächeln tauchte sie in die Höhle unter den Glyzinienranken und schob sich einen Korb über den Arm.

»Ein andermal, ja?« sagte Julian.

»Wie's dir recht ist.« Sie sah ihn nicht an, als sie an ihm vorüberging und durch das Tor im Innenhof von Broughton Manor verschwand.

Er spürte seine Erleichterung, als sie weg war. Ohne es zu merken, hatte er die Luft angehalten. »Tut mir leid«, sagte er leise ins Leere. »Aber das hier ist wirklich wichtig. Wenn du wüsstest, wie sehr, würdest du es verstehen.«

In flottem Tempo fuhr er zur Padley-Schlucht, nordwestlich in Richtung Bakewell, wo er die mittelalterliche Brücke überquerte, die sich über den River Wye spannte, und nutzte die Fahrt zu einer letzten Probe seiner kleinen Rede. Als er die sacht ansteigende Auffahrt nach Maiden Hall erreichte, war er ziemlich sicher, dass sein Vorhaben den gewünschten Erfolg bringen würde.

Maiden Hall stand auf halber Höhe eines bewaldeten Hangs. Das Land hier war dicht bewachsen von Eichengehölz, und die Auffahrt zum Haus war vom dichten Laub alter Kastanien und Linden überdacht. Julian nahm die engen Serpentinen der ansteigenden Straße mit der Gewandtheit des Geübten und hielt auf dem gekiesten Gästeparkplatz neben einem Mercedes-Sportwagen an.

Er betrat das Haus nicht durch den Haupteingang, sondern ging direkt in die Küche, wo Andy Maiden seinem Küchenchef beim Flambieren einer Schale *Crème brûlée* zusah. Der Koch Christian-Louis Ferrer war vor fünf Jahren aus Frankreich geholt worden, um der zwar ordentlichen, aber nicht gerade einfallsreichen Küche von Maiden Hall feinschmeckerisches Flair zu geben. Im Augenblick jedoch, fand Julian, glich Ferrer mit seinem kulinarischen Flammenwerfer mehr einem Feuerteufel als einem *Grand artiste de la cuisine*. Andys Gesichtsausdruck ließ ahnen, dass er Julians Meinung teilte. Erst als Christian-Louis die Glasur zu einer hauchdünnen knusprigen Kruste gebacken hatte und mit einem gönnerhaften Lächeln »*Et voilà*, Andy« sagte, sah Andy auf und bemerkte Julian.

»Feuerwerk in der Küche war noch nie mein Fall«, bekannte er mit einem verlegenen Lächeln. »Hallo, Julian, was gibt's Neues aus Broughton und Umgebung?«

Das war die übliche Begrüßung, und Julian gab die gewohnte Antwort darauf. »Gesegnet sind die Gerechten. Was den Rest der Menschheit angeht … vergiss es!«

Andy glättete die Härchen seines graugesprenkelten Schnurrbarts und betrachtete Julian mit Wohlwollen, während Christian-

Louis die Schale mit der *Crème brûlée* durch eine Durchreiche zum Speisesaal schob. Sobald das getan war, sagte er: »*Maintenant c'est fini pour ce soir*«, und schickte sich an, die weiße Schürze abzunehmen, die Spuren sämtlicher Soßen des Abends trug.

»*Vive la France*«, bemerkte Andy trocken und verdrehte die Augen, als der Franzose in einem kleinen Umkleideraum verschwand. »Trinkst du einen Kaffee mit? Im Speisesaal sitzt nur noch eine Gruppe, alle anderen sind im Salon.«

»Habt ihr heut Übernachtungsgäste?«, fragte Julian.

Maiden Hall, ein altes viktorianisches Jagdhaus, früher einmal gern besucht von einem Zweig der Sachsen-Coburgs, hatte zehn Gästezimmer. Alle waren sie von Andys Frau Nancy sehr persönlich eingerichtet worden, nachdem die Maidens zehn Jahre zuvor London den Rücken gekehrt hatten; acht davon wurden anspruchsvollen Urlaubern vermietet, die die Verbindung von Hotelatmosphäre und häuslicher Intimität in diesem Haus zu schätzen wussten; zwei davon hatten die Maidens für sich behalten.

»Total ausgebucht«, antwortete Andy. »Wir haben einen Rekordsommer gehabt, kein Wunder bei dem herrlichen Wetter. Also, was möchtest du? Kaffee? Kognak? Wie geht's übrigens deinem Vater?«

Julian zuckte innerlich zusammen. Andys Assoziation war klar. Wahrscheinlich war es in der ganzen näheren Umgebung so, dass die Leute bei der Erwähnung von Alkohol, gleich welcher Art, automatisch an seinen Vater dachten.

»Ich nehme nichts«, sagte er. »Ich wollte Nicola abholen.«

Es konnte Andy nicht wundern, dass Julian zu so später Stunde noch seine Tochter ausführen wollte. Wenn Nicola in den Semesterferien oder an Wochenenden zu Hause war, half sie üblicherweise in der Küche oder im Speisesaal aus und konnte selten vor elf Uhr abends weg. Und doch schien Andy überrascht.

Er sagte: »Nicola? Seid ihr verabredet? Sie ist gar nicht hier, Julian.«

»Sie ist nicht hier? Ist sie denn schon wieder gefahren? Zu mir hat sie gesagt –«

»Nein, nein.« Andy begann, die Küchenmesser aufzuräumen, schob eines nach dem anderen in den passenden Schlitz in einem Holzständer, während er sprach. »Sie wollte zelten. Hat sie dir das nicht gesagt? Sie ist gestern am späten Vormittag losgefahren.«

»Aber ich hab doch ...«, Julian überlegte einen Augenblick, um sich zu erinnern, »... gestern Morgen erst mit ihr gesprochen. So schnell kann sie das doch nicht vergessen haben.«

Andy zuckte mit den Schultern. »Sieht aber ganz so aus. Tja, Frauen. Was hattet ihr beide denn vor?«

Julian wich der Frage aus. »Ist sie allein los?«

»Wie immer«, antwortete Andy. »Du kennst doch Nicola.«

Allerdings. »Wohin wollte sie denn? Hat sie die richtige Ausrüstung mit?«

Andy hob den Kopf. Er hatte offensichtlich einen beunruhigten Unterton in Julians Stimme gehört. »Sie würde nie ohne ihre Ausrüstung losfahren. Sie weiß doch, wie schnell das Wetter hier draußen umschlagen kann. Keine Sorge, ich hab ihr selbst geholfen, die Sachen im Wagen zu verstauen. Warum fragst du? Ist denn was los? Habt ihr beide Streit gehabt?«

Die letzte dieser Fragen konnte Julian ehrlich beantworten. Sie hatten keinen Streit gehabt, jedenfalls nicht in dem Sinn, wie Andy es meinte. Er sagte: »Andy, sie müsste längst zurück sein. Wir wollten nach Sheffield. Ins Kino –«

»Um diese Zeit?«

»Es ist ein Sonderprogramm.« Julian spürte, wie er rot wurde, als er die Tradition der *Rocky Horror Picture Show* erklärte. Aber Andy hatte in seinem anderen Leben, wie er es stets nannte, als verdeckter Ermittler schon vor langer Zeit mit dem Film Bekanntschaft gemacht und winkte mitten in Julians Erklärung ab. Als er diesmal nachdenklich über sein Bärtchen strich, runzelte auch er die Stirn.

»Und du bist sicher, dass eure Verabredung für heute Abend galt? Sie kann dich nicht missverstanden und geglaubt haben, du meintest morgen?«

»Ich hätte sie lieber schon gestern Abend gesehen«, erwiderte Julian. »Sie war diejenige, die heute Abend vorgeschlagen hat. Und ich bin sicher, sie sagte, sie wäre heute Nachmittag zurück. Ganz sicher.«

Andys Hand sank herab. Sein Blick war ernst. Er schaute an Julian vorbei zum Fenster über dem Spülbecken. Dort war nichts zu sehen als ihre Spiegelbilder. Aber Julian sah Andy an, dass er an das dachte, was sich jenseits von ihm in der Dunkelheit befand. Weite Hochmoore, die nur von Schafen bevölkert waren; verlassene Steinbrüche, die die Natur sich zurückerobert hatte; Kalksteinfelsen mit Geröllhalden zu ihren Füßen; prähistorische Festungen, deren schwere alte Steine nur noch unsicher aufeinanderlagen. Es gab unzählige Kalksteinhöhlen, in denen man sich verirren konnte, verlassene Kupfergruben, deren Mauern und Decken einstürzen konnten; Steinhügel, an denen der unkundige Wanderer sich verletzen und zu Fall kommen konnte, Sandsteingrate, wo ein Kletterer abstürzen und tage- oder wochenlang liegen konnte, ohne gefunden zu werden. Der Peak District reichte von Manchester bis Sheffield, von Stoke-on-Trent bis Derby, und jedes Jahr wurde mehr als ein Dutzend Mal der Bergrettungsdienst mobilisiert, um jemanden, der sich in dieser rauen, äußerst dünn besiedelten Gegend einen Arm oder ein Bein gebrochen oder Schlimmeres angetan hatte, zu bergen. Wenn Andy Maidens Tochter sich irgendwo da draußen verirrt oder verletzt hatte, würde es mehr brauchen, sie zu finden, als zwei Männer, die ratlos in einer Küche standen.

Andy sagte: »Wir sollten die Polizei anrufen, Julian.«

Das war auch Julians erster Impuls. Aber als er jetzt daran dachte, was das bedeuten würde, graute ihm davor. Während er noch zögerte, handelte Andy. Er ging zum Empfang hinaus, um den Anruf zu machen.

Julian eilte ihm nach. Er fand Andy tief über das Telefon gebeugt, als wollte er sich vor Lauschern schützen. Doch er war allein mit Julian im Foyer, die Hotelgäste saßen noch bei Kaffee und Kognak im Salon am anderen Ende des Korridors.

In dem Moment, als Andy seine Verbindung zur Polizei von Buxton bekam, näherte sich Nan Maiden. Mit einem Tablett, auf dem eine leere Kaffeekanne und benütztes Kaffeegeschirr standen, kam sie aus dem Salon. »Ach, Julian!«, rief sie. »Hallo! Wir hatten dich gar nicht –« Sie stockte, als sie das geheimniskrämerische Getue ihres Mannes bemerkte, der wie ein anonymer Anrufer über dem Telefon hing. Und Julian stand wie ein Komplize dicht an seiner Seite. »Was ist denn hier los?«

Julian hatte plötzlich ein schlechtes Gewissen, und als Nan fragte: »Was ist passiert?«, sagte er gar nichts. Er hielt es für klüger, Andy die Initiative zu überlassen. Es schien ziemlich klar, dass Andys Verstohlenheit etwas mit Nan zu tun hatte. Was allerdings, war die Frage.

Andy sprach inzwischen mit gedämpfter Stimme ins Telefon, sagte: »Fünfundzwanzig«, ohne auf die Frage seiner Frau zu reagieren.

Doch das Wort »Fünfundzwanzig« verriet Nan augenblicklich, was Julian und Andy ihr zu verschweigen versuchten. »Nicola!«, sagte sie nur und lief zum Empfangstisch. Als sie dort ihr Tablett absetzte, stieß sie einen Weidenkorb mit Hotelbroschüren um, die zu Boden flatterten. Niemand hob sie auf. »Ist Nicola etwas zugestoßen?«

Andy war die Ruhe selbst, als er antwortete. »Julian und Nick waren heute Abend verabredet, aber sie scheint das vergessen zu haben«, erklärte er seiner Frau, die linke Hand über der Sprechmuschel des Hörers. »Wir versuchen gerade, sie irgendwo aufzutreiben«, log er unbeschwert, mit der Übung eines Mannes, der sein Geld einmal mit ziemlich zweifelhaften Geschäften verdient hatte. »Ich dachte, sie wäre vielleicht auf dem Heimweg noch bei Will Upman vorbeigefahren, um wegen eines Jobs im nächsten Sommer anzufragen. Sind die Gäste alle zufrieden, Schatz?«

Nans Blick wechselte von ihrem Mann zu Julian. »Würdest du mir bitte mal sagen, mit wem du da sprichst, Andy?«

»Nancy …«

»Sag's mir einfach.«

Er tat es nicht. Am anderen Ende der Leitung redete jemand, und Andy sah auf seine Uhr. Er sagte: »Leider sind wir da nicht ganz sicher … Nein. Nein, es gibt keine solche Vorgeschichte … Danke. Gut. Ich danke Ihnen.« Er legte auf, nahm das Tablett, das seine Frau auf dem Empfangstisch abgestellt hatte, und schlug den Weg zur Küche ein. Nan und Julian folgten.

Christian-Louis, jetzt in Jeans, Joggingschuhen und einem Oxford-University-Sweatshirt mit abgeschnittenen Ärmeln, war gerade im Aufbruch und packte den Lenker eines Fahrrads, das an der Wand lehnte. Als er die Spannung der drei anderen in der Küche wahrnahm, sagte er: »*Bon soir, à demain*« und machte sich eilig davon. Durch das Fenster sahen sie den weißen Lichtschein seiner Fahrradlampe, als er davonfuhr.

»Andy, ich möchte die Wahrheit wissen.« Nan pflanzte sich entschlossen vor ihm auf. Sie war klein, mehr als einen Kopf kleiner als ihr Mann, aber ihr Körper war kompakt und muskulös, noch lange nicht der einer Sechzigjährigen.

»Du hast die Wahrheit gehört«, entgegnete Andy beschwichtigend. »Julian und Nicola waren verabredet, und Nick hat das vergessen. Julian versteht das nicht und würde gern wissen, wo sie geblieben ist. Ich wollte ihm nur helfen, sie zu finden.«

»Aber das war doch nicht Will Upman am Telefon«, sagte Nan scharf. »Was sollte Nicola um diese Zeit noch bei Will Upman zu suchen haben. Es ist jetzt –« Sie warf einen Blick auf die Küchenuhr, die, zweckmäßig und schmucklos wie Uhren in öffentlichen Gebäuden, über einer Ablage für Speiseteller hing. Es war zwanzig nach elf, eine reichlich unmögliche Zeit, wie sie alle wussten, um seinem Arbeitgeber, und das war Will Upman in den letzten drei Monaten für Nicola gewesen, einen Besuch abzustatten. »Sie hat gesagt, sie wolle eine lange Wanderung machen und im Zelt übernachten. Du willst mir doch nicht weismachen, dass du im Ernst glaubst, da wäre sie auf dem Heimweg noch bei Will Upman vorbeigefahren, um einen kleinen Schwatz mit ihm zu halten. Im Übrigen verstehe ich überhaupt nicht, wieso Nicola ihre Verabredung mit Julian vergessen haben soll. Das ist ihr doch noch nie passiert.« Nan blickte Julian forschend an und fragte behutsam: »Hattet ihr beide Streit?«

Julians Unbehagen entsprang zwei Ursachen: der Notwendigkeit, diese Frage ein zweites Mal zu beantworten, und der Erkenntnis, dass Nicola ihren Eltern nichts von ihrem Vorhaben erzählt hatte, für immer aus Derbyshire wegzugehen. Sonst hätten diese wohl kaum geglaubt, sie habe sich um einen Job für den nächsten Sommer bemühen wollen.

»Im Gegenteil«, entschloss Julian sich zu sagen, »wir haben über Heirat geredet. Über die Zukunft.«

Nan sah ihn groß an. Angst und Besorgnis wichen so etwas wie Erleichterung. »Über Heirat? Nicola hat ja gesagt? Wann denn? Ich meine, wann ist denn das alles passiert? Uns hat sie kein Wort davon verraten. Ach, das sind ja herrliche Neuigkeiten! Einfach wunderbar. Lieber Himmel, Julian, ich fühl mich wie beschwipst. Hast du es deinem Vater schon gesagt?«

Julian wollte nicht lügen, aber er brachte es auch nicht über sich, die ganze Wahrheit zu sagen. Er wählte den vagen Mittelweg. »Also, eigentlich sind wir im Moment nur dabei, darüber zu reden. Das wollten wir auch heute Abend noch mal tun.«

Andy Maiden hatte Julian bei seinen Worten mit einem Blick beobachtet, als wüsste er genau, dass ein ernsthaftes Gespräch über Heirat zwischen seiner Tochter und Julian Britton so unwahrscheinlich war wie eine Diskussion über Schafzucht. Er sagte: »Moment mal! Ich dachte, ihr wolltet nach Sheffield.«

»Stimmt. Aber unterwegs wollten wir reden.«

»Also, das hätte Nicola doch nie vergessen!«, behauptete Nan. »Welche Frau vergisst eine Verabredung, bei der über Heirat gesprochen werden soll.« Zu ihrem Mann gewandt, fügte sie hinzu: »Das solltest du doch wirklich wissen, Andy.« Sie schwieg einen Moment, in Gedanken offenbar noch bei ihrer letzten Bemerkung, während Julian vermerkte, dass Andy die Frage nach dem Telefongespräch immer noch nicht beantwortet hatte. Nan war inzwischen zu ihrer eigenen Schlussfolgerung gekommen. »Mein Gott! Du hast die Polizei angerufen, nicht wahr? Du glaubst, dass ihr etwas zugestoßen ist, weil sie nicht hier war, als Julian kam. Und du wolltest mir das verschweigen. Ist es nicht so?«

Weder Andy noch Julian sagten etwas. Das war ihr Antwort genug.

»Und was hätte ich denken sollen, wenn plötzlich die Polizei hier angerückt wäre?«, fragte sie aufgebracht. »Oder hast du dir vorgestellt, ich würde in aller Gemütsruhe weiter Kaffee servieren und keine Fragen stellen?«

»Ich wusste, dass du dir Sorgen machen würdest«, erklärte Andy. »Aber dazu besteht vielleicht überhaupt kein Anlass.«

»Nicola könnte irgendwo da draußen in der Dunkelheit herumirren oder verunglückt sein, und du – ihr beide wolltet das vor mir verbergen, weil ich mir *Sorgen* machen könnte?«

»Bitte, du fängst ja jetzt schon an, dich aufzuregen. Genau deshalb wollte ich erst mit dir reden, wenn Grund dazu besteht. Wahrscheinlich gibt es eine ganz harmlose Erklärung. Julian und ich sind da ziemlich sicher. Wir werden das in ein, zwei Stunden geklärt haben, Nancy.«

Nan versuchte, eine Haarsträhne hinter ihr Ohr zu schieben.

Sie trug ihr Haar in einem eigenartigen Schnitt – oben relativ lang und stark gestutzt an den Seiten –, und es war zu kurz, um hinter ihrem Ohr zu bleiben. Es fiel augenblicklich wieder nach vorn.

»Wir suchen sie«, erklärte sie entschieden. »Einer von uns muss sofort anfangen, sie zu suchen.«

»Es ist doch sinnlos, dass einer allein loszieht«, widersprach Julian. »Wir haben ja keine Ahnung, wo sie ist.«

»Aber wir kennen ihre Lieblingsziele – Arbor Low, Thor's Caves, Peveril Castle.« Nan zählte noch ein halbes Dutzend weiterer Orte auf und bestätigte damit, ohne es zu wollen, im Grunde nur Julians Bemerkung: Nicolas bevorzugte Ziele lagen im ganzen Peak District verstreut, einige weit im Norden, an den Außenbezirken von Holmfirth, andere in genau entgegengesetzter Richtung, unten bei Ashbourne und dem unteren Teil des Tissington-Wegs. Um sie zu finden, brauchte es ein Team von Leuten.

Andy nahm eine Flasche und drei Gläser aus dem Schrank und goss Kognak ein. Er reichte die Gläser herum und sagte: »Runter damit.«

Nan nahm das Glas, aber sie trank nicht. »Ich weiß, dass ihr etwas zugestoßen ist.«

»Wir wissen gar nichts. Deshalb ist jetzt die Polizei auf dem Weg hierher.«

Die Polizei traf etwa eine halbe Stunde später in Gestalt eines Constables namens Price ein. Er stellte ihnen die erwarteten Fragen: Wann sie aufgebrochen sei; wie sie ausgerüstet gewesen sei; ob sie den Ausflug allein unternommmen habe; in was für einer Gemütsverfassung sie gewesen sei: deprimiert? Unglücklich? Unruhig? Was sie ihren eigenen Worten nach vorgehabt habe; ob sie eine feste Zeit für ihre Rückkehr angegeben habe; wer zuletzt mit ihr gesprochen habe; ob sie Besuch gehabt, Briefe oder Anrufe erhalten habe; ob irgendein Ereignis der letzten Zeit sie veranlasst haben könne, zu verschwinden.

Julian bemühte sich mit Andy und Nan Maiden, dem Constable den Ernst der Lage klarzumachen. Aber der schien entschlossen, die Dinge auf seine Weise zu erledigen – umständlich und mit nervtötender Betulichkeit. Bedächtig malte er Buchstabe um Buchstabe, als er eine Beschreibung von Nicola aufnahm. Dann wollte er Genaueres über ihre Ausrüstung wissen. Schließlich ließ er sich berichten, welcher Art ihre Aktivitäten in den letzten zwei Wochen gewesen waren. Und er schien fasziniert von der Tatsache, dass sie am Morgen vor ihrem Start von drei Personen angerufen worden war, die es abgelehnt hatten, Nan, die die Anrufe zunächst entgegengenommen hatte, ihre Namen zu nennen.

»Ein Mann und zwei Frauen?«, fragte der Constable viermal.

»Ich weiß es nicht, ich weiß es einfach nicht. Und was spielt das schon für eine Rolle?«, fragte Nan gereizt. »Es kann zweimal dieselbe Frau gewesen sein. Was ist daran so wichtig? Was hat das mit Nicola zu tun?«

»Aber nur ein Mann?«, insistierte Constable Price.

»Lieber Gott, wie oft muss ich Ihnen noch –«

»Ein Mann«, sagte Andy.

Nan presste ärgerlich die Lippen zusammen. Ihre Blicke bohrten Löcher in Prices Kopf. »Ja, ein Mann«, wiederholte sie.

»Aber Sie waren das nicht?« fragte Price Julian.

»Ich kenne Julians Stimme«, warf Nan ein. »Es war nicht Julian.«

»Aber Sie stehen in enger Beziehung zu der jungen Dame, Mr. Britton?«

»Die beiden sind verlobt«, erklärte Nan.

»Nicht direkt verlobt«, korrigierte Julian hastig und verfluchte sich, als er spürte, wie ihm wieder diese verräterische rotglühende Hitze ins Gesicht stieg.

»Hatten Sie vielleicht einen kleinen Streit?«, erkundigte sich Price, dem offenbar nicht so leicht etwas entging. »Gab es da vielleicht einen anderen Mann?«

Herrgott noch mal, dachte Julian verbittert. Warum vermuteten alle immer gleich, sie hätten Streit gehabt? Nicht ein hartes Wort war zwischen ihnen gefallen. Dazu war gar keine Zeit gewesen.

Nein, sie hätten keinen Streit gehabt, erklärte Julian ruhig. Und von einem anderen Mann wisse er nichts. Aber auch gar nichts, fügte er nachdrücklich hinzu.

»Sie waren verabredet, um über ihre Heiratspläne zu reden«, bemerkte Nan.

»Also, eigentlich –«

»Seien Sie doch mal ehrlich, kennen Sie eine Frau, die so eine Verabredung einfach vergessen würde?«

»Und Sie sind sicher, dass sie die Absicht hatte, spätestens heute Abend zurück zu sein?«, wandte sich der Constable an Andy. Sein Blick glitt über seine Aufzeichnungen, und er fügte hinzu: »Ihrer Ausrüstung nach könnte sie einen längeren Ausflug geplant haben.«

»Ich habe mir weiter keine Gedanken gemacht, bis Julian kam, um sie abzuholen«, gab Andy zu.

»Ah.« Der Constable musterte Julian mit übertriebenem Argwohn. Dann klappte er sein Heft zu. Aus dem Funkgerät, das an einem Riemen von seiner Schulter hing, quoll unverständliches Geplapper. Er drehte es leiser und packte sein Heft ein. »Tja, sie ist ja früher schon mal durchgebrannt, was anderes ist das hier auch nicht, denke ich. Wir werden jetzt erst mal abwarten, bis –«

»Was reden Sie da?«, fiel Nan ihm ins Wort. »Sie haben es hier doch nicht mit einer jugendlichen Ausreißerin zu tun. Unsere Tochter ist fünfundzwanzig Jahre alt. Sie ist eine verantwortungsbewusste, erwachsene Frau. Sie arbeitet. Sie hat einen Freund. Sie hat eine Familie. Sie ist nicht durchgebrannt. Sie ist verschwunden.«

»So scheint es im Moment vielleicht«, stimmte der Constable zu. »Aber da sie, wie gesagt, früher schon mal durchgebrannt ist – das geht aus unseren Unterlagen hervor, Madam –, können wir nicht kurzerhand ein Team rausschicken, solange wir nicht wissen, ob sie möglicherweise wieder weggelaufen ist.«

»Sie war siebzehn, als sie das letzte Mal weggelaufen ist«, hielt Nan ihm entgegen. »Wir waren gerade aus London hierher gezogen. Sie war einsam, unglücklich. Wir hatten alle Hände voll zu tun, mussten das Haus in Ordnung bringen und hatten nicht genug Zeit für sie. Sie brauchte lediglich Zuwendung –«

»Nancy!« Andy schob ihr beschwichtigend die Hand in den Nacken.

»Wir können doch nicht einfach die Hände in den Schoß legen!«

»Was anderes bleibt Ihnen nicht übrig«, sagte der Constable ungerührt. »Wir haben unsere Vorschriften. Ich gebe meinen Bericht ab, und wenn sie bis morgen um diese Zeit nicht wiederaufgetaucht ist, nehmen wir uns die Sache noch einmal vor.«

Zornig drehte sich Nan nach ihrem Mann um. »Tu was! Ruf doch einfach selbst bei der Bergrettung an.«

Julian mischte sich ein. »Nan, die Bergrettung kann eine Suchaktion erst starten, wenn sie wenigstens eine Ahnung hat ...« Er wies zum Fenster, als erklärte das alles.

Er war selbst Mitglied des Bergrettungsdiensts und hatte an Dutzenden von Einsätzen teilgenommen. Immer mussten die Retter zumindest eine allgemeine Vorstellung davon haben, wo sie mit ihrer Suche nach einem in Not geratenen Wanderer beginnen sollten.

Da weder Julian noch Nicolas Eltern auch nur eine Vermutung hatten, wo Nicola zu ihrer Fußwanderung gestartet war, blieb ihnen keine andere Möglichkeit, als zu warten, bis es hell wurde und die Polizei einen Hubschrauber von der Royal Air Force anfordern konnte.

Julian wusste, dass sie mit diesen spärlichen Informationen zu so später Stunde höchstens erreichen konnten, dass Constable Price bei der nächsten Bergrettungsorganisation anrief, um zu veranlassen, dass man dort gleich bei Tagesanbruch freiwillige Helfer zusammenzog.

Doch es war ihnen offensichtlich nicht gelungen, den Constable vom Ernst der Lage zu überzeugen, sonst hätte er ohne Umschweife seine Vorgesetzten unterrichtet und darauf hingewiesen, dass ein Einsatz der Bergrettung erforderlich sei. Da er dazu jedoch nicht bereit war, blieb nur das Warten. Die Bergrettung reagierte nur auf Aufforderung der Polizei. Und die Polizei war – zumindest was Constable Price betraf – vorläufig nicht bereit, etwas zu unternehmen.

Julian sah Andy an, dass er zu dem gleichen Schluss gekommen war. Er sagte: »Ich danke Ihnen, dass Sie gekommen sind, Constable«, und fügte, als seine Frau protestieren wollte, hinzu: »Wir rufen Sie an, wenn unsere Tochter bis morgen Abend nicht wieder da ist.«

»Andy!«

Er legte ihr den Arm um die Schultern, und sie drückte ihr Gesicht an seine Brust. Schweigend wartete er, bis der Polizeibeamte hinausgegangen und in seinem Wagen davongefahren war. Dann sagte er zu Julian, nicht zu Nan: »Sie wandert am liebsten am White Peak, Julian. In der Rezeption liegen Karten. Würdest du die mal herholen? Damit wir uns die Suche einteilen können.«

2

Es war kurz nach sieben, als Julian am nächsten Morgen nach Maiden Hall zurückkam. Er fühlte sich so zerschlagen, als hätte er jeden möglichen Ort von Consall Wood bis Alport Height durchforscht. Mit der Taschenlampe in der einen Hand und dem Megaphon in der anderen hatte er sich ohne Hoffnung auf die Suche gemacht. Er war auf dem dichtumlaubten Waldweg von Wettonmill aus den steilen Hang zu Thor's Cave hinaufgestapft. Er hatte das Gelände am River Manifold durchkämmt. Er hatte den Strahl seiner Taschenlampe die Flanke des Thorpe Cloud hinaufgesandt. Er war dem River Dove in südlicher Richtung bis zu dem mittelalterlichen Herrenhaus in Norbury gefolgt. Von Alton aus, einem kleinen Dorf, war er eine weite Strecke auf dem Staffordshireweg gewandert. Er war die einspurigen, von Hecken gesäumten Straßen hinauf- und hinuntergefahren, die Nicola bevorzugte. Immer wieder hatte er innegehalten und über das Megaphon ihren Namen gerufen. Bestrebt, sich bemerkbar zu machen, hatte er im Lauf seiner achtstündigen Suchaktion überall Schafe, Bauern und Camper aus dem Schlaf gerissen. Er hatte keinen Moment daran geglaubt, dass er Nicola finden würde, aber wenigstens hatte er etwas *getan,* anstatt zu Hause am Telefon zu sitzen und zu warten. Dem Ende zu waren nur Angst und Hoffnungslosigkeit geblieben. Und totale Erschöpfung, begleitet von brennenden Augen, lahmen Beinen und Rückenschmerzen von der nächtlichen Strapaze.

Und Hunger hatte er. Er hätte eine ganze Hammelkeule heruntergeschlungen, wenn jemand ihm eine angeboten hätte. Merkwürdig, dachte er, am vergangenen Abend erst hatte er vor lauter Spannung und Nervosität sein Essen kaum anrühren können. Samantha war sogar ein wenig beleidigt darüber gewesen, dass er in ihrer köstlichen Seezunge mit Mandeln nur lustlos herumgestochert hatte. Sie hatte seine Appetitlosigkeit persönlich genommen, und während sein Vater schlüpfrig gewitzelt hatte, dass ein Mann eben andere Gelüste zu stillen habe, hatte

Samantha die Lippen zusammengekniffen und den Tisch abgedeckt.

Jetzt hätte er einem üppigen Frühstück, wie sie es aufzutischen pflegte, Gerechtigkeit widerfahren lassen können. Aber so, wie die Dinge lagen … Es schien einfach unangebracht, an Essen zu denken – geschweige denn, darum zu bitten –, auch wenn die zahlenden Gäste von Maiden Hall sich spätestens in einer halben Stunde über das üppige Buffet hermachen würden, das so ziemlich alles bot, von Cornflakes bis zu Räucherfisch.

Doch er hätte sich kein Kopfzerbrechen über seine unangemessenen Gelüste zu machen brauchen. Als er in die Küche von Maiden Hall trat, sah er Nan Maiden vor einem Teller mit Rühreiern, Champignons und Würstchen sitzen, der völlig unberührt war. Sie schob ihn ihm sofort mit den Worten hin: »Sie sagen, ich muss was essen, aber ich kann nicht. Bitte nimm. Ich kann mir vorstellen, dass du jetzt was Kräftiges gebrauchen kannst.«

»Sie«, das waren die Küchenhilfen, die immer vormittags kamen: zwei Frauen aus dem nahe gelegenen Dorf Grindleford, die morgens, wenn die raffinierten Kochkünste Christian-Louis' nicht erforderlich waren und bei den Gästen sicherlich auch nicht erwünscht gewesen wären, in der Küche das Regiment führten.

»Nimm es dir mit, Julian.« Nan stellte eine Kaffeekanne auf ein Tablett mit Tassen, Milch und Zucker und ging ihm voraus in den Speisesaal.

Nur ein Tisch war besetzt. Nan nickte dem Paar zu, das sich an das Erkerfenster mit Blick auf den Garten gesetzt hatte, und erkundigte sich höflich, wie die beiden die Nacht verbracht und was für Pläne sie für den kommenden Tag hatten, ehe sie sich zu Julian an den Tisch etwas abseits setzte.

Nan schminkte sich nie, und das erwies sich an diesem Morgen als Nachteil. Ihre Augen lagen tief eingesunken, die Tränensäcke waren geschwollen. Ihr Gesicht, leicht sommersprossig von den Fahrten auf dem Mountainbike, die sie in jeder freien Stunde unternahm, um sich fit zu halten, war bleich. Von der Nase zu den Lippen – die längst die natürliche Röte der Jugend verloren hatten – zogen sich haarfeine Linien, die geisterhaft weiß waren. Sie hatte nicht geschlafen; das war deutlich zu sehen.

Doch sie hatte sich umgezogen. Es ging schließlich nicht, dass die Eigentümerin von Maiden Hall ihre Gäste am Morgen in derselben Garderobe begrüßte, die sie am Abend zuvor beim Dinner getragen hatte. Sie hatte also das Cocktailkleid abgelegt und trug stattdessen eine lange Hose und Bluse.

Sie schenkte den Kaffee ein, während Julian zu essen begann, und sagte dann: »Erzähl mir, wie war das mit eurer Verlobung, Julian? Ich brauche etwas, das mich davon ablenkt, an das Schlimmste zu denken.« Ihr kamen die Tränen, ihr Blick wirkte glasig und verschwommen, aber sie weinte nicht.

Julian zwang sich ebenfalls zur Selbstbeherrschung. »Wo ist Andy?«

»Noch nicht wieder da.« Sie umfasste ihre Tasse mit beiden Händen, so fest, dass ihre Finger – deren Nägel wie immer bis zum Fleisch hinunter abgekaut waren – weiß anliefen. »Erzähl mir von euch beiden, Julian. Bitte.«

»Es wird bestimmt alles gut«, sagte er. Er brachte es jetzt nicht fertig, sich irgendeine Geschichte auszudenken, etwa der Art, dass er und Nicola sich wie zwei gewöhnliche Sterbliche ineinander verliebt und, dieser Liebe gewahr geworden, beschlossen hatten, sich ein gemeinsames Leben aufzubauen. An so etwas konnte er im Moment gar nicht denken. »Sie wandert nicht das erste Mal. Sie kennt das Gebiet. Und sie ist voll ausgerüstet.«

»Das weiß ich. Aber ich möchte nicht darüber nachdenken, was es bedeutet, dass sie nicht nach Hause gekommen ist. Bitte, erzähl mir von eurer Verlobung. Wo wart ihr, als du sie gefragt hast? Was hast du gesagt? Wie stellt ihr euch die Hochzeit vor? Und wann soll sie sein?«

Nans Gedanken erschreckten ihn. Sie rückten Möglichkeiten ins Blickfeld, mit denen er sich nicht befassen wollte. Das eine hätte ihn gezwungen, das Undenkbare zu denken. Das andere hätte nur neue Lügen herausgefordert.

Er wich aus. »Nicola wandert in den Peaks, seit ihr aus London hierhergekommen seid. Selbst wenn sie verletzt ist, weiß sie genau, was sie zu tun hat, bis Hilfe kommt.« Er lud sich eine Portion Eier und Pilze auf die Gabel. »Unser Glück ist, dass sie mit mir verabredet war. Weiß der Himmel, wann wir sonst angefangen hätten, nach ihr zu suchen.«

Nan sah weg, aber ihre Augen waren immer noch feucht. Sie senkte den Kopf.

»Du solltest optimistisch sein«, fuhr Julian fort. »Sie ist gut ausgerüstet. Und sie gerät in brenzligen Situationen nie in Panik. Das wissen wir doch.«

»Aber wenn sie gestürzt ist ... oder sich in einer der Höhlen verirrt hat ... Julian, so was kommt immer wieder vor. Du weißt es doch. Man kann noch so gut vorbereitet sein, das Schlimmste kann immer passieren.«

»Aber es gibt doch überhaupt keinen Hinweis darauf, dass etwas passiert ist. Ich habe nur im südlichen Teil vom White Peak gesucht. Das Gebiet ist so groß, dass man es alleine gar nicht schafft, es in einer einzigen Nacht im Stockdunklen von Anfang bis Ende zu durchkämmen. Sie kann praktisch überall sein. Sie kann sogar zum Dark Peak gefahren sein, ohne dass wir es wissen.«

Er sagte nichts von den nahezu unüberwindlichen Schwierigkeiten, mit denen die Bergrettung zu kämpfen hatte, wenn tatsächlich jemand im Dark Peak verschwand. Es hätte Nan nicht geholfen, wenn man ihre mühsam bewahrte Haltung zerschlagen hätte. Im Übrigen wusste sie über den Dark Peak so gut Bescheid wie er; er brauchte sie nicht darüber aufzuklären, dass im Gegensatz zum White Peak im Süden, der größtenteils durch Straßen erschlossen war, der Dark Peak im Norden nur zu Pferd, zu Fuß oder mit dem Hubschrauber überquert werden konnte. Wenn sich dort oben ein Wanderer verirrte oder verunglückte, mussten gewöhnlich Suchhunde eingesetzt werden, um ihn aufzuspüren.

»Aber sie hat gesagt, dass sie dich heiraten will.« Nans Worte schienen eher an sie selbst gerichtet als an Julian. »Das hat sie doch gesagt, Julian?«

Sie schien so versessen darauf, etwas über die Heirat zu erfahren, dass Julian sich getrieben fühlte, ihr entgegenzukommen. »Beim Ja oder Nein waren wir eigentlich noch nicht angelangt. Darüber wollten wir gestern Abend reden.«

Nan hob ihre Tasse mit beiden Händen zum Mund und trank. »War sie ... wirkte sie erfreut? Ich frage nur, weil ich den Eindruck hatte, dass sie ... Na ja, sie hatte anscheinend irgendwelche Pläne, und ich bin mir nicht sicher ...«

Bedächtig spießte Julian einen gebratenen Champignon auf. »Pläne?«

»Ich dachte … ja, den Anschein hatte es.«

Er sah Nan an. Sie sah ihn an. Er senkte als Erster den Blick. Ruhig sagte er: »Ich weiß nichts von irgendwelchen Plänen, Nan.«

Die Küchentür wurde einen Spalt geöffnet, das Gesicht einer der Grindleford-Frauen zeigte sich. »Äh – Mrs. Maiden, Mr. Britton«, sagte sie leise, beinahe scheu, und wies mit einer Kopfbewegung zur Küche. Was so viel bedeutete wie: »Sie werden gewünscht.«

Andy stand mit gesenktem Kopf vor einem der Arbeitstische, die Hände auf die Platte gestützt. Als seine Frau ihn anrief, blickte er auf.

Sein Gesicht war eingefallen vor Erschöpfung, graue Bartstoppeln verdunkelten seine Wangen. Sein graues Haar war ungekämmt, sah zerzaust aus. Er warf einen kurzen Blick auf Nan. Julian machte sich darauf gefasst, das Schlimmste zu hören.

»Ihr Wagen steht am Rand vom Calder Moor«, sagte Andy.

Nan ballte die Hände an ihrer Brust zu Fäusten. »Gott sei Dank.«

Andy sah sie nicht an. Sein Gesichtsausdruck verriet, dass es noch keinen Grund gab, erleichtert zu sein. Das war auch Julian klar. Und es wäre auch Nan in den Sinn gekommen, hätte sie sich die Zeit genommen, darüber nachzudenken. Das Hochmoor umfasste ein riesiges Gebiet. Es begann unmittelbar westlich der Straße, die Blackwell mit Brough verband, weite Flächen waren mit Heidekraut und Ginster bedeckt, innerhalb seiner Grenzen befanden sich vier Höhlen, zahlreiche Hügelgräber und Festungswerke aus frühgeschichtlicher Zeit von der Altsteinzeit bis zur Eisenzeit, Sandsteinfelsen und Kalksteinhöhlen und -spalten, durch die schon mehr als ein törichter Ausflügler aus reiner Abenteuerlust gekrochen und dann hoffnungslos stecken geblieben war.

Julian wusste, dass all dies Andy durch den Kopf ging, als er da am Ende einer langen nächtlichen Suche in der Küche stand. Aber Andy bekümmerte noch etwas. Andy *wusste* etwas. Die Art, wie er sich plötzlich aufrichtete und begann, die Knöchel der einen Hand gegen den Ballen der anderen zu schlagen, machte das offenkundig.

»Andy!«, sagte Julian. »Herrgott noch mal, sag's uns.«

Andy sah endlich seine Frau an. »Der Wagen steht nicht am Straßenrand, wie man denken würde.«

»Wo dann?«

»Er steht hinter einer Mauer. Außer Sicht. An der Straße, die von Sparrowpit kommt.«

»Aber das ist doch gut«, sagte Nan eifrig. »Sie hatte vor, über Nacht wegzubleiben, und wollte den Wagen nicht direkt an der Straße stehenlassen, wo jeder ihn hätte sehen können. Sonst wäre vielleicht jemand auf die Idee gekommen einzubrechen.«

»Das ist richtig«, bestätigte Andy. »Aber der Wagen steht nicht allein da.« Mit einem Blick zu Julian, als wollte er sich entschuldigen, fügte er hinzu: »Daneben steht ein Motorrad.«

»Vielleicht jemand, der einen Tagesausflug gemacht hat«, meinte Julian.

»Um diese Zeit?« Andy schüttelte den Kopf. »Es war nass vom Tau. Wie Nicolas Wagen. Es steht genauso lange da.«

Nan sagte schnell: »Dann ist sie nicht allein losgezogen, sondern hat sich am Moor mit jemandem getroffen?«

»Oder ihr ist jemand gefolgt«, warf Julian beklommen ein.

»Ich rufe jetzt die Polizei an«, sagte Andy. »Jetzt werden sie gewiss die Bergrettung hinzuziehen.«

Wenn ein Patient starb, suchte Phoebe Neill Trost in der Natur. Das tat sie immer. Und im Allgemeinen tat sie es allein. Sie hatte den größten Teil ihres Lebens allein verbracht und fürchtete die Einsamkeit nicht. Und in der Synthese von Einsamkeit und Natur fand sie Tröstung. Nichts stand dann zwischen ihr und dem Schöpfer. Draußen unter dem freien Himmel konnte sie sich mit dem Tod eines anderen Menschen und dem Willen Gottes aussöhnen. Sie wusste, dass der Körper, in dem wir wohnen, nur eine Hülle ist, an die wir eine Zeitlang gebunden sind, ehe wir zur nächsten Phase unserer Entwicklung in die geistige Welt eintreten.

An diesem Morgen jedoch war es anders. Gewiss, am Abend zuvor war ein Patient gestorben. Gewiss, auch diesmal suchte

Phoebe Neill Trost in der Natur. Aber diesmal war sie nicht allein. Sie hatte einen Hund mit, einen Mischling zweifelhafter Abstammung. Das Tier hatte dem jungen Mann gehört, dessen Leben gerade zu Ende gegangen war.

Sie selbst hatte Stephen Fairbrook im letzten Jahr seiner Krankheit dazu überredet, sich einen Hund als Gefährten anzuschaffen. Und als offenkundig geworden war, dass Stephens Lebensende näherrückte, wusste sie, dass sie ihm helfen konnte, wenn sie ihn wegen des Hundes beruhigte. »Stevie, ich nehme Benbow zu mir, wenn es so weit ist«, hatte sie ihm eines Morgens gesagt, als sie seinen knochigen Körper gewaschen und mit einer Lotion eingerieben hatte. »Sie brauchen sich seinetwegen keine Sorgen zu machen. In Ordnung?«

Du kannst jetzt sterben, waren die eigentlichen Worte dahinter, aber sie blieben unausgesprochen. Nicht weil die Wörter *Sterben* oder *Tod* im Beisein Stephen Fairbrooks tabu waren; sie waren ihm altvertraute Gefährten, seit er von seiner Krankheit in Kenntnis gesetzt worden war. Er hatte zahllose Behandlungen über sich ergehen lassen, in der Hoffnung, doch noch eine Heilung zu erleben. Er hatte zugesehen, wie er immer mehr abmagerte, wie ihm die Haare ausfielen und sich überall auf seiner Haut Flecken bildeten, die in offene Wunden ausbrachen. Man brauchte ihm diese Worte nicht mehr zu erklären.

Am letzten Lebenstag seines Herrn hatte Benbow, der Hund, gewusst, dass es mit Stephen zu Ende ging. Stunde um Stunde lag das Tier ruhig an seiner Seite, bewegte sich nur, wenn Stephen sich bewegte, hielt seine Schnauze in Stephens Hand gedrückt bis zum letzten Moment. Der Hund hatte noch vor Phoebe gewusst, dass Stephen tot war. Er war winselnd aufgestanden, hatte einmal aufgeheult und war still geblieben. Dann hatte er sich in seinen Korb verkrochen, bis Phoebe ihn zu sich geholt hatte.

Als Phoebe jetzt den Wagen in einer Parkbucht an einer Feldmauer anhielt und nach der Leine griff, stellte sich der Hund auf die Hinterbeine und wedelte freudig mit dem buschigen Schwanz. Er bellte einmal laut, und Phoebe lächelte. »Ja. Ein Spaziergang wird uns beiden guttun, du Racker.«

Sie stieg aus, und Benbow folgte. Behände sprang er aus dem Vauxhall und begann sofort zu schnüffeln, die Nase dicht am sandigen Boden. Er zog Phoebe direkt zu der Trockenmauer und lief schnüffelnd an ihr entlang bis zu dem Zauntritt, den man übersteigen musste, um auf das Moor zu gelangen. Mit Schwung übersprang er ihn, blieb drüben stehen und schüttelte sich kräftig. Er spitzte die Ohren und neigte den Kopf schräg zur Seite, kläffte ein paarmal kräftig, um Phoebe wissen zu lassen, dass ihm nach gründlichem Auslauf und nicht nach einem braven Spaziergang an der Leine zumute war.

»Das geht nicht, Benbow«, sagte Phoebe. »Erst müssen wir uns hier mal umschauen und sehen, wo wir hier überhaupt sind.« Sie war eine sehr vorsichtige und übermäßig fürsorgliche Person. Für die Bettlägerigen und Sterbenden, die sie zu betreuen hatte, war das gut, besonders für jene, die äußerste Wachsamkeit von Pfleger oder Pflegerin verlangten. Aber Kinder oder Haustiere machte diese ständige Fürsorge entweder zu Angsthasen oder zu Rebellen. Das hatte Phoebe rein intuitiv immer gewusst, deshalb hatte sie keine Kinder, obwohl es ihr an Gelegenheit nicht gefehlt hatte. Und einen Hund hatte sie bisher auch nie gehabt.

»Ich möchte bei dir gern alles richtig machen, Benbow.« Der Mischling hob den Kopf mit dem zottigen hellbraunen Fell, das fast seine Augen verdeckte, und sah sie an. Dann drehte er sich herum und strebte dem Moor entgegen, der endlos erscheinenden Heide, die wie eine violette Decke ausgebreitet über der Landschaft lag.

Normalerweise hätte selbst Phoebe den Hund ohne weitere Überlegung frei laufen lassen. Doch dieses scheinbar stille, glatte Meer violetter Blüten war trügerisch. Alte Sandsteinbrüche bildeten unerwartete Krater in der Landschaft, in die der Hund abstürzen konnte, und die Höhlen, Bleigruben und Felsspalten waren für jedes Tier eine unwiderstehliche Verlockung. Unwiderstehlich genug für Benbow, so fürchtete Phoebe Neill, um ihn allen Gehorsam vergessen zu lassen. Doch sie war bereit, Benbow in einem der vielen Birkenhaine, die in unregelmäßiger Anordnung das Moor sprenkelten, freien Lauf zu lassen. Sie nahm ihn also fest an der Leine und schlug den Weg nach Nordwesten ein, wo die berühmteste dieser Birkengruppen stand.

Es war ein schöner Morgen, aber es waren noch keine Wanderer unterwegs. Die Sonne stand tief am östlichen Himmel, so dass

Phoebes Schatten weit von ihr strebte, als wollte er den kobaltblauen Horizont erreichen, an dem sich weiße Schäfchenwolken zusammendrängten. Es war fast windstill, nur ein leichtes Lüftchen strich ab und zu gegen Phoebes Windjacke und blies Benbow das strubbelige Fell aus den Augen. Die sanfte Brise war, soweit Phoebe das wahrnehmen konnte, vollkommen geruchlos. Und die einzigen Geräusche waren das Krächzen einer unfreundlichen Rabenschar irgendwo auf dem Moor und das Blöken von Schafen in der Ferne.

Eifrig schnüffelnd trottete Benbow vor ihr her, die Nase am Boden, um jedes Stück Weg zu erforschen, einschließlich der Heidekrautbüschel, die den Fußpfad begrenzten. Als Stephen überhaupt nicht mehr aus dem Bett hatte aufstehen können, hatte Phoebe dreimal täglich einen Spaziergang mit dem Hund unternommen, und er war immer brav an der Leine gegangen. Auch jetzt brauchte sie sich kaum um ihn zu kümmern, brauchte ihn weder hinter sich herzuziehen noch zurückzuhalten, und so hatte sie bei diesem Ausflug ins Moor die Muße zu beten.

Sie betete nicht für Stephen Fairbrook. Sie wusste, dass Stephen seinen Frieden gefunden hatte und das Unvermeidliche geschehen und nicht mehr zu ändern war. Aber sie betete um besseres Verstehen. Sie wollte wissen, warum diese Geißel über die Menschheit gekommen war, die die Besten, die Klügsten und häufig die, die am meisten zu geben hatten, tötete. Sie wollte wissen, was sie folgern sollte aus dem Tod junger Menschen, die sich nichts hatten zuschulden kommen lassen, aus dem Tod unschuldiger Kinder, die das Unglück hatten, von infizierten Müttern geboren zu werden, und aus dem Tod dieser unglückseligen Mütter selbst.

Anfangs hatte Phoebe geglaubt, in dieser Symphonie des Todes, die sie in den letzten Jahren begleitet hatte, müsse eine Botschaft enthalten sein. Aber sie begann allmählich zu erkennen, dass dieser Tod zu viele verschiedene Gesichter hatte. Er suchte sich seine Opfer in zu unterschiedlichen Lebenskreisen, als dass sich ein Muster hätte herausbilden lassen. Aus jahrelanger Erfahrung wusste sie, dass der Tod keine Unterschiede machte zwischen Großen und Kleinen, Bedeutenden und Unbedeutenden, Reichen und Armen, Starken und Schwachen. Mochte man noch so viel Macht, Prestige oder Einfluss besitzen, der Tod ließ nicht mit sich handeln. In dieser Art des Sterbens jedoch zeigte der Tod sein schlimmstes Gesicht.

So ging und betete sie. Und wenn Benbow Lust bekam, ein wenig mehr Tempo zu machen, hielt sie bereitwillig mit. Bald diesem, bald jenem Pfad folgend, einmal hier abbiegend, einmal dort, wanderten sie immer weiter ins Moor hinein. Phoebe hatte keine Sorge, sich zu verlaufen. Sie wusste, dass sie ihre Wanderung südöstlich eines kleinen Sandsteinmassivs begonnen hatten, das den Namen Agricola's Throne trug. Es waren die Überreste eines einst mächtigen römischen Forts, ein Aussichtsplatz, der von der Form her einem riesigen Thronsessel glich und sich am Rand des Moors erhob. Wer ihn bei einer Wanderung im Blick behielt, konnte sich kaum verlaufen.

Sie waren vielleicht eine Stunde marschiert, als Benbow, der bisher vergnügt schnuppernd vor sich hin getrabt war, plötzlich stehen blieb und die Ohren aufstellte. Sein Körper spannte, die Beine streckten sich. Der buschige Schwanz ragte wie ein steifer Federkiel reglos in die Luft. Er winselte leise.

Phoebe sah sich um. Vor ihnen befand sich das Birkenwäldchen, in dem sie Benbow von der Leine hatte lassen wollen. »Na, du bist mir vielleicht einer«, sagte sie. »Ein ganz schlauer Bursche, hm, Bennie?« Sie war überrascht und gerührt, dass der Hund offenbar das Gespür besaß, ihre Absichten zu ahnen. Sie hatte ihm im Stillen versprochen, ihn freizulassen, sobald sie das Wäldchen erreichten. Und hier war es. Er wusste, was sie vorhatte, und konnte es kaum erwarten, von der Leine genommen zu werden. »Ich kann's verstehen«, murmelte Phoebe, als sie sich bückte, um die Leine vom Halsband zu lösen. Sie wickelte sich den geflochtenen Ledergurt um die Hand und richtete sich seufzend auf, als der Hund schon davonschoss, hinein in die Bäume.

Lächelnd sah sie ihm nach, wie er, klein und kraftvoll, den Weg hinuntersprang. Er setzte seine Beine im Lauf wie Sprungfedern ein, schnellte auf allen vieren gleichzeitig in die Luft, als wollte er fliegen. Dann flitzte er um einen Geröllhaufen aus grobem Kalkstein am Rand des Hains herum und verschwand in den Birken.

Hier war der Zugang zu Nine Sisters Henge, einer von Erdwällen umschlossenen Rundanlage aus der Jungsteinzeit, in der neun Steinsäulen unterschiedlicher Höhe standen. Das Ensemble aus Kreis und Steinen, vor mehr als 3500 Jahren vor Christus errichtet, kennzeichnete eine Stelle, an der frühgeschichtliche Menschen ihre Rituale vollzogen hatten. Damals hatte die Kultstätte auf freiem Land gestanden, nachdem Eichen- und Erlenwälder gerodet worden waren. Heute, da wieder Bäume im Vormarsch auf die Moorlandschaft waren, war sie von einem Kreis dichtwachsender Birken verdeckt.

Phoebe blieb stehen und schaute sich um. Der Himmel im Osten war wolkenlos, die Sonne drang ungehindert durch die Bäume, deren Borken, weiß wie Möwenflügel, mit rautenförmigen dunklen Aufsprüngen gemustert waren. Das Laub bildete im leichten Morgenwind einen flirrenden grünen Vorhang, der dem ahnungslosen Wanderer den Steinkreis verbarg. Ein einzelner Monolith stand wie ein steinerner Wächter vor dem Wäldchen. Im schräg einfallenden Licht bildeten seine natürlichen Unebenheiten tiefe Schatten, die sich, aus der Ferne gesehen, zu einem Gesicht vereinigten, dem strengen Antlitz eines Hüters uralter Geheimnisse.

Während Phoebe den Stein betrachtete, befiel sie ein unerklärliches Frösteln. Trotz der Brise war es vollkommen still. Kein Laut, keine menschliche Stimme. Es war zu still, fand Phoebe und fühlte sich unbehaglich. Plötzlich überkam sie das Gefühl, beobachtet zu werden.

Phoebe hielt sich für eine äußerst realistische Person, die weder zu Hirngespinsten noch zu wild blühenden Phantasien von Spuk und Gespenstern und nächtlichen Poltergeistern neigte. Dennoch verspürte sie plötzlich das dringende Bedürfnis, diesen Ort zu verlassen, und rief nach dem Hund.

Nichts rührte sich.

»Benbow!«, rief sie ein zweites Mal. »Hierher! Komm jetzt!«

Nichts. Die Stille vertiefte sich. Der Wind legte sich. Und Phoebe spürte, wie sich die feinen Härchen in ihrem Nacken aufstellten.

Sie sollte dem Wäldchen nicht näher kommen, das spürte sie, ohne zu wissen, warum. Sie war doch früher schon zwischen den Steinen von Nine Sisters Henge umhergewandert, hatte einmal, an einem schönen Frühlingstag, dort sogar gerastet und Picknick gemacht. Aber heute Morgen war hier irgendetwas …

Ein scharfes Kläffen von Benbow, und mit einem Schlag stiegen, wie es schien, Hunderte von Raben in die Luft wie eine schwarze Wolke. Einen Moment lang verdunkelte sich der Himmel. Der Schatten, den die Raben warfen, glitt wie eine Riesenhand über Phoebe hinweg. Sie schauderte in dem deutlichen Gefühl, irgendwie gezeichnet worden zu sein, wie einstmals Kain, bevor er ins Land Nod jenseits von Eden zog.

Sie schluckte und wandte sich wieder dem Wäldchen zu. Von Benbow war nichts mehr zu hören. Auf ihre Rufe reagierte er nicht. Beunruhigt lief Phoebe den Weg hinunter, an dem steinernen Wächter der heiligen Stätte vorbei in die Bäume.

Sie standen dicht beieinander, aber die Besucher des Ortes hatten im Lauf der Jahre einen Pfad ausgetreten, der zwischen ihnen hindurchführte. Das natürliche Moorgras war hier niedergetrampelt und an manchen Stellen so dünn, dass die nackte Erde durchkam. Im niedrig wachsenden Gestrüpp zu beiden Seiten wucherten Heidelbeersträucher, und die letzten violetten Blüten des Knabenkrauts verströmten ihren charakteristischen Katzengeruch. Hier, in den Bäumen, suchte Phoebe nach Benbow, folgte widerstrebend dem Pfad, der sie immer näher an die alten Steine heranführte. Die Stille war beklemmend, wie eine stumme, aber vielsagende Vorbotin.

Endlich, als sie fast die Einfassung des Steinkreises erreicht hatte, hörte sie den Hund wieder. Er bellte irgendwo, dann verfiel er in Töne, die halb Winseln, halb Knurren waren und seine Furcht verrieten.

Besorgt, dass er auf einen Wanderer gestoßen sein könnte, der von seinen Annäherungsversuchen nicht erbaut war, eilte Phoebe, dem Geräusch folgend, zwischen den restlichen Bäumen hindurch in den Steinkreis. Das Erste, was ihr ins Auge fiel, war ein leuchtend blaues Häufchen am Fuß eines der aufrecht stehenden Monolithen. Und dieses Häufchen kläffte Benbow an und wich dann mit aufgestellten Nackenhaaren und flach angelegten Ohren vor ihm zurück.

»Was ist denn das?«, rief Phoebe. »Was hast du da gefunden, Benbow?« Nervös wischte sie sich die Hände an ihrem Rock und blickte umher. Die Antwort auf ihre Frage erübrigte sich. Der Hund hatte ein Chaos vorgefunden. Die Mitte des Steinkreises war übersät mit weißen Federn, und überall flogen die verstreuten Sachen irgendwelcher achtloser Camper herum: ein Zelt, Kochgeschirr und ein geöffneter Rucksack, dessen Inhalt auf dem Boden herumlag.

Phoebe lief zwischen all diesem Müll hindurch zu ihrem Hund. Die Atmosphäre hier war ihr unheimlich. Sie wollte Benbow schnellstens wieder an die Leine nehmen und verschwinden.

»Benbow!«, rief sie. »Komm her.«

Der Hund kläffte noch lauter. Es war ein Kläffen, wie sie es noch nie vorher von ihm gehört hatte. Offensichtlich war es das blaue Häufchen, das ihn so erregte. Von ihm stammten die weißen Federn, die die Lichtung bedeckten wie die Flügel gemordeter Schmetterlinge.

Sie sah, dass es ein Schlafsack war, und als sie ihn mit der Schuhspitze anstieß, quollen aus dem langen Schlitz in der Nylonhülle noch ein paar Federn. Fast die ganze Daunenfüllung war entwichen, und was zurückgeblieben war, glich eher einer Plane. Der Reißverschluss des Schlafsacks war ganz geöffnet, und unter dem Stoff verbarg sich offensichtlich etwas, das dem Hund Angst machte.

Phoebe zitterten die Knie, aber sie zwang sich, es zu tun: Sie hob die Decke hoch. Benbow sprang zurück, so dass ihr Blick ungehindert auf das Grauen fiel, das der Schlafsack verhüllt hatte.

Blut. So viel Blut, wie sie nie zuvor in ihrem Leben gesehen hatte. Es war nicht mehr richtig rot, offensichtlich war es schon seit mehreren Stunden der Luft ausgesetzt. Aber Phoebe brauchte die Farbe nicht, um zu wissen, was sie vor sich hatte.

»O mein Gott!« Sie war zu Tode erschrocken.

Sie war dem Tod schon in vielerlei Gestalt begegnet, aber keine war so scheußlich gewesen wie diese. Zu ihren Füßen lag, wie ein Fötus zusammengerollt, ein junger Mann, vollständig schwarz gekleidet, schwarz auch das runzlig verbrannte Fleisch seiner einen Gesichtshälfte. Auch sein Haar, das zu einem Pferdeschwanz gebunden war, und der kleine Spitzbart waren schwarz. Schwarz waren die Fingernägel. Er trug einen Onyxring und einen schwarzen Ohrring. Nichts als Schwarz, bis auf das Blau des Schlafsacks und das dunkle Rot des Bluts. Und das war überall: auf dem Boden unter dem Jungen, in seinen Kleidern, rund um zahllose Wunden an seinem Körper.

Phoebe ließ den Schlafsack fallen und trat von dem Toten zurück. Ihr war heiß und kalt zugleich. Sie war nahe daran, ohnmächtig zu werden. Sie ärgerte sich über ihren Mangel an Rückgrat. »Benbow?«, rief sie und hörte den Hund bellen. Er hatte die ganze Zeit gebellt, aber der Schock hatte vier ihrer Sinne betäubt und den fünften – ihr Auge – bis zur Unerträglichkeit geschärft.

Sie nahm den Hund kurzerhand auf den Arm und floh stolpernd vor dem Grauen.

Das Wetter war völlig umgeschlagen, als die Polizei eintraf. In den Peaks kam es öfter vor, dass ein sonniger Tag bei strahlend blauem Himmel plötzlich in grauem Nebel unterging. Der Dunst wälzte sich über den fernen Kamm des Kinder Scout und kroch aus Nordwesten kommend über die Hochmoore. Als die Polizei aus Buxton den Tatort absperrte, senkten sich die Nebelschwaden über die Männer wie Geister, die herabstiegen, um diesen Ort heimzusuchen.

Bevor Inspector Peter Hanken von der Kriminalpolizei sich auf den Weg zum Tatort machte, wo die Spurensicherung bereits an der Arbeit war, sprach er mit der Frau, die den Toten gefunden hatte. Sie saß, ihren Hund auf dem Schoß, hinten in einem Streifenwagen. Hanken hatte Hunde eigentlich sehr gern. Er hatte selbst zwei irische Setter, die ihm beinahe so lieb und teuer waren wie seine drei Kinder. Aber diesem hässlichen Mischlingshund mit dem ungepflegten, verdreckten Fell und den schlammbraunen Augen konnte er nichts abgewinnen. Der Köter stank wie ein Mülleimer, den man in der Sonne stehen gelassen hatte.

Die Sonne allerdings war nirgends zu sehen, und das trübte Hankens Stimmung noch mehr. Rundherum alles grau – der Himmel, die Landschaft, das dauergewellte Haar der alten Frau im Auto. Bei so viel Grau musste man ja trübsinnig werden.

Über den Wagen hinweg sagte Hanken zu Patty Stewart, einer Beamtin mit herzförmigem Gesicht und einem Busen, an dem sich die Phantasie der meisten jüngeren Kollegen entzündete: »Name?«

Constable Stewart beantwortete alle offenen Fragen mit der für sie charakteristischen Kompetenz. »Phoebe Neill. Sie ist bei einem Pflegedienst angestellt. Aus Sheffield.«

»Was zum Teufel hatte sie hier draußen zu suchen?«

»Einer ihrer Patienten ist gestern Abend gestorben. Das ist ihr an die Nieren gegangen. Sie ist mit seinem Hund hierhergefahren, um ein Stück zu laufen. Das hilft, sagt sie.«

Hanken hatte in den Jahren seiner Arbeit den Tod oft genug erlebt. Seiner Erfahrung nach half da gar nichts. Er klatschte mit der offenen Hand auf das Wagendach und öffnete die Tür. »Gut, dann machen Sie mal«, sagte er zu Patty Stewart und stieg in den Wagen.

»Miss oder Mrs.?«, fragte er, nachdem er sich der alten Frau vorgestellt hatte.

Der Hund stemmte sich gegen ihre Hände, die sie ihm oberhalb der Vorderbeine um die Brust gelegt hatte. Sie hielt ihn eisern fest. »Er ist nicht bissig«, sagte sie. »Wenn Sie ihn nur mal an Ihrer Hand schnuppern lassen.« Als Hanken der Bitte nachkam, fügte sie hinzu: »Miss.«

Er ließ sich die Einzelheiten von ihr berichten und bemühte sich dabei, den Gestank des Hundes zu ignorieren. Er vergewisserte sich, dass sie keinerlei Anzeichen von Leben bemerkt hatte außer den Raben, die, wie Leichenfledderer das an sich haben, beim Erscheinen des Hundes das Weite gesucht hatten.

»Sie haben doch nichts angerührt?«, fragte er und kniff die Augen zusammen, als sie errötete.

»Ich weiß, wie man sich in so einer Situation zu verhalten hat. Man schaut sich ja ab und zu im Fernsehen einen Krimi an. Aber sehen Sie, ich hatte ja keine Ahnung, dass unter der Decke ein Toter lag – ich meine, unter dem Schlafsack. Es war keine Decke, es war ein aufgeschlitzter Schlafsack. Und überall lag Zeug herum, da kann es schon sein, dass ich –«

»Zeug?«, unterbrach Hanken ungeduldig.

»Na ja, Papiere. Campingsachen. Überall weiße Federn. Wie gesagt, es lag eine Menge Zeug herum.« Die Frau lächelte, rührend bemüht, es Hanken recht zu machen.

»Aber Sie haben nichts angerührt?«, fragte Hanken noch einmal.

Nein. Natürlich nicht. Außer der Decke, die hatte sie hochgehoben. Aber es war natürlich keine Decke gewesen, sondern ein Schlafsack. Und darunter hatte die Leiche gelegen. Wie schon gesagt –

Du lieber Gott, dachte Hanken, die Frau kann einem ja ein Loch in den Bauch reden. So etwas Aufregendes hatte sie wahrscheinlich noch nie erlebt und war nun entschlossen, dieses Ereignis gründlich auszukosten.

»Und als ich – als ich ihn gesehen habe …« Sie zwinkerte hastig, als befürchtete sie, in Tränen auszubrechen, und wüsste schon, dass Hanken heulende Frauenzimmer nicht ausstehen konnte. »Ich glaube an Gott, wissen Sie, ich glaube, dass hinter allem, was geschieht, ein großer Plan steht. Aber wenn ein Mensch auf solche Weise sterben muss, stellt das meinen Glauben auf eine harte Probe. O ja.« Sie senkte den Kopf zu ihrem Hund, der sich herumdrehte und ihr die Nase leckte.

Hanken erkundigte sich, ob sie etwas brauche, ob es ihr lieber wäre, wenn ein Beamter sie nach Hause begleite. Er sagte, man werde ihr höchstwahrscheinlich weitere Fragen stellen müssen. Sie dürfe das Land vorläufig nicht verlassen. Sollte sie verreisen, so müsse sie ihn wissen lassen, wo sie zu erreichen sei. Allerdings glaube er nicht, dass er sie noch einmal brauchen würde. Aber manches an seiner Arbeit tat er ganz automatisch.

Ärgerlicherweise war der Tatort ziemlich abgelegen und nicht anders zu erreichen als zu Fuß, mit dem Mountainbike oder einem Hubschrauber. Angesichts dieser begrenzten Möglichkeiten hatte Hanken ein paar Leuten von der Bergrettung, die ihm noch etwas schuldeten, Dampf gemacht und einen Hubschrauber der RAF ergattert, der gerade von einer Suchaktion nach zwei Wanderern im Dark Peak zurückgekehrt war. Mit diesem Hubschrauber ließ er sich jetzt nach Nine Sisters Henge hinausbefördern.

Der Nebel war nicht besonders dicht, und als sie sich dem Tatort näherten, konnte er die Blitzlichter des Polizeifotografen sehen, der unten seine Bilder machte. Südöstlich der Bäume erkannte er eine kleine Gruppe Menschen – Pathologen und

Biologen, uniformierte Beamte, Leute von der Spurensicherung –, sie alle warteten darauf, dass der Fotograf seine Arbeit beenden würde. Und sie warteten auf Hanken.

Hanken bat den Hubschrauberpiloten, vor der Landung noch einen Moment über dem Birkenwäldchen in der Luft zu bleiben. Aus einer Höhe von 75 Metern – hoch genug, um unten nicht die Beweisstücke durcheinanderzuwirbeln – konnte er erkennen, dass die alte Kultstätte als Lagerplatz benutzt worden war. Ein kleines blaues Zelt wölbte sich an der Nordflanke eines der Steine, und in der Mitte des Kreises lag schwarz und rund wie die Pupille eines Auges eine ausgebrannte Feuerstelle. Auf dem Boden lagen eine silberne Wärmedecke und, nicht weit von ihr entfernt, eine quadratische Sitzmatte in leuchtendem Gelb, ein schwarz-roter Rucksack, dessen Inhalt rundherum verstreut war, und ein kleiner Campingherd, der auf die Seite gekippt war. Aus der Luft sah es ganz harmlos aus. Tja, dachte Hanken, Entfernung schafft immer ein Gefühl trügerischer Sicherheit.

Der Hubschrauber landete etwa fünfzig Meter südöstlich des Wäldchens. Hanken rannte geduckt unter den Rotorblättern hindurch und erreichte seine Leute gerade in dem Moment, als der Fotograf aus dem Birkenhain trat. »Scheußlich«, sagte der nur.

»Gut«, sagte Hanken zu seinem Team. »Warten Sie hier.« Er schlug mit der Hand gegen den Pfeiler, der den Zugang zum Steinkreis markierte, und machte sich allein auf den Weg unter den Bäumen hindurch, von deren Laub die Nässe des Nebels auf ihn herabtropfte.

Am Eingang zu Nine Sisters Henge blieb Hanken stehen und ließ seinen Blick schweifen. Aus der Nähe erkannte er, dass es sich bei dem Zelt um ein Einmannzelt handelte. Das passte zu dem, was sonst an Ausrüstungsgegenständen auf der Lichtung zu sehen war: ein Schlafsack, ein Rucksack, eine Wärmedecke, eine Sitzmatte. Was er aus der Luft nicht hatte ausmachen können, das sah er jetzt: eine offene Kartentasche, deren Inhalt halb zerrissen war; eine Isomatte, die zusammengeknüllt neben dem Rucksack lag; zwei kleine Wanderstiefel, der eine in der schwarzen Asche der Feuerstelle, der andere nicht weit davon. Und an all diesen Gegenständen klebten feuchte weiße Federn.

Als Hanken nach einer Weile in den Steinkreis eintrat, unterzog er zunächst, wie er das immer tat, den Tatort einer genauen Inspektion. Vor jedem sichtbaren Gegenstand blieb er stehen und betrachtete ihn aufmerksam, ohne sich Gedanken über mögliche Erklärungen zu machen. Die meisten Kollegen, die er kannte, pflegten schnurstracks zur Leiche zu gehen. Aber er war überzeugt, dass der Anblick eines Toten, der durch menschliche Gewalt gestorben war, so traumatisch war, dass er nicht nur die Sinne betäubte, sondern auch den Verstand. So war man der Fähigkeit beraubt, die Wahrheit zu erkennen, selbst wenn sie offen vor einem lag. Darum musterte er jetzt langsam einen Gegenstand nach dem anderen, ohne ihn anzurühren. Auf diese Weise prüfte er jedes Stück, das Zelt, den Rucksack, die Matte, die Kartentasche und die übrigen Ausrüstungsgegenstände – von Socken bis zur Seife –, die auf der Lichtung verstreut lagen. Die meiste Zeit nahm er sich für ein Flanellhemd und die Stiefel. Und erst als er genug gesehen hatte, wandte er sich der Leiche zu.

Sie war schrecklicher anzusehen als viele andere, die er im Lauf der Jahre zu Gesicht bekommen hatte, die Leiche dieses Jungen, der höchstens neunzehn oder zwanzig Jahre alt gewesen war. Er war mager, irgendwie ausgezehrt, mit zarten Handgelenken, zierlichen Ohren und der wachsbleichen Haut der Toten. Obwohl die eine Gesichtshälfte stark verbrannt war, konnte Hanken erkennen, dass der Junge eine schmalrückige kleine Nase gehabt hatte und einen wohlgeformten Mund, ganz allgemein etwas weiblich Zartes, dem er offenbar entgegenzuwirken versucht hatte, indem er sich einen kleinen Spitzbart hatte wachsen lassen. Blut aus zahlreichen Wunden bedeckte seinen Körper und das dünne schwarze T-Shirt, über dem er weder Pullover noch Jacke anhatte. Die schwarzen Jeans waren an den Stellen, die am meisten strapaziert waren, ausgebleicht: an den Nähten, den Knien, dem Gesäß. An den übergroßen Füßen trug er schwere Stiefel, wahrscheinlich Doc Martens.

Unter diesen Stiefeln, halb versteckt von dem Schlafsack, den der Polizeifotograf vorsichtig zur Seite geschoben hatte, um den Toten abbilden zu können, lagen einige Blätter Papier, blutbefleckt und schlaff von der feuchten Luft. Hanken ging in die

Knie, um sie sich genauer anzusehen, trennte sie behutsam mit der Spitze eines Bleistifts, den er aus seiner Tasche holte. Es waren anonyme Briefe der gängigen Art, mit simpler Formulierung und kreativer Rechtschreibung, zusammengesetzt aus Buchstaben und Wörtern, die aus Zeitungen und Zeitschriften ausgeschnitten waren. Der Inhalt war stets der gleiche: Todesdrohungen, wobei die angekündigten Todesarten unterschiedlich waren.

Hanken richtete seinen Blick auf den Jungen. Er fragte sich, ob man logisch folgern könne, dass der Junge der Empfänger der Briefe war und nun das Ende gefunden hatte, das ihm mit den Botschaften prophezeit worden war. Diese Folgerung wäre durchaus plausibel gewesen, hätte nicht das Innere des alten Steinkreises eine ganz andere Geschichte erzählt.

Hanken richtete sich auf und verließ die Lichtung.

»Durchkämmen Sie den gesamten Umkreis«, wies er seine Leute an. »Wir suchen eine zweite Leiche.«

3

Barbara Havers von New Scotland Yard fuhr mit dem Aufzug in die zwölfte Etage des Tower-Block-Gebäudes hinauf. Dort oben war die umfangreiche Bibliothek der Metropolitan Police, und sie wusste, dass sie inmitten der Regale voller Nachschlagewerke und Polizeiberichte sicher sein würde. Und Sicherheit brauchte sie gerade jetzt dringend. Außerdem musste sie eine Weile ungestört sein, um ihre Fassung wiederzufinden.

Neben den Unmengen von Büchern, die kein Mensch zählen, geschweige denn lesen konnte, bot die Bibliothek im ganzen Haus den schönsten Blick auf London. Im Osten umfasste dieser weite Blick alles von den neugotischen Türmen der Parlamentsgebäude bis zum Südufer der Themse. Im Norden reichte er zur gewaltigen Kuppel der Paulskathedrale, die die Skyline der City dominierte. Doch an einem Tag wie diesem, wenn das grelle Licht des Sommers endlich in den milden Glanz des Herbstes überging, war man weniger von dem überwältigenden Panorama als von der Schönheit beeindruckt, die über allem lag, was von diesem Licht berührt wurde.

Hier oben, meinte Barbara, würde es ihr, wenn sie sich darauf konzentrierte, möglichst viele der unter ihr befindlichen Gebäude zu identifizieren, vielleicht gelingen, sich zu beruhigen und die Demütigung zu vergessen, die sie eben erfahren hatte.

Nach dreimonatiger Suspendierung vom Dienst, die schönfärberisch als Urlaub bezeichnet worden war, hatte sie an diesem Morgen um halb acht endlich einen wortkargen Anruf erhalten. Die freundliche Aufforderung war im Grunde ein klarer Befehl gewesen. Würde Sergeant Barbara Havers so freundlich sein, heute um zehn Uhr Assistant Commissioner Sir David Hillier in seinem Büro aufzusuchen? Die Stimme war ausgesucht höflich und ausgesucht neutral, um nur ja nicht durchschimmern zu lassen, was hinter dieser Aufforderung steckte.

Aber Barbara war ziemlich klar gewesen, was sie zu bedeuten hatte. Seit zwölf Wochen lief gegen sie ein Ermittlungsverfahren der Polizeiaufsichtsbehörde, und nachdem die Staatsanwaltschaft die Einleitung eines Strafverfahrens gegen sie abgelehnt hatte, hatten die Mühlen der Abteilung für innere Angelegenheiten der Metropolitan Police zu mahlen begonnen. Zeugen, die über ihr Dienstverhalten Auskunft geben konnten, wurden vernommen und ihre Aussagen protokolliert. Das Beweismaterial – ein Schnellboot, ein MP5-Karabiner und eine Glock-Halbautomatik – wurde geprüft und bewertet. Die Entscheidung über Barbaras Schicksal hätte schon lange verkündet werden müssen.

Als der Anruf endlich kam und sie aus unruhigem Schlaf riss, hätte sie eigentlich vorbereitet sein müssen. Schließlich hatte sie den ganzen Sommer gewusst, dass zwei Aspekte ihres Verhaltens im Dienst streng geprüft wurden. Angesichts einer möglichen Anklage wegen tätlichen Angriffs und versuchten Mordes, angesichts eines Dienststrafverfahrens wegen einer ganzen Reihe von Vorwürfen – von Amtsmissbrauch bis zu Gehorsamsverweigerung reichend – hätte sie anfangen sollen, ihr berufliches Leben in Ordnung zu bringen; und zwar ehe sie mit dem unabwendbaren Rausschmiss, wie jeder mit einem Funken Verstand es genannt hätte, konfrontiert wurde. Aber die Arbeit bei der Polizei war seit fünfzehn Jahren Barbaras Leben, sie konnte sich eine Zukunft ohne sie nicht vorstellen. Also hatte sie sich während ihres »Urlaubs« einfach immer wieder gesagt, jeder Tag, der vergehe, ohne die Kündigung zu bringen, mache es wahrscheinlicher, dass sie mit heiler Haut davonkommen würde. Aber das war natürlich nicht der Fall. Und wäre sie realistischer gewesen, so hätte sie gewusst, was sie zu erwarten hatte, als sie das Büro des Assistant Commissioners betrat.

Sie hatte sich mit großer Sorgfalt gekleidet und die übliche lange Schlabberhose, die am Bund nur mit einer Kordel zusammengezogen wurde, gegen Rock und Blazer getauscht. Aber da ihr jeder Sinn für Mode fehlte, hatte sie eine unmögliche Farbe erwischt und die unglückliche Wahl noch mit einer unechten Perlenkette gekrönt, die lediglich die Aufmerksamkeit auf ihren dicken Hals zog. Immerhin waren wenigstens ihre flachen Schuhe geputzt. Leider war sie beim Aussteigen aus ihrem Mini in der Tiefgarage des Yard mit einem Bein an einer rauen Metallkante an der Tür hängengeblieben und hatte sich eine dicke Laufmasche geholt.

Aber tadellose Strümpfe, ein ordentliches Schmuckstück und eine schönere Farbe hätten sowieso nichts am Unvermeidlichen geändert. Sobald sie Hilliers Büro betrat, dessen vier große Fenster den Grad seines Einflusses bezeugten, hatte sie die Schrift an der Wand gesehen.

Dennoch hatte sie nicht erwartet, dass die Maßregelung so scharf ausfallen würde. Hillier war ein Schwein – und würde immer eines bleiben –, aber Barbara war nie zuvor Zielscheibe seiner Disziplinierungsmaßnahmen gewesen. Er schien der Überzeugung, eine kräftige Rüge reiche ebenso wenig aus, seinem Missfallen an ihrem Verhalten Ausdruck zu verleihen, wie ein scharfer Brief, der Wendungen wie »eine Schande für die gesamte Metropolitan Police«, »ein Verhalten, das Tausende von Beamten in Misskredit bringt« und »eine ungeheuerliche Insubordination, die in der Geschichte der Behörde ihresgleichen sucht«, enthielt und in Barbaras Personalakte landen würde, wo jeder Beamte, der Barbara etwas zu sagen hatte, ihn einsehen konnte. Nein. Hillier hielt es für nötig, auch seinen persönlichen Kommentar zu den Vorfällen abzugeben, die zu ihrer Suspendierung geführt hatten. Und da er genau wusste, dass er ohne Zeugen keine sprachlichen Rücksichten nehmen musste, wenn er Barbara zusammenstauchte, schreckte er nicht vor unverschämten Beschimpfungen und Anspielungen zurück, die andere Untergebene – für die weniger auf dem Spiel stand – wahrscheinlich als eine Grenzüberschreitung betrachtet hätten. Aber Hillier war nicht dumm. Er wusste genau, dass Barbara, erleichtert und dankbar, nicht aus dem Dienst entlassen zu werden, hinnehmen würde, was er ihr um die Ohren knallte.

Aber deswegen brauchte es ihr noch lange nicht zu gefallen, als »dämliche Ziege« und »gottverdammte Versagerin« beschimpft zu werden. Und deswegen brauchte sie noch lange nicht so zu tun, als ließe es sie kalt, dass Hillier in seiner gemeinen Tirade über ihre äußere Erscheinung, ihre sexuellen Neigungen und ihre Chancen als Frau hergezogen war.

Ja, sie war mit den Nerven am Ende. Während sie in der Bibliothek am Fenster stand und die Häuser anstarrte, die sich zwischen New Scotland Yard und der Westminsterabtei erhoben, versuchte sie, das Zittern ihrer Hände zu unterdrücken, die Schübe der Übelkeit zurückzudrängen, die sie zwangen, in heftigen Stößen zu atmen, als fürchtete sie zu ertrinken.

Eine Zigarette hätte geholfen, aber die Bibliothek, die sie aufgesucht hatte, weil sie wusste, dass man sie hier nicht finden würde, gehörte zu den vielen Räumen im Gebäude, in denen das Rauchen nicht gestattet war. Früher einmal hätte sie sich vielleicht trotzdem eine angezündet und auf die Konsequenzen gepfiffen, aber das konnte sie sich jetzt nicht leisten.

»Noch ein Verstoß, und Sie können Ihre Sachen packen«, hatte Hillier am Schluss gebrüllt, sein Gesicht so dunkelrot wie die Krawatte, die er zu seinem Maßanzug trug.

Dass man sie nicht gleich an die Luft gesetzt hatte, war Barbara angesichts der Feindseligkeit Hilliers ein Rätsel. Während seines ganzen Vortrags hatte sie sich innerlich auf die unvermeidliche Entlassung vorbereitet, aber die war ausgeblieben. Sie war gemaßregelt, niedergemacht und aufs Übelste beschimpft worden. Aber sie war nicht entlassen worden. Es war sonnenklar, dass Hillier es ebenso sehr genossen hätte, sie vor die Tür zu setzen, wie er es genossen hatte, sie abzukanzeln. Dass er es nicht getan hatte, konnte nur heißen, dass jemand mit Einfluss sich auf ihre Seite geschlagen hatte.

Barbara wollte gern dankbar sein. Sie wusste, dass Dankbarkeit angebracht war. Aber in diesem Augenblick fühlte sie sich nur verraten – von ihren Vorgesetzten, vom Disziplinarausschuss, von der Dienstaufsichtsbehörde. Keiner von denen hatte die Dinge so gesehen wie sie. Sie hatte geglaubt, wenn erst einmal die Fakten vorlägen, würde jeder erkennen, dass sie gar keine andere Wahl gehabt hatte, als zur nächsten Waffe zu greifen und zu schießen, um ein Menschenleben zu retten. Aber die, die am Drücker saßen, hatten es eben nicht so gesehen. Bis auf einen. Und sie konnte sich vorstellen, wer das war.

Inspector Thomas Lynley, ihr langjähriger Dienstpartner, war auf seiner Hochzeitsreise gewesen, als Barbara in Schwierigkeiten geraten war. Und als er nach zehn Tagen auf Korfu nach Hause gekommen war, hatte er als Erstes gehört, dass Barbara vom Dienst suspendiert und ein Ermittlungsverfahren gegen sie eingeleitet worden war. Wie vor den Kopf geschlagen, war er noch am selben Abend quer durch die Stadt zu Barbara gefahren, um sich von ihr selbst berichten zu lassen. Und wenn auch dieses Gespräch nicht so reibungslos verlaufen war, wie Barbara es sich gewünscht hätte, hatte sie doch im Innern gewusst, dass Inspector Lynley letztendlich niemals tatenlos zusehen und Unrecht geschehen lassen würde, wenn er es irgendwie verhindern konnte.

Er wartete jetzt wahrscheinlich in seinem Büro, um von ihr zu hören, wie das Gespräch mit Hillier verlaufen war. Und sobald sie sich einigermaßen erholt hatte, würde sie zu ihm gehen.

Leute kamen in die Bibliothek. Eine Frau sagte: »Glaub mir, er ist in Glasgow geboren, Bob. Ich erinnere mich genau an den Fall.«

»Ach, du spinnst doch«, entgegnete Bob. »Er ist in Edinburgh geboren.«

»In Glasgow«, beharrte die Frau. »Ich werd's dir beweisen.«

Beweisen hieß, alte Berichte zu wälzen, die in der Bibliothek aufbewahrt wurden. Und das wiederum hieß, dass Barbara nicht länger allein sein würde.

Sie verließ die Bibliothek und ging über die Treppe nach unten, um sich noch ein wenig Zeit zu lassen und sich zu überlegen, wie sie Lynley für sein Eingreifen danken wollte. Sie konnte sich nicht vorstellen, wie er das über sich gebracht hatte. Er und Hillier gingen bei jeder Gelegenheit wie die Kampfhähne aufeinander los, er musste also jemanden, der noch höher stand als Hillier, um Schützenhilfe gebeten haben. Sie wusste, was ihn das an Stolz gekostet haben musste. Ein Mann wie Lynley war es nicht gewohnt, als Bittsteller vor jemanden zu treten. Und vor jemandem, der ihm seine adelige Geburt neidete, musste das besonders hart gewesen sein.

Sie fand ihn in seinem Büro im Victoriablock. Sein Sessel war zum Fenster gedreht, so dass er mit dem Rücken zur Tür saß. Er telefonierte. »Hör zu, mein Schatz«, sagte er gerade in heiterem Ton, »wenn Tante Augusta uns besuchen will, weiß ich nicht, wie wir das abbiegen sollen. Es ist ungefähr so, als wollte man einen Taifun aufhalten ... Hm, ja. Aber vielleicht können wir wenigstens verhindern, dass sie das ganze Mobiliar umstellt, wenn Mutter wirklich mitkommt.« Er schwieg und lachte dann über irgendetwas, das seine Frau am anderen Ende der Leitung sagte: »Ja. In Ordnung. Die Schränke erklären wir gleich im Voraus zum Sperrgebiet … Danke dir, Helen … Ja. Natürlich meint sie es gut.« Er drehte seinen Sessel zum Schreibtisch zurück und legte auf.

Als er den Kopf hob, sah er Barbara an der Tür stehen. »Havers«, sagte er überrascht. »Hallo! Was tun Sie denn heute Morgen hier?«

Sie trat ein und sagte: »Ich habe meine Standpauke von Hillier bekommen.«

»Und?«

»Ein Brief in meiner Akte und ein fünfzehnminütiger Vortrag, den ich am liebsten sofort vergessen würde. Denken Sie an Hilliers Vorliebe dafür, die Gelegenheit beim Schopf zu packen und alles kurz und klein zu schlagen, dann wissen Sie in etwa, wie es gelaufen ist.«

»Das tut mir leid«, sagte Lynley. »Und das war alles? Eine Gardinenpredigt und ein Brief in Ihrer Akte? Das ist alles?«

»Nein. Ich bin außerdem zum Constable degradiert worden.«

»Ah.« Lynley griff zu einem magnetischen Büroklammerhalter auf seinem Schreibtisch und strich nachdenklich über die aufgereihten Klammern.

»Es hätte schlimmer kommen können«, sagte er. »Weit schlimmer, Barbara. Es hätte Sie alles kosten können.«

»Ja. Das weiß ich.« Barbara bemühte sich um einen heiteren Ton. »Na ja, Hillier hat seinen Spaß gehabt. Bestimmt wird er seinen Glanzvortrag beim Lunch mit dem Commissioner der versammelten Mannschaft aus den oberen Etagen zum Besten geben. Mittendrin hätte ich ihm am liebsten gesagt, er könne mir den Buckel runterrutschen, aber ich hab den Mund gehalten. Sie wären stolz auf mich gewesen.«

Lynley rückte seinen Sessel vom Schreibtisch ab und trat ans Fenster mit Blick auf das Tower-Block-Gebäude. Ein Muskel zuckte an seinem Unterkiefer. Gerade wollte Barbara ihre Dankeshymne anstimmen – seine ungewöhnliche Zurückhaltung ließ ahnen, wie schwer ihm sein Eingreifen gefallen war –, als er selbst auf das Thema zu sprechen kam. »Ich frage mich, Barbara«, sagte er, »ob Ihnen klar ist, was für Hebel in Bewegung gesetzt werden mussten, um Ihnen die Entlassung zu ersparen. Die Besprechungen, die Telefonate, die Vereinbarungen, die Kompromisse, die das erfordert hat.«

»Doch, sicher ist mir das klar. Deshalb wollte ich Ihnen ja sagen –«

»Und das alles, um Sie vor einem Schicksal zu bewahren, das Sie nach Ansicht der meisten hier reichlich verdient hätten.«

Barbara trat unbehaglich von einem Fuß auf den anderen. »Sir, ich weiß, dass Sie sich für mich eingesetzt haben. Ich weiß, dass ich rausgeflogen wäre, wenn Sie nicht ein gutes Wort für mich eingelegt hätten. Ich bin auch nur gekommen, um Ihnen zu sagen, wie dankbar ich dafür bin, dass Sie mein Handeln als das anerkannt haben, was es war. Sie werden niemals Grund haben, Ihren Einsatz für mich zu bedauern. Ich werde Ihnen keinen Anlass dazu geben. Und auch sonst niemandem.«

»Ich war es nicht, Barbara«, sagte Lynley und drehte sich zu ihr um.

Barbara sah ihn verständnislos an. »Sie …? Was?«

»Ich habe nicht Ihre Partei ergriffen.« Es ehrte ihn, dass er seinen Blick nach diesem Bekenntnis fest auf sie gerichtet hielt. Später würde sie daran denken und es widerwillig bewundern. Seine braunen Augen – so warm und überraschend zu seinem blonden Haar – blickten sie offen und direkt an.

Stirnrunzelnd versuchte Barbara sich klarzumachen, was er gesagt hatte. »Aber Sie … Sie kennen doch die Fakten. Ich habe Ihnen alles erzählt. Sie haben den Bericht gelesen. Ich dachte … Sie sprachen eben von den Besprechungen und den Anrufen …«

»Die waren nicht von mir angeregt«, sagte er. »Ich kann Sie nicht guten Gewissens in diesem Glauben lassen.«

Sie hatte sich also getäuscht. Sie war voreilig gewesen. Sie hatte geglaubt, aufgrund ihrer jahrelangen Zusammenarbeit würde Lynley sich automatisch auf ihre Seite stellen. Sie sagte: »Sind Sie dann einer von denen?«

»Von wem reden Sie?«

»Die meisten im Yard sind der Meinung, ich hätte bekommen, was ich verdient habe. Ich frage nur, weil ich finde, wir sollten wissen, wie wir zueinander stehen. Ich meine, wenn wir zusammen arbeiten –« Sie fing an, sich zu verheddern, und zwang sich, langsamer zu sprechen, mit Überlegung. »Also? Sind Sie einer von den meisten?«

Lynley kehrte zu seinem Schreibtisch zurück und setzte sich. Er betrachtete sie. Sie sah das Bedauern in seinem Gesicht. Sie wusste nur nicht, wem dieses Bedauern galt. Und das machte ihr Angst. Denn er war schließlich ihr Partner. »Sir?«, sagte sie.

»Ich weiß es nicht«, antwortete er. »Ich weiß nicht, ob ich zu den meisten gehöre.«

Sie fühlte sich völlig leer, als läge nur noch ein verschrumpeltes Häufchen Haut von ihr auf dem Boden.

Lynley sah wohl, was in ihr vorging, denn er sagte in einem Ton, der nicht unfreundlich war: »Ich habe mir die Situation aus allen Blickwinkeln angesehen. Den ganzen Sommer über habe ich sie nach allen Richtungen gedreht und gewendet.«

»Das gehört aber nicht zu Ihren Aufgaben«, sagte sie wie betäubt. »Sie untersuchen Mordfälle, nicht – nicht das, was ich getan habe.«

»Das weiß ich. Aber ich wollte es verstehen. Das will ich immer noch. Ich dachte, wenn ich mich ganz allein damit befasste, würde es mir gelingen, die Ereignisse mit Ihren Augen zu sehen.«

»Aber es ist Ihnen nicht gelungen.« Barbara versuchte, sich nichts von ihrer Enttäuschung anmerken zu lassen. »Es ist Ihnen nicht gelungen zu sehen, dass ein Menschenleben auf dem Spiel stand. Sie konnten nicht begreifen, dass ich nicht imstande war, ein achtjähriges Kind ertrinken zu lassen.«

»Das stimmt nicht«, widersprach Lynley. »Das habe ich natürlich verstanden. Trotzdem gab es für mich kein Ausweichen vor der Tatsache, dass Sie sich außerhalb Ihrer Zuständigkeit befanden und auf eine Anweisung hin –«

»Sie war genauso außerhalb ihrer Zuständigkeit«, fiel Barbara ihm ins Wort. »Und alle anderen waren es auch. Die Polizei von Essex hat auf der Nordsee keine Befugnisse. Aber dort hat es sich abgespielt. Das wissen Sie doch. Draußen auf See.«

»Ja, das weiß ich. Ich kenne alle Einzelheiten. Ich weiß, dass Sie einen Verdächtigen verfolgten und dieser ein Kind, das auf seinem Boot war, ins Meer stieß. Ich weiß, was für einen Befehl Sie erhalten haben, als er das tat, und wie Sie auf diesen Befehl reagiert haben.«

»Ich konnte es nicht einfach dabei bewenden lassen, ihr einen

Rettungsring zuzuwerfen, Inspector. Er wäre gar nicht bis zu ihr gelangt. Sie wäre ertrunken.«

»Barbara, bitte hören Sie mir zu. Es war nicht Ihre Sache, Entscheidungen zu treffen oder Schlussfolgerungen zu ziehen. Deswegen haben wir ja eine dienstliche Rangordnung. Es wäre schon schlimm gewesen, wenn Sie der Anweisung, die Sie erhalten hatten, widersprochen hätten. Aber Sie haben auf eine vorgesetzte Beamtin geschossen –«

»Sie fürchten jetzt wahrscheinlich, dass ich das bei nächster Gelegenheit auch bei Ihnen tun werde«, sagte sie bitter.

Lynley erwiderte nichts, und Barbara wünschte, sie könnte das Gesprochene aus der Luft greifen und einfach verschwinden lassen, als hätte sie das niemals gesagt. Es entsprach ja gar nicht der Wahrheit.

»Tut mir leid«, sagte sie mit belegter Stimme.

»Ich weiß«, erwiderte er. »Ich weiß, dass es Ihnen leidtut. Mir tut es auch leid.«

»Inspector Lynley?«

Eine diskrete Stimme an der Tür. Lynley und Barbara wandten die Köpfe. Dorothea Harriman, Sekretärin ihres Superintendenten, stand auf der Schwelle: perfekt frisiertes Haar, ein Nadelstreifenkostüm, das sich in einer Modezeitschrift bestens gemacht hätte. Barbara fühlte sich sofort genau so, wie sie in Dorothea Harrimans Gegenwart immer wirkte: wie ein hoffnungsloser Modemuffel.

»Was gibt's, Dee?«, fragte Lynley.

»Superintendent Webberly möchte Sie sprechen«, antwortete Harriman. »Sobald wie möglich. Er hat gerade einen Anruf bekommen. Es ist was los.« Und mit einem Blick und einem Nicken zu Barbara war sie schon wieder verschwunden.

Barbara wartete. Das Herz schlug ihr bis zum Hals. Webberlys Aufforderung hätte nicht in einem schrecklicheren Moment kommen können.

Es ist was los war Harrimans Kurzfassung dafür, dass ein neuer Fall wartete. Und in der Vergangenheit war einer solchen Aufforderung Webberlys stets die Bitte Lynleys an Barbara gefolgt, ihn zu begleiten, wenn er sich die ersten Informationen über den neuen Fall holte.

Barbara sagte nichts. Sie beobachtete Lynley und wartete. Sie wusste, dass die nächsten Augenblicke darüber Auskunft geben würden, wie er zu ihrer Zusammenarbeit stand.

Draußen gingen die Geschäfte des Tages ihren gewohnten Gang. Stimmen schallten durch den Korridor. Telefone läuteten. Besprechungen begannen. Aber hier, in Lynleys Büro, schien es Barbara, als befänden sie und Lynley sich in einer anderen Dimension, in der über mehr als ihre berufliche Zukunft entschieden werden würde.

Endlich stand er auf. »Ich muss zu Webberly.«

»Soll ich …?«, fragte sie, obwohl mit seiner Aussage schon alles gesagt war. Und da sie merkte, dass sie die Frage nicht beenden konnte, weil sie im Augenblick nicht fähig war, die Antwort zu ertragen, stellte sie eine andere: »Was für einen Auftrag haben Sie für mich, Sir?«

Während er darüber nachdachte, wandte er endlich den Blick von ihr ab und richtete ihn auf das Bild, das neben der Tür hing. Es zeigte einen lachenden jungen Mann mit einem Kricketschläger in der Hand und einem langen Riss in seiner von Grasflecken übersäten Hose. Barbara wusste, warum Lynley dieses Foto in seinem Büro hatte: Es sollte ihm eine tägliche Erinnerung an den fröhlichen jungen Mann sein und an das, was er – Lynley – ihm vor langer Zeit auf einer nächtlichen Autofahrt in volltrunkenem Zustand zugefügt hatte. Die meisten Menschen verdrängten Unangenehmes aus ihrem Gedächtnis. Thomas Lynley gehörte nicht zu ihnen.

Er sagte: »Ich denke, es ist das Beste, wenn Sie eine Weile in der Versenkung verschwinden, Barbara. Warten Sie, bis die Wogen sich geglättet haben. Lassen Sie den Leuten Zeit, diese Geschichte zu verdauen und zu vergessen.«

Aber du wirst sie nicht vergessen können, nicht wahr, fragte sie stumm. Dann sagte sie niedergeschlagen: »In Ordnung, Sir.«

»Ich weiß, das ist nicht leicht für Sie«, fügte er hinzu, und sein Ton war so behutsam, dass sie am liebsten losgeheult hätte. »Aber ich kann Ihnen im Moment keine andere Antwort geben. Ich wünschte, ich könnte es.«

Und wieder konnte sie nur sagen: »Natürlich, Sir. Ich verstehe.«

»Degradierung zum Constable«, sagte Lynley zu Superintendent Malcolm Webberly. »Das hat sie Ihnen zu verdanken, richtig, Sir?«

Webberly saß, eine Zigarre paffend, hinter seinem Schreibtisch. Rücksichtsvollerweise hatte er seine Zimmertür geschlossen gehalten, um nicht andere – Beamte, Sekretärinnen, Schreibkräfte – den üblen Dämpfen des giftigen Krauts auszusetzen. Aber wer in sein Büro hineinmusste, dem half das nichts. Lynley bemühte sich, so flach wie möglich zu atmen, während Webberly statt einer Antwort nur die Zigarre von einem Mundwinkel in den anderen schob.

»Können Sie mir sagen, warum?«, fragte Lynley. »Sie haben schon früher für andere den Kopf hingehalten, das weiß keiner besser als ich. Aber warum in diesem Fall, wo die Situation doch sonnenklar zu sein scheint? Sie werden doch sicher teuer dafür bezahlen müssen, dass Sie ihre Haut gerettet haben.«

»Ach, es gibt immer Leute, die einem was schulden«, versetzte Webberly. »Und bei einigen habe ich jetzt kassiert. Havers war, juristisch gesehen, im Unrecht, aber ihr Herz war im Recht.«

Lynley runzelte die Stirn. Seit er am Tag seiner Rückkehr aus Korfu von Barbara Havers' eigenmächtigem Verhalten gehört hatte, versuchte er, sich zu einer ähnlich wohlwollenden Haltung durchzuringen, aber bis jetzt war ihm das noch nicht gelungen. Immer wenn er meinte, so weit zu sein, sprangen ihn die Fakten an und forderten Anerkennung. Eine gewisse Anzahl dieser Fakten hatte er sich aus erster Hand beschafft, indem er nach Essex gefahren war und mit der betroffenen Beamtin persönlich gesprochen hatte. Nach diesem Gespräch war ihm völlig unverständlich, wie Webberly Barbara Havers' bewaffneten Angriff auf Inspector Emily Barlow verzeihen konnte. War es denn, ganz abgesehen von der grundsätzlichen Frage der dienstlichen Rangordnung, nicht ihre Pflicht, ohne Rücksicht auf Persönliches – in seinem Fall die Freundschaft mit Barbara – danach zu fragen, ob sie nicht Eigenmächtigkeit und Befehlsmissachtung Vorschub leisteten, wenn sie es unterließen, jemanden aus ihren Reihen, der sich eine solche Ungeheuerlichkeit geleistet hatte, angemessen zu bestrafen?

»Aber auf eine Vorgesetzte zu *schießen* … überhaupt zur Waffe zu greifen, obwohl sie keinerlei Befugnis hatte …«

Webberly seufzte. »Solche Dinge sind nicht einfach nur schwarz oder weiß, Tommy. Mir wäre es, weiß Gott, lieber, sie wären es. Aber das Kind, um das es ging –«

»Inspector Barlow hatte Anweisung gegeben, ihm einen Rettungsring zuzuwerfen.«

»Richtig. Aber niemand wusste, ob die Kleine überhaupt schwimmen konnte. Und außerdem –« Webberly nahm die Zigarre aus dem Mund und drehte sie zwischen den Fingern, als er hinzufügte: »Sie ist das einzige Kind ihrer Eltern. Havers wusste das offenbar.«

Und Lynley wusste, was das für seinen Vorgesetzten bedeutete. Webberly hatte selbst nur ein Kind, seine Tochter Miranda, die er liebte wie sein eigenes Leben. »Da schuldet Barbara Ihnen aber einiges, Sir«, sagte er.

»Ich werde schon dafür sorgen, dass sie ihre Schuld begleicht.« Webberly tippte auf den gelben Kanzleiblock, der vor ihm auf dem Schreibtisch lag. Das oberste Blatt war mit seinen Notizen bedeckt. »Andrew Maiden«, sagte er. »Erinnern Sie sich an ihn?«

Lynley setzte sich in einen Sessel vor Webberlys Schreibtisch. »Andy? Natürlich. Wie könnte ich ihn vergessen?«

»Das dachte ich mir.«

»Eine einzige Operation bei der SO10, und ich habe sie prompt in den Sand gesetzt. Ein Alptraum war das.«

Die SO10 war die sogenannte *Crime Operations Group*, die geheimste aller Abteilungen innerhalb der Metropolitan Police. Sie war zuständig für Verhandlungen bei Geiselnahme, Zeugen- und Geschworenenschutz, Kontaktpflege zu Informanten sowie verdeckte Operationen. Lynley hatte einmal den Ehrgeiz gehabt, in dieser letztgenannten Gruppe mitzuarbeiten. Aber mit seinen damals sechsundzwanzig Jahren hatten ihm die Kaltblütigkeit und die Fähigkeit zur Verstellung gefehlt, die nötig waren, um in die Rolle eines anderen zu schlüpfen.

»Monatelange Vorbereitungen umsonst«, erinnerte er sich. »Ich dachte, Andy würde mir den Hals umdrehen.«

Aber das hatte Andy Maiden nicht getan. Das war nicht sein Stil. Er war nie jemand gewesen, der sich mit Klagen und Vorwürfen aufhielt, wenn etwas schiefgegangen war; vielmehr pflegte er augenblicklich die Konsequenzen zu ziehen, um zu retten, was noch zu retten war. Und so hatte er auch damals gehandelt: Er hatte unverzüglich seine verdeckten Ermittler abgezogen und auf eine günstige Gelegenheit gewartet, um sie erneut einzuschleusen. Das war Monate später geschehen, als er selbst in die Operation einsteigen und somit sicherstellen konnte, dass nicht wieder ein so eklatanter Fehler wie der Lynleys ihre Bemühungen zunichtemachen würde.

Wegen seiner ungeheuren Wandlungsfähigkeit, die es ihm erlaubte, praktisch jede Rolle – die des Vertragskillers ebenso wie die des amerikanischen Geldgebers der IRA – überzeugend zu spielen, hatte man ihn Domino genannt. Später hatte er sich vor allem um Drogenoperationen großen Stils gekümmert, aber bevor er dort angekommen war, hatte er sich bereits im Kampf gegen das organisierte Verbrechen hervorgetan.

»Ich bin ihm ab und zu im Haus begegnet«, sagte Lynley zu Webberly, »aber nachdem er bei der Met aufgehört hatte, habe ich ihn aus den Augen verloren. Das war vor – wie lange ist das jetzt her? Zehn Jahre?«

»Fast, ja.«

Maiden, so sagte Webberly, hatte sich in den Ruhestand versetzen lassen, sobald das möglich gewesen war, und war mit seiner Familie nach Derbyshire gezogen. Im Peak District hatte er seine Ersparnisse und seine Energie in die Renovierung eines alten Jagdhauses gesteckt und einen Landgasthof – Maiden Hall – daraus gemacht, ideal für Wanderer, Urlauber, Radtouristen und jeden, der abends einmal gut essen wollte.

Webberly warf einen Blick auf seinen Block. »Andy Maiden hat mehr Gangster zur Strecke gebracht als sonst jemand bei der SO10, Tommy.«

»Das überrascht mich nicht, Sir.«

»Hm. Ja. Jetzt bittet er uns um Hilfe, und die schulden wir ihm.«

»Was ist denn passiert?«

»Seine Tochter ist ermordet worden. Fünfundzwanzig Jahre alt. Irgendein gewissenloses Schwein hat sie mitten in der Wildnis, im sogenannten Calder Moor, liegen lassen.«

»Das ist ja furchtbar!«

»Ja. Man hat noch eine zweite Leiche gefunden – die eines jungen Mannes, dessen Identität bisher noch völlig unklar ist. Er hatte keine Papiere bei sich. Andys Tochter – sie hieß Nicola – wollte eine Wanderung machen und im Zelt übernachten. Sie war für alles gerüstet – Regen, Nebel, Sonne, was auch immer. Der junge Mann hingegen hatte nicht mehr bei sich als die Kleider, die er auf dem Leib trug.«

»Wissen wir schon, wie die beiden umgekommen sind?«

»Nein, nichts.« Als Lynley verwundert die Brauen hochzog, fügte Webberly hinzu: »Die Anfrage kommt von der SO10. Haben Sie schon mal erlebt, dass diese Burschen irgendwelche Informationen herausgerückt haben, wenn's nicht unbedingt nötig war?«

Als Lynley schwieg, sprach Webberly weiter. »Ich weiß bisher nur Folgendes: Für den Fall ist die Kripo in Buxton zuständig, aber Andy hat um mehr gebeten, und das werden wir ihm geben. Er hat ausdrücklich nach Ihnen gefragt.«

»Nach mir?«

»Ganz recht. Sie mögen ihn im Laufe der Jahre aus den Augen verloren haben, er Sie aber offensichtlich nicht.« Webberly klemmte sich seine Zigarre wieder zwischen die Lippen, während er auf seine Notizen hinuntersah. »Einer unserer Pathologen ist bereits unterwegs, um die Autopsie vorzunehmen. Irgendwann im Laufe des heutigen Tages. Der zuständige Beamte in Buxton ist ein gewisser Peter Hanken. Er ist darüber unterrichtet, dass Andy einer von uns war, aber mehr weiß er nicht.« Er nahm die Zigarre wieder aus dem Mund und hielt den Blick auf sie gerichtet, anstatt Lynley anzusehen, als er sagte: »Tommy, ich will Ihnen nichts vormachen. Die Geschichte könnte heikel werden. Die Tatsache, dass Andy Sie persönlich angefordert hat ...« Er zögerte und schloss mit den Worten: »Halten Sie auf jeden Fall die Augen offen, und seien Sie vorsichtig.«

Lynley nickte. Es war eine ungewöhnliche Situation. Er konnte sich nicht erinnern, dass einem Angehörigen eines Mordopfers je zugestanden worden war, selbst darüber zu bestimmen, wer die Untersuchung des Verbrechens leiten sollte. Wenn man Andy Maiden diese Freiheit eingeräumt hatte, ließ das auf weitreichende Verbindungen schließen, die Lynley unter Umständen bei seiner Ermittlungsarbeit in die Quere kommen konnten.

Er konnte den Fall nicht allein übernehmen und wusste, dass Webberly das auch nicht von ihm erwartete. Aber da ihm ziemlich klar war, wen der Superintendent ihm als Partner zuweisen würde, wollte er nicht erst auf seinen Vorschlag warten. Sie war noch nicht so weit. Er selbst im Übrigen auch nicht.

»Ich würde mir gern den Dienstplan ansehen, um zu entscheiden, wen ich mitnehme«, sagte er. »Andy war immerhin mal bei der SO10, da brauchen wir jemanden mit Fingerspitzengefühl.«

Webberly sah ihn an. Fünfzehn lange Sekunden verstrichen, ehe er sprach. »Sie wissen am besten, mit wem Sie zusammenarbeiten können, Tommy«, sagte er schließlich.

Und Lynley nickte. »Danke, Sir. Das ist richtig.«

Barbara Havers fuhr in die Kantine in der vierten Etage und holte sich an der Theke eine Gemüsesuppe. Aber sie konnte nicht essen. Sie hatte die ganze Zeit das Gefühl, ein Plakat mit der Aufschrift »Ausgestoßene« um den Hals hängen zu haben. Sie saß allein. Jedes grüßende Nicken vorüberkommender Kollegen schien nur schweigende Verachtung auszudrücken. Und obwohl sie versuchte, sich innerlich Mut zuzusprechen, obwohl sie sich immer wieder versicherte, dass zu diesem Zeitpunkt noch niemand von ihrer dienstlichen Rückstufung, ihrer Schande und der Auflösung ihrer Partnerschaft wissen könne, empfand sie alle Unterhaltungen um sich herum – besonders jene, die von Gelächter begleitet waren – als blanken Hohn.

Zum Teufel mit der Suppe. Zum Teufel mit dem Yard. Sie meldete sich ab – die Krankmeldung würde denjenigen, die in ihr einen verderblichen Einfluss sahen, wahrscheinlich sowieso äußerst gelegen kommen – und fuhr in die Tiefgarage, wo ihr Mini stand. Ein Teil ihres Selbst beschuldigte sie des Verfolgungswahns und der Dummheit. Der andere war gefangen in einer endlosen Wiederholung ihrer letzten Auseinandersetzung mit Lynley und quälenden Überlegungen, was sie hätte sagen können, wollen oder sollen, nachdem sie das Ergebnis seiner Besprechung mit Webberly erfahren hatte.

In dieser Gemütsverfassung wurde ihr erst nach einer Weile

bewusst, dass sie gar nicht auf dem Weg nach Hause war, sondern am Millbank die Themse entlangbrauste. Wie von einer unsichtbaren Schnur gezogen fuhr ihr kleiner Wagen die Grosvenor Road hinauf und am Battersea-Kraftwerk vorüber, während sie im Geist eine Attacke gegen Lynley ritt. Sie fühlte sich wie ein zersplitterter Spiegel, nutzlos, aber gefährlich in ihrer scharfkantigen Zerbrochenheit. Wie leicht es Lynley gefallen war, sich von ihr zu distanzieren. Und wie blauäugig von ihr, wochenlang zu glauben, er stünde auf ihrer Seite.

Es war Lynley offensichtlich noch nicht genug gewesen, dass sie von einem Mann, den sie beide seit Jahren verachteten, auf einen rangniedrigeren Posten versetzt, gemaßregelt und gedemütigt worden war. So wie es schien, hatte er auch noch eine Gelegenheit gebraucht, sie persönlich zu strafen. Aber da lag er falsch, total falsch. Und sie brauchte sofort einen Verbündeten, der ihr recht geben und sie unterstützen würde.

Und sie glaubte zu wissen, wo sie einen solchen Verbündeten finden konnte. Er wohnte in Chelsea, keine zwei Kilometer entfernt.

Simon St. James war Lynleys ältester Freund. Die beiden kannten sich aus der Zeit, als sie gemeinsam in Eton gewesen waren. Heute war er als Gerichtschemiker und Gutachter tätig und wurde bei Strafprozessen ebenso regelmäßig von der Kronanwaltschaft wie von der Verteidigung zur Untermauerung ihrer Beweisführung zugezogen, wenn diese sich weniger auf die Aussagen von Augenzeugen als auf Indizien stützte. Im Gegensatz zu Lynley war er ein rational denkender Mensch, der die Fähigkeit besaß, Abstand zu nehmen und sachlich und leidenschaftslos zu beobachten, ohne sich in die jeweilige Angelegenheit verwickeln zu lassen. Er war genau der Mann, den sie jetzt brauchte. Er würde Lynleys Handeln als das erkennen, was es war.

Über ihren hitzigen gedanklichen Debatten vergaß Barbara zu bedenken, dass St. James möglicherweise nicht allein in seinem Haus in der Cheyne Row in Chelsea sein würde. Aber die Anwesenheit seiner Frau – die oben unter dem Dach in ihrer Dunkelkammer gleich neben seinem Labor arbeitete – machte die Situation nicht annähernd so kitzlig wie die Gegenwart von St. James' Assistentin, von der Barbara jedoch erst erfuhr, als sie hinter

Joseph Cotter, St. James' Schwiegervater, Koch und Butler, die Treppe hinaufstieg.

»Sie sind alle drei bei der Arbeit«, bemerkte Cotter, »aber es ist sowieso Zeit für die Mittagspause, und Lady Helen wird für die Unterbrechung sicher dankbar sein. Sie legt Wert auf regelmäßige Mahlzeiten. Das war immer schon so, und daran hat sich auch mit der Ehe nichts geändert.«

Barbara blieb auf dem Treppenabsatz stehen. »Helen ist hier?«

»O ja.« Und Cotter fügte mit einem Lächeln hinzu: »Es ist schön zu wissen, dass manche Dinge immer gleich bleiben, nicht?«

»Ach, verdammt«, murmelte Barbara unterdrückt.

Helen war nämlich zugleich die Countess of Asherton und Ehefrau Thomas Lynleys, der – obwohl er kein Hehl daraus machte, dass es ihm anders lieber gewesen wäre – bei gewissen offiziellen Anlässen nicht umhinkonnte, seinem Titel gerecht zu werden und den hochwohlgeborenen Earl in Samt und Hermelin zu spielen. Barbara konnte kaum erwarten, dass St. James und seine Frau in Helens Beisein in Schimpftiraden über Lynley einstimmen würden. Nein, unter diesen Umständen war es ratsamer, unverzüglich den Rückzug anzutreten.

Sie wollte gerade kehrtmachen, als Helen oben im Flur erschien und lachend in Richtung Labor rief: »Schon gut, schon gut, ich hole eine neue Rolle. Aber wenn du dich entschließen könntest, den Sprung in moderne Zeiten zu wagen und endlich ein neues Gerät zu kaufen, würde uns das Faxpapier nie mehr ausgehen. Ich hätte eigentlich gedacht, dass dir so was gelegentlich auffallen würde, Simon.« Sie wandte sich von der Tür ab und sah, als sie die Treppe herunterkam, Barbara unten stehen. Ihr Gesicht leuchtete auf. Es war ein schönes Gesicht, nicht hübsch im landläufigen Sinn, aber ruhig und strahlend, von kastanienbraunem Haar umrahmt.

»Das ist aber eine Überraschung! Wie schön! Simon, Deborah! Wir haben Besuch. Jetzt müssen wir wirklich Mittagspause machen. Wie geht es Ihnen, Barbara? Warum haben Sie sich denn in diesen ganzen Wochen nie mal blicken lassen?«

Flucht war nicht mehr möglich. Barbara nickte Cotter dankend zu, der zum Labor hinaufrief: »Ich lege noch ein Gedeck auf«, und sich zurückzog. Barbara ergriff Helens ausgestreckte Hand. Aus dem Händedruck wurde eine flüchtige Umarmung mit einem kurzen Kuss auf die Wange, eine so herzliche Begrüßung, dass Barbara klar war, dass Lynley mit seiner Frau noch nicht über die neuesten Ereignisse im Yard gesprochen hatte.

»Erstklassiges Timing, Barbara«, sagte Helen. »Sie haben mir soeben einen Marsch in die King's Road erspart, um Faxpapier zu besorgen. Ich komme fast um vor Hunger, aber Sie kennen ja Simon. Warum sich mit solchen Trivialitäten wie Essen aufhalten, wenn man noch ein paar Stunden länger schuften kann? – Simon, trenn dich von deinem Mikroskop. Hier gibt's Interessanteres zu sehen als Hautfetzchen unterm Fingernagel.«

Barbara folgte Helen ins Labor, wo St. James seine Untersuchungen anstellte, Gutachten und Aufsätze für Fachzeitschriften schrieb und sich auf seine Seminare am Royal College of Science vorbereitete, an das er vor kurzem als Dozent berufen worden war. Im Moment schien er sich als Gutachter zu betätigen: Er saß auf einem Hocker an einem der Arbeitstische und war dabei, Objektträger, die er einem Umschlag entnommen hatte, zu ordnen. Die soeben erwähnten »Hautfetzchen unterm Fingernagel«, wie Barbara vermutete.

St. James war ein ziemlich unattraktiver Mann, schon lange nicht mehr der unbekümmert lachende junge Kricketspieler von einst, sondern ein Invalide, behindert durch eine Beinschiene, die seine Bewegungen schwerfällig und ungelenk machte. Das Anziehendste an ihm waren sein Haar, das er ohne Rücksicht auf die jeweilige Mode stets überlang trug, und seine Augen, die zwischen Grau und Blau changierten, je nach der Farbe seiner Kleidung, der er herzlich wenig Aufmerksamkeit schenkte. Er sah vom Mikroskop auf, als Barbara ins Labor trat. Ein Lächeln erhellte das zerfurchte, kantige Gesicht.

»Barbara! Hallo!« Er ließ sich von seinem Hocker gleiten und ging auf Barbara zu, um sie zu begrüßen, während er seiner Frau zurief, dass Barbara Havers gekommen sei. Am anderen Ende des Raums wurde eine Tür aufgestoßen. St. James' Frau stand, in abgeschnittene Jeans und ein olivgrünes T-Shirt gekleidet, unter einer Reihe fotografischer Vergrößerungen, die noch tropfend an einer Leine quer durch die Dunkelkammer aufgehängt waren.

Deborah sah wohl aus, wie Barbara feststellte. Die Rückkehr zu ihrer künstlerischen Arbeit – anstatt weiterhin in Depression und Trauer wegen der Reihe von Fehlgeburten zu versinken, die ihre Ehe belastet hatten – hatte ihr offensichtlich gutgetan. Wie schön, dass es noch Leute gab, bei denen sich auch mal etwas zum Besseren wendete.

»Hallo«, sagte Barbara. »Ich war gerade in der Gegend und –« Sie warf einen Blick auf ihr Handgelenk und sah, dass sie in ihrer Eile, zu der Besprechung mit Hillier zu kommen, ihre Uhr anzulegen vergessen hatte. »Ich habe überhaupt nicht an die Zeit gedacht. Tut mir leid.«

»Wir wollten sowieso gerade Pause machen«, sagte St. James. »Essen Sie doch mit uns.«

Helen lachte. »Ach, wir wollten gerade Pause machen? Erzähl doch keine Märchen, Simon. Seit anderthalb Stunden bitte und bettle ich vergeblich um einen Happen zu essen.«

Deborah sah sie erstaunt an. »Wieso? Wie spät ist es denn, Helen?«

»Du bist genauso schlimm wie Simon«, antwortete Helen trocken.

»Sie bleiben doch zum Essen?«, fragte St. James Barbara.

»Ich habe gerade gegessen«, sagte sie. »Im Yard.«

Alle drei wussten, was dieser Zusatz zu bedeuten hatte. Barbara sah es ihren Gesichtern an. »Dann haben Sie also endlich Bescheid bekommen?«, fragte Deborah, während sie Chemikalien aus flachen Schüsseln in große Plastikflaschen goss, die sie von einem Bord unter ihrem Vergrößerungsgerät nahm. »Deshalb sind Sie vorbeigekommen, stimmt's? Wie war's? Nein, sagen Sie noch nichts. Ich habe das Gefühl, Sie könnten jetzt erst mal einen Drink gebrauchen. Warum geht ihr drei nicht schon mal nach unten? Ich brauche noch zehn Minuten, um hier aufzuräumen, dann komme ich nach.«

»Unten«, das war Simons Arbeitszimmer, und dorthin führte Simon Barbara und Helen. Barbara wünschte, Helen wäre diejenige gewesen, die oben geblieben war, und nicht Deborah. Sie dachte daran, einfach zu bestreiten, dass ihr Besuch etwas mit dem Yard zu tun hatte, fürchtete allerdings, dass ihr Ton, den man weiß Gott nicht als fröhlich bezeichnen konnte, sie bereits verraten hatte.

Unter dem Fenster zur Cheyne Row stand ein alter Barwagen, und St. James goss drei Sherrys ein, während Barbara zu der Wand ging, an der Deborah ihre neuesten Aufnahmen aufzuhängen pflegte. Diesmal waren es Bilder einer Serie, an der sie seit einem Dreivierteljahr arbeitete: überdimensionale Vergrößerungen von Polaroidporträts, die in Gegenden wie Covent Garden, den Lincoln's Inn Fields, bei der St.-Botolph's-Kirche und dem Spitalfields Market aufgenommen worden waren.

»Hat Deborah vor, diese Fotos auszustellen?«, fragte sie, um Zeit zu gewinnen, nachdem sie ihren Sherry entgegengenommen hatte.

»Ja, im Dezember.« St. James reichte Helen ihren Sherry.

Sie ließ sich in einen der Ledersessel am offenen Kamin fallen, streifte ihre Schuhe ab und zog die schlanken Beine unter sich. Barbara war sich bewusst, dass Helen sie unverwandt beobachtete. Helen las in Gesichtern wie andere Leute in Büchern.

»Also, wie war es?«, fragte St. James.

Barbara trat ans Fenster und sah auf die schmale Straße hinaus. Es gab dort nichts, was ihre Aufmerksamkeit hätte fesseln können: einen Baum, eine Reihe geparkter Autos und eine Zeile von Häusern, von denen zwei zurzeit mit einem Gerüst versehen waren. Das wäre der richtige Beruf für mich gewesen, dachte Barbara. Gerüstbauerin. Da wird man ständig gebraucht, ob nun Fassaden gereinigt oder Fenster geputzt werden müssen. Man braucht keine kniffligen Entscheidungen zu fällen und verdient nicht schlecht.

»Barbara!«, sagte St. James. »Haben Sie vom Yard gehört?«

Sie drehte sich zu ihm um. »O ja. Ich hab jetzt einen Vermerk in meiner Personalakte und bin zurückgestuft worden.«

St. James verzog das Gesicht. »Sie sind also wieder bei der Streife?«

Das war ihr schon einmal passiert. Aber in den letzten drei Jahren ihrer Zusammenarbeit mit Lynley war es ihr vorgekommen, als läge jene Sache schon eine Ewigkeit zurück. »Nicht ganz«, antwortete sie und lieferte eine kurze Erklärung, wobei sie jedoch die unerquicklicheren Details ihres Gesprächs mit Hillier unterschlug und Lynley überhaupt nicht erwähnte.

Doch Helen fragte sofort: »Weiß Tommy das schon? Haben Sie schon mit ihm gesprochen, Barbara?«

Womit wir beim Kern der Sache wären, dachte Barbara bedrückt. »Ja. Schon. Der Inspector weiß Bescheid.«

Helen zog die Brauen zusammen und stellte ihr Glas auf den Tisch neben ihrem Sessel. »Ich hab ein ganz ungutes Gefühl, wenn ich Sie so sehe, Barbara. Was war denn?«

Mit Bestürzung registrierte Barbara ihre eigene Reaktion auf die ruhige Anteilnahme in Helens Ton. Ihre Kehle schnürte sich zusammen. Sie reagierte ganz so, wie sie vielleicht an diesem Morgen in Lynleys Büro reagiert hätte, wenn sie nicht so entgeistert gewesen wäre, als er ihr eröffnet hatte, dass ein neuer Fall auf ihn wartete. Es war jedoch nicht das gewesen, was sie derart niedergeschmettert hatte, dass sie kein Wort hatte hervorbringen können, sondern seine Entscheidung, nicht sie, sondern einen anderen Beamten als seinen Partner einzusetzen.

»Es ist am besten so, Barbara«, hatte er gesagt, während er verschiedene Unterlagen auf seinem Schreibtisch zusammengesucht hatte.

Und sie hatte alle Proteste hinuntergeschluckt und ihn nur wortlos angestarrt, als ihr klargeworden war, dass sie ihn bis zu diesem Morgen überhaupt nicht gekannt hatte.

»Er scheint mit dem Ergebnis der Ermittlungen gegen mich nicht einverstanden zu sein«, sagte Barbara jetzt. »Trotz der Zurückstufung und allem anderen. Ich glaube, er ist der Ansicht, ich sei noch zu milde bestraft worden.«

»Ach, tut mir das leid«, sagte Helen. »Das muss für Sie ja ein Gefühl gewesen sein, als hätten Sie Ihren besten Freund verloren.«

Die Aufrichtigkeit ihres Mitgefühls trieb Barbara die Tränen in die Augen. Sie hatte nicht erwartet, ausgerechnet von Helen solche Anteilnahme zu erfahren. Es rührte sie so tief, dass sie nur stammeln konnte: »Es ist nur so, dass seine Wahl … Wenn er an meiner Stelle nicht ausgerechnet … Ich meine …« Sie suchte nach den passenden Worten und fand nur die alte bittere Enttäuschung. »Es war wie ein Schlag ins Gesicht.«

Dabei hatte Lynley natürlich nichts weiter getan, als eine Wahl unter denjenigen Beamten zu treffen, die für die Mitarbeit an einem solchen Fall zur Verfügung standen. Dass seine Wahl von Barbara wie ein Schlag ins Gesicht empfunden wurde, war nicht sein Problem.

Constable Winston Nkata hatte Lynley und Barbara schon bei zwei Fällen in London assistiert und seine Sache ausgesprochen gut gemacht. Es war durchaus gerechtfertigt, ihm Gelegenheit zu geben, seine Fähigkeiten bei einem Spezialauftrag unter Beweis zu stellen, mit dem Barbara früher betraut worden wäre. Aber es konnte Lynley nicht verborgen geblieben sein, dass Barbara in Nkata einen Konkurrenten sah, der danach trachtete, ihr das Wasser abzugraben. Er war acht Jahre jünger als sie, zwölf Jahre jünger als Lynley und noch ehrgeiziger als Lynley und Barbara zusammen. Er war ein Mann mit Eigeninitiative, der Anweisungen voraussah, noch ehe sie ausgesprochen wurden, und sie mit links auszuführen schien. Barbara hatte ihn schon lange im Verdacht, dass er sie bei Lynley ausstechen und von ihrem Platz als engste Mitarbeiterin des Inspectors verdrängen wollte.

Lynley wusste das. Er musste es wissen. Seine Entscheidung für Nkata schien daher weniger das logische Ergebnis sachlicher Überlegungen zu sein, wer von seinen Beamten für diesen Fall besonders geeignet sei, als vielmehr ein Akt kalter Grausamkeit.

»Hat Tommy das vielleicht aus Zorn getan?«, fragte St. James.

Nein, blinder Zorn war es nicht gewesen, der Lynleys Handeln bestimmt hatte, und Barbara hätte ihm das auch niemals unterstellt, auch wenn sie noch so enttäuscht über seine Reaktion war.

Dann kam Deborah. »Also, was gibt's?«, fragte sie und gab ihrem Mann einen liebevollen Kuss auf die Wange, ehe sie zum Barwagen ging und sich ebenfalls einen Sherry einschenkte.

Barbara erzählte ihre Geschichte abermals, und St. James fügte hier und dort ein ergänzendes Detail hinzu, während Helen nachdenklich schweigend zuhörte. Die drei wussten, ebenso wie Lynley, von dem Disziplinarverfahren gegen Barbara wegen ihres eigenmächtigen Handelns im Dienst und ihres Angriffs gegen eine Vorgesetzte. Im Gegensatz zu Lynley schienen sie jedoch in der Lage, die Situation mit Barbaras Augen zu sehen: als einen bedauerlichen, jedoch unvermeidbaren und absolut verständlichen Akt einer Frau, die unter großem Druck gestanden hatte und zugleich völlig im Recht gewesen war.

St. James sagte sogar: »Letztendlich wird Tommy das ganz sicher genauso sehen wie Sie, Barbara. Aber im Moment ist das natürlich alles sehr hart für Sie.« Und die beiden Frauen stimmten ihm zu.

Das Gespräch hätte Barbara eigentlich guttun müssen. Schließlich war sie ja deswegen hergekommen, um ein wenig Verständnis und Mitgefühl zu erfahren. Aber ebendieses Verständnis verstärkte nur noch ihren Kummer und das bittere Gefühl, verraten worden zu sein. Sie sagte: »Im Grunde läuft es wahrscheinlich einfach darauf hinaus, dass der Inspector einen Mitarbeiter haben will, auf den er sich bedingungslos verlassen kann.«

Und ungeachtet der Proteste von Lynleys Frau und Lynleys Freunden wusste Barbara, dass sie derzeit nicht diese Person war.

4

Julian Britton konnte sich genau vorstellen, was seine Cousine am anderen Ende der Telefonleitung tat. Die rhythmischen Hackgeräusche, die ihre Worte akzentuierten, verrieten ihm, dass sie sich in der alten, schlecht beleuchteten Küche von Broughton Manor befand und irgendwelche Kräuter zerkleinerte, die sie in einem der verwilderten Gärten zog.

»Ich habe nicht gesagt, dass ich dir nicht helfen würde, Julian.« Samanthas Bemerkung wurde von einem Hackgeräusch begleitet, das noch nachdrücklicher klang als die vorherigen. »Ich habe bloß gefragt, was eigentlich los ist. Das wird ja wohl noch erlaubt sein, oder?«

Er wollte nicht darauf antworten. Er wollte ihr nicht sagen, was los war: Samantha hatte schließlich nie ein Hehl aus ihrer Abneigung gegen Nicola Maiden gemacht. Im Übrigen gab es sowieso kaum etwas zu berichten. Bis die Polizei in Buxton sich endlich zu der Erkenntnis durchgerungen hatte, dass es vielleicht angebracht wäre, das Präsidium in Ripley zu informieren; bis man aus Ripley zwei Streifenwagen losgeschickt hatte, um den Ort zu inspizieren, wo Nicolas Saab und ein altes Motorrad, eine BMW, standen, und bis schließlich Ripley und Buxton gemeinsam zu der naheliegenden Schlussfolgerung gelangt waren, dass dies ein Fall für die Bergrettung war, hatte schon eine alte Frau völlig abgehetzt in dem kleinen Dorf Peak Forest an die nächstbeste Tür getrommelt und von einer Leiche erzählt, auf die sie im Steinkreis von Nine Sisters Henge gestoßen war. Die Polizei war sofort losgefahren, während die Leute von der Bergrettung am vereinbarten Treffpunkt auf weitere Anweisungen gewartet hatten. Und diese Anweisungen hatten, als sie schließlich erfolgt waren, nichts Gutes ahnen lassen: Die Bergrettung würde nicht mehr benötigt.

Dies alles wusste Julian, da er sich als Mitglied des Bergrettungsdiensts nach dem Anruf unverzüglich zum Treffpunkt der Suchmannschaft begeben hatte. Er war im Kreis der anderen freiwilligen Helfer damit beschäftigt gewesen, seine Ausrüstung zu überprüfen, als das Handy geklingelt hatte, woraufhin die Überprüfung der Ausrüstung zunächst gestoppt worden war, um wenig später gänzlich abgebrochen zu werden. Der Teamführer hatte sogleich weitergegeben, was man ihm berichtet hatte – die Geschichte von der alten Frau und der Leiche in Nine Sisters Henge.

Julian war daraufhin sofort nach Maiden Hall gefahren, um Andy und Nan Bescheid zu geben, ehe sie die Nachricht von der Polizei erfahren mussten. Er hatte vorgehabt zu sagen, es sei schließlich nur eine unbekannte Leiche; nichts weise darauf hin, dass es sich um Nicola handeln könnte.

Aber bei seiner Ankunft stand schon ein Streifenwagen vor dem Haus, und als er hineinrannte, sah er Andy und Nan zusammen mit einem uniformierten Polizeibeamten in einer Ecke des Salons, wo regenbogenbuntes Licht durch die rautenförmigen Scheiben eines großen Erkerfensters fiel. Ihre Gesichter waren aschfahl. Nan hielt Andys Arm so fest umklammert, dass ihre Finger tiefe Furchen in den Ärmel seines karierten Flanellhemds gruben. Andy starrte auf den niedrigen Tisch hinunter, der zwischen dem Paar und dem Constable stand.

Sie blickten alle drei auf, als Julian hereinkam. Der Constable sagte sofort: »Entschuldigen Sie, Sir, aber vielleicht könnten Sie Mr. und Mrs. Maiden ein paar Minuten Zeit lassen ...«

Der Mann hielt ihn offensichtlich für einen der Hotelgäste. Nan klärte Julians Beziehung zur Familie auf, indem sie ihn als »der Verlobte meiner Tochter« vorstellte. »Komm, Julian«, sagte sie und zog ihn neben sich und ihren Mann auf das Sofa. Und so saßen sie beieinander – wie eine Familie, die dennoch keine war und auch niemals eine sein würde.

Der Constable war gerade zu dem alarmierenden Teil seines Berichts gekommen. Im Moor habe man eine Tote gefunden. Möglicherweise handele es sich um die Tochter der Maidens. Es tue ihm sehr leid, aber einer würde ihn nach Buxton begleiten müssen, um die Tote zu identifizieren.

»Das kann ich doch machen«, sagte Julian impulsiv. Undenkbar, dass Nicolas Eltern sich dieser grausamen Pflicht unterziehen sollten. Undenkbar auch, dass diese Pflicht einem anderen als ihm selbst zufallen sollte: dem Mann, der Nicola liebte, begehrte und ihr Leben zu verändern hoffte.

Der Constable erklärte bedauernd, es müsse ein Familienangehöriger sein. Als Julian sich erbot, Andy zu begleiten, lehnte dieser ab. Einer müsse bei Nan bleiben, sagte er. Und zu seiner Frau gewandt, fügte er hinzu: »Ich rufe sofort an, wenn … wenn …«

Er hatte Wort gehalten. Es hatte zwar mehrere Stunden gedauert, bis er sich gemeldet hatte, da der Transport der Leiche vom Moor zu dem Krankenhaus, in dem die Obduktion vorgenommen werden sollte, einige Zeit erfordert hatte. Aber sobald er die Tote gesehen hatte, hatte Andy angerufen.

Nan war nicht zusammengebrochen, wie Julian befürchtet hatte. Sie hatte nur »O nein!« gerufen, hatte den Telefonhörer hingeworfen und war hinausgestürzt.

Julian hatte nur lange genug mit Andy gesprochen, um von ihm bestätigt zu hören, was er, Julian, bereits gewusst hatte. Dann war er hinter Nicolas Mutter hergelaufen. Er fand sie auf den Knien liegend in Christian-Louis' Kräutergarten hinter der Küche, wo sie mit beiden Händen die frischgewässerte Erde aufscharrte und um sich herum aufhäufte, als wollte sie sich selbst begraben. »Nein. Nein«, murmelte sie immerzu, aber sie weinte nicht.

Als Julian sie bei den Schultern fasste, um sie hochzuziehen, wehrte sie sich heftig. Er hätte nie geglaubt, dass in einer so kleinen Frau so viel Kraft stecken könnte. Am Ende wusste er sich keinen anderen Rat mehr, als Hilfe herbeizurufen. Die beiden Grindleford-Frauen kamen sofort aus der Küche gelaufen. Zusammen mit Julian schafften sie es, Nan ins Haus und über die Personaltreppe nach oben zu bringen. Mit Hilfe der beiden Frauen gelang es Julian, ihr etwas Kognak einzuflößen.

Erst dann begann sie zu weinen. »Ich muss etwas tun«, schluchzte sie. »Gebt mir etwas zu *tun*!« Das letzte Wort schwoll zu einem erschütternden Wehklagen an.

Julian wurde sich bewusst, dass er hier überfordert war. Nan brauchte einen Arzt. Er hätte es den beiden Frauen überlassen können, einen anzurufen, aber es war ihm nur recht, das selbst zu erledigen. Er musste raus aus diesem Schlafzimmer, das plötzlich so eng und bedrückend erschien, dass er das Gefühl hatte, jeden Moment zu ersticken.

Und so war er die Treppe hinuntergelaufen und hatte einen

Arzt angerufen. Anschließend meldete er sich endlich zu Hause und sprach mit seiner Cousine Samantha.

Ihre Fragen waren logisch, auch wenn sie ihm nicht passten. Er war in der vergangenen Nacht nicht nach Hause gekommen, was sie zweifellos gemerkt hatte, als er nicht zum Frühstück erschienen war. Inzwischen war es Mittag. Er bat sie, eine seiner Pflichten zu übernehmen. Insofern war es nur natürlich, dass sie wissen wollte, was passiert war, was ihn zu einem Verhalten veranlasste, das sowohl untypisch als auch rätselhaft war.

Trotzdem wollte er ihr nichts sagen. Er konnte jetzt nicht mit ihr über Nicolas Tod sprechen. Deshalb erwiderte er nur kurz: »Es ist etwas passiert, Sam. Sie brauchen mich hier. Also, kümmerst du dich um die Hunde?«

»Was ist denn passiert?«

»Sam, bitte, frag nicht so viel. Sag schon, tust du mir den Gefallen?« Seine preisgekrönte Hündin Cass hatte vor kurzem geworfen und brauchte genau wie ihre Welpen intensive Betreuung. Die Temperatur im Zwinger musste konstant gehalten werden. Die Welpen mussten regelmäßig gewogen, ihr Fütterungsverhalten musste beobachtet und aufgezeichnet werden.

Sam kannte den Ablauf. Sie hatte ihm oft genug bei der Arbeit zugesehen. Sie hatte ihm gelegentlich sogar geholfen. Er verlangte also weiß Gott nichts übermäßig Schwieriges oder gar Unmögliches von ihr. Aber es war bereits klar, dass sie ihm nicht entgegenkommen würde, wenn er ihr nicht erklärte, warum er das von ihr erwartete.

Um sie zufriedenzustellen, sagte er deshalb: »Nicola ist verschwunden. Ihre Eltern sind völlig aufgelöst. Ich muss hierbleiben.«

»Was soll das heißen, sie ist verschwunden?« Ein lautes »Zack« unterstrich ihre Frage. Sie stand vermutlich unter dem deckenhohen einzigen Fenster der Küche an dem hölzernen Arbeitstisch, in dessen dicker Eichenplatte Generationen gemüse- und kräuterhackender Messer eine flache Mulde hinterlassen hatten.

»Sie ist verschwunden. Sie ist am Dienstag zu einer Wanderung aufgebrochen und wollte eigentlich gestern Abend zurück sein. Aber sie ist nicht gekommen.«

»Wahrscheinlich hat sie irgendjemanden getroffen«, meinte Samantha, pragmatisch wie immer. »Der Sommer ist noch nicht vorbei. Es sind bestimmt noch Tausende von Leuten in den Peaks unterwegs. Wie soll sie da einfach verschwunden sein? Außerdem wart ihr beide doch verabredet, oder nicht?«

»Das ist es ja gerade«, entgegnete Julian. »Wir waren verabredet, und sie war nicht da, als ich sie abholen wollte.«

»Na, so untypisch ist das nun auch wieder nicht«, meinte Samantha.

»Verdammt noch mal, Sam!« Er wünschte, er hätte sie vor sich, um ihr in das sommersprossige Gesicht schlagen zu können.

Sie hörte wohl, wie nahe er daran war, völlig die Beherrschung zu verlieren, denn sie sagte hastig: »Tut mir leid. Entschuldige. Natürlich sehe ich nach den Hunden.«

»Am wichtigsten sind mir Cass und die Kleinen.«

»In Ordnung. Übrigens, was soll ich deinem Vater sagen?«

»Ach, dem brauchst du gar nichts zu sagen«, antwortete Julian. Die Kommentare seines Vaters zu den Ereignissen konnte er jetzt am wenigsten gebrauchen.

»Schön, aber du bist doch bestimmt zum Mittagessen nicht zurück, oder?« Die Frage hatte beinahe etwas Anklagendes; ihr Ton war eine Mischung aus Ungeduld, Enttäuschung und Verärgerung. »Dein Dad fragt bestimmt, wieso du nicht da bist, Julie.«

»Sag ihm einfach, ich wäre zu einem Einsatz gerufen worden.«

»Mitten in der Nacht? Ein Rettungseinsatz ist doch wohl kaum eine Erklärung dafür, dass du zum Frühstück nicht da warst.«

»Wenn Dad so verkatert war wie gewöhnlich, wird er meine Abwesenheit beim Frühstück wohl kaum bemerkt haben. Und wenn er beim Mittagessen tatsächlich so nüchtern sein sollte, dass er nach mir fragt, dann sag ihm, ich wäre heute Morgen von der Bergrettung gerufen worden.«

»Wie denn das? Wenn du doch gar nicht da warst, um den Anruf entgegenzunehmen –«

»Herrgott noch mal, Samantha! Hör endlich auf mit der Haarspalterei. Es ist mir egal, was du ihm erzählst. Hauptsache, du kümmerst dich um die Hunde, okay?«

Die Hackgeräusche hörten auf. Samanthas Stimme veränderte sich. Ihre Schärfe wurde von einem Tonfall zaghafter Rechtfertigung und Gekränktheit verdrängt. »Ich versuche doch nur zu tun, was für die Familie am besten ist.«

»Ich weiß. Tut mir leid. Du bist ein echter Kumpel, und ohne dich kämen wir überhaupt nicht zurecht. Das heißt, *ich* käme ohne dich nicht zurecht.«

»Du weißt, ich tue immer gern, was ich kann.«

Dann tu's endlich, kümmere dich um die Hunde, ohne eine Staatsaffäre daraus zu machen, dachte er. Laut sagte er: »Das Hundebuch liegt in der obersten Schublade von meinem Schreibtisch. Im Büro, meine ich, nicht in der Bibliothek.«

»Den Schreibtisch in der Bibliothek gibt's nicht mehr, der ist versteigert worden«, erinnerte sie ihn. Er verstand nur zu gut, was sie ihm damit sagen wollte: Die finanzielle Lage der Familie Britton war äußerst prekär; wollte er diesen Zustand wirklich noch dadurch verschärfen, dass er seine Zeit und seine Energie in etwas anderes als die Sanierung von Broughton Manor investierte?

»Ach ja, richtig«, sagte Julian. »Na, wie dem auch sei, gib acht, wie du mit Cass umgehst. Sie ist jetzt natürlich etwas misstrauisch, weil sie glaubt, ihre Jungen beschützen zu müssen.«

»Ich denke, sie kennt mich inzwischen gut genug.«

Kennen wir einen anderen jemals so gut, dass wir ihm rückhaltlos vertrauen können?, fragte sich Julian und beendete das Gespräch. Kurz danach traf der Arzt ein. Er wollte Nan Maiden ein Beruhigungsmittel geben, aber das lehnte sie ab. Auf keinen Fall sollte Andy die ersten schrecklichen Stunden des Verlusts allein durchstehen müssen. Der Arzt schrieb also stattdessen ein Rezept aus, mit dem eine der beiden Grindleford-Frauen sofort nach Hathersage fuhr, wo die nächste Apotheke war. Die andere Frau und Julian blieben, um in Maiden Hall die Festung zu halten.

Es war eine Bemühung, die zum Scheitern verurteilt war. Im Speisesaal warteten nicht nur die Hotelgäste auf ihr Mittagessen, sondern auch Ausflügler, die das Restaurantschild an der Straße gesehen hatten und in der Hoffnung auf ein schmackhaftes Mittagsmahl der gewundenen Auffahrt zum Haus gefolgt waren. Die Bedienungen kannten sich in der Küche nicht aus, und das Hauswirtschaftspersonal hatte mit den Gästezimmmern und Aufenthaltsräumen genug zu tun. Julian und seine Helferin aus Grindleford mussten sich also um all die Dinge kümmern, die Andy und

Nan Maiden sonst selbst besorgten: Sandwiches, Suppe, frisches Obst, Räucherlachs, Pâté, Salate … Julian war innerhalb von fünf Minuten klar, dass er hier keinen Fuß auf den Boden bekommen würde, aber erst als ihm eine ganze Platte Räucherlachs zu Boden fiel und ihm daraufhin jemand den Vorschlag machte, Christian-Louis anzurufen, ging ihm auf, dass es noch eine Alternative zu dem Versuch gab, das Schiff ganz allein zu steuern.

Christian-Louis stürmte mit einem unverständlichen französischen Wortschwall in die Küche und warf ohne viel Federlesens alle hinaus. Eine Viertelstunde später kam Andy Maiden.

»Wo ist Nan?«, fragte er Julian. Sein Gesicht war grau.

»Oben«, antwortete Julian. Er versuchte, die Antwort in Andys Gesicht zu lesen, noch bevor er die Frage stellte. Dann fragte er dennoch. »Und?«

Statt einer Antwort wandte Andy sich ab und stieg schweren Schrittes die Treppe hinauf. Julian folgte ihm.

Er ging nicht gleich ins Schlafzimmer, sondern betrat den kleinen Raum nebenan, der zu einem Arbeitszimmer ausgebaut worden war. Dort setzte er sich an einen alten Mahagonisekretär und klappte ihn auf. Er war gerade dabei, eine Schriftrolle aus einem der drei Fächer zu nehmen, als Nan hereinkam.

Niemand hatte sie dazu überreden können, sich zu waschen oder umzuziehen; ihre Hände waren schmutzig, die Knie ihrer langen Hose mit Erde verkrustet. Ihr Haar war so zerrauft, als hätte sie versucht, es sich büschelweise auszureißen.

»Was war?«, sagte sie. »Sag es mir, Andy. Was ist passiert?«

Andy breitete die Schriftrolle auf der Schreibunterlage des Sekretärs aus und beschwerte das obere Ende mit einer Bibel. Auf den unteren Rand legte er seinen linken Arm, damit sich das Blatt nicht wieder zusammenrollen konnte.

»Andy?«, drängte Nan erneut. »Sprich mit mir. Sag etwas.«

Er griff nach einem Radiergummi, ein Stummel nur noch, geschwärzt von Graphitresten. Er beugte sich über die Schriftrolle. Und als er sich bewegte, konnte Julian sehen, was es mit dem Dokument auf sich hatte.

Es war ein Stammbaum. Ganz oben standen in Druckschrift die Namen Maiden und Llewelyn und die Jahreszahl 1722. Fast ganz unten standen die Namen Andrew, Josephine, Mark und

Philip, verbunden mit den Namen ihrer Ehepartner. Darunter waren die Kinder aufgeführt. Unter Andrews und Nancys Namen stand nur ein einziger anderer, doch daneben war Platz gelassen für Nicolas zukünftigen Ehemann; und die drei kurzen Bleistiftlinien, die unter Nicolas Namen abzweigten, verrieten, was Andy sich für die Zukunft erhofft hatte.

Andy räusperte sich. Einen Moment lang schien er den Stammbaum vor sich zu betrachten. Vielleicht ließ er sich aber auch nur einen Moment Zeit, um seinen ganzen Mut zusammenzunehmen. Gleich darauf nämlich begann er, die allzu optimistischen Hinweise auf eine zukünftige Generation auszuradieren. Und nachdem er das getan hatte, griff er zu einer feinen Feder, tauchte sie in ein Tintenfass und schrieb etwas unter den Namen seiner Tochter. In eine sauber ausgeführte eckige Klammer setzte er ein Kreuz und dahinter das Jahr.

Nan begann zu weinen.

Julian hatte das Gefühl, keine Luft mehr zu bekommen.

»Ein Schädelbruch«, war alles, was Andy sagte.

Inspector Peter Hanken von der Kriminalpolizei Buxton war wenig begeistert, als sein Chef ihm mitteilte, dass New Scotland Yard ein Team zur Unterstützung bei den Ermittlungen über die Morde im Calder Moor heraufschicken würde. Im Peak District geboren und aufgewachsen, betrachtete er jeden, der aus Gegenden südlich der Pennine-Kette oder nördlich des Deer-Hill-Stausees kam, mit angeborenem Misstrauen und hegte außerdem als ältester Sohn eines Steinhauers aus Wirksworth eine instinktive Abneigung gegen all jene, die er nach dem Diktat dieser klassenbewussten Gesellschaft als sozial höhergestellt zu betrachten hatte. Daher begegnete er den beiden Beamten von New Scotland Yard von vornherein mit Feindseligkeit.

Der eine war ein Inspector namens Lynley, braungebrannt und topfit, das Haar so strahlend blond, dass diese Pracht nur aus der Tube stammen konnte. Er hatte Schultern wie ein Regattaruderer und sprach das kultivierte Englisch eines Nobelinternats. Er trug seine teuren Klamotten aus der Savile Row wie eine zweite Haut und stank nach Geld und altem Adel. Was zum Teufel hat so ein Typ bei der Polizei zu suchen?, fragte sich Hanken.

Der andere war ein Schwarzer, ein Constable namens Winston Nkata, so groß wie sein Chef; ein kräftiger Bursche, dabei aber eher drahtig als muskulös. Durch sein Gesicht zog sich eine lange Narbe, bei deren Anblick Hanken unwillkürlich an die Mannbarkeitsrituale afrikanischer Jugendlicher denken musste. Tatsächlich erinnerte Nkata ihn – abgesehen von seiner Sprechweise, in die sich afrikanische, karibische und Londoner Slumanklänge mischten – an einen Stammeskrieger. Sein selbstbewusstes Auftreten legte den Schluss nahe, dass er schon so manche Feuerprobe durchgemacht und glänzend bestanden hatte.

Ganz abgesehen von seinen persönlichen Gefühlen in dieser Angelegenheit passte es Hanken auch nicht, welche Botschaft dem Rest seines Teams durch die Einschaltung von New Scotland Yard übermittelt wurde. Wenn man schon an seiner Kompetenz oder der seiner Beamten zweifelte, hätte man es ihm besser direkt ins Gesicht sagen sollen. Da spielte es auch keine Rolle, dass ihm dank zweier zusätzlicher Helfer vielleicht doch noch genügend Zeit bleiben würde, die Schaukel, die er Bella nächste Woche zu ihrem vierten Geburtstag schenken wollte, rechtzeitig zusammenzubauen. Er hatte seinen Chief Constable nicht um Hilfe gebeten, und es ärgerte ihn, dass ihm die Hilfe einfach aufgedrängt worden war.

Inspector Lynley schien Hankens Verärgerung innerhalb der ersten dreißig Sekunden ihres Zusammentreffens zu spüren, was Hanken etwas milder stimmte, auch wenn er sich nicht mit dem Oberschichtakzent des Mannes anfreunden konnte.

»Andy Maiden hat uns um Hilfe gebeten«, sagte Lynley. »Deshalb sind wir hier, Inspector Hanken. Ihr Chief Constable hat Ihnen doch gesagt, dass der Vater der jungen Frau ein ehemaliger Beamter der Metropolitan Police ist?«

Das hatte der Chief Constable in der Tat getan, ohne allerdings eine Erklärung dafür zu liefern, was Maidens ehemalige Tätigkeit bei der Met mit Hankens Fähigkeiten zu tun hatte, ein Verbrechen aufzuklären. »Ja, ich weiß«, sagte er. »Zigarette?« Er bot den beiden Beamten seine Packung an. Sie lehnten ab. Der Schwarze machte ein Gesicht, als hätte man ihm Strychnin angeboten. »Meine Leute werden nicht besonders erfreut darüber sein, sich von London bevormunden lassen zu müssen.«

»Ich denke, sie werden sich an die Situation gewöhnen«, versetzte Lynley.

»Wohl kaum.« Hanken zündete sich seine Zigarette an. Er nahm einen Zug und ließ dabei die beiden Beamten nicht aus den Augen.

»Sie werden Ihrem Beispiel folgen.«

»Eben. Das habe ich ja gesagt.«

Lynley und der Schwarze tauschten einen Blick: »Den müssen wir mit Samthandschuhen anfassen.« Sie wussten nicht, dass sich an der Art ihres Empfangs in Hankens Abteilung nichts ändern würde, ganz gleich, ob sie nun mit Samthandschuhen hantierten oder mit eisernen Fäusten dreinschlugen.

»Andy Maiden war bei der SO10«, bemerkte Lynley. »Hat Ihr Chief Constable Ihnen das auch gesagt?«

Das war nun wirklich eine Neuigkeit. Und Hankens Feindseligkeit gegenüber den Londoner Kollegen wandte sich augenblicklich gegen seine Vorgesetzten, die ihm diese Information offensichtlich bewusst vorenthalten hatten.

»Ach, das wussten Sie nicht?«, sagte Lynley und bemerkte in trockenem Ton zu Nkata: »Die üblichen politischen Winkelzüge, vermute ich.«

Der Constable nickte mit angewiderter Miene und verschränkte die Arme. Der Schwarze hatte Hankens Aufforderung, sich zu setzen, abgelehnt. Er stand am Fenster, das einen tristen Ausblick auf den Fußballplatz auf der anderen Seite der Silverlands Street bot, ein Stadion, dessen Mauern von Stacheldraht gekrönt waren.

Lynley sagte zu Hanken: »Das tut mir leid. Ich verstehe nicht, warum man dem leitenden Beamten derartige Informationen vorenthält. Es geht dabei wahrscheinlich um Macht. Ich kenne dieses Spielchen aus eigener Erfahrung.«

Er unterrichtete Hanken über das, was er selbst wusste. Andy Maiden hatte als verdeckter Ermittler gearbeitet, vor allem im Kampf gegen den Drogenhandel und das organisierte Verbrechen. Er hatte während seiner dreißigjährigen Karriere hohes Ansehen genossen und beispielhafte Erfolge verbuchen können. »Und deshalb«, schloss Lynley, »fühlt das Yard sich ihm gegenüber verpflichtet. Wir sind hier, um dieser Verpflichtung nachzukommen. Wir würden gerne im Team mit Ihnen zusammenarbeiten, aber Winston und ich werden Ihnen selbstverständlich möglichst aus dem Weg bleiben, wenn Ihnen das lieber ist. Es ist Ihr Fall und Ihre Zuständigkeit. Wir sind uns wohl bewusst, dass wir hier Eindringlinge sind.«

Lynley sprach mit wohlwollendem Verständnis, und Hankens Misstrauen gegen ihn schmolz ein wenig. Er hatte zwar kein besonderes Verlangen danach, gut Freund mit Lynley zu sein, aber zwei Morde und eine nicht identifizierte Leiche, das war in diesem Teil der Welt schon etwas sehr Ungewöhnliches. Und Hanken war klar, dass nur ein Narr die Hilfe zweier zusätzlicher Ermittler bei der Beurteilung und Auswertung der Fakten ablehnen würde, besonders wenn besagte Helfer so unmissverständlich durchblicken ließen, wer bei dieser Untersuchung die Befehle gab und die Arbeitsaufträge verteilte. Außerdem war dieses SO10-Detail doch recht interessant, und Hanken war dankbar, dass man es ihm mitgeteilt hatte. Darüber musste er noch ein wenig gründlicher nachdenken, wenn er einen Moment Zeit hatte.

Er drückte seine Zigarette in einem blitzblanken Aschenbecher aus, den er dann leerte und, wie es seine Gewohnheit war, mit einem Papiertuch gründlich säuberte. »Also schön, dann kommen Sie mit«, sagte er und führte die Londoner in das Besprechungszimmer, wo zwei seiner uniformierten Beamtinnen am Computer saßen – ohne allerdings mehr zu tun, als miteinander zu schwatzen –, während ein dritter Beamter gerade dabei war, einen Vermerk auf der Tafel zu machen, auf die Hanken am Morgen die Arbeitsaufträge geschrieben hatte. Dieser letzte Beamte nickte kurz und ging aus dem Zimmer, als Hanken die Kollegen aus London hereinführte. Neben der Tafel hingen ein großes Schaubild des Tatorts, zwei Aufnahmen von Nicola Maiden – zu Lebzeiten und im Tod – sowie mehrere Bilder der zweiten, bisher unidentifizierten Leiche und eine ganze Reihe Tatortfotos.

Lynley setzte seine Lesebrille auf, um sich die Aufnahmen anzusehen, während Hanken ihn und Nkata mit den beiden Frauen im Zimmer bekanntmachte. Zu einer von ihnen sagte er: »Funktioniert der Computer immer noch nicht?«

»Was sonst«, antwortete sie lakonisch.

»Tolle Erfindung«, brummte Hanken, ehe er Lynley und Nkata

auf die Darstellung von Nine Sisters Henge aufmerksam machte. Er zeigte ihnen die Stelle innerhalb des Steinkreises, wo man die Leiche des Jungen gefunden hatte, und wies dann auf ein zweites Gebiet hin, das sich in einiger Entfernung des Steinkreises im Nordwesten befand. »Die Frau lag hier«, sagte er. »Hundertfünfundsiebzig Meter von dem Birkenwäldchen entfernt, wo die Steine stehen. Man hat ihr mit einem Kalksteinbrocken den Schädel eingeschlagen.«

»Und der junge Mann?«, fragte Lynley.

»Zahlreiche Messerstiche. Keine Waffe. Wir haben jeden Zentimeter des Geländes abgesucht, aber nichts gefunden. Im Augenblick hab ich mehrere Leute draußen, die das Moor durchkämmen.«

»Haben die zwei zusammen gezeltet?«

»Nein«, antwortete Hanken. Das Mädchen sei ihren Eltern zufolge allein zu ihrer Wanderung aufgebrochen, und die Fakten am Tatort bestätigten das. Die Dinge, die innerhalb des Steinkreises verstreut lagen – er wies zur Veranschaulichung auf eines der Fotos –, hätten offensichtlich ihr gehört. Der junge Mann hätte außer den Kleidern, die er am Leib hatte, anscheinend nichts bei sich gehabt. Es sehe also ganz so aus, als habe er nicht die Absicht gehabt, mit ihr zusammen eine Nacht unter dem Sternenhimmel zu verbringen.

»Und man hat keine Papiere bei ihm gefunden?«, fragte Lynley. »Mein Chef hat mir gesagt, dass niemand weiß, wer er ist.«

»Wir versuchen gerade, zur allgemeinen Zulassungsstelle durchzukommen, um den Besitzer eines Motorrads feststellen zu lassen, das nicht weit von dem Wagen der jungen Frau hinter einer Mauer an der Straße bei Sparrowpit gefunden wurde.« Er zeigte ihnen den genauen Ort auf einer Generalstabskarte, die ausgebreitet auf einem Schreibtisch unter der Tafel lag. »Wir überwachen das Motorrad, seit die Leichen gefunden wurden, aber bis jetzt hat niemand es abgeholt. Vermutlich hat es dem jungen Mann gehört. Sobald unsere Computer wieder funktionieren –«

»Sie sagen, es kann sich nur noch um Sekunden handeln«, rief eine der Beamtinnen durch das Zimmer.

»Na klar«, sagte Hanken mit einem geringschätzigen Lachen

und ergänzte seinen angefangenen Satz mit: »… bekommen wir die nötigen Informationen von der Zulassungsstelle.«

»Das Motorrad könnte gestohlen sein«, murmelte Nkata.

»Das würde uns der Computer dann ebenfalls sagen.« Hanken kramte seine Zigaretten heraus und zündete sich eine an.

Eine der Beamtinnen sagte: »Mensch, Pete, muss das sein? Wir hocken den ganzen Tag hier drinnen«, aber Hanken kannte kein Erbarmen.

»Was halten Sie denn bis jetzt von der Sache?«, fragte Lynley, nachdem er die Fotos gründlich inspiziert hatte.

Hanken zog einen großen braunen Umschlag unter der Generalstabskarte hervor. Darin waren Fotokopien der anonymen Briefe, die man zu Füßen des toten Jungen gefunden hatte. Einen behielt er zurück, bevor er Lynley den Umschlag reichte und sagte: »Schauen Sie sich die mal an.« Nkata stellte sich neben Lynley, als dieser begann, die Briefe durchzublättern.

Insgesamt waren es acht, jede Mitteilung aus Großbuchstaben und Wörtern zusammengesetzt, die der Absender aus Zeitungen und Zeitschriften ausgeschnitten und auf weiße Briefbogen geklebt hatte. Die Texte glichen einander, jeder begann mit den Worten: *»Du musst sterben, und zwar früher wie du glaubst«*; dann folgte: *»Was ist das für ein Gefühl für dich, wenn du weißt, dass deine Tage gezählt sind?«*; und der Schluss lautete: *»Pass bloß auf, weil ich nämlich plötzlich da bin, wenn du grade überhaupt nicht drauf gefasst bist, und dann musst du sterben. Du kannst dich nirgends verstecken.«*

Lynley las jeden einzelnen Brief, ehe er schließlich den Kopf hob und seine Brille abnahm. »Wurden die bei einem der Toten gefunden?«

»Nein, sie lagen innerhalb des Steinkreises, allerdings in der Nähe des Jungen.«

»Aber sie könnten praktisch an jeden gerichtet gewesen sein, nicht wahr? Sie brauchen noch nicht einmal etwas mit diesem Fall zu tun zu haben.«

Hanken nickte. »So habe ich das zunächst auch gesehen. Aber sie scheinen aus einem Umschlag zu stammen, der am Tatort lag und mit dem Namen ›Nikki‹ beschriftet war. Außerdem waren Blutspuren auf dem Papier. Das sind diese dunklen Flecken da; die sind beim Kopieren so rausgekommen.«

»Fingerabdrücke?«

Hanken zuckte die Achseln. »Das Labor ist an der Arbeit.«

Lynley nickte und sah wieder auf die Briefe in seiner Hand. »Hm, böse Briefe. Aber wenn sie wirklich an die junge Frau gerichtet waren, warum dann?«

»Das Warum ist unser Mordmotiv.«

»Und wie passt Ihrer Meinung nach der Junge da hinein?«

»Irgendein dummer Halbstarker, der im schlimmstmöglichen Moment am falschen Ort war. Er hat die Sache kompliziert, aber das ist auch alles.«

Lynley schob die Briefe wieder in den Umschlag und reichte diesen Hanken zurück. »Er hat die Sache kompliziert? Inwiefern?«

»Er hat den Mörder genötigt, Verstärkung zu holen.« Hanken hatte den ganzen Tag Zeit gehabt, Betrachtungen über den Tatort anzustellen, die Fotos durchzusehen, das Beweismaterial zu sichten und sich aufgrund des Gesehenen eine Vorstellung vom Ablauf der Ereignisse zu machen. Er erläuterte seine Theorie. »Wir haben es mit einem Killer zu tun, der das Moor gut kennt und genau wusste, wo die junge Frau zu finden war. Aber als er ankam, machte er eine Entdeckung, mit der er nicht gerechnet hatte: Sie war in Begleitung. Er hatte aber nur eine Waffe –«

»Das Messer, das nirgends zu finden ist«, bemerkte Nkata.

»Genau. Er hatte also zwei Möglichkeiten: Er musste die beiden entweder voneinander trennen und erst den einen töten und dann den anderen ...«

»... oder Hilfe holen«, vollendete Lynley. »Und Sie glauben, dass es sich so abgespielt hat?«

Hanken bejahte. Vielleicht habe der Helfer im Wagen gewartet. Vielleicht sei er – oder sie – auch mit dem Mörder zu Nine Sisters Henge hinausgewandert. Wie auch immer – als sich gezeigt habe, dass dort draußen zwei junge kräftige Menschen waren, statt nur eines Opfers, man aber nur ein Messer hatte, um den Job zu erledigen, sei der Helfer auf den Plan gerufen worden. Und die zweite Waffe – ein Brocken Kalkstein – benutzt worden.

Lynley sah sich noch einmal die Aufnahmen und den Lageplan an. »Aber wieso sind Sie so überzeugt, dass der Mörder es auf die Frau abgesehen hatte? Wieso nicht auf den Jungen?«

»Deswegen.« Hanken reichte Lynley das Blatt Papier, das er in Erwartung seiner Frage bisher zurückgehalten hatte. Wiederum eine Fotokopie eines anonymen Briefs. Dieser jedoch war von Hand geschrieben. *»Das Luder ist erledigt«* stand quer über das Blatt gekritzelt.

»Wurde dieser Brief zusammen mit den anderen gefunden?«, fragte Lynley.

»Nein, sie hatte ihn bei sich«, antwortete Hanken. »Er steckte fein säuberlich gefaltet in einer ihrer Taschen.«

»Aber warum die Briefe überhaupt zurücklassen?«

»Als Botschaft. Das ist im Allgemeinen der Sinn solcher Briefe.«

»Gut, das kann ich für den Brief, den man an ihrem Körper fand, akzeptieren. Aber was ist mit den anderen? Weshalb hätte man die zurücklassen sollen?«

»Bedenken Sie doch mal, wie es am Tatort ausgesehen hat. Ein einziges Tohuwabohu. Und es war dunkel.« Hanken drückte seine Zigarette aus. »Die Mörder haben wahrscheinlich gar nicht gewusst, dass irgendwo in dem Durcheinander auch die Briefe lagen. Sie haben einen Fehler gemacht.«

Drüben, am anderen Ende des Raums, wurde endlich der Computer lebendig. Eine der Beamtinnen sagte: »Wurde auch langsam Zeit«, und die beiden Frauen begannen, ihre Daten einzugeben.

»Stellen Sie sich die Gemütsverfassung des Killers vor«, fuhr Hanken fort. »Er verfolgt die Frau zum Steinkreis, fest entschlossen, sie umzubringen, und muss dann feststellen, dass sie nicht allein ist. Das heißt, dass er Hilfe braucht, und das bringt ihn erst einmal aus dem Konzept. Dann gelingt es der Frau auch noch zu fliehen, und das bringt ihn noch mehr durcheinander. Der Junge wehrt sich wie ein Berserker, und der ganze Zeltplatz verwandelt sich in ein Schlachtfeld. Der Mörder hat nur eines im Kopf – die Frau und den Jungen zu töten. Bei dem Gemetzel denkt er überhaupt nicht daran, dass die Maiden seine Briefe bei sich haben könnte.«

»Aber warum hat sie sie überhaupt mitgenommen?« Nkata stand wie Lynley wieder vor den Fotos. Jetzt drehte er sich herum. »Um sie dem Jungen zu zeigen?«

»Es gibt keinen Hinweis darauf, dass sie den Jungen kannte«, erwiderte Hanken. »Ihr Vater hat die Leiche des Jungen gesehen, konnte uns aber keinerlei Auskunft über seine Identität geben. Er sagte, er hätte ihn noch nie gesehen. Und er kenne die Freunde seiner Tochter.«

»Ist es möglich, dass der Junge sie umgebracht hat?«, fragte Lynley. »Und später selbst das Opfer eines Verbrechens wurde?«

»Höchstens, wenn mein Pathologe mit seiner Einschätzung der Todeszeiten völlig falschliegt. Seinem Befund zufolge sind beide innerhalb einer Stunde nacheinander umgekommen. Wie groß ist die Wahrscheinlichkeit, dass ausgerechnet da draußen in der Wildnis in derselben Nacht und zur selben Stunde zwei Morde verübt werden, die nichts miteinander zu tun haben?«

»Und trotzdem sieht es genau danach aus, nicht wahr?«, meinte Lynley. Dann fragte er, wo genau Nicola Maidens Wagen in Bezug auf den Steinkreis gestanden hatte. Ob Abdrücke der Reifenspuren genommen worden seien. Ob man im Steinkreis selbst Fußabdrücke gefunden habe. Wie Hanken sich die Verbrennungen im Gesicht des Jungen erkläre.

Hanken beantwortete die Fragen mit Hilfe der Karte und der Berichte, die seine Leute bisher zusammengestellt hatten.

»Pete«, rief Constable Peggy Hammer mitten hinein in seine Ausführungen, »wir haben es. Gerade ist es durchgekommen.« Sie kopierte etwas vom Bildschirm ihres Computers.

»Was? Die Info über die BMW?«, fragte Hanken.

»Genau.« Sie reichte ihm einen Zettel.

Als Hanken die Londoner Adresse sah, hätte er beinahe gelacht. Da kamen die Kollegen aus London ja wie gerufen. Wenn entweder Lynley oder Nkata die Ermittlungen in der Hauptstadt übernahmen, brauchte er auf keinen seiner Leute zu verzichten. In diesen Zeiten der Kürzungen, Sparmaßnahmen und der allgemeinen Federfuchserei, die ihn schon manches Mal zu der erbosten Bemerkung veranlasst hatten, dass er schließlich kein »gottverdammter Buchhalter« sei, musste auch die kleinste Dienstreise praktisch bis zum Oberhaus hinauf gerechtfertigt werden. Die Londoner Kollegen machten solchen Unsinn unnötig.

»Das Motorrad«, berichtete er, »ist auf einen gewissen Terence Cole zugelassen.« Als Wohnort sei die Chart Street in Shoreditch angegeben, und wenn die Kollegen vom Yard nichts dagegen hätten, würde er gern einen von ihnen schnurstracks nach London schicken, um unter der angegebenen Adresse jemanden ausfindig zu machen, der eventuell die Leiche des jungen Mannes identifizieren könne.

Lynley sah Nkata an. »Fahren Sie am besten gleich zurück, Winston«, sagte er. »Ich bleibe. Ich möchte auf jeden Fall mit Andy Maiden sprechen.«

Nkata schien überrascht. »Sie wollen nicht selbst nach London fahren? Also, wenn ich so gute Gründe hätte, nach Hause zu fahren, wie Sie, müsste man mir schon einen Haufen Geld dafür zahlen, dass ich bleibe.«

Hanken sah von einem zum anderen und bemerkte, dass Lynley leicht errötete. Das erstaunte ihn. Bis zu diesem Moment hatte der Mann völlig unerschütterlich gewirkt.

»Ach, ich denke, Helen kommt auch ein paar Tage ohne mich aus«, versetzte Lynley.

»Aber für eine frischgebackene junge Ehefrau ist das bestimmt nicht lustig«, entgegnete Nkata und erklärte Hanken: »Der Inspector hat nämlich erst vor drei Monaten geheiratet. Er kommt praktisch direkt aus den Flitterwochen.«

»Das reicht, Winston«, sagte Lynley.

»Frisch verheiratet«, meinte Hanken nickend. »Gratuliere.«

»Tja, ich weiß nicht, ob das im Moment so angebracht ist«, antwortete Lynley ziemlich rätselhaft.

Vierundzwanzig Stunden zuvor hätte er noch nicht so gesprochen. Da war er noch im siebten Himmel gewesen. Natürlich gab es in ihrem Zusammenleben etliche Ecken und Kanten, die erst noch abgeschliffen werden mussten, aber bisher hatten sich zwischen ihm und Helen keine Differenzen ergeben, die so einschneidend waren, dass sie nicht durch Gespräche und Kompromissbereitschaft hätten beigelegt werden können. Das heißt, bis die Sache mit Havers dahergekommen war.

In den Monaten seit ihrer Rückkehr aus den Flitterwochen hatte Helen sich aus den beruflichen Belangen ihres Mannes diskret herausgehalten, und als er von seinem einzigen Besuch bei Barbara Havers zurückgekehrt war und von den Hintergründen ihrer Suspendierung berichtet hatte, hatte sie nur gesagt:

»Tommy, da muss es eine Erklärung geben.« Danach hatte sie ihre Meinung über Barbaras Suspendierung strikt für sich behalten. Sie hatte telefonische Nachrichten von Havers und anderen, die die Lage der Dinge interessierte, getreulich weitergegeben, aber stets eine Neutralität bewahrt, die klar erkennen ließ, dass an ihrer Loyalität ihrem Mann gegenüber nicht zu rütteln war. Zumindest hatte Lynley die Sache so gesehen.

Seine Frau hatte ihm jedoch diese Illusion geraubt, als sie an diesem Nachmittag von den St. James' nach Hause gekommen war. Er war gerade dabei gewesen, ein paar Sachen für seine Reise nach Derbyshire zu packen, Hemden, eine alte Barbourjacke, die er irgendwo herausgekramt hatte, und Wanderstiefel für das Moor, als Helen ins Zimmer getreten war. Ganz im Gegensatz zu ihrer sonstigen, eher vorsichtigen Art, ein heikles Thema anzusprechen, hatte sie den Stier kurzerhand bei den Hörnern gepackt und gefragt: »Tommy, warum nimmst du diesmal eigentlich Winston Nkata mit und nicht Barbara Havers?«

»Ach, du hast also mit Barbara gesprochen«, hatte er gesagt, worauf sie entgegnete: »Und sie hat dich praktisch noch verteidigt, obwohl ihr deine Entscheidung fast das Herz gebrochen hat.«

»Und soll ich mich jetzt auch noch verteidigen?«, fragte er milde. »Barbara muss sich jetzt im Yard erst mal eine Weile im Hintergrund halten. Das ginge aber nicht, wenn ich sie nach Derbyshire mitnähme. Und da Barbara nicht verfügbar ist, habe ich mich logischerweise für Winston entschieden.«

»Aber Tommy, sie verehrt dich. Ach, schau mich nicht so an. Du weißt genau, was ich meine. In Barbaras Augen kannst du nichts falsch machen.«

Er legte das letzte Hemd in den Koffer, stopfte sein Rasierzeug zwischen die Socken, klappte den Deckel zu und legte seine Jacke darüber. Dann sah er Helen an. »Bist du als Vermittlerin hier?«

»Bitte sprich nicht in diesem gönnerhaften Ton mit mir, Tommy. Das hasse ich.«

Er seufzte. Er wollte sich mit seiner Frau nicht streiten und dachte flüchtig an die Kompromisse, die man einging, wenn man ein eigenes Leben mit dem eines anderen Menschen vereinte. Wir begegnen einander, sagte er sich, wir begehren, wir verfolgen und wir erreichen unser Ziel. Aber gibt es den Mann, dem es in der Hitze der Begierde dennoch gelingt, sich Gedanken darüber zu machen, ob er mit dem Objekt seiner Leidenschaft auf Dauer *leben* kann, bevor er es tatsächlich tut? Er bezweifelte es.

»Helen«, sagte er, »wenn man bedenkt, was Barbara alles vorgeworfen wurde, ist es direkt ein Wunder, dass sie überhaupt noch bei der Kripo ist. Webberly hat alle Hebel für sie in Bewegung gesetzt, und Gott allein weiß, was für Versprechungen oder Zugeständnisse er machen musste, um sie zu halten. Im Augenblick sollte sie ihrem Schöpfer danken, dass sie nicht gefeuert worden ist. Was sie *nicht* tun sollte, ist, bei anderen Unterstützung suchen, um gegen mich Beschwerde zu führen. Und schon gar nicht sollte sie versuchen, meine eigene Frau gegen mich aufzubringen, das ist wirklich das Letzte.«

»Aber das tut sie doch gar nicht!«

»Nein?«

»Sie wollte zu Simon, nicht zu mir. Sie wusste nicht einmal, dass ich da war. Als sie mich gesehen hat, wäre sie am liebsten davongelaufen, das habe ich deutlich gemerkt. Und das hätte sie auch getan, wenn ich sie nicht aufgehalten hätte. Sie suchte jemanden zum Reden. Es ging ihr hundsmiserabel, und sie brauchte einen Freund – der du bisher immer für sie warst. Ich möchte wirklich gern wissen, warum du ihr jetzt kein Freund mehr bist.«

»Helen, hier geht es nicht um Freundschaft. Für Freundschaft ist kein Platz in einer Situation, wo alles davon abhängt, dass ein Beamter sich an seine Anweisungen hält. Barbara hat das nicht getan. Schlimmer noch, sie hätte beinahe einen Menschen getötet.«

»Aber du weißt doch genau, was passiert ist. Wieso kannst du nicht sehen –«

»Ich sehe jedenfalls eines ganz klar: dass Dienstvorschriften ihren Sinn haben.«

»Sie hat ein *Leben* gerettet!«

»Und es war nicht an ihr, darüber zu entscheiden, ob dieses Leben in Gefahr war oder nicht.«

Helen ging auf ihn zu und blieb neben ihrem gemeinsamen Bett stehen. »Ich verstehe das nicht«, sagte sie, eine Hand auf dem Bettpfosten. »Wie kannst du nur so unversöhnlich sein? Sie würde dir alles verzeihen.«

»Das würde ich aber unter den gleichen Umständen nicht erwarten. Und genauso wenig hätte sie das von mir erwarten sollen.«

»Du hast doch selbst gelegentlich die Vorschriften umgangen. Das hast du mir erzählt.«

»Willst du im Ernst einen Mordversuch mit einem simplen Regelverstoß vergleichen, Helen? So etwas ist ein Verbrechen. Für das übrigens die meisten Leute ins Gefängnis wandern.«

»Ach, und in diesem besonderen Fall fühlst du dich offensichtlich zum Richter berufen. Schon klar.«

»Ach ja?« Er begann wütend zu werden, und dabei hätte er besser den Mund halten sollen. Wie kam es nur, dass Helen wie kein anderer fähig war, seine wunden Punkte zu treffen? »Dann solltest du dir aber auch Folgendes klarmachen: Barbara Havers geht dich nichts an. Ihr Verhalten in Essex, das nachfolgende Disziplinarverfahren und die bittere Medizin, die sie jetzt als Folge dieses Verhaltens und des Verfahrens schlucken muss, sind nicht deine Sache. Wenn du dich in deinem jetzigen Leben so eingeengt und unausgefüllt fühlst, dass du dich genötigt siehst, dich für höhere Ziele einzusetzen, um etwas zu tun zu haben, könntest du dir vielleicht mal überlegen, mit mir an einem Strang zu ziehen. Ich würde es wirklich zu schätzen wissen, zu Hause Unterstützung vorzufinden und nicht Opposition.«

Ihr Zorn flammte ebenso rasch auf wie seiner, und sie war ebenso fähig, ihm Ausdruck zu verleihen. »So eine Frau bin ich nicht. Da hast du die Falsche geheiratet. Wenn du eine unterwürfige, demütige kleine –«

»Das ist ein Pleonasmus«, sagte er.

Und dieser kurze Einwurf beendete ihre Auseinandersetzung. Helen zischte nur noch: »Du Schwein!« und lief aus dem Zimmer. Als er sie später, nachdem seine Sachen gepackt waren, gesucht hatte, um sich von ihr zu verabschieden, war sie nirgends zu finden gewesen. Er hatte sie, sich selbst und Barbara Havers, den Anlass seines Zerwürfnisses mit Helen, zornig verwünscht. Auf der Autofahrt nach Derbyshire hatte er jedoch Zeit gehabt, sich wieder zu beruhigen und darüber nachzudenken, wie oft er schon Schläge unter die Gürtellinie verteilt hatte. Diese Szene mit Helen war ein gutes Beispiel dafür; er konnte nicht umhin, das zuzugeben.

Er wusste, als er jetzt mit Winston Nkata draußen vor der Polizeidienststelle in Buxton stand, dass es eine Möglichkeit gab, bei Helen Wiedergutmachung zu leisten. Nkata wartete nur darauf, dass er ihm für die Erledigung seines Auftrags in London einen zweiten Beamten zuweisen würde, und sie wussten beide, wer dafür logischerweise in Frage kam. Doch Lynley scheute vor dem entscheidenden Wort zurück und suchte Zeit zu gewinnen, indem er zunächst einmal dem Constable seinen Bentley übergab. Er könne von den Kollegen in Buxton nicht verlangen, dass sie für die Fahrt nach London einen Wagen zur Verfügung stellten, erklärte er Nkata; da bleibe also nur der Bentley, wenn der Constable nicht mit dem Zug nach London zurückkehren oder von Manchester aus ein Flugzeug nehmen wolle. In der Zeit, die er brauchen würde, um zum Flughafen zu fahren und sich in die nächste Maschine zu setzen oder auf einen Zug zu warten und unterwegs womöglich x-mal umzusteigen, könne er die Strecke leicht mit dem Wagen bewältigen.

Lynley hoffte, dass Nkata nicht so ruppig mit dem Wagen umgehen würde wie Barbara Havers, die beim letzten Mal, als sie am Steuer gesessen hatte, seelenruhig über einen alten Meilenstein gedonnert war, so dass es die Vorderachse völlig verzogen hatte. Er erklärte seinem jungen Kollegen, er müsse den Bentley so fahren, als hätte er eine Ladung Nitroglyzerin im Kofferraum.

Nkata lachte. »Sie haben wohl Angst, dass ich nicht weiß, wie man mit so einem Rassemotor umgeht?«

»Mir kommt es nur darauf an, dass er das Abenteuer mit Ihnen unbeschadet übersteht.« Lynley reichte Nkata die Schlüssel.

Der wies mit einer Kopfbewegung zur Dienststelle. »Was meinen Sie, wird er unser Spiel mitspielen? Oder wird er versuchen, uns seines aufzuzwingen?«

»Das wird sich noch herausstellen. Er ist jedenfalls nicht erfreut über unsere Anwesenheit, aber das ginge mir an seiner Stelle genauso. Wir müssen eben ein bisschen Takt walten lassen.«

Lynley sah auf seine Uhr. Es war fast fünf. Die Autopsie war für den frühen Nachmittag angesetzt gewesen. Wenn er Glück hatte, würde sie inzwischen abgeschlossen sein und der Pathologe bereit, ihm seinen ersten Befund mitzuteilen.

»Was halten Sie von seinen Überlegungen?« Nkata griff in seine Jackentasche und zog zwei Opalfruchtbonbons heraus, für die er eine große Schwäche hatte. Nachdem er sie beide inspiziert und seine Wahl getroffen hatte, bot er das andere Bonbon Lynley an.

»Sie meinen, wie Hanken den Fall sieht?« Lynley wickelte das Bonbon aus. »Er ist jedenfalls bereit, mit uns zu reden. Das ist schon mal ein gutes Zeichen. Und er scheint flexibel zu sein. Das ist auch nicht schlecht.«

»Aber irgendwie wirkt er immer gereizt«, meinte Nkata. »Ich frage mich, was für eine Laus ihm über die Leber gelaufen ist.«

»Wir haben alle unsere privaten Sorgen, Winnie. Wir dürfen uns nur bei der Arbeit nicht davon beeinflussen lassen.«

Nkata knüpfte an diese Bemerkung Lynleys geschickt eine letzte Frage an. »Soll ich daheim eigentlich mit jemandem zusammenarbeiten?«

Noch immer wich Lynley aus. »Wenn Sie wirklich Hilfe brauchen, dann holen Sie sich jemanden.«

»Soll ich selbst entscheiden, wen ich nehme, oder wollen Sie das tun?«

Lynley betrachtete ihn aufmerksam. Nkata hatte seine Fragen mit so ruhiger Selbstverständlichkeit gestellt, dass man sie unmöglich als etwas anderes als eine Bitte um Anweisung interpretieren konnte. Und die Bitte war absolut berechtigt in Anbetracht der Tatsache, dass Nkata vielleicht schon kurz nach seiner Ankunft in London nach Derbyshire würde zurückfahren müssen, diesmal in Begleitung einer Person, die ihnen sagen konnte, ob der unbekannte Tote Terence Cole war oder nicht. Dann aber würde ein anderer Beamter in London Erkundigungen über Terence Cole anstellen müssen.

Dies also war der Moment. Hier bot sich Lynley die Gelegenheit, die Entscheidung zu treffen, die Helen gutheißen würde. Aber er tat es nicht. Stattdessen sagte er: »Ich weiß nicht, wer im Moment verfügbar ist. Ich überlasse es Ihnen.«

Samantha McCallin hatte schon in den ersten Tagen ihres ausgedehnten Besuchs in Broughton Manor die Erfahrung gemacht, dass ihr Onkel Jeremy beim Alkohol nicht wählerisch war. Er trank alles, was geeignet war, seine Sinne zu betäuben. Am liebsten schien er Gin zu trinken, aber im Notfall, wenn das nächste Spirituosengeschäft geschlossen hatte, war er nicht heikel.

Soweit Samantha wusste, trank ihr Onkel schon seit seiner Jugend und hatte sich lediglich mit Anfang zwanzig ein paar kurze Jahre vom Alkohol abgewandt, um sich stattdessen mit Drogen vollzudröhnen. Jeremy Britton war der Familiensaga zufolge einmal der Goldjunge der gesamten Britton-Sippe gewesen. Doch durch seine Heirat mit einer jungen Frau, die sich, ebenso wie er, zu den Hippies zählte und »eine Vergangenheit« hatte, wie Samanthas Mutter es auf euphemistische und altmodische Weise auszudrücken pflegte, war er bei seinem Vater in Ungnade gefallen. Dennoch war aufgrund des Erstgeburtsrechts und der gesetzlichen Erbfolge nicht zu verhindern gewesen, dass Jeremy nach dem Tod seines Vaters Broughton Manor mit allem, was dazugehörte, erbte. Die Erkenntnis, dass sie ihr Leben lang ganz umsonst das »brave Kind« gewesen war – während Jeremy ein wildes Leben geführt hatte –, hatte Samanthas Mutter tief erbittert. Diese Erbitterung war noch gewachsen, als Jeremy und seine Frau im Laufe der Jahre in schneller Folge drei Kinder in die Welt setzten und das Familienerbe bei Alkohol- und Drogenexzessen verschleuderten, während in Winchester Jeremys einzige Schwester Sophie Privatdetektive engagierte, die sie regelmäßig über den ausschweifenden Lebenswandel ihres Bruders informieren mussten, und weinend und zähneknirschend die Hände rang, wenn sie die Berichte las.

»Man muss etwas unternehmen«, rief sie, »bevor er unsere Familie vollkommen in den Ruin treibt. So wie er sich aufführt, wird es bald nichts mehr zu vererben geben.«

Nicht, dass Sophie Britton McCallin das Geld ihres Bruders, das er sowieso längst durchgebracht hatte, gebraucht hätte. Sie schwamm im Geld dank ihres Mannes, der sich im wahrsten Sinn des Wortes zu Tode schuftete, um den Strom nicht versiegen zu lassen.

In jener Zeit, als Samanthas Vater noch gesund und kräftig genug gewesen war, um in der familieneigenen Fabrik ein tägliches Arbeitspensum zu erledigen, das jeden normalen Sterblichen umgebracht hätte, war Samantha für die Monologe ihrer Mutter über das schwarze Schaf Jeremy taub gewesen. Doch Ton und Inhalt dieser Monologe hatten sich geändert, als Douglas McCallin an Prostatakrebs gestorben war. Mit der harten Realität menschlicher Vergänglichkeit konfrontiert, hatte Sophie die einzigartige Wichtigkeit familiärer Zusammengehörigkeit wiederentdeckt.

»Ich möchte meinen Bruder hierhaben«, hatte sie gramgebeugt bei der Leichenwache geschluchzt. »Er ist mein einziger lebender Blutsverwandter. Er ist mein Bruder. Ich möchte ihn bei mir haben.«

Es war typisch für Sophie, ganz zu vergessen, dass sie in ihren eigenen beiden Kindern – und den Kindern ihres Bruders – noch ein paar andere Blutsverwandte hatte. Nein, sie sah eine Aussöhnung mit Jeremy als einzigen Trost in ihrem Schmerz.

Ja, ihr Schmerz gewann allmählich eine so allumfassende Präsenz, dass es bald keinen Zweifel mehr daran geben konnte, dass Sophie entschlossen war, Queen Victorias Trauer um Albert noch an Intensität zu übertreffen. Als Samantha dies schließlich erkannte, sagte sie sich, dass nur zielstrebiges Handeln den Frieden in Winchester wiederherstellen könne. Sie war deshalb nach Derbyshire gefahren, um ihren Onkel abzuholen, nachdem sie aus reichlich wirren Telefongesprächen geschlossen hatte, dass er nicht in der Verfassung war, die Reise in den Süden allein zu unternehmen. Aber als sie nach ihrer Ankunft in Broughton Manor gesehen hatte, wie es um ihn stand, war ihr klargewesen, dass sie ihn in diesem Zustand unmöglich ihrer Mutter präsentieren konnte.

Außerdem empfand es Samantha als eine Erleichterung, ihrer Mutter eine Weile fern zu sein. Der Tod ihres Mannes hatte Sophies Neigung zum Melodramatischen mehr Nahrung geliefert, als ihr sonst geboten wurde, und sie labte sich mit einem Gusto daran, dass Samantha nur noch völlig erschöpft resignieren konnte.

Natürlich trauerte auch Samantha um ihren Vater. Aber sie hatte schon vor langer Zeit zu spüren bekommen, dass Douglas McCallins Liebe in erster Linie dem Familienunternehmen, einer Keksfabrik, galt – nicht der Familie selbst –, und infolgedessen erschien ihr sein Tod weniger wie eine unwiderrufliche Trennung, sondern eher so, als ob er noch mehr Zeit als früher in der Fabrik verbrächte. Sein Leben war immer seine Arbeit gewesen. Er hatte sich ihr mit der Hingabe eines Mannes gewidmet, der das Glück gehabt hatte, seiner wahren Liebe bereits im Alter von zwanzig Jahren zu begegnen.

Jeremy hingegen hatte sich dem Alkohol hingegeben. An diesem besonderen Tag hatte er morgens um zehn mit trockenem Sherry angefangen. Zum Mittagessen hatte er eine Flasche Rotwein geleert. Und im Lauf des Nachmittags hatte er sich einen Gin Tonic nach dem anderen genehmigt. Für Samantha war es fast ein Wunder, dass er sich überhaupt noch auf den Beinen halten konnte.

Im Allgemeinen verbrachte er seine Tage in seinem Wohnzimmer, wo er bei geschlossenen Vorhängen und mit Hilfe eines uralten Acht-Millimeter-Filmprojektors endlose Spaziergänge auf den Straßen der Erinnerung unternahm. In den Monaten von Samanthas Aufenthalt in Broughton Manor hatte er mindestens dreimal die gesamte filmische Geschichte der Familie Britton abgespult. Der Ablauf war immer der gleiche: Er begann mit den frühesten Filmen, die irgendein Britton im Jahr 1924 aufgenommen hatte, und sah sich dann einen nach dem anderen in chronologischer Folge an, bis er an jenen Punkt gelangte, wo kein Britton mehr hinreichendes Interesse an der Familie aufgebracht hatte, um ihr Tun und Treiben mit der Kamera festzuhalten. Das filmische Werk mit seinen Bildern von Fuchsjagden, Angelausflügen, Ferienreisen, Fasanjagden, Geburtstags- und Hochzeitsfeiern endete etwa um die Zeit von Julians fünfzehntem Geburtstag, der Samanthas Berechnungen zufolge ziemlich genau auf den Zeitpunkt fiel, als Jeremy Britton sich bei einem Reitunfall drei Wirbel gestaucht hatte – eine längst verheilte Verletzung, die er noch heute als Vorwand benutzte, um sich mit Schmerz- und Rauschmitteln zu betäuben.

»Er wird sich mit diesem Gemisch aus Alkohol und Tabletten noch umbringen, wenn wir nicht aufpassen«, hatte Julian kurz nach ihrer Ankunft zu ihr gesagt. »Sam, würdest du mir helfen? Wenn du mir hier unter die Arme greifst, kann ich mich viel gründlicher um das Gut kümmern. Ich könnte vielleicht sogar einiges in Gang setzen ... Wenn du mir hilfst, meine ich.«

Und innerhalb von wenigen Tagen nach ihrer ersten Begegnung mit Julian hatte Samantha gewusst, dass sie für ihren Vetter alles tun würde. Einfach alles.

Jeremy Britton wusste das offenbar. Als er sie nämlich am späten Nachmittag aus dem Gemüsegarten kommen und in ihren Stiefeln durch den Hof stapfen hörte, kroch er ausnahmsweise aus seiner Höhle und ging zu ihr in die Küche, wo sie dabei war, das Abendessen vorzubereiten.

»Ah, hier bist du, mein Täubchen.« Schwankend stand er da, in dieser allen Gesetzen der Schwerkraft trotzenden Haltung, die so typisch für Betrunkene schien. In der einen Hand hielt er ein Glas: zwei zusammengeschmolzene Eiswürfel und ein Zitronenschnitz waren alles, was von seinem letzten Gin Tonic übriggeblieben war. Er war wie immer makellos gekleidet, von Kopf bis Fuß der englische Landedelmann. Trotz des warmen Spätsommerwetters trug er Tweedjackett, Krawatte und weite Knickerbocker aus einem dicken Wollstoff, die er aus dem Kleiderschrank eines seiner Vorfahren ausgegraben haben musste. Man hätte ihn für einen exzentrischen reichen Großgrundbesitzer halten können, der einen Schluck über den Durst getrunken hatte.

Er baute sich neben dem alten Eichentisch auf, genau dort, wo Samantha sich an die Arbeit machen wollte. Er schwenkte sein Glas, dass die Eisreste klirrten, und schlürfte mit zurückgelegtem Kopf das letzte bisschen Flüssigkeit. Dann stellte er das Glas neben das große Küchenmesser, das sie sich zurechtgelegt hatte. Sein Blick wanderte von ihr zu dem Messer und wieder zurück zu ihr, und er verzog den Mund zu einem trägen, weinseligen Lächeln.

»Wo ist denn unser Junge?«, erkundigte er sich freundlich. Es hörte sich an wie »Woissn unscha Junge«. Das Grau seiner Augen war so blass, dass die Iris beinahe wie ausgelöscht wirkte, und das Weiß der Augäpfel hatte einen starken Stich ins Gelbliche, genau wie die Haut seines Gesichts. »Ich hab unsern Julie heut noch gar nich hier rumschleichen sehen. Ich glaub, er is letzte Nacht gar nich nach Hause gekommen, unser kleiner Julie, beim Frühstück hat er sich nämlich nicht blicken lassen, wenn ich mich recht erinnere.« Jeremy wartete auf ihre Reaktion auf seine Bemerkungen.

Samantha nahm das Gemüse, das sie aus dem Garten mitgebracht hatte, aus dem Korb und legte einen Salatkopf, eine Gurke, zwei grüne Paprika und einen Blumenkohl ins Spülbecken. Sie begann das Gemüse zu waschen. Den Salatkopf spülte sie besonders gründlich. Sie hasste es, wenn sie beim Salatessen Sandkörnchen zwischen die Zähne bekam.

»Tja«, fuhr Jeremy mit einem Seufzer fort, »wir wissen ja wohl beide, was Julie getrieben hat, hm, Sam? Der Junge hat keine Augen im Kopf, der sieht das Gute gar nich, das so nahe liegt. Ich weiß nich, was wir mit ihm machen sollen.«

»Du hast doch keine Tabletten geschluckt, Onkel Jeremy?«, fragte Samantha. »Wenn du die mit Alkohol zusammen nimmst, kann es gefährlich werden.«

»Ich leb immer gefährlich«, lachte Jeremy, und Samantha versuchte festzustellen, ob sein Lallen, ein Anzeichen des Grades seiner Alkoholisierung, schlimmer war als sonst. Es war kurz nach fünf, da war er seiner Zunge meist ohnehin nicht mehr mächtig, aber Julian würde bestimmt nicht erfreut sein, wenn er bei seiner Heimkehr seinen Vater statt in dem üblichen trunkenen Dämmerschlaf im Vollrausch vorfand.

Jeremy schob sich am Tisch entlang, bis er neben ihr an der Spüle stand. »Du bist eine hübsche Frau, Sammy«, sagte er mit alkoholgeschwängertem Atem. »Glaub bloß nich, ich wär immer so voll, dass ich nich seh, was für ein Klasseweib du bist. Aber der Witz ist, dass wir unsern Julie da mal mit der Nase drauf stoßen müssen. Hat doch keinen Sinn, dass du deine hübschen Beine zeigst, wenn nur dieser alte Knacker hier sie bemerkt. Nicht, dass ich den Anblick nicht zu schätzen wüsste. So 'ne flotte junge Puppe in heißen Höschen ist genau –«

»Das sind Sportshorts«, unterbrach Samantha ihn. »Ich trage sie, weil es warm ist, Onkel Jeremy. Was dir wahrscheinlich auch aufgefallen wäre, wenn du mal einen Schritt aus dem Haus gehen würdest.«

»War doch nur 'n Kompliment, Kleine«, protestierte Jeremy. »Das musst du noch lernen, Komplimente anzunehmen. Und von wem kannst du's besser lernen als von deinem eigenen

Onkel? Ich bin wirklich froh, dass es dich gibt, Kind. Hab ich das schon mal gesagt?« Er ließ ihr keine Zeit für eine Antwort, sondern neigte sich noch näher und flüsterte in vertraulichem Ton: »Jetzt lass uns mal überlegen, was wir mit Julie machen.« Lassunsma übalegn waschwa mit Julie machn.

»Wieso? Was ist denn mit Julian?«, fragte Samantha.

»Wir wissen doch beide, was los ist, stimmt's? Der bespringt die kleine Maiden wie ein geiler Bock, seit er zwanzig ist –«

»Bitte, Onkel Jeremy!« Samantha spürte, wie ihr heiß wurde.

»Bitte, Onkel Jeremy, was? Wir müssen die Tatsachen sehen, wenn wir was dagegen tun wollen. Und Tatsache Nummer eins ist, dass Julie bei jeder Gelegenheit, die sich ihm bietet – oder genauer gesagt, die *sie* ihm bietet –, mit dieser rolligen Katze aus Maiden Hall bumst.«

Sehr scharfsichtig für jemanden, der fast ständig betrunken ist, dachte Samantha. Aber laut sagte sie, steifer als eigentlich ihre Absicht gewesen war: »Ich möchte mich wirklich nicht über Julians Liebesleben unterhalten, Onkel Jeremy. Das geht uns nichts an.«

»Ach was«, versetzte ihr Onkel. »Das ist wohl für die brave Sammy McCallin ein zu schmutziges Thema, wie? Wie kommt's, dass ich das nicht ganz glauben kann, Sam?«

»Ich habe nicht gesagt, dass es schmutzig ist«, entgegnete sie. »Ich habe gesagt, es geht uns nichts an. Und darum werde ich nicht darüber reden.«

Es war nicht etwa so, dass sie verklemmt war, dass Sex ihr peinlich gewesen wäre oder gar Angst gemacht hätte. Weit davon entfernt. Seit sie sich als Teenager aus dem lästigen Zustand der Jungfräulichkeit befreit hatte, indem sie sich einen der Freunde ihres Bruders vorgenommen hatte, hatte sie sich ihren Spaß geholt, wann immer sich Gelegenheit bot. Aber das hier – mit ihrem Onkel das Intimleben ihres Vetters zu diskutieren –, das wollte sie einfach nicht. Sie konnte es sich gar nicht erlauben, weil sie dann riskiert hätte, sich zu verraten.

»Mensch, Mädchen, hör mir doch zu«, sagte Jeremy. »Ich seh doch, wie du ihn anschaust, und ich weiß, was du willst. Ich bin auf deiner Seite. Familie gehört zu Familie, das ist mein Motto. Glaubst du vielleicht, ich will ihn mit dieser kleinen Nutte aus

Maiden Hall verbandelt sehen, wenn wir eine Frau wie dich in petto haben, die nur auf den Tag wartet, wo ihrem Angebeteten endlich ein Licht aufgeht?«

»Du irrst dich«, sagte sie, obwohl das Hämmern ihres Herzens ihre Worte Lügen strafte. »Ich hab Julian gern. Er ist ein wunderbarer Mensch –«

»Stimmt. Is er. Und glaubst du wirklich, dass die Maiden das auch so sieht? Garantiert nich. Die will doch nur ihren Spaß haben, wenn sie hier ist, rein in die Koje und bums mich, wenn du kannst.«

»Aber«, fuhr Samantha fort, als hätte er nichts gesagt, »ich liebe ihn nicht, und ich kann mir auch nicht vorstellen, dass ich mich jemals in ihn verlieben werde. Lieber Himmel, Onkel Jeremy, wir sind Vetter und Cousine ersten Grades. Julian ist für mich wie ein Bruder.«

Jeremy schwieg einen Moment. Samantha nutzte die Gelegenheit, um mit dem Blumenkohl und den Paprikas um ihn herumzugehen. Sie legte alles auf den alten Tisch, an dem schon seit vierhundert Jahren das Gemüse geschnitten wurde, und begann, den Blumenkohl in Röschen zu zerteilen.

»Ah, ja«, sagte Jeremy bedächtig und mit einer Verschmitztheit, die Samantha zum ersten Mal verriet, dass er doch nicht so betrunken war, wie es schien. »Ein Bruder. Ah ja, ich verstehe. Da hast du natürlich kein anderweitiges Interesse an ihm. Wie bin ich bloß auf die Idee gekommen? Aber macht nichts. Vielleicht kannst du deinem Onkel Jeremy trotzdem einen Rat geben.«

»Was für einen Rat?« Sie holte ein Sieb und gab den Blumenkohl hinein. Dann wandte sie sich den Paprikas zu.

»Wie man ihn kurieren kann.«

»Wovon?«

»Von ihr. Dieser rolligen Katze. Dieser läufigen Hündin. Ganz gleich.«

»Julian braucht von nichts kuriert zu werden«, erklärte Samantha energisch, um ihren Onkel endlich von seinem Kurs abzubringen. »Er ist sein eigener Herr, Onkel Jeremy.«

»Quatsch mit Soße. Er ist eine Marionette, und wir wissen beide, wer die Fäden in der Hand hält. Die hat ihm so den Kopf verdreht, dass er oben nicht mehr von unten unterscheiden kann.«

»Julian hat Verstand genug –«

»Aber bestimmt nicht im Kopf! Dem ist doch der ganze Verstand in den Schwanz gefahren.«

»Onkel Jeremy –«

»Der denkt doch an nichts andres mehr als an ihre hübschen kleinen Titten und wie er ihr seinen Schwanz reinstecken kann –«

»Das reicht!« Samantha hackte auf die Paprika ein wie mit einer Axt. »Du hast deinen Standpunkt gründlich erklärt, Onkel Jeremy. Jetzt würde ich gern das Abendessen machen.«

Jeremy lächelte träge. »Du bist für ihn bestimmt, Sammy. Das weißt du genauso gut wie ich. Also, was tun wir jetzt, damit die Sache endlich ins Rollen kommt?«

Er fixierte sie plötzlich mit scharfem Blick, ganz so, als wäre er überhaupt nicht betrunken. Wie hieß noch gleich dieses Fabeltier, das einen mit seinem Blick bannen und töten konnte? Basilisk, dachte sie. Ihr Onkel war ein Basilisk.

»Ich weiß überhaupt nicht, was du da redest«, sagte sie, aber sie hörte selbst, dass ihre Stimme unsicher und furchtsam klang.

»Ach nein?« Er lächelte nur, und als er aus der Küche ging, bewegte er sich mit der Sicherheit eines Mannes, der nicht im Geringsten angesäuselt, geschweige denn betrunken war.

Samantha hieb weiter mit dem Messer auf die Paprika ein, bis sie die Küchentür ins Schloss fallen und das Geräusch seiner Schritte auf der Treppe hörte. Dann erst legte sie mit einer Beherrschung, auf die sie unter den gegebenen Umständen stolz war, das Messer weg. Sie stützte ihre Hände auf die Kante des Arbeitstischs. Sie beugte sich über das Gemüse, atmete seinen Duft ein und konzentrierte ihre Gedanken auf ein selbsterfundenes Mantra – Liebe erfüllt mich, Liebe umhüllt mich, Liebe macht mich heil und ganz – und versuchte, Gelassenheit zu finden, eine Gelassenheit, die ihr am vergangenen Abend gänzlich abhandengekommen war, als sie erkannt hatte, dass Julian nie vorgehabt hatte, sich die Mondfinsternis mit ihr zusammen anzusehen. Eine Gelassenheit, die sie im Grunde bereits verloren hatte, als ihr klargeworden war, was Nicola Maiden ihrem Vetter bedeutete. Aber diese Konzentration auf ihr Mantra war ihr zur Gewohnheit geworden, und sie hielt auch jetzt daran fest, obwohl Liebe so ziemlich das letzte Gefühl war, dessen sie sich im Augenblick für fähig hielt.

Sie versuchte noch immer zu meditieren, als sie plötzlich das Gebell der Hunde aus den Zwingern in den umgebauten Stallungen gleich westlich des Hauses hörte. Ihr scharfes, erregtes Kläffen verriet ihr, dass Julian bei ihnen war.

Samantha sah auf ihre Uhr. Es war die Zeit, da die ausgewachsenen Hunde gefüttert, die neugeborenen Welpen beobachtet und die Laufgehege für die älteren Welpen, die langsam in die Schule genommen wurden, umgestellt werden mussten. Julian würde mindestens noch eine Stunde da draußen sein. Samantha hatte also genügend Zeit, sich innerlich vorzubereiten.

Sie überlegte, was sie ihrem Vetter sagen sollte. Sie überlegte, was er ihr antworten würde. Und sie überlegte, was das alles in Anbetracht von Nicola Maidens Existenz überhaupt für eine Rolle spielte.

Samantha hatte Nicola vom ersten Moment an nicht gemocht. Ihre Abneigung beruhte jedoch nicht auf dem, was die andere, Jüngere, für sie darstellte – die Rivalin, die ihr Julian streitig machte. Sie beruhte auf dem, was Nicola so offenkundig war. Ihre völlig ungezwungene Art war aufreizend, da sie von einem Selbstbewusstsein zeugte, das bei ihrer erbärmlichen Herkunft weiß Gott nicht angebracht war. Wer war sie denn schon – Tochter eines Gastwirts, die eine Londoner Gesamtschule und eine drittklassige Universität, kaum besser als ein gewöhnliches Polytechnikum, besucht hatte –, um sich so ungeniert in den altehrwürdigen Räumen von Broughton Manor zu bewegen? Sie mochten zwar verarmt sein, aber sie repräsentierten dennoch vier Jahrhunderte Britton'scher Familiengeschichte. Eine solche Tradition und Abstammung konnte Nicola Maiden wohl kaum für sich in Anspruch nehmen.

Aber das schien sie nicht im Geringsten zu berühren. Nein, ihrem Benehmen nach zu urteilen, schien es ihr nicht einmal bewusst zu sein. Und das hatte seinen guten Grund: Sie wusste um die Macht, die ihr Aussehen ihr verlieh. Langes blondes Haar – wenn auch zweifellos gefärbt –, eine Haut wie Milch und Blut, dunkelbewimperte Augen, muschelzarte Ohren, ein zierlicher Körper … Sie hatte alle physische Schönheit mitbekommen, die eine Frau sich nur wünschen konnte. Und fünf Minuten in ihrer Gegenwart hatten Samantha gereicht, um zu erkennen, dass sie das auch verdammt gut wusste.

»Das ist ja super, endlich mal eine Verwandte von Jule kennenzulernen«, hatte sie bei ihrem ersten Zusammentreffen vor sieben Monaten zu Samantha gesagt. »Ich hoffe, wir werden richtig gute Freundinnen.« Sie hatte die kurzen Zwischenferien bei ihren Eltern verbracht und Julian am Morgen ihrer Ankunft angerufen. Schon bei seinen ersten Worten am Telefon hatte Samantha gewusst, woher der Wind wehte. Aber erst als sie Nicola kennenlernte, war ihr klargeworden, wie stark dieser Wind war.

Das sonnige Lächeln, der freimütige Blick, das natürliche Lachen, die ungezwungene Art zu reden ... Obwohl Samantha sie vom ersten Moment an nicht gemocht hatte, hatte sie mehrmals mit Nicola zusammentreffen müssen, um sich ein vollständiges Bild von der Angebeteten ihres Vetters zu machen. Und dieses Bild verstärkte nur noch Samanthas Unbehagen im Umgang mit ihr. Denn sie sah in Nicola Maiden eine junge Frau, die völlig mit sich selbst zufrieden war, die der ganzen Welt mit offenen Armen gegenübertrat und sich nicht im Geringsten darum scherte, ob ihr Angebot angenommen würde oder nicht. Die Zweifel, Ängste und Unsicherheiten einer Frau auf der Suche nach dem Mann, über den sie sich definieren kann, kannte sie überhaupt nicht. Und genau das, meinte Samantha, war wahrscheinlich der Grund, weshalb Julian Britton so versessen darauf war, eben das zu tun.

Mehr als einmal im Lauf ihres Aufenthalts in Broughton Manor hatte Samantha Julian in Situationen erlebt, die zeigten, wie stark Nicola Maiden einen Mann in ihren Bann ziehen konnte: tief über einen Brief gebeugt, den er gerade an sie schrieb; den Hörer mit der Hand vor Lauschern abschirmend, während er mit ihr telefonierte; blicklos über die Gartenmauer zum Steg über den Fluss starrend, während er an sie dachte; mit dem Kopf in den Händen in seinem Büro sitzend, während er über sie grübelte. Samanthas Vetter war kaum mehr als die Beute einer Jägerin, deren Wesen er nicht im Entferntesten verstand.

Aber es gab für Samantha keine Möglichkeit, ihm über die wahre Natur der Frau, die ihn so verzaubert hatte, die Augen zu öffnen. Ihr blieb nichts anderes übrig, als zuzusehen und zu warten, bis seine Leidenschaft entweder abflaute oder in der Ehe gipfelte, die er so verzweifelt wünschte, oder zum endgültigen Bruch zwischen ihm und der Frau, die er begehrte, führen würde.

Akzeptieren zu müssen, dass dies der einzige Weg war, der ihr offenstand, hatte Samantha mit ihrer eigenen Ungeduld konfrontiert, und sie machte ihr tagtäglich zu schaffen. Sie kämpfte ständig gegen das Verlangen an, ihrem Vetter die Wahrheit über seine Angebetete mit Gewalt einzubleuen. Immer wieder unterdrückte sie standhaft den Drang zu schmähen, der sich jedes Mal meldete, wenn die Rede auf Nicola kam. Aber diese lobenswerten Bemühungen um Selbstbeherrschung hatten ihren Preis. Sie bezahlte mit Schlaflosigkeit, Gereiztheit, Wut und Groll.

Und ihr Onkel machte die Sache nur noch schlimmer. Tagtäglich musste sie sich seine schlüpfrigen Anspielungen oder direkten Attacken anhören, die sich unweigerlich um Julians Liebesleben drehten. Hätte sie nicht schon sehr bald nach ihrer Ankunft erkannt, wie sehr sie in Broughton Manor gebraucht wurde, hätte sie nicht etwas Abstand von den unaufhörlichen Gefühlsausbrüchen ihrer Mutter gebraucht, so hätte sie, das wusste sie, schon vor Monaten ihre Zelte hier abgebrochen. Aber sie blieb und schwieg – meistens jedenfalls –, weil sie stets das große Ziel vor Augen hatte: Jeremys Abkehr vom Alkohol, die wunderbare Ablenkung, die eine Wiedervereinigung mit ihm für ihre Mutter sein würde, und Julians Erkenntnis, welchen Beitrag sie – Samantha – zu seinem Wohlergehen, seiner Zukunft und seiner Hoffnung, das heruntergekommene Herrenhaus und das Gut zu sanieren, leistete und auch in Zukunft leisten konnte.

»Sam?«

Sie hob überrascht den Kopf. Sie hatte so angestrengt versucht, die Spannungen nach dem Gespräch mit ihrem Onkel loszuwerden, dass sie Julian gar nicht kommen gehört hatte. »Bist du nicht bei den Hunden, Julian?«, fragte sie überflüssigerweise.

»Ich hab's kurz gemacht«, erklärte er. »Sie brauchen mehr Aufmerksamkeit, aber die kann ich ihnen jetzt nicht geben.«

»Cass habe ich versorgt. Soll ich –«

»Sie ist tot.«

»Mein Gott! Julian, das kann doch nicht sein!«, rief Samantha entsetzt. »Ich bin gleich, nachdem ich mit dir telefoniert hatte, zu ihr hinausgegangen. Da war sie noch gesund und munter. Sie hatte gefressen, und die Welpen haben alle geschlafen. Ich habe alles aufgeschrieben und den Zettel an das Klemmbrett gehängt. Hast du ihn denn nicht gesehen?«

»Nicola«, sagte er tonlos. »Sam, sie ist tot. Sie hat draußen im Calder Moor gelegen, wo sie wandern wollte. Nicola ist tot.«

Samantha starrte ihn an, während das Wort »tot« von den Wänden widerzuhallen schien. Er weint nicht, dachte sie. Was hat das zu bedeuten, dass er nicht weint? »Tot«, wiederholte sie und sprach das Wort sehr vorsichtig aus, weil sie befürchtete, einen Eindruck zu erwecken, den sie auf keinen Fall erwecken wollte, wenn sie diesem Wort den falschen Klang gäbe.

Er sah sie mit starrem Blick an, und sie wünschte, er täte es nicht. Sie wünschte, er würde etwas sagen. Oder weinen oder schreien oder irgendetwas tun, um ihr zu verraten, was in ihm vorging, wie sie sich ihm gegenüber verhalten sollte. Als seine Erstarrung sich schließlich löste, ging er zum Arbeitstisch. Er sah auf die Paprika hinunter, als hätte er so etwas noch nie zuvor gesehen. Dann hob er das große Messer und betrachtete es eingehend, bevor er seinen Daumen fest gegen die scharfe Klinge drückte.

»Julian!«, rief Samantha. »Du schneidest dich!«

Eine dünne rote Linie erschien auf seiner Haut. »Ich weiß überhaupt nicht, wie ich das nennen soll, was ich fühle«, sagte er.

Dieses Problem hatte Samantha nicht.

5

Inspector Peter Hanken hatte offenbar beschlossen, Rücksicht zu üben. Das Erste, was er tat, als sie die Straße von Buxton zur Padley-Schlucht erreicht hatten, war, dass er das Handschuhfach des Ford öffnete und ein Päckchen zuckerfreien Kaugummi herausnahm. Als er einen der Streifen auspackte und in den Mund schob, dankte ihm Lynley im Stillen für seine Bereitschaft, das Rauchen zu unterlassen.

Schweigend fuhren sie auf der A6 durch das Tal des Wye, mehrere Kilometer dicht am Ufer des ruhig dahinströmenden Flusses entlang, bevor die Straße einen leichten Schwenk nach Südosten machte. Erst als sie an dem zweiten der zahlreichen Steinbrüche vorüberkamen, die die Landschaft wie hässliche Wunden durchsetzten, machte Hanken eine erste Bemerkung.

»Sie sind also frisch verheiratet, wie?«, sagte er lächelnd.

Lynley machte sich auf die derben Sprüche gefasst, die nun zweifellos kommen würden, der Preis, den man im Allgemeinen dafür zahlte, wenn man seine Beziehung zu einer Frau legitimierte. »Ja. Seit drei Monaten. Das ist immerhin schon länger, als die meisten Hollywoodehen halten.«

»Das ist die schönste Zeit. Wenn man gemeinsam anfängt. Das kommt nie wieder. Ihre erste Ehe?«

»Ja. Für uns beide. Wir haben uns Zeit gelassen.«

»Umso besser«, sagte Hanken.

Lynley warf ihm einen argwöhnischen Blick zu. Er hatte den Verdacht, die negativen Auswirkungen seines Streits mit Helen könnten ihm noch anzusehen sein und Hanken zu einer ironisch gemeinten Lobeshymne auf die Freuden des Ehelebens angeregt haben. Aber er entdeckte nichts weiter in Hankens Gesicht als die ruhige Zufriedenheit eines Mannes, der mit seinem Leben und der Partnerin seiner Wahl glücklich zu sein schien.

»Meine Frau heißt Kathleen«, erzählte Hanken. »Wir haben drei Kinder. Sarah, Bella und PJ. Eigentlich Peter junior. Er ist unser Jüngster. Hier. Da haben Sie sie alle beisammen.« Er zog eine Brieftasche aus seinem Jackett und reichte sie Lynley. Darin war ein Familienfoto: zwei kleine Mädchen und ein Neugeborenes, das in eine blaue Decke gehüllt war, in den Armen von Mutter und Vater. »Die Familie ist alles. Aber das werden Sie selbst noch bald genug feststellen.«

»Vermutlich, ja.« Lynley versuchte, sich ein ähnliches Bild von Helen und sich selbst vorzustellen, umringt von lebhaften Sprösslingen, aber er schaffte es nicht. Jedes Mal, wenn er an Helen dachte, sah er sie so vor sich, wie er sie an diesem Tag zuletzt gesehen hatte, bleich und mit starrem Gesicht.

Er fühlte sich unbehaglich. Er wollte jetzt nicht über Heirat und Ehe sprechen und verfluchte Nkata im Stillen, dass er dieses Thema aufs Tapet gebracht hatte. »Niedliche Kinder«, sagte er und reichte Hanken die Brieftasche zurück.

»Der Kleine ist mir wie aus dem Gesicht geschnitten«, erklärte Hanken. »Auf diesem Schnappschuss sieht man das natürlich nicht. Aber es ist wirklich so.«

»Ja, ein hübsches Bild.«

Zum Glück gab Hanken sich mit diesem abschließenden Kommentar zufrieden und konzentrierte sich wieder ganz aufs Fahren. Er widmete der Straße die gleiche gesammelte Aufmerksamkeit wie offenbar allem, was in seiner unmittelbaren Umgebung geschah. Eine typische Eigenschaft dieses Mannes, die Lynley wahrgenommen hatte, ohne dass es dazu besonderen Scharfblicks bedurft hätte. Er sah aus wie aus dem Ei gepellt, in seinem Büro hatten jedes Blatt Papier und jeder Stift an seinem Platz gelegen, und im Besprechungszimmer hatte eine Ordnung geherrscht, wie Lynley sie nur selten erlebt hatte.

Sie waren auf dem Weg zu Nicola Maidens Eltern, nachdem sie zuvor mit der vom Innenministerium entsandten Pathologin zusammengetroffen waren, die aus London gekommen war, um die Autopsie vorzunehmen. Das Gespräch hatte in einem Nebenraum der Pathologie stattgefunden, wo sie ihre flachen Sportschuhe mit hochhackigen Pumps vertauscht hatte. Als die beiden Männer hereingekommen waren, war sie gerade dabei gewesen, mit dem wackligen Absatz des einen Schuhs kräftig gegen die Metallplatte in der Verbindungstür zu schlagen, um ihn wieder sicher zu befestigen. Mit der Bemerkung, dass Damenschuhe –

ganz zu schweigen von Handtaschen – von Männern entworfen würden, um die Unterdrückung des weiblichen Geschlechts voranzutreiben, hatte sie einen unverhohlen feindseligen Blick auf das bequeme Schuhwerk der beiden Männer geworfen und hinzugefügt: »Ich kann Ihnen genau zehn Minuten widmen. Der Befund liegt morgen früh auf Ihrem Schreibtisch. Wer von Ihnen ist übrigens Hanken? Sie? Gut. Ich weiß, was Sie wollen. Es handelt sich um ein Messer mit einer sieben Zentimeter langen Klinge. Klappmesser – Taschenmesser – höchstwahrscheinlich, es könnte allerdings auch ein kleines Küchenmesser gewesen sein. Der Täter ist Rechtshänder und hat eine Menge Kraft. So viel zu dem Jungen. Die Frau wurde mit dem Steinbrocken erschlagen, den Sie im Moor gefunden haben. Drei Schläge auf den Kopf. Auch hier ein rechtshändiger Täter.«

»Derselbe Täter?«, fragte Hanken.

Die Pathologin verpasste ihrem Stöckelschuh fünf abschließende Schläge gegen die Tür, während sie sich die Frage durch den Kopf gehen ließ. Brüsk sagte sie, die Toten könnten nur das verraten, was sie verraten hatten, und mehr nicht: auf welche Art und Weise ihnen das Leben genommen worden war, welche Art von Waffen gegen sie eingesetzt worden waren und ob ein Rechts- oder Linkshänder diese Waffen geführt hatte. Alles Übrige, was eventuell das Bild ergänzen und präzisieren würde – die Untersuchung von Fasern, Haaren, Blut, Sputum, Haut und so weiter – sei Sache des Labors, aber da würden sie sich in Geduld fassen und auf den Bericht warten müssen. Was mit bloßem Auge erkennbar war, habe nun einmal seine Grenzen, und sie habe ihnen erklärt, wo diese Grenzen lagen.

Sie warf ihren Schuh zu Boden und stellte sich als Dr. Sue Myles vor. Sie war eine korpulente Frau mit kurzfingrigen Händen, grauem Haar und einem Busen, der einem Schiffsbug glich. Doch ihre Füße waren, wie Lynley bemerkte, als sie sie in die Pumps schob, schlank und zierlich wie die eines jungen Mädchens.

»Eine der Rückenwunden des Jungen war mehr eine Art Kerbe«, fuhr sie fort. »Bei dem heftigen Schlag ist etwas vom linken Schulterblatt abgesplittert, wenn Sie also eine Waffe finden, die in Frage kommt, können wir prüfen, ob sie passt.«

»Aber diese Verletzung hat nicht zum Tod geführt?«, fragte Hanken.

»Der arme Kerl ist verblutet. Es wird einige Minuten gedauert haben, aber nachdem die Schenkelschlagader getroffen war, war es aus mit ihm.«

»Und die Frau?«, fragte Lynley.

»Schädelbruch. Die hintere Zerebralarterie wurde durchbohrt.«

Was das genau heiße, wollte Hanken wissen.

»Epiduralhämatom. Innere Blutung, Druck aufs Gehirn. Sie ist in weniger als einer Stunde gestorben.«

»Bei ihr hat es länger gedauert als bei dem Jungen?«

»Richtig. Aber nach dem Schlag dürfte sie bewusstlos gewesen sein.«

»Könnten wir es mit zwei Mördern zu tun haben?«, fragte Hanken.

»Könnten wir, ja«, bestätigte Dr. Myles.

»Defensivverletzungen bei dem Jungen?«, fragte Lynley.

Nichts Offensichtliches, antwortete Dr. Myles. Sie steckte ihre flachen Schuhe in eine Sporttasche und zog energisch den Reißverschluss zu, ehe sie sich wieder Lynley und Hanken zuwandte.

Hanken bat um eine Bestätigung der Todeszeiten. Dr. Myles verengte die Augen und erkundigte sich, was für Zeiten sein eigener Pathologe ihm genannt habe. Sechsunddreißig bis achtundvierzig Stunden vor Auffindung der Leichen, erklärte Hanken.

»Da würde ich nicht widersprechen.« Sie schulterte ihre Sporttasche, nickte ihnen kurz zu und ging.

Jetzt, im Wagen, überdachte Lynley noch einmal, was sie wussten: Der Junge hatte keinerlei Ausrüstung oder Proviant mit auf den Zeltplatz gebracht; am Tatort waren anonyme Drohbriefe gefunden worden; die junge Frau war nahezu eine Stunde lang bewusstlos gewesen; die Mordwaffen waren völlig unterschiedlicher Art.

Lynley war noch bei diesem letzten Gedanken, als Hanken nach links abbog und in nördlicher Richtung weiterfuhr, einem Dorf namens Tideswell entgegen. Dieser Weg führte sie schließlich wieder zum Wye und in ein Tal mit dem Namen Miller's Dale, unter dessen steilen Felshängen und Wäldern das Dorf längst in

Schatten getaucht war. Gleich hinter dem letzten Haus zweigte eine schmale, von Hecken begrenzte Straße nach Nordwesten ab, in die Hanken einbog. Rasch erklommen sie die Anhöhe über Tal und Wäldern und fuhren Minuten später an einer weiten Fläche von Heide und Ginster entlang, die sich sanft gewellt bis zum Horizont zu dehnen schien.

»Calder Moor«, bemerkte Hanken. »Das größte Moor im White-Peak-Gebiet. Es reicht von hier bis nach Castleton.« Er fuhr ungefähr eine Minute schweigend weiter, dann lenkte er den Wagen in eine Parkbucht und hielt an. »Wenn sie zu ihrer Wanderung zum Dark Peak gefahren wäre, hätten wir die Bergrettung einsetzen müssen, um nach ihr zu suchen. Da hätte keine nette alte Frau beim Morgenspaziergang mit ihrem Hund die Leichen für uns gefunden. Aber dieses Gebiet hier«, sagte er mit einer ausholenden Handbewegung, »ist von allen Seiten zugänglich. Man hat zwar ein Riesengelände vor sich, wenn man da jemanden finden will, aber wenigstens ist es begehbar. Es ist zwar nicht gerade ein Sonntagsspaziergang und gelegentlich auch nicht ungefährlich, aber auf jeden Fall leichter zu bewältigen als die Sumpfmoore oben am Kinder Scout. Da hätten wir die beiden vielleicht nie gefunden.«

»Ist das die Stelle, wo Nicola Maiden zu ihrer Wanderung aufgebrochen ist?«, fragte Lynley. Soweit er es vom Auto aus sehen konnte, gab es hier keinen Fußweg. Die junge Frau hätte sich durch dichtes Ginster- und Heidelbeergestrüpp kämpfen müssen.

Hanken kurbelte sein Fenster herunter und spuckte den Kaugummi aus. Er griff an Lynley vorbei zum Handschuhfach und öffnete es, um sich einen weiteren Kaugummi herauszuholen. »Sie ist von der anderen Seite aus losgegangen, nordwestlich von hier. Sie wollte zu Nine Sisters Henge, das ist näher an der Westgrenze des Moors. Da drüben gibt es auch mehr zu sehen, Tumuli und Höhlen und dergleichen. Nine Sisters Henge ist der Glanzpunkt.«

»Sie stammen aus dieser Gegend?«, fragte Lynley.

Hanken antwortete nicht gleich. Er machte ein Gesicht, als überlegte er, ob er überhaupt darauf antworten sollte. Schließlich entschied er sich und sagte: »Ja, aus Wirksworth«, und damit schien das Thema für ihn erledigt.

»Es muss ein gutes Gefühl sein, dort zu leben, wo die eigene Geschichte ihre Wurzeln hat. Ich wünschte, ich hätte auch dieses Glück.«

»Kommt ganz auf die Geschichte an«, sagte Hanken und legte abrupt den Gang ein. »Wollen Sie sich den Tatort mal ansehen?«

Lynley wusste aus Erfahrung, dass seine Reaktion auf dieses Angebot die Entwicklung seiner Beziehung zu Hanken entscheidend beeinflussen würde. Tatsache war, dass er den Ort, wo die Morde verübt worden waren, tatsächlich gern mit eigenen Augen sehen wollte. Ganz gleich, an welchem Punkt er sich in die Untersuchung eines Verbrechens einschaltete, im Laufe der Ermittlungen kam stets ein Moment, wo er spürte, dass er die Dinge selbst in Augenschein nehmen musste. Nicht weil er an der Kompetenz der Kollegen gezweifelt hätte, sondern weil er nur dann ein Gefühl für einen Fall bekommen konnte, wenn er möglichst alles, was mit der Sache zu tun hatte, aus erster Hand erfuhr. Erst dann war er imstande, erstklassige Arbeit zu leisen. Fotos, Berichte und Indizienbeweise vermittelten zwar eine Menge. Manchmal jedoch verbarg der Ort, an dem ein Mord geschehen war, selbst vor dem schärfsten Beobachter gewisse Geheimnisse. Um ebensolche Geheimnisse aufzuspüren, pflegte Lynley die Stätte eines Mordes aufzusuchen. Aber wenn er in diesem Fall darauf bestand, den Tatort zu besichtigen, riskierte er, Hanken unnötig vor den Kopf zu stoßen. Und bisher gab nichts von dem, was Hanken gesagt oder getan hatte, zu der Vermutung Anlass, dass er ein Detail übersehen haben könnte.

Eine Gelegenheit zur Besichtigung wird sich schon noch ergeben, dachte Lynley, beispielsweise wenn sie bei der Ermittlungsarbeit an diesem Fall getrennte Wege gehen würden. Und wenn diese Gelegenheit kam, würde er sie nutzen und sich den Ort, wo Nicola Maiden und der Junge gestorben waren, genau ansehen.

»Ach, ich denke, das ist überflüssig«, sagte Lynley. »Sie und Ihre Leute haben da schon gründliche Arbeit geleistet, soweit ich sehen kann.«

Energisch kauend betrachtete Hanken ihn einen Moment lang mit nachdenklichem Blick. »Kluge Entscheidung«, sagte er nickend und fuhr los.

Ihr Weg führte sie weiter am Ostrand des Moors entlang in nördlicher Richtung. Ungefähr anderthalb Kilometer hinter Tideswell wandten sie sich nach Osten. Heide und Ginster blieben zurück. Es ging wieder bergab, in ein Tal hinein, an dessen sanften Hängen sich die ersten Bäume herbstlich zu färben begannen. An einer Kreuzung, an der ein Wegweiser mit der seltsamen Aufschrift »Pestdorf« stand, bogen sie erneut nach Norden ab.

In weniger als einer Viertelstunde gelangten sie nach Maiden Hall, das von Linden und Kastanien geschützt an einem Hügelhang lag, nicht weit von der Padley-Schlucht. Die Straße zog sich durch grünbewaldetes Land und dann am Rand der Schlucht entlang, auf deren Grund sich ein sprudelnder Bach zwischen von Farn und Gras überwucherten Hängen hindurchschlängelte. Die Abzweigung nach Maiden Hall tauchte unvermittelt vor ihnen auf, als sie in ein weiteres Waldstück hineinfuhren. Der Weg wand sich eine Hügelflanke hinauf und mündete in eine gekieste Auffahrt, die um das spitzgiebelige alte Steinhaus herum zu einem Parkplatz führte.

Dort hinten war auch der Eingang zum Hotel. Ein diskretes Schild mit der Aufschrift »Rezeption« führte sie durch einen Gang in das Haus selbst, wo gleich am Eingang ein kleiner Empfangstisch stand. Dahinter befand sich ein Salon, der offenbar als Foyer diente, und dort, wo ursprünglich Haustür und Vestibül gewesen waren, hatte man eine Bar eingebaut. Der Raum, dessen Wände bis auf halbe Höhe mit Eiche getäfelt und darüber mit einer cremefarbenen Tapete bespannt waren, war mit mehreren Polstergarnituren ausgestattet. Es war noch zu zeitig für den Aperitif, Gäste waren nirgends zu sehen. Aber Lynley und Hanken waren noch keine Minute da, als eine rundliche Frau – Augen und Nase vom Weinen gerötet – aus einem der anderen Räume kam, dem Speisesaal offenbar, und sie höflich begrüßte.

Zimmer seien keine mehr frei, erklärte sie ihnen, und da es in der Familie einen Todesfall gegeben habe, bleibe das Restaurant heute Abend geschlossen. Sie könne ihnen jedoch gern verschiedene andere Restaurants in der Gegend empfehlen.

Hanken zeigte der Frau seinen Dienstausweis und stellte Lynley vor.

»Oh, da wollen Sie sicher mit den Maidens sprechen«, sagte sie. »Ich hole sie sofort.« Damit eilte sie an den beiden Beamten vorbei durch den Empfangsraum und eine Treppe hinauf.

Lynley ging zu einer der beiden Nischen im Salon. Das Spätnachmittagslicht fiel durch die bleigefassten Scheiben der Fenster, die auf die gewundene Auffahrt vor dem Haus und eine Rasenfläche hinausgingen, von der nach der Trockenheit der vergangenen Monate nur noch eine ausgedörrte Masse geknickter Halme übriggeblieben war. Hinter sich konnte er Hanken rastlos hin- und hergehen hören. Ein paar Zeitschriften wurden raschelnd aufgenommen und fielen klatschend auf einen Tisch. Lynley musste lächeln. Selbst hier ließ Hanken sein Ordnungssinn offenbar keine Ruhe.

Es war völlig still im Haus. Die Fenster waren offen, so dass man von draußen Vogelgezwitscher und das Brummen eines fernen Flugzeugs hören konnte. Drinnen jedoch war es so still wie in einer leeren Kirche.

Irgendwo fiel eine Tür zu, Kies knirschte unter schnellen Schritten. Und einen Augenblick später fuhr ein dunkelhaariger Mann in Jeans und einem ärmellosen grauen Sweatshirt auf einem Rennrad an den Fenstern vorbei und verschwand an der Stelle zwischen den Bäumen, wo die Auffahrt abzufallen begann.

Dann erschienen die Maidens. Lynley drehte sich um, als er sie kommen hörte und Hankens förmliches »Mr. und Mrs. Maiden, gestatten Sie, dass ich Ihnen unser Beileid ausdrücke« vernahm.

Er sah, dass Andy Maiden der Ruhestand gut zu bekommen schien. Der ehemalige SO10-Beamte und seine Frau mussten Anfang sechzig sein, aber sie sahen beide um Jahre jünger aus. Andy, der seine Frau um mehr als Haupteslänge überragte, wirkte wie ein Sportsmann, der sich viel im Freien bewegt: gebräuntes Gesicht, flacher Bauch, kräftiger Brustkorb – alles dem Ruf eines Mannes entsprechend, dem man nachgesagt hatte, er könne sich wie ein Chamäleon seiner jeweiligen Umgebung anpassen. Seine Frau stand ihm an körperlicher Fitness in nichts nach. Auch sie war sonnengebräunt und kompakt, gönnte sich offensichtlich viel Bewegung. Beide jedoch sahen aus, als hätten sie mehr als eine Nacht nicht geschlafen. Andy Maiden war unrasiert, seine

Kleidung verknittert. Nans Gesicht war eingefallen, nur die Augenpartie war geschwollen und leicht bläulich verfärbt.

Maiden brachte ein mühsames Lächeln zustande. »Tommy! Danke, dass Sie gekommen sind.«

Lynley erwiderte: »Es tut mir so leid, dass es unter diesen Umständen sein musste«, und stellte sich Maidens Frau vor, ehe er hinzufügte: »Die Kollegen im Yard haben mich gebeten, Ihnen ihr Beileid auszudrücken, Andy.«

»Scotland Yard?« Nan Maiden schien verwirrt. Ihr Mann sagte: »Gleich, Liebes«, und wies mit einer Armbewegung zu dem Alkoven hinter Lynley, wo durch einen Tisch getrennt zwei kleine Sofas einander gegenüberstanden. Er und seine Frau setzten sich auf das eine, Lynley auf das andere. Hanken zog sich einen Sessel heran und nahm am Kopfende des Tischs Platz, als wolle er eine Vermittlerposition zwischen den Parteien einnehmen. Aber Lynley bemerkte, dass sein Kollege den Sessel mit Bedacht so stellte, dass er dem heutigen New Scotland Yard näher war als dem gestrigen.

Andy Maiden war nicht anzusehen, ob er Hankens Manöver wahrgenommen hatte. Er saß leicht vorgebeugt, die Hände zwischen den gespreizten Beinen. Die linke Hand massierte die rechte; die rechte massierte die linke.

Seine Frau sah, was er tat, und reichte ihm einen kleinen roten Ball, den sie aus ihrer Tasche nahm. Sie sagte leise: »Immer noch so schlimm? Soll ich den Arzt anrufen?«

»Sie sind krank?«, fragte Lynley.

Maiden drückte den Ball mit der rechten Hand zusammen, während er auf die gespreizten Finger seiner linken hinuntersah. »Der Kreislauf«, erklärte er. »Es ist nichts weiter.«

»Bitte lass mich den Arzt anrufen, Andy«, sagte seine Frau.

»Das ist doch im Moment überhaupt nicht wichtig.«

»Wie kannst du so was sagen –« Nan Maiden brach ab. »Mein Gott! Kann es tatsächlich sein, dass ich es einen Moment vergessen habe?« Sie drückte ihre Stirn an die Schulter ihres Mannes und begann zu weinen. Maiden nahm sie in den Arm.

Lynley warf Hanken einen Blick zu. Sie oder ich?, fragte er stumm. Angenehm wird es für keinen von uns beiden sein.

Hanken antwortete mit einem kurzen Nicken: *Machen Sie das.*

»Es wird niemals leicht sein, über den Tod Ihrer Tochter zu sprechen«, begann Lynley behutsam. »Aber bei einer Morduntersuchung – ich weiß, dass Ihnen das bereits klar ist, Andy – sind die ersten Stunden von entscheidender Bedeutung.«

Noch während er sprach, hob Nan den Kopf. Sie wollte etwas sagen, brachte keinen Ton heraus, versuchte es noch einmal.

»Morduntersuchung?«, wiederholte sie. »Was sagen Sie da?«

Lynley sah von einem zum anderen. Hanken ebenso. Dann tauschten sie einen kurzen Blick, und Lynley sagte zu Andy Maiden: »Sie haben doch die Leiche gesehen, nicht wahr? Man hat Ihnen gesagt, was geschehen ist?«

»Ja«, antwortete Andy. »Man hat es mir gesagt. Aber ich –«

»Mord!«, rief seine Frau entsetzt. »O mein Gott, Andy! Du hast mir nie gesagt, dass Nicola ermordet worden ist!«

Barbara Havers verbrachte den Nachmittag in Greenford, nachdem sie beschlossen hatte, den Rest des Tages für einen Besuch bei ihrer Mutter zu verwenden, die seit zehn Monaten dort in einem kleinen privaten Pflegeheim mit dem prätentiösen Namen Hawthorn Lodge lebte. Barbara war es wie den meisten Leuten ergangen, die in einer schwierigen Situation die Unterstützung anderer suchen; sie hatte feststellen müssen, dass es seinen Preis hatte, unter Lynleys Freunden und Angehörigen um Fürsprache zu buhlen. Und da sie für diesen Nachmittag genug vom Bezahlen hatte, suchte sie Ablenkung.

Ihre Mutter, die schon seit langem nicht mehr in der Realität lebte, oder wenn überhaupt, dann nur sporadisch, war mehr als geübt darin, Fluchtwege daraus zu finden. Barbara fand sie im Garten von Hawthorn Lodge, wo sie damit beschäftigt war, ein Puzzle zusammenzusetzen. Der Deckel der Puzzleschachtel lehnte aufrecht an einem alten, mit gefärbtem Sand gefüllten Mayonnaiseglas, in dem ein Sträußchen Plastiknelken steckte. Die Abbildung auf dem Deckel zeigte einen kitschig gezeichneten Prinzen – prachtvoll gebaut und hingebungsvoll schmachtend –, der soeben einen hochhackigen gläsernen Pantoffel auf den schlanken und merkwürdig zehenlosen Fuß Cinderellas schob, während die beiden hässlichen Stiefschwestern, die nun ihre wohlverdiente Strafe bekamen, missgünstig dabei zusahen.

Mit der behutsamen Hilfe ihrer Betreuerin, Mrs. Flo – wie Florence Magentry von ihren drei alten Schützlingen und deren Familien genannt wurde – war es Mrs. Havers gelungen, einen Teil des Puzzles richtig zusammenzusetzen. Cinderella erstrahlte bereits in voller Schönheit, die Stiefschwestern bestanden noch aus Bruchstücken, vom Prinzen waren immerhin schon der männlich kraftvolle Körper und die Hand, die den Schuh hielt, zu erkennen. Doch als Barbara zu ihrer Mutter trat, versuchte diese gerade, mit aller Gewalt das Gesicht des Prinzen auf die Schultern einer der Stiefschwestern zu drücken, und als Mrs. Flo ihre Hand sanft zur richtigen Stelle führte, rief sie erregt: »Nein, nein, nein!« und stieß das ganze Puzzle von sich weg. Das Mayonnaiseglas fiel um, Plastiknelken und Sand ergossen sich über den Tisch.

Barbaras Erscheinen machte die Sache nicht besser. Ob ihre Mutter sie bei den Besuchen erkannte oder nicht, war stets Glücksache, und an diesem Tag brachte ihr verwirrter Geist Barbaras Gesicht mit einer gewissen Libby O'Rourke in Verbindung, die in Mrs. Havers' Jugend offenbar die Schulcirce gewesen war. Sie schien sämtliche Jungen um den Finger gewickelt zu haben, und einer von denen, die sie geküsst hatte, war anscheinend Doris Havers' großer Schwarm gewesen. Eine Gemeinheit, die Doris Havers selbst heute noch so in Rage brachte, dass sie mit Puzzleteilen um sich warf, lauthals die wüstesten Schimpfworte schrie, von denen Barbara nie geglaubt hätte, dass ihre Mutter sie überhaupt kannte, und schließlich zu einem schluchzenden Häufchen Elend zusammensank. Es war nicht ganz einfach, die Situation in den Griff zu bekommen: sie zu überreden, den Garten zu verlassen, sie sachte, aber bestimmt die Treppe hinauf in ihr Zimmer zu führen und sie mit viel gutem Zureden dazu zu bringen, in einem Familienalbum zu blättern, damit sie sehen konnte, dass Barbaras rundes Mondgesicht viel zu oft auf den Seiten erschien, um das der verhassten Libby sein zu können.

»Aber ich hab doch gar kein kleines Mädchen«, protestierte Doris Havers eher erschrocken als verwirrt, als sie zugeben musste, dass sie nach dem, was Libby O'Rourke ihr angetan hatte, das Familienalbum bestimmt nicht mit Bildern von ihr vollgepflastert hätte. »Mama erlaubt mir keine Babys. Ich darf nur Puppen haben.«

Darauf wusste Barbara beim besten Willen keine Antwort. Der Geist ihrer Mutter folgte häufig so sprunghaft den gewundenen Pfaden in die tiefste Vergangenheit, dass Barbara sich ihre Unfähigkeit, auf Dauer damit umzugehen, schon lange verziehen hatte. Daher unternahm sie, nachdem sie das Album zur Seite gelegt hatte, keine weiteren Versuche, zu argumentieren, zu appellieren oder zu überzeugen. Sie begnügte sich damit, eine der Reisezeitschriften herauszusuchen, in denen ihre Mutter so gern blätterte, und sah sich, neben der Frau sitzend, die vergessen hatte, dass sie je ein Kind geboren hatte, anderthalb Stunden lang Bilder von Thailand, Australien und Griechenland an.

Irgendwann kam der Moment, als ihr Gewissen ihren Widerstand schließlich besiegte und die innere Stimme, die den ganzen Tag lang Lynleys Verhalten geschmäht hatte, von einer anderen übertönt wurde, die ihr entgegenhielt, dass vielleicht auch ihr eigenes Verhalten nicht ganz tadellos gewesen sei. Es folgte ein erbitterter Streit, der sich in ihrem Kopf abspielte. Die eine Seite beharrte darauf, dass Inspector Lynley ein rachsüchtiger und selbstgefälliger Pedant sei. Die andere argumentierte, dass er – ob Pedant oder nicht – ihre Treulosigkeit nicht verdiene. Und sie war ja wirklich treulos gewesen. Schnurstracks nach Chelsea zu fahren, um ihn bei den Menschen, die ihm am nächsten standen, anzuschwärzen, entsprach ganz sicher nicht dem Verhalten einer zuverlässigen Freundin. Aber *er* war ja auch illoyal gewesen. Er hatte sich angemaßt, ihre Bestrafung noch zu verschärfen, indem er ihre Mitarbeit abgelehnt hatte. Womit er deutlich gezeigt hatte, auf wessen Seite er in diesem Kampf stand, bei dem es für sie darum ging, ihre berufliche Haut zu retten. Seine Begründung, es sei besser für sie, sich eine Weile im Hintergrund zu halten, war doch nichts als Gerede gewesen.

So tobte der Streit in ihrem Innern. Er begann, während sie über die Reisezeitschriften gebeugt saß und halblaute Kommentare zu den imaginären Ferienreisen gab, die ihre Mutter nach Kreta, Mykonos, Bangkok und Perth gemacht haben wollte. Und er tobte unvermindert weiter, als sie am Ende des Tages von Greenford nach London zurückfuhr. Noch nicht einmal eine alte

Fleetwood-Mac-Kassette, die sie mit voller Lautstärke abspielte, konnte die streitenden Parteien in ihrem Kopf zum Schweigen bringen. Die ganze Fahrt über wurde Stevie Nicks' Gesang vom Mezzosopran ihres Gewissens begleitet, einem besserwisserischen Rezitativ, das sich einfach nicht abschalten ließ.

Er hat es verdient, er hat es verdient, er hat es verdient!, schrie sie der Stimme stumm entgegen.

Und was hat es *dir* gebracht, dass du ihm gegeben hast, was er verdient, Herzchen?, entgegnete ihr Gewissen.

Sie weigerte sich noch immer, diese Frage zu beantworten, als sie in die Steeles Road einbog und den Mini in eine Parklücke manövrierte, die netterweise gerade von einer Frau, drei Kindern, zwei Hunden und einem Cello, das Beine zu haben schien, freigemacht wurde. Sie schloss den Wagen ab und trottete in Richtung Eton Villas, froh, dass sie müde war, denn Müdigkeit bedeutete Schlaf und Schlaf Schweigen.

Doch als sie um die Ecke bog und sich dem gelben edwardianischen Haus näherte, hinter dem ihr eigenes kleines Mauseloch wartete, hörte sie andere Stimmen. Sie schallten von der Terrasse vor der Erdgeschosswohnung herüber. Und eine der Stimmen – die einem Kind gehörte – jubelte auf, als Barbara durch das Gartentor mit den leuchtend orangerot gestrichenen Zaunlatten kam.

»Barbara! Hallo, hallo! Dad und ich machen Seifenblasen. Guck mal! Im Licht sehen sie genau aus wie runde Regenbogen. Hast du das schon mal gesehen, Barbara? Komm, schau. Komm schnell!«

Das kleine Mädchen und ihr Vater saßen auf der Holzbank vor ihrer Wohnung, sie im rasch schwindenden Licht, er in den dichter werdenden Schatten, wo seine Zigarette wie ein roter Leuchtkäfer glühte. Er tätschelte liebevoll den Kopf seiner Tochter und stand auf, höflich und ein wenig förmlich, wie das seine Art war.

»Wollen Sie sich nicht zu uns setzen?«, fragte Taymullah Azhar.

»Ach ja, bleib doch hier! Nach den Seifenblasen sehen wir uns ein Video an. *Die kleine Meerjungfrau.* Und es gibt glasierte Äpfel. Wir haben nur zwei, aber ich teil meinen mit dir. Ein ganzer ist mir sowieso zu viel.« Sie hüpfte von der Bank und rannte mit ihrem Seifenblasenstäbchen, aus dem sie eine ganze Wolke runder Regenbogen blies, über den Rasen, um Barbara zu begrüßen.

»Die kleine Meerjungfrau, sagst du?«, fragte Barbara nachdenklich. »Ich weiß nicht, Hadiyyah. Ich hab's eigentlich nicht so mit Disney und diesen gertenschlanken Girlies, die von Rittern in schimmernder Rüstung gerettet werden –«

»Aber dies ist doch eine Meerjungfrau!«, unterbrach Hadiyyah sie belehrend.

»Natürlich, daher der Titel. Du hast recht.«

»Sie kann also gar nicht von einem Ritter mit einer Rüstung gerettet werden, weil der nämlich sofort untergehen würde. Außerdem wird sie überhaupt nicht gerettet. *Sie* rettet den Prinzen.«

»Hey, das ist mal eine Variante, mit der ich leben könnte.«

»Du hast den Film noch nie gesehen, stimmt's? Na bitte, heut Abend kannst du ihn dir anschauen. Ach, komm doch.« Hadiyyah drehte sich einmal im Kreis und zog einen Ring von Seifenblasen um sich herum. Ihre langen dicken Zöpfe flogen, und die silbernen Schleifen, mit denen sie gebunden waren, glitzerten wie helle Libellen. »Die kleine Meerjungfrau ist so hübsch. Sie hat kastanienbraune Haare.«

»Das passt bestimmt gut zu ihren Schuppen.«

»Und auf der Brust hat sie so süße kleine Muscheln.« Hadiyyah drückte ihre beiden kleinen dunklen Hände auf zwei nicht vorhandene Brüste.

»Aha! Strategisch platziert«, sagte Barbara.

»Willst du dir den Film nicht mit uns ansehen? Bitte! Es gibt auch glasierte Äpfel«, fügte sie schmeichelnd hinzu.

»Hadiyyah«, sagte ihr Vater ruhig, »es reicht vollkommen, eine Einladung einmal auszusprechen.« Und zu Barbara: »Aber wir würden uns selbstverständlich freuen, wenn Sie uns Gesellschaft leisten würden.«

Barbara dachte über das Angebot nach. Ein Abend mit Hadiyyah und ihrem Vater bot Aussicht auf weitere Ablenkung, und das war verlockend. Sie könnte es sich Seite an Seite mit ihrer kleinen Freundin auf riesigen Sitzkissen bequem machen, den Kopf auf die Hand gestützt und die Füße in der Luft und sich im Rhythmus der Musik hin und her wiegen. Sie könnte anschließend, wenn Hadiyyah zu Bett geschickt worden war, noch eine

Weile mit dem Vater ihrer kleinen Freundin schwatzen. Taymullah Azhar würde das erwarten. Es war ihnen während der Monate von Barbaras erzwungenem Urlaub von New Scotland Yard zur Gewohnheit geworden, sich hin und wieder miteinander zu unterhalten. Und besonders in den letzten Wochen hatte sich aus dem Austausch höflicher Banalitäten, wie unter relativ Fremden üblich, ein Dialog entwickelt, der eine Art vorsichtiges gesprächsweises Herantasten zweier Menschen war, die vielleicht Freunde werden konnten.

Aber genau das war der Haken. Freundschaft hätte verlangt, dass Barbara von ihren Auseinandersetzungen mit Hillier und Lynley erzählte, dass sie die Wahrheit über ihre dienstliche Zurückstufung und ihr Zerwürfnis mit dem Mann, dem sie stets nachgeeifert hatte, sagte. Und da Azhars achtjährige Tochter das Kind war, dessen Leben Barbara durch ihr impulsives Handeln mitten in der Nordsee gerettet hatte – ein Vorfall, den sie Azhar bisher beharrlich verschwiegen hatte –, würde er sich an den beruflichen Konsequenzen, die ihr daraus entstanden waren, mitschuldig fühlen, obwohl dazu nicht der geringste Anlass bestand.

»Hadiyyah«, sagte Taymullah Azhar, als Barbara nicht sogleich antwortete, »ich denke, für heute Abend reicht es mit den Seifenblasen. Geh jetzt bitte in dein Zimmer und warte dort auf mich.«

Hadiyyah runzelte die Stirn und sah ihren Vater bestürzt an. »Aber Dad, die kleine Meerjungfrau ...?«

»Die sehen wir uns schon noch an, Hadiyyah. Aber bring jetzt die Seifenblasen in dein Zimmer.«

Sie warf Barbara einen bettelnden Blick zu. »Ich geb dir auch mehr als die Hälfte von meinem glasierten Apfel«, sagte sie, »wenn du willst, Barbara.«

»Hadiyyah!«

Sie lächelte wie ein kleiner Kobold und flitzte ins Haus.

Azhar griff in die Brusttasche seines blütenweißes Hemdes und zog eine Packung Zigaretten heraus, die er Barbara anbot. Sie griff dankend zu und ließ sich von ihm Feuer geben. Er beobachtete sie schweigend, bis sie so nervös wurde, dass sie einfach sprechen musste.

»Ich bin total erledigt, Azhar. Sie müssen mich heute Abend entschuldigen. Aber trotzdem vielen Dank. Sagen Sie Hadiyyah, dass ich mir den Film gern ein andermal mit ihr ansehe. Hoffentlich ist die Heldin nicht ein bleistiftdünnes Geschöpf mit Silikonbusen.«

Sein Blick blieb unverwandt auf ihr ruhen. Barbara hatte das Gefühl, sich unter diesem forschenden Blick winden zu müssen, aber es gelang ihr, sich zu beherrschen.

»Sie haben wohl heute wieder zu arbeiten angefangen«, sagte er.

»Wie kommen Sie –«

»Ihre Kleidung. Hat sich die …«, er suchte nach dem passenden Wort, einem beschönigenden zweifellos, »… Situation in New Scotland Yard geklärt, Barbara?«

Es hatte keinen Sinn zu lügen. Er wusste, dass sie vom Dienst suspendiert worden war, auch wenn sie ihm verschwiegen hatte, was genau zu dieser Suspendierung geführt hatte. Schon von morgen an würde sie sich wieder jeden Morgen aus dem Bett wälzen und zur Arbeit schleppen müssen, da würde er früher oder später sowieso merken, dass sie ihre Tage nicht mehr beim Entenfüttern im Regent's Park zubrachte.

»Ja«, antwortete sie. »Es hat sich heute alles geklärt.« Und sie zog tief an ihrer Zigarette, so dass sie sich abwenden musste, um ihm den Rauch nicht ins Gesicht zu blasen und ihren Ausdruck verbergen zu können.

»Und? Aber was frage ich. Ihre Kleidung sagt ja alles. Es ist also gut verlaufen.«

»Richtig«, bestätigte sie mit einem falschen Lächeln. »Alles in Butter. Ich bin immer noch beim Yard, immer noch bei der Kripo, und komme in den vollen Genuss meiner Rente.« Sie hatte das Vertrauen des einzigen Menschen verloren, der beim Yard für sie zählte, aber das sagte sie nicht. Sie konnte sich auch nicht vorstellen, dass sie es jemals sagen würde.

»Das ist gut«, meinte Azhar.

»Ja, wirklich.«

»Ich bin froh, dass die Ereignisse in Essex hier in London keine negativen Folgen für Sie hatten.« Wieder dieser ruhige, unverwandte Blick, samtig dunkle Augen in einem Gesicht mit nussbrauner Haut, die in Anbetracht seiner fünfunddreißig Jahre erstaunlich faltenlos war.

»Ja, darüber bin ich auch froh«, sagte sie. »Es ist alles bestens gelaufen.«

Er nickte, und sein Blick schweifte endlich von ihr fort zu dem verblassenden Himmel hinauf. Die Lichter Londons würden alle bis auf die hellsten Sterne der kommenden Nacht in ihrem Glanz ertränken. Und selbst diese würden eine dichte Hülle aus Schmutz und Dunst durchdringen müssen, die nicht einmal die herabsinkende Dunkelheit auflösen konnte.

»Als Kind habe ich die Nacht immer am tröstlichsten gefunden«, sagte er sinnend. »Damals, in Pakistan, hat unsere Familie die Nächte so verbracht, wie es Tradition war: Die Männer schliefen gemeinsam in einem Raum, und die Frauen schliefen gemeinsam in einem anderen. Deshalb fühlte ich mich nachts, umgeben von meinem Vater, meinen Brüdern und meinen Onkeln, immer absolut sicher und geborgen. Aber dieses Gefühl habe ich verloren, als ich in England erwachsen wurde. Was mir einst Beruhigung gewesen war, wurde zu einer Peinlichkeit aus der Vergangenheit. Ich stellte fest, dass mir nichts weiter in Erinnerung geblieben war als das Schnarchen meines Vaters und meiner Onkel und der Geruch der Winde meiner Brüder. Eine ganze Zeitlang dachte ich immer dann, wenn ich allein war, wie herrlich es sei, ihnen entronnen zu sein, die Nacht für mich zu haben und selbst entscheiden zu können, mit wem ich sie teilen wollte. Und so habe ich eine Weile gelebt. Aber jetzt merke ich, dass ich mit Freuden zu dieser alten Lebensart zurückkehren würde, wo man stets das Gefühl hatte – zumindest bei Nacht –, die Geheimnisse oder Bürden, die einen drückten, nicht allein tragen zu müssen.«

Seine Worte hatten etwas so Tröstendes, dass Barbara der darin enthaltenen Aufforderung, sich ihm anzuvertrauen, am liebsten sofort nachgekommen wäre. Aber sie tat es nicht, sondern sagte nur: »Vielleicht bereitet Pakistan seine Kinder nicht auf die Realität des Lebens vor.«

»Und was für eine Realität soll das sein?«

»Die, die uns sagt, dass jeder allein ist.«

»Glauben Sie, dass das wahr ist, Barbara?«

»Ich *glaube* es nicht. Ich weiß es. Wir nutzen den Tag, um der Nacht zu entfliehen. Wir arbeiten, wir spielen, wir sorgen dafür, dass wir immer beschäftigt sind. Aber wenn es Zeit ist zu schlafen, gehen uns die Ablenkungen aus. Selbst wenn wir mit einem anderen Menschen im Bett liegen, reicht es schon, wenn der andere schlafen kann und wir nicht, um uns wieder einmal deutlich bewusst zu machen, dass wir einzig auf uns selbst gestellt sind.«

»Ist das Philosophie oder spricht da die Erfahrung?«

»Weder noch«, sagte sie. »Es ist einfach so.«

»Aber es muss nicht so sein«, entgegnete er.

Bei diesem Einwand schrillten Alarmglocken in Barbaras Kopf, die jedoch schnell wieder verstummten. Von jedem anderen Mann hätte man die Bemerkung als Annäherungsversuch auffassen können. Aber Barbara wusste schon lange aus bitterer Erfahrung, dass sie nicht der Typ Frau war, der Männer reizte. Und selbst wenn sie jemals im Leben ihre verführerischen Momente gehabt hatte, so war dies mit Sicherheit keiner davon. In ihrem zerknitterten Leinenkostüm, in dem sie aussah wie eine verkleidete Kröte, konnte sie wohl kaum jemanden locken. Darum sagte sie, redegewandt wie immer, wenn es darauf ankam: »Tja. Hm. Kann schon sein«, ließ ihre Zigarette zu Boden fallen und trat sie aus. »Also dann, gute Nacht«, fügte sie hinzu. »Viel Spaß mit der Meerjungfrau. Und danke für den Glimmstängel. Den hab ich gebraucht …«

»Jeder braucht etwas.« Azhar griff wieder in seine Brusttasche. Barbara glaubte, er wolle ihr als Erwiderung auf ihre Bemerkung noch eine Zigarette anbieten, aber er hielt ihr nur einen zusammengefalteten Zettel hin. »Vorhin war ein Gentleman hier, der Sie gesucht hat, Barbara. Er bat mich, Ihnen diesen Zettel zu geben. Er hätte versucht, ihn an Ihre Tür zu kleben, sagte er, aber er hat nicht gehalten.«

»Ein Gentleman?« Barbara kannte nur einen Mann, den ein Fremder nach einem lediglich flüchtigen Wortwechsel als Gentleman bezeichnet hätte. Sie wagte kaum zu hoffen, als sie den Zettel nahm. Und das war gut so, denn die Schrift auf dem Papier – einem Blatt, das aus einem kleinen Spiralblock herausgerissen war –, war nicht die Lynleys. Sie las die wenigen Worte: »Melden Sie sich über meinen Piepser, sobald Sie das bekommen.« Danach folgte eine Nummer. Eine Unterschrift fehlte.

Barbara faltete den Zettel wieder zusammen und sah dabei, was auf der Außenseite stand und was auch Azhar gesehen und sofort verstanden haben musste. »DC Havers«, hieß es da in Blockschrift. »C« für Constable. Azhar wusste also Bescheid.

Sie blickte ihn an. »Sieht so aus, als wär ich wieder voll im Rennen«, sagte sie mit gespielter Munterkeit. »Vielen Dank, Azhar. Hat der Mann zufällig gesagt, wo er auf meinen Anruf wartet?«

Azhar schüttelte den Kopf. »Er sagte nur, ich solle auf keinen Fall vergessen, Ihnen die Nachricht zu geben.«

»Okay. Danke.« Sie nickte ihm zu und wandte sich zum Gehen.

Er rief ihren Namen – es klang dringend –, aber als sie stehen blieb und sich nach ihm umsah, betrachtete er die Straße. »Können Sie mir sagen ...«, begann er und verstummte. Langsam, als kostete es ihn große Anstrengung, wandte er den Blick von der Straße ab und sah sie an.

»Was soll ich Ihnen sagen?«, fragte sie, plötzlich beklommen.

»Sagen Sie mir – wie geht es Ihrer Mutter?«, fragte Azhar.

»Meiner Mutter? Na ja – beim Puzzlespiel ist sie eine einzige Katastrophe, aber sonst geht's ihr ganz gut, glaube ich.«

Er lächelte. »Das ist schön.« Und mit einem leisen »Gute Nacht« verschwand er im Haus.

Barbara ging durch den Garten, an dessen Ende, kaum größer als ein Geräteschuppen und von einer alten Robinie beschirmt, ihr Häuschen stand. Drinnen schälte sie sich als Erstes aus ihrer Leinenjacke, warf die falschen Perlen auf den Vielzwecktisch, an dem sie nicht nur zu essen, sondern auch zu bügeln, zu schreiben und vieles andere zu tun pflegte, und ging dann zum Telefon. Auf ihrem Anrufbeantworter waren keine Nachrichten für sie. Es wunderte sie nicht. Sie tippte die Nummer des Piepsers ein, dann ihre eigene Nummer und wartete.

Fünf Minuten später läutete das Telefon. Sie zwang sich, vier Signale abzuwarten, ehe sie sich meldete. Es bestand kein Anlass zum Übereifer.

Der Anrufer war Winston Nkata. Sie geriet sofort in Rage, als sie diese unverkennbare Stimme hörte, honigsüß, mit einem Hauch Jamaica und Sierra Leone aromatisiert. Er sitze im *Load of Hay Tavern* gleich um die Ecke in der Chalk Farm Road, erklärte er, und verspeise gerade die letzten Reste eines Lammcurrys, wie »meine Mutter es ihrem Lieblingssohn ganz sicher nicht vorgesetzt hätte, das können Sie mir glauben, aber es ist immer noch besser als der Fraß bei McDonald's.« Er würde sich sogleich auf den Weg zu ihr machen. »In spätestens fünf Minuten bin ich da«, versprach er und beendete das Gespräch, noch ehe sie ihm sagen konnte, dass seine Visage das Letzte war, was sie vor ihrer Haustür sehen wollte. Schimpfend legte sie auf und ging zum Kühlschrank, um Inspektion zu halten.

Aus fünf Minuten wurden zehn. Dann fünfzehn. Er kam nicht.

Arschloch, dachte Barbara. Echt witzig.

Sie ging ins Bad und drehte die Dusche auf.

Lynley versuchte, die überraschende Tatsache zu verarbeiten, dass Andy Maiden seiner Frau nichts davon gesagt hatte, dass ihre Tochter das Opfer eines Verbrechens geworden war. Wohl wissend, dass Wanderungen im Calder Moor nicht ganz ungefährlich waren, hatte er seine Frau aus unerfindlichen Gründen offenbar in dem Glauben gelassen, ihre Tochter habe sich den Schädelbruch bei einem Sturz in einer Gegend zugezogen, die zu entlegen war, als dass noch rechtzeitig Hilfe hätte eintreffen können.

Als Nan Maiden hörte, dass es ganz anders gewesen war, sank sie vornüber und verharrte in dieser Stellung, die Ellbogen in die Oberschenkel gedrückt und die Hände vor den Mund gepresst. Sie stand entweder unter Schock, zu tief betäubt vor Schmerz, um zu begreifen, oder aber sie begriff nur allzu gut, denn plötzlich hörte sie abrupt zu weinen auf und murmelte nur mit heiserer Stimme immer wieder: »O Gott, o Gott, o Gott.«

Hanken schien sich ziemlich schnell ein Urteil darüber gebildet zu haben, was ihre Reaktion bedeutete. Er beobachtete Andy Maiden jetzt mit entschieden kaltem Blick. Doch er reagierte nicht mit einem Hagel von Fragen auf Nan Maidens Enthüllung. Ganz der kluge Polizeibeamte, wartete er zunächst einmal ab.

Und unter dem Eindruck der Erschütterung wartete auch Maiden. Bis er sich schließlich bewusst zu werden schien, dass er für sein unverständliches Verhalten eine Erklärung schuldig war. »Nan, Liebes, es tut mir leid«, sagte er zu seiner Frau. »Ich konnte einfach nicht ... es tut mir leid, wirklich. Nan, ich konnte es ja kaum fassen, dass sie tot ist, geschweige denn dir sagen ... geschweige denn der Tatsache ins Auge sehen ... mich damit auseinandersetzen …« Er nahm sich einen Moment Zeit, um seine Fassung wiederzuerlangen, während er auf die inneren Reserven zurückgriff, die jeder, der bei der Polizei war, mit der Zeit aufzubauen lernte, wenn er auch das Schlimmste durchstehen wollte. Mit der rechten Hand knetete er krampfhaft den roten Ball, den seine Frau ihm gegeben hatte. »Es tut mir so leid«, sagte er trostlos. »Nan.«

Nan Maiden hob den Kopf. Sie sah ihn einen Moment lang an. Dann hob sie ihre zitternde Hand und schloss sie fest um seinen Arm. Ihre Worte waren an Hanken und Lynley gerichtet.

»Würden Sie …« Ihre Lippen bebten. Sie brach ab und sprach erst weiter, als sie ihre Emotionen unter Kontrolle hatte. »Würden Sie mir sagen, was geschehen ist.«

Hanken tat es in aller Kürze. Er erklärte, wo und wie Nicola Maiden umgekommen war, aber mehr sagte er nicht.

»Hat sie leiden müssen?«, fragte Nan, als Hanken schwieg. »Ich weiß, dass Sie uns das nicht mit Sicherheit sagen können. Aber wenn es irgendetwas gibt, das uns die Hoffnung lassen würde, dass sie am Ende …«

Lynley berichtete, was die Pathologin vom Innenministerium ihnen mitgeteilt hatte.

Nan ließ seine Worte einen Moment auf sich wirken. In der Stille klang Andy Maidens Atem laut und rau. »Ich wollte es wissen«, sagte Nan, »weil … Glauben Sie … Kann es sein, dass sie nach einem von uns gerufen hat … dass sie hoffte … dass sie uns brauchte?« Ihr kamen wieder die Tränen, und sie sprach nicht weiter.

Bei ihren Fragen musste Lynley unwillkürlich an die alten Moormorde denken, die monströse Tonbandaufnahme, die Myra Hindley und ihre Kumpane gemacht hatten, an die Seelenqual der Mutter des getöteten Mädchens, als die Aufnahme beim Prozess abgespielt worden war und sie die Stimme ihres zu Tode verängstigten Kindes hatte hören müssen, das, während es brutal abgeschlachtet wurde, immer wieder nach seiner Mutter geschrien hatte. Gibt es nicht eine bestimmte Art von Wissen, dachte er, das niemals öffentlich preisgegeben werden sollte, weil es für den Betroffenen unerträglich ist?

Er sagte: »Sie war durch die Schläge auf den Kopf sofort bewusstlos und ist nicht wieder aufgewacht.«

Nan Maiden nickte. »Hat man an ihrem Körper noch andere ... Ist sie ... Hat jemand sie ...?«

»Sie wurde nicht gefoltert«, schaltete sich Hanken ein, als verspürte auch er das Bedürfnis, der Mutter der Toten Barmherzigkeit widerfahren zu lassen. »Sie wurde nicht vergewaltigt. Einen umfassenden Befund werden wir erst später erhalten, aber im Moment sieht es so aus, als seien die Schläge auf den Kopf das Einzige gewesen, was ihr ...«, er hielt inne, vielleicht auf der Suche nach einem Wort, das den geringsten Beiklang von Schmerz hatte, »... geschehen ist.«

Nan Maiden fasste den Arm ihres Mannes fester. Maiden sagte: »Sie hat ausgesehen, als schliefe sie. Weiß. Wie Kalk. Aber wie im Schlaf.«

»Ich wünschte, das würde es leichter machen«, murmelte Nan. »Aber so ist es nicht.«

Und nichts wird es leichter machen, dachte Lynley.

»Andy«, sagte er dann, »wir haben die zweite Leiche möglicherweise identifiziert. Wir dürfen keine Zeit verlieren. Bei dem Jungen handelt es sich vermutlich um einen gewissen Terence Cole. Er hatte eine Londoner Adresse, in Shoreditch. Sagt Ihnen der Name etwas?«

»Sie war nicht allein?« Der Blick, den Nan Maiden ihrem Mann zuwarf, verriet den Polizeibeamten, dass er ihr auch davon nichts gesagt hatte. »Andy?!«

»Nein, sie war nicht allein«, antwortete Maiden.

Hanken erläuterte Nan Maiden die Situation. Er berichtete, dass man im Inneren des Steinkreises von Nine Sisters Henge die Campingausrüstung nur einer Person gefunden hatte – später würde er die einzelnen Gegenstände von Maiden identifizieren lassen – sowie die Leiche eines Jungen, der noch keine zwanzig gewesen war und nichts weiter bei sich gehabt hatte als die Kleidung an seinem Körper.

»Das Motorrad hinter ihrem Wagen.« Maiden hatte den Zusammenhang sofort erfasst. »Das war seines?«

»Es gehört einem gewissen Terence Cole«, bestätigte Hanken. »Es ist nicht als gestohlen gemeldet, und bisher hat niemand es abgeholt. Einer unserer Leute ist bereits nach Shoreditch unterwegs, um nachzufragen, aber es scheint ziemlich sicher, dass es sich bei dem Toten um Terence Cole handelt. Ist Ihnen der Name bekannt?«

Maiden schüttelte langsam den Kopf. »Cole? Nein, mir nicht. Dir, Nan?«

Seine Frau sagte: »Ich habe nie von ihm gehört. Und Nicola – Sie hätte doch bestimmt von ihm erzählt, wenn er ein Freund von ihr gewesen wäre. Sie hätte ihn mitgebracht, um ihn uns vorzustellen. Das hat sie immer mit ihren Freunden getan. Das – das war ihre Art.«

Andy Maidens scharfer Intellekt wurde deutlich, als er die nächste Frage stellte, eine logische Frage, die seiner jahrelangen Erfahrung als Polizeibeamter entsprang. »Ist es möglich, dass Nick ...« Er hielt inne und legte seiner Frau behutsam die Hand auf den Oberschenkel, wie um sie auf die kommende Frage vorzubereiten. »Ist es möglich, dass sie einfach am falschen Ort war? Dass der Mörder es eigentlich auf den jungen Mann abgesehen hatte? Tommy?« Er sah Lynley an.

»In jedem anderen Fall wäre das zu erwägen«, bestätigte Lynley.

»Aber nicht in diesem? Warum nicht?«

»Schauen Sie sich das hier an.« Hanken zeigte ihm eine Kopie des Zettels, den man bei Nicola Maiden gefunden hatte.

Die Maidens lasen die vier handgeschriebenen Worte – »Das Luder ist erledigt« –, während Hanken darauf hinwies, dass das Original ordentlich gefaltet in einer von Nicola Maidens Jackentaschen gesteckt hatte.

Andy Maiden starrte lange auf das Papier. Er nahm den roten Ball von der rechten Hand in die linke und umschloss ihn krampfhaft. »Mein Gott! Wollen Sie uns etwa sagen, dass da einer extra rausgefahren ist, um sie zu ermorden? Dass er sie verfolgt hat, um ihr das Leben zu nehmen? Sie glauben nicht, dass es nur ein unglückliches Zusammentreffen mit irgendwelchen Fremden war? Mit denen sie vielleicht in Streit geriet? Oder dass es ein Psychopath war, der sie und den Jungen aus reiner Lust am Töten umgebracht hat?«

»Das ist zweifelhaft«, antwortete Hanken. »Aber Sie kennen das Verfahren ja ebenso gut wie ich.«

Womit er, wie Lynley vermutete, sagen wollte, dass Andy Maiden als ehemaliger Polizeibeamter natürlich wusste, dass man jeder Möglichkeit nachgehen würde. Er sagte: »Wenn wirklich jemand ins Moor gegangen ist, um Ihre Tochter vorsätzlich zu töten, dann müssen wir überlegen, warum.«

»Aber sie hatte keine Feinde«, erklärte Nan Maiden. »Ich weiß, dass jede Mutter Ihnen das sagt, aber in diesem Fall ist es die Wahrheit. Jeder hat Nicola gemocht. Sie war überall beliebt.«

»Offenbar doch nicht jeder, Mrs. Maiden«, widersprach Hanken und zog die Kopien der anonymen Briefe heraus, die ebenfalls am Tatort gefunden worden waren.

Andy Maiden und seine Frau lasen sie schweigend, mit ausdruckslosen Gesichtern. Nan Maiden sprach zuerst, nachdem sie sie alle durchgesehen hatten. Der Blick ihres Mannes ruhte wie gebannt auf den Briefen. Und beide, Mann und Frau, saßen wie aus Stein gemeißelt.

»Das ist ausgeschlossen«, sagte sie. »Die können nicht an Nicola gerichtet gewesen sein. Wenn Sie das glauben, irren Sie sich.«

»Wieso?«

»Weil wir diese Briefe nie gesehen haben. Und wenn sie bedroht worden wäre – ganz gleich, von wem –, hätte sie uns das sofort gesagt.«

»Vielleicht wollte sie Sie nicht beunruhigen –«

»Bitte, glauben Sie mir. So war sie nicht. So hat sie nicht gedacht – dass sie uns beunruhigen könnte und dergleichen. Ihr ging es immer nur darum, die Wahrheit zu sagen.« Nan löste sich endlich aus ihrer Erstarrung. Sie hob die Hand zu ihrem Haar und strich es mit einer heftigen Bewegung zurück, als wollte sie damit ihren Worten mehr Nachdruck verleihen. »Wenn irgendetwas in ihrem Leben nicht in Ordnung gewesen wäre, hätte sie uns das gesagt. So war sie. Sie hat über alles gesprochen. Über alles! Und immer die Wahrheit.« Und mit tiefernstem Blick zu ihrem Mann: »Andy?«

Mit einiger Anstrengung hob er den Blick von den Briefen. Sein Gesicht, das schon vorher bleich gewesen war, schien jetzt völlig blutleer. Er sagte: »Ich möchte es nicht denken, aber es ist das Wahrscheinlichste, wenn ihr tatsächlich jemand gefolgt ist … wenn nicht schon jemand bei ihr war … wenn der Mörder nicht nur zufällig auf sie gestoßen ist und sie und den Jungen nur des Kitzels wegen getötet hat.«

»Wovon sprechen Sie?«, fragte Lynley.

»Von der SO10.« Es schien ihm ungeheuer schwerzufallen, die Worte auszusprechen. »Es waren so viele Fälle im Laufe der Jahre, so viel übles Pack, das wir hinter Gitter gebracht haben – Mörder, Drogendealer, Bosse des organisierten Verbrechens. Suchen Sie sich's aus, ich hatte mit allen zu tun.«

»Andy! Nein«, protestierte seine Frau, als sie begriff, worauf er hinauswollte. »Das hat *nichts* mit dir zu tun.«

»Wie leicht kann einer, der auf Bewährung draußen ist, uns aufgespürt und beobachtet haben, um sich mit unseren Gewohnheiten vertraut zu machen ...« Er wandte sich Nan zu. »Siehst du nicht, dass es so gewesen sein kann? Jemand, der sich an mir rächen wollte, Nancy, und Nick getötet hat, weil er genau wusste, dass er damit auch mich töten würde – mir das Leben zur Hölle machen würde.«

Lynley sagte: »Ja, ausschließen können wir diese Möglichkeit nicht. Denn wenn Ihre Tochter keine Feinde hatte, wie Sie sagen, bleibt die Frage: Wer hatte welche? Wenn jemand, den Sie zur Strecke gebracht haben, zurzeit auf Bewährung frei ist, Andy, dann brauchen wir den Namen.«

»Ach Gott, da kommen Dutzende in Frage.«

»Wir können uns im Yard Ihre alten Akten vornehmen, aber Sie könnten uns mit gezielten Hinweisen helfen. Wenn Ihnen ein bestimmter Fall im Gedächtnis geblieben ist, könnten Sie uns eine Menge Arbeit ersparen, indem Sie uns die Namen der Beteiligten nennen.«

»Ich habe meine Tagebücher.«

»Tagebücher?«, fragte Hanken.

»Ich hatte früher einmal vor ...« Maiden schüttelte den Kopf, als fände er die Vorstellung jetzt absurd. »Ich dachte daran zu schreiben, wenn ich im Ruhestand bin. Meine Erinnerungen. Reine Eitelkeit. Aber dann war ich so mit dem Hotel beschäftigt, dass ich nie dazu gekommen bin. Aber die Tagebücher habe ich noch. Wenn ich sie durchsehe, stoße ich vielleicht auf einen Namen ...« Er schien ein wenig in sich zusammenzusinken, als drückte ihn die Last der Verantwortung am Tod seiner Tochter nieder.

»Aber das ist doch reine Spekulation«, protestierte Nan Maiden. »Andy. Bitte. Tu dir das nicht an.«

Hanken sagte: »Wir müssen alle Spuren verfolgen. Wenn also –«

»Dann kümmern Sie sich um Julian«, fiel Nan Maiden ihm herausfordernd ins Wort, offenbar entschlossen, der Polizei zu beweisen, dass der Weg in die Vergangenheit ihres Mannes nicht der einzige war, der erkundet werden sollte.

»Nicht, Nancy!«, sagte Maiden.

»Julian?«, fragte Lynley.

Julian Britton, erläuterte Nan. Er hatte sich gerade erst mit Nicola verlobt. Sie wolle keinesfalls behaupten, dass er verdächtig sei, aber wenn die Polizei nach Hinweisen suche, dann solle sie unbedingt mit Julian sprechen. Nicola war an dem Abend, bevor sie zu ihrer Wanderung aufgebrochen war, mit ihm zusammen gewesen. Vielleicht hatte sie Julian gegenüber eine Bemerkung gemacht – vielleicht auch irgendetwas getan –, was der Polizei bei ihren Ermittlungen neue Möglichkeiten eröffnen würde.

Ein durchaus vernünftiger Gedanke, dachte Lynley. Er ließ sich von Nan Maiden Julians Namen und Adresse geben.

Hanken schien in Grübeln versunken. Er sprach kein Wort mehr, bis er und Lynley wieder zum Wagen gingen. »Das kann auch alles Schwindel sein.« Er ließ den Motor an, fuhr rückwärts aus der Parklücke heraus und wendete den Wagen. Dann hielt er mit laufendem Motor an und betrachtete nachdenklich das alte viktorianische Haus.

»Was meinen Sie?«, fragte Lynley.

»Diese SO10-Geschichte. Dieser Rächer aus der Vergangenheit. Eine praktische Sache, finden Sie nicht?«

»Praktisch für wen?«, fragte Lynley. »Haben Sie denn schon einen bestimmten Verdacht?« Er sah Hanken an. »Was genau vermuten Sie, Peter?«

»Kennen Sie White Peak?«, fragte Hanken schroff. »Das Gebiet reicht von Buxton bis Ashbourne und von Matlock bis Castleton. Es gibt Hügel und Täler, Moore und tausend Wanderwege. Das hier ...«, erklärte er mit einer weit ausholenden Geste, »... ist ein Teil davon. Genau wie die Straße, auf der wir hergekommen sind.«

»Und?«

Hanken drehte sich in seinem Sitz, um Lynley direkt ansehen zu können. »Und in diesem ganzen riesigen Gebiet hat Andy Maiden Dienstagnacht oder Mittwochmorgen, wenn wir ihm glauben wollen, ganz zufällig den Wagen seiner Tochter entdeckt, der hinter einer Mauer versteckt stand. Wie finden Sie das, Thomas?«

Lynley richtete seinen Blick auf das Haus, in dessen Fenstern sich das letzte Tageslicht spiegelte wie in Reihen blinder Augen. »Warum haben Sie mir das nicht eher gesagt?«, fragte er.

»Weil ich nicht daran gedacht habe«, antwortete Hanken. »Es ist mir erst wieder eingefallen, als Maiden von der SO10 anfing. Oder, genauer gesagt, als wir den guten Andy dabei ertappten, dass er seiner Frau nicht die Wahrheit gesagt hatte.«

»Er wollte sie so lange wie möglich schonen. Welcher Mann würde das nicht wollen?«

»Ein Mann, der ein reines Gewissen hat«, versetzte Hanken.

Frisch geduscht und angetan mit der bequemsten Jogginghose in ihrem Besitz, war Barbara wieder am Kühlschrank und führte sich gerade die Reste eines »Schweinefleisch Mu Shu« zu Gemüte, das sie am Vortag beim Chinesen mitgenommen hatte und das kalt genossen nicht gerade eine Delikatesse war, als Nkata eintraf. Er klopfte zweimal kurz und energisch an die Tür. Sie machte auf, den Pappbehälter in der Hand, und fuchtelte zornig mit einem Essstäbchen.

»Ist Ihre Uhr stehengeblieben, oder was? Was sind bei Ihnen fünf Minuten, Winston?«

Er trat unaufgefordert ein und strahlte sie an. »Tut mir leid. Der Chef hat mich angepiepst, bevor ich loszischen konnte. Da musste ich natürlich erst zurückrufen.«

»Natürlich. Man darf Seine Lordschaft ja nicht warten lassen.«

Nkata überging die Bemerkung. »Ein Glück, dass die Bedienung in dem Pub so müde war. Sonst wär ich da schon vor einer halben Stunde weg gewesen und bereits viel zu weit in Richtung Shoreditch gefahren, um noch mal hierher zurückzukommen und Sie zu holen. Komisch eigentlich, nicht? Wie meine Mutter immer sagt – es kommt am Ende immer alles genau so, wie es hat kommen sollen.«

Barbara starrte ihn aus schmalen Augen schweigend an. Sie war durcheinander. Sie wollte ihm wegen des Zettels mit dem riesigen »C« darauf gern gründlich die Meinung sagen, aber seine fröhliche Unbekümmertheit bremste sie. Sie konnte sich seine Lässigkeit ebenso wenig erklären wie sein Erscheinen in ihrem Haus. Er könnte wenigstens ein bisschen verlegen sein, fand sie.

»Wir haben zwei Leichen in Derbyshire und eine Verbindung nach London, der nachgegangen werden muss«, sagte Nkata. Er umriss die Details: eine Frau, ein junger Mann, ein ehemaliger SO10-Beamter, anonyme Briefe, aus Zeitungsausschnitten zusammengesetzt, ein Drohbrief in Handschrift. »Ich muss rüber nach Shoreditch, wo der Junge möglicherweise herkommt«, erklärte er. »Wenn's da jemanden gibt, der die Leiche identifizieren kann, muss ich gleich morgen früh nach Buxton zurück. Aber wir brauchen hier jemanden, der sich kümmert. Der Inspector hat mich gerade gebeten, das zu veranlassen. Deshalb wollte er mit mir sprechen.«

Barbara konnte ihren Eifer nicht verbergen, als sie sagte: »Lynley hat mich angefordert?«

Nkata sah weg. Nur einen Moment, aber das genügte. Ihre momentane Hochstimmung wurde von Ernüchterung verdrängt.

»Aha.« Sie stellte den Pappkarton mit den Essensresten auf die Arbeitsplatte in der Küche. Das Schweinefleisch lag ihr wie Blei im Magen, sein Geschmack klebte pelzig an ihrer Zunge. »Wenn er nichts davon weiß, dass Sie mich gefragt haben, Winston, dann kann ich doch ablehnen, ohne dass jemand was davon erfährt, oder? Sie können jemand anderen nehmen.«

»Klar kann ich das«, bestätigte Nkata. »Ich brauch mir nur den Dienstplan anzuschauen. Oder ich kann auch bis morgen warten und die Entscheidung dem Super überlassen. Aber dann sind Sie frei und können jederzeit Stewart, Hale oder MacPherson zugewiesen werden, und ich hab mir gedacht, dass das nicht unbedingt in Ihrem Sinn wäre.« Er ließ unausgesprochen, was bei der Kripo allgemein bekannt war: Barbaras Unfähigkeit, mit den Leuten, die er eben erwähnt hatte, zusammenzuarbeiten, ihre daraus resultierende Rückversetzung zum Streifendienst, von dem sie erst dank ihrer Partnerschaft mit Lynley erlöst worden war.

Barbara wandte sich um, völlig perplex über den unerklärlichen Großmut des Kollegen. Ein anderer an seiner Stelle hätte sie seelenruhig hängenlassen, um so ungehindert die eigene Position festigen zu können, und hätte sich einen Dreck darum gekümmert, was aus ihr wurde. Dass Nkata das nicht tat, machte sie doppelt misstrauisch, besonders wenn sie an das dicke fette »DC« dachte, das er auf seiner Nachricht an sie so unübersehbar vor ihren Namen gesetzt hatte. Sie konnte das nicht vergessen, und es wäre dumm von ihr gewesen, es auch nur zu versuchen.

»Es geht um Computerarbeit«, fuhr er fort. »Archivunterlagen. Ich weiß, das ist nicht Ihr Ding. Aber ich dachte, wenn Sie Lust haben, mit mir nach Shoreditch zu fahren – das war überhaupt der Grund, weshalb ich hier in Ihrer Gegend gelandet bin –, könnte ich Sie hinterher im Yard absetzen, und Sie könnten sich dann gleich auf den Computer stürzen. Wenn Sie's schaffen, schnell was Brauchbares rauszuziehen – wer weiß!« Nkata wirkte nicht mehr ganz so unbefangen, als er abschließend sagte: »Könnte sich vielleicht ganz günstig für Sie auswirken.«

Barbara fand eine ungeöffnete Schachtel Zigaretten, eingeklemmt zwischen dem vollgekrümelten Toaströster und einer Packung Pop Tarts. Sie zündete sich eine am Gasring ihres Herdes an, während sie versuchte, aus dem, was sie da eben gehört hatte, schlau zu werden.

»Ich versteh's nicht. Das ist doch Ihre Chance, Winston. Wieso greifen Sie nicht zu?«

»Meine Chance worauf?«, fragte er verständnislos.

»Na, hören Sie! Um hochzukommen, auf den Gipfel, zum Mond. Meine Aktien bei Lynley könnten nicht schlechter stehen. Hier ist Ihre Chance, aus der Meute auszubrechen. Warum ergreifen Sie sie nicht? Oder anders gesagt, wieso riskieren Sie es, mir die Möglichkeit zu geben, mich reinzuwaschen?«

»Der Inspector hat gesagt, ich soll noch einen Constable hinzuziehen«, erklärte Nkata. »Und da hab ich an Sie gedacht.«

Da war es wieder, dieses hässliche Wort – Constable. Erinnerung daran, welchen Dienstgrad sie früher gehabt hatte und was sie geworden war. Natürlich hatte Nkata an sie gedacht! Eine bessere Gelegenheit gab es doch gar nicht, ihr ihren Verlust an Rang und Autorität unter die Nase zu reiben, sie darauf zu stoßen, dass sie nicht mehr seine Vorgesetzte war.

»Aha«, sagte sie. »Noch einen Constable. Apropos ...« Sie nahm den Zettel vom Tisch. »Ich nehme an, das habe ich Ihnen zu verdanken. Ich hatte schon vor, einen öffentlichen Aushang zu machen, aber die Mühe haben Sie mir ja jetzt erspart.«

Nkata runzelte die Brauen. »Was meinen Sie?«

»Ihren hübschen Brief da, Winston. An ›DC Havers‹. Haben Sie im Ernst geglaubt, ich könnte meinen Rang vergessen? Oder wollten Sie mich nur dran erinnern, dass wir jetzt gleichgestellt sind und in derselben Liga spielen?«

»Moment mal. Das haben Sie total missverstanden.«

»Ach ja?«

»Ja.«

»Das glaube ich Ihnen nicht. Was für einen Grund könnten Sie sonst haben, mich als DC Havers zu titulieren? C für Constable. Genau wie Sie einer sind.«

»Den natürlichsten Grund der Welt«, versetzte Nkata.

»Ach? Und der wäre?«

»Ich habe Sie nie Barb genannt.«

Sie riss die Augen auf. »Was?«

»Ich habe Sie nie Barb genannt«, wiederholte er. »Immer nur Sergeant. Was hätte ich denn sonst schreiben sollen?« Er schnitt eine Grimasse und rieb sich den Nacken, wobei er den Kopf senkte und den Blickkontakt zwischen ihnen abbrach. »Außerdem ist Constable sowieso nur Ihr Titel. Er sagt nichts drüber aus, wer Sie sind.«

Barbara war sprachlos. Sie starrte ihn an. Sein gutaussehendes Gesicht mit der hässlichen Narbe trug einen unsicheren Ausdruck, was bestimmt nur sehr selten vorkam. Sie dachte zurück und ließ in Gedanken die Fälle Revue passieren, bei denen sie mit Nkata zusammengearbeitet hatte. Und erkannte, dass er die Wahrheit gesagt hatte.

Sie verbarg ihre Verwirrung, indem sie tief an ihrer Zigarette zog, der Rauchwolke nachschaute, dann intensiv die Asche studierte und sie ins Spülbecken schnippte. Als sie das Schweigen nicht mehr aushalten konnte, seufzte sie und sagte: »Mensch, Winston. Tut mir leid. So was Blödes.«

»Okay«, sagte er. »Also, sind Sie dabei oder nicht?«

»Ich bin dabei«, antwortete sie.

»Gut.«

»Und ich heiße Barbara.«

6

Es war dunkel geworden, als sie in Shoreditch in die Chart Street einbogen und zwischen den Vauxhalls, Opel und Volkswagen, die am Bordstein standen, eine Parklücke suchten. Barbara hatte erst einmal geschluckt, als Nkata sie zu Lynleys schnittigem silbergrauen Wagen geführt hatte. Die Tatsache, dass der Inspector dieses ihm so teure Stück Nkata anvertraut hatte, war ein beredtes Zeichen der Wertschätzung, die er dem Mann entgegenbrachte. Ihr selbst hatte er den Wagen nur zweimal überlassen, und das auch erst lange nachdem sie als feste Mitarbeiterin zu ihm gestoßen war. Wenn sie heute über ihr Verhältnis zu Lynley nachdachte, konnte sie sich auch gar nicht vorstellen, dass er der Person, die sie damals, in der ersten Zeit ihrer Partnerschaft, gewesen war, den Schlüssel zu seinem Wagen in die Hand gedrückt hätte. Dass er ihn Nkata so ohne weiteres gegeben hatte, sagte viel über die Beziehung der beiden Männer aus.

Na schön, dachte sie resigniert, so ist es eben. Sie sah sich die Gegend an, durch die sie fuhren, während sie nach dem Haus Ausschau hielt, in dem der Eigentümer des Motorrads, das man in Derbyshire gefunden hatte, wohnte.

Shoreditch mochte wie so viele andere Bezirke Londons in der einen oder anderen Zeit ziemlich heruntergekommen sein, ganz abschreiben konnte man es nie. Es war ein dichtbesiedeltes Gebiet, das sich wie ein schmaler Arm von der größeren Masse Hackneys im Nordosten Londons wegstreckte. In dem Teil, der direkt an die City grenzte, hatten sich Banken und Kreditinstitute breitgemacht, wie man sie eigentlich nur innerhalb der römischen Mauern des alten London zu sehen erwartete. Andere Teile waren Industrie- und Gewerbegebiete geworden. Aber es gab noch Spuren der ehemaligen Dörfer Haggeston und Hoxton in Shoreditch, wenn auch teilweise nur in Form von Gedenktafeln, die die Stätten bezeichneten, wo die Burbages Theater gespielt hatten oder Weggefährten William Shakespeares begraben lagen.

In der Chart Street, einer kurzen gekrümmten Durchfahrtsstraße zwischen der Pitfield Street und der East Road, schien sich die ganze Geschichte des Bezirks zu konzentrieren. Hier gab es sowohl Geschäfts- als auch Wohnhäuser. Manche dieser Gebäude, elegant und modern, spiegelten die Opulenz der City wider; andere warteten auf jenes Wunder zeitgemäßer Londoner Stadtplanung – Edelsanierung –, die es fertigbrachte, aus einem Kleineleuteviertel innerhalb weniger Jahre ein Yuppieparadies zu zaubern.

Die Angaben, die sie von der Zulassungsstelle hatten, führten sie zu einer Zeile Reihenhäuser, schmucklose kleine Backsteinbauten, die sich ihrem Aussehen nach irgendwo zwischen den beiden Extremen von Verfall und Renovierung befanden. Die Tür- und Fensterrahmen des Hauses, das sie suchten, brauchten dringend einen Anstrich, doch in den Fenstern hingen weiße Vorhänge, die zumindest von außen frisch und sauber aussahen.

Vor einem Pub fand Nkata einen Parkplatz und manövrierte den Bentley mit solcher Sorgfalt und Konzentration hinein, als handelte es sich um eine hochkomplizierte Operation. Als er das dritte Mal Anstalten machte zurückzusetzen, um den Wagen wirklich absolut parallel zur Bordsteinkante einzuparken, stieß Barbara die Tür auf und sprang hinaus.

Sie zündete sich eine Zigarette an und sagte: »Mensch, Winston, wie lange wollen Sie denn noch machen? Wir werden beide nicht jünger. Nun kommen Sie schon!«

Nkata lachte. »Ich wollte Ihnen nur Zeit lassen, Ihrer Sucht zu frönen.«

»Danke. Aber ich brauch nicht gleich die ganze Packung zu rauchen.«

Nachdem Nkata den Wagen endlich zu seiner Zufriedenheit eingeparkt hatte, stieg er aus, schloss ab und schaltete die Alarmanlage ein. Gewissenhaft überprüfte er, ob sämtliche Türen gesichert waren, ehe er zu Barbara trat. Sie gingen zum Haus, Barbara rauchend und Nkata in Gedanken versunken. Vor der gelben Haustür blieb er stehen. Barbara glaubte, er wolle ihr Zeit geben, ihre Zigarette zu Ende zu rauchen, und paffte drauflos, um gehörig Nikotin zu speichern, wie sie es häufig tat, wenn sie vor einer Aufgabe stand, die unangenehm werden konnte.

Aber als sie die brennende Kippe schließlich auf die Straße

warf, rührte Nkata sich noch immer nicht. »Also?«, sagte sie. »Gehen wir nun rein? Was ist denn?«

Er riss sich aus seiner Grübelei. »Ich hab so was noch nie gemacht.«

»Was haben Sie noch nie gemacht? Ach so! Sie meinen, Sie mussten noch nie schlechte Nachrichten überbringen? Trösten Sie sich, es wird nie leichter.«

Er sah sie an und lächelte ein wenig trübe. »Komisch eigentlich, wenn man sich's überlegt«, sagte er leise.

»Wenn man sich was überlegt?«

»Wie leicht meine Mutter mal solchen Besuch von den Bullen bekommen haben könnte. Wenn ich weiterhin den Weg gegangen wäre, den ich damals eingeschlagen hatte.«

»Hm. Ja.« Sie wies mit einem kurzen Nicken zur Haustür und stieg die Stufe hinauf. »Wir haben alle unsere Dummheiten gemacht, Winnie.«

Das Weinen eines Kindes klang gedämpft durch die Türritzen. Als Barbara läutete, wurde es lauter. Eine Frau sagte gequält: »Jetzt hör doch endlich auf. Sei still. Das reicht, Darryl. Ich hab dich verstanden«, und rief dann durch die Tür: »Wer ist da?«

»Polizei«, antwortete Barbara. »Wir hätten Sie gern einen Moment gesprochen.«

Zunächst war nichts weiter zu hören als Darryls Geheul, das unvermindert anhielt. Dann wurde die Tür geöffnet, und sie sahen sich einer Frau gegenüber, die einen kleinen Jungen auf der Hüfte sitzen hatte. Er rieb gerade seine laufende Nase am Kragen ihres grünen Kittels, auf dem über der linken Brust *The Primrose Path* eingestickt war und darunter der Name *Sal*.

Barbara hatte ihren Dienstausweis schon in der Hand und hielt ihn Sal gerade hin, als eine jüngere Frau die schmale Treppe weiter hinten im Gang heruntergerannt kam. Sie trug einen Chenillemorgenrock mit einem ausgefransten Ärmel, und ihr Haar war nass. »Tut mir leid, Mama«, sagte sie. »Gib ihn mir. Danke, dass du ihn mir einen Moment abgenommen hast. Das hab ich gebraucht. Darryl, was ist denn nur los, Schatz?«

»Dada«, schluchzte Darryl und streckte einen Arm nach Nkata aus.

»Er will zu seinem Daddy«, bemerkte Nkata.

»Zu dem Saukerl will er bestimmt nicht«, murmelte Sal. »Komm, mein Süßer, gib deiner Oma einen Kuss«, sagte sie zu Darryl, der nur noch lauter heulte. Sie drückte ihm einen Schmatz auf die tränennasse Wange. »Er hat wieder Bauchweh, Cyn. Ich hab ihm eine Wärmflasche gemacht. Sie ist in der Küche. Aber wickel ein Handtuch drum, bevor du sie ihm gibst.«

»Danke, Mama. Du bist ein Schatz«, sagte Cyn. Mit ihrem Sohn im Arm ging sie den Korridor hinunter, der in den rückwärtigen Teil des Hauses führte.

»Also, worum geht's?« Sie sah von Nkata zu Barbara, ohne sich von der Stelle zu rühren. Sie hatte sie nicht zum Eintreten aufgefordert und hatte offensichtlich auch nicht die Absicht, es zu tun. »Es ist nach zehn, falls Sie das nicht wissen sollten.«

Barbara sagte: »Können wir einen Moment hereinkommen, Mrs. ...?«

»Cole«, sagte sie. »Sally Cole.« Sie trat von der Tür zurück. Die Arme unter der Brust verschränkt, musterte sie die beiden Beamten, als sie ins Haus kamen. In der besseren Beleuchtung des Flurs sah Barbara, dass ihr Haar – stumpf abgeschnitten und bis knapp über die Ohren reichend – zu beiden Seiten des Gesichts von breiten weißblonden Strähnen durchzogen war, die aber nur das Widersprüchliche ihrer grob geschnittenen Züge hervorhoben: eine breite Stirn, eine scharf gebogene Nase und ein kleiner Rosenknospenmund. »Ich kann Ungewissheit nicht aushalten, also sagen Sie mir lieber gleich, was los ist.«

»Könnten wir ...?« Barbara wies auf eine offene Tür links von der Treppe. Dort war anscheinend das Wohnzimmer, in dessen Mitte allerdings ein seltsamer Aufbau aus diversen Gartengeräten stand. Ein Rechen, dem jeder zweite Zinken fehlte, eine Hacke und ein Spaten bildeten zusammen eine Art Wigwam über einem Pflanzholz mit gespaltenem Stiel. Barbara betrachtete das merkwürdige Arrangement und fragte sich, ob es vielleicht etwas mit Sal Coles Art, sich zu kleiden, zu tun hatte. Das Grün des Kittels und die in den Stoff eingestickten Worte ließen immerhin gärtnerische Neigungen vermuten.

»Das hat unser Terry gemacht, er ist Künstler«, bemerkte Sal, als sie neben Barbara trat. »Das ist sein Medium.«

»Was, Gartengeräte?«, sagte Barbara.

»Er hat ein Objekt mit einer Baumschere gemacht, das mich zu Tränen rührt. Meine Kinder sind beide Künstler. Cyn macht einen Kurs an der Modeschule. Sagen Sie, sind Sie wegen unserem Terry hier? Hat er was ausgefressen? Dann sagen Sie mir's lieber gleich.«

Barbara warf Nkata einen Blick zu, um zu sehen, ob er die unangenehme Aufgabe übernehmen wollte. Er griff sich mit einer Hand an die vernarbte Wange, als hätte die alte Wunde zu schmerzen angefangen. Sie sagte: »Terry ist also nicht zu Hause, Mrs. Cole?«

»Er wohnt nicht hier«, antwortete Sal und erklärte, er wohne in Battersea, wo er mit einer jungen Frau namens Cilla Thompson, ebenfalls Künstlerin, eine gemeinsame Wohnung und ein Atelier habe. »Ist etwa Cilla was passiert? Sie suchen doch nicht wegen Cilla nach Terry? Die beiden sind nur befreundet. Wenn sie je einmal verprügelt worden ist, dann reden Sie am besten mit diesem fürchterlichen Freund von ihr, unser Terry hat damit nichts zu tun. Der würde keiner Fliege was zuleide tun. Er ist ein guter Junge, da hat's nie Klagen gegeben.«

»Gibt es einen ... Äh, gibt es auch einen Mr. Cole? Ich meine, ist Ihr Mann zu Hause?« Wenn sie dieser Frau schon beibringen mussten, dass ihr Sohn möglicherweise tot war, wollte Barbara lieber jemanden dabeihaben, der ihr vielleicht helfen könnte, den Schlag besser zu verkraften.

Sal prustete spöttisch. »Meinen Mann – soweit er das überhaupt war – gibt's schon lang nicht mehr. Der hat sich in die Büsche geschlagen, als Terry fünf war. Da hat er sich 'ne Tussi in Folkestone gesucht, und das war's dann. Warum?« Sie schien jetzt beunruhigt. »Sagen Sie mir doch endlich, worum's eigentlich geht.«

Barbara nickte Nkata zu. Schließlich hatte er den Auftrag, die Frau nach Derbyshire mitzunehmen, sollte sich das als notwendig erweisen. Also musste er entscheiden, wie man ihr die Nachricht beibringen sollte, dass der unbekannte Tote, der dort in der Pathologie lag, möglicherweise ihr Sohn war. Er begann mit der BMW. Sal Cole bestätigte, dass ihr Sohn ein Motorrad dieses Typs besaß, und machte sogleich den logischen Gedankensprung zu einem Verkehrsunfall. Sie erkundigte sich so schnell danach, in welches Krankenhaus er gebracht worden sei, dass Barbara unwillkürlich wünschte, die Sache wäre so leicht abgetan.

Aber so war es eben nicht. Barbara sah, wie Nkata an ein mit Fotos überladenes Sims über einer Nische trat, in der früher einmal ein offener Kamin gewesen war, und eines der Bilder zur Hand nahm. Der Ausdruck in seinem Gesicht verriet ihr, dass es wahrscheinlich nur noch eine reine Formalität sein würde, Mrs. Cole nach Derbyshire zu bringen. Nkata hatte ja Aufnahmen der Leiche gesehen, wenn nicht gar die Leiche selbst. Und wenn es auch vorkam, dass Mordopfer kaum noch Ähnlichkeit mit den lebenden Menschen hatten, die sie einmal gewesen waren, so gab es doch immer noch gewisse Merkmale, die für einen scharfen Beobachter unverkennbar waren, um den Toten anhand eines Fotos identifizieren zu können.

Der Anblick des Bildes schien Nkata den Mut zu geben, die Geschichte zu erzählen, und er tat es mit so schlichten und teilnahmsvollen Worten, dass Barbara tief beeindruckt war.

In Derbyshire sei ein Doppelmord verübt worden, erklärte er Mrs. Cole. Die Opfer seien ein junger Mann und eine Frau. In der Nähe habe man Terrys Motorrad gefunden, und der junge Tote habe eine gewisse Ähnlichkeit mit dem jungen Mann auf diesem Foto vom Kaminsims. Es könne natürlich reiner Zufall sein, dass Terrys Motorrad sich in der Nähe des Tatorts befunden habe. Dennoch müsse man versuchen, den Toten zu identifizieren, und deshalb bitte er sie, ihn nach Derbyshire zu begleiten. Wenn sie sich dadurch überfordert fühle, könne eventuell auch eine andere Person die Aufgabe übernehmen – vielleicht Cilla Thompson oder Terrys Schwester ... Die Entscheidung bleibe ganz Mrs. Cole überlassen. Nkata stellte das gerahmte Bild behutsam wieder an seinen Platz.

Sal sah ihm zu wie betäubt. »Derbyshire?«, sagte sie schließlich. »Nein, das glaube ich nicht. Unser Terry arbeitet an einem Projekt in London, bei dem Projekt geht's um viel Geld. Er hat Tag und Nacht mit dem Auftrag zu tun. Darum konnte er auch letzten Sonntag nicht wie sonst zum Mittagessen kommen. Er ist ganz vernarrt in unseren kleinen Darryl, wissen Sie? Nie würde er seinen Sonntagnachmittag mit Darryl verpassen. Aber der Auftrag … er konnte wegen dem Auftrag nicht kommen. Das hat er uns selbst gesagt.«

In diesem Moment kam ihre Tochter herein, jetzt in einem blauen Jogginganzug und mit frisch gekämmtem Haar. An der Tür blieb sie einen Moment stehen, schien die Stimmung im Zimmer aufzunehmen. Dann ging sie hastig zu ihrer Mutter. »Mama, was ist? Du bist ja kreidebleich. Setz dich hin, sonst fällst du uns noch in Ohnmacht.«

»Wo ist der Kleine?«

»Der schläft jetzt. Die Wärmflasche hat gewirkt. Komm, Mama. Setz dich endlich, bevor du umkippst.«

»Hast du sie auch in ein Handtuch eingewickelt?«

»Ja, ja.« Cyn wandte sich Barbara und Nkata zu. »Was ist denn passiert?«

Nkata erklärte kurz die Sachlage. Dies alles ein zweites Mal hören zu müssen schien Mrs. Coles Reserven völlig zu erschöpfen. Als er wieder von dem jungen Toten sprach, umklammerte sie den Stiel der Hacke, die Teil des seltsamen Wigwamgebildes war, und sagte: »Das neue Objekt sollte dreimal so groß werden, ich mein, dieser neue Auftrag. Er hat's mir selbst erzählt.« Sie bahnte sich einen Weg durch die auf dem Boden verstreut liegenden Spielsachen zu einem abgewetzten alten Sessel. Bevor sie sich setzte, hob sie einen leuchtend gelben Plüschvogel auf und drückte ihn an ihre Brust.

»Derbyshire?«, fragte Cyn ungläubig. »Was zum Teufel sollte unser Terry in Derbyshire zu suchen haben? Mama, er hat das Motorrad wahrscheinlich jemandem geliehen. Cilla weiß da sicher Bescheid. Ich ruf sie gleich mal an.«

Sie ging zu einem niedrigen kleinen Tisch am Fuß der Treppe, auf dem das Telefon stand, und tippte die Nummer ein. »Ist dort Cilla Thompson? Hier ist Cyn Cole, Terrys Schwester … o ja … genau, er ist ein richtiger kleiner Tyrann. Wir müssen alle nach seiner Pfeife tanzen. Sag mal, Cilla, ist Terry zufällig da? … Ach so. Weißt du, wo er hinwollte?« Ein düsterer Blick auf ihre Mutter bei Cillas Antwort. Dann: »In Ordnung … nein, nichts Besonderes. Aber wenn er in der nächsten Stunde oder so auftaucht, dann sag ihm doch, er soll mich zu Hause anrufen, okay?« Damit legte sie auf.

Sal und Cyn verständigten sich wortlos, zwei Frauen, die einander genau kannten. Sal sagte leise: »Er hat sein ganzes Herz an diesen Auftrag gehängt. Er hat gesagt. ›Das wird das Sprungbrett für *Destination Art.* Wart's nur ab, Mama.‹ Deshalb ist mir echt schleierhaft, wieso er weggefahren sein soll.«

»›*Destination Art*‹?«, fragte Barbara.

»Seine Galerie. So will er sie nennen: *Destination Art*«, erläuterte Cyn. »Er wollte immer schon eine Galerie für moderne Kunst aufmachen. Am South Bank, in der Nähe der Hayward Gallery. Das ist sein Traum. Mama, das ist wahrscheinlich alles nur ein Missverständnis. Lass dich nicht durcheinanderbringen. Die ganze Sache entpuppt sich bestimmt als völlig harmlos.« Aber ihr Ton klang ganz so, als versuchte sie vor allem, sich selbst zu überzeugen.

»Wir brauchen die Adresse«, sagte Barbara zu ihr.

»Die Galerie gibt es noch nicht«, antwortete Cyn.

»Von Terrys Wohnung«, erklärte Nkata. »Und seinem Atelier.«

Sal wandte sich ihrer Tochter zu. »Aber du hast doch eben gesagt …« Sie sprach nicht zu Ende. Schweigen breitete sich im Raum aus. Und jeder im Raum wusste, von welchen Gedanken es getragen wurde: dass das, was Sal und ihre Tochter zu verleugnen versuchten, so ziemlich das Schlimmste war, was einer Familie zustoßen konnte.

Cyn ging hinaus, um die Adressen zu notieren. Inzwischen sagte Nkata zu Terry Coles Mutter: »Ich hole Sie morgen früh ab, Mrs. Cole. Aber wenn Terry irgendwann im Laufe der Nacht anrufen sollte, dann setzen Sie sich mit mir in Verbindung. In Ordnung? Ganz gleich, um welche Zeit.«

Er schrieb die Nummer seines Piepsers auf ein Blatt in seinem sauber geführten Heft. Gerade als er es herausriss, kam Terrys Schwester zurück. Sie reichte Barbara einen Zettel. Zwei Adressen waren darauf notiert, die eine durch das Wort »Wohnung« gekennzeichnet, die andere mit dem Wort »Atelier«. Beide waren in Battersea. Barbara prägte sie sich ein – nur für den Fall, sagte sie sich – und gab den Zettel an Nkata weiter. Er nickte dankend, faltete ihn und schob ihn in seine Tasche. Man vereinbarte eine Zeit für die Abfahrt am nächsten Morgen, dann verabschiedeten sich Barbara und Nkata.

Ein leichter, böiger Wind wehte durch die Straße. Er fegte eine Plastiktüte und einen großen Pappbecher von Burger King über den Bürgersteig. Nkata entsicherte den Wagen, machte aber die Tür nicht auf. Über das Dach des Bentley hinweg sah er Barbara kurz an, bevor sein Blick zu dem düster wirkenden kleinen Reihenhaus auf der anderen Straßenseite schweifte. Sein Gesicht war traurig.

»Was ist?«, fragte Barbara.

»Ich hab ihnen den Schlaf geraubt«, sagte er. »Ich hätte bis morgen warten sollen. Warum habe ich daran nicht gedacht? Heute Abend hätte ich doch sowieso nicht mehr nach Derbyshire rauffahren können. Ich bin viel zu erledigt. Wieso bin ich dann hier rübergerast wie die Feuerwehr? Sie müssen sich um das Kind kümmern, und ich habe sie um ihren Schlaf gebracht.«

»Sie hatten doch gar keine andere Wahl«, versetzte Barbara. »Wenn Sie bis morgen früh gewartet hätten, wären sie wahrscheinlich beide weg gewesen – die eine bei der Arbeit, die andere in der Schule –, und Sie hätten einen ganzen Tag verloren. Machen Sie sich jetzt deswegen nicht verrückt, Winston. Sie haben genau das getan, was Sie tun mussten.«

»Er ist es«, sagte er. »Der Junge auf dem Foto. Er ist der Tote.«

»Das hab ich mir schon gedacht.«

»Aber sie wollen es nicht glauben.«

»Ist das ein Wunder?«, fragte Barbara. »Es ist der endgültige Abschied, und sie haben keine Chance gehabt, Abschied zu nehmen. Etwas Schlimmeres gibt es nicht.«

Lynley entschied sich für Tideswell. Das Dorf aus Sandsteinhäusern, das sich an zwei gegenüberliegenden Hügelhängen hinaufzog, lag etwa auf halbem Weg zwischen Buxton und der Padley-Schlucht. Vom *Black-Angel*-Hotel mit seinem hübschen Ausblick auf die Kirche und die umliegenden Grünanlagen konnte er sowohl die Polizeidienststelle als auch Maiden Hall bequem erreichen. Und auch Calder Moor.

Inspector Hanken hatte nichts gegen Tideswell einzuwenden. Er würde Lynley, da dessen Mitarbeiter ja noch nicht aus London zurück sei, am Morgen einen Wagen schicken, erklärte er.

Hanken war in den vergangenen Stunden ihrer Zusammenarbeit merklich aufgetaut. Dazu beigetragen hatte auch ein gemeinsames Abendessen im *Black Angel* mit zwei Whiskys zum Aperitif, einer guten Flasche Wein zum Fleisch und einem Kognak zur Verdauung.

Whisky und Wein hatten Hanken die Art von Anekdoten entlockt, die für die Beschreibung des Polizeialltags typisch waren. Sie handelten von Reibereien mit Vorgesetzten, Pannen bei der Ermittlungsarbeit, schwierigen Fällen, an denen er hart zu beißen gehabt hatte. Beim Kognak war er schließlich auf persönlichere Dinge zu sprechen gekommen.

Er zog das Familienfoto heraus, das er Lynley im Auto gezeigt hatte, und betrachtete es eine Weile schweigend. Mit dem Zeigefinger strich er sachte über das Abbild seines neugeborenen Sohnes, murmelte leise »Kinder« und erklärte dann, dass der Augenblick, in dem einem Mann sein neugeborenes Kind in den Arm gelegt werde, ihn für immer verändere. Man würde das nicht für möglich halten – man glaube ja immer, diese Persönlichkeitsveränderung betreffe nur Frauen, nicht wahr? –, aber so sei es wirklich. Und dieser Veränderung entspringe ein überwältigender Drang zu beschützen, sämtliche Luken dichtzumachen, sämtliche Gefahren von der Familie abzuwenden. Und dann trotz all dieser Sicherheitsvorkehrungen ein Kind zu verlieren …? Es sei so schrecklich, dass er es sich gar nicht vorzustellen wage.

»Andy Maiden muss es jetzt durchmachen«, bemerkte Lynley.

Hanken warf ihm einen Blick zu, widersprach aber nicht. Seine Frau, sagte er, sei sein ganzes Leben. Er habe schon am Tag ihrer ersten Begegnung gewusst, dass er sie heiraten wollte, aber er habe fünf Jahre gebraucht, um sie dazu zu bringen, genauso zu denken. Wie das denn bei Lynley und seiner jungen Frau gewesen sei?

Aber Ehe und Familie waren Themen, über die Lynley jetzt am allerwenigsten sprechen wollte. Er wich geschickt aus, indem er sich auf mangelnde Erfahrung berief. »Ich bin als Ehemann noch viel zu grün, um dazu viel zu sagen«, behauptete er.

Als er später am Abend allein war, ließ sich das Problem jedoch nicht länger verdrängen. Trotzdem versuchte er, sich abzulenken – oder die Auseinandersetzung mit diesem Thema wenigstens noch eine Weile aufzuschieben –, indem er ans Fenster seines Zimmers trat und es einen Spalt öffnete. Er bemühte sich, den Schimmelgeruch der Wände zu ignorieren, war darin aber ebenso erfolglos wie in seinem Bestreben, das Bett mit der durchgelegenen Matratze und der mit irgendeinem schlüpfrigen Pseudosatin bezogenen Decke, die eine Nacht endloser Kämpfe verhieß, zu übersehen. Wenigstens hatte man ihm, wie er missmutig vermerkte, einen elektrischen Wasserkocher hingestellt und dazu einen Bastkorb mit Teebeuteln, sieben Winzlingsdöschen Milch, einem Päckchen Zucker und zwei Biskuits. Und er hatte sein eigenes Badezimmer, auch wenn es kein Fenster hatte, die Badewanne völlig verkalkt war und die Beleuchtung so trübe wie in einem Luftschutzraum. Es könnte schlimmer sein, sagte er sich, obwohl er nicht wusste, in welcher Beziehung.

Als es schließlich kein Ausweichen mehr gab, setzte er sich vor das Telefon auf dem schmiedeeisernen Gartentisch, der als Nachttisch diente. Er schuldete Helen einen Anruf, und sei es auch nur, um sie wissen zu lassen, wo er war. Doch er konnte sich nicht entschließen, den Hörer abzunehmen und die Nummer einzutippen. Er überlegte, warum das so war.

Helen war eindeutig mehr im Unrecht als er. Er hatte die Beherrschung verloren, gewiss, aber sie hatte eine Grenze überschritten, als sie sich zu Barbara Havers' Fürsprecherin gemacht hatte. Gerade sie als seine Frau musste doch auf *seiner* Seite stehen. Sie hätte wenigstens fragen können, warum er sich entschieden hatte, mit Winston Nkata und nicht mit Barbara Havers zu arbeiten, statt ihm eine Entscheidung ausreden zu wollen, zu der er sich gezwungen gefühlt hatte.

Bei genauerem Nachdenken erinnerte er sich allerdings, dass Helen zu Beginn ihres Gesprächs sehr wohl danach gefragt hatte, warum er Nkata gewählt hatte. *Seine* Reaktion darauf hatte dazu geführt, dass eine vernünftige Diskussion in Streit ausgeartet war. Aber er hatte nun einmal so reagiert, weil ihre Fragen ihn empört hatten. Sie ließen auf ein Bündnis mit einer Person schließen, deren Handeln durch nichts zu rechtfertigen war. Dass sie dann auch noch von ihm verlangt hatte, sein eigenes Handeln zu rechtfertigen – das vernünftig, zulässig und absolut verständlich war –, war eine Zumutung gewesen.

Die Arbeit der Polizei konnte nur dann erfolgreich sein, wenn ihre Beamten sich strikt an die Dienstordnung hielten. Jeder höhere Beamte erlangte seine Position, indem er bewies, dass er fähig war, unter Druck angemessen zu handeln. Zu einem Zeitpunkt, als ein Menschenleben auf dem Spiel gestanden hatte und ein Verdächtiger auf der Flucht gewesen war, hatte Barbara Havers' Vorgesetzte in Sekundenschnelle eine Entscheidung getroffen und Anweisungen gegeben, die ebenso klar wie vernünftig gewesen waren. Dass Havers sich diesen Anweisungen widersetzt hatte, war schon schlimm genug; dass sie auf eigene Faust gehandelt hatte, war noch weitaus schlimmer. Dass sie dann aber auch noch die Macht an sich gerissen hatte, indem sie von einer Schusswaffe Gebrauch gemacht hatte, war eine Verletzung des Diensteids, den sie geleistet hatte. Es handelte sich hier nicht um einen einfachen Regelverstoß. Sondern um eine Verhöhnung all dessen, wofür die Polizei stand. Wieso hatte Helen das nicht begriffen?

»Die Dinge sind nie nur schwarz oder weiß, Tommy«, hatte Malcolm Webberly gesagt.

Aber Lynley konnte seinem Chef nicht zustimmen. Manche Dinge waren eben doch ganz eindeutig.

Trotz all dieser Überlegungen kam er nicht um die Tatsache herum, dass er seiner Frau einen Anruf schuldete. Sie brauchten den Streit ja nicht weiterzuführen. Und er konnte sich zumindest dafür entschuldigen, dass er die Beherrschung verloren hatte.

Statt Helen erreichte er jedoch nur Charlie Denton, den verhinderten Thespisjünger, der in Lynleys privatem Alltag die Rolle des Butlers spielte, wenn er nicht am Leicester Square um Theaterkarten zum halben Preis anstand. Die Gräfin sei nicht zu Hause, teilte er mit, und Lynley merkte seiner Stimme an, mit welchem Genuss dieser Frechdachs den Titel betonte. Sie habe gegen sieben Uhr angerufen, berichtete Denton weiter. Sie sei bei den St. James' zum Abendessen und bis jetzt noch nicht zurück. Ob Seine Lordschaft wünsche –

»Denton!«, warnte Lynley ihn missmutig.

»Entschuldigen Sie.« Denton lachte und verzichtete auf die Servilität. »Möchten Sie eine Nachricht hinterlassen?«

»Nein, ich rufe sie selbst in Chelsea an«, antwortete Lynley, gab Denton aber dennoch die Nummer des *Black Angel.*

Aber als er bei den St. James' anrief, hörte er, dass Helen und Deborah gleich nach dem Abendessen ausgegangen waren.

»Sie haben von irgendeinem Film geredet«, erklärte St. James etwas vage. »Ich hatte den Eindruck, es war ein Liebesfilm. Helen sagte, sie hätte Lust darauf, mal wieder gutgebaute Amerikaner mit modischen Frisuren und makellosen Zähnen sich im Bett wälzen zu sehen.«

»Hm.« Lynley gab seinem Freund die Nummer des Hotels und bat ihn, Helen auszurichten, sie möge ihn anrufen, wenn sie nicht allzu spät zurückkommen würde. Sie hätten vor seiner Abreise nach Derbyshire kaum Zeit zum Reden gehabt, erklärte er St. James und merkte selbst, wie lahm das klang.

St. James versprach, Helen die Nachricht weiterzugeben. »Und wie ist es in Derbyshire?«, erkundigte er sich.

Es war eine stillschweigende Aufforderung an Lynley, ihm etwas über den Fall zu erzählen. Niemals hätte St. James direkt gefragt. Dazu hatte er zu viel Respekt vor den ungeschriebenen Gesetzen polizeilicher Ermittlungsarbeit.

Lynley war froh, mit seinem alten Freund sprechen zu können. Er gab einen kurzen Überblick über die Fakten: die zwei Morde, die auf unterschiedliche Art verübt worden waren; das Fehlen einer der Waffen; die Ungewissheit über die Identität des Jungen; die anonymen Briefe, die aus Zeitungsausschnitten zusammengesetzt waren; der handgeschriebene Zettel mit den Worten »Das Luder ist erledigt«.

»Der Zettel ist wie eine Art Unterschrift unter das Verbrechen«, schloss Lynley. »Hanken ist allerdings der Meinung, dass er Teil eines Täuschungsmanövers sein könnte.«

»Irreführung vonseiten des Mörders?«

»Ganz recht.«

»Und wer sollte das sein?«

»Andy Maiden, wenn man Hankens Überlegungen folgt.«

»Der Vater? Das ist aber verdammt stark. Wie kommt Hanken denn auf die Idee?«

Lynley berichtete von ihrem Gespräch mit den Eltern der toten jungen Frau: Was die beiden ausgesagt hatten und was dabei ans Licht gekommen war. Zum Schluss sagte er: »Andy glaubt, dass es da eine Verbindung zu SO10 gibt.«

»Und was glaubst du?«

»Es muss auf jeden Fall überprüft werden, genau wie alles andere. Aber Hanken hat Andy kein Wort mehr geglaubt, nachdem herausgekommen war, dass er seiner Frau nicht die ganze Wahrheit gesagt hatte.«

»Vielleicht wollte er sie nur schützen«, meinte St. James. »Das wäre doch nichts Ungewöhnliches. Und wenn die beiden euch wirklich irreführen wollten, hätten sie dann nicht versucht, eure Aufmerksamkeit auf den Jungen zu lenken?«

Lynley stimmte ihm zu. »Zwischen den beiden besteht eine ganz enge Bindung, Simon. Es scheint mir eine außergewöhnlich enge Beziehung zu sein.«

St. James schwieg einen Moment. Lynley hörte, wie draußen vor seinem Zimmer jemand durch den Flur ging. Eine Tür wurde leise geschlossen.

»Man kann Andy Maidens Versuch, seine Frau zu schützen, auch noch aus einem anderen Blickwinkel sehen, Tommy.«

»Wie meinst du das?«

»Er tut es vielleicht aus einem ganz anderen Grund. Dem schlimmsten, den man sich vorstellen kann.«

»Medea in Derbyshire?«, fragte Lynley. »Um Gottes willen, das ist ja grässlich. Und wenn Mütter töten, ist das Kind im Allgemeinen noch ziemlich klein. Wo sollte das Motiv sein?«

»Medea hätte behauptet, dass sie eines hatte.«

Als Teenager – vor dem Umzug der Familie nach Derbyshire – war Nicola des Öfteren einfach verschwunden, und wenn damals jemand zu Nan mitten in ihrer hellen Aufregung gesagt hätte, dass sie eines Tages noch einmal wünschen würde, ihre Tochter wäre »nur« ausgerissen, dann hätte sie es nicht geglaubt. Wenn Nicola in der Vergangenheit verschwunden war, hatte Nan stets auf die einzige Art reagiert, auf die sie reagieren konnte: mit einer Mischung aus Angst, Zorn und Verzweiflung. Sie hatte Nicolas Freundinnen angerufen und die Polizei alarmiert und dann selbst die Straßen abgekämmt, um Nicola zu suchen. Sie war nicht fähig gewesen, irgendetwas anderes zu tun, solange sie nicht wusste, dass ihrer Tochter nichts zugestoßen war.

Immer hatte sie gefürchtet, Nicola könne irgendwo in London

auf Nimmerwiedersehen verschwinden. Denn in einer Großstadt konnte alles Mögliche passieren. Ein junges Mädchen konnte vergewaltigt werden; sie konnte in die Drogenabhängigkeit gelockt werden; sie konnte verprügelt oder verstümmelt werden.

Eine mögliche Folge von Nicolas Neigung, von zu Hause wegzulaufen, hatte Nan jedoch nie in Betracht gezogen: dass ihre Tochter ermordet werden könnte. Das war undenkbar. Nicht, weil so etwas nicht vorkam, sondern weil Nan keine Ahnung hatte, wie sie damit fertigwerden sollte, wenn ihrer Tochter so etwas passierte.

Und jetzt war es geschehen. Nicht während jener wilden Teenagerjahre, als Nicola ständig auf Unabhängigkeit und Selbständigkeit gepocht und mit den Worten »Wir leben nicht mehr im Mittelalter, Mama« ihr sogenanntes Recht auf Selbstbestimmung eingefordert hatte. Nicht in jener schwierigen Zeit, als jede Forderung an ihre Eltern – ob es nun um etwas so Simples und Greifbares wie eine neue CD ging oder um etwas Komplexes und Nebulöses wie persönliche Freiheit – mit der unausgesprochenen Drohung verbunden war, einen Tag oder eine Woche oder einen ganzen Monat zu verschwinden, wenn diese Forderung nicht erfüllt werden würde. Sondern jetzt, da sie erwachsen geworden war, da Maßnahmen wie das Absperren von Türen und Fenstern nicht nur undenkbar waren, sondern auch unnötig geworden sein sollten.

Und doch hätte ich genau das tun sollen, dachte Nan jetzt verzweifelt. Ich hätte sie einsperren und an ihrem Bett festbinden sollen, ich hätte sie keinen Moment aus den Augen lassen dürfen.

»Ich bin bei vollem Verstand«, hatte Nicola vor erst vier Tagen zu ihr gesagt. »Du weißt genau, dass ich nie eine Entscheidung treffe, die ich nicht von Anfang bis Ende durchdacht habe. Ich bin jetzt fünfundzwanzig Jahre alt, und ich habe noch zehn Jahre Zeit. Na ja, vielleicht fünfzehn, wenn ich ein bisschen auf mich achte. Und ich habe die Absicht, sie in vollen Zügen zu genießen. Ich lass mir das nicht ausreden, du brauchst es also gar nicht erst zu versuchen, Mama.«

Nan hatte das so oft gehört. Von der Siebenjährigen, die unbedingt eine Barbie haben wollte, ein Barbie-Haus, ein Barbie-Auto, jedes einzelne Kleidungsstück für dieses kitschige Plastikgeschöpf, das als Inbegriff der Weiblichkeit hingestellt wurde. Von der Zwölfjährigen, die aufstampfend erklärte, sie wolle keinen Moment weiterleben, wenn sie nicht Make-up, Nylonstrümpfe und hochhackige Pumps tragen dürfe. Von der finsteren Fünfzehnjährigen, die einen eigenen Telefonanschluss verlangte, Inlineskates, einen Urlaub ohne Eltern in Spanien. Was Nicola gewollt hatte, hatte sie stets sofort gewollt. Und unendlich oft im Lauf der Jahre war es einfacher erschienen, ihr nachzugeben, als diese entsetzliche Angst um sie ausstehen zu müssen, wenn sie wieder einmal einen Tag, eine Woche oder vierzehn Tage verschwand.

Jetzt aber wünschte Nan aus tiefstem Herzen, ihre Tochter wäre wieder einmal nur ausgerissen. Und sie empfand quälende Schuldgefühle bei der Erinnerung daran, dass sie manchmal während Nicolas Teenagerjahren angesichts eines erneuten Verschwindens auch nur einen Moment lang den wahnsinnigen Gedanken gehegt hatte, es wäre besser gewesen, Nicola bei ihrer Geburt zu verlieren, als nicht zu wissen, wo sie war und ob sie überhaupt jemals wiedergefunden werden würde.

In der Waschküche des alten Hauses drückte Nan Maiden eine Baumwollbluse ihrer Tochter an ihr Herz, als könnte sich das Kleidungsstück auf diese Weise in Nicola selbst verwandeln. Ohne sich bewusst zu sein, was sie tat, hob sie den Kragen der Bluse an ihre Nase und atmete den Duft ein, der ihr Kind war, diese Mischung aus Gardenie und Birne von Creme und Shampoo, die Nicola benutzt hatte, den sauren Schweißgeruch eines Körpers, der an kräftige Bewegung gewöhnt gewesen war. Sie wusste noch genau, wann Nicola diese Bluse das letzte Mal getragen hatte: bei einem Fahrradausflug mit Christian-Louis an einem Sonntagnachmittag, nachdem alle Mittagsgäste bedient gewesen waren.

Der Franzose hatte Nicola immer attraktiv gefunden – welcher Mann hätte das nicht getan? –, und Nicola hatte das Interesse in seinem Blick bemerkt und nicht ignoriert. Das war ihre Begabung gewesen: die Männer mühelos anzuziehen. Sie tat es nicht, um sich oder anderen etwas zu beweisen. Es geschah ganz einfach, als besäße sie eine besondere Ausstrahlung, die einzig auf Männer wirkte.

In Nicolas Jugend hatte Nan sich wegen dieser erotischen Ausstrahlung große Sorgen gemacht und mit Furcht daran gedacht, welchen Preis sie vielleicht von ihrer Tochter fordern würde. Und die erwachsene Nicola hatte, wie Nan nun wusste, den Preis schließlich bezahlt.

»Die Aufgabe von Eltern ist es doch, ihre Kinder zu eigenständigen Menschen zu erziehen und keine Klone aus ihnen zu machen«, hatte Nicola vor vier Tagen gesagt. »Ich bin selbst für mein Schicksal verantwortlich, Mama. Mein Leben geht dich nichts an.«

Warum sagen Kinder solche Dinge?, fragte sich Nan. Wie konnten sie nur glauben, dass die Entscheidungen, die sie trafen, und das Ende, das ihnen beschieden war, lediglich sie selbst berührten? Wie sich Nicolas Leben entwickelt hatte, ging ihre Mutter allein schon deshalb etwas an, weil sie eben ihre Mutter war. Man brachte nicht einfach ein Kind zur Welt und verschwendete dann keinen weiteren Gedanken an die Zukunft dieses Kindes, das einem lieb und teuer war.

Und nun war Nicola tot. Nie wieder das unbekümmerte Türenknallen, wenn sie ins Haus stürmte, froh darüber, endlich Ferien zu haben. Nie wieder zu erleben, wie sie mit Einkaufstüten beladen hereinstapfte oder lachend und schwatzend von einer Verabredung mit Julian heimkehrte. O mein Gott, dachte Nan Maiden verzweifelt. Ihr schönes, temperamentvolles, unverbesserliches Kind – tot. Der Schmerz war wie ein eisernes Band, das sich immer fester um Nans Herz legte. Sie wusste, sie konnte das nicht länger ertragen. Darum tat sie, was sie immer tat, wenn die Gefühle sie zu überwältigen drohten. Sie arbeitete weiter.

Sie zwang sich, die Bluse niederzulegen, und kehrte zu der begonnenen Tätigkeit zurück. Sie nahm alle ungewaschenen Kleidungsstücke Nicolas aus der Wäsche, als könnte sie, indem sie den Körpergeruch ihrer Tochter bewahrte, auch die Tatsache ihres Todes leugnen. Sie rollte Söckchen zusammen, faltete Jeans und Pullover. Sie glättete die Falten in jeder Bluse, sie legte Höschen und Büstenhalter zusammen. Am Ende schob sie die Wäschestapel in Plastiktüten aus der Küche. Dann verklebte sie sie sorgfältig und schloss den Geruch ihres Kindes darin ein. Sie nahm die Tüten an sich und ging hinaus.

Andy, der im oberen Stockwerk war, wanderte rastlos hin und

her. Nan hörte seine Schritte über sich, als sie leise durch den dämmrigen Korridor an den Gästezimmern vorbeieilte. Er war in seinem kleinen Arbeitszimmer und ging immer wieder denselben Weg, von dem kleinen Dachfenster zum offenen Kamin, in dem ein Heizstrahler stand, und wieder zurück, unaufhörlich. Er hatte sich in die Mansarde zurückgezogen, nachdem die beiden Polizeibeamten gegangen waren, um, wie er sagte, sofort damit anzufangen, seine Tagebücher durchzusehen und vielleicht auf einen Namen zu stoßen, der ihnen weiterhelfen könnte. Aber wenn er die Tagebücher nicht im Hin- und Hergehen las, dann hatte er mit der Suche noch gar nicht angefangen.

Nan wusste, warum. Die Suche war sinnlos. Nicolas Tod hatte mit niemandes Vergangenheit zu tun.

Nein, sie würde nicht daran denken. Nicht hier, nicht jetzt, niemals, wenn es sich vermeiden ließ. Und sie würde auch nicht darüber nachdenken, was es bedeutete – oder nicht –, dass Julian Britton behauptete, mit ihrer Tochter verlobt gewesen zu sein.

Nan blieb am Fuß der Treppe stehen, die ins obere Stockwerk führte, wo die Familie ihre Räume hatte. Ihre Hände klebten schweißfeucht an den Plastiktüten, die sie an sich gedrückt hielt; ihr Herz schien im Gleichtakt mit den Schritten ihres Mannes zu schlagen. Geh doch zu Bett, flehte sie stumm. Bitte, Andy. Mach endlich das Licht aus und leg dich hin.

Er brauchte Schlaf. Dass dieses Taubheitsgefühl jetzt wieder auftrat, sagte ihr, wie dringend er ihn brauchte. Das Erscheinen eines Kriminalbeamten von New Scotland Yard hatte seine Ängste nicht etwa beschwichtigt. Sie waren vielmehr gewachsen, nachdem ebendieser Beamte wieder gegangen war. Die Taubheit, die sich zunächst in seinen Händen bemerkbar gemacht hatte, begann jetzt, seine Arme hinaufzukriechen. Ein Nadelstich förderte kein Blut zutage, gerade so, als ob sein ganzer Körper im Begriff wäre abzuschalten. Im Beisein der beiden Polizeibeamten war es ihm noch gelungen, sich zusammenzunehmen, aber sobald sie gegangen waren, war er zusammengebrochen. Das war der Moment gewesen, als er gesagt hatte, er wolle die Tagebücher durchsehen. Wenn er sich vor seiner Frau in sein Arbeitszimmer zurückzog, konnte er das Schlimmste dessen, was er durchmachte, verbergen. Glaubte er jedenfalls.

Aber Mann und Frau sollten einander in einer solchen Situation stützen können, dachte Nan in der Stille. Was geschieht nur mit uns, dass jeder für sich allein leidet?

Sie wusste die Antwort auf diese Frage, zumindest was sie selbst betraf. Es gab gewisse Dinge, die einfach nicht ausgesprochen werden durften. Dinge, die, wenn sie ans Tageslicht gezogen wurden, zu viel zerstören konnten.

Früher an diesem Abend hatte Nan versucht, das Schweigen durch Fürsorge zu überbrücken, aber Andy hatte es abgelehnt, sich von ihr bemuttern zu lassen, und alle ihre Angebote, ihm ein Heizkissen, einen Kognak, eine Tasse Tee, einen Teller heiße Suppe zu bringen, ausgeschlagen. Und als sie seine Finger massieren wollte, um den Kreislauf anzuregen, hatte er ihr seine Hand entzogen. So war letztlich alles, was sie einander vielleicht hätten sagen können, unausgesprochen geblieben.

Und was jetzt noch sagen?, fragte sich Nan. Was jetzt noch sagen, wo Angst und Grauen ein Teil der Emotionen waren, die in ihr tobten wie sich gegenseitig bekämpfende Bataillone eines Heeres, über das der Feldherr die Herrschaft verloren hatte?

Sie zwang sich, die Treppe hinaufzusteigen, ging aber nicht zu ihrem Mann, sondern in Nicolas Zimmer. In der Dunkelheit tappte sie über den grünen Teppich und öffnete den unter der Dachschräge eingebauten Kleiderschrank. Ihre Augen hatten sich mittlerweile an das trübe Licht gewöhnt, und sie konnte ein Skateboard erkennen, das ganz hinten auf dem oberen Bord lag, eine elektrische Gitarre, die, längst nicht mehr in Gebrauch, an der Seitenwand lehnte, halb versteckt hinter den Hosen, die dort hingen.

Sie berührte jede einzelne und murmelte dabei mechanisch »Tweed, Wolle, Baumwolle, Seide«, während sie das Material befingerte. Ein seltsames Geräusch zog plötzlich ihre Aufmerksamkeit auf sich, ein Summen, das aus der Kommode hinter ihr erklang. Als sie sich erstaunt umdrehte, brach das Geräusch ab. Sie hatte sich schon fast davon überzeugt, dass es nur Einbildung gewesen war, als es von Neuem erklang und ebenso plötzlich wieder abbrach.

Nan stellte ihre festversiegelten Tüten aufs Bett und ging neugierig durch das Zimmer zur Kommode. Obenauf lag nichts, was ein solches Geräusch hätte erzeugen können, nur eine Vase mit Lichtnelken und Nachtschatten, die die Köpfe hängen ließen, stand da, umgeben von Kamm und Bürste, drei Fläschchen Parfüm und einem kleinen Plüschflamingo mit pinkfarbenen Beinen und großen gelben Füßen.

Mit einem verstohlenen Blick zur Tür, als täte sie etwas Verbotenes, zog Nan die oberste Schublade der Kommode auf und hörte im selben Moment das Summen ein drittes Mal. Sie tastete sich in die Richtung vor, aus der das Geräusch ertönte, und fand ein kleines viereckiges Ding aus Kunststoff, das leise vibrierend unter einem ordentlichen Stapel Schlüpfer lag.

Sie nahm den Gegenstand mit zum Bett, setzte sich und knipste die Nachttischlampe an, um zu sehen, was sie da in der Hand hielt. Es war Nicolas Pager. Oben waren zwei kleine Knöpfe, der eine grau, der andere schwarz. Auf dem schmalen Streifen des Displays leuchtete eine Anzeige auf: »1 Anruf.«

Nan fuhr zusammen, als das Gerät wieder zu summen begann. Dann drückte sie auf einen der beiden Knöpfe. Auf dem Display erschien eine neue Nachricht, diesmal eine Telefonnummer mit einer Vorwahl, die, wie Nan wusste, zu London gehörte.

Sie schluckte. Sie starrte die Nummer an. Der Anrufer, der seine Nummer hinterlassen hatte, wusste offensichtlich nicht, dass Nicola tot war. Dieser Gedanke veranlasste sie, vom Bett aufzustehen, um zurückzurufen. Ein anderer Gedanke veranlasste sie jedoch, zum Telefon im Foyer hinunterzugehen, obwohl sie die Londoner Nummer ebenso gut vom Schlafzimmer aus hätte anrufen können, das sie mit ihrem Mann teilte.

Sie holte tief Atem. Sie wusste nicht, ob sie die Worte finden würde. Sie erwog die Möglichkeit, dass es völlig gleichgültig sein würde, ob sie die Worte fand oder nicht. Aber darüber wollte sie jetzt nicht nachdenken. Sie wollte nur telefonieren.

Hastig tippte sie die Nummer ein. Sie wartete und wartete, dass die Verbindung zustande kam, bis ihr auf einmal schwindlig wurde und sie merkte, dass sie die ganze Zeit den Atem angehalten hatte. Mit einem Knacken schließlich begann irgendwo in London ein Telefon zu klingeln. Nan zählte acht Signale. Sie glaubte schon, sich verwählt zu haben, als sie endlich die barsche Stimme eines Mannes hörte.

Er meldete sich auf die alte Art und ließ damit erkennen, welcher Generation er angehörte: Er nannte die letzten vier Ziffern seiner Nummer. Deswegen und weil seine Art, sich zu melden, sie so sehr an ihren verstorbenen Vater erinnerte, tat Nan etwas, was sie noch vor einer Stunde für völlig unmöglich gehalten hätte. Sie flüsterte: »Hier ist Nicola.«

»Ach, heute Abend hab ich es also mit *Nicola* zu tun?«, fragte er schroff. »Wo zum Teufel hast du gesteckt? Ich hab dich schon vor über einer Stunde angepiepst.«

»Sorry.« Und in der abgekürzten Sprechweise, wie es die Art ihrer Tochter war: »Was gibt's?«

»Nichts, wie du verdammt gut weißt. Wie hast du dich entschieden? Hast du's dir anders überlegt? Die Möglichkeit steht dir jederzeit offen, das weißt du. Ich werde dir nichts nachtragen. Wann kommst du zurück?«

»Ja«, flüsterte Nan. »Ich habe mich für ja entschieden.«

»Gott sei Dank!« Das klang beinahe inbrünstig. »O Gott, bin ich froh! Du hast ja keine Ahnung, Nikki. Es ist unerträglich. Du fehlst mir so entsetzlich. Sag mir sofort, wann du zurückkommst.«

»Bald.« Immer im Flüsterton.

»Wie bald? Sag es mir.«

»Ich ruf dich an.«

»Nein! Um Gottes willen! Bist du verrückt geworden? Margaret und Molly sind diese Woche hier. Warte auf meine Nachricht.«

Sie zögerte. »Natürlich.«

»Darling, habe ich dich ärgerlich gemacht?«

Sie sagte nichts.

»Ja, nicht wahr? Verzeih mir, das wollte ich nicht.«

Sie schwieg.

Die Stimme veränderte sich, wurde plötzlich auf bizarre Art kindlich. »Ach, Nikki. Meine schöne Nikki. Sag mir, dass du nicht böse bist. Sag irgendetwas, Darling.«

Sie schwieg noch immer.

»Ich weiß, wie du bist, wenn ich dich ärgerlich gemacht habe. Ich bin ein ungezogener Junge, nicht wahr?«

Sie sagte nichts.

»Ja. Ich weiß. Ich bin ungezogen. Ich verdiene dich nicht und muss bestraft werden. Du hast doch die richtige Strafe für mich, nicht wahr, Nikki? Gib sie mir. Bald.«

Nan drehte sich fast der Magen um. Sie rief laut: »Wer sind Sie? Sagen Sie mir Ihren Namen!«

Sie bekam nur ein erschrockenes Aufkeuchen zur Antwort. Dann wurde aufgelegt.

7

Nach drei Stunden am Computer überdachte Barbara Havers die beiden Möglichkeiten, die sie hatte. Sie konnte weitermachen, bis sie blind wurde. Oder sie konnte eine Pause einlegen. Sie entschied sich für das Letztere. Sie klappte ihr Heft zu, beendete fürs Erste ihre Suche und erkundigte sich, wo das nächste Raucherzimmer sei.

»Ach, Mist«, schimpfte sie, als sie hörte, dass auf dieser Etage von New Scotland Yard, wo die Nichtraucherbewegung immer weiter um sich griff, allgemeine Abstinenz herrschte. Ihr blieb also nichts anderes übrig, als zu alten Praktiken aus der Schulzeit Zuflucht zu nehmen. Sie hockte sich ins nächste Treppenhaus, zündete sich eine Zigarette an, inhalierte tief und behielt den köstlichen, schädlichen Rauch so lange in der Lunge, bis sie das Gefühl hatte, gleich sprängen ihr die Augen aus den Höhlen. Die reine Seligkeit, dachte sie. Es konnte kaum etwas Schöneres im Leben geben, als nach drei Stunden der Enthaltsamkeit eine Zigarette zu rauchen.

Der Morgen hatte ihr nichts gebracht, woran sich ihr Geist hätte entzünden können. Sie hatte erfahren, dass Inspector Andrew Maiden dreißig Jahre lang bei der Polizei gewesen war, die letzten zwanzig bei der SO10, und eine Karriere gemacht hatte, die an Glanz höchstens von Inspector Javert hätte übertroffen werden können. Die Zahl der Verhaftungen, die ihm zu verdanken waren, überstieg alles bisher Dagewesene. Die Verurteilungen, die diesen Verhaftungen folgten, waren ein Wunder britischer Jurisprudenz. Aber dank dieser beiden Fakten wurden Nachforschungen über die Geschichte seiner Tätigkeit als verdeckter Ermittler zum Alptraum.

Die von Maiden geschnappten Verbrecher waren, nachdem sie das übliche Verfahren durchlaufen hatten, ganz nach Belieben Ihrer Majestät über sämtliche Gefängnisse Ihrer Majestät innerhalb des Vereinigten Königreichs verteilt worden. Zwar enthielten die Akten Einzelheiten über Geheimoperationen – von denen die meisten unter geradezu hirnrissigen Akronymen liefen, wie Barbara fand – sowie umfassende Berichte über die Ermittlungen, Verhöre, Festnahmen und Beschuldigungen; doch in Bezug auf Strafmaße und die Voraussetzungen für die bedingte Haftentlassung waren die Informationen mehr als dünn gesät. Wenn ein solcher Freigänger es auf den Mann abgesehen hatte, der ihn hinter Gitter gebracht hatte, würde er nur sehr schwer zu finden sein.

Barbara seufzte, gähnte und drückte ihre Zigarette an ihrer Schuhsohle aus, ohne sich weiter darum zu kümmern, dass die Asche auf die Stufe unter ihr fiel. Sie hatte den roten Baseballstiefeln, die ihr besonderes Markenzeichen gewesen waren, aus Rücksicht auf ihre neue Stellung entsagt – um *Assistant Commissioner* Hillier ein Bild absoluter Korrektheit zu bieten, sollte er sich, erpicht darauf, ihr die nächste Abreibung zu verpassen, in ihre Nähe verirren – und merkte jetzt, dass ihre Füße, die an konventionelleres Schuhwerk nicht mehr gewöhnt waren, vor Schmerzen brannten. Tatsächlich wurde sie sich bewusst, während sie dort im Treppenhaus saß, dass ganze Teile ihres Körpers vor Unbehagen protestierten, und das wahrscheinlich schon den ganzen Morgen: ihr enger Rock schien sich wie eine Würgeschlange um ihre Hüften zu wickeln, die Jacke zwickte unter den Armen, und die Strumpfhose kniff ganz erbärmlich zwischen den Beinen.

Sie hatte noch nie viel Sinn für supermodische Kleidung gehabt und im Dienst immer lieber Pluderhosen, T-Shirts und lockere Pullis getragen als irgendwelche Ensembles, die auch nur entfernt an Haute Couture erinnerten. Und da alle daran gewöhnt waren, sie in ihrer lässigen Montur zu sehen, war ihr an diesem Tag manch einer mit hochgezogener Braue oder einem unterdrückten Grinsen begegnet.

Ähnlich wie ihre Nachbarn, die gerade draußen vor dem Haus in Azhars strahlend sauberen Fiat steigen wollten, als Barbara auf dem Weg zum Dienst um die Ecke kam. Eine Zigarette zwischen den Lippen, war sie gerade dabei, ihr Notizbuch in die Schultertasche zu stopfen; deshalb bemerkte sie die beiden erst, als Hadiyyah ihr fröhlich zuwinkte und rief: »Barbara! Hallo, hallo! Guten Morgen! Du solltest wirklich nicht so schrecklich viel rauchen. Wenn du nicht aufhörst, wird deine Lunge ganz schwarz und scheußlich. Das haben wir in der Schule gelernt. Wir haben sogar Bilder gesehen. Hab ich dir das schon erzählt? Du siehst hübsch aus.«

Azhar, der schon mit einem Fuß im Wagen war, stieg wieder aus und nickte Barbara höflich zu. Er musterte sie aufmerksam. »Guten Morgen«, sagte er. »Sie müssen also auch schon früh los.«

»Tja, die Pflicht ruft«, antwortete Barbara munter.

»Haben Sie Ihren Freund noch erreicht?«, fragte er. »Gestern Abend?«

»Mein Freund? Ach so! Sie meinen Nkata. Winston. Ich meine, Winston Nkata. So heißt er.« Sie wand sich innerlich, fragte sich, ob sie immer so konfus klang. »Er ist ein Kollege vom Yard. Ja. Wir haben uns noch gesprochen. Ich bin schon wieder fest in der Tretmühle. Ich meine, an einem Fall dran.«

»Sie arbeiten nicht mit Inspector Lynley zusammen? Sie haben einen neuen Partner?« Er sah sie forschend an.

»O nein«, erwiderte sie, halb Wahrheit, halb Lüge. »Wir arbeiten alle an demselben Fall. Winston genauso wie ich. Sie wissen schon – der Inspector bearbeitet die eine Seite, außerhalb von London. Wir hier die andere.«

»Ah, ja«, sagte er nachdenklich. »Ich verstehe.«

Du merkst einfach zu viel, dachte sie.

»Ich hab gestern Abend nur die Hälfte von meinem glasierten Apfel gegessen«, berichtete Hadiyyah, eine willkommene Ablenkung. Das kleine Mädchen hatte sich an die offene Autotür gehängt und schwang daran hin und her, wobei sie sich immer wieder mit den Füßen vom Boden abstieß. Sie trug blütenweiße Söckchen. »Wir können den Rest heute Abend zusammen essen, wenn du magst, Barbara.«

»Das wär schön.«

»Ich hab morgen meine Nähstunde. Hast du das schon gewusst? Ich mach gerade was ganz Besonderes, aber ich kann jetzt nicht sagen, was es ist. Du weißt schon, warum.« Sie warf einen vielsagenden Blick auf ihren Vater. »Aber *du* darfst es sehen, Barbara. Morgen, wenn du Lust hast. Möchtest du es sehen? Ich zeig's dir, wenn du willst.«

»Klar, gerne.«

»Aber nur, wenn du kein Wort verrätst.«

»Ich werde schweigen wie ein Grab«, versprach Barbara.

Azhar hatte sie während dieser Unterhaltung schweigend betrachtet. Er war Mikrobiologe von Beruf, und Barbara kam sich unter seinem forschenden Blick wie eine Mikrobe unter dem Mikroskop vor. Er hatte sie oft genug morgens in ihrer üblichen Aufmachung zum Dienst gehen sehen, um zu wissen, dass hinter ihrem neuen Image mehr stecken musste als ein plötzlicher Impuls, sich modisch etwas aufzumöbeln. Er sagte: »Das tut Ihnen doch sicher gut, wieder mit einem Fall befasst zu sein. Nach Wochen der Muße strengt man gern mal wieder seinen Geist an, nicht wahr?«

»Es ist absolut super.« Barbara ließ ihre Zigarette zu Boden fallen, trat sie aus und beförderte die Kippe mit einem Fußtritt ins Blumenbeet. »Biologisch abbaubar«, sagte sie zu Hadiyyah, der das offensichtlich missfiel. »Sauerstoff für den Boden und Futter für die Würmer.« Sie schob den Riemen ihrer Tasche höher über ihre Schulter. »Also, ich muss los. Halt mir den glasierten Apfel frisch, okay?«

»Vielleicht können wir uns auch ein Video ansehen.«

»Aber keine holden Maiden, die auf den Märchenprinzen warten. Sehen wir uns lieber *Mit Schirm, Charme und Melone* an. Ich schwärme für Mrs. Peel. Mir gefallen Frauen, die ihre Beine zeigen und gleichzeitig einem Mann kräftig in den Hintern treten können.«

Hadiyyah kicherte.

Barbara nickte noch einmal kurz und ging los. Sie war gerade bis zur Straße gekommen, als Azhar fragte: »Wird bei Scotland Yard Personal abgebaut, Barbara?«

Sie blieb stehen und antwortete verwundert, ohne über die Absicht hinter der Frage nachzudenken: »Ach wo, keine Spur. Wie kommen Sie denn darauf?«

»Durch den Herbst vielleicht«, sagte er. »Und die Veränderungen, die er mit sich bringt.«

»Aha.« Sie ging nicht auf die Andeutung hinter dem Wort »Veränderungen« ein. Sie wich seinem Blick aus. Sie nahm die Bemerkung einfach wörtlich und antwortete entsprechend. »Die bösen Buben nehmen keine Rücksicht auf die Jahreszeiten. Sie wissen ja, wie das ist. Die geben nie Ruhe.« Sie lächelte strahlend und eilte weiter. Solange er sie nicht direkt mit dem hässlichen Wort »Constable« konfrontierte, brauchte sie ihn nicht darüber aufzuklären, wieso diese Bezeichnung nun wieder vor ihrem Namen stand. Sie wollte diese Erklärung so lange wie möglich vermeiden, am liebsten bis zum Sankt-Nimmerleins-Tag, weil sie fürchtete, Azhar damit weh zu tun. Und aus Gründen, über die sie lieber keine Mutmaßungen anstellen wollte, war es für sie undenkbar, Azhar weh zu tun.

Jetzt, im Treppenhaus von New Scotland Yard, versuchte Barbara, den Gedanken an ihre Nachbarn zu verdrängen. Mehr waren die beiden für sie ja letztlich nicht: ein Mann und ein Kind, die sie durch Zufall kennengelernt hatte.

Sie sah auf ihre Uhr. Es war halb elf. Sie stöhnte. Die Vorstellung, weitere sechs oder acht Stunden auf den Computerbildschirm starren zu müssen, war alles andere als verlockend. Es musste doch einen ökonomischeren Weg geben, die Informationen über Andrew Maiden zu beschaffen, die sie brauchte. Sie erwog mehrere Möglichkeiten und beschloss, es mit der zu versuchen, die am wahrscheinlichsten zum Erfolg führen würde.

Bei ihrer Durchsicht der Akten war sie immer wieder auf einen Namen gestoßen: den von Chief Inspector Dennis Hextell, der eng mit Maiden zusammengearbeitet hatte. Wenn es ihr gelingen würde, Hextell ausfindig zu machen, überlegte sie sich, würde der ihr vielleicht einen Tipp geben können, der mehr Substanz hatte als irgendetwas, was sie sich erst aus alten Akten zusammenklauben musste. Genau, dachte sie, Hextell ist der richtige Mann. Sie verließ ihr ungemütliches Plätzchen im Treppenhaus, um sich gleich auf die Suche nach ihm zu machen.

Ihn ausfindig zu machen erwies sich als leichter, als sie gedacht hatte. Ein Anruf bei der SO10 genügte, um zu erfahren, dass Hextell immer noch dort tätig war, jetzt allerdings im Rang eines Chief Superintendent, der die Operationen von seinem Schreibtisch aus leitete.

Sie fand ihn an einem kleinen Tisch in der Kantine in der vierten Etage, stellte sich vor und fragte, ob sie sich zu ihm setzen dürfe. Er blickte von einem Stapel Fotos auf. Sein Gesicht war von tiefen Furchen durchzogen, das Gewebe schlaff. Die Jahre waren nicht sonderlich freundlich mit ihm umgegangen.

Er schob die Aufnahmen zusammen, ohne zu antworten.

Barbara sagte: »Ich arbeite an der Mordsache Maiden in Derbyshire, Sir. Es handelt sich um Inspector Maidens Tochter. Sie waren doch im selben Team mit ihm, nicht wahr?«

Das erzeugte endlich eine Reaktion. »Nehmen Sie Platz.«

Mit Einsilbigkeit konnte sie leben. Sie setzte sich. Sie hatte sich von der Theke eine Cola und einen Schokodoughnut mitgenommen und stellte den Teller und den Pappbecher vor sich auf den Tisch.

»Damit machen Sie sich schön die Zähne kaputt«, bemerkte Hextell.

»Ich bin meinen Süchten nun mal hilflos ausgeliefert«, versetzte Barbara.

Er brummte nur.

»Ist das Ihre Maschine?«, fragte sie mit einer kurzen Kopfbewegung zu dem obersten Foto auf dem Stapel. Es zeigte einen gelben Doppeldecker des Typs, den man im Ersten Weltkrieg geflogen hatte, als die Flieger noch Ledermützen und flatternde weiße Schals getragen hatten.

»Eine davon«, antwortete er. »Diejenige, die ich für Aerobatik benutze.«

»Sie sind Kunstflieger?«

»Ich fliege.«

»Ah, ja. Macht sicher Spaß.« Barbara fragte sich, ob die Jahre ständiger Geheimniskrämerei bei der SO10 den Mann so redselig gemacht hatten. Ohne weitere Umschweife kam sie auf ihr Anliegen zu sprechen: ob es irgendeine Untersuchung, irgendeinen Fall, irgendeine Operation gebe, die ihm auf Anhieb als besonders bedeutsam einfalle, wenn er an seine Zusammenarbeit mit Maiden zurückdenke. »Wir halten es für möglich, dass der Mord an der jungen Frau ein Racheakt war, dass jemand dahintersteckt, den Sie und Inspector Maiden damals eingebuchtet haben. Inspector Maiden versucht natürlich selbst, uns mit einem Namen zu helfen, und ich habe den ganzen Morgen am Computer gesessen und Berichte gelesen, aber bis jetzt hat nichts geklingelt.«

Hextell begann, seine Bilder in verschiedene Häufchen aufzuteilen. Er schien nach einem System zu arbeiten, das Barbara jedoch nicht erkennen konnte, da jede Aufnahme dasselbe Flugzeug zeigte, lediglich aus unterschiedlichen Perspektiven: hier den Rumpf, dort die Verstrebung, das Tragflächenende, den Motor oder das Heck. Als die Bilder alle verteilt waren, zog er aus seiner Jackentasche ein Vergrößerungsglas und machte sich daran, jedes einzelne Foto aufmerksam in Augenschein zu nehmen. »Da kommt praktisch jeder in Frage. Wir hatten immer nur mit dem Abschaum zu tun. Von den Drogendealern bis zu den Waffenschiebern. Suchen Sie sich's aus. Jeder von denen könnte es darauf abgesehen haben, uns eins auszuwischen.«

»Aber ein bestimmter Name fällt Ihnen nicht ein?«

»Ich habe überlebt, indem ich die Namen aus meinem Gedächtnis gestrichen habe. Andy hat das nicht geschafft.«

»Zu überleben?«

»Zu vergessen.« Hextell legte eine der Aufnahmen beiseite. Sie zeigte die Maschine von vorn, mit durch die Perspektive stark verkürztem Rumpf. Er nahm jeden Zentimeter des Flugzeugs unter die Lupe, die Augen zusammengekniffen wie ein Juwelier, der den Wert eines Diamanten zu schätzen versucht.

»Ist er deshalb ausgeschieden?«, fragte Barbara. »Soweit ich gehört habe, ist er vorzeitig in den Ruhestand gegangen.«

Hextell sah auf. »Gegen wen wird hier eigentlich ermittelt?«

Barbara beeilte sich, ihn zu beschwichtigen. »Ich versuche nur, mir ein Bild von dem Mann zu machen. Wenn Sie mir irgendetwas sagen können, das uns weiterhilft …« Sie machte eine Geste, die bedeuten sollte, dass das großartig wäre, und widmete ihren Enthusiasmus dem Schokodoughnut.

Hextell legte sein Vergrößerungsglas nieder und faltete die Hände darüber. »Andy ist aus gesundheitlichen Gründen gegangen«, sagte er. »Seine Nerven haben nicht mehr mitgemacht.«

»Sie meinen, er hatte einen Nervenzusammenbruch?«

Hextell prustete spöttisch. »Es war nicht der Stress. Es waren die *Nerven.* Die Sinnesnerven. Zuerst hat der Geruchssinn versagt. Dann ist der Geschmackssinn weggeblieben. Dann kamen die Hände dran. Damit ist er noch ganz gut zurechtgekommen, aber dann ging's an die Augen. Und da war Schluss. Er musste aufhören.«

»Ach du Schreck! Er ist blind geworden?«

»Er wär's zweifellos geworden. Aber sobald er im Ruhestand

war, ging's wieder bergauf mit seiner Gesundheit. Er hatte seine fünf Sinne sehr schnell wieder beisammen, um es mal so auszudrücken.«

»Aber was war denn nun die eigentliche Ursache?«

Hextell maß sie mit langem, scharfem Blick, ehe er antwortete. Dann hob er die Hand und tippte sich mit Mittel- und Zeigefinger leicht an die Stirn. »Er hat's nicht ausgehalten. Undercoverarbeit macht einen fertig. Mir sind dadurch vier Ehen in die Brüche gegangen. Ihm das Nervenkostüm. Manche Dinge lassen sich nicht ersetzen.«

»Er hatte keine Eheprobleme?«

»Wie ich schon sagte. Es war dieser ewige Zwang zur Verstellung. Manche lassen das einfach an sich ablaufen. Aber bei Andy war's nicht so. Die Lügenmärchen, die er jedes Mal erzählen musste ... niemals über einen Fall sprechen zu können, solange er nicht abgeschlossen war ... das hat ihn restlos fertiggemacht.«

»Es gab also nicht einen bestimmten Fall – einen großen Fall vielleicht –, der ihn mehr Kraft kostete als die anderen?«

»Keine Ahnung«, sagte Hextell abschließend. »Ich hab das alles hinter mir gelassen. Wenn es so einen Fall gab, kann ich ihn nicht nennen.«

Mit einem solch lückenhaften Gedächtnis konnte er in der Zeit seiner Ermittlertätigkeit für die Staatsanwaltschaft kaum eine große Hilfe gewesen sein. Aber Barbara hatte den Eindruck, dass es ihm ziemlich gleichgültig war, ob die Anklage ihn nützlich fand oder nicht. Sie schob den Rest ihres Doughnuts in den Mund und spülte ihn mit Cola hinunter.

»Vielen Dank, dass Sie sich die Zeit genommen haben«, sagte sie und fügte freundlich hinzu, während sie auf die Flugzeugfotos wies: »Das ist sicher ein aufregender Sport.«

Hextell griff nach dem Propellerfoto und nahm es vorsichtig an den Rändern hoch, um es nicht zu beschmutzen. »Nur eine andere Art zu sterben«, erwiderte er.

Mann o Mann, dachte Barbara. Was die Leute nicht alles tun, um jeden Gedanken an ihren Job zu verdrängen.

Sie war zwar dem Namen, nach dem sie suchte, noch immer nicht näher, aber um einiges klüger hinsichtlich der Gefahren, die eine langjährige Tätigkeit bei der Polizei mit sich brachte, als sie an den Computer zurückkehrte. Sie hatte sich gerade wieder in Andrew Maidens Datei vertieft, als ein Anruf sie störte.

»Es ist Cole.« Winston Nkatas Stimme war durch das Knistern und Rauschen in der Leitung schlecht zu hören. »Mama hat nur einen Blick auf den Toten geworfen und gesagt: ›Ja, das ist unser Terry.‹ Dann ist sie rausmarschiert, als wollte sie mal eben zum Einkaufen, und einfach umgekippt. Wir dachten, sie hätte eine Herzattacke, aber sie war nur mal kurz weggetreten. Sie musste eine Beruhigungsspritze kriegen, als sie wieder zu sich kam. Es ist ihr ganz schön an die Nieren gegangen.«

»Armes Luder«, sagte Barbara.

»Ja, sie hat den Jungen vergöttert. Erinnert mich ein bisschen an meine Mutter.«

»So. Hm.« Barbara konnte nicht umhin, an ihre eigene Mutter zu denken. Von Vergöttern war da keine Rede gewesen. »Tut mir echt leid. – Bringen Sie sie jetzt zurück?«

»Ja, ich denke, wir werden so gegen Spätnachmittag da sein. Wir machen gerade eine Kaffeepause. Sie ist auf dem Klo.«

»Aha.« Barbara fragte sich, warum er angerufen hatte. Vielleicht musste er den Mittelsmann zwischen ihr und Lynley spielen, weil dem Inspector der persönliche Kontakt mit ihr im Augenblick zuwider war. Sie sagte: »In Maidens Akten hab ich noch nichts gefunden. Jedenfalls nichts, was irgendwie vielversprechend aussieht.« Sie berichtete ihm, was Chief Superintendent Hextell ihr über Maidens nervöse Beschwerden erzählt hatte, und fügte hinzu: »Falls es den Inspector interessiert.«

»Ich werd's ihm weitergeben«, sagte Nkata. »Sie sollten sich vielleicht mal in Battersea umschauen. Das würde uns Zeit sparen.«

»Battersea?«

»Terry Coles Wohnung. Und sein Atelier. Einer von uns muss da hin und mit der Frau sprechen, mit der er zusammengewohnt hat. Sie erinnern sich, Cilla Thompson?«

»Ja. Aber ich dachte ...« Was hatte sie eigentlich gedacht? Offensichtlich, dass Nkata die Zügel weitgehend selbst in der Hand behalten wollte und sie die niedrigen Arbeiten machen lassen würde. Wieder war sie verblüfft über seine selbstverständliche

Großzügigkeit. »Sicher, eine Pause kann ich schon mal machen«, sagte sie. »Die Adresse habe ich noch im Kopf.«

Sie hörte Nkata leise lachen. »Wieso überrascht mich das nicht?«

Lynley und Hanken hatten den ersten Teil des Vormittags damit verbracht, auf die Ankunft Winston Nkatas und Sally Coles zu warten, die ihnen Auskunft über den Toten vom Calder Moor geben sollte. Sie hatten beide kaum Zweifel daran, dass die Identifizierung der Leiche nur noch eine Formsache wäre – bitter und traurig, aber dennoch nichts weiter als eine Formsache. Als bis zum Morgen niemand aus dem Moor gekommen war, um das Motorrad abzuholen, und auch keine Diebstahlsanzeige vorlag, schien ziemlich sicher, dass die Maschine dem Toten gehört hatte.

Nkata traf um zehn Uhr ein, und eine Viertelstunde später wussten sie Bescheid. Sally Cole bestätigte ihnen, dass der Junge ihr Sohn Terry war, und brach dann zusammen. Ein Arzt wurde geholt, der sich, nun da die Polizei mit ihr fertig war, um die Frau kümmerte.

»Aber ich will seine Sachen haben«, hatte Sally Cole schluchzend erklärt. »Ich will alle seine Sachen für unseren Darryl. Das lass ich mir nicht nehmen.«

Die würde sie bekommen, versicherten sie ihr, sobald die Laboruntersuchungen abgeschlossen seien, sobald man die Jeans, das T-Shirt, die Doc Martens und die Socken nicht mehr brauche, um den Täter zu überführen. Inzwischen würde sie für jedes einzelne Kleidungsstück, das der Junge getragen hatte, eine Quittung bekommen, und ebenso für sein Motorrad. Sie sagten ihr nicht, dass es Jahre dauern könnte, ehe ihr die Sachen ausgehändigt werden würden. Und sie fragte auch nicht, wann sie damit rechnen könne, sie zu bekommen. Sie drückte nur den Umschlag mit den Quittungen an die Brust und wischte sich mit dem Handrücken die Augen. Winston Nkata begleitete sie hinaus – fort von diesem Alptraum, in den nächsten endlos langen Alptraum, der ihr noch bevorstand.

Lynley und Hanken begaben sich schweigend in das Büro des Inspectors. Vor Nkatas Ankunft hatte Hanken seine bisherigen

Aufzeichnungen zu dem Fall durchgesehen und noch einmal einen Blick auf den Bericht des Constables geworfen, der als Erster mit den Maidens gesprochen hatte, nachdem sie ihre Tochter als vermisst gemeldet hatten.

»Sie hat an dem Morgen, an dem sie zu ihrer Wanderung aufgebrochen ist, mehrere Anrufe erhalten«, sagte er zu Lynley. »Zwei von einer Frau, einen von einem Mann, aber weder die Frau oder Frauen noch der Mann haben Nan Maiden ihren Namen genannt, bevor diese Nicola ans Telefon holte.«

»Könnte der Mann Terence Cole gewesen sein?«, fragte Lynley.

Das sei nur weiteres Wasser auf die Mühle ihres Verdachts, meinte Hanken.

Er ging zu seinem Schreibtisch. Genau in die Mitte hatte jemand während ihrer Abwesenheit einen Stapel Papiere gelegt. Es handle sich, erläuterte Hanken Lynley, als er sie zur Hand nahm, um Unterlagen, die unmittelbar mit dem Fall zu tun hätten. Hauptsächlich dank einer hervorragenden Schreibkraft hatte Dr. Sue Myles es geschafft, Wort zu halten. Sie hielten den Obduktionsbefund in Händen.

Dr. Myles war, wie sie feststellten, nicht nur eine unkonventionelle Person, sondern auch eine äußerst gründliche. Allein der Bericht über die äußerliche Untersuchung der beiden Leichen nahm zehn Seiten ein. Abgesehen von einer detaillierten Beschreibung jeder offenen Wunde, Quetschung, Hautabschürfung und Prellung enthielt er genaue Angaben über jede noch so geringfügige Besonderheit, die sie an den Leichen festgestellt hatte. Alles, von einem Zweiglein Heidekraut, das sich in Nicola Maidens Haar verfangen hatte, bis zu einem Dorn, der in einer von Terry Coles Fußsohlen steckte, war gewissenhaft aufgezeichnet. Die beiden Leser erfuhren von winzigen Steinsplittern, die sich ins Fleisch gegraben hatten, von Spuren von Vogelkot auf der Haut, von Holzsplittern in Verletzungen und von Schäden, die Vögel und Insekten an den Leichen verursacht hatten. Aber auch nach der Lektüre fehlte ihnen noch immer Klarheit darüber, ob sie es mit einem oder mehreren Tätern zu tun hatten. Immerhin jedoch hatten sie ein interessantes Detail erfahren: Nicola Maiden war, abgesehen von Kopfhaar und Augenbrauen, am ganzen Körper rasiert gewesen.

Diese Tatsache führte zum nächsten Schritt im Rahmen ihrer Ermittlungen.

Es sei jetzt vielleicht an der Zeit, meinte Lynley, sich einmal mit Julian Britton zu unterhalten, dem gramgebeugten Verlobten der jungen Frau. Das Haus der Familie Britton, Broughton Manor, stand am Hang eines Kalksteinhügels etwa drei Kilometer südöstlich des Orts Bakewell. Die nach Westen gerichtete Fassade ging auf den Wye hinaus, der sich in diesem Teil des Tals in sanftem Bogen durch eine Wiese mit Eichen wand, auf der eine Schafherde weidete. Aus der Ferne wirkte das Gebäude weniger wie ein Herrenhaus, das einst der Mittelpunkt eines blühenden Guts gewesen war, sondern mehr wie eine imposante Festung. Aus Kalkstein erbaut, der sich durch die Flechten an der Fassade längst grau gefärbt hatte, erhob sich das Haus mit trutzigen Türmen, einer gezinnten Brustwehr und Mauern, die fast vier Meter hoch ragten, ehe sie von einer ersten Reihe schmaler Fenster durchbrochen wurden. Es erschien wie der Inbegriff von Dauerhaftigkeit und Stärke, kombiniert mit dem Willen und der Fähigkeit, alles zu überleben, von den Launen des Wetters bis zu den Marotten seiner Eigentümer.

Bei näherem Hinsehen jedoch erzählte Broughton Manor eine andere Geschichte. In einigen Fenstern fehlte das Glas; ein Teil des alten Dachs mit den Eichenbalken war eingesunken; gegen die Fenster des Südwestflügels drückte ein wahrer Dschungel von Kletterpflanzen; und die niedrigen Mauern, die eine Reihe zum Fluss abfallender Gärten eingrenzten, hatten breite Risse und Lücken, so dass umherwandernde Schafe dort eindringen konnten, wo wahrscheinlich früher einmal farbenprächtige Ziergärten gewesen waren.

»Das war mal das Ausstellungsstück der ganzen Gegend«, sagte Hanken zu Lynley, als sie über die steinerne Brücke fuhren, die den Fluss überspannte und in die Auffahrt zum Haus überging. »Abgesehen von Chatsworth natürlich. Ich spreche nicht von Palästen. Aber Jeremy Britton hat es in weniger als zehn Jahren völlig heruntergewirtschaftet. Der älteste Sohn – das ist unser Julian – bemüht sich redlich, den Besitz wieder auf die Beine zu bringen. Er möchte einen sich selbst tragenden landwirtschaftlichen Betrieb daraus machen. Oder ein Hotel. Oder ein Konferenzzentrum. Oder einen Park. Er vermietet es sogar für größere Feste und führt hier Ritterturniere und dergleichen auf. Seine Vorfahren drehen sich wahrscheinlich im Grab um. Aber er muss schauen, dass er seinem Vater immer einen Schritt voraus bleibt, sonst vertrinkt der bei nächster Gelegenheit das ganze Einkommen.«

»Julian braucht Geld?«, fragte Lynley.

»Milde ausgedrückt.«

»Und es gibt noch andere Kinder? Julian ist der Älteste?«

Hanken fuhr an einem gewaltigen, mit Eisen beschlagenen Portal vorüber, dessen dunkles Eichenholz unter dem Einfluss von Alter und Witterung sich graubraun verfärbt hatte, und kurvte um das Haus herum zur Rückseite zu einem großen Torbogen. Dieser stand offen und bot einen Blick auf einen kopfsteingepflasterten Innenhof.

Er schaltete den Motor aus. »Julian hat einen Bruder, der seit Ewigkeiten studiert, und eine Schwester, die jetzt in Neuseeland lebt. Er ist der Älteste, und es ist mir rätselhaft, warum er es nicht genauso macht wie seine Geschwister und einfach verschwindet. Der Vater ist eine Zumutung, aber das werden Sie schon selbst merken, wenn Sie ihn sehen.«

Hanken stieg aus dem Wagen und ging Lynley voraus in den Hof. Aus den Stallungen am Ende eines überwucherten Kieswegs, der irgendwo hinter ihnen von der Auffahrt abzweigte, kam lautes Gebell.

»Da scheint jemand bei den Hunden zu sein«, bemerkte Hanken zu Lynley.

»Wahrscheinlich Julian – er züchtet Jagdhunde –, aber sehen wir erst mal drinnen nach. Kommen Sie mit.«

Sie gelangten in einen rechteckigen Hof, einen von zweien, wie Hanken Lynley erklärte. Dieser hier war erst in jüngerer Zeit an den ursprünglichen Bau, zu dem auch die Westfassade des Hauses gehörte, angefügt worden. Im Hinblick auf die Geschichte von Broughton Manor bedeutete »in jüngerer Zeit«, dass der Hof knapp dreihundert Jahre alt war, dennoch wurde er der neue Hof genannt. Der alte Hof stammte größtenteils aus dem fünfzehnten Jahrhundert, wobei der Mittelteil seiner Mauern, der die beiden Höfe voneinander abgrenzte, bereits im vierzehnten Jahrhundert erbaut worden war.

Selbst bei einer flüchtigen Betrachtung des Hofs waren die Symptome des Verfalls zu erkennen, gegen die Julian Britton anzukämpfen versuchte. Doch es gab genügend Hinweise darauf, dass die bröckelnden alten Gemäuer bewohnt waren: eine Wäscheleine, an der in dieser Umgebung völlig deplaciert wirkende rosarote Bettlaken flatterten, war in einer Ecke diagonal zwischen zwei Flügeln des Hauses gespannt, festgezurrt an den glaslosen Rahmen zweier Fenster. Neben alten Werkzeugen, die wahrscheinlich schon seit einem Jahrhundert nicht mehr benutzt worden waren, warteten Müllsäcke aus Plastik darauf, abgeholt zu werden. Ein Spazierstock aus glänzendem Aluminium lag neben einer ausrangierten alten Kaminuhr. Vergangenheit und Gegenwart trafen in jedem Winkel des Hofs aufeinander, wo Neues aus den Trümmern des Alten zu wachsen suchte.

»Hallo, guten Tag. Kann ich Ihnen behilflich sein?« Die Frauenstimme kam von oben. Sie blickten zu den Fenstern hinauf und hörten ein Lachen. »Nein! Hier oben.«

Sie war auf dem Dach, in der Hand ein seltsames Werkzeug mit langem Stiel. Es sah aus wie eine Kombination aus Schaufel, Rechen und Besen. Sie ging erstaunlich fachmännisch damit um, stieß es in den nächsten Schornstein hinunter und rührte und stocherte, als wollte sie Sahne zu Butter schlagen. Ihr Gesicht war in Anbetracht der Arbeit auffallend sauber, aber ihre bloßen Arme und Beine waren rußverschmiert.

»Ich glaube, die sind das letzte Mal vor dem Krieg gründlich saubergemacht worden«, rief die junge Frau heiter und deutete dabei auf die zahlreichen Kamine. »Und Zentralheizung haben wir auch nicht. Sie können sich wohl vorstellen, wie's hier im Winter ist. Wenn Sie einen Moment warten, komm ich runter.«

Staub- und Rußwolken stiegen aus dem Schornstein auf, während sie mit abgewandtem Gesicht ihre Arbeit tat. Lynley konnte sich lebhaft vorstellen, was sie mit ihren Bemühungen in dem offenen Kamin des Zimmers darunter anrichtete.

»So. Das wär's«, sagte sie, lehnte ihr Gerät an den nächsten Kamin und ging über das Dach zu einer Leiter, die hinter der Wäscheleine mit den rosaroten Laken am Haus lehnte. Sie kletterte leichtfüßig herunter und eilte über den Hof zu ihnen hin. »Ich bin Samantha McCallin«, erklärte sie. »Ich würde

Ihnen ja gern die Hand geben, aber die starrt vor Dreck. Tut mir leid.«

In dieser Umgebung, die zu geschichtlichen Reflexionen einlud, sah Lynley die junge Frau so, wie man sie wahrscheinlich in der fernen Vergangenheit gesehen hätte: ein reizloses, aber robustes Geschöpf bäuerlicher Abkunft, eine Frau, die dazu geschaffen schien, Kinder zu gebären, und die harte Arbeit nicht scheute. Nach heutigen Maßstäben war sie groß und gut gebaut, kräftig wie eine Schwimmerin. Sie trug vernünftige Kleidung, die ihrer Tätigkeit entsprach: ein T-Shirt und alte abgeschnittene Jeans, und an den Füßen leichte Stiefel. Am Gürtel hatte sie eine Flasche Wasser hängen.

Sie löste, während sie die beiden Männer mit freimütigem Blick betrachtete, das mausbraune Haar, das sie oben auf dem Kopf zu einem dicken Knoten zusammengedreht hatte. Es fiel ihr in einem schweren Zopf bis zur Taille hinunter.

»Ich bin Julies Cousine. Und Sie, nehme ich an, sind von der Polizei. Es geht wohl um Nicola Maiden? Habe ich recht?«, erkundigte sie sich mit einer Miene, die besagte, dass sie meistens recht hatte.

»Wir hätten gern Ihren Vetter gesprochen«, sagte Hanken zu ihr.

»Ich hoffe doch, Sie glauben nicht, er hätte in irgendeiner Weise mit ihrem Tod zu tun.« Sie nahm die Wasserflasche vom Gürtel und trank einen Schluck. »Das ist nämlich absolut ausgeschlossen. Er hat Nicola angebetet, hat für sie immer den Ritter ohne Furcht und Tadel gespielt. Keine Herausforderung war ihm zu groß. Nicola brauchte nur anzurufen, und schon war er in voller Rüstung. Bildlich gesprochen natürlich.« Sie lächelte. Das war ihr einziger Fehler. Das gezwungene Lächeln verriet nämlich die Ängstlichkeit hinter der heiteren Fassade.

»Wo ist er denn?«, fragte Lynley.

»Bei den Hunden. Kommen Sie, ich führe Sie hin.«

Das wäre gar nicht nötig gewesen. Sie hätten nur dem Gebell zu folgen brauchen. Doch die Entschlossenheit der jungen Frau, dem Gespräch der beiden Beamten mit ihrem Vetter beizuwohnen, war auffallend genug, um neugierig zu machen. Und dass sie dazu entschlossen war, war auch an ihren langen, sicheren

Schritten zu erkennen, als sie zielstrebig an ihnen vorbei aus dem Hof marschierte.

Lynley und Hanken folgten ihr den überwucherten Kiesweg hinauf. Die ausladenden Äste unbeschnittener alter Linden bildeten eine Art belaubtes Gewölbe und ließen ahnen, wie der grüne Pfad zu den Stallungen früher einmal ausgesehen hatte.

Die Stallungen selbst waren in Zwinger umgewandelt worden, in denen Julian Britton seine Jagdhunde züchtete. Es gab jede Menge Hunde in einer Anzahl eigenartig geformter Laufgehege, und die ganze Meute begann wie wild zu kläffen, als Hanken und Lynley sich zusammen mit Samantha McCallin näherten.

»Ruhe, ihr Bande!«, rief Samantha laut. »He du, Cass. Wieso bist du nicht bei deinen Kleinen?«

Der von ihr angesprochene Hund – der in einem eigenen, von den anderen abgeschlossenen Freigehege hin und her rannte – trottete zum Gebäude zurück und verschwand durch einen Einlass, der aus der Kalksteinmauer herausgeschlagen worden war.

»So ist es besser«, meinte Samantha. Zu den Männern gewandt fügte sie hinzu: »Sie hat erst vor kurzem geworfen. Sie ist sehr auf die Sicherheit ihrer Jungen bedacht. Ich nehme an, Julie ist jetzt bei ihnen. Es ist gleich hier drinnen.« Es gäbe drinnen wie draußen mehrere Gehege, erklärte sie, als sie die Tür aufstieß, außerdem zwei Geburtsräume und ein Dutzend Welpengehege.

Hier legte man, anders als im Herrenhaus, offensichtlich Wert auf Sauberkeit und modernen Komfort. Die Freigehege waren sauber gefegt gewesen, die Wassernäpfe draußen blitzblank, der Maschendrahtzaun hatte nicht ein Rostfleckchen gezeigt. Drinnen waren die Wände weiß getüncht, die Lichter hell, die Steinböden gewischt, und es gab sogar gedämpfte Musik, Brahms, dem Klang nach zu urteilen. Die dicken Mauern dämpften die Lautstärke des Radaus, den die Hunde draußen veranstalteten. Da sie auch Kälte und Feuchtigkeit speicherten, hatte man im ganzen Gebäude Zentralheizung installieren lassen.

Während sie Samantha zu einer geschlossenen Tür folgten, warf Lynley einen Blick auf Hanken. Es war offensichtlich, dass dem anderen der gleiche Gedanke durch den Kopf ging wie ihm: Die Hunde lebten hier besser als die Menschen.

Julian Britton war in einem Raum, der als »Welpenzimmer 1«

gekennzeichnet war. Samantha klopfte zweimal leicht an die Tür und rief seinen Namen. Dann sagte sie: »Die Polizei möchte dich sprechen, Julie. Können wir reinkommen?«

»Aber leise«, antwortete ein Mann. »Cass ist sehr nervös.«

»Wir haben sie draußen schon gesehen.« Und zu Lynley und Hanken: »Versuchen Sie, sich ganz ruhig zu verhalten. Dem Hund gegenüber, meine ich.«

Cass empfing sie mit einem Höllenspektakel, als sie eintraten. Sie war in einem L-förmig angelegten Gehege, das durch das kleine Tor in der Mauer mit dem Freigehege verbunden war. Ganz hinten – sicher vor Zugluft – stand von vier Wärmelampen angestrahlt die Kiste mit den neugeborenen Hunden. Sie war isoliert, innen mit Schaffell verkleidet, der Boden dick mit Zeitungspapier ausgelegt.

Julian Britton stand im Innern des Geheges. Er hielt einen der Welpen in seiner linken Hand und drückte den Zeigefinger seiner rechten leicht an das kleine Hundemaul. Das Tier, dessen Augen noch fest geschlossen waren, saugte begierig, bis Julian ihm seinen Finger entzog und es wieder unter die anderen setzte.

»Ruhig jetzt, Cass«, sagte er, während er einen Eintrag in ein Ringheft machte. Aber die Hündin blieb misstrauisch. Zwar hörte sie zu bellen auf, knurrte aber stattdessen leise drohend.

»Es wäre schön, wenn alle Mütter sich so um ihre Kinder sorgen würden.« Es war unmöglich zu sagen, auf wen Samanthas Bemerkung gemünzt war: auf den Hund oder auf Julian Britton.

Julian wartete, bis Cass sich halbwegs beruhigt zwischen ihren Jungen niedergelassen und der Welpe eine ihrer Zitzen gefunden hatte. Dann murmelte er der ganzen Familie einige lobende Worte zu.

»Wie machen sie sich denn?«, fragte Samantha ihren Vetter.

Die Welpen trugen verschiedenfarbige Halsbänder, und Julian wies auf das Tier mit dem gelben. »Er ist unser Alpha, würde ich sagen. Er ist nicht stressempfindlich und hat fast dreißig Gramm zugenommen. Guter Druck beim Saugen, er besitzt also die Lernfähigkeit, die wir brauchen. Bei den anderen läuft ebenfalls alles bestens. Ein erfreulicher Wurf. Cass hat ihre Sache gut gemacht.« Die Hündin hob den Kopf, als sie ihren Namen hörte. Julian Britton sagte lächelnd: »Guter Hund, Cassie«, und trat zu den anderen, die draußen vor dem Gehege warteten.

Lynley und Hanken stellten sich vor und zeigten ihre Dienstausweise. Während Julian sich diese ansah, hatten sie Gelegenheit, ihn zu mustern. Er war ein Mann von ansehnlicher Größe, kräftig und schwer, ohne aber übergewichtig zu sein. Seine Stirn war mit jener Art unregelmäßig geformter Sommersprossen gesprenkelt, die von einem Leben im Freien zeugten und oft Vorläufer von Hautkrebs waren; zusammen mit einem schmalen Band von Sommersprossen quer über der Wangenpartie verliehen sie ihm das Aussehen eines rotblonden Banditen. Im Augenblick jedoch ließen sie sein unnatürlich blasses Gesicht nur noch fahler erscheinen.

Nachdem er sich die Dienstausweise genau angesehen hatte, zog er ein blaues Taschentuch aus seiner Hosentasche und wischte sich damit das Gesicht, obwohl er nicht zu schwitzen schien. »Ich will alles tun, um Ihnen zu helfen«, sagte er. »Ich war bei Nicolas Eltern, als sie es erfahren haben. Ich war an dem fraglichen Abend mit Nicola verabredet. Als sie nicht nach Hause kam, haben wir die Polizei angerufen.«

»Julie ist auf eigene Faust losgezogen, um sie zu suchen«, fügte Samantha hinzu. »Die Polizei war nicht bereit, etwas zu unternehmen.«

Hanken machte kein Hehl aus seinem Missvergnügen an dieser indirekten Kritik. Er warf der jungen Frau einen grimmigen Blick zu und fragte, ob man das Gespräch nicht irgendwo führen könne, wo es keine knurrenden Hündinnen gebe. Samantha entging die Zweideutigkeit der Bemerkung nicht. Sie sah Hanken mit schmalen Augen an und presste die Lippen aufeinander.

Julian nickte nur und führte sie zu den Welpengehegen in einem anderen Teil des Gebäudes. Hier waren die älteren Welpen beim Spiel. Die Gehege waren gut durchdacht und so angelegt, dass sie den Hunden Herausforderung und Unterhaltung boten. Da gab es Pappkartons, die sie zerfetzen konnten, mehrstöckige Irrgärten zum Erforschen und Herumstreunen und versteckte Überraschungen, die es aufzuspüren galt. Der Hund, so erklärte ihnen Julian Britton, sei ein intelligentes Tier. Zu erwarten, dass ein intelligentes Tier in einem Betonkäfig ohne jede Abwechslung gedeihen würde, sei nicht nur dumm, sondern auch grausam. Er werde sich erlauben, während des Gesprächs mit den beiden Beamten zu arbeiten, sagte er. Er hoffe, sie hätten nichts dagegen.

So viel zu dem trauernden Verlobten, dachte Lynley.

»Das ist ganz in Ordnung«, sagte Hanken.

Julian schien zu spüren, was Lynley dachte. »Die Arbeit ist im Moment eine Wohltat. Ich denke, Sie können das verstehen«, sagte er.

»Brauchst du Hilfe, Julie?«, fragte Samantha. Man konnte ihr nicht nachsagen, dass sie das Angebot nicht mit aller Zurückhaltung machte.

»Ach ja, danke. Ich will das Labyrinth umstellen. Du kannst sie füttern, wenn's dir recht ist, Sam.«

Er ging in das Gehege hinein, seine Bewegungen ruhig und bedacht. Samantha eilte davon, um das Futter zu holen.

Die jungen Hunde waren begeistert über Julians Erscheinen in ihrem kleinen Reich. Schlagartig hörten sie auf zu spielen und sprangen ihm entgegen, voller Gier nach neuer Abwechslung. Er sprach leise mit ihnen, tätschelte ihnen die Köpfe und warf vier Bälle und mehrere Gummiknochen ans andere Ende des Geheges. Als die ganze Meute ihnen hinterherflitzte, ging er daran, das Labyrinth auseinanderzunehmen, dessen einzelne Teile einfach mit Hilfe von Holzdübeln zusammengesteckt waren.

»Wir haben gehört, dass Sie sich erst vor kurzem mit Nicola Maiden verlobt hatten«, bemerkte Hanken.

»Wir bedauern Ihren Verlust«, fügte Lynley hinzu. »Ich kann mir vorstellen, dass Sie über dieses Thema jetzt lieber nicht sprechen würden, aber vielleicht können Sie uns irgendetwas sagen, das uns bei unseren Ermittlungen weiterhilft – möglicherweise etwas, dessen Bedeutung Ihnen selbst noch gar nicht aufgefallen ist.«

Julian stapelte die Wände des Labyrinths. »Ich habe Nicolas Eltern irregeführt«, erwiderte er, ohne von seiner Arbeit aufzusehen.

»Das war in dem Augenblick einfacher, als lange Erklärungen zu geben. Sie wollten immer wieder wissen, ob wir uns gestritten hätten. Alle fragten das, als Nicola nicht auftauchte.«

»Irregeführt? Dann waren Sie also gar nicht mit ihr verlobt?«

Julian blickte flüchtig in die Richtung, in der Samantha verschwunden war, um das Hundefutter zu holen. Dann sagte er gedämpft: »Nein. Ich hab ihr einen Antrag gemacht, und sie hat mich abgewiesen.«

»Die Gefühle beruhten also nicht auf Gegenseitigkeit?«, fragte Hanken.

»Nein, wohl nicht, wenn sie mich nicht heiraten wollte.«

Dann kam Samantha wieder, einen großen Jutesack im Schlepptau und die Hosentaschen prall gefüllt mit Hundekuchen. »Warte, Julie, ich helf dir gleich«, rief sie, als sie ins Gehege kam und sah, wie ihr Vetter sich mit einem Teilstück des Labyrinths abplagte, das sich verklemmt hatte.

»Es geht schon«, versetzte er.

»Sei nicht blöde. Du weißt doch, dass ich mehr Kraft hab als du.«

Geschickt und schnell zog sie die beiden Teile auseinander. Julian stand daneben und fühlte sich sichtlich unbehaglich.

»Wann genau war denn das mit dem Heiratsantrag?«, fragte Lynley.

Samantha drehte hastig den Kopf nach ihrem Vetter und wandte sich ebenso hastig wieder ab. Mit großem Eifer begann sie, die Hundekuchen überall im Gehege zu verstecken.

»Am Montagabend«, erklärte Julian. »An dem Abend bevor sie – bevor Nicola zu der Wanderung ins Moor aufgebrochen ist.« Abrupt nahm er seine Arbeit an dem Labyrinth wieder auf. Er hielt den Kopf gesenkt, als er hinzufügte: »Ich weiß, wie das aussieht. Ich mache mir da gar nichts vor. Ich bitte sie, mich zu heiraten. Sie gibt mir einen Korb, und dann stirbt sie. O ja, mir ist völlig klar, wie das aussieht. Aber ich habe sie nicht getötet.« Den Kopf noch immer gesenkt, riss er die Augen weit auf, als könnte er so das Überfließen der Tränen verhindern. Er sagte nur: »Ich habe sie geliebt. Jahre.«

Samantha, die inzwischen das hintere Ende des Geheges erreicht hatte, blieb inmitten der tapsig tollenden Welpenschar wie erstarrt stehen. Es schien, als wollte sie zu ihrem Vetter laufen, aber sie rührte sich nicht.

»Wussten Sie, wo sie an dem Abend sein würde?«, fragte Hanken. »An dem Abend, an dem sie ermordet wurde.«

»Ich hab am Morgen noch mit ihr telefoniert – an dem Morgen, an dem sie losgefahren ist –, und wir haben uns für Mittwochabend verabredet. Sie hat mir nichts erzählt.«

»Nichts von der geplanten Wanderung?«

»Nein, ich hatte keine Ahnung, dass sie überhaupt wegwollte.«

»Sie hat an diesem Tag vor ihrem Aufbruch noch einige andere Anrufe erhalten«, sagte Lynley zu ihm. »Von einer Frau – möglicherweise waren es auch zwei Frauen – und von einem Mann. Keiner der Anrufer hat Nicolas Mutter seinen Namen genannt. Haben Sie eine Ahnung, wer das gewesen sein könnte?«

»Nein.« Julian zeigte keinerlei Reaktion auf die Mitteilung, dass Nicola Maiden von einem Mann angerufen worden war. »Das kann praktisch jeder gewesen sein.«

»Sie war sehr beliebt«, bemerkte Samantha vom anderen Ende des Geheges her. »Sie war hier oben ständig von Leuten umgeben, und sie hat bestimmt auch massenhaft Studienfreunde gehabt. Wahrscheinlich ist sie dauernd von ihnen angerufen worden, wenn sie nicht an der Uni war.«

»An der Uni?«, fragte Hanken.

Nicola habe gerade einen juristischen Fachkurs abgeschlossen, berichtete Julian. Und fügte auf die Frage, wo sie studiert habe, hinzu: »In London. Sie war für den Sommer hergekommen, um für einen Anwalt namens Will Upman zu arbeiten. Er hat eine Kanzlei in Buxton. Ihr Vater hatte das für sie arrangiert, er kennt Upman persönlich. Ich vermute, er hoffte, sie würde nach ihrem Studium einmal in Upmans Kanzlei arbeiten.«

»War ihren Eltern das wichtig?«, fragte Hanken.

»Es war allen wichtig«, erwiderte Julian.

Lynley konnte nicht so recht glauben, dass das auch auf Julians Cousine zutraf. Er sah sich nach ihr um. Sie war plötzlich wieder ganz damit beschäftigt, Hundekuchen für die Welpen zu verstecken. Er stellte die Frage, die sich als nächste aufdrängte: Wie Julian zumute gewesen sei, als er sich an dem Abend seines Heiratsantrags von Nicola Maiden getrennt hatte. Ob er zornig gewesen sei. Oder verbittert. Enttäuscht vielleicht. Oder ob er dennoch Hoffnung gehabt habe. So eine Zurückweisung sei ja weiß Gott nicht leicht zu schlucken, meinte Lynley. Es wäre durchaus verständlich, wenn diese Abfuhr einen unerwarteten Gefühlsausbruch ausgelöst hätte oder auch zu verzweifeltem Grübeln geführt hätte, das einem die eigene Wut erst richtig bewusst machte.

Samantha richtete sich plötzlich auf. »Das ist wohl Ihre hinterhältige Art, ihn zu fragen, ob er sie umgebracht hat, wie?«

»Sam«, sagte Julian. Es klang wie eine Warnung. »Ja, natürlich war ich deprimiert. Ich war sehr unglücklich. Wer wäre das nicht gewesen?«

»Hatte Nicola Maiden eine Beziehung zu einem anderen Mann? Hat sie Ihren Antrag deshalb abgelehnt?«

Julian antwortete nicht. Lynley und Hanken tauschten einen Blick. Samantha sagte: »Ich weiß genau, worauf Sie hinauswollen. Sie glauben, dass Julie am Montagabend nach Hause gekommen ist, dass er Nicola am nächsten Tag angerufen hat, um sich mit ihr zu verabreden, dahinterkam, wo sie an dem Abend gewesen war – was er Ihnen gegenüber natürlich nicht zugeben würde –, und sie dann umgebracht hat. Also, eines kann ich Ihnen gleich sagen: Das ist völlig absurd.«

»Möglich. Aber eine Antwort auf die Frage wäre trotzdem hilfreich«, entgegnete Lynley.

»Nein«, erwiderte Julian.

»Nein, sie hatte keine Beziehung zu einem anderen Mann? Oder, nein, sie hat Ihnen nicht gesagt, ob sie etwas mit einem anderen hatte?«

»Nicola war die Ehrlichkeit in Person. Wenn da was Ernstes gewesen wäre, hätte sie es mir gesagt.«

»Sie hätte nicht versucht, Sie zu schonen, Ihre Gefühle möglichst nicht zu verletzen, nachdem Sie ihr gesagt hatten, wie es um Sie stand?«

Julian lachte wehmütig. »Glauben Sie mir, andere zu schonen war nicht ihre Art.«

Obwohl Hankens Verdacht eigentlich in eine andere Richtung zielte, schien er sich durch Julians Antwort zu seiner nächsten Frage veranlasst zu sehen. »Wo waren Sie Dienstagabend, Mr. Britton?«

»Ich war bei Cass«, antwortete Julian.

»Sie waren bei dem *Hund*?«

»Sie fing gerade an zu werfen, Inspector«, mischte sich Samantha ein. »Man lässt eine Hündin nicht allein, wenn sie wirft.«

»Dann waren Sie also auch hier, Miss McCallin?«, fragte Lynley. »Sie haben Ihrem Vetter geholfen?«

Sie biss sich auf die Unterlippe. »Es war mitten in der Nacht. Julie hat mich nicht geweckt. Ich hab die Kleinen erst am Morgen gesehen.«

»Aha, ich verstehe.«

»Nein, Sie verstehen gar nichts!«, rief sie. »Sie sind doch überzeugt, dass Julie etwas mit Nicolas Tod zu tun hat. Sie sind hergekommen, um ihm eine Falle zu stellen, damit er etwas sagt, was ihn belastet. So arbeiten Sie doch!«

»Uns geht es um die Wahrheit.«

»Na klar! Erzählen Sie das mal den vier von Bridgewater. Leider sind's jetzt nur noch drei, nicht wahr? Weil einer von den armen Kerlen im Gefängnis gestorben ist. Ruf einen Anwalt an, Julie, und sag kein Wort mehr.«

Julian Britton mit einem Anwalt an seiner Seite ist genau das, was wir jetzt überhaupt nicht brauchen können, dachte Lynley. Er sagte: »Sie scheinen über Ihre Hunde genau Buch zu führen, Mr. Britton. Haben Sie die Geburtszeit aufgeschrieben?«

»Sie kommen nicht alle mit einem Schlag rausgeflutscht, Inspector«, warf Samantha ein.

»Die Wehen haben gegen neun Uhr an dem Abend eingesetzt«, erklärte Julian. »Das erste Junge kam gegen Mitternacht. Es waren sechs Welpen – einer war eine Totgeburt –, es dauerte also mehrere Stunden. Wenn Sie die genauen Zeiten wollen, kann ich Ihnen die geben. Sam braucht nur das Buch zu holen.«

Sie lief sofort los. Als sie zurückkam, sagte Julian zu ihr: »Vielen Dank. Ich bin hier jetzt fast fertig. Du warst eine Riesenhilfe, aber jetzt schaff ich's schon allein.«

Es war offensichtlich, dass er sie wegschickte. Sie schien ihm allein mit Blicken etwas sagen zu wollen, aber er reagierte nicht darauf. Was immer es war, er konnte die Botschaft entweder nicht empfangen, oder er wollte nicht. Mit einem letzten unfreundlichen Blick auf Lynley und Hanken ging sie hinaus. Das Hundegebell draußen wurde gellend laut und gleich darauf wieder gedämpft, als sie die Tür öffnete und hinter sich schloss.

»Sie meinte es gut«, erklärte Julian, als Samantha fort war. »Ich weiß gar nicht, was ich ohne sie anfangen würde. Ich möchte unbedingt das Haus und den Besitz wieder in Schuss bringen, aber das ist ein Wahnsinnsunternehmen. Manchmal frage ich mich, warum ich das überhaupt auf mich genommen habe.«

»Und warum haben Sie es getan?«, fragte Lynley.

»Die Brittons leben seit Jahrhunderten hier. Mein Traum ist es, den Besitz noch für ein paar weitere Jahrhunderte zu erhalten.«

»Und zu diesem Traum gehörte auch Nicola Maiden?«

»Für mich, ja. Aber nicht für sie. Sie hatte ihre eigenen Träume. Oder Pläne. Oder was immer es war. Aber das ist ja wohl offensichtlich.«

»Hat sie Ihnen von ihren Plänen erzählt?«

»Sie hat mir nur gesagt, dass mein Traum ihr nichts bedeutet. Sie wusste, dass ich ihr das, was sie wollte, nicht bieten konnte. Jedenfalls nicht im Augenblick. Wahrscheinlich hätte ich es ihr nie bieten können. Sie hielt es für besser, unsere Beziehung so zu lassen, wie sie war.«

»Und wie war sie?«

»Wir waren miteinander intim, falls Sie das meinen sollten.«

»Im normalen Sinn?«, erkundigte sich Hanken.

»Was soll denn das heißen?«

»Die junge Frau war am ganzen Körper rasiert. Das lässt doch auf gewisse sexuelle Absonderlichkeiten schließen.«

Julian wurde brennend rot. »Mein Gott, sie hatte eben ihre Marotten. Sie hat sich die Körperhaare mit Wachs entfernt. Sie hat sich auch Piercings machen lassen. An der Zunge, am Nabel, an der Brust und an der Nase. So war sie eben.«

Wohl kaum die Art Frau, die einen verarmten Landjunker mit runtergewirtschaftetem Gut heiraten würde, dachte Lynley. Er fragte sich, wie Julian Britton überhaupt auf die Idee gekommen war, ihr einen Antrag zu machen.

Britton schien die Richtung seiner Gedanken zu ahnen. Er sagte: »Es hat wirklich überhaupt nichts zu bedeuten. Sie war einfach sie selbst. Die Frauen von heute sind nun mal so. Zumindest die Frauen ihres Alters. Sie kommen doch aus London, da wissen Sie das doch sicher.«

Es war schon richtig, dass man auf den Straßen Londons so ziemlich alles sehen konnte. Nur ein engstirniger Moralapostel würde sich ein Urteil über eine Frau unter dreißig – oder auch darüber – einzig aufgrund der Tatsache bilden, dass sie sich das Schamhaar mit Wachs entfernte und sich Löcher in ihren Körper stechen ließ. Und trotzdem machte die Art, wie Julian Britton sich ereifert hatte, Lynley neugierig. So viel Emphase forderte zum Nachhaken heraus.

»Das ist alles, was ich Ihnen sagen kann.« Mit dieser Bemerkung schlug Julian Britton das Buch auf, das seine Cousine ihm gebracht hatte. Er schlug es an einer Stelle hinter einem blauen Registerblatt auf und blätterte mehrere Seiten um, bis er fand, was er suchte. Dann drehte er das Buch herum, so dass Lynley und Hanken darin lesen konnten. Auf dem Kopf der Seite stand in Blockschrift *Cass*. Unter dem Namen waren die Geburtszeiten der Welpen eingetragen sowie die Dauer jedes einzelnen Geburtsvorgangs.

Sie dankten ihm für seine Auskünfte und überließen ihn seiner Arbeit mit den Hunden. Lynley sprach als Erster, als sie draußen waren.

»Die Zeiten waren mit Bleistift geschrieben, Peter.«

»Das ist mir auch aufgefallen.« Hanken wies mit einer Kopfbewegung auf das Herrenhaus. »Ein interessantes Team, nicht wahr? ›Julie‹ und seine Cousine.«

Lynley pflichtete ihm bei. Er fragte sich nur, was für ein Spiel dieses Team spielte.

8

Barbara Havers war froh, den engen Mauern von New Scotland Yard entkommen zu können. Nachdem Winston Nkata sie gebeten hatte, sich Terry Coles Wohnung und Atelier in Battersea vorzunehmen, setzte sie sich unverzüglich in ihren kleinen Wagen. Auf dem kürzestmöglichen Weg fuhr sie zur Themse hinunter und das Embankment hinauf bis zur Albert Bridge. Auf dem anderen Themseufer angekommen, holte sie ihren zerfledderten alten Stadtplan heraus und suchte die Straße, zu der sie wollte. Sie fand sie eingequetscht zwischen der Battersea Bridge Road und der Albert Bridge Road.

Terry Coles Wohnung befand sich in einem dunkelgrünen Haus aus Holz und Backstein, ein umgebautes Einfamilienhaus wie viele seiner Nachbarn in der Anhalt Road. Es hatte, wie das Klingelbrett zeigte, vier Wohnungen, und Barbara brauchte nicht lange zu suchen, um das Schild mit der Aufschrift »Cole/Thompson« zu finden. Nachdem sie geklingelt hatte, wartete sie geduldig und nahm die Gelegenheit wahr, um sich ein wenig umzusehen. Die Straße bestand hauptsächlich aus Reihenhäusern mit kleinen Vorgärten, einige davon in einem besseren Zustand als andere. Manche von ihnen waren liebevoll bepflanzt, andere verwildert, viele von ihnen schienen nur noch als Müllabladeplätze benutzt zu werden, auf denen man so ziemlich alles finden konnte, vom verrosteten Kochherd bis zum ramponierten Fernsehapparat.

Als sich auch nach längerer Zeit auf ihr Läuten nichts rührte, stieg Barbara stirnrunzelnd wieder die Vordertreppe hinunter. Sie hatte nicht die geringste Lust, jetzt an den Computer im Yard zurückzukehren, und sie überlegte, was sie tun sollte, während sie das Haus musterte.

Ein kleiner Einbruch kam entschieden nicht in Frage, und sie spielte gerade mit dem Gedanken, sich im nächsten Pub eine anständige Portion Kartoffelbrei mit Bratwurst zu genehmigen, als sie im Erkerfenster der Parterrewohnung eine Bewegung bemerkte. Sie beschloss, sich die Nachbarn vorzuknöpfen.

Sie drückte auf den untersten Klingelknopf, neben dem der Name Baden stand, und fast augenblicklich meldete sich eine zittrige Stimme über die Sprechanlage, beinahe so, als hätte man nur auf einen Besuch der Polizei gewartet. Nachdem Barbara sich vorgestellt und ihren Dienstausweis hochgehalten hatte, so dass er vom Erdgeschossfenster aus gesehen werden konnte, wurde ihr die Haustür geöffnet. Sie trat in ein Vestibül, das ungefähr die Größe eines Schachbretts hatte und entsprechend ausgestattet war: mit roten und schwarzen Fliesen, verschmiert mit zahllosen Fußabdrücken.

Die mit »Baden« gekennzeichnete Wohnungstür befand sich rechts. Barbara klopfte und begriff schnell, dass sie die ganze Prozedur noch einmal würde auf sich nehmen müssen. Wieder hielt sie ihren Dienstausweis hoch, diesmal direkt vor dem Spion in der Tür, und wartete. Eine Weile verging, dann knirschten Riegel und eine Sicherheitskette, die Tür wurde geöffnet. Barbara sah sich einer alten Frau gegenüber, die entschuldigend sagte: »Man kann ja heutzutage nicht vorsichtig genug sein.«

Sie sei Mrs. Geoffrey Baden, erklärte sie und lieferte gleich unaufgefordert eine Kurzbeschreibung ihres Lebens mit. Sie sei seit zwanzig Jahren Witwe, habe keine Kinder, nur ihre Vögel – eine Schar Finken, deren riesiger Käfig eine ganze Wand des Wohnzimmers einnahm – und ihre Musik, wobei sie auf das Klavier auf der anderen Seite des Zimmers wies. Es war ein altehrwürdiges Stück, mit einem Dutzend gerahmter Fotografien des verstorbenen Geoffrey in verschiedenen Lebensphasen geschmückt und mit solchen Mengen handgeschriebener Noten auf dem Ständer, dass man fast den Verdacht bekommen konnte, Mrs. Baden versuchte an ihren freien Nachmittagen mit Mozart zu konkurrieren.

Mrs. Baden litt an nervösem Zittern, besonders der Hände und des Kopfs, der während ihres ganzen Gesprächs mit Barbara sachte, aber unaufhörlich wackelte.

»Setzen können wir uns hier leider nirgends«, sagte sie, als sie zum Ende ihrer persönlichen Geschichte gekommen war. »Aber kommen Sie mit in die Küche. Ich habe gerade einen Zitronenkuchen gebacken, wenn Sie ein Stück möchten.«

Sie würde liebend gern ein Stück nehmen, erklärte Barbara,

aber sie habe im Moment wenig Zeit, sie sei nämlich auf der Suche nach Cilla Thompson. Ob Mrs. Baden wisse, wo die Frau zu erreichen sei.

»Ich vermute, sie ist in ihrem Atelier«, antwortete Mrs. Baden und fügte in vertraulichem Ton hinzu: »Sie sind nämlich beide Künstler, müssen Sie wissen. Cilla und Terry, meine ich. Ganz reizende junge Leute, wenn man sich nicht an ihren äußeren Erscheinungen stößt. Ich persönlich lass mich nicht davon beeindrucken. Die Zeiten ändern sich, nicht wahr, und man muss sich mit ihnen ändern.«

Sie wirkte so sanft und gutherzig, dass es Barbara widerstrebte, ihr rundheraus von Terrys Tod zu berichten. Deshalb sagte sie vorsichtig: »Sie kennen die beiden sicher gut.«

»Cilla ist ziemlich schüchtern, glaube ich. Aber Terry ist ein guter Junge. Schaut alle naselang mit einem kleinen Geschenk oder einer Überraschung bei mir vorbei und sagt immer, ich wäre seine Adoptivgroßmutter. Wenn's bei mir was zu richten gibt, ist er sofort da, und wenn er zum Einkaufen geht, versäumt er nie, mich zu fragen, ob ich irgendwas brauche. Solche Nachbarn findet man heute selten. Finden Sie nicht auch?«

»Ich hab in dieser Hinsicht ziemliches Glück«, antwortete Barbara, der die alte Frau gefiel. »Ich hab auch gute Nachbarn.«

»Ja, dann haben Sie wirklich Glück, mein Kind. Darf ich Ihnen übrigens sagen, was für wunderschöne Augen Sie haben? Dieses kräftige Blau sieht man selten. Ich vermute, Sie haben skandinavische Vorfahren.«

Mrs. Baden schaltete den elektrischen Wasserkocher ein und nahm eine Teedose aus dem Küchenschrank. Sie gab mehrere Löffel Tee in eine alte Porzellankanne und stellte zwei Henkelbecher auf den Küchentisch. Ihre Hände zitterten so stark, dass Barbara angst und bange wurde, als sie an den Topf mit kochendem Wasser dachte, und als der Kessel sich ein paar Minuten später automatisch ausschaltete, beeilte sie sich, selbst den Tee aufzugießen. Mrs. Baden dankte ihr höflich.

»Man hört immer, dass die jungen Leute von heute die reinsten Barbaren geworden sind«, sagte sie, »aber das entspricht nicht meiner Erfahrung.« Mit einem kleinen Holzlöffel rührte sie den Tee um, dann sah sie auf und fügte hinzu: »Ich hoffe doch, dass Terry nicht in irgendwelchen Schwierigkeiten steckt« – fast so, als hätte sie ihren früheren Worten zum Trotz schon lange mit einem Besuch der Polizei gerechnet.

»Es tut mir in der Seele weh, Ihnen das sagen zu müssen, Mrs. Baden«, erwiderte Barbara, »aber Terry ist tot. Er ist vor einigen Tagen nachts in Derbyshire ermordet worden. Das ist der Grund, weshalb ich Cilla Thompson sprechen möchte.«

Mrs. Baden wiederholte zuerst nur lautlos und verwirrt das Wort »tot«. Dann breitete sich Entsetzen auf ihrem Gesicht aus, als ihr die volle Bedeutung des Wortes bewusst wurde. »Oh, mein Gott«, murmelte sie. »Dieser nette lebendige Junge. Aber Sie können doch nicht im Ernst glauben, dass Cilla – oder auch dieser unglückselige Freund, mit dem sie herumzieht – irgendetwas damit zu tun hat.«

Barbara notierte sich im Geist den Hinweis auf den unglückseligen Freund und erwiderte, nein, sie wolle eigentlich nur zu Cilla Thompson, um sich die Wohnung anzusehen. Sie müsse sich dort umschauen. Man habe bis jetzt keine Ahnung, warum Terry Cole ermordet worden war, vielleicht aber würde sich in der Wohnung ein Anhaltspunkt finden lassen. »Sehen Sie, er wurde zusammen mit einer jungen Frau ermordet«, erklärte Barbara, »einer gewissen Nicola Maiden. Und es kann sein, dass der Mörder es auf sie abgesehen hatte und dass es Terry nur deshalb erwischt hat, weil er zufällig mit ihr zusammen war. Aber wie auch immer, im Moment versuchen wir vor allem festzustellen, ob Terry und die Frau einander überhaupt kannten.«

»Natürlich«, sagte Mrs. Baden. »Ich verstehe vollkommen. Sie müssen Ihre Pflicht tun, so unangenehm sie auch sein mag.« Sie meinte, Cilla Thompson wäre sicher in den Arkaden unter der Eisenbahnbrücke an der Portslade Road. Dort hätten sie, Terry und zwei andere Künstler zusammen ein Atelier. Die genaue Adresse könne sie Barbara leider nicht geben, aber das Atelier sei gewiss nicht schwer zu finden. »Sie brauchen nur in einer der anderen Arkaden zu fragen. Die Leute dort wissen sicher gleich, von wem Sie sprechen. Was nun die Wohnung angeht …« Mrs. Baden griff zu einer Zuckerzange, durch deren Silberauflage an einigen Stellen weniger edles Metall schimmerte, um sich ein Stück Würfelzucker zu nehmen. Sie benötigte drei Versuche, aber als sie es endlich geschafft hatte, lächelte sie freudig und ließ den Würfel hochbefriedigt in ihren Tee fallen. »Ich habe natürlich einen Schlüssel.«

Klasse, dachte Barbara und rieb sich im Geist schon die Hände.

»Das Haus gehört nämlich mir.« Nach dem Tod ihres Mannes, erklärte Mrs. Baden, habe sie das Haus umbauen lassen, um sich für ihren Lebensabend ein festes Einkommen zu sichern. »Drei Wohnungen vermiete ich, und in der vierten wohne ich selbst.« Sie habe zu jeder Wohnung einen Schlüssel, fügte sie hinzu, da sie aus langjähriger Erfahrung gelernt habe, dass mögliche Überraschungsbesuche des Hauswirts den Mieter zu Ordnung und Sauberkeit anspornen. »Aber leider«, schloss sie, womit sie Barbaras Hoffnungen mit einem Schlag wieder zunichtemachte, »kann ich Sie nicht in die Wohnung hineinlassen.«

»Nicht?«

»Es wäre ein großer Vertrauensbruch, wenn ich Sie ohne Cillas Genehmigung hineinlassen würde. Das müssen Sie verstehen.«

Mist, dachte Barbara und erkundigte sich, wann Cilla Thompson normalweise nach Hause käme.

Ach, diese jungen Leute hielten sich nie an feste Zeiten, antwortete Mrs. Baden. Das Gescheiteste wäre, sie fahre in die Portslade Road und mache dort einen Termin mit Cilla aus. Ob sie Constable Havers jetzt nicht doch zu einem Stück Zitronenkuchen überreden könne, bevor diese ginge? Sie backe ausgesprochen gern, aber noch mehr Spaß mache es, wenn man das fertige Erzeugnis mit jemandem teilen könne.

So ein Stück Kuchen, fand Barbara, wäre eigentlich eine gute Ergänzung zu dem Schokoladendoughnut, den sie bereits im Magen hatte. Und da sie in diesem Moment sowieso nicht in Terry Coles Wohnung hineinkonnte, könnte sie ebenso gut an der Erreichung ihres persönlichen Diät-Ziels weiterarbeiten, das sie sich für den Tag gesetzt hatte – sich vierundzwanzig Stunden lang nichts als Kalorienbomben reinzuziehen.

Mrs. Baden strahlte, als Barbara annahm, und schnitt ihr ein Stück Kuchen ab, das eines Wikingerkriegers würdig gewesen wäre. Während Barbara aß, klatschte die alte Frau auf die wohlwollende mitteilsame Art, auf die ihre Generation sich so gut verstand. Hin und wieder fiel dabei auch ein Wort über Terry Cole.

Von Mrs. Baden erfuhr Barbara, dass Terry ein Träumer war, der seinen zukünftigen Erfolg als Künstler – jedenfalls nach Mrs. Badens Meinung – nicht ganz realistisch sah. Er habe vorgehabt, eine Galerie zu eröffnen, erzählte sie. Aber, du lieber Gott, die Vorstellung, dass jemand tatsächlich seine Machwerke kaufen würde … oder auch die seiner Kollegen … nun ja, aber was verstand eine alte Frau schon von moderner Kunst?

»Seine Mutter sagte, er habe an einem großen Auftrag gearbeitet«, bemerkte Barbara. »Hat er Ihnen davon mal was erzählt?«

»Stimmt, er hat von einer großen Sache *geredet* …«

»Aber es gab sie gar nicht?«

»Das will ich nicht behaupten«, erwiderte Mrs. Baden hastig. »Ich glaube, in seiner Phantasie gab es sie wirklich.«

»In seiner Phantasie? Soll das heißen, dass er nur Rosinen im Kopf hatte?«

»Na ja, er war vielleicht … einfach ein bisschen zu schwärmerisch.« Mrs. Baden drückte ihre Gabel in ein paar Kuchenkrümel, um sie aufzusammeln, und machte ein nachdenkliches Gesicht. Die nächsten Worte brachte sie nur zögernd hervor. »Wissen Sie, es liegt mir wirklich fern, über die Toten Schlechtes zu reden …«

Barbara beeilte sich, sie zu beschwichtigen. »Sie haben den Jungen gemocht. Das sieht jeder. Und ich nehme an, Sie wollen uns helfen.«

»Er war so ein guter Junge. Er hat nie eine Mühe gescheut, den Leuten zu helfen, an denen ihm etwas lag. Sie werden bestimmt niemanden finden, der Ihnen was andres erzählt.«

»Aber …?« Barbara bemühte sich um einen Ton freundlicher Ermutigung.

»Aber manchmal, wenn ein junger Mensch etwas unbedingt erreichen will, geht er nicht den vorgeschriebenen Weg, nicht wahr? Er versucht, einen kürzeren und direkteren Weg zu finden, um an sein Ziel zu gelangen.«

Barbara griff den Gedanken auf. »Sie sprechen von der Galerie, die er aufmachen wollte?«

»Von der Galerie? Nein. Ich spreche von Rang und Namen«, erklärte Mrs. Baden. »Er wollte jemand *sein.* Viel mehr als Geld und Gut wünschte er sich das Gefühl, etwas zu gelten in der Welt.

Aber diese Geltung muss man sich erst verdienen, meinen Sie nicht auch, Constable? Und genau das – sich etwas mühsam zu verdienen, anstatt es sich auf dem Präsentierteller überreichen zu lassen – war der Haken an der Sache. Dazu hatte Terry, glaube ich, überhaupt keine Lust.« Sie legte ihre Gabel auf den Teller und faltete ihre Hände im Schoß. »Es ist mir schrecklich unangenehm, so etwas über ihn zu sagen. Denn er war wirklich immer gut zu mir. Zum Geburtstag hat er mir drei Finken geschenkt. Am Muttertag habe ich Blumen bekommen. Und diese Woche erst neue Noten fürs Klavier ... so ein aufmerksamer Junge. Und so großzügig im Grunde. Und hilfsbereit. Immer war er da, wenn ich jemanden brauchte, um eine Schraube festzuziehen oder eine Glühbirne zu wechseln ...«

»Natürlich, ich verstehe«, versicherte Barbara.

»Ich denke nur, Sie sollten wissen, dass er mehr als eine Seite hatte. Und diese andere Seite an ihm – die Seite, die so ungeduldig war –, also, ich bin sicher, die hätte er mit wachsender Lebenserfahrung abgelegt, denken Sie nicht auch?«

»Zweifellos«, sagte Barbara.

Aber vielleicht stand dieses starke Geltungsbedürfnis auch in direktem Zusammenhang mit seinem Tod im Moor.

Nach dem Besuch in Broughton Manor machten Lynley und Hanken in Bakewell halt, um in einem Pub nicht weit von der Stadtmitte rasch etwas zu essen. Dort gingen sie bei Fischfilet (Hanken) und Bauernschmaus (Lynley) ihre Fakten durch. Hanken hatte eine Karte des Peak Districts bei sich, die er zur Untermauerung seines Hauptarguments benutzte.

»Wir haben es mit einem Killer zu tun, der die Gegend *kennt*«, sagte er, mit seiner Gabel auf die Karte tippend. »Und keiner kann mir weismachen, dass irgendein Kerl, den die gerade aus Dartmoor herausgelassen haben, einen Schnellkurs in Trekking gemacht hat, um sich an Andy Maiden zu rächen, indem er seine Tochter umbringt. Das haut einfach nicht hin.«

Lynley warf pflichtschuldig einen Blick auf die Karte. Wanderpfade schlängelten sich kreuz und quer durch das ganze Gebiet, das zahlreiche interessante Ausflugsziele bot. Es sah aus wie ein Paradies für Wanderer, aber ein ungeheuer großes und unübersichtliches Paradies, in dem der Unerfahrene oder schlecht Ausgerüstete sich leicht verirren oder zu Schaden kommen konnte. Broughton Manor besaß, wie Lynley vermerkte, hinreichend historische Bedeutung, um als Sehenswürdigkeit gekennzeichnet zu sein. Der zum Gut gehörende Grundbesitz grenzte direkt an einen Wald, auf dessen anderer Seite sich ein Moor ausbreitete. Sowohl über das Moor als auch durch den Wald führten zahlreiche Wanderwege, und das veranlasste Lynley zu sagen: »Julian Brittons Familie lebt seit mehreren hundert Jahren hier. Ich vermute, dass er mit der Gegend vertraut ist.«

»Genau wie Andy Maiden«, konterte Hanken. »Und der sieht ganz aus wie jemand, der sich sehr viel im Freien aufhält. Es würde mich nicht wundern zu hören, dass seine Tochter ihre Wanderlust von ihm geerbt hat. Und er hat den Wagen gefunden. In diesem riesigen Gebiet von White Peak hat er es tatsächlich geschafft, den Wagen zu finden.«

»Wo genau hat das Auto eigentlich gestanden?«

Hanken benützte wieder seine Gabel als Zeigestock. Zwischen dem Weiler Sparrowpit und Winnat's Pass verlief eine Straße, die die Nordwestgrenze von Calder Moor bildete. Der Wagen hatte nicht weit von der Stelle, wo ein Fahrweg in südöstlicher Richtung nach Perryfoot abzweigte, hinter einer Mauer gestanden ...

Lynley sagte: »Schön, ich gebe zu, es war ein glücklicher Zufall ...«

»Das kann man wohl sagen«, spottete Hanken.

»... dass er den Wagen gefunden hat. Aber glückliche Zufälle gibt es. Und er kannte ihre bevorzugten Ziele.«

»O ja. Er kannte sie gut genug, um ihr zu folgen, sie totzuschlagen und wieder heimzufahren, ohne dass ein Mensch geahnt hätte, was er getan hatte.«

»Wo ist das Motiv, Peter? Sie können den Mann doch nicht schuldig sprechen, nur weil er seiner Frau nicht die ganze Wahrheit gesagt hat. *Das* haut nicht hin. Und wenn er wirklich der Mörder ist, wer war dann sein Komplize?«

»Da wären wir wieder bei den bösen Buben aus seiner Zeit bei der SO10«, sagte Hanken bedeutungsvoll. »Stellen Sie sich einen Burschen vor, der gerade aus Newgate entlassen worden ist. Würde der sich vielleicht eine Gelegenheit entgehen lassen, sich was nebenbei zu verdienen, noch dazu wenn Maiden ihm das Angebot machte und ihn persönlich an Ort und Stelle führte?« Er spießte ein Stück Fisch und etwas Kartoffel auf und schob die Ladung in den Mund. »Genau so könnte es gewesen sein.«

»Aber nur, wenn Andy Maiden sich seit dem Umzug hierher in seinem Wesen vollkommen verändert hätte. Peter, er war einer der Besten.«

»Mir ist er nicht besonders symphatisch«, versetzte Hanken. »Er hat vielleicht aus sehr gutem Grund seine Beziehungen spielen lassen, um Sie hierherzulotsen.«

»Also, das könnte ich jetzt wirklich übelnehmen.«

»Fein.« Hanken lächelte. »Ich seh's gern, wenn ein feiner Pinkel mal sauer wird. Hüten Sie sich nur davor, allzu gut von einem Mann zu denken. Das ist gefährlich.«

»Genauso gefährlich, wie allzu schlecht von ihm zu denken. In beiden Fällen geht der Durchblick flöten.«

»Touché«, sagte Hanken. »Den Hieb hab ich verdient.«

»Julian Britton hatte ein Motiv, Peter.«

»Enttäuschte Liebe?«

»Vielleicht etwas Stärkeres. Eine elementare Leidenschaft vielleicht. Und eine niedere dazu. Eifersucht zum Beispiel. Wer ist übrigens dieser Upman?«

»Ich werde Sie mit ihm bekanntmachen.«

Nach dem Essen setzten sie sich wieder in den Wagen und verließen Bakewell in nordwestlicher Richtung. Sie fuhren stetig bergan und überquerten die Nordgrenze des Taddington Moors.

In Buxton tuckerten sie suchend durch die High Street und fanden einen Parkplatz hinter dem Rathaus, einem imposanten Bau aus dem neunzehnten Jahrhundert mit Blick auf die sogenannten Slopes, eine von Bäumen beschattete Anlage sich bergaufwärts schlängelnder Fußwege, wo früher die Kurgäste ihre Nachmittagsspaziergänge gemacht hatten.

Upmans Kanzlei war noch ein Stück weiter die High Street hinauf. Die Räume, über einem Immobilienbüro und einer Kunstgalerie gelegen, die hauptsächlich Aquarelle der Peaks anbot, befanden sich hinter einer schlichten Milchglastür mit der Aufschrift Upman, Smith & Sinclair.

Keine Minute nachdem Hanken seine Karte einer angejahrten

Sekretärin in bravem Twinset und Tweedrock übergeben hatte, erschien Upman persönlich, um sie zu begrüßen und in sein Büro zu führen. Er hatte bereits von Nicola Maidens Tod gehört. Er hatte in Maiden Hall angerufen, um nachzufragen, wohin er Nicolas letztes Gehalt für den Sommer schicken solle, woraufhin ihm eine der Tageshilfen dort mitgeteilt hatte, was passiert war. Die vergangene Woche sei nämlich Nicolas letzte Arbeitswoche in der Kanzlei gewesen, erklärte Upman.

Er zeigte sich sehr hilfsbereit. Nicolas Tod, sagte er, sei »für alle Betroffenen erschütternd und tragisch. Sie besaß eine große juristische Begabung, und ich war mit ihrer Arbeit hier mehr als zufrieden.«

Lynley sah sich den Mann genauer an, während Hanken sich die Beziehung zwischen dem Anwalt und der Toten schildern ließ. Upman sah aus wie ein Nachrichtensprecher für die BBC: von Kopf bis Fuß wie aus dem Ei gepellt. Die grauen Schläfen verliehen ihm ein Flair der Vertrauenswürdigkeit, was ihm in seinem Beruf zweifellos zustattenkam. Verstärkt wurde die Ausstrahlung von Zuverlässigkeit noch durch seine Stimme, die tief und wohlklingend war. Er war wahrscheinlich Anfang vierzig, wirkte jedoch dank seiner ungezwungenen Art und seiner lässigen Haltung ausgesprochen jugendlich.

Er beantwortete Hankens Fragen ohne den geringsten Anflug von Unbehagen. Er hatte Nicola Maiden gekannt, seit sie vor neun Jahren mit ihren Eltern in den Peak District gekommen war. Einer seiner Partner hatte die Maidens vertreten, als diese die alte Padleyschlucht Lodge – jetzt Maiden Hall – gekauft hatten. Über ihn hatte Will Upman das Ehepaar Maiden und seine Tochter kennengelernt.

»Unserer Information zufolge hat Mr. Maiden seiner Tochter den Ferienjob bei Ihrer Kanzlei beschafft«, sagte Hanken.

Upman bestätigte das. Er fügte hinzu: »Es war kein Geheimnis, dass Andy hoffte, Nicola würde nach ihrem Studium in Derbyshire praktizieren.« Er stand an seinen Schreibtisch gelehnt, hatte auch keinem der Beamten einen Sessel angeboten. Jetzt schien er sich dessen plötzlich bewusst zu werden und sagte hastig: »Du lieber Gott, wo sind nur meine Manieren geblieben? Bitte verzeihen Sie. Nehmen Sie doch Platz. Möchten Sie vielleicht eine Tasse Kaffee? Oder Tee? – Miss Snodgrass«, rief er in Richtung zur offenen Tür.

Sofort erschien die Sekretärin. Sie hatte jetzt eine große Brille auf, die ihr das Aussehen eines schüchternen Insekts verlieh. »Mr. Upman?« Sie wartete auf seine Anweisungen.

»Meine Herren?«, wandte Upman sich fragend an Lynley und Hanken.

Sie lehnten sein Angebot dankend ab, und Miss Snodgrass zog sich diskret zurück.

Upman wartete lächelnd, bis die beiden Männer sich gesetzt hatten. Er selbst blieb stehen. Lynley vermerkte diese Tatsache und wurde vorsichtig. Im subtilen Spiel um Macht und Überlegenheit hatte der Anwalt soeben einen Punkt erzielt. Und er hatte das Manöver sehr geschickt ausgeführt.

»Wie empfanden Sie die Vorstellung, dass Nicola Maiden eines Tages hier in Derbyshire praktizieren würde?«, fragte er Upman.

Der Anwalt sah ihn freundlich an. »Ich glaube nicht, dass ich irgendetwas dabei empfunden habe.«

»Sind Sie verheiratet?«

»Nein. Ich war es nicht und ich bin es nicht. Wenn man wie ich auf Scheidungsrecht spezialisiert ist, bekommt man bei dem Gedanken an eine Ehe sehr schnell kalte Füße. Da zerbrechen die romantischen Ideale gleich reihenweise.«

»Könnte das der Grund sein, weshalb Nicola Maiden den Heiratsantrag von Julian Britton abgelehnt hat?«, fragte Lynley.

Upman machte ein überraschtes Gesicht. »Ich hatte keine Ahnung, dass er ihr einen gemacht hat.«

»Sie hat es Ihnen nicht erzählt?«

»Sie hat bei mir gearbeitet, Inspector. Ich war nicht ihr Vertrauter.«

»Waren Sie vielleicht noch etwas anderes für sie?«, warf Hanken ein, offensichtlich verärgert über den Ton von Upmans letzter Bemerkung. »Außer ihr Arbeitgeber natürlich.«

Upman nahm den Briefbeschwerer in Form einer Geige von seinem Schreibtisch. Er strich mit dem Finger die Saiten entlang und zupfte sie, als wollte er feststellen, ob sie richtig gestimmt seien. Er sagte: »Sie meinen wohl, ob Nicola Maiden und ich eine persönliche Beziehung miteinander hatten.«

»Wenn ein Mann und eine Frau regelmäßig eng zusammenarbeiten«, versetzte Hanken, »kommt so was schon mal vor.«

»Nicht bei mir.«

»Mit anderen Worten, Ihre Beziehung zu Nicola Maiden ging über das Geschäftliche nicht hinaus.«

»Richtig.« Upman legte den Briefbeschwerer wieder nieder und griff nach einem Bleistifthalter. Er begann, alle stumpfen Bleistifte herauszunehmen, und legte sie ordentlich neben sich auf den Schreibtisch. »Andy Maiden hätte nichts dagegen gehabt, wenn sich zwischen Nicola und mir etwas angesponnen hätte«, erklärte er. »Er hat mehr als einmal entsprechende Andeutungen gemacht, und immer wenn ich zum Essen in Maiden Hall war, hatte er es offensichtlich darauf angelegt, Nicola und mich zusammenzubringen, vorausgesetzt natürlich, sie war zu Hause. Mir war also klar, was er sich erhoffte, aber ich konnte ihm nicht damit dienen.«

»Warum nicht?«, fragte Hanken. »Stimmte mit dem Mädchen irgendwas nicht?«

»Sie war einfach nicht mein Typ.«

»Was für ein Typ war sie denn?«, wollte Lynley wissen.

»Keine Ahnung. Was spielt das schon für eine Rolle? Ich bin … na ja, ich bin in ziemlich festen Händen.«

»›In ziemlich festen Händen‹?«, wiederholte Hanken.

»Wir haben eine Vereinbarung. Ich meine, wir sehen uns ziemlich regelmäßig. Ich habe sie vor zwei Jahren bei ihrer Scheidung vertreten und … Herrgott noch mal, was soll das?« Seine Fassade der Gelassenheit schien die ersten Risse zu bekommen. Lynley hätte gern gewusst, warum er plötzlich so erregt war.

Hanken bemerkte es auch und begann sogleich zu bohren. »Aber Sie haben Nicola Maiden attraktiv gefunden?«

»Natürlich. Ich bin ja nicht blind. Sie *war* attraktiv.«

»Und wusste Ihre geschiedene Freundin von ihr?«

»Sie ist nicht meine geschiedene Freundin. Sie ist nichts dergleichen. Wir sehen uns ab und zu. Das ist alles. Im Übrigen gab es nichts, was Joyce hätte interessieren können.«

»Joyce?«, fragte Lynley.

»Seine geschiedene Freundin«, sagte Hanken.

»Es gab nichts, was Joyce hätte interessieren können«, wiederholte Upman nachdrücklich, »weil zwischen Nicola und mir nichts war. Eine Frau attraktiv zu finden und sich auf etwas einzulassen, das keine Zukunft gehabt hätte, sind zwei völlig verschiedene Dinge.«

»Wieso hätte es keine Zukunft gehabt?«, fragte Lynley.

»Weil wir beide anderweitig gebunden waren. Wenn ich also wirklich daran gedacht hätte, mein Glück zu versuchen – was ich wohlgemerkt, nicht getan habe –, hätte ich mir nur einen Haufen Frust eingehandelt.«

»Aber sie hat Julian Brittons Heiratsantrag abgelehnt«, wandte Hanken ein. »Das lässt doch vermuten, dass sie nicht so fest gebunden war, wie Sie vermuten, sondern vielleicht einen anderen im Auge hatte.«

»Mich jedenfalls bestimmt nicht. Und was Britton angeht, diesen armen Kerl, so wette ich darauf, dass sie ihm einen Korb gegeben hat, weil sein Einkommen nicht ihren Vorstellungen entsprach. Ich vermute, dass sie einen Kerl mit einem dicken Bankkonto an der Hand hatte, wahrscheinlich in London.«

»Wie kommen Sie denn darauf?«, fragte Lynley.

Upman dachte über die Frage nach. Er schien erleichtert, selbst aus dem Schneider zu sein. »Sie hatte einen Pager und wurde manchmal in der Kanzlei angepiepst«, sagte er schließlich. »Einmal fragte sie mich danach, ob ich was dagegen hätte, wenn sie in London anriefe, um jemandem die Nummer hier zu geben, damit er sie zurückrufen könne. Das hat der Betreffende dann auch getan. Mehrmals.«

»Aber wieso schließen Sie daraus, dass es sich um jemanden mit Geld handelte?«, wollte Lynley wissen. »Ein paar Ferngespräche sind doch keine Riesenausgabe.«

»Nein. Das weiß ich. Aber Nicola hatte einen teuren Geschmack. Glauben Sie mir, die Kleider, die sie tagtäglich hier in der Kanzlei trug, hätte sie sich von dem, was ich ihr bezahlt habe, nicht leisten können. Ich wette, wenn Sie sich mal ihren Kleiderschrank anschauen, werden Sie feststellen, dass das meiste darin aus exklusiven Läden stammt und dass irgendein armer Trottel mit seinen Kreditkarten dafür bezahlt hat. Aber ich bin dieser arme Trottel nicht.«

Sehr raffiniert, dachte Lynley. Upman hatte sämtliche Fäden mit einer Geschicktheit miteinander verknüpft, die ihm als Anwalt alle Ehre machte. Aber seine Präsentation hatte etwas Kalkuliertes, das Lynley misstrauisch machte. Es war, als hätte er im Voraus gewusst, wonach sie fragen würden, und seine Antworten geplant, wie sich das für einen guten Anwalt gehörte. Hankens leicht säuerliche Miene verriet, dass seine Gedanken über den Anwalt sich in ähnlicher Richtung bewegten.

»Sprechen wir hier von einer Affäre, die Nicola hatte?«, fragte Hanken. »Mit einem verheirateten Mann, der tut, was er kann, um seine Geliebte bei Laune zu halten?«

»Ich habe keine Ahnung. Ich kann nur sagen, dass sie eine Beziehung hatte und dass der betreffende Mann meiner Meinung nach in London sitzt.«

»Wann haben Sie sie das letzte Mal lebend gesehen?«

»Am Freitagabend. Wir haben zusammen gegessen.«

»Aber Sie selbst hatten keine engere Beziehung zu ihr«, vermerkte Hanken.

»Ich habe sie zum Abschied zum Essen eingeladen, das ist ja wohl nicht gerade unüblich. Warum fragen Sie überhaupt? Werde ich allein deswegen zum Verdächtigen? Dann kann ich nur die Gegenfrage stellen, weshalb hätte ich von Freitag bis Dienstag warten sollen, wenn ich – aus welchen Gründen auch immer – die Absicht gehabt hätte, sie zu töten?«

Hanken hakte sofort nach. »Ah! Sie wissen, wann sie gestorben ist.«

Upman ließ sich nicht erschüttern. »Ich habe mit jemandem in Maiden Hall gesprochen, Inspector.«

»Ja, das sagten Sie schon.« Hanken stand auf. »Ich danke Ihnen für Ihre Hilfe. Wenn Sie mir jetzt noch sagen könnten, in welchem Restaurant Sie am Freitagabend waren, werden wir Sie nicht weiter stören.«

»Im *Chequers Inn*«, antwortete Upman. »In Calver. Aber wozu brauchen Sie das? Stehe ich unter Verdacht? Wenn das zutrifft, bestehe ich darauf –«

»Im Moment besteht noch gar kein Anlass, sich in Positur zu werfen«, sagte Hanken.

Und es besteht auch kein Anlass, dachte Lynley, den Anwalt noch mehr in die Defensive zu drängen. Er sagte: »Jeder, der das Opfer kannte, ist zunächst einmal ein Verdächtiger, Mr. Upman. Inspector

Hanken und ich sind im Moment noch dabei auszusieben. Selbst Sie als Anwalt würden doch einem Mandanten gewiss zur Kooperation raten, wenn er von der Liste gestrichen werden wollte.«

Upman war von dieser Erklärung nicht überzeugt, aber er verfolgte die Frage auch nicht weiter.

Lynley und Hanken verabschiedeten sich von ihm und gingen zur Straße hinunter, wo Hanken auf dem Weg zum Wagen sofort sagte: »Der Bursche ist mit allen Wassern gewaschen. Aalglatt. Glauben Sie ihm seine Geschichte?«

»Welchen Teil davon?«

»Ganz gleich.«

»Da er Anwalt ist, war natürlich alles, was er sagte, auf Anhieb verdächtig.«

Hanken musste wider Willen lächeln.

»Aber er hat uns immerhin einige nützliche Informationen geliefert. Ich würde mich gern noch einmal mit den Maidens unterhalten, vielleicht können sie uns irgendetwas erzählen, was Upmans Verdacht, dass Nicola einen Liebhaber hatte, bestätigt. Wenn es irgendwo einen weiteren Liebhaber gibt, gibt es auch ein weiteres Mordmotiv.«

»Für Britton«, bestätigte Hanken. Er wies mit einer Kopfbewegung in Richtung von Upmans Kanzlei. »Aber was ist mit ihm? Zählen Sie ihn zu den Verdächtigen?«

»Auf jeden Fall, bis wir ihn genau überprüft haben.«

Hanken nickte. »Ich glaube, allmählich werden Sie mir sympathisch.«

Cilla Thompson war in ihrem Atelier fast am Ende der Portslade Road, das Barbara Havers nach einigem Suchen schließlich fand. Die beiden Flügel des großen Eingangstors standen offen, und die Künstlerin, die sich anscheinend mitten in einer kreativen Phase befand, war dabei, zu den dröhnenden Rhythmen afrikanischer Trommeln aus einem verstaubten CD-Player eine Riesenleinwand mit Farbe vollzukleistern. Das Getrommel war so laut, dass Barbara das Vibrieren auf ihrer Haut und ihrem Brustbein fühlen konnte.

»Cilla Thompson?«, brüllte sie und zog ihren Ausweis aus ihrer Umhängetasche. »Kann ich Sie einen Moment sprechen?«

Cilla warf einen Blick auf den Ausweis und klemmte sich den Pinsel zwischen die Zähne. Sie schaltete den CD-Player aus und kehrte an ihre Arbeit zurück. »Cyn Cole hat's mir schon gesagt«, bemerkte sie und fuhr fort, Farbe auf die Leinwand zu klatschen.

Barbara ging ein Stück um sie herum, um einen Blick auf das Werk zu werfen, und sah sich einem weit aufgerissenen Mund gegenüber, dem eine mütterlich wirkende Frau entstieg, in einer Hand eine Teekanne, die mit Schlangen verziert war. Göttlich, dachte Barbara. Diese Malerin hatte der Kunstwelt wirklich noch gefehlt.

»Terrys Schwester hat Ihnen also gesagt, dass Terry ermordet wurde?«

»Seine Mutter hat mit ihr telefoniert, gleich nachdem sie die Leiche gesehen hatte. Und daraufhin hat Cyn mir Bescheid gegeben. Ich hab mir gleich gedacht, dass da irgendwas nicht stimmt, als sie gestern Abend angerufen hat. Ihre Stimme war irgendwie anders. Sie wissen schon, was ich meine. Aber ich wäre nie drauf gekommen – ich meine, wer hätte Interesse daran haben sollen, Terry Cole umzubringen? Er war ein harmloses kleines Würstchen. Ein bisschen irre, was seine Arbeit anging, aber völlig harmlos.«

Sie sagte das mit einer Miene, als stünden rund um sie die größten Meisterwerke und nicht die sich ständig wiederholenden Darstellungen aufgerissener Münder, aus denen die tollsten Dinge hervorquollen, vom leckgeschlagenen Öltanker bis zur Massenkarambolage auf irgendeinem Motorway. Die Arbeiten ihrer Kollegen waren, soweit Barbara sehen konnte, nicht viel besser. Sie waren Objektkünstler wie Terry. Der eine arbeitete mit ausrangierten Mülltonnen, der andere mit verrosteten Einkaufswagen.

»Ja, sicher«, sagte Barbara. »Aber wahrscheinlich alles eine Sache des Geschmacks.«

Cilla verdrehte die Augen. »Nicht für jemanden, der was von Kunst versteht.«

»Und Terry hat nichts davon verstanden?«

»Terry war ein kleiner Angeber, nehmen Sie mir's nicht übel. Der hatte von nichts Ahnung außer vom Lügen. Darin war er Spitzenklasse.«

»Seine Mutter hat gesagt, er habe an einem großen Auftrag gearbeitet«, bemerkte Barbara. »Können Sie mir darüber etwas sagen?«

»Bestimmt für Paul McCartney«, sagte Cilla trocken. »Terry hatte immer irgendwas in petto, wenn man sich mit ihm unterhielt. Mal arbeitete er angeblich an einem Riesenprojekt, das ihm Millionen einbringen würde, mal war er drauf und dran, Pete Townsend zu verklagen, weil der sich nicht öffentlich zu seinem unehelichen Sohn bekannte – Terry natürlich –, dann wieder war er auf irgendwelche Geheimunterlagen gestoßen, die er für großes Geld an die Boulevardzeitungen verkaufen wollte, oder er war mit dem Direktor der Royal Academy zum Mittagessen verabredet. *Oder* er war im Begriff, eine erstklassige Galerie zu eröffnen, wo er seine Machwerke für zwanzigtausend pro Stück verkaufen wollte.«

»Es gab also keinen Auftrag?«

»Darauf können Sie Gift nehmen.« Cilla trat von der Leinwand zurück, um ihr Werk zu begutachten. Sie verschmierte etwas Rot auf der Unterlippe des Mundes. Gab dann einen Klecks Weiß dazu und sagte: »Ah, ja«, offenbar sehr befriedigt über den Effekt. »Sie kommen mit Terrys Tod anscheinend ganz gut zurecht«, sagte Barbara. »Ich meine, wenn man bedenkt, dass Sie gerade erst davon erfahren haben.«

Cilla nahm die Bemerkung als das, was sie war – Kritik. Sie suchte sich einen anderen Pinsel und tauchte ihn in ein kräftiges Lila auf ihrer Palette. »Terry und ich haben uns die Wohnung geteilt«, erklärte sie. »Und wir haben uns das Atelier hier geteilt. Ab und zu haben wir mal zusammen gegessen oder sind in den Pub gegangen. Aber richtige Freunde waren wir nicht. Wir waren eine Zweckgemeinschaft; wir haben uns die Ausgaben geteilt, damit wir nicht dort arbeiten mussten, wo wir wohnten.«

Angesichts der Größe von Terrys Objekten und der Art von Cillas Gemälden war dieses Arrangement durchaus vernünftig. Aber Barbara musste an die Bemerkung Mrs. Badens denken. »Was hat denn Ihr Freund von dieser sogenannten Zweckgemeinschaft gehalten?«

»Aha, Sie haben also mit der Alten von unten geredet. Seit die Dan zum ersten Mal gesehen hat, wartet sie bloß darauf, dass er sich als Schläger entpuppt. Und da heißt es immer, man soll die Leute nicht nach dem Aussehen beurteilen.«

»Und?«

»Und was?«

»Und hat er sich als Schläger entpuppt? Terry gegenüber zum Beispiel. Es ist bestimmt nicht so einfach hinzunehmen, wenn die eigene Freundin mit einem anderen Kerl zusammenlebt.«

»Terry und ich haben nicht *zusammengelebt*. Wir haben uns ja kaum gesehen. Wir waren nicht einmal in derselben Clique. Terry hatte seine Freunde und ich meine.«

»Kannten Sie seine Freunde?«

Das kräftige Lila landete im Haar der mundgeborenen Frau mit der Teekanne. Cilla trug es in einer breiten, geschwungenen Linie auf, die sie dann mit der Handfläche verschmierte, woraufhin sie sich die Hand an ihrem Overall abwischte. Die Wirkung dieser Akzentsetzung auf der Leinwand war einigermaßen bestürzend. Es sah aus, als hätte Mutter Löcher im Kopf. Als Nächstes griff Cilla zu Grau und machte sich über Mutters Nase her. Barbara ging ein Stück zur Seite, da sie nicht sehen wollte, was die Künstlerin vorhatte.

»Er hat sie nie mitgebracht«, sagte Cilla. »Er hat meistens telefoniert, und es waren fast alles Frauen. *Sie* haben ihn angerufen. Nie andersrum.«

»Hatte er eine Freundin?«

»Er hatte mit Frauen nichts am Hut. Jedenfalls meines Wissens nicht.«

»War er schwul?«

»Ein Neutrum. Sex hat ihn nicht interessiert. Wenn er überhaupt was gemacht hat, dann mit sich selber. Und das ist auch nur ein großes Vielleicht.«

»Seine Welt war die Kunst?«, meinte Barbara.

Cilla lachte spöttisch. »Soweit man bei ihm von Kunst reden konnte.« Sie trat ein paar Schritte zurück und begutachtete ihr Gemälde. »Ja«, sagte sie und drehte sich zu Barbara um. »*Voilà!* Also das nenne ich eine klare Aussage!«

Aus Mutters Nase rann irgendeine unerquickliche Substanz. Stimmt, dachte Barbara, das sagt einiges, und murmelte zustimmend.

Cilla trug ihr Meisterwerk zur Wand hinüber, an der schon ein halbes Dutzend andere Gemälde lehnte. Sie wählte eines aus, das noch nicht fertig war, und trug es zur Staffelei, um mit ihrer Arbeit fortzufahren.

Sie zog sich einen Hocker heran und kramte in einem Pappkarton, um schließlich eine Mausefalle zum Vorschein zu bringen, in der noch das unglückliche Opfer gefangen war. Sie deponierte die tote Maus auf dem Hocker und setzte eine mottenzerfressene ausgestopfte Katze und ein Glas mit geriebenem Käse dazu. Sie schob diese Objekte hin und her, bis sie die Anordnung gefunden hatte, die sie haben wollte. Dann nahm sie das unfertige Bild in Angriff, eine Darstellung eines Mundes mit weit heraushängender Zunge und einer Unterlippe, die von einem Fleischerhaken durchbohrt war.

»Gehe ich recht in der Annahme, dass Terry nicht viel verkauft hat?«, fragte Barbara.

»Er hat überhaupt nichts verkauft«, antwortete Cilla unbekümmert. »Aber er war ja auch nie bereit, genug von sich selbst in seine Arbeit einzubringen. Und wenn man sich nicht voll und ganz auf seine Künste einlässt, dann kriegt man auch nichts zurück. Ich lege in jedes Bild mein Innerstes hinein, und das Bild dankt es mir.«

»Mit künstlerischer Befriedigung«, sagte Barbara ernsthaft.

»Hey, ich verkaufe meine Bilder! Erst vor zwei Tagen war jemand hier, ein wirklich gebildeter Mann, und hat mir eins abgekauft. Kommt rein, schaut sich um, sagt, er muss sofort eine Cilla Thompson haben, und zieht sein Scheckbuch raus.«

Na klar, dachte Barbara. Die Frau hatte eine blühende Phantasie. »Aber wenn Terry nie was verkauft hat, woher hat er dann das Geld genommen, um alles zu bezahlen – die Wohnung, das Atelier hier …« Ganz zu schweigen von den Gartengeräten, die er en gros gehortet zu haben schien.

»*Er* hat behauptet, das Geld wäre Schweigegeld von seinem Vater. Er war echt gut bei Kasse.«

»Schweigegeld?« Das war doch etwas, was sie vielleicht weiterführen würde. »Hat er denn jemanden erpresst?«

»Klar«, antwortete Cilla. »Seinen Vater. Pete Townsend, wie ich schon sagte. Der gute alte Pete musste die Kohle rüberschieben, weil Terry sonst zur Presse gegangen wäre und das finstere Geheimnis gelüftet hätte. Ha! Als ob Terry Cole jemals irgendjemandem hätte weismachen können, er wäre was andres als das, was er wirklich war: ein Gauner, der hinter dem schnellen Geld her war.«

Diese Charakterisierung entsprach in etwa Mrs. Badens Beschreibung von Terry Cole, auch wenn sie mit weitaus weniger Verständnis und Sympathie geäußert wurde. Aber wenn Terry Cole tatsächlich in irgendeine krumme Sache verstrickt gewesen war, welcher Art war sie gewesen? Und wer war das Opfer gewesen?

Irgendwo musste es doch Hinweise zu finden geben. Und für die Suche nach diesen Hinweisen kam nur ein Ort in Frage – seine Wohnung. Barbara erklärte also Cilla, sie müsse sich dringend Terrys Wohnung ansehen. Ob Cilla ihr das gestatten wolle?

Aber sicher, erwiderte Cilla. Sie wäre spätestens um fünf zu Hause, wenn Barbara dann vorbeikommen wolle. Aber über eines solle sie sich von Anfang an klar sein, nämlich dass Cilla Thompson mit irgendwelchen finsteren Geschäften, die Terry Cole vielleicht gemacht hatte, absolut nichts zu tun habe.

»Ich bin Künstlerin. Was anderes gibt's für mich nicht«, verkündete Cilla. Sie rückte die tote Maus noch einmal zurecht und zog die Pfote der ausgestopften Katze ein wenig weiter vor, so dass sie drohender und räuberischer wirkte.

»Natürlich, das sehe ich«, versicherte Barbara.

Auf der Polizeidienststelle in Buxton angekommen, trennten sich Lynley und Hanken, nachdem dieser veranlasst hatte, dass dem Kollegen vom Yard ein Wagen zur Verfügung gestellt wurde. Hanken hatte vor, nach Calver zu fahren, um Will Upmans Angaben bezüglich seines Abendessens mit Nicola Maiden zu überprüfen. Lynley seinerseits wollte nach Maiden Hall.

Als er dort ankam, stellte er fest, dass in der Küche die Vorbereitungen für das Abendessen bereits in vollem Gange waren. In der Bar war man dabei, die Bestände aufzufüllen, und im Speisesaal wurde für den Abend gedeckt. Es herrschte eine Atmosphäre allgemeiner Betriebsamkeit, als wollte man demonstrieren, dass das Leben irgendwie weitergehen musste.

Im Foyer kam Lynley dieselbe Frau entgegen, die die beiden Beamten am Nachmittag zuvor empfangen hatte. Als er nach Andy Maiden fragte, murmelte sie: »Der arme Mann«, und eilte davon, um ihren Arbeitgeber zu holen. Lynley ging, während er wartete, zur Tür des Speisesaals, der an den Salon anschloss. Eine zweite Frau – etwa im gleichen Alter wie die erste und ihr im Aussehen ziemlich ähnlich – war damit beschäftigt, weiße Kerzen auf den Tischen zu verteilen. Neben ihr auf dem Boden stand ein Korb mit gelben Chrysanthemen.

Die Durchreiche zwischen Speisesaal und Küche war offen, und von der anderen Seite war ein hitziger französischer Wortschwall zu hören, gefolgt von einer Erwiderung in Englisch mit ausgeprägtem französischem Akzent: »Nein! Nein! Nein! Wenn ich Schalotten verlange, dann meine ich Schalotten. Das hier sind Zwiebeln zum Schmoren.«

Die mit gedämpfter Stimme gesprochene Antwort, die Lynley nicht mitbekam, ging beinahe unter in einer neuerlichen französischen Tirade.

»Tommy?«

Lynley drehte sich um. Andy Maiden war mit einem Spiralheft in der Hand in den Salon getreten. Er sah schlecht aus, hohläugig und unrasiert, und steckte noch in denselben Kleidern wie am Nachmittag zuvor.

»Ich konnte den Ruhestand kaum erwarten«, sagte er tonlos. »Ich habe praktisch für den Tag gelebt, an dem ich endlich in Pension gehen könnte. Ich hab die Arbeit ohne einen Mucks ertragen, weil sie mich meinem Ziel näher brachte. Immer wieder habe ich mir das gesagt. Und ihnen genauso – Nan und Nicola. Nur noch ein paar Jahre, habe ich immer gesagt, dann haben wir genug.« Er straffte die Schultern, aber der kurze Weg durch den Salon zu Lynley schien ihn seine letzten Kräfte zu kosten. »Und was hat uns das am Ende eingebracht? Meine Tochter ist tot, und ich habe die Namen von fünfzehn Kerlen gefunden, die ihre eigene Mutter umbringen würden, wenn auch nur der geringste Profit für sie dabei rausspringen würde. Wie zum Teufel bin ich nur auf den Gedanken gekommen, sie würden ihre Zeit absitzen, verschwinden und sich nie wieder um mich kümmern?«

Lynley blickte auf das Ringheft. Er wusste jetzt, was es war. »Sie haben eine Liste für uns.«

»Ich habe die ganze Nacht meine Aufzeichnungen durchgelesen. Dreimal. Vielleicht auch viermal. Und jetzt habe ich das Resultat. Wollen Sie es wissen?«

»Ja.«

»Ich habe sie getötet. Ich. Ich war es.«

Wie oft, fragte sich Lynley, bin ich diesem intensiven Bedürfnis, die Schuld zu übernehmen, schon begegnet? Hundertmal? Tausendmal? Es war immer das Gleiche. Und wenn es ein simples Wort gab, das die Schuldgefühle derer lindern konnte, die zurückblieben, nachdem sie einen geliebten Menschen durch ein Gewaltverbrechen verloren hatten, so hatte er es jedenfalls noch nicht gefunden. »Andy –« begann er.

Maiden ließ ihn nicht aussprechen. »Sie wissen doch noch, wie ich damals war, nicht? Ich müsste die Gesellschaft vor den ›kriminellen Elementen‹ schützen, habe ich mir immer eingeredet. Und ich war gut in meiner Arbeit. Ich war so verdammt gut. Aber in meinem Eifer, unserer beschissenen Gesellschaft zu dienen, war ich blind und taub dafür, dass meine eigene Tochter … meine Nick …« Seine Stimme begann zu zittern. »Entschuldigen Sie«, sagte er.

»Entschuldigen Sie sich nicht, Andy. Das ist doch ganz in Ordnung.«

»Es wird niemals in Ordnung sein.« Maiden klappte das Heft auf und riss die letzte Seite heraus. Er hielt sie Lynley hin. »Finden Sie ihn.«

»Das werden wir.« Lynley wusste, dass seine Worte Maidens Schmerz ebenso wenig lindern konnten, wie eine Verhaftung dazu imstande wäre. Dennoch berichtete er, dass er einen Beamten beauftragt hatte, die SO10-Unterlagen in London durchzusehen, bisher jedoch noch nichts gehört hatte. Alle Angaben, die Maiden ihnen machen könne – über Namen, Verbrechen, Ermittlungsverfahren –, würden dazu beitragen, die mühselige Suche per Computer abzukürzen, so dass der damit befasste Beamte die Zeit hatte, andere Spuren zu verfolgen. Die Polizei wisse Maidens Bemühungen selbstverständlich zu schätzen.

Maiden nickte wie benommen. »Wie kann ich sonst noch helfen? Können Sie mir irgendetwas zu tun geben, Tommy ... ganz gleich, was ... ich muss irgendwie aus diesem Alptraum ...« Er fuhr sich mit der Hand durchs Haar, das noch lockig und voll war, wenn auch schon ziemlich stark ergraut. »Ich bin ein Fall wie aus dem Lehrbuch. Immer auf der Suche nach Beschäftigung und Ablenkung, um das nicht aushalten zu müssen.«

»Das ist doch eine ganz natürliche Reaktion. Jeder von uns versucht, sich gegen einen Schock abzuschotten, bis er fähig ist, ihn zu verarbeiten. So sind wir Menschen nun einmal.«

»*Das*. Ich spreche immer nur von *das*. Denn wenn ich das Wort ausspreche, wird alles real, und ich glaube nicht, dass ich das ertragen kann.«

»Kein Mensch erwartet von Ihnen, dass Sie sofort alles in den Griff bekommen. Sie und Ihre Frau brauchen ganz einfach Zeit, um erst einmal zu verdrängen, was geschehen ist. Oder auch zu verleugnen. Oder völlig zusammenzubrechen. Glauben Sie mir, ich verstehe das.«

»Wirklich?«

»Ich denke, das wissen Sie.« Die nächsten Worte fielen Lynley schwer, zumal es kein Mittel gab, um ihnen etwas von ihrer Schmerzhaftigkeit zu nehmen. »Ich muss die Sachen Ihrer Tochter durchsehen, Andy. Möchten Sie dabei sein?«

Maiden zog die Brauen zusammen. »Ihre Sachen sind in ihrem Zimmer. Aber wenn Sie nach einer Verbindung mit der SO10 suchen, wozu müssen Sie sich dann Nicolas Zimmer ansehen?«

»Wir dürfen keine Möglichkeit unberücksichtigt lassen«, antwortete Lynley. »Wir haben heute Morgen mit Julian Britton und Will Upman gesprochen. Es gibt da verschiedene Einzelheiten, denen wir gern nachgehen würden.«

Maiden sagte: »Großer Gott, Sie können doch nicht im Ernst glauben, dass einer von ihnen ...?« Er starrte an Lynley vorbei zum Fenster hinaus, anscheinend in Gedanken darüber versunken, welche Gräuel sich hinter dem Hinweis auf Britton und Upman verbergen könnten.

»Es ist noch viel zu früh, um irgendetwas mit Sicherheit zu sagen, Andy«, sagte Lynley hastig.

Maiden wandte sich wieder ihm zu und sah ihn forschend an. Schließlich schien er diese Antwort zu akzeptieren. Er führte

Lynley in die zweite Etage des Hauses und zeigte ihm das Zimmer seiner Tochter. Er selbst blieb an der Tür stehen, während Lynley mit der Durchsicht von Nicola Maidens Eigentum begann.

Vieles entsprach genau dem, was man im Zimmer einer fünfundzwanzigjährigen Frau zu finden erwarten würde, und bestätigte größtenteils die Aussagen, die entweder Julian Britton oder Will Upman gemacht hatten. In einem Schmuckkasten aus Holz lagen die Beweise für Nicolas Vorliebe für Piercing, von der Julian Britton gesprochen hatte: goldene Ringe in verschiedenen Größen, lauter Einzelstücke, die sie vermutlich im Nabel, in der Lippe und den Brustwarzen getragen hatte; zierliche Stecker zum Schmuck der Zunge; blitzende Rubin- und Smaragdstecker für die Nasenflügel. Angesichts der Steine und Metalle, aus denen die Schmuckstücke gearbeitet waren, war Will Upmans Behauptung, sie habe irgendwo einen gutbetuchten Liebhaber gehabt, durchaus glaubhaft.

Im Kleiderschrank hingen fast durchweg Designermodelle: Die Etiketten waren das reinste Who's Who der Haute Couture. Upman hatte erklärt, dass sie sich von dem, was er ihr bezahlt hatte, niemals derart teure Kleider hätte leisten können, und ihre Garderobe war eine Bestätigung seiner Worte. Es gab aber auch noch andere Hinweise darauf, dass irgendjemand Nicola Maiden jeden Wunsch erfüllt hatte.

Das ganze Zimmer war voll von Dingen, die entweder auf ein großzügiges Einkommen oder einen großzügigen Liebhaber schließen ließen. An der Innenwand des Schranks lehnte eine elektrische Gitarre, daneben standen ein CD-Player, ein Radio und zwei Lautsprecher, für die Nicola Maiden mehr als ein Monatsgehalt hätte ausgeben müssen. In einem drehbaren CD-Ständer aus Eichenholz waren zwei- oder dreihundert CDs untergebracht. Auf einem Farbfernseher in einer Ecke des Zimmers lag ein Handy. In einem Ablagefach des Fernsehtischs standen ordentlich nebeneinander aufgereiht acht lederne Handtaschen. Alles in dem Zimmer zeugte von Überfluss. Alles gab zu der Vermutung Anlass, dass Upman zumindest in einer Hinsicht die Wahrheit gesprochen hatte. Oder aber Nicola Maiden war auf eine andere Art und Weise zu dem vielen Geld gekommen – auf eine Art und Weise, die letztlich zu ihrem Tod geführt hatte:

durch Drogenhandel, Erpressung, Schwarzmarktgeschäfte, Unterschlagung. Bei dem Gedanken an Upman fiel Lynley jedoch noch etwas ein, was der Anwalt gesagt hatte.

Er ging zur Kommode und öffnete eine Schublade nach der anderen: seidene Unterwäsche, seidene Nachthemden, Kaschmirschals und Designersocken, die noch nicht getragen waren. Eine Schublade war vollgestopft mit den Dingen, die Nicola Maiden zu ihrem Wandersport gebraucht hatte, Khakishorts, gefaltete Pullis, ein kleiner Rucksack, Wanderkarten und eine silberne Taschenflasche, in die die Initialen der jungen Frau eingraviert waren.

Nur die beiden unteren Schubladen der Kommode enthielten Kleidungsstücke, die nicht danach aussahen, als wären sie in Knightsbridge gekauft. Doch auch diese Schubladen waren wie die anderen bis oben hin vollgestopft. Hier waren Wollpullover in allen möglichen Farbtönen untergebracht, und in jedem war innen am Hals das gleiche Etikett eingenäht: »Mit Liebe gemacht von Nancy Maiden.«

Lynley strich nachdenkich über die Etiketten. »Ihr Pager ist nicht da«, bemerkte er. »Upman hat mir gesagt, dass sie einen hatte. Wissen Sie, wo er ist?«

Maiden kam ins Zimmer. »Ein Pager? Ist Will da sicher?«

»Er hat uns erzählt, dass sie verschiedentlich in der Kanzlei angepiepst worden ist. Wussten Sie nicht, dass sie einen hatte?«

»Ich hab sie nie mit so einem Ding gesehen. Und es ist nicht hier?« Maiden tat, was Lynley getan hatte: Er sah die Gegenstände durch, die auf der Kommode standen, und durchsuchte dann jede einzelne Schublade. Aber er ging bei seiner Suche noch weiter als Lynley, trat zum Kleiderschrank und sah in Taschen von Jacken und Mänteln nach, griff prüfend an den Bund jeder Hose und jeden Rocks. Schließlich sah er auch noch die mit Kleidungsstücken gefüllten Plastiktüten durch, die auf dem Bett lagen. Als er auch dort nichts fand, sagte er: »Sie muss ihn auf die Wanderung mitgenommen haben. Wahrscheinlich liegt er als Beweisstück bei der Polizei.«

»Weshalb hätte sie den Pager mitnehmen sollen, wenn sie das Handy hiergelassen hat?«, fragte Lynley. »Draußen im Moor wäre das eine ohne das andere doch völlig nutzlos gewesen.«

Maidens Blick schweifte zum Fernseher, auf dem das Handy lag, und kehrte zu Lynley zurück. »Dann muss er hier irgendwo sein.«

Lynley sah im Nachttisch nach. Er fand ein Fläschchen Aspirin, eine Packung Kleenex, eine Schachtel Geburtstagskerzen und eine Tube Lippenbalsam. Er nahm sich die Ledertaschen unter dem Fernsehapparat vor, machte eine nach der anderen auf und sah jede gründlich durch. Alle waren leer. Ebenso eine Schultasche, die er fand, eine Aktentasche und eine kleine Reisetasche.

»Vielleicht liegt er in ihrem Wagen«, meinte Maiden.

»Das glaube ich nicht.«

»Warum nicht?«

Lynley antwortete nicht. Während er dort in der Mitte des Raums stand, sah er plötzlich die Einzelheiten mit einem Blick, der geschärft war durch die Tatsache, dass ein einziger kleiner Gegenstand fehlte. Eine Tatsache, die vielleicht nichts oder alles besagte. Und in diesem Moment scharfer Aufmerksamkeit erkannte er auch, was ihm zuvor nicht aufgefallen war. Das Zimmer glich einem Museum. Jedes Stück befand sich ordentlich an seinem Platz.

Es hatte schon vor ihm jemand Nicola Maidens Sachen durchgesehen.

»Wo ist eigentlich Ihre Frau heute Nachmittag, Andy?«, sagte er.

9

Als Andy Maiden nicht gleich antwortete, wiederholte Lynley seine Frage und fügte hinzu: »Ist sie hier im Hotel? Oder irgendwo draußen in der Nähe?«

Maiden sagte: »Nein. Nein, sie … Nan ist weggefahren, Tommy.« Er ballte die Hände wie in einem plötzlichen Krampf.

»Wohin? Wissen Sie das?«

»Raus ins Moor, vermute ich. Sie hat das Fahrrad genommen. Damit fährt sie meistens dort raus.«

»Ins Calder Moor?«

Maiden trat zum Bett seiner Tochter und ließ sich schwer auf die Kante sinken. »Sie haben Nancy früher nie kennengelernt, nicht wahr, Tommy?«

»Nein, nicht dass ich wüsste.«

»Sie meint es immer nur gut. Sie gibt und gibt. Aber es gibt Augenblicke, da kann ich es einfach nicht mehr ertragen.« Er sah auf seine Hände hinunter. Er bewegte seine Finger. Er hob die Hände mit einer Geste der Hilflosigkeit, als er weitersprach: »Sie hat sich unentwegt um mich gesorgt. Können Sie sich das vorstellen? Sie wollte helfen. Das Einzige, woran sie denken konnte – wovon sie reden oder worum sie sich kümmern konnte –, war diese Taubheit in meinen Händen. Sie wollte mir unbedingt helfen, sie loszuwerden. Den ganzen Nachmittag hat sie mich gestern damit bedrängt. Und genauso den ganzen Abend.«

»Vielleicht ist das ihre Art, mit den Dingen fertigzuwerden«, meinte Lynley.

»Aber es erfordert zu viel Konzentration von ihr, die Gedanken auszuschalten, die sie auszuschalten versucht, verstehen Sie das? Es verlangt ihr jeden Funken Konzentration ab, den sie besitzt. Und ich merkte plötzlich, dass ich in ihrer Gegenwart kaum noch atmen konnte. Ständig war sie um mich herum. Wollte mir Tee bringen und das Heizkissen und … ich bekam das Gefühl, als gehörte noch nicht einmal mehr meine Haut mir selbst – als könnte sie keine Ruhe geben, bis sie es geschafft hätte, in meine

Poren einzudringen, um –« Er brach plötzlich ab und schien sich in der folgenden Pause bewusst zu werden, was er da wohl so völlig unbedacht gesagt hatte. Denn er schwenkte abrupt um und murmelte niedergeschlagen: »Großer Gott. Hören Sie sich das an. Wie kann man nur so egoistisch sein.«

»Sie haben einen schweren Schlag erlitten. Sie versuchen, irgendwie damit fertigzuwerden.«

»Nan hat diesen Schlag ebenfalls erlitten. Aber sie denkt an *mich.*« Er drückte und knetete eine Hand mit der anderen. »Sie wollte mir die Hände massieren. Das war alles. Und ich habe sie vertrieben, weil ich dachte, ich würde ersticken, wenn ich auch nur einen Augenblick länger mit ihr in einem Zimmer sein müsste. Und jetzt ... wie ist das möglich, dass man sich gegenseitig braucht und liebt und gleichzeitig die Nähe des anderen nicht ertragen kann? Was geschieht nur mit uns?«

Das sind die Nachwirkungen der Brutalität, hätte Lynley gern geantwortet. Stattdessen fragte er abermals: »Ist sie ins Calder Moor gefahren, Andy?«

»Sie wird im Hathersage Moor sein. Das ist näher. Nur ein paar Kilometer. Nein. Im Calder Moor ist sie sicher nicht.«

»Ist sie dort schon jemals geradelt?«

»Im Calder Moor?«

»Ja. Im Calder Moor. Ist sie dort schon jemals geradelt?«

»Ja, natürlich.«

Lynley tat es nicht gern, aber er musste fragen. Ja, er schuldete es sich und seinem Kollegen in Buxton, die Frage zu stellen. »Und Sie auch, Andy? Oder nur Ihre Frau?«

Andy Maiden sah langsam auf, als begreife er endlich, worauf Lynley hinauswollte. »Ich dachte, Sie verfolgen die Londoner Spur. In Zusammenhang mit der SO10.«

»Das tue ich. Aber vor allem suche ich die Wahrheit, die ganze Wahrheit. Ebenso wie Sie, denke ich. Also, radeln Sie beide im Calder Moor?«

»Nancy ist *nicht* –«

»Andy, helfen Sie mir doch. Sie wissen doch, wie es läuft. Die Tatsachen kommen im Allgemeinen auf die eine oder andere Weise ans Licht. Und es kann passieren, dass die Umstände, unter denen sie ans Licht kommen, spannender sind als die Fakten selbst. Da kann eine eigentlich simple Untersuchung leicht aufs falsche Gleis geraten, und ich kann mir nicht vorstellen, dass Sie das wollen.«

Maiden verstand: Die Tatsache der versuchten Verdunkelung konnte irgendwann wichtiger werden als das Wissen, das man zurückzuhalten versuchte. »Ja, wir radeln beide im Calder Moor. Alle hier tun das. Aber es ist zu weit, um von hier aus mit dem Fahrrad hinzufahren, Tommy.«

»Wie viele Kilometer?«

»Das weiß ich nicht genau. Aber es ist viel zu weit. Wir fahren mit dem Landrover raus und nehmen die Fahrräder mit, wenn wir dort radeln wollen. Wir parken irgendwo am Straßenrand oder in einem der Dörfer. Und fahren von dort aus los. Wir radeln nie direkt von hier aus.« Er wies mit dem Kopf zum Fenster und fügte hinzu: »Der Landrover steht noch draußen. Sie ist also heute Nachmittag nicht ins Calder Moor gefahren.«

Nein, heute Nachmittag nicht, dachte Lynley. Er sagte: »Ja, ich habe einen Landrover gesehen, als ich kam.«

Andy Maiden war lange genug bei der Polizei gewesen, um naheliegende Gedankenverbindungen herstellen zu können. »Der Hotelbetrieb stellt hohe Anforderungen, Tommy. Uns bleibt kaum Zeit für uns selbst. Wir nützen jede Minute aus, die sich uns bietet. Wenn Sie zum Hathersage Moor fahren wollen, um zu sehen, ob sie dort ist, finden Sie an der Rezeption eine Karte zu Ihrer Orientierung.«

Das sei nicht nötig, erklärte Lynley. Wenn Nancy Maiden mit ihrem Fahrrad ins Moor hinausgefahren war, dann wahrscheinlich, weil sie eine Weile allein sein wollte. Und er wollte ihr diese Möglichkeit nicht nehmen.

Barbara Havers wusste, dass sie sich bei Onkel Toms Hütte, einer Imbissbude an der Ecke Portslade und Wandsworth Road, etwas zu essen hätte mitnehmen können. Der Stand nahm kaum mehr als eine Nische am vorderen Ende der Eisenbahnarkaden ein und sah ganz so aus, als könnte man dort jede Menge cholesterinstrotzende Fressalien kaufen, die einem binnen einer Stunde sämtliche Arterien verkleisterten. Aber sie widerstand der Versuchung – tapfer, fand sie – und suchte sich stattdessen ein Pub in der Nähe des Vauxhall-Bahnhofs, wo sie sich die Bratwürste mit Kartoffelpüree genehmigte, von denen sie schon früher geträumt hatte. Eine köstliche Mahlzeit, zu der sie mit Genuss ein Bier trank. Gesättigt und zufrieden mit dem Ergebnis ihrer morgendlichen Nachforschungen in Battersea, fuhr sie wieder hinüber auf die Nordseite der Themse und flitzte den Fluss entlang. Sie kam so schnell vorwärts, dass sie in die Tiefgarage von New Scotland Yard hinunterfuhr, noch ehe sie ihre zweite Zigarette geraucht hatte.

Sie hatte jetzt zwei Arbeitsmöglichkeiten. Sie konnte an den Computer zurückkehren und von Neuem die Jagd nach einem entlassenen Ganoven aufnehmen, der Maiden Blutrache geschworen hatte. Oder sie konnte die Informationen, die sie bisher gesammelt hatte, in einem Bericht zusammenfassen. Wenn sie sich trotz aller Abneigungen gegen diese öde, stumpfsinnige Idiotenarbeit für das Erstere entschied, würde sie damit beweisen, dass sie fähig war, die bittere Pille der Bestrafung zu schlucken, die ihr gewisse Leute verschrieben hatten. Die Alternative jedoch schien ihr eher geeignet, der Aufklärung dieses Falls näher zu kommen. Sie entschied sich also für den Bericht. Die Niederschrift würde ja nicht lange dauern; sie würde ihr gestatten, die Informationen in übersichtlicher und logischer Reihenfolge zu ordnen und damit vielleicht Denkanstöße zu geben, und sie würde sie mindestens eine weitere Stunde von der Arbeit am Bildschirm verschonen. Sie setzte sich in Lynleys Büro – warum auch nicht? Es war ja im Moment leer – und machte sich an die Arbeit.

Sie war mittendrin, soeben bei den höchst interessanten Mitteilungen Cilla Thompsons angelangt, die Terry Coles größenwahnsinnige Behauptung bezüglich seiner Abstammung väterlicherseits und seine Neigung zu dubiosen Geschäften betrafen, und tippte gerade »Erpressung?«, als Winston Nkata hereinkam. Er schlang den letzten Rest eines Riesenhamburgers hinunter und warf den Behälter in den Papierkorb. Dann wischte er sich die Hände gründlich an einer Papierserviette ab und schob ein Opal-Fruchtbonbon in den Mund.

»Wer solchen Dreck isst, lebt nicht lang«, bemerkte Barbara scheinheilig.

»Aber ich werd mit einem Lächeln auf den Lippen sterben«,

versetzte Nkata. Er hockte sich rittlings auf einen Stuhl und zog sein in Leder gebundenes Dienstbuch heraus.

Barbara warf einen Blick zur Wanduhr und sagte: »Wie schnell fahren Sie eigentlich die M1 rauf und runter, Winston? Sie brechen ja alle Rekorde.«

Er gab keine Antwort, und das war Antwort genug. Barbara schauderte bei dem Gedanken an Lynleys Reaktion, sollte er je erfahren, dass Nkata seinen geliebten Bentley mit Schallgeschwindigkeit durch die Lande jagte.

»Ich war an der Uni, in der juristischen Fakultät«, sagte er. »Der Chef meinte, ich sollte mich mal umhören, was die Maiden hier in London so getrieben hat.«

Barbara hörte auf zu tippen. »Und?«

»Sie hat's geschmissen.«

»Sie hat das Studium geschmissen?«

»So sieht's aus.« Nicola Maiden, berichtete er, hatte ihr Jurastudium anscheinend Anfang Mai aufgegeben, als die Examen näher rückten. Sie hatte es nicht unüberlegt getan, sondern noch mit allen für sie zuständigen Dozenten gesprochen, ehe sie sich zu dem Schritt entschlossen hatte. Mehrere von ihnen hatten versucht, ihr das Vorhaben auszureden – sie war eine der Besten ihres Jahrgangs gewesen, und sie hatten es für Wahnsinn von ihr gehalten, einfach das Studium abzubrechen, obwohl ihr eine glänzende Zukunft als Juristin bevorstand –, aber sie war unerschütterlich geblieben. Und sie war verschwunden.

»Ist sie durch ihre Prüfungen gerasselt?«, fragte Barbara.

»Sie hat sie überhaupt nie abgelegt. Sie ist vorher gegangen.«

»Hat sie Angst gehabt? Das große Nervenflattern gekriegt wie ihr Vater? Oder Magengeschwüre? Ich meine, als ihr klarwurde, was sie für ein Lernpensum vor sich hatte und dass sie es nicht packen würde?«

»Nein, sie war einfach zu dem Schluss gekommen, dass die Juristerei nicht das Richtige für sie ist. So hat sie's jedenfalls ihrem persönlichen Tutor erzählt.«

Nicola Maiden hatte acht Monate lang auf Teilzeitbasis bei einer Firma in Notting Hill namens MKR Financial Management gearbeitet, berichtete Nkata weiter. Das war bei den meisten Jurastudenten so üblich: Vormittags jobbten sie, um sich ihren Lebensunterhalt zu verdienen, nachmittags und abends saßen sie in Seminaren an der Uni. Die Firma in Notting Hill hatte ihr eine Ganztagsstellung angeboten, und da ihr die Arbeit gefiel, hatte sie beschlossen anzunehmen.

»Und das war's dann«, schloss Nkata. »Niemand an der Uni hat seitdem wieder von ihr gehört.«

»Aber was hat sie in Derbyshire getan, wenn sie einen Ganztagsjob in Notting Hill angenommen hatte?«, fragte Barbara. »Wollte sie noch mal richtig Ferien machen, ehe sie sich ins Berufsleben stürzte?«

»Nein, nicht nach dem, was ich vom Chef weiß. Hier fängt die ganze Geschichte an, ziemlich mysteriös zu werden. Sie hat den Sommer über in Derbyshire für einen Anwalt gearbeitet, um sich auf die Zukunft vorzubereiten, wie man so schön sagt. Das war überhaupt der Grund, warum er mich an die Uni geschickt hat.«

»Sie ist also bei einer Firma in London angestellt, die Geldgeschäfte macht, nimmt aber einen Sommerjob bei einem Anwalt in Derbyshire an?«, sagte Barbara. »Von so was hör ich auch das erste Mal. Weiß der Inspector, dass sie das Studium aufgegeben hatte?«

»Ich hab ihn noch nicht angerufen. Ich wollte erst mit Ihnen reden.«

Die Bemerkung tat Barbara gut. Sie warf Nkata einen kurzen Blick zu. Seine Miene war wie immer freundlich, unbefangen und absolut sachlich. »Also, sollen wir ihn anrufen? Den Inspector, meine ich.«

»Ich schlage vor, wir kauen das erst noch ein bisschen durch.«

»Gut. Okay. Vergessen wir für den Moment mal, was sie in Derbyshire getan hat. Bei dieser MKR-Firma in London muss sie ganz schön verdient haben. Ich meine, wenn sie bei der Juristerei geblieben wäre, hätte sie doch bestimmt später auch nicht hungern müssen. Warum also aussteigen? Doch höchstens, weil sie *sofort* Geld sehen wollte, und zwar nicht zu knapp. Na, wie klingt das?«

»Fürs Erste ganz einleuchtend.«

»Okay. Hat sie also dringend Geld gebraucht? Und wenn ja, warum? Wollte sie irgendwas Großes anschaffen? Eine Schuld abzahlen? Eine Reise machen? Weniger sparen müssen?« Barbara musste wieder an Terry Cole denken, und sie schnippte mit den

Fingern. »Hey, wie wär's damit? Sie ist erpresst worden. Von jemandem in London, der nach Derbyshire raufgedüst ist, weil er wissen wollte, warum sie mit ihrer Zahlung im Rückstand war.«

Nkata drehte die Hand hin und her, als wollte er sagen, wer weiß. »Könnte doch auch sein, dass sie es sich aufregender vorstellte, in diesem MKR-Laden mit Geld zu jonglieren, als ihr Leben lang in Talar und Perücke Gerichtsbänke zu drücken. Ganz abgesehen davon, dass es auf lange Sicht wahrscheinlich mehr eingebracht hätte.«

»Was genau hat sie eigentlich bei MKR gemacht?«

Nkata warf einen Blick in seine Notizen. »Sie war Praktikantin«, sagte er.

»*Praktikantin?* Na hören Sie, Winston. Deswegen wird sie doch ihr Studium nicht geschmissen haben.«

»Als Praktikantin hat sie letztes Jahr im Oktober dort angefangen. Ich sage nicht, dass sie auch Praktikantin geblieben ist.«

»Aber was hatte sie dann in Derbyshire in dieser Anwaltskanzlei zu suchen? Hatte sie sich's vielleicht doch wieder anders überlegt? Wollte sie wieder zur Juristerei zurück?«

»Wenn ja, dann weiß man jedenfalls an der Uni nichts davon.«

»Hm. Das ist schon merkwürdig.« Während Barbara über das widersprüchliche Verhalten Nicola Maidens nachdachte, nahm sie sich eine Zigarette. »Stört es Sie, wenn ich rauche, Winnie?«

»Allerdings.«

Seufzend gab sie sich mit einem Streifen Kaugummi zufrieden, den sie noch in ihrer Umhängetasche aufstöberte. Nachdem sie die alte Kinokarte abgerissen hatte, die daran festgeklebt war, schob sie den Kaugummi in den Mund. »Gut. Was wissen wir noch?«

»Sie hatte ihre Wohnung aufgegeben.«

»Na und?«

»Für immer, meine ich, genau wie sie das Studium aufgegeben hatte.«

»Okay. Aber weltbewegend ist diese Neuigkeit nicht gerade.«

»Dann warten Sie mal.« Nkata griff in seine Hosentasche und zog ein weiteres Fruchtbonbon heraus. Er packte es aus und schob es in seine Backentasche. »An der Uni hatten sie ihre Adresse – die alte, meine ich –, und da bin ich hingefahren und hab mich mal mit der Wirtin unterhalten. Die Wohnung war in Islington. Ein Einzimmer-Apartment.«

»Und?«, ermunterte ihn Barbara.

»Sie ist genau zu der Zeit umgezogen, als sie ihr Studium aufgegeben hat. Das war am zehnten Mai. Knall auf Fall. Hat einfach ihre Sachen gepackt, eine Nachsendeadresse in Fulham hinterlassen und ist verschwunden. Die Hauswirtin war ziemlich sauer. Übrigens auch über die Riesenauseinandersetzung.« Nkata lächelte, als er Barbara diese letzte Information lieferte.

Barbara drohte ihm lachend mit dem Finger und sagte: »Sie Ratte! Los, erzählen Sie mir den Rest, Winston.«

Nkata lachte ebenfalls. »Sie hatte Krach mit irgendeinem Kerl. Die beiden haben sich angekeift wie die Iren bei den Friedensgesprächen, sagt die Hauswirtin. Das war am neunten Mai.«

»Am Tag vor ihrem Umzug?«

»Richtig.«

»Handgreiflichkeiten?«

»Nein, bloß Gebrüll und böse Worte.«

»Was für uns dabei?«

»Der Kerl soll gesagt haben, ›Das lass ich nicht zu. Bevor ich dich das tun lasse, bring ich dich um‹.«

»Na, das nenne ich doch einen saftigen Happen. Darf ich hoffen, dass wir auch eine Beschreibung des Mannes haben?« Nkatas Gesichtsausdruck war Antwort genug. »Mist!«

»Es ist immerhin etwas.«

»Vielleicht. Vielleicht auch nicht.« Barbara überlegte. »Wenn sie gleich nach dieser Drohung umgezogen ist«, sagte sie dann, »wieso kam es dann erst so viel später zu dem Mord?«

»Wenn sie nach Fulham gezogen und dann verreist ist, wird er sie erst ausfindig gemacht haben müssen«, meinte Nkata. Dann sagte er: »Was haben Sie denn für Neuigkeiten?«

Barbara berichtete ihm von ihren Gesprächen mit Mrs. Baden und Cilla Thompson. Sie wies insbesondere auf Terrys zweifelhafte Einkommensquelle hin und auf die gegensätzlichen Beschreibungen, die seine Wohngenossin und seine Hauswirtin von ihm gegeben hatten. »Cilla Thompson behauptet, dass er nie etwas verkauft habe und dass auch gar keine Aussicht bestand, dass er je was verkaufen würde. Ich muss sagen, da bin ich ihrer Meinung. Die Frage ist dann allerdings, womit er seinen Lebensunterhalt verdient hat.«

Nkata dachte eine Weile über das Gehörte nach, schob dabei sein Bonbon von einer Backentasche in die andere und sagte schließlich: »Rufen wir den Chef an.« Er ging zu Lynleys Schreibtisch und tippte aus dem Gedächtnis eine Nummer ein. Schon einen Augenblick später meldete sich Lynley über sein Handy. Nkata sagte: »Augenblick noch«, und drückte auf einen Knopf am Telefon. Über den Lautsprecher konnte Barbara Lynleys angenehmen Bariton hören.

»Also, was haben wir bis jetzt, Winnie?«

Genau das Gleiche, was er zu ihr gesagt hätte. Sie stand auf und schlenderte zum Fenster. Zu sehen gab es da natürlich gar nichts außer dem Tower Block. Es war nur Beschäftigungstherapie.

Nkata klärte Lynley mit knappen Worten über den Stand der Dinge auf, berichtete von Nicola Maidens abruptem Abgang von der Universität, von ihrer Anstellung bei der Firma MKR Financial Management, ihrem überstürzten Umzug, dem Streit, der dem Umzug vorausgegangen war, und der Drohung, die die Hauswirtin gehört hatte.

»Es gibt da in London anscheinend einen Liebhaber«, berichtete Lynley seinerseits. »Das haben wir von Upman. Aber kein Mensch hat auch nur ein Wort davon gesagt, dass sie ihr Studium aufgegeben hatte.«

»Warum sollte sie das geheim gehalten haben?«

»Wegen des Liebhabers vielleicht.« Barbara merkte an Lynleys Ton, dass er überlegte. »Wegen irgendwelcher Pläne, die sie hatten.«

»Also ein verheirateter Mann?«

»Möglich. Sehen Sie sich mal bei dieser Investmentfirma um. Vielleicht ist er da beschäftigt.« Lynley kam auf seine eigenen Informationen zurück und schloss mit den Worten: »Wenn der Liebhaber in London ein verheirateter Mann ist, der Nicola in Fulham als seine ständige Geliebte installiert hatte, wird sie sich gehütet haben, das in Derbyshire an die große Glocke zu hängen. Ich kann mir nicht vorstellen, dass ihre Eltern über so ein Arrangement erfreut gewesen wären. Und Britton wäre auch entsetzt gewesen.«

»Aber was wollte sie denn überhaupt in Derbyshire?«, flüsterte Barbara Nkata zu. »Ihr Verhalten strotzt doch nur so von Widersprüchen. Sagen Sie's ihm, Winston.«

Nkata nickte und hob die Hand zum Zeichen, dass er sie gehört hatte. Doch er widersprach den Ausführungen des Inspectors nicht. Stattdessen machte er sich Notizen, und als Lynley zum Schluss kam, rückte er mit den Details über Terry Cole heraus. Angesichts einer solchen Fülle von Informationen, die da in der kurzen Zeit seit Nkatas Rückkehr nach London zusammengetragen worden war, rief Lynley am Ende erstaunt: »Du lieber Himmel, Winnie! Wie haben Sie es geschafft, das alles in so kurzer Zeit herauszufinden? Arbeiten Sie mit Telepathie?«

Barbara wandte sich vom Fenster ab, um Nkata ein Zeichen zu geben, aber sie kam zu spät. Er sagte schon: »Den Jungen hat Barb sich vorgenommen. Sie war heute Morgen in Battersea. Sie hat mit –«

»Havers?« Lynleys Stimme wurde scharf. »Ist sie jetzt bei Ihnen?« Barbara zog unwillkürlich den Kopf ein.

»Ja. Sie schreibt gerade –«

»Haben Sie mir nicht gesagt«, unterbrach Lynley ihn, »dass sie die SO10-Akten durchsieht?«

»Ja, das hat sie auch getan.«

»Sind Sie schon fertig mit der Arbeit, Havers?«, fragte Lynley.

Barbara seufzte. Lüge oder Wahrheit? Eine Lüge würde zwar im Moment ihren Zwecken dienen, würde ihr aber am Ende das Genick brechen. »Winston meinte, ich sollte nach Battersea rausfahren«, sagte sie zu Lynley. »Ich wollte gerade wieder an den Computer, als er mit den Neuigkeiten über die Frau kam. Wissen Sie, Sir, es ist doch eigentlich völlig unsinnig, dass sie bei Upman gearbeitet hat, wenn man bedenkt, dass sie ihr Jurastudium aufgegeben hatte und in London eine andere Stellung hatte, von der sie sich offenbar aus irgendwelchen Gründen hatte beurlauben lassen. Immer vorausgesetzt, sie hatte überhaupt eine andere Stellung; das müssen wir erst noch überprüfen. Und außerdem – wenn's einen Liebhaber gab, wie Sie sagen, und sie nichts dagegen hatte, sich von ihm aushalten zu lassen, warum zum Teufel hat sie sich dann den Sommer über in eine Anwaltskanzlei im Peak District gehockt und geschuftet?«

»Gehen Sie wieder an den Computer«, lautete Lynleys Antwort. »Ich habe mit Maiden gesprochen. Er hat uns ein paar Tipps gegeben, denen wir nachgehen sollten. Ich gebe Ihnen jetzt einige Namen an, mit denen Sie sich dann befassen können, Havers.« Er begann, die Namen vorzulesen, und buchstabierte sie, wenn es nötig war. Insgesamt waren es fünfzehn.

Nachdem Barbara sie notiert hatte, sagte sie: »Aber, Sir, denken Sie nicht, dass diese Geschichte mit Terry Cole –«

Er denke, unterbrach Lynley sie, dass Andrew Maiden als Beamter der SO10 mit dem Abschaum der Gesellschaft in Berührung gekommen sei. Es sei möglich, dass er während seiner Arbeit als verdeckter Ermittler eine Bekanntschaft gemacht habe, die sich Jahre später als tödlich erweisen sollte. Sobald Barbara damit fertig sei, die Typen herauszufischen, die für einen solchen Rachefeldzug am ehesten in Frage kamen, solle sie die Akten noch einmal nach weniger auffälligen Verbindungen durchforsten: Zum Beispiel könne es ja einen verärgerten Spitzel geben, der sich für seine Bemühungen nicht angemessen belohnt gefühlt hatte.

»Aber denken Sie denn nicht –«

»Ich habe Ihnen eben gesagt, was ich denke, Barbara. Ich habe Ihnen einen Auftrag gegeben. Ich möchte, dass Sie sich an die Arbeit machen.«

Barbara verstand. »In Ordnung, Sir«, sagte sie höflich, nickte Nkata zu und ging hinaus. Aber sie entfernte sich nur zwei Schritte von der Tür.

»Kümmern Sie sich um diese Anlageberatungsgesellschaft«, sagte Lynley. »Ich werde mir jetzt einmal Nicola Maidens Wagen ansehen. Wenn wir den Pager finden können, und wenn der Liebhaber sich gemeldet hat, können wir ihn über die Nummer ausfindig machen.«

»Wird gemacht, Sir«, sagte Winston, und damit war das Gespräch beendet.

So lässig, als hätte sie nie den Auftrag gehabt, etwas anderes zu tun, schlenderte Barbara wieder in Lynleys Büro zurück. »Also, wer war der Typ, der ihr in Islington gedroht hat, dass er sie umbringen würde, bevor er sie das tun ließe? Der Liebhaber? Ihr Vater? Britton? Cole? Upman? Oder jemand, von dem wir überhaupt noch nichts wissen? Und was ist überhaupt mit diesem ›Das‹ gemeint? Dass sie sich dazu hergibt, für irgendeinen alten Geldsack das Betthäschen zu spielen? Dass sie es mit einer kleinen Erpressung bei ihrem Liebhaber versucht, um an Kohle zu kommen – das macht sich immer gut, oder? Dass sie es mit mehr als einem Mann treibt? Na, was meinen Sie?«

Nkata sah von seinem Dienstbuch auf, während er sprach. Sein Blick schweifte an ihr vorbei zum Korridor, wo sie, Lynleys Anweisung trotzend, gewartet hatte. »Barb …«, sagte er mahnend. Die Worte: *Sie haben doch gehört, was der Chef gesagt hat,* blieben unausgesprochen.

Unbekümmert fuhr Barbara fort: »Vielleicht ist auch bei dieser MKR-Firma was gelaufen. Könnte doch sein, dass die gute Nicola es gern regelmäßig hatte und es sich woanders geholt hat, wenn sie's von ihrem Freund in den Peaks nicht gekriegt hat und der Londoner Liebhaber mit der Gattin beschäftigt war. Aber es ist wahrscheinlich besser, wenn wir bei MKR nicht gleich mit der Tür ins Haus fallen … ich meine, wo doch das Thema sexuelle Belästigung gerade der große Renner ist.«

Nkata entging nicht, dass sie von »wir« gesprochen hatte. Mit einer Geduld und einem Feingefühl, die wahrhaft vorbildlich waren, erwiderte er: »Barb, der Chef hat doch gesagt, dass Sie sich wieder an den Computer setzen sollen.«

»Ach, pfeif auf den Computer. Sie glauben doch nicht im Ernst, dass dieser Mord ein Racheakt irgendeines Ganoven war, der's Maiden heimzahlen wollte. Das ist Quatsch, Winston. Reine Zeitverschwendung.«

»Schon möglich, aber wenn der Inspector Ihnen sagt, wo's langgeht, wär's vielleicht nicht dumm, sich danach zu richten. Oder?« Und als sie nicht antwortete: »Oder, Barb?«

»Okay, okay.« Barbara seufzte. Sie wusste, dass sie diese zweite Chance zur Zusammenarbeit mit Lynley einzig Winston Nkata zu verdanken hatte. Aber in Form einer Marathonsitzung am Computer? Nein, das passte ihr gar nicht. Sie versuchte es mit einem Kompromiss. »Passen Sie auf, ich mache Ihnen einen Vorschlag. Nehmen Sie mich mit nach Notting Hill, lassen Sie mich da mit ran, und ich erledige die Computerarbeit in meiner Freizeit. Ich versprech's. Ich gebe Ihnen mein Ehrenwort.«

»Das wird dem Chef nicht recht sein, Barb. Er wird ganz schön sauer werden, wenn er spitzkriegt, was Sie treiben. Und wie stehen Sie dann da?«

»Er wird's ja nicht erfahren. Ich sag's ihm jedenfalls nicht. Und Sie auch nicht. Glauben Sie mir, Winston, ich habe in dieser Sache so ein Gefühl. Die Informationen, die wir haben, sind ein ziemlicher Wirrwarr, das muss erst mal auseinandergenommen und sortiert werden, und so was kann ich gut. Sie brauchen meine Mithilfe. Und Sie werden sie noch dringender brauchen, wenn Sie erst mal mehr über diese MKR-Firma rausgekriegt haben. Ich verspreche Ihnen, dass ich die Computerarbeit mache – ich schwör's! Lassen Sie mich nur ein bisschen intensiver an dem Fall mitarbeiten.«

Nkata runzelte die Stirn. Barbara wartete kaugummikauend.

»Und wann wollen Sie die machen?«, fragte Nkata. »Frühmorgens? Nachts? Am Wochenende?«

»Egal wann«, antwortete sie. »Ich quetsche die Arbeit irgendwie zwischen meine Verabredungen zum Tanztee im Ritz. Sie wissen ja, ich flattere von einer Party zur anderen, aber ein, zwei Stunden hier oder dort kann ich schon lockermachen, um den Inspector nicht zu vergrätzen.«

»Er wird bestimmt nachprüfen, ob Sie sich an seine Anordnungen halten«, sagte Nkata.

»Und ich werde mich dran halten. Sie können sich darauf verlassen. Aber es wäre doch eine Vergeudung meiner Talente, wenn Sie mich für die nächsten zwölf Stunden an den Computer verbannen würden. Lassen Sie mich mitarbeiten, solange die Spuren noch frisch sind. Sie wissen doch, wie wichtig das ist, Winston.«

Nkata schob sein Dienstbuch in die Tasche und betrachtete Barbara nachdenklich. »Manchmal sind Sie schlimmer als ein Pitbull«, erwiderte er schließlich besiegt.

»Tja, das ist einer meiner Vorzüge«, versetzte sie.

10

Lynley fuhr auf den Parkplatz vor der Polizeidienststelle in Buxton, kroch mit einiger Mühe aus dem kleinen Wagen und blieb vor dem Backsteingebäude mit der konvexen Fassade stehen. Er war immer noch sprachlos über Barbara Havers.

Er hatte schon vermutet, dass Nkata Havers mit den Nachforschungen am Computer betrauen würde. Er wusste, dass Nkata sie gernhatte. Und er hatte es nicht von vornherein verboten, weil er gern sehen wollte, ob sie – auf einen rangniedrigen Posten versetzt und in Ungnade gefallen – es schaffen würde, einen simplen Auftrag auszuführen, der ihr ganz gewiss nicht zusagen würde. Und in gewohnter Manier hatte sie wieder einmal nach eigenem Ermessen gehandelt und seine Einschätzung bestätigt, dass sie keinerlei Respekt vor Dienstordnung und Vorgesetzten hatte. Ganz gleich, ob Nkata sie gebeten hatte, ihm die Arbeit in Battersea abzunehmen, sie hatte bereits einen Auftrag gehabt und sehr wohl gewusst, dass sie ihn erst zu erledigen hatte, bevor sie etwas anderes übernahm. Herrgott noch mal! Wann würde die Frau das endlich lernen?

Lynley ging ins Haus und fragte nach dem Beamten, der für die am Tatort gesicherten Beweismittel zuständig war. Nach seinem Gespräch mit Andy Maiden war er zu dem Parkgelände gefahren, auf dem Nicolas beschlagnahmter Saab stand, und hatte fünfzig fruchtlose Minuten damit zugebracht, das zu tun, was Hankens Leute bereits vor ihm mit vorbildlicher Gründlichkeit getan hatten: Er hatte das Auto von oben bis unten und von hinten bis vorn durchsucht. Den Pager, um den es ihm ging, hatte er nicht gefunden. Wenn Nicola Maiden ihn tatsächlich im Wagen zurückgelassen hatte, gab es nur noch die Möglichkeit, dass er sich unter den Gegenständen befand, die die Polizei in Verwahrung genommen hatte.

Der zuständige Beamte war ein Constable Mott, der wie ein Zerberus über das bisher gesicherte Beweismaterial wachte, ein Sammelsurium von Kartons, Tüten, Plastikbehältern, Protokollen und Berichten. Der Empfang, den er Lynley in seinem Reich bereitete, war äußerst argwöhnisch. Er war gerade dabei, ein dickes Stück Obstkuchen zu verspeisen, über das er große Mengen Vanillesoße gegossen hatte, und wirkte ganz so, als passte es ihm gar nicht, gestört zu werden, während er einem seiner Laster frönte. Genüsslich kauend, lehnte er sich auf seinem metallenen Klappstuhl zurück und erkundigte sich, was Lynley denn zu ihm führe.

Lynley erklärte ihm, was er suchte. Prophylaktisch fügte er hinzu, der Pager sei zwar vermutlich in Nicola Maidens Wagen gewesen, er könne aber auch am Tatort selbst zurückgelassen worden sein, und deshalb wolle er seine Suche nicht auf die Gegenstände aus dem Saab beschränken. Ob Mott etwas dagegen habe, wenn er alles durchsehe.

»Ein Pager, sagen Sie?«, fragte Mott, den Kuchenlöffel in den Mundwinkel geklemmt. »Nein, so was war nicht unter den Sachen.« Und er beugte sich wieder hingebungsvoll über seinen Teller mit Kuchen. »Am besten sehen Sie erst mal die Liste durch, Sir. Da ist alles aufgeschrieben, was wir haben.«

Lynley, der sich bewusst war, dass er sich hier auf fremdem Hoheitsgebiet befand, bemühte sich, kooperativ zu sein. Er fand ein freies Plätzchen neben einem Fass mit Metalldeckel, an das er sich halbwegs bequem anlehnen konnte, und überflog, begleitet von rhythmischem Löffelgeklapper, die Listen.

Nachdem Lynley festgestellt hatte, dass keiner der aufgezeigten Gegenstände auch nur die geringste Ähnlichkeit mit einem Pager hatte, fragte er, ob er sich nicht doch das Beweismaterial selbst ansehen dürfe. Mott vertilgte schmatzend die letzten Reste Kuchen und Vanillesoße – Lynley wartete nur darauf, dass er auch noch den Teller ablecken würde –, ehe er Lynley widerstrebend gestattete, sich umzusehen. Lynley ließ sich von ihm ein paar Latexhandschuhe geben und begann dann seine Suche bei den Beuteln, die mit »Saab« gekennzeichnet waren. Er war erst beim zweiten Beutel, als Hanken hereingestürmt kam.

»Upman hat uns belogen, dieser Mistkerl«, rief er mit einem flüchtigen Nicken zu Mott. »Aber im Grunde wundert's mich nicht. Dieser ölige Schleimer.«

Lynley nahm sich den drittel Beutel vor. Er stellte ihn auf das

Fass, öffnete ihn aber nicht, sondern sagte: »Belogen – inwiefern?«

»Na, mit seiner Geschichte vom Freitagabend. Seiner angeblich rein beruflichen Beziehung zu Nicola Maiden.«

Hanken griff in seine Jackentasche und zog seine Marlboros heraus, worauf Constable Mott prompt sagte: »Hier drinnen nicht, Sir. Brandgefahr.«

»Verdammt«, knurrte Hanken und steckte die Zigaretten wieder ein. »Sie waren im *Chequers,* das stimmt«, fuhr er zu Lynley gewandt fort. »Ich hab mit der Bedienung gesprochen, einer gewissen Margery, die sich sofort an die beiden erinnerte. Unser Freund Upman kreuzt anscheinend des Öfteren mit Damen im *Chequers* auf, und dann will er immer von Margery bedient werden. Sie sagt, er mag sie. Und gibt Trinkgelder wie ein Amerikaner. Dieser Idiot.«

»Und wo ist die Lüge?«, fragte Lynley. »Haben sie ein Zimmer genommen?«

»Nein, nein. Sie sind gegangen, genau wie Upman uns erzählt hat. Er hat uns allerdings nicht erzählt, wohin sie hinterher gegangen sind.« Hanken lächelte dünn, unverhohlen erfreut, dem Anwalt auf die Schliche gekommen zu sein. »Nach dem Abendessen sind sie in die Casa Upman gefahren«, fuhr er triumphierend fort, »wo Miss Maiden zu längerem Besuch verweilte.«

Hanken kam in Fahrt. Da er gelernt hatte, einem Anwalt niemals von vornherein zu glauben, hatte er nach dem kleinen Schwatz mit Margery noch ein bisschen weiter herumgeschnüffelt. Ein Abstecher in das Viertel, in dem der Anwalt wohnte, hatte ausgereicht, um der Wahrheit auf den Grund zu kommen. Upman und Nicola Maiden waren gegen Viertel vor zwölf vor dem Haus des Anwalts vorgefahren, beobachtet von einem Nachbarn, der um diese Zeit seinen Hund noch einmal Gassi geführt hatte. *Und* die überaus zärtliche Art, wie sie miteinander umgegangen waren, ließ keinen Zweifel daran, dass zwischen ihnen einiges mehr lief als eine rein berufliche Beziehung, wie Upman es dargestellt hatte.

»Haben sich nach allen Regeln der Kunst abgeknutscht«, erklärte Hanken. »Der reinste Mundhöhlenforscher, unser guter Will.«

»Aha.« Lynley öffnete den Beutel, den er vor sich auf dem Fass stehen hatte, und nahm den Inhalt heraus. »Und wissen wir mit Sicherheit, dass die Frau Nicola Maiden war? Kann es nicht die geschiedene Freundin gewesen sein? Diese Joyce? So hieß sie doch?«

»O nein, es war eindeutig Nicola Maiden«, versicherte Hanken. »Als sie ging – am nächsten Morgen um halb fünf –, war der Nachbar nebenan gerade beim Pinkeln. Als er die Stimmen hörte, hat er zum Fenster rausgeschaut und hat sie im Licht der Innenbeleuchtung von Upmans Wagen gesehen. Also« – Und er zog ein zweites Mal seine Zigaretten heraus – »was werden die da oben wohl fünf Stunden lang getrieben haben?«

»Hier drinnen nicht, Sir«, sagte Mott prompt.

»Scheiße«, knurrte Hanken und steckte die Zigaretten wieder ein.

»Mir scheint, wir sollten uns noch einmal mit Mr. Upman unterhalten«, meinte Lynley.

Hankens Miene verriet, dass er es kaum erwarten konnte.

Danach fasste Lynley kurz zusammen, was er von Nkata und Havers aus London erfahren hatte, und sagte zum Schluss nachdenklich: »Aber hier in Derbyshire scheint keiner zu wissen, dass Nicola Maiden nicht die Absicht hatte, ihr Jurastudium abzuschließen. Seltsam, finden Sie nicht auch?«

»Entweder hat's keiner gewusst, oder man hat uns belogen«, erwiderte Hanken anzüglich. Erst jetzt schien ihm aufzufallen, dass Lynley Beweisstücke durchsah. »Was tun Sie da eigentlich?«, fragte er.

»Ich will mich nur vergewissern, dass Nicolas Pager nicht bei diesen Sachen ist. Ich hoffe, Sie haben nichts dagegen.«

»Nein, nein, nur zu.«

Der dritte Beutel schien all jene Dinge zu enthalten, die im Kofferraum des Saab gefunden worden waren. Unter diesen Gegenständen befanden sich der Wagenheber, ein Ringschlüssel, eine Garnitur Schraubenzieher, drei Zündkerzen, die aussahen, als wären sie seit dem Tag der Fabrikauslieferung hinten im Kofferraum herumgerollt, und ein Starterkabel, in dessen Windungen sich ein kleiner Chromzylinder verheddert hatte. Lynley zog ihn heraus und musterte ihn im Licht.

»Was ist das?«, fragte Hanken.

Lynley nahm seine Brille heraus und setzte sie auf. Jedes andere Stück aus dem Wagen hatte er sofort erkannt, aber er hatte keine Ahnung, was er mit diesem Zylinder anfangen sollte. Er drehte ihn in seiner Hand herum. Der Zylinder, kaum mehr als fünf Zentimeter lang, war innen und außen vollkommen glatt, und die beiden Enden waren geschliffen und abgerundet. Er schien ganz aus einem Stück gemacht und ließ sich mittels eines Scharniers so öffnen, dass er in zwei genau gleiche Teile auseinanderfiel. Durch jede der beiden Hälften war ein Loch gebohrt, und in jedes der Löcher war ein Ringbolzen eingeschraubt.

»Sieht aus, als gehörte es zu irgendeiner Maschine«, meinte Hanken. »Ein Zahnrad. Ein Zapfen. Irgendetwas in der Art.«

Lynley schüttelte den Kopf. »Das Ding hat keinerlei Rillen. Und wenn es welche hätte, würde es wahrscheinlich zu einer Maschine von der Größe eines Raumschiffs gehören.«

»Was ist es dann? Warten Sie. Lassen Sie mich mal sehen.«

»Handschuhe, Sir«, blaffte Mott, dessen Wachsamkeit offenbar nie nachließ. Er warf Hanken ein Paar zu, und während dieser sie überzog, sah Lynley sich den Zylinder genauer an.

»Auf der Innenseite haftet etwas. Irgendeine Ablagerung.«

»Motoröl?«

»Höchstens wenn Motoröl seit neuestem fest wird«, erwiderte Lynley.

Hanken nahm ihm den Zylinder aus der Hand, um ihn selbst zu untersuchen. »Eine Ablagerung? Wo denn?«

Lynley zeigte ihm, was er gesehen hatte: einen Fleck von der Form eines kleinen Ahornblatts, der das obere – oder untere – Ende des Zylinders überlappte. Irgendeine Substanz hatte sich hier abgelagert und war zu einem Zinngrau getrocknet. Hanken inspizierte den kleinen Fleck, ging sogar so weit, ihn geräuschvoll wie ein Jagdhund zu beschnuppern. Er bat Mott um einen Plastikbeutel und sagte: »Lassen Sie das schnellstens untersuchen.«

»Irgendwelche Ideen?«, fragte Lynley ihn.

»Auf Anhieb nicht«, antwortete er. »Das kann alles Mögliche sein. Ein Tropfen Mayonnaise zum Beispiel von einem Sandwich.«

»Im Kofferaum?«

»Sie hat Proviant mitgenommen. Woher zum Teufel soll ich wissen, was das ist? Dafür haben wir ja das Labor.«

Da hatte er recht. Aber Lynley fühlte sich irritiert durch den Fund und wusste nicht, warum. »Peter«, sagte er vorsichtig, da er wusste, wie seine Bitte interpretiert werden könnte, »hätten Sie etwas dagegen, wenn ich mir den Tatort einmal ansehe?«

Er hätte sich keine Sorgen zu machen brauchen. Hanken hatte anderes im Kopf. »Machen Sie nur. Ich knöpf mir Upman vor.« Er zog die Handschuhe aus und griff das dritte Mal zu seinen Zigaretten, wobei er zu Mott sagte: »Kriegen Sie nur nicht gleich einen Herzinfarkt, Constable. Ich zünde sie mir erst draußen an.« Und das tat er dann auch mit großem Genuss und sagte dabei vergnügt zu Lynley: »Na, wonach sieht das aus? Unsere Kleine hat ein Verhältnis mit Upman und gleichzeitig mit zwei anderen Typen – oder wie viele haben wir bis jetzt?«

»Julian Britton und den Londoner Liebhaber«, bestätigte Lynley.

»Für den Anfang. Und Upman wird der Dritte im Bunde sein, wenn ich ihn mir zur Brust genommen habe.« Hanken zog tief an seiner Zigarette. »Was meinen Sie wohl, wie dem guten Upman zumute war, wenn er mit ihr in der Koje gelegen und dran gedacht hat, dass sie's mit zwei anderen Kerlen genauso munter trieb wie mit ihm?«

»Ich denke, Sie sind da ein bisschen vorschnell, Peter.«

»Das wird sich noch zeigen.«

»Wichtiger als Upman«, erklärte Lynley, »ist doch die Frage, wie Julian Britton zumute war. Er wollte sie heiraten, nicht mit anderen teilen. Und wenn sie, wie ihre Mutter behauptet, immer die Wahrheit gesagt hat, wie wird er dann wohl reagiert haben, als er erfuhr, was für ein Leben Nicola führte?«

Hanken ließ sich das durch den Kopf gehen. »Tja, bei Britton wären wir auf jeden Fall um einen Komplizen nicht verlegen.«

»Sie sagen es«, stellte Lynley fest.

Samantha McCallin wollte nicht nachdenken, und wenn sie nicht nachdenken wollte, arbeitete sie. Ausgerüstet mit Schaufel, Besen und Kehrschaufel, schob sie in flottem Tempo einen Schubkarren über die knarrenden alten Eichendielen der Langen Galerie. Am ersten der drei offenen Kamine des Raums hielt sie an und griff zur Schaufel, um die Bescherung zu entfernen, die sie mit ihren Kaminkehrarbeiten früher am Tag angerichtet hatte: Schmutz, Ruß, Kohlestaub, Vogelkot, alte Nester und vertrocknetes Geäst. In dem Bemühen, ihre Gedanken im Zaum zu halten, gab sie sich im Stillen Kommandos: eins – schaufeln, zwei – heben, drei – rüber, vier – rein in die Karre, bis sie auf diese Weise den Kamin von uraltem Schutt gesäubert hatte. Solange sie den Rhythmus hielt, gelang es ihr, ihre Gedanken in Schach zu halten. Aber als sie die Schaufel weglegen und kehren musste, begannen sie sofort zu rasen.

Beim Mittagessen war die Stimmung gedämpft gewesen. Sie hatten zu dritt am Tisch gesessen und kaum ein Wort gesprochen. Nur Jeremy Britton hatte einmal den Mund aufgemacht, als Samantha den Lachs hereingetragen hatte. Er hatte unerwartet nach ihrer Hand gegriffen und sie an seine Lippen gezogen und dabei gesagt: »Wir sind dir sehr dankbar für alles, was du hier tust, Sammy, mein Engel. Wir sind dir dankbar für *alles.*« Und er hatte sie mit einem trägen, vielsagenden, bedeutsamen Lächeln angesehen, als ob sie ein Geheimnis miteinander hätten.

Was nicht der Fall war. Auch wenn ihr Onkel sich am vergangenen Tag ausführlich darüber geäußert hatte, was er von Nicola Maiden hielt, hatte sie doch von ihren eigenen Gefühlen nichts preisgegeben.

Und das war gut so. Notwendig. Gerade jetzt, wo die Polizei einen mit unverhohlenem Verdacht beobachtete und Fragen stellte, durfte sie auf keinen Fall zeigen, wie sie zu Nicola Maiden gestanden hatte.

Sie hatte sie nicht gehasst. Sie hatte Nicola als das erkannt, was sie war, und sie hatte sie nicht gemocht, aber von Hass konnte keine Rede sein. Sie hatte in ihr ganz einfach ein Hindernis gesehen. Jemanden, der ihr bei ihren Bestrebungen, das zu erreichen, was sie wollte, im Weg stand. Und Samantha hatte schon sehr bald nach ihrer Ankunft in Broughton Manor gewusst, was sie wollte.

Die fortdauernde Trauer ihrer Mutter hatte Samantha veranlasst, nach Derbyshire zu reisen, und einige Wochen lang war es ihr gelungen, die Selbsttäuschung aufrechtzuerhalten, dass alle ihre Bemühungen einzig ihrer Mutter gälten. Sie war ja wirklich untröstlich über den Tod ihres Mannes, und es war verständlich, dass sie, plötzlich mit der Tatsache ihrer eigenen Vergänglichkeit konfrontiert, den Wunsch hatte, sich vor ihrem Tod mit ihrem älteren Bruder auszusöhnen. Tatsächlich war die Beilegung des alten Streits zwischen den Brittons und den McCallins im Interesse aller. Was hatte eine Familie denn schließlich davon, in jahrzehntelanger Feindschaft zu verharren, nur weil ein Mitglied dieser Familie gegen den Willen des Vaters geheiratet hatte, der mittlerweile längst tot war? Diese Überlegungen hatten Samantha nach Broughton Manor geführt, ihrer Mutter zuliebe Frieden zu stiften. Aber während sie nach außen die Rolle der verständnisvollen Mittlerin zwischen den zerstrittenen Parteien spielte, hatten sich ihre Bestrebungen insgeheim in eine ganz andere, weitaus persönlichere Richtung entwickelt.

In einer gesellschaftlichen Ideologie gefangen, die von ihr forderte, einen Mann zu finden, über den sie sich definieren konnte, hatte Samantha sich in den letzten zwei Jahren vergeblich bemüht, einen passenden Kandidaten aufzutreiben. Da ihr Bruder aus lauter Angst vor einer festen Bindung Frauen aus dem Weg ging, hatte sie das Gefühl, es sei allein ihre Pflicht, für das Weiterbestehen der Familie zu sorgen. Und in dem Bewusstsein, nicht jünger zu werden, hatte sie ihr Bestes getan, um dieser Pflicht zu genügen. Aber es war ihr nicht gelungen, einen geeigneten Partner zu finden, obwohl sie sich sogar dazu erniedrigt hatte, Bekanntschaftsannoncen aufzugeben, eine Heiratsvermittlungsagentur aufzusuchen und in den Kirchenchor einzutreten. Das Resultat war, dass sie anfing, Torschlusspanik zu bekommen.

Ihr Verstand sagte ihr, dass es lächerlich war, so auf Heirat und Kinder fixiert zu sein. Für die Frauen von heute gab es nicht mehr nur Ehemann und Kinder; sie führten daneben ihr eigenes Leben, gingen einem selbsterwählten Beruf nach. Und manchmal war es sogar so, dass Karriere und Lebensplanung einfach keinen Platz für Ehe und Kinder ließen. Trotzdem hatte Samantha das Gefühl, irgendwie eine Versagerin zu sein, wenn sie ihr Leben lang allein bliebe. Außerdem, sagte sie sich, *wünschte* sie sich Kinder. Und diese Kinder sollten einen Vater haben.

Julian wäre genau der Richtige gewesen. Sie hatten sich vom

ersten Moment an verstanden, waren gleich die besten Freunde gewesen. Sie waren sich durch das gemeinsame Interesse an der Sanierung von Broughton Manor rasch sehr nahegekommen. Aus ihrer zugegebenermaßen anfangs nur vorgetäuschten Anteilnahme war schnell echtes Interesse geworden, als Samantha begriffen hatte, mit welcher Leidenschaft ihr Vetter seinen Traum verfolgte. Sie könnte ihm bei der Verwirklichung dieses Traums helfen; sie könnte den Traum am Leben halten. Sie könnte Julian nicht nur ihre Arbeitskraft zur Verfügung stellen, sondern auch das Geld zuschießen – ein kleines Vermögen –, das sie beim Tod ihres Vaters geerbt hatte.

Es war anfangs alles so logisch erschienen, so als ob sie füreinander bestimmt gewesen wären. Aber weder ihre Kameradschaftlichkeit ihrem Vetter gegenüber, noch ihr Geld oder ihre Bemühungen, sich Julian unentbehrlich zu machen, hatten bei ihm irgendwelche Gefühle wecken können, die über das freundliche Interesse, das man vielleicht dem Hund der Familie entgegenbringt, hinausgingen.

Bei dem Gedanken an Hunde überlief Samantha ein Schauder. In diese Richtung werde ich ganz bestimmt nicht gehen, dachte sie entschieden. Dieser Weg würde unweigerlich zu Grübel über Nicola Maidens Tod führen. Und das war ebenso unerträglich, wie über ihr Leben nachzudenken.

Aber gerade das krampfhafte Bemühen, nicht an Nicola zu denken, beschwor Erinnerungen herauf. In Gedanken sah Samantha sie vor sich, wie sie sie das letzte Mal gesehen hatte, und sie versuchte, das Bild aus ihrem Bewusstsein zu verdrängen.

»Du magst mich nicht besonders, stimmt's, Sam?«, hatte Nicola gefragt und sie dabei forschend angesehen. »Ja. Ich seh's dir an. Es ist wegen Julie. Aber ich will ihn gar nicht haben. Jedenfalls nicht auf die Art, wie Frauen im Allgemeinen Männer haben wollen. Er gehört dir. Das heißt, wenn du es schaffst, ihn für dich zu gewinnen.«

So freimütig. So absolut offen und geradeheraus mit jedem Wort, das sie sprach. Hatte sie sich nie Gedanken darüber gemacht, wie sie auf andere wirkte? Hatte sie sich nie gefragt, ob diese schonungslose Ehrlichkeit sie eines Tages nicht mehr kosten würde, als sie zu zahlen bereit war?

»Ich könnte ein gutes Wort für dich einlegen, wenn du willst. Ich tu's gern. Ich finde, ihr beide passt gut zusammen. Eine standesgemäße Partie, wie man früher zu sagen pflegte.« Und sie hatte gelacht, aber nicht boshaft. Dabei wäre es viel einfacher gewesen, sie nicht zu mögen, wenn sie sich zu Spott herabgelassen hätte.

Aber das hatte sie nicht getan. Es war auch gar nicht nötig gewesen, denn Samantha wusste ja schon sehr gut, wie absurd ihr Verlangen nach Julian war.

»Ich wollte, ich könnte ihn dazu bringen, dass er aufhört, dich zu lieben«, hatte sie gesagt.

»Wenn du ein Mittel findest, dann tu's«, hatte Nicola geantwortet. »Ich würd's dir bestimmt nicht übelnehmen. Du kannst ihn haben. Meinen Segen hast du. Es wäre wirklich das Beste.«

Und sie hatte gelächelt, wie sie stets lächelte, so offen und gewinnend und freundlich, so gänzlich frei von den Hemmungen einer Frau, die sich ihres nichtssagenden Äußeren und ihrer kümmerlichen Talente bewusst war, dass Samantha am liebsten zugeschlagen hätte. Zugeschlagen und geschrien hätte: »Glaubst du denn, es ist *leicht*, ich zu sein, Nicola? Glaubst du denn, es *gefällt* mir, so zu sein, wie ich bin?«

Das hatte Samantha sich gewünscht, dieses harte Aufeinanderprallen von Fleisch auf Fleisch, von Fleisch auf Knochen. Alles hätte sie getan, um aus Nicolas klaren blauen Augen die Gewissheit zu löschen, dass Samantha McCallin selbst einen Kampf, an dem Nicola sich noch nicht einmal beteiligte, nicht gewinnen konnte.

»Sam! Hier bist du also.«

Samantha fuhr erschrocken herum und sah Julian im Licht der Nachmittagssonne durch die Galerie kommen. Bei ihrer hastigen Bewegung fielen ihr mehrere Brocken versteinerter Asche von der Schaufel. Feine Wölkchen bläulich grauen Staubs stiegen von ihnen auf.

»Du hast mich erschreckt«, sagte sie. »Wie kannst du auf diesem knarrenden Holzboden so schleichen?«

Er blickte wie zur Erklärung auf seine Schuhe hinab. »Tut mir leid.« Er schwenkte leicht das Tablett mit Tassen und Tellern, das er in den Händen trug. »Ich hab mir gedacht, du könntest mal eine Pause gebrauchen. Ich habe uns Tee gemacht.«

Er hatte außerdem jedem ein Stück von dem Schokoladenkuchen abgeschnitten, den sie als Nachtisch zum Abendessen gebacken hatte. Beim Anblick der Kuchenstücke wallte Ärger in ihr auf. Er hatte doch bestimmt gesehen, dass der Kuchen noch nicht angeschnitten war. Er hätte sich doch denken können, dass er für eine besondere Gelegenheit bestimmt war. Hätte er nicht dieses eine Mal wenigstens ein bisschen überlegen können? Aber sie sagte nur: »Danke, Julie. Ich kann jetzt wirklich was gebrauchen«, und kippte die Schaufel mit dem Schutt in den Schubkarren.

Beim Mittagessen hatte sie kaum einen Bissen hinuntergebracht. Und er auch nicht, wie sie bemerkt hatte. Natürlich war sie hungrig. Sie wusste nur nicht, ob sie in seinem Beisein würde essen können.

Sie ging zum Fenster, wo Julian das Tablett auf ein altes Vertiko stellte. Ans Fensterbrett gelehnt standen sie da, jeder mit einer Tasse Darjeeling in der Hand, jeder darauf wartend, dass der andere zu sprechen beginnen würde.

»Es wird langsam«, bemerkte Julian schließlich mit einem Blick auf die Tür, durch die er eingetreten war. Übermäßig lange schien er den verstaubten, kunstvoll geschnitzten Britton'schen Falken darüber zu betrachten. »Ohne dich würde ich das nie schaffen, Sam. Du bist ein echter Kumpel.«

»Das hört eine Frau doch immer gern«, erwiderte Samantha. »Vielen Dank.«

»Verdammt. Ich wollte nicht –«

»Lass nur.« Samantha trank von ihrem Tee, hielt den Blick starr auf seine milchhelle Oberfläche gerichtet. »Warum hast du's mir nicht gesagt, Julie? Ich dachte, wir stünden einander nahe.«

Er schlürfte seinen Tee. Samantha verkniff sich eine angewiderte Grimasse. »Was meinst du, was hätte ich dir sagen sollen? Natürlich stehen wir uns nahe. Jedenfalls hoffe ich das. Ich meine, ich wünsche es mir. Ohne dich hätte ich hier schon längst alles hingeschmissen. Du bist praktisch mein bester Freund.«

»Praktisch«, wiederholte sie. »So unverbindlich.«

»Du weißt, was ich damit sagen will.«

Und genau das war das Problem. Sie wusste tatsächlich, was er sagen wollte, was er meinte, was er fühlte. Sie hätte ihn am liebsten bei den Schultern gepackt und so lange geschüttelt, bis er begriffen hatte, was es bedeutete, dass sie sich auch ohne Worte verstanden. Aber das konnte sie natürlich nicht tun. Sie musste sich mit dem Versuch begnügen, irgendwie aus ihm herauszubekommen, was zwischen ihm und Nicola vorgefallen war, auch wenn sie im Grunde nicht wusste, was sie mit den Fakten anfangen würde, falls er damit herausrückte.

»Ich hatte ja keine Ahnung, dass du auch nur mit dem Gedanken gespielt hast, Nicola einen Heiratsantrag zu machen, Julie. Als die Polizei davon anfing, wusste ich überhaupt nicht, was ich davon halten sollte.«

»Wovon?«

»Von der Tatsache, dass du mir gar nichts davon gesagt hast. Weder dass du ihr den Antrag gemacht hattest, noch dass sie nein gesagt hatte.«

»Ehrlich gesagt, ich hatte gehofft, sie würde es sich doch noch anders überlegen.«

»Ich wünschte, du hättest mit mir darüber gesprochen.«

»Warum?«

»Es hätte die Dinge vielleicht – ein bisschen leichter gemacht.«

Er drehte den Kopf und sah sie an. Ihr wurde unbehaglich unter seinem eindringlichen Blick. »Leichter? Was wäre denn leichter gewesen, wenn ich dir erzählt hätte, dass ich Nicola einen Heiratsantrag gemacht hatte und dass sie mich abgewiesen hatte? Und für wen wäre es leichter gewesen?«

Er sprach mit einer gewissen Zurückhaltung, zum ersten Mal vorsichtig ihr gegenüber, und das veranlasste sie, mit ebensolcher Zurückhaltung zu antworten. »Leichter für dich natürlich. Ich hatte am Dienstag den ganzen Tag das Gefühl, dass etwas nicht in Ordnung war. Wenn du dich mir anvertraut hättest, hätte ich dich doch ein bisschen stützen können. Es muss bestimmt sehr schwer gewesen sein, die ganze Dienstagnacht hindurch zu warten und dann auch noch den Mittwoch über. Du hast wahrscheinlich keine Minute geschlafen.«

Einen entsetzlich langen Moment herrschte Schweigen. Dann sagte er leise: »Ja, das ist schon wahr.«

»Eben, wir hätten darüber reden können. Reden hilft, findest du nicht?«

»Reden hätte ... ich weiß nicht, Sam. Wir waren einander so nahe, gerade in diesen letzten Wochen. Es war so schön. Und ich –«

Samantha wurde ganz warm ums Herz bei seinen Worten.

»– wollte wahrscheinlich auf keinen Fall etwas tun, was womöglich diese Nähe zerstört und sie von mir weggetrieben hätte. Ich weiß natürlich, dass diese Gefahr nicht bestanden hätte, wenn ich mit dir geredet hätte, denn du hättest ihr ja gewiss nichts von unserem Gespräch erzählt.«

»Nein, gewiss nicht«, sagte Samantha mit einem Gefühl völliger Trostlosigkeit.

»Mir war schon irgendwie klar, dass sie es sich wahrscheinlich nicht anders überlegen würde. Trotzdem habe ich immer noch gehofft. Und ich hab mir eingebildet, wenn ich darüber spreche, würde alles wie eine Seifenblase zerplatzen. Idiotisch, ich weiß. Aber so war's nun mal.«

»Du meinst, wenn du deine Hoffnung laut ausgesprochen hättest. Ja. Das verstehe ich.«

»Die Wahrheit ist wahrscheinlich, dass ich mich der Realität nicht stellen wollte. Ich wollte einfach nicht wahrhaben, dass sie mich nicht genauso begehrte wie ich sie. Als Freund war ich ihr recht. Eventuell auch noch als Liebhaber, wenn sie zu Besuch hierherkam. Aber mehr war nicht drin.« Er stocherte mit der Gabel in seinem Kuchen herum. Er war, wie sie sah, genauso unfähig wie sie, etwas zu essen.

»Trotzdem«, sagte Samantha. »Ich wollte, du hättest mit mir geredet. Es hätte alles viel leichter gemacht, Julie.« Für uns alle, hätte sie gern hinzugefügt, aber sie tat es nicht.

Er stellte seinen Teller auf das Fensterbrett. »Hast du dir übrigens die Mondfinsternis angesehen?«, fragte er unvermittelt.

Sie runzelte verwirrt die Stirn, dann erinnerte sie sich. Es schien so weit zurückzuliegen. »Nein. Ich hab's sein lassen. Ich hatte keine Lust, ganz allein da draußen rumzustehen und zu warten. Ich bin ins Bett gegangen.«

»Das war wahrscheinlich auch gut so. Im Moor kann man sich leicht verirren.«

»Ach, das wär mir sicher nicht passiert. Es wäre ja nur das Eyam Moor gewesen. Und selbst wenn's eines der anderen Moore gewesen wäre – ich bin inzwischen oft genug allein unterwegs gewesen, um immer zu wissen, wo ich –« Sie brach ab und sah ihren Vetter an. Er wich ihrem Blick aus. »Ach so, ich verstehe. Das denkst du also?«

»Es tut mir leid«, sagte er unglücklich. »Ich muss unaufhörlich daran denken. Und dass die Polizei hier aufkreuzte, hat alles nur noch schlimmer gemacht. Das Einzige, woran ich denken kann, ist Nicola und was ihr zugestoßen ist. Ich kann es mir einfach nicht aus dem Kopf schlagen.«

»Versuch's mal mit meiner Methode«, sagte sie, den hämmernden Schlag ihres Herzens in ihren Ohren. »Es gibt so viele Möglichkeiten, sich abzulenken. Versuch zum Beispiel mal über die Tatsache nachzudenken, dass Hunde seit Hunderttausenden von Jahren ihre Jungen allein zur Welt gebracht haben. Das ist doch bemerkenswert. Darüber kann man stundenlang nachdenken. Dieser Gedanke allein kann einen so intensiv beschäftigen, dass für anderes kein Raum mehr bleibt.«

Julian stand da wie versteinert. Ihre Worte waren deutlich genug. »Wo warst du Dienstagnacht, Sam?«, flüsterte er schließlich. »Sag es mir.«

»Ich war im Moor und hab Nicola Maiden umgebracht.« Samantha ging wieder zum offenen Kamin hinüber. »Es geht doch nichts über einen kleinen Mord nach Feierabend.«

Der Geschäftssitz der Firma MKR Financial Management an der Ecke Landsdown Road und St. John's Gardens sah aus wie ein blassrosa Praliné. Die kunstvollen Verzierungen bestanden aus Holz und waren so sauber, dass Barbara Havers sich vorstellte, wie jeden Morgen um fünf eine Putzkolonne anrückte, um sämtliche Schnörkel von den Pseudosäulen zu beiden Seiten der Tür bis zu den Stuckmedaillons über dem Portal zu schrubben.

»Ein Glück, dass wir den Wagen vom Chef haben«, murmelte Nkata, als er auf der Straßenseite gegenüber anhielt.

»Wieso?«, fragte Barbara.

»Da fallen wir gar nicht auf.« Er wies auf einen silbernen Jaguar XJS in der Einfahrt neben dem rosaroten Praliné. Direkt vor dem Gebäude stand ein schwarzer Mercedes, eingerahmt von einem Aston Martin und einem alten Bristol.

»Finanziell sind wir hier eindeutig fehl am Platz«, stellte Barbara beim Aussteigen fest. »Aber das macht nichts. Wir wollen ja gar nicht reich sein. Leute mit Geld sind immer stinklangweilig.«

»Glauben Sie das wirklich, Barb?«

»Nein, aber die Vorstellung macht mich zufriedener. Kommen Sie. Ich brauche dringend jemanden, der meine Finanzen managt, und ich habe den Eindruck, wir sind hier am richtigen Ort dafür.«

Sie mussten klingeln, um in das Gebäude hineinzukommen. Keine körperlose Stimme fragte, wer dort Einlass begehrte, aber das war auch gar nicht nötig, da zur Sicherheitsanlage des Hauses auch eine Videokamera gehörte, strategisch geschickt über der Haustür angebracht. Nur für den Fall, dass jemand sie beobachtete, nahm Barbara ihren Dienstausweis heraus und hielt ihn zur Kamera hinauf. Prompt summte der Türöffner.

Ein Vestibül mit Eichenparkett führte in einen stillen Korridor mit lauter geschlossenen Türen. Der Empfangsbereich, der von dem Korridor abzweigte, war ein kleiner Raum mit vielen Antiquitäten und noch mehr silbergerahmten Fotografien. Es war niemand da, nur eine technisch perfekte Telefonanlage, die anscheinend alle Anrufe automatisch beantwortete und ebenso automatisch die entsprechenden Verbindungen herstellte. Sie stand auf einem nierenförmigen Tisch, auf dem ein Dutzend Broschüren mit dem in Gold gepressten Logo MKR ausgelegt waren. Es wirkte alles sehr beruhigend und seriös und vermittelte den Eindruck, hier könne man getrost herkommen, um selbst die brisantesten Details seiner finanziellen Situation zu besprechen.

Barbara sah sich die Fotos an. Alle zeigten sie dasselbe Paar. Der Mann war klein, drahtig, mit einem Engelsgesicht und einem wolkigen Haarkranz rund um den Kopf, der noch den Eindruck des Engelhaften verstärkte. Die Frau an seiner Seite war größer als er, blond und anorektisch mager. Sie war attraktiv nach der Art eines Models: ein leeres Gesicht, das nur aus Wangenknochen und Mund zu bestehen schien. Die Aufnahmen waren typisch Regenbogenpresse und zeigten das Paar in Gesellschaft diverser Angehöriger der High Society, mehr oder weniger wichtiger Politiker und anderer Prominenter. Unter ihnen war auch ein ehemaliger Premierminister, und Barbara erkannte Opernsänger, Filmstars und einen bekannten US-Senator.

Irgendwo im Korridor wurde eine Tür geöffnet und geschlossen. Der Holzfußboden knarrte dezent, als jemand über den Perserteppich zum Empfang schritt. Mit einem Klappern hoher Absätze auf einem Streifen blanken Holzes trat eine Frau ins Zimmer und begrüßte sie. Barbara erkannte mit einem Blick, dass die auf den Fotos abgebildete Frau höchstpersönlich gekommen war, um zu erfahren, was die Bullen wollten.

Sie sei Tricia Reeve, erklärte die Frau, stellvertretende Geschäftsführerin von MKR Financial Management. Wie sie ihnen behilflich sein könne?

Barbara und Nkata stellten sich vor und fragten die Frau, ob sie sie einen Moment sprechen könnten.

»Selbstverständlich«, antwortete Tricia Reeve höflich, aber Barbara fiel dennoch auf, dass sie die Worte »New Scotland Yard« nicht gerade mit Andacht aufnahm. Ihr Blick huschte vielmehr nervös zwischen den beiden Beamten hin und her, als wüsste sie nicht, wie sie sich verhalten sollte. Ihre großen Augen wirkten schwarz, aber nur deshalb, weil die Pupillen, wie man bei näherem Hinsehen erkennen konnte, so stark geweitet waren, dass von der Iris nur noch ein schmaler Rand sichtbar war. Die Wirkung war irritierend, aber aufschlussreich. Drogen, dachte Barbara. Kein Wunder, dass es sie nervös machte, die Polizei im Haus zu haben.

Tricia Reeve ließ sich einen Moment Zeit, um auf ihre Uhr zu sehen, ein edles Stück mit breitem Goldband, das im Licht teuer funkelte. Sie sagte: »Ich wollte eigentlich gerade gehen. Deshalb hoffe ich, die Sache dauert nicht allzu lange. Ich muss zu einem Tee im Dorchester. Dort ist eine Benefizveranstaltung, und da ich zum Ausschuss gehöre ... ich hoffe, Sie verstehen das. Gibt es denn ein Problem?«

Wenn Mord kein Problem ist, dachte Barbara. Sie überließ es Nkata, den Sachverhalt zu erklären, während sie selbst auf Reaktionen achtete.

Außer Verwirrung und Ungläubigkeit war nichts festzustellen. Tricia Reeve starrte Nkata an, als hätte sie ihn nicht richtig gehört. Dann sagte sie: »Nicola Maiden? Ermordet?«, und fügte hinzu: »Sind Sie da sicher?«

»Die Eltern der jungen Frau haben die Leiche identifiziert.«

»Ich meine – ich meine, ob Sie sicher sind, dass sie ermordet wurde?«

»Wir halten es nicht für wahrscheinlich, dass sie sich selbst den Schädel eingeschlagen hat, falls das Ihre Frage sein sollte«, antwortete Barbara nicht allzu taktvoll.

Das zumindest rief eine Reaktion hervor, wenn auch eine recht eingeschränkte. Tricia Reeve griff sich mit einer manikürten Hand an den obersten Knopf ihrer Kostümjacke, feiner Nadelstreifen über einem bleistiftschmalen Rock, der viel Bein zeigte.

»Hören Sie«, sagte Barbara, »an der juristischen Fakultät der Universität bekamen wir die Auskunft, dass Nicola Maiden im vergangenen Herbst auf Teilzeitbasis bei Ihrem Unternehmen zu arbeiten angefangen hatte und seit Mai ganztägig bei Ihnen beschäftigt war. Offenbar hatte sie sich für den Sommer bei Ihnen beurlauben lassen. Ist das richtig?«

Tricia Reeve ging zu einer geschlossenen Tür hinter dem Empfangstisch. »Da sprechen Sie am besten mit meinem Mann.« Sie klopfte einmal kurz, betrat das Zimmer und schloss die Tür ohne ein weiteres Wort hinter sich.

Barbara sah Nkata an. »Na los, Sportsfreund, wo bleibt die Analyse?«

»Sie ist mit Drogen vollgestopft wie eine Krankenhausapotheke«, konstatierte er kurz und sachlich.

»Stimmt, das war nicht zu übersehen. Was meinen Sie, was ist das für Zeug?«

Er wedelte mit der Hand. »Auf jeden Fall irgendwas, das sie nicht aggressiv macht.«

Es dauerte fast fünf Minuten, ehe Tricia Reeve wieder erschien. Während dieser Zeit klingelten weiterhin die Telefone, die Anrufe wurden weiterhin durchgestellt, und durch die geschlossene Tür war gedämpftes Stimmengemurmel zu hören. Als die Tür sich endlich öffnete, kam ihnen ein Mann entgegen, der drahtige kleine Erzengel von den Fotos, im maßgeschneiderten anthrazitgrauen Anzug mit Weste und einer schweren goldenen Uhrkette quer über dem Bauch. Er stellte sich als Martin Reeve vor, Tricias Ehemann, Geschäftsführer von MKR.

Höflich bat er Barbara und Nkata in sein Büro. Seine Frau sei auf dem Weg zu einem Tee, erklärte er. Ob ihre Anwesenheit hier unbedingt erforderlich sei? Als Vorsitzende der Wohltätigkeitskommission von *Kinder in Not* habe sie nämlich ihren Mitarbeitern gegenüber eine Verpflichtung, beim sogenannten Herbsttee der Organisation im Dorchester anwesend zu sein. Mit diesem Ereignis werde die Saison eröffnet, und hätte Tricia nicht den Vorsitz der Veranstaltung übernommen, wäre ihr Erscheinen vielleicht nicht unbedingt nötig. So aber … außerdem habe sie die Gästeliste in ihrem Wagen, und die werde für die Sitzordnung unbedingt gebraucht. Reeve hoffte, die Polizei habe Verständnis dafür … er lächelte verbindlich in ihre Richtung und bleckte dabei seine makellosen Zähne: Ebenmäßig, strahlend weiß und überkront, bezeugten sie den Triumph menschlicher Geschicklichkeit über die launische Natur.

»Selbstverständlich«, beteuerte Barbara. »Es geht doch nicht, dass Jane Jones neben der Gräfin Koks sitzt. Hauptsache, Mrs. Reeve steht uns später zur Verfügung, falls wir noch Fragen an sie haben sollten.«

Reeve versicherte ihnen, dass er und seine Frau sich durchaus des Ernsts der Situation bewusst seien. »Darling …?« Er nickte Tricia auffordernd zu. Sie hatte die ganze Zeit unschlüssig neben seinem Schreibtisch gestanden, einem Riesenmöbel aus Mahagoni und Messing, die Platte mit burgunderfarbenem Leder bespannt. Auf sein Nicken hin strebte sie zur Tür, doch ehe sie hinausgehen konnte, forderte er noch einen Abschiedskuss. Sie musste sich zu ihm hinunterbeugen. Mit ihren Stilettos war sie gut zwanzig Zentimeter größer als er.

Was den beiden jedoch keine Probleme bereitete. Der Kuss war eine Spur zu innig.

Barbara beobachtete sie und dachte: Was für ein cleverer Schachzug. Die Reeves waren keine Stümper, wenn es darum ging, die Oberhand zu gewinnen. Die Frage war nur: Warum wollten sie sie?

Sie sah Nkata an, dass er sich unbehaglich fühlte – genau was das reizende Paar mit seiner unerwarteten Zurschaustellung ausgiebiger Zärtlichkeiten beabsichtigte. Die Arme verschränkt, trat er von einem Fuß auf den anderen, während er verlegen bald hierhin, bald dorthin blickte. Barbara musste unwillkürlich grinsen. Wegen seiner beeindruckenden Größe und seiner nicht minder beeindruckenden Kleidung vergaß sie manchmal, dass Winston Nkata, auch wenn er als Jugendlicher der Anführer von Brixtons berüchtigter Straßengang gewesen war, im Grunde seines Herzens und de facto ein fünfundzwanzigjähriger Junge war, der noch immer daheim bei seinen Eltern lebte. Sie räusperte sich diskret, und als er sich zu ihr umwandte, wies sie mit einer Kopfbewegung auf die Wand hinter dem Schreibtisch, wo zwei Urkunden hingen. Er folgte ihr dorthin.

»Die Liebe ist eine Himmelsmacht«, murmelte sie. »Wir müssen ihr Respekt erweisen.«

Die Reeves ließen endlich voneinander ab. »Bis später, Darling«, sagte Martin Reeves leise.

Barbara sah Nkata an und verdrehte die Augen. Dann wandte sie sich den beiden Urkunden an der Wand zu. Diplome von der Stanford Universität und von der London School of Economics. Beide auf Martin Reeve ausgestellt. Barbara musterte ihn mit neuem Interesse und etwas mehr Respekt. Es war geschmacklos, sie öffentlich auszuhängen – obwohl Reeve sich natürlich niemals zu Geschmacklosigkeit herablassen würde, dachte sie spöttisch –, aber der Mann hatte offensichtlich eine Menge Grips.

Nachdem seine Frau gegangen war, zog Martin Reeve ein Taschentuch aus blütenweißem Leinen heraus und wischte sich damit den Abdruck ihres pinkfarbenen Lippenstifts vom Gesicht.

»Verzeihen Sie«, sagte er mit einem jungenhaften Lächeln. »Zwanzig Jahre Ehe, und es knistert immer noch. Sie müssen zugeben, das ist nicht schlecht für ein gestandenes Paar mit einem sechzehnjährigen Sohn. Das hier ist er übrigens. Er heißt William. Kommt auf seine Mutter, nicht wahr?«

Sein Akzent bestätigte Barbara, was sie angesichts des Diploms aus Stanford, der Antiquitäten und der silbernen Rahmen schon vermutet hatte. »Sie sind Amerikaner?«, sagte sie zu Reeve.

»Von Geburt, ja. Aber ich war seit Jahren nicht mehr drüben.« Reeve machte eine Geste zu dem Foto. »Was sagen Sie zu unserem William?«

Barbara betrachtete das Bild und sah einen pickeligen Jungen mit dem hohen Wuchs seiner Mutter und dem Haar seines Vaters. Aber sie sah auch, was sie sehen sollte: den unverkennbaren Cutaway und die gestreifte Hose des Etonschülers. Vornehm geht die Welt zugrunde, dachte Barbara und reichte das Bild an Nkata weiter. »Eton«, sagte sie mit, wie sie hoffte, genau dem richtigen Maß an Ehrfurcht. »Er muss ja schwer was auf dem Kasten haben.«

Reeve nickte selbstgefällig. »Er ist ein kleines Genie. Bitte, nehmen Sie doch Platz. Kaffee? Oder einen Drink? Aber Sie trinken wahrscheinlich nicht, während Sie im Dienst sind, nicht wahr?«

Sie lehnten sowohl den Kaffee als auch den Drink ab und kamen gleich zur Sache. Ihren Informationen zufolge sei Nicola Maiden seit Oktober des vergangenen Jahres bei MKR Financial Management angestellt gewesen.

Richtig, bestätigte Reeve.

Und sie habe als Praktikantin gearbeitet?

Ebenfalls richtig.

Was das denn genau bedeute? Eine praktische Ausbildung?

Richtig, bestätigte Reeve ein drittes Mal. Zur Anlageberaterin. Nicola habe eine Ausbildung in der Verwaltung von Portfolio-Investitionen gemacht: Aktien, festverzinsliche Wertpapiere, Fonds und dergleichen mehr ... MKR verwalte die Portfolios einiger der größten Investoren auf dem Markt. Unter Wahrung absoluter Diskretion natürlich.

Wunderbar, sagte Barbara. Nicola sei also bei ihm fest angestellt gewesen, bis sie unbezahlten Urlaub genommen habe, um den Sommer über in einer Anwaltskanzlei in Derbyshire zu arbeiten. Vielleicht könne Mr. Reeve –

Weiter kam sie nicht. Reeve unterbrach sie und sagte: »Nicola hat keinen Urlaub genommen. Sie hat bei MKR aufgehört. Ende April. Sie sagte, sie wolle wieder zurück nach Hause, rauf in den Norden.«

»Nach Hause?«, wiederholte Barbara. Wozu dann die Nachsendeadresse, die sie bei ihrer Hauswirtin in Islington hinterlassen hatte? Eine Adresse in Fulham, mitten in London.

»Das hat sie jedenfalls zu mir gesagt«, erklärte Reeve. »Sie hat wohl anderen etwas anderes erzählt?« Er zeigte ein etwas verdrossenes Lächeln. »Das würde mich, ehrlich gesagt, nicht wundern. Mir war schon aufgefallen, dass Nicola es mit den Fakten manchmal nicht so genau nahm. Eine etwas unangenehme Eigenschaft. Hätte sie nicht gekündigt, so hätte ich sie früher oder später entlassen müssen. Ich hatte so meine …« Er drückte die Fingerspitzen aneinander. »Ich hatte so meine Zweifel an ihrer Fähigkeit, diskret zu sein. Und Diskretion ist in unserer Branche ein absolutes Muss. Wir haben einige sehr prominente Klienten, und da wir Zugang zu sämtlichen vertraulichen Informationen haben, die ihre finanzielle Situation betreffen, müssen sie sich selbstverständlich darauf verlassen können, dass wir diese Informationen nicht weitergeben.«

»Und auf Nicola Maiden konnte man sich nicht verlassen?«, fragte Nkata.

»Das möchte ich nicht behaupten«, erwiderte Reeve hastig. »Nicola war intelligent und besaß eine schnelle Auffassungsgabe, daran ist kein Zweifel. Aber sie hatte etwas an sich, das zur Vorsicht mahnte. Darum habe ich sie beobachtet. Sie kam mit unseren Kunden glänzend zurecht, da gab es überhaupt nichts auszusetzen. Aber sie ließ sich leicht ein bisschen – ein bisschen zu tief beeindrucken, wäre vielleicht die beste Beschreibung. Sie war vom Wert einiger der von uns verwalteten Portfolios überwältigt, könnte man sagen. Und es ist wirklich keine gute Idee, sich beim Mittagessen darüber zu unterhalten, wie viel Sir Soundso wert ist.«

»Gab es einen Klienten, mit dem sie besonders gut zurechtkam?«, erkundigte sich Barbara. »Vielleicht auch noch nach der Geschäftszeit?«

Reeve kniff die Augen zusammen. »Was soll das heißen?«

Nkata übernahm. »Nicola Maiden hatte hier in London einen Liebhaber, Mr. Reeve. Und den suchen wir.«

»Davon weiß ich nichts. Aber wenn sie wirklich einen Liebhaber hatte, dann finden Sie ihn wahrscheinlich eher an der Universität.«

»Man hat uns gesagt, dass sie das Studium aufgegeben hatte, um ganz bei Ihnen zu arbeiten.«

Reeve war pikiert. »Constable, ich hoffe doch, Sie wollen nicht unterstellen, dass Nicola Maiden und ich …«

»Na ja, sie war eine attraktive Frau.«

»Das ist meine Frau auch.«

»Ich frage mich, ob Ihre Frau mit Nicola Maidens Kündigung etwas zu tun hatte. Die Sache ist doch merkwürdig. Die Maiden gibt ihr Studium auf, um angeblich fest in Ihrem Unternehmen zu arbeiten, kündigt dann aber praktisch noch in derselben Woche bei Ihnen. Was glauben Sie denn, warum sie das getan hat?«

»Das habe ich Ihnen ja bereits gesagt. Sie hat mir erklärt, sie wolle wieder nach Hause, nach Derbyshire ...«

»... wo sie dann für einen Mann gearbeitet hat, der uns erzählt, sie habe einen Liebhaber in London gehabt. Schön. Und deshalb frage ich mich, ob nicht Sie dieser Liebhaber sind.«

Barbara warf Nkata einen bewundernden Blick zu. Er schlich nicht lange um den heißen Brei herum, und das gefiel ihr.

»Ich liebe meine Frau zufällig«, sagte Reeve mit Betonung. »Tricia und ich sind seit zwanzig Jahren verheiratet, und wenn Sie glauben, ich würde alles, was uns verbindet, wegen einer kurzen Bettgeschichte mit einer Studentin aufs Spiel setzen, täuschen Sie sich gewaltig.«

»Nichts deutet darauf hin, dass es eine kurze Affäre war«, sagte Barbara.

»Kurz oder nicht«, konterte Reeve, »ich war an einer Liaison mit Nicola Maiden nicht interessiert.« Er erstarrte plötzlich, als wäre ihm gerade ein erschreckender Gedanke gekommen. Er holte hastig Atem und griff nach einem silbernen Brieföffner, der auf seinem Schreibtisch lag. »Hat Ihnen jemand vielleicht etwas anderes erzählt?«, fragte er scharf. »Hat jemand versucht, meinen guten Namen in den Schmutz zu ziehen? Ich muss darauf bestehen, dass Sie mir Auskunft geben. Wenn das nämlich der Fall ist, werde ich sofort mit meinem Anwalt sprechen.«

Ein echter Amerikaner, dachte Barbara verdrossen. Sie sagte: »Kennen Sie einen Mann namens Terry Cole, Mr. Reeve?«

»Terry Cole? C-o-l-e? Aha.« Im Sprechen zog Reeve sich einen Block und einen Kugelschreiber heran und notierte den Namen. »Das ist also das Schwein, das behauptet hat –«

»Terry Cole ist tot«, unterbrach Nkata. »Er hat gar nichts behauptet. Er ist zusammen mit Nicola Maiden draußen in Derbyshire gestorben. Kennen Sie ihn?«

»Ich habe nie von ihm gehört. Als ich Sie eben gefragt habe, wer Ihnen erzählt hat – hören Sie, Nicola ist tot, und es tut mir leid. Aber ich habe sie seit Ende April nicht mehr gesehen. Und seitdem auch nicht mehr mit ihr gesprochen. Und wenn jemand die Unverschämtheit besitzt, meinen guten Namen zu beschmutzen, werde ich augenblicklich alle notwendigen Schritte unternehmen, um diese Person ausfindig zu machen und dafür zahlen zu lassen.«

»Reagieren Sie immer so, wenn Sie verärgert sind?«, erkundigte sich Barbara.

Reeve legte den Kugelschreiber nieder. »Für mich ist dieses Gespräch beendet.«

»Mr. Reeve …«

»Bitte gehen Sie. Ich habe mir Zeit für Sie genommen und Ihnen gesagt, was ich weiß. Wenn Sie glauben, ich lasse mich hier von Ihnen verschaukeln, während Sie versuchen, mir etwas anzuhängen …« Er deutete anklagend mit dem Finger auf sie. Er hatte, wie Barbara auffiel, ungewöhnlich kleine Hände, deren Knöchel kreuz und quer von unzähligen Narben überzogen waren. »Sie sollten wirklich nicht ganz so plump vorgehen«, sagte er. »Und jetzt verschwinden Sie. Pronto.«

Es blieb ihnen nichts anderes übrig, als seiner Aufforderung nachzukommen. Als echter Yankee würde er als Nächstes garantiert seinen Anwalt anrufen und sie wegen schikanöser Vernehmungsmethoden verklagen. Sinnlos, die Dinge noch weiterzutreiben.

»Gute Arbeit, Winston«, sagte Barbara, als sie wieder in den Bentley stiegen. »Sie haben ihn schnell und sicher in Schwulitäten gebracht.«

»Alles andere wäre pure Zeitverschwendung gewesen.« Er musterte das Gebäude. »Es würde mich interessieren, ob heute im Dorchester wirklich eine Benefizveranstaltung für die Kinder in Not stattfindet.«

»Irgendwo findet auf jeden Fall was statt. Sie war ja todschick in Schale.«

Nkata sah Barbara an. Sein Blick wanderte bekümmert über ihre Kleider. »Bei allem Respekt, Barb …«

Sie lachte. »Schon gut. Was versteh ich schon von schick?«

Er lachte ebenfalls und ließ den Wagen an. Als er losfuhr, sagte er: »Anschnallen, Barb.«

»Ach ja, richtig.« Sie drehte sich nach dem Gurt um. Und in dem Moment sah sie Tricia Reeve. Die stellvertretende Geschäftsführerin von MKR war nie ins Dorchester gefahren. Sie kam von hinten ums Haus geschlichen, hastete die Vortreppe hinauf und lief zur Tür.

11

Kaum war die Polizei aus seinem Büro verschwunden, drückte Martin Reeve auf den Klingelknopf in einem der Borde, auf denen seine Sammlung von Henley-Fotos stand. So wie die gefälschten Universitätsdiplome zur Martin-Reeve-Story gehörten, so waren die Henley-Fotos wesentlicher Bestandteil der romantischen Liebesgeschichte von Martin und Tricia Reeve, laut der sie einander angeblich zum ersten Mal vor Jahren bei der Regatta begegnet waren. Er hatte die erfundene Geschichte schon so oft erzählt, dass er sie mittlerweile beinahe selbst glaubte.

Keine fünf Sekunden nachdem er geläutet hatte, kam ohne anzuklopfen Jaz Burns ins Zimmer. »Mann, das war vielleicht 'ne Kuh«, sagte er mit einem abfälligen Grinsen. »Stell dir mal vor, du würdest mit der in den Kahn kriechen, Marty. Das würdest du bestimmt so schnell nicht vergessen.«

Jaz hatte die Gewohnheit, mit Hilfe der Überwachungsgeräte, die sich überall im Haus befanden, den Spanner zu spielen. Seine voyeuristischen Neigungen gingen Martin zwar auf die Nerven, aber der Mann hatte so viele andere nützliche Talente, dass er bereit war, diese unangenehme Eigenschaft zu übersehen.

»Folge ihnen«, sagte er.

»Den Bullen? Das ist doch mal was anderes. Was gibt's denn?«

»Später. Fahr jetzt los.«

Jaz hatte ein feines Gespür für Nuancen. Er nickte kurz, schnappte sich die Schlüssel zum Jaguar und glitt so lautlos wie ein Fassadenkletterer aus dem Zimmer. Die Tür hatte sich jedoch gerade erst hinter ihm geschlossen, als sie auch schon wieder geöffnet wurde.

Martin drehte sich ärgerlich herum. »Verdammt noch mal, Jaz«, schimpfte er, bereit, seinen Angestellten dafür abzukanzeln, dass er die Spur der beiden Polizisten verloren hatte, noch ehe die Jagd überhaupt begonnen hatte. Aber dann sah er, dass nicht der koboldhafte Burns in der Tür stand, sondern Tricia, und ihre Miene verriet ihm, dass ihm eine Szene bevorstand.

Scheiße, hätte er am liebsten gesagt, nicht ausgerechnet jetzt. Er hatte im Moment nicht die Nerven, eine kreischende Tricia zu besänftigen.

»Was tust du denn hier? Tricia, du sollst doch bei dem Tee sein.«

»Ich konnte nicht.« Sie schloss die Tür hinter sich.

»Was soll das heißen, du konntest nicht?«, fragte Martin. »Du wirst erwartet. Das ist seit Monaten vorbereitet. Ich habe meine Beziehungen spielen lassen, um dich in diesen Ausschuss hineinzubugsieren, und wenn du im Ausschuss bist, dann hast du auch zu tun, was der Ausschuss erwartet. Du hast die gottverdammte Liste, Tricia. Wie sollen diese Frauen denn zurechtkommen – und ganz nebenbei gesagt, wie stehen *wir* da –, wenn man sich bei dir nicht einmal darauf verlassen kann, dass du rechtzeitig mit der Sitzordnung aufkreuzt, die du an dich genommen hast?«

»Was hast du ihnen über Nicola gesagt?«

Er stieß einen gereizten Seufzer aus. »Bist du deshalb hier? Habe ich das richtig verstanden? Du bist nicht zu dieser wichtigen Veranstaltung gegangen, wo du dich als Befürworterin einer der verdienstvollsten Kampagnen Großbritanniens hättest hervortun können, nur weil du wissen willst, was ich den Bullen über irgendein verdammtes Luder erzählt hab, das umgebracht worden ist?«

»Ich mag diese Sprache nicht.«

»Was missfällt dir daran? Verdammt? Oder Luder? Das müssen wir doch jetzt unbedingt erst mal klären, schließlich warten in genau diesem Moment fünfhundert Frauen und Fotografen der gesamten Presse auf dein Erscheinen, und du kannst da natürlich unmöglich auftreten, wenn wir nicht vorher exakt festgestellt haben, was genau an meiner Sprache dir missfällt.«

»Was hast du ihnen gesagt?«

»Die Wahrheit.« Er war so verärgert, dass er den Ausdruck des Entsetzens, der sich auf ihrem Gesicht ausbreitete, beinahe genoss.

»Was?!« Ihre Stimme klang heiser.

»Nicola Maiden war Praktikantin bei uns. Sie hat im letzten April aufgehört. Wenn sie nicht aufgehört hätte, hätte ich sie selbst an die Luft gesetzt.«

Tricia atmete sichtlich auf, darum setzte Martin gleich noch einen drauf. Er sah seine Frau gern zappeln. »Ich würde liebend gern wissen, wohin das kleine Luder von hier aus verschwunden ist, und wenn wir Glück haben, werde ich das innerhalb der nächsten Stunde von Jaz erfahren. Wenn sie eine Bude in London hatte – und ich bin ziemlich sicher, dass sie eine hatte –, dann werden uns die Bullen direkt hinführen.«

Mit Befriedigung vermerkte er, dass Tricia sich sofort wieder verkrampfte. »Warum willst du das wissen?«, fragte sie nervös. »Was willst du tun?«

»Ich hab was gegen Missachtung, Patricia. Gerade du müsstest das doch eigentlich wissen. Ich mag es nicht, wenn man mich belügt. Vertrauen ist das Fundament jeder Beziehung, und wenn ich's mir gefallen lasse, dass jemand mich aufs Kreuz legt, dann werden das alle anderen als Freibrief betrachten, Martin Reeve in die Pfanne zu hauen. Aber genau das werde ich nicht zulassen.«

»Du hast mit ihr geschlafen, stimmt's?« Tricias Gesicht war verkniffen.

»Red keinen Quatsch.«

»Du bildest dir ein, ich merke so was nicht. Du denkst dir, die gute Trish ist ja sowieso die meiste Zeit völlig dicht. Was kann die schon merken? Aber ich merke es. Ich hab genau beobachtet, wie du sie angesehen hast. Ich hab's gewusst, als es passiert ist.«

Martin seufzte. »Du brauchst einen Schuss. Entschuldige, dass ich es so derb ausdrücke, mein Schatz. Ich weiß, du meidest dieses Thema lieber. Aber es ist nun einmal so, dass du jedes Mal Wahnvorstellungen hast, wenn du zu schnell runterkommst. Du brauchst einen Schuss.«

»Ich kenne dich doch.« Ihre Stimme wurde schrill, und er fragte sich beiläufig, ob er ohne ihre Mithilfe mit der Nadel zurechtkommen würde. Aber welche Mengen spritzte sie sich dieser Tage überhaupt? Es würde ihm gar nichts nützen, wenn er es schaffte, ihr den Schuss zu setzen, nur um damit zu erreichen, dass seine Frau dann im Koma abtransportiert würde. Das war wirklich das Letzte, was er jetzt gebrauchen konnte. »Ich weiß doch, wie gern du deine Macht spielen lässt und den großen Boss hervorkehrst, Martin. Und so eine kleine Studentin eignet sich doch bestens für solche Machtspielchen – los, Mädchen, Hose runter, und dann schaust du zu, wie schnell sie pariert.«

»Wie kannst du nur solchen Blödsinn reden, Tricia? Hör dich doch bloß an!«

»Du hast mit ihr geschlafen, und dann ist sie verschwunden. Puff – hat sich einfach in Luft aufgelöst.« Tricia schnippte mit den Fingern. Ziemlich kraftlos, wie Martin bemerkte. »Und das hat dich geärgert, nicht? Und wir wissen ja, wie du reagierst, wenn dich was ärgert.«

Es juckte Martin in den Fingern, ihr eine Ohrfeige zu versetzen. Er hätte es auch getan, wäre er nicht sicher gewesen, dass sie dann, zugedröhnt oder nicht, schnurstracks zu Daddy laufen würde, um sich zu beschweren. Und Daddy würde Forderungen stellen, wenn sie das tat. Zuerst Entzug. Dann Scheidung. Keines von beiden passte Martin in den Kram. Eine reiche Heirat – auch wenn das Geld aus einem gutgehenden Antiquitätengeschäft stammte und nicht nach bester blaublütiger Art von Generation zu Generation vererbt worden war – hatte ihm ein Maß an gesellschaftlicher Anerkennung eingebracht, wie er es als bloßer Einwanderer niemals erreicht hätte, selbst wenn er geschäftlich noch so erfolgreich gewesen wäre. Er war nicht bereit, auf dieses gesellschaftliche Ansehen zu verzichten.

»Wir können dieses Gespräch später weiterführen«, sagte er mit einem Blick auf seine Taschenuhr. »Jetzt hast du noch Zeit, ins Dorchester zu kommen, ohne dich oder mich gründlich zu blamieren. Sag einfach, es wäre der Verkehr gewesen: ein Fußgänger, der in Notting Hill Gate von einem Taxi angefahren worden ist. Du hast angehalten, um Hilfe zu leisten, bis der Rettungswagen kam. Eine Laufmasche in deinem Strumpf würde die Geschichte vielleicht noch glaubwürdiger machen.«

»Hör auf, mich wie eine dumme Gans zu behandeln.«

»Dann hör du auf, dich wie eine zu benehmen«, versetzte er, ohne nachzudenken, und bereute es sofort. Was für einen Sinn hatte es, diese blödsinnige Diskussion noch weiter anzuheizen, bis ein Riesenkrach daraus wurde? »Komm, Schatz«, sagte er, um Versöhnung bemüht, »hören wir doch auf mit diesem Gezänk. Wir lassen uns von einem simplen Routinebesuch der Polizei ins Bockshorn jagen. Was Nicola Maiden angeht –«

»Wir haben seit Monaten nicht mehr miteinander geschlafen, Martin.«

Er fuhr unbeirrt fort. »– so ist es bedauerlich, dass sie tot ist, und bedauerlich, dass sie ermordet wurde, aber da wir damit nichts zu tun haben …«

»Wir. Haben. Seit. Juni. Nicht. Gevögelt.« Ihre Stimme schwoll an. »Hörst du mir überhaupt zu? Hörst du, was ich sage?«

»Beides«, antwortete er. »Und wenn du nicht immer den größten Teil des Tages hackedicht wärst, wär's um dein Gedächtnis vielleicht besser bestellt.«

Das brachte sie endlich zum Schweigen, Gott sei Dank. Ihr lag schließlich ebenso wenig daran wie ihm, ihre Ehe zu beenden. Sie brauchte ihn so nötig wie er sie: Er sorgte dafür, dass ihr der Stoff nicht ausging, und hütete ihr Geheimnis; sie verhalf ihm zu gesellschaftlichem Aufstieg und verschaffte ihm die Achtung, die ein Mann dem anderen zollt, wenn dieser im Besitz einer schönen Frau ist. Und darum *wollte* Tricia so gerne glauben. Und Martin hatte die Erfahrung gemacht, dass Leute, die unbedingt glauben wollten, sich selbst in ihrer Verzweiflung so ziemlich alles einredeten. In diesem Fall jedoch war das, was Tricia so gern glauben wollte, gar nicht mal so weit von der Wahrheit entfernt. Er schlief tatsächlich mit ihr, wenn sie im Drogenrausch war. Sie wusste nur nicht, dass er das sogar bevorzugte.

»Oh«, sagte sie mit kleinlauter Stimme und blinzelte verwirrt.

»Ja, oh«, sagte er. »Den ganzen Juni, Juli und August. Und gestern Nacht auch.«

Sie schluckte. »Gestern Nacht?«

Er lächelte. Sie gehörte ihm.

Er ging zu ihr. »Wir werden uns doch nicht von den Bullen zerstören lassen, was wir haben, Trish. Sie sind hinter einem Killer her. Nicht hinter uns.« Er berührte ihre Lippen mit den prügelmüden Fingerknöcheln seiner rechten Hand. Die linke auf ihrem Gesäß, zog er sie näher. »Na, hab ich nicht recht? Stimmt es nicht, dass die Polizei hier nicht finden wird, was sie sucht?«

»Ich muss runter von den Drogen«, flüsterte sie.

Er drückte ihr einen Finger auf den Mund und zog sie an sich, um sie zu küssen. »Immer eins nach dem anderen«, sagte er.

In seinem Zimmer im *Black-Angel*-Hotel tauschte Lynley Anzug und Krawatte gegen Jeans, Wanderstiefel und die alte gewachste

Jacke, die er meist in Cornwall trug, ein altes Erbstück seines lange verstorbenen Vaters. Immer wieder sah er zum Telefon, als er sich ankleidete, als könnte er es mit bloßer Willenskraft dazu zwingen zu läuten, und zugleich stand er in ständigem Widerstreit mit sich selbst, ob er nun von sich aus anrufen sollte oder nicht.

Helen hatte sich nicht gemeldet. Ihr Schweigen am Morgen hatte er damit entschuldigt, dass sie nach dem langen Abend mit Deborah St. James wahrscheinlich ausschlafen wollte. Aber als das Schweigen auch den Nachmittag über anhielt, fiel es ihm immer schwerer, Entschuldigungen zu finden. Er hatte sogar am Empfang nachgefragt und gebeten, noch einmal zu überprüfen, ob nicht doch eine Nachricht für ihn hinterlassen worden sei, aber auch eine gründliche Durchsuchung von Schlüsselfächern und Papierkörben hatte nichts Neues erbracht. Seine Frau hatte nicht angerufen. Und sonst auch niemand. Aber Schweigen vom Rest der Welt kümmerte ihn nicht. Helens Schweigen hingegen sehr.

Wie man es zu tun pflegt, wenn man sich im Recht glaubt, ging er in Gedanken immer wieder ihr Gespräch vom vergangenen Morgen durch. Er klopfte es auf Untertöne und Nuancen ab, aber ganz gleich, wie gewissenhaft er prüfte, immer war er der ungerecht Behandelte. Die Sache lag ganz einfach. Helen hatte sich in seine beruflichen Belange eingemischt, und sie schuldete ihm eine Entschuldigung. Es stand ihr ebenso wenig zu, seine dienstlichen Entscheidungen zu kritisieren, wie er das Recht hatte, ihr vorzuschreiben, wie und wann sie St. James in seinem Labor zu helfen hatte. Im persönlichen Bereich hatten sie beide ein begründetes Recht darauf, die Hoffnungen, Entscheidungen und Wünsche des anderen zu erfahren. In dem Bereich, der ihre unterschiedlichen beruflichen Tätigkeiten betraf, schuldeten sie einander freundliche Anteilnahme, Rücksicht und Unterstützung. Dass seine Frau – wie ihr unbestreitbar trotziges Schweigen klar erkennen ließ – nicht bereit war, sich an diese elementaren und vernünftigen Grundsätze des Zusammenlebens zu halten, fand er desillusionierend. Er kannte Helen seit nunmehr sechzehn Jahren. Oder vielmehr, er hatte geglaubt, sie zu kennen, und kannte sie doch offensichtlich überhaupt nicht.

Er sah auf seine Uhr. Er schaute zum Fenster hinaus und prüfte den Stand der Sonne. Es würde noch mehrere Stunden hell bleiben, er brauchte also nicht Hals über Kopf aufzubrechen. Er hätte gut noch telefonieren können, aber stattdessen trödelte er herum, vergewisserte sich, dass er Kompass, Taschenlampe und eine Wanderkarte eingesteckt hatte.

Erst als es beim besten Willen nichts mehr gab, womit er sich hätte ablenken können, gab er sich seufzend geschlagen. Er ging zum Telefon und tippte seine Privatnummer ein. Ich kann ihr ja eine Nachricht hinterlassen, wenn sie ausgegangen ist, dachte er.

Er erwartete Denton. Oder den Anrufbeantworter. Womit er überhaupt nicht gerechnet hatte – denn wenn sie zu Hause war, warum zum Teufel rief sie ihn dann nicht an –, war, die weiche Stimme seiner Frau zu hören.

Sie sagte zweimal kurz hintereinander hallo. Im Hintergrund konnte er Musik hören. Es war eine seiner neuen Prokofjew-CDs. Sie hatte den Anruf im Wohnzimmer entgegengenommen.

Er wollte sagen: »Hallo, Liebes. Wir sind im Streit auseinandergegangen, und ich möchte nicht, dass es dabei bleibt.« Doch stattdessen sagte er gar nichts und fragte sich, wie um alles in der Welt sie seelenruhig in London sitzen und sich an seiner Musik erfreuen konnte, wenn sie miteinander uneins waren. Und sie waren doch miteinander uneins, nicht? Hatte er sich nicht den größten Teil seines Arbeitstages bemüht, den zwanghaften Drang zu unterdrücken, ihre Meinungsverschiedenheit immer wieder von Neuem unter die Lupe zu nehmen, sich ständig Gedanken darüber zu machen, was dazu geführt hatte, was ihr Streit über die Vergangenheit aussagte, was er für die Zukunft prophezeite, wozu er vielleicht führen würde, wenn nicht einer von ihnen aufwachte und erkannte, dass …

Helen sagte: »Das ist äußerst ungezogen von Ihnen, wer immer Sie sind!«, und legte auf.

Lynley stand mit dem Hörer in der Hand da und kam sich sehr töricht vor. Aber wenn ich sie sofort zurückrufe, werde ich mir noch dümmer vorkommen, dachte er. Er legte den Hörer auf, nahm die Autoschlüssel aus seinem Sakko und ging.

Er fuhr nach Nordosten, folgte der Straße zwischen den Kalksteinhängen, an denen Tideswell erbaut war. Der Wind brauste wie ein sprudelnder Fluss durch das enge Tal, rüttelte in Verheißung kommenden Regens am Geäst der Bäume und peitschte das Laub zum Tanz.

An der Kreuzung markierte eine Handvoll honigfarbener Häuser den Weiler Lane Head. Hier bog Lynley nach Westen ab auf eine Straße, die dunkelgrau und schnurgerade durch das Moor schnitt, gesäumt von Trockenmauern, die Heide, Blaubeeren und Farn daran hinderten, die Fahrbahn zurückzuerobern und wieder dem Land einzuverleiben.

Es war eine wilde, einsame Landschaft. Nachdem Lynley das letzte kleine Dorf hinter sich gelassen hatte, begegnete er keinem Menschen mehr. Nur die Dohlen und Elstern begleiteten seine Fahrt, und hin und wieder sah er ein Schaf, das sich wie ein schmutzig weißer Klecks zwischen all den Grün- und Violetttönen ausnahm.

Zauntritte gewährten Zugang zum Moor, und Wegweiser markierten die öffentlichen Fußwege, die jahrhundertelang von Bauern und Schäfern auf ihren Wanderungen benutzt worden waren. Später angelegte Wander- und Fahrradwege durchschnitten die Heide und verloren sich zwischen fernen, flechtenüberwucherten Bodenerhebungen, den Überresten prähistorischer Siedlungen, uralter Kultstätten und römischer Befestigungsanlagen.

Lynley fand die Stelle, wo Nicola Maiden den Saab stehengelassen hatte, einige Kilometer nordöstlich des kleinen Weilers Sparrowpit. In der langen, unregelmäßig aufgeschichteten Grenzmauer war hier ein eisernes Tor, dessen krustiger dicker Anstrich an vielen Stellen von Rost durchsetzt war. Lynley tat, was Nicola Maiden getan hatte: Er öffnete das Tor, fuhr auf einem kleinen gepflasterten Sträßchen hindurch und parkte hinter der Mauer auf einem Flecken blanker Erde.

Vor dem Aussteigen zog er noch einmal die Karte zu Rate. Er legte sie ausgebreitet auf den Beifahrersitz und setzte seine Lesebrille auf. Nine Sisters Henge, erst vor fünftausend Jahren errichtet, gehörte zu den Monumenten jüngeren Datums im Calder Moor. Lynley verfolgte die Route, die er würde nehmen müssen, um dorthin zu gelangen, und versuchte, sich besondere Orientierungspunkte zu merken. Hanken hatte angeboten, ihm einen seiner Beamten als Führer mitzugeben, aber er hatte abgelehnt.

Gegen einen erfahrenen Wanderer als Begleiter hätte er nichts einzuwenden gehabt, aber er wollte nicht unbedingt jemanden von der Polizei in Buxton dabeihaben, der seine peinlich genaue Besichtigung des Tatorts vielleicht als persönliche Beleidigung aufgefasst und Hanken brühwarm davon berichtet hätte.

»Es ist die letzte Möglichkeit, diesen verflixten Pager zu finden, und ich möchte nichts unversucht lassen«, hatte Lynley zu Hanken gesagt.

»Wenn er dort gewesen wäre, hätten meine Leute ihn gefunden«, hatte Hanken erwidert und ihn daran erinnert, dass sie jeden Zentimeter Boden nach der Waffe abgesucht hatten, wobei sie mit Sicherheit einen Pager gefunden hätten, auch wenn das Messer nicht entdeckt worden war. »Aber wenn es Ihnen eine Beruhigung ist, dann fahren Sie nur raus.« Er selbst wollte zu Upman, fieberte schon vor Ungeduld, den Anwalt mit seiner Lüge zu konfrontieren.

Nachdem Lynley sich seiner Route sicher war, schob er Karte und Brille in seine Jackentaschen und machte sich auf den Weg. Mit hochgeklapptem Jackenkragen, den Kopf gegen den stürmischen Wind gesenkt, marschierte er zunächst nach Südosten. Das gepflasterte Sträßchen führte in die Richtung, in die er wollte, deshalb folgte er ihm, doch es endete schon nach hundert Metern vor einem Geröllhaufen, der hauptsächlich aus Kies und Teer bestand. Von dort aus ging es auf einem holprigen Trampelpfad aus Steinen und Erde weiter, um einiges beschwerlicher als zuvor.

Er brauchte fast eine Stunde für die Wanderung durch das stille, einsame Land. Er folgte steinigen Wegen, die sich mit anderen, noch steinigeren Wegen schnitten, er streifte durch Heide, Ginster und Farn; er erklomm Kalksteinanhöhen; er kam an den Überresten alter Hügelgräber vorüber.

Gerade als er sich einer unerwarteten Weggabelung näherte, entdeckte er einen einsamen Wanderer, der ihm aus Südosten entgegenkam. Ziemlich sicher, dass dies die Richtung war, wo Nine Sisters Henge stand, blieb Lynley stehen und wartete, um zu sehen, wer an diesem Spätnachmittag den Schauplatz der Morde aufgesucht hatte. Soviel er wusste, war das Gelände immer noch abgesperrt und bewacht. Wenn also der einsame Wanderer ein

Journalist oder Pressefotograf war, würde er an seinem langen Marsch quer durchs Moor nicht allzu viel Freude gefunden haben.

Aber es war gar kein Mann. Und es war auch kein Journalist oder Fotograf. Als die Gestalt sich näherte, erkannte Lynley Samantha McCallin.

Offenbar hatte sie ihn im selben Moment erkannt, denn der Rhythmus ihres Gangs veränderte sich plötzlich. Sie warf die Birkengerte weg, die sie bis dahin in der Hand gehalten und im Gehen durch das Heidekraut geschwenkt hatte, straffte die Schultern und hielt geradewegs auf ihn zu.

»Es ist ein öffentlicher Ort«, sagte sie sofort. »Sie können den Steinkreis absperren und Wachen hinstellen, aber Sie können niemanden daran hindern, trotzdem im Moor spazieren zu gehen.«

»Sie sind ziemlich weit von Broughton Manor entfernt, Miss McCallin.«

»Kehren Mörder nicht immer an den Ort des Verbrechens zurück? Ich lebe nur die Rolle. Möchten Sie mich nicht festnehmen?«

»Ich würde gern von Ihnen hören, was Sie hier draußen tun.«

Sie sah über die Schulter in die Richtung zurück, aus der sie gekommen war. »Er glaubt, ich hätte sie getötet! Ist das nicht ein starkes Stück. Heute Morgen habe ich ihn noch verteidigt, und am Nachmittag ist er überzeugt, dass *ich* Nicola umgebracht habe. Eine merkwürdige Art, mir dafür zu danken, dass ich seine Partei ergriffen habe, aber so ist es nun mal.«

Es konnte natürlich der scharfe Wind sein, aber Lynley hatte den Eindruck, dass sie geweint hatte. Er sagte: »Und was tun Sie hier draußen, Miss McCallin? Sie müssen doch wissen, dass –«

»Ich wollte den Ort sehen, wo sein Wahn gestorben ist. Der Wahn meines Vetters.« Der Wind blies ihr feine Haarsträhnen, die sich aus ihrem Zopf gelöst hatten, ins Gesicht. »Er sagt natürlich, sein Wahn sei in Wirklichkeit schon am Montagabend gestorben, als er ihr seinen Heiratsantrag gemacht hat. Aber das glaube ich nicht. Ich bin überzeugt, mein Vetter Julian hätte an seiner Phantasie von einem gemeinsamen Leben mit Nicola beharrlich festgehalten, solange sie lebte. Und immer nur darauf gewartet, dass sie es sich noch anders überlegen würde. Immer nur darauf gewartet, dass sie – wie er es ausdrücken würde – ihn endlich *wirklich* sähe. Sie hätte nur den Finger zu krümmen brauchen, und er hätte es als das Zeichen aufgefasst, auf das er so sehnsüchtig wartete, den Beweis dafür, dass sie ihn trotz allem liebte, auch wenn alles, was sie sagte und tat, vom Gegenteil sprach.«

»Sie haben sie nicht gemocht, nicht wahr?«, fragte Lynley.

Sie lachte kurz. »Was spielt das für eine Rolle? Sie hätte garantiert bekommen, was sie wollte, ganz gleich, was ich von ihr gehalten habe.«

»Und was hat sie bekommen? Den Tod. Den kann sie wohl kaum gewollt haben.«

»Sie hätte Julians Leben zerstört. Sie hätte ihn bis aufs Mark ausgesaugt. So war sie, Inspector.«

»Wirklich?«

Samantha kniff die Augen zusammen, als eine Windböe kalkige Erdklümpchen in die Luft wirbelte. »Ich bin froh, dass sie tot ist. Das will ich gar nicht bestreiten. Aber Sie machen einen Fehler, wenn Sie glauben, dass ich die Einzige bin, die auf ihrem Grab tanzen würde.«

»Wer denn noch?«

Sie lächelte. »Ich habe nicht die Absicht, Ihnen Ihre Arbeit abzunehmen.«

Damit trat sie an ihm vorbei und ging den Weg zur Nordgrenze des Moores weiter, von der Lynley gerade gekommen war. Er fragte sich, wie sie überhaupt hier herausgekommen war, denn er hatte nirgends einen Wagen stehen sehen, als er von der Straße abgebogen war. Und er fragte sich auch, ob sie an einer anderen Stelle geparkt hatte, weil sie den Platz hinter der Mauer entweder nicht kannte oder weil sie verheimlichen wollte, dass sie ihn kannte.

Er beobachtete sie, aber sie blickte nicht zurück, um zu sehen, ob er genau das täte. Es musste sie doch drängen, es zu tun – es war nur menschlich –, und die Tatsache, dass sie es nicht tat, sagte einiges über ihre Selbstdisziplin. Nach einer Weile ging Lynley ebenfalls weiter.

Er erkannte Nine Sisters Henge an dem hoch aufragenden Monolithen – dem Königstein –, der auf die alte Kultstätte in dem dichten Birkenhain hinwies. Da er sich jedoch genau von der anderen Seite näherte, merkte er zunächst nicht, dass er am Ziel angekommen war. Erst als er um das Wäldchen herumging und auf halbem Weg auf seinen Kompass schaute, erkannte er, dass der Steinkreis ganz in der Nähe sein musste. Und als er sich herumdrehte, sah er den pockennarbigen Stein, der groß und gewaltig neben einem schmalen Pfad am Eingang zu dem Wäldchen in die Höhe ragte.

Die Hände in den Taschen, ging er zurück und stieß einige Meter weiter auf den von Hanken postierten Bewacher des Orts. Dieser erlaubte ihm, unter der Absperrung hindurchzukriechen und sich allein dem Hüter des Steinkreises, dem Königstein, zu nähern. Dort blieb Lynley stehen, um sich den Monolithen von allen Seiten anzusehen. Er war verwittert, wie nicht anders zu erwarten, aber auch Menschenhand hatte ihm zugesetzt. Irgendwann in der Vergangenheit hatten Menschen Kerben in die Rückseite der mächtigen Säule gehauen, die dem Kletterer, der die Spitze erklimmen wollte, Halt boten.

Lynley fragte sich, welchem Zweck der Stein in alter Zeit gedient haben mochte. Um von seiner Spitze aus eine Gemeinschaft zu einer Versammlung zu rufen? Als Ausguck für jemanden, der für die Sicherheit der Priester verantwortlich war, die unten im Steinkreis ihre Rituale vollzogen? Oder hatte er zu Häupten eines Opferaltars gestanden? Es war unmöglich zu sagen.

Er schlug mit der Hand gegen den kalten Stein und trat zwischen die Bäume, wo ihm als Erstes auffiel, dass die dicht zusammenstehenden Birken allen Wind abhielten. Kein Lüftchen regte sich, als er schließlich vor der prähistorischen Kultstätte stand.

Ganz anders als Stonehenge – das war der erste Gedanke, der ihm durch den Kopf ging, und er wurde sich gleichzeitig bewusst, wie fest das Wort *henge* für ihn mit einem ganz bestimmten Bild verbunden war. Gewiss, auch hier gab es Steinpfeiler – neun insgesamt, wie der Name andeutete –, aber diese hier waren weitaus gröber bearbeitet, als er erwartet hatte. Es gab keine Decksteine wie in Stonehenge, und der äußere Wall und der innere Rundgraben, die die Monolithen umschlossen, waren sehr viel weniger deutlich ausgeprägt.

Er trat in den Kreis hinein. Es war totenstill. So wie die Bäume den Wind abhielten, so schienen die Steine sämtliche Geräusche zu schlucken. Es würde also ein Leichtes sein, sich der Stätte nachts unhörbar zu nähern. Man musste nur wissen, wo Nine Sisters Henge war, oder bei Tageslicht einem Wanderer dorthin folgen und dann bis zum Einbruch der Dunkelheit warten. Und auch das war gewiss nicht schwierig. Das Moor war zwar riesig, aber auch nach allen Seiten offen. An einem klaren Tag konnte man kilometerweit sehen.

Das Innere des Kreises war leer bis auf einen Steinblock zu Füßen des genau im Norden stehenden Pfeilers. Das Moorgras war von den Ausflüglern des vergangenen Sommers plattgetreten, an verschiedenen Stellen waren Überreste von Feuern, die Wanderer oder Anhänger irgendeines alten Glaubens hier angezündet hatten. Dem äußeren Rand des Kreises folgend, begann Lynley seine systematische Suche nach Nicola Maidens Pager. Es war eine mühselige Arbeit, die eine akribische Inspektion des Walls, des Grabens, des Grases zu Füßen der Steine und der alten Feuerstellen verlangte. Als er den ganzen Kreis abgegangen war, ohne etwas gefunden zu haben, und wusste, dass er als Nächstes Nicolas Fluchtweg in den Tod würde nachgehen müssen, hielt er inne, um sich zu orientieren. Dabei fiel sein Blick auf die Feuerstelle in der Mitte des Kreises.

Er sah, dass sie sich von den übrigen in dreierlei Hinsicht unterschied: Die Spuren waren frischer – es lagen Stücke verkohlten Holzes da, die noch nicht zu Asche zerfallen oder zu einer unförmigen Masse verschmolzen waren –, unverkennbare Anzeichen verrieten, dass hier die Leute von der Spurensicherung am Werk gewesen waren, und der Ring aus Steinen um die Feuerstelle herum war an einer Stelle aufgebrochen, als hätte jemand das Feuer ausgetreten und dabei die Steine verschoben. Beim Anblick dieser Steine musste Lynley unwillkürlich an die Fotos des toten Terry Cole denken und an die Verbrennungen auf der einen Seite seines Gesichts.

Er trat näher und ging neben der Feuerstelle in die Hocke. Zum ersten Mal dachte er darüber nach, was die Brandverletzungen im Gesicht des Toten zu bedeuten hatten. Nach dem Grad der Verbrennung zu urteilen, musste der Junge ziemlich lang mit dem Feuer in Berührung gewesen sein. Aber er war nicht mit Gewalt in die Flammen hineingedrückt worden; dagegen hätte er sich sicherlich gewehrt, und dann hätte man an seiner Leiche Spuren dieses Kampfs festgestellt. Dr. Myles zufolge hatte Terry Coles Leichnam aber keinerlei Verletzungen aufgewiesen, die auf einen solchen Abwehrkampf hingedeutet hätten: keine Blutergüsse oder Schrammen an den Händen oder Fingerknöcheln, keine Hautabschürfungen an seinem Oberkörper. Und dennoch, dachte Lynley, war er lange genug mit dem Feuer in Kontakt gekommen, um schwere Verbrennungen zu erleiden, so schwer, dass seine Haut verkohlt war. Dafür schien es nur eine einleuchtende Erklärung zu geben: Cole musste in das Lagerfeuer gefallen sein. Aber wie?

Lynley hockte sich auf die Fersen und ließ seinen Blick über den Steinkreis schweifen. Er sah, dass ein zweiter, schmälerer Weg aus dem Dickicht hinausführte – direkt gegenüber dem Pfad, auf dem er gekommen war. Er hatte ihn hier, an der Feuerstelle, genau im Blick. Das musste der Weg sein, auf dem Nicola zu fliehen versucht hatte. Er stellte sich die Szene am Dienstagabend vor: Die beiden jungen Leute sitzen am Feuer zusammen. Außerhalb des Steinkreises lauern unsichtbar und unhörbar zwei Mörder. Sie warten nur auf den richtigen Augenblick. Als die Gelegenheit da ist, stürmen sie aus der Dunkelheit zum Feuer und fallen über ihre Opfer her, um kurzen Prozess mit ihnen zu machen.

Es erscheint durchaus plausibel, dachte Lynley. Aber wenn es sich so abgespielt hatte, wieso hatten die Mörder dann Nicola Maiden entkommen lassen? Er konnte sich nicht vorstellen, wie es der jungen Frau gelungen sei, hundertfünfzig Meter weit zu laufen, ehe sie überhaupt angegriffen worden war. Dass es ihr geglückt sein könnte, vom Feuer zu fliehen und den zweiten Pfad aus dem Steinkreis zu erreichen, war gerade noch denkbar; aber wie hatte sie es geschafft, ungehindert eine solche Strecke zurückzulegen, zumal ja doch das Überraschungsmoment aufseiten der Killer gewesen war? Gewiss, sie war eine erfahrene Wanderin gewesen, aber was zählte Erfahrung, wenn man bei stockfinsterer Nacht in Panik um sein Leben lief? Und wie war es möglich gewesen, dass sie so blitzschnell reagiert und die Lage so klar erfasst hatte? Sie musste doch mindestens fünf Sekunden gebraucht haben, um zu erkennen, dass ernste Gefahr drohte, und diese Verzögerung hätte den Mördern voll und ganz gereicht, um sie gleich an Ort und Stelle zu töten, statt erst hundertfünfzig Meter entfernt.

Lynley runzelte die Stirn. Wieder sah er das Foto des Jungen vor sich. Diese Verbrennungen in seinem Gesicht waren von entscheidender Bedeutung. Sie erzählten die wahre Geschichte, das wusste er.

Er griff nach einem Stock – halb verkohlt vom Feuer – und stocherte damit in der Asche herum, während er angestrengt nachdachte. Nicht weit entfernt entdeckte er den ersten der inzwischen eingetrockneten Blutspritzer aus Terry Coles Wunden. Jenseits dieser Flecken war das trockene Moorgras in einer zickzackförmigen Spur niedergedrückt, die zu einem der Steinpfeiler führte. Schritt für Schritt folgte Lynley dieser Spur und sah, dass der ganze Weg bis zum Stein mit Blut gesprenkelt war.

Aber es waren nur Spritzer und Tropfen, keine Lachen, nicht die Menge, die angesichts der zahlreichen Stichwunden, die Terry Cole erlitten hatte, zu erwarten gewesen wären. Am Fuß des Pfeilers hatte sich das Blut jedoch gesammelt, wie Lynley sah. Es war auf den Stein gespritzt und dann in kleinen Rinnsalen aus einer Höhe von etwa einem Meter auf den Boden hinuntergelaufen.

Lynley blieb stehen. Sein Blick wanderte von der Feuerstelle zu dem niedergetretenen Pfad. Im Geist sah er das Bild des Jungen, das der Polizeifotograf aufgenommen hatte, sah das von Flammen entstellte Gesicht. Er bedachte die einzelnen Punkte:

Blutspritzer beim Feuer.

Blutlachen am Fuß des Pfeilers.

Blutrinnsale aus einer Höhe von einem Meter.

Eine junge Frau flieht in die Nacht.

Ein Steinbrocken trifft sie am Kopf, zerschmettert ihr den Schädel.

Lynley kniff die Augen zusammen und atmete langsam ein. Natürlich, dachte er. Warum hatte er nicht gleich erkannt, was sich da abgespielt hatte?

Die Angaben, die sie von Nicola Maidens ehemaliger Vermieterin in Islington hatten, führten Barbara Havers und Winston Nkata zu einem Mehrfamilienhaus in der Rostrevor Road in Fulham. Sie erwarteten, sich mit einer Wirtin oder Hausmeisterin auseinandersetzen zu müssen, um Zutritt zu Nicola Maidens Wohnung zu erhalten. Daher waren sie überrascht, als sich, nachdem sie pro forma geläutet hatten, über die Sprechanlage eine Frau meldete, die sie aufforderte, sich vorzustellen.

Nachdem Nkata mitgeteilt hatte, dass die Kriminalpolizei vor der Tür stand, trat eine Pause ein. Dann sagte die Frau: »Ich komme sofort herunter.« Ihre Sprechweise war so kultiviert, als studierte sie in ihrer Freizeit fleißig Rollen in historischen Dramen. Barbara erwartete, dass sie in voller Jane-Austen-Montur erscheinen würde: Empirekleid, weiße Strümpfchen und Ringellöckchen. Gut fünf Minuten später – »Wo genau kommt die eigentlich her, dass sie so lange braucht?«, meinte Nkata mit einem Blick auf seine Uhr. »Aus Southend-on-Sea?« – wurde die Tür geöffnet, und eine Zwölfjährige in einem Minikleidchen à la Mary Quant stand vor ihnen.

»Vi Nevin«, stellte sich die Kleine vor. »Entschuldigen Sie, dass es so lange gedauert hat. Ich hatte gerade ein Bad genommen und musste mir erst etwas überziehen. Würden Sie mir bitte Ihre Ausweise zeigen?«

Die Stimme war die der Frau, die sie über die Sprechanlage gehört hatten. Aus dem Mund dieses Elfchens kommend, wirkte sie äußerst irritierend, so als ob irgendwo im Hintergrund eine Bauchrednerin lauerte, die sich einen Jux daraus machte, diesem vorpubertären Kind ihre Stimme zu leihen. Barbara ertappte sich dabei, dass sie um den Türpfosten herum spähte, um zu sehen, ob sich dort jemand versteckt hielt. Vi Nevins Miene verriet, dass sie solche Reaktionen gewohnt war.

Nachdem sie die beiden Ausweise geprüft hatte, reichte sie sie zurück und sagte: »In Ordnung. Was kann ich also für Sie tun?« Als sie ihr erklärten, dass ihre Wohnung von einer Studentin bei ihrem Umzug aus Islington als Nachsendeadresse angegeben worden war, meinte sie: »Daran ist ja wohl nichts Gesetzwidriges, oder? Das ist doch sehr vernünftig.«

Dann sei sie also mit Nicola Maiden bekannt, fragte Nkata.

»Es ist nicht meine Gewohnheit, mit wildfremden Menschen zusammenzuziehen«, versetzte sie und fügte mit einem Blick von Nkata zu Barbara hinzu: »Aber Nikki ist nicht hier. Sie ist seit Wochen verreist. Sie ist oben in Derbyshire und kommt erst nächsten Mittwochabend zurück.«

Barbara merkte Nkata deutlich an, dass ihm überhaupt nicht danach war, wieder einmal den Überbringer schlimmer Nachricht zu spielen. Sie zeigte Erbarmen und fragte: »Können wir uns hier irgendwo in Ruhe unterhalten, Miss Nevin?«

Der Blick, den Vi Nevin ihr zuwarf, besagte klar, dass sie aus der einfachen Frage mehr heraushörte. »Warum? Haben Sie eine richterliche Verfügung oder so etwas? Ich kenne meine Rechte.«

Barbara seufzte innerlich. Die neuesten Enthüllungen über polizeiliche Übergriffe hatten das öffentliche Vertrauen stark erschüttert. »Oh, das glaube ich,« erwiderte sie. »Aber wir sind nicht wegen einer Hausdurchsuchung hier. Wir möchten uns lediglich mit Ihnen über Nicola Maiden unterhalten.«

»Wieso? Wo ist sie denn? Was hat sie getan?«

»Dürfen wir reinkommen?«

»Wenn Sie mir sagen, was Sie wollen.«

Barbara tauschte einen Blick mit Nkata. Es würde ihnen nichts anderes übrigbleiben, als der jungen Frau zwischen Tür und Angel die erschreckende Mitteilung zu machen.

»Sie ist tot«, erklärte Barbara. »Sie ist vor drei Tagen im Peak District umgekommen. Dürfen wir jetzt hereinkommen, oder sollen wir uns weiter hier draußen auf der Straße unterhalten?«

Vi Nevin starrte sie an. Sie schien fassungslos. »Tot?«, wiederholte sie. »Nikki ist *tot*? Aber das ist unmöglich. Ich habe am Dienstag morgen noch mit ihr gesprochen. Sie wollte eine Wanderung machen. Sie ist nicht tot. Das ist ausgeschlossen.«

Sie blickte ihnen forschend ins Gesicht, als suchte sie nach igendeinem Hinweis darauf, dass es sich um einen Scherz oder eine Lüge handelte. Dann trat sie von der Tür zurück und sagte gepresst: »Bitte kommen Sie rein.«

Sie führte sie eine Treppe hinauf zu einer offen stehenden Tür in der ersten Etage und weiter in ein L-förmiges Wohnzimmer mit Balkon. Unten war ein kleiner Garten mit einem Springbrunnen, und die spätnachmittäglichen Schatten einer Hainbuche fielen auf eine gepflasterte Terrasse.

Auf einem Barwagen aus Chrom und Glas an einer Wand standen mindestens ein Dutzend Flaschen mit verschiedenen alkoholischen Getränken. Vi Nevin griff nach einer angebrochenen Flasche Glenlivet und schenkte sich ein Glas ein. Sie trank den Whisky pur, und Barbaras letzte Zweifel an ihrem Alter schwanden, als sie sah, wie sie den Whisky hinunterkippte.

Während Vi Nevin sich bemühte, ihre Fassung wiederzufinden, versuchte Barbara, sich ein Bild von der Wohnsituation zu machen. In der ersten Etage der Maisonettewohnung befanden sich das Wohnzimmer, die Küche und eine Toilette. Die Schlafzimmer waren offensichtlich ein Stockwerk höher, über eine Treppe zu erreichen, die sich an der Wand nach oben schwang. Von ihrem Standort gleich neben der Tür konnte sie zum oberen Treppenabsatz und in die Küche sehen. Diese war mit allem modernen Komfort eingerichtet: Kühlschrank mit Eiszerkleinerer, Mikrowellenherd, Espressomaschine, blitzende Kupfertöpfe und -pfannen. Die Arbeitsplatten waren aus Granit, die Schränke und der Boden aus gebleichtem Eichenholz. Nicht übel, dachte Barbara und fragte sich, wer das alles bezahlte.

Sie sah Nkata an. Er war gerade dabei, die niedrigen buttergelben Sofas mit der üppigen grünen und goldfarbenen Kissenpracht zu mustern, den ausladenden Farn am Fenster, das große abstrakte Ölgemälde über dem offenen Kamin. Ein bisschen was anderes als die Loughborough Siedlung, schien seine Miene zu sagen. Sein Blick schweifte zu Barbara. Sie erwiderte in Lippensprache: schnieke, was?, und er grinste.

Vi Nevin, die inzwischen ihren Whisky geschluckt hatte, stand vollkommen reglos da, bis sie sich schließlich zu ihnen umwandte. Sie strich sich das blonde, schulterlange Haar aus dem Gesicht und schob es mit einem Reif zurück, mit dem sie aussah wie Alice im Wunderland.

»Entschuldigen Sie«, sagte sie. »Niemand hat mich angerufen. Ich habe nicht ferngesehen. Ich hatte keine Ahnung. Ich habe am Dienstagmorgen noch mit ihr gesprochen und … um Gottes willen, was ist denn nur passiert?«

Sie sagten ihr zwei Dinge: dass Nicola Maiden einen Schädelbruch erlitten hatte; dass ihr Tod kein Unfall gewesen war.

Vi Nevin schwieg, den Blick auf Barbara und Nkata gerichtet. Sie rührte sich nicht, aber ein Schauder überlief sie.

»Nicola ist ermordet worden«, bemerkte Barbara schließlich, als Vi noch immer nichts sagte. »Sie ist mit einem Steinbrocken erschlagen worden.«

Vis Hand krampfte sich um den Saum ihres Minikleides. Sie sagte: »Nehmen Sie Platz«, und wies auf die Sofas. Sie selbst hockte sich stocksteif auf die Kante eines tiefen Sessels ihnen gegenüber, Knie und Knöchel aneinandergepresst wie ein wohlerzogenes Schulmädchen. Noch immer stellte sie keine Fragen. Sie war offensichtlich wie betäubt von der Nachricht, aber es war ebenso offensichtlich, dass sie auf etwas wartete.

Worauf?, fragte sich Barbara. Was ging hier vor? »Wir bearbeiten die Londoner Seite des Falls«, erklärte sie Vi. »Unser Kollege – Inspector Lynley – ist in Derbyshire.«

»Die Londoner Seite«, murmelte Vi.

»Außer Nicola Maiden ist noch ein junger Mann getötet worden.« Nkata zog sein ledernes Dienstbuch aus der Tasche und nahm seinen Drehbleistift zur Hand. »Er heißt Terry Cole und hat in Battersea gewohnt. Kennen Sie ihn?«

»Terry Cole?« Vi schüttelte den Kopf. »Nein.«

»Er war Künstler. Hat Objekte gemacht. Er hatte ein Atelier in den Eisenbahnarkaden bei der Portslade Road. Zusammen mit einer Frau namens Cilla Thompson, mit der er auch die Wohnung geteilt hat«, berichtete Barbara.

»Cilla Thompson«, wiederholte Vi und schüttelte wieder den Kopf.

»Hat Nicola einen der beiden vielleicht mal erwähnt? Terry Cole oder Cilla Thompson?«, fragte Nkata.

»Terry Cole oder Cilla Thompson? Nein«, antwortete sie. Barbara hätte ihr am liebsten gesagt, dass kein Narziss anwesend sei, dass sie ihre Rolle also aufgeben könne; aber sie hatte den Verdacht, die Anspielung auf die griechische Sage würde gar nicht ankommen. Sie sagte: »Miss Nevin, Nicola Maiden ist erschlagen worden. Das bricht Ihnen vielleicht nicht das Herz, aber wenn Sie uns helfen könnten …«

»Bitte. Bitte!«, rief sie, als könnte sie es nicht ertragen, das noch einmal zu hören. »Ich habe Nikki seit Anfang Juni nicht mehr gesehen. Sie ist nach Derbyshire gefahren, weil sie dort den Sommer über arbeiten wollte, und sie wollte kommenden Mittwoch wieder hier sein, wie ich schon sagte.«

»Um was zu tun?« fragte Barbara.

»Bitte?«

»Was wollte sie nach ihrer Rückkehr nach London tun?«

Vi antwortete nicht. Sie hatte einen Blick, als durchforschte sie fremde Gewässer nach lauernden Piranhas.

»Wollte sie arbeiten? Sich dem süßen Nichtstun ergeben? Oder was?«, fragte Barbara. »Sie muss doch vorgehabt haben, irgendetwas mit ihrer Zeit anzufangen, und ich würde denken, dass Sie als ihre Mitbewohnerin ihre Pläne kannten.«

Die Augen verrieten Intelligenz. Sie waren grau mit schwarzen Wimpern. Sie forschten und taxierten, während der Verstand zweifellos jede mögliche Konsequenz jeder Antwort erwog. Vi Nevin wusste etwas darüber, was Nicola Maiden zugestoßen war; so viel stand fest.

Wenn Barbara in den nahezu vier Jahren ihrer Zusammenarbeit mit Lynley etwas gelernt hatte, dann, dass es Zeiten gab, wo Härte angebracht war, und Zeiten, die Entgegenkommen verlangten. Härte bedeutete Einschüchterung; Entgegenkommen einen Austausch von Informationen. Da sie nichts in der Hand hatte, um Vi Nevin unter Druck zu setzen, war dies wohl der Moment für Entgegenkommen.

»Wir wissen, dass sie Anfang Mai ihr Studium aufgegeben hat«, sagte Barbara. »Sie hat angegeben, sie habe eine feste Anstellung bei der Firma MKR Financial Management. Aber der Geschäftsführer der Firma – ein Mr. Reeve – teilte uns mit, dass sie kurz vorher aus der Firma ausgeschieden war und *ihm* erzählt hatte, sie wolle wieder zurück nach Derbyshire. Trotzdem hat sie bei ihrem Umzug aus Islington der Hauswirtin diese Adresse hier angegeben und nicht etwa eine in Derbyshire. Und nach allem, was wir bisher in Erfahrung gebracht haben, hatte in Derbyshire niemand eine Ahnung, dass sie vorhatte, länger als nur den Sommer über zu bleiben. Wie erklären Sie sich das alles, Miss Nevin?«

»Verwirrung«, sagte Vi. »Sie wusste noch nicht so recht, was sie mit ihrem Leben anfangen sollte, hatte noch keine festen Pläne. Nikki hat sich immer gern alle Möglichkeiten offengelassen.«

»Indem sie ihr Studium an den Nagel hängte? Ihre Stellung aufgab? Geschichten ohne faktische Grundlage erzählte? Das nennen Sie, sich alle Möglichkeiten offenhalten? Ich würde sagen, es war Irreführung. Jeder, mit dem wir gesprochen haben, hatte eine andere Vorstellung davon, was sie für Pläne hatte.«

»Tut mir leid, ich kann das nicht erklären. Ich weiß nicht, was Sie von mir hören wollen.«

»Hatte sie denn eine Anstellung in Aussicht?«, fragte Nkata, von seinem Dienstbuch aufblickend.

»Das weiß ich nicht.«

»Hatte sie eine Einkommensquelle?«, fragte Barbara.

»Das weiß ich auch nicht. Sie hat ihren Anteil an den Kosten bezahlt, bevor sie weggefahren ist, und –«

»Warum ist sie überhaupt weggefahren?«

»– und da sie bar bezahlt hat«, fuhr Vi fort, »hatte ich keinen Anlass, mir über ihr Einkommen Gedanken zu machen. Wirklich, es tut mir leid, aber mehr kann ich Ihnen nicht sagen.«

Von wegen, dachte Barbara, die Frau log wie gedruckt. »Wie haben Sie Nicola Maiden eigentlich kennengelernt? Haben Sie auch Jura studiert?«

»Nein. Wir haben uns über die Arbeit kennengelernt.«

»Bei MKR?« Und als Vi nickte, fragte Barbara: »Als was sind Sie dort beschäftigt?«

»Ich bin nicht mehr dort beschäftigt. Ich habe ebenfalls im April aufgehört.« Sie hatte als persönliche Assistentin von Tricia Reeve gearbeitet, erklärte sie. »Ich habe sie nicht besonders gemocht. Sie ist ein bisschen – sonderbar. Ich habe im März gekündigt, und sobald sie einen Ersatz für mich gefunden hatten, bin ich gegangen.«

»Und jetzt?«, fragte Barbara.

»Jetzt?«

»Ja, was tun Sie jetzt?«, schaltete sich Nkata ein. »Wo sind Sie jetzt beschäftigt?«

Sie habe angefangen, als Model zu arbeiten, erklärte sie. Das sei immer schon ihr Traum gewesen, und Nikki hatte sie ermutigt, es zu versuchen. Sie zeigte ihnen eine Mappe mit professionell gemachten Aufnahmen, die sie in den verschiedensten Aufmachungen zeigten. Auf den meisten Bildern sah sie aus wie eine verlorene Seele: mager und großäugig, mit jenem Ausdruck von Leere im Gesicht, der derzeit bei Modeaufnahmen obligatorisch war.

Barbara sah sich die Fotos an und bemühte sich um Unvoreingenommenheit, während sie sich im Stillen fragte, wann die üppigeren Formen – so wie ihre eigenen – endlich wieder in Mode kommen würden. »Sie scheinen Erfolg zu haben. Diese Wohnung hier ... die ist doch sicher nicht billig, nicht wahr? Ist es übrigens eine Eigentumswohnung?«

»Nein, sie ist gemietet.« Vi sammelte ihre Fotos ein und legte sie wieder in die Mappe.

»Von wem?«, erkundigte sich Nkata, der eifrig schrieb, ohne aufzusehen.

»Spielt das eine Rolle?«

»Sagen Sie es uns, dann wird es sich zeigen«, versetzte Barbara.

»Von Douglas und Gordon.«

»Zwei Bekannte von Ihnen?«

»Nein, das ist eine Immobilienfirma.«

Vi legte die Mappe wieder an ihren Platz auf einem Bord unter dem Fernsehapparat, und Barbara wartete, bis die junge Frau zu ihnen zurückkam, ehe sie fortfuhr.

»Mr. Reeve«, sagte sie, »hat behauptet, Nicola Maiden hätte es mit der Wahrheit nicht immer so genau genommen und erst recht nicht mit der Diskretion. Er sagte, er hätte sowieso vorgehabt, ihr zu kündigen, wenn sie nicht von selbst gegangen wäre.«

»Das stimmt nicht.« Vi war stehen geblieben, die Arme über ihrem flachen Busen verschränkt. »Wenn er vorgehabt hätte, sie zu feuern, was nicht der Fall war, dann hätte er es wegen seiner Frau getan.«

»Wieso das?«

»Eifersucht. Tricia ist jede Frau, der er nachschaut, ein Dorn im Auge.«

»Und er hat Nicola nachgeschaut?«

»Das hab ich nicht gesagt.«

»Jetzt hören Sie mal, wir wissen, dass sie einen Liebhaber

hatte«, sagte Barbara. »Wir wissen, dass er in London wohnt. Könnte dieser Liebhaber Mr. Reeve gewesen sein?«

»Wohl kaum. Tricia lässt ihn ja keine zehn Minuten aus den Augen.«

»Aber möglich wäre es?«

»Nein. Nikki hatte jemanden, das ist wahr. Aber nicht hier. Oben, in Derbyshire.« Vi ging in die Küche und kam mit einer Handvoll Ansichtskarten zurück, die verschiedene Sehenswürdigkeiten im Peak District zeigten: Arbor Low, Peveril Castle, Thor's Cave, Chatsworth House, Magpie Mine, Little John's Grave, Nine Sisters Henge. Die Karten waren alle an Vi Nevin adressiert und hatten alle den gleichen Text – *»O la la«*, gefolgt von dem Anfangsbuchstaben »N«. Das war alles.

Barbara reichte die Ansichtskarten Nkata und sagte zu Vi: »Okay, ich schluck's. Vielleicht klären Sie mich über die Bedeutung dieser Bilderrätsel auf.«

»Das sind alles die Orte, wo sie mit dem Mann Sex hatte. Jedes Mal, wenn sie sich an einem neuen Ort getroffen haben, hat sie eine Ansichtskarte gekauft und mir geschickt. Zum Spaß.«

»Echt witzig«, stimmte Barbara zu. »Und wer ist der Mann?«

»Das hat sie mir nie gesagt. Aber ich vermute, er ist verheiratet.«

»Wieso vermuten Sie das?«

»Weil sie ihn, abgesehen von den Karten, nicht ein einziges Mal erwähnt hat, wenn wir miteinander telefoniert haben. Woraus ich geschlossen habe, dass die Beziehung nicht ganz koscher war.«

»Vielleicht hatte sie für solche Beziehungen eine Vorliebe.«

Nkata legte die Karten auf den Couchtisch und machte sich eine Notiz. »Hat sie noch andere verheiratete Männer gehabt?«

»Das habe ich nicht gesagt. Ich habe lediglich gesagt, dass dieser Mann hier meiner Ansicht nach verheiratet war. Und er war eindeutig nicht aus London.«

Dieser vielleicht nicht, dachte Barbara. Aber einer ihrer anderen Liebhaber. Sie musste in London jemanden gehabt haben. Wenn sie die Absicht gehabt hatte, am Ende des Sommers nach London zurückzukehren, musste sie einer sicheren Einkommensquelle gewiss gewesen sein. Und war es angesichts dieser hypermodernen, frisch renovierten luxuriösen Maisonettewohnung, die ganz der gängigen Vorstellung vom Liebesnest entsprach, unlogisch anzunehmen, dass ein gutbetuchter Liebhaber sie hier installiert hatte, um sie Tag und Nacht zu seiner Verfügung zu wissen?

Damit stellte sich allerdings die Frage, was zum Teufel Vi Nevin hier tat. Aber vielleicht war das Teil der Abmachung gewesen. Eine Mitbewohnerin, in deren Gesellschaft sich die Geliebte die Stunden des Wartens auf ihren Herrn und Meister vertreiben konnte.

Zugegeben, es war ein bisschen weit hergeholt. Aber auch nicht weiter hergeholt als die Vorstellung, dass Nicola Maiden in den Peaks über Stock und Stein gewandert war, um immer neue lauschige Plätzchen zu erkunden, wo sie es mit ihrem verheirateten Liebhaber treiben konnte.

Was zum Teufel tu ich eigentlich bei der Polizei, fragte Barbara sich bitter, wenn alle anderen rundherum so viel Spaß haben?

Sie würden sich gern einmal Nicola Maidens Zimmer ansehen, sagte sie zu Vi Nevin. Dort musste es doch irgendwo einen konkreten Hinweis darauf geben, was Nicola vorgehabt hatte, und sie war entschlossen, ihn zu finden.

12

»Er hat sich gewunden wie ein Aal, dieser Schweinehund.«

Inspector Peter Hanken lehnte sich zurück, verschränkte die Arme hinter dem Kopf und kostete den Moment aus. In seinem Mundwinkel hing eine brennende Zigarette, die ihn dank langjähriger Übung nicht im Geringsten beim Sprechen behinderte.

Lynley stand vor einer Reihe von Aktenschränken, auf denen er die Fotos der beiden Toten ausgebreitet hatte, und betrachtete diese aufmerksam, während er sich nach Kräften bemühte, den Qualm von Hankens Zigarette zu ignorieren. Früher einmal selbst ein starker Raucher, sah er es jetzt beinahe als einen Anlass zu feiern, dass der Rauch ihn endlich störte und nicht mehr die quälenden Gelüste weckte, die ihn noch vor wenigen Monaten schon beim bloßen Anblick eines vollen Aschenbechers überfallen hatten. Hanken allerdings benutzte seinen Aschenbecher gar nicht. Er ließ die Asche einfach auf den Boden fallen, was eigentlich gar nicht seinem zwanghaften Ordnungssinn entsprach. Es verriet seine starke Erregung.

Hanken war dabei, von seinem Gespräch mit Will Upman zu berichten. Und er erzählte mit umso größerem Genuss, je näher er dem Höhepunkt der Geschichte kam, der in Upmans Geständnis bestand, dass er im Bett mit Nicola Maiden eben nicht den Höhepunkt erreicht hatte.

»Aber er hat doch glatt behauptet, ihm sei's nicht wichtig, dass er zum Orgasmus kommt, wenn er mit einer Frau zusammen ist«, prustete Hanken spöttisch. »Er meint, worauf es ankäme, wär ›der Spaß rundherum‹.«

»Ich bin fasziniert«, erwiderte Lynley. »Wie haben Sie denn dieses Geständnis aus ihm herausgekitzelt?«

»Dass er mit ihr gebumst hat oder dass ihm auf halber Strecke die Luft ausgegangen ist?«

»Beides.« Lynley wählte die Aufnahme aus, die Terry Coles Gesicht am deutlichsten zeigte, und legte sie neben die, auf der die Verletzungen an seinem Körper am klarsten zu erkennen waren.

»Sie werden ihm doch nicht etwa die Daumenschrauben angelegt haben, Peter?«

Hanken lachte. »Das war gar nicht nötig. Ich hab ihm nur gesagt, was seine Nachbarn uns erzählt haben, und schon hat er die weiße Fahne gehisst.«

»Warum hatte er denn überhaupt erst gelogen?«

»Seiner Meinung nach hat er nicht gelogen. Er sagt, er hätte uns das alles sofort erzählt, wenn wir sofort danach gefragt hätten.«

»Das ist doch Haarspalterei.«

»Anwälte!«

Will Upman hatte Hankens Bericht zufolge eine einzige Nacht mit Nicola Maiden verbracht, und dies an ihrem letzten Arbeitstag. Er hatte sich bereits den ganzen Sommer über sehr stark zu ihr hingezogen gefühlt, hatte es aber als ihr Arbeitgeber nicht gewagt, einen Annäherungsversuch zu machen.

»Er hat es sich nicht wegen seiner Beziehung zu dieser geschiedenen Frau verkniffen?«, erkundigte sich Lynley der Klärung halber.

Keineswegs. Denn wie konnte das, was er für Joyce empfand, wahre Liebe sein – wie konnte man von einer innigen Beziehung zu ihr sprechen –, wenn er sich doch so leidenschaftlich zu Nicola Maiden hingezogen gefühlt hatte? War er es sich da nicht sogar schuldig gewesen zu prüfen, was es mit dieser leidenschaftlichen Anziehung auf sich hatte? Joyce hatte seit Wochen auf eine engere Bindung gedrängt – sie wollte unbedingt mit ihm zusammenleben –, aber er hatte sich doch nicht festlegen können, solange er die Sache mit Nicola nicht für sich geklärt hatte.

»Darf ich annehmen, dass er nach der klärenden Nacht mit Nicola Maiden schnurstracks zu Joyce gelaufen ist und ihr einen Heiratsantrag gemacht hat?«, fragte Lynley.

Hanken lachte beifällig. Upman hatte die junge Frau mit gutem Essen und reichlich Alkohol umgarnt, berichtete er. Er war mit ihr zu sich nach Hause gefahren. Noch ein paar Drinks. Musik. Cappuccino. Kerzen rund um die Badewanne …

»Du meine Güte!« Lynley schauderte. Der Mann hatte offenbar zu viele Hollywoodfilme gesehen.

… und neckische Spiele im Wasser.

»Er behauptet, sie wäre genauso scharf auf ihn gewesen, wie er auf sie«, sagte Hanken.

Sie hatten sich in der Wanne vergnügt, bis sie wie die Dörrpflaumen ausgesehen hatten, worauf sie ihre Aktivitäten ins Schlafzimmer verlegt hatten.

»Und da ist die Rakete dann nicht hochgegangen«, schloss Hanken.

»Und in der Mordnacht?«

»Wo er da war, meinen Sie?« Auch das wusste Hanken zu berichten. Dienstagmittag hatte Upman mit seiner Freundin eine weitere zermürbende Auseinandersetzung bezüglich ihres Zusammenlebens gehabt. Anstatt nach der Arbeit nach Hause zu fahren, wo er damit rechnen musste, von ihr angerufen zu werden, hatte er sich ins Auto gesetzt und war ziellos in der Gegend herumgefahren. Am Ende war er am Flughafen von Manchester gelandet, wo er sich für die Nacht ein Zimmer genommen und eine Massage gegönnt hatte, um seine Spannungen loszuwerden.

»Er hatte sogar die Quittungen zur Hand«, sagte Hanken. »Wahrscheinlich will er den kleinen Ausflug steuerlich absetzen.«

»Sie überprüfen das noch.«

»Worauf Sie sich verlassen können«, bestätigte Hanken. »Und was gibt's bei Ihnen?«

Vorsichtig jetzt, dachte Lynley. Bisher schien sich Hanken zwar nicht unwiderruflich auf eine bestimmte Theorie festgelegt zu haben. Aber was Lynley im Begriff war vorzutragen, widersprach immerhin einer grundlegenden Vermutung des Kollegen. Er wollte Hanken darum behutsam mit seinen Überlegungen vertraut machen, um ihn nicht von vornherein in die Opposition zu treiben.

Er habe den Pager nicht gefunden, begann er. Aber er habe sich am Tatort ziemlich gründlich umgesehen und sehr lange nachgedacht. Er wolle jetzt eine ganz andere Hypothese darlegen als die, mit der sie bisher gearbeitet hatten. Ob Hanken bereit sei, sich seine Ausführungen anzuhören?

Hanken schnellte auf seinem Stuhl nach vorn und drückte seine Zigarette aus. Zum Glück zündete er sich keine neue an. Er fuhr sich mit der Zunge über die Zähne und sah Lynley mit forschendem Blick an. »Raus mit der Sprache«, sagte er schließlich und lehnte sich wieder zurück, als erwarte er einen langen Monolog.

»Meiner Meinung nach haben wir es mit *einem* Täter zu tun«, sagte Lynley. »Kein Komplize. Kein Anruf, um Verstärkung anzufordern, als der Mann –«

»Oder die Frau? Oder haben Sie diese Möglichkeit auch ad acta gelegt?«

»Oder die Frau«, stimmte Lynley zu und nutzte die Gelegenheit, um Hanken von seinem Zusammentreffen mit Samantha McCallin im Calder Moor zu berichten.

»Damit wäre sie wieder im Rennen, würde ich sagen«, meinte Hanken.

»Sie war doch nie raus.«

»Okay. Machen Sie weiter.«

»Kein Anruf, um Verstärkung anzufordern, als der Mörder entdeckte, dass er es nicht nur mit einer, sondern mit zwei Personen zu tun hatte.«

Hanken faltete die Hände über seinem Bauch. »Weiter.«

Lynley nahm das Foto von Terry Cole zur Hand, um seine Worte zu illustrieren. Die Verbrennungen im Gesicht und das Fehlen jeglicher Kampfspuren am Körper des Toten, erklärte Lynley, deuteten darauf hin, dass Cole nicht mit Gewalt ins Feuer gestoßen und dort festgehalten worden war, sondern dass er in die Flammen gestürzt war. Die Schwere der Verbrennungen zeige, dass er dem Feuer längere Zeit ausgesetzt gewesen sei. Es gebe keinerlei Verletzungen am Kopf, die darauf schließen ließen, dass er zuerst niedergeschlagen und dann im Feuer liegengelassen worden sei. Er müsse also, noch während er am Feuer gesessen hatte, verletzt oder bewegungsunfähig gemacht worden sein.

»Wir haben es also mit nur einem Killer zu tun«, fuhr Lynley fort, »der es auf Nicola Maiden abgesehen hatte. Als er am Tatort eintraf –«

»Oder sie«, warf Hanken ein.

»Ja. Oder sie. Bei der Ankunft am Tatort stellt er oder sie also fest, dass Nicola nicht allein ist. Cole muss unschädlich gemacht werden. Erstens, weil er sie gegen den Killer verteidigen und beschützen könnte, und zweitens, weil er ein möglicher Zeuge ist. Nun steht der Killer aber vor einem Dilemma. Soll er – oder sie, ja, ich weiß, Peter – Cole sofort umbringen und riskieren, dass Nicola Maiden ihm entkommt, während er noch mit Cole beschäftigt ist? Oder bringt er zuerst die Frau um und riskiert, dass Cole ihm in die Quere kommt? Er hat die Überraschung auf seiner Seite, aber mehr hat er nicht, abgesehen von seiner Waffe.« Lynley sah die Aufnahmen durch und zog eine heraus, die den von Blutspritzern gekennzeichneten Weg des Jungen sehr deutlich zeigte. »Wenn man das alles bedenkt und die Blutspuren am Tatort berücksichtigt –«

Hanken hob abwehrend eine Hand. Sein Blick schweifte von Lynley zum Fenster. Er sagte nachdenklich: »Der Killer stürzt mit gezücktem Messer vorwärts und greift sofort den Jungen an. Der Junge fällt vornüber ins Feuer und bleibt dort liegen. Die Frau ergreift die Flucht. Der Killer folgt ihr.«

»Aber das Messer steckt noch im Körper des Jungen.«

»Hm. Ja. Ich versuche, mir den Ablauf vorzustellen.« Hanken wandte sich wieder vom Fenster ab. Sein Blick war jetzt nach innen gerichtet, auf die Szene, die er im Geist vor sich sah. »Abseits der Feuerstelle ist es dunkel. Nicola Maiden rennt um ihr Leben.«

»Nimmt er sich die Zeit, das Messer aus dem Körper des Jungen herauszuziehen, oder jagt er sofort hinter der Frau her?«

»Er jagt hinter der Frau her. Er kann gar nicht anders. Er tötet sie mit drei Schlägen auf den Kopf und rennt dann zurück, um dem Jungen den Rest zu geben.«

»Cole ist es in dieser Zeit gelungen, von der Feuerstelle an den Rand des Steinkreises zu kriechen, und dort tötet ihn der Mörder. Das Blut erzählt die ganze Geschichte, Peter. Rinnsale am Pfeiler, Pfützen auf dem Boden.«

»Wenn Sie recht haben«, sagte Hanken, »muss der Killer eine ganze Menge Blut abbekommen haben. Es ist Nacht, und er ist irgendwo mitten in der Einöde, das ist zunächst einmal ein kleiner Vorteil. Aber früher oder später wird er etwas brauchen, um seine blutbeschmierte Kleidung darunter zu verstecken.«

»Vielleicht hat er etwas mitgebracht«, meinte Lynley.

»Oder er hat's am Tatort mitgenommen.« Hanken schlug sich

mit beiden Händen auf die Oberschenkel und stand auf. »Kommen Sie, die Maidens sollen gleich mal die Sachen ihrer Tochter durchsehen«, sagte er.

Barbara wanderte ungeduldig auf und ab und schlug sich dabei immer wieder mit der Faust in die offene Hand, während Winston Nkata im *Prince of Wales,* einem Pub gegenüber vom Battersea Park und gleich um die Ecke von Terry Coles Wohnung, mit Lynley telefonierte. Am liebsten hätte sie Nkata den Hörer aus der Hand gerissen und Lynley mit dem energischen Nachdruck Bescheid gesagt, den Winston vermissen ließ. Aber sie wusste, dass sie den Mund halten musste, wenn Lynley nichts davon erfahren sollte, dass sie ihren Posten am Computer verlassen hatte. »Ich mache heute Abend weiter«, hatte sie Nkata hoch und heilig versprochen, als sie gemerkt hatte, dass er vor allem deshalb den Weg von Fulham nach Battersea scheute, weil er fürchtete, sie würde die ihr übertragene Aufgabe völlig vernachlässigen. »Winston, ich schwör's Ihnen beim Leben meiner Mutter, ich werd an dem Computer hocken, bis ich blind bin. Okay? Aber später. *Später.* Fahren wir erst nach Battersea.«

Nkata war dabei, Lynley über ihre Besuche bei Nicola Maidens ehemaligem Arbeitgeber und ihrer derzeitigen Wohngenossin zu berichten. Nachdem er von den Ansichtskarten Nicola Maidens an Vi Nevin erzählt und erklärt hatte, was sie angeblich zu bedeuten hatten, kam er darauf zu sprechen, dass Nicola Maidens Zimmer in der Maisonettewohnung in Fulham allem Anschein nach »aufgeräumt« worden war, bevor er Gelegenheit gehabt hatte, es zu besichtigen. »Oder kennen Sie vielleicht Frauen, bei denen überhaupt nichts rumliegt, was irgendwas über ihre Freunde und Vorlieben verrät?«, fragte Nkata. »Mann, eins weiß ich mit Sicherheit: Diese Schnepfe hat uns da unten vor dem Haus eine Ewigkeit warten lassen, weil sie schnell noch irgendwas aus dem Zimmer verschwinden lassen musste, nachdem sie gehört hatte, dass die Bullen da sind.«

Barbara hielt den Atem an, als sie das »uns« hörte. Lynley war schließlich kein Idiot. Und er reagierte offenbar auch sofort, denn Nkata erwiderte auf eine Bemerkung von ihm mit einem Blick auf Barbara: »Was? ... Nein, nein. War nur so 'ne dumme

Redensart ... Ja klar. Ich hab's mir hinter die Ohren geschrieben.«

Danach hörte er eine Weile schweigend zu, während Lynley vermutlich berichtete, wie sich die Dinge in seinem Teil der Welt entwickelten. Einmal lachte er laut über irgendeine Bemerkung und sagte: »Um den *Spaß* rundherum geht's ihm? Na, wer das glaubt, wird selig.« Etwas später antwortete er offenbar auf eine Frage Lynleys: »Im Moment bin ich in Battersea. Barb hat mir gesagt, dass Coles Wohngenossin heute Abend zu Hause ist, da wollte ich mir gleich mal seine Bude ansehen. Die Hauswirtin hat Barb ja heute Morgen nicht reingelassen und –« Er hielt inne, als Lynley ihn unterbrach und längere Zeit sprach.

Barbara versuchte, an seiner Miene zu erkennen, worum es ging, aber Nkatas Gesicht war völlig ausdruckslos. Sie flüsterte angespannt: »Was ist? Was ist?«

Nkata winkte ab. »Sie überprüft die Namen, die Sie ihr gegeben haben«, sagte er. »Jedenfalls soviel ich weiß. Sie kennen ja Barb.«

»Heißen Dank, Winston«, zischte sie.

Nkata drehte ihr den Rücken zu. »Barb meint«, setzte er sein Gespräch mit Lynley fort, »laut Aussage der Wohngenossin wäre alles möglich. Der Junge war immer gut bei Kasse, obwohl er nie auch nur ein einziges von seinen Kunstwerken verkauft hat. Kein Wunder übrigens, man braucht sich die Dinger ja nur anzusehen. Für mich wird Erpressung immer wahrscheinlicher.« Wieder hörte er eine Zeitlang schweigend zu und sagte schließlich: »Genau deshalb möchte ich mich da ja mal umsehen. Irgendwo gibt's da eine Verbindung. Garantiert.«

Dass sie auf eine Spur gestoßen waren, die es wert war, weiterverfolgt zu werden, war für sie in dem Moment klargewesen, als sie Nicola Maidens Zimmer in der Wohnung in Fulham gesehen hatten. Abgesehen von einigen Kleidungsstücken und einer Muschelsammlung auf dem Fensterbrett gab es nichts, was darauf hingedeutet hätte, dass das Zimmer je bewohnt worden war. Barbara hätte daraus geschlossen, dass die Adresse in Fulham nichts weiter als eine Deckadresse war und dass Nicola Maiden hier nie gelebt hatte, wenn nicht deutliche Anzeichen dafür vorhanden gewesen wären, wie Vi Nevin die Zeit genutzt hatte, während der sie sie vor der Tür hatte warten lassen. Zwei Schubladen der großen Kommode waren völlig leer, im Kleiderschrank klafften verräterische Lücken, und blanke Stellen auf der staubigen Kommode zeigten, dass hier bis vor kurzem noch etwas gestanden hatte.

Barbara registrierte das alles, machte sich aber gar nicht erst die Mühe, Vi Nevin zu fragen, ob sie auch in ihr Zimmer einen Blick werfen dürfe. Die junge Frau hatte ihnen bereits vorher klar und deutlich zu verstehen gegeben, dass sie ihre Rechte kannte und gegebenenfalls Gebrauch von ihnen machen würde.

Aber sie hatte das Zimmer gewiss nicht grundlos ausgeräumt, und nur ein Dummkopf hätte sich keine Gedanken darüber gemacht, was hinter dieser Aktion steckte.

Nkata beendete das Gespräch und berichtete Barbara über den Stand von Lynleys Ermittlungen. Sie hörte aufmerksam zu und suchte dabei ständig nach Verbindungen zwischen den einzelnen Informationen, die sie bisher zusammengetragen hatten. Als Nkata zum Ende gekommen war, sagte sie: »Dieser Upman behauptet zwar, er hätte nur ein einziges Mal mit ihr geschlafen, aber vielleicht lügt er auch und ist in Wirklichkeit der mysteriöse Mr. O la la.«

»Oder er sagt nicht die Wahrheit darüber, was ihm die Nacht mit ihr wirklich bedeutet hat«, meinte Nkata. »Vielleicht hat er sich eingebildet, es wäre was Ernstes, während sie sich nur amüsieren wollte.«

»Und als er das mitkriegte, hat er sie umgebracht? Wo war er denn Dienstagnacht?«

»Er hat sich in einem Hotel in der Nähe vom Flughafen in Manchester eine Massage verpassen lassen. Gegen den Stress, behauptet er.«

»Ha, ha«, sagte Barbara nur, schob sich die Umhängetasche über die Schulter und wies mit dem Kopf zur Tür. Sie gingen hinaus auf die Parkgate Road.

Das Haus, in dem Terry Cole gewohnt hatte, war zu Fuß keine fünf Minuten entfernt. Barbara übernahm die Führung. Als sie diesmal auf den Klingelknopf neben dem Schildchen »Cole/Thompson« drückte, summte prompt der elektrische Türöffner.

Cilla Thompson erwartete sie bereits an der Wohnungstür. In

dem silbernen Minirock mit passendem Bustier und einer kessen Kappe von gleicher Farbe sah sie aus, als wollte sie für eine Rolle in einer feministischen Version von *Der Zauberer von Oz* vorsprechen. »Ich hab nicht viel Zeit«, erklärte sie.

»Kein Problem«, antwortete Barbara. »Wir werden Sie nicht lange aufhalten.« Sie stellte Nkata vor, und sie betraten die Wohnung, die aus zwei kleinen Schlafzimmern, einem Wohnzimmer, einer Küche und einer Toilette von der Größe einer Speisekammer bestand. Barbara wollte nicht noch einmal das Gleiche erleben wie bei Vi Nevin, daher sagte sie: »Wir würden gern alles gründlich durchsuchen, wenn Ihnen das recht ist. Wenn Terry wirklich in irgendwelche unsauberen Machenschaften verwickelt war, kann es leicht sein, dass er die Beweise irgendwo vergraben hat.«

Sie habe nichts zu verbergen, erklärte Cilla, aber in ihrer Unterwäsche lasse sie nicht gern herumkramen. Sie würde ihnen jeden einzelnen Gegenstand gern zeigen, der ihr gehörte, aber mehr auch nicht. In Terrys Müll könnten sie so viel herumwühlen, wie sie wollten.

Nachdem dies geklärt war, nahmen sich Barbara und Nkata zuerst die Küche vor, deren Schränke keinerlei Geheimnisse preisgaben außer einer ausgeprägten Vorliebe für Nudelschnellgerichte, die in gewaltigen Mengen gehortet waren. Auf dem Abtropfbrett der Spüle, auf dem, wie es aussah, das Geschirr von sechs Wochen trocknete, lagen mehrere Rechnungen, die sich Nkata ansah und dann an Barbara weiterreichte. Die Telefonrechnung war stattlich, aber nicht exorbitant. Der Stromverbrauch schien normal. Keine der beiden Rechnungen war überfällig; keine enthielt einen Säumniszuschlag wegen verspäteter Zahlung früherer Rechnungen. Die Inspektion des Kühlschranks war gleichermaßen unergiebig. Ein welker Salatkopf und ein Plastikbeutel voll angegilbtem Rosenkohl ließen auf eine gewisse Laxheit bei der regelmäßigen Gemüsezufuhr schließen und eine angebrochene Dose Erbsensuppe auf eine gewisse Unlust am Kochen.

»Wir essen meistens auswärts«, erklärte Cilla, die an der Tür stehen geblieben war.

»Ja, so sieht's aus«, meinte Barbara.

Sie gingen weiter in das Wohnzimmer, das den beiden Künstlern offenbar als Ausstellungsraum für ihre Werke diente. In friedlichem Nebeneinander präsentierten sich hier landwirtschaftlich inspirierte Kuriositäten von Terry Coles Hand, wie Barbara sie in größerer Ausführung bereits in den Eisenbahnarkaden bewundert hatte, und Cilla Thompsons eigenwillige Gemälde.

Nkata, der Cillas oralfixierte Werke bisher nur aus Barbaras Beschreibung kannte, war einen Moment wie erschlagen vom Anblick dieser Vielzahl von Mundhöhlen, die da malerisch erforscht wurden. Münder in allen Farben und Größen, schreiend, lachend, weinend, sprechend, essend, sabbernd, erbrechend und blutend, waren in plastischem Detail dargestellt. Darüber hinaus hatte sich Cilla in ihrer Malerei noch mit anderen phantastischen Möglichkeiten des Mundes beschäftigt: Mehreren Mündern entstiegen ausgewachsene Menschen, am auffallendsten unter ihnen diverse Mitglieder der königlichen Familie.

»Mal ganz was anderes«, bemerkte Nkata.

»Aber Munch braucht sich keine Sorgen zu machen«, murmelte Barbara neben ihm.

Die Schlafräume befanden sich zu beiden Seiten des Wohnzimmers, und sie ließen sich zuerst in den von Cilla führen. Abgesehen von einer riesigen Sammlung von Paddington-Bären, die sich nicht nur auf der Kommode und dem Fensterbrett tummelten, sondern auch schon auf dem Fußboden breitgemacht hatten, entsprach Cilla Thompsons Zimmer ganz dem, was man bei einer jungen Frau ihrer Art erwarten konnte. Im Schrank hing eine Reihe mit Farben bekleckster Kleidungsstücke, wie es sich für eine Malerin gehörte; in der Orangenkiste, die als Nachttisch diente, lag die Packung Kondome, die in diesen deprimierenden Zeiten von Aids jede vorsichtige junge Frau zur Hand hatte. Eine stattliche Sammlung von CDs fand Barbaras Beifall und zeigte Nkata, wie weit er mittlerweile hinterm Mond war, wenn es um Rock 'n' Roll ging; in verschiedenen Ausgaben von *What's On* und *Time Out* hatte Cilla Thompson Ankündigungen von Ausstellungseröffnungen in Museen und Galerien angekreuzt. An den Wänden hingen ihre eigenen Bilder, und den Fußboden hatte die Künstlerin in ihrem unvergleichlichen Stil selbst gestrichen: Von riesigen Schlabberzungen troffen nur teilweise verdaute

Nahrungsmittel auf nackte Kleinkinder, die ihrerseits auf andere riesige Schlabberzungen defäkierten. Eine Freude für Freud, dachte Barbara.

»Ich habe Mrs. Baden versprochen, dass ich's überstreiche, wenn ich ausziehe«, bemerkte Cilla, die sah, dass es den beiden Beamten nicht gelang, ihre ausdruckslosen Mienen beizubehalten. »Es macht ihr Spaß, junge Talente zu unterstützen. Sagt sie immer. Sie können sie selbst fragen.«

»Wir glauben Ihnen«, erwiderte Barbara. Im Badezimmer entdeckten sie nichts außer einem Schmutzring rund um die Wanne, bei dessen Anblick Nkata bedauernd mit der Zunge schnalzte. Danach gingen sie in Terry Coles Zimmer. Cilla Thompson, die ihnen ständig auf den Fersen blieb, als hätte sie Angst, sie könnten eines ihrer Meisterwerke stehlen, folgte ihnen auch in diesen Raum.

Nkata nahm sich die Kommode vor, Barbara den Kleiderschrank. Dort entdeckte sie die faszinierende Tatsache, dass Terry Coles Lieblingsfarbe Schwarz war und praktisch alle seine Kleidungsstücke – T-Shirts, Pullis, Jeans, Jacken und Schuhe – nur diese eine Farbe hatten. Während Nkata hinter ihr Schubladen öffnete, begann Barbara, die Jeans und Jacken durchzusehen, in der Hoffnung, irgendetwas Aufschlussreiches zu finden. Zwischen alten Kinokarten und zerknüllten Papiertaschentüchern stöberte sie lediglich zwei Dinge auf, die vielleicht Bedeutung hatten: einen Zettel, auf dem in kleiner, deutlicher Handschrift »31–32 Soho Square« stand, und eine Geschäftskarte, die über einem Klumpen Kaugummi gefaltet war. Barbara zog sie vorsichtig auseinander. Man durfte die Hoffnung nie aufgeben ...

Das Wort »Bowers« zog sich in eleganter Schrift quer über die Karte. In der linken unteren Ecke war eine Adresse in der Cork Street angegeben und eine Telefonnummer, in der rechten ein Name: Neil Sitwell. Irgendeine Galerie, dachte Barbara, steckte aber die Karte, nachdem sie den Kaugummi auf dem Nachttisch deponiert hatte, dennoch ein.

»Da haben wir was«, sagte Nkata hinter ihr.

Sie drehte sich herum und sah den Feuchthaltebehälter, den er aus der untersten Schublade der Kommode genommen und bereits geöffnet hatte. »Was ist es?«, fragte sie.

Er hielt ihr den Kasten hin. Cilla reckte den Hals. »Mir gehört das nicht«, sagte sie hastig, als sie sah, was darin war.

Der Behälter enthielt Cannabis. Eine ganze Menge. Und aus derselben Schublade holte Nkata noch eine Haschpfeife, Zigarettenpapier und einen großen Gefrierbeutel mit mindestens einem weiteren Kilo Gras.

»Ah«, sagte Barbara mit einem argwöhnischen Blick auf Cilla.

»Ich hab's Ihnen doch schon gesagt«, konterte Cilla. »Ich hätte Sie gar nicht erst in die Wohnung gelassen, wenn ich gewusst hätte, dass er das Zeug hat. Ich rühr so was nicht an. Ich lass von allem, was den Prozess stören kann, die Finger.«

»Den Prozess?«, erkundigte sich Nkata verwundert.

»Den kreativen Prozess«, erläuterte Cilla.

»Natürlich«, sagte Barbara. »Ich kann verstehen, dass Sie mit diesem Zeug keine Experimente machen wollen. Sehr klug von Ihnen.«

Cilla hörte keine Ironie. »Talent ist etwas Kostbares«, sagte sie. »Das will man doch nicht vergeuden.«

»Wollen Sie damit sagen, dass das hier –« mit einer Kopfbewegung zu dem gefundenen Marihuana – »der Grund ist, warum Terry es als Künstler nicht geschafft hat?«

»Ich hab's Ihnen ja schon drüben im Atelier gesagt, er hat nie genug reingesteckt – in seine Kunst, mein ich –, um irgendwas rauszukriegen. Er wollte sich nicht abrackern wie wir anderen. Er hat sich eingebildet, das hätte er nicht nötig. Vielleicht ist das hier der Grund.«

»Weil er zu oft high war?«, fragte Nkata.

Zum ersten Mal machte Cilla den Eindruck, als fühlte sie sich nicht wohl in ihrer Haut. In ihren Plateauschuhen trat sie unbehaglich von einem Fuß auf den anderen. »Na ja … ich mein … er ist tot und alles, und das tut mir echt leid. Aber die Wahrheit bleibt die Wahrheit. Irgendwoher muss er sein Geld gehabt haben. Wahrscheinlich hat er's damit gemacht.«

»Das ist aber nicht viel, wenn er gedealt hat«, sagte Nkata zu Barbara.

»Vielleicht hat er woanders noch ein geheimes Lager.«

Doch abgesehen von einem unförmigen Polstersessel bot sich in diesem Zimmer nur noch das Bett als Versteck an. Zu naheliegend, dachte Barbara, packte aber trotzdem zu. Sie hob den alten Chenilleüberwurf hoch und sah sofort einen Pappkarton, der unter das Bett geschoben worden war.

»Aha«, murmelte sie. »Vielleicht, nur vielleicht …« Sie hockte sich nieder und zog den Karton heraus. Die Klappen waren geschlossen, aber nicht verklebt. Sie zog sie auseinander und sah sich den Inhalt des Kartons an.

Postkarten, bestimmt mehrere Tausend. Aber eindeutig nicht von der Art, die man an die Lieben daheim schickt, wenn man in fernen Regionen Urlaub macht. Es waren keine Grußkarten, und es waren auch keine Souvenirs. Doch sie waren ein erster möglicher Hinweis darauf, wer Terry Cole getötet hatte und warum.

Barbara musste lächeln. Volltreffer, sagte sie sich. Sie hatten soeben entdeckt, wie der gute Terry Cole zu seiner Kohle gekommen war.

Man hatte eine Beamtin losgeschickt, um die Maidens zu einer Besichtigung der persönlichen Habe ihrer Tochter nach Buxton zu holen. Hanken hatte gemeint, auf eine bloße Aufforderung würden sie sicherlich nur mit großer Verzögerung reagieren, da sie so kurz vor dem Abendessen zweifellos alle Hände voll zu tun hätten, sich um ihre Gäste zu kümmern. »Wenn wir heute Abend noch Gewissheit haben wollen, müssen wir sie holen«, sagte er durchaus einleuchtend.

Lynley gab zu, dass eine rasche Beantwortung ihrer Frage, ob von Nicola Maidens Sachen irgendetwas fehlte, zweifellos hilfreich wäre. Während er und Hanken sich also im Restaurant *Firenze* am Marktplatz von Buxton ihre Rigatoni puttanesca schmecken ließen, fuhr Constable Stewart los, um die Maidens zu holen. Die beiden Männern saßen noch beim Espresso, als Stewart Hanken mit der Nachricht anrief, dass Andrew und Nan Maiden auf der Dienststelle warteten.

»Lassen Sie sich von Mott die Sachen des Mädchens geben«, wies Hanken sie über sein Handy an. »Legen Sie sie in Zimmer vier aus und warten Sie auf uns.«

Sie waren keine fünf Minuten von der Dienststelle entfernt. Hanken ließ sich Zeit mit der Rechnung. Er wolle die Maidens ruhig etwas schmoren lassen, erklärte er Lynley. Ein bisschen

Fracksausen sei nie schlecht, das fördere manchmal die erstaunlichsten Dinge zutage.

»Ich dachte, Ihr Interesse gilt jetzt Will Upman?«, bemerkte Lynley.

»Mich interessiert jeder, die sollen alle schwitzen«, antwortete Hanken. »Es ist immer wieder interessant, woran die Leute sich plötzlich erinnern, wenn der Druck wächst.«

Lynley wies ihn nicht darauf hin, dass Andy Maiden durch seine langjährige Tätigkeit bei der SO10 sicherlich gelernt hatte, weitaus stärkerem Druck standzuhalten, als eine Viertelstunde Wartens auf einer Polizeidienststelle erzeugen konnte. Dies war schließlich immer noch Hankens Fall, und der Inspector hatte sich bisher als sehr angenehmer und entgegenkommender Kollege gezeigt.

»Es tut mir leid, dass ich Sie heute Nachmittag verpasst habe«, sagte Lynley zu Nan Maiden, als das Ehepaar in das Besprechungszimmer geführt wurde, in dem er und Hanken warteten. Auf einem großen Holztisch hatte Constable Stewart, die mit einem Schreibblock in der Hand an der Tür stand, Nicola Maidens Sachen ausgebreitet.

»Ich war mit dem Fahrrad unterwegs«, sagte Nan Maiden.

»Andy hat mir erzählt, dass Sie draußen im Hathersage Moor waren. Ist das nicht ziemlich anstrengend?«

»Ich strenge mich gern ein bisschen an. Und es gibt überall Fahrradwege. Es ist nicht so unwegsam, wie man glaubt.«

»Sind Sie da draußen anderen Radlern begegnet?«, erkundigte sich Hanken.

Andy Maiden legte seiner Frau den Arm um die Schultern. Sie antwortete ruhig: »Heute nicht. Ich hatte das Moor ganz für mich.«

»Sie fahren oft raus? Morgens, nachmittags? Auch abends?«

Nan Maiden runzelte die Stirn. »Entschuldigen Sie, aber fragen Sie mich –« begann sie, brach aber ab, als ihr Mann warnend ihre Schulter drückte.

Andy Maiden sagte: »Wenn ich Sie recht verstanden habe, sollten wir Nicolas Sachen durchsehen, Inspector.«

Er und Hanken sahen einander über den Tisch hinweg an. Constable Stewart beobachtete die beiden Männer von der Tür her, den Stift schreibbereit in der Hand. Im Korridor dahinter sagte jemand: »Es ist ihr fünfzigster Hochzeitstag, Mann. Da muss ich mir notgedrungen irgendwas einfallen lassen.« Draußen auf der Straße heulte plötzlich die Alarmanlage eines Autos los.

Hanken senkte als Erster den Blick und wies mit einer Kopfbewegung auf die Sachen auf dem Tisch. »Bitte. Wir möchten wissen, ob irgendetwas fehlt. Oder ob etwas darunter ist, was nicht ihr gehörte.«

Langsam und bedächtig nahmen die Maidens jeden einzelnen Gegenstand in Augenschein. Nan Maiden strich zaghaft mit einem Finger über einen marineblauen Pullover mit cremefarbenem Halsbündchen.

Sie sagte: »Der Kragen hat nie richtig gesessen. Ich wollte ihn ändern, aber davon wollte sie nichts wissen. Sie sagte nur: ›Du hast ihn gemacht, Mama, das ist das, was zählt.‹ Ach Gott, hätte ich ihn doch gerichtet. Es wäre überhaupt keine Mühe gewesen.« Sie blinzelte mehrmals. Ihre Atmung veränderte sich. »Ich sehe nichts. Tut mir leid, dass ich Ihnen keine Hilfe bin.«

Andy Maiden legte seiner Frau die Hand auf den Rücken und sagte: »Komm, Liebes, es dauert ja nicht lange.« Behutsam schob er sie am Tisch entlang. Aber dann war er derjenige, der ihnen sagte, was unter den Dingen, die sie vom Tatort mitgenommen hatten, fehlte. »Nicolas Regencape«, erklärte er. »Es ist blau und hat eine Kapuze. Es ist hier nicht dabei.«

Hanken warf Lynley einen Blick zu. Na bitte, da haben Sie die Bestätigung Ihrer Theorie, schien seine Miene zu sagen.

»Es hat doch Dienstagnacht gar nicht geregnet«, bemerkte Nan Maiden verwirrt, obwohl sie gewiss wie alle anderen wusste, dass man bei Ausflügen ins Moor für plötzliche Wetterumschwünge gerüstet sein musste.

Andy Maiden ließ sich Zeit, um die Gegenstände zu überprüfen, die zur eigentlichen Campingausrüstung gehörten: Kompass, Kocher, Kochtopf, Kartentasche, kleine Schaufel. Mit gerunzelter Stirn musterte er alles und sagte schließlich: »Ihr Taschenmesser fehlt auch.«

Es war ein Schweizer Armeemesser, das einmal ihm selbst gehört hatte, erklärte er. Er hatte es Nick irgendwann einmal zu Weihnachten geschenkt, als sie ihre Vorliebe für den Wandersport entdeckt hatte. Sie hatte es immer bei ihrer Ausrüstung aufbewahrt. Und sie hatte es immer mitgenommen, wenn sie in den Peaks gewandert war.

Lynley spürte, dass Hanken ihn ansah. Er überlegte, was das Fehlen des Messers im Hinblick auf ihre Theorie bedeuten konnte. »Sie sind sicher, Andy?«, fragte er.

»Es kann natürlich sein, dass sie es irgendwann verloren hat«, antwortete Maiden. »Aber dann hätte sie sich vor ihrer nächsten Wanderung ein neues besorgt.« Seine Tochter sei keine Sonntagsausflüglerin gewesen, erklärte er. Sie wäre niemals unzureichend ausgerüstet zu einer Wanderung ins Moor oder in die Peaks aufgebrochen. »Und wer würde schon ohne Messer campen?«

Hanken bat um Einzelheiten, und Maiden beschrieb ihm das vielseitig verwendbare Werkzeug, dessen längste Klinge etwa siebeneinhalb Zentimeter lang war.

Als die Maidens ihre Pflicht erfüllt hatten, bat Hanken Stewart, sie mitzunehmen und ihnen eine Tasse Tee anzubieten. Nachdem sich die Tür hinter ihnen geschlossen hatte, wandte er sich Lynley zu. »Denken Sie das Gleiche wie ich?«, fragte er.

»Die Länge der Klinge stimmt mit Dr. Myles' Befund über die Waffe überein, mit der Cole verletzt wurde.« Lynley starrte geistesabwesend auf die Gegenstände auf dem Tisch, während er darüber nachdachte, dass Andy Maiden seine ganze schöne Theorie über den Haufen geworfen hatte. »Es könnte Zufall sein, Peter. Sie könnte das Messer irgendwann im Laufe des Tages verloren haben.«

»Aber Sie wissen, was es bedeutet, wenn das nicht zutrifft.«

»O ja. Der Mörder hat Nicola Maiden aus irgendeinem Grund ohne Waffe verfolgt.«

»Und das heißt …«

»Kein Vorsatz. Eine Zufallsbegegnung, bei der die Dinge außer Kontrolle gerieten.«

Hanken stieß einen geräuschvollen Seufzer aus. »Und was zum Teufel bedeutet das für uns?«

»Dass wir die Sache noch einmal ganz neu überdenken müssen«, sagte Lynley.

13

Der Nachthimmel war sternenübersät, als Lynley aus dem Vestibül von Maiden Hall ins Freie trat. Als Junge in Cornwall hatte er den weiten Nachthimmel geliebt, an dem man, genau wie hier in Derbyshire, jedes Sternbild so klar sehen und erkennen konnte, wie das in London nie möglich war. Und deshalb blieb er jetzt neben dem verwitterten Pfeiler am Rand des Parkplatzes stehen und schaute zum Himmel hinauf, als könnte er dort die Antwort auf die Fragen finden, die ihn beschäftigten.

»Das kann nur ein Missverständnis sein. Die müssen da einen Fehler gemacht haben«, hatte Nan Maiden ruhig und bestimmt erklärt. Ihr Gesicht wirkte so verhärmt und eingefallen, als hätten ihr die letzten sechsunddreißig Stunden alle Lebenskraft geraubt. »Nicola hätte niemals ihr Jurastudium aufgegeben. Und ganz sicher hätte sie es nicht getan, ohne mit uns darüber zu sprechen. So war sie einfach nicht. Sie hat die Juristerei geliebt. Außerdem hat sie doch den ganzen Sommer in Will Upmans Kanzlei in Buxton gearbeitet. Weshalb hätte sie das tun sollen, wenn sie schon im Mai – Sie sagten doch Mai, nicht wahr – ihr Studium an den Nagel gehängt hatte?«

Lynley hatte sie von Buxton nach Hause gefahren und zu einem abschließenden Gespräch ins Haus begleitet. Da der Salon noch von Hotel- und Restaurantgästen besetzt war, die dort bei Kaffee und Kognak saßen, waren sie in ein Büro neben dem Empfang gegangen. Sie hatten zu dritt kaum Platz gehabt in dem kleinen Raum, der nur für eine Person gedacht war, die dort an einem Computer zu arbeiten pflegte. Ein Faxgerät spie gerade eine längere Nachricht aus, als sie hereinkamen. Andy Maiden warf einen Blick darauf, sagte teilnahmslos zu seiner Frau: »Es ist diese Gruppe aus New York«, und legte das Schreiben in einen Korb, in dem die Reservierungen gesammelt wurden.

Weder Andy noch Nan Maiden hatten vom Entschluss ihrer Tochter gewusst, ihr Jurastudium abzubrechen. Ebenso wenig hatten sie gewusst, dass sie ihre Wohnung in Islington aufgegeben hatte, um in Fulham mit einer jungen Frau namens Vi Nevin zusammenzuziehen, die Nicola ihnen gegenüber niemals erwähnt hatte. Und sie hatten auch nichts davon gewusst, dass ihre Tochter eine feste Anstellung bei der Firma MKR Financial Management angenommen hatte. Was alles in eklatantem Widerspruch zu Nan Maidens früherer Behauptung stand, ihre Tochter sei die Aufrichtigkeit in Person gewesen.

Andy Maiden hatte diese unerwarteten Mitteilungen mit Schweigen aufgenommen. Aber er sah so erschöpft aus, als träfe ihn jede neue Enthüllung über seine Tochter wie ein seelischer Schlag. Während seine Frau versuchte, die Widersprüche im Verhalten ihrer Tochter wegzuerklären, schien er lediglich bestrebt, sie irgendwie in sich aufzunehmen, ohne dass es ihm endgültig das Herz brach.

»Vielleicht wollte sie an eine andere Universität weiter im Norden überwechseln«, sagte Nan, verzweifelt bemüht, ihren eigenen Worten zu glauben. »Ist nicht in Leicester eine? Oder in Lincoln? Sie wollte vielleicht mehr in Julians Nähe sein, da sie doch mit ihm verlobt war.«

Nan klarzumachen, dass ihre Tochter nie mit Julian Britton verlobt gewesen war, war noch weitaus schwieriger gewesen, als Lynley sich vorgestellt hatte. Sie gab endgültig jeden Versuch auf, eine Erklärung für all die erschütternden Enthüllungen zu finden, als er sie über Brittons falsche Darstellung seiner Beziehung zu Nicola aufklärte. Tief getroffen sagte sie nur: »Sie waren nicht…? Aber warum hat er dann …?«, bevor sie endgültig schwieg und sich ihrem Mann zuwandte, als erwartete sie von ihm eine Erklärung des Unerklärlichen.

Somit war Lynley zu dem Schluss gelangt, dass es nicht ausgeschlossen war, dass die Maidens nichts von der Existenz von Nicolas Funkrufempfänger gewusst hatten. Und als Nan Maiden sich auf eine Frage nach dem Gerät ebenso ahnungslos zeigte wie ihr Mann, war Lynley geneigt gewesen, ihr zu glauben.

Als Lynley jetzt im Halbschatten zwischen dem schwach beleuchteten Parkplatz und dem hell erleuchteten Hotel stand, ließ er sich einige Minuten Zeit, um nachzudenken und zugleich auch nachzuempfinden. Früher am Abend hatte er Hanken den Wagenschlüssel abgenommen und gesagt: »Fahren Sie nach

Hause zu Ihrer Familie, Peter. Ich bringe die Maidens zurück«, und es waren Hankens Worte, als sie zusammen im *Black Angel* gesessen hatten, an die er jetzt denken musste. Hanken hatte gesagt, ein Neugeborenes in den Armen zu halten – das eigene Kind, in Liebe gezeugt und empfangen –, verändere einen Mann unwiderruflich. Er hatte gesagt, der Schmerz über den Verlust dieses Kindes sei für ihn unvorstellbar. Was also empfand ein Mann wie Andy Maiden in diesem Augenblick: ein Mann, dessen Lebenseinstellung mit der Geburt seiner Tochter vor so vielen Jahren eine tiefgreifende Veränderung erfahren hatte; dessen Wesen sich im Laufe ihrer Kindheit und Jugend auf subtile Weise gewandelt hatte und dessen Innerstes bei ihrem Tod zerbrochen war – um vielleicht nie mehr zu heilen. Und nun kam zu diesem Verlust auch noch die entsetzliche Erkenntnis hinzu, dass sein einziges Kind Geheimnisse vor ihm gehabt hatte ... Wie musste einem da zumute sein?

Der Tod eines Kindes, dachte Lynley, zerstört die Zukunft und wirft einen dunklen Schatten auf die Vergangenheit, indem er erstere zu einer schier endlosen Gefangenschaft macht und letztere zu einem unausgesprochenen Vorwurf für jeden Moment, der durch die berufliche Inanspruchnahme von Vater oder Mutter seiner Bedeutsamkeit beraubt wurde. Von einem solchen Schicksalsschlag erholte man sich nicht. Man lernte nur mit der Zeit, irgendwie weiterzumachen.

Er blickte zum Haus zurück und sah die ferne Gestalt Andy Maidens, der gerade das kleine Büro verließ, das Vestibül durchquerte und schweren Schrittes zur Treppe ging. Das Licht in dem Raum, den er gerade verlassen hatte, brannte noch immer, und im Fenster erschien Nan Maidens Silhouette. Lynley sah die Getrenntheit der Maidens und wünschte, er könnte ihnen sagen, sie sollten ihren Schmerz nicht in Einsamkeit voneinander tragen. Sie hatten ihre Tochter Nicola gemeinsam gezeugt, und sie würden sie gemeinsam begraben. Warum sollte da jeder für sich allein trauern?

»Wir sind alle allein, Inspector«, hatte Barbara Havers einmal anlässlich eines ähnlichen Falls zu ihm gesagt. Auch damals hatte ein Elternpaar den Tod seines Kindes betrauern müssen. »Glauben Sie mir, alles andere ist nichts weiter als eine Illusion.«

Aber er wollte jetzt nicht an Barbara Havers denken, an ihre Klugheit oder ihren Mangel daran. Er wollte etwas tun, um den Maidens wenigstens ein gewisses Maß an Frieden zu geben. Er sagte sich, dass er zumindest so viel schuldig war – nicht nur zwei Menschen, deren besonderes Leid er niemals am eigenen Leib zu erfahren hoffte, sondern auch einem ehemaligen Kollegen, dem Beamte wie er, Lynley, viel zu verdanken hatten. Zugleich aber musste er zugeben, dass seinem Bedürfnis, ihnen zu innerem Frieden zu verhelfen, der Wunsch zugrunde lag, sich selbst vor künftigem Kummer zu schützen; die Hoffnung, dass ihm, wenn er jetzt ihren Schmerz linderte, ein ähnlicher Schicksalsschlag in seinem Leben erspart bleiben würde.

An der Tatsache von Nicolas Tod sowie daran, dass sie vor ihren Eltern Geheimnisse gehabt hatte, konnte er nichts ändern. Aber er konnte versuchen, jene Aussagen zu widerlegen, die allmählich nach Schwindel auszusehen begannen; die mit scheinbar treuherziger Offenheit präsentiert, in Wirklichkeit erfunden waren, aus der Not des Augenblicks geboren.

Will Upman war derjenige, der von einem Pager und einem Londoner Liebhaber gesprochen hatte. War ihm, der selbst an Nicola Maiden interessiert gewesen war, nicht durchaus zuzutrauen, dass er beides – die Anrufe über den Pager und den Londoner Liebhaber – nur erfunden hatte, um die Aufmerksamkeit der Polizei von sich selbst abzulenken? Er konnte der mysteriöse Liebhaber gewesen sein, der die Frau, der seine Leidenschaft gegolten hatte, mit Geschenken überschüttet hatte. Und als er erfahren hatte, dass sie die Juristerei aufgeben, Derbyshire verlassen und sich in London ein eigenes Leben aufbauen wollte, dass er sie also auf immer verlieren würde, wie mochte er da wohl reagiert haben? Sie wussten ja aus den Ansichtskarten, die Nicola ihrer Wohnungsgenossin geschickt hatte, dass sie neben Julian Britton einen weiteren Liebhaber gehabt hatte. Und sie hätte es wohl kaum für nötig gehalten, eine Nachricht zu verschlüsseln – geschweige denn, sich an so ausgefallenen Orten zu verabreden, wie die Postkarten sie zeigten –, wenn sie nicht geglaubt hätte, die Beziehung geheim halten zu müssen.

Die nächste Frage war, welchen Platz Nicola Maiden in Julian Brittons Leben eingenommen hatte. Wenn er sie wirklich geliebt hatte und entschlossen gewesen war, sie zu heiraten, wie hätte er dann auf die Entdeckung reagiert, dass sie eine Beziehung zu einem anderen Mann hatte? Es war durchaus möglich, dass Nicola ihm über jene Beziehung reinen Wein eingeschenkt hatte, um ihre Weigerung, ihn zu heiraten, unter anderem auch damit zu begründen. Wenn das der Fall war, was für Gedanken hatten sich dann bei Julian Britton eingenistet, und wohin hatten sie ihn in der Nacht von Dienstag auf Mittwoch geführt?

Irgendwo wurde eine Haustür geschlossen. Kies knirschte, und eine Gestalt kam um das Haus herum. Es war ein Mann, der ein Fahrrad schob. Im Lichtschein eines der Fenster hielt er an. Mit dem Fuß klappte er den Ständer herunter und nahm aus seiner Tasche ein kleines Werkzeug, mit dem er sich an den Radspeichen zu schaffen machte.

Lynley erkannte ihn vom vergangenen Nachmittag wieder, als er den Mann vom Salonfenster aus mit seinem Fahrrad hatte davonfahren sehen, während er und Hanken auf die Maidens gewartet hatten. Zweifellos war er einer der Angestellten. Während Lynley beobachtete, wie er mit in die Augen fallendem Haar neben seinem Fahrrad kauerte, sah er, wie plötzlich die Hand des Mannes abrutschte und sich zwischen den Speichen verfing. Im selben Moment hörte er ihn wütend rufen: *»Merde! Saloperie de bécane! Je sais pas ce qui me retient de t'envoyer à la casse.«* Er sprang auf, die Fingerknöchel an den Mund gedrückt, und benutzte sein Sweatshirt, um sich das Blut abzuwischen.

Als Lynley ihn fluchen hörte, funkte es plötzlich bei ihm. Blitzartig verwarf er seine früheren Überlegungen und Mutmaßungen, als er erkannte, dass Nicola Maidens Postkarten an ihre Wohnungsgenossin nicht nur ein Scherz gewesen waren. Sie waren auch ein Hinweis gewesen.

Er ging auf den Mann zu. »Haben Sie sich weh getan?«

Der Mann fuhr erschrocken herum und strich sich das Haar aus den Augen. *»Bon dieu! Vous m'avez fait peur.«*

»Entschuldigen Sie. Das wollte ich nicht«, sagte Lynley. Er zog seinen Dienstausweis und stellte sich vor.

Einzige Reaktion des Mannes auf die Worte New Scotland Yard war ein kaum merkliches Zucken der Augenbrauen. Radebrechend erklärte er, er sei Christian-Louis Ferrer, seines Zeichens

Küchenchef, der Mann, dem Maiden Hall den begehrten Michelin-Stern zu verdanken habe.

»Sie haben Schwierigkeiten mit Ihrem Fahrrad. Kann ich Sie irgendwohin mitnehmen?«

Nein. *Mais merci quand même.* Wenn man stundenlang in der Küche steht, brauche man Bewegung. Die täglichen Fahrten mit dem Rad hielten ihn fit. Und dieses *Vélo de merde* – mit einer abfälligen Geste in Richtung Fahrrad – sei immer noch besser als gar nichts. Aber gegen ein Rad, das ein wenig zuverlässiger sei, hätte er nichts einzuwenden.

»Können wir uns noch einen Moment unterhalten, bevor Sie abfahren?«, fragte Lynley höflich.

Ferrer zuckte nach typisch gallischer Manier die Achseln: ein kurzes Heben der Schultern, das besagte, wenn die Polizei ihn sprechen wolle, wäre es wohl töricht, sich zu widersetzen. Er hatte mit dem Rücken zum Fenster gestanden, jetzt aber drehte er sich ein wenig herum, so dass das Licht auf sein Gesicht fiel.

Lynley sah, dass er um einiges älter war, als er von weitem auf seinem Fahrrad gewirkt hatte. Er schien etwa Mitte fünfzig zu sein, das dunkelbraune Haar begann schon grau zu werden, und dem Gesicht sah man das Alter und das gute Leben an.

Lynley entdeckte schnell, dass Ferrer sehr gut Englisch sprach, wenn er wollte. Natürlich habe er Nicola Maiden gekannt, erklärte Ferrer, der sie *»la malheureuse jeune femme«* nannte. Er habe die letzten fünf Jahre mit großem Engagement daran gearbeitet, Maiden Hall zu seinem gegenwärtigen Ansehen zu verhelfen – ob der Inspector eine Ahnung habe, wie wenige Landgasthäuser in England es gäbe, die mit dem Michelin-Stern ausgezeichnet seien? –, da habe er selbstverständlich auch die Tochter seiner Arbeitgeber gekannt. Seit er hier seine Kochkunst ausübte, hatte sie in den Ferien stets im Speisesaal bedient, da war man natürlich miteinander bekannt geworden.

»Aha. Und wie gut?«, erkundigte sich Lynley freundlich.

Worauf Ferrer seine Englischkenntnisse prompt vergaß, was er mit einem falschen Lächeln höflichen Bedauerns kundtat.

Lynley griff auf seine notdürftigen Französischkenntnisse zurück. Er nahm sich einen Moment Zeit, um stillschweigend seiner furchteinflößenden Tante Augusta zu danken, die bei ihren Besuchen so häufig herrisch befohlen hatte: »*Ce soir, on parlera tous français à table et après dîner. C'est la meilleure façon de se préparer à passer les vacances d'été en Dordogne.*« Sie hatte viel dazu beigetragen, seine Französischkenntnisse aufzumöbeln, die sonst allenfalls dazu gereicht hätten, eine Tasse Kaffee, ein Bier oder ein Zimmer mit Bad zu bestellen.

Auf Französisch sagte er also jetzt: »Ich würde gern wissen, wie gut Sie Nicola Maiden gekannt haben, Monsieur Ferrer. Ihr Vater hat mir gesagt, dass die ganze Familie radelt. Sie tun das auch. Sind Sie ab und zu mit ihr zusammen Rad gefahren?«

Wenn Ferrer überrascht war, dass ein englischer Barbar seine Sprache sprach – wie unvollkommen auch immer –, so ließ er sich jedenfalls nichts davon anmerken. Er nahm aber auch keine Rücksicht, indem er etwa das Tempo seiner Rede gedrosselt hätte; Lynley war gezwungen, ihn zu bitten, seine Antwort zu wiederholen, was dem Franzosen augenscheinliche Befriedigung verschaffte. »Ja, natürlich sind wir ein-, zweimal zusammen gefahren«, sagte er in seiner Muttersprache. Er sei stets auf der Landstraße von Grindleford nach Maiden Hall gefahren, und als die junge Dame davon gehört habe, habe sie ihn auf einen Weg durch den Wald hingewiesen, der zwar etwas beschwerlicher war, aber kürzer. Und da sie ihm hatte ersparen wollen, sich zu verfahren, hatte sie ihn zweimal begleitet, um ihm den Weg zu zeigen.

»Sie wohnen also in Grindleford?«

Ja. In Maiden Hall sei nicht genug Platz, um alle Angestellten von Hotel und Restaurant unterzubringen. Es sei ja, wie der Inspector zweifellos gesehen habe, ein relativ kleines Haus. Christian-Louis Ferrer wohnte deshalb zur Untermiete bei einer Madame Clooney, einer Witwe, und ihrer unverheirateten Tochter, die, wenn man Ferrer glauben durfte, gewisse Wünsche an ihn hatte, die er leider nicht befriedigen konnte.

»Ich bin verheiratet«, erklärte er Lynley. »Allerdings lebt meine innig geliebte Frau weiterhin in Nerville le Forêt, bis wir zusammenkommen können.«

Ein solches Arrangement war, wie Lynley wusste, nichts Ungewöhnliches. Es kam ziemlich häufig vor, dass Ehepaare aus wirtschaftlichen Gründen getrennt lebten, weil der eine Partner der besseren Verdienstmöglichkeiten wegen an einen anderen Ort oder in ein anderes Land übersiedelte, während der andere mit den Kindern in der Heimatstadt zurückblieb. Doch eine Neigung zum Zynismus, die höchstwahrscheinlich erst durch allzu viel Kontakt mit Barbara Havers in den vergangenen Jahren zur Entfaltung gekommen war, machte ihn augenblicklich misstrauisch gegenüber jedem Mann, der seine Ehefrau als »innig geliebt« bezeichnete.

»Sie sind die ganzen fünf Jahre über hier gewesen?«, fragte er. »Haben Sie wenigstens Gelegenheit, in den Ferien nach Hause zu fahren?«

Bedauerlicherweise, erklärte Ferrer, sei einem Mann seines Metiers – wie übrigens auch seiner geliebten Frau und seinen wunderbaren Kindern – am besten gedient, wenn er seine Ferien darauf verwende, sich in seiner Kunst weiterzubilden. Zwar gebe es dazu auch in Frankreich Gelegenheit – und mit weit mehr Aussicht auf erfreuliche Erfolge, wenn man bedenke, mit welcher Nachlässigkeit in England mit dem Begriff »haute cuisine« umgegangen werde –, aber man müsse eben auch an den Geldbeutel denken. Würde er in den Ferien zwischen England und Frankreich hin- und herreisen, so würde er sehr viel weniger für die Zukunft seiner Kinder und einen gesicherten Lebensabend sparen können.

»So eine lange Trennung«, sagte Lynley, »muss doch schwierig sein. Da fühlt man sich doch sicher einsam.«

Ferrer brummte: »Tja, man tut, was man tun muss.«

»Aber es gibt doch bestimmt Momente, wo man sich nach menschlichem Kontakt sehnt. Wenn auch nur nach geistigem Austausch mit einer verwandten Seele. Wir leben ja nicht von der Arbeit allein, nicht wahr? Und ein Mann wie Sie ... das wäre doch durchaus verständlich.«

Ferrer verschränkte die Arme auf eine Weise, die seine kräftigen Muskeln zur Geltung brachte. Er war in so mancher Hinsicht die perfekte Verkörperung von Männlichkeit und ihres Bedürfnisses, sich zur Schau zu stellen. Lynley war sich bewusst, dass dies Klischeedenken der schlimmsten Art war, trotzdem ließ er es zu, weil er sehen wollte, wohin diese Denkweise ihre Unterhaltung führen würde. Mit einem vielsagenden Achselzucken, gewissermaßen von Mann zu Mann, bemerkte er: »Fünf Jahre ohne meine Frau – das würde ich nicht schaffen.«

Ferrers Mund – volllippig, sinnlich – verzog sich leicht, und seine Augen wurden schmal. »Estelle und ich verstehen einander«, sagte er auf Englisch. »Deswegen sind wir ja seit zwanzig Jahren verheiratet.«

»Dann gibt es also gelegentlich schon mal ein Techtelmechtel hier in England.«

»Nichts von Bedeutung. Estelle ist die Frau, die ich liebe. Das andere ...? Na ja, es war, was es war.«

Ein nützlicher kleiner Versprecher, dachte Lynley und sagte: »War. Dann ist es also vorbei?«

Und Ferrers Miene – plötzlich so wachsam – verriet Lynley den Rest. »Hatten Sie intime Beziehungen zu Nicola Maiden?«

Schweigen.

Lynley ließ nicht locker. »Sollten Sie und Nicola Maiden liiert gewesen sein, Monsieur Ferrer, so wird es weitaus weniger verdächtig aussehen, wenn Sie das hier und jetzt zugeben, statt es darauf ankommen zu lassen, dass die Wahrheit durch einen Zeugen ans Licht kommt, der Sie beide vielleicht zusammen gesehen hat.«

»Ist doch völlig unwichtig«, sagte Ferrer, wieder in Englisch.

»So würde ich die Möglichkeit, unter Mordverdacht zu geraten, nicht unbedingt einschätzen.«

Ferrer hob den Kopf und griff wieder auf seine Muttersprache zurück. »Ich spreche nicht von Verdacht. Ich spreche von der Geschichte mit dem Mädchen.«

»Soll das heißen, dass da nichts war?«

»Das soll heißen, dass die ganze Sache unwichtig war. Sie hatte keine Bedeutung. Weder für mich noch für sie.«

»Vielleicht können Sie mir das näher erklären.«

Ferrer blickte zum Hoteleingang hinüber. Die Tür war geöffnet, um die laue Nachtluft hereinzulassen, und drinnen schlenderten einige Gäste angeregt plaudernd zur Tür. Ferrer hielt den Blick weiterhin auf das Haus gerichtet, als er zu Lynley sagte: »Die Schönheit einer Frau ist dazu da, um von einem Mann bewundert zu werden. Jede Frau möchte ihre Schönheit natürlich noch vergrößern, um noch mehr Bewunderung zu empfangen.«

»Darüber lässt sich streiten.«

»Nein, so ist es. So war es immer. Die ganze Natur bestätigt diese einfache, wahre Ordnung der Dinge. Das eine Geschlecht wurde von Gott erschaffen, um das andere anzuziehen.«

Lynley verkniff sich den Hinweis, dass es gemäß der natürlichen Ordnung, auf die Ferrer sich bezog, im Allgemeinen die Männchen einer Spezies waren – und nicht die Weibchen –, die die gefälligere Ausstattung mitbekamen, um als Paarungspartner akzeptiert zu werden. Stattdessen sagte er: »Indem Sie Nicola bewunderten, haben Sie also ganz im Sinn der göttlichen Ordnung gehandelt.«

»Wie ich schon sagte, es war nichts Ernstes. Ich wusste das, und sie wusste es auch.« Er lächelte, nicht ohne Wärme, wie es schien. »Es war das Spiel, das sie gereizt hat. Das habe ich ihr schon bei unserer ersten Begegnung angesehen.«

»Damals war sie zwanzig?«

»Eine Frau, die ihre eigene Anziehungskraft nicht kennt, ist keine richtige Frau. Nicola war eine richtige Frau. Sie war sich ihrer Reize bewusst. Und ich habe sie wahrgenommen. Auch das war ihr bewusst. Der Rest …« Er zuckte abermals lässig die Achseln. »Jede Verbindung zwischen Mann und Frau hat ihre Grenzen. Wenn man diese Grenzen akzeptiert, kann so eine Verbindung durchaus befriedigend sein.«

Lynley interpretierte sofort. »Nicola wusste, dass Sie Ihre Frau nicht verlassen würden.«

»Sie hat von mir nie verlangt, dass ich meine Frau verlasse. Das interessierte sie gar nicht, glauben Sie mir.«

»Was dann?«

»Was sie interessierte?« Er lächelte, sich erinnernd. »Die Orte, wo wir uns zu treffen pflegten. Die Anstrengungen, die ich auf mich zu nehmen bereit war, um diese Orte zu erreichen. Was ich noch an Kraft übrig hatte, wenn ich ankam. Und wie gut ich mich darauf verstand, diese Kraft zu nutzen.«

»Aha.« Lynley rief sich die Orte ins Gedächtnis: die Höhlen, die Hügelgräber, die prähistorischen Siedlungen, die römischen Forts. O la la, dachte er. Oder, wie Barbara Havers vielleicht gesagt hätte: *Bingo, Inspector.* Sie hatten Mr. O la la gefunden. »Ihr Liebesleben hat sich also –«

»Das hatte mit Liebe nichts zu tun, das war reiner Sex. Unser Spiel bestand darin, für jede Verabredung einen anderen Ort zu wählen. Nicola ließ mir irgendeine Nachricht zukommen. Manchmal war es eine Karte. Manchmal ein Rätsel. Wenn ich den richtigen Weg oder die richtige Lösung fand …« Wieder das Achselzucken. »Dann erwartete sie mich mit der Belohnung.«

»Wie lange dauerte diese Beziehung?«

Ferrer zögerte, entweder weil er nachrechnete, oder weil er überlegte, ob es ihm schaden würde, die Wahrheit zu sagen. Schließlich entschied er sich. »Fünf Jahre.«

»Also seit Sie in Maiden Hall angefangen haben.«

»Richtig«, bestätigte er. »Es wäre mir natürlich lieber, wenn Monsieur und Madame … Es würde sie nur unnötig bekümmern. Wir waren immer diskret. Wir haben das Haus nie gemeinsam verlassen. Wir sind immer getrennt zurückgekommen, der eine früher, der andere später. Sie haben es nie gemerkt.«

Und hatten nie Anlass, dich an die Luft zu setzen, dachte Lynley.

Ferrer schien sich zu einer weiteren Erklärung gedrängt zu fühlen. »Es war dieser Blick, mit dem sie mich ansah, als wir uns kennenlernten. Sie wissen, was ich meine. Dieser Blick sagte alles. Sie war genauso interessiert wie ich. Es gibt manchmal eine geradezu animalische Begierde zwischen einem Mann und einer Frau. Das hat mit Liebe nichts zu tun. Das hat mit Hingabe nichts zu tun. Es ist ganz einfach eine Empfindung – ein Schmerz, ein Druck, ein Drang – hier.« Er griff sich zwischen die Beine. »Sie als Mann spüren das doch auch. Nicht jede Frau hat einen so starken Trieb wie ein Mann. Aber Nicola hatte ihn. Das habe ich sofort erkannt.«

»Und Sie haben entsprechend gehandelt.«

»Weil sie es so wollte. Das Spiel entwickelte sich erst später.«

»Das Spiel war Nicolas Idee?«

»Das Spielerische war ihre Art … darum habe ich während meiner ganzen Zeit in England nie eine andere Frau gebraucht. Sie verstand es, einer simplen Affäre einen …« Er suchte nach einem Wort, um es zu beschreiben. »… einen Zauber zu verleihen«, sagte er. »So dass es immer aufregend war. Ich hätte mir nie zugetraut, dass ich einer bloßen Geliebten über fünf Jahre lang treu bleiben könnte. Vor Nicola hat mich keine Frau länger als drei Monate interessiert.«

»Und es war das Spiel, das sie genoss? Das sie dazu trieb, an der Beziehung mit Ihnen festzuhalten?«

»Das Spiel war für *mich* der Grund, an der Beziehung festzuhalten. Ihr ging es natürlich um die Lust der körperlichen Befriedigung.«

Und dir um die Eitelkeit, dachte Lynley sarkastisch. Er sagte: »Eine Frau fünf Jahre lang zu fesseln, das ist wirklich eine Leistung, besonders wenn es keinerlei Hoffnung auf eine gemeinsame Zukunft gibt.«

»Natürlich habe ich ihr auch Geschenke gemacht«, gab Ferrer zu. »Zwar nur Kleinigkeiten, aber trotzdem echte Beweise meiner Wertschätzung. Ich habe wenig Geld, weil das meiste ... meine Frau hätte sich Gedanken gemacht, wenn der Betrag, den ich ihr regelmäßig schicke, sich geändert hätte – ich meine, wenn es weniger geworden wäre. Darum waren es immer nur kleine Zeichen meiner Aufmerksamkeit.«

»Und was waren das für Geschenke?«

»Parfum. Vielleicht einmal ein goldener Anhänger. Kleinigkeiten eben. Aber sie hat sich darüber gefreut, und das Spiel ging weiter.« Er griff in seine Tasche und zog das kleine Werkzeug heraus, mit dem er zuvor an seinem Fahrrad herumgebastelt hatte. Er kauerte wieder nieder und begann mit unendlicher Geduld, jede einzelne Speiche festzuziehen. »Nicola wird mir fehlen«, sagte er. »Es war keine Liebe. Aber ach, was haben wir zusammen gelacht.«

»Wie haben Sie es Nicola denn wissen lassen, wenn Sie eine Partie spielen wollten?«, fragte Lynley.

Der Franzose hob den Kopf und sah ihn verständnislos an. »Bitte?«

»Haben Sie ihr eine Nachricht geschickt? Haben Sie sie über ihren Pager angepiepst?«

»Ach so. Nein. Ein Blick zwischen uns hat genügt.«

»Sie haben also nie über den Pager mit ihr Kontakt aufgenommen?«

»Über den Pager? Nein. Weshalb sollte ich ...? Warum fragen Sie das überhaupt?«

»Weil des Öfteren jemand über dieses Gerät mit ihr Kontakt aufgenommen hat, als sie in diesem Sommer in der Kanzlei in Buxton gearbeitet hat. Ich dachte, das könnten Sie gewesen sein.«

»Ich hatte das nicht nötig. Aber der andere … er konnte sie einfach nicht in Ruhe lassen. Dieser Piepser! Jedes Mal quietschte er los. Man hätte die Uhr danach stellen können.«

Endlich eine Bestätigung, dachte Lynley und fragte der Genaugkeit halber: »Sie ist angepiepst worden, während Sie beide zusammen waren?«

»Das war der einzige Wermutstropfen in unserem Spiel, dieser kleine Empfänger. Immer hat sie gleich zurückgerufen.« Er prüfte die Fahrradspeichen mit den Fingern. »Tja, ich frage mich, was sie eigentlich mit dem Burschen wollte. Die beiden können doch kaum etwas gemeinsam gehabt haben. Wenn ich mir manchmal so vorstelle, was sie mit ihm erlebt haben muss … viel zu jung, um die geringste Ahnung davon zu haben, wie man eine Frau glücklich macht … wirklich, ein Verbrechen gegen die Liebe, er mit meiner Nicola. Bei ihm hat sie es über sich ergehen lassen. Bei mir hat sie es genossen.«

Lynley hatte die Verbindung rasch hergestellt. »Wollen Sie sagen, dass Julian Britton der Mann war, der sich über den Pager bei ihr gemeldet hat?«

»Immer wollte er wissen, wann sie sich treffen könnten, wann sie miteinander reden könnten, wann sie planen könnten. Und sie sagte jedes Mal: ›Darling, was für ein Zufall, dass du dich gerade jetzt meldest. Ich habe eben an dich gedacht. Ich schwör's. Soll ich dir erzählen, was ich gedacht habe? Soll ich dir sagen, was ich tun würde, wenn wir jetzt zusammen wären?‹ Und dann hat sie's ihm gesagt, und er war zufrieden. Nur *damit.*« Ferrer schüttelte geringschätzig den Kopf.

»Sind Sie sicher, dass Britton dieser Mann war?«

»Wer sonst? Sie hat mit ihm genauso geredet wie mit mir. Wie man eben mit einem Liebhaber redet. Und er war ihr Liebhaber. Ganz eindeutig.«

Lynley verschob dieses Thema erst einmal auf später und kam wieder auf den Pager zurück. »Hatte sie den Piepser eigentlich immer bei sich? Oder nur, wenn sie nicht zu Hause war?«

Seines Wissens habe sie ihn immer bei sich gehabt, antwortete Ferrer. Meistens an den Bund ihrer Hose oder ihres Rocks geklemmt. Wieso Lynley das interessiere? Ob dieser Empfänger denn in dem Mordfall eine Rolle spiele?

Genau das ist die Frage, dachte Lynley.

Nan Maiden beobachtete sie. Sie war aus dem kleinen Büro in den Korrdior im ersten Stock hinaufgegangen, der mehrere Fenster hatte. An einem dieser Fenster blieb sie stehen und schaute hinaus, für den zufällig vorüberkommenden Hotelgast scheinbar in die Betrachtung des Mondes vertieft, dessen Licht durch die Bäume fiel.

Nervös nestelte sie an der Schlaufe, die den schweren Vorhang zusammenraffte. Die Fetzchen angeknabberter Haut rund um ihre Fingernägel blieben an dem rauen Stoff hängen. Sie beobachtete die beiden Männer, die dort unten in ein Gespräch vertieft standen, und kämpfte gegen den Wunsch – den Impuls, das dringende Bedürfnis –, die Treppe hinunterzulaufen und sich unter irgendeinem Vorwand zu ihnen zu gesellen, um Erklärungen zu geben und für ihre Tochter einzutreten, deren komplexe Persönlichkeit leicht missverstanden werden konnte.

»Mama, glaub mir«, hatte Nicola gesagt, gerade zwanzig Jahre alt und auf der Haut noch den Geruch des Franzosen, der so penetrant war wie der Nachgeschmack korkigen Weins, »ich weiß genau, was ich tue. Ich bin alt genug, um zu wissen, was ich will, und wenn ich Lust habe, mit einem Mann zu schlafen, der mein Vater sein könnte, dann schlafe ich auch mit ihm. Das geht keinen außer mir was an, und es tut niemandem weh. Warum regst du dich so darüber auf?« Und dabei hatte sie Nan mit ihren klaren blauen Augen angesehen, so freimütig und offen und vernünftig. Dann hatte sie ihre Bluse aufgeknöpft, ihre Shorts ausgezogen und schließlich Büstenhalter und Höschen auf das Kleiderhäufchen geworfen. Als sie auf dem Weg zur Badewanne an ihrer Mutter vorüberkam, schlug Nan Ferrers Ausdünstung mit solcher Schärfe entgegen, dass ihr beinahe übel wurde. Nicola stieg in die Wanne und ließ sich ins Wasser gleiten, das über ihren kleinen Brüsten zusammenschlug. Aber nicht bevor Nan die blauen Flecken und Ferrers Zahnabdrücke auf ihrer

Haut gesehen hatte. Und Nicola, die ihren Blick bemerkte, sagte: »Er mag es so, Mama. Derb. Aber er tut mir nicht weh. Und außerdem mache ich mit ihm genau das Gleiche. Es ist ganz okay. Du brauchst dir keine Sorgen zu machen.«

»Sorgen?«, rief Nan. »Ich hab dich nicht großgezogen, damit –«

»Mama!« Sie nahm den Schwamm und tauchte ihn ins Wasser. Das Bad war voller Dampf, und Nan setzte sich auf die Toilette. Ihr war schwindlig, und sie hatte das Gefühl, die Welt um sie herum wäre verrückt geworden. »Du hättest mich nicht besser großziehen können«, sagte Nicola. »Aber hier geht's gar nicht darum, wie du mich erzogen hast. Er ist sexy, es macht Spaß, mit ihm zusammen zu sein, und ich bums gern mit ihm. Es ist doch Quatsch, etwas zum Problem aufzubauschen, was für uns beide überhaupt kein Problem ist.«

»Er hat Frau und Kinder. Das weißt du. Er kann dich nicht heiraten. Von dir will er doch nur ... siehst du denn nicht, dass es ihm nur um den Sex geht? Ein nettes Verhältnis ganz ohne Verpflichtung. Begreifst du nicht, dass du für ihn nur ein Spielzeug bist? Die niedliche kleine englische Puppe.«

»Mir geht's doch auch nur um den Sex«, erwiderte Nicola unverblümt. Ihre Miene hellte sich auf, als wäre ihr plötzlich klargeworden, weshalb ihre Mutter so tief besorgt war. »Mama! Hast du wirklich geglaubt, ich *liebte* ihn? Dass ich ihn heiraten wollte oder so was? Nie im Leben, Mama! Das kann ich dir garantieren. Ich mag ihn ganz einfach, ich fühl mich gut, wenn ich mit ihm zusammen bin.«

»Und was ist, wenn du eines Tages doch mehr von ihm willst und es nicht haben kannst?«

Nicola träufelte flüssige Seife aus dem Spender auf den Schwamm. Einen Moment lang schien sie verwirrt, dann begriff sie und sagte: »Aber nein, wenn ich sage, ich fühl mich gut mit ihm, dann meine ich das rein körperlich. Ich mag es, wenn er mich anfasst. Das ist alles. Er ist ein guter Liebhaber, und das macht Spaß. Mehr will ich nicht von ihm.«

»Sex also.«

»Genau. Er ist nämlich echt gut.« Sie neigte den Kopf zur Seite, lächelte spitzbübisch und zwinkerte ihrer Mutter zu. »Hast du's auch schon mal mit ihm probiert?«

»Nicola!«

Sie drehte sich im Wasser herum und lehnte den Kopf gegen den Wannenrand, um ihre Mutter mit gewinnendem Blick anzusehen. »Es ist doch nichts dabei, Mama. Ich würde Dad nichts sagen. Sag schon, *hast* du's mit ihm gemacht? Ich meine, wenn ich nicht hier bin, braucht er doch bestimmt jemanden ... komm schon. Sag's mir.«

Nan hätte am liebsten zugeschlagen, das hübsche kleine Gesicht genauso gezeichnet, wie Christian-Louis den geschmeidigen jungen Körper gezeichnet hatte. Sie wollte ihre Tochter bei den Schultern packen und schütteln, bis ihr die Zähne klapperten und wie lose Kieselsteine aus dem Mund sprangen. Wie konnte sie so unverfroren sein? Von ihrer Mutter mit der Beschuldigung konfrontiert, hätte sie den Vorwurf leugnen müssen, hätte angesichts der Beweise zusammenbrechen, um Verzeihung bitten oder um Verständnis betteln müssen. Aber sie konnte doch nicht den schlimmsten Verdacht ihrer Mutter mit einer Unbekümmertheit bestätigen, als handelte es sich um die alltäglichste Sache der Welt.

»Entschuldige«, sagte Nicola, als ihre Mutter ihr eine Antwort auf ihre sorglosen Fragen schuldig blieb. »Du siehst das anders. Ich versteh schon. Ich hätte dir nicht zu nahe treten sollen. Es tut mir leid, Mama.«

Sie hatte einen Rasierer aus der Ablage an der Wand genommen und schabte damit über ihr rechtes Bein, das lang und tief gebräunt war, mit wohlgeformter Wade und sportlich straffen Muskeln. Nan sah ihr zu. Sie wartete auf eine Unsicherheit, einen Schnitt, auf das Blut. Nichts geschah.

Sie sagte: »Was bist du eigentlich? Wie soll ich dich nennen? Eine läufige Hündin? Ein Flittchen? Eine Nutte?«

Die Worte verletzten nicht. Sie berührten nicht einmal. Nicola legte den Rasierer weg und sah ihre Mutter an. »Ich bin Nicola«, erwiderte sie. »Die Tochter, die dich sehr lieb hat, Mama.«

»Sag so was nicht. Wenn du mich liebtest, würdest du nicht ...«

»Mama, ich habe das so für mich entschieden. Mit offenen Augen und in Kenntnis aller Tatsachen. Ich habe die Entscheidung nicht getroffen, um dir weh zu tun, sondern weil ich ihn haben wollte. Und wie ich mich fühlen werde, wenn es vorbei ist – denn alles ist irgendwann mal zu Ende –, ist allein meine Sache. Wenn es weh tut, dann tut es eben weh. Wenn nicht, dann eben nicht. Es tut mir leid, dass du es mitbekommen hast, weil es dir offensichtlich sehr zu schaffen macht. Ich kann nur sagen, dass wir uns alle Mühe gegeben haben, diskret zu sein.«

Die Stimme der Vernunft, ihre schöne Tochter. Nicola war eben Nicola. Sie nannte die Dinge immer beim Namen. Und während Nan sie jetzt so lebhaft vor sich sah – eine schemenhafte Silhouette, die im Glas des Fensters, an dem ihre Mutter stand, Gestalt anzunehmen schien –, versuchte sie, nicht zu denken, geschweige denn zu glauben, dass die freimütige Ehrlichkeit ihrer Tochter ihr Tod gewesen war.

Nan hatte ihre Tochter nie verstanden, das sah sie jetzt klarer als in all den Jahren, die sie darauf gewartet hatte, dass Nicola aus der Puppe ihrer wilden, schwierigen Teenagerzeit schlüpfen würde, ein erwachsener Mensch, nach dem Bild der Eltern geformt. Bei den Gedanken an ihr Kind überkam Nan ein so niederschmetterndes Gefühl abgrundtiefen Versagens, dass sie sich fragte, wie sie überhaupt weiterleben sollte. Dass sie eine solche Tochter geboren hatte ... dass die Jahre der Selbstaufopferung zu diesem Moment geführt hatten ... dass all das Kochen und Putzen und Waschen und Bügeln und Sorgen und Planen und Geben, Geben, Geben damit geendet hatte, dass sie sich jetzt wie ein Seestern fühlte, den man aus dem Meer gezogen und auf dem Trockenen liegen lassen hatte, wo er verdorren musste und verfaulen – zu weit entfernt vom Wasser, um sich zu retten ... dass all die Hingabe, mit der sie die Pullover gestrickt, das Fieber gemessen, die aufgeschürften Knie verbunden, die kleinen Schuhe geputzt, jedes Kleidungsstück gepflegt hatte, in den Augen des einzigen Menschen, für den sie lebte und atmete, letztendlich nicht gezählt hatte ... es war einfach zu viel, um es zu ertragen.

Sie hatte alles gegeben, um eine gute Mutter zu sein, und sie hatte völlig versagt, hatte ihre Tochter nichts gelehrt, was von Substanz gewesen wäre. Nicola war Nicola.

Nan war nur froh, dass ihre eigene Mutter schon während Nicolas Kindheit gestorben war. So hatte sie nicht miterleben müssen, wie Nan gescheitert war, wo ihre Vorfahrinnen nur Erfolg gekannt hatten. Nan selbst hatte die Werte ihrer Mutter uneingeschränkt übernommen. In eine Zeit der Not und des Überlebenskampfes hineingeboren, war sie durch eine strenge Schule gegangen, in der sie Entbehrung, Leiden, Großherzigkeit und Pflichterfüllung gelernt hatte. Im Krieg dachte man nicht an sich selbst. Die eigene Person war der großen Sache untergeordnet. Das eigene Zuhause wurde zur Zufluchtsstätte für rekonvaleszente Soldaten. Essen und Kleider – und, großer Gott, sogar die Geschenke, die man zu einer achten Geburtstagsfeier bekam, obwohl den kleinen Gästen schon im Voraus gesagt worden war, dass das Geburtstagskind nichts brauchte, was die Soldaten an der Front nicht dringender brauchten – wurden einem sanft, aber unnachgiebig aus der Hand genommen und würdigeren Händen übergeben. Es waren harte Zeiten gewesen, aber aus dieser Härte hatte sie Charakterstärke gewonnen. Und die hätte sie an ihre Tochter weitergeben müssen.

Nan hatte in allem ihrer Mutter nachgeeifert, und ihre Belohnung war kühle, aber dennoch als kostbar empfundene Zustimmung gewesen, die sich stets nur in einem kurzen majestätischen Nicken geäußert hatte. Für dieses beifällige Nicken hatte sie gelebt. Es sagte: »Kinder lernen von ihren Eltern, und du, Nancy, mein Kind, hast perfekt gelernt.«

Eltern brachten Ordnung in die Welt ihrer Kinder, gaben ihr einen Sinn. Kinder lernten von ihren Eltern, wer sie waren und wie sie sein sollten. Was also hatte Nicola in ihren Eltern gesehen, dass sie so geworden war, wie sie war?

Nan wollte diese Frage nicht beantworten. Weil sie dann den Gespenstern ins Gesicht hätte sehen müssen, die sie nicht sehen wollte. Sie ist wie ihr Vater, flüsterte eine innere Stimme. Aber nein, *nein.* Sie wandte sich vom Fenster ab.

Sie stieg die Treppe hinauf zu den Privaträumen der Familie und fand ihren Mann im gemeinsamen Schlafzimmer. Dort saß er in einem Sessel in der Dunkelheit, den Kopf in die Hände gestützt.

Er sah nicht auf, als sie die Tür hinter sich schloss. Sie ging durch das Zimmer zu ihm, kniete neben dem Sessel nieder und legte ihre Hand auf sein Knie. Sie sagte nicht, was sie sagen wollte, dass Christian-Louis vor Wochen Tannenzapfen verbrannt hatte, dass sich der beißende Geruch im Erdgeschoss stundenlang gehalten hatte, und er – Andy – kein Wort darüber verloren hatte, weil er den Geruch überhaupt nicht wahrgenommen hatte. Sie sagte nichts von alledem, weil sie nicht darüber nachdenken wollte, was es bedeutete. Stattdessen sagte sie: »Andy, ich will nicht, dass wir einander auch noch verlieren.«

Da erst blickte er auf. Sie sah mit Schrecken, wie stark er in den letzten Tagen gealtert war. Von seiner natürlichen Vitalität war nichts geblieben. Sie konnte sich nicht vorstellen, dass der Mann, den sie vor sich sah, von der Padley-Schlucht nach Hathersage joggte, auf seinen Skiern den Whistler Mountain hinuntersauste, oder mit seinem Mountainbike den Bissington Trail entlangraste, ohne ins Schwitzen zu geraten. Er sah aus, als würde er es noch nicht einmal mehr allein die Treppe hinunter schaffen.

»Lass mich doch irgendwas für dich tun«, murmelte sie und hob die Hand zu seiner Schläfe, um sein Haar zurückzustreichen.

»Sag mir, was du damit gemacht hast«, versetzte er.

Ihre Hand sank herab. »Womit?«

»Das brauche ich dir nicht zu sagen. Hast du ihn heute Nachmittag mit ins Moor rausgenommen? Ja, so muss es sein. Eine andere Erklärung gibt es ja gar nicht.«

»Andy, ich weiß wirklich nicht, was du –«

»Hör auf«, unterbrach er sie. »Sag es mir, Nan. Und sag mir, warum du behauptet hast, du hättest nicht gewusst, dass sie einen hatte. Das möchte ich vor allem wissen.«

Nan spürte es eher, als dass sie es hörte – ein merkwürdiges Summen in ihrem Kopf. Es war beinahe so, als befände sich Nicolas Pager irgendwo mit ihnen im Zimmer. Unmöglich natürlich. Er lag dort, wo sie ihn gelassen hatte: in einer tiefen Spalte zwischen zwei Kalksteinbrocken im Hathersage Moor.

»Andy, Liebster«, sagte sie, »ich weiß wirklich nicht, wovon du redest. Ehrlich, ich habe keine Ahnung.«

Er sah sie prüfend an. Sie hielt seinem Blick stand. Sie wartete darauf, dass er direkter werden, ihr die Frage mit einer Deutlichkeit stellen würde, der sie nicht ausweichen konnte: Sie war nie eine gute Lügnerin gewesen; sie konnte zwar Verwirrung vortäuschen und die Ahnungslose spielen, aber mehr nicht.

Er fragte nicht. Er ließ den Kopf an die Rückenlehne des Sessels sinken und schloss die Augen. »Mein Gott«, flüsterte er. »Was hast du getan?«

Sie antwortete nicht. Er hatte Gott angerufen, nicht sie. Und Gottes Wege waren unerforschlich, selbst für den Gläubigen. Aber sein Leiden schnitt ihr so tief ins Herz, dass sie wenigstens versuchen wollte, es zu lindern. Ein verschleierter Hinweis schien ihr das Richtige zu sein. Sollte er damit anfangen, was er wollte.

»Es darf keine Komplikationen geben«, murmelte sie. »Wir müssen zusehen – soweit das in unserer Macht steht –, dass alles möglichst einfach bleibt.«

Deswegen hatte sie den Pager an sich genommen. Weil dieser Mann, der ihre Tochter Nikki nannte, der gesagt hatte, dass sie ihm fehle, dass ein Leben ohne sie unmöglich geworden sei, dass er sich nach ihr sehne und nach dem, was sie allein ihm geben könne ... weil dieser Mann eine zusätzliche Komplikation bedeutete, die sie alle in unvorstellbares Entsetzen stürzen konnte. Und da sie den Mann selbst nicht vernichten konnte, hatte sie die einzige Verbindung zu ihm vernichtet, die es gab oder je geben würde.

14

Bei ihrer letzten abendlichen Runde durch das Haus traf Samantha im Wohnzimmer auf ihren Onkel Jeremy. Sie hatte Türen und Fenster überprüft – mehr aus Gewohnheit als aus Angst vor Einbrechern, denn es gab längst nichts mehr im Haus, was einen Einbruch gelohnt hätte – und war ins Wohnzimmer gegangen, um auch dort nach dem Fenster zu sehen, bevor sie bemerkte, dass ihr Onkel da war.

Die Lichter waren aus, aber nicht, weil Jeremy geschlafen hätte. Er war dabei, sich einen alten Achtmillimeter-Film anzusehen. Der Projektor ratterte, als pfiffe er aus dem letzten Loch. Die Bilder liefen nicht über eine Leinwand, da es Jeremy zu viel Mühe war, das Ding erst aufzustellen. Sie bewegten sich zitternd über ein Regal voll modriger alter Bücher, deren gekrümmte Rücken die Gestalten verzerrten, die auf Zelluloid gebannt worden waren.

Er schwelgte in Erinnerungen an einen längst vergangenen Geburtstag. Broughton Manor erhob sich im Hintergrund – Jahre bevor der Verfall begonnen hatte –, während im Vordergrund ein Clown mit Schlapphut für eine Gruppe kleiner Kinder mit bunten Papphütchen auf den Köpfen den Rattenfänger spielte. Der Clown führte sie den Hang hinunter zur alten Brücke, die über den Wye hinweg zu einer großen Wiese führte. Auf dieser Wiese wartete ein Pony, an den Zügeln gehalten von einem Mann, dessen Ähnlichkeit mit dem erwachsenen Jeremy Samantha verriet, dass sie ihren Großvater mütterlicherseits als sehr jungen Mann vor sich hatte. Während sie zusah, rannte der kleine Junge, der ihr Onkel einmal gewesen war, über die Wiese und warf sich seinem Vater überschwänglich in die Arme. Er wurde auf das Pony gesetzt, während die anderen Kinder – unter ihnen Samanthas Mutter – Pferd und Reiter umringten und der Clown zu unhörbarer Musik ein Tänzchen aufführte.

Die Szene wechselte abrupt, führte zu einem festlich geschmückten Geburtstagstisch unter einem alten Baum. Dieselben

Kinder rutschten aufgeregt auf ihren Stühlen herum, und eine Frau trug eine Torte ins Bild, auf der fünf Kerzen brannten. Das Kind Jeremy stellte sich auf seinen Stuhl, um die Kerzen auszublasen und sich etwas zu wünschen. Der kleine Junge verlor das Gleichgewicht und wäre beinahe gestürzt, hätte seine Mutter ihn nicht aufgefangen. Lachend winkte sie in die Kamera und senkte die Arme, um ihren Sohn an sich zu drücken.

»Keine zwei Jahre später war sie tot«, murmelte Jeremy Britton, ohne sich von dem Bild abzuwenden, das auf den Bücherrücken flimmerte. Seine Worte waren nur leicht verzerrt, bei weitem nicht so unverständlich wie sonst um diese Tageszeit. »Sie stand in Longnor an der Kasse und wollte das Kleingeld aus ihrem Portemonnaie nehmen, um mir einen Beutel Chips zu kaufen – mein Gott, kannst du dir das vorstellen? –, und ist einfach tot umgefallen. War schon tot, bevor sie den Boden berührte. Und ich hab noch gesagt: ›Mama, was ist mit meinen Chips?‹ Guter Gott!« Jeremy hob sein Glas und trank. Er stellte es so sicher auf den Beistelltisch neben seinem Sessel, dass Samantha sich fragte, ob er überhaupt Alkohol trank. Er drehte den Kopf und blickte blinzelnd in ihre Richtung, als wäre das Licht, das aus dem Korridor hereinfiel, zu grell. »Aha! Du bist es, Sammy. Willst du dem schlaflosen Schlossgespenst ein wenig Gesellschaft leisten?«

»Ich wollte nach den Fenstern sehen. Ich hab nicht gewusst, dass du noch auf bist, Onkel Jeremy.«

»Ah.« Der Film lief weiter. Der kleine Jeremy und Mama waren jetzt hoch zu Ross, Jeremy auf dem Geburtstagspony und Mama auf einem nervösen Braunen. Die Pferde galoppierten der Kamera entgegen, und Jeremy klammerte sich an den Sattelknauf, als gelte es sein Leben. Wie ein Gummiball hüpfte er im Sattel auf und nieder. Seine kleinen Füße waren aus den Steigbügeln gerutscht. Die Pferde hielten an, und Mama sprang aus dem Sattel, packte ihren kleinen Sohn und schwang ihn lachend im Kreis herum.

Jeremy wandte sich von Samantha ab und richtete seine Aufmerksamkeit wieder auf den Film. »Wenn man so früh die Mutter verliert, hinterlässt das tiefe Spuren«, murmelte er und griff wieder nach seinem Glas. »Habe ich dir das mal erzählt, Sammy –«

»Ja, hast du.« Seit ihrer Ankunft in Derbyshire hatte Samantha unzählige Male die Geschichte gehört, die sie bereits kannte: Vom Tod seiner Mutter, der schnellen Wiederverheiratung seines Vaters, seiner eigenen Verbannung in ein Internat, als er gerade sieben Jahre alt gewesen war, während seine einzige Schwester zu Hause bleiben durfte. »Das hat mich zerstört«, hatte er immer wieder gesagt. »Das raubt einem Menschen die Seele, vergiss das nie.«

Samantha hielt es für das Beste, ihn seinen Grübeleien zu überlassen, und schickte sich an, aus dem Zimmer zu gehen. Doch seine nächsten Worte hielten sie auf.

»Es ist gut, dass sie aus dem Weg ist, nicht?«, fragte er laut und deutlich. »Nun ist doch alles wieder offen. So seh ich das jedenfalls, Sammy. Was meinst du dazu?«

»Was?«, sagte sie. »Ich verstehe nicht ... was?« In ihrer Überraschung täuschte sie Missverstehen vor, obwohl Missverstehen in diesem Fall praktisch ausgeschlossen war, zumal auf dem Boden neben dem Sessel ihres Onkels der *High Peak Courier* mit der fetten Schlagzeile »Tod in Nine Sisters Henge« lag. Es war albern, ihrem Onkel etwas vormachen zu wollen. »Nicola ist tot« würde von nun an das unterschwellige Begleitmotiv aller Gespräche sein, ganz gleich, mit wem; und es würde ihren Interessen sehr viel besser dienen, sich daran zu gewöhnen, dass Nicola wie eine Rebecca durch ihr Leben geistern würde, anstatt so zu tun, als hätte sie nie existiert.

Jeremy schien immer noch auf den Film konzentriert. Ein Lächeln spielte um seine Lippen, als amüsierte ihn der Anblick des fünfjährigen Jungen, der fröhlich durch einen der Gärten hüpfte und dabei einen Stock am Rand einer Blumenrabatte entlangzog. »Sammy, mein kleiner Engel«, sagte er, ohne den Kopf zu drehen, und wieder fiel ihr auf, wie klar seine Aussprache war, »es geht doch gar nicht darum, wie es passiert ist. Das Entscheidende ist, *dass* es passiert ist. Und am allerwichtigsten ist, was wir jetzt unternehmen werden, nachdem es passiert ist.«

Samantha gab keine Antwort. Sie fühlte sich wie gelähmt, gebannt und hypnotisiert von etwas, das sie vernichten konnte.

»Sie war nie die Richtige für ihn, Sammy. Das hat man doch deutlich gesehen, wenn sie zusammen waren. Sie hat die Zügel in der Hand gehabt. Und er hat sich reiten lassen. Wenn er nicht gerade sie geritten hat, natürlich.« Jeremy lachte glucksend über seinen Scherz. »Vielleicht hätte er irgendwann mal erkannt, dass er völlig auf dem Holzweg war. Aber ich glaub's nicht. Sie hatte ihn einfach zu fest eingewickelt. Darauf hat sie sich verstanden. Es gibt Frauen, die so was prima können.«

Aber du gehörst nicht dazu, sollte das heißen, doch er ließ es unausgesprochen. Er brauchte es auch gar nicht auszusprechen. Samantha wusste sehr gut, dass ihr das Talent fehlte, Männer um den Finger zu wickeln. Sie war immer überzeugt gewesen, dass sie nur offen und direkt ihre Tugenden zu zeigen brauchte, um die beständige Zuneigung eines Mannes zu gewinnen. Weibliche Tugenden waren von Dauer, erotische Strahlkraft verging. Und wenn Lust und Leidenschaft den Tod der Gewohnheit starben, brauchte man etwas Solides, um sie zu ersetzen. Das jedenfalls hatte sie sich in den Jahren einer einsamen Jugend eingeredet.

»Besser hätt's gar nicht kommen können«, sagte Jeremy. »Sammy, merk dir eins: Am Ende kommt immer alles so, wie es kommen muss.«

Sie spürte, dass ihre Handflächen feucht wurden, und rieb sie verstohlen an dem Rock, den sie zum Abendessen angelegt hatte.

»Du bist die Richtige für ihn. Die andere ... die war's nicht. Du hast so viel zu bieten. Sie konnte dir einfach nicht das Wasser reichen. Sie hätte in eine Ehe mit Julie nichts eingebracht – abgesehen von dem einzigen Paar hübscher Beine, das die Brittons seit zweihundert Jahren gesehen haben –, du dagegen verstehst unseren Traum. Du kannst daran teilhaben, Sammy. Du kannst dazu beitragen, ihn zu verwirklichen. Mit deiner Hilfe kann Julie Broughton Manor wieder lebendig machen. Mit ihr ... tja. Wie schon gesagt, es kommt immer alles so, wie es kommen muss. Und jetzt müssen wir –«

»Es tut mir leid, dass sie tot ist«, unterbrach Samantha, weil sie wusste, dass sie irgendetwas sagen musste, und eine konventionelle Erklärung des Bedauerns das Einzige war, was ihr im Moment einfiel, um ihn am Weiterreden zu hindern. »Julians wegen tut es mir leid. Er ist völlig fertig, Onkel Jeremy.«

»Richtig. Und das ist genau der Punkt, an dem wir ansetzen werden.«

»Was meinst du?«

»Mir gegenüber brauchst du nicht die Unschuld vom Land zu spielen. Und sei verdammt noch mal nicht dumm! Der Weg ist frei, jetzt muss geplant werden. Du hast dir genug Mühe gemacht, ihn für dich zu gewinnen –«

»Du täuschst dich.«

»– und hast eine gute Grundlage geschaffen. Und auf dieser Grundlage werden wir jetzt aufbauen. Natürlich dürfen wir nichts überstürzen. Du kannst ihn jetzt nicht gleich in seinem Schlafzimmer überfallen. Alles zu seiner Zeit.«

»Onkel Jeremy, ich denke nicht –«

»Gut. Denk nicht. Überlass das mir. Geh von jetzt an einfach den geraden Weg.« Er hob sein Glas an die Lippen und sah sie über den Rand hinweg scharf an. »Raffinierte Winkelzüge schaden nur. Da gehen die Pläne meistens schief. Wenn du weißt, was ich meine. Und ich denke, das weißt du.«

Samantha schluckte, wie festgenagelt durch seinen Blick. Wieso konnte ein alternder Alkoholiker – ein verdammter *Säufer,* Herrgott noch mal – sie so leicht aus der Fassung bringen? Er hatte allerdings in diesem Moment wenig mit einem Säufer gemein. Verwirrt ging sie zu den Fenstern und überprüfte, wie das ursprünglich ihre Absicht gewesen war, ob alle verschlossen waren. Hinter sich hörte sie das Ende des Filmstreifens schnalzend gegen die Spule klatschen, während der Projektor weiterlief. Jeremy schien es nicht zu bemerken.

»Du willst ihn doch haben, oder?«, fragte er sie. »Lüg mich jetzt nicht an. Wenn ich dir helfen soll, den Jungen einzufangen, muss ich die Tatsachen wissen. O nein, natürlich nicht alle, um Gottes willen. Nur die eine, die wichtig ist, ob du ihn überhaupt willst.«

»Er ist kein Junge. Er ist ein Mann, der –«

»Richtig.«

»– der weiß, was er will.«

»Quatsch! Der weiß nur, was sein Schwanz will und wo er ihn reinstecken will. Und wir müssen jetzt nur noch dafür sorgen, dass er ihn dir reinstecken will.«

»Bitte, Onkel Jeremy ...« Es war grässlich, unvorstellbar, erniedrigend, sich so etwas anhören zu müssen! Sie hatte ihr Leben immer selbst in die Hand genommen, und sich jetzt in Abhängigkeit zu begeben und einen anderen die Dinge in die Hand nehmen zu lassen war nicht nur ihrem Wesen völlig fremd, sondern war auch leichtsinnig und konnte gefährlich werden.

»Sammy, mein kleiner Engel, ich bin doch auf deiner Seite.« Jeremy redete ihr gut zu wie einem verschreckten Hündchen, das man unter dem Tisch hervorlocken will. Sie wandte sich zu ihm um. Er beobachtete sie aus schmalen Augen, das Kinn auf die gefalteten Hände gestützt wie in frommem Gebet. »Ich bin hundert Prozent auf deiner Seite. Aber du musst auf mich hören, mein Engel. Ich muss genau wissen, wo du stehst, bevor ich was für dich unternehme.«

»Bevor du etwas unternimmst?«, hörte Samantha sich sagen, obwohl sie gar nichts hatte sagen wollen. »Was willst du denn unternehmen, Onkel Jeremy?«

»Das ist im Moment unwichtig. Sag du mir nur die Wahrheit.«

Sie wollte sich von ihm abwenden, aber es gelang ihr nicht.

»Nur eine kleine Tatsache, Sammy: dass du den Jungen haben willst. Glaub mir, mehr brauchst du gar nicht zu sagen. Ich *will* gar nicht mehr wissen. Nur ob du ihn haben willst. Ende der Story.«

»Ich kann nicht.«

»Natürlich kannst du. Das ist doch kinderleicht. Vier kleine Worte. Die bringen dich nicht um. Worte töten nicht. Aber ich vermute, das weißt du bereits.«

Sie konnte nicht wegsehen. Sie wollte es, bemühte sich verzweifelt und konnte es doch nicht.

»Ich wünsche mir doch genauso sehr wie du, dass du ihn kriegst«, sagte Jeremy. »Du brauchst es nur auszusprechen. Vier kleine Worte.«

Sie kamen ihr schließlich gegen ihren Willen über die Lippen, als zöge er sie aus ihr heraus, und sie konnte es nicht verhindern. »Also gut, ja. Ich will ihn haben.«

Jeremy lächelte. »Mehr brauchst du mir nicht zu sagen.«

Barbara Havers war zumute, als säßen unzählige winzige Dornen unter ihren Augenlidern. Seit nunmehr vier Stunden befand sie sich auf ihrer Computerreise durch die SO10-Archive, und sie bereute es inzwischen aus tiefstem Herzen, dass sie Nkata versprochen hatte, die Abend- und Morgenstunden zu nutzen, um ihre Verpflichtung gegenüber Inspector Lynley zu erfüllen. Dieser ganze Quatsch führte doch zu nichts weiter als zu der unerfreulichen Erkenntnis, dass sie sich hier langsam die Augen ruinierte.

Nach der Durchsuchung von Terry Coles Wohnung waren Nkata und Barbara ins Yard gefahren und hatten sich dort getrennt, nachdem sie das Cannabis und den Karton mit den Postkarten bis auf weiteres auf dem Vordersitz von Barbaras Mini deponiert hatten. Nkata war gleich wieder losgefahren, um den Bentley zu Lynleys Wohnung in Belgravia zu bringen, und Barbara hatte sich widerwillig an den Computer geschleppt, um ihre Pflicht zu tun.

Gebracht hatte das bis jetzt gar nichts, was sie jedoch nicht sonderlich wunderte. Die Postkarten, die sie in der Wohnung in Battersea gefunden hatten, waren für sie ein erster deutlicher Hinweis darauf, dass der Killer, den sie suchten, Terry Cole gemeint hatte und nicht Nicola Maiden; und wenn sich nicht irgendwie ein Zusammenhang zwischen Terry Cole und Andy Maidens Tätigkeit bei der SO10 herstellen ließ, war dieses ganze Herumschnüffeln in alten Akten nichts weiter als Zeitverschwendung. Höchstens ein Name, der ihr bluttriefend aus dem Bildschirm entgegengesprungen wäre und lauthals geschrien hätte: *Ich bin's, Baby!*, hätte sie noch vom Gegenteil überzeugen können.

Aber sie wusste natürlich, dass es in ihrem eigenen Interesse war, sich an Lynleys Anordnungen zu halten. Sie hatte also pflichtschuldig die Akten gelesen, die sich auf die fünfzehn Namen auf Lynleys Liste bezogen, und hatte sie nach eigenem Gutdünken in verschiedene, wenn auch nutzlose Kategorien eingeteilt – Drogen, mögliche Erpressung, Prostitution, organisiertes Verbrechen und Auftragsmord. Sie hatte die Namen von Lynleys Liste den einzelnen Gebieten zugeordnet und dazu vermerkt, in welchem Gefängnis der jeweilige Übeltäter gelandet war. Sie hatte ermittelt, wie lange er sitzen musste, und damit begonnen herauszufinden, welche der Straftäter inzwischen auf Bewährung frei waren. Die derzeitigen Aufenthaltsorte der ehemaligen Knastbrüder ausfindig zu machen würde jedoch zu dieser späten Stunde unmöglich sein, das wusste sie. In dem Gefühl, gehorsam ihre

Pflicht getan zu haben, beschloss sie deshalb um halb eins, für diese Nacht Feierabend zu machen.

Es war kaum Verkehr, so dass sie schon um eins zu Hause war. Beschäftigt mit Gedanken an Terry Cole und an ein mögliches Motiv für seine Ermordung, das sich vielleicht aus dem sichergestellten Material ergeben würde, nahm sie den Karton mit den Postkarten und trug ihn durch den dunklen Garten zu ihrem Häuschen.

Der Anrufbeantworter blinkte hektisch, als sie mit der Schulter die Tür aufdrückte und den Karton auf den Tisch hievte. Sie machte Licht, packte einen Stoß Postkarten – sie waren mit Gummibändern gebündelt – und ging durch das Zimmer, um zu hören, wer angerufen hatte.

Die erste Nachricht war von Mrs. Flo, die ihr erzählte: »Ihre Mutter hat sich heute Morgen Ihr Foto angesehen, Barby, und Ihren Namen gesagt. Hellwach und klar. Sie sagte: ›Das ist meine Barby.‹ Was sagen Sie dazu? Ich wollte Ihnen das nur erzählen, weil … nun ja, es bekümmert einen schon, nicht wahr, wenn sie gar so verwirrt ist. Und diese dumme Geschichte mit – wie hieß sie gleich – Lilly O'Ryan? Ach, spielt ja keine Rolle. Heute war sie jedenfalls den ganzen Tag in bester Verfassung. Machen Sie sich also keine Sorgen, dass sie Sie vergessen haben könnte. Das hat sie nicht. Also, Kind, ich hoffe, es geht Ihnen gut. Bis bald. Bye, Baby. Bye, bye.«

Man muss für alles dankbar sein, dachte Barbara. Ein Tag Klarheit im Vergleich zu Wochen und Monaten der Verwirrung war zwar kaum ein Anlass zum Feiern, aber sie hatte gelernt, bescheiden zu sein, wenn es um das Befinden ihrer Mutter ging.

Die zweite Nachricht begann mit einem fröhlichen: »Hallo! Hallo!«, dem drei ziemlich schrille Pfeiftöne folgten. »Hast du das gehört? Ich lerne jetzt Flöte. Ich hab sie erst heut nach der Schule bekommen, und ich soll im Orchester mitspielen. Sie haben mich extra gefragt, und da hab ich Dad gefragt, ob das okay ist, und er hat ja gesagt, und darum spiel ich jetzt Flöte. Ich kann's bloß noch nicht so gut. Aber ich übe. Ich kann schon die Tonleiter. Hör mal.« Es krachte und polterte, als der Hörer schwungvoll auf irgendeiner harten Oberfläche abgelegt wurde. Dann folgten acht sehr zögerliche Töne, so schrill wie die ersten drei. Danach:

»Hast du's gehört? Die Lehrerin hat gesagt, ich wär ein Naturtalent, Barbara. Glaubst du das auch?« Die Stimme wurde von einer anderen unterbrochen, der eines Mannes, der leise im Hintergrund sprach. Dann: »Ach so. Hier spricht Khalidah Hadiyyah aus dem Vorderhaus. Dad hat gesagt, dass ich vergessen habe, dir das zu sagen. Aber du hast wahrscheinlich schon gemerkt, dass ich's bin, nicht? Ich wollte dich noch an meine Nähstunde erinnern. Die ist morgen, und du hast gesagt, dass du sehen willst, was ich mache. Hast du immer noch Lust mitzukommen? Hinterher können wir ja zum Abendbrot den Rest von dem glasierten Apfel essen. Ruf mich zurück, okay?« Dann wurde der Telefonhörer am anderen Ende der Leitung abrupt aufgelegt.

Danach hörte Barbara die ruhige, kultivierte Stimme von Inspector Lynleys Frau. Helen sagte: »Barbara, Winston hat eben den Bentley zurückgebracht. Er hat mir erzählt, dass Sie hier in London an dem Fall mitarbeiten. Das freut mich wirklich, und das wollte ich Ihnen sagen. Ich weiß, dass Ihre Arbeit Sie bei allen im Yard rehabilitieren wird. Barbara, haben Sie ein bisschen Geduld mit Tommy. Er hält ungeheuer viel von Ihnen, und ... ach was, ich hoffe, das wissen Sie. Aber diese ganze Geschichte ... das, was im Sommer passiert ist ... das hat ihn wie ein Blitz aus heiterem Himmel getroffen. Darum ... ach, verflixt. Ich wollte Ihnen nur für die Arbeit alles Gute wünschen. Sie haben immer so gut mit Tommy zusammengearbeitet, und ich weiß, es wird diesmal nicht anders sein.«

Barbara hatte sofort ein schlechtes Gewissen. Aber sie erstickte die innere Stimme, die ihr sagte, dass sie den größten Teil des Tages gegen Lynleys Anordnungen gehandelt hatte, und hielt dagegen, sie habe nichts dergleichen getan. Sie zeige lediglich Initiative, indem sie zusätzlich zu ihrem Auftrag Aktivitäten auf sich nehme, die sich zwangsläufig aus dem Verlauf der Untersuchungen ergäben.

Sie kickte ihre Schuhe von den Füßen und ließ sich samt dem Stapel Postkarten auf die Bettcouch fallen. Nachdem sie das Gummiband abgestreift hatte, begann sie die Karten durchzusehen und dachte dabei, wie viele Facetten in Terrys Leben es gab – wie es sich jetzt im Licht der Ermittlungen zeigte –, die ihm das tödliche Interesse eines Killers eingebracht haben konnten, während das Leben Nicola Maidens – ganz gleich, von welchem Blickwinkel aus betrachtet – diese als nichts anderes auswies als eine lebenslustige junge Frau, die sozusagen in jedem Hafen einen oder zwei Männer gehabt hatte und einen betuchten Liebhaber am Bändel. Natürlich konnte Eifersucht einen dieser Männer dazu getrieben haben, die junge Frau zu töten, aber er hätte es ganz sicher nicht nötig gehabt, sie draußen im Moor zu erledigen, schon gar nicht, als er gesehen hatte, dass sie in Gesellschaft war. Es wäre weitaus logischer für ihn gewesen zu warten, bis er sie allein erwischte. Es sei denn natürlich, sie und Terry hatten gerade in dem Moment etwas getan, was er als Beweis dafür ausgelegt hätte, dass die beiden etwas miteinander hatten. In dem Fall war es möglich, dass er blind vor Wut und Eifersucht in den Steinkreis hineingestürzt war, seinen Rivalen angegriffen hatte und, nachdem er diesen aktionsunfähig gemacht hatte, die treulose Geliebte getötet hatte. Aber das war schon ziemlich unwahrscheinlich. Nichts, was Barbara bisher über Nicola Maiden erfahren hatte, deutete auch nur an, dass sie sich für arbeitslose Halbwüchsige interessiert hatte.

In Terry Coles Leben hingegen hatte es, wie sich allmählich herausstellte, vielerlei Umstände gegeben, die schließlich zu seiner Ermordung geführt haben könnten. Cilla zufolge hatte er die Taschen immer voller Geld gehabt, und die Postkarten, die Barbara jetzt auf ihrer Bettcouch ausbreitete, legten die Vermutung nahe, dass er in einem Bereich der Unterwelt tätig gewesen war, in dem Gewalt an der Tagesordnung war. Trotz allem, was Sally Cole über den Riesenauftrag ihres Sohnes erzählt hatte, trotz allem, was Mrs. Baden über die Gutmütigkeit und Großzügigkeit des Jungen gesagt hatte, wurde zunehmend wahrscheinlicher, dass der wahre Terry Cole sich zumindest am Rande einer Welt bewegt hatte, zu der Drogen, harte Pornographie, Pädophilie und Menschenhandel gehörten. Ganz zu schweigen von hundert pikanten Perversionen. Wie leicht konnte man da jemandem in die Quere kommen, der Mord für die beste Lösung hielt.

Was aber hatten sie bisher über Nicola Maiden erfahren? Sie hatte ihr Jurastudium an den Nagel gehängt, um eine Stellung anzunehmen, in der sie – wenn die gut ausgestatteten Büros und der Wagenpark, die zu MKR gehörten, ein Indikator waren – weitaus mehr verdienen konnte. Sie hatte irgendwo einen reichen Liebhaber sitzen gehabt, der sie ausgehalten hatte. Und sie schien nicht daran geglaubt zu haben, dass ihr persönliches Glück von irgendeinem Mann abhing. Gewiss, Martin Reeve hatte sie als nicht unbedingt ehrlich beschrieben, aber vielleicht stellte sich ja noch heraus, dass er der reiche Liebhaber war, den sie suchten. In diesem Fall hatte er sich vor der Polizei natürlich eher abfällig über Nicola äußern müssen, um ja keinen Verdacht aufkommen zu lassen.

Was Nicola betraf, so waren sie inzwischen über fast alles im Bilde: von ihrem Lebensstil in London bis zu ihrer Einkommensquelle. Sie wussten zwar noch nicht, warum sie den Sommer über nach Derbyshire gegangen war, um dort in Upmans Kanzlei zu arbeiten, aber was konnte das schon mit ihrer Ermordung zu tun haben?

In Terry Coles Leben dagegen hatten sie bisher buchstäblich nichts gefunden, was einen Sinn ergab. Bis Barbara die Postkarten entdeckt hatte.

Ordentlich aufgereiht lagen sie auf ihrer Bettcouch, und sie musterte sie aufmerksam mit gespitzten Lippen. Na los, nun macht endlich!, rief sie ihnen zu. Raus damit. Gebt mir was in die Hand. Ich weiß, dass es da ist, ich weiß, eine von euch kann's mir verraten. Ich weiß es ganz einfach!

In Gedanken hörte sie noch immer Cilla Thompsons erregten Ausbruch beim Anblick der Karten. »Nie im Leben hätte er mir davon erzählt. Da hätte er sich eher die Zunge abgebissen. Er hat sich als Künstler ausgegeben, Herrgott noch mal! Und Künstler verwenden alle ihre Zeit auf ihre Kunst. Wenn sie nicht arbeiten, denken sie über ihre Arbeit nach. Sie gondeln nicht in London rum und sammeln diese Dinger. Kunst bringt Kunst hervor, also setzt man sich der Kunst aus. Das hier –« Mit einer verächtlichen Geste in Richtung der Karten – »ist nichts als Dreck.«

Aber Terry hatte sich vermutlich nie wirklich für Kunst interessiert. Er hatte an ganz anderen Dingen Interesse gehabt.

Der erste Stapel Postkarten umfasste insgesamt fünfundvierzig Exemplare. Jede war anders. Ganz gleich, wie gründlich Barbara sie inspizierte, wie sie sie sortierte und aufteilte, sie musste am Ende einsehen, dass nur das Telefon – selbst zu dieser nachtschlafenen Zeit – ihr helfen konnte, ihren nächsten Schritt bei den Ermittlungen zu bestimmen.

Sie verwarf jeden Gedanken daran, dass zwischen Andy Maidens Vergangenheit bei der SO10 und Terry Cole eine Verbindung bestehen könnte. Sie verwarf jeden Gedanken daran, dass die SO10 überhaupt mit dem Fall zu tun hatte.

Kurz entschlossen griff sie zum Telefon. Sie wusste, dass am anderen Ende der Leitung – trotz der späten Stunde – fünfundvierzig Verdächtige nur darauf warteten, dass jemand sie anrief und ein paar Fragen stellte.

Am nächsten Morgen stand Lynley mit den Hühnern auf, fuhr mit dem Wagen zum Flughafen von Manchester und schaffte es, die erste Maschine nach London zu erreichen. Um Viertel vor zehn setzte ein Taxi ihn vor seiner Haustür in Eaton Terrace ab.

Er ging nicht gleich ins Haus. Trotz des strahlenden Morgens – funkelndes Sonnenlicht in den Fenstern der Häuser, die die stille Straße säumten – hatte er das Gefühl, unter einer dunklen Wolke zu gehen. Er betrachtete die eleganten weißen Häuser, die schmiedeeisernen Zäune davor, deren mitternachtsblauer Anstrich kein Fleckchen Rost zeigte, und musste plötzlich und unerklärlicherweise an Krieg denken, obwohl er selbst in der längsten Friedensperiode geboren war, die dieses Land je erlebt hatte.

London war damals verwüstet worden. Nacht für Nacht fielen die Bomben und legten große Gebiete der Metropole in Trümmer. Die City, das Hafenviertel und die Vorstädte – sowohl nördlich als auch südlich der Themse – hatten die schwersten Schäden davongetragen, aber niemand in der Hauptstadt war von Angst verschont geblieben. Sie wurde in der Nacht ausgelöst, wenn die Sirenen heulten und die Bomben explodierten. Sie gewann Gestalt in Explosionen, Bränden, Panik, Verwirrung, Ungewissheit und den Nachwirkungen der Angriffe.

Und dennoch hatte London standgehalten, hatte sich selbst erneuert, wie es das bereits seit zweitausend Jahren immer wieder getan hatte. Boadiceas Stammeskrieger hatten es nicht bezwungen, weder die Pest noch der große Brand von 1666 hatten es in die Knie gezwungen, und so hatte auch der Feuersturm der unablässigen Luftangriffe es nicht zu besiegen vermocht. Denn die

Stadt schaffte es immer wieder, aus Schmerz, Zerstörung und Verlust von Neuem aufzuerstehen. Indem sie sich immer wieder neu definierte, folgte sie dem Wandel der Zeiten. Von der Herrschaft der Römer bis zu den blutigen Konflikten des Mittelalters, vom Bürgerkrieg bis zur industriellen Revolution, vom Niedergang des Empire bis zum Aufstieg des Sozialismus, gefolgt vom Thatcherismus und der Machtbesessenheit internationaler Großkonzere, blieb der Ort selbst bestehen. Das Gesicht Londons wandelte sich zwar von Zeit zu Zeit, aber im Herzen blieb es stets unverändert.

Man kann also vielleicht behaupten, dachte Lynley, dass Kampf und Mühe zu Größe führen können, dass Zielbewusstsein eines Menschen, einmal in Not und Elend geprüft, zuverlässig gefestigt und sein Weltverständnis, einmal in Schmerz und Verblendung in Frage gestellt, für immer bereichert werden. Doch der Gedanke, dass Bomben letztendlich zu Frieden führten so wie die Wehen einer Frau zur Geburt eines Kindes, reichte nicht aus, um die gedrückte Stimmung, die Furcht und das Grauen, das er fühlte, zu vertreiben. Aus Schlechtem konnte Gutes entstehen, das war wahr. Es war die Hölle dazwischen, an die er nicht denken wollte.

Früh um sechs hatte er Hanken angerufen und ihm erklärt, »äußerst wichtige neue Erkenntnisse« seiner Londoner Mitarbeiter in Zusammenhang mit dem vorliegenden Fall verlangten eine vorübergehende Rückkehr nach London. Er werde sich in Derbyshire melden, sobald er die Informationen geprüft und festgestellt habe, wie sie ins Bild passten. Auf Hankens logische Frage, ob die Reise nach London denn notwendig sei, wo er dort doch bereits zwei Leute auf den Fall angesetzt hatte und per Telefon jederzeit Verstärkung anfordern könnte, antwortete Lynley, sein Team habe gewisse Hinweise entdeckt, die den Eindruck erweckten, als führten die Spuren in diesem Fall nach London. Er halte es für angebracht, meinte er, wenn einer der beiden leitenden Beamten persönlich diese neuen Fakten auswerte. Ob Hanken ihm eine Kopie des Autopsieberichts zur Verfügung stellen würde, fragte er. Er wolle ihn einem Experten zeigen, um festzustellen, ob Dr. Myles' Schlussfolgerungen über die Mordwaffe zuträfen.

»Wenn sie sich in Bezug auf das Messer geirrt hat – zum Beispiel hinsichtlich der Klingenlänge –, möchte ich das sofort wissen«, sagte er.

Wie denn sein Spezialist so einen Irrtum erkennen könne, ohne die Leiche, die Röntgenbilder, die Fotos und die Verletzungen selbst in Augenschein zu nehmen, erkundigte sich Hanken.

Es handle sich, erklärte Lynley, um einen hervorragenden Mann.

Doch er hatte sicherheitshalber auch Kopien der Röntgenbilder und der Fotografien verlangt, war auf dem Weg zum Flughafen bei der Dienststelle in Buxton vorbeigefahren und hatte alle angeforderten Unterlagen bekommen.

Hanken wollte inzwischen die Suche nach dem Schweizer Armeemesser und dem fehlenden Regencape Nicola Maidens in die Wege leiten. Er wollte sich außerdem persönlich mit der Masseurin unterhalten, die am Dienstagabend angeblich für Will Upmans Entspannung gesorgt hatte. Und wenn die Zeit es erlaubte, würde er einen Abstecher nach Broughton Manor machen, um festzustellen, ob Julian Brittons Vater das Alibi seines Sohnes und seiner Nichte bestätigen könne.

»Nehmen Sie Julian genau unter die Lupe«, riet Lynley ihm. »Ich habe inzwischen noch einen Liebhaber von Nicola gefunden.« In aller Kürze berichtete er von seinem Gespräch mit Christian-Louis Ferrer am vergangenen Abend.

Hanken pfiff leise. »Ich frag mich allmählich, ob's hier in der Gegend überhaupt einen Mann gibt, der *nicht* mit dieser Frau im Bett war, Thomas.«

»Wir müssen wahrscheinlich nach dem suchen, der geglaubt hat, er wäre der Einzige.«

»Britton.«

»Er hat uns erzählt, er habe ihr einen Heiratsantrag gemacht, und sie habe ihm einen Korb gegeben. Aber niemand kann das bestätigen. Es wäre doch ein gutes Mittel, um von sich abzulenken. Er sagt, er habe sie heiraten wollen, aber es kann sein, dass er in Wirklichkeit etwas ganz anderes wollte – und tat.«

Jetzt wieder in London eingetroffen, schloss Lynley die Haustür auf und drückte sie leise hinter sich zu. Er rief den Namen seiner Frau. Halb erwartete er, dass Helen bereits weg sein würde – dass sie seine Absicht, nach Hause zu kommen, irgendwie geahnt hatte und nun unter dem Eindruck ihrer letzten Auseinandersetzung versuchen würde, ihm aus dem Weg zu gehen. Aber als er durchs Vestibül zur Treppe ging, hörte er irgendwo im Haus krachend eine Tür zufallen und gleich darauf die Stimme eines Mannes, der sagte: »Hoppla! Tut mir leid. Ich bin manchmal ein bisschen stürmisch, wie?« Einen Augenblick später kamen ihm Denton und Helen entgegen, Denton mit einem Stapel riesiger Mustermappen in den Armen, Helen mit einer Liste in der Hand. Sie sagte gerade: »Ich habe die Wahl schon ein wenig eingeschränkt, Charlie. Und sie waren bereit, mir die Musterbücher bis drei Uhr auszuleihen. Sie müssen mich beraten.«

»Ich hasse Blumen und Schleifchen und dergleichen«, erwiderte Denton. »So was brauchen Sie mir also gar nicht erst zu zeigen, das finde ich alles kitschig. Erinnert mich an meine Großmutter.«

»Schon vermerkt«, antwortete Helen.

»Gut.« Dann sah Denton Lynley. »Sehen Sie nur, wer uns da hereingeschneit ist, Lady Helen! Bestens. Dann werden Sie mich ja nicht mehr brauchen, nicht wahr?«

»Wofür?«, fragte Lynley.

»Tommy!«, rief Helen, als sie seine Stimme hörte. »Du bist wieder da? Das ist ja schnell gegangen.«

»Um die Tapeten auszusuchen«, bemerkte Denton in Antwort auf Lynleys Frage. Er hob die Musterbücher, die er auf den Armen trug. »Muster.«

»Für die Gästezimmer«, erläuterte Helen. »Hast du dir die in letzter Zeit mal angesehen, Tommy? Die Tapeten sehen aus, als wären sie seit der Jahrhundertwende nicht mehr gewechselt worden.«

»Sind sie auch nicht«, erwiderte Lynley.

»Na bitte, das hab ich mir doch gleich gedacht. Aber wenn ich die Zimmer nicht renovieren lasse, bevor deine Tante Augusta kommt, wird bestimmt sie das in die Hand nehmen. Dem wollte ich lieber zuvorkommen. Ich habe gestern bei Harrods schon in den Büchern geblättert, der Verkäufer war so nett, mir ein paar auszuleihen. Aber nur für heute.« Sie machte sich auf den Weg die Treppe hinauf und rief über ihre Schulter zurück: »Wieso bist du so bald wieder da? Habt ihr bereits alles geklärt?«

Denton folgte ihr. Lynley beschloss den Zug. Er habe in London einiges zu erledigen, erklärte er Helen. Und er wolle St. James verschiedene Unterlagen zeigen. »Den Autopsiebefund. Fotos und Röntgenbilder«, fügte er hinzu.

»Meinungsverschiedenheiten zwischen den Experten?«, fragte sie, eine durchaus naheliegende Vermutung. Es wäre nicht das erste Mal gewesen, dass man St. James als Mittler bei einem Streit zwischen Wissenschaftlern hinzugezogen hätte.

»Nein, nur ein paar Fragen, die mich persönlich beschäftigen«, antwortete Lynley, »und Informationen, die ich überprüfen möchte.«

»Ach so.« Sie drehte sich nach ihm um und lächelte flüchtig. »Schön, dass du da bist.«

Die Gästezimmer, die so dringend der Renovierung bedurften, waren in der zweiten Etage des Hauses. Lynley stellte seinen Koffer ins gemeinsame Schlafzimmer und ging dann weiter nach oben, wo Helen im ersten der Zimmer schon dabei war, Tapetenmuster auf dem Bett auszulegen. Eines nach dem anderen nahm sie die Musterbücher von Dentons ausgestreckten Armen und wählte mit großer Sorgfalt aus, was in Frage kam. Der junge Mann ließ die Prozedur mit Leidensmiene über sich ergehen. Lynleys Erscheinen munterte ihn sichtlich auf.

»Na bitte, da ist er schon«, sagte er hoffnungsvoll. »Wenn Sie mich also jetzt nicht mehr brauchen ...?«

»Ich kann nicht bleiben, Denton«, klärte Lynley ihn auf.

Denton ließ den Kopf hängen.

»Ist das ein Problem?«, fragte Lynley. »Wartet vielleicht irgendwo ein hübsches Mädchen auf Sie?« Ungewöhnlich wäre das nicht gewesen. Dentons Empfänglichkeit für weibliche Reize war ein offenes Geheimnis.

»Nein, heute wartet der Schalter mit den verbilligten Karten auf mich«, antwortete Denton. »Ich wollte eigentlich dort sein, bevor der Ansturm losgeht.«

»Ach so, natürlich, das Theater. Doch hoffentlich nicht schon wieder ein Musical?«

»Na ja ...« Denton sah verlegen aus. Seine Leidenschaft für die Ausstattungsstücke in den Theatern des West End verschlang jeden Monat einen nicht unbeträchtlichen Teil seines Lohns. Er war nach dem Fluidum von Schminke und Rampenlicht beinahe so süchtig wie ein Kokser nach seinem Stoff.

Lynley nahm Denton die Musterbücher ab. »Gehen Sie«, sagte er. »Wir wollen Sie um Gottes willen nicht daran hindern, in den Genuss des neuesten Hits der Musicalbühne zu kommen.«

»Das ist auch Kunst«, protestierte Denton.

»Ja, das sagen Sie mir immer wieder. Na los, gehen Sie. Und wenn Sie wie immer die dazugehörige CD kaufen, möchte ich Sie bitten, sie nicht abzuspielen, wenn ich zu Hause bin.«

»Er ist ein echter Kultursnob, stimmt's?«, wandte sich Denton in vertraulichem Ton an Helen.

»Schlimmer geht's nicht.«

Nachdem Denton gegangen war, widmete sie sich wieder den Tapetenmustern. Drei verwarf sie, ersetzte sie durch drei andere und nahm ein weiteres Buch von den Armen ihres Mannes. »Du brauchst da nicht rumzustehen und zu halten, Tommy«, sagte sie. »Du musst doch arbeiten, oder nicht?«

»Ein paar Minuten hab ich schon Zeit.«

»Ich fürchte, das hier wird länger dauern als ein paar Minuten. Du weißt doch, was ich für Schwierigkeiten habe, wenn es darum geht, mich für etwas zu entscheiden. Ich hatte tatsächlich an etwas Hübsches mit Blumenmuster gedacht. Gedämpft und beruhigend. Du weißt, was ich meine. Aber das hat Charlie mir nun verdorben. Stell dir nur vor, wir bitten ihn, Tante Augusta in ein Zimmer zu begleiten, das er kitschig findet. Wie wär's mit dem hier, Einhörner und Leoparden? Ist das nicht grauenvoll?«

»Aber genau das Richtige für Gäste, die man nicht zu lange im Hause haben möchte«, meinte Lynley.

Helen lachte. »Das stimmt natürlich.«

Lynley wartete, bis sie aus allen Büchern, die er hielt, die Muster herausgesucht hatte, die in die engere Wahl kamen. Sie bedeckte das ganze Bett damit und den größten Teil des Bodens. Die ganze Zeit dachte er, wie seltsam es war, dass sie noch vor zwei Tagen uneins miteinander gewesen waren. Er empfand jetzt weder Verärgerung noch Feindseligkeit. Und auch das Gefühl verraten worden zu sein, das bei ihm solch selbstgerechte Entrüstung ausgelöst hatte, war gänzlich verschwunden. Er spürte nur, wie sein Herz sich ihr öffnete, und wenn mancher Mann das vielleicht als Begierde verstanden und entsprechend gehandelt hätte, so wusste er, dass es absolut nichts mit Sex und alles mit Liebe zu tun hatte.

Er sagte: »Du hast doch meine Nummer in Derbyshire. Ich habe sie Denton gegeben. Und Simon auch.«

Sie sah auf. Eine lockige Strähne kastanienbraunen Haars verfing sich an ihrem Mundwinkel, und sie wischte sie weg.

»Du hast nicht angerufen«, fuhr er fort.

»Sollte ich dich anrufen?« Die Frage hatte nichts Kokettes. »Charlie hat mir die Nummer gegeben, ja, aber er hat nichts davon gesagt –«

»Nein, nein, du solltest nicht anrufen. Ich hatte nur gehofft, du würdest es tun. Ich wollte mit dir sprechen. Du bist neulich morgens mitten in unserem Gespräch gegangen, und das hat mich bedrückt. Ich wollte das klären.«

»Oh.« Mehr sagte sie nicht. Sie ging zu dem antiken kleinen Toilettentisch, der im Zimmer stand, und setzte sich auf die Kante des gepolsterten Hockers davor. Sie sah mit ernstem Blick zu ihm auf. Ein Schatten fiel über ihre Wange, dort wo ihr Haar das durch das Fenster hereinströmende Sonnenlicht abhielt. Sie sah so sehr wie ein Schulmädchen aus, das auf seine Bestrafung wartete, dass Lynley gar nicht anders konnte, als seinen berechtigt geglaubten Groll gegen sie noch einmal zu überdenken.

Er sagte: »Es tut mir leid, dass es zu diesem Streit kommen musste, Helen. Du hast mir gesagt, was du denkst. Das ist dein gutes Recht. Ich bin auf dich losgegangen, weil ich dich auf meiner Seite haben wollte. Sie ist meine Frau, dachte ich, und dies ist meine Arbeit, und dies sind die Entscheidungen, die ich im Rahmen meiner Arbeit treffen muss. Ich möchte, dass meine Frau mich unterstützt und nicht, dass sie sich gegen mich wendet. Ich habe dich in dem Moment nicht als eine eigene Persönlichkeit gesehen, sondern als einen Teil von mir. Und als du meine Entscheidung in Bezug auf Barbara in Frage gestellt hast, habe ich Rot gesehen. Und das tut mir leid.«

Sie senkte den Blick. Sie fuhr mit den Fingern an der Kante des Hockers entlang und verfolgte ihren Weg. »Ich bin nicht gegangen, weil du die Beherrschung verloren hast. Das habe ich weiß Gott schon früher erlebt.«

»Ich weiß, warum du gegangen bist. Und ich hätte es nicht sagen sollen.«

»Sagen – was denn?«

»Ich hätte diese Bemerkung nicht machen sollen. Das mit dem Pleonasmus. Das war gedankenlos und grausam. Ich möchte dich dafür um Verzeihung bitten.«

Sie hob den Kopf und sah ihn an. »Das waren doch nur Worte, Tommy. Wegen deiner Worte brauchst du mich nicht um Verzeihung zu bitten.«

»Ich bitte dich trotzdem darum.«

»Nein. Ich meine, ich habe dir schon verziehen. Genau genommen habe ich dir sofort verziehen. Worte sind nicht die Realität. Sie sind nur ein Ausdruck dessen, was Menschen sehen.« Sie bückte sich, hob eines der Tapetenmuster auf und hielt es auf Armeslänge von sich ab, um es zu prüfen. Seine Entschuldigung, so schien es, war akzeptiert worden. Aber er hatte das deutliche Gefühl, dass das Thema selbst zwischen ihnen noch lange nicht erledigt war.

Ihrem Beispiel folgend, ließ er es dennoch dabei bewenden und sagte mit einem Blick auf die Tapete ermutigend: »Das sieht doch gut aus.«

»Findest du?« Helen ließ das Muster zu Boden fallen. »Für mich ist wirklich jede Wahl eine Qual. Zuerst die Entscheidung. Und dann mit ihr leben zu müssen.«

In Lynleys Bewusstsein blinkten Warnlampen auf. Helen hatte sich nicht gerade mit heller Begeisterung in die Ehe gestürzt. Im Gegenteil, es hatte einige Zeit gebraucht, sie davon zu überzeugen, dass eine Ehe überhaupt etwas Gutes für sie haben könnte. Sie hatte bei ihren vier älteren Schwestern, die Männer höchst unterschiedlichen Standes geheiratet hatten – vom italienischen Adligen bis zum Rancher in Montana –, die Höhen und Tiefen erlebt, die mit jeder festen Bindung einhergingen. Und sie hatte nie ein Hehl aus ihrem Widerstreben gemacht, sich auf etwas einzulassen, was ihr vielleicht mehr abverlangen würde, als sie je geben konnte. Sie war aber auch nie der Typ gewesen, der über einer momentanen Verstimmung seinen gesunden Menschenverstand vergaß. Sie hatten ein paar heftige Worte gewechselt, das war alles. Das musste nicht gleich das Schlimmste bedeuten.

Dennoch sagte er, um der Andeutung zu begegnen, die er aus ihrer Bemerkung heraushörte: »Als mir zum ersten Mal bewusst wurde, dass ich dich liebe – hab ich dir das eigentlich schon mal erzählt? –, war mir unbegreiflich, wie ich so lange hatte blind sein können. Jahrelang hattest du einen festen Platz in meinem Leben, aber eben immer nur als gute Freundin und in sicherer Entfernung. Und als ich mir dann ganz sicher war, dass ich dich liebte, da schien mir, mehr zu wollen als deine Freundschaft, hieße alles riskieren.«

»Es *hieße* ja auch alles riskieren«, sagte sie. »Wenn man in der Beziehung zu einem anderen Menschen einen gewissen Punkt erreicht hat, gibt es kein Zurück mehr. Aber ich bereue nicht einen Moment, es riskiert zu haben. Du etwa, Tommy?«

Er war tief erleichtert. »Dann sind wir wieder miteinander im Reinen.«

»Waren wir das denn vorher nicht?«

»Ich hatte den Eindruck ...« Er zögerte, unsicher, wie er die Veränderung, die er zwischen ihnen wahrnahm, beschreiben sollte. »Wir müssen mit einer gewissen Anpassungszeit rechnen, nicht? Wir sind keine Kinder mehr. Jeder von uns hatte sein eigenes Leben, bevor wir geheiratet haben, da braucht es natürlich eine Weile, sich einander anzupassen und auf ein gemeinsames Leben einzustellen.«

»Hatten wir.« Sie sagte es im Ton einer Feststellung, sinnend, und blickte von den Tapetenmustern zu ihm auf.

»Was hatten wir?«

»Jeder sein eigenes Leben. Oh, du ganz sicher, das sehe ich. Wer könnte das jemals bestreiten? Aber was mich angeht ...« Sie machte eine ziellose Geste zu den Mustern hin. »Ich hätte ohne Zögern Blumen gewählt. Aber Blumen sind kitschig, wie ich jetzt von Charlie erfahren habe. Und dabei habe ich mich doch auf dem Gebiet der Innenausstattung immer für kompetent gehalten. Vielleicht habe ich mir da nur etwas vorgemacht.«

Lynley kannte sie seit mehr als fünfzehn Jahren, daher verstand er genau, was sie sagen wollte. »Helen, ich war wütend, und wenn ich wütend bin, schwinge ich mich immer gleich auf das nächstbeste hohe Ross. Aber es waren nur Worte, wie du selber gesagt hast. Es steckt genauso viel Wahrheit in ihnen wie in der Behauptung, ich sei ein Ausbund an Sensibilität. Was ich, wie du weißt, nicht bin. Punktum.«

Während er sprach, hatte sie begonnen, die mit Blumen bedruckten Muster auszusortieren. Als er jetzt schwieg, hielt sie inne. Sie sah ihn an, den Kopf leicht zur Seite geneigt, sanfte Nachsicht im Gesicht. »Du verstehst im Grunde gar nicht, wovon ich rede, nicht wahr? Aber wie solltest du auch? An deiner Stelle würde ich auch nicht verstehen, wovon ich rede.«

»Doch, ich verstehe genau. Ich habe deine Ausdrucksweise korrigiert. Ich war wütend, weil du dich nicht auf meine Seite gestellt hast, darum habe ich genau so reagiert, wie *du* meiner Meinung nach reagiert hattest: auf die Form statt auf den Inhalt. Dabei habe ich dir weh getan. Und das tut mir leid.«

Sie stand auf, die Tapetenmuster an die Brust gedrückt. »Tommy, du hast mich so beschrieben, wie ich bin«, sagte sie schlicht. »Ich bin gegangen, weil ich nicht eine Wahrheit hören wollte, der ich seit Jahren ausweiche.«

15

Frauen waren ihm immer ein Rätsel gewesen. Helen war eine Frau. Folglich würde Helen ihm immer ein Rätsel sein. So jedenfalls dachte Lynley, während er von Belgravia über Westminster in Richtung New Scotland Yard fuhr.

Er hatte das Gespräch weiterführen wollen, aber sie hatte freundlich gesagt: »Tommy, Darling, du bist doch mit Arbeit nach London gekommen, nicht wahr? Du musst dich darum kümmern. Geh ruhig. Wir können später weiterdiskutieren, wenn das nötig ist.«

Lynley, der es meistens schaffte, sofort zu bekommen, was er wollte, hasste jede Art von Aufschub. Aber Helen hatte recht. Er hatte sich schon länger zu Hause aufgehalten, als er ursprünglich vorgehabt hatte. Er gab ihr also einen Kuss und machte sich auf den Weg zum Yard.

In seinem Büro fand er Nkata vor, der gerade telefonierte. Er kritzelte irgendetwas in sein Buch, während er sagte: »Dann beschreiben Sie sie mir bitte so genau wie möglich … na ja, was für einen Kragen hatte sie zum Beispiel? Hat sie Schnallen oder Reißverschluss? … Nein, wirklich, jede Kleinigkeit ist wichtig … hm? Ja. Okay. In Ordnung. Ich warte … ja, geben Sie sie mir. Gut.« Er sah auf, als Lynley ins Zimmer trat, und wollte aus dem Sessel hinter dem Schreibtisch aufstehen.

Lynley bedeutete ihm mit einer Geste sitzen zu bleiben. Er ging um den Schreibtisch herum und blieb hinter Nkata stehen, um die Postkarten zu betrachten, die in einer Reihe auf seiner mit Leder umrandeten Löschunterlage angeordnet waren – Proben des Sortiments, das – Nkata zufolge – in Terry Coles Wohnung gefunden worden war.

Die Karten boten die verschiedensten Leistungen des sadomasochistischen Sortiments an, versprachen Züchtigung und Unterwerfung und die Erfüllung selbst der ausschweifendsten Phantasien. Von Schaumbädern, Massagen, Videodiensten und Folterkammern war die Rede. Auf einigen Karten wurde die Mitwirkung von Tieren offeriert; auf anderen die Bereitstellung von Kostümen. Viele waren mit Fotos versehen, die die versprochenen Wonnen von der Hand des *transsexuellen Schwarzen Sheriffs*, der *Top-Domina* oder eines *heißblütigen Thai-Girls* illustrierten. Kurz, es war für jeden Geschmack, jede Neigung und Perversion etwas dabei. Und da die Karten zu neu aussahen, um verbotenerweise die Wände einer Telefonzelle geziert zu haben, ehe ein Jugendlicher mit wässrigem Mund und schweißfeuchten Händen sie heruntergerissen hatte, war aus der Tatsache, dass Terry Cole unter seinem Bett mehrere Tausend solcher Karten gehortet hatte, nur ein Schluss zu ziehen: Er war nicht etwa ein Sammler gewesen, sondern eines der vielen Rädchen der riesigen Maschinerie, die in London das Geschäft mit Sex in Schwung hielt.

Dies zumindest erklärte, wieso der Junge, wie Cilla Thompson behauptet hatte, die Taschen immer voller Geld gehabt hatte.

Kartenverteiler, sogenannte *card boys*, konnten einen guten Schnitt machen, wenn sie schnell waren und es schafften, ihre Karten in möglichst kurzer Zeit in den Telefonzellen Zentrallondons zu platzieren; derzeit gab es für fünfhundert ausgehängte Karten einhundert Pfund. Und die Dienste der *card boys* waren unentbehrlich. Beauftragte der British Telecom entfernten täglich diese Karten, so dass sie immer wieder ersetzt werden mussten.

Zwei dieser Karten waren aus der Sammlung auf der Löschunterlage aussortiert worden und lagen in der Mitte des Schreibtischs. Die eine zeigte das Foto einer als Schulmädchen aufgemachten jungen Frau; die andere war nur mit Text versehen. Lynley nahm sie zur Hand und sah sie sich mit tiefer Bekümmerung an, während Nkata weitertelefonierte.

»Pssst!«, stand oben auf der ersten Karte. Und der kurze Text unter dem Foto lautete: *»Verrat Mami nicht, was nach der Schule läuft!«* Das Foto zeigte einen von Büchern überquellenden Schubkarren und ein über ihn gebeugt stehendes Mädchen, das sein Hinterteil der Kamera entgegenreckte. Ein normales Schulmädchen war das allerdings nicht: der Faltenrock war hochgeschoben und enthüllte einen schwarzen Tangaslip und viel nacktes Fleisch oberhalb der schwarzen, mit Spitze umrandeten Strümpfe. Sie sah mit kokettem Blick über die Schulter in die Kamera, das blonde Haar fiel ihr zerzaust ums Gesicht. Unterhalb ihrer hochhackigen

Schuhe mit den bleistiftdünnen Absätzen war eine Telefonnummer angegeben, mit den von Hand geschriebenen Worten »Ruf mich an!« daneben.

»Großer Gott!«, flüsterte Lynley. Und als Nkata sein Telefongespräch beendete, sagte er: »Das müssen Sie mir noch einmal von Anfang bis Ende erklären, Winnie«, als ob eine Erklärung bei hellem Tageslicht diejenige, die er mitten in der Nacht per Telefon von Nkata erhalten hatte, unwirksam machen würde.

»Da holen wir am besten Barb. Sie hat die Kopfarbeit geleistet.«

»Havers?« Lynleys Ton bremste Nkata, der schon zum Telefon greifen wollte. »Winston, ich hatte eine Anweisung gegeben. Ich hatte ihr gesagt, sie soll am Computer arbeiten. Sie haben mir versichert, dass sie das tut. Wieso hat sie bei diesem Teil der Ermittlungen die Hände im Spiel?«

Nkata breitete seine Hände aus, ein Bild der Unschuld. »Sie mischt da nicht mit. Ich hab den Karton mit den Karten in ihrem Wagen verstaut, als ich gestern Abend von Battersea hierher zurückgekommen bin. Ich bin kurz bei ihr vorbeigegangen, um zu sehen, wie sie am Computer vorankommt. Sie hat gefragt, ob sie die Karten mit nach Hause nehmen könnte. Um sie durchzusehen. Der Rest ... sie kann Ihnen selbst erzählen, was dabei rausgekommen ist.«

Nkatas Miene, so treuherzig wie die eines Kindes, das vor dem Nikolaus steht, verriet, dass das nicht die ganze Geschichte war. Lynley seufzte. »Dann holen Sie sie.«

Nkata griff zum Telefon. Er tippte die Nummer ein, und während er auf die Verbindung wartete, erklärte er mit feierlichem Ernst: »Sie sitzt jetzt am Computer. Seit heute Morgen um sechs schon.«

»Ich werde das gemästete Kalb schlachten«, versetzte Lynley.

Nkata, in Bibelzitaten nicht bewandert, sagte unsicher: »Okay«, und dann ins Telefon: »Der Chef ist hier, Barb.« Das war alles.

Während sie auf Havers warteten, sah Lynley sich die zweite Postkarte an. Aber er wollte nicht an den Kummer denken, der Nicola Maidens Eltern bevorstand, deshalb wandte er seine Aufmerksamkeit wieder Nkata zu. »Sonst noch was heute Morgen, Winnie?«

»Die Coles haben sich bei mir gemeldet. Die Mutter und die Schwester. Das Telefongespräch, das ich eben geführt habe, war mit der Schwester.«

»Und?«

»Die Jacke des Jungen fehlt.«

»Jacke?«

»Richtig. Eine schwarze Lederjacke. Er hat sie immer beim Motorradfahren getragen. Als Sie Mrs. Cole die Liste mit den Sachen des Jungen gegeben haben – die Quittungen, Sie wissen schon –, war die Jacke nicht dabei. Sie vermuten, dass jemand auf der Dienststelle in Buxton sie geklaut hat.«

Lynley rief sich die Fotos vom Tatort ins Gedächtnis. Er ging im Geist die einzelnen Gegenstände durch, die er sich in Buxton angesehen hatte. Dann sagte er: »Sind die beiden ganz sicher, was diese Jacke angeht?«

»Sie behaupten, er habe sie immer getragen. Und er wäre keinesfalls nur im T-Shirt bis nach Derbyshire raufgefahren. Ein festeres Kleidungsstück scheint er aber den Quittungen zufolge nicht bei sich gehabt zu haben. Er hätte sich niemals nur im T-Shirt auf seine Maschine gesetzt, haben sie gesagt.«

»Aber es war ja nicht kalt.«

»Die Jacke sollte ihn nicht nur warm halten. Sie war auch ein Schutz bei Stürzen. Dann hätte er sich nicht so viele Schrammen geholt, meinten sie. Und jetzt möchten sie wissen, wo die Jacke geblieben ist.«

»Sie war nicht unter seinen Sachen in der Wohnung?«

»Barb hat seine Klamotten durchgesehen. Sie kann Ihnen sagen –« Nkata brach abrupt ab und machte ein betretenes Gesicht.

»Aha«, sagte Lynley nur.

»Sie hat hinterher die halbe Nacht am Computer gesessen«, beteuerte Nkata hastig.

»Ach, tatsächlich? Und wieso ist sie mit Ihnen in Coles Wohnung gefahren? Von wem stammte die glorreiche Idee?«

Barbaras Ankunft in diesem Moment enthob Nkata einer Antwort. Wie auf ein Stichwort trat sie ein, mit ihrem Heft in der Hand die Professionalität in Person, so korrekt gekleidet, wie Lynley sie noch nie gesehen hatte.

Sie ließ sich nicht wie gewohnt in den Sessel vor seinem

Schreibtisch fallen. Sie blieb an der offenen Tür stehen, die Füße geschlossen, als stünde sie stramm. Auf Lynleys Frage nach der Jacke antwortete sie erst nach einer kleinen Pause, während der sie Nkata so gespannt ansah, als wäre sein Gesicht ein Barometer, von dem sich die Stimmung in Lynleys Büro ablesen ließe.

»Terry Coles Sachen?«, fragte sie vorsichtig, während sie Nkatas kurzes Nicken in Lynleys Richtung als Zeichen dafür nahm, dass es relativ gefahrlos war, ihre neuerliche Pflichtvergessenheit einzugestehen. »Tja, hm.«

»Wir werden uns später noch darüber unterhalten, dass Sie eigentlich etwas anderes tun sollten, Havers«, sagte Lynley. »Befand sich unter den Sachen des Jungen eine schwarze Lederjacke?«

Sie hatte zumindest den Anstand, verlegen auszusehen, wie Lynley feststellte. Sie fuhr sich mit der Zunge über die Lippen und räusperte sich. Alle seine Sachen seien schwarz gewesen, berichtete sie. Sie habe Pullis, Hemden, T-Shirts und Jeans in seinem Kleiderschrank gefunden. Aber eine Jacke sei nicht darunter gewesen, jedenfalls keine Lederjacke.

»Nur eine leichtere Jacke war da, eine Windjacke«, sagte sie. »Und ein Mantel. Fast bodenlang, wie so ein alter Militärmantel. Das war alles.« Kurzes Schweigen. Dann fragte sie kühn: »Warum?«

Nkata erklärte es ihr.

»Die muss jemand vom Tatort mitgenommen haben«, vermutete sie sofort und fügte zu Lynley gewandt: »Sir«, hinzu, als wollte sie damit eine ganz neugewonnene Achtung vor der Autorität demonstrieren.

Lynley ließ sich ihre Worte durch den Kopf gehen. Wenn sie recht hatte, waren also zwei Kleidungsstücke vom Tatort verschwunden: eine Jacke und ein Regencape. Hieß das, dass sie nun doch nach zwei Tätern suchen mussten?

»Vielleicht wäre die Jacke ein Hinweis auf den Mörder gewesen«, meinte Barbara, als hätte sie seine Gedanken gelesen.

»Wenn der Mörder sich wegen möglicher Spuren Gedanken gemacht hat, dann hätte er den Toten vollständig entkleiden müssen. Was bringt es ihm, wenn er nur die Jacke mitnimmt?«

»Deckung vielleicht«, warf Nkata ein.

»Um das Blut an seinen Kleidern zu verbergen, hatte er doch das Cape.«

»Aber wenn er gewusst hat, dass er nach den Morden irgendwo würde anhalten müssen – oder dass er auf dem Weg zu seiner Wohnung gesehen werden würde –, war ihm das Cape vielleicht zu auffällig. Es hat ja Dienstagnacht nicht geregnet. Weshalb hätte er da ein Cape tragen sollen?«

Barbara stand noch immer an der Tür. Sie äußerte ihre Fragen und Vermutungen so behutsam, dachte Lynley befriedigt, als hätte sie endlich begriffen, wie unsicher ihre Position hier war. Ihre Bemerkungen waren vernünftig. Lynley bestätigte es mit einem Nicken. Er wedelte mit den beiden Postkarten in seiner Hand und sagte: »Lassen Sie mal hören.«

Barbara warf Nkata einen Blick zu, als erwartete sie, dass er die Erklärung übernehmen würde. Aber er sagte nur: »Ich weiß es ja auch nur von Ihnen. Wahrscheinlich würd ich die Hälfte vergessen. Machen Sie das mal.«

»In Ordnung.« Sie kam nicht näher. »Ich habe mir überlegt, dass jede von den Frauen« – mit einer Kopfbewegung in Richtung der Karten auf Lynleys Schreibtisch – »ein Motiv gehabt haben könnte, Terry Cole zu ermorden. Angenommen, er hat sie betrogen, indem er zum Beispiel von jeder seine hundert Pfund kassierte, die Karten aber nie ausgehängt hat. Oder zumindest nicht so viele, wie er versprochen hatte.« Woher, meinte sie, solle eine Prostituierte schließlich wissen, wo ihre Karten verteilt wurden – oder ob überhaupt –, wenn sie nicht persönlich losging, um das zu überprüfen? Und selbst gesetzt den Fall, sie würde sich tatsächlich die Mühe machen, sämtliche Telefonzellen Londons abzuklappern, wie sollte sie einem *card boy* wie Terry Cole Betrug nachweisen, wenn der einfach behauptete, die Leute von der British Telecom rissen die Karten genauso schnell wieder ab, wie er sie platzierte?

»Na ja, und da bin ich auf die Idee gekommen, jede Einzelne anzurufen, um mal zu hören, was sie über Terry zu sagen haben.« Die Anrufe hatten herzlich wenig gebracht. Bis sie die Karte mit dem Schulmädchen zur Hand genommen hatte, um die angegebene Nummer anzurufen. Bei näherem Hinsehen hatte sie festgestellt, dass ihr die darauf abgebildete junge Frau bekannt vorkam. Ziemlich sicher, dass sie mit ihrer Vermutung richtiglag, hatte sie die angegebene Nummer angerufen und kurzerhand gesagt: »Spreche ich mit Vi Nevin? Constable Barbara Havers hier. Ich habe noch ein, zwei Fragen, wenn Sie einen Moment Zeit haben. Oder soll ich lieber morgen vorbeikommen?«

Vi Nevin hatte noch nicht mal gefragt, wie Barbara zu ihrer Nummer gekommen war. Sie hatte lediglich mit ihrer gedrillten Stimme erwidert: »Es ist nach Mitternacht, Constable. Ich betrachte das als eine Schikane.«

»Sie sieht jung genug aus, um die Rolle des Schulmädchens in der Sexphantasie irgendeines Perversen zu spielen«, schloss Barbara. »Und so, wie ihre Wohnung aussieht, würde ich sagen –« Sie schnitt eine Grimasse und brach ab, als ihr bewusst wurde, dass sie sich vollends verraten hatte. Hastig fügte sie hinzu: »Inspector, *ich* habe Winnie so lang belabert, bis er mich mitgenommen hat. Ehrlich, er wollte, dass ich mich an die Anweisung halte und am Computer bleibe. Ihn trifft überhaupt keine Schuld. Ich fand einfach, wenn wir das Gespräch zu zweit führen, könnten wir eher –«

»Darüber unterhalten wir uns später«, unterbrach Lynley sie.

Er warf einen Blick auf die zweite der Postkarten, die in der Mitte seines Schreibtischs gelegen hatte. Die Telefonnummer war die gleiche wie auf der Schulmädchenkarte. Das Angebot jedoch war von ganz anderer Art.

»Nikki, heiß und verlockend«, stand groß oben auf der Karte, und gleich darunter: »Lass dich in die Geheimnisse der Unterwerfung einweihen.« Danach folgte ein kurzer Text, in dem angedeutet wurde, welche besonderen Genüsse den Interessenten erwarteten: eine vollausgestattete Folterkammer, ein Verlies, ein Operationssaal, ein Schulzimmer. *»Auf meiner Spielwiese ist alles erlaubt«*, hieß es verlockend am Schluss. Die Telefonnummer folgte. Ein Foto war nicht dabei.

»Wenigstens wissen wir jetzt, warum sie bei MKR aufgehört hat«, bemerkte Nkata. »Diese Mädchen nehmen gesalzene Preise. Von fünfzig Pfund pro Stunde bis zu fünfzehnhundert pro Nacht ... meinen Quellen zufolge«, fügte er hastig hinzu, als wäre diese Erklärung nötig, um seinen guten Ruf zu wahren. »Ich hab mich mal mit Hillinger von der Sitte unterhalten. Den Typen da ist nichts fremd.«

Lynley sah – bedrückt und widerstrebend –, wie die verschiedenen Erkenntnisse, die sie über Nicola Maiden zusammengetragen hatten, sich zu einem schlüssigen Bild zusammenzufügen begannen. »Der Funkrufempfänger war also für ihre Freier«, meinte er. »Das erklärt, wieso ihre Eltern nichts von seiner Existenz wussten, Upman und Ferrer – beides Männer, mit denen sie intim gewesen war – dagegen schon.«

»Sie meinen, sie hat ihr Gewerbe auch in Derbyshire ausgeübt?«, fragte Barbara. »Mit Upman und Ferrer?«

»Vielleicht. Aber selbst wenn sie sich mit den beiden rein privat vergnügt hat, war sie wahrscheinlich Geschäftsfrau genug, um in Kontakt mit ihren Stammkunden bleiben zu wollen.«

»Telefonsex, solange sie nicht persönlich erreichbar war?«

»Möglich ist es.«

»Aber *warum* ist sie überhaupt aus London weg?«

Diese Frage war immer noch ungeklärt.

»Hm, was diese Typen aus Derbyshire angeht …«, meinte Nkata nachdenklich.

»Was denn?«

»Es gab doch diesen Riesenkrach in Islington.«

»Riesenkrach?«

»Ja, Nicola Maidens Wirtin in Islington hat gehört, wie sie sich mit einem Typen gestritten hat«, warf Barbara ein. »Im Mai. Kurz bevor sie nach Fulham umgezogen ist.«

»Ich frage mich, ob wir da nicht endlich ein handfestes Motiv haben, das sich mit Julian Britton verknüpfen lässt«, sagte Nkata. »Dieser Typ sagte, eher würde er sie umbringen, als sie ›das tun‹ zu lassen … oder so ähnlich. Vielleicht hat er gewusst, dass sie ihr Studium schmeißen und bei MKR aufhören wollte, um ins Gewerbe einzusteigen.«

»Und woher soll er das gewusst haben?«, entgegnete Lynley, bereit, die Theorie zu prüfen. »Julian und Nicola lebten mehr als dreihundert Kilometer voneinander entfernt. Sie glauben doch nicht im Ernst, dass er nach London gefahren ist, in irgendeiner Telefonzelle eine Karte mitgenommen und die Nummer angerufen hat, um sich ein bisschen malträtieren zu lassen, und dann

Nicola Maiden in voller Montur vorgefunden hat. Das ist ein bisschen zu viel des Zufalls.«

Barbara sagte: »Er könnte nach London gekommen sein, um sie zu besuchen – ohne ihr vorher Bescheid zu sagen. Sir.«

Nkata nickte. »Er kreuzt in Islington auf, und was sieht er? Seine Freundin, die gerade einem Typen in Ledergeschirr die Brustwarzenklemmen ansetzt. Das hätte doch sicherlich Anlass für eine heftige Auseinandersetzung sein können.«

Ja, stimmte Lynley zu, eine solche Szene sei durchaus vorstellbar. Aber es gebe auch noch eine andere Möglichkeit. »Es gibt hier in London noch jemanden, der genauso außer sich gewesen sein könnte, als er von Nicolas Plänen hörte. Wir müssen ihren Londoner Liebhaber finden.«

»Aber könnte dieser Jemand nicht einfach einer ihrer Kunden sein?«

»Bei den häufigen Anrufen, von denen sowohl Upman als auch Ferrer uns erzählt haben? Das bezweifle ich.«

»Sir«, warf Barbara ein, »wir müssen aber auch Terry Cole berücksichtigen.«

»Ich spreche von einem Mann, der sie ermordet hat, Constable«, entgegnete Lynley, »nicht von einem Mann, der mit ihr zusammen ermordet wurde.«

»Ich will damit nicht sagen, dass Cole der Londoner Liebhaber war«, erklärte Barbara mit einer Zurückhaltung, die eigentlich gar nicht ihrer Art entsprach. »Ich meinte, wir müssen uns Cole als Person ansehen. Uns über ihn unterhalten. Wir haben jetzt eine Verbindung zwischen ihnen – zwischen Maiden und Cole. Offensichtlich hat er ihre Karten verteilt. Aber er ist bestimmt nicht bis nach Derbyshire gefahren, um weitere Karten zur Verteilung von ihr abzuholen, zumal sie ja gar nicht in London war, um mögliche Anrufe von Interessenten entgegenzunehmen. Was also hatte er in Derbyshire zu suchen? Es muss noch eine weitere Verbindung zwischen ihnen geben.«

»Um Cole geht es im Moment nun wirklich nicht.«

»Es geht nicht um Cole? Wie können Sie das sagen? Er ist *tot*, Inspector.«

Lynley warf ihr einen scharfen Blick zu, und Nkata schaltete sich so hastig in das Gespräch ein, als wollte er einen drohenden

Zusammenstoß verhindern. »Was, wenn Cole dorthin geschickt wurde, um sie zu töten? Und dann selbst getötet wurde? Oder vielleicht wollte er sie auch vor irgendwas warnen? Ihr sagen, dass sie in Gefahr wäre.«

»Warum hat er sie dann nicht einfach angerufen?«, entgegnete Barbara. »Warum soll er sich auf sein Motorrad gesetzt und nach Derbyshire raufgefahren sein, nur um sie zu *warnen*?« Sie trat einen Schritt ins Zimmer, als hoffte sie, die beiden Männer eher zu überzeugen, wenn sie ihnen auf den Leib rückte. »Nicola Maiden hatte einen Pager, Winston. Wenn Sie argumentieren wollen, dass Terry Cole die lange Fahrt in die Peaks auf sich genommen hat, weil er sie telefonisch nicht erreichen konnte, warum hat er sie dann nicht einfach angepiepst? Wenn sie wirklich vor einer drohenden Gefahr hätte gewarnt werden müssen, wäre das Risiko, dass es sie erwischen würde, bevor Cole sie erreichte, doch viel zu groß gewesen.«

»Und genau das ist ja auch passiert«, sagte Nkata.

»Richtig. Das Schlimmste ist passiert, und sie sind beide umgekommen. *Beide*. Und wenn Sie mich fragen, sollten wir die beiden auch so sehen: als eine Einheit, nicht als ein Zufallspaar.«

»Ich denke«, bemerkte Lynley mit Betonung, »Sie sollten jetzt an die Arbeit zurückkehren, für die Sie zuständig sind, Havers. Danke für Ihren Beitrag.«

»Aber Sir –«

»Constable!« Das Wort war eine Warnung. Nkata, der immer noch hinter Lynleys Schreibtisch saß, versuchte, Barbara auf sich aufmerksam zu machen.

Sie reagierte nicht. Die Hand, die das Heft hielt, fiel herab. Alle Sicherheit war aus Barbaras Stimme geschwunden, als sie zu sprechen fortfuhr: »Sir, ich meine doch nur, dass wir rauskriegen müssen, was Cole genau in Derbyshire zu tun hatte. Wenn wir den Grund für seine Fahrt dorthin haben, haben wir auch den Mörder. Das habe ich im Gefühl.«

»Ich habe Ihr Gefühl zur Kenntnis genommen.«

Sie biss sich auf die Unterlippe. Endlich sah sie Nkata an, als erhoffte sie sich Rat von ihm. Der zog nur leicht die Augenbrauen hoch und wies mit dem Kopf zur Tür, wie um ihr zu sagen, dass es klüger wäre, schleunigst an den Computer zurückzukehren. Sie nahm sich seinen Rat nicht zu Herzen. Vielmehr fragte sie Lynley: »Kann ich das weiterverfolgen, Sir?«

»Weiterverfolgen? Was denn?«

»Die Sache mit Cole.«

»Havers, Sie haben einen Auftrag. Wenn Sie Ihre Arbeit am Computer erledigt haben, möchte ich, dass Sie einen Bericht zu St. James bringen. Und anschließend werden wir weitersehen.«

»Aber wenn er ihr bis nach Derbyshire nachgefahren ist, muss das doch einen Grund gehabt haben.«

»Barb ...«, mahnte Nkata vorsichtig.

»Er hatte massenhaft Kohle«, fuhr sie hartnäckig fort. »Massenhaft, Inspector. Okay. Gut. Das kann er natürlich mit dem Kartengeschäft verdient haben. Aber er hatte auch Cannabis in seiner Wohnung. *Und* er hat allen Leuten von einem Riesenauftrag erzählt. Seiner Mutter, seiner Schwester, Mrs. Baden und Cilla Thompson. Anfangs habe ich geglaubt, das wäre nur Schaumschlägerei gewesen, aber wenn wir mal davon ausgehen, dass sein Job als *card boy* nicht der Grund für seine Fahrt nach Derbyshire war –«

»Havers, ich sage es nicht noch einmal!«

»Aber, Sir –«

»Verdammt noch mal! Nein.« Lynley merkte, dass er nahe daran war zu explodieren. Die Halsstarrigkeit der Frau trieb ihn zur Weißglut. »Wenn Sie behaupten wollen, dass jemand ihm eigens bis nach Derbyshire hinterhergefahren ist, um ihn umzubringen, liegen Sie völlig falsch. Alles, was wir bis jetzt aufgedeckt haben, führt direkt zu Nicola Maiden, und wenn Sie nicht fähig sind, das zu sehen, dann ist Ihnen nach Ihrem Ausflug auf die Nordsee im letzten Juni offenbar noch einiges mehr abhandengekommen als nur Ihr Rang.«

Sie biss die Zähne aufeinander. Ihre Lippen wurden schmal. Nkata stieß einen schweren Seufzer aus und murmelte unterdrückt: »Verdammt.«

»Also«, sagte Lynley, um Zeit zu gewinnen. Er nutzte die Zeit, um seinen Zorn zu zügeln. »Wenn Sie die Versetzung in ein anderes Team wünschen, Havers, dann sagen Sie das klar und deutlich. Es gibt eine Menge Arbeit.«

Fünf Sekunden verstrichen. Nkata und Barbara tauschten einen Blick, den Lynley nicht deuten konnte.

»Ich wünsche keine Versetzung«, sagte Barbara schließlich.

»Dann wissen Sie ja, was Sie zu tun haben.«

Wieder ein kurzer Blickwechsel mit Nkata. Dann sah sie Lynley an. »Sir«, sagte sie höflich und ging hinaus.

Erst als Lynley mit Nkata den Platz getauscht und sich hinter seinen Schreibtisch gesetzt hatte, fiel ihm ein, dass er sie überhaupt nicht nach dem Ergebnis ihrer Arbeit am Computer gefragt hatte. Aber er meinte, wenn er sie jetzt zurückriefe, würde er ihr damit einen Vorteil einräumen. Und das war etwas, was er in diesem Moment auf keinen Fall tun wollte.

»Als Erstes gehen wir dieser Prostituiertengeschichte nach«, sagte er zu Nkata. »Da könnte sich ein handfestes Motiv ergeben.«

»Ja, es wäre ein ziemlicher Schlag für einen Mann, wenn er rauskriegt, dass seine Angebetete im horizontalen Gewerbe tätig ist.«

»Und da sie dieses Gewerbe in London betrieben hat, ist anzunehmen, dass am ehesten jemand hier in London das herausbekommen hat, meinen Sie nicht?«

»Doch, da bin ich ganz Ihrer Meinung.«

»Dann schlage ich vor, wir versuchen, dem Londoner Liebhaber auf die Spur zu kommen«, sagte Lynley abschließend. »Und ich weiß auch schon, wo wir mit der Suche anfangen.«

16

Vi Nevin nahm die Postkarte von Lynley entgegen und legte sie, nachdem sie einen kurzen Blick darauf geworfen hatte, sorgsam auf die blanke Glasplatte des Couchtischs vor den beiden übereck gestellten buttergelben Sofas. Sie selbst hatte es sich auf dem größeren bequem gemacht und das kleinere Lynley und Nkata überlassen, wo die beiden Schenkel an Schenkel hätten sitzen müssen. Aber Nkata hatte ihr den Gefallen nicht getan. Er hatte sich an der Tür aufgebaut, die Arme vor der Brust verschränkt und in einer Körperhaltung, die besagte: *kein Entkommen.*

»Sie sind das Schulmädchen, das auf der Karte abgebildet ist, ist das richtig?«, begann Lynley.

Vi holte die Mappe hervor, die sie am vergangenen Tag schon Barbara Havers und Nkata gezeigt hatte. Sie schob sie über den Tisch. »Ich bin Model, Inspector. Damit verdiene ich mein Geld. Ich weiß nicht, wer die Fotos verwendet und für welchen Zweck, und es ist mir auch ziemlich gleichgültig. Hauptsache, ich werde bezahlt.«

»Soll das heißen, Sie stellen Ihre Fotos nur zu Werbezwecken für sexuelle Dienste zur Verfügung, die jemand anderer anbietet?«

»Ganz recht.«

»Ich verstehe. Aber wieso steht Ihre Telefonnummer auf der Karte, wenn Sie gar nicht das Schulmädchen sind, das da seine Dienste anbietet?«

Ihr Blick schweifte ab. Sie war intelligent, relativ gebildet und schlau, aber so weit hatte sie nun doch nicht vorausgedacht.

»Sie wissen genau, dass ich überhaupt nicht mit Ihnen sprechen muss«, sagte sie. »Und was ich tue, ist nicht verboten, tun Sie also nicht so, als wäre es illegal.«

Er sei nicht hergekommen, um ihr die Feinheiten der geltenden Gesetze zu erklären, erwiderte Lynley. Wenn sie aber ihr Geld mit Prostitution verdiene –

»Dann zeigen Sie mir doch mal, wo auf dieser Karte steht, dass mich irgendjemand für irgendetwas bezahlt«, unterbrach sie ihn.

Wenn sie ihr Geld mit Prostitution verdiene, wiederholte Lynley, dann wisse sie ja wohl, wann für sie Vorsicht geboten sei, und sicherlich –

»Stehe ich vielleicht an irgendwelchen Ecken herum? Biete ich meine Dienste an öffentlichen Orten an?«

Und sicherlich, fuhr er unbeirrt fort, sei sie sich auch der Tatsache bewusst, wie großzügig das Wort »Bordell« von einem Richter ausgelegt werden könne, dem für sprachliche Finessen die Geduld fehle. Bei dieser Bemerkung sah er sich vielsagend in der Wohnung um.

»Bullen«, bemerkte sie wegwerfend.

»In der Tat«, bestätigte Lynley freundlich.

Er und Nkata waren von New Scotland Yard aus direkt nach Fulham gefahren. Bei ihrer Ankunft war Vi Nevin gerade dabei gewesen, mehrere Einkaufstüten aus einem schnittigen Alfa Romeo neueren Modells auszuladen, und als sie Nkata aus dem Bentley steigen sah, hatte sie gesagt: »Was wollen Sie denn schon wieder hier? Sollten Sie nicht lieber Nikkis Mörder suchen? Ich hab jetzt keine Zeit, mit Ihnen zu reden. Ich hab in fünfundvierzig Minuten einen Termin.«

»Dann möchten Sie sicher gern, dass wir rechtzeitig wieder verschwunden sind«, hatte Lynley erwidert.

Sie hatte die beiden Männer forschend angesehen und dann die Achseln gezuckt. »Na schön, dann helfen Sie mir«, hatte sie gesagt und ihnen zwei prallvolle Einkaufstüten überreicht.

Die leicht verderblichen Dinge hatte sie in einem großen Kühlschrank verstaut: Pâté, griechische Oliven, Prosciutto, Schweizer Käse, gefüllte Weinblätter …

»Erwarten Sie heute Abend Gäste?«, hatte Lynley gefragt. »Oder ist der Proviant vielleicht für den … Termin gedacht?«

Vi Nevin hatte die Kühlschranktür mit einem Knall zugeschlagen und war ins Wohnzimmer gegangen, wo sie sich auf dem Sofa niedergelassen hatte. Dort saß sie immer noch, gekleidet wie die wandelnde Nostalgie in Ballerinas und weiße Söckchen, aufgekrempelte Jeans, weiße Hemdbluse mit hochgestelltem Kragen. Um den Hals geknotet trug sie ein kleines Nickitüchlein, und natürlich hatte sie einen Pferdeschwanz. Sie sah aus, als wäre sie einem James-Dean-Film entsprungen. Nur der Bubblegum fehlte noch.

Ihre Sprache passte jedoch nicht zu ihrer Aufmachung. Sie mochte zurechtgemacht sein wie ein kaugummikauender Bebop-Fan der fünfziger Jahre, aber ihre Ausdrucksweise war die einer Frau, die entweder aus einer guten Kinderstube kam oder an sich gearbeitet hatte, um diesen Eindruck zu erwecken. Wahrscheinlich das Letztere, dachte Lynley im Laufe des Gesprächs mit ihr. Nur ein Ausdruck hie und da oder ein falsch gebrauchtes Fremdwort, die ihre Herkunft verrieten. Dennoch, sie entsprach nicht dem gängigen Bild der Prostituierten.

»Miss Nevin«, sagte Lynley, »ich bin nicht hier, um Ihnen die Hölle heißzumachen. Ich bin hier, weil eine Frau ermordet wurde, und wenn ihre Ermordung in irgendeiner Weise mit ihrer Arbeit zu tun hat –«

»Darauf läuft's doch bei Ihnen immer hinaus, nicht? ›Sie ist eine Schlampe, sie hat genau das gekriegt, was sie verdient hat. Sie kann von Glück reden, dass sie's überhaupt so lange gemacht hat, bei ihrem Lebenswandel und den Kerlen, mit denen sie zu tun hatte.‹ Und genau dem möchten Sie gern ein Ende setzen, richtig? Diesem Lebenswandel. Sagen Sie mir also nicht, was Sie in Bezug auf meine ›Arbeit‹ zu tun beabsichtigen oder nicht.« Sie sah ihm ruhig ins Gesicht. »Wenn Sie wüssten, wie viele Dienstausweise beiseitegelegt werden, wenn's einer eilig hat, aus seinen Hosen rauszukommen. Ich könnte einige Namen nennen.«

»Ihre Kunden interessieren mich nicht. Mir geht es darum, Nicola Maidens Mörder zu finden.«

»Der Ihrer Meinung nach unter ihren Kunden zu finden ist. Warum geben Sie es nicht zu? Und was glauben Sie wohl, wie diese Kunden reagieren werden, wenn plötzlich die Bullen bei ihnen aufkreuzen? Und wie, glauben Sie, wird es sich aufs Geschäft auswirken, wenn sich herumspricht, dass ich Namen nenne? Vorausgesetzt, ich kenne die Namen überhaupt. Was nicht der Fall ist. Bei uns läuft's nur über Vornamen, und das wird Ihnen herzlich wenig helfen.«

Nkata zog sein Dienstbuch heraus, schlug es auf und sagte: »Wir sind für jede Kleinigkeit dankbar, Miss.«

»Vergessen Sie's, Constable. So dumm bin ich nun wirklich nicht.«

Lynley beugte sich ihr entgegen. »Dann wissen Sie ja auch, wie einfach es für mich wäre, Sie aus dem Verkehr zu ziehen. Ein uniformierter Constable, der alle Viertelstunde hier durch die Straße marschiert, würde Ihre Kunden, die auf absolute Diskretion Wert legen, doch wahrscheinlich sehr stören. Und desgleichen ein kleiner Tipp an ein oder zwei Boulevardblätter, die es vielleicht gerne nachprüfen würden, ob bei Ihnen bekannte Persönlichkeiten verkehren.«

»Das würden Sie nicht wagen! Ich kenne meine Rechte.«

»Die weder die Anwesenheit von Journalisten verbieten, Paparazzi auf der Jagd nach Prominenz, noch die des netten Polizisten vom zuständigen Revier, der nur dafür sorgt, dass die älteren Damen ihre Hunde spazieren führen können, ohne Angst haben zu müssen.«

»Sie gottverdammter, unverschämter –«

»Tja, das Leben ist hart«, warf Nkata mitfühlend ein.

Sie starrte die beiden Männer wütend an. Als das Telefon zu klingeln begann, sprang sie auf und nahm den Hörer ab. »Was darf ich für Sie tun?«, flötete sie.

Nkata verdrehte die Augen.

Vi Nevin sagte: »Warte, bleib dran. Ich sehe mal in meinem Büchlein nach.« Sie blätterte in einem Terminkalender. »Tut mir leid, das schaffe ich nicht. Da hat sich schon jemand angemeldet …« Sie fuhr mit dem Finger die Seite herunter. »Um vier ginge es … wie lang soll die Sitzung denn sein?« Sie hörte einen Moment schweigend zu, dann erwiderte sie mit einem leisen Lachen: »Mache ich dich denn nicht immer fit für sie?« Sie schrieb etwas in ihren Kalender. Dann legte sie auf und stand einen Moment da, die Hand noch immer auf dem Telefonhörer, als wäre sie tief in Gedanken versunken. Schließlich seufzte sie und sagte leise: »Also gut, dann.« Sie ging in die Küche und kam mit einem Briefumschlag zurück, den sie Lynley reichte.

»Hier ist das, was Sie suchen. Ich hoffe, es bricht Ihnen nicht das Herz, wenn Sie feststellen, dass Sie sich in Bezug auf unsere Kunden völlig getäuscht haben.«

Der Umschlag war schon aufgerissen. Lynley zog den Inhalt heraus, ein einzelnes Blatt Papier mit einem kurzen Text, aus einzelnen Buchstaben zusammengesetzt, die allem Anschein nach aus Zeitschriften ausgeschnitten worden waren. »Die zwei Luder werden in ihrer eigenen Kotze verrecken. Und wenn sie noch so viel um Erbarmen winseln, das hilft ihnen gar nichts.« Nachdem Lynley gelesen hatte, reichte er Nkata das Blatt. Der überflog es und hob dann den Kopf.

»Genau wie die anderen am Tatort.«

Lynley nickte. Er berichtete Vi Nevin von den anonymen Briefen, die am Tatort gefunden worden waren.

»Ich hab sie ihr geschickt«, sagte sie.

Verblüfft drehte Lynley den Umschlag herum und sah, dass er an Vi Nevin adressiert war und einen Londoner Poststempel trug. »Aber dieser Brief hier scheint mit den anderen identisch zu sein.«

»Ich wollte damit sagen, dass ich sie Nikki nachgeschickt habe«, erwiderte Vi. »Nicht als Drohung. Sie waren alle an mich adressiert. Hier. Zu Hause. Den ganzen Sommer über habe ich immer wieder welche bekommen. Ich habe Nikki mehrmals davon erzählt, wenn wir telefoniert haben, aber sie hat immer nur darüber gelacht. Darum habe ich sie ihr mit Terry nachgeschickt. Ich wollte, dass sie mit eigenen Augen sieht, dass die Situation eskalierte und dass wir beide anfangen mussten, vorsichtig zu sein. Aber das ist Nikki nicht eingefallen«, fügte sie bitter hinzu. »Herrgott noch mal, warum hat sie nie auf andere gehört?«

Lynley nahm den Brief wieder an sich. Er betrachtete ihn noch einmal prüfend, dann faltete er ihn zusammen und schob ihn wieder in den Umschlag. »Vielleicht wäre es gut, wenn Sie uns alles von Anfang an erzählen«, sagte er zu Vi Nevin.

»Der Anfang ist Shelly Platt«, antwortete sie.

Sie trat an das Fenster, das auf die Straße hinausging, und blickte hinunter, als erwartete sie, jemanden zu sehen. »Wir waren Freundinnen«, erklärte sie. »Wir waren unzertrennlich, jahrelang. Aber dann kam Nikki, und ich hab sofort erkannt, dass es vernünftiger wäre, mich mit ihr zusammenzutun. Shelly hat das nicht gepackt und hat angefangen, Ärger zu machen. Ich wusste …« Ihre Stimme zitterte. Sie hielt inne. Dann: »Ich habe *gewusst,* dass sie früher oder später etwas Schlimmes tun würde. Aber Nikki hat mir nie geglaubt. Sie hat immer nur darüber gelacht.«

»Worüber?«

»Über die Briefe. Und die Anrufe. Wir waren noch keine zwei Tage hier in der Wohnung« – Sie machte eine umfassende Geste – »da hatte sich Shelly schon irgendwie unsere Telefonnummer beschafft und fing an, hier anzurufen. Dann kamen die Briefe. Dann fing sie an, hier unten auf der Straße herumzulungern. Und dann hat sie die Karten gestohlen …« Sie ging zum Barwagen hinüber, hob einen Eiskübel hoch und zog ein dünnes Bündel Postkarten darunter hervor. »Sie hat immer wieder gedroht, sie würde uns fertigmachen. Sie ist ein ganz mieses kleines –« Sie holte hastig Atem. »Sie ist von Neid und Eifersucht zerfressen.«

Die Karten, alle identisch mit der Schulmädchenkarte, die Lynley bereits gesehen hatte, waren durch Kritzeleien mit buntem Filzstift verunziert; irgendjemand hatte kreuz und quer die Namen diverser Geschlechtskrankheiten daraufgeschrieben.

»Die hat Terry bei seinen regelmäßigen Runden gefunden«, erklärte Vi Nevin. »Das kann nur Shelly gewesen sein. Das ist typisch für sie. Sie wird nicht eher Ruhe geben, als bis ich am Ende bin.«

»Erzählen Sie uns etwas über Shelly Platt«, forderte Lynley sie auf.

»Sie war mein Mädchen. Wir haben uns im *C'est la vie* kennengelernt. Kennen Sie das? Es ist eine französische Bäckerei mit Café drüben beim South Kensington Bahnhof. Ich hatte – na ja, eine kleine Abmachung mit dem Bäcker dort – Baguette, Quiche und Törtchen im Austausch für eine schnelle Nummer in der Herrentoilette –, und eines Tages war Shelly dort und verdrückte ein Schokoladencroissant, als Alf und ich nach unten gingen. Sie hat beobachtet, wie er mir hinterher eine volle Tüte gegeben hat, ohne etwas dafür zu verlangen, und das hat sie neugierig gemacht.«

»Wollte sie Sie erpressen?«

Die Frage schien Vi zu amüsieren. »Sie wollte wissen, was sie tun muss, um ihre Croissants umsonst zu bekommen. Außerdem fand sie meine Klamotten toll – ich hatte an dem Morgen auf Mary Quant gemacht –, und an denen war sie auch stark interessiert.«

»An Ihren Kleidern?«

»An meinem ganzen Leben, wie sich bald herausstellte.«

»Ich verstehe. Und als Ihre Hausangestellte, wo sie jederzeit Zugang zu Ihren Sachen hatte –«

Vi Nevin lachte. Sie nahm zwei Eiswürfel aus dem Kübel auf dem Barwagen und vom untersten Bord eine kleine Dose Tomatensaft und mixte sich routiniert einen Bloody Mary. »Sie war nicht für meinen Haushalt zuständig, Inspector. Sondern für meine Termine. Sie hat die Anrufe von Kunden angenommen und Termine für mich ausgemacht.«

Vi Nevin rührte ihren Drink mit einem Glasstäbchen um, das von einem giftgrünen Papagei gekrönt war, legte es säuberlich auf eine Cocktailserviette und kehrte zum Sofa zurück. Nachdem sie ihr Glas auf dem Couchtisch abgestellt hatte, fuhr sie in ihrer Erklärung fort. Bevor sie im *C'est la vie* mit Shelly Platt zusammengetroffen war, hatte sie eine ältere Filipina beschäftigt, die sich um ihre Termine gekümmert hatte. Aber da heutzutage jeder philippinisches Hauspersonal habe, vorzugsweise ältere Frauen, habe sie es ganz witzig gefunden, zur Abwechslung ein junges Ding anzustellen. Sie habe sich vorstellen können, dass Shelly ein wenig zurechtgemacht nicht übel aussehen würde, vor allem aber sei die Kleine im Gewerbe so unerfahren gewesen, dass sie für einen Bruchteil dessen zu haben gewesen war, was diese Mädchen üblicherweise bezahlt bekamen.

»Bei mir hatte sie Kost und Logis und dreißig Pfund die Woche«, sagte Vi Nevin. »Und das war weit mehr, als sie auf dem Strich am Earl's Court Bahnhof verdient hat. Damit hat sie sich nämlich durchgebracht, als ich sie kennenlernte.«

Drei Jahre waren die beiden zusammen gewesen. Dann aber hatte Vi Nevin Nikki Maiden kennengelernt und gleich erkannt, wie ungleich aussichtsreicher es wäre, sich mit ihr geschäftlich zusammenzutun. »Anfangs haben wir Shelly bei uns behalten. Aber sie konnte Nikki nicht ausstehen, weil sie plötzlich nicht mehr die erste Geige spielte. So ist Shelly nun mal, aber das habe ich natürlich erst mit der Zeit gemerkt.«

»Wie meinen Sie das, so ist sie?«

»Wenn sie sich einmal jemanden gekrallt hat, bildet sie sich ein, er wäre ihr Eigentum. Ich hätte das eigentlich gleich merken müssen, als sie mir die Geschichte mit ihrem Freund erzählte. Sie war ihm aus Liverpool nachgereist, als er nach London zog, und als sie hier ankam und von ihm zu hören bekam, dass er nichts mehr von ihr wissen wollte, hat sie losgelegt: Sie hat ihn verfolgt, ständig angerufen, hat vor seiner Wohnung herumgelungert, ihm dauernd Briefe geschrieben und Geschenke gebracht. Aber damals hatte ich natürlich keine Ahnung, dass das ihre Art war. Ich dachte, das wäre ein Sonderfall gewesen, eine Reaktion darauf, dass ihre erste Liebe mit einer Enttäuschung endete.« Sie trank einen kräftigen Schluck aus ihrem Glas. »Tja, ich war schön blöd.«

»Mit Ihnen hat sie es genauso gemacht?«

»Ich hätte es wissen müssen. Stan – das war ihr Freund – kam zu uns in die Wohnung, nachdem sie seine Autoreifen aufgeschlitzt hatte. Er hat getobt und hat sich wahrscheinlich eingebildet, er könnte ihr zeigen, wo's langgeht. Aber stattdessen hat sie ihm gezeigt, wo's langgeht.«

»Wie denn?«, fragte Nkata.

»Sie ist mit einem Fleischermesser auf ihn losgegangen.«

Nkata warf Lynley einen Blick zu. Lynley nickte. Mörder hatten im Allgemeinen ihre bevorzugten Waffen. Aber warum hätte Shelly Nicola Maiden töten sollen, wenn sie Vi Nevin hatte erledigen wollen? Und warum hatte sie so lange damit gewartet?

Vi schien zu ahnen, was ihm durch den Kopf ging. Sie sagte: »Sie wusste nicht, wo Nikki war. Aber sie wusste, dass sie und Terry dicke Freunde waren. Sie brauchte ihm nur zu folgen, dann konnte sie sicher sein, dass er sie früher oder später zu Nikki führen würde.« Sie trank wieder und griff nach einer Serviette, um sich die Mundwinkel abzutupfen. »Dieses mörderische kleine Luder«, sagte sie leise. »Hoffentlich verrottet sie!«

»›Das Luder ist erledigt‹«, murmelte Lynley, der jetzt wusste, von wem der Brief kam, den man in Nicola Maidens Tasche gefunden hatte. »Wir brauchen ihre Adresse, wenn Sie sie haben. Und wir brauchen eine Liste von Nicola Maidens Kunden.«

Wütend fuhr sie ihn an: »Das hat mit den Kunden nichts zu tun! Das hab ich Ihnen doch eben gesagt.«

»Richtig. Aber wir wissen aus anderer Quelle, dass es in London einen Mann gab, zu dem Nicola Maiden engere Beziehungen unterhielt, als es zwischen einem Kunden und –« Er brach ab, um nach einem freundlicheren Ausdruck zu suchen.

»… und seiner Begleiterin für den Abend üblich ist«, vollendete Nkata.

»Und es ist durchaus möglich, dass wir diesen Mann unter denjenigen finden, mit denen sie regelmäßig zu tun hatte«, schloss Lynley.

»Also, wenn es da wirklich jemanden gegeben hat, dann weiß ich jedenfalls nichts davon«, erklärte Vi Nevin.

»Es fällt mir schwer, das zu glauben«, versetzte Lynley. »Sie erwarten doch nicht im Ernst, ich nehme Ihnen ab, dass Sie diese Wohnung ausschließlich mit Ihren Einkünften aus der Prostitution finanziert haben.«

»Ach, glauben Sie doch, was Sie wollen«, fauchte Vi Nevin, doch sie griff zu dem Tuch um ihren Hals und lockerte es hastig.

»Miss Nevin, wir suchen einen Mörder. Wenn Sie wissen, wer der Mann ist, der Nicola Maiden diese Luxuswohnung eingerichtet hat, dann müssen Sie uns seinen Namen nennen. Denn wenn er geglaubt hat, das Exklusivrecht auf sie zu besitzen, nur um dann zu erfahren, dass die Sache ganz anders aussah, kann ihn das dazu getrieben haben, sie zu töten. Und wahrscheinlich wird es ihm gar nicht passen, dass Sie jetzt, wo Nicola Maiden tot ist, weiterhin auf seine Kosten hier wohnen.«

»Ich habe Ihnen meine Antwort gegeben.«

»Ist Reeve der Mann?«, fragte Nkata sie.

»Reeve?« Vi Nevin griff wieder nach ihrem Glas.

»Martin Reeve. MKR Financial Management.«

Sie trank nicht. Sie drehte das Glas in ihrer Hand hin und her und beobachtete, wie die Flüssigkeit über die Eiswürfel schwappte, die leise klirrend an die Wand des Glases schlugen. Schließlich sagte sie: »Ich habe Sie belogen. Ich habe nie bei MKR gearbeitet. Ich kenne Martin Reeve überhaupt nicht. Was ich über ihn und Tricia Reeve wusste, habe ich nur von Nikki erfahren. Als sie mich gestern nach ihm fragten, habe ich nur versucht, mich irgendwie durchzulavieren. Tut mir leid. Ich wusste ja nicht, was Sie wissen. Über mich. Und über Nikki. In unserem Geschäft vertraut man der Polizei nicht allzu sehr.«

»Wie sind Sie beide dann überhaupt zusammengekommen?«, fragte Nkata sie.

»Nikki und ich? Wir haben uns in einem Pub kennengelernt.

Dem *Jack Horner* in der Tottenham Court Road, nicht weit von ihrem College. Da versuchte so ein glatzköpfiger Typ mit Bierbauch und schlechten Zähnen sie anzumachen, und als er es endlich aufgegeben hatte, rissen wir ein paar Witze über ihn. Wir kamen ins Gespräch und ...« Sie zuckte die Achseln. »Wir haben uns auf Anhieb verstanden. Nikki war sehr offen. Es war leicht, ihr die Wahrheit zu sagen. Sie hat sich gleich für meine Arbeit interessiert, und als sie hörte, wie viel Geld man dabei verdienen kann – mehr als sie bei MKR bekam –, beschloss sie, es auch zu versuchen.«

»Und die Konkurrenz hat Sie nicht gestört?«, fragte Lynley.

»Es gab keine Konkurrenz.«

»Das verstehe ich nicht.«

»Konventioneller Sex hat Nikki nicht interessiert«, erklärte Vi Nevin. »Sie hat immer nur Männer bedient, die was Ausgefallenes wollten. Kostümierung, irgendwelche Inszenierungen, Sado-Maso-Praktiken. Ich spiel das kleine Mädchen für Männer, die's gern mit Zwölfjährigen treiben, ohne zu riskieren, dafür ins Gefängnis zu wandern. Aber weiter geht's bei mir nicht. Natürlich mach ich's auch von Hand und oral, aber sonst biete ich genau das an, was Nikki viel zu langweilig war: Romantik, Verführung und Verständnis. Sie würden sich wundern, wie wenig in dieser Richtung zwischen Ehepaaren läuft.«

»Sie beide zusammen«, sagte Lynley, der kein Interesse an einer Diskussion darüber hatte, wie sich die Ehe auf eine Beziehung auswirken konnte, »haben also so ziemlich alle Vorlieben und Neigungen abgedeckt?«

»Stimmt«, bestätigte sie. »Und das wusste Shelly. Genauso wie sie gewusst hat, dass ich mich im Zweifelsfall niemals für sie und immer für Nikki entscheiden würde. Und deswegen müssen Sie mit ihr reden. Nicht mit irgendeinem imaginären Liebhaber, der genug Geld hatte, um Nikki diese Wohnung zu finanzieren.«

»Und wo ist diese Shelly zu erreichen?«, fragte Nkata.

Ihre Adresse hatte Vi Nevin nicht. Aber es dürfte nicht schwer sein, sie zu finden, meinte sie. Sie sei Stammgast im *The Stocks*, einem Club in Wandsworth, wo sich »Leute mit besonderen Interessen« träfen. Der Barkeeper dort, fügte Vi Nevin hinzu, sei ein »guter Kumpel« von ihr.

»Wenn sie gerade nicht dort ist, kann er Ihnen auf jeden Fall sagen, wo Sie sie finden«, sagte sie abschließend.

Lynley blieb auf dem kleinen Sofa sitzen und sah sie prüfend an. Sie hatte ihnen umfangreiche Informationen geliefert, gewiss, dennoch hatte er seine Zweifel an ihrer Wahrheitsliebe und hätte sie gern irgendwie auf die Probe gestellt. Wer sich in ihrem Gewerbe durchsetzen wollte, musste schlagfertig und gerissen sein; und Vorsicht – ganz zu schweigen von seiner langjährigen Erfahrung im Umgang mit denjenigen, die am Rand des Gesetzes lebten – riet ihm, ihrem Wort nicht so ohne weiteres zu trauen.

Er sagte: »Nicola Maidens Verhalten in den Monaten vor ihrem Tod war in vieler Hinsicht widersprüchlich, Miss Nevin. War die Prostitution für sie nur eine Einkommensquelle, um die mageren Jahre bis zu ihrer Niederlassung als gutverdienende Juristin zu überbrücken?«

»In keinem juristischen Beruf verdient man so gut wie in diesem Job«, entgegnete Vi Nevin. »Wenigstens solange man jung ist. Deswegen hatte Nikki ja ihr Studium aufgegeben. Sie wusste, dass sie mit vierzig, wenn es mit den Männern nicht mehr so laufen würde, immer noch zur Juristerei zurückkehren konnte. Sie wollte das Geld scheffeln, solange es möglich war.«

»Warum hat sie dann den Sommer über bei einem Anwalt gearbeitet? Oder hat sie mehr für ihn getan?«

Vi Nevin zuckte die Achseln. »Da müssen Sie schon den Anwalt fragen.«

Bis halb zwölf blieb Barbara Havers brav am Computer sitzen. Nach ihrem Abgang aus Lynleys Büro war sie so intensiv damit beschäftigt gewesen, ihren Ärger in Schach zu halten, dass sie in der ersten Stunde vor dem Bildschirm nicht in der Lage war, auch nur eine einzige der Informationen aufzunehmen, die der Computer ihr lieferte. Aber als sie schließlich den siebenten Bericht durchlas, hatte sie sich wieder einigermaßen beruhigt. Zorn und Ärger verwandelten sich in grimmige Entschlossenheit. Es ging jetzt nicht mehr darum, durch gute Arbeit die Anerkennung des Mannes zurückzugewinnen, den sie lange Zeit respektiert hatte. Es ging jetzt nur noch darum, ihm – und auch sich selbst – zu beweisen, dass sie recht hatte.

Mit allem hätte sie umgehen können, aber nicht mit der Gleichgültigkeit, mit der er sie an ihren Platz verwiesen hatte. Hätte sie auch nur das geringste Anzeichen von Verachtung, Ungeduld, Widerwillen oder Ärger in seinem Patriziergesicht gesehen, dann hätte sie den Stier bei den Hörnern packen und sie hätten sich offen miteinander auseinandersetzen können, wie sie das in der Vergangenheit getan hatten. Aber er war offensichtlich zu dem Schluss gelangt, sie sei untauglich und hysterisch und daher seiner Beachtung nicht würdig, und sie wusste, daran würden alle ihre Versuche, ihm ihr Handeln zu erklären, nichts ändern. Es blieb ihr deshalb nichts anderes übrig, als ihm zu beweisen, dass er sich in seiner Einschätzung irrte.

Zu diesem Ziel führte nur ein Weg, und Barbara wusste, dass sie ihre ganze berufliche Karriere aufs Spiel setzen würde, wenn sie diesen Weg beschritt. Aber im Moment waren ihre beruflichen Chancen ja ohnehin gleich null, und sie würden sich auch nie wieder bessern, wenn es ihr nicht gelang, sich aus der Verbannung zu befreien, in die man sie geschickt hatte.

An diesem Punkt ihrer Überlegungen angelangt, beschloss sie, erst einmal Mittagspause zu machen. Sie war seit dem frühen Morgen im Yard, da stand ihr eine Pause zu. Und warum in dieser Zeit, die ihr gehörte, nicht einen kleinen Bummel machen? Nirgends stand geschrieben, dass sie alle ihre Mahlzeiten in der Victoria Street einnehmen musste. Ja, ein kleiner Spaziergang durch Soho wäre genau das Richtige, ein bisschen frische Luft und Bewegung, bevor sie wieder stundenlang auf den Bildschirm starrte und sich bei der Lektüre alter SO10-Fälle langweilte.

Andererseits war sie nicht derart auf körperliche Ertüchtigung versessen, dass sie auf den Gedanken gekommen wäre, zu Fuß nach Soho zu marschieren. Jede Minute zählte. Sie begab sich deshalb in die Tiefgarage hinunter, wo ihr Mini stand, und brauste über die Charing Cross Road nach Soho hinauf.

Menschenmassen waren unterwegs. In dieser Gegend Londons, wo von der Buchhandlung bis zur Peepshow, vom Straßenmarkt mit Gemüse und Blumen bis zum Sexshop mit Dildos und vibrierenden Ersatzvaginen so ziemlich alles vertreten war, waren die Bürgersteige immer bevölkert. Und an einem sonnigen Samstag im September, zu einer Zeit also, da die Touristenströme noch nicht versiegt waren, ergossen sich die Massen von den Gehwegen auf die Fahrbahn, so dass man Mühe hatte vorwärtszukommen, sobald man von der Shaftesbury Avenue mit ihren Theatern in die Frith Street abbog.

Barbara versuchte, nicht auf die Restaurants zu achten, die rechts und links mit köstlicher Verheißung lockten. Sie atmete durch den Mund, um sich den verführerischen Düften knoblauchgewürzter italienischer Speisen zu verschließen, die in der Luft lagen. Und sie gestattete sich einen Seufzer der Erleichterung, als sie endlich den Holzbau sah – halb Laube, halb Schuppen –, der die Mitte des Platzes kennzeichnete.

Auf der Suche nach einem Parkplatz drehte sie eine Runde, ohne auch nur die kleinste Lücke zu finden, entdeckte aber immerhin das Haus, das sie suchte, und beschloss resigniert, einen halben Tageslohn für eine Parkgarage unweit der Dean Street zu opfern. Von dort lief sie zum Platz zurück und kramte aus ihrer Umhängetasche den zerknitterten Zettel, den sie in einer von Terry Coles Hosen in dessen Wohnung gefunden hatte. Mit einem Blick darauf vergewisserte sie sich, dass sie die Adresse richtig im Kopf hatte: 31–32 Soho Square.

Gut, dachte sie. Wollen wir doch mal sehen, was der gute Terry hier getrieben hat.

Sie bog aus der Carlisle Street um die Ecke und ging auf das Haus zu. Es stand am Südwestende des Platzes, ein moderner Backsteinbau mit Mansardendach und großen Fenstern. Ein von pseudo-dorischen Säulen getragenes Portal ragte über der Eingangstür aus Glas aus der Fassade hervor, und über der Glastür prunkte in Messing der Name der Firma, die ihren Sitz in diesem Gebäude hatte: Triton International Entertainment.

Barbara wusste kaum etwas über die Firma, aber sie hatte das Logo schon häufig am Ende von Fernsehstücken und im Vorspann von Kinofilmen gesehen und fragte sich jetzt, ob Terry Cole neben seinen anderen fragwürdigen Unternehmungen vielleicht auch eine Karriere als Schauspieler im Auge gehabt hatte.

Sie zog an der Tür, aber die war fest verschlossen. »Mist«, knurrte sie und spähte durch das getönte Glas, als hoffte sie, aus einem Blick auf das Foyer irgendwelche Schlüsse ziehen zu können. Aber da gab es nicht viel zu sehen. Eine glatte Marmorfläche, unterbrochen durch eine Gruppe brauner Ledersessel, in denen Wartende es sich bequem machen konnten; in der Mitte ein kleiner Kiosk mit Plakaten, die die neuesten Filme des Unternehmens ankündigten. Nicht weit von der Tür war ein geschwungener, etwa brusthoher Empfangstisch aus Walnussholz, und gegenüber konnte Barbara sich – nicht unbedingt zu ihrem Vergnügen – in drei Lifttüren aus hochglänzendem Metall gespiegelt sehen.

Das Foyer war wie ausgestorben, was an einem Samstag nicht weiter verwunderlich war. Aber gerade als Barbara sich missmutig abwenden wollte, um ins Yard zurückzufahren, öffnete sich eine der Aufzugtüren. Dahinter stand ein grauhaariger Wachmann in Uniform, der noch dabei war, den Reißverschluss seiner Hose hochzuziehen und mit einem kleinen Hüpfer seine Hoden zurechtzurücken. Er trat ins Foyer, fuhr zusammen, als er Barbara an der Tür sah, und scheuchte sie mit einer Handbewegung weg.

»Geschlossen«, rief er laut, und selbst durch das dicke Türglas konnte Barbara den typischen Akzent des gebürtigen Nordlondoners hören.

Sie holte ihren Dienstausweis heraus und drückte ihn gegen die Scheibe. »Polizei«, rief sie zurück. »Ich hätte Sie gern einen Moment gesprochen.«

Er zögerte und warf einen Blick auf die große Messinguhr, die links von der Tür über einer Reihe von Prominentenfotos an der Wand hing. »Ich hab jetzt Mittagspause«, verkündete er.

»Umso besser«, antwortete Barbara. »Ich nämlich auch. Kommen Sie raus. Ich lade Sie ein, wenn Sie wollen.«

»Worum geht's denn?« Er näherte sich der Tür, blieb aber in sicherem Abstand von ihr stehen.

»Mord«, rief Barbara und schwenkte bedeutungsvoll ihren Ausweis.

Er bequemte sich endlich, einen Riesenschlüsselbund herauszuziehen und in aller Gemächlichkeit die Tür aufzusperren.

Sobald Barbara im Gebäude war, kam sie ohne Umschweife zur Sache. Sie stelle Ermittlungen in Zusammenhang mit der Ermordung eines jungen Londoners namens Terence Cole in Derbyshire an, erklärte sie dem Wachmann, der seinem Namensschild zufolge Dick Long hieß. Man habe diese Adresse unter Coles Sachen gefunden, und sie versuche festzustellen, was der junge Mann hier zu tun gehabt habe.

»Cole, sagen Sie?«, wiederholte der Wachmann. »Terence? Nee, hier war niemand mit dem Namen. Nicht, dass ich wüsste. Was nicht allzu viel heißt, weil ich nur an den Wochenenden hier arbeite. Normalerweise bin ich Wachmann bei der BBC. Die Bezahlung ist überall gleich schlecht, aber ich kann mir wenigstens ein Dach überm Kopf leisten.« Er fuhr sich mit einem Finger in die Nase und inspizierte ihn, um festzustellen, ob er irgendetwas von Interesse gefunden hätte.

»Wie gesagt, wir haben diese Adresse bei Terry Coles Sachen gefunden«, erklärte Barbara. »Es könnte sein, dass er sich als Künstler ausgegeben hat, als er hier war. Bildhauer oder so was. Sagt Ihnen das was?«

»Hier kauft keiner Kunst. Sie sollten's lieber mal bei einer von diesen hochgestochenen Galerien versuchen, Mädchen. Drüben in Mayfair oder so. Obwohl's ja hier drinnen wirklich ein bisschen nach Galerie aussieht, stimmt's? Was meinen Sie?«

Sie hatte weder Zeit noch Lust, sich mit ihm über Dekorationsfragen zu unterhalten. »Wäre es möglich, dass er ein Treffen mit jemandem von der Firma Triton hatte?«

»Oder mit jemandem von einer der anderen Firmen hier«, sagte Dick.

»Es gibt hier außer Triton noch andere Gesellschaften?«, fragte sie.

»Na klar. Triton ist nur eine von der ganzen Korona. Denen ihr Name steht über der Tür, weil sie hier die größten Räume haben. Die andern stört das nicht, die zahlen dafür weniger Miete.« Dick wies mit einer ruckartigen Kopfbewegung auf die Aufzüge und führte Barbara zu einer Tafel, die zwischen zwei der Türen angebracht war: Namen, Abteilungen, Firmenbezeichnungen. Film, Fernsehen und Theater waren hier vertreten. Es würde Stunden – vielleicht sogar Tage – in Anspruch nehmen, mit jedem zu sprechen, dessen Name hier aufgeführt war. Und mit allen anderen, deren Namen nicht aufgelistet waren, weil sie nur Nebenrollen spielten.

Als Barbara sich von den Aufzügen abwandte, fiel ihr Blick auf die Anmeldung. Sie wusste, was ein solcher Tisch im Yard bedeutete, wo Sicherheit oberstes Gebot war, und fragte sich, ob das hier auch so war. »Dick«, sagte sie, »müssen sich Besucher hier eintragen?«

»O ja. Jeder ohne Ausnahme.«

Ausgezeichnet. »Kann ich mir das Buch mal ansehen?«

»Das geht nicht, Miss – äh – Constable. Tut mir leid.«

»Ich bin von der Polizei, Dick. Es ist wichtig.«

»Ich weiß. Aber am Wochenende ist hier alles abgesperrt. Sie können's ja mal bei den Schreibtischschubladen versuchen.«

Das ließ Barbara sich nicht zweimal sagen. Sie trat hinter den Empfangstisch und zog an den Schubladen, aber es war umsonst. Verdammt, dachte sie. Sie wollte nicht bis zum Montag warten müssen. Sie brannte darauf, einem Schuldigen die Handschellen anzulegen und ihn Lynley mit einem triumphierenden »Na bitte, was habe ich gesagt?« vorzuführen. Von ihr zu verlangen, sich fast achtundvierzig Stunden in Geduld zu fassen, um dem Mörder von Derbyshire vielleicht einen Schritt näher zu kommen, war ähnlich schlimm, als hielte man eine Meute Hunde zurück, die den Fuchs bereits gesichtet hatte.

Es gab nur eine Alternative. Sie gefiel ihr zwar nicht sonderlich, aber sie war bereit, es damit zu versuchen, auch wenn es sie eine Menge Zeit kosten würde.

»Sagen Sie, Dick, haben Sie eine Liste der Leute, die hier arbeiten?«

»Oh, Miss – äh – Constable – ich weiß nicht …«, sagte der Mann mit sichtlichem Unbehagen.

»Sie haben also eine. Stimmt's? Denn wenn hier im Haus irgendwas los ist, müssen Sie ja wissen, an wen Sie sich wenden sollen. Richtig? Ich brauche diese Liste, Dick.«

»Ich darf sie aber nicht –«

»– herausgeben«, schloss sie. »Ich weiß. Aber Sie geben sie ja nicht irgendjemandem. Sie geben sie der Polizei, die einen Mörder sucht. Und Ihnen ist sicher klar, dass es so aussehen könnte, als wären Sie irgendwie in die Sache verwickelt, wenn Sie nicht bereit sind, uns bei den Ermittlungen zu helfen.«

Er sah gekränkt aus. »Also wirklich, Miss! Ich war noch nie in meinem Leben in Derbyshire.«

»Aber es kann sein, dass jemand, der hier im Haus tätig ist, dort war. Am Dienstagabend. Und wenn Sie den Betreffenden jetzt schützen ... so was macht immer einen schlechten Eindruck auf die Staatsanwaltschaft.«

»Was?! Sie glauben, dass hier im Haus ein *Mörder* arbeitet?« Dick sah sich nach den Aufzügen um, als erwartete er, dass gleich Jack the Ripper herausspazieren würde.

»Es wäre möglich, Dick. Durchaus.«

Er ließ es sich durch den Kopf gehen. Barbara ließ ihm Zeit. Sein Blick wanderte von den Aufzügen zurück zum Empfang. Schließlich sagte er: »Na ja, da Sie von der Polizei sind ...«, und trat zu Barbara hinter den Empfang, wo er die Tür zu einer kleinen Kammer öffnete, in der Schreibmaterial und Vorräte an Kaffee gelagert waren. Von einem Bord nahm er einen Stapel zusammengehefteter Papiere und gab ihn ihr. »Das wär's«, sagte er.

Barbara dankte ihm überschwänglich für seine Bereitschaft, der Justiz zu helfen. Sie werde die Unterlagen allerdings mitnehmen müssen, erklärte sie. Sie werde jede einzelne der aufgeführten Personen anrufen müssen, und sie nehme doch nicht an, dass es ihm recht wäre, wenn sie das hier im Haus täte.

Dick erklärte sich widerstrebend mit ihrem Vorschlag einverstanden, und Barbara gab sich alle Mühe, das Gebäude gemessenen Schritts zu verlassen und nicht mit Freudensprüngen hinauszutanzen. Darauf bedacht, ihre Würde zu wahren, wartete sie, bis sie wieder in der Carlisle Street war, ehe sie einen Blick auf die Liste warf. Aber dann tat sie es mit begierigem Eifer.

Und stöhnte. Das Ding war ja seitenlang. Da standen nicht weniger als zweihundert Namen.

Ihr graute bei dem Gedanken, was sie da vor sich hatte.

Zweihundert Anrufe, und keiner, der ihr dabei helfen konnte.

Es musste doch eine effizientere Methode geben, um Lynley von seinem hohen Ross herunterzuholen. Und nach kurzem Nachdenken hatte sie eine Idee.

17

Peter Hanken hatte vorgehabt, sich am Samstag eine Stunde Zeit zu nehmen, um Bellas neue Schaukel zusammenzubauen. Er musste seinen Plan jedoch keine zwanzig Minuten nach seiner Rückkehr vom Flughafen in Manchester wieder aufgeben, nachdem er bereits den größten Teil seines freien Vormittags darauf verwendet hatte, die Masseurin vom Hilton Hotel ausfindig zu machen, von der sich Will Upman am vergangenen Dienstagabend hatte verwöhnen lassen. Als Hanken sie vom Foyer des Hilton aus angerufen hatte, hatte ihre Stimme schwül und erotisch geklungen; sie entpuppte sich jedoch als Walküre im weißen Kittel mit Händen, die einem Rugbyspieler alle Ehre gemacht hätten.

Sie hatte Upmans Alibi für den Abend der beiden Morde bestätigt. Er hatte sich in der Tat von Miss Freda – wie sie sich nennen ließ – massieren lassen und ihr das gewohnt großzügige Trinkgeld in die Hand gedrückt, nachdem sie seine verkrampften Muskeln weichgeknetet hatte. »Er gibt Trinkgelder wie ein Yankee«, bemerkte sie vergnügt. »Das war von Anfang an so, da freu ich mich natürlich immer, wenn er kommt.«

Er lasse sich regelmäßig von ihr massieren, erklärte sie, komme mindestens zweimal im Monat. »Er hat sehr viel Stress in seinem Job«, fügte sie hinzu. Sie hatte den Anwalt um halb acht in seinem Zimmer aufgesucht, und die Behandlung hatte eine Stunde gedauert.

Damit wäre Upman nach Hankens Berechnungen Zeit genug geblieben, um anschließend zum Calder Moor zu fahren, Nicola Maiden und Terry Cole irgendwann vor halb elf zu töten und ins Hilton am Flughafen zurückzukehren, um für sein Alibi zu sorgen. Ganz klar, der Mann lag weiterhin im Rennen.

Und ein Anruf von Lynley bestätigte Hanken nur, dass er mit seiner Auffassung recht hatte.

Der Anruf erreichte ihn zu Hause über sein Handy, gerade als er in der Garage auf dem Boden die Einzelteile von Bellas neuer

Schaukel ausgelegt hatte und die Schrauben und Muttern zählte, die dem Paket beigelegt waren. Lynley berichtete, seine Leute hätten eine junge Frau ausfindig gemacht, die Nicola Maidens Wohnungsgenossin gewesen war, und er selbst habe sich soeben ausführlich mit ihr unterhalten. Sie hatte behauptet, es gäbe keinen Liebhaber in London – eine Behauptung, die Lynley ihr aber offensichtlich nicht abkaufte –, und hatte vorgeschlagen, er solle sich doch noch einmal mit Upman unterhalten, wenn er unbedingt wissen wollte, warum Nicola Maiden den Sommer in Derbyshire verbracht hatte.

»Bisher hat uns nur Upman erzählt, dass die Maiden in London einen Liebhaber hatte, Thomas«, meinte Hanken darauf.

Und Lynley entgegnete: »Aber es ergibt doch überhaupt keinen Sinn, dass sie im Mai ihr Studium aufgibt und dann trotzdem den Sommer über in Upmans Kanzlei arbeitet ... Es sei denn, die beiden hatten etwas miteinander. Haben Sie Zeit, ihm noch einmal auf den Zahn zu fühlen, Peter?«

Gern – sogar mit dem größten Vergnügen – würde Hanken den aalglatten Burschen noch einmal gründlich in die Mangel nehmen, aber er würde eine solide Grundlage für ein weiteres Gespräch mit dem Anwalt brauchen, der bisher darauf verzichtet hatte, seinen eigenen Anwalt zu den Vernehmungen hinzuzuziehen, dies aber sehr wahrscheinlich tun würde, sollte er den Eindruck haben, dass sich ein Verdacht gegen ihn erhärtete.

»Nicola hatte kurz vor ihrem Umzug von Islington nach Fulham Besuch von einem Mann. Das wäre also am neunten Mai gewesen«, sagte Lynley. »Die beiden hatten Streit. Sie wurden dabei belauscht. Der Mann sagte, eher würde er sie umbringen, als dass er sie das tun ließe.«

»Was denn?«, fragte Hanken.

Lynley erklärte ihm den Sachverhalt. Hanken hörte sich die Geschichte mit einiger Ungläubigkeit an. Mittendrin sagte er: »Großer Gott! Das ist ja nicht zu fassen! Bleiben Sie dran, Thomas. Ich muss mir das alles notieren.« Er lief aus der Garage in die Küche, wo seine beiden Töchter unter der Aufsicht seiner Frau beim Mittagessen saßen, während sein kleiner Sohn in einer Tragetasche auf der Arbeitsplatte schlief. Er räumte eine kleine Fläche neben Sarah frei, die damit beschäftigt war, den Eiersalat von ihrem Brot auf ihrem Gesicht zu verschmieren, sagte: »Okay, wir können weitermachen«, und begann eilig mitzuschreiben. Er pfiff leise, als Lynley ihm von Nicola Maidens geheimem Leben als Londoner Prostituierte berichtete, und starrte erschüttert seine beiden Töchter an, als er hörte, welche Art von Dienstleistungen die junge Frau angeboten hatte. Er fühlte sich hin- und hergerissen zwischen der Notwendigkeit, sich detaillierte Notizen zu machen, und dem heftigen Verlangen, Bella und Sarah trotz ihrer schmierigen Mayonnaisegesichter an sein Herz zu drücken, als könnte er auf diese Weise dafür sorgen, dass ihr zukünftiges Leben im Schutz der Normalität verlaufen würde.

Tatsächlich war es die Sorge um seine Töchter, die Hanken zu der Frage veranlasste: »Thomas, was ist mit Maiden?«, nachdem Lynley abschließend erklärt hatte, er werde als Nächstes versuchen, Vi Nevins ehemalige Wohnungsgenossin Shelly Platt ausfindig zu machen, die Absenderin der anonymen Briefe. »Wenn er irgendwie dahintergekommen ist, dass seine Tochter in London anschaffen gegangen ist … können Sie sich vorstellen, wie er darauf reagiert hätte?«

»Ich finde, es ist lohnender, darüber nachzudenken, wie ein Mann darauf reagiert hätte, der sich für ihren Liebhaber hielt. Upman und Britton – sogar Ferrer – scheinen mir weit geeigneter für die Rolle der Nemesis als Andy.«

»Aber nicht, wenn man sich vor Augen hält, wie ein Vater denkt: ›Ich habe ihr das Leben geschenkt.‹ Was, wenn er glaubte, auch das Recht zu haben, ihr dieses Leben wieder zu nehmen?«

»Wir sprechen von einem Polizeibeamten, Peter, einem grundanständigen Polizeibeamten. Einem *vorbildlichen* Polizeibeamten, der sich in seiner ganzen beruflichen Laufbahn nie etwas zuschulden kommen ließ.«

»Gut. In Ordnung. Aber diese ganze Geschichte hat doch überhaupt nichts mit Maidens beruflicher Laufbahn zu tun. Könnte es nicht sein, dass er nach London gefahren ist? Dass er dort zufällig auf die Wahrheit stieß? Dass er versuchte, ihr diesen Lebensstil – es fällt mir schwer, es überhaupt als *Lebensstil* zu bezeichnen – auszureden, und, als er merkte, dass ihm das nicht gelang, nur einen einzigen Weg sah, der Sache ein Ende zu setzen? Denn eines müssen Sie bedenken, Thomas, wenn er der Sache nicht ein

Ende gemacht hätte, dann hätte Nicola Maidens Mutter früher oder später davon erfahren, und die Vorstellung, wie tief das die Frau treffen würde, die er liebt, konnte Maiden nicht ertragen.«

»Das gilt doch für die anderen genauso«, entgegnete Lynley. »Für Upman und Britton. Sie hätten ebenfalls versucht, sie davon abzubringen. Und aus weitaus plausibleren Gründen. Herrgott noch mal, Peter, Eifersucht ist doch etwas viel Elementareres als der Wunsch, eine Mutter davor zu schützen, dass sie die Wahrheit über ihr Kind erfährt. Das müssen Sie doch zugeben.«

»Er hat den Wagen gefunden! Obwohl er versteckt war. Hinter einer Mauer. Mitten in dem ganzen gottverdammten Riesengebiet von White Peak.«

»Pete, die Kinder ...«, mahnte Hankens Frau, und stellte jeder ihrer Töchter ein Glas Milch hin.

Hanken nickte zum Zeichen, dass er verstanden hatte, während Lynley am anderen Ende der Leitung sagte: »Ich kenne diesen Mann. Gewalt ist ihm fremd. Großer Gott, er musste im Yard aufhören, weil er den Job nicht mehr verkraften konnte. Wo und wann sollte er also plötzlich die Fähigkeit entwickelt haben – die Grausamkeit –, seinem eigenen Kind den Schädel einzuschlagen? Kümmern wir uns lieber um Upman und Britton – und wenn nötig auch um Ferrer. Das sind unbekannte Größen. Wohingegen mindestens zweihundert Leute im Yard bezeugen können, dass Andy Maiden das nicht ist. Nicola Maidens Wohngenossin – Vi Nevin – schlug vor, wir sollten noch mal mit Upman reden. Vielleicht wollte sie uns nur abwimmeln, aber ich würde trotzdem sagen, wir fangen mal mit ihm an.«

Hanken musste zugeben, dass das der logische Ansatz war. Aber irgendwie hatte er bei Lynleys Argumenten ein ungutes Gefühl. »Nehmen Sie diese Sache in irgendeiner Weise persönlich?«

»Das Gleiche könnte ich Sie fragen«, versetzte Lynley kurz. Und ehe Hanken widersprechen konnte, rundete er das Gespräch mit der Information ab, dass Terry Coles Mutter sich darüber beschwert hatte, für die schwarze Lederjacke ihres Sohnes von der Polizei keine Quittung bekommen zu haben. »Die Jacke scheint verschwunden zu sein, aber ich halte es für das Vernünftigste, wir sehen noch einmal mit aller Gründlichkeit die am Tatort gefundenen Sachen des Jungen durch, ehe wir andere Maßnahmen ergreifen«, sagte er und fügte dann hinzu, als wollte er Öl auf die Wogen ihrer Meinungsverschiedenheit gießen: »Was meinen Sie?«

»Ich werd mich darum kümmern«, antwortete Hanken.

Nachdem er aufgelegt hatte, betrachtete er seine Familie: Sarah und Bella amüsierten sich damit, ihre Sandwiches in Bröckchen zu zerreißen und die kleinen Brotstückchen in ihre Milch zu tauchen; PJ war gerade aufgewacht und begann hungrig zu quengeln; und Kathleen, die Hanken heute noch genauso liebte wie am ersten Tag, war dabei, ihre Bluse aufzuknöpfen, um ihrem Sohn die Brust zu geben. Seine kleine Familie war immer wieder ein Wunder für ihn, und er wusste, dass er vor nichts zurückschrecken würde, um sie zu schützen.

»Wir haben wirklich großes Glück, Katie«, sagte er zu seiner Frau, als sie sich an den Tisch setzte, wo Bella eben versuchte, ihrer Schwester eine Karottenstange in die Nase zu schieben. Sarah kreischte protestierend und erschreckte PJ, der zu trinken aufhörte und zu jammern begann.

Kathleen schüttelte müde den Kopf. »Das kommt auf die Definition an.« Sie deutete auf sein Handy. »Musst du noch mal los?«

»Leider ja, Schatz.«

»Und was ist mit der S-c-h-a-u-k-e-l?«

»Die baue ich schon rechtzeitig zusammen. Ich versprech's dir.« Er nahm seinen Töchtern die Karotten weg, holte einen Spüllappen und wischte die Bescherung auf, die sie auf dem Küchentisch angerichtet hatten.

Kathleen sprach tröstend und besänftigend auf PJ ein. Bella und Sarah schlossen vorübergehend Frieden.

Nachdem Hanken Constable Mott angewiesen hatte, sämtliche am Tatort sichergestellten Gegenstände noch einmal durchzusehen, rief er im Labor an, um sich zu vergewissern, dass Terry Coles Jacke tatsächlich nicht unter den Kleidungsstücken gewesen war, die man zur Analyse gegeben hatte. Anschließend machte er sich auf den Weg zu seinem nächsten Duell mit Will Upman.

Er traf den Anwalt in seiner Garage an, wo er in Jeans und Flanellhemd neben einem teuer aussehenden Mountainbike hockte, dessen Kette und Radkranz er mit dem Gartenschlauch, einer Sprühflasche Schmutzlöser und einem Bürstchen mit sichelförmigem Ende gerade einer gründlichen Reinigung unterzog.

Er war nicht allein. An die Kühlerhaube seines Wagens gelehnt stand eine zierliche Brünette, in den Augen einen Ausdruck, der ihre verzweifelte Sehnsucht nach einer verbindlichen Zusage enthüllte. »Aber du hast wirklich halb eins gesagt, Will, ich weiß, dass ich mich diesmal nicht irre«, hörte Hanken sie sagen, als er kam.

»Das ist gar nicht möglich, Darling«, widersprach Upman. »Ich weiß doch, dass ich vorhatte, das Rad zu reinigen. Wenn du schon so früh zum Lunch –«

»Es ist nicht früh! Und bis wir hinkommen, wird es noch später sein. Verdammt noch mal, wenn du keine Lust hattest mitzukommen, hättest du's mir doch ausnahmsweise mal sagen können.«

»Joyce, habe ich irgendwas davon gesagt – habe ich auch nur *angedeutet,* dass ...« In diesem Moment bemerkte Upman Hanken. »Ah, Inspector«, sagte er, richtete sich auf und warf den Gartenschlauch zur Seite. Ein sanfter Wasserstrahl sprudelte aus der Garage auf die Einfahrt. »Joyce, das ist Inspector Hanken von der Kriminalpolizei Buxton. Könntest du mal eben den Hahn zudrehen, Darling?«

Seufzend kam sie seiner Bitte nach. Dann kehrte sie zum Wagen zurück und stellte sich vor einen der Scheinwerfer. »Will«, sagte sie im Ton einer Märtyrerin.

Upman lächelte sie an. »Die Arbeit ruft«, sagte er mit einer Geste zu Hanken. »Ein paar Minuten wird es leider dauern. Vergessen wir doch einfach das Mittagessen, Joyce, und machen uns hier etwas. Wir können ja hinterher nach Chatsworth rüberfahren. Ein bisschen spazieren gehen. Ein bisschen reden.«

»Ich muss die Kinder abholen.«

»Um sechs, ich weiß. Das schaffen wir schon. Kein Problem.« Wieder das Lächeln. Intimer diesmal, als wollte er ihr andeuten, dass er und sie eine ganz eigene Sprache hatten, die keiner außer ihnen verstand. Nichts als Quatsch, dachte Hanken, aber Joyce wirkte bedürftig genug, um darauf hereinzufallen. »Könntest du uns nicht ein paar Sandwiches richten, Darling? Während ich hier das Rad fertigmache? Im Kühlschrank liegt Hühnchen.« Mit keinem Wort erwähnte Upman Hankens Anwesenheit oder seinen Wunsch, unter vier Augen mit ihm zu sprechen.

Joyce seufzte wieder. »Na schön. Ausnahmsweise. Aber vielleicht solltest du mir in Zukunft aufschreiben, wann ich herkommen soll. Ich muss schließlich an die Kinder denken, und es ist nicht immer einfach –«

»Wird gemacht. Großes Ehrenwort.« Er warf ihr eine Kusshand zu. »Sei mir nicht böse.«

Sie schluckte seine Versicherung anstandslos. »Manchmal frag ich mich, wozu ich mir überhaupt die Mühe mache«, sagte sie lahm.

Die Antwort darauf wissen wir doch alle, dachte Hanken.

Nachdem sie gegangen war, um ihre Fähigkeiten als Hausfrau unter Beweis zu stellen, wandte sich Upman wieder seinem Mountainbike zu. In der Hocke sitzend sprühte er Schmutzlöser dünn auf den Radkranz und die Kette. Ein angenehmer Zitronengeruch stieg auf. Er drehte das linke Pedal rückwärts, um die Kette einmal durchlaufen zu lassen, während er sprühte, und lehnte sich dann auf die Fersen zurück.

»Ich kann mir eigentlich nicht vorstellen, was wir noch miteinander zu reden hätten«, sagte er zu Hanken. »Ich habe Ihnen alles erzählt, was ich weiß.«

»Richtig. Wir haben alles, was Sie wissen. Aber diesmal möchte ich gern hören, was Sie denken.«

Upman griff zu der kleinen Bürste. »Worüber?«, fragte er.

»Nicola Maiden hat im Mai in London die Wohnung gewechselt. Etwa zur gleichen Zeit hat sie ihr Jurastudium an den Nagel gehängt, und sie hatte auch nicht die Absicht, es in nächster Zeit wiederaufzunehmen. Sie hatte nämlich ganz andere berufliche Pläne. Was wissen Sie darüber?«

»Über die neuen beruflichen Pläne? Nichts, tut mir leid.«

»Ich frage mich, warum sie unter den gegebenen Umständen noch den Sommer über bei Ihnen in der Kanzlei gearbeitet hat. Das war ja wohl so eine Art Praktikum, wenn ich richtig informiert bin. Sie kann doch eigentlich kaum noch etwas davon gehabt haben, nicht?«

»Das weiß ich nicht. Ich hab ihr diese Fragen nicht gestellt.« Upman säuberte mit großer Sorgfalt die Fahrradkette.

»Wussten Sie, dass sie ihr Studium aufgegeben hatte?«, fragte Hanken. Als Upman nickte, sagte er aufgebracht: »Verdammt noch mal, Mann! Was ist los mit Ihnen? Warum haben Sie uns das nicht gleich gesagt, als wir gestern mit Ihnen gesprochen haben?«

Upman blickte zu ihm hoch. »Sie haben mich nicht danach gefragt«, versetzte er trocken. Was das hieß, war klar: Kein vernünftiger Mensch gab Antworten auf Fragen, die die Polizei nicht gestellt hatte.

»Na schön. Mein Fehler. Ich frage Sie jetzt. Hat sie Ihnen erzählt, dass sie ihr Studium aufgegeben hatte? Hat sie Ihnen auch gesagt, warum? Und wann hat sie es Ihnen erzählt?«

Upman inspizierte die Fahrradkette Zentimeter für Zentimeter, während er an ihr herumputzte. Unter der Wirkung des Lösungsmittels begannen Straßenstaub und Schmutzkrusten zu einer klumpigen braunen Soße aufzuweichen, die teilweise auf den Boden unter dem Fahrrad tropfte.

»Sie hat mich im April angerufen«, erklärte Upman. »Ihr Vater und ich hatten im letzten Jahr verabredet, dass sie den Sommer über bei mir arbeiten würde. Das war im Dezember. Ich sagte ihr damals, dass ich sie vor allem wegen meiner Freundschaft – eigentlich eher Bekanntschaft – mit ihrem Vater ausgewählt hätte, und bat sie, mir sofort Bescheid zu geben, wenn sie ein besseres Angebot bekommen sollte. Dann hätte ich den Job bei uns immer noch einem anderen Studenten anbieten können. Als ich von einem ›besseren Angebot‹ sprach, meinte ich natürlich ein Praktikum; aber als sie mich im April anrief, sagte sie mir, sie wolle die Juristerei ganz aufgeben. Sie hätte einen Job gefunden, der ihr viel mehr Spaß mache, erklärte sie. Mehr Geld, bessere Arbeitszeiten. Nun ja, das wollen wir doch alle.«

»Sie hat Ihnen nichts Genaueres über diese Arbeit gesagt?«

»Sie nannte eine Firma in London. Ich kann mich jetzt an den Namen nicht mehr erinnern. Wir haben uns nicht allzu lange bei dem Thema aufgehalten. Das ganze Gespräch dauerte nur ein paar Minuten und drehte sich hauptsächlich darum, dass sie im Sommer nicht bei mir arbeiten würde.«

»Aber dann hat sie doch bei Ihnen gearbeitet. Wie kam das? Haben Sie sie dazu überredet?«

»Keineswegs. Sie hat mich ein paar Wochen später noch einmal angerufen und gesagt, sie hätte sich das mit dem neuen Job anders überlegt. Sie wollte wissen, ob sie wie ursprünglich ausgemacht im Sommer bei mir arbeiten könnte, natürlich nur, falls ich noch niemand anderen gefunden hätte.«

»Sie wollte also doch weiterstudieren?«

»Nein. Das Studium war für sie endgültig erledigt. Ich habe sie danach gefragt, und sie hat es mir klipp und klar gesagt. Aber ich glaube, sie wollte es ihren Eltern noch nicht sagen. Die waren sehr stolz auf ihre Leistungen. Und schließlich hatte ihr Vater sich extra die Mühe gemacht, ihr diesen Praktikumsjob bei mir zu besorgen. Die beiden standen einander sehr nahe, und ich glaube, sie hatte Skrupel, ihn zu enttäuschen, zumal er sich vor den Leuten gern mit ihr brüstete. Meine Tochter, die Juristin – Sie wissen schon, was ich meine.«

»Und warum haben Sie ihr den Sommerjob gegeben? Sie hatte Ihnen doch offen gesagt, dass sie mit dem Studium nichts mehr am Hut hatte – sie war also keine Jurastudentin mehr. Warum haben Sie sie trotzdem eingestellt?«

»Ich kenne schließlich ihren Vater, ich hatte nichts dagegen, ein kleines Täuschungsmanöver mitzumachen, um ihn zu schonen. Wenn auch nur vorläufig.«

»Tut mir leid, aber das kaufe ich Ihnen nicht ab, Upman! Sie hatten doch was mit der Maiden. Die ganze Geschichte von dem Sommerjob war nichts als Schwindel. Und Sie wissen ganz genau, was das Mädchen in London getrieben hat.«

Upman zog das Bürstchen von der Fahrradkette weg. Brauner Schaum tropfte auf den Boden. Er sah Hanken an. »Ich habe Ihnen gestern die Wahrheit gesagt, Inspector. Es stimmt, sie war attraktiv. Und sie war intelligent. Und ich hatte nichts dagegen, gerade in der Saure-Gurken-Zeit zwischen Juni und September eine attraktive und intelligente junge Frau um mich zu haben. Als hübschen Blickfang sozusagen. Wobei ich bemerken möchte, dass ich nicht jemand bin, der sich von einem hübschen Blickfang von der Arbeit ablenken lässt. Kurz gesagt, als sie anrief und fragte, ob der Job noch zu haben wäre, hab ich sie mit Freuden genommen. Meine Partner übrigens ebenfalls.«

»Sie haben sie *genommen*?«

»Herrgott noch mal, nun kommen Sie mir bloß nicht mit solchen Haarspaltereien! Ich bin doch hier nicht im Kreuzverhör. Versuchen Sie gar nicht erst, mich mit solchen Tricks aufs Glatteis zu führen, ich habe nämlich nichts zu verbergen. Sie vergeuden nur Ihre Zeit.«

»Wo waren Sie am neunten Mai?«, fuhr Hanken unbeirrt fort.

Upman runzelte die Stirn. »Am neunten? Da müsste ich in meinem Kalender nachschauen, aber ich vermute, ich habe wie üblich in irgendwelchen Besprechungen mit Mandanten gesessen. Warum?« Er sah Hanken forschend an. »Ach so! An dem Tag muss jemand nach London gefahren sein und Nicola besucht haben. Richtig? Um sie davon zu überzeugen – vielleicht sogar mit Gewalt –, wie aufregend so ein Sommer in Derbyshire sein kann, wenn man sich den ganzen Tag die Beschwerden verbitterter Hausfrauen anhört, die sich von ihren Männern scheiden lassen wollen. Glauben Sie das im Ernst?«

Er stand auf und holte den Gartenschlauch. Er drehte den Wasserhahn auf, kehrte zu seinem Fahrrad zurück und richtete einen dünnen Wasserstrahl auf die Kette, um alle Schmutzreste wegzuspülen.

»Vielleicht waren Sie dieser Besucher«, sagte Hanken zu ihm. »Vielleicht wollten Sie ihr die ›neuen beruflichen Pläne‹ ausreden. Vielleicht wollten Sie auf den ›hübschen Blickfang‹« – mit verächtlich verzogenen Lippen –, »auf den Sie sich gefreut hatten, nicht verzichten. Da Nicola Maiden ja so attraktiv und intelligent war, wie Sie sagen.«

»Sie bekommen am Montag Kopien der entsprechenden Seiten aus meinem Terminkalender«, bemerkte Upman gelassen.

»Komplett mit Namen und Telefonnummern, hoffe ich?«

»Ganz wie Sie wollen.« Upman wies zur Haustür, hinter der die Dulderin Joyce verschwunden war. »Falls Sie es noch nicht gemerkt haben sollten, Inspector, in meinem Leben gibt es bereits eine attraktive und intelligente Frau. Sie dürfen mir glauben, dass ich ganz bestimmt nicht den ganzen weiten Weg nach London gefahren wäre, um mir noch eine zu suchen. Aber wenn Ihre Gedanken sich schon in dieser Richtung bewegen, sollten Sie vielleicht mal überlegen, wer so etwas nötig gehabt hätte. Ich denke, wir wissen beide, wer dieser arme Kerl ist.«

Teddy Webster ignorierte das Blaffen seines Vaters einfach. Er kam aus der Küche, wo seine Eltern noch beim Mittagessen saßen, und er wusste, dass er mit einer guten Viertelstunde rechnen konnte, ehe sein Vater ein zweites Mal losbrüllen würde. Und da seine Mutter zum Nachtisch ausnahmsweise einmal Apfelstreusel gebacken hatte – während sie sonst meistens nur eine Packung gekaufter Kekse auf den Tisch knallte, wenn sie abräumte –, würde aus dieser Viertelstunde vielleicht eine halbe werden, Zeit genug für Teddy, sich noch den Rest von *Hulk Hogan* anzuschauen, bevor sein Vater donnerte: »Mach jetzt endlich diese verdammte Glotze aus und sieh zu, dass du raus ins Freie kommst! Ich mein's ernst, Teddy. Du sollst raus in die frische Luft. Sofort. Auf der Stelle! Oder soll ich dir erst Beine machen?«

Jeder Samstag verlief nach diesem Muster: eine öde, ätzende Wiederholung jedes vorangegangenen öden, ätzenden Samstags, seit sie in die Peaks umgezogen waren. Der Ablauf war immer der gleiche: Spätestens um halb acht trampelte Dad durchs Haus und ließ sich lauthals darüber aus, wie toll es doch wäre, endlich aus der Stadt raus zu sein, und dass sie alle froh und dankbar sein müssten, saubere Luft atmen zu können und offenes Land um sich zu haben, Wiesen und Felder, wo ihnen auf Schritt und Tritt die Geschichte und die Traditionen des Landes begegneten. Nur dass dies keine Wiesen und Felder wären, sondern *Moore*, nicht wahr, und sei es nicht ein wahrer Segen, dass sie … ach was, ein Gottesgeschenk sei es, dass man hier nur aus der Tür zu treten brauchte, um sofort in Richtung Norden losmarschieren zu können, meilenweit, ohne auch nur einer Menschenseele zu begegnen! Das ist hier kein *Loch*, wie Liverpool, was, Kinder? Das hier ist das Paradies! Es ist Utopia! Es ist –

– zum Kotzen langweilig, dachte Teddy. Und manchmal sagte er das laut, und dann wurde sein Vater wütend, und seine Mutter schluchzte, und seine Schwester fing an zu jammern, dass sie es bestimmt nie schaffen würde, auf die Schauspielschule zu kommen und eine richtige Schauspielerin zu werden, wenn sie wie eine Aussätzige irgendwo in der Einöde leben musste.

Worauf Dad dann total ausrastete. Und erst mal von Teddy abgelenkt war, der jedes Mal die Gelegenheit nutzte, um sich zur Glotze zu schleichen, *Fox Kids* einzuschalten und zuzuschauen, wie der dürre Dr. David Banner von irgendeinem fiesen Typen genau bis zu dem Punkt getrieben wurde, wo er einen dieser echt coolen Anfälle kriegte, bei dem er wild die Augen verdrehte und seine Arme und Beine aus den Kleidern platzten, während sich sein Brustkasten wie ein Ballon aufblähte, dass es sämtliche Knöpfe absprengte, und er jeden, der ihm in die Nähe kam, zu Matsch prügelte.

Teddy seufzte selig, während er zusah, wie Hulk Hogan Hackfleisch aus seinen Peinigern machte. Genau so würde Teddy gern mit diesen gemeinen Schwachköpfen verfahren, die ihn jeden Morgen am Schultor erwarteten und ihn von dem Moment an, wo er den Hof betrat, knuffend und puffend, hänselnd und höhnend, verfolgten. Er würde sie zusammenschlagen, bis sie nur noch Fettflecken auf dem Pflaster wären, wenn er Hulk Hogan wäre. Er würde sie sich entweder einen nach dem anderen vorknöpfen oder alle auf einmal. Es würde keine Rolle spielen, weil er mehr als zwei Meter groß wäre, ein einziges Muskelpaket, und sie überhaupt nicht schnallen würden, woher er plötzlich gekommen war. Und wenn sie dann in ihrer Kotze und ihrer Scheiße auf dem Boden lägen, würde er einen von ihnen an den Haaren hochzerren und sagen: »Ihr lasst mir Teddy Webster in Frieden, kapiert? Sonst komme ich wieder!« Und er würde dieses Arschloch mit dem Kopf auf den Boden schlagen und ihm im Weggehen noch kurz ins Gesicht treten. Und dann –

»Herrgott noch mal, Ted! Du sollst nicht dauernd in der Bude sitzen.«

Teddy sprang hastig auf. Er war so tief in seine Phantasien versunken gewesen, dass er das Kommen seines Vaters gar nicht bemerkt hatte. »Ich wollte nur noch den Schluss sehen«, erklärte er hastig. »Ich wollte sehen, wie –«

Sein Vater hielt eine Schere hoch. Er packte das Kabel des Fernsehapparats. »Ich bin mit meinen Kindern nicht aufs Land gezogen, damit sie in ihrer Freizeit ständig vor dem Fernseher hocken. Du hast genau fünfzehn Sekunden, um hier zu verschwinden und an die frische Luft rauszugehen, sonst ist das Kabel durch.«

»Aber Dad! Ich wollte doch nur –«

»Bist du schwerhörig, Ted?«

Er lief zur Tür. Aber dort blieb er stehen. »Und was ist mit Carrie?« fragte er. »Warum muss sie nicht –«

»Deine Schwester macht ihre Hausaufgaben. Möchtest du dich auch an deinen Schreibtisch setzen? Oder willst du lieber raus und spielen?«

Teddy wusste genau, dass Carrie überhaupt nicht daran dachte, Hausaufgaben zu machen. Aber er wusste auch, wann er geschlagen war. »Lieber spielen, Sir«, sagte er und trottete widerwillig nach draußen, insgeheim stolz darauf, seine Schwester nicht verpetzt zu haben. Sie hockte in ihrem Zimmer und schrieb bekloppte Liebesbriefe an irgendeinen bekloppten Schauspieler. Ziemlich dämlich, mit so was seine Zeit zu vertun, dachte Teddy, aber er verstand sie. Irgendwas musste sie ja tun, um nicht vor Langeweile durchzudrehen.

Bei ihm erfüllte das Fernsehen diesen Zweck. Fernsehen machte Spaß. Und was konnte man hier sonst schon anfangen?

Seinem Vater allerdings stellte er diese Frage schon lange nicht mehr. Ganz am Anfang, gleich nachdem sie aus Liverpool hierhergezogen waren, hatte er sich ein paarmal über Langeweile beklagt und prompt irgendeine Arbeit aufgebrummt bekommen – den Schuppen saubermachen, das Unkraut im Gemüsegarten jäten, die Fenster putzen.

Teddy hatte es sehr bald aufgegeben, sich zu beschweren, wenn er sich langweilte.

Er trottete also hinaus, aber bevor er die Tür zuknallte, gönnte er sich noch die Befriedigung, seinem Vater, der auf dem Rückweg zur Küche war, einen finsteren Blick zuzuwerfen.

»– nur zu seinem Besten«, waren die letzten Worte, die Teddy aus der Küche hörte.

Und er wusste genau, was diese vier Worte bedeuteten.

Nur seinetwegen waren sie aufs Land gezogen: weil er ein Fettsack war, der eine dicke Brille tragen musste und eine Zahnspange, der Pickel im Gesicht hatte und Brüste wie ein Mädchen, der in der Schule vom ersten Tag an gehänselt und herumgestoßen worden war. Er hatte gelauscht, als seine Eltern den Großen Plan entworfen hatten: »Auf dem Land wird er sich viel mehr bewegen und Sport treiben. Da wird er Freude daran haben, sich zu bewegen – so sind Jungs, Judy –, und mit der Zeit das Übergewicht verlieren. Und er wird nicht so wie hier ständig Angst haben müssen, dass die anderen ihn beobachten und auslachen, wenn er rennt oder auf Bäume klettert oder so. Außerdem ist es bestimmt für uns alle gut.«

»Ich weiß nicht, Frank ...« Teddys Mutter neigte zu Skepsis. Sie hasste jede Störung im täglichen Ablauf der Dinge, und ein Umzug aufs Land warf ja wirklich alles durcheinander.

Aber Teddys Vater hatte sich nicht von seinem Vorhaben abbringen lassen, und nun saßen sie also hier, auf diesem Hof, der früher mal von einem Schafzüchter bewirtschaftet worden war. Die Schafe und das dazugehörige Land waren an einen Bauern verpachtet, der in Peak Forest lebte, dem einzigen größeren Ort weit und breit. Nur dass es überhaupt kein größerer Ort war, noch nicht einmal ein Dorf. Das ganze Nest bestand aus ungefähr fünf Häusern, einer Kirche, einem Pub und einem Gemischtwarenladen, wo man sich noch nicht mal einen Beutel Chips schnappen konnte, wenn man gerade Lust darauf hatte – selbst wenn man ordnungsgemäß dafür bezahlte! –, ohne dass die eigene Mutter spätestens um sechs am selben Abend Bescheid wusste und einen deswegen zur Schnecke machte.

Teddy hasste hier einfach alles: das weite leere Land, das sich in sämtlichen Richtungen bis in alle Ewigkeit dehnte; das gewaltige Himmelsgewölbe, das sich bei Nebel schlagartig bleigrau färbte; den Wind, der die ganze Nacht ums Haus pfiff und wie Aliens, die ins Haus wollten, an seinem Schlafzimmerfenster rüttelte; die Schafe, die einen anblökten, aber sofort davonrannten, wenn man auf sie zuging; die blöden Hunde, die überhaupt keine richtigen Hunde waren, sondern wie stupide Roboter immer nur im Kreis um die Schafe rumjagten und nach ihren Fersen schnappten – falls Schafe überhaupt Fersen hatten. Er hasste diesen ganzen verdammten Hof und alles was dazugehörte, genau so war's. Und als er vom Haus in den Hof zottelte, kam – vom Wind wie ein Geschoss beschleunigt – ein winziges Stückchen ausgeglühter Kohle herbeigeflogen, stob unter seine Brillengläser und traf ihn direkt ins Auge. Er schrie laut auf. Ja wirklich, er hasste den verdammten Hof.

Er nahm seine Brille ab und rieb sich das Auge mit dem Saum seines T-Shirts. Es brannte wie verrückt, und das machte ihn noch wütender. Mit tränenden Augen stolperte er hinters Haus, wo die Samstagswäsche knallend an der Leine flatterte, die von der Dachrinne aus zu einem rostzerfressenen Pfahl neben einer bröckelnden Trockenmauer gespannt war.

»Scheiße, Scheiße, dreimal Scheiße«, knurrte Teddy. Auf dem Boden beim Haus fand er einen langen dünnen Stock. Er hob ihn auf, und in seiner Hand wurde der Stock zum Schwert, das er drohend erhob, als er sich der Wäscheleine näherte, die Jeans seines Vaters im Visier.

»Bleibt, wo ihr seid«, zischte er. »Ich bin bewaffnet. Und wenn ihr euch einbildet, ihr kriegt mich lebend … ha! Euch werd ich's zeigen! Da! Und da! Und zack!«

Sie waren vom Todesstern gekommen, um ihn fertigzumachen. Sie wussten, dass er der letzte der Yedi-Ritter war. Wenn sie ihn aus dem Weg räumen konnten, dann würde der Imperator über das ganze Universum herrschen können. Aber sie durften ihn nicht töten. Auf gar keinen Fall. Sie hatten Befehl, ihn lebend zu fangen, damit er als abschreckendes Beispiel für alle Rebellen des Sternensystems dienen konnte. Von wegen! Ha, ha! Sie würden ihn *nie* kriegen. Denn er hatte ein Laserschwert, und *zack, zack und wumm und zisch!* Aber was war das? O nein! Sie hatten Laser*pistolen.* Und sie wollten ihn überhaupt nicht lebendig fangen. Sie wollten ihn abknallen und … Auaaauaaua! Sie waren so viele, und er war ganz allein! Bloß weg hier!

Teddy machte Hals über Kopf kehrt und floh, während er wild mit seinem Schwert fuchtelte. Er rannte zu der Trockenmauer, die den Hof von der Straße abgrenzte, und sprang mit einem Satz darüber hinweg. Das Herz schlug ihm bis zum Hals. In seinen Ohren rauschte es.

Geschafft, dachte er. Er hatte auf Lichtgeschwindigkeit geschaltet und die Soldaten des Imperators weit hinter sich gelassen. Er war auf einem unerforschten Planeten gelandet. Nicht in einer Billion Jahren würden sie ihn hier finden. Jetzt würde *er* der Imperator sein.

Wusch! Irgendetwas flitzte auf der Straße vorbei. Teddy blinzelte. Der böige Wind zerrte an ihm und trieb ihm das Wasser in die Augen. Er konnte nicht richtig sehen. Trotzdem, das sah aus wie … nein. Das konnte nicht sein. Teddy spähte nach rechts und nach links. Mit Entsetzen erkannte er, wo er gelandet war. Das hier war überhaupt kein unerforschter Planet. Er war in den Jurassic Park geraten! Und was da gerade eben rasend vor Hunger an ihm vorbeigezischt war, war ein Velociraptor auf der Jagd nach Beute!

O Gott, o Gott. Und er hatte *nichts* bei sich. Kein Schnellfeuergewehr, überhaupt keine Waffe. Nur einen blöden alten Stock, und was konnte er mit *dem* gegen einen Dinosaurier ausrichten, der Menschenfleisch witterte?

Er musste sich verstecken. Er musste sich unsichtbar machen. Ein Velociraptor kam nie allein. Und wo zwei waren, waren zwanzig. Oder hundert. Oder tausend!

Lieber Gott, hilf mir! Er rannte keuchend die Straße hinunter.

Ein kurzes Stück weiter voraus sah er die Rettung. Ein großer gelber Streugutkasten stand im Unkraut am Straßenrand. Dort konnte er hineinkriechen und sich verstecken, bis die Gefahr vorbei war.

Zisch. Zisch! Immer noch mehr räuberische Saurier rasten vorbei, als er sich in den Kasten warf. Er duckte sich hastig und zog den Deckel herunter.

Teddy hatte gesehen, was so ein Velociraptor mit einem Menschen anstellen konnte. Er riss ihm das Fleisch vom Leib und saugte ihm die Augen aus und zermalmte seine Knochen wie Pommes von McDonald's. Und am liebsten fraßen diese Biester zehnjährige Jungs.

In dem Kasten waren noch Reste des groben Streusands vom vergangenen Winter. Teddy spürte die scharfen Kanten und Spitzen der Steinchen, die ihm in die Handflächen schnitten.

Ließ sich mit dem Zeug vielleicht was anfangen? Ließ es sich vielleicht als Waffe benutzen? Ob er es zu einem tückischen Geschoss zusammendrücken konnte, um die Saurier damit anzugreifen und vielleicht so sehr zu erschrecken, dass sie von ihm ablassen würden? Wenn das klappte, würde er Zeit haben, um …

Er wühlte mit den Fingern im Sand und traf auf etwas Hartes, das ungefähr zehn Zentimeter tief eingegraben war. Es war schmal und ungefähr so groß wie seine Hand, und als er den Sand rundherum wegbuddelte, konnte er das Ding herausziehen und in das schwache Licht halten, das durch die gelben Wände seines Verstecks sickerte.

Super, dachte er. Mann, was für ein Glück! Er war gerettet.

Es war ein Messer.

Julian Britton tat, was er nach der Rückkehr von einem Einsatz des Bergrettungsdiensts immer tat: Er überprüfte seine Ausrüstung, bevor er sie wieder wegpackte. Aber er arbeitete nicht so gründlich und genau, wie das sonst seine Gewohnheit war. Seine Gedanken waren weit weg von Seilen, Stiefeln, Pickeln, Hämmern, Karten, Kompass und allem anderen, was sie brauchten, wenn sie auszogen, um einen verirrten Wanderer zu suchen oder einen Verletzten zu bergen.

Seine Gedanken waren bei ihr. Bei Nicola. Bei dem, was gewesen war und was hätte sein können, hätte sie nur die Rolle übernommen, die er ihr in ihrer gemeinsamen Beziehung zugedacht hatte.

»Aber ich liebe dich«, hatte er gesagt, und selbst in seinen eigenen Ohren hatten die vier Worte einen jammervollen, mitleidheischenden Klang gehabt.

»Und ich liebe dich auch«, hatte sie zärtlich erwidert. Sie hatte seine Hand genommen und herumgedreht, als wollte sie etwas hineinlegen. »Aber die Art von Liebe, die ich für dich empfinde, reicht nicht. Und die Art von Liebe, die du dir wünschst – und die du verdienst –, Jule ... ich glaube nicht, dass ich zu einer solchen Liebe überhaupt fähig bin.«

»Aber ich tu dir doch gut. Das hast du selbst oft genug gesagt. Das ist doch genug, oder nicht? Kann diese andere Liebe – die Art, von der du sprichst –, kann die sich denn nicht daraus entwickeln? Ich meine, wir schlafen miteinander ... und wenn das nicht heißt, dass zwischen uns was Besonderes ist ... was braucht es denn noch?«

Sie hatte geseufzt und sich abgewandt, um zum Fenster hinaus in die Dunkelheit zu blicken. Er konnte ihr schattenhaftes Spiegelbild in der Scheibe sehen. »Jule, ich bin jetzt Hostess«, sagte sie. »Weißt du, was das heißt?«

Die Erklärung und die Frage kamen wie aus dem Nichts, und in seiner Verwirrung hatte er im ersten Moment an Reiseleiterinnen, Fremdenführerinnen gedacht, die vorn im Bus stehen und in ein Mikrofon sprechen, während das Fahrzeug voller Touristen durch die Landschaft rumpelt. »Du reist?«, hatte er gefragt.

»Ich stelle mich Männern gegen Bezahlung als Begleiterin zur Verfügung«, erklärte sie. »Ich verbringe den Abend mit ihnen. Manchmal auch die Nacht. Ich gehe ins Hotel und hole sie ab, und wir tun das, was sie wollen. Alles, was sie wollen. Danach bezahlen sie mich. Sie geben mir zweihundert Pfund pro Stunde. Fünfzehnhundert, wenn ich die Nacht mit ihnen verbringe.«

Er starrte sie an. Er hörte ihre Worte klar und deutlich, aber sein Verstand weigerte sich, das Gehörte aufzunehmen. Er sagte: »Ich verstehe. Du hast also jemand anderen in London.«

»Jule, du hörst mir nicht zu.«

»Doch. Du hast gesagt –«

»Du hörst, was ich sage, ja. Aber trotzdem hörst du mir nicht richtig zu. Ich lasse mich von Männern für meine Begleitung bezahlen.«

»Du gehst mit ihnen aus.«

»Ja, so könnte man es nennen. Ich bin für jeden da, der sich bei einem Essen, im Theater, bei einer Vernissage oder auf einer Party mit einer gutaussehenden Frau zeigen möchte. Und dafür bezahlen mich die Männer. Sie bezahlen mich auch für Sex. Je nachdem, was ich ihnen biete, in Bezug auf Sex, meine ich, bezahlen sie mir eine Menge. Ich hätte nie gedacht, dass man so viel Geld damit verdienen kann, fremde Männer zu vögeln.«

Die Worte waren wie Schüsse. Und er reagierte wie von einer Salve getroffen. Er erlitt einen Schock. Es war nicht der körperliche Schock, wie er durch plötzlichen Blutverlust oder durch einen Sturz aus großer Höhe hervorgerufen wird, sondern jene Art von Schock, der die Psyche so heftig erschüttert, dass man nur noch ein einziges Detail wahrnehmen kann, im Allgemeinen jenes Detail, das den eigenen inneren Frieden am wenigsten bedroht.

Und so nahm er nur ihr Haar wahr, wie das Licht von hinten zwischen den einzelnen Strähnen hindurchschimmerte und ihr die Aura eines fleischgewordenen Engels verlieh. Aber an dem, was sie sagte, war nichts Engelhaftes. Jedes Wort war schmutzig und ekelhaft. Und während sie zu sprechen fortfuhr, starb er innerlich einen langsamen Tod.

»Niemand hat mich dazu gezwungen«, sagte sie und nahm ein Bonbon aus ihrer Handtasche. »Weder zu der Arbeit als Hostess. Noch zu dem anderen. Dem Sex. Ich habe mich allein und aus freien Stücken dafür entschieden, als ich sah, was für Möglichkeiten sich da boten, und als mir klarwurde, wie viel ich zu bieten hatte. Anfangs bin ich nur mal auf einen Drink mit ihnen ausgegangen. Ab und zu auch zum Essen. Oder ins Theater. Ganz ohne Hintergedanken, verstehst du? Man hat sich ein paar Stunden miteinander unterhalten, aufmerksam zugehört, auch mal geantwortet, wenn das erwartet wurde, immer nett und immer liebenswürdig. Aber unweigerlich haben sie gefragt – jeder von ihnen –, ob ich auch zu mehr bereit wäre. Zuerst hab ich gedacht, nie im Leben. Das könnte ich nicht. Ich *kannte* sie ja nicht mal. Und ich hatte immer geglaubt – ich meine, ich konnte mir nicht vorstellen, mit einem Mann ins Bett zu gehen, den ich nicht kannte. Bis dann einer kam, der fragte, ob er mich wenigstens anfassen dürfte. Fünfzig Pfund dafür, dass er mir mal zwischen die Beine fassen und meine Haare streicheln darf.« Ein Lächeln. »Als ich da unten noch Haare hatte. Bevor … du weißt schon. Ich hab's ihm erlaubt, und es war halb so schlimm. Eigentlich war's sogar komisch. Ich hab angefangen zu lachen – im Stillen natürlich nur, nicht offen –, weil ich es so – na ja, einfach albern fand. Dieser Typ – älter als mein Vater – stöhnt und keucht wie ein Walross, bloß weil er ein bisschen fummeln darf. Als er mich dann angefleht hat, dass ich ihn doch auch anfassen soll, habe ich gesagt, das würde fünfzig Pfund mehr kosten. Ihm war alles recht, da habe ich ihm eben den Gefallen getan. Hundert Pfund dafür, dass ich ein bisschen mit seinem Schwanz gespielt habe und mich von ihm begrapschen ließ.«

»Hör auf!«, stieß er schließlich mühsam hervor.

Aber sie wollte es ihm unbedingt begreiflich machen. Sie waren schließlich Freunde. Sie waren immer Freunde gewesen. Von dem Moment an, als sie einander in Bakewell zum ersten Mal begegnet waren: sie ein siebzehnjähriges Schulmädchen mit einer Körperhaltung und einem Gang, die damals schon eine unverhüllte sexuelle Herausforderung gewesen waren, nur dass er es bis zu diesem Moment nicht gesehen hatte, und er fast drei Jahre älter als sie, Student, für die Semesterferien nach Hause gekommen und gepeinigt von den Sorgen um seinen trunksüchtigen Vater und das Haus, das ihm über dem Kopf einzustürzen drohte. Aber Nicola hatte seine Sorgen überhaupt nicht zur Kenntnis genommen. Sie hatte nur die Gelegenheit zu einem kleinen Abenteuer gewittert. Die sie nur allzu gern wahrgenommen hatte. Das begriff er jetzt.

»Weißt du, das ist ganz einfach eine Lebensweise, die mir im Augenblick gut passt. Das wird sicher nicht immer so sein. Aber jetzt ist es eben so. Und darum greife ich zu, Jule. Ich wäre dumm, wenn ich es nicht täte.«

»Du bist vollkommen verrückt geworden«, sagte er wie betäubt. »Das hat London aus dir gemacht. Du musst wieder nach Hause kommen, Nick. Du musst Freunde um dich haben. Du brauchst Hilfe.«

»Hilfe?« Sie sah ihn verständnislos an.

»Aber das ist doch ganz offensichtlich. Du bist krank. Das kann doch einfach nicht normal sein, dass du dich Nacht für Nacht verkaufst.«

»Mehrmals die Nacht im Allgemeinen. Sechsmal im Höchstfall, wenn ich bis zum Morgen arbeite.«

Er presste beide Hände an seine Schläfen. »Großer Gott, Nick ... du musst mit jemandem *reden*. Bitte lass mich dir helfen. Ich suche dir einen Arzt, einen Psychiater. Ich sage auch keinem Menschen, warum. Das bleibt unser Geheimnis. Und wenn du wieder gesund bist –«

»Julian!« Sie zog seine Hände herunter. »Mir fehlt nichts. Wenn ich mir einbilden würde, ich hätte eine Beziehung zu diesen Männern, dann wäre das krank. Wenn ich mir einbildete, ich wäre auf dem Weg zur wahren Liebe, dann würde wirklich etwas mit mir nicht stimmen. Wenn ich versuchte, mich für irgendein Unrecht zu rächen oder einem anderen Menschen weh zu tun, oder wenn ich in einer Phantasiewelt lebte, dann gehörte ich auf der Stelle in die Klapsmühle. Aber so ist es nicht. Ich lebe so, weil es mir Spaß macht, weil ich gut bezahlt werde, weil ich Männern etwas zu bieten habe, und wenn ich persönlich es auch absurd finde, dass sie dafür bezahlen wollen, so bin ich doch gern bereit –«

In dem Moment hatte er zugeschlagen. Es war unverzeihlich, aber er hatte zugeschlagen, weil er nicht wusste, wie er sie sonst zum Schweigen bringen sollte. Er hatte ihr einen Fausthieb ins Gesicht versetzt, so dass ihr Kopf hart gegen das Fenster hinter ihr geprallt war.

Danach starrten sie einander schweigend an, sie die Fingerspitzen an der Stelle, wo seine Fingerknöchel ihr Gesicht getroffen hatten, er die linke Hand um die geballte Faust geschlossen und in den Ohren ein hohes lautes Geräusch, wie das Kreischen von schlitternden Autoreifen. Es gab nichts zu sagen. Kein einziges Wort, um zu entschuldigen, was er getan hatte; um zu entschuldigen, was sie ihnen beiden mit ihrer Entscheidung für ein solches Leben antat. Dennoch hatte er es versucht.

»Woher ist das plötzlich gekommen?«, hatte er heiser gefragt. »Denn es *muss* irgendwoher gekommen sein, Nick. Normale Menschen leben nicht so.«

»Irgendein finsteres Familiengeheimnis, meinst du?«, hatte sie leichthin erwidert, die Finger immer noch an ihrer Wange. Ihre Stimme war wie immer, aber ihr Ausdruck hatte sich verändert, als sähe sie ihn plötzlich mit anderen Augen. Als Feind, hatte er gedacht. Und eine tiefe Verzweiflung hatte ihn überwältigt, weil er sie so sehr liebte. »Nein, Jule. Ich habe keine bequemen Entschuldigungen. Ich kann keinem die Schuld geben. Keinen anklagen. Es war einfach eine Verkettung von Ereignissen, nur ein paar Erfahrungen, die zu anderen Erfahrungen führten. Genau so, wie ich es dir erzählt habe. Erst Hostess, dann ein bisschen fummeln, dann …« Sie lächelte. »Und dann weiter.«

In diesem Moment erkannte er, wer sie wirklich war. »Du musst uns alle verachten. Uns Männer. Was wir wollen. Was wir tun.«

Sie hatte nach seiner Hand gegriffen. Sie war immer noch zur Faust geballt, und sie löste seine Finger behutsam. Sie hob seine Hand an ihre Lippen und küsste die Finger, die sie geschlagen hatten. »Du bist, was du bist«, sagte sie. »Und für mich gilt das Gleiche, Julian.«

Aber er konnte und wollte nicht akzeptieren, dass es so einfach war. Er wütete gegen diese Erklärung, wütete selbst jetzt noch dagegen. Und er wütete gegen Nicola. Er war entschlossen, sie zu ändern, koste es, was es wolle. Sie würde zur Vernunft kommen. Sie würde Hilfe bekommen, wenn es nicht anders ging.

Und nun war sie tot. Nur gerecht, würden manche sagen, wenn man bedenkt, was sie aus ihrem Leben gemacht hatte.

Julian fühlte sich selbst wie tot, während er Stück für Stück seiner Rettungsausrüstung in den Rucksack packte. Erinnerungen stürmten auf ihn ein, und er war bereit, so ziemlich alles zu tun, um die Stimmen in seinem Kopf zum Schweigen zu bringen.

Ablenkung nahte in Gestalt seines Vaters, der den Flur in der ersten Etage entlangtrottete, als Julian gerade den Rucksack in der alten Truhe verstaute. In der einen Hand hielt Jeremy Britton ein Glas, was nicht weiter überraschend war, in der anderen mehrere Broschüren. »Ah, mein Junge, hier bist du«, sagte er. »Hast du an diesem schönen Tag einen Moment Zeit für deinen Dad?«

Er sprach klar und deutlich, Anlass genug für Julian, einen neugierigen Blick auf das Glas in seiner Hand zu werfen. Die farblose Flüssigkeit ließ Gin oder Wodka vermuten. Aber es war ein großes Glas, und da es höchstens zu einem Viertel gefüllt war und Jeremy niemals eine so bescheidene Menge in ein Glas gegossen hätte, das weitaus mehr fasste, *und* da ihm jedes Wort klar verständlich über die Lippen kam, konnte das nur bedeuten, dass das Glas weder Wodka noch Gin enthielt. Und das wiederum musste heißen … Julian zweifelte an seinem Wahrnehmungsvermögen. Großer Gott, er war wirklich nahe daran überzuschnappen.

»Aber natürlich.« Er musste sich zusammennehmen, um nicht auf das Glas zu starren, oder an seinem Inhalt zu riechen.

Aber Jeremy wusste Bescheid. Lächelnd hob er das Glas und sagte: »Wasser. Das gute alte einheimische H_2O. Ich hatte schon beinahe vergessen, wie es schmeckt.«

Der Anblick seines wassertrinkenden Vaters warf Julian beinahe um. »Wasser?«, fragte er verdutzt.

»Das Beste, das es gibt. Ist dir schon mal aufgefallen, mein Junge, dass das frische Wasser direkt aus unserem eigenen Grund und Boden besser schmeckt als alles, was man in Flaschen bekommt? Ich meine, in Flaschen abgefülltes Wasser«, fügte er lächelnd hinzu. »Evian, Perrier. Du weißt schon.« Er hob das Glas an den Mund und trank einen Schluck, schmatzte genießerisch.

»Also, hast du einen Moment Zeit für deinen Dad? Ich möchte dich um deinen Rat bitten, mein Junge.«

Verwirrt, misstrauisch, erstaunt über die plötzliche Wandlung – die, wie Julian schien, aus heiterem Himmel eingetreten war –, folgte er seinem Vater ins Wohnzimmer. Dort setzte Jeremy sich in seinen gewohnten Sessel, nachdem er einen zweiten herumgezogen und gegenüber aufgestellt hatte. Mit einer Geste forderte er Julian auf, dort Platz zu nehmen. Julian tat es zögernd.

»Ist dir wohl beim Mittagessen gar nicht aufgefallen, was?«, fragte Jeremy.

»Was ist mir nicht aufgefallen?«

»Das Wasser. Dass ich nur Wasser getrunken hab. Sonst nichts. Hast du das nicht gesehen?«

»Nein, tut mir leid. Ich hatte andere Dinge im Kopf. Aber ich bin froh darüber, Dad. Das ist wunderbar.«

Jeremy nickte, sichtlich zufrieden mit sich selbst. »Weißt du, ich habe in der letzten Woche mal gründlich nachgedacht, Julie. Und ich habe mir Folgendes überlegt: Ich werde eine Kur machen. Ich spiele schon lange mit dem Gedanken, schon seit … ach, ich weiß gar nicht mehr, seit wann. Und ich glaube, es ist an der Zeit.«

»Du willst aufhören? Mit dem Trinken? Du willst wirklich aufhören zu trinken?«

»Irgendwann muss mal Schluss sein. Ich bin jetzt seit – seit ungefähr fünfunddreißig Jahren praktisch immer blau gewesen. Mal sehen, ob ich die nächsten fünfunddreißig Jahre nüchtern schaffe.«

Einen ähnlichen Entschluss hatte sein Vater auch früher schon gelegentlich verkündet. Aber im Allgemeinen immer dann, wenn er betrunken oder völlig verkatert gewesen war. Diesmal schien er jedoch weder das eine noch das andere zu sein.

»Du willst zu den Anonymen Alkoholikern gehen?«, fragte Julian. Es gab Treffen in Bakewell, ebenso in Buxton, Matlock und Chapel-le-Frith. Julian hatte in jedem der Orte angerufen und um Zusendung von Informationsblättern gebeten, die nach ihrem Eintreffen prompt weggeworfen worden waren.

»Ja, weißt du, genau darüber wollte ich mit dir sprechen«, erwiderte Jeremy. »Wie ich diesen Teufel, der mir da im Nacken sitzt, am besten loswerden kann. Und ich glaube ich habe die Lösung gefunden, Julie.« Er breitete die Broschüren, die er mitgebracht hatte, auf Julians Knien aus. »Das sind verschiedene Kliniken«, erklärte er. »Wo man den Entzug machen kann. Man geht für einen Monat rein – oder zwei oder auch drei, wenn's nötig ist – und macht eine Kur mit vorgeschriebener Diät, viel Bewegung, Sitzungen beim Psychologen und dem ganzen Drum und Dran. So fängt man an, und wenn man dann auf den Trichter gekommen ist, geht man zu den AA. Schau dir die Prospekte mal an, mein Junge. Sag mir, was du davon hältst.«

Julian brauchte sich die Broschüren gar nicht erst anzusehen, um zu wissen, was er von dem Vorschlag seines Vaters hielt. Diese Kliniken waren alle privat. Teuer. Um diese Preise zu bezahlen, müsste er die Renovierungsarbeiten am Haus aufgeben, seine Hunde verkaufen und sich eine feste Anstellung suchen. Und das wäre das Ende seines Traums, das alte Gut wieder zum Leben zu erwecken und zu erhalten.

Jeremy beobachtete ihn mit hoffnungsvollem Blick. »Ich weiß, dass ich es diesmal schaffen würde, mein Junge. Ich fühl's. Du weißt doch, wie das ist. Mit ein bisschen Hilfe pack ich's. Ich lass mich nicht mehr vom Teufel reiten.«

»Du glaubst nicht, dass es dir Hilfe genug wäre, regelmäßig zu den Anonymen Alkoholikern zu gehen?«, fragte Julian. »Ich meine, ich will dir die Idee ja nicht ausreden, Dad, aber so eine Klinik ... ich kann natürlich bei unserer Versicherung nachfragen, und das werde ich auch ganz bestimmt tun. Aber ich glaube nicht, dass sie das bezahlen werden ... wir haben den billigsten Tarif, das weißt du ja. Es ginge höchstens, wenn ich ...« Aber genau das wollte er nicht tun. Dennoch zwang er sich, es auszusprechen. Es ging schließlich um seinen Vater. »Ich könnte die Arbeit hier am Haus aufgeben und mir eine richtige Stellung suchen.«

Jeremy beugte sich vor und ergriff hastig die Broschüren. »Nein, das will ich nicht. Nie im Leben, Julie. Nein, das will ich nicht. Ich wünsche mir genauso wie du, dass Broughton Manor wieder in seinem alten Glanz aufersteht. Diese Arbeit darfst du nicht aufgeben, mein Junge. Nein. Ich werde schon irgendwie zurechtkommen.«

»Aber wenn du überzeugt bist, dass du eine Klinik brauchst ...«

»Ja, das bin ich. Doch, da bekäme ich eine richtige Behandlung, und damit wäre eine Grundlage geschaffen. Aber wenn kein Geld da ist – und ich glaube dir das, mein Junge, weiß Gott –, dann ist eben kein Geld da, und damit hat die Diskussion ein Ende. Ein andermal vielleicht …« Jeremy stopfte die Broschüren in seine Jackentasche. Er starrte grüblerisch ins Feuer. »Geld«, murmelte er. »Ist es nicht furchtbar, Julie, dass alles immer am Geld hängt.«

Die Wohnzimmertür öffnete sich. Samantha kam herein.

Fast so, als hätte sie nur auf ihr Stichwort gewartet.

18

»Tut mir leid, Freunde, nur für Mitglieder.« Mit diesen Worten wurden Lynley und Nkata von einer matronenhaften älteren Frau empfangen, die, mit einer Petit-Point-Stickerei beschäftigt, hinter einem Pult saß und den Eingang zum *The Stocks* bewachte – eine düstere Höhle, zu der eine Treppe hinunterführte. Abgesehen von ihrem seltsamen Aufzug, einem engen schwarzen Lederschlauch mit einem silbernen Reißverschluss, der über schlaffen, faltigen Brüsten bis zu ihrer Taille geöffnet war, hätte sie irgendjemandes nette Großmutter sein können und war das wahrscheinlich auch. Sie hatte graues Haar, das aussah wie frisch onduliert für den Sonntagsgottesdienst, und auf ihrer Nasenspitze saß eine Brille mit Halbgläsern. Sie blickte die beiden Kriminalbeamten über den Rand ihrer Brille hinweg an und fügte hinzu: »Außer Sie wollen beitreten. Sind Sie interessiert? Hier. Dann sehen Sie sich das mal an.« Sie reichte jedem der beiden eine Broschüre.

Das *The Stocks* war, wie Lynley las, ein privater Club für anspruchsvolle Erwachsene, die an pikanter Unterhaltung der ganz besonderen Art Gefallen fanden. Für einen bescheidenen Jahresbeitrag bot man ihnen Zugang zu einer Welt, in der ihre geheimsten Phantasien aufregende Wirklichkeit wurden. In geselliger Atmosphäre, bei leichten Speisen, ausgesuchten Getränken und guter Musik konnten sie in Gesellschaft Gleichgesinnter die dunkelsten Träume der Menschen ausleben oder ihre Verwirklichung als passiver Zuschauer miterleben. Ihre persönlichen Daten würden von der Geschäftsleitung, deren Anliegen absolute Diskretion sei, streng geschützt, während eigens geschultes Personal sich um jeden ihrer Wünsche kümmern würde. Das *The Stocks* war von Montag bis Samstag, auch an Feiertagen, von zwölf Uhr mittags bis vier Uhr morgens geöffnet. Die Sonntage waren der Andacht gewidmet.

Wessen?, dachte Lynley, aber er fragte nicht. Er schob die Broschüre in seine Jackentasche, lächelte freundlich, sagte: »Vielen

Dank, ich werde daran denken«, und zog seinen Dienstausweis heraus. »Polizei. Wir möchten gern Ihren Barkeeper sprechen.«

Die Dame im schwarzen Lederschlauch war zwar kein echter Zerberus, aber sie war auch nicht um eine scharfe Erwiderung verlegen. »Das hier ist ein privater Club, zu dem nur Mitglieder Zutritt haben, Sir. Wir führen hier weder ein Bordell noch eine Spielhölle. An mir kommt keiner vorbei, ohne seine Mitgliedskarte zu zeigen, und wenn jemand beitreten möchte, muss er einen Ausweis mit Bild und Geburtsdatum vorlegen. Wir nehmen ausschließlich Erwachsene auf, und unser Personal wird vor der Einstellung gründlich überprüft.«

Als sie eine Pause einlegte, um Luft zu holen, warf Lynley ein: »Madame, wenn wir Ihren Betrieb schließen wollten –«

»Das können Sie gar nicht. Es ist ein privater Club, wie ich Ihnen schon gesagt habe. Unser Anwalt hat uns über unsere Rechte umfassend aufgeklärt.«

»Das freut mich«, erwiderte Lynley, um Geduld bemüht. »Ich stelle immer wieder fest, dass der Durchschnittsbürger auf der Straße erstaunlich schlecht informiert ist. Aber da das für Sie nicht zutrifft, werden Sie wissen, dass wir kaum mit dem Dienstausweis in der Hand bei Ihnen vorsprechen würden, wenn wir die Absicht hätten, Ihren Betrieb zu schließen. Mein Kollege und ich sind keine verdeckten Ermittler, wir sind bei der Kriminalpolizei.«

Nkata, der schweigend danebenstand, machte ein Gesicht, als wüsste er nicht so recht, wohin er seinen Blick richten sollte. Das Dekolleté der Frau war direkt in seinem Blickfeld, und er hatte zweifellos noch nie zuvor Gelegenheit gehabt, etwas zu betrachten, dessen Anblick so wenig ergötzlich war.

»Wir suchen eine junge Frau namens Shelly Platt«, erklärte Lynley der Empfangsdame. »Uns wurde gesagt, dass Ihr Barkeeper weiß, wo sie zu finden ist. Wenn Sie so freundlich wären, ihn heraufzuholen, können wir hier oben mit ihm sprechen. Aber wir können auch nach unten gehen. Das liegt ganz bei Ihnen.«

»Er arbeitet gerade«, sagte sie.

»Genau wie wir.« Lynley lächelte. »Und je früher wir mit ihm sprechen können, desto schneller sind wir wieder von hier verschwunden.«

»Na, schön«, erwiderte sie widerstrebend und tippte am Telefon eine Nummer ein. Während sie sprach, behielt sie Nkata und Lynley fest im Blick, als fürchtete sie, die beiden könnten sonst kurzerhand die Treppe hinunterstürmen. Sie sagte: »Ich hab hier oben zwei Polizisten, die eine Shelly Platt suchen … sie behaupten, du kennst sie … nein. Kripo. Willst du raufkommen, oder soll ich … bist du sicher? Gut. Geht in Ordnung.« Sie legte auf und wies mit einer Kopfbewegung zur Treppe. »Sie sollen runterkommen. Er kann nicht von der Bar weg, weil er im Moment allein ist. Fünf Minuten kann er für Sie lockermachen, sagt er.«

»Sein Name?«, fragte Lynley.

»Sie können ihn Narbe nennen.«

»Mr. Narbe?«, erkundigte sich Lynley trocken.

Die Frau unterdrückte ein Lächeln. »Sie haben ein hübsches Gesicht, junger Mann, aber treiben Sie's nicht zu weit.«

Sie stiegen die Treppe hinunter in einen Korridor mit roten Lampen, deren Licht auf kahle, schwarz gestrichene Wände fiel. Ganz am Ende hing ein schwarzer Samtvorhang vor einer Türöffnung. Dahinter befand sich offensichtlich der Club.

Musik strömte wie Licht durch den Samt; nicht die heiseren Heavy-Metal-Rhythmen von Rockgitarren, die wie aufs Rad gespannte Roboter kreischten, sondern Klänge, die sich eher wie die Gesänge gregorianischer Mönche auf dem Weg zum Gebet anhörten. Sie waren jedoch sehr viel lauter als aus Mönchskehlen, als verlangte das ablaufende Ritual eher kraftvolle Töne als Bedeutung. *»Agnus dei qui tolis pecata mundi«*, sangen die Stimmen. Und wie in Antwort darauf knallte ein Peitschenschlag.

»Ah! Willkommen in der Sado-Maso-Szene«, sagte Lynley zu Nkata, als er den Vorhang zur Seite zog.

»Du Schreck, was meine Mama wohl dazu sagen würde?«, antwortete der Constable.

Es war Samstag am frühen Nachmittag, und Lynley hätte erwartet, den Club um eine solche Zeit menschenleer vorzufinden, aber das war nicht der Fall. Zwar war anzunehmen, dass mit dem Einbruch der Nacht noch weit mehr Mitglieder aus den Löchern hervorkriechen würden, in denen sie sich tagsüber versteckt hielten, aber schon jetzt waren genug Anhänger von Züchtigung und

Folter versammelt, um eine Vorstellung davon zu geben, wie es in *The Stocks* zuging, wenn es wirklich voll war.

Den Ehrenplatz in der Mitte des Raums nahm das mittelalterliche Folterinstrument ein, dem der Club seinen Namen verdankte, der Stock. Er war groß genug, um fünf Übeltätern zugleich Platz zu bieten, im Augenblick jedoch hing nur ein Sünder in den Ketten, um die Strafe für begangene Missetaten in Empfang zu nehmen: Ein breitschultriger Mann mit glänzendem Kahlkopf wurde von einer drallen Frau ausgepeitscht, die bei jedem Schlag »Du Böser! Du Böser! Du Böser!« schrie. Er war nackt; sie hatte ein schwarzes Lederkorsett und Spitzenstrümpfe an. An den Füßen trug sie Schuhe mit derart hohen Absätzen, dass sie mühellos Spitze hätte tanzen können.

Über ihnen drehte sich ein Beleuchtungskörper mit mehreren Scheinwerfern, von denen einer sein Licht direkt auf den Stock hinunterwarf. Andere, die an Schwenkarmen angebracht waren, beleuchteten die übrigen Aktivitäten im Raum.

»Mann o Mann«, murmelte Nkata.

Lynley konnte ihm nur schweigend zustimmen.

Zu den getragenen Rhythmen des gregorianischen Gesangs wurden mehrere Männer mit Hundehalsbändern von grimmig aussehenden Frauen in schwarzen Bodys oder Ledertangas und hohen Stiefeln an Leinen durch den Raum geführt. Ein älterer Mann in einer Naziuniform machte sich mit irgendeinem Instrument an den Hoden eines nackten jüngeren Mannes zu schaffen, der an eine schwarze Backsteinmauer gekettet war, und unweit davon schrie eine Frau, die sich angegurtet auf einer Folterbank wand, immer wieder »Mehr!«, während ihr aus einem Metallkrug eine dampfende Substanz auf die nackte Brust und zwischen die Beine gegossen wurde. Eine üppige Blondine in einem eng geschnürten Kunstlederwams stand mit gespreizten Beinen und in die Hüften gestemmten Armen auf einem Tisch, während ein Mann in Ledermaske und einem Metalltanga hingebungsvoll die Bleistiftabsätze ihrer Lackschuhe ableckte. Und während man sich allenthalben im Saal ungeniert diesen Spielchen hingab, schien ein Kostümkiosk, wo man alles – von der roten Kardinalsrobe bis zur neunschwänzigen Katze – ausleihen konnte, schwunghafte Geschäfte zu machen.

Nkata zog ein blütenweißes Taschentuch heraus und tupfte sich hastig die Stirn.

Lynley warf ihm einen Blick zu. »Für einen ehemaligen Jugendbandenführer scheinen Sie aber ein recht behütetes Leben geführt zu haben, Winston. Kommen Sie, wir wollen doch mal hören, was Narbe uns zu erzählen hat.«

Der Barkeeper schien völlig unberührt von dem hemmungslosen Treiben um ihn herum. Auch von den beiden Kriminalbeamten nahm er keine Notiz, während er gewissenhaft sechs Maß Gin in einen Shaker kippte, Wermut dazugab und ein paar Tropfen Saft aus einem Glas mit grünen Oliven. Erst als er den Deckel des Shakers zugeschraubt hatte und zu schütteln begann, hob er den Kopf und sah die beiden Männer an.

Im Licht eines der kreisenden Scheinwerfer sah Lynley, was dem Mann seinen Spitznamen eingetragen hatte: Eine zackige Narbe zog sich von seiner Stirn quer über eines der Augenlider bis fast hinunter zum Kinn, eine hässliche Schneise, der ein Stück Nasenspitze und die Hälfte der Oberlippe zum Opfer gefallen waren.

Narbe sah nicht Lynley an, sondern Nkata. Mit einer ruckartigen Bewegung stellte er den Cocktailshaker weg. »Scheiße«, knurrte er. »Ich hätt dich umlegen sollen, als ich dich hatte, Dämon. Diese ganze Lösegeldidee war doch nichts als Quatsch mit Soße.«

Lynley warf seinem Constable einen neugierigen Blick zu. »Sie beide kennen sich?«

»Wir ...« Nkata suchte offensichtlich nach einer Möglichkeit, seinem Chef die Nachricht schonend beizubringen. »Wir sind uns ein- oder zweimal in den Kleingärten bei Windmill Gardens über den Weg gelaufen«, sagte er. »Das ist schon einige Jahre her.«

»Ach, wohl beim gemeinsamen Unkrautjäten«, meinte Lynley trocken.

Narbe lachte prustend. »Das kann man wohl sagen, gejätet haben wir, und ob«, sagte er und dann zu Nkata gewandt: »Ich hab mich oft gefragt, wohin du dich verdrückt hast. Ich hätt's mir eigentlich denken können, dass du bei den Bullen landen würdest.« Er trat einen Schritt näher, um mit zusammengekniffenen

Augen Nkatas Gesicht zu mustern. Sein entstellter Mund verzog sich plötzlich zu einem breiten Grinsen. »Hey, du Mistkerl!«, rief er und lachte wiehernd. »Ich hab doch gewusst, dass ich dich an dem Abend erwischt hab. Ich hab immer gesagt, dass das nicht alles nur mein Blut war.«

»Stimmt, du hast mich erwischt«, bestätigte Nkata liebenswürdig und tippte auf die Narbe, die quer über seine Wange lief. Er bot dem anderen die Hand. »Wie geht's dir denn so, Dewey?«

Dewey?, dachte Lynley.

»Narbe«, sagte Dewey.

»Also gut, dann Narbe. Keine krummen Sachen mehr? Oder was?«

»Oder was«, antwortete Narbe und feixte. Er schüttelte Nkata die Hand und sagte: »Verdammt noch mal, ich hab's gewusst. Ich hab dich erwischt, Dämie. Du warst gut mit dem Messer. Scheiße. Schauen Sie sich nur mal meine Fresse an, wenn Sie's nicht glauben.« Die letzten Worte waren an Lynley gerichtet. Dann wandte er sich wieder an Nkata. »Aber dafür war ich mit dem Rasiermesser klasse.«

»Das ist wahr«, sagte Nkata.

»Also, was wollt ihr eigentlich von Shelly Platt, Leute?« Er grinste. »Kann mir nicht vorstellen, dass ihr das Übliche von ihr wollt.«

»Wir möchten sie in Zusammenhang mit einem Mord sprechen«, erklärte Lynley. »Es geht um Nicola Maiden. Ist Ihnen der Name bekannt?«

Narbe überlegte, während er vier Gläser, die auf einem Tablett standen, mit Martinis füllte. Er spießte je zwei gefüllte Oliven auf Zahnstocher, die er in die Cocktails gab, ehe er antwortete. »Sheila!«, brüllte er. »Fertig.« Und als die Bedienung in Stiefeln mit hohen Plateausohlen und einem Netzbody, der weit mehr zeigte, als er verhüllte, angetänzelt kam, schob er ihr das Tablett hin und wandte sich wieder den Kriminalbeamten zu. »Toller Name, Maiden. Die holde Maid. Hätte prima hierher gepasst. Hätt ich bestimmt nicht vergessen. Nein. Die Frau kenn ich nicht.«

»Aber Shelly hat sie offenbar gekannt. Und jetzt ist sie tot.«

»Shelly bringt niemanden um. Sie ist ein Luder und hat ein

Temperament wie eine Kobra, aber sie hat nie jemandem was getan, soviel ich weiß.«

»Wir würden trotzdem gern mit ihr sprechen. Soweit ich gehört habe, kommt sie regelmäßig in den Club. Wenn sie im Augenblick nicht hier ist, wären Sie vielleicht bereit, uns zu sagen, wo sie zu finden ist. Ich kann mir nicht vorstellen, dass es Ihnen genehm wäre, wenn wir hier warten, bis sie kommt.«

Narbe warf Nkata einen Blick zu. »Redet er immer so?«

»Von Geburt an.«

»Ach du Scheiße! Muss dir ja völlig den Stil versauen.«

»Ich kann damit leben«, sagte Nkata. »Also, kannst du uns helfen, Dew?«

»Narbe.«

»Narbe, richtig. Das vergess ich dauernd.«

»Kann ich«, sagte Narbe. »Aus alter Freundschaft und so weiter. Aber ihr habt es nicht von mir erfahren. Ist das klar?«

»Klar«, bestätigte Nkata und zog sein adrettes kleines Lederbuch heraus.

Narbe grinste. »Heiliger Strohsack! Du bist ein echter Bulle, was?«

»Behalt's für dich, Kumpel, okay?«

»Ich fasse es immer noch nicht! Der Dämon des Todes ein Bulle!« Er lachte glucksend. Shelly Platt, sagte er dann, gehe in den Straßen um Earl's Court Station anschaffen. Aber um diese Tageszeit würden sie sie dort nicht finden. Sie fange immer erst abends zu arbeiten an und mache dann bis zum Morgen durch. Sie würden sie also wahrscheinlich zu Hause in der Koje finden. Er gab ihnen die Adresse.

Sie dankten ihm kurz und gingen. Draußen in dem diabolischen schwarzen Korridor sahen sie, dass jetzt ein Nebenraum geöffnet war, den sie vorher gar nicht bemerkt hatten. Die Falltür, die wie ein Stück schwarze Wand gewirkt hatte, war hochgeschoben, und dahinter befand sich ein kleiner Laden mit einer Theke, die die ganze Breite der Wandöffnung einnahm. Die Frau dahinter erinnerte in ihrer gespenstischen Aufmachung und mit ihrem violetten Haar an *Frankensteins Braut.* Lippen und Augenlider waren schwarz umrandet, das an unzähligen Stellen gepiercte Gesicht sah aus wie von Pusteln übersät.

»Ist wohl nicht euer Revier hier, was?«, sagte die Frau mit nachsichtigem Spott, als Lynley und Nkata an ihr vorbeigingen. »Aber vielleicht lohnt sich der Besuch ja doch noch für euch, wenn ihr euch einen Moment Zeit nehmt.«

Lynley sah sich die angebotenen Waren an. In den Regalen lag alles, vom Vibrator bis zum Pornovideo, und die Glasvitrine, die als Theke diente, war mit einem kunstvollen Aufbau von Dosen mit der Aufschrift »Shaft; Ihr ganz persönliches Gleitmittel« dekoriert. Rundherum angeordnet waren Leder- und Metallinstrumente verschiedener Formen und Größen, über deren Verwendungszweck Lynley lieber gar nicht erst nachdenken wollte. Aber eines dieser Geräte fiel ihm ins Auge, als er schon fast an der Theke vorbei war, und er hielt an, ging einen Schritt zurück und kauerte vor der Vitrine nieder.

»Inspector«, sagte Nkata so gequält wie ein Schuljunge, dessen Vater im Begriff ist, eine unverzeihliche Indiskretion zu begehen.

»Augenblick, Winnie«, wehrte Lynley ab. »Was ist das bitte?«, wandte er sich an die Frau mit den violetten Haaren.

Er zeigte ihr den Gegenstand, den er meinte, und sie nahm einen Chromzylinder aus der Vitrine. Er sah genau so aus wie der, den er in Nicola Maidens Wagen gefunden hatte.

»Direkt aus Paris importiert«, erklärte sie stolz. »Elegant, finden Sie nicht auch?«

»Toll«, stimmte Lynley zu. »Und was ist das?«

»Ein Hodenspanner.«

»Ein was?«

Sie lächelte breit, brachte eine lebensgroße, anatomisch korrekte männliche Gummipuppe zum Vorschein, die hinter der Theke auf dem Boden gelegen hatte, und stellte sie auf. »Halten Sie ihn mal«, sagte sie zu Nkata. »Normalerweise liegt er auf dem Rücken, aber im Notfall, nur um es mal vorzuführen … Hey! Halten Sie ihn am Hintern fest oder so. Der beißt nicht, Schätzchen.«

»Ich schweige wie ein Grab«, versicherte Lynley Nkata mit gesenkter Stimme. »Ihr Geheimnis ist bei mir sicher.«

»Ha, ha, sehr witzig«, sagte Nkata. »Ich hab noch nie einen Kerl am Hintern angefasst. Egal, ob aus Plastik oder nicht.«

»Tja, beim ersten Mal ist die Angst immer am größten, nicht wahr?« Lynley lächelte. »Kommen Sie, helfen Sie der Dame.«

Nkata schnitt ein Gesicht, hielt aber die Puppe, die seitwärts gedreht und mit gespreizten Beinen auf der Theke stand, gehorsam am Kunststoffgesäß fest.

»So ist es gut«, sagte die Frau. »Und jetzt passen Sie auf.«

Sie nahm den Hodenspanner zur Hand und schraubte die beiden Ringbolzen auf jeder der zwei Seiten auf. Der Zylinder öffnete sich und ließ sich nun mühelos um den Hodensack der Gummipuppe legen, so dass die Hoden darunter frei herabhingen. Dann setzte sie die Ringbolzen wieder ein und erklärte dabei, dass die Domina sie so fest zu ziehen pflegte, wie der Freier es wünschte, und damit den Druck auf den Hodensack ständig vergrößerte, bis der Freier um Gnade flehte oder das Wort aussprach, das sie zuvor zur Beendigung der Folter vereinbart hatten. »Man kann da auch Gewichte dranhängen«, bemerkte sie und zeigte auf die Ringe an den Ringbolzen. »Es kommt ganz darauf an, was einer mag und wie viel er braucht. Die meisten lassen sich gern auch noch dazu auspeitschen. Aber was soll's. So sind Männer eben, nicht? Soll ich Ihnen einen einpacken?«

Lynley unterdrückte ein Lächeln bei dem Gedanken, Helen ein derartiges Souvenir zu präsentieren. »Vielleicht ein andermal.«

»Na ja, Sie wissen ja, wo Sie uns finden«, sagte die Frau.

Draußen auf der Straße atmete Nkata tief auf. »Das hätt ich mir nicht träumen lassen, dass ich noch mal so was zu sehen kriege. Ein einziger Grusel, die ganze Bude.«

»›Dämon des Todes‹? Wer hätte gedacht, dass ein Messerstecher, der es mit Narbe aufnimmt, beim Anblick von ein bisschen Folter gleich in die Knie geht?«

Nkata lächelte verlegen, dann grinste er breit. »Wenn Sie mich vor anderen Dämon nennen, ist's mit unserer Freundschaft aus, Mann.«

»Ich werd's mir merken. Also, kommen Sie.«

Nachdem Barbara Havers sich an einem Imbisswagen am Ende von Walker's Court ein dick belegtes Pitabrot zum Mittgessen genehmigt hatte, fand sie, es wäre vollkommen unsinnig, jetzt den ganzen Weg zum Yard zurückzufahren. Die Cork Street war schließlich ganz in der Nähe, praktisch nur einen Katzensprung von der Parkgarage entfernt, wo sie ihren Mini abgestellt hatte, bevor sie zum Soho Square marschiert war. Und da sie auf jeden Fall für eine Stunde würde zahlen müssen, ob sie nun so lange blieb oder nicht, schien es geradezu bewundernswert ökonomisch, jetzt gleich in die Cork Street hinüberzugehen, anstatt später, wenn sie pflichtschuldigst – und bestimmt völlig nutzlos – weitere Stunden am Computer abgesessen hatte, noch einmal in diese Gegend zurückzukehren.

Sie kramte die Geschäftskarte heraus, die sie in Terry Coles Wohnung gefunden hatte, und warf einen Blick darauf, um sich des Namens der Galerie zu vergewissern. »Bowers« stand da, und darunter der Name Neil Sitwell. Höchste Zeit, um herauszufinden, was Terry Cole bezweckt oder sich erhofft hatte, als er die Karte mitgenommen hatte.

Sie ging die Old Compton Street hinunter, überquerte sie, um in die Brewer Street einzubiegen, und wich so den Massen aus, die ihre Samstagseinkäufe machten, dem Verkehrsgewühl rund um den Piccadilly Circus und den Touristen, die das Café Royal in der Regent Street suchten. Sie fand die Firma Bowers ohne Mühe; direkt davor nämlich parkte ein riesiger Lastwagen, der den Verkehr in der Cork Street blockierte, Anlass für einen erbosten Taxifahrer, die beiden Männer, die gerade eine schwere Kiste abluden, wütend zu beschimpfen.

Barbara betrat den Laden. Es schien keine Galerie zu sein, wie sie ursprünglich aufgrund der Karte, der angegebenen Adresse und Terrys künstlerischer Ambitionen angenommen hatte, sondern ein Auktionshaus etwa im Stil von Christie's. Offenbar befand man sich mitten in den Vorbereitungen für eine Versteigerung, und was da aus dem Lastwagen vor dem Haus angeschleppt wurde, waren wohl Gegenstände, die bei dieser Gelegenheit unter den Hammer kommen sollten. Größtenteils handelte es sich um Gemälde in reichverzierten goldenen Rahmen, und der ganze Raum war voll davon: Sie waren in Kisten gestapelt, lehnten oder hingen an den Wänden, lagen auf dem Fußboden herum. Angestellte in blauen Kitteln und mit Klemmbrettern ausgerüstet, eilten geschäftig hin und her und versahen sie mit Vermerken, um die Stücke verschiedenen Kategorien mit den Bezeichnungen »Rahmenschaden«, »Restaurierung« und »Brauchbar« zuzuordnen.

Hinter einem Ladentisch hingen an einer Glaswand Plakate vergangener und kommender Versteigerungen. Neben Gemälden hatte das Haus im Laufe der Jahre eine Vielzahl anderer Wertobjekte zur Versteigerung gebracht, vom Bauernhof in der Republik Irland bis hin zu Silber, Schmuck und kleinen Kunstgegenständen.

Das Auktionshaus war sehr viel größer, als die beiden bescheidenen Schaufenster, die zur Straße zeigten, verrieten. Drinnen öffnete sich eine ganze Flucht von Räumen bis hinauf zur Old Bond Street. Barbara wanderte von Saal zu Saal, bis sie sich zu Neil Sitwell durchgefragt hatte.

Sitwell, rundlich und mit feuerrotem Haarschopf, führte, wie sich herausstellte, die Oberaufsicht über die emsigen Scharen, die hier tätig waren. Als Barbara ihn endlich entdeckte, hockte er gerade vor einem rahmenlosen Gemälde von drei Jagdhunden, die unter einer alten Eiche tollten. Sein Klemmbrett lag neben ihm auf dem Boden, und er hatte seine Hand in voller Länge durch einen großen Riss in der Leinwand geschoben, der wie ein zuckender Blitzstrahl von der rechten oberen Ecke abwärts verlief. Oder wie ein Kommentar zu dem Werk selbst, dachte Barbara: Es schien ihr ein ziemlich missratener Versuch zu sein.

Sitwell zog seine Hand wieder heraus. »Bringen Sie das zur Restaurierung, und sagen Sie den Leuten, dass wir es in sechs Wochen brauchen«, rief er einem jungen Mitarbeiter zu, der mit einem Stapel Gemälde unter dem Arm vorübereilte.

»In Ordnung, Mr. Sitwell«, rief der Junge. »Wird sofort erledigt. Ich will die hier nur schnell wegbringen. Dann bin ich gleich wieder da.«

Sitwell hievte sich mit einiger Mühe in die Höhe. Er nickte Barbara zu und deutete dann auf das Gemälde, das er begutachtet hatte. »Das wird um die zehntausend bringen.«

»Im Ernst?«, fragte Barbara. »Wegen des Malers?«

»Nein, wegen der Hunde. Sie wissen doch, wie Engländer sind. Ich persönlich kann sie nicht ausstehen. Hunde, meine ich. Also, was kann ich für Sie tun?«

»Ich hätte Sie gern einen Moment gesprochen, möglichst ungestört.«

»Worum geht's denn? Wir ersticken hier in Arbeit. Und heute Nachmittag kommen noch zwei Ladungen.«

»Um Mord.« Barbara hielt ihm ihren Ausweis hin. Das wirkte. Seine Aufmerksamkeit gehörte ihr.

Er führte sie eine schmale Treppe hinauf zu seinem Büro, einem kleinen Kabäuschen mit Blick auf die Ausstellungsräume. Es war einfach eingerichtet mit einem Schreibtisch, zwei Stühlen und einem Aktenschrank. Einzige Dekoration – wenn man es denn so nennen konnte – waren die Wände. Vom Boden bis zur Decke mit Kork tapeziert, waren sie vollgepflastert mit Hunderten von Zeitungsausschnitten, Anzeigen und Plakaten, die die Geschichte des Unternehmens erzählten, bei dem Mr. Sitwell tätig war. Das Auktionshaus schien eine große Vergangenheit zu haben, aber wie ein wenig beachtetes Kind in einem Kreis glänzender Geschwister musste es sich lauthals bemerkbar machen, um neben so renommierten Häusern wie Sotheby's und Christie's Aufmerksamkeit zu finden.

Barbara erklärte Sitwell in aller Kürze, worum es ihr ging: Ein junger Mann, Terry Cole, der in Derbyshire ermordet aufgefunden worden war, habe unter seinen Sachen eine Geschäftskarte mit Neil Sitwells Namen aufbewahrt, sagte sie. Ob Mr. Sitwell eine Ahnung habe, warum?

»Er bezeichnete sich als Künstler«, fügte sie erläuternd hinzu. »Eine Art Bildhauer. Er hat Objekte aus Gartengeräten und landwirtschaftlichen Geräten gemacht. Das waren seine Skulpturen. Könnte ja sein, dass Sie ihm einmal begegnet sind. Vielleicht bei einer Ausstellung ... sagt Ihnen das was?«

»Überhaupt nichts«, antwortete Sitwell. »Ich gehe natürlich zu Ausstellungseröffnungen. Man möchte ja über Trends in der Kunstszene auf dem Laufenden bleiben. Sein Gefühl dafür schärfen, was sich mal verkaufen wird und was nicht. Aber das ist eigentlich nur eine Liebhaberei von mir – die neuesten Trends zu verfolgen –, nicht mein Beruf. Wir sind ein Versteigerungshaus und keine Galerie, ich hätte daher keinerlei Veranlassung, einem jungen Künstler meine Geschäftskarte zu geben.«

»Sie meinen, weil Sie nicht mit moderner Kunst handeln?«

»Weil wir nicht mit Werken von Künstlern handeln, die sich noch nicht etabliert haben. Aus naheliegenden Gründen.«

Barbara ließ sich seine Erklärung durch den Kopf gehen und überlegte, ob Terry Cole vielleicht versucht hatte, sich als etablierter Bildhauer auszugeben. Sie hielt es für unwahrscheinlich. Und obgleich Cilla Thompson behauptet hatte, mindestens eines ihrer oralfixierten Werke verkauft zu haben, so war doch kaum anzunehmen, dass ein renommiertes Auktionshaus versuchen würde, sie für sich zu gewinnen, indem es ihren Wohngenossen umwarb.

»Wäre es dann vielleicht möglich, dass er aus einem anderen Grund hierhergekommen ist – oder Sie bei einer anderen Gelegenheit kennengelernt hat?«

Sitwell verschränkte seine Hände unter dem Kinn. »Wir suchen seit drei Monaten einen qualifizierten Gemälderestaurator. Da er Künstler war –«

»Ich gebrauche das Wort wirklich im weitesten Sinne«, warnte Barbara.

»Ja, gut. Ich verstehe. Also, da er sich als Künstler betrachtete, verstand er vielleicht etwas vom Restaurieren und war zu einem Bewerbungsgespräch bei mir. Warten Sie einen Moment.« Er zog einen schwarzen Terminkalender aus der mittleren Schublade seines Schreibtischs und begann darin zu blättern, wobei er mit dem Zeigefinger Seite für Seite den einzelnen Eintragungen folgte. »Nichts. Kein Terry oder Terence Cole, tut mir leid. Überhaupt kein Cole.« Er griff nach einem verbeulten Metallkasten voller Karteikarten, die mit eselsohrigen Leitkarten alphabetisch unterteilt waren. Er habe die Gewohnheit, erklärte er, sich Namen und Adressen von Leuten aufzubewahren, von denen er den Eindruck hatte, dass sie der Firma auf die eine oder andere Weise nützlich sein könnten. Vielleicht sei ja Terence Cole einer von ihnen gewesen ... aber nein. Sein Name war auf keiner der Karteikarten zu finden. Es tue ihm wirklich leid, sagte Neil Sitwell, aber er fürchte, er könne Constable Havers bei ihren Ermittlungen nicht weiterhelfen.

Barbara versuchte es mit einer letzten Frage. Ob es möglich sei, erkundigte sie sich, dass Terry Cole auf andere Weise an eine von Mr. Sitwells Geschäftskarten gekommen sei? Den Gesprächen mit seiner Mutter und seiner Schwester habe sie entnommen, dass er davon geträumt hatte, seine eigene Galerie zu eröffnen. Vielleicht also sei er Mr. Sitwell irgendwo zufällig begegnet, mit ihm ins Gespräch gekommen und habe sich mit der Bitte, ihn bei Gelegenheit einmal aufsuchen zu dürfen, seine Karte geben lassen …

Barbara unterbreitete das alles in ermutigendem Ton, wenn auch ohne große Hoffnung, etwas zu erreichen. Aber als sie die Worte »… seine eigene Galerie zu eröffnen«, sagte, hob Sitwell den Zeigefinger, als sei ihm plötzlich eine Erinnerung gekommen.

»Aber ja! Die Kunstgalerie! Natürlich. Jetzt erinnere ich mich. Ich bin nur nicht gleich darauf gekommen, weil Sie zuerst sagten, er sei Bildhauer gewesen. Der junge Mann hat mit keinem Wort erwähnt, dass er Bildhauer sei, als er mich aufsuchte. Er sagte lediglich, er hoffe –«

»Sie erinnern sich an ihn?«, unterbrach Barbara ihn gespannt.

»Der ganze Plan erschien mir reichlich zweifelhaft. Ich meine, seine Ausdrucksweise …« Mit einem raschen Blick auf Barbara geriet er ins Stocken, ratlos und verlegen. Ihm war offensichtlich klar, dass er nahe daran war, sein Gegenüber zu beleidigen. Barbaras Sprechweise verriet ihre Herkunft, die fast identisch war mit der Terry Coles. Und was den Stil ihrer Kleidung anging, so brauchte ihr niemand zu sagen, dass sie keine topmodisch gestylte Kandidatin für *Vogue* war.

»Schon gut. Er hat immer nur Schwarz getragen und redete wie jemand aus der Arbeiterklasse«, sagte Barbara. »Kleiner Spitzbart. Halb geschorener Kopf. Schwarzer Pferdeschwanz.«

Ja, das sei der junge Mann gewesen, bestätigte Sitwell. Er war erst in der vergangenen Woche bei Bowers vorbeigekommen, weil er etwas zum Versteigern anbieten wollte. Ein Muster davon hatte er mitgebracht. Aus dem Erlös einer solchen Auktion hatte er erklärt, wolle er die Galerie finanzieren, die schon lange sein Traum war.

Ein Muster von irgendetwas, das er zum Versteigern anbieten wollte? Barbaras erster Gedanke galt dem Kasten mit den Callgirl-Karten, den sie unter Terry Coles Bett gefunden hatte. Zweifellos waren schon verrücktere Dinge versteigert worden. Ihr fiel nur im Moment keines ein.

»Was war das? Doch keines seiner Objekte?«

»Ein Notenblatt«, antwortete Sitwell. »Er sagte, er hätte irgendwo gelesen, dass jemand die Handschrift eines Lennon-McCartney-Songs verkauft hätte – oder ein Heft mit Texten oder etwas Ähnliches –, und er wolle einen Stapel Originalkompositionen verkaufen, der sich in seinem Besitz befände. Das Notenblatt, das er mir zeigte, gehörte dazu.«

»Lennon-McCartney-Kompositionen, meinen Sie?«

»Nein. Es war ein Stück von Michael Chandler. Der Junge erklärte mir, er hätte noch ein Dutzend solcher Blätter, die wollte er alle verkaufen. Vermutlich stellte er sich einen Massenansturm von Tausenden von Musicalfans vor, die mit Freuden stundenlang anstehen würden, um für zwanzigtausend Pfund ein Blatt Papier zu ergattern, auf das ein Toter irgendwann einmal ein paar Bleistiftkritzel geworfen hatte.« Sitwell lächelte, zeigte Barbara die Miene, die er wahrscheinlich auch Terry gezeigt hatte: Nachsicht und väterlicher Spott. Es juckte ihr in den Fingern, ihm ins Gesicht zu schlagen. Aber sie beherrschte sich.

»Die Musik war also wertlos?«, fragte sie.

»Keineswegs.« Die Noten könnten durchaus ein Vermögen wert sein, erklärte Sitwell, aber das Entscheidende sei, dass sie zum Nachlass Michael Chandlers gehörten, ganz gleich, wie sie in Terry Coles Besitz gekommen seien. Bowers könne sie deshalb nur zum Verkauf anbieten, wenn die Verwalter des Chandler'schen Nachlasses den Verkauf genehmigten. Aber auch dann würde der Erlös Chandlers noch lebenden Erben zufallen.

»Und wie sind die Noten nun in seinen Besitz gekommen?«

»Keine Ahnung. Vielleicht hat er sie auf einem Flohmarkt entdeckt oder in einem Trödelladen. Ich weiß es wirklich nicht. Die Leute werfen ja manchmal wertvolle Dinge weg, ohne zu wissen, was sie da wegwerfen. Oder sie packen sie einfach in einen Koffer oder in einen Karton, bis sie dann irgendwann in fremde Hände fallen. Wie dem auch sei, der Junge hat mir nicht gesagt, wie er an die Noten gekommen ist, und ich habe nicht danach gefragt. Ich habe ihm allerdings angeboten, die Verwalter des Chandler'schen Nachlasses ausfindig zu machen und ihnen die Blätter zu übergeben, damit sie sie an die Witwe und die Kinder weiterreichen könnten. Aber Cole wollte das lieber selbst tun. Er hoffte, wie er sagte, dass es wenigstens einen Finderlohn geben würde.«

»Finderlohn?«

»So nannte er es.«

Nur eine Frage hatte der junge Mann am Ende ihres Gesprächs noch gestellt: Er hatte wissen wollen, wie er diese Nachlassverwalter am schnellsten finden könnte. Sitwell hatte ihn an King-Ryder Productions verwiesen, weil – wie jeder, der in den letzten zwei Jahrzehnten ab und zu mal Zeitung gelesen habe, wisse – Michael Chandler und David King-Ryder bis zu Michael Chandlers Tod Partner gewesen waren.

»Ich hätte ihn wahrscheinlich auch an die Verwalter von King-Ryders Nachlass verweisen sollen«, meinte Sitwell nachdenklich und murmelte »Armer Kerl«, wohl in Gedanken an David King-Ryders Selbstmord im vergangenen Sommer. »Aber da die Produktionsfirma noch immer existiert, hielt ich es für das Vernünftigste, ihn dorthin zu schicken.«

Was für eine interessante kleine Neuigkeit, dachte Barbara, und überlegte, ob sie mit dem Mord zu tun hatte oder ganz woanders hingehörte.

Während sie noch gedankenverloren schwieg, begann Sitwell, sich in Entschuldigungen zu ergehen. Es täte ihm leid, dass er ihr nicht weiterhelfen könne. Nichts an dem Besuch des Jungen sei irgendwie verdächtig gewesen; auch nicht ungewöhnlich. Er, Sitwell, hätte vollkommen vergessen, dass er Terry Cole je begegnet war, und könne sich auch jetzt noch nicht erklären, wie dieser an eine seiner Geschäftskarten gekommen sei; er könne sich jedenfalls nicht erinnern, ihm eine gegeben zu haben.

»Er hat sich eine genommen«, sagte Barbara und wies mit einer kurzen Kopfbewegung auf ein Häufchen Karten, das auf Sitwells Schreibtisch lag.

»Ach so. Ich verstehe. Ich kann mich zwar nicht entsinnen, dass er sich eine genommen hat, aber es ist natürlich möglich. Ich frage mich allerdings, wozu.«

»Um seinen Kaugummi darin einzuwickeln«, erklärte sie ihm und dachte, und Gott sei gedankt dafür.

Als sie wieder draußen auf der Straße stand, kramte sie aus ihrer Tasche die Liste der Angestellten des Hauses am Soho Square, die Dick Long ihr gegeben hatte. Die Namen waren in alphabetischer Reihenfolge aufgeführt, daneben der Name des jeweiligen Arbeitgebers, die dienstliche Telefonnummer und die Privatadresse und -telefonnummer.

Barbara überflog die Liste, bis sie gefunden hatte, was sie suchte.

King-Ryder Productions, las sie neben dem Namen an zehnter Stelle.

Bingo, dachte sie.

Shelly Platt wohnte nicht weit von Earl's Court Station in einem Haus, in dem es keinerlei Sicherheitsvorrichtungen gab. Die Haustür stand offen. Als Lynley bei diesem Anblick beinahe automatisch stehen blieb, um sich das Türschloss anzusehen, stellte er fest, dass die Tür selbst zwar mit den nötigen Teilen zum Abschließen und den Vorrichtungen für einen elektrischen Türöffner ausgestattet war, der Rahmen jedoch irgendwann in der Vergangenheit gründlich beschädigt worden war. Daher fiel die Tür zwar noch zu, aber sie schloss nicht mehr. »Einbrecher herzlich willkommen«, hätte über der Tür stehen können.

Einen Aufzug gab es nicht; Lynley und Nkata mussten sich also bequemen, die Treppe zu nehmen, die sich am hinteren Ende des Korridors im Erdgeschoss befand. Shelly Platt wohnte im vierten Stock, was beiden Männern die Gelegenheit verschaffte, ihre Kondition zu testen. Nkata hatte die bessere, wie Lynley feststellte. Er mochte vielleicht früher einmal ein messerschwingendes Gangmitglied auf den Straßen Südlondons gewesen sein, aber seine Lippen waren niemals auch nur mit einem Hauch von Tabak in Berührung gekommen. Diese Enthaltsamkeit – ganz zu schweigen von der unerträglichen Jugend des Mannes – machte sich jetzt bemerkbar. Aber Nkata war so rücksichtsvoll, nicht darauf herumzureiten. Er ging in seiner Rücksichtnahme sogar so weit, dass er im Zwischenstock zur zweiten Etage haltmachte, um eine Aussicht zu bewundern, die keine war, und Lynley auf diese Weise eine Verschnaufpause zu gestatten, die dieser sich im Beisein seines Mitarbeiters eisern verkniffen hätte.

Im vierten Stock gab es zwei Wohnungen, eine zur Straße, die andere zum Hinterhof. Shelly Platt wohnte in der letzteren, einem kleinen Einzimmerapartment.

Sie mussten mehrmals klopfen, ehe sich drinnen etwas rührte.

Aber schließlich wurde die Tür bei scheppernder Sicherheitskette einen Spaltweit geöffnet, und ein verschlafenes Gesicht unter zerzaustem orangerotem Haar spähte hinaus.

»Hey, was gibt's? Oha, ihr seid gleich zu zweit angerückt, was? Nichts für ungut, Sportsfreund, aber ich nehm' keine Schwarzen. Hat mit Vorurteilen nichts zu tun. Ist nur 'ne Abmachung mit 'ner Kollegin, die langsam in die Jahre kommt. Ich kann dir ihre Nummer geben, wenn du willst.« Die junge Frau sprach mit dem ausgeprägt nasalen Akzent, der für die Leute aus der Gegend von Manchester typisch war.

»Miss Platt?«, fragte Lynley.

»Ja, wenn ich bei Bewusstsein bin.« Sie grinste breit. Ihre Zähne waren grau. »Typen wie dich sieht man hier selten. Was schwebt dir denn so vor?«

»Eine kurze Unterhaltung.« Lynley zog seinen Ausweis heraus und schob reaktionsschnell den Fuß über die Schwelle, als sie die Tür zuschlagen wollte. »Kriminalpolizei«, sagte er. »Wir hätten Sie gern kurz gesprochen, Miss Platt.«

»Sie haben mich aufgeweckt.« Sie war plötzlich verdrossen. »Kommen Sie später wieder, wenn ich ausgeschlafen hab.«

»Ich kann mir nicht vorstellen, dass Sie das wirklich wollen«, versetzte Lynley. »Womöglich stören wir Sie später, wenn Sie gerade beschäftigt sind. Das wäre sicher nicht gut fürs Geschäft. Also, lassen Sie uns jetzt bitte herein.«

»Ach Scheiße«, schimpfte sie. Dann löste sie die Kette, überließ es aber den beiden Männern, die Tür ganz zu öffnen.

Lynley stieß sie auf. Das Zimmer dahinter hatte nur ein Fenster, verhüllt mit einem jener Perlenvorhänge, die man gewöhnlich in Türdurchgängen hängen sieht. Eine Matratze auf dem Boden unter dem Fenster diente als Bett, zu dem Shelly Platt auf nackten Füßen schlurfte. Sie tappte über das Bett hinweg zu einem Häufchen Jeanszeug, das sich als Overall entpuppte, und zog ihn über das einzige Kleidungsstück, das sie trug: ein ausgewaschenes T-Shirt, auf dem das unverkennbare Gesicht des Straßenjungen aus *Les Misérables* abgebildet war. Sie klaubte zwei Mokassins zusammen und schob sie sich über die Füße. Die Schuhe waren einmal mit bunter Perlenstickerei verziert gewesen, jetzt waren von dem Schmuck jedoch nur noch ein paar winzige türkisfarbene Perlchen übrig, an losen Fäden aufgereiht, die beim Gehen hinter den Schuhen herschleiften.

Auf dem ungemachten Bett lagen in zerknautschtem Durcheinander ein Überwurf indischer Machart in Gelb und Orange und die Bettdecke, violett und rosarot gestreift und mit zerschlissener Satineinfassung. Shelly ließ das Bett, wie es war, und ging durch das Zimmer zu einem Waschbecken, füllte einen Topf mit Wasser und stellte ihn auf eine der Heizplatten eines Kochers, der seinen Platz auf einer zerschrammten Kommode hatte.

Es gab nur eine Sitzgelegenheit im Zimmer: einen schwarzen Futon voller Flecken in einheitlichem Grau, vielgestaltige Gebilde, die an Wolken erinnerten. Mit ein bisschen Phantasie konnte man alles Mögliche in den Formen sehen, von Eichhörnchen bis zu Seehunden. Auf dem Rückweg zum Bett wies Sally auf den Futon. »Sie können sich da hinsetzen, wenn Sie wollen«, sagte sie gleichgültig. »Einer von Ihnen muss stehen.«

Keiner von ihnen machte Anstalten, sich auf dem unappetitlichen Möbelstück niederzulassen.

»Na schön, wie Sie wollen«, sagte Shelly Platt, ließ sich auf die Matratze fallen, schnappte sich eines der beiden Kopfkissen und drückte es mit verschränkten Armen auf ihren Bauch. Mit einem Fuß trat sie ein weiteres Häufchen Kleidungsstücke weg – einen roten Lackminirock, schwarze Netzstrümpfe, die noch am Strumpfgürtel hingen, und ein grünes Top mit Flecken von ähnlicher Farbe wie die auf dem Futon. Sie beobachtete Lynley und Nkata unentwegt mit tiefumschatteten Augen, die auffällig leblos wirkten und dem Gesicht den erloschenen Ausdruck der Heroinsüchtigen verliehen, der derzeit bei den in Modezeitschriften abgebildeten Models der letzte Schrei war.

»Also, was wollen Sie? Sie kommen von der Kripo, haben Sie gesagt, nicht von der Sitte. Es hat also mit dem Geschäft nichts zu tun, oder?«

Lynley zog aus seiner Jackentasche den anonymen Brief, den Vi Nevin ihnen mitgegeben hatte, und reichte ihn Shelly Platt. Die Zähne in die Unterlippe gegraben, tat sie so, als studiere sie ihn gründlich und mit großer Nachdenklichkeit.

Nkata schlug sein Dienstbuch auf und zückte seinen Drehbleistift, während Lynley seinen Blick aufmerksam durch das Zimmer schweifen ließ. Abgesehen von dem unverwechselbaren Geruch nach Schweiß und Sex, den auch das Aroma kürzlich abgebrannter Jasminräucherstäbchen nicht überdecken konnte, fielen ihm zwei Dinge auf: Das eine war ein alter Schiffskoffer, offen, bis zum Rand gefüllt mit Kleidungsstücken aus schwarzem Leder, Handfesseln, Masken, Peitschen und Ähnlichem; das andere war eine Sammlung von Fotos, die an die Wände gepinnt waren. Alle zeigten sie dieselben beiden Personen: einen jungen Burschen, meist mit einer elektrischen Gitarre ausgerüstet, und Vi Nevin in den verschiedensten Posen von verführerisch bis verspielt: kindhafter Körper und kokettes Frätzchen.

Nachdem sie den anonymen Brief gelesen hatte, hob Shelly den Kopf und sah, wie Lynley die Fotos betrachtete. »Und? Was ist damit?«, fragte sie, offenbar in Bezug auf das, was sie in der Hand hielt.

»Haben Sie den Brief geschickt?«, fragte Lynley.

»Ich kann's einfach nicht *fassen,* dass sie wegen so was die Bullen holt! Führt sich auf wie 'ne gottverdammte Diva.«

»Also haben Sie den Brief geschickt? Und andere von der gleichen Sorte?«

»Das hab ich nicht gesagt.« Shelly schleuderte den Brief auf den Boden. Sie warf sich auf den Bauch und kramte unter einem Stapel vergilbter Ausgaben des *Daily Express* eine bunte Schachtel Pralinen hervor. Nach kritischer Durchsicht des Inhalts fand sie ein Stück nach ihrem Geschmack und leckte es erst rundherum mit der Zunge ab, bevor sie es langsam in den Mund schob. Ihre Backen arbeiteten wie Blasebälge beim Lutschen. Sie gab ein genüssliches Stöhnen von sich.

Nkata seufzte. Er machte ein Gesicht, als fragte er sich, ob dieser Tag überhaupt noch schlimmer werden könnte.

»Wo waren Sie am Dienstagabend?« Es war im Grunde nur eine Pro-forma-Frage. Lynley konnte sich nicht vorstellen, dass diese Frau den Verstand besaß, einen Mord zu planen, geschweige denn die Körperkraft, um zwei kräftige junge Erwachsene zu töten, ganz gleich, wie Vi Nevin die Sache sah. Und dennoch stellte er diese Frage. Man konnte nie wissen, was bei einer kleinen Demonstration von polizeilichem Argwohn alles ans Licht kommen würde.

»Da, wo ich immer bin«, antwortete sie, während sie sich tiefer sinken ließ und den orangeroten Kopf in die offene Hand stützte. »Ich bin drüben an der Earl's Court Station … damit ich den Leuten helfen kann, die sich nicht auskennen, wenn sie aus der U-Bahn kommen«, fügte sie mit einem süffisanten Lächeln hinzu. »Gestern Abend war ich auch dort. Heut Abend geh ich wieder hin. Und am Dienstag war ich ebenfalls dort. Warum? Behauptet Vi vielleicht was anderes?«

»Sie behauptet, dass Sie ihr immer wieder Briefe geschickt haben. Sie behauptet, dass Sie ihr seit Monaten auflauern.«

»Die hat vielleicht Nerven!«, erklärte Shelly aufgebracht. »Wenn ich mich recht erinnere, leben wir hier in einem freien Land. Ich kann hingehen, wo ich will, und wenn sie zufällig auch dort ist, ist das ihr Pech. Mir persönlich ist das scheißegal.«

»Auch wenn sie mit Nicola Maiden zusammen ist?«

Shelly sagte nichts, inspizierte nur ihre Konfektschachtel auf der Suche nach einer weiteren Praline. Sie war mager wie ein Skelett unter ihrem Overall, und der unappetitliche Zustand ihrer Zähne verriet, wie das trotz Süßigkeitenkonsum möglich war. »Miststücke«, zischte sie schließlich. »Schmarotzerinnen, alle beide. Ich hätt's viel früher merken müssen, aber ich hab gedacht, Freundschaft bedeutet manchen Leuten was. Da war ich schön auf'm Holzweg. Ich hoffe, die müssen dafür büßen, wie sie mich behandelt haben.«

»Nicola Maiden hat schon gebüßt«, sagte Lynley. »Sie ist am Dienstagabend ermordet worden. Kann jemand bezeugen, wo Sie am Dienstagabend zwischen zweiundzwanzig Uhr und Mitternacht waren, Miss Platt?«

»Ermordet?« Shelly setzte sich ruckartig auf. »Nikki Maiden ist ermordet worden? Wie denn? Wann? Ich hab ja keine – *ermordet* haben Sie gesagt? Scheiße. Mist. Ich muss Vi anrufen. Ich muss sofort Vi anrufen.« Sie sprang auf und lief zum Telefon, das neben dem Kocher auf der Kommode stand. Dort kochte inzwischen das Wasser, was Shelly einen Moment lang von ihren hastigen Bemühungen, Vi Nevin anzurufen, ablenkte. Sie trug den Topf zum Becken und goss etwas Wasser in eine lavendelfarbene Tasse. »Sie ist wirklich ermordet worden?«, sagte sie. »Und wie geht es *ihr*? Vi ist doch nichts passiert, oder? Es geht ihr doch gut?«

»Ja, es geht ihr gut.« Die plötzliche Veränderung, die mit der jungen Frau vorgegangen war, machte Lynley neugierig, und er fragte sich, was das über sie aussagte und über den Fall.

»Sie hat Sie gebeten, herzukommen und es mir zu sagen, stimmt's? Ach, Scheiße. Die Ärmste.« Shelly öffnete einen Schrank über dem Waschbecken und entnahm ihm eine Dose Kaffee, ein Glas Kaffeeweißer und eine Tüte Zucker. Sie holte einen schmutzigen Löffel aus dem Glas mit dem Milchpulver heraus und benutzte ihn, um sich ihren Kaffee zuzubereiten, wobei sie nach jeder Zugabe kräftig umrührte und den Löffel kein einziges Mal säuberte und abtrocknete, bevor sie ihn ins nächste Behältnis tauchte. Am Ende war er mit einer unappetitlich aussehenden schmutzfarbenen Kruste überzogen. »Na ja, immer mit der Ruhe«, sagte sie. Offenbar hatte sie die Zeit des Kaffeezubereitens genutzt, um über die Neuigkeiten nachzudenken, die Lynley mitgebracht hatte. »Also, ich düse jetzt bestimmt nicht gleich zu ihr, das fällt mir gar nicht ein. Sie hat mich total mies behandelt, und das weiß sie auch ganz genau, und deshalb kann sie gefälligst höflich fragen, wenn sie will, dass ich zu ihr zurückkomm. Aber es kann gut sein, dass sie da bei mir auf Granit beißt. Ich hab nämlich auch meinen Stolz.«

Lynley fragte sich, ob sie seine frühere Frage überhaupt gehört hatte; ob sie begriff, was die Frage bedeutete: nicht nur im Hinblick auf ihren Platz im Rahmen der Ermittlungen über die Ermordung von Nicola Maiden, sondern auch hinsichtlich ihrer Beziehung zu Vi Nevin.

»Die Tatsache, dass Sie Drohbriefe geschickt haben, macht Sie zur Verdächtigen, Miss Platt«, sagte er. »Das verstehen Sie doch, nicht wahr? Sie müssen uns also jemanden bringen, der Ihre Angaben darüber, wo Sie sich am Dienstagabend zwischen zweiundzwanzig Uhr und Mitternacht aufgehalten haben, bestätigen kann.«

»Aber Vi weiß genau, dass ich nie im Leben ...« Shelly runzelte die Stirn. Ein Funke der Erkenntnis war anscheinend bis in ihr Bewusstsein vorgedrungen. In ihrer Miene spiegelte sich, was in ihrem Kopf vorging: Wenn die Polizei jetzt hier in ihrer Wohnung stand und sie wegen Nikkis Ermordung in die Mangel nahm, konnte es für diesen Besuch nur einen Grund geben, und es konnte nur eine Person geben, die ihr die Bullen auf den Hals gehetzt hatte. »Vi hat Sie zu mir geschickt, stimmt's? Vi hat Sie tatsächlich zu *mir* geschickt! Vi glaubt, dass *ich* Nikki umgelegt hab. Scheiße! Dieses Miststück! Dieses beschissene gemeine *Luder*. Die schreckt wirklich vor nichts zurück, um's mir heimzuzahlen.«

»Was will sie Ihnen denn heimzahlen?«, fragte Nkata. Von einem Riesenfoto an der Wand grinste ihn der Troubadour mit der Gitarre über der Schulter an. Die Zunge hing dem Jungen aus dem Mund, vielfach gepierct, voll glitzernder Stecker. Von einem der Stecker hing ein silbernes Kettchen herab, das sich über seine Wange zu einem Ring im Ohr schwang. »Was wollte sie Ihnen heimzahlen?«, wiederholte Nkata geduldig, den Bleistift schreibbereit gezückt, sein Ausdruck höchst interessiert.

»Dass ich diesem Schleimer Reeve Bescheid gesagt hab«, erklärte Shelly.

»MKR Financial Management?«, fragte Nkata. »Martin Reeve, meinen Sie?«

»Sie haben's erfasst.« Mit der Kaffeetasse in der Hand marschierte Shelly zur Matratze, ohne darauf zu achten, dass ein Teil der heißen Flüssigkeit dabei auf den Boden schwappte. Sie hockte sich nieder, nahm sich eine Praline und ließ sie in ihre Tasse fallen. Eine zweite schob sie sich in den Mund. Sie lutschte hingebungsvoll und mit tiefer Konzentration, die sich – nun endlich – auf ihre nicht sonderlich angenehme Situation zu richten schien. »Ich hab ihm *alles* erzählt«, erklärte sie. »Na und? Er hatte ein Recht drauf zu wissen, dass sie ihn aufs Kreuz gelegt hatten. Na ja, *verdient* hat er's eigentlich nicht, dieser eklige kleine Wichser, dass ihm einer Bescheid sagt, aber mit mir haben sie's ja genauso gemacht, und ich hab gewusst, dass sie's immer wieder machen würden, ich mein, die Leute aufs Kreuz legen, solang sie damit durchkommen, drum hab ich's ihm gesagt. Wenn man nämlich andere immer nur benutzt, dann muss man verdammt noch mal auch dafür bezahlen. So oder so. Genau wie die Freier, wenn Sie mich fragen.«

Nkata sah aus wie jemand, der einen griechischen Vortrag hörte und gleichzeitig versuchte, ihn ins Lateinische zu übersetzen. Lynley sah auch nicht viel klarer.

»Miss Platt, wovon sprechen Sie eigentlich?«, fragte er.

»Von Reeve, diesem Schleimer. Vi und Nikki haben ihn gemolken wie eine Kuh, und als sie richtig abgesahnt hatten, haben sie sich abgeseilt. Aber ihre Freier haben sie mitgenommen, als sie sich dünngemacht haben. Die wollten sich selbständig machen, Nikki und Vi, meine ich, auf Kosten von Reeve, und das hab ich nicht fair gefunden. Da hab ich's ihm eben erzählt.«

»Vi Nevin hat also für Martin Reeve gearbeitet?«, fragte Lynley.

»Klar. Die haben beide für ihn gearbeitet. So haben sie sich ja überhaupt erst kennengelernt.«

»Haben Sie auch für ihn gearbeitet?«

Sie lachte spöttisch. »Wohl kaum. Klar, versucht hab ich's schon. Gleich als Vi da anfing, hab ich 'nen Versuch gemacht. Aber leider war *ich* nicht der Typ, den der Schleimer für sein Geschäft gesucht hat. Ihm käm's auf ›eine gewisse Bildung‹ an, hat er gesagt. Er könnte nur Mädchen gebrauchen, die auch Konversation machen können und wissen, dass man den Fisch nicht mit dem Messer isst, die sich 'ne Oper ansehen können, ohne gleich einzuschlafen, und bereit sind, mit irgendeinem widerlichen fetten Kerl, der mal einen Abend lang mit 'ner hübschen Freundin protzen will, auf ›Cocktailpartys‹ zu gehen, und –«

»Ich glaube, wir haben verstanden«, unterbrach Lynley. »Aber lassen Sie mich das noch einmal klarstellen, damit es keine Missverständnisse gibt: MKR ist ein Hostessenservice.«

»Der sich als Finanzberatungsfirma ausgibt«, fügte Nkata hinzu.

»Ist das richtig so?«, fragte Lynley die junge Frau. »Wollen Sie sagen, dass sowohl Nicola Maiden als auch Vi Nevin bei MKR als Hostessen gearbeitet und dann aufgehört haben, um sich selbständig zu machen? Habe ich das richtig verstanden, Miss Platt?«

»Richtiger geht's nicht«, versicherte Shelly. »Sie haben den Nagel auf den Kopf getroffen. Er stellt die Mädchen ein, Reeve, meine ich, und lässt sie als Praktikantinnen für irgendeine beschissene Finanzfirma laufen, die es überhaupt nicht gibt. Er knallt ihnen einen Haufen Bücher auf den Schreibtisch, sagt ihnen, die müssen sie lesen, damit sie's ›Geschäft‹ lernen, und nach ungefähr einer Woche geht er dann hin und fragt, ob sie ihm 'nen Gefallen tun würden; er hätte da einen wichtigen Kunden, der gerade zu 'ner Konferenz in der Stadt wär und gern ein bisschen Gesellschaft hätte, ob sie den nicht zum Abendessen begleiten könnten. Natürlich verspricht er ihnen, dass sie dafür extra Kohle kriegen, es wär auch wirklich nur das eine Mal. Und aus dem einen Mal wird dann ein anderes nur noch dieses eine Mal und dann noch eins. Und bis sie kapieren, was bei MKR *wirklich* läuft, haben sie geschnallt, dass sie als ›Begleiterinnen‹ von koreanischen Computerheinis oder arabischen Ölscheichs oder amerikanischen Politikern oder was weiß ich, viel mehr Kohle machen können als mit dem Quark, den sie vorher machen mussten, als Reeve sie eingestellt hat. Und wenn sie ihrem ›Begleiter‹ noch ein bisschen mehr zukommen lassen als nur ihre nette Gesellschaft, bringt das sogar noch mehr. Das ist dann der Punkt, wo der Schleimer ihnen sagt, was *wirklich* läuft. Und mit Finanzberatung hat das verdammt wenig zu tun, das können Sie mir glauben.«

»Woher wissen Sie das denn alles?«, fragte Lynley.

»Vi hat Nikki mal mit nach Hause gebracht. Da haben sich die beiden unterhalten. Ich hab gelauscht. Vi war auf andere Art an den Schleimer rangekommen als Nikki, und sie haben sich gegenseitig ihre Geschichten erzählt.«

»Und was war Vi Nevins Geschichte?«

»Na ja, dass es bei ihr eben anders war, wie ich schon gesagt hab. Sie war die einzige Hostess, die er jemals von der Straße weg angeheuert hat. Die anderen waren alle Studentinnen, die jobben wollten. Aber Vi war schon im Gewerbe, sie hat damals schon ihre Karten in den Telefonzellen ausgehängt –«

»Und Sie waren Ihr Mädchen?«

»Stimmt. Tja, und der Schleimer hat zufällig eine von ihren Karten gesehen, sie hat ihm gefallen – wahrscheinlich hatte er keine andere, die so auf kleines Mädchen machen konnte wie Vi –, und da hat er sie angerufen. Ich hab ihm einen Termin gegeben wie allen anderen, aber als er bei uns aufkreuzte, wollte er *geschäftlich* reden.« Sie trank von ihrem Kaffee und sah dabei Lynley über den Rand der Tasse hinweg an. »Und danach hat Vi angefangen für ihn zu arbeiten«, schloss sie.

»Und hat Sie nicht mehr gebraucht«, sagte Lynley.

»Aber ich bin trotzdem bei ihr geblieben. Ich hab gekocht, die Wäsche gemacht, die Wohnung sauber gehalten und so. Aber als sie sich dann mit Nikki zusammengetan hat, war ich weg vom Fenster. Einfach so.« Sie schnippte mit den Fingern. »Den einen Tag hab ich noch ihre Schlüpfer gewaschen, und den nächsten steh ich draußen auf der Straße und zieh für zehn Pfund die Nummer meinen eigenen runter.«

»Und da haben Sie beschlossen, Martin Reeve zu verraten, was die beiden trieben«, stellte Lynley fest. »Um sich zu rächen.«

»Ich hab keinem Menschen was getan!«, rief Shelly. »Wenn Sie jemanden suchen, dem so'n Mord zuzutrauen ist, dann sollten Sie sich lieber mal den Schleimer vorknöpfen und nicht mich.«

»Aber Vi Nevin hat keinerlei Anschuldigungen gegen ihn erhoben«, sagte Lynley. »Obwohl man doch meinen sollte, dass sie das tun würde, wenn sie einen Verdacht gegen ihn hätte. Wie erklären Sie sich das also? Sie bestreitet sogar, ihn überhaupt zu kennen.«

»Na, das ist doch klar«, erklärte Shelly. »Wenn der Kerl erfahren würde, dass sie den Bullen was gesteckt hat – ich mein das mit seinem Hostessenservice, wo sie ihn doch vorher schon dazu benutzt hat, sich einen Kundenstamm aufzubauen, und dann abgehauen ist, um selbst ins Geschäft einzusteigen ...« Shelly holte Luft und fuhr sich mit einer vielsagenden Geste mit dem Zeigefinger quer über den Hals. »Die wäre doch keine zehn Minuten mehr am Leben geblieben, wenn der Schleimer das alles rausgekriegt hätte. Der lässt sich nicht gern aufs Kreuz legen, und der hätt dafür gesorgt, dass sie bezahlt.« Shelly schien sich plötzlich bewusst zu werden, was sie da sagte und welche unangenehmen Folgen für sie selbst daraus entstehen konnten. Sie blickte nervös zur Tür, als erwarte sie, dass jeden Moment Martin Reeve erscheinen würde, um für das, was sie selbst »gerade den Bullen gesteckt« hatte, blutige Rache an ihr zu nehmen.

»Wenn das zutrifft«, meinte Lynley, »wenn Reeve tatsächlich Nicola Maiden auf dem Gewissen hat – und ich vermute, das unterstellen Sie, wenn Sie sagen, dass er die Leute dafür büßen lässt, die ihn verraten –«

»Stimmt nicht! Das hab ich nie gesagt.«

»Gut, Sie haben es nicht direkt gesagt. Aber nehmen wir trotzdem einmal an, dass Reeve Nicola Maiden ermordet hat, weshalb hätte er so lange damit warten sollen? Sie hat im April aufgehört, für ihn zu arbeiten. Jetzt haben wir September. Wie erklären Sie es sich, dass er fünf Monate gewartet hat, ehe er sich an ihr rächte?«

»Ich hab ihm ja nie gesagt, wo die beiden sind«, erklärte Shelly stolz. »Ich hab so getan, als hätt ich keine Ahnung. Ich mein, ich hab's fair gefunden, ihn drüber aufzuklären, was sie vorhatten. Aber wenn er sich die beiden vorknöpfen wollte, dann sollte er gefälligst selbst nach ihnen suchen. Und das hat er getan. Da können Sie Gift drauf nehmen.«

19

Inspector Peter Hanken war gerade von seinem Gespräch mit Will Upman in die Dienststelle zurückgekehrt, als die Meldung kam, dass ein zehnjähriger Junge namens Theodor Webster, der an der Straße zwischen Peak Forest und Lane Head in einem Streugutkasten gespielt hatte, dort im Sand vergraben ein Messer gefunden hatte. Es handelte sich um ein Taschenmesser ansehnlicher Größe mit mehreren Klingen und diversen anderen Zubehörteilen, kurz, um ein Messer, wie es von Campern und Wanderern benutzt wurde. Der Junge hätte es vielleicht zum eigenen Gebrauch behalten und kein Wort davon gesagt – so meinte jedenfalls sein Vater –, hätte er es geschafft, das Messer ohne Hilfe zu öffnen. Da aber alle seine Bemühungen vergeblich gewesen waren, war er schließlich zu seinem Vater gegangen, um sich helfen zu lassen, überzeugt, dass ein paar Tropfen Öl genügen würden, das Problem zu beheben. Sein Vater hatte jedoch gleich das verkrustete Blut gesehen, das in sämtlichen Ritzen und Spalten saß und ein Aufklappen des Messers unmöglich machte, und hatte sich an den Bericht über die Morde im Calder Moor erinnert, den der *High Peak Curier* auf seiner ersten Seite gebracht hatte. Daraufhin hatte er sofort die Polizei angerufen. Es handle sich vielleicht nicht um das Messer, mit dem eines der Opfer im Calder Moor verletzt worden war, hörte Hanken über sein Handy von der Beamtin, die den Anruf angenommen hatte, aber vielleicht wolle der Inspector ja einen Blick darauf werfen, bevor es ins Labor weitergeschickt würde. Hanken erklärte, er würde das Messer persönlich ins Labor bringen, setzte sich sofort in den Wagen und fuhr zunächst auf der A623 nach Norden und dann von Sparrowpit weiter Richtung Südosten. Diese Route durchschnitt das Calder Moor und führte in einem 45-Grad-Winkel von seinem Nordwestrand weg, jenem Teil, der von der Straße begrenzt wurde, an der Nicola Maidens Wagen gestanden hatte.

Am Fundort angekommen, hatte sich Hanken zunächst den Streugutkasten gründlich angesehen, in dem die Waffe versteckt gewesen war. Er vermerkte die Tatsache, dass der Mörder – nachdem er das Messer dort deponiert hatte – zu einer knapp acht Kilometer entfernten Kreuzung hätte weiterfahren können, um von dort aus entweder den nordöstlichen Weg zur Padley-Schlucht zu nehmen oder nach Süden Richtung Bakewell und Broughton Manor zu fahren, das nur drei Kilometer entfernt war. Nachdem Hanken sich mit einem raschen Blick auf die Karte vergewissert hatte, dass seine Vermutungen richtig waren, war er zum Haus der Websters weitergefahren und hatte sich dort das Messer zeigen lassen.

Jetzt lag es in einem Plastikbeutel auf dem Sitz neben ihm im Wagen, in der Tat ein Schweizer Armeemesser. Das Labor würde alle notwendigen Untersuchungen durchführen, um festzustellen, ob das Blut an den Klingen und dem Gehäuse von Terry Cole stammte. Vor diesen Tests würde aber vielleicht ein anderer, weniger wissenschaftlicher Identifizierungsversuch den Ermittlern wertvolle Informationen liefern.

Hanken traf Andy Maiden am Fuß der Auffahrt an, die nach Maiden Hall hinaufführte. Der ehemalige SO10-Beamte war offenbar gerade dabei, ein neues Hinweisschild für Hotel und Restaurant aufzustellen. Er war umgeben von allerlei Werkzeugen und Arbeitsgeräten, einem Schubkarren, einem Spaten, einer kleinen Betonmischmaschine, Kabeln und einem beeindruckenden Set von Scheinwerfern. Das alte Schild war bereits abmontiert und lag unter einer Linde. Das neue – handgeschnitzt und handbeschriftet – wartete nicht weit entfernt darauf, an einem stämmigen Pfosten aus Eiche und Schmiedeeisen befestigt zu werden.

Hanken parkte am Straßenrand und beobachtete Maiden, der mit so viel verbissener Energie arbeitete, als müsste das Schild in Rekordzeit montiert werden. Er schwitzte stark; der Schweiß lief in dünnen Bächen an seinen muskulösen Beinen herab, und sein T-Shirt klebte ihm am Oberkörper. Hanken staunte über die körperliche Kondition des Mannes, der so robust wie ein Zwanzigjähriger wirkte.

»Mr. Maiden«, rief er, nachdem er die Wagentür geöffnet hatte. »Kann ich Sie einen Moment sprechen bitte?« Und als keine Reaktion erfolgte, rief er noch einmal: »Mr. Maiden!«

Maiden drehte sich langsam herum, und Hanken sah erschüttert, was der Ausdruck auf diesem Gesicht über den Gemütszustand des Mannes verriet. Sein Körper hätte der eines jüngeren sein können, das Gesicht dagegen wirkte uralt. Hanken hatte den Eindruck, als hielte Andy Maiden sich einzig und allein durch die körperliche Anstrengung aufrecht, die es ihm ermöglichte, alle Gedanken zu verdrängen. Hätte man etwas anderes von ihm verlangt als schweißtreibende körperliche Arbeit, so wäre diese Hülle von einem Menschen, zu der er geworden war, wie der spröde Panzer einer Schildkröte unter einem Hammer zerbrochen.

Der Anblick des Mannes rief bei Hanken zwei rasch aufeinanderfolgende Reaktionen hervor: eine heftige Aufwallung von Mitgefühl, die jedoch augenblicklich von der Besinnung auf ein wichtiges Detail verdrängt wurde. Als ehemaliger verdeckter Ermittler verstand Andy Maiden sich perfekt darauf, eine Rolle zu spielen.

Hanken schob den Beutel mit dem Messer in seine Jackentasche und stieg aus dem Wagen. Maiden sah ihm mit ausdrucksloser Miene entgegen, als er sich näherte.

Hanken beugte sich über das Schild, das Maiden zur Montage zurechtgelegt hatte, musterte einen Moment lang mit bewunderndem Blick die kunstvolle Arbeit und sagte: »Schöner als das Schild der Cavendishs, finde ich.«

»Danke.« Aber Maiden war nicht umsonst dreißig Jahre lang bei der Polizei gewesen; er wusste sehr wohl, dass der Kriminalbeamte, der die Ermittlungen über die Ermordung seiner Tochter leitete, nicht hergekommen war, um sich mit ihm über die Werbung für Maiden Hall zu unterhalten. Er kippte eine Ladung Beton in das ausgehobene Loch und stieß seinen Spaten in den Erdhaufen daneben. »Sie haben Neuigkeiten für uns?«, fragte er, und es schien, als versuchte er die Antwort von Hankens Gesicht abzulesen, noch bevor er sie hörte.

»Ein Messer ist gefunden worden.« Hanken berichtete ihm kurz von dem Fund.

»Und Sie möchten, dass ich es mir ansehe«, sagte Maiden.

Hanken zog den Plastikbeutel mit dem Messer aus seiner Tasche und legte ihn auf seine geöffnete Hand. Maiden bat nicht darum, die Waffe selbst zur Hand nehmen zu dürfen. Er stand nur da und starrte sie an, als könnten das Gehäuse, die eingeklappten Klingen und das Blut auf beiden ihm eine Antwort auf Fragen liefern, die er noch nicht zu stellen bereit war.

»Sie haben uns erzählt, dass Sie Ihrer Tochter Ihr eigenes Messer gegeben haben«, sagte Hanken. »Könnte es das hier sein?«

Als Maiden nickte, fügte er hinzu: »Hatte das Messer, das Sie ihr gegeben haben, irgendein besonderes Merkmal, das es von anderen dieses Tpys unterschied, Mr. Maiden?«

»Andy? Andy?« Die Stimme wurde lauter, als Nan Maiden zwischen den Bäumen hindurch den Hang heruntereilte. »Andy, Liebster, hier. Ich habe dir –« Sie brach abrupt ab, als sie Hanken sah. »Entschuldigen Sie, Inspector. Ich hatte keine Ahnung, dass Sie … Andy, ich habe dir eine Flasche Wasser gebracht. Bei dieser Hitze musst du unbedingt etwas trinken. Das weißt du doch. Pellegrino ist doch in Ordnung, nicht wahr?«

Sie hielt ihrem Mann die Wasserflasche hin. Sie strich ihm mit dem Handrücken über die Schläfe und sagte: »Du übertreibst es doch hoffentlich nicht?«

Er zuckte zurück.

Hanken spürte ein Prickeln im Nacken, als hätte eine Geisterhand seine Haut gestreift. Er ließ seinen Blick zwischen Andy und Nan Maiden hin- und herschweifen, registrierte, was soeben zwischen den beiden vorgegangen war, und wusste, dass es Zeit wurde, die Frage zu stellen, die bis jetzt noch niemand ausgesprochen hatte.

Aber nachdem er Maidens Frau zur Begrüßung kurz zugenickt hatte, sagte er zunächst: »Wir waren gerade bei der Frage, ob das Messer, das Sie Ihrer Tochter gegeben hatten, irgendwelche besonderen Merkmale hatte.«

»Eine der Scherenklingen ist vor ein paar Jahren abgebrochen. Ich habe das nie reparieren lassen«, sagte Maiden.

»Sonst noch was?«

»Ich kann mich nicht erinnern.«

»Haben Sie sich selbst ein neues Messer gekauft, nachdem Sie Ihres – möglicherweise dieses hier – Ihrer Tochter gegeben hatten?«

»Ja, ich habe inzwischen ein anderes«, antwortete er. »Allerdings kleiner als das hier. Handlicher.«

»Haben Sie es bei sich?«

Maiden griff in die Tasche seiner abgeschnittenen Jeans, zog ein kleineres Modell eines Schweizer Armeemessers heraus und reichte es Hanken. Dieser sah es sich prüfend an und zog mit dem Daumennagel die längste Klinge heraus. Sie schien etwa fünf Zentimeter lang zu sein.

Nan Maiden sagte: »Inspector, ich verstehe nicht, was an dem Messer meines Mannes so interessant ist.« Und ohne auf Hankens Antwort zu warten, wandte sie sich an ihren Mann. »Andy, du hast heute noch nichts gegessen. Soll ich dir ein Sandwich bringen?«

Aber Andy Maiden war ganz darauf konzentriert, Hanken zu beobachten, der eine Messerklinge nach der anderen ausklappte und ihre Länge prüfte. Hanken spürte den Blick des anderen, und er spürte, was hinter diesem Blick stand, der auf seine Finger geheftet war.

»Andy? Soll ich dir –?« begann Nan Maiden erneut.

»Nein!«

»Aber du musst doch etwas essen. Du kannst doch nicht –«

»Nein!«

Hanken sah auf. Maidens Messer war zu klein, es kam als Mordwaffe nicht in Frage. Was jedoch nicht hieß, dass sich damit die Frage erübrigte, von der sie beide wussten, dass er sie stellen würde. Maiden hatte schließlich zugegeben, seiner Tochter am Dienstag dabei geholfen zu haben, ihre Ausrüstung im Wagen zu verstauen. Und er hatte ihr das Messer gegeben, von dem er später selbst behauptet hatte, dass es fehlte.

»Mr. Maiden«, sagte Hanken, »wo waren Sie am Dienstagabend?«

»Was für eine ungeheuerliche Frage«, sagte Nan Maiden leise.

»Das mag schon sein«, stimmte Hanken zu. »Mr. Maiden?«

Maiden blickte zu dem Haus am Abhang hinauf, als könnte es ihm Kraft verleihen. »Ich hatte am Dienstagabend Probleme mit den Augen. Ich bin früh nach oben gegangen, weil ich merkte, dass sich mein Gesichtsfeld immer mehr einengte. Das hat mir einen ziemlichen Schrecken eingejagt. Ich wollte mich niederlegen, um zu sehen, ob es durch die Ruhe besser würde.«

Gesichtsfeldeinengung?, dachte Hanken ungläubig. Also, das war nun wirklich ein ausgefallenes Alibi.

Maiden sah Hanken offenbar an, was er dachte. Er sagte: »Es fing kurz vor dem Abendessen an, Inspector. Man kann keine Drinks mixen oder Mahlzeiten servieren, wenn das Gesichtsfeld auf die Größe einer Fünf-Pence-Münze zusammenschrumpft.«

»Es ist wahr«, bestätigte Nan Maiden. »Mein Mann ist nach oben gegangen. Er hat sich im Schlafzimmer hingelegt.«

»Um welche Zeit war das?«

Nan Maiden antwortete für ihren Mann. »Die ersten Gäste waren gerade in den Speisesaal gegangen. Andy muss also gegen halb acht verschwunden sein.«

Hanken warf Maiden einen fragenden Blick zu. Maiden runzelte die Stirn, als führte er einen schwierigen inneren Dialog.

»Und wie lange waren Sie dann oben im Schlafzimmer?«

»Den ganzen Abend, die Nacht über«, antwortete Maiden.

»Aber Ihre Sehfähigkeit besserte sich nicht. Ist das richtig?«

»Richtig.«

»Haben Sie sich mal von einem Arzt untersuchen lassen? Das ist meiner Ansicht nach doch ein besorgniserregendes Problem.«

»Andy hatte immer wieder mal solche Probleme«, erklärte Nan Maiden. »Sie gehen vorbei. Solange er sich genug Ruhe gönnt, ist alles in Ordnung. Und das hat er am Dienstagabend getan. Er hat sich Ruhe gegönnt. Wegen der Augen.«

»Trotzdem denke ich, dass man eine solche Störung untersuchen lassen sollte. Sie könnte zu weit Schlimmerem führen. Ein Schlaganfall vielleicht? Das ist doch eigentlich das Erste, woran man in so einem Fall denken würde. Ich würde gleich bei den ersten Symptomen den Notarzt rufen.«

»Wir kennen das. Wir wissen, was wir zu tun haben«, sagte Nan Maiden.

»Und was genau ist das?«, erkundigte sich Hanken. »Kalte Kompressen? Akupunktur an den Schläfen? Ganzkörpermassage? Ein halbes Dutzend Aspirin? Was tun Sie, wenn es aussieht, als könnte Ihr Mann einen Schlaganfall bekommen?«

»Es hat mit einem Schlaganfall nichts zu tun. Das wissen wir.«

»Sie haben Ihren Mann also allein seiner Bettruhe überlassen? Von halb acht Uhr abends bis – bis wann, Mrs. Maiden?«

Die peinliche Sorgfalt, mit der die beiden es vermieden, einander anzusehen, war offenkundig.

»Aber nein, natürlich habe ich meinen Mann nicht allein gelassen, Inspector. Ich habe zweimal nach ihm gesehen. Vielleicht auch dreimal. Im Laufe des Abends.«

»Und wann war das?«

»Ich habe keine Ahnung. Das erste Mal wahrscheinlich um neun. Dann noch einmal gegen elf.« Als Hanken sich Maiden zuwandte, fügte sie hinzu: »Andy brauchen Sie nicht zu fragen. Er war eingeschlafen, und ich habe ihn nicht geweckt. Aber er war im Schlafzimmer. Den ganzen Abend und die ganze Nacht. Ich hoffe, Ihre diesbezüglichen Fragen sind damit erledigt, Inspector Hanken, denn allein schon die Vorstellung – der Gedanke, dass …« Ihre Augen wurden feucht, als sie ihren Mann ansah. Der aber blickte zu der Schlucht hinüber, deren südliches Ende an der Stelle zu sehen war, wo die Straße einen Bogen nach Norden machte. »Ich hoffe, Sie haben keine weiteren Fragen«, sagte sie mit ruhiger Würde.

Dennoch setzte Hanken die Vernehmung fort. »Haben Sie eine Ahnung, welche Pläne Ihre Tochter für die Zeit nach ihrer Rückkehr nach London hatte?«

Maiden sah ihn unverwandt an, doch seine Frau blickte weg. »Nein«, antwortete er. »Darüber weiß ich nichts.«

»Ich verstehe. Sie sind da ganz sicher? Sie möchten nicht noch etwas hinzufügen? Oder etwas erklären?«

»Nichts«, versetzte Maiden und sagte zu seiner Frau gewandt: »Du, Nancy?«

»Nein«, antwortete sie.

Hanken schwenkte kurz den Plastikbeutel, in dem das Messer lag. »Sie kennen ja den Ablauf, Mr. Maiden. Sobald wir einen genauen Bericht des Labors haben, werden wir beide uns wahrscheinlich noch einmal unterhalten müssen.«

»Das ist mir klar«, erwiderte Maiden. »Tun Sie Ihre Arbeit, Inspector. Machen Sie sie gut. Das ist alles, worum ich bitte.«

Aber er sah seine Frau nicht an.

Sie wirkten auf Hanken wie zwei Fremde auf einem Bahnsteig, die in irgendeiner Beziehung zu einem abreisenden Gast standen, dessen Bekanntschaft keiner von beiden zugeben wollte.

Nan Maiden sah dem davonfahrenden Wagen des Inspectors nach. Ohne sich bewusst zu sein, was sie tat, begann sie an den abgekauten Fingernägeln ihrer rechten Hand zu knabbern. Andy stellte die Flasche Pellegrino, die sie ihm gebracht hatte, in eine Mulde, die sein Absatz in der weichen Erde rund um die mit Beton gefüllte Grube hinterlassen hatte. Er verabscheute Pellegrino. Er mochte keines der Mineralwässer, die angeblich gesünder waren als ein Glas Quellwasser aus ihrem eigenen Brunnen. Und Nan wusste das. Aber als sie mit einem Blumenarrangement auf dem Weg in die erste Etage im Zwischenstock aus dem Fenster gesehen hatte; als sie den Wagen am Straßenrand anhalten und den Inspector hatte aussteigen sehen, war ihr kein besserer Vorwand als diese Flasche Wasser eingefallen, um in aller Eile hinunterzulaufen und zwischen die beiden Männer zu treten. Jetzt bückte sie sich, hob die Flasche auf und wischte die Erde weg, die am Glas haftete.

Andy holte den Pfosten, an dem das neue Schild von Maiden Hall hängen sollte, stieß ihn aufrecht in den Boden und stützte ihn rundum mit vier kräftigen Holzpfählen ab. Dann schaufelte er den Rest des Betons in die Grube.

Wann werden wir endlich offen miteinander reden?, fragte sie sich. Wann werden wir es wagen können, das Schlimmste auszusprechen? Sie versuchte sich einzureden, dass sie sich nach siebenunddreißig Ehejahren auch ohne lange Worte verständigen konnten, aber sie wusste, dass das nicht der Wahrheit entsprach. Nur in den unbeschwerten Tagen prickelnder Verliebtheit und jungen Eheglücks reichten ein Blick, eine Berührung, ein Lächeln zwischen einem Mann und einer Frau. Und sie waren Jahrzehnte entfernt von diesen unbeschwerten Tagen. Sie waren mehr als dreißig Jahre und einen entsetzlichen, niemals zu verwindenden Tod entfernt von jener Zeit, als Worte Nebensache gewesen waren, weil das gegenseitige Verstehen so unmittelbar und natürlich war wie das Atmen.

Schweigend klopfte Andy den Beton rund um den Pfosten fest. Gewissenhaft kratzte er die Reste der Mischung aus dem Eimer, bis nichts mehr übrig war. Dann griff er zu den Scheinwerfern. Nan hielt die Flasche Pellegrino im Arm und wandte sich ab, um zum Haus hinaufzugehen.

»Warum hast du das gesagt?«, fragte Andy schließlich.

Sie drehte sich zu ihm um. »Was?«

»Du weißt schon. Warum hast du ihm gesagt, du hättest nach mir gesehen, Nancy?«

Die Flasche fühlte sich klebrig an in ihrer Hand. Sie lag ihr schwer auf der Brust, wie die plötzliche Warnung einer wohlmeinenden Freundin, die ein junges Mädchen davon abhält, dem Mann, der ihr Liebe verspricht, ihr Herz zu öffnen. Sie sagte: »Aber ich habe wirklich nach dir gesehen.«

»Das ist doch nicht wahr. Und wir wissen es beide.«

»Doch wirklich, Liebster. Du hast geschlafen. Du musst eingenickt sein. Ich hab nur schnell einen Blick ins Zimmer geworfen und bin dann gleich wieder hinunter an die Arbeit. Es wundert mich nicht, dass du mich nicht gehört hast.«

Er stand da, die Scheinwerfer in den Händen. Sie wünschte inständig, sie könnte zu ihm gehen und ihn mit einer schützenden Aura umhüllen, um die Dämonen zu bannen und die Verzweiflung zu vertreiben. Aber sie stand nur schweigend da, wenige Schritte über ihm am Hang, in den Händen eine Flasche Pellegrino, von der sie beide wussten, dass er sie nicht wollte und niemals trinken würde.

»Sie war das Warum und Wozu«, sagte er leise. »Jeder Weg im Leben nimmt einmal ein Ende. Aber wenn man Glück hat, steckt in ihm ein neuer Anfang. Nick war das Warum und Wozu. Verstehst du mich, Nancy?«

Ihre Blicke trafen sich einen Moment. Seine Augen – diese Augen, in denen sie siebenunddreißig Jahre lang Liebe und Enttäuschung, Lachen und Weinen, Freude und Angst zu erkennen gelernt hatte – übermittelten ihr eine Botschaft, die in ihrer Existenz unübersehbar war, aber unbegreiflich in ihrer Bedeutung. Ein eisiger Schauder der Furcht überlief Nan, eine schreckliche Überzeugung, dass sie es sich von diesem Augenblick an nie mehr würde erlauben können, irgendetwas zu verstehen, was der Mann, den sie liebte, ihr sagen wollte.

»Ich muss rauf, es gibt zu tun«, sagte sie und eilte den Hang unter den Linden hinauf. Sie empfand die kühle Luft in den Schatten wie milden Regen, der vom Laub der Bäume herabrieselte. Zuerst berührte sie ihre Wangen, glitt dann zu ihren Schultern hinunter, und es war das Spiel der Kühle auf ihrer Haut, das sie veranlasste, sich mit einer letzen Frage nach ihrem Mann umzudrehen.

»Andy«, sagte sie mit einer ganz normalen Lautstärke. »Kannst du mich von hier aus hören?«

Er antwortete nicht. Er sah nicht auf. Er reagierte überhaupt nicht, sondern fuhr fort, die Scheinwerfer rund um den Pfosten aufzustellen, an dem das neue Schild hängen sollte.

»O Gott«, flüsterte Nan. Sie wandte sich ab und lief weiter den Hang hinauf.

Nach dem Gespräch am vergangenen Abend hatte Samantha nur noch das Bedürfnis gehabt, ihrem Onkel Jeremy aus dem Weg zu gehen. Begegnungen beim Frühstück und beim Mittagessen hatten sich natürlich nicht vermeiden lassen, aber sie war jedem Blickkontakt ausgewichen und hatte sich jeder Unterhaltung mit ihm entzogen. Sie hatte ihr Geschirr abgeräumt, sobald sie fertig gegessen hatte, und danach das Zimmer nicht wieder betreten.

Sie war gerade draußen im Hof, um die noch heilen Fenster zu putzen, die aussahen, als hätten sich fünfzig Jahre Schmutz und Staub auf ihnen abgelagert, als sie ihren Vetter bemerkte. Er saß am Schreibtisch in seinem Büro gleich drüben auf der anderen Seite des kopfsteingepflasterten Hofs. Sie ließ den Gartenschlauch fallen, den sie gerade hatte ausrollen wollen, und blieb stehen, um Julian zu beobachten. Die Herbstsonne fiel durch das offene Fenster des Büros auf sein Haar und verlieh ihm einen weichen rötlichen Schimmer. Sie sah, wie er sich die Sorgenfalten auf der Stirn rieb, und diese Geste verriet ihr augenblicklich, was er gerade tat.

Er saß über den Büchern, wie er es jede Woche einmal tat, um festzustellen, was an Einkommen, Guthaben und Investitionen vorhanden war. Sie wusste, er würde alles ganz genau prüfen: was durch den Verkauf der Welpen hereinkam und was die Zucht an Betriebskosten verschlang; was an Einkünften aus Vermietung und Verpachtung zu verzeichnen war und welcher Anteil davon für die Instandhaltung und Reparatur von Gebäuden ausgegeben werden musste, wie hoch die Einnahmen aus den Turnierveranstaltungen und Festen waren, die in Broughton Manor ausgerichtet wurden, und welche Kosten durch Abnutzung und Verschleiß entstanden; auf welche Höhe sich die Zinsen beliefen, die das investierte Kapital brachte, und inwieweit dieses Kapital angegriffen werden musste, wenn die monatlichen Ausgaben die Einnahmen überstiegen.

Wenn er damit fertig war, würde er die Bücher durchsehen, in die er gewissenhaft jedes Pfund eintrug, das für die Renovierung von Brougthon Manor aufgewendet wurde, und dann würde er sich zur Auffrischung seines Gedächtnisses die Schulden ansehen, die ebenfalls Teil des finanziellen Gesamtbilds waren.

Nachdem er das alles erledigt hatte, würde er eine ziemlich klare Vorstellung davon haben, wie die Dinge standen, und für die kommende Woche entsprechend planen können.

Es wunderte Samantha daher nicht, ihn mit den Büchern beschäftigt zu sehen. Es überraschte sie allerdings, ihn schon das zweite Mal innerhalb von vier Tagen bei dieser Arbeit zu sehen.

Während sie ihn noch beobachtete, fuhr er sich nachdenklich mit der Hand durchs Haar und tippte dann irgendwelche Zahlen in eine uralte Addiermaschine ein. Von ihrem Platz auf der anderen Seite des Hofs konnte Samantha das Surren und Klicken des alten Geräts hören, während es schwerfällig die ihm gestellten Aufgaben erledigte. Als es die Lösung ausspie, riss Julian den Kontrollstreifen ab und sah ihn sich prüfend an. Dann knüllte er ihn zusammen und warf ihn über seine Schulter. Schließlich wandte er sich wieder den Büchern zu. Samantha war zutiefst gerührt. Menschen, die so verantwortungsbewusst wie Julian waren, gab es nur selten. Ein weniger rücksichtsvoller und pflichtbewusster Sohn wäre längst aus diesem Zuhause, das der reinste Alptraum war, geflohen. Ein weniger liebevoller Sohn hätte seinen Vater früher oder später seiner Trunksucht, den unausweichlichen gesundheitlichen Folgen und einem frühen Grab überlassen. Aber so war ihr Vetter Julian nicht. Er fühlte sich der Familie und seinem Erbe verpflichtet. Beides war eine Last. Aber er trug sie mit Würde. Wäre es anders gewesen, hätte Samantha ihm niemals so viel tiefe Zuneigung entgegenbringen können. In seinem kämpferischen Bemühen sah sie eine Willensstärke, die ihrer eigenen Lebensauffassung nahe verwandt war.

Sie gehörten zusammen, sie und ihr Vetter. Es spielte keine

Rolle, dass zwischen ihnen eine Blutsverwandtschaft bestand, es war schon früher vorgekommen, dass Vettern und Cousinen Bündnisse eingegangen waren und dadurch die Familie, der sie beide entstammten, bereichert hatten.

Ein Bündnis. Was für eine Bezeichnung für eine Beziehung zwischen Mann und Frau, dachte Samantha mit schmerzlicher Ironie. Und dennoch – war es in jener Zeit, als Ehen mit ebendiesem Ziel geschlossen worden waren, nicht viel vernünftiger zugegangen? In jenen Zeiten, als es üblich gewesen war, aus politischen und finanziellen Erwägungen zu heiraten, war von der großen Liebe nie die Rede gewesen, man hatte nicht mit schmerzlichem Sehnen und Verlangen auf die Begegnung mit der wahren Liebe gewartet. Stattdessen waren aus dem Verständnis dafür, was von einem erwartet wurde, mit der Zeit Beständigkeit und Hingabe erwachsen. Keine Illusionen, keine Wunschphantasien. Nichts weiter als eine Vereinbarung, das eigene Leben mit dem des anderen zu einer Gemeinschaft zu vereinen, aus der beide Partner viel zu gewinnen hatten: Geld, Stellung, Besitz, Autorität, Schutz und Authentizität. In der Hauptsache vermutlich das Letztere. Man war nicht vollständig, solange man nicht verheiratet war; man war nicht verheiratet, solange die Ehe nicht durch Beischlaf vollzogen und durch Nachkommen legitimiert war. Wie einfach das alles gewesen war. Erwartungen romantischer Liebe und Flammen der Leidenschaft hatte es nicht gegeben; nur die zuverlässige, lebenslange Gewissheit, dass der Partner wirklich das erfüllte, was zuvor zwischen den Parteien vereinbart worden war.

Vernünftig, entschied Samantha. Und sie wusste, dass es in einer Gesellschaft, in der Männer und Frauen auf diese Weise miteinander verheiratet wurden, zwischen ihrer und Julians Familie längst zu einer Vereinbarung gekommen wäre.

Aber sie lebten nun einmal nicht in einer solchen Gesellschaft. In der Welt, in der sie lebten, wurde einem vorgegaukelt, die wahre Liebe sei nur einen kleinen Filmschnitt weit entfernt: Mann trifft Frau, sie verlieben sich ineinander, sie haben ihre Schwierigkeiten, die aber spätestens im dritten Akt gelöst sind, Happyend, Abblende, Nachspann. Diese Welt fand Samantha zum Verrücktwerden, denn sie wusste, wenn ihr Vetter weiterhin an diese Art von Liebe glaubte, waren alle ihre Bemühungen zum

Scheitern verurteilt. Hier bin ich, hätte sie am liebsten laut gerufen. Ich kann dir geben, was du brauchst. Sieh mich an. Sieh mich doch endlich an!

Als hätte er ihren stummen Schrei gehört, blickte Julian genau in diesem Moment auf und ertappte sie dabei, wie sie ihn beobachtete. Er beugte sich vor und zog das Fenster ganz auf. Samantha ging über den Hof zu ihm.

»Du siehst so niedergeschlagen aus. Ich habe gerade versucht, mir etwas einfallen zu lassen, was dich von deinen Sorgen erlösen könnte.«

»Was meinst du, hätte ich als Geldfälscher eine Zukunft?«, fragte er. Die Sonne schien ihm direkt ins Gesicht, und er blinzelte gegen das helle Licht. »Das ist vielleicht die einzige Lösung.«

»Meinst du?«, fragte sie leichthin. »Keine reiche junge Erbin, die nur darauf wartet, verführt zu werden?«

»Nein, sieht leider nicht so aus.« Er bemerkte ihren Blick auf den Wust von Unterlagen und Rechnungsbüchern, der auf seinem Schreibtisch ausgebreitet lag, weitaus mehr Papierkram, als er sonst dort liegen hatte, wenn er seine Berechnungen für die kommende Woche anstellte. »Ich wollte nur mal sehen, wo wir stehen«, erklärte er. »Ich hatte gehofft, ich könnte vielleicht irgendwo so um die zehntausend Pfund lockermachen – leider eine Illusion.«

»Wofür?« Sie sah seine deprimierte Miene und fügte hastig hinzu: »Julie, bist du in einer Notlage? Ist irgendetwas schiefgelaufen?«

»Das ist es ja gerade! Da läuft etwas genau richtig. Aber was da ist, reicht gerade bis zum Ende des Monats.«

»Du weißt hoffentlich, dass du dich jederzeit an mich wenden kannst …« Sie zögerte. Sie wollte ihn nicht beleidigen. Sie wusste, dass er ebenso stolz wie verantwortungsbewusst war. Sie formulierte es anders. »Wir sind doch eine Familie, Julie. Wenn du Geld brauchst – ich würde es auch nicht zurückhaben wollen. Du bist doch mein Vetter. Du kannst es jederzeit haben.«

Er war entsetzt. »Ich wollte nicht, dass du denkst –«

»Hör auf! Ich denke überhaupt nichts.«

»Gut. Denn das könnte ich niemals. Niemals.«

»In Ordnung. Reden wir nicht mehr darüber. Aber sag mir

bitte, was passiert ist. Du siehst aus, als würde es dir das Herz zerreißen.«

Er seufzte. »Ach, vergiss es«, sagte er und sprang mit einer schnellen Bewegung auf den Schreibtisch und von dort zum Fenster hinaus in den Hof. »Was tust du gerade? Ah, Fenster. Hast du eine Ahnung, wann die das letzte Mal geputzt worden sind, Sam?«

»Als Edward für seine Wallis alles aufgegeben hat? Dummkopf, der er war?«

»Das ist wahrscheinlich richtig.«

»Was? Meine Schätzung? Oder dass es dumm von ihm war, alles für sie aufzugeben?«

Er lächelte resigniert. »Das weiß ich selbst nicht so genau.«

Samantha sagte nicht, was ihr als Erstes durch den Kopf ging: dass er noch vor einer Woche nicht so geantwortet hätte. Sie machte sich nur einen Moment Gedanken darüber, worauf diese Antwort schließen ließ.

Gemeinsam machten sie sich ans Fensterputzen. Die alte Verglasung saß so unsicher in der Bleifassung, dass sie die Scheiben nicht einfach mit dem Schlauch abspritzen konnten; deshalb blieb ihnen nichts anderes übrig, als Scheibe für Scheibe mühsam von Hand zu reinigen.

»Das kann ja dauern, bis wir alt und grau sind«, bemerkte Julian nach zehn Minuten wortlosen Putzens verdrossen.

»Da könntest du recht haben«, antwortete Samantha. Sie hätte ihn gern gefragt, ob es ihm recht wäre, wenn sie so lange bliebe, aber sie ließ den Gedanken vorbeiziehen. Es war offensichtlich, dass ihn etwas bedrückte, und sie musste herausbekommen, was das war, und sei es auch nur, um ihm ihre immerwährende Anteilnahme an allem, was sein Leben betraf, zu beweisen. Sie versuchte, an ihn heranzukommen, indem sie ruhig sagte: »Julie, es tut mir wirklich leid, dass du solche Sorgen hast. Zusätzlich zu allem anderen. Ich kann nichts daran ändern, dass … ich meine …« Sie merkte, dass sie noch nicht einmal imstande war, den bewussten Namen auszusprechen. Nicht hier und nicht jetzt. Nicht Julian gegenüber. »Ich meine, was in den letzten Tagen passiert ist«, sagte sie schließlich. »Aber wenn ich sonst irgendetwas tun kann …«

»Es tut mir so leid«, antwortete er.

»Natürlich tut es dir leid. Wie sollte es anders sein?«

»Ich meine, es tut mir leid, wie ich mich dir gegenüber benommen habe … als ich dich so ausgefragt habe, Sam. Über Dienstagnacht. Du weißt schon.«

Sie richtete ihre ganze Aufmerksamkeit auf eine Fensterscheibe, die mit Vogelkot aus den Nestern in den Mauerspalten darüber verkrustet war. »Du warst erregt.«

»Das war noch lange kein Grund, dich zu beschuldigen. Dir zu unterstellen, du hättest … na ja, was auch immer.«

»Die Frau ermordet, die du geliebt hast, meinst du.« Sie sah ihn an. Er war rot geworden.

»Manchmal ist es, als wären die Stimmen in meinem Kopf einfach nicht zu bändigen. Ich fange an zu sprechen, und alles, was die Stimmen mir ständig einflüstern, rutscht einfach raus. Es hat überhaupt nichts mit dem zu tun, was ich glaube. Es tut mir leid.«

Am liebsten hätte sie gesagt: Aber sie war doch sowieso nicht die Richtige für dich, Julie. Wie kommt es nur, dass du das nie erkannt hast? Und wann wirst du endlich begreifen, was ihr Tod bedeuten kann? Für dich. Für mich. Für uns beide, Julie. Aber sie sprach es nicht aus, weil sie damit preisgegeben hätte, was sie ihm auf keinen Fall preisgeben konnte. »Akzeptiert«, sagte sie also stattdessen.

»Danke, Sam. Du bist ein echter Kumpel.«

»Schon wieder.«

»Ich meine …«

Sie lächelte ihm zu. »Ist schon in Ordnung. Ich verstehe es. Gib mir doch mal den Schlauch. Die hier müssen jetzt abgespült werden.«

Mehr als eine sanfte Dusche konnten sie bei den alten Fenstern nicht riskieren, stärkerem Druck würden die Scheiben nicht standhalten. Irgendwann in der Zukunft würden alle Bleieinfassungen ersetzt werden müssen, sonst würde das, was von den uralten Fenstern noch übrig war, endgültig der Zerstörung anheimfallen. Doch das war ein Gesprächsthema für ein andermal. Bei seinen gegenwärtigen Geldsorgen stand Julian gewiss nicht der Sinn danach, sich von Samantha gute Ratschläge zur Erhaltung des alten Hauses geben zu lassen.

»Es geht um Dad«, sagte er.

»Was?«

»Ich meine, das ist es, was mich beschäftigt. Warum ich die Bücher durchgesehen habe. Wegen Dad.« Er erklärte es ihr und schloss mit den bitteren Worten: »Jahrelang habe ich darauf gewartet, dass er sich endlich entschließt, den Alkohol aufzugeben.«

»Wir alle haben darauf gewartet.«

».... und jetzt, wo es so weit ist, suche ich krampfhaft nach einem Weg, um den Augenblick zu nutzen, bevor er wieder vorbei ist. Ich weiß, worauf es ankommt. Ich habe genug über Alkoholismus gelesen, um zu wissen, dass er den Entzug für sich selbst machen muss. Er muss ihn *wollen.* Aber wenn du ihn gesehen hättest, wenn du ihn reden gehört hättest ... ich glaube, er hat den ganzen Tag über keinen Tropfen getrunken, Sam.«

»Wirklich? Nein, wahrscheinlich nicht.« Und sie dachte an ihren Onkel, wie er am vergangenen Abend gewesen war: jedes Wort klar und deutlich, während er ihr ein Bekenntnis entlockt hatte, das sie nicht hatte machen wollen. Sie fühlte eine innere Ruhe über sich kommen, als ihr bewusst wurde, dass auch sie den Augenblick nutzen oder verstreichen lassen konnte. Vorsichtig sagte sie: »Vielleicht will er es diesmal wirklich, Julie. Er wird älter. Er wird sich des – nun ja, seiner Sterblichkeit bewusst.« Seiner »Sterblichkeit«, dachte sie, nicht seines nahenden Todes. Sie wollte dieses Wort nicht gebrauchen, weil es jetzt darauf ankam, sehr behutsam vorzugehen. »Ich denke, jeder muss eines Tages der Tatsache ins Gesicht sehen, dass alles einmal ein Ende hat. Vielleicht fühlt er sich plötzlich älter und möchte mit sich ins Reine kommen, solange er noch die Chance dazu hat.«

»Aber das ist es ja gerade«, sagte Julian. »Hat er denn eine Chance? Wie soll er es ohne Hilfe schaffen, wenn er's vorher noch nie allein geschafft hat? Und jetzt, wo er endlich um Hilfe *gebeten* hat – wie kann ich sie ihm da verweigern? Ich möchte ihm diese Hilfe geben. Ich möchte, dass er es schafft.«

»Das möchten wir alle, Julie. Die ganze Familie.«

»Ja, und deshalb habe ich mich über die Bücher gesetzt. Wegen der Privatversicherung, die wir haben. Ich brauche nicht einmal das Kleingedruckte zu lesen, um zu wissen, dass keine

Möglichkeit besteht …« Er inspizierte die Fensterscheibe, an der er gerade arbeitete, und kratzte mit dem Fingernagel am Glas.

Fingernägel auf der Schultafel. Samantha schauderte. Sie wandte sich von dem Geräusch ab.

Und in dem Moment sah sie ihn. Dort, wo er immer war. Er stand am Wohnzimmerfenster. Er beobachtete sie, wie sie sich mit seinem Sohn unterhielt. Und als sie zu ihm hinaufschaute, sah sie, wie ihr Onkel die Hand hob. Mit einem Finger berührte er kurz seine Schläfe, dann ließ er die Hand wieder sinken. Vielleicht hatte er sich nur ein Haar aus dem Gesicht gestrichen. Aber die Geste hatte ausgesehen wie ein spöttischer Salut.

20

»Gestern sind wir auf Anhieb reingekommen«, sagte Nkata, als auf ihr Klingeln an der weißen Eingangstür keine Reaktion erfolgte. »Vielleicht haben sie von der Platt einen Tipp bekommen, dass wir im Anmarsch sind, und sind abgehauen. Was meinen Sie?«

»Ich hatte nicht den Eindruck, dass Shelly Platt für die Reeves besondere Sympathien hegt.« Lynley läutete ein zweites Mal bei MKR Financial Management. »Sie hatte doch offensichtlich nichts dagegen, ihnen eine Ladung Sand ins Getriebe zu schütten, solange nicht herauskommt, dass sie es war. Ist das eigentlich nur der Geschäftssitz oder wohnen die Reeves auch hier, Winnie? Für mich sieht das Haus hier mehr wie ein Wohnhaus aus.«

Lynley trat von der Tür zurück und stieg die Treppe zum Bürgersteig hinunter. Das Haus im Zuckerbäckerstil wirkte leer und verlassen, und doch hatte er das deutliche Gefühl, von drinnen beobachtet zu werden. Vielleicht entsprang dieses Gefühl nur seiner Ungeduld, Martin Reeve in die Finger zu bekommen, um ihn einem harten Verhör zu unterziehen, aber er meinte, hinter den Stores eines Fensters im zweiten Stock eine Gestalt zu ahnen. Noch während er hinaufblickte, bewegte sich der Vorhang. Er rief: »Polizei! Es ist in Ihrem eigenen Interesse, uns hereinzulassen, Mr. Reeve. Ich möchte nicht gern im Revier Ladbroke Grove anrufen und um Unterstützung bitten müssen.«

Eine Minute verstrich. Nkata läutete Sturm, und Lynley ging langsam zum Bentley, um mit dem Revier Ladbroke Grove zu telefonieren. Das wirkte offenbar, denn noch während er mit dem diensthabenden Beamten sprach, rief Nkata: »Es ist offen, Inspector«, und stieß die Tür auf. An den Pfosten gelehnt wartete er auf Lynley.

Im Haus war es still, in der Luft hing ein schwacher Geruch nach Zitrone; von der Politur vielleicht, mit der der imposante Sheraton-Schrank im Korridor gepflegt wurde. Als Lynley und

Nkata die Tür hinter sich schlossen, kam eine Frau die Treppe herunter.

Lynleys erster Gedanke war, dass sie wie eine Puppe aussah. Tatsächlich sah sie wie eine Frau aus, die mit beträchtlichem Aufwand an Zeit und Energie – von Geld ganz zu schweigen – eine perfekte Barbie-Kopie aus sich gemacht hatte. Sie war von Kopf bis Fuß in schwarzem Lycra, ihr Körper so vollkommen, wie nur Phantasie und Silikon ihn geschaffen haben konnten. Das muss Tricia Reeve sein, dachte Lynley. Nkata hatte sie wirklich gut beschrieben.

Lynley stellte sich vor. »Wir hätten gern Ihren Mann gesprochen, Mrs. Reeve. Wären Sie so freundlich, ihn zu holen?«

»Er ist nicht hier.« Sie war auf der untersten Stufe der Treppe stehen geblieben. Sie war groß, wie Lynley sah, und sie spielte ihre Größe noch dadurch aus, dass sie sich nicht auf gleiche Ebene mit ihnen hinunterbegab.

»Und wo ist er?« Emsig zückte Nkata Stift und Buch.

Tricia Reeves Hand lag auf dem Treppengeländer, lange magere Finger voller Ringe. Sie hielt es eisern umklammert. Ihr ganzer Arm zitterte vor Anstrengung, und die Brillanten an ihren Fingern glitzerten. »Ich weiß es nicht.«

»Wie wär's mit ein paar Vermutungen?«, meinte Nkata. »Ich schreib sie alle auf. Wir sind gern bereit, uns nach Ihrem Mann umzusehen. Wir haben Zeit.«

Schweigen.

»Oder wir warten hier«, sagte Lynley. »Wo könnten wir das gegebenenfalls tun, Mrs. Reeve?«

Ihre Augen flackerten. Blaue Augen, sah Lynley. Riesige Pupillen. Nkata hatte ihm schon berichtet, dass sie irgendwelche Drogen nahm. Im Moment schien sie bis zur Halskrause voll damit zu sein.

»Portobello Road«, sagte sie und leckte sich mit blasser Zunge die schwellenden Lippen. »Es gibt dort einen Händler, der Miniaturen verkauft. Martin sammelt sie. Er wollte sich anschauen, was der Mann von einem Nachlassverkauf in der letzten Woche mitgebracht hat.«

»Der Name des Händlers?«

»Den weiß ich nicht.«

»Und der Name der Galerie oder des Ladens?«

»Keine Ahnung.«

»Wann ist er gegangen?«, fragte Nkata.

»Das weiß ich nicht. Ich war weg.«

Lynley fragte sich, in welchem Sinn sie das Wort »weg« gebrauchte. Er konnte es sich in etwa denken. »Gut«, sagte er, »dann warten wir auf ihn. Vielleicht setzen wir uns am besten in Ihren Empfangsraum. Ist das diese Tür, Mrs. Reeve?«

Sie folgte ihnen hastig. »Er ist in die Portobello Road gefahren. Danach wollte er sich mit irgendwelchen Handwerkern treffen, die unser Haus in der Cornwall Mews instand setzen. Die Adresse hab ich. Wollen Sie sie haben?«

Diese Kehrtwende zur Kooperationsbereitschaft kam verdächtig schnell. Entweder befand Reeve sich im Haus, oder sie hatte sich einen Plan zurechtgelegt, um ihn zu warnen. Das würde sie mit Leichtigkeit bewerkstelligen können. Lynley konnte sich nicht vorstellen, dass ein Mann von Reeves Beschreibung sich ohne Handy außer Haus begeben würde. Sobald er und Nkata zur Tür hinaus wären, um Reeves Spur aufzunehmen, würde die Frau sich ans Telefon hängen, um ihm Bescheid zu geben.

»Ich denke, wir werden trotzdem warten«, sagte Lynley. »Setzen Sie sich doch zu uns, Mrs. Reeve. Ich kann gern beim zuständigen Revier anrufen und darum bitten, dass man eine Beamtin herschickt, wenn es Ihnen unangenehm ist, mit uns allein zu sein. Soll ich das tun?«

»Nein!« Mit der rechten Hand umklammerte sie ihren linken Ellbogen. Sie sah auf die Uhr, und die Muskeln an ihrem Hals zuckten krampfhaft, als sie mühsam schluckte. Die Wirkung der Drogen ließ nach, vermutete Lynley. Wahrscheinlich wollte sie sich ausrechnen, wann sie sich gefahrlos den nächsten Schuss verpassen konnte. Die Anwesenheit der beiden Beamten war ein Hindernis, das der Befriedigung ihrer Sucht im Weg stand, und das würde sich vielleicht als nützlich erweisen.

»Martin ist nicht hier«, erklärte sie beinahe heftig. »Wenn ich mehr wüsste, würde ich es Ihnen sagen. Aber ich weiß nichts.«

»Ich bin nicht überzeugt«, erwiderte Lynley.

»Ich sage Ihnen die Wahrheit.«

»Dann sagen Sie uns doch gleich mal eine andere. Wo war Ihr Mann am Dienstagabend?«

»Am Dienstag …?« Sie schien wirklich verwirrt. »Ich habe keine – er war hier. Mit mir. Ja, er war hier. Wir waren den ganzen Abend zu Hause.«

»Kann das jemand bestätigen?«

Die Frage erschreckte sie sichtlich. Sie sagte hastig: »Wir sind ungefähr um halb neun ins *Star of India* in der Old Brompton Road zum Essen gegangen.«

»Dann waren Sie also nicht zu Hause.«

»Doch, den Rest des Abends waren wir zu Hause.«

»Hatten Sie in dem Restaurant reserviert, Mrs. Reeve?«

»Der Oberkellner erinnert sich sicher an uns. Er und Martin hatten eine Auseinandersetzung, weil wir nicht im Voraus bestellt hatten, und anfangs wollten sie uns keinen Tisch geben, obwohl mehrere frei waren, als wir kamen. Wir haben dort gegessen und sind dann nach Hause gefahren. Das ist die Wahrheit. Das war am Dienstag. Ja.«

Es dürfte nicht schwierig sein, eine Bestätigung dafür zu erhalten, dass sie in dem Restaurant gewesen waren, dachte Lynley. Aber wie viele Kellner würden sich erinnern, an welchem besonderen Tag sie eine Auseinandersetzung mit einem anspruchsvollen Gast gehabt hatten, der versäumt hatte, einen Tisch zu bestellen, und damit auch versäumt hatte, sich ein stichhaltiges Alibi zu sichern?

»Nicola Maiden hat bei Ihnen gearbeitet«, sagte er.

»Martin hat Nicola nicht getötet!«, entgegnete sie sofort. »Ich weiß, dass Sie deshalb hier sind, machen wir uns also nichts vor. Er war am Dienstagabend mit mir zusammen. Wir waren im *Star of India* und haben dort gegessen. Um zehn waren wir wieder zu Hause und sind danach auch nicht wieder ausgegangen. Irgendjemand hat uns bestimmt weggehen oder zurückkommen sehen. Also, wollen Sie jetzt die Adresse unseres Hauses in der Cornwall Mews oder nicht? Wenn nicht, dann möchte ich Sie bitten, jetzt zu gehen.« Wieder ein hektischer Blick auf die Uhr.

Lynley beschloss, sie ein wenig unter Druck zu setzen. Er sagte zu Nkata: »Wir brauchen einen Durchsuchungsbefehl, Winnie.«

»Aber wozu denn das?«, rief Tricia Reeve. »Ich habe Ihnen doch alles gesagt. Sie können in dem Restaurant anrufen. Sie können mit unseren Nachbarn sprechen. Wie wollen Sie sich überhaupt einen Durchsuchungsbefehl beschaffen, wenn Sie sich noch nicht einmal die Mühe gemacht haben nachzuprüfen, ob ich die Wahrheit gesagt habe?«

Sie schien empört. Mehr noch, sie wirkte erschrocken und verängstigt. Auf keinen Fall, so vermutete Lynley, wollte sie ein Team von Polizeibeamten in ihren Sachen herumkramen lassen, ganz gleich, wonach gesucht wurde. Sie hatte vielleicht mit der Ermordung Nicola Maidens nichts zu tun, aber Drogenbesitz würde bei der Kronanwaltschaft ebenfalls nicht sonderlich gut ankommen, und das wusste sie.

»Wir gestatten uns manchmal, das Verfahren etwas abzukürzen«, erklärte Lynley freundlich. »Das hier scheint mir der richtige Moment dafür. Uns fehlen erstens eine Mordwaffe und zweitens zwei Kleidungsstücke der Toten, und wenn einer dieser Gegenstände in diesem Haus auftauchen sollte, würden wir natürlich gerne wissen, wie das kommt.«

»Soll ich anrufen, Chef?«, erkundigte sich Nkata mit ausdrucksloser Miene.

»Martin hat Nicola nicht getötet! Er hatte sie seit Monaten nicht mehr gesehen. Er wusste nicht einmal, wo sie war. Wenn Sie nach jemandem suchen, der geglaubt hat, sie töten zu müssen, dann gibt es genug Männer, die –« Sie brach ab.

»Ja?«, fragte Lynley. »Genug Männer?«

Sie verschränkte die Arme unter der Brust und ging einmal durch den Empfangsraum und wieder zurück.

Lynley sagte: »Mrs. Reeve, wir wissen genau, was sich hinter der Firma MKR Financial Management verbirgt. Wir wissen, dass Ihr Mann Studentinnen anheuert, die als Hostessen und Prostituierte für ihn arbeiten. Wir wissen, dass Nicola Maiden eine dieser Studentinnen war und zusammen mit Vi Nevin die Arbeit bei Ihrem Mann aufgegeben hatte, weil sie sich selbständig machen wollte. Was wir bis jetzt an Informationen haben, kann ohne weiteres zu einer Anklage gegen Sie und Ihren Mann führen, und ich nehme an, Sie sind sich dessen bewusst. Wenn Sie also verhindern wollen, dass man Sie vor Gericht stellt und zu einer Gefängnisstrafe verurteilt, schlage ich vor, Sie unterstützen uns endlich bei unseren Ermittlungen.«

Sie stand wie erstarrt da. Ihre Lippen bewegten sich kaum, als sie sagte: »Was wollen Sie wissen?«

»Ich möchte wissen, was für eine Beziehung zwischen Ihrem Mann und Nicola Maiden bestand. Zuhälter sind dafür bekannt –«

»Er ist kein Zuhälter!«

»– dass sie ihr Missfallen ziemlich deutlich zum Ausdruck bringen, wenn ein Pferd aus ihrem Stall ausbricht.«

»So ist das überhaupt nicht. So war das alles nicht.«

»Wirklich nicht?«, fragte Lynley. »Wie war es dann? Vi Nevin und Nicola Maiden beschlossen, sich selbständig zu machen. Damit war Ihr Mann ausgebootet. Aber sie stiegen ins Geschäft ein, ohne es ihn wissen zu lassen. Er wird nicht sehr erfreut gewesen sein, als er dahinterkam.«

»Das ist doch alles ganz falsch.« Sie trat zu dem großen Schreibtisch und holte aus einer Schublade eine Packung Silk Cut. Sie nahm eine Zigarette heraus und zündete sie an. Das Telefon begann zu läuten. Sie blickte auf den Apparat, beugte sich vor, um auf einen Knopf zu drücken, unterließ es dann aber. Es klingelte zwanzigmal, dann herrschte Stille. Aber keine zehn Sekunden später begann das Telefon von Neuem zu klingeln.

Sie sagte: »Das müsste doch der Computer übernehmen. Ich verstehe gar nicht, warum ...« Und mit einem Blick des Unbehagens auf die beiden Männer hob sie den Hörer ab und sagte kurz: »Global.« Nachdem sie einen Moment schweigend gelauscht hatte, säuselte sie mit perlender Stimme: »Das kommt darauf an, was Sie wünschen ... ja. Das wird überhaupt kein Problem sein. Darf ich mir Ihre Nummer notieren? Ich rufe Sie sofort zurück.« Sie kritzelte etwas auf einen Zettel. Dann sah sie mit herausfordernder Miene auf, als wüsste sie genau, was Lynley über das eben geführte Gespräch dachte, und als wollte sie sagen: Beweisen Sie's doch.

Er kam ihr gern entgegen. »Global«, sagte Lynley. »So heißt der Hostessenservice, Mrs. Reeve? Global was? Globale Kontakte? Globale Liebesdienste? Was?«

»*Global Escorts.* Und es ist nicht gesetzeswidrig, einem Geschäftsmann, der sich hier zu einer Konferenz aufhält, eine gebildete Begleiterin zu stellen.«

»Es ist aber gesetzeswidrig, von unrechtmäßig erworbenem Geld zu leben, Mrs. Reeve. Möchten Sie wirklich, dass die Polizei Ihre Bücher beschlagnahmt? Immer vorausgesetzt natürlich, dass für MKR Financial Management überhaupt Bücher existieren. Wir können das nämlich jederzeit tun. Wir können Nachweise für jedes einzelne Pfund, das Sie eingenommen haben, verlangen. Und wenn wir mit unseren Recherchen fertig sind, können wir die ganze Geschichte dem Finanzamt übergeben, damit es prüfen kann, ob Sie auch Ihren gerechten Anteil zur Unterstützung des Staates beigetragen haben. Wie hört sich das an?«

Er ließ ihr Zeit zum Überlegen. Wieder klingelte das Telefon. Nach dreimaligem Läuten wurde mit einem leisen Klick auf eine andere Leitung umgeschaltet. Ein Auftrag, der anderswo angenommen wird, dachte Lynley. Über Handy, Fernbedienung oder Satelliten. Der technische Fortschritt war doch etwas Wunderbares.

Tricia Reeve schien zu einer Erkenntnis zu gelangen. Offensichtlich begann ihr klarzuwerden, dass *Global Escorts* und ihre eigene Position ebenso wie die ihres Mannes gefährdet waren: Ein Wort von Lynley an das Finanzamt oder auch nur an die Kollegen vom Sittendezernat, und es würde aus sein mit dem feudalen Leben. Ganz abgesehen davon, was ihnen blühen konnte, wenn eine Durchsuchung der Räume die Drogen zutage förderte, die Tricia Reeve irgendwo im Haus gehortet hatte.

»Also gut«, sagte sie. »Ich nenne Ihnen einen Namen – ich nenne Ihnen *den* Namen –, aber er darf nicht von mir gekommen sein. Ist das klar? Wenn sich nämlich herumspricht, dass wir uns hier in der Firma eine Indiskretion erlaubt haben ...« Sie ließ den Rest des Satzes in der Luft hängen.

Indiskretion, dachte Lynley, ist wirklich ein reizender Ausdruck dafür. Und wie in Dreiteufelsnamen kam sie auf die Idee, sie wäre in einer Position, mit ihnen zu handeln? Er sagte: »Mrs. Reeve, mit der Firma – wie Sie es bezeichnen – ist es aus und vorbei.«

»Mein Mann wird das nicht so sehen«, entgegnete sie.

»Ihr Mann wird sich in Untersuchungshaft wiederfinden, wenn er den Laden nicht augenblicklich dichtmacht«, konterte Lynley.

»Mein Mann wird Antrag auf Kaution stellen. Er wird binnen

vierundzwanzig Stunden wieder auf freiem Fuß sein. Und wo werden Sie dann sein, Inspector? Der Wahrheit nicht einen Schritt näher.«

Sie mochte aussehen wie Barbie, sie mochte einen Teil ihres Gehirns in Drogen mariniert haben, aber sie hatte zu feilschen gelernt und tat es jetzt mit gewissem Geschick. Ihr Mann, vermutete Lynley, wäre stolz auf sie gewesen. Sie hatte ein ganz schlechtes Blatt und tat trotzdem so, als hielte sie alle Trümpfe in der Hand. Er konnte nicht umhin, ihre Chuzpe zu bewundern.

»Ich kann Ihnen einen Namen nennen«, sagte sie wieder, »*den* Namen, wie ich schon sagte –, und Sie gehen Ihrer Wege. Ich kann aber auch gar nichts sagen, und Sie durchsuchen das Haus, schleppen mich ins Gefängnis, verhaften meinen Mann und sind Nicolas Mörder keinen Schritt näher. Sie werden natürlich unsere Unterlagen und Bücher haben, gewiss. Aber Sie erwarten doch wohl nicht im Ernst, dass wir so dumm sind, unsere Klienten namentlich aufzulisten. Was also werden Sie damit gewinnen? Und wie viel Zeit werden Sie verlieren?«

»Ich bin durchaus bereit, mit mir reden zu lassen, wenn die Informationen Hand und Fuß haben. Und in der Zeit, die ich brauche, um die Stichhaltigkeit Ihrer Angaben zu prüfen, würden Sie und Ihr Mann, vermute ich, über einen Ortswechsel nachdenken. Auf Anhieb kommt mir da Melbourne in den Sinn, in Anbetracht der Gesetzesänderung.«

»Das würde wahrscheinlich einige Zeit in Anspruch nehmen.«

»Genau wie die Überprüfung der Informationen.«

Quid pro quo. Er wartete auf ihre Entscheidung. Nach kurzem Überlegen nahm sie einen Bleistift vom Schreibtisch. »Sir Adrian Beattie«, sagte sie, während sie schrieb. »Er war völlig vernarrt in Nicola. Er war bereit, ihr jede Summe zu zahlen, die sie verlangte, nur um sie ganz für sich allein zu haben. Ich kann mir nicht vorstellen, dass er von ihrer Idee, ihr Geschäft zu erweitern, sehr begeistert war.«

Sie reichte Lynley den Zettel. Es war eine Adresse in den Boltons.

Es sieht ganz so aus, dachte Lynley, als hätten wir den Londoner Liebhaber endlich gefunden.

Als Barbara Havers bei ihrer Heimkehr an diesem Abend den Zettel an der Tür vorfand, erinnerte sie sich mit schlechtem Gewissen an die Nähstunde. »Pest und Hölle! So ein verdammter Mist!«, fluchte sie und machte sich Vorwürfe wegen ihrer Vergesslichkeit. Gewiss, sie steckte mitten in einem Fall, und Hadiyyah würde das sicher verstehen; aber der Gedanke, ihre kleine Freundin vielleicht enttäuscht zu haben, bedrückte sie dennoch.

»Du bist herzlich eingeladen, dir die Arbeiten aus dem Anfängerkurs von Miss Jane Batemans Nähschule anzusehen«, stand auf dem Zettel, in ordentlich gemalten Druckbuchstaben von einer kindlichen Hand, die Barbara gut kannte. Unter dem Text prangte die Zeichnung einer Sonnenblume, daneben waren Datum und Zeit angegeben. Barbara nahm sich vor, beides in ihren Terminkalender einzutragen.

Nach ihrem Gespräch mit Neil Sitwell hatte sie weitere drei Stunden im Yard eingelegt. Am liebsten hätte sie sofort die Nummern sämtlicher Leute angerufen, die ihrer Liste zufolge bei King-Ryder Productions angestellt waren, aber sie hielt es für klüger, vorsichtig zu sein, für den Fall, dass Inspector Lynley aufkreuzen und fragen sollte, was ihre Nachforschungen am Computer erbracht hatten. Worauf sie nur hätte sagen können, nichts, nichts und wieder nichts. Etwas anderes hatte sie auch gar nicht erwartet.

Zum Teufel mit ihm, hatte sie am Ende gedacht, nachdem sie fast acht Stunden am Computer gesessen hatte. Wenn er unbedingt über jeden gottverdammten Schwachkopf, mit dem dieser Andrew Maiden während seiner Tätigkeit als verdeckter Ermittler irgendwann einmal zu tun gehabt hatte, einen Bericht haben wollte, dann würde sie ihm einen liefern. Aber bringen würde ihm das gar nichts, jedenfalls nichts, was ihn zu dem Mörder von Derbyshire führen würde. Darauf würde sie ihren Kopf wetten.

Um halb fünf hatte sie ihre Sachen gepackt und war gegangen, jedoch nicht ohne einen kurzen Abstecher in Lynleys Büro zu machen, um ihm einen Bericht und eine persönliche Nachricht hinzulegen. Der Bericht, so fand sie, sagte genau das, was sie sagen wollte, ohne ihm irgendetwas allzu deutlich unter die Nase zu reiben. *Ich hab recht, und Sie haben unrecht, aber ich mach Ihr blödes Spiel mit, um des lieben Friedens willen,* waren nicht die Worte, die sie ihm sagen musste. Ihre Zeit würde kommen, und sie war froh und dankbar, dass die Art und Weise, wie Lynley die Ermittlungsarbeit organisierte, ihr sehr viel mehr Spielraum ließ, als er ahnte.

Der kleine Brief, den sie zusammen mit dem Bericht hinterlassen hatte, setzte Lynley in äußerst höflichen Worten davon in Kenntnis, dass sie die von Dr. Sue Myles in Derbyshire zusammengestellten Autopsieunterlagen nach Chelsea bringen würde.

Sie fuhr direkt von New Scotland Yard aus hin und traf Simon St. James und seine Frau im Garten ihres Hauses in der Cheyne Row an. St. James hatte es sich auf einer Liege bequem gemacht, einen breitkrempigen Hut zum Schutz gegen die Sonne auf dem Kopf, und beobachtete Deborah, die auf allen vieren den Backsteinweg neben einer Blumenrabatte an der Gartenmauer entlangkroch. Sie zog ein Sprühgerät hinter sich her und hielt alle paar Meter an, um die Erde unter dem Grün mit einem Insektenvernichtungsmittel einzunebeln.

»Simon«, sagte sie, »es sind *Milliarden*! Und sogar wenn ich sprühe, rennen sie weiter herum. Ehrlich, wenn es je einen Atomkrieg geben sollte, werden die Ameisen die einzigen Überlebenden sein.«

»Hast du die Stelle bei den Hortensien auch gesprüht?«, fragte St. James. »Ich glaube, das Stück unter den Fuchsien hast du ausgelassen, Liebes.«

»Also wirklich! Du machst mich noch verrückt. Möchtest du nicht lieber selber Hand anlegen? Ich will auf keinen Fall deinen Seelenfrieden mit meiner Schlampigkeit stören.«

»Hm.« St. James schien den Vorschlag zu überdenken. »Nein. Ich glaube nicht. Du hast in letzter Zeit schon große Fortschritte gemacht. Übung macht den Meister, und diese Chance will ich dir auf keinen Fall nehmen.«

Deborah lachte und tat so, als wollte sie ihn besprühen. Dann sah sie Barbara an der Küchentür stehen. »Ha, das trifft sich gut!«, rief sie. »Genau das, was ich brauche. Eine Zeugin. Hallo, Barbara! Ich bitte Sie zu beachten, welcher der beiden Partner hier im Garten schuftet wie ein Sklave, während der andere faul herumsitzt. Mein Anwalt wird Ihre Aussage später zu Protokoll nehmen.«

»Glauben Sie ihr kein Wort«, widersprach St. James. »Ich hab mich gerade eben erst hingesetzt.«

»Wenn ich Ihre hingegossene Haltung sehe, bezweifle ich das doch sehr«, versetzte Barbara und ging über den Rasen auf ihn zu. »Ihr Schwiegervater hat mir übrigens bereits geraten, Ihnen ein bisschen Feuer unterm Hintern zu machen.«

»Ach was?« St. James blickte stirnrunzelnd zum Küchenfenster, hinter dem die geschäftig hin und her eilende Gestalt Joseph Cotters zu sehen war.

»Danke, Dad«, rief Deborah in Richtung Haus.

Barbara lächelte über das liebevolle Geplänkel der beiden. Sie zog sich einen Liegestuhl heran und ließ sich hineinfallen. Dann reichte sie St. James die Akten. »Seine Lordschaft lässt Sie bitten, sich diese Unterlagen mal anzusehen.«

»Was sind das für Papiere?«

»Die Autopsiebefunde aus Derbyshire. Von beiden Opfern. Der Inspector würde Sie übrigens auffordern, sich insbesondere den Befund der jungen Frau anzusehen.«

»Und Sie würden das nicht tun?«

Barbara lächelte grimmig. »Ich mache mir meine eigenen Gedanken.«

St. James schlug die Akte auf. Deborah kam, das Sprühgerät hinter sich herziehend, durch den Garten. »Fotos«, warnte St. James sie.

Sie zögerte. »Schlimm?«

»Zahlreiche Stichwunden an einem der Opfer«, gab Barbara ihr Auskunft.

Sie wurde ein wenig blass und setzte sich zu Füßen ihres Mannes auf die Liege. St. James gönnte den Bildern nur einen kurzen Blick, bevor er sie mit dem Rücken nach oben auf den Rasen legte. Er blätterte den Bericht durch, wobei er hier und dort innehielt, um etwas genauer nachzulesen.

»Wissen Sie, ob Tommy etwas Bestimmtes im Auge hat, Barbara?«, fragte er.

»Zwischen dem Inspector und mir herrscht derzeit Funkstille. Ich bin im Moment nur der Laufbursche. Er hat mir aufgetragen, Ihnen den Bericht zu bringen. Ich hab brav geknickst und den Befehl ausgeführt.«

St. James blickte auf. »Immer noch schlechte Stimmung? Aber Helen hat mir doch gesagt, dass Sie an der Aufklärung dieses Falls mitarbeiten.«

»Nur am Rande«, sagte sie.

»Er wird sich schon wieder einkriegen.«

»Das tut Tommy immer«, fügte Deborah hinzu. Mann und Frau tauschten einen Blick. Deborah sagte mit einem gewissen Unbehagen: »Na ja, du weißt schon.«

»Ja«, antwortete St. James nach einem kurzem Schweigen mit einem liebevollen Lächeln. Dann wandte er sich Barbara zu. »Ich werde mir den Bericht ansehen, Barbara. Ich nehme an, ich soll ihn auf Ungereimtheiten und Diskrepanzen prüfen. Das Übliche eben. Richten Sie ihm aus, dass ich ihn anrufen werde.«

»In Ordnung«, sagte sie und fügte dann vorsichtig hinzu: »Sagen Sie, Simon ...«

»Hm?«

»Könnten Sie mich auch anrufen? Ich meine, wenn Sie was finden sollten.« Als er nicht sofort antwortete, fügte sie hastig hinzu: »Ich weiß, das ist vorschriftswidrig. Und ich will Sie auch weiß Gott nicht in die Bredouille bringen. Aber der Inspector lässt mich ziemlich in der Luft hängen, und wenn ich einen Vorschlag mache, heißt es immer nur: ›Marsch, zurück an den Computer, Constable.‹ Aber wenn Sie bereit wären, mich auf dem Laufenden zu halten ... ich meine, ich weiß, er würde sauer werden, wenn er es erführe, aber ich schwöre Ihnen, ich würde ihm nie verraten, dass Sie –«

»Gut, ich rufe Sie auch an«, unterbrach St. James sie. »Aber es ist fraglich, ob ich überhaupt etwas entdecken werde. Ich kenne Sue Myles. Sie ist ausgesprochen gründlich. Mir ist ehrlich gesagt nicht ganz klar, warum ich mir ihre Arbeit überhaupt noch einmal ansehen soll.«

Mir auch nicht, hätte Barbara gern gesagt. Doch sein Versprechen, sich bei ihr zu melden, war ermutigend, und so beschloss sie den Tag in weitaus besserer Stimmung, als sie ihn begonnen hatte.

Erst als sie Hadiyyahs Zettel sah, bekam ihre gute Laune einen kleinen Dämpfer. Das kleine Mädchen war praktisch mutterlos – zumindest war die Mutter nicht anwesend und würde sich voraussichtlich auch nicht so bald wieder blicken lassen –, und wenn Barbara auch keinerlei Ambitionen hatte, ihm die Mutter zu ersetzen, so fühlte sie sich Hadiyyah doch als Freundin verpflichtet. Hadiyyah hatte gehofft, dass Barbara sie an diesem Nachmittag in ihrer Nähstunde besuchen würde. Und Barbara hatte sie enttäuscht. Das war kein gutes Gefühl.

Nachdem sie also ihre Tasche auf den Allzwecktisch geworfen und ihren Anrufbeantworter abgehört hatte – einen Bericht Mrs. Flos über den Zustand ihrer Mutter, einen Bericht ihrer Mutter über eine Reise nach Jamaica, Hadiyyahs aufgeregte Meldung, dass sie ihr einen Zettel an die Tür geklebt hatte und ob sie ihn gefunden hätte? –, ging sie durch den Garten zu dem großen edwardianischen Haus. Die Terrassentür im Erdgeschoss stand offen, und aus dem Wohnzimmer dahinter war die Stimme eines Kindes zu hören, das gerade energisch erklärte: »Aber sie passen wirklich nicht, Dad. Ehrlich.«

Hadiyyah saß auf einem dicken runden Sitzkissen, und Taymullah Azhar kniete vor ihr wie ein liebeskranker Romeo. Gegenstand der Aufmerksamkeit der beiden waren die Schuhe, die Hadiyyah trug, schwarze Schnürschuhe, die zu einer Schuluniform gehörten. Hadiyyah wand und krümmte ihre Füße in dem Schuhwerk, als wäre es ein neues Folterinstrument, um Spione zum Singen zu bringen.

»Meine Zehen sind total zusammengequetscht. Und die Knöchel tun *weh.*«

»Und du bist sicher, dass dieser Schmerz nichts mit dem Wunsch zu tun hat, die neueste Mode mitzumachen, *khushi*?«

»Dad!«, beschwerte sich Hadiyyah mit Märtyrerinnenstimme. »Bitte! Das sind doch Schulschuhe.«

»Und wie wir beide aus unserer Erinnerung wissen«, sagte Barbara von der Terrasse her, »sind Schulschuhe nie cool, Azhar. Sie verstoßen immer gegen das modische Diktat. Deswegen sind es ja Schulschuhe.«

Vater und Tochter blickten auf. Hadiyyah rief sofort: »Barbara! Ich hab dir einen Zettel an die Tür geklebt. Hast du ihn gekriegt? Ich hab ihn extra mit Tesafilm angeklebt.« Azhar lehnte sich auf seine Fersen zurück, um die Schuhe seiner Tochter sachlich in Augenschein zu nehmen.

»Sie behauptet, sie passen nicht mehr«, teilte er Barbara mit. »Ich bin nicht so ganz davon überzeugt.«

»Aha, da muss ein salomonisches Urteil her«, sagte Barbara. »Darf ich …?«

»Natürlich, kommen Sie herein.« Förmlich wie immer stand Azhar auf und begrüßte sie mit einer Geste des Willkommens.

Im Zimmer duftete es verlockend nach Curry. Barbara sah, dass der Tisch zum Abendessen gedeckt war, und sagte schnell: »Oh! Tut mir leid. Ich habe gar nicht auf die Zeit geachtet, Azhar. Sie haben noch nicht gegessen, und – soll ich später noch mal wiederkommen? Ich habe eben Hadiyyahs Zettel gefunden und dachte, ich würde auf einen Sprung rüberkommen. Sie wissen schon, die Nähstunde heute Nachmittag. Ich hatte ihr versprochen …« Sie klappte den Mund zu. Genug, dachte sie.

Er lächelte. »Möchten Sie nicht mit uns essen?«

»Um Himmels willen, nein. Ich meine, ich hab zwar noch nicht gegessen, aber ich möchte auf keinen Fall –«

»Du musst!«, rief Hadiyyah strahlend. »Dad, sag ihr, dass sie mit uns essen muss. Es gibt Hühnchen *tikka.* Und Safranreis. *Und* Dads Spezialcurry mit Gemüse, bei dem Mama immer weint, wenn sie's isst, weil es so scharf ist. Sie sagt immer: ›Hari, du machst es viel zu scharf‹, und die ganze Wimperntusche läuft ihr runter. Stimmt's, Dad?«

Hari, dachte Barbara.

Azhar sagte: »Ja, das stimmt, *khushi.*« Und zu Barbara: »Wir würden uns freuen, wenn Sie zum Essen blieben, Barbara.« Ich sollte besser abhauen und mich verstecken, dachte sie, sagte jedoch: »Vielen Dank, dann bleibe ich gern.«

Hadiyyah jauchzte und drehte in ihren angeblich zu kleinen Schuhen eine Pirouette. Ihr Vater sah ihr zu und meinte vielsagend: »Aha. Mit deinen Füßen ist es ja wohl doch nicht –«

»Ich werd mir das mal ansehen«, schaltete sich Barbara rasch ein.

Hadiyyah ließ sich auf das Sitzkissen fallen und erklärte: »Sie kneifen ganz fürchterlich. Eben auch, Dad. Wirklich.«

Azhar lachte und verschwand in der Küche. »Barbara wird entscheiden«, sagte er zu seiner Tochter.

»Sie kneifen wirklich ganz schrecklich«, beteuerte Hadiyyah. »Da, fühl mal, wie meine Zehen vorn zusammengedrückt sind.«

»Ich weiß nicht recht, Hadiyyah«, meinte Barbara, während sie prüfend auf die Schuhspitzen drückte. »Wie sehen denn die anderen Schuhe aus, die du haben möchtest? Genauso?«

Das kleine Mädchen antwortete nicht. Barbara blickte auf. Hadiyyah kaute auf ihrer Unterlippe.

»Na?«, fragte Barbara. »Hadiyyah, darf man denn jetzt auch andere Schuhe zur Uniform tragen?«

»Die hier sind so grottenhässlich«, flüsterte sie. »Als hätte ich Kähne an den Füßen. Die neuen Schuhe sind Slipper, Barbara. Und obenrum haben sie so eine geflochtene Lederkordel und dann zwei ganz süße Troddeln, die über die Zehen runterhängen. Sie sind ein bisschen teuer, darum haben auch nicht alle solche Schuhe, aber ich weiß genau, dass ich sie ewig tragen kann, wenn ich sie kriege. Wirklich.«

Mit großen flehenden Augen sah sie Barbara an, und diese fragte sich, wie Azhar es schaffte, seiner Tochter irgendetwas zu verwehren. »Wärst du zu einem Kompromiss bereit?«, fragte sie, um ihrer Position als Schiedsrichterin gerecht zu werden.

Hadiyyah zog die Brauen zusammen. »Was ist ein Kompromiss?«

»Eine Vereinbarung, bei der beide Parteien bekommen, was sie wollen, nur nicht ganz genau so, wie sie es sich vorgestellt hatten.«

Hadiyyah trommelte mit den Füßen in den soliden Schnürschuhen gegen das Sitzkissen, während sie sich das durch den Kopf gehen ließ. »Also gut«, meinte sie schließlich. »Ich bin einverstanden. Aber die Schuhe sind wirklich ganz toll, Barbara. Wenn du sie sehen würdest, würdest du mich verstehen.«

»Zweifellos«, meinte Barbara. »Dir ist sicher schon aufgefallen, wie topmodisch ich bin.« Sie richtete sich auf. Hadiyyah zuzwinkernd rief sie in die Küche: »Meiner Ansicht nach kann sie diese Schuhe noch ein paar Monate tragen, Azhar.«

Hadiyyah war niedergeschmettert. »Ein paar *Monate*?«, jammerte sie.

»Aber bis spätestens zum Guy-Fawkes-Tag braucht sie auf jeden Fall ein neues Paar«, fuhr Barbara fort. Lautlos sagte sie zu

Hadiyyah gewandt »Kompromiss«, und sah, wie die Kleine im Kopf die Wochen von Anfang September bis Anfang November zählte. Hadiyyahs Gesicht leuchtete auf, als sie das Ergebnis errechnet hatte.

Azhar kam an die Küchentür. Anstelle einer Schürze hatte er sich ein Geschirrtuch in den Hosenbund gestopft. In der Hand hielt er einen Holzlöffel. »So exakt können Sie das sagen, Barbara?«, erkundigte er sich trocken.

»Tja, manchmal bin ich selbst erstaunt über meine Fähigkeiten.«

In der Küche zu stehen und ein Curry zuzubereiten schien ebenfalls zu den Dingen zu gehören, die Azhar mit links bewältigte. Er nahm keine Hilfe an, nicht einmal beim Abwasch, entgegnete auf ihre Angebote nur: »Ihre Gesellschaft beim Essen ist uns Geschenk genug, Barbara. Mehr ist wirklich nicht nötig.« Dennoch ließ sie es sich nicht nehmen, wenigstens beim Tischabräumen zu helfen. Und während er draußen in der Küche das Geschirr spülte und trocknete, widmete sie sich seiner Tochter, was für sie ein Vergnügen war.

Gleich nachdem der Tisch abgedeckt war, zog Hadiyyah Barbara mit sich in ihr Zimmer. Sie erklärte, sie müsse ihr unbedingt »Etwas ganz Besonderes« zeigen, es sei ein Geheimnis. Barbara vermutete irgendeine Kleinmädchenschwärmerei dahinter, aber statt einer Sammlung von Filmstarfotos oder heimlichen Briefchen, die ihr in der Schule jemand zugesteckt hatte, zog Hadiyyah unter ihrem Bett eine Einkaufstüte hervor, deren Inhalt sie liebevoll auf dem Bettüberwurf ausbreitete.

»Heute fertig geworden«, verkündete sie stolz. »Ich hab sie in der Nähstunde gemacht. Eigentlich sollte ich sie dort lassen für die Ausstellung – hast du meine Einladung gekriegt, Barbara? –, aber ich hab Miss Bateman versprochen, dass ich sie schön sauber wieder zurückbringe. Ich muss sie nämlich unbedingt Dad schenken. Er hat sich schon eine Hose verdorben. Beim Kochen.«

Es war eine Latzschürze. Hadiyyah hatte sie aus einem hellen Chintz mit einem fröhlichen, wenn auch etwas kindlichen Muster genäht: Entenmütter, die mit ihren Küken im Gefolge zu einem schilfbestandenen Teich watschelten. Die Entenmütter hatten alle die gleichen volantbesetzten Hauben auf. Die Kleinen trugen jedes ein anderes Strandspielzeug unter einem winzigen Flügel.

»Glaubst du, sie wird ihm gefallen?«, erkundigte sich Hadiyyah besorgt. »Die Enten sind so süß, findest du nicht auch, aber für einen Mann ist es vielleicht … ich mag Enten ganz besonders gern, weißt du? Dad und ich gehen manchmal in den Regent's Park und füttern sie. Und als ich diesen Stoff gesehen habe … aber wahrscheinlich hätte ich was aussuchen sollen, was ein bisschen männlicher ausschaut, nicht?«

Bei der Vorstellung von Azhar in der Entenschürze hätte Barbara am liebsten gelächelt, aber sie tat es nicht. Sie sah sich den leicht schiefen Saum und die liebevoll gestichelten krummen Nähte an und sagte: »Die ist doch perfekt! Die gefällt ihm bestimmt.«

»Glaubst du wirklich? Es ist nämlich meine erste Arbeit, weißt du, und ich bin nicht besonders gut. Miss Bateman wollte, dass ich erst mal was Einfacheres mache, ein Taschentuch zum Beispiel. Aber ich hab gleich gewusst, dass ich eine Schürze nähen will, weil Dad sich doch beim Kochen die Hose verdorben hat und sich bestimmt nicht noch eine ruinieren will. Drum hab ich sie gleich mit nach Hause genommen. Um sie ihm zu schenken.«

»Und wollen wir das jetzt tun?«, fragte Barbara.

»Nein, nein. Die ist für morgen«, sagte Hadiyyah. »Wir machen nämlich einen Ausflug, Dad und ich. Wir fahren ans Meer. Wir packen uns was zu essen ein und machen ein Picknick am Strand. Und da geb ich sie ihm dann. Als Dank dafür, dass er den Ausflug mit mir gemacht hat. Und hinterher fahren wir mit der Achterbahn auf dem Pier, und Dad spielt für mich am Kranschnapper. Das kann er richtig gut.«

»Ja, ich weiß. Ich habe ihn ja mal bei der Arbeit gesehen, weißt du noch?«

»Stimmt, ja«, sagte Hadiyyah vergnügt. »Hast du nicht Lust, mit uns ans Meer zu kommen, Barbara? Es wird bestimmt ein ganz toller Tag. Wir gehen an den Strand und machen ein Picknick, und hinterher gehen wir auf den Vergnügungspier. Ich frag Dad, ob du mitkommen kannst.« Sie sprang auf und rief lauthals: »Dad! Dad! Kann Barbara –«

»Nein«, unterbrach Barbara sie eilig. »Hadiyyah, nein. Ich kann nicht mitfahren, Schatz. Ich stecke mitten in einem Fall und hab massenhaft Arbeit. Eigentlich dürfte ich jetzt noch nicht mal hier sein, weil ich noch so viele Anrufe erledigen muss, bevor ich zu Bett geh. Aber danke, dass du mich mitnehmen wolltest. Wir holen das ein andermal nach.«

Die Hand am Türknauf blieb Hadiyyah stehen. »Aber wir gehen auf den Vergnügungspier«, lockte sie.

»Ich werde in Gedanken bei euch sein«, versicherte Barbara. Und sie dachte über die innere Widerstandskraft von Kindern nach und ihre wunderbare Fähigkeit, die Dinge so zu nehmen, wie sie kamen. Es erstaunte sie, dass Hadiyyah nach allem, was sie bei ihrem letzten Aufenthalt am Meer erlebt hatte, überhaupt noch einmal dort hinwollte. Aber Kinder sind nicht wie Erwachsene, dachte sie. Was sie nicht aushalten können, vergessen sie einfach.

21

»Wir sehen zumindest so aus, als gehörten wir hierher«, meinte Winston Nkata nach einer ersten Inspektion der Boltons, eines vornehmen kleinen Stadtviertels, das auf der Karte etwa die Form eines Rugbyballs hatte und zwischen der Fulham Road und Old Brompton Road eingeschlossen lag. Es bestand aus zwei halbmondförmigen grünen Straßen, die ein Oval um die Kirche St. Mary the Boltons bildeten, und zeichnete sich vor allem durch die Anzahl von Überwachungskameras aus, die an den Außenmauern der Villen angebracht waren, sowie durch die ostentative Zurschaustellung von Luxuskarossen wie Rolls-Royce, Mercedes und Range Rover, die hinter den hohen Eisengittern vieler Anwesen standen.

Als Lynley und Nkata in dem Viertel eintrafen, war die Straßenbeleuchtung noch nicht eingeschaltet worden, und die Bürgersteige waren praktisch leer. Einzige Lebenszeichen waren eine Katze, die am Bordstein entlangstrich und eine andere verfolgte, und eine ältere Frau, eine Filipina in der anachronistischen schwarz-weißen Tracht eines Dienstmädchens, die mit ihrer Handtasche unter dem Arm in einen Ford Capri stieg, der gegenüber dem Haus stand, das Lynley und Nkata suchten.

Nkatas Bemerkung bezog sich auf Lynleys Bentley, der sich in diesem Viertel ebenso passend ausnahm wie am Tag zuvor in Notting Hill. Aber abgesehen von dem Wagen hätten die beiden Kriminalbeamten wohl kaum deplatzierter in dieser Gegend wirken können: Lynley wegen seiner Berufswahl, so ausgefallen für einen Mann, dessen Familie ihren Stammbaum bis zu Wilhelm dem Eroberer zurückverfolgen konnte und dessen jüngere Vorfahren es als Abstieg betrachtet hätten, in diesem Viertel zu wohnen, und Nkata wegen seiner Ausdrucksweise, in der sich unverkennbar karibische Klänge mit dem rauen Ton des Southbank mischten.

»Schätze, die bekommen hier nicht oft Bullen in Aktion zu sehen«, sagte Nkata mit einem Blick auf die Eisengitter, die

Kameras, die Alarm- und Sprechanlagen, die offenbar an keinem Haus fehlten. »Aber man fragt sich schon, wozu so ein Haufen Geld eigentlich gut ist, wenn man sich in einer Festung verschanzen muss, um es zu genießen.«

»Ja, da haben Sie nicht unrecht, Winnie.« Lynley nahm ein Opal Fruchtbonbon, das der Constable ihm anbot, wickelte es aus und schob das Papierchen sorgfältig in seine Tasche, um den blitzsauberen Gehweg nicht zu verunreinigen. »Mal sehen, was Sir Adrian Beattie uns zu erzählen hat.«

Lynley hatte den Namen sofort erkannt, als Tricia Reeve ihn erwähnt hatte. Sir Adrian Beattie war der Christian Barnard von Großbritannien. Er hatte die erste Herztransplantation in England durchgeführt und in den darauffolgenden Jahrzehnten in der ganzen Welt operiert, mit einem Erfolg, der ihm einen Platz in der Geschichte der Medizin gesichert, seinem ohnehin schon großen Ruf zusätzlichen Glanz verliehen und ihn zum reichen Mann gemacht hatte. Von diesem Reichtum zeugte das Haus, eine Festung mit gletscherweißen Wänden und vergitterten Fenstern, verschanzt hinter einem Eingangstor, das keinem Zugang gewährte, der sich nicht über die Sprechanlage zur Zufriedenheit der Hausbewohner ausweisen konnte. Schon das scharfe »Ja?« der körperlosen Lautsprecherstimme ließ deutlich erkennen, dass nicht jede beliebige Antwort akzeptiert würde.

In der Annahme, dass dem Namen »New Scotland Yard« mehr Geltung beigemessen werden würde als dem schlichten Wort »Polizei«, nannte Lynley daher neben seinem und Nkatas Dienstgrad auch ihren gemeinsamen Arbeitsplatz. Prompt öffnete sich das Tor, und als Lynley und Nkata die sechs Stufen der Vortreppe zum Haus hinaufgestiegen waren, wurden sie an der Tür bereits von einer Frau erwartet, die absurderweise ein knallbuntes Papphütchen trug.

Sie stellte sich ihnen als Margaret Beattie, Tochter von Sir Adrian, vor. Die Familie feiere gerade einen Geburtstag, erklärte sie und schob sich dabei hastig das Gummiband ihres Hütchens über das Kinn, um das Ding abzunehmen. Ihre Tochter sei heute fünf Jahre alt geworden, und das müsse natürlich gefeiert werden. Ob hier in der Gegend etwas passiert sei? Doch hoffentlich kein Einbruch. Und dabei spähte sie mit ängstlich besorgtem

Blick an ihnen vorbei, als wären Einbrüche in den Boltons an der Tagesordnung, der sie womöglich noch Vorschub leistete, wenn sie die Haustür länger als nötig offen hielt.

Nein, erklärte Lynley, ihr Besuch habe nichts mit irgendwelchen Vorkommnissen im Viertel zu tun, sie seien hier, um mit Sir Adrian zu sprechen.

»Ach so, ich verstehe«, sagte Margaret Beattie unsicher und bat sie ins Haus. Wenn sie so freundlich sein wollten, im Arbeitszimmer ihres Vaters im oberen Stockwerk zu warten, würde sie ihn gleich holen. »Ich hoffe, Sie müssen ihn nicht allzu lange in Anspruch nehmen«, bemerkte sie mit der Art von liebenswürdig lächelndem Nachdruck, den die wohlerzogene Dame stets anwendet, um durchblicken zu lassen, was sie will, ohne es direkt zu sagen. »Molly ist seine Lieblingsenkelin, und er hat ihr versprochen, dass er heute den ganzen Abend für sie da ist. Er muss ihr ein ganzes Kapitel aus *Peter Pan* vorlesen. Das hat sie sich von ihm zum Geburtstag gewünscht. Bemerkenswert, finden Sie nicht auch?«

»Absolut.«

Margaret Beattie nickte strahlend, führte sie zum Arbeitszimmer und ging davon, um ihren Vater zu holen.

Sir Adrians Arbeitszimmer befand sich in der ersten Etage des Hauses, ein großer Raum mit burgunderroten Clubsesseln, einem dunkelgrünen Spannteppich und hohen Regalen voller Bücher, vom medizinischen Fachtext bis zum leichten Roman – ein Raum, der stummes Zeugnis ablegte von den beiden unterschiedlichen Aspekten von Sir Adrians Leben. Der berufliche Bereich war vertreten durch Plaketten, Zeugnisse, Urkunden und eine Vielfalt von Sammlerstücken, die sich auf seine tägliche Arbeit bezogen und vom antiken medizinischen Instrument bis zur jahrhundertealten Darstellung des menschlichen Herzens reichte. Den persönlichen Bereich repräsentierten Dutzende von Fotografien. Sie standen überall – auf dem Kaminsims, auf den Bücherregalen, wie zur Parade aufgereiht auf dem Schreibtisch – und alle zeigten sie die Familie des berühmten Arztes im Verlauf der Jahre. Lynley nahm eines der Bilder zur Hand und betrachtete es, während Nkata sich die alten Instrumente ansah, die wohlgeordnet auf einer niedrigen Vitrine lagen.

Auf dem Foto, das Lynley in der Hand hielt, zeigte sich Beattie im Kreis seiner Kinder und deren Ehepartner, ein stolzer pater familias an der Seite seiner Frau, umgeben von elf Enkelkindern. Die Aufnahme war anlässlich eines Weihnachtsfestes gemacht worden, jedes der Kinder hielt ein Geschenk im Arm, und Beattie selbst war als Weihnachtsmann ohne Bart kostümiert. Lauter fröhliche Mienen, dachte Lynley und fragte sich, was diese Menschen wohl für Gesichter machen würden, sollte Sir Adrians Liaison mit einer Domina ans Licht kommen.

»Inspector Lynley?«

Beim Klang der angenehmen Tenorstimme drehte Lynley sich herum. Sie hätte zu einem jüngeren Mann gepasst, aber sie gehörte dem rundlichen Chirurgen selbst, der mit einer Kapitänsmütze aus Pappe auf dem Kopf und einem Champagnerkelch in der Hand an der Tür stand.

»Wir wollten gerade auf unsere kleine Molly anstoßen«, sagte Sir Adrian. »Sie kann es kaum erwarten, ihre Geschenke auszupacken. Hat diese Angelegenheit nicht noch eine Stunde Zeit?«

»Leider nicht.« Lynley stellte die gerahmte Fotografie wieder an ihren Platz und machte den Arzt mit Nkata bekannt, der sogleich in seine Jackentasche griff, um Buch und Stift herauszuziehen.

Beattie beobachtete die Geste einigermaßen konsterniert. Er trat ins Zimmer und schloss die Tür hinter sich. »Ist das ein dienstlicher Besuch? Ist etwas passiert? Meiner Familie ...« Er brach ab und blickte zur Tür zurück. Schlimme Nachrichten in Bezug auf ein Mitglied seiner Familie konnten nicht der Anlass dieses Besuchs sein. Seine Familie war ja vollzählig unter seinem Dach versammelt.

»Am Dienstagabend wurde in Derbyshire eine junge Frau namens Nicola Maiden ermordet«, erklärte Lynley.

Beattie stand ganz still da, ein reglos Wartender. Sein Blick war auf Lynley gerichtet. Seine Chirurgenhände – die Hände eines alten Mannes, die noch so beweglich schienen wie die eines weitaus Jüngeren – zitterten weder, noch umfassten sie das Glas fester. Einmal schweifte Beatties Blick kurz zu Nkata und dem kleinen ledergebundenen Buch in der Hand des Constable, dann kehrte er zu Lynley zurück.

Lynley sagte: »Sie haben Nicola Maiden gekannt, nicht wahr, Sir Adrian? Wenn auch nur unter dem Namen, den sie beruflich gebrauchte: Nikki, heiß und verlockend.«

Beattie schritt langsam über den dunkelgrünen Teppich und stellte sein Champagnerglas mit gemessener Bewegung auf den Schreibtisch. Er setzte sich in den hochlehnigen Sessel dahinter und wies mit einer Kopfbewegung auf den Clubsessel. »Bitte, nehmen Sie doch Platz, Inspector. Und Sie natürlich auch, Constable.« Als sie der Aufforderung gefolgt waren, sagte er: »Ich habe keine Zeitung gelesen. Würden Sie mir bitte sagen, was ihr zugestoßen ist?«

Die Frage war im Tonfall eines Mannes gestellt, der es gewohnt war, das Kommando zu führen. Doch Lynley wollte ihn von vornherein wissen lassen, wer in diesem Fall die Richtung des Gesprächs bestimmen würde, und sagte deshalb ruhig: »Sie kannten Nicola Maiden also.«

Beattie faltete seine Hände auf dem Schreibtisch. An zwei seiner Finger waren die Nägel schwarz verfärbt, von einem Pilz deformiert, der offenbar darunter wucherte. Lynley fand das verwunderlich bei einem Arzt und fragte sich, warum Beattie nichts gegen die Erkrankung tat.

»Ja, ich habe Nicola Maiden gekannt«, sagte Beattie.

»Welcher Art war Ihre Beziehung?«

In den Augen hinter der goldgeränderten Brille flackerte Argwohn. »Verdächtigen Sie mich etwa, sie ermordet zu haben?«

»Jeder, der sie kannte, ist verdächtig.«

»Dienstagabend, sagten Sie?«

»Richtig.«

»Dienstagabend war ich hier.«

»Hier im Haus?«

»Nein, das nicht. Aber hier in London. In meinem Club in St. James's. Soll ich für eine Bestätigung meiner Aussage Sorge tragen, Inspector?«

»Erzählen Sie uns etwas über Nicola Maiden«, erwiderte Lynley. »Wann haben Sie sie zuletzt gesehen?«

Beattie griff nach seinem Champagner und trank. Um Zeit zu gewinnen, um seine Nerven zu beruhigen, um einen plötzlichen Durst zu stillen. Es war nicht zu erkennen. »Am Morgen des Tages, bevor sie nach Derbyshire abgereist ist.«

»Das wäre also im vergangenen Juni gewesen?«, fragte Nkata. Und als Beattie nickte, fügte Nkata hinzu: »In Islington?«

»Islington?« Beattie runzelte die Stirn. »Nein. Hier. Sie war hier. Sie ist immer hierhergekommen, wenn ich ... wenn ich sie gebraucht habe.«

»Ihre Beziehung war also sexueller Natur«, sagte Lynley. »Sie waren einer ihrer Kunden.«

Beattie wandte sich von Lynley ab und blickte zum Kaminsims mit seiner Überfülle an Familienfotos. »Ich denke, Sie wissen die Antwort auf diese Frage. Sie hätten kaum einen Samstagabend für Ihren Besuch gewählt, wenn Ihnen nicht bereits genau bekannt wäre, welche Rolle ich in Nikkis Leben gespielt habe. Gut, ja, ich war einer ihrer Kunden, wenn Sie es so nennen wollen.«

»Wie würden Sie es denn nennen?«

»Zwischen uns bestand eine Vereinbarung zum beiderseitigen Nutzen. Sie stellte mir ihre Dienste zur Verfügung. Ich bezahlte sie großzügig dafür.«

»Sie sind ein prominenter Mann«, sagte Lynley. »Sie sind erfolgreich in Ihrem Beruf, Sie haben Frau und Kinder, Enkelkinder, Sie besitzen all das äußere Drum und Dran eines glücklichen Lebens.«

»Auch das innere«, erklärte Beattie. »Es *ist* ein glückliches Leben. Warum also sollte ich es durch eine Liaison mit einer Prostituierten aufs Spiel setzen? Das ist es doch, was Sie wissen wollen, nicht wahr? Aber sehen Sie, Inspector Lynley, genau das ist der springende Punkt. Nikki war in keiner Hinsicht gewöhnlich.«

Irgendwo im Haus begann jemand furios und sehr gekonnt auf einem Klavier zu spielen. Es klang nach Chopin. Die wilden Klänge brachen unter lautem Protestgeschrei unvermittelt ab, und es folgte, begleitet von mehrstimmigem ausgelassenem Gesang, eine flotte Cole-Porter-Melodie. *»Call me irresponsible, call me unreliable«*, grölte, lachte, schmetterte die Gruppe. *»But it's undeniably true ...«* Allgemeines Gelächter und Hurrageschrei beschlossen den Gesang: die glückliche Familie beim Feiern.

»Ja, das höre ich immer wieder«, bestätigte Lynley. »Sie sind nicht der Erste, der darauf hinweist, dass sie eine ungewöhnliche Frau war. Aber eigentlich interessiert mich die Frage, warum Sie bereit waren, für so eine Affäre alles zu riskieren –«

»Es war keine Affäre.«

»Dann eben ein Arrangement. Warum Sie bereit waren, dafür alles zu riskieren, interessiert mich im Grunde nicht. Mich interessiert mehr, wie weit Sie gehen würden, um das, was Sie besitzen – dieses glückliche Leben mit allem Drum und Dran –, vor Zerstörung zu bewahren, wenn es in irgendeiner Weise bedroht wäre.«

»Bedroht?« Beattie gab sich ein bisschen zu perplex, als dass Lynley die Reaktion für echt gehalten hätte. Der Mann war sich zweifellos im Klaren darüber, wie viel er aufs Spiel gesetzt hatte, indem er sich mit einer Prostituierten eingelassen hatte.

»Jeder Mensch hat Feinde«, erklärte Lynley. »Selbst Sie, vermute ich. Wenn eine unzuverlässige Person Ihr geheimes Arrangement mit Nicola Maiden entdeckt hätte, wenn jemand beschlossen hätte, Ihnen zu schaden, indem er dieses Arrangement publik machte, dann hätten Sie sehr viel verloren, und nicht nur materielle Güter.«

»Ah ja, ich verstehe: die klassische Folge gesellschaftlicher Eigenwilligkeit«, murmelte Beattie. Er fuhr in einem Ton zu sprechen fort, der Lnyley das verrückte Gefühl vermittelte, dass sie sich ebenso gut über die Wettervorhersage für den nächsten Tag hätten unterhalten können. »Das hätte nicht geschehen können, Inspector. Nikki ist immer hierhergekommen, wie ich schon sagte. Sie war stets konservativ gekleidet, hatte ein Aktenköfferchen bei sich und fuhr einen Saab. Für jeden, der ihr Kommen möglicherweise beobachtet hat, kann es nur so ausgesehen haben, als wäre sie hier, um vielleicht Schreibarbeiten zu erledigen oder bei der Planung irgendeiner Veranstaltung zu helfen. Und da unsere Begegnungen weiß Gott nicht bei geöffneten Fenstern stattfanden, gab es für niemanden irgendetwas zu sehen.«

»Aber sie selbst hatte doch wohl nicht die Augen verbunden.«

»Nein, natürlich nicht. Dann wäre sie wohl kaum in der Lage gewesen, meine Wünsche zu befriedigen.«

»Dann werden Sie mir sicher zustimmen, wenn ich sage, dass sie gewisse Details über Sie gewusst haben könnte. Details, die, wenn sie enthüllt worden wären, Stoff für eine interessante Story geliefert hätten – vielleicht zum Verkauf an eine Zeitung? Sie wissen ja, dass einem gewissen Publikum solche Klatschgeschichten gar nicht schlüpfrig genug sein können.«

»Großer Gott«, murmelte Beattie in nachdenklichem Ton.

»Eine Bestätigung Ihrer Aussage, dass Sie am Dienstagabend in Ihrem Club waren, wäre also angebracht«, sagte Lynley. »Wir brauchen den Namen Ihres Clubs.«

»Wollen Sie mir unterstellen, dass ich Nikki getötet habe, weil sie mehr von mir wollte, als ich bezahlt habe? Oder weil ich sie nicht länger brauchte und sie mir drohte, alles publik zu machen, wenn ich sie nicht weiterhin bezahlte?« Er kippte einen letzten Schluck Champagner hinunter, lachte mit bitterer Ironie und schob das Glas weg. Dann stand er auf. »Gott im Himmel, wenn es doch nur so gewesen wäre! Warten Sie bitte hier.« Damit ging er hinaus.

Nkata sprang sofort auf. »Chef, soll ich –?«

»Warten Sie. Wir wollen erst mal sehen.«

»Vielleicht hängt er schon draußen am Telefon, um sich ein Alibi zu verschaffen.«

»Das glaube ich nicht.« Lynley hätte nicht erklären können, warum er sich da so sicher war, aber vielleicht war es auf die Tatsache zurückzuführen, dass Sir Adrian Beatties Reaktionen, nicht nur auf die Nachricht von Nicola Maidens Ermordung, sondern auch auf die möglichen verheerenden Folgen seiner Beziehung zu ihr, ausgesprochen sonderbar waren.

Als Beattie etwa zwei Minuten später wieder ins Zimmer trat, war er in Begleitung einer Frau, die er den beiden Beamten als seine Ehefrau vorstellte. Lady Beattie, so betitelte er sie, und sagte dann zu seiner Frau gewandt: »Chloe, diese beiden Herren sind wegen Nikki Maiden hier.«

Lady Beattie – eine magere Frau mit Wallis-Simpson-Frisur und einer Haut, die durch allzu häufiges Lifting einen künstlichen Glanz bekommen hatte – griff sich an die dreireihige Perlenkette an ihrem Hals. »Nikki Maiden?«, wiederholte sie. »Sie ist doch hoffentlich nicht in irgendwelchen Schwierigkeiten.«

»Sie ist ermordet worden, meine Liebe«, antwortete ihr Mann und schob ihr seine Hand unter den Ellbogen, vielleicht für den Fall, dass die Neuigkeit sie bekümmern sollte.

Was offensichtlich der Fall war, denn sie murmelte: »O mein Gott, Adrian …«, und griff nach ihm.

Seine Hand glitt ihren Arm hinunter und umschloss die ihre. Lynley hatte den Eindruck, dass die Geste aufrichtiger Zuneigung entsprang.

»Schrecklich, nicht wahr«, sagte Beattie. »Grauenvoll, unvorstellbar. Diese Herren sind hier, weil sie glauben, ich könnte irgendwie mit der Sache zu tun haben. Wegen unserer Vereinbarung.«

Lady Beattie entzog ihrem Mann ihre Hand. Mit hochgezogenen Brauen sagte sie: »Aber ist es nicht viel wahrscheinlicher, dass Nikki *dir* etwas hätte antun können, nicht umgekehrt? Sie hat sich von niemandem beherrschen lassen. Sie sagte bei unserem ersten Gespräch mit dir ganz klar, dass sie das nicht duldet, das weiß ich noch. ›Ich unterwerfe mich nicht‹, das waren genau ihre Worte. ›Das hab ich nur einmal versucht, und ich fand es ekelhaft.‹ Und danach hat sie sich entschuldigt, weil sie fürchtete, sie könnte dich beleidigt haben. Ich habe das noch ganz genau in Erinnerung, du nicht auch, Lieber?«

»Ich glaube nicht, dass sie während einer Sitzung ermordet wurde«, erklärte Beattie seiner Frau. »Soweit ich gehört habe, ist es in Derbyshire geschehen, und sie jobbte dort doch den Sommer über bei diesem Anwalt.«

»Und in ihrer Freizeit hat sie nicht …?«

»Nein, nur in London, soviel ich weiß.«

»Ich verstehe.«

Lynley hatte ein Gefühl, als ob er soeben durch den Spiegel getreten wäre. Er warf einen Blick auf Nkata und erkannte an seiner völlig verdatterten Miene, dass dieser ebenso empfand. Er sagte: »Vielleicht wären Sie, Sir Adrian oder Lady Beattie, so freundlich, uns in die Vereinbarung mit Nicola Maiden einzuweihen. Damit wir wissen, womit wir es eigentlich zu tun haben.«

»Aber selbstverständlich.« Lady Beattie und ihr Mann zeigten sich mit dem größten Vergnügen zu einem anschaulichen Vortrag über Sir Adrians sexuelle Neigungen bereit. Lady Beattie ließ sich mit anmutiger Würde auf einem Sofa beim offenen Kamin nieder, und die Männer kehrten an ihre ursprünglichen Plätze zurück. Und während ihr Mann die Art seiner Beziehung zu Nicola Maiden erläuterte, steuerte sie solche Details bei, die er vergaß.

Er hatte Nicola Maiden Anfang November des vergangenen Jahres kennengelernt, etwa neun Monate nachdem Chloes Arthritis in Fingern und Händen so schmerzhaft geworden war, dass sie die Züchtigungsrituale, an denen sie beide im Laufe ihrer Ehe Gefallen gefunden hatten, nicht mehr ausführen konnte.

»Anfangs sagten wir uns einfach, es würde auch ohne gehen«, berichtete Sir Adrian. »Ohne den Schmerz, meine ich. Nicht den Sex als solchen. Wir glaubten, wir würden schon damit umgehen und es beim Konventionellen belassen können. Aber es dauerte nicht lange, da mussten wir einsehen, dass meine Bedürfnisse ...« Er hielt inne, als suchte er nach einer Möglichkeit, ihnen die Sache in gekürzter Form zu erklären, ohne sie erst durch das Labyrinth seiner Psyche führen zu müssen. »Es ist etwas, das ich *brauche,* verstehen Sie. Ich ganz persönlich. Das müssen Sie verstehen, wenn Sie überhaupt etwas verstehen wollen.«

»Fahren Sie fort«, sagte Lynley und warf Nkata einen kurzen Blick zu. Der schrieb eifrig mit, aber seine Miene verriet, was er dachte: Du lieber Himmel, was würde meine Mama wohl sagen, wenn sie das erführe.

In der Erkenntnis, dass Sir Adrians besondere Bedürfnisse befriedigt werden mussten, wenn ihre sexuelle Beziehung nicht leiden sollte, hatten die Beatties nach einer jungen, gesunden, kräftigen und – was am wichtigsten war – absolut diskreten Person Ausschau gehalten, die ihm geben konnte, was er brauchte.

»Nicola Maiden«, sagte Lynley.

»Diskretion war – ist – von entscheidender Bedeutung«, erklärte Sir Adrian. »Für einen Mann in meiner Position.« Ganz klar, dass er sich eine geeignete Domina nicht einfach anhand einer Annonce in einschlägigen Magazinen aussuchen konnte. Und ebenso wenig konnte er Freunde oder Kollegen um eine Empfehlung bitten. Einen SM-Klub aufzusuchen – oder eines der anderen Sex-Lokale in Soho, in der Hoffnung, dort eine mögliche Kandidatin aufzustöbern – kam auch nicht in Frage, weil dort die Gefahr bestand, gesehen und erkannt zu werden, und das genau jene Art der Verunglimpfung in der Presse zur Folge gehabt hätte, die seinen Kindern und ihren Familien das Leben zur Hölle gemacht hätte.

»Und Chloe natürlich auch«, fügte Sir Adrian hinzu. »Sie selbst wusste zwar über mich Bescheid – hat immer Bescheid gewusst –, aber ihre Freunde und Verwandten haben keine Ahnung. Und ich denke, es ist ihr lieber, wenn es so bleibt.«

»Danke dir, Darling«, sagte Chloe.

Sir Adrian hatte sich also an eine Hostessenagentur gewandt – Global Escorts, um genau zu sein – und hatte durch diese Agentur schließlich Nicola Maiden kennengelernt. Ihrem ersten Gespräch – bei Tee und Gebäck und angenehmer Konversation – war ein zweites gefolgt, das mit einer festen Vereinbarung geendet hatte.

»Und was enthielt diese Vereinbarung?«, erkundigte sich Lynley.

»Nun, wann ihre Dienste benötigt würden«, erklärte Chloe. »Worin sie bestehen würden, und was sie als Entgelt dafür bekommen würde.«

»Chloe und ich haben beide Gespräche mit ihr gemeinsam geführt«, bemerkte Sir Adrian. »Sie sollte gar nicht erst auf die Idee kommen, dass ich mich von ihr mit dieser Liaison womöglich unter Druck setzen lassen würde, um meiner Frau Schmerz zu ersparen.«

»Denn es war ja nichts Schmerzliches«, sagte Chloe. »Jedenfalls nicht für mich.«

»Würdest du den beiden Herren das Kabinett zeigen, Darling?«, fragte Sir Adrian seine Frau. »Ich laufe rasch hinunter zu den Kindern und sage ihnen, dass wir bald wieder da sein werden.«

»Natürlich«, antwortete sie. »Bitte, kommen Sie mit, meine Herren.« Und mit der gleichen anmutigen Würde, mit der sie sich niedergesetzt hatte, stand sie auf und führte sie zwei Treppen höher, während Sir Adrian davoneilte, um die Geburtstagsgesellschaft zu vertrösten, die ironischwereise gerade aus vollem Halse *»I get no kick from champagne«* sang.

In der obersten Etage des Hauses angekommen, trat Lady Beattie zu einem alten Wäscheschrank in dem schmalen Korridor und holte aus seinen Tiefen einen Schlüssel, mit dem sie eine Tür aufsperrte. Sie ging den beiden Polizeibeamten voraus in den dahinterliegenden Raum und schaltete gedämpftes Licht ein.

»Wissen Sie, anfangs wollte er nur einfache Züchtigungen«, erklärte sie. »Diese Wünsche konnte ich ihm erfüllen, wenn ich sie auch, offen gestanden, etwas seltsam fand. Schläge mit dem Lineal auf die Handflächen, ein paar kräftige Klapse aufs Hinterteil, Hiebe mit dem Riemen auf die Waden. Aber nach einigen Jahren wollte er mehr, und als es so weit kam, dass ich nicht mehr die Kraft hatte … aber das hat er Ihnen ja bereits erklärt, nicht wahr. Wie dem auch sei, hier fanden die Sitzungen der beiden statt – auch unsere, als meine Kraft noch reichte.«

Das Kabinett, wie sie es genannt hatten, war aus mehreren ehemaligen Gesinderäumen entstanden. Die Beatties hatten Zwischenwände herausreißen lassen, die verbleibenden Wände polstern und eine Belüftungsanlage installieren lassen, die den Gebrauch von Fenstern – deren Läden sicherheitshalber fest geschlossen waren – überflüssig machte, und auf diese Weise eine Phantasiewelt erschaffen, die Schulzimmer, Operationssaal, Verlies und mittelalterliche Folterkammer in sich vereinigte. Lady Beattie öffnete einen der Schränke, die unter der Dachschräge eingebaut waren, um ihnen die verschiedensten Kostüme und Züchtigungsinstrumente zu zeigen, die sie – und später Nicola Maiden – benutzt hatten, um Sir Adrians Gelüste zu befriedigen.

Jetzt war klar, warum Nicola Maiden bei ihren Besuchen in diesem Haus nichts anderes mitgebracht hatte als ihre Bereitschaft, Sir Adrian dienlich zu sein, und ihre Erwartung, gut dafür bezahlt zu werden: Was dort an Kostümen in den Schränken hing, reichte von der schweren wallenden Nonnentracht bis zur Uniform der Gefängniswärterin, komplett mit Schlagstock. Es gab natürlich auch das etwas konventionellere Zubehör für SM-Spiele: Lackfähnchen in Rot oder Schwarz, Lederbodys und Masken, hochhackige Stiefel. Und das Sortiment an Züchtigungswerkzeugen, so ordentlich aufgereiht wie unten im Arbeitszimmer die antiken medizinischen Instrumente, war eine weitere Erklärung dafür, weshalb Nicola Maiden mit leichtem Gepäck hatte reisen können. Alles, was für Züchtigung, Schmerz und Erniedrigung nötig war, war hier gesammelt und gehortet worden.

Lynley hatte schon oft gedacht, dass er nach so vielen Jahren bei der Polizei eigentlich alles gesehen haben müsste. Und dennoch stieß er immer wieder auf Dinge, die er niemals für möglich gehalten hätte. In diesem Fall war es weniger diese Folterkammer im Hause der Beatties, die ihm den Atem verschlug. Sondern die Einstellung des Paares dazu, insbesondere die der Ehefrau. Chloe Beattie verhielt sich gerade so, als führte sie ihnen ihre neue Einbauküche vor.

Sie schien sich dessen selbst bewusst zu sein. Während sie von ihrem Platz an der Tür Lynley beobachtete und Nkata, dessen Gesichtsausdruck deutlich erkennen ließ, dass seine Phantasie ihn angesichts der Kostüme und Geräte mit einem Kaleidoskop von Bildern belieferte, sagte sie leise: »Ich hätte das hier nicht zugelassen, wenn ich die Wahl gehabt hätte. Eigentlich erwartet man eine konventionelle Ehe. Aber wenn man einen Menschen liebt, muss man eben gelegentlich Kompromisse schließen. Und nachdem er mir erklärt hatte, warum es für ihn so wichtig ist ...« Sie machte eine umfassende Handbewegung. Die Knöchel ihrer Finger waren verdickt von der Krankheit, die Nicola Maidens Aufnahme in die geheime Welt der Beatties erforderlich gemacht hatte. »Ein Bedürfnis ist nichts weiter als ein Bedürfnis. Solange es nicht gewertet wird, besitzt es im Grunde keine Macht, uns zu verletzen.«

»Hat es Ihnen nichts ausgemacht, dass eine andere Frau dieses Bedürfnis befriedigt hat?«

»Mein Mann liebt mich. Daran habe ich nie gezweifelt.«

Lynley machte sich seine eigenen Gedanken.

Dann kehrte Sir Adrian zurück und sagte zu seiner Frau: »Du sollst unbedingt runterkommen, Darling. Molly kann es nicht mehr erwarten, ihre Geschenke auszupacken.«

»Aber wirst du ...«

Sie verständigten sich auf jene spezielle Art, wie sie Paaren eigen ist, die schon sehr lange verheiratet sind. »Sobald ich hier fertig bin. Es wird nicht lange dauern.«

Nachdem sie gegangen war, wartete Sir Adrian einen Moment, ehe er mit gedämpfter Stimme sagte: »Es gibt natürlich einen Teil, über den ich Chloe lieber in Unkenntnis lassen möchte. Es würde ihr nur unnötig weh tun.«

Nkata klappte sein Buch auf, während Lynley darüber nachdachte, was hinter der Bemerkung des Arztes steckte. Er sagte: »Sie haben sich den ganzen Sommer hindurch über den Pager bei ihr – Nicola Maiden – gemeldet, obwohl sie von Derbyshire aus ja wohl kaum etwas für Sie hätte tun können. Ich habe das Gefühl, dass Ihnen diese ›Vereinbarung‹ mehr bedeutete, als Sie im Beisein Ihrer Frau zugeben wollten.«

»Sie besitzen Scharfblick, Inspector.« Beattie schloss die Tür.

»Ich war in sie verliebt. Nicht von Anfang an natürlich. Wir kannten einander ja gar nicht. Aber schon nach ein, zwei Monaten merkte ich, wie stark meine Gefühle für sie waren. Anfangs sagte ich mir, das wäre nur Abhängigkeit: Da war eine neue Partnerin, das verstärkte meine Erregung, und ich wollte diese heftige Erregung immer häufiger spüren. Aber am Ende ging es darüber hinaus, weil Nikki sehr viel mehr war, als ich erwartet hatte. Ich wollte sie für mich behalten. Ja, mehr als alles andere auf der Welt habe ich mir gewünscht, sie ganz für mich allein zu haben.«

»Als Ihre Ehefrau?«

»Ich liebe Chloe. Aber im Leben eines Mannes gibt es mehr als eine Art von Liebe – was Sie vielleicht schon wissen oder irgendwann erfahren werden –, und egoistisch, wie ich war, hoffte ich, diese andere Art von Liebe zu erleben.« Er blickte auf seine Hände hinunter. »Das, was ich für Nikki empfand, war sexuelle Liebe, die Art, die mit körperlichem Besitz zu tun hat. Animalische Begierde. Meine Liebe zu Chloe andererseits ist aus Respekt und Zuneigung erwachsen. Als mir klarwurde, dass ich diese andere Liebe für Nikki empfand – diese sexuelle Begierde, in die ich mich immer tiefer verstrickte, je häufiger wir uns sahen –, sagte ich mir, es wäre ganz natürlich, so zu fühlen. Sie befriedigte ja ein ungeheures Verlangen bei mir. Und ganz gleich, was ich wollte, sie war immer bereit, es mir zu geben. Aber als ich sah, dass sie so viel mehr war als nur eine gute Domina ...«

»... wollten Sie sie nicht mehr mit anderen Männern teilen.«

Beattie lächelte. »Richtig. Ja, Sie sind wirklich gut, Inspector.«

Nicola Maiden war mindestens fünfmal in der Woche ins Haus gekommen, berichtete Beattie. Seiner Frau gegenüber hatte er die Häufigkeit ihrer Sitzungen mit dem starken beruflichen

Stress begründet, unter dem er infolge der Konkurrenz durch jüngere Kollegen und des unaufhaltsamen wissenschaftlichen Fortschritts stünde und der seine innere Anspannung derart verstärkt habe, dass nur noch Züchtigung zur Entlastung führen könne. Und so weit war das gar nicht von der Wahrheit entfernt. »Ich sagte Nikki damals, sie müsse mir jederzeit zur Verfügung stehen und sofort kommen, wenn ich sie brauchte«, erklärte er.

»Aber in Wirklichkeit war es wohl etwas komplizierter?«

»In Wirklichkeit war es absolut einfach. Ich wurde nicht mit dem Gedanken fertig, dass Nikki für andere genauso da sein könnte wie für mich. Allein die Vorstellung war die reinste Hölle. Und das hatte ich nicht erwartet. Ich hatte nicht damit gerechnet, dass eine gewöhnliche Nutte solche Gefühle in mir wecken könnte. Aber als ich sie engagierte, hatte ich ja auch keine Ahnung, dass sie alles andere war als eine gewöhnliche Nutte.«

Ohne Wissen seiner Frau hatte er Nicola Maiden eine besondere Vereinbarung angeboten. Er würde ihren Unterhalt bezahlen – ihr mehr bezahlen, als sie sich je hätte träumen lassen – und ihr eine Wohnung nach ihrem Geschmack zur Verfügung stellen: eine Etagenwohnung, ein Haus, ein Penthouse in einem Hotel, ein Cottage auf dem Land, was immer sie wollte. Es spiele überhaupt keine Rolle, Hauptsache, sie verspreche ihm, dass sie ausschließlich für ihn da sein würde. »Ich behauptete, ich hätte keine Lust mehr, Schlange zu stehen und im Voraus Termine zu vereinbaren«, sagte Beattie. »Aber wenn ich sie jederzeit zu meiner Verfügung haben wollte, musste ich natürlich auch dafür sorgen, dass sie frei war.«

Er mietete ihr die Maisonettewohnung in Fulham. Und da sie stets ihn aufsuchte und nicht umgekehrt, hatte er keine Einwände, als sie mit der Idee herausrückte, sich eine Mitbewohnerin zu suchen, um in den Zeiten, da er sie nicht brauchte, Gesellschaft zu haben. »Das störte mich nicht«, erklärte er. »Mir ging es einzig darum, dass sie auf Abruf für mich bereit war. Und im ersten Monat klappte das auch. Fünf oder sechs Tage die Woche kam sie zu mir. Manchmal sogar zweimal am Tag. Wenn ich sie anpiepste, war sie spätestens innerhalb einer Stunde da. Und sie blieb so lange, wie ich es wünschte. Es klappte, wie gesagt, ausgezeichnet.«

»Aber dann ging sie nach Derbyshire zurück. Warum?«

»Sie behauptete, sie hätte sich verpflichtet, dort für einen Anwalt zu arbeiten, und könne das nicht mehr rückgängig machen. Sie sagte, sie wäre ja nur den Sommer über weg. Ich war völlig vernarrt in sie, aber doch nicht so vernarrt, ihr das zu glauben. Ich weigerte mich, die Miete für die Wohnung in Fulham weiter zu bezahlen, wenn sie nicht für mich da wäre.«

»Aber sie ist trotzdem gefahren. Sie war bereit, das Risiko einzugehen, alles das zu verlieren, was sie von Ihnen bekam. Was lässt das vermuten?«

»Das Naheliegende. Mir war klar, dass es einen Grund haben musste, wenn sie trotz allem, was ich für sie zu tun bereit war, um sie hier in London zu halten, nach Derbyshire zurückreiste. Und mir war auch klar, dass der Grund Geld sein musste. Irgendjemand dort oben bezahlte ihr mehr als ich. Das konnte natürlich nur heißen, dass es da einen anderen Mann gab.«

»Den Anwalt.«

»Genau das warf ich ihr damals vor. Sie bestritt es. Und ich muss zugeben, dass ein gewöhnlicher Anwalt ohne ein Vermögen im Hintergrund sich Nikki nicht hätte leisten können. Es musste also jemand anderer sein. Aber sie sagte es mir nicht, da konnte ich drohen, soviel ich wollte. ›Es ist doch nur für den Sommer‹, sagte sie immer wieder. Und ich brüllte: ›Das ist mir völlig egal‹.«

»Sie haben sich also gestritten.«

»Erbittert. Ich bezahlte nicht mehr. Ich wusste, sie würde nach ihrer Rückkehr wieder als Hostess arbeiten müssen – oder vielleicht sogar auf der Straße –, wenn sie die Wohnung behalten wollte, und ich war überzeugt, dass sie das nicht würde tun wollen. Aber ich täuschte mich. Sie verließ mich trotzdem. Ich habe es genau vier Tage ausgehalten, dann hing ich schon am Telefon und versprach ihr das Blaue vom Himmel, wenn sie nur zu mir zurückkehren würde. Mehr Geld. Ein Haus. Mein Gott, sogar meinen Namen.«

»Aber sie war nicht bereit zurückzukommen.«

»Es mache ihr nichts aus, auf der Straße zu arbeiten, sagte sie. Ganz lässig. Als hätte ich gefragt, wie es ihr in Derbyshire gefällt. ›Wir haben Karten drucken lassen, und Vis hängen schon aus‹, sagte sie. ›Und wenn ich wieder in London bin, dann werden meine eben auch verteilt. Ich trage dir nichts nach, Ady. Im Übrigen hat mir Vi erzählt, dass das Telefon Tag und Nacht läutet, wir werden also prima zurechtkommen.‹«

»Haben Sie ihr geglaubt?«

»Ich habe sie beschuldigt, mich in den Wahnsinn treiben zu wollen. Ich habe getobt. Dann habe ich mich wieder entschuldigt. Dann hat sie mich wieder am Telefon umschmeichelt, und ich habe es vor Sehnsucht nach ihr kaum noch ausgehalten und bin fast wahnsinnig geworden bei dem Gedanken, was sie für diesen anderen Mann tat. Also habe ich wieder angefangen zu toben. Es war blödsinnig. Völlig blödsinnig. Aber ich war wie besessen. Ich wollte sie zurückhaben. Ich hätte alles getan –« Er brach ab, als ihm plötzlich bewusst zu werden schien, wie seine Worte interpretiert werden könnten.

Lynley sagte: »Und am Dienstagabend, Sir Adrian?«

»Inspector, ich habe Nikki nicht getötet. Ich hätte ihr niemals etwas zuleide tun können. Ich habe sie seit Juni nicht mehr gesehen. Ich würde kaum hier stehen und Ihnen das alles erzählen, wenn ich … ich hätte ihr niemals etwas antun können.«

»Der Name Ihres Clubs?«

»Brooks. Ich habe mich dort am Dienstag mit einem Kollegen zum Abendessen getroffen. Ich bin sicher, er wird Ihnen das bestätigen. Aber Sie werden ihm doch nicht sagen, dass ich … kein Mensch weiß davon, Inspector. Das ist eine Sache zwischen Chloe und mir allein.«

Und jedem, dem Nicola Maiden davon erzählt hat, dachte Lynley. Was würde es für Sir Adrian Beattie bedeuten, wenn ihm jemand drohte, sein ängstlich gehütetes Geheimnis zu enthüllen und ihn der Lächerlichkeit preiszugeben? Wie würde er in einem solchen Fall reagieren?

»Hat Nicola Maiden Sie je mit ihrer Wohngenossin bekanntgemacht?«

»Ja, ich habe sie einmal kurz kennengelernt. Als ich Nikki die Schlüssel zur Wohnung gegeben habe.«

»Vi Nevin, die Mitbewohnerin, wusste also von dem Arrangement?«

»Kann sein. Ich weiß es nicht.«

Aber warum auch nur riskieren, dass noch jemand Wind von

der Sache bekommt?, fragte sich Lynley. Warum Nicola Maiden eine Wohngenossin gestatten und sich den Gefahren aussetzen, die es mit sich brachte, wenn ein Außenseiter von den besonderen sexuellen Neigungen wusste, die einen Mann in Sir Adrians Stellung in tiefste Verlegenheit stürzen konnten?

Beattie schien die Frage in Lynleys Augen zu lesen. Er sagte: »Haben Sie eine Ahnung, wie das ist, wenn man von einer Frau besessen ist? So besessen, dass man bereit ist, alles zu tun, um sie zu besitzen? Genau so war es nämlich.«

»Und Terry Cole? Wie passt der ins Bild?«

»Ich kenne keinen Terry Cole.«

Lynley versuchte, den Wahrheitsgehalt dieser Behauptung einzuschätzen. Er konnte es nicht. Beattie verstand sich zu gut darauf, den Eindruck ahnungsloser Unschuld aufrechtzuerhalten. Aber das allein schon verstärkte Lynleys Argwohn.

Er dankte dem Arzt für sein Entgegenkommen, dann verabschiedeten er und Nkata sich und ließen Beattie in den Schoß seiner Familie zurückkehren. Verrückterweise hatte der Mann die ganze Zeit über seine Kapitänsmütze aus Pappmaché auf dem Kopf behalten. Lynley überlegte, ob er sich durch das Tragen dieser Pappmütze in seiner Familie verankert gefühlt hatte, oder ob er damit eine liebevolle Verbundenheit hatte demonstrieren wollen, die er überhaupt nicht fühlte.

Sobald sie draußen auf der Straße standen, sagte Nkata: »Jesus Maria und Josef, in was die Leute alles reinrutschen!«

»Hm. Ja«, meinte Lynley. »Und was sie nicht alles tun, um irgendwie wieder rauszurutschen.«

»Sie glauben ihm seine Geschichte nicht?«

Lynley antwortete nicht direkt. »Reden Sie erst mal mit den Leuten bei Brooks. Die haben bestimmt Aufzeichnungen, aus denen hervorgeht, wann er da war. Fahren Sie dann rüber nach Islington. Sie wissen ja jetzt, wie Sir Adrian Beattie aussieht. Sie wissen auch, wie Martin Reeve aussieht. Sprechen Sie mit der ehemaligen Hauswirtin von Nicola Maiden und mit den Nachbarn. Vielleicht kann sich jemand erinnern, einen dieser beiden Herren am neunten Mai in der Gegend gesehen zu haben.«

»Ziemlich viel verlangt, Chef. Das liegt vier Monate zurück.«

»Ich habe großes Vertrauen in Ihre Vernehmungstechnik.« Lynley ging um den Bentley herum und sagte über das Wagendach hinweg: »Steigen Sie ein. Ich setze Sie an der U-Bahn ab.«

»Und was haben Sie vor?«

»Ich fahre zu Vi Nevin. Wenn jemand Beatties Geschichte bestätigen kann, dann sie.«

Azhar wollte Barbara auf keinen Fall die vielleicht zwanzig Meter bis zu ihrem Bungalow am Ende des Gartens allein gehen lassen. Sie könnte ja überfallen, ausgeraubt, vergewaltigt oder von einer Katze mit einer Vorliebe für dicke Fesseln angegriffen werden.

Er packte also seine Tochter ins Bett, schloss gewissenhaft die Wohnungstür ab und ging mit Barbara um das Haus herum. Er bot ihr eine Zigarette an. Sie nahm an, und sie blieben stehen, als er ihr Feuer gab. Das flackernde Licht der Streichholzflamme hob den farblichen Kontrast ihrer beider Gesichter hervor, als sie die Zigarette an ihre Lippen hielt und er vor ihrem Mund schützend eine Hand um das Flämmchen krümmte.

»Widerliche Angewohnheit«, bemerkte sie im Konversationston. »Hadiyyah setzt mir die ganze Zeit zu, dass ich aufhören soll.«

»Mir auch«, sagte Azhar. »Ihre Mutter ist – oder war zumindest – militante Nichtraucherin, und Hadiyyah hat offenbar nicht nur Angelas Abneigung gegen Tabak mitbekommen, sondern auch ihren missionarischen Eifer.«

Mehr hatte Azhar noch nie über die Mutter seines Kindes gesagt. Barbara hätte ihn gern gefragt, ob er seiner Tochter inzwischen beigebracht hatte, dass ihre Mutter für immer gegangen war, oder ob er immer noch an dem Märchen von Angela Westons Urlaub in Kanada festhielt, der mittlerweile fast fünf Monate dauerte. Aber sie sagte nur: »Ja. Hm. Sie sind ihr Vater, und sie möchte Sie wohl gern noch ein paar Jährchen um sich haben.«

Sie folgten dem Weg, der zu ihrem Häuschen führte.

»Vielen Dank für das Abendessen, Azhar. Es hat wunderbar geschmeckt. Wenn ich je über Tiefkühlkost hinauskommen sollte, würde ich mich gern revanchieren, wenn es Ihnen recht ist.«

»Es wäre ein Vergnügen, Barbara.«

Sie erwartete, dass er jetzt umkehren würde – ihre eigene kleine Hütte war längst in Sicht, und es bestand kaum die Gefahr, dass sie in den fünf Sekunden, die sie für den Rest des Wegs brauchen würde, in ernsthafte Schwierigkeiten geraten würde. Aber er blieb auf seine ruhige, entschlossene Art an ihrer Seite.

Vor ihrer Haustür machten sie halt. Sie hatte nicht abgeschlossen, und als sie die Tür aufzog, runzelte Azhar die Stirn und meinte, sie sei ziemlich leichtsinnig. Na ja, entgegnete sie, sie habe nur auf einen Sprung vorbeikommen wollen, um sich bei Hadiyyah dafür zu entschuldigen, dass sie ihr Versprechen, die Nähstunde zu besuchen, vergessen hatte. Sie habe nicht vorgehabt, auch noch zum Essen zu bleiben. Ach, und übrigens, vielen Dank dafür. Sie sind ein großartiger Koch. Oder habe ich das schon gesagt?

Azhar tat höflich so, als hätte sie seine Kochkünste bisher nicht erwähnt, und bestand dann darauf, sie ins Haus zu begleiten, um sicherzustellen, dass nicht in der Dusche oder unter dem Schlafsofa unerwünschter Besuch lauerte. Nachdem er die Inspektion zu seiner Befriedigung abgeschlossen hatte, riet er ihr, die Tür abzuschließen, wenn er ging. Aber dann ging er gar nicht. Stattdessen wanderte sein Blick zu dem Allzwecktisch, auf dem Barbara bei ihrer Heimkehr von der Arbeit ihre Sachen abgelegt hatte – ihre zerknautschte alte Umhängetasche und einen braunen Hefter, in dem sie die Namensliste vom Soho Square, ihre heimlich gemachten Kopien der Autopsieunterlagen und den Entwurf des Berichts an Lynley über ihre aus den SO10 Akten gewonnenen Erkenntnisse hineingeschoben hatte.

Azhar sagte: »Sie haben mit dieser neuen Untersuchung viel zu tun. Es tut Ihnen sicher gut, wieder unter Ihren Kollegen zu sein.«

»Ja«, antwortete Barbara. »Die Warterei war ziemlich nervtötend. So gut wollte ich den Regent's Park nun doch nicht kennenlernen.«

Azhar zog an seiner Zigarette und sah sie durch den aufsteigenden Rauch hindurch aufmerksam an. Sie mochte es nie, wenn er sie so ansah. Es war ein Blick, bei dem sie sich jedes Mal fragte, was wohl als Nächstes passieren würde.

»Also dann«, sagte sie, »nochmals vielen Dank für das Essen.«

»Es war schön, Sie dazuhaben.« Aber noch immer machte er keine Anstalten zu gehen, und bei seinen nächsten Worten wurde ihr klar, warum nicht. »Die Buchstaben ›D‹ und ›C‹ Barbara«, sagte er, »stehen doch bei der Polizei als Bezeichnung für einen Dienstgrad, nicht wahr?«

Ihr Mut sank. Sie wollte ablenken von dieser Unterhaltung, die da auf sie zukam, aber ein anderes Gesprächsthema fiel ihr so schnell nicht ein. Deshalb sagte sie: »Ja. Im Allgemeinen schon. Ich meine, es kommt natürlich darauf an, wo diese Buchstaben angehängt sind. Wie zum Beispiel Washington, D.C. Das ist kein Dienstgrad. Aber es hat natürlich auch nichts mit der Polizei zu tun.« Sie lächelte. Ausgesprochen blöde, fand sie.

»Aber Ihrem Namen beigefügt heißt es doch Detective Constable, nicht wahr?«

Verdammt, dachte Barbara, sagte aber nur: »Ach so. Ja. Klar.«

»Dann sind Sie zurückgestuft worden. Ich habe die Buchstaben auf dem Zettel gesehen, den der Herr für Sie dagelassen hatte. Zuerst dachte ich, es wäre ein Irrtum, aber da Sie nicht mit Inspector Lynley zusammenarbeiten ...«

»Ich arbeite nicht immer mit dem Inspector zusammen, Azhar. Manchmal übernimmt jeder von uns einen anderen Teil eines Falls.«

»Aha.« Aber sie sah ihm an, dass er die Geschichte nicht glaubte. Oder zumindest den Verdacht hatte, dass das nicht alles sein könne. »Sie sind also zurückgestuft worden. Aber es gibt doch keine Personaleinsparungen bei der Polizei, nicht wahr? Wenn ich mich recht erinnere, haben Sie mir das erst vor kurzem gesagt. Und wenn das zutrifft, muss ich annehmen, dass Sie die Wahrheit umgehen. Mir gegenüber, meine ich. Ich frage mich, warum Sie das tun.«

»Azhar, ich umgehe gar nichts. Herrgott noch mal, wir sind schließlich keine Busenfreunde nicht? Ich meine, Sie und ich, wir reden nicht viel über unsere Arbeit, wenn wir uns sehen. Das war immer schon so. Sie halten Ihre Seminare an der Universität. Ich spazier im Yard rum und versuche, unentbehrlich auszusehen.«

»Aber eine Zurückstufung ist in jedem Beruf etwas sehr Schwerwiegendes. Und bei Ihnen war sie wohl eine Folge Ihres Ausflugs nach Essex, richtig? Was ist dort geschehen, Barbara?«

»Hoppla! Wie sind Sie denn plötzlich *darauf* gekommen?«

Er drückte seine Zigarette in einem Aschenbecher aus, in dem mindestens zehn Players' Kippen wie hochgeschossene Gemüsestängel aus dem Aschehaufen ragten. Er sah sie forschend an. »Ich habe doch recht mit meiner Vermutung, nicht wahr? Sie sind wegen Ihrer Arbeit in Essex im vergangenen Juni bestraft worden. Was ist da passiert, Barbara?«

»Ach Gott, das ist eigentlich eine private Geschichte«, improvisierte sie. »Ich meine, es ist was Persönliches. Warum wollen Sie das überhaupt wissen?«

»Weil ich das Gefühl habe, dass ich mich mit den britischen Gesetzen überhaupt nicht auskenne. Ich möchte sie aber gern verstehen. Wie soll ich meinen Leuten, wenn sie mit dem Gesetz in Konflikt geraten, denn helfen, solange ich selbst nicht genau weiß, wie die Gesetze Ihres Landes auf jemanden angewendet werden, der sie verletzt.«

»Aber es ging hier doch gar nicht um Rechtsbrechung«, erklärte Barbara. Und das, sagte sie sich, war nur ein kleines bisschen geflunkert. Sie hatte schließlich nicht vor Gericht gestanden und sich gegen eine Anklage wegen tätlichen Angriffs oder versuchten Mordes verteidigen müssen; streng nach dem Gesetzbuch hatte sie also immer eine blütenweiße Weste gehabt.

»Trotzdem, Sie sind meine Freundin – wenigstens hoffe ich, dass Sie das sind …«

»Natürlich.«

»Dann können Sie mir doch vielleicht helfen, Ihre Gesellschaft besser zu verstehen.«

Blödsinn, dachte Barbara. Er wusste mehr über die britische Gesellschaft als sie. Aber sie konnte jetzt nicht gut anfangen, mit ihm darüber zu diskutieren, denn dann würde das Gespräch nur in einem verbalen Schlagabtausch Marke »O doch, das tun Sie« enden. Sie sagte deshalb: »Es ist nichts Besonderes. Ich hatte Krach mit der Beamtin, die die Untersuchung in Essex geleitet hat, Azhar. Wir waren mitten in einer Verfolgungsjagd. Und eines darf man als bescheidener kleiner Mitarbeiter auf keinen Fall tun: mitten in einer Verfolgungsjagd die Anweisung eines Vorgesetzten in Frage stellen. Dafür bin ich zurückgestuft worden.«

»Weil Sie eine Anweisung in Frage gestellt haben?«

»Ich habe nun mal die Neigung, mich etwas lauter und energischer zu Wort zu melden, als unter Damen üblich ist«, sagte sie leichthin. »Das habe ich mir in der Schule angewöhnt. Ich bin klein. Ich gehe in einer Menge unter, wenn ich mir nicht Gehör verschaffe. Sie sollten mich mal im *Load of Hay* ein Bier bestellen hören, wenn da die ganzen Fußballfans rumsitzen und sich im Fernsehen ein Spiel von Arsenal anschauen. Aber als ich Inspector Barlow so gekommen bin, hat's ihr nicht gefallen.«

»Aber dass man Sie dafür gleich zurückstuft ... das ist wirklich eine drakonische Maßnahme. Will man an Ihnen ein Exempel statuieren? Können Sie dagegen keinen Einspruch einlegen? Gibt es keine Gewerkschaft oder irgendeine andere Organisation, die Sie aggressiv genug vertreten würde, um –«

»In so einer Situation«, unterbrach Barbara, »ist es das Klügste, keinen Wirbel zu machen. Man wartet, bis sich die Wogen wieder glätten, verstehen Sie? Bis der Rauch sich verzogen hat.« Sie stöhnte innerlich, Königin des Klischees. »Wie dem auch sei, mit der Zeit wird sich das alles regeln. Diese Situation, meine ich.« Sie drückte energisch ihre Zigarette unter den anderen aus, hoffte, damit der Diskussion ein Ende zu setzen. Wartete darauf, dass er ihr gute Nacht wünschen würde.

Stattdessen sagte er: »Hadiyyah und ich fahren morgen ans Meer.«

»Ja, das hat sie mir erzählt. Sie freut sich schon sehr darauf. Besonders auf den Vergnügungspier. Und sie erwartet natürlich einen Riesengewinn vom Kranschnapper, Azhar, deshalb hoffe ich, dass Sie schon eifrig mit der Pinzette geübt haben.«

Er lächelte. »Sie erwartet so wenig. Und doch scheint das Leben ihr so viel zu geben.«

»Vielleicht ist das der Grund«, meinte Barbara. »Wenn man nicht ständig nach dem Besonderen sucht, ist man ganz zufrieden mit dem, was man findet.«

»Weise Worte«, sagte er.

Weisheit ist billig, dachte Barbara. Sie kramte in dem braunen Hefter auf dem Tisch und zog die Namensliste vom Soho Square heraus. Die Pflicht ruft, sollte ihm die Geste sagen. Und Azhar verstand sich gut darauf, zwischen den Zeilen zu lesen.

Die Fahrt von Sir Adrian Beatties Villa zu Vi Nevins Maisonettewohnung war kaum mehr als eine kleine, von geringem Verkehr begünstigte Spritztour die Fulham Road hinunter. Sie dauerte nicht lange, jedoch lange genug für Lynley, um über das nachzudenken, was er von Beattie gehört hatte, und sich bewusst zu machen, wie er das Gehörte empfand. Nach Jahren bei der Kripo war ihm klar, dass es bei den Ermittlungen eigentlich nicht seine Aufgabe war, sich über seine persönlichen Empfindungen in Bezug auf die Enthüllungen anderer Gedanken zu machen, schon gar nicht bezüglich Beatties. Aber er konnte einfach nicht anders. Und er rechtfertigte sich vor sich selbst, indem er sich sagte, dass solche Gedanken ganz natürlich seien: sexuelle Abartigkeit war ebenso sehr eine Kuriosität wie ein Kalb mit zwei Köpfen. Es schauderte einen vielleicht beim Anblick einer solchen Abnormität; aber man sah trotzdem hin, wenn auch noch so flüchtig.

Und ebendas tat er jetzt: Er betrachtete das abartige Verhalten zunächst unter dem Gesichtspunkt der Anomalie, um dann die Möglichkeit zu prüfen, ob sexuelle Abartigkeit als solche das relevante Detail war, das ihm den Weg zu Nicola Maidens Mörder weisen würde. Er hatte bei seinen Bemühungen, sexuelle Abartigkeit als sachdienlichen Hinweis zu sehen, nur ein Problem: Er konnte seinen Blick nicht von ihr selbst lösen.

Wie kommt das?, fragte er sich. Fühlte er sich davon erregt? War er moralisch entrüstet? Fasziniert? Entsetzt? Verführt? Was?

Er hätte es nicht sagen können. Er wusste natürlich, dass es sie gab: das, was einige die dunkle Seite der Begierde nennen würden. Er hatte zumindest von einigen Theorien gehört, die Erforscher der Psyche aufgestellt hatten, um dieses Phänomen zu erklären. Je nachdem, welcher Lehrmeinung man sich anschließen wollte, konnte Sado-Masochismus als erotische Blasphemie betrachtet werden, die sexuellem Protest entsprang; als ein Laster der Oberschicht, deren Kinder ihre Entwicklungsjahre in Internatsschulen verbrachten, wo körperliche Züchtigung an der Tagesordnung war – und je stärker ritualisiert, desto besser; als eine Trotzreaktion auf eine konservative Erziehung; als ein Ausdruck persönlichen Abscheus gegen das Vorhandensein sexueller Triebe; oder als die einzige Möglichkeit körperlicher Nähe für jene, deren Angst vor Intimität größer war als ihre Bereitschaft, diese Angst zu überwinden. Aber er wusste nicht, warum ihn der Gedanke an sexuelle Abartigkeit gerade in diesem Moment so stark beschäftigte. Und die Frage nach dem Grund dafür quälte ihn.

Was hat das alles mit Liebe zu tun?, hatte Lynley den Arzt fragen wollen. Was hatten Schläge, Schmerzen, Blut und Demütigung mit dem überwältigenden und – nun ja, zugegeben, es war lächerlich romantisch, aber er würde das Wort dennoch verwenden – überirdischen Gefühl des Glücks zu tun, das mit dem Liebesakt einherging? War nicht dieses Glücksgefühl das Ziel, dem zwei Menschen entgegenstreben sollten, wenn sie miteinander schliefen? Oder war er ein viel zu unerfahrener junger Ehemann, um sich irgendein Urteil darüber zu erlauben, was zwischen erwachsenen Menschen, die sich einig waren, als liebende Hingabe galt? Und hatte Sex überhaupt etwas mit Liebe zu tun? Sollte er überhaupt mit Liebe zu tun haben? Oder war genau das der allgemeine Irrtum, dass einer Körperfunktion Bedeutung beigemessen wurde, die eigentlich nicht mehr Bedeutung haben sollte als Zähneputzen?

Aber Moment, an diesem Punkt stimmten die Überlegungen nicht mehr. Man *brauchte* sich ja die Zähne nicht zu putzen. Man empfand noch nicht einmal das Bedürfnis danach. Aber eben das *Empfinden* des Bedürfnisses – des langsamen Wachsens einer Spannung, die zu Beginn nur ganz zart war und schließlich unmöglich zu ignorieren – sprach die wahre Sprache. Denn es war das Empfinden dieses Bedürfnisses, das einen Hunger hervorrief, der unbedingte Befriedigung verlangte. Und dieses Verlangen nach Befriedigung trieb einen dazu, alle Hindernisse zu überwinden, die der Erfüllung entgegenstanden: In Verfolgung seiner Leidenschaft setzte man sich über Ehre, Verantwortung, Tradition, Treue und Pflicht hinweg. Und warum? Weil man *begehrte.*

Lynley brauchte nur etwas mehr als zwanzig Jahre zurückzudenken, um zu erkennen, wie diese Begierde seine eigene Familie zerrissen hatte. Oder zumindest, wie er selbst zugelassen hatte, dass die Begierde – die er damals nur unvollkommen verstanden hatte – seine Familie zerstörte. Ehre hatte seine Mutter an seinen Vater gebunden. Verantwortung und Tradition hatten sie an den Familiensitz und die Generationen von Asherton-Frauen gebunden, die das Haus verwaltet und seinen Glanz bewahrt hatten. Die Pflicht hatte von ihr verlangt, sich um ihren kränkelnden Mann und das Wohl ihrer Kinder zu kümmern. Und die Treue hatte von ihr gefordert, dies alles zu tun, ohne offen oder auch nur insgeheim zuzugeben, dass sie selbst vielleicht etwas ganz anderes – oder mehr – wollte als dieses Leben, für das sie sich als achtzehnjährige Braut entschieden hatte. Sie war mit allem gut fertiggeworden, bis die Krankheit ihren Mann aufzuzehren begann. Selbst dann hatte sie es geschafft, die Familie zusammenzuhalten, bis sie sich angesichts der täglichen Notwendigkeit, fertigwerden zu *müssen*, eine Rolle spielen zu müssen, anstatt sie einfach leben zu können, nur noch Erlösung gewünscht hatte. Und die Erlösung war gekommen, wenn auch nur vorübergehend.

Flittchen und Hure, hatte er sie genannt. Und er hätte sie geschlagen – die Mutter, die er anbetete –, hätte sie ihn nicht zuerst geschlagen und mit so viel Heftigkeit, Frustration und Zorn, dass der Schlag eine ungeheure Kraft bekommen hatte.

Warum habe ich auf ihre Untreue so heftig reagiert?, fragte Lynley sich jetzt, während er bremste, um einem Pulk von Fahrradfahrern auszuweichen, die nach rechts in die Northend Road einbogen. Er beobachtete sie müßig – wie Profis in ihren Helmen und Spandex-Anzügen –, während er über die Frage nachdachte, nicht nur, um die Gründe seines jugendlichen Verhaltens zu erforschen, sondern auch um zu sehen, was die Antwort für den vorliegenden Fall bedeutete. Die Antwort, sagte er sich, hatte mit Liebe zu tun und mit den versteckten und häufig unvernünftigen Erwartungen, die mit Liebe einherzugehen schienen. Wie oft wünschen wir uns, dass das Objekt unserer Liebe eine Erweiterung unseres eigenen Ichs ist, dachte er. Und wenn uns dieser Wunsch nicht erfüllt wird – weil er gar nicht erfüllt werden kann –, treibt uns die Frustration, etwas zu unternehmen, um unseren inneren Aufruhr zu beruhigen.

Aber es gab mehr als eine Art von innerem Aufruhr, wie sich bei näherer Betrachtung der Beziehungen zeigte, die Nicola Maiden unterhalten hatte. Gewiss hatte in ihrem Leben – und sehr wahrscheinlich bei ihrem Tod – unbefriedigtes Verlangen eine Rolle gespielt, aber es war nicht zu übersehen, dass auch Eifersucht, Rachsucht, Habgier und Hass ihren Platz gehabt hatten. Alle diese lähmenden Leidenschaften verursachten Aufruhr. Und jede von ihnen konnte einen Menschen zum Mord treiben.

Die Rostrevor Road war, wie Lynley feststellte, nicht einmal einen Kilometer südlich vom Fulham Broadway. Die Tür zu Viola Nevins Haus stand offen, als er die Vordertreppe heraufkam. Ein Zettel am Türpfosten erklärte, warum; ebenso der Lärm aus einer Erdgeschosswohnung, deren Tür ebenfalls offen stand. »Zu Tildy und Steve bitte nach hinten gehen«, stand mit Filzstift geschrieben auf einem dicken Blatt Papier. »Rauchen bitte nur im Freien« stand darunter.

Unter lautem Gelächter und Gegröle ergötzte sich die Partygesellschaft an den zweifelhaften musikalischen Talenten einer unidentifizierbaren Männergruppe, die ihren Geschlechtsgenossen mit heiseren Stimmen riet: »Gebrauch sie, missbrauch sie, nimm sie dir und weg mit ihr«, und das Ganze zur Begleitung von Schlagzeug, Streichern und Blech. Nicht besonders wohltönend, fand Lynley. Tja, er wurde älter – und leider auch spießiger als gedacht. Er eilte die Treppe hinauf.

Das Treppenhaus war düster, und da es draußen inzwischen dunkel geworden war, fiel auch durch die Fenster im Zwischenstock kein Licht. Sobald Lynley die obere Etage erreicht hatte, machte er Licht und ging auf die Tür zu Vi Nevins Wohnung zu.

Die Frau hatte ihnen nicht die Wahrheit darüber gesagt, wie sie Nicola Maiden kennengelernt hatte. Sie war nicht bereit gewesen, ihnen den Namen des Mannes zu nennen, der die Wohnung, in der sie lebte, ursprünglich finanziert hatte. Zweifellos gab es noch eine Menge anderer Fakten, die sie ihnen verraten konnte, wenn man ihr die psychologischen Daumenschrauben nur geschickt genug anlegte.

Lynley war sicher, dass das nicht allzu schwierig sein dürfte. Vi Nevin war zwar beileibe nicht dumm und gewiss nicht so leicht zu überrumpeln, aber sie lebte am Rande des Gesetzes und würde, genau wie die Reeves, zum Kompromiss bereit sein, wenn sie dadurch im Geschäft bleiben konnte.

Mit dem Messingklopfer schlug er so laut gegen die Tür, dass sie das Klopfen trotz der Musik und des Geschreis aus dem Erdgeschoss hören musste. Doch drinnen rührte sich nichts, was jedoch bei genauerer Überlegung kaum des Argwohns wert war; es war schließlich Samstagabend, da brauchte man nicht gleich Alarm zu schlagen, wenn man jemanden nicht zu Hause antraf.

Er zog eine seiner Karten heraus, setzte seine Brille auf und holte seinen Füller aus der Tasche, um ihr eine Nachricht zu hinterlassen. Er schrieb ein paar Worte und steckte den Füller wieder ein. Er befestigte die Karte in Höhe des Knaufs an der Tür.

Und da sah er es.

Blut. Ein unverkennbarer Daumenabdruck auf dem Türknauf. Ein Schmierstreifen, ungefähr zwanzig Zentimeter höher, der vom Türrahmen schräg nach oben verlief.

»Um Gottes willen.« Lynley trommelte mit der Faust an die Tür. »Miss Nevin?«, rief er. Dann noch einmal: »Vi Nevin!«

Er bekam keine Antwort. Von drinnen war kein Laut zu hören.

Lynley holte seine Brieftasche hervor, nahm eine Kreditkarte heraus und schob sie in Höhe des altmodischen Schlosses zwischen Tür und Rahmen.

22

»Ist dir eigentlich klar, was du getan hast? Hast du auch nur die geringste Ahnung?«

Wann hatte sie sich den letzten Schuss gesetzt?, fragte sich Martin Reeve. Und konnte er wider alle Hoffnung hoffen, dass diese dämliche Fixerin sich den Besuch nur eingebildet und überhaupt nicht wirklich erlebt hatte? Es war durchaus möglich. Tricia machte *nie* die Tür auf, wenn er nicht zu Hause war. Dafür war ihre Paranoia schon viel zu weit fortgeschritten. Warum zum Teufel also sollte sie diesmal hingegangen sein, da praktisch alles, was ihr Leben ausmachte, am seidenen Faden hing und bei der nächsten falschen Bewegung in den Abgrund stürzen würde?

Aber er kannte die Antwort auf diese Frage nur zu gut. Sie war an die Tür gegangen, weil sie ein absolutes Spatzenhirn hatte, weil sie keine fünf Minuten lang in gerader Linie von dem, was sie tat, zu den Folgen dieses Tuns denken konnte, weil sie nur das Gefühl zu haben brauchte, ihre Drogenpipeline könnte blockiert werden, um praktisch *alles* zu tun, das zu verhindern, und die Haustür aufzumachen war noch das Geringste von all dem. Sie würde ihren Körper verkaufen, sie würde ihre Seele verkaufen, sie würde sich und ihn in Teufels Küche bringen. Und genau das hatte das hohlköpfige Luder anscheinend getan, während er fort gewesen war.

Er hatte sie in ihrem gemeinsamen Schlafzimmer gefunden, wo sie dösend in ihrem weißen Rattanschaukelstuhl neben dem Fenster gelegen hatte, über der linken Brust einen schmalen Lichtstreifen von der Straßenlampe vor dem Haus. Sie war vollkommen nackt, und ein großer ovaler Drehspiegel, den sie nahe an den Schaukelstuhl herangezogen hatte, warf das Bild ihres gespenstisch vollkommenen Körpers zurück.

»Was zum Teufel tust du da, Tricia?«, hatte er gesagt, nicht einmal aufgebracht, da er nach zwanzigjähriger Ehe mit dieser Frau daran gewöhnt war, sie in allen möglichen Zuständen vorzufinden: mal todschick in einem kleinen Designerfummel, der ein

Vermögen gekostet hatte; mal nachmittags um drei mit einem Babyfläschchen voll piña colada im Bett eingemummelt. Darum hatte er zunächst auch geglaubt, sie habe sich zu seinem Ergötzen in den Schaukelstuhl drapiert. Und wenn er auch nicht in Stimmung gewesen war, die Gelegenheit zu ergreifen, so hatte er immerhin zugeben müssen, dass das Geld, das er in diverse Hollywood-Chirurgen investiert hatte, Zinsen gebracht hatte, die dem Auge wohltaten.

Aber die Befriedigung beim Anblick seiner Frau war erloschen wie eine Kerzenflamme im Wind, als Martin gesehen hatte, wie weit Tricia in ihrem Rausch abgedriftet war. Im Allgemeinen reizte sie seine Lust, wenn sie so wie jetzt im Drogentaumel war, und dann nahm er sie, wie er Frauen, die bereit und willens waren, sich von ihm beschlafen zu lassen, am liebsten nahm – indem er sie durchs Gelände jagte wie ein Militaryreiter seinen Gaul. Aber der Nachmittag und der Abend waren nicht nach Plan gelaufen, und eins stand fest: Wenn er sich dazu aufraffte, heute noch eine Frau in die Mache zu nehmen, dann bestimmt keine, die ihm nicht einen guten Kampf lieferte, und schon gar nicht dieses leblose Stück Fleisch. Das würde ihm kaum die Zerstreuung liefern, die er suchte.

Darum hatte er sie zunächst einfach ignoriert und die Hoffnung, eine vernünftige Antwort auf seine Frage zu bekommen, aufgegeben. Und als sie gelallt hatte: »Müssen nach Melbourne, Marty. Ganz schnell«, hatte er nur die Achseln gezuckt und gedacht, total durchgeknallt, die Frau.

Er ging ins Bad, drehte die Dusche auf, um das Wasser heiß werden zu lassen, und schäumte sich Hände und Gesicht unter dem Wasserhahn mit der cremigen Seife ein, die Tricia bevorzugte.

Sie lag immer noch drüben am Fenster und begann erneut zu sprechen, lauter diesmal, um das Rauschen des Wassers zu übertönen. »Hab schon 'n paar Anrufe gemacht. Wollt wissen, wasses kostet. Ganz schnell, Marty. Baby? Hörst du? Müssen sofort nach Melbourne.«

Er ging zur Tür, während er sich Gesicht und Hände behutsam mit einem Handtuch abtrocknete. Sie sah ihn lächelnd an und strich mit ihren manikürten Fingern ihren Schenkel hinauf und weiter über ihren Bauch bis zu ihrer Brust, wo sie die Finger spielerisch kreisen ließ. Die Brustwarze richtete sich auf. Sie lächelte breiter. Martin reagierte nicht.

»Ist bestimmt heiß in Australien«, sagte sie. »Ich weiß, du magst die Hitze nicht. Aber wir müssen unbedingt nach Melbourne. Ich hab's ihm versprochen.«

Da hatte Martin begonnen, sie ernster zu nehmen. Das »ihm« hatte ihn hellhörig gemacht. »Wovon redest du, Tricia?«

Sie sagte schmollend: »Du hörst mir überhaupt nicht zu, Marty. Ich hasse das, wenn du nicht zuhörst.«

Martin wusste, wie wichtig es war, wenigstens für den Moment einen freundlichen Ton beizubehalten. »Aber natürlich höre ich dir zu, Darling. Melbourne. Die Hitze. Australien. Du hast es jemandem versprochen. Du siehst, ich habe alles gehört. Ich verstehe nur den Kontext nicht. Vielleicht würdest du ihn mir erklären?«

»Hier ist der *Kontext* ...« Sie wedelte fahrig mit beiden Händen, eine Geste, die alles und nichts umfasste. Dann schlug ihre Stimmung plötzlich um, und sie sagte verächtlich: »Du bist so was von tuntig, Marty. ›Vielleicht würdest du es mir erklären‹...«

Martins Geduld war fast erschöpft. Noch zwei Minuten dieses verbalen Blindekuhspiels, und er würde ihr an die Gurgel gehen. »Tricia«, sagte er, »wenn du mir etwas Wichtiges zu berichten hast, dann sag es mir. Sonst gehe ich jetzt duschen.«

»Soso!«, spottete sie. »Er geht jetzt duschen. Hast es wohl nötig, hm? Aber wir wissen ja, was da runtergespült werden muss. Wer war's denn diesmal? Welche von den *Damen* hast du denn heute vernascht? Und lüg mich nicht an, Marty, ich weiß nämlich genau, was du mit den Mädchen treibst. Die erzählen's mir, weißt du? Sie *beschweren* sich sogar. Das hätt'ste dir nicht träumen lassen, was?«

Einen Moment lang fragte sich Martin, ob er ihr glauben sollte. Es gab ja weiß Gott Zeiten, wo es zu seiner Befriedigung nicht reichte, einfach zu nehmen, was nicht freiwillig gegeben wurde. Ab und zu häuften sich die Ereignisse auf eine Art und Weise, dass nur ein gewisses Maß an Grausamkeit den Mangel an Kontrolle über die unzähligen täglichen Ärgernisse, die ihn wie ein Mückenschwarm plagten, ausgleichen konnte. Aber Tricia wusste das nicht mit Sicherheit, und keines der Mädchen in seinem Stall wäre dumm genug gewesen, ihr etwas zu erzählen. Er wandte sich also von seiner Frau ab, ohne sie einer Antwort auf ihre Bemerkung zu würdigen. Er begann sich auszukleiden, um seine Dusche zu nehmen.

»Tja, dann verabschiede dich mal schön«, rief sie aus dem Schlafzimmer. »Sag bye-bye zu all dem hier. Schaffst du das, Marty?«

Er öffnete seine Hose und ließ sie zu Boden fallen. Er zog seine Socken aus. Er antwortete ihr nicht.

Sie ließ nicht locker. »Er hat gesagt, wenn wir uns nach Australien verziehen«, rief sie, »hält er die Klappe. Übers Geschäft, mein ich. Da wird uns wohl nichts andres übrigbleiben.«

»Er.« Martin, jetzt bis auf die Unterhose entkleidet, trat wieder ins Schlafzimmer. »Er?«, wiederholte er. »Tricia, wer ist *er*?« In seinem Magen begann es zu rumoren; eine übelkeiterregende Furcht, dass in den Stunden, die er seine Frau allein im Haus zurückgelassen hatte, tatsächlich etwas bisher Unvorstellbares geschehen sein könnte.

»Na, er eben«, antwortete sie. »Braun wie Schokolade. Und bestimmt genauso süß, wenn ich Lust gehabt hätte, mal ein bisschen zu naschen. Diesmal ist er nicht mit dieser Kuh gekommen, ich hätt's also wahrscheinlich probieren können. Aber er war nicht allein.«

Scheiße, dachte Martin. Sie spricht von den Bullen. Sie waren wiedergekommen, diese Mistkerle. Und Tricia, diese hohlköpfige Gans, hatte sie ins Haus gelassen. Und mit ihnen geredet.

Er stürzte zum Schaukelstuhl. Er schlug ihr die Hand von der Brust. »Los, erzähl«, sagte er scharf. »Die Polizei war hier. Sag mir, was los war. Sofort!«

»Hey!«, protestierte sie und griff sich wieder an die Brust.

Er packte ihre Hand und drückte ihr die Finger zusammen, bis die feinen Knochen wie dürre Äste knackten. »Ich schneid sie dir ab, deine hübschen Titten, die dir so lieb und teuer sind. Das möchtest du doch sicher nicht, oder? Dann mach jetzt auf der Stelle den Mund auf, sonst kann ich für die Folgen nicht garantieren.«

Und um seinen Worten Nachdruck zu verleihen, ließ er ihre

Finger los und packte sie stattdessen beim Handgelenk. Einmal kräftig den Arm umgedreht war wirkungsvoller als eine Tracht Prügel, das wusste er aus langjähriger Erfahrung. Und, was noch wichtiger war, es hinterließ keine Male, die man später Mommy und Daddy zeigen konnte.

Tricia schrie auf. Er zog die Schraube noch ein bisschen fester. Sie kreischte: »Marty!« Er fauchte: »Rede endlich!« Sie versuchte, sich vom Schaukelstuhl zu Boden gleiten zu lassen, aber er hatte die bessere Position und hockte sich rittlings auf sie. Er drückte ihr einen Arm quer auf den Hals, und ihr Kopf flog nach rückwärts. »Willst du noch mehr?«, fragte er. »Oder reicht das?«

Sie begann zu sprechen. Er hörte sich ihre Geschichte mit wachsender Ungläubigkeit an. Sein Verlangen, sie zu schlagen, war so heftig, dass er nicht wusste, wie lange es ihm noch gelingen würde, sich zu beherrschen. Dass sie die Bullen überhaupt ins Haus gelassen und dann auch noch ihre Fragen über den Hostessendienst beantwortet hatte, war unglaublich. Aber dass sie ihnen tatsächlich Namen und Adresse von Sir Adrian Beattie gegeben hatte – ohne sich zu überlegen, was es hieß, das Vertrauen eines Mannes zu verraten, der in der Vergangenheit die Dienste von Global Escorts in Anspruch genommen hatte, um seine seltsamen Triebe zu befriedigen, und der sie jetzt, wo die Maiden, dieses Flittchen, endlich von der Bildfläche verschwunden war, wieder würde in Anspruch nehmen wollen –, war heller Wahnsinn und erboste Martin so sehr, dass er nicht wusste, wie er seine Wut zügeln sollte.

Zähneknirschend sagte er: »Ist dir eigentlich klar, was du getan hast? Hast du auch nur die geringste Ahnung?« Er packte sie bei den Haaren und riss ihren Kopf brutal zurück.

»Au! Hör auf! Das tut weh, Marty! Hör auf damit!«

»Ist dir klar, was du getan hast, du dämliches Luder? Hast du auch nur die geringste Ahnung, wie tief du uns da reingeritten hast?«

»Nein! Au, das tut weh!«

»Das freut mich, Darling.« Und er riss ihren Kopf so weit zurück, dass er die Sehnen an ihrem Hals zählen konnte. »Du bist völlig nutzlos, Liebste«, sagte er ihr ins Ohr. »Du bist nichts als ein Stück Dreck, holde Gattin. Wenn dein Vater nicht so gute Beziehungen hätte, würde ich dich mit einem Fußtritt auf die Straße befördern, und das war's dann.«

Sie begann zu weinen. Sie hatte Angst vor ihm, das war immer schon so gewesen, und im Allgemeinen erregte ihn das. Aber heute Abend nicht. Heute Abend weckte es nur eiskalte Mordlust in ihm.

»Sie wollten dich verhaften«, schrie sie. »Was hätte ich denn tun sollen? Einfach zuschauen?«

Er umfasste mit der anderen Hand ihr Kinn, drückte auf der einen Seite seinen Daumen gegen ihren Kiefer, auf der anderen den Zeigefinger. Dieser Griff, dachte er, ist nicht ganz ungefährlich, er *konnte* Male hinterlassen. Aber er war so außer sich vor Wut, dass ihm die Folgen ziemlich egal waren.

»Marty, sie haben Bescheid gewusst. Sie haben alles gewusst. Alles über Global und Nicola und Vi, und dass die beiden sich selbständig gemacht hatten. *Ich* hab ihnen das alles nicht erzählt. Aber sie wussten es. Sie haben mich gefragt, wo du Dienstagabend warst. Ich hab gesagt, im Restaurant, aber das reichte ihnen nicht. Sie wollten das Haus durchsuchen und unsere Bücher mitnehmen und sie dem Finanzamt übergeben und dich wegen Kuppelei belangen und –«

»Hör auf zu quatschen!« Er drückte Daumen und Zeigefinger noch tiefer in ihren Hals. Er brauchte Zeit zum Nachdenken, er musste überlegen, was zu tun war, und das konnte er nicht, solange sie unentwegt quasselte.

Na schön, dachte er, eine Hand noch immer in Tricias Haar und die andere an ihrer Kehle. Das Schlimmste war geschehen. Bei ihrem zweiten Vorstoß hatten die Bullen seine herzallerliebste Ehefrau, diesen Ausbund an Intelligenz und Geistesgegenwart, allein erwischt. Das war Pech, ließ sich aber jetzt nicht mehr ändern. Beattie und seine Kohle konnten sie jetzt und für alle Zukunft in den Wind schreiben. Und der Mann würde vielleicht noch ein paar Kunden mitnehmen, wenn er sich nicht scheute, bei anderen seiner Fraktion durchsickern zu lassen, dass sein Name und seine besonderen Neigungen von einer bis dato absolut verschwiegenen Quelle an die Polizei verraten worden waren. *Aber* einen Trost gab es immerhin: Die Bullen hatten letztlich nichts gegen ihn – Martin – in der Hand. Sie konnten sich auf nicht mehr berufen als auf das Gebabbel einer Fixerin, der man ungefähr so viel glauben konnte wie den kleinen Ganoven, die am U-Bahnhof Knightsbridge den Leuten Halsketten aus achtzehn Karat »Gold« andrehten.

Möglich, dass sie hier aufkreuzen werden, um mich zu verhaften, dachte Martin. Na schön, dann sollten sie doch! Er hatte einen Anwalt, der ihn im Handumdrehen aus dem Knast rausholen würde. Und wenn er wirklich vor den Richter kommen würde oder schwerwiegendere Anschuldigungen gegen ihn erhoben werden sollten als die, dass er Herren mit etwas abwegigen Vorlieben mit attraktiven und intelligenten jungen Damen bekanntgemacht hatte, die bereit waren, diese Vorlieben zu bedienen, so konnte er auf eine Liste von Kunden von höchstem Rang und Einfluss zurückgreifen, die ohne Zweifel so prompt und beflissen ihre Beziehungen spielen lassen würden, dass die Polizei und die Gerichte am Ende mit dummen Gesichtern dastehen würden.

Nein. Auf lange Sicht hatte er nichts zu fürchten. Von wegen Australien! Eher würde er zum Mond fliegen. Die Situation würde vielleicht eine Weile etwas unangenehm sein. Er würde vielleicht diesem oder jenem Zeitungsherausgeber etwas zukommen lassen müssen, um eine Story abzuwürgen, in der sein Name auf unvorteilhafte Weise erwähnt wurde. Aber das würde auch schon alles sein, abgesehen natürlich von dem Batzen, den er seinem Anwalt würde hinlegen müssen. Und der Gedanke an diese wahrscheinliche – und beträchtliche – Ausgabe brachte ihn nun wirklich in Rage. So ungeheuer in Rage, dass er bei genauerem Nachdenken über das viele rausgeschmissene Geld und über die wahre Schuldige an all diesem verdammten Ärger, auf den er nun wirklich verzichten konnte, am liebsten wie ein Berserker über sie hergefallen wäre, um ihr das Gesicht zu zertrümmern, die Nase zu spalten, die Augen blau zu schlagen und ihr seinen Kolben reinzurammen, bis sie schreien und um Gnade winseln würde – damit er nur einen einzigen Moment lang die absolute Macht hätte, so dass keiner, keiner, keiner ihn jemals wieder mit Geringschätzung ansehen und ihn für minderwertiger oder kleiner oder schwächer halten würde! Gott, wie er danach lechzte, sie windelweich zu prügeln und jeden zu Kleinholz zu machen, der »Martin Reeve« sagte, ohne das Wort Mister davorzusetzen, der ihn spöttisch belächelte, der ihm nicht aus dem Weg ging, wenn er daherkam, der es auch nur wagte, zu denken …

Tricia bewegte sich nicht mehr. Sie schlug nicht mehr um sich. Ihre Beine waren reglos. Ihre Arme hingen schlaff herab.

Martin starrte auf sie hinunter, auf seine Hand, die noch immer die Kehle seiner Frau umschlossen hielt.

Er sprang erschrocken auf, herunter von ihr, wich hastig zurück. Sie war weiß im Mondlicht, so starr wie Marmor.

»Tricia!«, sagte er heiser. »Zur Hölle mit dir, du Luder!«

Die Kreditkarte genügte, um die Falle des Schlosses zurückzuschieben. Die Tür der Maisonettewohnung öffnete sich. Drinnen war alles dunkel. Zu hören war nichts außer den Geräuschen, die von der Party im Erdgeschoss heraufschallten.

»Miss Nevin?«, rief Lynley.

Keine Antwort.

Das Licht aus dem Treppenhaus warf ein gelbes Parallelogramm auf den Boden. Darin eingerahmt lag ein großes Kissen, halb aus seinem gelben Brokatbezug gerissen. Daneben auf dem Teppich war eine Pfütze, wie ein Krokodil geformt, und nicht weit davon lag umgekippt der Barwagen, rundherum Flaschen und Karaffen – jetzt geöffnet und geleert –, Gläser und Krüge.

Lynley griff nach einem Schalter an der Wand rechts von der Tür und drückte ihn herunter. In die Zimmerdecke eingelassene Halogenleuchten flammten auf und zeigten das ganze Ausmaß des Chaos.

Nach dem, was er von der Tür her sehen konnte, war die ganze Wohnung in Trümmern: die Sofas umgestoßen, die Kissen aus den Hüllen gerissen, Bilder von den Wänden gefegt und in Scherben, als hätte jemand sie brutal übers Knie gebrochen, Stereoanlage und Fernsehapparat zu Boden geschleudert und demoliert – die Rückwände von Fernseher und Lautsprecher herausgeschlagen –, eine Mappe mit Fotos zerfetzt, die Bilder im ganzen Zimmer verstreut. Selbst der Spannteppich war nicht verschont worden, war mit einer Kraft, die von lange angestauter und explosionsartig zur Entladung gekommener Wut sprach, unter den Sockelleisten herausgerissen worden.

In der Küche das gleiche Chaos: Überall auf den weißen Fliesen lag zerbrochenes Geschirr, Regale und Schränke waren leergefegt, ihr Inhalt auf den Arbeitsplatten oder dem Boden verstreut. Der Kühlschrank war ausgeräumt, die Lebensmittel aus dem Gefrierschrank schwitzten Tauwasser, das Gemüse aus den Frischhaltefächern war zertrampelt, seine Säfte hatten Fliesen und Schränke bespritzt.

Aus einer Lache von Ketchup und Senf führten Fußstapfen aus der Küche in den Flur hinaus. Einer der Abdrücke war perfekt geformt, wie mit dunkler orangeroter Farbe auf die Fliesen gepinselt.

Mit den Bildern am Treppenaufgang war ähnlich verfahren worden wie mit denen im Wohnzimmer, und als Lynley die Treppe hinaufging, fühlte er einen heißen Zorn in sich aufwallen, in den sich jedoch eisige Furcht mischte. Er konnte nur hoffen, der Zustand der Wohnung bedeutete, dass der Eindringling, der Vi Nevin so offensichtlich Böses wollte, das Haus leer vorgefunden und daraufhin Wut und Frustration am toten Inventar ausgelassen hatte.

Wieder rief er ihren Namen. Wieder blieb alles still. Er knipste das Licht im ersten der oberen Zimmer an. Ein Trümmerfeld. Nicht ein Möbelstück war verschont geblieben.

»Mein Gott«, murmelte er. Im selben Augenblick ging unten offenbar eine CD zu Ende, die dröhnende Musik verstummte abrupt.

In der plötzlichen Stille hörte er es. Ein Scharren wie von Mäusen, die über Holz huschten, genau hier in dem Zimmer, in dem er stand. Es drang hinter der Matratze des Bettes hervor, die schräg an einer der Wände lehnte. Mit drei Schritten war er dort und riss sie weg. »Mein Gott«, murmelte er wieder und beugte sich zu der leblos daliegenden Gestalt hinunter, deren Gesicht bis zur Unkenntlichkeit entstellt war. Nur das Haar – so lang, so Alice-im-Wunderland-blond, wo es nicht blutgetränkt war – verriet ihm, dass Viola Nevin doch zu Hause gewesen war, als die Rache an ihre Tür geklopft hatte.

Die scharrenden Geräusche waren von ihren Fingernägeln hervorgerufen worden, die krampfhaft zuckend an der weißen, mit Blut bespritzten Sockelleiste kratzten. Das Blut war ihr Blut,

Blut von ihrem Kopf und vor allem von ihrem Gesicht, durch zahlreiche Schläge derart entstellt, dass von der Klein-Mädchen-Niedlichkeit, die ihre besondere Note und ihr Kapital gewesen war, nichts übriggeblieben war.

Lynley nahm ihre kleine Hand und hielt sie fest. Er wollte es nicht riskieren, Vi zu bewegen. Wäre er sicher gewesen, keinen Schaden anzurichten, dann hätte er sie, nachdem er telefoniert hatte, vom Boden hochgezogen und bis zum Eintreffen des Rettungswagens in den Armen gehalten. Aber er hatte keine Ahnung, welche inneren Verletzungen sie vielleicht davongetragen hatte, darum begnügte er sich damit, ihr die Hand zu halten.

Die blutverschmierte Waffe, ein schwerer Handspiegel, lag ganz in der Nähe. Er schien aus Metall zu sein, war jetzt aber über und über mit Blut beschmiert, an dem blonde Haare und kleine Hautfetzen hafteten. Lynley schloss einen Moment die Augen vor dem Anblick. Er, der in den Jahren bei der Polizei noch weit schrecklichere Tatorte und noch weit übler zugerichtete Opfer gesehen hatte, hätte nicht sagen können, warum ein so schlichter Gegenstand wie ein Handspiegel eine solch erschütternde Wirkung auf ihn hatte. Aber vielleicht lag es eben daran, dass der Spiegel ein so unschuldiger Gegenstand war, ein Symbol weiblicher Eitelkeit, das ihm Vi Nevin plötzlich viel näher brachte. Wieso?, fragte er sich. Und noch während er sich diese Frage stellte, sah er Helen vor sich, mit einem ebensolchen Spiegel in der Hand, wie sie ihre Frisur musterte und sagte: »Ich seh aus wie ein zusammengestauchter Igel. Lieber Himmel, Tommy, wie kannst du nur so beharrlich eine Frau lieben, die zu nichts nütze ist?«

Lynley wünschte inständig, sie wäre jetzt hier. Er wollte sie in den Armen halten, als könnte er mit einer einfachen Umarmung nicht nur seine Ehefrau, sondern alle Frauen vor Schaden bewahren.

Vi Nevin stöhnte. Lynley umschloss ihre Hand fester.

»Sie sind in Sicherheit, Miss Nevin«, sagte er beruhigend, obwohl er nicht glaubte, dass sie ihn hören oder verstehen konnte. »Gleich kommt ein Rettungswagen. Halten Sie noch ein Weilchen durch. Ich lasse Sie nicht allein. Sie sind in Sicherheit. Jetzt kann Ihnen nichts mehr geschehen.«

Jetzt erst fiel ihm auf, dass sie zur Arbeit gekleidet war: Sie trug eine Schulmädchenuniform mit kurzem Röckchen, das ihr bis zu den Hüften hochgerutscht war. Darunter hatte sie ein winziges schwarzes Spitzenhöschen an und einen passenden Strumpfhalter, an dem die dünnen Strümpfe befestigt waren. Über den Nylonstrümpfen trug sie weiße Kniestrümpfe und an den Füßen die vorgeschriebenen Schnürschuhe. Zweifellos eine Aufmachung, die dazu diente, zu reizen und sexuell zu erregen, wenn Vi Nevin sich ihrem Kunden als das schamhafte Schulmädchen präsentierte, nach dem ihn gelüstete.

Lieber Gott, dachte Lynley. Warum machten sich Frauen Männern gegenüber, die ihnen Schaden zufügen konnten, so verletzlich? Warum ließen sie sich auf ein Gewerbe ein, das sie garantiert zerstören würde – wenn nicht auf die eine Weise, dann mit Sicherheit auf eine andere?

Sirenengeheul schrillte durch den Abend, als der Rettungswagen in die Rostrevor Road einbog. Augenblicke später flog unten die Wohnungstür auf.

»Hier oben!«, rief Lynley laut.

Vi Nevin bewegte sich. »Vergessen …«, murmelte sie. »Mag Honig. Vergessen.«

Dann eilten die Sanitäter ins Zimmer, während unten auf der Straße neuerliches Sirenengeheul das Eintreffen der Polizei ankündigte.

Und unten im Erdgeschoss legte jemand eine neue Platte auf, ein Medley aus *Rent*. Das Ensemble schmetterte sein Loblied auf die Liebe.

23

Es war ein Segen und ein Fluch zugleich, dass unter den forensischen Wissenschaftlern und Wissenschaftlerinnen im Polizeilabor viele von unersättlichem Wissensdurst besessen waren. Der Segen war ihre Bereitschaft, Tag und Nacht, an Wochenenden und an Feiertagen zu arbeiten, wenn das Material, das ihnen zur Auswertung übergeben wurde, ihre Neugier weckte. Der Fluch entsprang direkt dem Segen: Da man wusste, dass es im Labor Leute gab, deren Wissensdurst sie an ihren Mikroskopen festhielt, wenn andere, vernünftigere, ihre Freizeit genossen, fühlte man sich verpflichtet, die Informationen, die diese Spezialisten mit solchem Feuereifer lieferten, auch prompt einzuholen.

So kam es, dass Inspector Peter Hanken an diesem Samstagabend nicht im trauten Kreis der Familie in Buxton saß, sondern vor einem Mikroskop stand und sich von einer enthusiastischen Spurensicherungsexpertin namens Amber Kubowsky anhören musste, welche Erkenntnisse die Untersuchungen des Schweizer Armeemessers und der Verletzungen an Terry Coles Leichnam gebracht hatten.

Das Blut an dem Messer stammte – wie sie ihm bestätigte, während sie sich mit einem kleinen Radiergummi am Ende ihres Bleistifts am Kopf kratzte, als wollte sie etwas ausradieren, was dort geschrieben stand – in der Tat von Cole. Und bei vorsichtigem Herausziehen der verschiedenen Klingen und anderen Zubehörteilen des Messers aus dem blutverklebten Gehäuse hatte sie feststellen können, dass die linke Scherenklinge, wie von Andy Maiden berichtet, abgebrochen war. Normalerweise wäre daraus zwingend zu folgern gewesen, dass das fragliche Messer nicht nur die Waffe war, mit der Terry Cole verletzt worden war, sondern auch dem Messer, das Andy Maiden angeblich seiner Tochter geschenkt hatte, zum Verwechseln ähnlich war.

»Na wunderbar«, meinte Hanken.

Sie schien erfreut über seinen Beifall, sagte jedoch: »Und jetzt sehen Sie sich *das* mal an«, und wies zum Mikroskop.

Hanken blickte brav durch das Okular. Alles, was Miss Kubowsky bisher dargelegt hatte, war derart banal und offensichtlich, dass er ihre Erregung nicht verstehen konnte. Musste ja so fade wie der Porridge von gestern sein, das Laborleben – ganz zu schweigen von ihrem Privatleben –, wenn das arme Ding wegen so was dermaßen aus dem Häuschen geriet.

»Worauf soll ich eigentlich achten?«, fragte er Miss Kubowsky, den Kopf vom Mikroskop hebend. »Wie eine Scherenklinge sieht mir das hier nicht aus. Und auch nicht wie Blut.«

»Ist es auch nicht«, bestätigte sie vergnügt. »Und genau das ist der springende Punkt, Inspector Hanken. Das macht die ganze Geschichte so interessant.«

Hanken warf einen Blick auf die Wanduhr. Er war seit zwölf Stunden auf Achse und wollte vor Tagesende noch seine Erkenntnisse mit den Informationen aus London koordinieren. Er hatte deshalb überhaupt keine Lust, mit einer kraushaarigen Labormaus Ratespielchen zu veranstalten.

Er sagte: »Wenn es nicht die Klinge ist und auch nicht Coles Blut, warum seh ich's mir dann überhaupt an, Miss Kubowsky?«

»Nett von Ihnen, dass Sie so höflich sind«, erklärte sie. »Nicht alle Kriminalbeamten haben Manieren wie Sie, wie ich leider feststellen muss.«

Sie wird noch verdammt viel mehr feststellen, wenn sie nicht endlich anfängt, Klartext zu reden, dachte Hanken. Aber er dankte ihr für das Kompliment und meinte, er würde liebend gerne hören, was sie ihm noch mitzuteilen habe, wenn es nur innerhalb der nächsten Minuten geschehe.

»Ach so! Natürlich«, sagte sie. »Was Sie da unter dem Mikroskop haben, ist die Verletzung am Schulterblatt. Natürlich nur ein Teil davon. Wenn man die ganze Wunde vergrößern würde, wäre sie wahrscheinlich fünfzig Zentimeter lang. Wie gesagt, das ist nur ein Teil davon.«

»Von der Verletzung am Schulterblatt?«

»Richtig. Es war die größte Wunde am Leichnam des Jungen, hat die Ärztin Ihnen das gesagt?«

Hanken erinnerte sich an Dr. Myles' Bericht. Einer der Messerstiche hatte das linke Schulterblatt verletzt und war einer Schlagader gefährlich nahe gekommen.

Miss Kubowsky sagte: »Normalerweise hätte ich mir gar nicht die Mühe gemacht, aber ich habe in dem Bericht gesehen, dass die Waffe auf dem Schulterblatt – das ist einer der Knochen im Rücken – eine Kerbe hinterlassen hatte, und da habe ich sie eigentlich eher spaßeshalber mit den Messerklingen verglichen. Mit allen. Und wissen Sie was?«

»Was?«

»Die Kerbe ist nicht durch das Messer verursacht worden, Inspector Hanken. Nie im Leben, auf keinen Fall.«

Hanken starrte sie an. Er versuchte, diese Neuigkeit zu verdauen. Und er fragte sich, ob ihr vielleicht ein Fehler unterlaufen war. Sie wirkte so verhuscht in ihrem Kittel mit dem halb ausgerissenen Saum und dem Kaffeefleck auf der Brust, dass eine gewisse Skepsis in Bezug auf ihre Zuverlässigkeit und Sorgfalt nicht ganz ungerechtfertigt schien.

Amber Kubowsky sah ihm an, dass er Zweifel hatte, und schickte sich augenblicklich an, diese Zweifel zu entkräften. Mit einem Schlag war sie ganz Wissenschaftlerin, sprach von Röntgenaufnahmen, Klingenmaßen, Winkeln und Mikromillimetern. Sie beendete ihren Vortrag erst, als sie überzeugt war, dass er die Tragweite dessen, was sie sagte, verstanden hatte: Die Spitze der Waffe, die Terry Coles Rücken durchbohrt, das Schulterblatt getroffen und eine Kerbe im Knochen hinterlassen hatte, hatte andere Maße als sämtliche Klingenspitzen des Armeemessers. Zwar liefen die Klingen des Messers spitz zu – ganz klar, Messerklingen seien ja immer spitz, meinte sie durchaus einleuchtend –, aber sie liefen von der Spitze aus in ganz anderem Winkel auseinander als die Waffe, die die Kerbe in Terry Coles Schulterblatt hinterlassen hatte.

Hanken pfiff lautlos durch die Zähne. Sie hatte einen beeindruckenden Vortrag gehalten, dennoch musste er fragen. »Sind Sie sicher?«

»Absolut, Inspector. Es wäre uns allen entgangen, wenn ich nicht meine besondere Theorie über Röntgenaufnahmen und Mikroskope hätte, auf die ich hier im Moment nicht näher eingehen möchte.«

»Aber die anderen Verletzungen an der Leiche stammen von dem Messer?«

»Ja, alle, bis auf die am Schulterblatt.«

Sie hatte noch weitere Neuigkeiten für ihn. Sie führte ihn in einen anderen Teil des Labors und berichtete ihm dort ihre Erkenntnisse über eine gräulich verfärbte Substanz, die man ihr ebenfalls zur Untersuchung übergeben hatte.

Sobald er Amber Kubowskys Vortrag zu diesem letzten Thema gehört hatte, machte sich Hanken auf den Weg zum nächsten Telefon. Es war Zeit, mit Lynley Kontakt aufzunehmen.

Er erreichte Lynley unter seiner Handynummer in der Notaufnahme des Chelsea and Westminster Hospitals. Lynley berichtete ihm in kurzen Worten vom neusten Stand der Dinge: Vi Nevin war in der Wohnung, die sie mit Nicola Maiden geteilt hatte, brutal überfallen und zusammengeschlagen worden.

»Wie geht es ihr?«

Ein Durcheinander von Geräuschen im Hintergrund, Stimmengewirr, das schnell lauter werdende Sirenengeheul eines Krankenwagens.

»Thomas?«, rief Hanken. »Wie geht es ihr? Haben Sie irgendwas von ihr bekommen?«

»Nichts«, antwortete Lynley endlich. »Wir konnten noch gar nicht mit ihr sprechen. Wir können nicht einmal in ihre Nähe. Sie wird seit einer Stunde behandelt.«

»Und, was denken Sie? Hat die Geschichte mit unserem Fall zu tun?«

»Ich halte es für sehr wahrscheinlich.« Lynley berichtete ihm, was er seit ihrer letzten Unterhaltung in Erfahrung gebracht hatte; er begann mit seinem Gespräch mit Shelly Platt, fuhr mit einer Zusammenfassung seines Besuchs bei MKR Financial Management fort und schloss mit seiner Begegnung mit Sir Adrian Beattie und seiner Frau.

»Es ist uns also gelungen, den Londoner Liebhaber aufzustöbern, aber er hat ein Alibi – das allerdings noch überprüft werden muss. Aber selbst wenn er keines hätte, kann ich mir, offen gesagt, nicht vorstellen, dass er kilometerweit übers Moor marschiert, um zwei Menschen zu töten. Er ist meiner Ansicht nach weit über siebzig.«

»Dann hat Upman also die Wahrheit gesagt«, stellte Hanken

fest, »zumindest, was den Pager betrifft und die Anrufe, die die Maiden in der Kanzlei bekam.«

»Ja, so sieht es aus, Peter. Aber Beattie behauptet, sie müsste jemanden in Derbyshire gehabt haben, der sie aushielt, sonst wäre sie gar nicht erst raufgefahren.«

»Na, so viel kann Upman mit seinen Scheidungsgeschichten sicher nicht verdienen. Er behauptet übrigens, er sei im Mai nicht in London gewesen; er könne es anhand seines Terminkalenders nachweisen.«

»Was ist mit Britton?«

»Den hab ich noch auf meiner Liste. Mir ist nur das Messer dazwischengekommen.« Hanken setzte Lynley ins Bild und berichtete ihm auch gleich von den neuesten Erkenntnissen über die Schulterblattverletzung Terry Coles. Die stamme, sagte er, eindeutig von einer anderen Waffe als dem Schweizer Armeemesser.

»Von einem anderen Messer?«

»Möglich. Und Maiden hat eines. Er hat es mir sogar gezeigt.«

»Sie glauben doch nicht im Ernst, dass Maiden so dumm wäre, Ihnen eine der Mordwaffen zu zeigen. Peter, er war bei der Polizei! Er ist doch kein Kretin.«

»Moment mal. Als mir Maiden sein Messer zeigte, dachte ich erst, das könnte nicht die Waffe sein, die wir suchen, weil die Klingen zu kurz waren. Aber dabei dachte ich an die anderen Verletzungen, nicht an die Absplitterung am Schulterblatt. Wie tief sitzt eigentlich das Schulterblatt unter der Haut? Ich meine, wenn der Kubowsky zufolge das eine Armeemesser nicht für die Schulterblattverletzung in Frage kommt, muss daraus doch nicht zwingend folgen, dass nicht ein anderes sie verursacht haben kann.«

»Sie vergessen das Motiv, Peter. Andy Maiden hat keines. Aber jeder andere Mann in Nicola Maidens Leben – und möglicherweise auch ein oder zwei Frauen – wird mit Sicherheit eines haben.«

»Moment, Moment, nicht so schnell«, protestierte Hanken. »Das ist noch nicht alles. Diese Substanz, die wir an diesem merkwürdigen Chromzylinder aus dem Kofferraum ihres Autos gefunden haben, ist identifiziert. Was glauben Sie, was es ist?«

»Sagen Sie's mir.«

»Sperma. Und es waren auch noch zwei *andere* Spermaablagerungen da. Nur eines konnte mir die Kubowsky nicht sagen – was dieser verdammte Zylinder eigentlich darstellen soll. Ich hab noch nie so was gesehen, und sie auch nicht.«

»Es ist ein Hodenspanner«, klärte Lynley ihn auf.

»Ein *was*?«

»Warten Sie einen Moment, Pete.« Am anderen Ende der Leitung hörte Hanken murmelnde Männerstimmen vor dem Hintergrund wirrer Geräusche. Dann meldete sich Lynley wieder. »Sie wird durchkommen, Gott sei Dank.«

»Können Sie mit ihr sprechen?«

»Im Moment ist sie noch nicht bei Bewusstsein.« Und dann zu irgendeiner anderen Person: »Überwachung rund um die Uhr. Keine Besuche ohne meine Genehmigung. Und verlangen Sie die Ausweispapiere, wenn jemand aufkreuzen sollte ... nein, ich habe keine Ahnung ... gut.« Dann war er wieder da. »Tut mir leid. Wo waren wir stehengeblieben?«

»Beim Hodenspanner.«

»Ach ja, richtig.«

Hanken hörte schweigend zu, während Lynley ihm den Zweck dieses Folterinstruments erklärte. Er spürte, wie seine eigenen Hoden sich zusammenzogen.

»Ich vermute, das Ding fiel aus einem ihrer Köfferchen, als die Maiden noch für Reeve gearbeitet hat und zu einem ihrer Kunden unterwegs war oder von ihm zurückkam«, schloss Lynley. »Es kann monatelang da im Kofferraum ihres Wagens gelegen haben.«

Hanken ließ sich das durch den Kopf gehen und sah eine andere Möglichkeit. Er wusste, dass Lynley sofort in Opposition gehen würde, darum ging er das Thema mit Vorsicht an. »Thomas, sie könnte das Ding auch in Derbyshire benutzt haben. Vielleicht bei jemandem, der es nicht zugibt.«

»Ich kann mir nicht vorstellen, dass Upman oder Britton Spaß daran hätten, sich malträtieren zu lassen. Und von Ferrer habe ich den Eindruck, dass er seine Frauen lieber selbst malträtieren würde, als sich von ihnen foltern zu lassen. Wen haben wir noch?«

»Ihren Vater.«

»Also, Peter, das ist nun wirklich ein abartiger Gedanke.«

»Ja, nicht wahr. Aber die ganze SM-Szene ist doch abartig, und nach allem, was Sie mir eben erzählt haben, wirken die Leute, die da mitmischen, absolut normal.«

»*Nie* im Leben –«

»Hören Sie mir nur einen Moment zu.« Hanken berichtete von seinem Gespräch mit Andy Maiden, wie Nan Maiden sich eingemischt hatte, auf welch schwachen Füßen Andy Maidens Alibi stand. »Wer kann also mit Sicherheit sagen, dass Nicola nicht auch ihren Vater bedient hat.«

»Peter, Sie können nicht ständig die Fakten des Falls herumschieben, damit sie zu Ihrem jeweiligen Verdacht passen. *Wenn* sich tatsächlich etwas Derartiges zwischen ihr und ihrem Vater abgespielt hat – wobei ich meine Hand dafür ins Feuer legen würde, dass dem nicht so war –, dann kann er sie nicht ihres Lebenswandels wegen getötet haben, wie Sie – wenn Sie sich erinnern wollen – vorher gemutmaßt haben.«

»Dann sind Sie also auch der Meinung, dass er ein Motiv hat?«

»Ich bin der Meinung, dass Sie mir das Wort im Mund herumdrehen.« Die Hintergrundgeräusche wurden explosionsartig lauter: jaulende Sirenen und erregtes Stimmengewirr. Es hört sich an, dachte Hanken, als stünde Lynley mitten auf einer Straßenkreuzung. Als der Lärm sich etwas gelegt hatte, sagte Lynley: »Wir können nicht einfach außer Acht lassen, was Vi Nevin zugestoßen ist. Heute Abend, meine ich. Wenn der heutige Vorfall mit den Morden in Derbyshire zu tun hat, dann müssen Sie einsehen, dass Andy Maiden nicht darin verwickelt ist.«

»Wen haben wir dann?«

»Ich setze auf Martin Reeve. Er hatte mit beiden Frauen ein Hühnchen zu rupfen.«

Sie könnten nur hoffen, fuhr er fort, dass Vi Nevin möglichst bald das Bewusstsein wiedererlangen und den Mann, der sie überfallen hatte, identifizieren würde. Dann hätten sie unmittelbaren Anlass, Martin Reeve in polizeilichen Gewahrsam zu nehmen, wo er hingehörte. »Ich bleibe noch eine Weile und warte hier«, sagte er. »Wenn sie in den nächsten ein, zwei Stunden nicht zu sich kommt, werde ich darum bitten, dass man mich sofort anruft, wenn sich ihr Zustand ändert. Und was haben Sie jetzt vor?«

Hanken seufzte. Er rieb sich die müden Augen und streckte seinen Rücken, um die verkrampften Muskeln zu entlasten. Er dachte an Will Upman und seine Entspannungsmassagen im Hilton Hotel am Flughafen von Manchester. So eine Massage hätte er jetzt auch gebrauchen können.

»Ich werd mir Julian Britton vorknöpfen«, sagte er. »Obwohl ich mir den, ehrlich gesagt, beim besten Willen nicht als Killer vorstellen kann. Ich glaub nicht, dass jemand, der in seiner Freizeit junge Hündchen verhätschelt, fähig ist, seiner Geliebten den Schädel einzuschlagen. Und wenn er wirklich jemanden fertigmachen wollte, würde er wahrscheinlich nicht zum Messer greifen, sondern dem Betreffenden seine Hunde auf den Hals hetzen. Aber für mich ist dieser Mann sowieso ein Softie, sonst würde er mit dem Vater, den er hat, ganz anders umspringen.«

»Aber wenn er nun geglaubt hat, einen massiven Grund dafür zu haben, sie zu töten ...?«, fragte Lynley.

»Ja, sicher, an dem Argument gibt's nichts auszusetzen«, stimmte Hanken zu. »Irgendjemand hat ganz eindeutig geglaubt, massiven Grund dafür zu haben, Nicola Maiden zu töten.«

Der Arzt hatte ihr Schlaftabletten gegeben, aber Nan hatte sie nach dem ersten Abend nicht mehr genommen. Sie konnte es sich nicht erlauben, in ihrer Wachsamkeit nachzulassen, deshalb unternahm sie nichts, um Schlaf zu fördern. Wenn sie überhaupt zu Bett ging, döste sie nur vor sich hin. Meistens jedoch wanderte sie des Nachts entweder wie ein Gespenst durch die Gänge oder saß in dem Lehnsessel im gemeinsamen Schlafzimmer und beobachtete den unruhigen Schlummer ihres Mannes.

In dieser Nacht hockte Nan im Schlafanzug und mit einer handgestrickten Decke um die Schultern im Sessel und starrte unverwandt ihren Mann an, der sich ruhelos im Bett hin und her warf. Sie konnte nicht erkennen, ob er wirklich schlief oder nur so tat, als ob. Aber eigentlich war ihr das im Moment auch egal. Sein Anblick weckte in ihr eine Vielfalt von Emotionen, die zu betrachten wichtiger war als die Frage, ob ihr Mann wirklich schlief oder nicht.

Sie begehrte ihn immer noch. Ungewöhnlich, dass sie nach all diesen Jahren noch genauso nach ihm verlangte wie früher, aber so war es. Dieses Verlangen hatte bei keinem von ihnen beiden je nachgelassen. Eher schien es mit der Zeit noch gewachsen zu sein, als hätte die Leidenschaft, die sie füreinander empfanden, im Laufe ihrer langjährigen Ehe an Intensität gewonnen.

Daher war es ihr natürlich sofort aufgefallen, als Andy plötzlich aufhörte, sich ihr nachts zuzuwenden; als er sie nicht mehr an sich zog und mit der ruhigen Sicherheit und Vertrautheit, die aus ihrer langen und glücklichen Ehe erwachsen war, in die Arme nahm.

Ihr graute vor dem, was diese Veränderung bedeutete.

Sie hatte das schon einmal erlebt – Andys plötzliches Desinteresse an diesem fundamentalen Bestandteil ihrer Beziehung –, doch es war schon so lange her, dass Nan gern glaubte, sie hätte es längst vergessen. Aber so war es in Wirklichkeit nicht, und im sicheren Schutze der Dunkelheit konnte Nan sich das eingestehen.

Er hatte im Rahmen einer großangelegten Aktion gegen die Drogenmafia als verdeckter Ermittler gearbeitet. Sexuelle Verführung war Teil des Szenarios gewesen. Um seine ihm zugewiesene Rolle absolut überzeugend zu spielen, hatte er auf alle Avancen, die ihm gemacht wurden, eingehen müssen, ganz gleich, welcher Natur sie waren. Und einige dieser Annäherungsversuche waren eindeutig sexueller Art gewesen … »Was hätte ich denn anderes tun sollen, wenn ich nicht entlarvt werden wollte?«, hatte er später gefragt. Wie hätte er anders handeln können, ohne die ganze Operation zu verraten und das Leben seiner Kollegen aufs Spiel zu setzen?

Spaß habe er dabei überhaupt keinen gehabt, hatte er erklärt, als er ihr gebeichtet hatte. Sie hätten ihm wirklich nichts bedeutet, diese Mädchen mit den straffen jungen Körpern, die seine Töchter hätten sein können. Was er getan hatte, hatte er getan, weil es von ihm verlangt wurde, das wollte er seiner Frau unmissverständlich klarmachen. Mit Genuss oder Vergnügen sei ein solcher Akt nicht verbunden. Man sei einzig darauf bedacht, ihn hinter sich zu bringen, alles Gefühl fehle, wenn er nicht aus Liebe vollzogen werde.

Das waren hehre Worte. Sie forderten Mitgefühl, Verzeihung, Akzeptanz und Verständnis von einer intelligenten Frau. Aber sie hatten Nan damals auch veranlasst, sich zu fragen, warum Andy es überhaupt für notwendig gehalten hatte, ihr zu beichten.

Die Antwort auf diese Frage hatte sie im Laufe der Jahre erfahren, als sie ihren Mann mit all seinen persönlichen Eigenarten allmählich so genau kennengelernt hatte, wie sie nie geglaubt hätte, dass man einen anderen kennenlernen könnte. Sie hatte gesehen, wie er sich verändert hatte, wenn er sich selbst untreu geworden war. Eben deshalb war der Dienst beim SO10 schließlich zum Alptraum geworden: weil er tagaus, tagein, Monat um Monat gezwungen war, Rollen zu spielen, die seinem wahren Wesen nicht entsprachen. Seine Arbeit verlangte von ihm, über lange Zeiträume hinweg eine Lüge zu leben, aber seine Seele gestattete die Verstellung nicht, ohne von seinem Körper einen Preis zu fordern.

Anfangs war es leicht gewesen, diese Forderungen der Seele unbeachtet zu lassen, sie als allergische Reaktion auf irgendetwas oder als Vorboten des nahenden Alters abzutun. Der Gaumen wird alt, also schmeckt das Essen nicht mehr richtig, man muss eben kräftiger würzen. Und was bedeutete es schon groß, wenn man den zarten Duft nächtlich blühenen Jasmins nicht mehr wahrnahm? Oder den modrigen Geruch einer Dorfkirche? Diese kleinen Hinweise auf einen Verlust der sinnlichen Wahrnehmung waren leicht zu ignorieren und zu übersehen.

Aber dann wurde es schlimmer; Störungen traten auf, die man nicht unbeachtet lassen konnte, ohne das Wohlbefinden zu gefährden. Und als die Ärzte und die Spezialisten ihre Untersuchungen abgeschlossen, ihre Diagnosen überprüft und schließlich mit einer aufreizenden Mischung aus Faszination, Verlegenheit und Hilflosigkeit die Achseln gezuckt hatten, waren die Psychiater an Bord gekommen, um Kurs auf die unbekannten Gewässer von Andys Seele zu nehmen. Einen Namen gab es nicht für das, was ihm fehlte, nur Erklärungen, dass manche Menschen eben auf gewisse Erlebnisse und Erfahrungen mit körperlichen Symptomen reagierten. Während er also Stück für Stück zu zerbrechen drohte, war die Beichte für ihn das einzige Mittel, sein Leben immer wieder neu in Ordnung zu bringen, durch einen Akt innerer Reinigung sein wahres Ich wiederzufinden. Letztlich jedoch reichten alles Tagebuchschreiben, Analysieren, Diskutieren und Beichten nicht aus, um ihn ganz gesund zu machen.

So bedauerlich das im Hinblick auf seine Arbeit auch ist, es ist Ihrem Mann einfach unmöglich, ein dichotomes Leben zu führen, hatte man Nan schließlich erklärt, nachdem sie jahrelang einen Arzt nach dem anderen aufgesucht hatten.

Was?, hatte sie gefragt. Dichotom – was soll das heißen?

Andrew kann kein Leben voller Widersprüche leben, Mrs. Maiden. Er kann nicht spalten. Er ist nicht in der Lage, eine Identität anzunehmen, die seiner grundlegenden Persönlichkeit widerspricht. Dieser Zwang, immer wieder andere, wesensfremde Identitäten anzunehmen, scheint der Grund für die Störungen seines Nervensystems zu sein. Jemand anderer fände ein solches Leben vielleicht aufregend – ein Schauspieler zum Beispiel oder, im anderen Extrem, ein Soziopath –, aber bei Ihrem Mann ist das nicht so.

Aber ist das denn nicht einfach eine Art Maskerade?, hatte sie gefragt. Wenn er verdeckt arbeitet, meine ich.

Die mit ungeheurer Verantwortung verbunden ist, hatte man ihr geantwortet, und mit ungeheuren Risiken und Kosten.

Zu Anfang hatte sie sich glücklich geschätzt, mit einem Mann verheiratet zu sein, der nur der sein konnte, der er wirklich war: der nicht fähig war zu lügen, zu täuschen, etwas vorzugeben, das nicht Ausdruck der Wirklichkeit war, wie er sie kannte und erlebte. Und in den Jahren seit seinem Ausscheiden aus dem Yard hatte Andy diese Realität gelebt und war dabei gesund und glücklich gewesen. Die Zukunft, die sie sich in Derbyshire aufgebaut hatten, hatte alle Lügen und Täuschungen, die er in der Vergangenheit zu einem Teil seines Lebens hatte machen müssen, ausgelöscht.

Bis jetzt.

Sie hätte es eigentlich merken müssen, als Christian-Louis in der Küche die Tannenzapfen verbrannt hatte und Andy den Geruch, der tagelang im Haus gehangen hatte, überhaupt nicht wahrgenommen hatte. Da hätte sie merken müssen, dass etwas nicht in Ordnung war. Aber sie hatte es nicht gemerkt, weil so viele Jahre lang alles gut gewesen war.

»... kann nicht sagen ...«, murmelte Andy im Bett.

Nan beugte sich begierig vor. »Was?«, flüsterte sie.

Er drehte sich von ihr weg und grub seine Schulter ins Kopfkissen. »Nein.« Er sprach im Schlaf. »Nein. Nein.«

Nan traten die Tränen in die Augen, während sie ihn beobachtete. Sie ließ in Gedanken die letzten vier Monate an sich vorbeiziehen in dem verzweifelten Bemühen, irgendetwas zu finden, was sie vielleicht hätte tun können, um dieses Ende abzuwenden, das sie erreicht hatten. Aber ihr fiel nichts ein, außer dass sie den Mut und den Willen hätte haben sollen, Ehrlichkeit zu verlangen, doch das war keine realistische Möglichkeit gewesen.

Andy wälzte sich wieder auf die andere Seite. Er klopfte sein Kissen flach und warf sich auf den Rücken. Seine Augen waren geschlossen.

Nan stand auf und ging zum Bett, setzte sich nieder. Behutsam strich sie ihrem Mann mit den Fingerspitzen über die Stirn. Seine Haut war feucht und heiß. Siebenunddreißig Jahre lang war er der Mittelpunkt ihres Lebens gewesen, und sie würde nicht zulassen, dass ihr dieser Mittelpunkt im Herbst ihres Lebens noch geraubt wurde.

Aber noch während sie diesen Entschluss fasste, war sie sich bewusst, dass ihr derzeitiges Leben voller Ungewissheiten war. Und es waren diese Ungewissheiten, die ihr Alpträume bereiteten, ein weiterer Grund, warum sie den Schlaf mied.

Es war kurz nach ein Uhr morgens, als Lynley seine Haustür aufsperrte. Er war erschöpft und tief bedrückt. Es fiel ihm schwer zu glauben, dass sein Tag in Derbyshire begonnen hatte, und noch unglaublicher erschien es ihm, dass er mit der Begegnung geendet hatte, die er soeben in Notting Hill erlebt hatte.

Die Menschen besaßen ein unerschöpfliches Potential, ihn in Erstaunen zu versetzen. Er hatte diese Tatsache schon vor langem akzeptiert, merkte aber jetzt, dass er der ständigen Überraschungen, die sie zu bieten hatten, überdrüssig zu werden begann. Nach fünfzehn Jahren bei der Kriminalpolizei wollte er endlich sagen können, dass nichts Menschliches ihm fremd sei. Dass das nicht zutraf – dass Menschen immer noch Dinge tun konnten, die ihn aus der Fassung brachten –, belastete ihn. Nicht so sehr deshalb, weil er das Handeln eines Menschen nicht verstehen konnte, sondern weil er nicht fähig war, es vorauszusehen.

Er war bei Vi Nevin geblieben, bis sie das Bewusstsein wiedererlangt hatte. Er hatte gehofft, sie würde ihm den Namen desjenigen nennen können, der sie überfallen hatte, und ihm so einen unmittelbaren Grund liefern, dieses Schwein auf der Stelle festzunehmen. Aber sie hatte den Kopf geschüttelt, so dick verbunden, dass von dem verschwollenen Gesicht kaum etwas zu sehen gewesen war, und hatte zu weinen angefangen, als Lynley sie befragt hatte. Er hatte nichts weiter von ihr erfahren können, als dass der Angreifer blitzartig über sie hergefallen und sie deshalb nicht in der Lage gewesen war, ihn zu erkennen. Ob das eine Lüge war, mit der sie sich selbst schützen wollte, konnte Lynley nicht sagen. Aber er glaubte es zu wissen und suchte nach einem Weg, ihr zu helfen, das Notwendige auszusprechen.

»Dann erzählen Sie mir einfach, was geschehen ist, Schritt für Schritt, denn es kann ja sein, dass etwas dabei ist, eine Kleinigkeit, an die Sie sich erinnern, mit der wir dann –«

»Das reicht jetzt«, unterbrach ihn die Stationsschwester, das grobgeschnittene Gesicht ein Bild unnachgiebiger Entschlossenheit.

»War es ein Mann oder eine Frau?«, drängte Lynley.

»Inspector, habe ich mich nicht klar genug ausgedrückt?«, fuhr die Schwester ihn an und beugte sich fürsorglich über ihre kindhafte Patientin, um, ganz unnötig, wie es schien, Bettdecke und Kopfkissen zurechtzuziehen.

»Miss Nevin?«, fragte Lynley dennoch beharrlich.

»Hinaus!«, sagte die Schwester, und Vi Nevin flüsterte: »Ein Mann, Inspector.«

Das, sagte sich Lynley, war Identifikation genug. Im Grunde sagte sie ihm ja nichts, was er nicht schon gewusst hatte. Er hatte lediglich die Möglichkeit ausschalten wollen, dass Shelly Platt – und nicht Martin Reeve – ihre ehemalige Freundin so übel zugerichtet hatte. Nachdem das nun geschafft war, hielt er es für gerechtfertigt, den nächsten Schritt zu unternehmen.

Zuerst war er zum *Star of India* in der Old Brompton Road gefahren, wo ihm der Oberkellner bestätigte, dass Martin Reeve und seine Frau Tricia – die Stammgäste des Restaurants waren – in der Tat irgendwann Anfang der Woche zum Abendessen da gewesen waren. Aber niemand konnte mit Gewissheit sagen, an welchem Abend sie an ihrem gewohnten Tisch am Fenster gesessen hatten. Die Kellner schwankten zwischen Montag und Dienstag, während der Oberkellner sich offenbar überhaupt nur an solche Termine erinnern konnte, die in seinem Reservierungsbüchlein notiert waren.

»Ich sehe, dass sie nicht vorbestellt hatten«, bemerkte er mit angenehm weicher Stimme. »Aber im *Star of India* muss man vorbestellen, wenn man sicher sein will, einen Tisch zu bekommen.«

»Ja, das ist richtig. Sie hat mir gesagt, sie hätten nicht vorbestellt«, erklärte Lynley. »Sie sagte, das wäre Anlass eines Streits zwischen Ihnen und ihrem Mann gewesen. Am Dienstagabend.«

»Ich streite nicht mit Gästen, Sir«, hatte der Mann beleidigt versetzt, und seine Gekränktheit über Lynleys Bemerkung hatte sein Erinnerungsvermögen nicht beflügelt.

Diese unsicheren Aussagen des Restaurantspersonals waren Lynley Anlass genug, trotz der späten Stunde noch bei den Reeves vorbeizufahren. Und während er im Auto saß, rief er sich immer wieder Vi Nevins entstelltes Gesicht ins Gedächtnis. Als er das Ende der Kensington Church Street erreichte und nach Notting Hill Gate abbog, schwelte in ihm ein Zorn, der es ihm leichtmachte, beharrlich zu bleiben, als sich auf sein erstes Läuten bei MKR Financial Management nichts rührte.

»Ist Ihnen eigentlich klar, wie spät es ist?«, begrüßte Martin Reeve ihn wütend, nachdem er die Tür aufgerissen hatte.

Er brauchte sich nicht erst vorzustellen; Lynley wusste sofort, wer er war. Das Licht der Deckenbeleuchtung lag hell auf dem Gesicht des Mannes, und die vier frischen blutroten Kratzer auf der einen Wange sagten genug.

Lynley drängte Reeve rückwärts ins Vestibül des Hauses. Er stieß ihn grob gegen die Wand – kein Problem, da der Zuhälter so viel kleiner war, als Lynley erwartet hatte – und hielt ihn dort fest, eine Wange gegen die dezent gestreifte Tapete gedrückt.

»Hey!«, protestierte Reeve. »Was zum Teufel bilden Sie sich ein –«

»Ich möchte alles über Vi Nevin wissen«, sagte Lynley scharf und verdrehte ihm den Arm noch ein bisschen stärker. Reeve heulte auf. »Sie können mich mal!«

Lynley presste ihn mit aller Kraft gegen die Wand und riss ihm den Arm mit einem schmerzhaften Ruck hoch. Dicht an Reeves Ohr sagte er: »Ich möchte wissen, was Sie heute Nachmittag und heute Abend getan haben, Mr. Reeve. Bis ins letzte Detail. Ich bin ziemlich erledigt, und ich brauche eine hübsche kleine Geschichte, bevor ich zu Bett gehe. Also, erzählen Sie mir eine, seien Sie so nett.«

»Hören Sie auf mit dem Scheiß! Sie sind ja verrückt geworden.« Reeve drehte den Kopf zur Treppe. Er schrie, »Trish – Tricia – Trish! Ruf die Bullen an.«

»Cleverer Trick«, sagte Lynley, »wird aber leider nicht funktionieren. Außerdem sind die Bullen schon da. Kommen Sie, Mr. Reeve. Reden wir hier drinnen miteinander.«

Er schob den Mann vor sich her in das Empfangsbüro. Dort stieß er Reeve grob in einen Sessel und machte Licht.

»Ich kann nur hoffen, dass Sie hierfür einen gusseisernen Grund haben«, knirschte Reeve. »Wenn nicht, dann strenge ich einen Prozess gegen Sie an, der sich gewaschen hat.«

»Ersparen Sie mir die Drohungen«, versetzte Lynley. »So was zieht vielleicht in Amerika, aber hier kriegen Sie damit nicht einmal eine Tasse Kaffee.«

Reeve rieb sich den Arm. »Das werden wir ja noch sehen.«

»Ich kann es kaum erwarten. Also, wo waren Sie heute Nachmittag? Und heute Abend? Woher haben Sie die Kratzwunden im Gesicht?«

»Was?«, rief Reeve in ungläubigem Ton. »Sie glauben doch nicht im Ernst, dass ich Ihnen diese Fragen tatsächlich beantworte.«

»Wenn Sie nicht wollen, dass Ihnen die Sittenpolizei den Laden hier schließt, wird Ihnen wohl nichts anderes übrigbleiben, als mir Auskunft zu geben. Und stellen Sie meine Geduld lieber nicht auf die Probe, Mr. Reeve. Ich habe einen langen Tag hinter mir, und wenn ich müde bin, ist mit mir nicht gut Kirschen essen.«

»Scheiß auf Sie!« Reeve drehte sich zur Tür und schrie wieder: »Tricia! Mach, dass du hier runterkommst! Ruf Polmanteer an. Ich zahl dem Kerl doch nicht Riesenhonorare, damit er –«

Lynley riss einen schweren Aschenbecher vom Empfangstisch

und schleuderte ihn auf Reeve. Das massive Ding flog knapp an seinem Kopf vorbei und krachte in einen Spiegel, der in tausend Scherben zersprang.

»Sind sie verrückt geworden!«, brüllte Reeve. »Was zum Teufel –«

»Nachmittag und Abend. Reden Sie. Sofort.«

Als Reeve nichts sagte, stürzte Lynley sich auf ihn, packte ihn beim Kragen seiner Pyjamajacke, drückte ihn tief in den Sessel und drehte den Kragen zusammen, bis er Reeve den Hals einschnürte. »Ich möchte wissen, wer Ihnen das Gesicht zerkratzt hat, Mr. Reeve. Und warum.«

Reeve röchelte. Lynley empfand den erstickten Laut als äußerst befriedigend.

»Werden Sie jetzt reden, oder soll ich die Leerstellen selbst ausfüllen? Die Protagonisten kenne ich ja bereits.« Und mit jedem Namen, den er aussprach, drehte er den Kragen noch ein wenig fester zu. »Vi Nevin. Nicola Maiden. Terry Cole. Und auch Shelly Platt, wenn wir's ganz genau nehmen.«

Reeve schnappte krampfhaft nach Luft. »Sind ja ... über ... geschnappt!« Er krallte die Finger in seinen Pyjamakragen.

Lynley riss ihn nach vorn und ließ ihn los. »Ich bin mit meiner Geduld am Ende. Ich denke, ein Anruf beim zuständigen Revier wäre keine schlechte Idee. Ein paar Nächte in einer Zelle werden Sie schon gesprächig machen.«

»Vergessen Sie's, Mann. Ich kenne genug Leute, die –«

»Das bezweifle ich nicht. Sie kennen wahrscheinlich Leute von hier bis nach Istanbul, und sicherlich würde jeder von ihnen für Sie in die Bresche springen, wenn man Ihnen nichts weiter zur Last legte als ein bisschen Zuhälterei; aber Sie werden feststellen, dass Gewalt gegen Frauen bei Leuten, die bekannte Persönlichkeiten sind und einen Ruf zu verlieren haben, nicht so gut ankommt. Die hätten nämlich einiges von der Presse zu fürchten, wenn herauskäme, dass sie Ihnen zu Hilfe gekommen sind. Sie werden es schon für heikel genug halten, Ihnen aus der Patsche zu helfen, wenn ich Sie wegen Zuhälterei festgenommen habe. Noch mehr von ihnen zu erwarten ... so unklug sollten Sie lieber nicht sein, Mr. Reeve. So, und jetzt beantworten Sie mir meine Frage. Was sind das für Verletzungen in Ihrem Gesicht?«

Reeve schwieg, aber Lynley sah an dem Ausdruck auf seinem Gesicht, wie angestrengt er überlegte. Wahrscheinlich versuchte er einzuschätzen, was die Polizei an Fakten gegen ihn in der Hand hatte. Er hatte lange genug am Rand des Gesetzes balanciert, um sich einiges an Kenntnissen über die auf ihn anwendbaren Gesetze zu erwerben. Er wusste zweifellos, dass Lynley, hätte er irgendetwas Stichhaltiges vorweisen können – einen Augenzeugen zum Beispiel oder eine schriftliche Aussage seines Opfers –, ihn auf der Stelle festgenommen hätte. Er wusste aber sicherlich auch, dass gesetzliche Gratwanderer wie er weniger Spielraum hatten, wenn es brenzlig wurde.

»Also gut«, sagte Reeve. »Das war Tricia. Sie ist auf Heroin. Ich war bei zwei von meinen Mädchen, die in ihrer Arbeit nachgelassen haben, und als ich nach Hause kam, war Tricia völlig dicht. Da hab ich durchgedreht. Mein Gott! Ich dachte, sie wär tot. Ich bin handgreiflich geworden, ich hab sie geschlagen, halb aus Angst und halb aus Wut. Aber sie war gar nicht so hinüber, wie ich gedacht hatte. Sie hat zurückgeschlagen.«

Lynley glaubte ihm kein einziges Wort. Er sagte: »Sie wollen mir weismachen, dass Ihre Frau – im Drogenrausch – Ihnen diese Kratzer im Gesicht beigebracht hat?«

»Sie lag oben, völlig weggetreten, schlimmer als seit Monaten. Das hatte mir gerade noch gefehlt nach dem Ärger mit den Mädchen und ihren Problemen. Ich kann nicht für alle der Daddy sein. Na ja, und da ist mir eben der Gaul durchgegangen, wie ich schon sagte.«

»Was für Probleme?«

»Was?«

»Ich will wissen, was die Mädchen für Probleme haben.«

Reeve richtete seinen Blick auf den Empfangstisch und die dort ausgelegten Werbebroschüren für MKR. »Ich weiß, dass Sie über unsere Geschäfte Bescheid wissen. Aber Sie haben wahrscheinlich keine Ahnung, welche Mühe ich mir mache, um die Mädchen bei Gesundheit zu halten. Alle vier Monate Blutuntersuchungen, Drogentests, Vorsorge, ausgewogene Diät, körperliche Bewegung ...«

»Tja, das geht ganz schön ins Geld«, bemerkte Lynley trocken.

»Spotten Sie nur. Es ist mir egal, was Sie denken. Das ist ein

Dienstleistungsgewerbe, und wenn der eine diese Leistungen nicht anbietet, tut's ein anderer. Ich brauche mich für nichts zu rechtfertigen. Ich stelle saubere, gesunde, gebildete Mädchen in einem gepflegten Ambiente zur Verfügung. Jeder Mann, der unsere Dienste in Anspruch nimmt, kommt voll auf seine Kosten und muss nicht fürchten, irgendeine Krankheit in die heimische Tretmühle einzuschleppen. Und das ist der Grund, weshalb ich schon auf hundertachtzig war, als ich nach Hause kam: zwei Mädchen mit Problemen.«

»Sie sind krank?«

»Chlamydien. Ich war stocksauer. Und als ich dann Tricia gesehen hab, ist mir der Kragen geplatzt. Das war alles. Wenn Sie die Namen und Adressen der Mädchen wollen, geb ich Ihnen die gern.«

Lynley musterte ihn scharf und überlegte, ob der Mann ein kalkuliertes Risiko einging, oder ob seine Geschichte stimmte und es tatsächlich reiner Zufall war, dass sein Gesicht genau an dem Abend, an dem Vi Nevin überfallen worden war, Spuren eines Kampfes trug. Er sagte: »Dann holen wir doch Mrs. Reeve herunter, damit sie uns ihre Version der Geschichte erzählen kann.«

»Jetzt hören Sie aber auf! Sie schläft.«

»Das schien Sie aber eben gar nicht zu stören, als Sie sie mit ziemlich kräftiger Stimme aufgefordert haben, die Polizei anzurufen. Und Polmanteer – das ist wohl Ihr Anwalt? Wir können ihn immer noch anrufen, wenn Sie möchten.«

Reeve starrte Lynley mit einem Ausdruck an, der deutlich seine Wut und seine Abneigung verriet. Schließlich sagte er: »Gut, ich hole sie.«

»Nicht allein.« Keinesfalls wollte Lynley Reeve Gelegenheit geben, seine Frau mit oder ohne Gewalt dazu zu bringen, seine Geschichte zu bestätigen.

»Na schön. Dann kommen Sie mit.«

Reeve ging Lynley voraus die Treppen hinauf in den zweiten Stock. In einem Schlafzimmer mit Blick zur Straße trat er an ein Bett von der Größe einer Spielwiese und knipste die Nachttischlampe an. Das Licht fiel auf seine Frau. Sie lag auf der Seite, zusammengerollt wie ein Fötus, tief und fest schlafend.

Reeve rollte sie auf den Rücken, packte sie unter den Achseln und zerrte sie hoch. Ihr Kopf fiel schlaff nach vorn. Er zog sie noch ein Stück höher und lehnte ihren Kopf gegen das Kopfbrett des Betts.

»Viel Glück«, sagte er mit einem Lächeln zu Lynley. Er wies auf eine Reihe hässlicher blauer Flecken rund um ihren Hals. »Ich musste sie härter anpacken, als ich wollte. Sie war völlig außer Kontrolle. Ich dachte, sie würde mich umbringen.«

Mit einer kurzen Kopfbewegung bedeutete Lynley Reeve zurückzutreten, und nahm, nachdem dieser der Aufforderung gefolgt war, seinen Platz am Bett ein. Er beugte sich über Tricia Reeve, sah die roten Einstiche von Injektionen an ihrem Arm, suchte ihren Puls. Gerade als er ihr Handgelenk umfasste, seufzte sie tief auf und machte seine Bemühungen damit überflüssig. Er schlug ihr leicht ins Gesicht. »Mrs. Reeve«, sagte er. »Mrs. Reeve! Bitte wachen Sie auf.«

Reeve trat hinter ihn, und ehe Lynley auch nur ahnte, was er vorhatte, hatte er eine Blumenvase gepackt, die Blumen auf den Boden geworfen und seiner Frau das Wasser ins Gesicht gespritzt. »Verdammt noch mal, Tricia! Aufwachen!«

»Gehen Sie weg!«, befahl Lynley.

Tricias Lider begannen zu flattern, als das Wasser ihre Wangen hinuntertropfte. Ihr glasiger Blick schweifte von Lynley zu ihrem Mann. Sie zuckte zurück. Diese Reaktion sagte alles.

»Verschwinden Sie, Reeve«, sagte Lynley mühsam beherrscht.

»Ach, verpissen Sie sich doch«, fauchte Reeve und fuhr zu seiner Frau gewandt hastig fort: »Er will von dir hören, dass wir uns geprügelt haben, Tricia. Dass ich auf dich losgegangen bin und du auf mich. Du weißt doch noch, wie es war. Also, sag ihm, dass du mir praktisch ins Gesicht gesprungen bis, damit er endlich abzieht.«

Lynley sprang auf. »Ich habe gesagt, Sie sollen verschwinden!«

Reeve stach mit ausgestrecktem Zeigefinger nach seiner Frau. »Los, sag's ihm schon. Er braucht uns ja nur anzuschauen, um zu sehen, dass wir uns geprügelt haben, aber mir glaubt er's nicht, wenn du ihm nicht sagst, dass es stimmt. Also, sag's ihm.«

Lynley stieß ihn aus dem Zimmer hinaus. Er knallte die Tür zu. Er kehrte zum Bett zurück. Tricia Reeve saß noch genauso reglos da wie zuvor. Sie machte keinen Versuch, sich abzutrocknen.

Lynley ging in das angrenzende Badezimmer und holte ein Handtuch. Behutsam tupfte er Tricia Reeve das Gesicht ab, den geschundenen Hals, die Brust. Sie starrte ihn einen Moment lang benommen an, ehe sie den Kopf drehte und zur Tür blickte, durch die er ihren Mann hinausbefördert hatte.

»Sagen Sie mir, was sich zwischen Ihnen beiden abgespielt hat, Mrs. Reeve«, sagte Lynley ruhig.

Sie wandte sich wieder zu ihm um. Sie leckte sich die Lippen.

»Ihr Mann hat Sie angegriffen, nicht wahr? Haben Sie sich gewehrt?« Es war eine absurde Frage, und er wusste es. Wie hätte sie sich wehren sollen? Selbstverteidigung im Heroinrausch? »Kann ich nicht jemanden für Sie anrufen? Sie müssen hier weg. Sie haben doch bestimmt Freunde. Oder Geschwister? Ihre Eltern?«

»Nein!« Sie umklammerte seine Hand. Es steckte keine Kraft in ihren Fingern, aber ihre Nägel – künstlich wie alles andere an ihr – gruben sich tief in sein Fleisch.

»Ich glaube keinen Moment, dass Sie sich gegen Ihren Mann gewehrt haben, Mrs. Reeve. Und dadurch wird die Situation für Sie schwierig werden, sobald es Ihrem Mann gelingt, Haftentlassung gegen Sicherheitsleistung zu erwirken. Ich möchte, dass Sie aus dem Haus verschwunden sind, bevor all das passiert. Wenn Sie mir also jemanden nennen könnten, den ich anrufen kann …«

»Sie wollen ihn verhaften?«, flüsterte sie und schien verzweifelte Anstrengungen zu unternehmen, ihre Benommenheit abzuschütteln. »Verhaften? Aber Sie sagten doch –«

»Ich weiß. Aber das war vorher. Heute Abend ist etwas geschehen, das es mir unmöglich macht, mein Wort zu halten. Es tut mir leid, aber ich habe keine andere Wahl. Und jetzt würde ich gern jemanden anrufen, der Sie hier abholen kann. Würden Sie mir eine Nummer geben?«

»Nein. *Nein.* Es war … ich habe ihn geschlagen. Wirklich. Ich habe versucht … zu beißen.«

»Mrs. Reeve, ich weiß, dass Sie Angst haben. Aber versuchen Sie zu verstehen, dass –«

»Ich habe ihn gekratzt. Mit den Fingernägeln. Ich habe ihm das Gesicht zerkratzt. Er hat mich gewürgt, und ich wollte – ich wollte, dass er aufhört. Bitte. Bitte. Ich habe ihn gekratzt. Im Gesicht. Es hat geblutet. Ich war's.«

Lynley sah ihre wachsende Erregung und fluchte innerlich. Er verfluchte den aalglatten Reeve, der es verstanden hatte, ihn bei diesem Gespräch mit seiner Frau auszumanövrieren; er verfluchte seine eigene Unzulänglichkeit, seinen Jähzorn vor allem, der ihm stets den klaren Blick und die kühle Vernunft raubte. Wie auch an diesem Abend.

Das alles ging Lynley jetzt in seinem Haus in Eaton Terrace durch den Kopf. Er hatte sich von zorniger Erbitterung und Rachegefühlen beherrschen lassen und Martin Reeve so die Gelegenheit gegeben, ihn hereinzulegen. Die Furcht vor ihrem Mann – wahrscheinlich in Verbindung mit ihrer Heroinsucht, die er zweifellos noch förderte – hatte Tricia veranlasst, Reeves Aussage Wort für Wort zu bestätigen. Lynley hätte den gewissenlosen Burschen dennoch vorläufig festnehmen können, aber jemand wie Reeve, der mit allen Wassern gewaschen war, kannte natürlich seine Rechte. Er hatte Anspruch auf juristischen Beistand, und darauf hätte er sich berufen, noch ehe er das Haus verlassen hätte. Aus einer solchen vorläufigen Festnahme wäre also nichts weiter herausgekommen als eine schlaflose Nacht für alle Beteiligten. Und am Ende wäre Lynley einer Verhaftung nicht näher gewesen als bei seiner Ankunft in London an diesem Morgen.

Der Überraschungsbesuch in Notting Hill war so unbefriedigend verlaufen, weil er einen Fehler gemacht hatte, und das musste er sich wohl oder übel eingestehen. In seinem Übereifer, Tricia Reeve wenigstens so weit wach zu bekommen, dass sie zu einem halbwegs vernünftigen Gespräch fähig sein würde, hatte er ihren Mann lange genug zu ihr gelassen, um diesem Gelegenheit zu geben, ihr einzubläuen, was sie bei der Vernehmung durch Lynley zu sagen hatte. Auf diese Weise hatte er jeglichen Vorteil eingebüßt, den er sich durch seinen unerwarteten nächtlichen Besuch möglicherweise verschafft hatte. Es war ein teurer Fehler gewesen, ein Fehler, wie ihn normalerweise ein williger, aber unerfahrener Anfänger machte.

Lynley hätte sich gern vorgemacht, dieser Fehler wäre das Produkt eines langen Tages, unangebrachter Ritterlichkeit und totaler Übermüdung. Aber die innere Beunruhigung, die in dem Moment erwacht war, als er Nicola Maidens Telefonzellenkarte gesehen hatte, sprach von ganz anderen Ursachen. Und weil er diese Ursachen jetzt nicht näher betrachten wollte, ging er in die Küche hinunter und kramte im Kühlschrank herum, bis er noch einen Rest Hühnchencurry fand.

Er holte sich ein Heineken heraus, öffnete die Dose und nahm sie mit zum Tisch. Müde ließ er sich auf einen der Stühle fallen und trank einen kräftigen Schluck Bier. Eine dünne Broschüre lag neben einer Schale mit Äpfeln, und während Lynley darauf wartete, dass sein Resteessen in der Mikrowelle warm wurde, zog er seine Brille heraus und griff zu der Broschüre, die sich als Theaterprogramm entpuppte.

Denton hatte es also dem Massenansturm zum Trotz geschafft, Karten für das Musical zu ergattern, das derzeit allen anderen Inszenierungen im West End den Rang ablief. Von einem schwarzen Untergrund sprang dem Betrachter in kühlen silbernen Schriftzügen das Wort »Hamlet« entgegen, und darunter stand dezent »Eine King-Ryder-Produktion«. Lächelnd blätterte Lynley in dem reich bebilderten Programm. So wie er Denton kannte, würden sie in den nächsten Monaten einer ständigen Berieselung mit den Ohrwürmern aus dieser Pop-Oper ausgesetzt sein. Seiner Erinnerung nach hatte Denton beinahe neun Monate gebraucht, ehe er endlich aufgehört hatte, *»The Music of the Night«* zu dudeln.

Na, wenigstens ist dieses neue Stück kein Lloyd-Webber-Produkt, dachte er mit einer gewissen Dankbarkeit. Er war schon einmal so weit gewesen, dass ihm Totschlag als die einzige Möglichkeit erschienen war, um nicht ununterbrochen hören zu müssen, wie Denton mit schmalziger Stimme den gängigsten – und wie es schien einzigen – Song aus *Sunset Boulevard* sang.

Die Mikrowelle klingelte, er nahm den Behälter mit dem Hühnchen heraus und kippte den Inhalt auf einen Teller. Hungrig machte er sich über sein spätes Abendessen her, aber die einfache Handlung des Zulangens, Kauens und Schluckens reichte nicht aus, die Gedanken zu vertreiben, die ihn bedrückten. Krampfhaft suchte er deshalb nach Ablenkung. Er fand sie, indem er über Barbara Havers nachdachte.

Sie muss doch inzwischen irgendetwas Brauchbares gefunden haben, dachte er. Sie hatte seit dem frühen Morgen am Computer gesessen, und er konnte nur hoffen, dass es ihm endlich gelungen war, dieser dickköpfigen Person klarzumachen, was er von ihr wollte: dass sie nämlich die alten Vorgänge der SO10 so lange durchforstete, bis sie etwas entdeckte, wo man ansetzen konnte.

Er griff nach dem Telefon auf der Arbeitsplatte. Ohne Rücksicht auf die nächtliche Stunde tippte er ihre Nummer ein. Die Leitung war besetzt. Stirnrunzelnd sah er auf seine Uhr. Na so was. Mit wem zum Teufel konnte Havers morgens um halb zwei noch telefonieren? Ihm fiel niemand ein, wahrscheinlich also hatte sie einfach den Hörer abgenommen, diese Nervensäge. Er legte auf und fragte sich dabei, wie er diese Frau zur Räson bringen solle. Aber solchen Überlegungen wollte er jetzt nicht nachgehen, sie würden ihm nur eine unruhige Nacht bescheren, und das konnte er nicht gebrauchen, wenn er morgen wieder fit sein wollte.

Er richtete seine Aufmerksamkeit also wieder auf das Programm von *Hamlet*, während er fertig aß, und dankte Denton im Stillen dafür, dass er ihm diese Möglichkeit zur Ablenkung hinterlassen hatte. Die Fotos waren wirklich gut. Und der Text war interessant zu lesen. David King-Ryders Freitod war den Leuten noch so frisch in Erinnerung, dass sein Name für sie mit einer Aura von Romantik und Melancholie umgeben war. Außerdem kostete die Betrachtung der ausgesprochen wohlgestalteten jungen Frau, die die Ophelia spielte, wahrhaftig keine Überwindung. Und wie clever vom Kostümbildner, sie in einem so zarten Gewand, das ihren Körper nur wie ein Hauch umhüllte, in den Tod gehen zu lassen. Von Licht umfangen stand sie am Wasser, an der Schwelle zum Tod, ein Geschöpf zwischen zwei Welten. Das duftige Gewand schien ein Symbol ihrer Seele, die schon zum Himmel strebte, während ihr irdischer Körper in seiner ganzen sinnlichen Schönheit sie noch immer fest an die Erde kettete. Es war eine perfekte Kombination von –

»Was ist denn das für ein lüsterner Blick, Tommy? Drei Monate verheiratet, und schon ertappe ich dich bei sündigen Gedanken an eine andere Frau?« Helen stand an der Tür, schlaftrunken noch, mit zerzaustem Haar, und band den Gürtel ihres Morgenrocks.

»Nur weil du geschlafen hast«, versetzte Lynley.

»Die Antwort kam ja wie aus der Pistole geschossen. Sollte das auf langjährige Übung zurückzuführen sein?« Sie ging zu ihm, legte ihm eine Hand in den Nacken und blickte ihm über die Schulter. »Aha. Jetzt wird mir alles klar.«

»Ein bisschen leichte Lektüre zum Abendessen, Helen. Mehr nicht.«

»Hm. Ja. Sie ist ja auch wirklich schön.«

»Sie? Ach so. Ophelia, meinst du? Das war mir gar nicht aufgefallen.« Er schlug das Programm zu, nahm Helens Hand und drückte sie an seinen Mund.

»Du bist ein schlechter Lügner.« Helen gab ihm einen Kuss auf die Stirn, entzog ihm ihre Hand und ging zum Kühlschrank, um sich eine Flasche Wasser herauszunehmen. Sie lehnte sich an die Arbeitsplatte während sie trank, und sah ihn dabei über den Rand ihres Glases hinweg liebevoll an. »Du siehst schauderhaft aus«, stellte sie fest. »Hast du heute überhaupt schon gegessen? Nein. Du brauchst mir gar nicht zu antworten. Das hier ist deine erste ordentliche Mahlzeit seit dem Frühstück, stimmt's?«

»Soll ich darauf antworten oder nicht?«, erkundigte er sich.

»Lass nur. Ich brauch dich ja nur anzuschauen. Es würde mich wirklich mal interessieren, wieso du sechzehn Stunden lang das Essen völlig vergessen kannst, während ich es mir keine zehn Minuten aus dem Kopf schlagen kann?«

»Das ist eben der Unterschied zwischen einem reinen und einem unreinen Herzen.«

»Oh, das nenne ich eine völlig neue Sicht der Dinge! Aber aus dieser Perspektive kann man Gefräßigkeit natürlich auch sehen.«

Lynley lachte. Er stand auf. Er ging zu ihr und nahm sie in die Arme. Sie roch nach Zitrus und Schlaf, und ihr Haar war weich wie ein Hauch, als er den Kopf senkte und seine Wange hineindrückte. »Ich bin froh, dass ich dich geweckt habe«, murmelte er und gab sich ganz ihrer Umarmung hin, die etwas ungeheuer Tröstliches hatte.

»Ich habe nicht geschlafen.«

»Nicht?«

»Nein. Ich hab's versucht, aber ich bin leider nicht weit damit gekommen.«

»Das sieht dir aber gar nicht ähnlich.«

»Nein, ich weiß.«

»Dann beschäftigt dich also etwas.« Er ließ sie los und sah zu ihr hinunter. Mit leichter Hand strich er ihr das Haar aus dem Gesicht. Ihre dunklen Augen waren auf ihn gerichtet, und er versuchte in ihnen zu lesen: was sie enthüllten und was sie zu verbergen versuchten. »Heraus mit der Sprache.«

Sie lächelte leise und berührte seine Lippen mit ihren Fingerspitzen. »Ach, wie ich dich liebe«, sagte sie. »Viel mehr als an dem Tag, an dem wir geheiratet haben. Sogar mehr als damals, als wir das erste Mal miteinander geschlafen haben.«

»Das macht mich sehr froh. Aber ich habe das Gefühl, dass es nicht das ist, was dich beschäftigt.«

»Nein. Das ist es nicht, was mich beschäftigt. Aber es ist spät, Tommy. Und du bist viel zu müde, um jetzt noch lange zu reden. Komm, gehen wir ins Bett.«

Nichts hätte er lieber getan. Die Vorstellung, seinen Kopf auf ein weiches Daunenkissen sinken zu lassen und, seine Frau warm und tröstlich an seiner Seite, im Schlaf Vergessen zu suchen, hatte etwas ungeheuer Verlockendes. Aber etwas in Helens Miene sagte ihm, dass es gerade jetzt nicht ratsam wäre, diesem Verlangen nachzugeben. Es gab Momente, da sagten Frauen das eine, obwohl sie das andere meinten, und dies schien einer dieser Augenblicke zu sein.

Er sagte, halb Wahrheit, halb Lüge: »Ja, ich bin wirklich fertig. Aber wir haben heute überhaupt noch nicht richtig miteinander geredet, und ich werde erst schlafen können, wenn wir uns ausgesprochen haben.«

»Wirklich?«

»Du kennst mich doch.«

Sie blickte ihm forschend ins Gesicht, und was sie sah, schien sie zu überzeugen. »Ach«, sagte sie, »im Grunde genommen ist es wahrscheinlich nichts weiter als geistige Gymnastik. Ich habe den ganzen Tag darüber nachgedacht, was man sich alles einfallen lässt, nur um sich gewissen Dingen nicht stellen zu müssen.«

Ein Schauder überlief ihn.

»Was ist?«, fragte sie.

»Mir wird ganz mulmig, wenn ich das höre. Was hat dich denn auf solche Gedanken gebracht?«

»Die Tapeten.«

»Die Tapeten?«

»Für die Gästezimmer. Du weißt doch. Ich hatte es tatsächlich geschafft, die Wahl bis auf sechs Muster einzuschränken – was doch sehr beachtlich ist, wenn man bedenkt, wie unschlüssig ich zuerst war –, und habe dann den ganzen Nachmittag überlegt, welche ich nun nehmen soll. Ich habe sie an die Wände gepinnt. Ich habe Möbel davorgestellt. Ich habe Bilder drumherum aufgehängt. Und trotzdem konnte ich mich nicht entscheiden.«

»Weil dir diese anderen Gedanken durch den Kopf gegangen sind?«, fragte er. »Dass man sich scheut, sich dem zu stellen, dem man sich eigentlich stellen müsste?«

»Nein. Das ist es ja gerade. Ich war völlig von den Tapeten in Anspruch genommen. Und dieses unschlüssige Schwanken wegen einer lumpigen Tapete, diese Unfähigkeit, zu einer Entscheidung zu gelangen, erschien mir symptomatisch für mein ganzes Leben. Verstehst du?«

Lynley verstand nicht. Er war viel zu ausgelaugt, um solchen Gedankensprüngen noch folgen zu können. Aber er nickte, machte ein nachdenkliches Gesicht und hoffte, das würde reichen.

»Du hättest einfach eine Entscheidung getroffen und damit basta. Aber ich habe das nicht geschafft, sosehr ich es auch versucht habe. Warum nicht, habe ich mich schließlich gefragt. Und die Antwort war so einfach: weil ich die bin, die ich bin. Weil ich die bin, zu der ich gemacht wurde. Vom Tag meiner Geburt an bis zum Morgen meiner Hochzeit.«

Lynley blinzelte verwirrt. »Zu der du gemacht wurdest?«

»Ja, zu deiner Ehefrau«, antwortete sie. »Oder zu der Ehefrau eines Mannes, wie du einer bist. Wir waren fünf Schwestern, und jeder von uns – *jeder,* Tommy – wurde eine Rolle zugewiesen. Eben noch waren wir sicher und geborgen im Mutterschoß, und im nächsten Moment lagen wir in den Armen unseres Vaters, und er blickte uns prüfend an und sagte: ›Hm, eine künftige Gräfin, denke ich.‹ Oder: ›Sie könnte die nächste Princess of Wales werden‹. Und sobald wir begriffen hatten, welche Rolle er uns zugewiesen hatte, spielten wir mit. Oh, es bestand natürlich überhaupt kein Zwang. Und Penelope und Iris haben sich ja auch erfolgreich geweigert, nach seiner Pfeife zu tanzen. Aber wir anderen drei – Cybele, Daphne und ich –, wir waren Wachs in seinen Händen. Und nachdem mir das erst einmal klargeworden war, Tommy, musste ich den nächsten Schritt tun. Ich musste mich fragen, warum.«

»Warum du Wachs in seinen Händen warst?«

»Ja. *Warum.* Und als ich mir diese Frage stellte und versuchte, sie wirklich ehrlich zu beantworten, was meinst du wohl, was ich da erkannt habe, Tommy?«

Ihm schwamm der Kopf, und seine Augen brannten vor Müdigkeit. Durchaus logisch, wie er meinte, sagte er: »Helen, was hat das alles mit den Tapeten zu tun?« und wusste sofort, dass er sie irgendwie enttäuscht hatte.

Sie löste sich aus seiner Umarmung. »Schon gut. Dies ist einfach nicht der richtige Moment. Ich habe es gleich gewusst. Ich sehe ja, wie kaputt du bist. Komm, lass uns einfach schlafen gehen.«

Er versuchte, die Situation zu retten. »Nein. Ich will das jetzt hören. Ich gebe zu, dass ich müde bin. Und diese Geschichte von dem tanzenden Wachs habe ich nicht ganz verstanden. Aber ich möchte mit dir reden. Ich möchte dir zuhören. Und ich möchte wissen …« Was wissen?, fragte er sich. Er hätte es nicht sagen können.

Sie runzelte die Stirn bei seinen Worten, ein klares Warnzeichen, das er hätte beachten sollen, was er aber nicht tat.

»Was? Die Geschichte vom tanzenden Wachs? Was redest du da?«

»Ach, gar nichts. Es war blöd. Ich bin ein Idiot. Vergiss es. Bitte. Komm wieder zu mir. Ich möchte dich in den Armen halten.«

»Nein. Erklär mir, was du gemeint hast.«

»Helen, es war nichts. Es war nichts als dummes Geschwätz.«

»Nichts als dummes Geschwätz, das sich aus meiner Erklärung ergeben hat.«

Er seufzte. »Es tut mir leid. Du hast recht. Ich bin völlig erledigt. Und wenn ich erschöpft bin, rede ich oft ohne Sinn und Verstand. Du hast gesagt, zwei deiner Schwestern hätten nicht nach der Pfeife deines Vaters getanzt, während ihr anderen Wachs in seinen Händen gewesen wärt. Und ich habe das eben wörtlich genommen und mir überlegt, wie Wachs nach seiner

Pfeife tanzen könnte und … Bitte, entschuldige. Es war eine dumme Bemerkung. Ich habe nicht mitgedacht.«

»Und ich denke überhaupt nicht«, sagte sie. »Was ja wohl weder für dich noch für mich eine besondere Überraschung sein dürfte. Denn genau das wolltest du ja, nicht wahr?«

»Was?«

»Eine Frau, die nicht denken kann.«

Er fühlte sich geohrfeigt. »Helen, das ist nicht nur absoluter Quatsch, das ist eine Beleidigung für uns beide.« Er ging zum Tisch, nahm sein Gedeck und trug es zum Spülbecken. Er wusch Teller und Besteck ab, starrte viel zu lange in den Wasserstrudel um den Abfluss und sagte schließlich mit einem Seufzen: »Ach, verdammt.« Er drehte sich zu ihr um. »Es tut mir leid, Darling. Ich möchte nicht, dass wir miteinander streiten.«

Ihre Züge wurden weich. »Das tun wir doch gar nicht.«

Er ging zu ihr und zog sie wieder an sich. »Was dann?«, fragte er.

»Ich liege mit mir selbst im Streit.«

24

Die Person ausfindig zu machen, die Terry Cole bei der King-Ryder-Produktionsgesellschaft aufgesucht hatte, war nicht so einfach gewesen, wie Barbara Havers sich das nach ihrem Gespräch mit Neil Sitwell zunächst vorgestellt hatte. Auf der Liste der Angestellten, die sie zur Hand hatte, waren an die vierzig Leute aufgeführt, und die meisten von ihnen waren gar nicht zu Hause gewesen. Es waren schließlich Theaterleute, und die hatten, wie sie entdeckte, nicht die Angewohnheit, es sich an einem Samstagabend in ihren eigenen vier Wänden gemütlich zu machen. Erst nach zwei Uhr morgens hatte sie endlich den Mann aufgestöbert, mit dem Terry Cole in dem Haus am Soho Square gesprochen hatte: Matthew King-Ryder, Sohn des verstorbenen Gründers der Produktionsgesellschaft.

Er hatte sich bereit erklärt, sie in seiner Wohnung in der Baker Street zu empfangen – »Aber bitte erst nach neun. Ich brauche dringend ein paar Stunden Schlaf.«

Es war halb zehn, als Barbara die gesuchte Adresse fand. Matthew King-Ryder hatte seine Wohnung in einem dieser riesigen viktorianischen Mietshäuser aus rotem Backstein, die gegen Ende des neunzehnten Jahrhunderts eine Veränderung des Lebensstils vom Hochherrschaftlich-Eleganten zum etwas Maßvolleren und Bescheideneren angezeigt hatten. Relativ gesprochen natürlich. Im Vergleich zu Barbaras Häuschen war King-Ryders Wohnung der reinste Palast, auch wenn sie tatsächlich das Produkt einer dieser Umbaumaßnahmen zu sein schien, bei denen ehemals großzügig angelegte Zimmerfluchten in mehrere kleinere Wohneinheiten zerstückelt worden waren, ohne Rücksicht auf Luft- und Lichtzufuhr und einzig zu dem Zweck, dem Hauseigentümer die Taschen zu füllen.

Diesen Eindruck jedenfalls hatte Barbara von der Wohnung, als Matthew King-Ryder sie einließ. Er wies auf einen Stapel Gerümpel und Müllsäcke, der vor seiner Wohnungstür auf Abholung wartete, und sagte: »Entschuldigen Sie die Unordnung, ich bin gerade mitten im Umzug«, bevor er sie durch einen kurzen, schlecht beleuchteten Flur in ein Wohnzimmer führte. Hier standen überall offene Kartons voller Bücher, Andenken und Ehrenpreise und Schmuckgegenstände, die ohne große Sorgfalt in Zeitungspapier eingeschlagen waren; gerahmte Fotografien und Theaterplakate lehnten in Stapeln an den Wänden und warteten auf Verpackung.

»Ich habe endlich den Sprung in die Welt der Grundstückseigentümer geschafft«, bemerkte King-Ryder. »Ich habe genug für das Haus, aber nicht genug für Haus *und* Umzug. Da muss ich eben selbst mit anpacken. Darum auch das Chaos hier. Tut mir leid. Bitte, nehmen Sie doch Platz.« Er nahm einen Stapel Theaterprogramme von einem Sessel und legte ihn auf den Boden. »Möchten Sie eine Tasse Kaffee? Ich wollte mir gerade selbst welchen machen.«

»Gern«, sagte Barbara.

Er ging in die Küche, die gleich an eine kleine Essnische anschloss. In der Zwischenwand befand sich eine Durchreiche, und da er wusste, dass sie ihn durch die Öffnung hören konnte, setzte er das Gespräch fort, während er Kaffeebohnen in eine elektrische Mühle kippte.

»Ich ziehe ans südliche Themseufer. Von dort aus komme ich zwar nicht ganz so schnell ins West End, aber es ist ein Haus und keine Wohnung. Und es hat einen ganz ordentlichen Garten. Und es gehört mir, das ist das Wichtigste.« Er steckte den Kopf durch die Durchreiche und strahlte sie an. »Sie müssen entschuldigen, ich bin richtig aufgeregt. Dreiunddreißig Jahre alt, und endlich habe ich eine Hypothek am Hals. Wer weiß – als Nächstes heirate ich womöglich noch. Ich mag ihn stark. Den Kaffee, meine ich. Ist Ihnen das recht?«

Absolut, versicherte Barbara ihm. Je mehr Koffein, desto besser. Weil sie gerade nichts Besseres zu tun hatte, sah sie einen Stapel gerahmter Fotos durch, der neben ihrem Sessel lag. Die meisten zeigten immer wieder denselben Mann in Gesellschaft diverser prominenter Gestalten aus der Welt des Theaters.

»Ist das Ihr Vater?«, rief Barbara mit erhobener Stimme, um das Rattern der Kaffeemühle zu übertönen.

King-Ryder schob den Kopf durch die Durchreiche und sah, womit sie beschäftigt war. »Oh«, sagte er. »Ja. Das ist mein Vater.«

Die beiden Männer hatten nur wenig Ähnlichkeit miteinander. Matthew hatte von der Natur all die körperlichen Vorzüge mitbekommen, die seinem Vater versagt geblieben waren. Während der Vater klein und stämmig gewesen war, froschähnlich von Angesicht und mit den stark hervortretenden Augen eines Schilddrüsenkranken, den fülligen Hängebacken des Genießers und Warzen, die der bösen Hexe aus dem Märchen alle Ehre gemacht hätten, zeigte sich der Sohn hochgewachsen, mit aristokratischer Nase und gutgeschnittenen Gesichtszügen.

»Sie haben sich aber nicht sehr ähnlich gesehen«, sagte Barbara. »Sie und Ihr Vater.«

Matthew sah mit einem bedauernden Lächeln zu ihr hinüber. »Nein. Er war nicht gerade ein Adonis, nicht wahr? Und er wusste es leider. Er ist als Junge viel gehänselt worden. Ich glaube, dass er deshalb immer wieder neuen Frauen nachgejagt ist: um sich etwas zu beweisen.«

»Sein Tod war sicher schlimm für Sie. Ich fand es traurig zu hören … na ja, Sie wissen schon.« Barbara fühlte sich unbehaglich. Was sagte man bei einem Selbstmord?

Matthew King-Ryder nickte, gab aber keine Antwort. Er konzentrierte sich wieder aufs Kaffeekochen, und Barbara kehrte zu den Fotos zurück: ein altes Schulfoto, auf dem ein strahlender kleiner Matthew mit einem Pokal in der Hand neben seinem Vater stand, der irgendein zusammengerolltes Programm hielt und wie in Gedanken die Stirn runzelte. Matthew trug mit offenkundigem Stolz die Uniform einer Sportmannschaft, ihr auffälligstes Merkmal ein Lederriemen, der diagonal über seinen kleinen Oberkörper lief und an die Uniformen der Soldaten aus dem Ersten Weltkrieg erinnerte. David King-Ryder war in seine eigene Art von Uniform gekleidet, einen maßgeschneiderten dunklen Anzug, der von den zahllosen wichtigen Terminen sprach, die er verpasste.

»Auf diesem Foto hier sieht er nicht besonders glücklich aus«, bemerkte Barbara, die das Bild aus dem Stapel herausgezogen hatte, um es sich näher anzusehen.

»Ach, das! Das war das Sportfest unserer Schule. Mein Vater

hat es gehasst, da hinzugehen. Er hatte mit Sport überhaupt nichts am Hut. Aber unsere Mutter hat genau gewusst, wie sie ihm Schuldgefühle einflößen konnte, wenn sie ihn am Telefon erwischte, und darum ist er im Allgemeinen brav gekommen. Aber Spaß hat es ihm nicht gemacht. Und er hat es einen immer merken lassen, wenn ihm etwas zuwider war. Er war ein typischer Künstler.«

»Das muss kränkend gewesen sein.«

»Ab und zu, ja. Aber zu der Zeit waren meine Eltern schon geschieden, da waren meine Schwester und ich froh, wenn er sich überhaupt einmal Zeit für uns nahm.«

»Und wo ist Ihre Schwester jetzt?«

»Isadora? Sie arbeitet als Kostümbildnerin. Vor allem für die Royal Shakespeare Company.«

»Sie sind also beide in seine Fußstapfen getreten.«

»Das gilt eigentlich mehr für Isadora als für mich. Sie ist die Kreative. Ich bin nur Buchhalter.«

Mit einem alten Blechtablett in den Händen, auf dem zwei Becher Kaffee, ein Kännchen Milch und eine Untertasse mit einigen Zuckerwürfeln standen, kehrte er ins Wohnzimmer zurück. Er stellte das Tablett auf einem Stoß Zeitschriften ab, der auf einem Sitzkissen aufgetürmt war, und fügte erläuternd hinzu, dass er der Geschäftsführer und Agent seines verstorbenen Vaters gewesen war. Er hatte die Verträge ausgehandelt, dafür gesorgt, dass die Tantiemen für die zahlreichen Produktionen der Stücke seines Vaters auf der ganzen Welt bezahlt wurden, war für den Verkauf der Rechte an zukünftigen Produktionen zuständig gewesen und hatte die Ausgaben überwacht, wenn die Gesellschaft eine neue Pop-Oper in London auf die Bühne gebracht hatte.

»Dann ist Ihre Arbeit also nicht mit dem Tod Ihres Vaters beendet gewesen.«

»Nein. Denn seine Musik lebt ja weiter. Solange seine Werke irgendwo aufgeführt werden, ganz gleich, wo, geht meine Arbeit weiter. Früher oder später werden wir das Personal der Produktionsgesellschaft sicher verringern, aber irgendjemand muss darauf achten, dass die Rechte gewahrt werden. Und natürlich muss sich jemand um die Stiftung kümmern.«

»Die Stiftung?«

Matthew King-Ryder versenkte drei Stück Zucker in seinem Kaffee und rührte mit einem Löffel mit Keramikstiel um. Sein Vater, erklärte er, hatte vor einigen Jahren eine Stiftung zur Unterstützung und Förderung von Theaterkünstlern ins Leben gerufen. Das Geld wurde dazu verwendet, Schauspielern und Musikern das Studium zu finanzieren, neue Produktionen zu unterstützen, neue Theaterstücke von unbekannten Autoren auf die Bühne zu bringen. Textdichter und Komponisten zu fördern, die am Anfang ihrer Karriere standen. Mit David King-Ryders Tod würden alle Gelder aus seiner Arbeit in diesen Fonds fließen. Abgesehen von einem Legat an seine fünfte und letzte Ehefrau hatte David King-Ryder sein gesamtes Vermögen der Stiftung vermacht.

»Das wusste ich gar nicht«, sagte Barbara beeindruckt. »Ihr Vater war ein sehr großzügiger Mann. Anderen so unter die Arme zu greifen.«

»Ja, mein Vater war ein feiner Mensch. Er war nicht gerade der ideale Vater, als meine Schwester und ich noch klein waren, und er hat nichts davon gehalten, andere zu verhätscheln. Aber begabte Leute hat er immer unterstützt, wenn sie bereit waren, auch etwas dafür zu tun. Und das finde ich ganz großartig.«

»Wirklich schlimm, dass es so kommen musste. Ich meine ... Sie wissen schon.«

»Ja, natürlich. Es war ... ich verstehe es immer noch nicht.« Matthew King-Ryder starrte in seinen Kaffee. »Das Unverständliche daran war, dass er gerade einen Hit gelandet hatte. Einen *Riesenerfolg* nach so vielen mageren Jahren. Das Publikum tobte schon, bevor der Vorhang fiel, und er war selbst *dabei.* Er hat es miterlebt. Sogar die Kritiker waren auf den Beinen. Da konnten die Besprechungen nur gut werden. Das muss er doch gewusst haben.«

Barbara kannte die Geschichte. Sie war noch zu neu, um von anderen, aufregenderen Ereignissen verdrängt worden zu sein. Premiere von *Hamlet.* Ein glänzender Erfolg nach Jahren des Scheiterns. Kein Abschiedsbrief zur Erklärung seines Entschlusses; der Komponist und Librettist hatte seinem Leben mit einem Kopfschuss ein Ende gesetzt, während seine Frau nebenan ein Bad genommen hatte.

»Sie haben Ihrem Vater doch sehr nahegestanden, nicht

wahr«, meinte Barbara, die die Trauer in Matthew King-Ryders Gesicht sah.

»Als Kind und als Jugendlicher nicht. Aber in den letzten Jahren war ich ihm sehr nahe, ja. Nur offensichtlich nicht nahe genug.« Matthew King-Ryder blinzelte ein paarmal und trank einen Schluck von seinem Kaffee. »Aber genug davon. Sie sind schließlich dienstlich hier. Sie sagten, Sie wollten mich wegen dieses jungen Mannes sprechen, der mich im Büro aufgesucht hat. Terence ...«

»Ja, richtig. Terence Cole.« Barbara berichtete Matthew King-Ryder kurz die Fakten, um sie von ihm bestätigt zu hören. »Neil Sitwell – er ist der Geschäftsführer von Bowers in der Cork Street – sagte, er hätte den jungen Mann zu Ihnen geschickt, nachdem dieser mit dem Original einer Komposition von Michael Chandler, das ihm irgendwie in die Hände gefallen war, bei ihm aufgekreuzt war. Er meinte, Sie wüssten, wie Cole sich mit Chandlers Nachlassverwaltern in Verbindung setzen könnte.«

Matthew King-Ryder runzelte die Stirn. »Tatsächlich? Das überrascht mich.«

»Sie wissen nicht, wer den Nachlass verwaltet?«, fragte Barbara. Es erschien ihr kaum glaubhaft.

Matthew King-Ryder beeilte sich, ihren Eindruck zu berichtigen. »Doch, natürlich weiß ich, wer den Nachlass verwaltet. Ich kenne auch die Chandlers persönlich. Michael hatte vier Kinder, und sie leben alle noch in London. Genau wie seine Witwe. Aber der junge Mann sagte keinen Ton von Bowers, als er bei mir war. Er erwähnte auch keinen Neil Sitwell. Vor allem aber sagte er kein Wort von irgendeinem Musikstück. Deshalb bin ich ja so überrascht.«

»Was? Er hat nichts davon gesagt? Warum wollte er Sie dann sprechen?«

»Er behauptete, er hätte von der Stiftung gehört. Ich habe ihm das sofort geglaubt, da die Presse ja nach dem Tod meines Vaters lang und breit darüber berichtet hat. Cole erhoffte sich finanzielle Unterstützung. Er hatte mir einige Fotos seiner Arbeiten gebracht.«

Barbara war völlig verwirrt; mit einer solchen Information hatte sie überhaupt nicht gerechnet. »Sind Sie da ganz sicher?«

»Aber natürlich. Er hatte eine Mappe mit, und ich glaubte zunächst, er wollte eine Ausbildung als Kostümbildner oder Bühnenbildner machen und erhoffte sich finanzielle Unterstützung. Denn das sind, wie ich schon sagte, die Leute, die von der Stiftung gefördert werden: Künstler, die in irgendeiner Weise mit dem Theater zu tun haben. Nicht Künstler im Allgemeinen. Aber das wusste er nicht. Oder er hatte es missverstanden. Oder die Bedingungen nicht genau genug gelesen … ich weiß es nicht.«

»Hat er Ihnen den Inhalt seiner Mappe gezeigt?«

»Aufnahmen seiner Arbeiten, die meisten davon ziemlich schaurig. Gartengeräte, die nach allen Richtungen verbogen und geknickt waren, Rechen und Harken, zerstückelte Pflanzenheber. Ich verstehe nicht viel von moderner Kunst, aber nach dem, was ich da gesehen habe, würde ich sagen, er sollte besser umsatteln.«

Barbara war immer noch irritiert. Sie fragte King-Ryder, wann genau Terry Cole ihn aufgesucht habe.

Matthew King-Ryder überlegte einen Moment, dann ging er hinaus, um seinen Terminkalender zu holen. Er hielt ihn aufgeschlagen in der Hand, als er ins Wohnzimmer zurückkam. Er hatte den Besuch nicht eingetragen, weil Terence Cole den Termin nicht im Voraus vereinbart hatte. Aber es war ein Tag gewesen, an dem Ginny – die Witwe seines Vaters – im Büro gewesen war, und das hatte er vermerkt. Er nannte Barbara das Datum. Es war das von Terry Coles Todestag.

»Natürlich habe ich ihm nicht gesagt, was ich von seiner Arbeit hielt. Es hätte ja sowieso keinen Sinn gehabt und hätte ihn nur verletzt. Es schien ihm so ernst zu sein mit seinen Ambitionen.«

»Und Cole hat überhaupt nichts von einem Musikstück gesagt? Von Noten, die er gefunden hatte? Und er hat auch Michael Chandler nicht erwähnt? Oder Ihren Vater vielleicht?«

»Nichts dergleichen. Natürlich wusste er, wer mein Vater war. Er hat mich auf ihn angesprochen. Aber es kann gut sein, dass er das nur getan hat, weil er hoffte, von der Stiftung Geld zu bekommen, und glaubte, ein Kompliment an der richtigen Stelle würde helfen. Sie wissen, was ich meine. Aber das war auch schon alles.« Matthew King-Ryder setzte sich wieder, klappte den Terminkalender zu und ergriff seinen Kaffeebecher. »Tut mir leid. Ich war Ihnen wohl keine große Hilfe, wie?«

»Ich weiß nicht«, antwortete Barbara nachdenklich.

»Darf ich fragen, warum Sie sich für den jungen Mann interessieren? Hat er etwas angestellt? Ich meine, Sie sind ja immerhin von der Polizei.«

»Er hat nichts getan, aber jemand hat *ihm* etwas getan. Er ist an dem Tag, an dem er bei Ihnen war, ermordet worden.«

»Am selben …? Großer Gott, das ist ja schrecklich. Und nun sind Sie seinem Mörder auf der Spur?«

Tja, dachte Barbara, das ist die große Frage. Es hatte ganz nach einer heißen Spur ausgesehen. Aber zum ersten Mal seit Inspector Lynley sie mit dem Befehl an den Computer zurückbeordert hatte, Andrew Maidens alte Fälle zu durchforsten und zu prüfen, ob es da eine Verbindung zur Ermordung seiner Tochter gab; zum ersten Mal seit sie alle Ermittlungen in dieser Richtung als sinnlose Zeitschwendung verworfen hatte, musste sie sich fragen, ob sie nicht doch statt einem Fuchs einer Schimäre hinterherjagte. Sie hätte es nicht sagen können.

Sie kramte ihre Autoschlüssel aus ihrer Handtasche und erklärte Matthew King-Ryder, sie würde sich melden, falls sie weitere Fragen hätte. Und wenn ihm noch irgendetwas bezüglich seines Gesprächs mit Terry Cole einfallen sollte … Sie gab ihm ihre Karte mit ihrer Telefonnummer. Ob er sie dann anrufen würde? Es sei ja häufig so, dass man sich plötzlich an vermeintlich unwichtige Details erinnerte, wenn man es am wenigsten erwartete.

Selbstverständlich werde er sich sofort melden, versprach Matthew King-Ryder, und für den Fall, sagte er, dass Terry Cole sich ohne seine – King-Ryders – Hilfe über die Anwälte der Familie Chandler kundig gemacht habe, wolle er der Polizei den Namen der Kanzlei und ihre Telefonnummer geben. Er blätterte in seinem Terminkalender zurück bis zu einem Adressenverzeichnis, suchte den entsprechenden Eintrag heraus und gab Barbara die versprochenen Informationen. Sie schrieb sich alles auf, dankte King-Ryder für sein Entgegenkommen und wünschte ihm Glück in seinem neuen Zuhause. Er brachte sie zur Tür und sperrte nach Art des vorsichtigen Londoners hinter ihr ab.

Allein im Korridor vor seiner Wohnung, ließ Barbara sich das Gehörte noch einmal durch den Kopf gehen und überlegte, wie – und ob – diese neuen Erkenntnisse ins Bild passten. Sie erinnerte sich, dass Terry Cole seiner Mutter und Schwester zufolge von einem großen Auftrag gesprochen hatte. Konnte er damit auf seine Hoffnung auf einen Zuschuss aus der King-Ryder-Stiftung angesprochen haben? Sie hatte voreilig angenommen, sein Besuch bei King-Ryder hätte mit der Originalkomposition Michael Chandlers zu tun gehabt, die in seinem Besitz gewesen war. Aber wenn er darüber aufgeklärt worden war, dass die Noten für ihn völlig ohne Wert waren, weshalb hätte er sich dann noch die Mühe machen sollen, die Anwälte ausfindig zu machen und die Handschrift der Familie Chandler zu übergeben? Er hätte natürlich auf eine Belohnung von den Chandlers hoffen können. Aber selbst wenn er eine erhalten hätte, wäre sie auch nur annähernd so hoch gewesen wie ein Zuschuss der King-Ryder-Stiftung, der ihm erlaubt hätte, seine zweifelhafte Künstlerkarriere weiterzuverfolgen? Wohl kaum, dachte Barbara. Es wäre sehr viel aussichtsreicher zu versuchen, einen etablierten Geldgeber mit seinem Talent zu beeindrucken, als auf die Dankbarkeit und Großzügigkeit völlig Unbekannter zu hoffen.

Ja. Das war logisch. Und es war anzunehmen, dass Terry Cole jeden Gedanken daran, mit Chandlers handschriftlichen Noten Geld zu machen, wieder verworfen hatte, als ihm klargeworden war, wie notwendig die Gutmütigkeit und Generosität von Fremden zur Erreichung seiner ehrgeizigen Ziele waren. Nach dem Gespräch mit Sitwell hatte er die Noten wahrscheinlich weggeworfen oder irgendwo zu Hause verkramt. Dann drängte sich allerdings die Frage auf, warum sie und Nkata bei der Durchsuchung der Wohnung nicht auf die Handschriften gestoßen waren. Aber wäre ihnen ein Notenblatt irgendwo unter Terry Coles Sachen aufgefallen? Zumal die ganze Zeit ihre Sinne mit der Kunst der beiden kreativen Wohnungsmieter bombardiert worden waren.

Kunst. Es gibt einen Knotenpunkt, an dem fast alle Fäden dieses Falls zusammenlaufen, dachte Barbara. Die Kunst. Künstler. Die King-Ryder-Stiftung. Matthew King-Ryder hatte gesagt, Zuschüsse würden nur denjenigen Künstlern gewährt, die irgendwie mit dem Theater zu tun hatten. Aber was sollte einen Künstler daran hindern, so zu tun, als gälte sein Hauptinteresse dem Theater, wenn er damit an einen Batzen Geld kommen konnte? Wenn Terry Cole auf einen solchen Einfall gekommen war, wenn er sich tatsächlich als Bühnen- oder Kostümbildner ausgegeben hatte, wenn der Riesenauftrag, von dem er gesprochen hatte, in Wirklichkeit ein Riesenbetrug an einer Stiftung gewesen war, die das Andenken an einen Giganten des Theaters am Leben erhalten sollte …

Nein. So ging das nicht. Sie warf zu viele Möglichkeiten in einen Topf. Damit würde sie sich höchstens verrückt machen und jeden klaren Blick verlieren. Sie musste nachdenken, sie musste raus an die frische Luft, sie brauchte jetzt einen flotten Marsch durch den Regent's Park, um zu ordnen und zu sortieren, was sich da in ihrem Kopf angesammelt hatte.

Ihre wild kreisenden Gedanken kamen abrupt zum Stillstand, als ihr Blick auf das Gerümpel vor King-Ryders Wohnungstür fiel. Bei ihrer Ankunft hatte sie ihm weiter keine Beachtung geschenkt, jetzt aber tat sie es. Sie hatten über Künstler gesprochen, und er hatte bemerkt, er verstünde nicht viel von moderner Kunst. Und eben wegen dieses Gesprächs fiel ihr das, was sie vor King-Ryders Tür sah, besonders auf.

Unter dem Plunder, den King-Ryder zur Abholung bereitgestellt hatte, befand sich ein Gemälde. Es lehnte mit der Vorderseite zur Wand hinter aufeinandergeschichteten Müllsäcken.

Barbara spähte nach rechts und nach links. Sie wollte sehen, was in Matthew King-Ryders Augen Kunst war – ob ausrangiert oder nicht. Sie schob die Müllsäcke auf die Seite und zog das Bild von der Wand weg.

»Das darf doch wohl nicht wahr sein!«, flüsterte sie, als sie sah, was sie da aufgestöbert hatte: Das Bild zeigte eine groteske Blondine mit weit aufgerissenem Mund und herausgestreckter Zunge, auf der eine Katze ihr Geschäft verrichtete.

Barbara hatte bereits ein Dutzend oder mehr Variationen zu diesem fragwürdigen Thema gesehen. Sie kannte die Malerin und hatte mit ihr gesprochen: Cilla Thompson, die so stolz verkündet hatte, sie habe erst letzte Woche eines ihrer Werke an einen »Mann mit Geschmack« verkauft.

Barbara musterte die geschlossene Tür zu Matthew King-Ryders Wohnung. Sie empfand Grauen und Triumph zugleich. Da drinnen, sagte sie sich, hauste ein Mörder. Und sie, schwor sie sich, würde ihn zur Strecke bringen.

Lynley fand Barbara Havers' Bericht auf seinem Schreibtisch, als er an diesem Morgen um zehn ins Yard kam. Er las die Zusammenfassung der Fälle, die sie am Computer überprüft hatte, und die Schlussfolgerung, zu der sie gelangt war, und er vermerkte den Unterton grollenden Vorwurfs, der in den von ihr gewählten Formulierungen mitschwang. Im Augenblick stand ihm jedoch nicht der Sinn danach, sich mit ihrer kaum verhüllten Kritik an den Anweisungen, die er ihr gegeben hatte, zu befassen. Der Beginn des Morgens war schon aufreibend genug gewesen, und er hatte andere, dringendere Angelegenheiten im Kopf als die Unzufriedenheit einer Mitarbeiterin mit ihrem Arbeitsauftrag.

Er hatte auf seinem Weg von Eaton Terrace zur Victoria Street einen Abstecher nach Fulham gemacht, um sich im Chelsea and Westminster Hospital nach Vi Nevins Befinden zu erkundigen. Die Ärzte der jungen Frau hatten ihm eine Viertelstunde Besuchszeit gestattet. Aber unter dem Einfluss der Beruhigungsmittel, die man ihr gegeben hatte, hatte sie die ganze Zeit nur geschlafen. Auch als irgendwann ein Facharzt für plastische Chirurgie gekommen war und ihr die Verbände abgenommen hatte, um sie zu untersuchen, war sie nicht erwacht.

Noch während des Besuchs des Chirurgen war Shelly Platt im Krankenhaus eingetroffen, in einen Hosenanzug aus Leinen gekleidet, das orangerote Haar unter einem breitkrempigen Strohhut versteckt, die Augen hinter den dunklen Gläsern einer großen Sonnenbrille verborgen. Unter dem Vorwand, der Freundin ihr Beleid zum Tod Nicola Maidens aussprechen zu wollen, hatte sie nach Lynleys Besuch in Earls's Court wiederholt versucht, Vi Nevin anzurufen. Als es ihr nicht gelungen war, sie zu erreichen, war sie schließlich an die Rostrevor Road gefahren, wo der Überfall auf ihre Freundin Tagesgespräch war.

»Aber ich muss sie sehen!«, hörte Lynley draußen auf dem Gang jemanden rufen, während drinnen der Chirurg Vi Nevins zertrümmertes Gesicht begutachtete und sich so sachlich und emotionslos, als hätte er ein Forschungsobjekt vor sich und nicht einen lebenden Menschen, über zersplitterte Knochen, Hautverpflanzungen und Narbenbildung ausließ. Lynley, der zwar nicht die Stimme im Korridor erkannte, aber doch den typischen Dialekt, entschuldigte sich und ging hinaus, wo er Shelly Platt im

Kampf mit einer Schwester und dem Polizeibeamten, der das Zimmer bewachte, vorfand.

»Er war's, stimmt's?«, rief sie sofort, als sie ihn sah. »Ich hab ihm geflüstert, was läuft, und er hat sie gefunden, richtig? Jawohl, genau so war's. Und er hat's ihr gegeben, genau wie ich's befürchtet hab. Wahrscheinlich ist er jetzt schon hinter mir her, wenn er inzwischen weiß, dass ich Ihnen gesagt hab, was er in Wirklichkeit für Geschäfte macht. Wie geht's ihr? Wie geht's Vi? Lassen Sie mich zu ihr. Ich muss zu ihr.«

Ihre Stimme schwoll hysterisch an, und die Schwester fragte, ob »diese Person« eine Verwandte der Patientin sei. Shelly nahm ihre Sonnenbrille ab und warf Lynley einen flehenden Blick aus blutunterlaufenen Augen zu.

»Sie ist ihre Schwester«, erklärte Lynley der Pflegerin und nahm Shelly beim Arm. »Sie hat Besuchserlaubnis.«

Drinnen stürzte Shelly zum Bett, wo eine andere Schwester gerade dabei war, Vi Nevins Gesicht neu zu verbinden, während sich der Chirurg am Becken die Hände wusch und dann hinausging. Shelly begann zu weinen. »Vi! Vi!«, jammerte sie, »Vi, Schätzchen, ich hab das doch alles gar nicht so gemeint. Nicht ein einziges Wort.« Sie nahm die schlaffe Hand, die reglos auf der Bettdecke lag, und drückte sie an ihr Herz, als wollte sie so ihren Beteuerungen Nachdruck verleihen. »Was ist denn los mit ihr?«, fuhr sie die Schwester an. »Was haben Sie mit ihr gemacht?«

»Sie hat ein Beruhigungsmittel bekommen, Miss.« Die Schwester verzog missfällig den Mund, während sie den Verband befestigte.

»Aber sie kommt doch wieder in Ordnung, oder?«

Lynley warf der Schwester einen Blick zu, bevor er sagte: »Sie wird wieder ganz gesund werden, ja.«

»Aber ihr Gesicht! Die ganzen Verbände. Was hat er mit ihrem Gesicht gemacht?«

»Er hat ihr Gesicht durch Schläge verunstaltet.«

Shelly Platt begann heftiger zu schluchzen. »Nein. Nein! Ach, Vi! Das tut mir so leid. Das hab ich echt nicht gewollt, dass dir so was passiert. Ich war sauer, weiter nichts. Du kennst mich doch.«

Die Schwester rümpfte die Nase über diesen Gefühlsausbruch. Sie ging aus dem Zimmer.

»Sie wird plastische Operationen brauchen«, sagte Lynley zu Shelly, als sie allein waren. »Und dann …« Er suchte nach den richtigen Worten, um der jungen Frau taktvoll klarzumachen, was Vi Nevin wahrscheinlich von der Zukunft zu erwarten haben würde. »Sie wird sehr wahrscheinlich nicht mehr die gleichen beruflichen Möglichkeiten haben wie vorher.« Er wartete, um zu sehen, ob Shelly verstand oder eine deutlichere Erklärung brauchte. Sie selbst war zwar nicht hübsch, aber sie kannte das Gewerbe und würde wissen, was ein durch Narben entstelltes Gesicht für eine Frau bedeutete, die sich ihren Lebensunterhalt damit verdient hatte, dass sie für ihre Freier die Lolita spielte.

Shelly sah mit gequältem Blick auf ihre Freundin hinunter. »Dann sorge ich eben für sie. Von jetzt an jede Minute. Ich sorge schon für meine Vi.« Sie küsste Vi Nevins Hand und umklammerte sie fester, und ihre Tränen flossen noch reichlicher.

»Sie braucht jetzt Ruhe«, sagte Lynley.

»Aber ich gehe nicht. Ich bleib hier, bis Vi wach wird. Sie soll wissen, dass ich hier bin.«

»Sie können draußen beim Constable warten. Ich werde ihm sagen, dass er Sie jede Stunde einmal ins Zimmer lassen soll.«

Nur widerstrebend ließ Shelly Vi Nevins Hand los. Im Korridor sagte sie: »Sie schnappen sich das Schwein doch, oder? Sie sorgen doch dafür, dass er in den Knast kommt?«

Und diese beiden Fragen hatten Lynley den ganzen Weg bis zum Yard nicht mehr losgelassen.

Alles sprach dafür, dass Martin Reeve derjenige war, der Vi Nevin überfallen hatte. Er hatte Motiv, Mittel und Gelegenheit gehabt. Er lebte auf großen Fuß und hatte eine Frau, deren Drogensucht eine Menge Geld verschlang. Er konnte es sich nicht leisten, Einkommenseinbußen hinzunehmen. Wenn eines seiner Mädchen es schaffte, auszubrechen und sich selbständig zu machen, war zu fürchten, dass andere es ihr nachtun würden. Und wenn er das zuließ, würde er bald ganz aus dem Geschäft raus sein. Denn für das Geschäft der Prostitution waren nur die Prostituierten selbst und ihre bereitwilligen Freier notwendig. Vermittler, wie Zuhälter, waren entbehrlich. Und das wusste Martin Reeve. Um seine Frauen bei der Stange zu halten, musste er mit abschreckendem Beispiel und Einschüchterung arbeiten: indem er ihnen zeigte, wie weit er zu gehen bereit war, um seine Interessen zu schützen, und indem er keinen Zweifel daran ließ, dass das böse Ende, das die eine nahm, leicht auch der nächsten blühen konnte. An Vi Nevin hatte er ein Exempel statuiert. Blieb noch die Frage, ob er das Gleiche mit Nicola Maiden und Terry Cole getan hatte.

Es gab eine Methode, um das herauszufinden: Man musste Reeve ohne Anwalt an seiner Seite ins Yard bringen und dafür sorgen, dass er sich in seiner eigenen Schlinge fing. Aber Lynley wusste, dass er den Mann ausmanövrieren musste, wenn ihm das gelingen sollte, und in dieser Hinsicht waren seine Möglichkeiten beschränkt.

Vielleicht, sagte sich Lynley, würden die Fotos von Vi Nevins Wohnung, die der Polizeifotograf ihm an diesem Morgen hatte schicken lassen, eine Handhabe bieten. Sein besonderes Interesse galt einem Schuhabdruck auf dem Küchenboden. Er fragte sich, ob das Hexagonmuster der Schuhsohle ausgefallen genug war, um etwas damit anzufangen. Auf jeden Fall müsste es als Grundlage für einen Durchsuchungsbefehl ausreichen. Mit einem solchen Durchsuchungsbefehl in der Hand könnten drei oder vier Beamte die ganze Firma MKR Financial Management auseinandernehmen und Unterlagen sicherstellen, die über Reeves wahre Geschäfte Auskunft gaben, selbst wenn dieser so schlau gewesen sein sollte, die Schuhe mit der verräterischen Sohle verschwinden zu lassen. Und wenn sie diese Unterlagen erst einmal hätten, würden sie dem Zuhälter gründlich die Hölle heißmachen können. Genau das, was Lynley wollte.

Er fuhr fort, die Bilder durchzusehen, und war immer noch dabei zu prüfen, ob sie irgendetwas zeigten, wo sich ansetzen ließ, als Barbara Havers in sein Büro gestürmt kam.

»Mannomann«, rief sie ohne ein Wort des Grußes, »warten Sie nur, bis Sie hören, was ich herausgefunden habe, Inspector!« Und sie begann hektisch von einem Versteigerungshaus in der Cork Street zu erzählen, von einem Mann namens Sitwell und der King-Ryder-Produktionsgesellschaft am Soho Square. »Und als ich bei ihm weggegangen bin, seh ich doch plötzlich dieses Gemälde«, schloss sie triumphierend. »Glauben Sie mir, Sir, wenn Sie mal eines von Cilla Thompsons Werken zu Gesicht bekommen hätten, würden Sie auch sagen, das kann einfach kein Zufall sein, dass ich auf Gottes ganzer weiter Welt auf den einen stoße, der tatsächlich eines von ihren fürchterlichen Machwerken gekauft hat.« Sie ließ sich in einen der Sessel vor seinem Schreibtisch fallen und schob die Fotos zusammen, die er weggelegt hatte. Mit einem flüchtigen Blick darauf erklärte sie: »King-Ryder ist unser Mann. Darauf können Sie Gift nehmen.«

Lynley betrachtete sie über den Rand seiner Brillengläser. »Was hat Sie denn in diese Richtung geführt? Haben Sie eine Verbindung zwischen Mr. King-Ryder und Andrew Maidens Tätigkeit bei der SO10 entdeckt? In Ihrem Bericht haben Sie nichts dergleichen erwähnt …« Er runzelte die Stirn, als sich ein Verdacht meldete, der ihm gar nicht gefiel. »Havers, wie sind Sie eigentlich auf King-Ryder gekommen?«

Sie hielt ihren Blick geflissentlich auf die Aufnahmen in ihrer Hand gerichtet, als sie ihm Antwort gab. Aber sie sprach hastig. »Also, das war so, Sir. In Terry Coles Wohnung habe ich eine Geschäftskarte gefunden. Und eine Adresse. Und ich dachte mir … ja, ich weiß, ich hätte beides sofort Ihnen übergeben sollen, aber ich hab's einfach vergessen, als Sie mich wieder an den Computer geschickt haben. Und gestern, als ich den Bericht fertig hatte, hab ich zufällig ein bisschen freie Zeit gehabt, und …« Sie zögerte, den Blick immer noch auf die Fotografien gerichtet. Als sie schließlich aufsah, wirkte sie verändert, nicht mehr so siegesgewiss wie kurz zuvor, als sie ins Zimmer geprescht war. »Na ja, da ich die Karte und die Adresse noch bei mir hatte, bin ich eben zum Soho Square rübergefahren und dann in die Cork Street gegangen, und – ach, verflixt, Inspector, was spielt es überhaupt für eine Rolle, wie ich auf ihn gekommen bin? King-Ryder lügt, und wenn er lügt, dann wissen wir doch genau, warum er das tut.«

Lynley legte die restlichen Fotos auf seinen Schreibtisch. Er sagte: »Ich kann Ihnen leider nicht folgen. Wir haben die Verbindung zwischen unseren beiden Opfern hergestellt: Prostitution und Werbung für Prostitution. Wir haben ein mögliches Motiv herausgearbeitet: Rache eines Zuhälters, der sich von zwei Frauen aus seinem Stall hintergangen fühlte – von denen er eine übrigens gestern Abend brutal zusammengeschlagen hat. Das Alibi dieses Kerls für Dienstagabend kann niemand bestätigen außer seiner Frau, deren Wort keinen Pfifferling wert ist. Das Einzige, was wir noch finden müssen, ist die fehlende Waffe, die vielleicht irgendwo in Martin Reeves Haus versteckt ist. Angesichts dieser Tatsachen, die, wie ich bemerken möchte, dank der Art von polizeilicher Ermittlungsarbeit festgestellt wurden, von der Sie, Havers, dieser Tage überhaupt nichts zu halten scheinen, wäre ich Ihnen dankbar, wenn Sie mir die Fakten nennen würden, die Ihnen als Grundlage für Ihre Behauptung dienen, dass Matthew King-Ryder der von uns gesuchte Mörder ist.«

Sie antwortete nicht, aber Lynley sah die Röte, die sich in Flecken auf ihrem Hals ausbreitete.

Er sagte: »Barbara, ich hoffe Ihre Schlussfolgerungen sind das Ergebnis ernsthafter Arbeit und nicht Intuition.«

Die Röte an Barbaras Hals vertiefte sich. »Sie sagen doch immer, dass es bei Mord keine bloßen Zufälle gibt, Inspector.«

»Das ist richtig. Aber was ist denn hier der Zufall?«

»Dieses Gemälde. Diese Monstrosität von Cilla Thompson. Was tut er mit einem Gemälde von Terry Coles Wohngenossin? Sie können nicht behaupten, dass er es gekauft hat, um es sich an die Wand zu hängen. Es stand nämlich draußen beim Sperrmüll. Folglich *muss* es was zu bedeuten haben. Und meiner Ansicht nach muss es bedeuten –«

»Ihrer Ansicht nach bedeutet es, dass er ein Mörder ist. Aber Sie haben kein Motiv für ihn, richtig?«

»Ich hab ja gerade erst angefangen. Ursprünglich hab ich King-Ryder nur aufgesucht, weil Terry Cole von diesem Neil Sitwell zu ihm geschickt worden war. Ich hab überhaupt nicht damit gerechnet, vor seiner Wohnungstür eines von Cilla Thompsons Machwerken zu finden. Ich war erst mal total platt, als ich's gesehen hab. Das wäre jedem so gegangen. Gerade hatte King-Ryder mir noch erzählt, dass Terry Cole bei ihm war, weil er sich finanzielle Unterstützung erhoffte. Und während ich draußen vor seiner Tür noch versuche, diese überraschende Neuigkeit einzuordnen, sehe ich plötzlich in dem ganzen alten Gerümpel das Gemälde, das klar verrät, dass King-Ryder was mit diesem Mord zu tun hat.«

»Er hat etwas mit dem Mord zu tun?« Lynley machte keinen Hehl aus seiner Skepsis. »Havers, so wie die Dinge im Augenblick stehen, haben Sie nichts weiter aufgedeckt, als dass er möglicherweise mit jemandem zu tun hatte, der seinerseits mit jemandem zu tun hatte, der zusammen mit einer Frau ermordet wurde, mit der King-Ryder überhaupt nichts zu tun hatte.«

»Aber –«

»Nein. Kein Aber, Havers. Und auch kein Wenn. Sie haben sich bei der Bearbeitung dieses Falls von Anfang an quergestellt, und das muss aufhören. Ich habe Ihnen eine Aufgabe zugewiesen, die Sie grob vernachlässigt haben, weil sie Ihnen nicht gefällt. Sie sind Ihren eigenen Weg gegangen und haben dem Team damit –«

»Das ist nicht fair!«, protestierte sie. »Ich hab doch den Bericht gemacht. Ich habe ihn auf Ihren Schreibtisch gelegt.«

»Ja. Und ich habe ihn gelesen.« Lynley kramte den Bericht unter anderen Papieren hervor. Er nahm ihn zur Hand und schwenkte ihn beim Sprechen hin und her, um seine Worte zu unterstreichen. »Barbara, halten Sie mich wirklich für so dumm? Glauben Sie, ich kann nicht zwischen den Zeilen lesen?«

Sie senkte den Blick. Immer noch hielt sie einige der Fotos in der Hand, die Vi Nevins verwüstete Wohnung zeigten, und starrte wie gebannt auf sie hinunter. Ihre Fingerknöchel traten weiß hevor, so verkrampft hielt sie sie umfasst, und wieder kroch eine verräterische Röte in ihre Wangen.

Gott sei Dank, dachte Lynley. Endlich schien sie begriffen zu haben. Er nutzte die Gelegenheit, um nachzuhaken. »Wenn Sie einen Auftrag erhalten, dann haben Sie ihn auszuführen. Ohne Frage oder Widerrede. Und wenn Sie ihn ausgeführt haben, haben Sie einen Bericht abzuliefern, der sachlich und nüchtern gehalten ist. Danach haben Sie zu warten, bis Sie Ihren nächsten Aufrag bekommen, und zwar absolut unvoreingenommen, damit Sie in der Lage sind, neue Informationen angemessen einzuordnen. Es steht Ihnen nicht zu, mehr oder weniger verschleierte persönliche Kommentare zum Ermittlungsansatz zu geben, falls er Ihnen zufällig nicht zusagt. Das hier« – Er schlug mit dem Bericht knallend in seine offene Hand – »illustriert beispielhaft, warum Sie in genau der Lage sind, in der Sie sich befinden. Wenn man Ihnen eine Anweisung gibt, die Ihnen nicht passt, legen Sie einfach auf eigene Faust los. Sie tun, was Sie für richtig halten, und alles andere, von der Dienstordnung bis zur öffentlichen Sicherheit, ist Ihnen völlig egal. So haben Sie sich vor drei Monaten in Essex verhalten, und so verhalten Sie sich jetzt. In einer Situation, wo jeder andere parieren würde, um sich persönlich und beruflich zu rehabilitieren, halten Sie stur daran fest, genau das zu tun, was Ihnen gerade beliebt. Ist es nicht so?«

Sie hielt den Kopf gesenkt und antwortete nicht. Aber ihr Atemrhythmus hatte sich verändert, war kurz und flach geworden unter der Anstrengung, ihre Emotionen zu beherrschen. Sie schien zumindest für den Augenblick angemessen kleinlaut. Es befriedigte ihn, das zu sehen.

»Gut«, sagte er, »und jetzt hören Sie mir genau zu. Ich möchte einen Durchsuchungsbefehl für Reeves Haus. Ich möchte ein Team von vier Beamten, die das ganze Haus auseinandernehmen. Ich möchte aus diesem Haus ein Paar Schuhe mit einem Hexagonmuster auf den Sohlen und alles an Material, was Sie über die Hostessenagentur finden können. Kann ich Ihnen diese Aufgabe anvertrauen und mich darauf verlassen, dass Sie sie nach Anweisung durchführen werden?«

Sie antwortete noch immer nicht.

Er begann ärgerlich zu werden. »Havers, hören Sie mir überhaupt zu?«

»Eine Hausdurchsuchung.«

»Richtig. Ich möchte einen Durchsuchungsbefehl. Und wenn Sie ihn haben, dann fahren Sie mit dem Team zu Reeve.«

Mit einem Ruck hob sie den Kopf von den Fotos. »Na klar, eine Durchsuchung«, sagte sie und strahlte unerklärlicherweise. »Ja, na klar! Verflixt noch mal, Inspector. Genau da haben wir's.«

»Da haben wir was?«

»Sehen Sie es denn nicht?« Aufgeregt schwenkte sie eines der Fotos hin und her. »Sir, verstehen Sie denn nicht? Sie denken an Martin Reeve, weil wir für ihn ein Motiv haben und dieses Motiv so klar auf der Hand liegt, dass jedes andere im Vergleich dazu kalter Kaffee ist. Und weil sein Motiv für Sie so offenkundig ist, wird alles andere, was Ihnen unterkommt, damit verknüpft, ganz gleich, ob es dazugehört oder nicht. Aber wenn Sie Reeve mal einen Moment lang vergessen, dann können Sie auf diesen Fotos sehen, dass –«

»Havers!« Lynley traute seinen Ohren nicht. Diese Person war ja nicht kleinzukriegen. Sie war absolut unbelehrbar. Zum ersten Mal fragte er sich, wie er je mit ihr hatte zusammenarbeiten können. »Ich werde mich nicht wiederholen. Sie haben Ihren Auftrag. Und Sie werden ihn ausführen.«

»Aber ich wollte Ihnen doch nur zeigen –«

»Nein! Herrgott noch mal! Es reicht. Besorgen Sie sich den Durchsuchungsbefehl. Es ist mir gleich, was Sie tun müssen, um ihn zu beschaffen. Aber besorgen Sie ihn. Stellen Sie ein Team zusammen. Fahren Sie zu Reeve. Nehmen Sie sein Haus auseinander. Bringen Sie mir die Schuhe mit dem Hexagonmuster auf den Sohlen, und bringen Sie mir die Beweise dafür, dass er ein Zuhälter ist. Oder besser noch, bringen Sie mir eine Waffe, die gegen Terry Cole verwendet worden sein könnte. Ist das klar? Und jetzt gehen Sie!«

Sie starrte ihn an. Einen Moment lang glaubte er, sie würde ihm tatsächlich die Stirn bieten. Und in diesem Moment wusste er, wie Inspector Emily Barlow zumute gewesen sein musste, als sie draußen auf der Nordsee einen Verdächtigen gejagt hatte und jede ihrer Entscheidungen von einer Untergebenen angezweifelt worden war, die es nicht fertigbrachte, ihre Meinung für sich zu behalten. Havers konnte von Glück reden, dass damals in dem Boot nicht Barlow den Karabiner in der Hand gehalten hatte. Wäre sie bewaffnet gewesen, so hätte die Jagd auf der Nordsee vielleicht ganz anders geendet.

Havers stand auf. Mit großer Sorgfalt legte sie die Fotografien von Vi Nevins Wohnung auf seinen Schreibtisch. Sie sagte: »Durchsuchungsbefehl und Hausdurchsuchung. Vier Leute. Ich werde mich darum kümmern, Inspector.«

Sie sprach in gemessenem Ton, äußerst höflich, äußerst respektvoll, ganz wie es die Vorschrift verlangte.

Lynley zog es vor, die Herausforderung, die in diesem Verhalten steckte, zu ignorieren.

Es juckte Martin Reeve in den Händen. Er grub seine Fingernägel tief in die Ballen. Sie begannen zu brennen. Tricia hatte ihm die Stange gehalten, als er ihre Hilfe gegen diesen penetranten Bullen gebraucht hatte, aber er konnte sich nicht darauf verlassen, dass sie bei ihrer Geschichte bleiben würde. Wenn ihr jemand in einem Moment, wo ihre Vorräte zur Neige gingen und sie dringend einen Schuss brauchte, genug Stoff versprach, würde sie alles sagen oder tun. Die Bullen brauchten nichts weiter zu tun, als sie zu isolieren, sie von zu Hause wegzubringen, und sie würden sie innerhalb von zwei Stunden genau dort haben, wo sie sie haben wollten. Und er konnte sie nicht den Rest ihres Lebens jede gottverdammte Minute überwachen, um dafür zu sorgen, dass das nicht passierte.

»Was wollt ihr wissen? Los, gebt mir den Stoff.«

»Unterschreiben Sie hier auf der gestrichelten Linie, Mrs. Reeve, dann bekommen Sie ihn.«

Und schon wäre der Fall erledigt. Nein. Schlimmer noch, *er* wäre erledigt. Er musste also zusehen, dass seine Geschichte hieb- und stichfest war.

Er könnte natürlich jemanden zu einer Lüge nötigen – jemanden, der bereits aus persönlicher Erfahrung wusste, was passieren würde, wenn er etwa Bedenkzeit verlangte oder sein – Reeves – Ansinnen gar zurückwies. Er könnte auch von jemand anderem die Wahrheit fordern, müsste dann aber darauf gefasst sein, dass diese andere Person eine einfache Bitte um Aufrichtigkeit als ein Zeichen von Schwäche auslegen und darin eine Gelegenheit sehen würde, ihm – Reeve – alles zu entreißen, was er sich im Lauf seines Lebens unter Mühen erworben hatte. Wenn er den ersten Weg einschlug, würde er für immer in der Hand eines anderen sein. Wählte er den zweiten Weg, so würde er als Schwächling dastehen, den man ungestraft mit Füßen treten konnte.

Die Situation war also im Grunde ausweglos, und in dem Gefühl, vor einer Betonmauer gelandet zu sein, hatte Martin Reeve nur den einen Wunsch, sich eine Ladung Dynamit zu besorgen und sich seinen Weg freizusprengen.

Er fuhr nach Fulham. Dort hatten alle seine augenblicklichen Schwierigkeiten ihren Ursprung, und dort würde er ansetzen müssen, um sie wieder aus der Welt zu schaffen.

Ohne viel Mühe verschaffte er sich Zugang zu dem Haus in der Rostrevor Road: Er drückte einfach auf sämtliche Klingeln und wartete, bis irgendein Schwachkopf den Türöffner betätigte, ohne sich vorher über die Sprechanlage zu erkundigen, wer ins Haus wollte.

Er lief die Treppe hinauf, blieb dann jedoch abrupt stehen. Die Tür zu der Maisonettewohnung war versiegelt. Selbst von der Stelle aus, wo er stand, konnte er lesen, was der Aufkleber besagte: »Zutritt polizeilich verboten.«

»Scheiße«, knurrte Reeve.

Und in Gedanken hörte er wieder die leise, angespannt klingende Stimme des Bullen, so klar und deutlich, als befände sich dieser mit ihm im Treppenflur. »Ich möchte alles über Vi Nevin wissen.«

»Gottverdammte Scheiße«, fluchte er. War sie tot?

Er ging eine Treppe tiefer und klopfte die Leute heraus, die direkt unter Vi Nevin wohnten. Sie hatten am Abend zuvor ein Riesenfest gegeben, aber sie waren nicht so sehr von ihren Gästen in Anspruch genommen gewesen – oder so bezecht –, dass sie die Ankunft des Rettungswagens nicht bemerkt hätten. Die Sanitäter hatten ihr Bestes getan, um die verhüllte Gestalt, die sie aus dem Haus trugen, abzuschirmen, aber die große Eile, mit der sie sie weggebracht hatten, und das nachfolgende Erscheinen ganzer Heerscharen von Polizisten, die überall im Haus Fragen gestellt hatten, ließen vermuten, dass die Frau das Opfer eines Verbrechens geworden war.

»Ist sie tot?« Reeve packte den jungen Mann am Arm, als dieser sich in seine Wohnung zurückziehen wollte, um versäumten Schlaf nachzuholen. »Warten Sie, verdammt noch mal. War sie tot?«

»Sie war nicht in einem Leichensack«, antwortete der junge Mann gleichgültig. »Aber kann sein, dass sie im Krankenhaus gestorben ist.«

Reeve rannte fluchend zu seinem Wagen zurück und suchte seinen Stadtplan heraus. Das nächste Krankenhaus war das Chelsea and Westminster in der Fulham Road. Er fuhr direkt hin. Wenn sie tot war, war er erledigt.

Eine Krankenschwester in der Notaufnahme teilte ihm mit, dass Miss Nevin verlegt worden war. Ob er ein Verwandter von ihr sei?

»Ein alter Freund«, antwortete Reeve. Er hatte sie zu Hause

besuchen wollen und von einem Unglücksfall gehört ... es sei wohl irgendwas passiert ... Wenn er Miss Nevin nur kurz sehen könnte, um sich zu vergewissern, dass ihr nichts Ernstliches passiert war ... damit er dann ihren gemeinsamen Freunden und Miss Nevins Verwandten Bescheid geben könne ...

Ich hätte mich rasieren sollen, dachte er. Ich hätte das Armani-Jackett anziehen sollen. Er hätte sich auf Unvorhergesehenes vorbereiten müssen, nicht einfach voraussetzen dürfen, dass er nur anzuklopfen und hineinzugehen brauchte, um sie zu zwingen, das zu tun, was er wollte.

Miss Schubert – so hieß die Schwester dem Namensschild an ihrem Kittel zufolge – musterte ihn mit der unverhohlenen Feindseligkeit der Überarbeiteten und Unterbezahlten. Sie sah auf einem Plan nach und nannte ihm eine Zimmernummer. Es entging ihm nicht, dass sie zum Telefon griff, als er ihr gedankt hatte und den Weg zu den Aufzügen einschlug.

Er war deshalb nicht gänzlich unvorbereitet auf die Anwesenheit des uniformierten Polizeibeamten, der vor der geschlossenen Tür zu Vi Nevins Zimmer saß. Worauf er jedoch überhaupt nicht vorbereitet war, war der Anblick der Rothaarigen im zerknitterten Hosenanzug, die neben dem Bullen saß. Kaum sah sie ihn, sprang sie auf und raste ihm entgegen.

»Das ist er! Das ist er!«, kreischte sie und stürzte sich auf Reeve wie eine ausgehungerte Straßenkatze, die einen Fleischbrocken entdeckt hat. Sie schlug ihm ihre Krallen in die Hemdbrust und keifte: »Ich bring dich um! Du Schwein! Du mieses Schwein!«

Sie schleuderte ihn an die Wand und rammte ihm den Kopf in die Brust. Sein eigener Kopf flog rückwärts und knallte gegen den Rand einer Anschlagtafel. Sein Mund klappte zu, und er biss sich auf die Zunge, schmeckte Blut. Sie hatte ihm die Knöpfe vom Hemd gerissen und wollte ihm schon an die Gurgel, als es der Constable endlich schaffte, sie wegzureißen. Worauf sie von Neuem zu kreischen begann: »Nehmen Sie ihn fest! Er war's! Los, nehmen Sie ihn fest! Nehmen Sie ihn fest!«

Der Constable verlangte Reeves Ausweis. Irgendwie gelang es ihm, eine kleine Menschenmenge zu vertreiben, die sich am Ende des Korridors versammelt hatte, um die Szene zu beobachten. Martin Reeve war ihm dankbar dafür.

Erst jetzt, da der Constable sie auf Armeslänge von ihm abhielt, erkannte Reeve die Frau. Die Haarfarbe hatte ihn getäuscht. Als sie einander das letzte Mal begegnet waren – bei ihrem ersten und einzigen Besuch in der Firma –, war sie schwarzhaarig gewesen. Ansonsten war sie unverändert – klapperdürr, mit ungesunder Hautfarbe, schlechten Zähnen, Mundgeruch und einer Ausdünstung wie drei Tage alter Fisch.

»Shelly Platt«, sagte er.

»Sie waren's! Sie wollten sie umbringen!«

Schlimmer, dachte Reeve, kann's wohl kaum noch werden. Aber er täuschte sich. Der Constable inspizierte seinen Ausweis, während er Shelly Platt noch immer mit Catchergriff festhielt. Er sagte: »Miss, Miss, immer eins nach dem anderen«, und nahm sie mit, als er zum Telefon ins Schwesternzimmer ging.

»Hey, hören Sie mal«, rief Martin Reeve ihm nach. »Ich möchte doch nur wissen, wie es Miss Nevin geht. Ich habe mit einer Schwester in der Notaufnahme gesprochen. Sie hat mir gesagt, dass sie hierher verlegt worden ist.«

»Er will sie nur umbringen!«, kreischte Shelly.

»Machen Sie sich nicht lächerlich«, entgegnete Reeve. »Ich würde wohl kaum mitten am Tag hier aufkreuzen und meinen Ausweis vorlegen, wenn ich vorhätte, sie zu ermorden. Was zum Teufel ist überhaupt passiert?«

»Als ob Sie das nicht wüssten!«

»Ich muss nur mal kurz mit ihr sprechen«, erklärte er dem Constable, als dieser ihm seinen Ausweis zurückgab und es ablehnte, ihn ins Krankenzimmer zu lassen. »Dieses ganze Theater ist doch lächerlich. Es dauert bestimmt nicht länger als fünf Minuten.«

»Tut mir leid«, lautete die Antwort.

»Jetzt passen Sie mal auf, ich glaube, Sie haben mich nicht richtig verstanden. Die Sache ist dringend und –«

»Wieso nehmen Sie ihn nicht endlich fest?«, rief Shelly. »Was muss er denn noch tun, bevor ihr ihn endlich in den Knast bringt?«

»Würden Sie vielleicht dafür sorgen, dass sie mal einen Moment den Mund hält, damit ich Ihnen erklären kann –«

»Vorschrift ist Vorschrift«, unterbrach ihn der Constable und lockerte ein wenig den Griff, mit dem er Shelly Platt in Schach hielt. Reeve musste einsehen, dass es fürs Erste das Klügste war, sich zu verdrücken.

So würdevoll wie unter den gegebenen Umständen möglich, da er dank des Gekreisches dieser rothaarigen Hexe zum Mittelpunkt der Aufmerksamkeit auf der ganzen Station geworden war, trat er also den Rückzug an. Unten lief er zu seinem Jaguar, warf sich hinein und schaltete die Klimaanlage ein, volle Pulle, sämtliche Klappen so geöffnet, dass die Luftströme ihm direkt ins Gesicht bliesen.

Scheiße, dachte er. Mist, verdammter. Ihm war ziemlich klar, wen der Constable vorhin angerufen hatte. Es galt also, sich auf einen weiteren Besuch der Bullen vorzubereiten. Er überlegte, wie er seinen Besuch im Chelsea and Westminster Hospital erklären sollte. Die Behauptung, er habe sich nur seine Aussage vom vergangenen Abend bestätigen lassen wollen, würde wohl in Anbetracht der Tatsache, von wem er sich diese Bestätigung hatte holen wollen, kaum glaubhaft klingen.

Wütend fuhr er an und brauste vom Parkplatz. Wieder in der Fulham Road, klappte er die Sonnenblende herunter und prüfte in dem kleinen eingelassenen Spiegel den Schaden, den Shelly Platt angerichtet hatte. Herrgott noch mal, das war vielleicht ein Biest. Sie hatte ihn auf der Brust tatsächlich blutig gekratzt, als sie auf ihn losgegangen war. Am besten ließ er sich sofort eine Tetanusspritze geben.

Er bog in die Finborough Road ein, und während er heimwärts fuhr, überlegte er, was für Möglichkeiten ihm jetzt noch offenstanden. So wie es aussah, würde er wohl in nächster Zeit nicht an Vi Nevin herankommen, und da der Bulle, der ihr Zimmer bewachte, zweifellos diesen rabiaten Typen angerufen hatte, der gestern mitten in der Nacht bei ihm aufgekreuzt war, gab es wahrscheinlich überhaupt keine Möglichkeit, an sie ranzukommen. Jedenfalls nicht, solange die Bullen nach dem Mörder dieser kleinen Nutte, Nicola Maiden, suchten, und das konnte sich noch monatelang hinziehen. Er musste sich also etwas anderes ausdenken, um eine Bestätigung seines Alibis zu bekommen, und so begann er fieberhaft, einen Plan nach dem anderen zu schmieden, nur um sie am Ende allesamt wieder zu verwerfen.

Auf der Höhe vom U-Bahnhof Earl's Court musste er bei Rot anhalten. Er verscheuchte einen Straßenjungen, der ihm für fünfzig Pence die Windschutzscheibe waschen wollte, und beobachtete eine Prostituierte, die am Eingang zum U-Bahnhof mit einem möglichen Freier verhandelte. Er taxierte das Mädchen in dem neonpinkfarbenen Stretchmini, der kaum ihren Po bedeckte, der schwarzen Polyesterbluse mit dem tiefen Ausschnitt und den sinnlosen Rüschen, den Schuhen mit den hohen, bleistiftdünnen Absätzen und den Netzstrümpfen und kam augenblicklich zu dem Schluss, dass sie Billigware für die schnelle Nummer von Hand oder Mund war. Fünfundzwanzig Pfund, wenn der Freier es dringend nötig hatte, nicht mehr als zehn, wenn die Kokssucht ihr im Nacken saß.

Die Ampel sprang auf Grün um, und als er wieder anfuhr, begannen Wut und Groll gegen die Polizei in ihm zu wachsen. Im Grunde tue ich dieser ganzen beschissenen Stadt doch einen Riesengefallen, sagte er sich, und keiner – am wenigsten die Bullen – schien das überhaupt wahrzunehmen oder gar zu würdigen. Seine Mädchen standen nicht an Straßenecken rum und machten die Freier an und verschandelten die Gegend, indem sie sich ausstaffierten wie zur öffentlichen Fleischbeschau. Sie waren kultiviert, gebildet, attraktiv und diskret, und *wenn* sie sich für die eine oder andere sexuelle Dienstleistung bezahlen ließen, und *wenn* sie einen Teil des Geldes an ihn abführten, der es ihnen ermöglichte, sich in der Gesellschaft wohlhabender und erfolgreicher Männer zu bewegen, die bereit waren, sie für ihre Dienste großzügig zu entlohnen, wen zum Teufel interessierte das schon? Wem zum Teufel schadete es? Keinem. Es war ganz einfach so, dass Sex im Leben eines Mannes einen anderen Stellenwert hatte als im Leben einer Frau. Für Männer war er ein Urbedürfnis, unerlässlich zu ihrer Selbstbestätigung. Ihre Ehefrauen fanden den sexuellen Akt mit der Zeit oft lästig oder langweilig, aber bei Männern war das nicht so. Und wenn jemand bereit war, diesen Männern Frauen zuzuführen, denen ihre Aufmerksamkeiten willkommen waren, die nichts dagegen hatten, sich ihren Stempel aufdrücken zu lassen, warum sollte dann eine solche Dienstleistung nicht mit Geld bezahlt werden? Und warum sollte es jemandem wie ihm, der das Organisationstalent und den Blick dafür besaß, außergewöhnliche Frauen zum Vergnügen außergewöhnlicher Männer aufzutreiben, nicht gestattet sein, mit dieser Tätigkeit sein Geld zu verdienen?

Wenn die Gesetze von Visionären wie ihm gemacht worden wären und nicht von einem Haufen Trottel ohne Rückgrat, die mehr daran interessiert waren, die Hand ins Staatssäckel zu kriegen, als einen auch nur halbwegs realistischen Blick auf die gängigen Aktivitäten mündiger Erwachsener zu werfen, wäre er niemals in die Lage geraten, in der er sich in diesem Augenblick befand. Er müsste sich nicht den Kopf darüber zerbrechen, wer sein Alibi bestätigen und ihm die Bullen vom Leib halten könnte, weil ihm die Bullen nämlich gar nicht erst auf den Leib gerückt wären. Und selbst wenn sie aufgekreuzt wären und ihre Fragen und Forderungen gestellt hätten, hätten sie nicht ein einziges Druckmittel in der Hand gehabt, um ihn zur Kooperation zu zwingen, weil er sich ja im Rahmen des Gesetzes bewegt hätte.

Was war das überhaupt für ein Land, wo Prostitution erlaubt war, nicht jedoch, davon zu leben? Was war denn Prostitution anderes als ein Mittel, sich seinen Lebensunterhalt zu verdienen? Da spielten sich die Kerle in Westminster als Sittenrichter auf, dabei wusste jeder, dass drei Viertel dieser Heuchler, die da die Lederbänke drückten, jede Tippse, Vorzimmerdame oder Sekretärin, die halbwegs willig war, dumm und dusslig vögelten.

Die ganze Situation war eine einzige Scheiße. Und je mehr Martin Reeve darüber nachdachte, desto wütender wurde er. Und je wütender er wurde, desto klarer wurde ihm, wer an dem ganzen Ärger schuld war. Die Maiden und die Nevin konnte man vergessen. Die beiden waren erledigt. Die waren es nicht gewesen, die ihm die Bullen ins Haus gelotst hatten. Aber mit Tricia würde er sich befassen müssen.

Den Rest der Fahrt brachte er damit zu, entsprechende Pläne zu entwerfen. Das Endergebnis seiner Überlegungen war alles andere als angenehm, aber war es denn jemals angenehm, wenn ein geachtetes Mitglied der Gesellschaft seine Ehefrau an die Heroinsucht verlor, obwohl er alles getan hatte, um sie vor sich selbst zu retten und vor dem Unmut ihrer Familie und der Verurteilung einer gnadenlosen Öffentlichkeit zu schützen?

Er merkte, wie seine Stimmung sich hob. Ein feines Lächeln

kräuselte seinen Mund, und er begann, vor sich hin zu summen. Vom Landsdowne Walk bog er in die Landsdowne Road ab.

In dem Moment sah er sie.

Vier Männer stiegen gerade die Treppe zu seinem Haus hinauf, auf den ersten Blick als Kriminalbeamte in Zivil zu erkennen. Massige, stiernackige Burschen, richtige Schinder. Sie sahen aus wie kostümierte Gorillas.

Martin drückte das Gaspedal durch. Mit quietschenden Reifen schoss er in die Einfahrt hinein. Er war aus dem Jaguar heraus und auf der Treppe hinter ihnen, noch ehe sie dazu kamen, auf die Klingel zu drücken.

»Was wollen Sie hier?«, fuhr er sie an.

Gorilla Nummer eins zog einen weißen Briefumschlag aus der Tasche seiner ledernen Bomberjacke. »Wir haben einen Durchsuchungsbefehl«, erklärte er.

»Was wollen Sie denn suchen?«

»Machen Sie jetzt die Tür auf, oder sollen wir sie mit Gewalt öffnen?«

»Ich rufe meinen Anwalt an.« Martin drängte sich an ihnen vorbei und sperrte die Haustür auf.

»Ganz wie Sie wollen«, sagte Gorilla Nummer zwei.

Sie folgten ihm ins Haus. Nummer eins gab Anweisungen, während Reeve zum Telefon rannte. Zwei der Beamten blieben ihm dicht auf den Fersen, als er in sein Büro lief. Die anderen beiden trampelten die Treppe hinauf. Scheiße, dachte er und brüllte: »Hey! Meine Frau ist da oben.«

»Sie werden ihr sehr nett guten Tag sagen«, versetzte Nummer eins.

Während Reeve mit fliegenden Fingern die Telefonnummer eintippte, begann Nummer eins die Bücher aus den Regalen zu reißen, und Nummer zwei machte sich über den Aktenschrank her.

»Ich möchte, dass Sie hier augenblicklich verschwinden«, herrschte Martin sie an.

»Klar«, sagte Nummer zwei, »das kann ich mir vorstellen.«

»Irgendwas möchte jeder von uns«, sagte Nummer eins mit einem höhnischen Grinsen.

Oben flog krachend eine Tür gegen die Wand. Gedämpftes

Stimmengewirr begleitete das Poltern von Möbeln, die unsanft herumgeschoben wurden. In Martins Büro führten die Polizeibeamten ihre Suchaktion mit einem Minimum an Aufwand und einem Maximum an Rücksichtslosigkeit durch: Sie warfen Bücher zu Boden, rissen Bilder von den Wänden und leerten den Aktenschrank, in dem Martin in peinlicher Ordnung die Unterlagen über die Hostessenagentur verwahrte. Nummer zwei ging in die Hocke und begann, mit kurzen Wurstfingern die Papiere durchzublättern.

»Mist«, zischte Martin, den Hörer am Ohr. Wo war dieser Scheißer Polmanteer? Viermal läutete das Telefon im Haus des Anwalts, dann schaltete sich der Anrufbeantworter ein. Fluchend legte Martin auf und versuchte sein Glück mit der Handynummer des Anwalts. Wo zum Teufel konnte der Kerl an einem Sonntag sein? In die Kirche war dieser abgebrühte Gauner bestimmt nicht gegangen.

Auch mit der Handynummer kam er nicht weiter. Er knallte den Hörer hin und begann, in seinem Schreibtisch nach der Karte des Anwalts zu kramen. Nummer zwei stieß ihn grob zur Seite. »Tut mir leid, Sir«, sagte er. »Sie dürfen hier nichts entfernen –«

»Ich entferne verdammt noch mal gar nichts! Ich suche den Pager meines Anwalts.«

»Na, den würde er wohl kaum in Ihrem Schreibtisch verwahren, oder?«, meinte Nummer eins, der am Regal stand, und kippte die nächste Ladung Bücher auf den Boden.

»Sie wissen genau, was ich meine«, sagte Martin zu Nummer zwei. »Ich brauch die Nummer von seinem Pager. Sie steht auf einer Karte. Ich kenne meine Rechte. Na los, machen Sie schon, gehen Sie zur Seite, sonst kann ich für nichts garantieren …«

»Martin! Was ist denn los? Was soll das alles? Oben in unserem Zimmer sind zwei Männer. Sie haben den ganzen Kleiderschrank ausgeleert und … was ist denn nur los?«

Martin fuhr herum. Tricia stand an der Tür, ungewaschen, ungeschminkt und notdürftig bekleidet. Sie sah aus wie eine der Pennerinnen, die in der Unterführung bei Hyde Park Corner auf ihren Schlafsäcken hockten und um Geld bettelten. Sie sah aus wie das, was sie war: eine Fixerin.

Es begann wieder, ihn in den Fingern zu jucken. Er grub seine Nägel in die Ballen. Zwanzig Jahre lang hatte er es immer und ausschließlich Tricia zu verdanken gehabt, wenn er irgendwie in Schwierigkeiten gekommen war. Und jetzt hatte sie ihn endgültig reingeritten.

»Gottverflucht!«, fluchte er. »Du gottverfluchtes Weib!« Und er stürzte durch das Zimmer. Er packte sie bei den Haaren und schaffte es, ihren Kopf gegen den Türpfosten zu knallen, ehe die Bullen ihn packten. »Dämliche Fotze!«, schrie er, als sie ihn von ihr wegzerrten. Und dann zur Polizei gewandt: »Schon gut. Schon gut!« Er schüttelte sie ab. »Rufen Sie Ihren Chef an, dieses Arschloch. Sagen Sie ihm, ich bin bereit zu verhandeln.«

25

Erst gegen Mittag kam Simon St. James dazu, sich die Autopsieberichte anzusehen, die Lynley ihm durch Barbara Havers hatte schicken lassen. Er war nicht sicher, wonach er eigentlich suchen sollte. Die Befunde der Untersuchung von Nicola Maiden schienen in Ordnung zu sein. An der Schlussfolgerung, dass sie an einem Epiduralhämatom gestorben war, gab es nichts auszusetzen. Dass der Schlag von einem Rechtshänder geführt worden war, der sie von oben angegriffen hatte, entsprach der Hypothese, dass sie davongerannt und auf ihrer Flucht über das dunkle Moor gestolpert oder zu Boden gerissen worden war. Abgesehen von den Spuren des Schlags auf den Kopf und den Schrammen und Blutergüssen, die nach einem Sturz auf holprigem Boden zu erwarten waren, zeigte der Leichnam keinerlei Auffälligkeiten. Es sei denn, man wollte sich daran festbeißen, dass die junge Frau sich an allen erdenklichen Körperstellen von den Augenbrauen bis zu den Genitalien Löcher hatte piercen lassen. Diesen Tatbestand in seine Überlegungen einzubeziehen wäre allerdings ziemlich unsinnig zu einer Zeit, da diese Art der Selbstverstümmelung einen der wenigen Protestakte darstellte, die einer Generation junger Menschen, deren Eltern ihnen das praktisch alles schon vorweggenommen hatten, noch geblieben waren.

Nach gründlicher Lektüre des Berichts über Nicola Maiden hatte St. James den Eindruck, dass sämtliche wesentlichen Punkte berücksichtigt worden waren: von Todeszeit und -ursache bis zu vorhandenen – oder nicht vorhandenen – Spuren eines Kampfes. Es waren Fotos und Röntgenbilder gemacht, und die Leiche war mit aller Gründlichkeit untersucht worden. Die verschiedenen Organe waren geprüft, entfernt und beschrieben worden; Proben der Körperflüssigkeiten waren zur Untersuchung ins toxikologische Labor geschickt worden. Am Ende des Berichts fand sich kurz und bündig die Schlussfolgerung des Gutachters. Die junge Frau war an den Folgen eines Schlags auf den Kopf gestorben.

Noch einmal ging St. James die Befunde durch, um ganz sicher zu sein, dass er nicht irgendein wesentliches Detail übersehen hatte. Dann wandte er sich dem zweiten Bericht zu und vertiefte sich in die Geschichte vom Tod Terence Coles.

Lynley hatte ihn angerufen und ihm gesagt, dass eine der Verletzungen des jungen Mannes nicht von dem Schweizer Armeemesser stammte, das den Untersuchungen zufolge die anderen, darunter auch die tödliche Läsion der Oberschenkelschlagader, verursacht hatte. Nachdem St. James sich mit den grundlegenden Fakten in dem Bericht vertraut gemacht hatte, richtete er seine ganze Aufmerksamkeit auf alle jene Angaben, die sich auf diese besondere Verletzung bezogen. Er vermerkte ihre Größe, ihre genaue Lage und die auf dem in Mitleidenschaft gezogenen Knochen hinterlassene Einkerbung. Er blickte lange auf die Worte hinunter und ging dann nachdenklich zum Fenster seines Labors, um von dort aus Peach zu beobachten, der behaglich ausgestreckt im Garten lag und sein kleines Dackelbäuchlein von der Mittagssonne bescheinen ließ.

Er wusste, dass das Schweizer Armeemesser in einem Streugutkasten gefunden worden war. Warum war die andere Waffe nicht auch dort zurückgelassen worden? Warum die eine Waffe verstecken und die andere nicht? Diese Fragen waren natürlich Sache der ermittelnden Beamten und nicht des Wissenschaftlers, aber St. James war der Ansicht, dass er sie sich dennoch stellen musste.

Und nachdem er sie sich durch den Kopf hatte gehen lassen, schien es nur zwei mögliche Antworten zu geben: Entweder die zweite Waffe verriet zu viel über die Identität des Mörders, um an jenem Ort zurückgelassen zu werden, oder aber sie *war* zurückgelassen worden, und die Polizei hatte sie nicht als Waffe erkannt.

Wenn die erste Vermutung zutraf, konnte er in dieser Angelegenheit nicht weiterhelfen. Wenn die zweite zutraf, mussten die Beweismittel, die am Tatort sichergestellt worden waren, noch einmal genauestens überprüft werden. Er selbst hatte keinen Zugang zu dem Material, und er wusste, dass man in Derbyshire seine Einmischung nicht willkommen heißen würde. Er nahm sich also wieder den Autopsiebericht vor und suchte darin nach einem Hinweis oder Anhaltspunkt.

Dr. Sue Myles hatte alles akribisch vermerkt: von den Insekten, die sich in und auf den beiden Leichen eingenistet hatten, während diese unentdeckt im Moor lagen, bis zu den Blättern, Blüten und Ästchen, die im Haar der jungen Frau und den Wunden des jungen Mannes gefunden worden waren.

Dieses letzte Detail – ein Holzspan von etwa zwei Zentimeter Länge, den man an Terence Coles Leiche gefunden hatte – machte St. James neugierig. Der Holzsplitter war zur Analyse ins Labor geschickt worden, und irgendjemand hatte mit Bleistift eine kurze Notiz an den Rand des Berichts geschrieben. Zweifellos nach einem Anruf.

»Zeder«, hatte jemand in säuberlichen Druckbuchstaben am Rand vermerkt. Und daneben, in Klammern, die Wörter »Port Orford«. St. James war kein Botaniker, daher sagten ihm die Worte Port Orford nichts. Er wusste, dass es ihm kaum gelingen würde, an einem Sonntag den Botaniker aufzustöbern, der das Holz untersucht hatte, deshalb nahm er seine Papiere und ging hinunter in sein Arbeitszimmer, wo Deborah, in das *Sunday-Times*-Magazin vertieft, saß. Sie sagte: »Probleme, Schatz?«

»Unwissenheit«, antwortete er. »Was ja schon Problem genug ist.«

Er fand das Buch, das er suchte, und begann, darin zu blättern. Deborah kam zu ihm ans Regal.

»Worum geht's denn?«

»Das weiß ich noch nicht genau«, antwortete er. »Um Zedernholz und Port Orford. Sagt dir das was?«

»Hört sich nach einem Ort an. Port Isaac, Port Orford. Warum?«

»An Terence Coles Leiche wurde ein Zedernholzsplitter gefunden. Das ist der junge Mann, der im Moor ermordet wurde.«

»Tommys Fall?«

»Hm.« St. James schlug das Buch ganz hinten auf und suchte im Stichwortverzeichnis nach »Zeder«. »Libanonzeder, Silberzeder, Bleistiftzeder. Hast du gewusst, dass es so viele verschiedene Zedernarten gibt?«

»Ist es wichtig?«

»Ich denke, es könnte vielleicht wichtig sein.« Er ließ seinen Blick weiter die Seite hinunterwandern. Und da stieß er auf den Begriff »Port Orford«. Er bezeichnete eine weitere Zedernart.

Er blätterte zu der angegebenen Seite, wo er sich zuerst die Illustration ansah, die das Blattwerk des Nadelbaums zeigte, und danach den Eintrag las. »Das ist ja merkwürdig«, sagte er zu seiner Frau.

»Was?«, fragte sie, sich bei ihm einhängend.

Er berichtete ihr, was in dem Autopsiebefund stand: dass ein Holzsplitter, den der zuständige Botaniker als von einer Port-Orford-Zeder stammend identifizert hatte, in einer der Wunden an der Leiche Terence Coles gefunden worden war.

Deborah schüttelte mit einer Kopfbewegung ihr schweres Haar zurück und sah ihren Mann verwundert an. »Wieso ist das merkwürdig? Sie sind doch draußen im Freien getötet worden, nicht wahr? Im Moor.« Ihre Augen weiteten sich plötzlich. »Ach so, jetzt versteh ich, ja.«

»Genau«, sagte St. James. »Kennst du eine Moorlandschaft, in der Zedern wachsen? Aber es wird sogar noch merkwürdiger. Diese besondere Zeder wächst nämlich in Amerika, in den Vereinigten Staaten. In Oregon und im Norden von Kalifornien, heißt es hier.«

»Aber der Baum könnte ja importiert worden sein, meinst du nicht?«, versetzte Deborah. »Für einen Garten oder einen Park. Vielleicht sogar für ein Gewächshaus oder einen Wintergarten. Du weißt schon, wie Palmen oder Kakteen.«

St. James ging zu seinem Schreibtisch und legte das Buch nieder. Nachdenklich ließ er sich in seinen Sessel sinken. »Schön, nehmen wir an, der Baum wurde für einen Garten oder einen Park importiert.«

»Natürlich!« Sie folgte seinem Gedankengang sofort. »Da sind wir gleich bei der nächsten Frage, nicht wahr? Wie ist eine Zeder, die für irgendjemandes Garten oder einen Park bestimmt war, ins Moor gekommen?«

»Und wie ist sie in jenen Teil des Moors gekommen, wo weit und breit kein Garten oder Park in der Nähe ist?«

»Vielleicht hat jemand sie aus religiösen Gründen dort angepflanzt.«

»Nein, das glaube ich nicht.«

»Aber du hast doch gesagt …« Deborah runzelte die Stirn. »Ach so. Ich verstehe. Da hat sich der Botaniker wohl geirrt.«

»Nein, das glaube ich auch nicht.«

»Aber Simon, wenn er nur einen Splitter zur Untersuchung hatte –«

»Mehr braucht ein guter Botaniker nicht.« St. James erklärte es ihr. Selbst der kleinste Holzsplitter, sagte er, sei gezeichnet von dem Muster der Kanäle und Gefäße, die die Säfte von den Wurzeln zum Wipfel eines Baums leiteten. Bäume mit weichem Holz – und alle Koniferen, erklärte er ihr, gehörten zu den weichen Hölzern – seien weniger hoch entwickelt und daher leichter zu identifizieren. Unter einem Mikroskop zeige ein Splitter eine Anzahl charakteristischer Merkmale, durch die seine Holzart sich von allen anderen unterscheide. Ein Botaniker, fuhr er fort, würde diese Merkmale auflisten, sie mit einer Klassifikationstabelle vergleichen – und so die Holzart genau identifizieren können. Es sei, sagte St. James, ein absolut sicheres Verfahren.

»Also gut«, meinte Deborah nicht ohne Zweifel, »dann ist es also Zedernholz, ja?«

»Von der Port-Orford-Zeder. Ich denke, darauf können wir uns verlassen.«

»Und es ist ein Splitter von einer Zeder, die hier in der Gegend nicht heimisch ist, richtig?«

»Ja. Wir müssen uns also fragen, woher dieser Zedernsplitter stammt und wie er in die Wunde am Körper des jungen Mannes geraten ist.«

»Die beiden haben doch gezeltet?«

»Die junge Frau, ja.«

»Kann der Splitter nicht von einem der Holzpflöcke, die zu dem Zelt gehörten, stammen? Du weißt schon, von einem dieser Dinger, die man in den Boden rammen muss, damit das Zelt stehen bleibt. Kann es nicht sein, dass der Pflock aus Zedernholz war?«

»Sie war auf einer Wanderung. Ich glaube nicht, dass sie so ein Zelt bei sich hatte.«

Deborah verschränkte die Arme und lehnte sich an den Schreibtisch. »Und wie wär's mit einem Campinghocker? Mit den Beinen zum Beispiel?«

»Möglich. Wenn so ein Hocker unter den Sachen am Tatort war.«

»Oder mit Werkzeugen. Sie hat doch bestimmt Werkzeuge mitgehabt. Eine Axt zum Beispiel, um Holz zu hauen, eine kleine Schaufel vielleicht. Der Splitter könnte von einem der Griffe abgesprungen sein.«

»Solche Werkzeuge müssten leichtgewichtig sein, wenn sie sie im Rucksack getragen hat.«

»Und was ist mit Küchengeräten? Holzlöffel zum Beispiel?«

St. James lächelte. »Feinschmecker in der Wildnis?«

»Lach mich nicht aus«, sagte sie, selbst lachend. »Ich versuch doch nur, dir zu helfen.«

»Ich habe eine bessere Idee«, versetzte er. »Komm mit.«

Er führte sie nach oben in sein Labor, wo der Computer in einer Ecke beim Fenster leise vor sich hin brummte. Dort setzte er sich nieder, und während Deborah ihm über die Schulter sah, loggte er sich ins Internet ein und sagte: »Wollen wir doch mal unseren allwissenden Online-Dienst befragen.«

»Computer bringen mich sofort ins Schwitzen.«

St. James nahm ihre Hand, die trocken und kühl war, und drückte einen Kuss darauf. »Dein Geheimnis ist bei mir sicher.«

Der Computerbildschirm wurde lebendig, und St. James wählte die Suchmaschine, mit der er im Allgemeinen arbeitete. Er tippte das Wort »Zeder« in das Suchfeld und riss konsterniert die Augen auf, als ihm dazu an die 600 000 Einträge angeboten wurden.

»Du meine Güte«, sagte Deborah. »Das ist ja nicht gerade hilfreich, nicht wahr?«

»Schränken wir die Möglichkeiten ein wenig ein.« St. James änderte sein Suchwort und tippte »Port-Orford-Zeder«. Das Resultat war eine augenblickliche Reduzierung auf 183 Einträge. Aber als er zu scrollen begann, sah er, dass die Datei Unmengen für ihn belangloser Informationen enthielt, von einem Artikel über Port Orford in Oregon bis zu einer Abhandlung über Holzfäule. Er lehnte sich zurück, überlegte einen Moment und tippte dann zusätzlich das Wort »Verwendung« ein. Das brachte ihm überhaupt nichts. Er stieg von »Verwendung« auf »wirtschaftliche Nutzung« um und drückte die Returntaste. Das Bild auf dem Schirm wechselte, und er bekam seine Antwort.

Er las den ersten Eintrag und sagte laut: »Guter Gott!«

Deborah, deren Aufmerksamkeit abgeschweift war, horchte auf. »Was ist denn?«, fragte sie.

»Wir haben die Waffe«, antwortete er und deutete auf den Bildschirm.

Deborah las selbst und schnappte erschrocken nach Luft. »Soll ich versuchen, Tommy zu erreichen?«

St. James überlegte. Den Auftrag, die Autopsieberichte durchzusehen, hatte Lynley ihm durch Barbara überbringen lassen. Das konnte man ruhig als Hinweis nehmen, dass hier der Dienstweg zu beachten war, und ihm lieferte es den Vorwand, den er brauchte, um zu versuchen, zwischen den zerstrittenen Parteien Frieden zu stiften.

»Nein, versuchen wir lieber, Barbara zu erreichen«, sagte er zu seiner Frau. »Sie soll Tommy informieren.«

Barbara Havers brauste in ihrem Mini um die Ecke der Anhalt Road und hoffte, das Glück würde noch ein paar Stunden auf ihrer Seite sein. Sie hatte Cilla Thompson in ihrem Atelier unter der Eisenbahnbrücke vorgefunden, wo diese ihre dubiosen Talente gerade einem Gemälde angedeihen ließ, auf dem sich ein riesiger Schlund über einem dreibeinigen Mädchen öffnete, das auf einer schwammig aussehenden Zunge Seilspringen übte. Ein paar Fragen hatten ausgereicht, um umfassendere Auskünfte über den »Herrn mit dem guten Geschmack« zu bekommen, der in der vergangenen Woche eines von Cillas Meisterwerken erworben hatte.

Cilla konnte sich nicht auf Anhieb an seinen Namen erinnern. Sie glaube, sagte sie nach kurzem Überlegen, er habe ihn ihr gar nicht genannt. Aber er habe ihr einen Scheck geschrieben, den sie fotokopiert hatte – wahrscheinlich, dachte Barbara, um der Welt ungläubiger Thomase zu beweisen, dass sie es tatsächlich geschafft hatte, eines ihrer Bilder zu verkaufen. Sie hatte die Fotokopie an der Innenseite des Holzkastens festgeklebt, in dem sie ihre Farben aufbewahrte, und zeigte ihn bereitwillig. »Ah ja, da steht der Name. Hey! Sehen Sie mal! Ob er wohl ein Verwandter ist?«

Matthew King-Ryder hatte, wie Barbara sah, einen absurd hohen Preis für ein lausiges Gemälde bezahlt. Der Scheck war auf eine Bank in St. Helier auf der Insel Jersey ausgestellt. Er hatte ziemlich krakelig geschrieben, als ob er in großer Eile gewesen wäre. Was er vielleicht auch gewesen war, dachte Barbara.

Wie denn Matthew King-Ryder ausgerechnet in die Portslade Road gekommen sei, fragte sie die Künstlerin. Cilla müsse doch zugeben, dass die Ateliers hier unter der Eisenbahn nicht gerade als Hochburg moderner Kunst bekannt seien.

Cilla zuckte die Achseln. Sie hatte keine Ahnung, wie er ihr Atelier gefunden hatte. Aber sie war offensichtlich nicht der Typ, der einem geschenkten Gaul ins Maul schaute. Als er unversehens erschienen war, gefragt hatte, ob er sich einmal umsehen dürfe, und ein großes Interesse an ihrer Arbeit gezeigt hatte, hatte sie ihn mit Freuden überall herumstöbern lassen. Im Grunde konnte sie nichts weiter berichten, als dass der Mann mit dem Scheckbuch bestimmt eine gute Stunde damit zugebracht hatte, sich jede Arbeit im Atelier genau anzusehen …

Auch Terrys?, wollte Barbara wissen. Ob er sich auch für Terrys Arbeiten interessiert habe? Habe er vielleicht Terrys Namen genannt?

Nein. Er habe nur *ihre* Arbeiten sehen wollen, erklärte Cilla. Alle ohne Ausnahme. Und als er nichts gefunden hatte, was ihm wirklich zusagte, hatte er gefragt, ob sie irgendwo noch weitere Bilder habe, die er sich ansehen könne. Sie hatte ihn daraufhin in ihre Wohnung geschickt, nachdem sie vorher Mrs. Baden angerufen und sie gebeten hatte, ihn hinaufzuführen, wenn er käme. Er war direkt hingefahren und hatte sich eines der Gemälde in ihrer Wohnung ausgesucht. Den Scheck hatte er prompt am folgenden Tag mit der Post geschickt. »Und er hat den Preis bezahlt, den ich verlangt hab«, sagte Cilla stolz. »Er hat überhaupt nicht zu feilschen versucht.«

Und diese Tatsache allein – dass Matthew King-Ryder sich Zugang zu Terry Coles Wohnung verschafft hatte, ganz gleich, aus welchem Grund – veranlasste Barbara, das Gaspedal noch weiter durchzudrücken, als sie auf dem Weg zu Mrs. Badens Haus durch Battersea brauste.

Als sie am Ende der Anhalt Road ihren kleinen Wagen in eine Parklücke hineinmanövrierte, verschwendete sie nicht einen Gedanken daran, dass sie jetzt eigentlich etwas ganz anderes hätte tun sollen. Sie hatte weisungsgemäß den Durchsuchungsbefehl besorgt und anhand des Dienstplans ein Team zusammengestellt. Sie hatte sich sogar mit den Männern vor dem *Snappy Snaps* in Notting Hill Gate getroffen und sie darüber ins Bild gesetzt, worauf sie bei der Durchsuchung von Martin Reeves Haus besonders achten sollten. Sie hatte lediglich unterlassen zu erwähnen, dass sie sie eigentlich hätte begleiten sollen. Eine Rechtfertigung für ihre Pflichtversäumnis zu finden war nicht schwer. Das Team, das sie zusammengetrommelt hatte – zwei der Beamten waren in ihrer Freizeit Amateurboxer –, konnte seiner Aufgabe, das Haus auseinanderzunehmen und den Bewohnern gehörig die Hölle heißzumachen, viel besser gerecht werden, wenn keine Frau dabei war, die die bedrohliche Wirkung dieser vier wortkargen Hünen höchstens abgeschwächt hätte. Und schlug sie nicht gleich zwei – vielleicht auch drei oder sogar vier – Fliegen mit einer Klappe, wenn sie die Beamten allein nach Notting Hill fahren ließ, um die Reeves in die Mangel zu nehmen? Denn während die Männer sich dort nützlich machten, konnte sie sich gleichzeitig um andere wichtige Dinge kümmern, zum Beispiel neue Erkenntnisse in Battersea sammeln. So etwas nennt man die Fähigkeit, Aufgaben zu übertragen und Verantwortung zu delegieren, sagte sie sich, und genau das zeichnete schließlich einen Beamten mit Führungseigenschaften aus. Und sie weigerte sich energisch, auf die penetrante kleine Stimme in ihrem Kopf zu hören, die ihr einreden wollte, dass man ein solches Verhalten auch ganz anders nennen konnte.

Sie läutete bei Mrs. Baden. Die gedämpften Klänge stockenden Klavierspiels versiegten abrupt. Die Stores im Erkerfenster bewegten sich leicht, als sie ein klein wenig zur Seite geschoben wurden.

»Mrs. Baden?«, rief Barbara laut. »Ich bin's noch mal, Barbara Havers von New Scotland Yard.«

Der Türöffner summte. Barbara trat rasch ins Haus.

»Ach du meine Güte«, empfing Mrs. Baden sie freundlich, »ich hatte ja keine Ahnung, dass man bei der Kriminalpolizei auch sonntags arbeiten muss. Ich hoffe, man lässt Ihnen wenigstens genügend Zeit, um in die Kirche zu gehen.«

Sie selbst war schon beim Frühgottesdienst gewesen, berichtete sie, ohne auf eine Erwiderung von Barbara zu warten. Und danach hatte sie an einer Gemeindeversammmlung teilgenommen, bei der besprochen worden war, ob man Bingoabende veranstalten sollte, um das Geld zur Erneuerung des Dachs über dem Altarraum aufzubringen. Sie hatte sich für diesen Vorschlag ausgesprochen, obwohl sie im Allgemeinen gegen das Glücksspiel war. Aber in diesem Fall diente das Glücksspiel Gott, und das war schließlich etwas ganz anderes als diese weltliche Art des Glücksspiels, das nur die Kasinobesitzer reich machte, die schlau genug waren, mit der Habgier der Leute zu spekulieren.

»Und nun kann ich Ihnen leider keinen Kuchen mehr anbieten«, schloss Mrs. Baden bedauernd. »Ich habe den Rest heute Morgen zu der Versammlung mitgenommen. Es ist doch viel angenehmer, bei Kaffee und Kuchen zu diskutieren als mit knurrendem Magen, finden Sie nicht auch? Besonders« – und hier lächelte sie über ihre witzige Bemerkung – »wenn sowieso schon genug geknurrt wird.«

Einen Moment lang sah Barbara sie verständnislos an. Dann erinnerte sie sich ihres letzten Besuchs. »Ach so, der Zitronenkuchen! Ich kann mir vorstellen, dass der heute Morgen großen Anklang gefunden hat, Mrs. Baden.«

Die alte Frau senkte bescheiden den Blick. »Ich finde, es ist wichtig, einen Beitrag zu leisten, wenn man zu einer Gemeinschaft gehört. Ehe ich diesen schrecklichen Tatterich bekam« – sie hielt ihre Hände hoch, die wie im Fieber zitterten – »habe ich bei den Gottesdiensten immer die Orgel gespielt. Am liebsten waren mir, ehrlich gesagt, die Begräbnisse, aber das konnte ich natürlich dem Kirchenvorstand nicht sagen, man hätte meinen Geschmack bestimmt für makaber gehalten. Als dann das Zittern anfing, musste ich das alles aufgeben. Jetzt begleite ich stattdessen den Kindergartenchor auf dem Klavier. Da ist es nicht so schlimm, wenn ich ab und zu mal einen falschen Ton anschlage. Die Kinder sind da sehr nachsichtig. Aber Menschen, die zu einer Beerdigung gekommen sind, haben wahrscheinlich weit weniger Anlass, verständnisvoll zu sein, nicht wahr?«

»Ja, das kann ich mir vorstellen«, stimmte Barbara zu. »Mrs. Baden, ich war eben bei Cilla Thompson.« Sie berichtete kurz, was sie von der jungen Frau gehört hatte.

Während sie sprach, ging Mrs. Baden zu ihrem alten Klavier, auf dem ein Metronom rhythmisch hin- und herschwang und ein kleiner Wecker tickte. Sie hielt das Metronom an und schaltete den Wecker aus. Sie rückte den Klavierhocker zurecht, schob mehrere Notenblätter ordentlich zusammen, stellte sie wieder auf den Ständer und setzte sich, die Hände gefaltet, ganz Aufmerksamkeit. Gegenüber vom Klavier hüpften die Finken zwitschernd in ihrem großen Käfig von einer Stange zur anderen. Mrs. Baden betrachtete die Vögel liebevoll, während sie Barbara zuhörte.

»O ja, der Herr war hier, dieser Mr. King-Ryder«, erklärte sie, als Barbara zum Schluss gekommen war. »Ich habe seinen Namen natürlich gleich erkannt, als er sich vorgestellt hat. Ich habe ihm ein Stück Schokoladenkuchen angeboten, aber er lehnte ab, er ist nicht einmal auf einen Sprung hereingekommen. Er war ganz versessen darauf, sich die Bilder anzusehen.«

»Und haben Sie ihn in die Wohnung hineingelassen? Ich meine, in die von Terry und Cilla.«

»Cilla hatte mich angerufen und mir gesagt, dass ein Herr vorbeikommen wolle, um sich ihre Bilder anzusehen. Sie hatte mich gebeten, ihm aufzusperren und ihn hineinzulassen. Seinen Namen hat sie mir nicht genannt – das dumme Ding hatte ihn nicht einmal danach gefragt, können Sie sich das vorstellen? –, aber da mir hier die Kunstsammler im Allgemeinen nicht die Tür einrennen, um Cillas Bilder zu bewundern, habe ich, als er kam, angenommen, er wäre der Angekündigte. Im Übrigen habe ich ihn nicht allein in der Wohnung gelassen. Oder jedenfalls erst, nachdem ich mit Cilla gesprochen hatte.«

»Er war also allein oben? Nachdem Sie mit Cilla Thompson Rücksprache gehalten hatten?« Barbara rieb sich im Geist die Hände. Jetzt ging es doch endlich vorwärts. »Hat er darum gebeten, allein gelassen zu werden?«

»Nachdem ich ihn hinaufgeführt hatte und er sah, wie viele Bilder da oben in der Wohnung standen, sagte er, er würde einige Zeit brauchen, um sie sich *genau* anzusehen und dann zu entscheiden. Als Sammler wollte er –«

»Er hat behauptet, er wäre Sammler, Mrs. Baden?«

»Die Malerei sei seine große Leidenschaft, hat er mir erklärt.

Aber da er kein wohlhabender Mann sei, sammle er die Unbekannten. Daran erinnere ich mich ganz genau, weil er mir von den Leuten erzählt hat, die Picassos Arbeiten gekauft haben, bevor Picasso … na ja, bevor Picasso eben Picasso war. Sie folgten einfach ihrem Instinkt und überließen den Rest der ›Kunstgeschichte‹, hat er gesagt. Und er täte das Gleiche.«

Daraufhin hatte Mrs. Baden ihn allein gelassen, und er hatte über eine Stunde gebraucht, um sich Cilla Thompsons Arbeiten anzusehen und seine Wahl zu treffen.

»Er hat mir das Bild gezeigt, nachdem er abgeschlossen und mir den Schlüssel zurückgebracht hatte«, erzählte sie Barbara. »Ich kann nicht behaupten, dass ich seine Wahl verstanden hätte. Aber na ja … ich bin schließlich keine Sammlerin. Abgesehen von meinen kleinen Vögeln sammle ich überhaupt nichts.«

»Und Sie sind sicher, dass er eine Stunde oben war?«

»Über eine Stunde. Schauen sie, ich übe nachmittags immer Klavier. Jeden Tag anderthalb Stunden. Viel kommt dabei natürlich nicht heraus bei meinen zitternden Händen. Aber ich finde, man soll nie aufgeben. Ich hatte gerade das Metronom aufgezogen und den Wecker gestellt, als Cilla mich anrief, um mir zu sagen, dass er kommen würde. Ich beschloss daraufhin, mit dem Üben erst anzufangen, nachdem er wieder gegangen war. Ich mag beim Üben nicht gestört werden … aber bitte nehmen Sie das jetzt nicht persönlich, mein Kind. Dieses Gespräch ist eine Ausnahme.«

»Danke. Und …?«

»Und als er dann sagte, er würde sich gern Zeit lassen, um sich gründlich umzusehen, beschloss ich, doch mit dem Üben anzufangen. Ich hatte genau eine Stunde und zehn Minuten am Klavier gesessen – ohne großen Erfolg leider –, als er wieder bei mir klopfte. Er hatte ein Bild unter dem Arm und fragte, ob ich Cilla ausrichten würde, dass er ihr einen Scheck schicken würde. Ach, du meine Güte!« Mrs. Baden richtete sich plötzlich auf und griff sich erschrocken an den faltigen Hals. »Hat er Cilla etwa den Scheck gar nicht geschickt?«

»Doch, er hat den Scheck geschickt.«

Die Hand sank herab. »Gott sei Dank! Das erleichtert mich doch sehr. Denn wissen Sie, ich war an dem Tag etwas unaufmerksam. Ich war ganz mit meiner Musik beschäftigt, weil ich unbedingt bis zum Ende der Woche wenigstens ein Musikstück für Terry einüben wollte, den guten Jungen. Das Geschenk von ihm war so lieb. Es war weder mein Geburtstag noch Muttertag, und da stand er plötzlich vor der Tür ... ich meine, nicht, dass ich von einem Jungen, der nicht mein Sohn ist, am Muttertag etwas *erwarten* würde, aber er war immer so nett und großzügig, und ich wollte ihm einfach zeigen, dass ich diese Großzügigkeit zu schätzen wusste. Deshalb wollte ich wenigstens eines der Stücke für ihn spielen können. Aber das Üben war ziemlich mühsam und ging gar nicht besonders gut, weil meine Augen auch nicht mehr das sind, was sie einmal waren, und es eine ziemliche Anstrengung ist, Noten zu lesen, die mit der Hand geschrieben sind. Deshalb war ich so in Gedanken, verstehen Sie? Aber der junge Mann – Mr. King-Ryder – machte auf mich einen ehrlichen und zuverlässigen Eindruck, darum bin ich überhaupt nicht auf die Idee gekommen, er könnte Betrug im Sinn haben, als er sagte, er würde einen Scheck schicken. Und ich bin froh zu hören, dass mein Eindruck richtig war.«

Barbara hörte die letzten Bemerkungen nur mit halbem Ohr. Sie war ganz gebannt von dem, was die alte Frau ihr vorher erzählt hatte. »Mrs. Baden«, sagte sie langsam und holte so vorsichtig Luft, als hätte sie Angst, ein kräftigerer Atemzug könnte die Fakten wegblasen, die sie von Mrs. Baden zu erfahren hoffte. »Sagten Sie eben, dass Terry Cole Ihnen Musikstücke fürs Klavier geschenkt hat?«

»Ganz recht, mein Kind. Aber ich glaube, das habe ich schon neulich erwähnt, als Sie hier waren. Wirklich, ein so lieber Junge, dieser Terry. Und so ein guter Junge im Grunde genommen. Immer war er für mich da, wenn ich ihn gebraucht habe. Er hat auch meine Vögel gefüttert, wenn ich länger außer Haus war. Und es hat ihm richtig Spaß gemacht, die Fenster zu putzen und die Teppiche zu saugen. Jedenfalls hat er das immer gesagt.« Sie lächelte leise.

Barbara riss die alte Frau aus ihren Erinnerungen und brachte sie wieder auf das Thema zurück. »Mrs. Baden, haben Sie diese Musikstücke noch?«, fragte sie.

»Aber ja, natürlich. Ich habe sie gleich hier.«

Lynley hatte Martin Reeve in einen der Vernehmungsräume im Yard bringen lassen. Er hatte es abgelehnt, am Telefon mit ihm zu sprechen, als Constable Steve Budde, ein Mitglied des Durchsuchungsteams, von Reeves Haus aus angerufen hatte, um ihm Reeves Verhandlungsangebot zu übermitteln. Reeve, so hatte Budde gesagt, sei bereit, der Polizei Informationen zu liefern, die sich als wichtig erweisen könnten, wenn ihm dafür im Gegenzug gestattet wäre, nach Melbourne auszuwandern, eine Stadt, die ihm offenbar urplötzlich sehr ans Herz gewachsen sei.

Scotland Yard, hatte Lynley auf diese Mitteilung hin erwidert, verhandle nicht mit Mördern. Er wies Constable Budde an, dem Zuhälter das auszurichten und ihn ins Yard zu bringen.

Wie Lynley gehofft hatte, traf Reeve ohne seinen Anwalt ein. Sein unrasiertes Gesicht war grau und eingefallen, das halboffene Hawaiihemd, das er über seinen Jeans trug, enthüllte eine käsige Brust, auf der mehrere frische blutrote Kratzer leuchteten.

»Pfeifen Sie Ihre Gorillas zurück«, sagte Reeve ohne lange Vorreden, als Lynley eintrat. »Diese Bande« – mit einer scharfen Kopfbewegung zu Constable Budde – »zerlegt mir das ganze Haus. Entweder Sie ziehen sie auf der Stelle ab, oder ich lehne jede Zusammenarbeit ab.«

Lynley wies Constable Budde mit einem kurzen Nicken zu einem Stuhl an der Wand. Der Metallstuhl ächzte unter dem Gewicht des Mannes, als dieser sich niederließ und wachsame Haltung einnahm.

Lynley und Reeve setzten sich an den Tisch, und Lynley sagte: »Sie sind nicht in der Position, Forderungen zu stellen, Mr. Reeve.«

»Quatsch! Das bin ich sehr wohl, wenn Sie Informationen haben wollen. Veranlassen Sie, dass diese Mistkerle mein Haus verlassen, Lynley.«

Statt einer Antwort schob Lynley eine neue Kassette in den Recorder, drückte den Aufnahmeknopf und nannte Datum, Zeit und die Namen der Anwesenden. Er machte Reeve in aller Form auf seine Rechte aufmerksam und sagte am Schluss: »Verzichten Sie auf Ihr Recht, einen Rechtsbeistand hinzuzuziehen?«

»Herrgott noch mal, was soll das? Wollen Sie die Wahrheit hören oder hier Theater aufführen?«

»Antworten Sie mir bitte.«

»Ich brauche keinen Anwalt für das, weswegen ich hier bin.«

»Der Verdächtige verzichtet darauf, einen Rechtsbeistand anzufordern«, sprach Lynley auf Band. »Mr. Reeve, waren Sie mit Nicola Maiden bekannt?«

»Kommen wir doch endlich zur Sache. Sie wissen, dass ich sie gekannt habe. Sie wissen, dass sie für mich gearbeitet hat. Sie und Vi Nevin haben im letzten Frühjahr bei mir aufgehört, und ich habe seither keine von beiden mehr gesehen. Ende der Geschichte. Aber ich bin nicht hergekommen, um darüber zu reden –«

»Wann hat Shelly Platt Ihnen zugetragen, dass Nicola Maiden und Vi Nevin sich als Callgirls selbständig gemacht hatten?«

Reeves Gesichtsausdruck wurde wachsam. »Wer? Shelly wie?«

»Shelly Platt. Sie werden doch nicht leugnen wollen, sie zu kennen. Meinem Beamten im Krankenhaus zufolge hat Shelly Platt Sie heute Morgen auf Anhieb erkannt.«

»Mich kennen viele Leute. Ich komme rum. Und ebenso Tricia, meine Frau. Unsere Gesichter sind bestimmt mindestens einmal in der Woche in der Zeitung.«

»Laut ihrer Aussage hat Shelly Platt Sie darüber informiert, dass die beiden jungen Frauen als Selbständige ins Geschäft eingestiegen waren. Das kann Ihnen doch wohl kaum gefallen haben. Und Ihrem Ruf als tüchtiger Geschäftsmann, der seine Pferdchen fest an der Kandare hat, wird es sicher auch nicht zuträglich gewesen sein.«

»Hören Sie, wenn eine Schnepfe ihren Krempel allein machen will, interessiert mich das einen Dreck, okay? Die kommen schnell genug dahinter, wie viel Arbeit und Geld es kostet, hochkarätige Kunden zu werben, wie sie sie gewohnt sind. Dann kommen sie ganz fix wieder zurück, und wenn sie Glück haben und ich in Stimmung bin, nehm ich sie wieder auf. Das ist schon früher vorgekommen. Und es wird wieder vorkommen. Ich wusste, dass ich auch bei Nevin und Maiden nur zu warten brauchte, bis sie wieder angekrochen kommen würden.«

»Und wenn sie nun gar nicht zu Ihnen zurückwollten? Wenn sie mehr Erfolg hatten, als Sie vorausgesehen hatten? Was dann? Und was können Sie tun, um zu verhindern, dass auch die anderen Frauen, die Sie beschäftigen, ihr Glück auf eigene Faust versuchen?«

Reeve lehnte sich auf seinem Stuhl zurück. »Sind wir hier, um uns übers Gewerbe zu unterhalten, oder wollen Sie ein paar klare Antworten auf Ihre Fragen von gestern Abend? Sie haben die Wahl, Inspector. Aber entscheiden Sie sich schnell. Ich habe nicht die Zeit, hier rumzusitzen und mit Ihnen Konversation zu machen.«

»Mr. Reeve, Sie haben mir keine Bedingungen zu stellen. Eine der Frauen, die für Sie gearbeitet hat, ist tot. Die andere – ihre Partnerin – ist fast zu Tode geprügelt worden. Entweder ist das ein unglaublicher Zufall, oder es gibt eine Verbindung zwischen den beiden Ereignissen. Mir scheint, diese Verbindung sind Sie und die Entscheidung der beiden Frauen, sich von Ihnen zu trennen.«

»Womit klar wäre, dass sie längst nicht mehr für mich gearbeitet haben«, entgegnete Reeve. »Ich habe mit dieser Sache nichts zu tun.«

»Sie möchten uns also glauben machen, dass ein Callgirl sich jederzeit von Ihnen trennen und Ihnen als Selbständige Konkurrenz machen kann, ohne irgendwelche Repressalien befürchten zu müssen? Ganz nach dem Gesetz der freien Marktwirtschaft, demzufolge derjenige den Gewinn macht, der das beste Produkt anbietet. Ist es so?«

»Ich hätte es nicht besser ausdrücken können.«

»Der beste Mann gewinnt? Oder die beste Frau in diesem Fall?«

»Das ist die Regel im Geschäftsleben, Inspector.«

»Ich verstehe. Dann haben Sie sicher nichts dagegen, mir zu sagen, wo Sie gestern waren, als Vi Nevin überfallen wurde.«

»Das sage ich Ihnen sogar sehr gern – sobald ich gehört habe, was Sie als Gegenleistung bieten.«

Lynley hatte genug von den taktischen Spielchen des Zuhälters. »Nehmen Sie ihn in Untersuchungshaft«, sagte er zu Constable Budde. »Tätlicher Angriff und Mord.«

Der Constable stand auf.

»Hey! Moment mal! Ich bin hergekommen, um mit Ihnen zu reden. Sie haben Tricia gestern ein Geschäft angeboten. Ich bin bereit, mich darauf einzulassen. Sie brauchen die Bedingungen nur auf den Tisch zu legen, damit wir beide wissen, woran wir sind.«

»So läuft es aber nicht.« Lynley stand ebenfalls auf.

Budde packte Reeve beim Arm. »Gehen wir.«

Reeve schüttelte ihn ab. »Hören Sie auf mit diesem Scheiß! Sie wollen wissen, wo ich war? Okay, ich sag's Ihnen.«

Lynley setzte sich wieder. Er hatte den Recorder nicht ausgeschaltet, was Reeve in seiner Erregung nicht bemerkt hatte. »Sprechen Sie.«

Reeve wartete, bis Budde zu seinem Stuhl zurückgekehrt war. Dann sagte er: »Halten Sie Ihren Struppi an der Leine. Ich mag's nicht, wenn mir einer zu nahe kommt.«

»Wir werden es uns merken.«

Reeve rieb sich den Arm, als dächte er über eine zukünftige Klage wegen Misshandlung durch die Polizei nach. »Also gut«, sagte er dann. »Ich war gestern nicht zu Hause. Ich bin am Nachmittag weg und erst am Abend wieder heimgekommen. Das muss so um neun oder zehn gewesen sein.«

»Und wo waren Sie?«

Reeve machte ein Gesicht, als versuchte er den Schaden abzuschätzen, den er sich mit seiner Antwort zufügen würde. »Ich war dort«, antwortete er. »Ich geb's zu. Aber ich war nicht dort, als –«

»Sie waren in Fulham?«, sagte Lynley, der wollte, dass dieses entscheidende Detail aufgezeichnet wurde. »In der Rostrevor Road?«

»Ja, aber sie war nicht da. Ich hatte schon den ganzen Sommer versucht, den beiden auf die Spur zu kommen, Vi und Nikki. Als dann am Freitag diese beiden Bullen bei mir aufkreuzten – der Schwarze und die kleine Dicke mit den angeschlagenen Schneidezähnen –, hab ich mir gedacht, die könnten mich zu Vi führen, wenn ich's richtig anstellte. Ich hab sie verfolgen lassen. Und am nächsten Tag bin ich hingefahren.« Er grinste. »Mal ganz was andres, was? Dass jemand die Bullen beschattet, statt umgekehrt.«

»Für das Protokoll, Mr. Reeve: Sie waren gestern in der Rostrevor Road?«

»Ja, und Vi war nicht da. Es war überhaupt niemand da.«

»Was wollten Sie von ihr?«

Reeve inspizierte angelegentlich seine Fingernägel. Sie sahen frisch manikürt aus. Die Fingerknöchel jedoch waren angeschwollen und gerötet. »Sagen wir, ich wollte ihr eine Lektion erteilen.«

»Mit anderen Worten, Sie haben Vi Nevin zusammengeschlagen.«

»Keine Rede davon. Ich hab Ihnen doch gesagt, ich hatte gar keine Gelegenheit dazu. Und für irgendwas, was ich vielleicht tun *wollte*, können Sie mich nun ganz bestimmt nicht einbuchten. Selbst *wenn* ich überhaupt die Absicht gehabt hätte, sie zu schlagen, was ich strikt bestreite.« Er rutschte tiefer auf seinem Stuhl und schlug lässig die Beine übereinander, sichtlich lockerer jetzt, selbstsicherer. »Wie ich schon sagte, sie war nicht da. Ich bin im Lauf des Nachmittags noch dreimal hingefahren, aber ich hatte kein Glück und kriegte langsam einen Riesenfrust. Wenn ich mich so fühle ...« Reeve schlug sich mit der Faust in die offene Hand. »Wenn das passiert, dann tue ich was. Ich handle. Ich schleiche nicht mit eingekniffenem Schwanz nach Hause und warte darauf, dass mich der Nächste in die Pfanne haut.«

»Haben Sie versucht, sie zu finden? Sie haben doch sicher eine Liste Ihrer Kunden, zumindest jener, mit denen Vi Nevin zu tun hatte, als sie noch für Sie tätig war. Wenn sie nicht zu Hause war, wäre es doch logisch gewesen, nach ihr zu suchen. Besonders wenn Sie – wie Sie es ausgedrückt haben – allmählich einen Riesenfrust bekamen.«

»Ich sagte eben, dass ich in so einem Fall etwas unternehme, Lynley. Ich *handle*, wenn mich was ärgert, okay? Ich wollte der Hure einen Denkzettel verpassen und bekam keine Gelegenheit dazu, und das hat mich stocksauer gemacht. Also hab ich beschlossen, jemand anderem eine Lektion zu erteilen.«

»Ich verstehe nicht, was Ihnen das gebracht haben soll.«

»Oh, es hat mir eine Menge gebracht. Ich hab nämlich angefangen, darüber nachzudenken, dass es an der Zeit wäre, die Übrigen ein bisschen härter anzupacken. Die sollen noch nicht mal auf den Gedanken kommen, sie könnten sich an Nikki und Vi ein

Beispiel nehmen. Huren halten alle Männer für blöde Wichser. Darum sollte man besser bereit sein, das zu tun, was nötig ist, wenn man die Oberhand über sie behalten will.«

»Ich vermute, dazu ist vor allem Gewalt nötig.« Lynley konnte nur staunen über Reeves Arroganz. Merkte der Bursche denn nicht, dass er sich mit seinem Gerede sein eigenes Grab schaufelte? Glaubte er allen Ernstes, dass er mit seinen Statements seine Situation verbesserte?

Reeve war nicht aufzuhalten. Seinem Bericht zufolge hatte er im Laufe des Nachmittags seinen Mädchen Überraschungsbesuche abgestattet, um seine Machtposition zu festigen. Er hatte ihnen ihre Bankunterlagen, Terminkalender und Rechnungen abgenommen, um die Daten mit seinen eigenen Aufzeichnungen zu vergleichen. Er hatte die Nachrichten auf ihren Anrufbeantwortern abgehört, um herauszubekommen, ob sie ihren Kunden nahelegten, die Vermittlungsdienste von Global Escorts zu umgehen, wenn sie einen Termin buchten. Er hatte ihre Kleiderschränke durchgesehen, um zu prüfen, ob ihre Garderobe auf heimliche Nebeneinkünfte schließen ließ. Er hatte ihre Bestände an Kondomen, Gleitmitteln und Sexspielzeug inspiziert, um festzustellen, ob sie dem entsprachen, was er über den speziellen Kundenkreis jeder einzelnen Frau wusste.

»Einigen von ihnen hat das nicht gefallen«, erklärte er. »Sie haben sich beschwert. Da musste ich ihnen natürlich klarmachen, was Sache ist.«

»Sie haben sie verprügelt.«

»Verprügelt?« Reeve lachte. »Wo werd ich denn! Gevögelt hab ich sie. Das war's, was Sie gestern Abend in meinem Gesicht gesehen haben. Ich nenn das Fingernagelvorspiel.«

»Es gibt ein anderes Wort dafür.«

»Ich hab keine Einzige vergewaltigt, falls Sie darauf hinauswollen. Und nicht eine unter ihnen wird was Derartiges behaupten. Aber wenn Sie sie vorladen wollen – die drei, die ich gevögelt hab –, um sie zu grillen, dann tun Sie's ruhig. Ich wollte Ihnen sowieso ihre Namen angeben. Sie werden meine Aussage bestätigen.«

»Das glaube ich gern«, sagte Lynley. »Denn die Frau, die das nicht tut, muss ja damit rechnen, dass Sie ihr klarmachen, was Sache ist, wie Sie das eben formulierten.« Er stand auf und schaltete den Recorder aus. Zu Constable Budde sagte er: »Wir stellen ihn unter Anklage. Bringen Sie ihn zu einem Telefon, denn er wird bestimmt anfangen, nach seinem Anwalt zu schreien, noch ehe wir –«

»Hey!« Reeve sprang auf. »Was soll das? Ich hab keine von diesen Fotzen angerührt. Sie haben nichts gegen mich in der Hand.«

»Sie sind ein Zuhälter, Mr. Reeve. Ich habe Ihr Eingeständnis auf Band. Das ist schon mal ein ganz ordentlicher Anfang.«

»Sie haben mir ein Tauschgeschäft angeboten. Ich bin hergekommen, weil ich bereit bin, das Angebot anzunehmen. Ich rede, und dann verschwinde ich nach Melbourne. So haben Sie's Tricia unterbreitet, und –«

»Und Tricia kann das Angebot annehmen, wenn sie möchte.« Lynley wandte sich an Budde. »Wir schicken jetzt am besten gleich ein Team von der Sitte in die Landsdowne Road. Rufen Sie dort an und sagen Sie Havers, sie soll warten, bis die Leute kommen.«

»Hey, Moment mal! Hören Sie mir doch erst mal zu!« Reeve rannte um den Tisch herum. Budde hielt ihn fest. »Nehmen Sie Ihre gottverdammten Hände weg –«

»Sie hat wahrscheinlich längst genug Material beisammen, um ihn wegen Zuhälterei festzunehmen«, sagte Lynley zu Budde. »Das reicht fürs Erste.«

»Ihr Arschlöcher wisst überhaupt nicht, mit wem ihr's zu tun habt!«

Budde packte fester zu. »Havers? Chef, die ist nicht in Notting Hill. Da sind nur Jackson, Stille und Smiley. Soll ich trotzdem versuchen, sie zu erreichen?«

»Was?«, rief Lynley. »Sie ist nicht dort? Aber wo –«

Reeve versuchte, Budde abzuschütteln. »Das wird Sie noch teuer zu stehen kommen!«

»Immer mit der Ruhe, Kumpel. Sie bleiben erst mal schön hier.« Budde wandte sich Lynley zu. »Sie hat sich dort mit uns getroffen und uns den Durchsuchungsbefehl übergeben. Soll ich versuchen –«

»Ihr Scheißbande!«

Die Tür zum Vernehmungsraum flog auf. »Inspector?« Es war Winston Nkata. »Brauchen Sie Hilfe?«

»Alles unter Kontrolle«, antwortete Lynley und sagte dann zu Budde: »Bringen Sie ihn zu einem Telefon. Lassen Sie ihn seinen Anwalt anrufen. Und erledigen Sie dann den nötigen Papierkram.«

Budde schubste Reeve an Nkata vorbei in den Korridor hinaus. Lynley blieb am Tisch stehen, die Finger fest auf dem Kassettenrecorder, um sich zur Ruhe zu zwingen. Wenn er jetzt irgendetwas tat, ohne sich die Zeit zu nehmen, die Konsequenzen jeder möglichen Handlung zu bedenken, würde er es früher oder später mit Sicherheit bereuen.

Havers, dachte er. Herrgott noch mal! Was brauchte es denn noch? Es war nie einfach gewesen, mit ihr zusammenzuarbeiten, aber das war nun wirklich unerhört. Er konnte es kaum fassen, dass sie sich nach allem, was sie bereits hatte hinnehmen müssen, abermals erdreistet hatte, einer klaren Anweisung zuwiderzuhandeln. Entweder war sie von einem Todeswunsch besessen, oder sie hatte völlig den Verstand verloren. Aber ganz gleich, was dahintersteckte, Lynley wusste, dass er mit seiner Geduld am Ende war.

»– hat ein bisschen gedauert rauszukriegen, wer in der Gegend beauftragt ist, die Krallen anzulegen, aber es hat sich gelohnt«, erklärte Nkata gerade.

Lynley blickte auf. »Entschuldigen Sie«, sagte er. »Ich war mit meinen Gedanken woanders. Was gibt's denn, Winnie?«

»Ich war in Beatties Club. Er hat eine reine Weste. Dann bin ich nach Islington weitergefahren«, berichtete Nkata. »Ich hab mich mit den ehemaligen Nachbarn von der Maiden unterhalten. Keiner konnte bestätigen, Beattie oder Reeve gesehen zu haben, obwohl ich den Leuten sogar Bilder gezeigt hab. Ich hab von jedem eins im *Evening Standard* gefunden. Ist schon eine Hilfe, wenn man gute Verbindungen zu den Zeitungsredaktionen hat.«

»Aber gebracht hat es nichts?«

»Nein, leider. Aber als ich in der Gegend war, hab ich im Halteverbot einen Vauxhall stehen sehen, dem sie die Kralle angelegt hatten. Und da bin ich auf einen ganz neuen Gedanken gekommen.«

Nkata berichtete, dass er sämtliche einschlägigen Unternehmen in London angerufen hatte, um festzustellen, welches beauftragt war, in Islington zu arbeiten. Es war nur ein Versuchsballon gewesen, aber da keiner von den Leuten, mit denen er gesprochen hatte, Martin Reeve oder Sir Adrian Beattie wiedererkannt hatte, hatte er prüfen wollen, ob in der Gegend vielleicht am neunten Mai einem falsch geparkten Fahrzeug die Kralle übergezogen worden war, dessen Halter in irgendeiner Verbindung zu Nicola Maiden gestanden hatte.

»Und da hab ich mitten ins Schwarze getroffen«, schloss er.

»Gut gemacht, Winnie«, sagte Lynley herzlich. Nkatas Mut zur Eigeninitiative war eine seiner besten Eigenschaften. »Was haben Sie denn herausbekommen?«

»Tja, das ist ziemlich heikel.«

»Heikel? Wieso?«

»Wegen der Person, der der abgeschleppte Wagen gehört.« Nkata fühlte sich offensichtlich gar nicht wohl in seiner Haut, und das hätte Lynley eine Warnung sein müssen. Aber er bemerkte nichts davon, weil er noch immer in dem Hochgefühl darüber schwelgte, wie erfolgreich die Vernehmung Martin Reeves gelaufen war.

»Und wer ist diese Person?«, fragte er.

»Andrew Maiden«, antwortete Nkata. »Er war anscheinend am neunten Mai hier in London. Sein Wagen ist gleich um die Ecke von Nicola Maidens ehemaliger Wohnung in Islington festgesetzt worden.«

Erfüllt von einem tiefen Unbehagen, das ihm wie ein Stein im Magen lag, schloss Lynley die Tür zu seinem Haus hinter sich und stieg die Treppe hinauf. Er ging in sein Schlafzimmer, holte den Koffer heraus, mit dem er am Vortag erst aus Derbyshire zurückgekehrt war, legte ihn aufs Bett und klappte ihn auf. Er begann für die Rückreise zu packen. Wahllos warf er Schlafanzug, Hemden, Hosen, Socken und Schuhe in den Koffer, ohne zu überlegen, was er tatsächlich brauchen würde. Er packte sein Rasierzeug zusammen und fand unter Helens Lotionen und

Cremes eine frische Tube Zahnpasta. Er verstaute eine Flasche Shampoo in seiner Toilettentasche und stibitzte Helens Seife aus dem Bad.

Seine Frau kam herein, als er gerade den Kofferdeckel über einem Kuddelmuddel schloss, bei dessen Anblick Denton einen Anfall bekommen hätte. Sie sagte: »Ich dachte doch, ich hätte dich gehört. Was gibt es denn? Musst du so bald schon wieder weg? Tommy, Darling, ist etwas passiert?«

Er stellte den Koffer auf den Boden und suchte nach einer Erklärung. Er hielt sich an die Fakten, ohne eine Interpretation hinzuzufügen. »Die Spur führt nach Norden zurück«, sagte er. »Andy Maiden scheint in die Sache verwickelt zu sein.«

Helen sah ihn groß an. »Aber wieso? Wie denn? Mein Gott, das ist ja schrecklich. Und du hast ihn immer so sehr bewundert, nicht wahr?«

Lynley berichtete ihr, was Nkata herausgefunden hatte. Er erzählte ihr, was der Constable zuvor über den Streit und die Drohung im Mai erfahren hatte. Er fügte dem hinzu, was er selbst seinen Gesprächen mit Andrew Maiden und seiner Frau entnommen hatte, und schloss mit den Tatsachen, die Hanken ihm telefonisch mitgeteilt hatte. Nur eines tat er nicht: sich auf einen Monolog über die wahrscheinlichen Gründe dafür einzulassen, warum Andy Maiden von Scotland Yard ausgerechnet einen gewissen Inspector Thomas Lynley – bei der SO10 als Versager bekannt – als zusätzlichen Ermittler angefordert hatte. Damit würde er sich später auseinandersetzen, wenn sein Stolz es ihm erlaubte.

»Anfangs hatte ich Julian Britton im Auge«, sagte er abschließend. »Dann Martin Reeve. Ich habe mein ganzes Augenmerk erst auf den einen und dann auf den anderen gerichtet und jeden Hinweis ignoriert, der in eine andere Richtung zeigte.«

»Aber, Darling, du kannst doch trotzdem recht haben«, entgegnete Helen. »Besonders in Bezug auf Martin Reeve. Der hat doch ein viel stärkeres Motiv als jeder andere, oder nicht? Und er *könnte* Nicola Maiden nach Derbyshire gefolgt sein.«

»Und dann auch noch raus ins Moor?«, sagte Lynley. »Wie soll er denn das bewerkstelligt haben?«

»Vielleicht hat er den Jungen verfolgt. Oder hat den Jungen von jemand anderem verfolgen lassen.«

»Nichts lässt darauf schließen, dass Reeve den Jungen überhaupt kannte, Helen.«

»Aber er kann doch durch die Karten in den Telefonzellen auf ihn gestoßen sein. Reeve ist doch jemand, der die Konkurrenz scharf im Auge behält, nicht wahr? Wenn er herausbekommen hatte, wer Vi Nevins Karten verteilte, und ihn verfolgen ließ, wie er Barbara und Winston nach Fulham verfolgen ließ ... warum soll er nicht Nicola Maiden auf diese Weise auf die Spur gekommen sein? Es könnte doch sein, dass er den Jungen wochenlang überwachen ließ, Tommy, weil er wusste, dass dieser ihn früher oder später zu Nicola Maiden führen würde.«

Helen erwärmte sich für ihre Theorie. Weshalb, fragte sie, sollte jemand, den Reeve beauftragt hatte, den Jungen zu überwachen, diesem nicht bis nach Derbyshire und ins Moor hinaus gefolgt sein, wo der Junge sich mit Nicola Maiden getroffen hatte? Danach hätte ein simpler Anruf bei Martin Reeve genügt. Reeve hätte von London aus die Morde veranlassen können, oder er hätte nach Manchester fliegen – oder in weniger als drei Stunden mit dem Auto nach Derbyshire hinauffahren können, um draußen bei Nine Sisters Henge persönlich mit den beiden abzurechnen.

»Es *muss* nicht Andy Maiden gewesen sein«, schloss sie.

Lynley strich ihr leicht über die Wange. »Es ist lieb, dass du dich so für mich einsetzt.«

»Tommy, schreib mich nicht einfach ab. Und schreib dich selbst nicht ab. Nach allem, was du mir erzählt hast, hat Martin Reeve ein überzeugendes Motiv. Aber warum um alles in der Welt hätte Andy Maiden seine eigene Tochter töten sollen?«

»Weil sie eine Prostituierte geworden war«, antwortete Lynley. »Und weil er sie nicht von diesem Weg abbringen konnte. Weil sie nicht mit sich reden ließ und er sie weder mit Bitten noch mit Drohungen zur Einsicht bringen konnte. Da hat er das Einzige getan, was ihm noch übrigblieb, um sie daran zu hindern weiterzumachen.«

»Aber warum hat er sie nicht einfach verhaften lassen? Sie und diese andere Frau –«

»Vi Nevin.«

»Richtig. Vi Nevin. Sie waren doch zu zweit im Geschäft. Gilt das nicht schon als Bordell, wenn sie zu zweit sind? Hätte er nicht einfach einen alten Freund bei der Metropolitan Police anrufen und ihr auf diese Weise einen Strich durch die Rechnung machen können?«

»So dass alle seine ehemaligen Kollegen erfahren hätten, was aus ihr geworden war? Was aus seiner Tochter geworden war? Er ist ein stolzer Mann, Helen. So etwas würde er nie tun.« Lynley küsste sie erst auf die Stirn, dann auf den Mund. Er nahm seinen Koffer. »Ich bin zurück, so bald ich kann.«

Sie begleitete ihn hinunter. »Tommy, du bist härter gegen dich selbst als jeder andere, den ich kenne. Wie kannst du dir so sicher sein, dass du nicht auch jetzt einfach nur hart gegen dich selbst bist? Und mit weit schlimmeren Konsequenzen als sonst?«

Er drehte sich zu ihr um, wollte ihr antworten, aber in dem Moment klingelte es an der Tür. Es klingelte beharrlich und immer wieder, als hielte draußen jemand den Daumen auf den Klingelknopf gedrückt. Unter dem Eindruck der Dringlichkeit dieses Läutens vergaß Lynley, was er seiner Frau hatte sagen wollen.

Barbara Havers stand vor der Tür, als er öffnete, und als er seinen Koffer abstellte und sie hereinbat, stürmte sie mit einem dicken braunen Umschlag in der Hand an ihm vorbei und sagte: »Pest und Hölle, Inspector, ich bin froh, dass ich Sie noch erwischt hab. Wir sind der Lösung einen Schritt näher!«

Sie begrüßte Helen und ging ins Wohnzimmer, wo sie sich auf ein Sofa plumpsen ließ und den Inhalt ihres Umschlags auf dem Couchtisch ausbreitete.

»Hier haben wir das, worauf er so scharf war«, sagte sie rätselhaft. »Er war über eine Stunde in Terry Coles Wohnung, angeblich um sich Cilla Thompsons Meisterwerke anzuschauen. Sie dachte, er wär ganz hingerissen von ihrer Arbeit.« Barbara zauste sich energisch das Haar, eine typische Geste, die ihre Aufregung verriet. »Aber er war *allein* in der Wohnung, Inspector, und er hatte massenhaft Zeit, um sie von oben bis unten zu durchsuchen. Nur hat er nicht gefunden, was er suchte. Weil Terry das Zeug nämlich Mrs. Baden geschenkt hatte, als sich rausstellte, dass er es nicht einfach bei Bowers versteigern lassen konnte. Und Mrs. Baden hat es eben mir gegeben. Hier. Schauen Sie es sich an.«

Lynley blieb, wo er war, an der Tür zum Wohnzimmer. Helen jedoch trat zu Barbara und sah den Stapel beschriebener Blätter durch, den sie aus dem Umschlag geschüttelt hatte.

»Das sind Noten«, erklärte Barbara. »Originalmanuskripte. Von *Michael Chandler*. Ein ganzer Packen! Neil Sitwell bei Bowers sagte mir, er hätte Terry Cole mit dem ganzen Paket zur King-Ryder-Produktionsgesellschaft geschickt und ihm geraten, sich dort Namen und Adresse von Chandlers Testamentsvollstreckern geben zu lassen. Aber Matthew King-Ryder hat das glatt geleugnet. *Er* behauptet, Terry wäre bei ihm gewesen, weil er einen Zuschuss aus den Stiftungsmitteln haben wollte. Aber wieso hat dann *kein Mensch* auch nur mit einem Wort was von Terry und einem Zuschuss erwähnt?«

»Sagen Sie es mir«, meinte Lynley ruhig.

Barbara achtete nicht auf den Ton – oder bemerkte ihn nicht. »Weil King-Ryder lügt, dass sich die Balken biegen. Er hat ihn überwacht. Er ist Terry Cole Tag und Nacht gefolgt, weil er sich unbedingt diese Musik hier krallen wollte.«

»Und warum?«

»Weil die Gans, die die goldenen Eier gelegt hat, tot ist.« Havers' Stimme war voller Triumph. »Und um sein Schiffchen noch ein paar Jahr über Wasser zu halten, musste King-Ryder unbedingt noch einen Renner auf die Bühne bringen.«

»Sie werfen Ihre Metaphern durcheinander«, bemerkte Lynley.

»Tommy!« Helen sah ihn bittend an. Sie kannte ihn schließlich besser als jeder andere, und im Gegensatz zu Barbara hatte sie seinen Ton sehr wohl bemerkt. Ebenso wie die Tatsache, dass er noch immer stocksteif an der Tür stand, und sie wusste, was das bedeutete.

Barbara hingegen schien gar nichts zu merken und sagte lächelnd: »Stimmt, tut mit leid. Aber ist ja auch egal. King-Ryder hat mir jedenfalls erzählt, dass der testamentarischen Bestimmung seines Vaters zufolge alle Gewinne aus den laufenden Produktionen in eine Stiftung fließen, die Theaterleute unterstützt. Schauspieler, Autoren, Bühnenbildner und so. Die einzige Privatperson, der er etwas vermacht hat, ist seine letzte Ehefrau. Matthew und seine Schwester bekommen keinen Penny. Er bekommt zwar einen Posten als Direktor oder Verwalter der Stiftung, aber was springt dabei schon für ihn raus im Vergleich zu der Kohle, die er machen würde, wenn er noch ein Stück seines Vaters produzierte? Ein *neues* Stück, Inspector. Eine postume Produktion. Eine Produktion, für die die Bedingungen des Testaments nicht gelten würden. Da haben wir das Motiv. Er musste unbedingt diese Musik in die Finger kriegen und den Einzigen, der wusste, dass Michael Chandler und nicht David King-Ryder sie geschrieben hatte, aus dem Weg räumen.«

»Und was ist mit Vi Nevin?«, erkundigte sich Lynley höflich. »Wie passt sie ins Bild, Havers?«

Sie strahlte noch mehr. »King-Ryder glaubte, Vi hätte die Musik. Weil er sie in Terry Coles Wohung nicht gefunden hatte. Er fand sie auch nicht, als er Terry Cole folgte und ihn tötete und dann auf der Suche danach diesen Biwakplatz auseinandernahm. Also hat er nach seiner Rückkehr nach London mal kurz bei Vi Nevin vorbeigeschaut, als die nicht da war. Er war gerade dabei, die ganze Wohnung auseinanderzunehmen, um diese Noten zu finden, als sie ihn überraschte.«

»Die Wohnung wurde verwüstet. Sie wurde nicht durchsucht, Havers.«

»Stimmt nicht, Inspector. Die Fotos zeigen deutlich, dass da jemand was gesucht hat. Schauen Sie sich doch die Bilder noch mal an. Ausgeleerte Schränke, Polster aufgeschlitzt, Möbel von den Wänden gerückt. Einer, der die Absicht gehabt hätte, Vi Nevin das Geschäft zu verderben, hätte die Wände mit Farbe besprüht. Er hätte die Möbel zu Kleinholz gemacht und die Teppiche zerschnitten und die Türen durchlöchert.«

»Und er hätte ihr das Gesicht zertrümmert«, warf Lynley ein. »Genau das, was Reeve getan hat.«

»Das war King-Ryder. Sie hatte ihn *gesehen.* Oder zumindest glaubte er, sie hätte ihn gesehen. Er konnte kein Risiko eingehen. Er musste davon ausgehen, dass sie auch von der Existenz der Musik wusste, weil sie Terry ebenfalls gekannt hatte. Aber was spielt das schon für eine Rolle? Ich schlage vor, wir knöpfen ihn uns vor und machen ihm kräftig Feuer unterm Hintern.« Jetzt erst schien sie plötzlich den Koffer zu sehen, der an der Tür stand. Sie sagte: »Was haben Sie denn vor?«

»Eine Verhaftung. Während Sie nämlich mopsfidel in London

herumgegondelt sind, hat Constable Nkata weisungsgemäß die Ermittlungen in Islington weitergeführt. Und die Erkenntnisse, die er dabei gesammelt hat, haben nicht das Geringste mit Matthew King-Ryder oder sonst jemandem dieses Namens zu tun.«

Barbara wurde blass. Neben ihr legte Helen ein Notenblatt, das sie sich angesehen hatte, auf den Stapel zurück. Sie hob warnend eine Hand. Lynley sah die Geste, ignorierte sie jedoch.

Er sagte zu Havers: »Sie hatten einen Auftrag.«

»Ich habe den Durchsuchungsbefehl besorgt, Inspector. Ich habe ein Team zusammengestellt, und ich habe mich mit den Leuten getroffen. Ich habe ihnen genau erklärt, was sie –«

»Sie hatten Anweisung, bei dem Team zu bleiben, Havers.«

»Aber verstehen Sie doch, ich glaubte ... ich hatte so ein Gefühl –«

»Nein! Ich verstehe gar nichts. Zum Teufel mit Ihrem Gefühl. In Ihrer Position können Sie sich so etwas nicht erlauben.«

»Tommy ...« warf Helen beschwichtigend ein.

»Nein«, fuhr er fort. »Jetzt ist Schluss. Es reicht. Sie haben sich immer wieder über meine Anweisungen hinweggesetzt, Havers. Sie sind raus aus dem Fall.«

»Aber –«

»Habe ich mich immer noch nicht klar genug ausgedrückt?«

»Tommy!« Helen beugte sich zu ihm vor. Er sah ihren Wunsch, zwischen ihnen zu vermitteln. Es war so schwer für sie, seinen Zorn zu ertragen. Um ihretwillen bemühte er sich, ihn im Zaum zu halten.

»Jeder andere in Ihrer Situation – auf einen rangniedrigeren Posten versetzt, nur um Haaresbreite einer strafrechtlichen Verfolgung entronnen – und mit Ihrer Vorgeschichte ständigen beruflichen Scheiterns –«

»Das ist gemein«, sagte Barbara mit schwacher Stimme.

»– hätte gespurt wie eine Eins, nachdem Hillier sein Urteil gesprochen hatte.«

»Hillier ist ein Schwein, das wissen Sie doch.«

»Jeder andere«, fuhr er unnachgiebig fort, »hätte sich mit größter Gewissenhaftigkeit an die Regeln gehalten und sich keine Extratouren erlaubt. Aber Sie waren noch nicht einmal bereit, widerspruchslos die Recherchen durchzuführen, mit denen ich Sie beauftragt hatte. O nein, ich musste Sie immer wieder an den Computer zurückbeordern.«

»Aber ich hab die Recherchen doch gemacht. Sie haben den Bericht. Ich hab Ihre Anweisung ausgeführt.«

»Ja, und danach haben Sie getan, was *Sie* für richtig hielten.«

»Doch nur, weil ich die Fotos gesehen hatte. In Ihrem Büro. Heute Morgen. Ich habe auf Anhieb erkannt, dass die Wohnung in Fulham durchsucht worden war. Ich wollte es Ihnen sagen, aber Sie haben mich ja gar nicht ausreden lassen. Was blieb mir denn da anderes übrig?« Sie wartete seine Antwort gar nicht erst ab, weil sie zweifellos wusste, was er sagen würde. »Und als mir Mrs. Baden die Noten gab, und ich sah, wer sie geschrieben hatte, hab ich sofort gewusst, dass wir unseren Mann gefunden haben, Inspector. Okay, zugegeben, ich hätte beim Durchsuchungsteam in Notting Hill bleiben sollen. Sie hatten mir die Anweisung gegeben, und ich hab mich nicht daran gehalten. Aber könnten Sie nicht bitte mal bedenken, wie viel Zeit ich uns letztlich gespart habe? Sie wollten doch jetzt wieder nach Derbyshire rauffahren, nicht wahr? Ich hab Ihnen die Fahrt erspart.«

Lynley sah sie ungläubig an. »Havers«, sagte er, »Sie glauben doch nicht, dass ich diesen ganzen Unsinn ernst nehme?«

Unsinn. Sie wiederholte das Wort tonlos.

Helen blickte von einem zum anderen. Mit bekümmerter Miene griff sie nach einem der Notenblätter. Havers sah sie an, was Lynleys Zorn von neuem entfachte. Er würde nicht zulassen, dass seine Frau in den Streit hineingezogen wurde.

»Melden Sie sich morgen bei Webberly«, sagte er zu Barbara. »Ihren nächsten Auftrag bekommen Sie von ihm.«

»Sie sind nicht mal bereit, sich anzusehen, was vor Ihnen liegt«, sagte Barbara, aber ihr Ton war nicht mehr streitlustig oder trotzig, er drückte nur noch Verständnislosigkeit aus. Was ihn noch mehr erzürnte.

»Brauchen Sie einen Plan, um hier herauszufinden, Barbara?«, fragte er sie.

»Tommy!«, rief Helen.

»Ach, rutschen Sie mir doch den Buckel runter«, murmelte Barbara.

Nicht ohne eine gewisse Würde stand sie vom Sofa auf und griff nach ihrer abgewetzten Umhängetasche. Als sie sich am Couchtisch vorbeidrängte und hocherhobenen Hauptes aus dem Zimmer marschierte, flatterten fünf der Notenblätter mit Chandlers Kompositionen zu Boden.

26

Das Wetter passte genau zu Inspector Peter Hankens Stimmung: trübe. Während sich der graue Himmel über ihm in Regen auflöste, fuhr er die Straße zwischen Buxton und Bakewell hinunter und fragte sich, was es zu bedeuten hatte, dass unter den Sachen, die sie bei Nine Sisters Henge als Beweismittel sichergestellt hatten, eine schwarze Lederjacke fehlte. Das Verschwinden des Regencapes war leicht zu erklären gewesen. Das Verschwinden der Jacke nicht. Ein Mörder, der allein gehandelt hatte, brauchte schließlich keine zwei Kleidungsstücke, um seine blutbespritzten Klamotten zu verbergen.

Er war bei der Suche nach Terry Coles verschwundener Lederjacke nicht ganz ohne Gesellschaft gewesen. Constable Mott war dabei gewesen, einen dicken Krapfen in der Hand. Als der für die Beweismittel zuständige Beamte hatte er anwesend sein müssen. Aber eine große Hilfe war er nicht gewesen. Stattdessen hatte er Hankens Inspektion mit lautem, genüsslichem Schmatzen begleitet und mehrmals versichert, er habe »nie keine schwarze Lederjacke bei den Sachen gesehen«.

Motts Buchführung hatte sich als tadellos erwiesen. Eine Jacke war nicht unter den am Tatort gefundenen Dingen gewesen. Nachdem Hanken diese Nachricht nach London durchgegeben hatte, machte er sich auf den Weg nach Bakewell und Broughton Manor. Ganz gleich, was es mit der Jacke auf sich hatte, es galt immer noch zu klären, ob Julian Britton weiterhin als Verdächtiger gehandelt werden musste, oder ob sie ihn von ihrer Liste streichen konnten.

Als Hanken über die Brücke fuhr, die den Wye überspannte, fühlte er sich unversehens in ein anderes Jahrhundert zurückversetzt. Trotz des Regens, der gnadenlos vom Himmel fiel, tobte rund um das alte Herrenhaus eine erbitterte Schlacht. Auf dem Hügelhang kreuzten fünf oder sechs Dutzend königliche Soldaten in den Farben des Monarchen und des Adels die Klingen mit einer gleichen Anzahl gepanzerter und behelmter Anhänger des englischen Parlaments. Auf der Wiese unter ihnen waren weitere gepanzerte Soldaten dabei, Kanonen in Stellung zu bringen, während auf einem entfernteren Hang eine Schar behelmter Infanteriesoldaten mit einem Sturmbock auf das Südtor des Herrenhauses zuhielt.

Offenbar die Aufführung einer Schlacht aus dem Bürgerkrieg, dachte Hanken. Julian Britton hatte dieses Spektakel offensichtlich inszeniert, um auf diese Weise zusätzliche Mittel für die Restaurierung seines Vaterhauses aufzubringen.

Ein Bauernmädchen in der Tracht des siebzehnten Jahrhunderts, das unter einem Burberry-Schirm stand, winkte Hanken zu einem provisorischen Parkplatz unweit des Hauses. Dort traf er weitere Mitspieler der Neuinszenierung in der Verkleidung von Royalisten, Bauern, Adligen, Feldscheren und Musketieren an. Vor der offenen Tür eines Wohnwagens hockte der unglückliche König Charles, einen blutigen Verband um den Kopf, und aß aus einer blechernen Suppenschüssel, während er mit einem jungen Mädchen flirtete, das einen Korb mit vom Regen bereits völlig durchweichtem Brot trug. Nicht weit davon entfernt quälte sich ein schwarzgewandeter Oliver Cromwell aus seiner Rüstung. Hunde und Kinder jagten kreuz und quer durch die Menge, und eine Imbissbude machte mit heißen Gerichten das große Geschäft.

Hanken stellte seinen Wagen ab und fragte, wo die Brittons zu finden seien. Man wies ihn zu einem Zuschauerraum im dritten der heruntergekommenen Gärten des Herrenhauses. Dort, auf der Südwestseite des Hauses, harrte eine unerschütterliche Menge auf provisorischen Tribünen und Gartenstühlen aus, um im Schutz von Regenschirmen das kriegerische Schauspiel zu verfolgen.

Etwas abseits von den Zuschauern saß ein einsamer Mann auf einem dreibeinigen Hocker, wie ihn um die Jahrhundertwende Künstler oder Jäger auf Safari gern benutzt hatten. Er trug einen altmodischen Tweedanzug und einen museumsreifen Tropenhelm und schützte sich mit einem großen gestreiften Schirm vor dem Regen, während er das Geschehen durch ein Fernrohr verfolgte. Zu seinen Füßen lag ein Spazierstock. Jeremy Britton, wie stets in der Tracht seiner Vorfahren, dachte Hanken.

Hanken näherte sich ihm. »Mr. Britton? Sie werden sich wahrscheinlich nicht an mich erinnern. Inspector Peter Hanken von der Krinimalpolizei Buxton.«

Britton drehte sich auf seinem Hocker halb herum. Er war, fand Hanken, stark gealtert seit ihrem einzigen Zusammentreffen vor fünf Jahren in der Polizeidienststelle Buxton. Britton war damals betrunken gewesen. Diebe hatten in der High Street seinen Wagen aufgebrochen, während er »gekurt« hatte – zweifellos ein Euphemismus; er hatte unverkennbar weit Stärkeres getrunken als das Wasser aus den Thermalquellen der Stadt – woraufhin er unverzügliches Handeln, Genugtuung und die Bestrafung der verwahrlosten und unerzogenen Hooligans gefordert hatte, die sich so dreist an seinem Eigentum vergriffen hatten.

Als Hanken Jeremy Britton jetzt betrachtete, konnte er die Spuren lebenslangen Alkoholmissbrauchs in seinen Zügen erkennen. Die Farbe und Beschaffenheit von Brittons Haut und der gelbliche Schimmer seiner Augäpfel verrieten die geschädigte Leber. Hanken bemerkte die Thermosflasche auf der anderen Seite des Dreibeins, auf dem Britton saß. Er glaubte nicht, dass sie Kaffee oder Tee enthielt.

»Ich bin auf der Suche nach Julian«, sagte er. »Steckt er irgendwo im Schlachtgetümmel, Mr. Britton?«

»Julie?« Britton blinzelte durch den Regen. »Keine Ahnung, wohin er sich verdrückt hat. Bei dem Hokuspokus da macht er jedenfalls nicht mit.« Er winkte zum Schlachtfeld hinunter.

Der Sturmbock war im Schlamm stecken geblieben, und die Royalisten beeilten sich, diese Panne, die den Roundheads da unterlaufen war, auszunützen. Mit gezogenen Schwertern stürmte eine ganze Horde von ihnen den Hang hinunter, um die Parlamentstruppen abzuwehren.

»Julie hat für solche wilden Spiele nie etwas übriggehabt«, bemerkte Britton leicht nuschelnd. »Ich versteh gar nicht, warum er diese Leute da alle auf unserm Grundstück rumtoben lässt. Aber es ist ein Riesenspaß, was?«

»Ja, alle scheinen voll dabei zu sein«, stimmte Hanken zu. »Interessieren Sie sich für Geschichte, Sir?«

»Keine Spur«, antwortete Britton und brüllte zu den Soldaten hinunter: »Verfluchte Verräter! In der Hölle sollt ihr braten, wenn ihr dem Gottgesalbten auch nur ein Härchen gekrümmt habt.«

Royalist, dachte Hanken. Für einen Landedelmann jener Zeit eine eher ungewöhnliche Einstellung, aber nicht beispiellos, wenn der betreffende Gentleman keine politischen Bindungen zum Parlament gehabt hatte.

»Wo kann ich ihn denn finden?«

»Er ist mit einer Kopfverletzung vom Platz getragen worden. Keiner kann dem armen Kerl vorwerfen, dass er keinen Mut bewiesen hätte.«

»Ich meinte eigentlich Julian, nicht König Charles.«

»Ach so, Julie.« Mit unsicheren Händen richtete Britton sein Fernrohr gen Westen. Soeben war per Reisebus eine neue Schar Royalisten eingetroffen. Sie kletterten drüben, auf der anderen Seite der Brücke, aus dem Fahrzeug und rannten zu ihren Waffen, um sich für den Kampf zu rüsten. Ein elegant gekleideter Edelmann unter ihnen schien ihnen Anweisungen zuzurufen.

»Ich finde, das sollte nicht erlaubt sein«, bemerkte Britton. »Wenn sie zu spät kommen, sollten sie nicht mehr teilnehmen dürfen.« Er wandte sich wieder Hanken zu. »Der Junge war hier, falls sie deswegen gekommen sind.«

»Fährt er öfter nach London? Ich könnte mir denken, da seine verstorbene Freundin dort lebte –«

»Was, Freundin?« Britton schnaubte voller Verachtung. »Blödsinn! *Freundin,* das heißt, dass da ein Austausch stattfindet. Aber so was hat's nicht gegeben. Oh, er wollte es, Julie, mein ich. Er hat *sie* gewollt. Aber sie wollte nichts von ihm, außer ihn ab und zu mal vernaschen, wenn sie in Stimmung war. Wenn er nur seine Augen gebraucht hätte, dann hätt er das von Anfang an gesehen.«

»Sie haben Nicola Maiden nicht gemocht.«

»Sie hatte nichts zu bieten.« Britton richtete seine Aufmerksamkeit wieder auf die Schlacht und rief den Parlamentstruppen zu: »Hey, passt auf, dass sie euch nicht in den Rücken fallen, ihr Trottel!«, als die Royalisten den Fluss durchwateten und tropfnass den Hang hinaufstürmten.

Ein Mann, der es mit der Loyalität nicht so genau nimmt, dachte Hanken und sagte: »Ist Julian im Haus, Mr. Britton?«

Britton beobachtete den ersten Zusammenstoß, als die Royalisten diejenigen Roundheads erreichten, die sich immer noch abmühten, den Sturmbock aus dem Schlamm zu ziehen. Plötzlich wendete sich das Kampfesglück. Die Roundheads schienen dramatisch in der Unterzahl. »Lauft um euer Leben, ihr Idioten!«, brüllte Britton und lachte voller Schadenfreude, als die Rebellen auf dem glitschigen Boden den Halt verloren. Mehrere Männer stürzten und verloren ihre Waffen. Britton applaudierte.

Hanken sagte: »Ich versuch's mal im Haus.«

Britton hielt den Beamten auf, als er sich zum Gehen wenden wollte. »Ich war bei ihm. Am Dienstagabend, meine ich.«

Hanken drehte sich herum. »Sie waren bei Julian? Wo? Um welche Zeit war das?«

»Im Hundezwinger. Die genaue Zeit weiß ich nicht. Es war wahrscheinlich so gegen elf. Eine von den Hündinnen war gerade dabei zu werfen. Julie war bei ihr.«

»Aber als ich mit ihm gesprochen habe, hat er nichts davon erwähnt, dass Sie auch da waren, Mr. Britton.«

»Ist doch klar. Er hat mich gar nicht bemerkt. Als ich gesehen hab, dass er beschäftigt war, hab ich ihn in Ruhe gelassen. Ich bin an der Tür stehen geblieben und hab eine Weile zugeschaut – so eine Geburt ist immer was Besonderes, ob bei Mensch oder Tier, finden Sie nicht auch? Und dann bin ich gegangen.«

»Ist das Ihre Gewohnheit? Abends um elf noch einmal im Zwinger vorbeizuschauen?«

»Gewohnheiten gibt's bei mir nicht. Ich tu immer nur das, was ich gerade will.«

»Was hat Sie dann veranlasst, zum Zwinger zu gehen?«

Britton griff mit unsicherer Hand in seine Jackentasche. Er zog mehrere zerknitterte Broschüren heraus. »Ich wollte mit Julie reden. Über das hier.«

Es waren, wie Hanken sah, durchweg Prospekte von Kliniken, die Entzugskuren für Alkoholiker anboten. Die Prospekte waren so schmuddelig und zerknittert, als wären sie aus der Altpapiersammlung gefischt worden. Entweder trug Britton sie schon seit Wochen mit sich herum, oder aber er hatte sie in Erwartung einer Gelegenheit wie dieser irgendwo mitgehen lassen.

»Ich möchte aufhören mit dem Trinken«, erklärte Britton. »Es wird langsam Zeit, finde ich. Julies Kinder sollen doch keinen Suffkopf zum Großvater haben.«

»Julian denkt an Heirat?«

»Oh, ja, es tut sich einiges in der Richtung.«

Britton streckte die Hand nach den Broschüren aus. Hanken beugte sich zum Regenschirm hinunter, um sie ihm zurückzugeben.

»Unser Julie ist ein guter Junge«, sagte Britton, nahm die Prospekte und stopfte sie wieder in seine Jackentasche. »Vergessen Sie das nicht. Er wird mal ein guter Vater. Und ich werde ein Großvater, auf den er stolz sein kann.«

So ganz sicher war das nicht. Britton hatte eine Ginfahne, die zum Himmel stank.

Julian Britton war oben auf der Brustwehr des Hauses mitten in einer Besprechung mit den Organisatoren des Kampfspiels, als Hanken erschien. Er hatte den Inspector im Gespräch mit seinem Vater gesehen und beobachtet, wie Jeremy ihm seine Klinikbroschüren zur Ansicht gereicht hatte. Ihm war klar, dass Hanken nicht nach Broughton Manor gekommen war, um sich mit seinem Vater über Möglichkeiten des Alkoholentzugs zu unterhalten; deshalb war er nicht unvorbereitet, als Hanken ihn schließlich aufspürte.

Sie sprachen nur kurz miteinander. Hanken wollte wissen, wann genau Julian zum letzten Mal in London gewesen war. Julian führte ihn hinunter in sein Arbeitszimmer und reichte ihm seinen Terminkalender, der inmitten der fruchtlos inspizierten Rechnungsbücher auf seinem Schreibtisch lag. Seine Aufzeichnungen waren lückenlos, der Kalender zeigte, dass er das letzte Mal zu Ostern, Anfang April, in London gewesen war. Er hatte im Lancaster Gate Hotel gewohnt. Hanken konnte, wenn er wollte, jederzeit dort anrufen, um sich das bestätigen zu lassen; die Telefonnummer des Hotels war neben dem Namen im Terminkalender eingetragen.

»Ich wohne immer dort, wenn ich in London bin«, bemerkte Julian. »Warum interessiert Sie das eigentlich?«

Hanken antwortete mit einer Gegenfrage: »Sie haben nicht bei Nicola Maiden gewohnt?«

»Sie hatte nur ein Einzimmerapartment.« Julian errötete. »Außerdem war es ihr lieber, wenn ich im Hotel abstieg.«

»Aber Sie waren nach London gefahren, um sie zu sehen, nicht wahr?«

Das war richtig.

Im Grunde ist es eine Dummheit gewesen, sagte sich Julian jetzt, während er Hanken nachblickte, der sich seinen Weg durch das Gewimmel von Royalisten bahnte, die unter Markisen und Regenschirmen zusammengedrängt im Hof standen und sich auf die nächste Phase der Schlacht vorbereiteten. Er war nach London gefahren, weil er bei Nicola eine Veränderung gespürt hatte. Nicht nur, weil sie nicht wie sonst jedes Jahr in den Ferien zu Ostern nach Derbyshire gekommen war, sondern weil er seit dem Herbst bei jedem ihrer Zusammentreffen das Gefühl gehabt hatte, dass sich von Mal zu Mal eine immer größere Distanz zwischen ihnen entwickelte. Er hatte den Verdacht gehabt, dass ein anderer Mann dahintersteckte, und er hatte das Schlimmste von ihr selbst erfahren wollen.

Er lachte leise und bitter, als er jetzt daran zurückdachte: an diese Reise nach London. Er hatte Nikki nie direkt gefragt, ob es einen anderen gab, weil er es im Grunde gar nicht hatte wissen wollen. Er hatte sich davon beschwichtigen lassen, dass er sie bei seinen Überraschungsbesuchen nicht in flagranti mit einem anderen ertappt hatte und eine heimliche Inspektion des Badezimmerschranks, des Apothekerschränkchens und ihrer Kommode nichts zutage gefördert hatte, was nahegelegt hätte, dass mehr oder weniger häufig ein Mann bei ihr übernachtete. Außerdem hatte sie mit ihm, Julian, geschlafen. Und hoffnungsloser Trottel, der er damals gewesen war, hatte er tatsächlich geglaubt, das hätte etwas zu bedeuten.

Jetzt wusste er, dass es für sie bloß Teil ihrer täglichen Arbeit gewesen war. Jener Arbeit, mit der sie sich ihr Geld verdient hatte.

»Mit den Bullen ist alles klar, Julie, mein Junge.«

Julian fuhr herum. Sein Vater war ins Arbeitszimmer gekommen. Er hatte offenbar genug von dem kriegerischen Schauspiel im Regen und der Gesellschaft der Zuschauer. Über seinem Arm hing ein tropfender Regenschirm, in der einen Hand hielt er zusammengeklappt seinen dreibeinigen Hocker, in der anderen eine Thermosflasche. Das Fernrohr seines Großonkels ragte aus der Brusttasche des Jacketts.

Jeremy lächelte, offensichtlich hochzufrieden mit sich selbst. »Ich hab dir ein Alibi verschafft, Junge. Eisenhart.«

Julian starrte ihn an. »Was hast du denn gesagt?«

»Ich hab dem Bullen erzählt, ich wär am Dienstagabend bei dir und den Hunden gewesen. Ich hätt gesehen, wie sie rausflutschten und du sie aufgefangen hast, hab ich gesagt.«

»Aber, Dad, ich habe nie behauptet, du wärst dabei gewesen! Ich habe kein Wort davon gesagt ...« Julian seufzte. Er begann, die Bücher zu ordnen und chronologisch zu stapeln. »Sie werden sich bestimmt wundern, weshalb ich nichts von deiner Anwesenheit erwähnt habe. Das ist dir doch wohl klar? Sag schon, Dad.«

Jeremy tippte sich mit zitterndem Finger an die Schläfe. »Das hab ich schon im Voraus bedacht, mein Junge. Ich hab gesagt, ich hätte dich nicht stören wollen. Ich hätte gesehen, wie beschäftigt du als Hebamme warst, und hätte dich nicht aus deiner Konzentration rausreißen wollen. Ich hab gesagt, ich wär zu dir gegangen, weil ich mit dir über eine Entziehungskur reden und dir die Dinger hier zeigen wollte.« Wieder zog Jeremy die Broschüren aus der Tasche. »Genial, nicht? Ich hatte sie dir ja schon gezeigt, verstehst du? Da konntest du ihm alles darüber sagen, als er dich gefragt hat, richtig?«

»Er hat mich überhaupt nicht nach dem Dienstagabend gefragt. Er wollte wissen, wann ich das letzte Mal in London war. Da wird er sich jetzt erst recht wundern, warum du mir unbedingt ein Alibi verschaffen wolltest, obwohl er überhaupt nicht danach gefragt hatte.« Trotz seines Ärgers wurde Julian plötzlich bewusst, was diese Einmischung seines Vaters eigentlich bedeutete. Er sagte: »Warum hast du mir überhaupt ein Alibi gegeben, Dad? Du weißt doch, dass ich keines brauche. Ich war wirklich bei den Hunden. Es ist ja wahr, dass Cassie geworfen hat. Wie bist du überhaupt auf die Idee gekommen, dem Mann das zu erzählen?«

»Deine Cousine hat mich darauf gebracht.«

»Sam? Warum?«

»Sie behauptet, die Bullen hätten dich ziemlich schräg angesehen, und das gefällt ihr nicht. ›Als würde Julian auch nur einer Fliege was zuleide tun, Onkel Jeremy‹, hat sie gesagt. Sie ist richtig empört, Julie. Gute Frau. Solche Loyalität … das ist schon was Besonderes.«

»Ich brauche Sams Loyalität nicht. Und auch nicht deine Hilfe. Ich habe Nicola nicht getötet.«

Jeremys Blick schweifte von seinem Sohn zum Schreibtisch. »Das hat ja auch niemand behauptet.«

»Aber wenn du meinst, du müsstest die Polizei belügen, kann das doch nur bedeuten … Dad, glaubst du, ich hätte sie getötet? Glaubst du im Ernst … großer Gott!«

»Komm, jetzt reg dich nicht auf. Du bist schon ganz rot im Gesicht, und ich weiß, was das heißt. Ich hab doch überhaupt nichts gesagt. Ich glaube gar nichts. Ich möchte nur ein paar Stolpersteine aus dem Weg räumen. Wir müssen das Leben nicht so nehmen, wie es kommt, Julie. Wir können unser Schicksal selbst in die Hand nehmen.«

»Ach, und das tust du wohl gerade? Nimmst mein Schicksal in die Hand, wie?«

Jeremy Britton schüttelte den Kopf. »Du weißt doch, was ich für ein egoistischer Kerl bin. Ich nehm mein eigenes Schicksal in die Hand.« Er schwenkte die Broschüren. »Ich möchte trocken werden. Es ist an der Zeit. Ich will es. Aber eines weiß ich, und Gott weiß es auch: allein schaffe ich es nicht.«

Julian kannte seinen Vater gut genug, um zu wissen, wie gern er andere manipulierte. Warnlichter blinkten in seinem Kopf. »Dad, ich weiß, dass du vom Alkohol weg möchtest. Ich bewundere dich dafür. Aber diese Entzugskuren … die kosten …«

»Du kannst das doch für mich tun. Du kannst es, weil du weißt, dass ich das Gleiche für dich tun würde.«

»Es ist ja auch nicht so, als ob ich es nicht tun wollte. Aber wir haben ganz einfach nicht das Geld. Ich habe immer wieder die Bücher durchgesehen, und das Geld reicht einfach nicht. Hast du mal dran gedacht, Tante Sophie anzurufen? Wenn sie wüsste, was du mit dem Geld vorhast, würde sie es dir sicher leihen, damit du –«

»Leihen? Pah!« Jeremy tat den Gedanken mit einer brüsken Handbewegung ab. »Darauf wird sich deine Tante nie einlassen. Ich weiß genau, wie sie denkt. ›Der hört auf, wenn er aufhören will.‹ Sie wird keinen Finger rühren, um mir zu helfen.«

»Und wenn ich sie anrufen würde?«

»Wer bist du denn schon für sie, Julie? Irgendein Verwandter, den sie nie gesehen hat und dem es plötzlich einfällt, sie um Geld anzubetteln, das ihr Mann mit harter Arbeit verdient hat. Nein. Du kannst das nicht tun.«

»Und wie wär's, wenn du mal mit Sam redest?«

Auch diesen Vorschlag verwarf Jeremy. »Das kann ich nicht von ihr verlangen. Sie hat uns sowieso schon so viel gegeben. Ihre Zeit. Ihre Kraft. Ihre Anteilnahme. Ihre Liebe. Mehr kann ich weiß Gott nicht verlangen, und ich werd's auch nicht tun.« Mit einem tiefen Seufzer schob er die Broschüre wieder in seine Tasche. »Ach, lassen wir's einfach. Ich schaffe das schon irgendwie.«

»Aber ich könnte Sam doch bitten, mit Tante Sophie zu sprechen. Ich könnte ihr alles erklären.«

»Nein. Vergiss es. Ich werde eben in den sauren Apfel beißen. Es wär ja nicht das erste Mal ...«

Nein, weiß Gott nicht, dachte Julian. Das ganze Leben seines Vaters war eine einzige Folge gebrochener Versprechen und guter Vorsätze, die zu nichts geführt hatten. Er konnte sich gar nicht mehr erinnern, wie oft er es schon erlebt hatte, dass Jeremy dem Alkohol feierlich abgeschworen hatte. Und genauso oft hatte er mitansehen müssen, wie sein Vater zur Flasche zurückgekehrt war. Was er gesagt hatte, war schon richtig. Wenn er dieses Mal den Dämon besiegen wollte, konnte er nicht allein in die Schlacht ziehen.

»Pass auf, Dad, ich rede auf jeden Fall mal mit Sam. Ich möchte es.«

»Du möchtest es?«, wiederholte Jeremy. »Wirklich? Du fühlst dich nicht nur dazu verpflichtet, weil du meinst, deinem alten Vater was zu schulden?«

»Nein. Ich möchte es. Ich werde sie fragen.«

Jeremy sah beschämt aus. Ihm traten tatsächlich die Tränen in die Augen. »Sie liebt dich, Julie. So eine großartige Frau, und sie liebt dich, mein Junge.«

»Ich werde mit ihr sprechen, Dad.«

Es regnete immer noch, als Lynley in die Auffahrt nach Maiden Hall einbog.

Barbara Havers hatte es tatsächlich geschafft, ihn ein paar Minuten von dem inneren Aufruhr abzulenken, der ihn quälte, seit er von Andy Maidens Besuch in London gehört hatte. Ja, eine Zeitlang hatte er die Geschichte sogar vollkommen vergessen, weil er über Barbaras eigenmächtiges Vorgehen so aufgebracht gewesen war, dass auch Helens vorsichtiger Versuch, eine Rechtfertigung für Barbaras Verhalten zu finden, ihn nicht hatte besänftigen können.

»Vielleicht hat sie deine Anweisungen ganz einfach missverstanden, Tommy«, hatte sie gesagt, nachdem Barbara gegangen war. »Im Eifer des Gefechts hat sie vielleicht angenommen, du wolltest sie bei der Durchsuchung in Notting Hill gar nicht dabeihaben.«

»Herrgott noch mal«, hatte er hitzig erwidert, »verteidige sie nicht auch noch, Helen. Du hast selbst gehört, was sie gesagt hat. Sie wusste genau, was sie zu tun hatte, und sie hat das ganz bewusst nicht getan. Sie ist ihren eigenen Weg gegangen.«

»Aber du magst doch Leute mit Eigeninitiative. Jedenfalls war das bis jetzt so. Du hast mir immer erzählt, dass Winstons Mut, die Initiative zu ergreifen, zu seinen besten –«

»Verdammt noch mal, Helen, wenn Nkata auf eigene Faust handelt, dann tut er es, *nachdem* er einen Auftrag erledigt hat, und nicht vorher. Es fällt ihm nicht im Traum ein, zu streiten oder zu jammern oder eine Anweisung rundweg zu missachten, weil er sich einbildet, eine bessere Idee zu haben. Und wenn man ihn auf einen Fehler aufmerksam macht – was im Übrigen höchst selten notwendig ist –, nimmt er sich die Kritik zu Herzen und macht nicht gleich denselben Fehler noch einmal. Man sollte doch meinen, dass Barbara im letzten Sommer etwas gelernt und begriffen hat, was für Folgen eigenmächtiges Handeln hat. Aber sie hat überhaupt nichts gelernt. Sie hat einen Dickschädel, in den nichts hineingeht.«

Helen sammelte die Notenblätter ein, die Barbara zurückgelassen hatte, und legte sie in einem Stapel auf den Couchtisch. »Tommy«, sagte sie, »wenn Winston Nkata und nicht Barbara Havers mit Inspector Barlow in dem Boot gewesen wäre … wenn Winston Nkata und nicht Barbara Havers zu der Waffe gegriffen hätte …« Sie sah ihn forschend an. »Wärst du dann auch so empört gewesen?«

Seine Antwort kam schnell und hitzig. »Hier geht's doch nicht um Mann oder Frau! Du solltest mich wirklich besser kennen.«

»Oh, ich kenne dich«, hatte sie ruhig geantwortet.

Mehr als einmal hatte er sich ihre Frage auf den ersten hundertfünfzig Kilometern der Fahrt durch den Kopf gehen lassen. Aber wie auch immer er die Frage drehte und wendete, wie auch immer er Havers' Gehorsamsverweigerung damals auf dem Boot betrachtete, seine Antwort fiel immer gleich aus. Havers' Verhalten hatte mit Eigeninitiative nichts zu tun, es war Gewaltanwendung gewesen. Und dafür gab es keine Rechtfertigung. Wäre Winston Nkata derjenige gewesen, der zur Waffe gegriffen hatte – eine absolut lachhafte Vorstellung –, so hätte er – Lynley – nicht anders reagiert. Das wusste er.

Als er seinen Wagen jetzt auf den Parkplatz von Maiden Hall lenkte, war sein Zorn längst verraucht, wieder der tiefen seelischen Beunruhigung gewichen, die ihn erfasst hatte, als er von Andy Maidens Besuch bei seiner Tochter erfahren hatte. Er hielt an und starrte durch den Regen auf das Hotel.

Er wollte nicht glauben, was die Fakten ihn zu glauben zwangen, dennoch griff er, alle Entschlossenheit zusammennehmend, nach hinten, wo sein Schirm lag, und stieg aus. Er ging durch den Regen über den Parkplatz. Im Hotel bat er den ersten Angestellten, der ihm über den Weg lief, Andy Maiden zu holen. Dieser kam ungefähr fünf Minuten später, ohne seine Frau.

»Hallo, Tommy«, begrüßte er Lynley. »Sie haben Neuigkeiten? Kommen Sie mit.«

Er ging Lynley voraus in das Büro beim Empfang und schloss sorgfältig die Tür hinter ihnen.

»Was können Sie mir über Islington im Mai sagen, Andy«, begann Lynley ohne Umschweife, weil er wusste, dass jedes Zögern Mitgefühl mit dem anderen gefördert hätte, eine Gefühlsregung, die er sich nicht leisten konnte. »Erklären Sie mir, warum Sie damals sagten: ›Ich bringe dich um, bevor ich dich das tun lasse.‹«

Maiden setzte sich. Er bedeutete Lynley mit einer Geste, Platz zu nehmen. Er sprach erst, als Lynley sich gesetzt hatte, und selbst da schien es, als zöge er sich einen Moment in sein Inneres zurück, um all seine Reserven zu sammeln, bevor er antwortete.

Dann sagte er: »Die Radkralle.«

Worauf Lynley erwiderte: »Niemand könnte Ihnen je vorwerfen, ein inkompetenter Polizist zu sein.«

»Das Gleiche gilt für Sie. Sie haben gute Arbeit geleistet, Tommy. Ich war immer überzeugt davon, dass Sie sich bei der Kripo hervorragend bewähren würden.«

Lynley empfand das Kompliment wie einen Schlag ins Gesicht in Anbetracht der nunmehr offenkundigen Gründe, die Andy Maiden bewogen hatten, ihn – den von Bewunderung Geblendeten – nach Derbyshire kommen zu lassen. Äußerlich unbewegt sagte er: »Ich habe ein gutes Team. Also, was können Sie mir über Islington sagen.«

Sie waren endlich beim Kernpunkt angelangt, und angesichts der Seelenqual, die sich in Maidens Augen spiegelte, hatte Lynley – selbst jetzt noch – Mühe, das aufwallende Mitleid mit seinem alten Freund zurückzudrängen.

»Sie hatte mich gebeten zu kommen, weil sie mit mir sprechen wollte«, sagte Maiden. »Also bin ich hingefahren.«

»Im letzten Mai. Nach London«, sagte Lynley der Klarheit halber. »Sie sind nach Islington zu Ihrer Tochter gefahren.«

»Das ist richtig.«

Er hatte geglaubt, Nicola wolle im Hinblick auf ihre im Dezember mit Upman getroffene Vereinbarung, den Sommer über in seiner Kanzlei zu arbeiten, die nötigen Vorbereitungen treffen, um einen Teil ihrer Sachen für diese Zeit nach Derbyshire zurückzutransportieren. Er war deshalb mit dem Land Rover nach London gefahren, anstatt ein Flugzeug oder den Zug zu nehmen; er hatte vorgehabt, einige ihrer Sachen gleich mit zurückzunehmen, falls sie bereit sein sollte, sich schon einige Wochen vor Beginn der Semesterferien von ihnen zu trennen.

»Aber sie wollte überhaupt nicht nach Hause kommen«, fuhr Maiden fort. »Das war nicht der Grund, weshalb sie mich gebeten hatte, nach London zu kommen. Sie wollte mir ihre Zukunftspläne mitteilen.«

»Prostitution«, sagte Lynley. »Das Projekt in Fulham.«

Maiden räusperte sich heiser und flüsterte: »O Gott!«

Obwohl Lynley sich gegen Mitgefühl gewappnet hatte, brachte er es nicht über sich, den Mann zu zwingen, vor ihm auszubreiten, was er an jenem Tag in London hatte erfahren müssen. Er tat es für ihn: Punkt für Punkt listete er die Tatsachen auf, wie er selbst sie gehört hatte, von Nicolas Anstellung bei MKR Financial Management, zunächst als Praktikantin, dann als Hostess, bis zu ihrer geschäftlichen Partnerschaft mit Vi Nevin und ihrer Spezialisierung als Domina. Er schloss mit den Worten: »Sir Adrian ist überzeugt, dass es für ihre Rückkehr nach Derbyshire in diesem Sommer nur einen Grund gegeben haben kann: Geld.«

»Es war ein Kompromiss. Sie hat es mir zuliebe getan.«

Sie hatten eine heftige Auseinandersetzung gehabt, aber schließlich hatte er Nicola dazu bewegen können, ihre Verpflichtung Upman gegenüber einzuhalten und wenigstens einmal *auszuprobieren,* wie die Arbeit in einer Anwaltskanzlei ihr schmecken würde. Nur indem er ihr mehr zu zahlen bereit war, als sie in London hätte verdienen können, sagte er, hätte er ihre Zustimmung gewonnen. Er hatte ein Darlehen bei der Bank aufnehmen müssen, um den Betrag aufzubringen, den sie als Entschädigung verlangte, aber in seinen Augen war es gut angelegtes Geld gewesen.

»So zuversichtlich waren Sie, dass sie sich doch noch für die Juristerei erwärmen würde?«, fragte Lynley. Er konnte es kaum verstehen.

»Ich war zuversichtlich, dass sie sich für Upman erwärmen würde«, entgegnete Maiden. »Ich habe ihn in Gesellschaft von Frauen erlebt. Er hat eine sehr gewinnende Art. Ich dachte, er und Nicola ... Tommy, in dem Moment war ich bereit, alles zu versuchen. Ich bildete mir ein, der richtige Mann würde sie wieder zur Vernunft bringen.«

»Wäre da nicht Julian Britton eine bessere Wahl gewesen? Der war doch sowieso schon in sie verliebt, nicht wahr?«

»Julian liebte sie zu sehr. Sie brauchte meiner Ansicht nach einen Mann, der sie verführen, aber immer ein wenig im Unklaren lassen würde. Und da erschien mir Upman als genau der Richtige.« Maiden schien sich plötzlich seiner eigenen Worte bewusst zu werden; er senkte den Kopf und begann zu weinen. »O Gott, Tommy. So weit hat sie mich getrieben«, sagte er und drückte die Faust an den Mund, als könnte er so seinen Schmerz zurückdrängen.

Und Lynley war schließlich gezwungen, der Tatsache ins Auge

zu sehen, die er nicht hatte sehen wollen. Eingedenk der Vergangenheit dieses Mannes bei Scotland Yard hatte er die ganze Zeit die Augen vor der Möglichkeit seiner schuldhaften Verstrickung verschlossen; dabei hatte doch gerade diese Vergangenheit wie nichts anderes auf eine solche Möglichkeit hingewiesen. Andy Maiden, ein Meister der Täuschung und Verstellung, hatte sich als verdeckter Ermittler jahrzehntelang in jener Zwischenwelt bewegt, wo die Grenzen zwischen Wirklichkeit und Phantasie, zwischen Illegalität und Ehre sich zuerst verwischten und schließlich völlig verschwanden.

»Erklären Sie mir, wie es war«, sagte Lynley mit steinerner Miene. »Sagen Sie mir, was für eine Waffe Sie außer dem Messer benutzten.«

Maiden senkte abrupt die Hände. »Herr im Himmel ...« Seine Stimme war rau. »Tommy, Sie können doch nicht im Ernst glauben ...« Dann schien er darüber nachzudenken, was er gerade gesagt hatte, um den exakten Punkt des Missverständnisses zwischen ihnen zu finden. »Sie hat mich dazu gebracht, sie zu bestechen. Sie dafür zu *bezahlen,* dass sie für Upman arbeitete. Weil ich hoffte, er würde sie für sich gewinnen – damit ihre Mutter niemals erfahren musste, was aus ihr geworden war. Denn das hätte Nan vernichtet. Aber nein! Nein! Sie können nicht glauben, dass ich sie getötet habe. An dem Abend, an dem sie gestorben ist, war ich hier. Hier im Hotel. Und ... großer Gott, sie war mein einziges Kind!«

»Und sie hatte Sie verraten«, sagte Lynley. »Nach allem, was Sie für sie getan hatten, wie Sie für sie gesorgt hatten –«

»Nein! Ich habe sie geliebt. Haben Sie Kinder, Tommy? Eine Tochter? Einen Sohn? Wissen Sie, wie es ist, die Zukunft in seinem Kind zu sehen und zu wissen, dass man in diesem Kind weiterleben wird, ganz gleich, was geschieht, einfach weil dieses Kind lebt?«

»Als Hure?«, fragte Lynley. »Als eine Frau, die ihr Geld damit verdient, die perversen Wünsche von Männern zu erfüllen? ›Eher bringe ich dich um, als dass ich dich das tun lasse.‹ Das waren Ihre Worte, Andy. Und sie wollte in der folgenden Woche nach London zurückkehren. Als Sie sie dafür bezahlten, stattdessen nach Buxton zu kommen und dort zu arbeiten, hatten Sie sich nur einen Aufschub erkauft. Abwenden konnten Sie damit nichts.«

»Ich habe sie nicht getötet! Tommy, um Gottes willen, hören Sie mir doch zu! Ich war am Dienstagabend *hier.*«

Maidens Stimme war laut geworden, und draußen klopfte es. Die Tür ging auf, noch ehe einer der Männer etwas sagen konnte. Nan Maiden trat ein. Sie blickte von Lynley zu ihrem Mann. Sie sagte kein Wort.

Aber sie brauchte auch nichts zu sagen, es stand alles in ihrem Gesicht geschrieben. Sie weiß, was er getan hat, dachte Lynley. Mein Gott, sie hat es von Anfang an gewusst.

»Lass uns allein«, rief Andy Maiden seiner Frau zu.

»Ich denke, das wird nicht nötig sein«, sagte Lynley.

Barbara Havers war noch nie in Westerham gewesen, und sie entdeckte bald, dass es gar nicht so einfach war, von Chelsea aus, wo die St. James' wohnten, dorthin zu kommen. Nachdem sie Lynley verlassen hatte, war sie kurz entschlossen zu den St. James' gefahren – warum nicht, hatte sie gedacht, wenn ich sowieso schon so dicht bei der King's Road bin, praktisch nur einen Katzensprung von der Cheyne Row entfernt. Sie hatte dringend Dampf ablassen müssen, und sie war überzeugt, Deborah und Simon würden sie am ehesten verstehen; sie hatten Lynleys selbstgefällige Verbohrtheit sicherlich schon das eine oder andere Mal am eigenen Leib erfahren.

Aber sie war gar nicht dazu gekommen, ihre Geschichte zu erzählen. Kaum nämlich hatte Deborah St. James die Tür geöffnet, da zog sie Barbara auch schon mit einem Ausruf freudiger Überraschung ins Haus und rief in Richtung Arbeitszimmer: »Simon, sieh doch mal, wer gekommen ist! Als wär's Bestimmung!«

Und was sie dann zu dritt im Arbeitszimmer besprochen hatten, hatte Barbara den Anstoß gegeben, nach Kent zu fahren. Auf dem Weg dorthin musste sie jedoch erst einmal durch die sprichwörtliche Hölle, ein Gewirr unbeschilderter Straßen auf der Südseite der Themse, in dem sie sich augenblicklich hoffnungslos verfranzte. Ein kurzer Moment der Unaufmerksamkeit hatte zur Folge, dass sie zwanzig Minuten lang schimpfend und fluchend auf der vergeblichen Suche nach der A205 den Clapham Common umkreiste. Als sie endlich auf dem richtigen Weg war und sich nach Lewisham durchgeschlagen hatte, begann sie sich zu fragen, ob es wirklich so effizient war, bei der Suche nach einem Sachverständigen das Internet einzusetzen.

Der Sachverständige in diesem Fall hatte seine Wohnung und sein Geschäft in Westerham, ganz in der Nähe von Quebec House. »Sie können es gar nicht verfehlen«, hatte er ihr am Telefon versichert. »Quebec House steht ganz oben am Ende der Edenbridge Road. Es ist durch ein großes Schild gekennzeichnet. Heute ist es geöffnet, da werden wahrscheinlich einige Busse auf dem Parkplatz stehen. Ich wohne keine fünfhundert Meter südlich davon.«

Und so war es. Er lebte in einem Holzschindelhaus, über der Tür ein Schild mit der Aufschrift »Wir haben den Bogen raus«.

Er hieß Jason Harley, Geschäft und Wohnung befanden sich unter einem Dach. Die Tür zum Laden war ungewöhnlich breit, und Barbara begriff, warum das so war, als Jason Harley auf ihr Klingeln hin in einem mit allen technischen Raffinessen ausgestatteten Rollstuhl durch diese Tür kam.

»Sie sind Constable Havers?«, fragte er.

»Barbara«, antwortete sie.

Er warf die Mähne blonden Haares zurück, das sehr dick und völlig glatt war. »Also gut, Barbara. Sie haben Glück gehabt, dass Sie mich zu Hause erwischt haben. Meistens bin ich sonntags beim Schießen.« Er rollte zurück und bedeutete ihr, ihm zu folgen. »Bitte, seien Sie doch so nett und sehen Sie zu, dass das Schild auf ›Geschlossen‹ bleibt«, sagte er. »Ich hab hier einen Fanclub, der mich mit Vorliebe überfällt, wenn der Laden offen ist.« Seine Stimme hatte einen leicht ironischen Unterton.

»Probleme?«, fragte Barbara, die sogleich an Rowdys und Rabauken dachte.

»Neunjährige Jungs. Ich hab an ihrer Schule mal einen kleinen Vortrag gehalten. Jetzt bin ich ihr Held.« Harley lachte gutmütig. »Also, wie kann ich Ihnen behilflich sein, Barbara? Sie sagten, Sie wollten sich bei mir umschauen?«

»Richtig.«

Sie hatte ihn über das Internet ausfindig gemacht, wo sein Geschäft eine Website hatte, und Barbara hatte ihn hauptsächlich deshalb zu ihrem Sachverständigen erkoren, weil er nicht weit von London lebte. Am Telefon hatte Jason Harley ihr mitgeteilt, dass sein Laden sonntags geschlossen sei, aber als sie ihm ihr Anliegen erklärt hatte, war er mit ihrem Besuch einverstanden gewesen.

Jetzt stand sie in dem kleinen Ladengeschäft und betrachtete die ausgestellten Waren: die Artikel aus Fiberglas, Eibenholz und Karbon, mit denen Jason Harley handelte. Ständer waren an den Wänden aufgestellt; Vitrinen säumten den breiten Gang; hinten war eine kleine Werkstatt. Den Mittelpunkt, der sofort das Auge auf sich zog, bildete ein Sockel aus Ahornholz, auf dem hinter Glas eine Medaille an einem Band lag. Es war eine olympische Goldmedaille, wie Barbara sah, als sie näher trat. Nicht nur in Westerham war Jason Harley wer.

Als sie ihre Aufmerksamkeit wieder auf ihn richtete, sah sie, dass er sie beobachtete. »Ich bin beeindruckt«, sagte sie. »Haben Sie das im Rollstuhl geschafft?«

»Ich *hätte* es sicher geschafft«, antwortete er. »Würde es auch heute noch schaffen, wenn ich ein bisschen mehr Freizeit zum Trainieren hätte. Aber damals saß ich noch nicht im Rollstuhl. Der kam erst später. Nach einem Unfall beim Drachenfliegen.«

»Das ist bitter«, sagte sie.

»Ach, ich komm damit zurecht. Besser als die meisten, denke ich. Also – wie kann ich Ihnen behilflich sein, Barbara?«

»Erzählen Sie mir was über Zedernpfeile«, sagte sie.

Jason Harleys olympische Goldmedaille war die Frucht jahrelangen Trainings und beinahe ebenso langer Turniererfahrung, die ihn zu einem hervorragenden Fachmann auf dem Gebiet des Bogensports gemacht hatten. Der Unfall beim Drachenfliegen hatte ihn gezwungen, sich zu überlegen, wie er sein sportliches Können und seine Sachkenntnis einsetzen könnte, um sich und die Familie, die er mit seiner Freundin zusammen gründen wollte, zu unterhalten. Das Ergebnis dieser Überlegungen war die kleine Firma, die er hier betrieb, wo er die Karbonpfeile verkaufte, die im modernen Bogensport verwendet wurden, und die Holzpfeile anfertigte und verkaufte, die zu den traditionellen englischen Langbogen mit ihrer geschichtlichen Vergangenheit gehörten.

In seinem Laden bekam der Kunde alles, was man zum Bogensport brauchte: vom Arm- und Fingerschutz bis zu den Pfeilspitzen, die sich, wie er Barbara erklärte, je nach Verwendungszweck des Pfeils voneinander unterschieden.

Und wie ist es, wenn man einem neunzehnjährigen Jungen in den Rücken schießt?, hätte Barbara gern gefragt. Was für eine Spitze braucht man dafür? Aber sie wollte die Sache lieber langsam angehen, weil sie wusste, sie würde hieb- und stichfeste Informationen brauchen, um Lynleys Abwehr zu durchdringen.

Sie bat Harley, ihr Näheres über die Holzpfeile zu sagen, die er eigenhändig herstellte, besonders über jene aus dem Holz der Port-Orford-Zeder.

Er fertige ausschließlich Zedernpfeile, erklärte er ihr. Die Schäfte ließ er sich aus Oregon liefern. Jeder einzelne wurde gewogen, ausgerichtet und einem Biegetest unterworfen, bevor er versandt wurde.

»Sie sind absolut zuverlässig«, sagte er, »und das ist wichtig, denn wenn man einen Bogen mit einem hohen Zuggewicht hat, braucht man einen Pfeil, der es aushalten kann. Man bekommt natürlich auch Pfeile aus Kiefer oder Esche«, fuhr er fort, nachdem er ihr einen Zedernpfeil zur Begutachtung gereicht hatte, »sie sind zum Teil aus einheimischem Holz gemacht, zum Teil werden sie in Schweden hergestellt. Aber Oregon-Zeder ist leichter erhältlich – wegen der Quantität, vermute ich –, und ich denke, Sie würden feststellen, dass jedes Bogensportgeschäft in England sie verkauft.«

Er führte sie nach hinten, wo seine Werkstatt war. Dort befand sich in einer Höhe, zu der er bequem hinaufreichen konnte, eine Werkbank, auf der die benötigten Werkzeuge so aufgereiht waren, dass er mühelos von der Rundsäge, die die Kerbe in den Pfeilschaft einschnitt, zum Befiederungsgerät, wo die Nocke und die Steuerfedern angebracht wurden, gelangen konnte. Die Pfeilspitzen wurden mit einem Kunstkleber aufgesetzt. Und sie waren, wie er zuvor schon gesagt hatte, von unterschiedlicher Art, je nach Verwendungszweck des Pfeils.

»Es gibt Bogenschützen, die ihre Pfeile selber herstellen«, bemerkte er abschließend. »Aber da das eine Menge Arbeit ist – ich denke, Sie können das selbst sehen –, suchen sich die meisten einen Pfeilemacher, dem sie vertrauen, und kaufen ihre Pfeile bei ihm. Er kann sie auf jede gewünschte Weise kennzeichnen – in vernünftigen Grenzen natürlich –, wenn sie ihm sagen, was für ein Kennzeichen sie haben wollen.«

»Ein Kennzeichen?«, fragte Barbara.

»Für die Wettbewerbe«, erklärte Harley. »Sonst wird der Langbogen ja heute kaum noch gebraucht.«

Es gab, fügte er erläuternd hinzu, zwei Arten von Wettbewerben für Langbogenschützen: das Turnierbogenschießen und das Feldbogenschießen. Beim Ersteren wurde aus unterschiedlichen Entfernungen auf traditionelle Zielscheiben geschossen. Beim Letzteren wurde entweder in einem Wald oder an einem Hügel mit den Pfeilen auf Tierbilder geschossen. In beiden Fällen jedoch konnte der Sieger nur anhand der unterschiedlichen Kennzeichnungen der abgeschossenen Pfeile festgestellt werden. Und jeder Turnierbogenschütze in England sorgte natürlich dafür, dass seine Pfeile sich von den Pfeilen aller anderen Wettbewerbsteilnehmer klar unterscheiden ließen.

»Wie ließe sich sonst feststellen, welcher Pfeil das Ziel getroffen hat?«, meinte Harley.

»Natürlich«, sagte Barbara. »Ganz klar.«

Sie hatte den Obduktionsbericht über Terry Cole gelesen. Sie wusste aus ihrem Gespräch mit St. James, dass neben dem Messer und dem Stein, die, wie sie bereits wussten, als Waffen gegen die beiden Opfer verwendet worden waren, eine dritte Waffe gesucht wurde. Jetzt, da diese dritte Waffe so gut wie identifiziert war, begann ihr der Ablauf des Verbrechens klarzuwerden.

»Mr. Harley«, sagte sie, »wie schnell kann ein guter Bogenschütze – sagen wir mal, mit einer Erfahrung von zehn oder mehr Jahren – in ununterbrochener Folge auf ein Ziel schießen? Mit einem Langbogen, meine ich.«

Er zupfte nachdenklich an seiner Unterlippe, während er sich die Frage durch den Kopf gehen ließ. »Er wird pro Pfeil circa zehn Sekunden brauchen, schätze ich.«

»So lange dauert es doch?«

»Kommen Sie, ich zeig es Ihnen.«

Sie glaubte, er wolle es ihr selbst demonstrieren. Aber er holte vom Ausstellungsregal einen Köcher, steckte sechs Pfeile hinein und bedeutete Barbara, zu ihm zu kommen.

»Rechts- oder Linkshänderin?«, fragte er.

»Rechtshänderin.«

»Okay. Drehen Sie sich um.«

Sie kam sich etwas albern vor, als sie sich von ihm den Köcher überstreifen und den Gurt festziehen ließ. »Nehmen Sie an, der Bogen läge in Ihrer linken Hand«, instruierte er, nachdem er den Köcher befestigt hatte. »Greifen Sie jetzt nach hinten, um einen Pfeil herauszuziehen. Nur einen.« Als sie ihn in der Hand hatte – nach einigem ungeschickten Herumtasten –, erklärte er ihr, sie müsse jetzt den Pfeil auf die Dacronsehne des Bogens auflegen, dann die Sehne zurückziehen und ihr Ziel anvisieren.

»Es ist anders als bei einer Handfeuerwaffe«, bemerkte er. »Sie müssen nach jedem Schuss neu auflegen und neu zielen. Ein guter Bogenschütze schafft das in knapp zehn Sekunden. Aber jemand wie Sie – nichts für ungut –«

Barbara lachte. »Mir werden Sie wohl zwanzig Minuten geben müssen.«

Sie beobachtete sich in dem Spiegel an der Tür, durch die Jason Harley zuvor in den Laden gerollt war, und übte das Ziehen der Pfeile aus dem Köcher. Sie stellte sich vor, sie hielte einen gespannten Bogen in der Hand, und vor ihr befände sich ein Zielobjekt: keine Zielscheibe, kein Tierbild, sondern ein lebender Mensch. Genauer gesagt, zwei Menschen, die an einem Feuer saßen, der einzigen Lichtquelle an einem dunklen Abend.

Er hat nicht auf Nicola Maiden geschossen, weil er es gar nicht auf sie abgesehen hatte, dachte sie. Den Jungen wollte er aus dem Weg räumen, und da er keine andere Waffe bei sich hatte, musste er sich mit dem begnügen, was er hatte, und hoffen, dass gleich der erste Schuss Terry Cole töten würde. Denn er wusste, dass ihm in Anwesenheit einer zweiten Person keine Gelegenheit bleiben würde, noch einen Pfeil abzuschießen.

Und dann? Was war dann geschehen? Der Schuss hatte sein Ziel verfehlt. Vielleicht hatte der Junge sich im letzten Moment bewegt. Vielleicht hatte der Schütze voreilig geschossen und statt des Nackens den Rücken getroffen. Nicola Maiden war vermutlich aufgesprungen, als sie gemerkt hatte, dass sie aus der Dunkelheit angegriffen wurden, und hatte zu fliehen versucht. Und da sie wahrscheinlich wie der Teufel gerannt war und es stockfinster gewesen war, hatte der Schütze mit Pfeil und Bogen nichts gegen sie ausrichten können. Also war er hinter ihr hergerannt und hatte sie überwältigt. Und nachdem er sie erschlagen hatte, war er zurückgerannt, um dem Jungen den Rest zu geben.

Barbara sagte: »Mr. Harley, wenn man von einem solchen Pfeil in den Rücken getroffen würde, wie würde sich das anfühlen? Würde man wissen, dass man angeschossen worden ist? Von einem Pfeil, meine ich.«

Harley starrte auf die Ständer mit den Bogen, als läge dort die Antwort. »Ich nehme an, im ersten Moment würde man einen heftigen Schlag verspüren«, sagte er langsam. »Ungefähr so, als hätte einen ein Hammerschlag getroffen.«

»Könnte man sich bewegen? Auf den Beinen bleiben?«

»Ich denke schon. Natürlich nur bis zu dem Moment, wo einem klarwerden würde, was wirklich passiert ist. Dann würde man wahrscheinlich einen Schock erleiden. Vor allem, wenn man nach hinten griffe und merkte, dass man einen Pfeil im Rücken hat. Mein Gott – das wäre ein furchtbarer Schreck. Man würde bestimmt –«

»– ohnmächtig werden«, warf Barbara ein. »Umkippen.«

»Ja«, stimmte er zu.

»Und dann würde der Pfeil abbrechen, nicht wahr?«

»Je nachdem, wie man fallen würde.«

Und es würde, vollendete sie im Stillen für sich, möglicherweise ein Holzsplitter zurückbleiben, wenn der Mörder den Rest des Pfeils aus dem Rücken des Opfers zöge, um das Beweisstück zu entfernen, das ihn eindeutig überführen konnte. Terry Cole war zu diesem Zeitpunkt noch nicht tot gewesen, sondern hatte nur unter Schock gestanden. Der Mörder hatte ihm nach seiner Rückkehr von dem tödlichen Anschlag auf Nicola Maiden noch den Todesstoß versetzen müssen. Aber außer dem Langbogen hatte er keine Waffe bei sich gehabt. Er hatte nur hoffen können, irgendwo auf dem Biwakplatz etwas zu finden, das sich als Waffe verwenden ließ.

Und nachdem ihm das geglückt war, nachdem er den Jungen mit dem Schweizer Armeemesser getötet hatte, hatte er in aller Ruhe nach dem suchen können, was er in Terry Coles Besitz geglaubt hatte: den Chandler-Kompositionen, die ihm das Vermögen einbringen sollten, um das ihn sein Vater mit seinem Testament betrogen hatte.

Nur einen letzten Punkt galt es noch zu klären. Sie sagte: »Mr. Harley, kann eine Pfeilspitze den Körper eines Menschen durchbohren? Ich meine, ich dachte immer, außerhalb der Sportstätten müssten Pfeile Gummispitzen haben.«

Er lächelte. »Saugnäpfe, meinen Sie? Wie sie bei Pfeil- und Bogenausrüstungen für Kinder üblich sind?« Er rollte an ihr vorbei hinter eine der Vitrinen und entnahm dieser eine kleine Pappschachtel, die er auf die Glasplatte des niedrigen Verkaufstischs entleerte. Dies, erklärte er ihr, seien die Spitzen, die Zedernpfeilen aufgesetzt wurden. Beim Feldbogenschießen würden sogenannte Feldspitzen benutzt. Barbara könne die Schärfe der Spitzen ja einmal prüfen, wenn sie das wolle.

Das tat sie. Der Metallaufsatz war zylindrisch, der Form des Pfeils angepasst, und verjüngte sich zu einer vierseitigen Spitze, die tödlich verletzen konnte, wenn sie mit entsprechender Wucht abgeschossen wurde. Während Barbara diese Spitze versuchsweise in ihren Finger drückte, zeigte Harley ihr die anderen Pfeilspitzen, die er verkaufte. Er legte verschiedene Arten von sogenannten Jagdspitzen vor ihr aus und erläuterte ihren Gebrauch. Zum Schluss zeigte er ihr noch die Nachahmungen mittelalterlicher Spitzen.

»Und die hier«, sagte er, »werden für Demonstrationszwecke und bei Schlachten benutzt.«

»Bei Schlachten?«, fragte Barbara ungläubig. »Gibt es denn Leute, die tatsächlich mit Pfeilen aufeinander schießen?«

Er lachte. »Nein, das sind natürlich keine richtigen Schlachten, und sobald der Kampf beginnt, werden den Pfeilen Gummispitzen aufgesetzt, damit sie nicht verletzen können. Diese sogenannten Schlachten sind – na, sagen wir mal, Inszenierungen alter historischer Schlachten. Da versammelt sich eine Horde von Sonntagskriegern auf dem Gelände irgendeines Schlosses oder alten Herrensitzes und spielt den Rosenkrieg nach. Überall auf dem Land werden solche Pseudoschlachten inszeniert.«

»Und die Leute fahren hin, um daran teilzunehmen? Mit Pfeil und Bogen im Kofferraum ihres Wagens?«

»Richtig. Genau so ist es.«

27

Der Regen prasselte mit unverminderter Heftigkeit herab. Inzwischen war ein starker Wind aufgekommen. Auf dem Parkplatz des *Black-Angel*-Hotels trieben Wind und Regen ein stürmisch-feuchtes Spiel mit der obersten Müllschicht in einem übervollen Container. Der Wind packte Pappkartons und alte Zeitungen und schleuderte sie in die Luft; der strömende Regen klatschte sie an die Windschutzscheiben und die Räder der geparkten Autos.

Lynley stieg aus dem Bentley und spannte seinen Schirm auf. Mit seinem Koffer in der Hand rannte er um das Haus herum zur vorderen Tür. An einem Garderobenständer gleich am Eingang hingen die tropfenden Mäntel und Jacken der Sonntagsgäste, ein gutes Dutzend mochte es sein, deren Silhouetten Lynley durch das gelbliche Milchglas in der oberen Hälfte der Tür zur Hotelbar erkennen konnte. In einem schmiedeeisernen Ständer gleich daneben steckten gut zehn Schirme, feucht glänzend im Licht des Vestibüls, wo Lynley sich die Nässe von den Schuhen stampfte. Er hängte seinen Mantel zu den anderen, stellte seinen Schirm in den Ständer und ging durch die Bar zum Empfang.

Wenn der Wirt des *Black Angel* überrascht war, ihn so bald schon wiederzusehen, so ließ er sich jedenfalls nichts davon anmerken. Die Urlaubssaison neigte sich dem Ende zu, da war jeder unverhoffte Gast willkommen. Er reichte einen Schlüssel über den Tresen – für dasselbe Zimmer, in dem er vorher gewohnt hatte, wie Lynley sah – und fragte, ob er das Gepäck des Inspectors hinaufbringen lassen solle oder ob dieser sich lieber selbst darum kümmern wolle? Lynley übergab ihm seinen Koffer und ging in die Bar, um etwas zu essen.

Die Küche sei für den Nachmittag geschlossen, sagte man ihm, aber man könne ihm einen Schinkensalat oder eine gefüllte Kartoffel in der Schale machen, wenn er bei der Füllung keine besonderen Raffinessen erwarte. Das tue er nicht, sagte er, und bestellte beides.

Aber als das Essen dann vor ihm stand, stellte er fest, dass er gar nicht so hungrig war, wie er geglaubt hatte. Er nahm sich ein Stück von der Kartoffel mit der Cheddarkruste, doch als er die Gabel zum Mund führte, schien ihm die Zunge anzuschwellen bei dem Gedanken, jetzt irgendetwas Kompaktes schlucken zu müssen. Er senkte die Gabel wieder und griff nach dem Lager. Blieb immer noch die Möglichkeit, sich zu betrinken.

Er wollte den Maidens glauben. Nicht deshalb, weil sie ihm auch nur den kleinsten Beweis zur Bestätigung ihrer Aussagen geliefert hätten, sondern weil er einfach nichts anderes glauben wollte. Es kam immer wieder einmal vor, dass Polizeibeamte auf die schiefe Bahn gerieten, und nur ein Narr hätte das geleugnet. Die Namen Birmingham, Guildford und Bridgewater waren nur drei von vielen, die für berüchtigte Fälle standen, wo Angeklagte mit Hilfe von verfälschtem Beweismaterial, Misshandlung bei den Vernehmungen und fingierten Geständnissen mit gefälschten Unterschriften verurteilt worden waren. Jede einzelne Verurteilung war aufgrund schwerer Amtsvergehen vonseiten der Polizei zustande gekommen, für die es keine Entschuldigung gab. Sie existierten also, die schlechten Polizeibeamten: ob man sie nun übereifrig nannte, voreingenommen, korrupt oder schlicht zu träge oder zu nachlässig, um ihre Arbeit so zu tun, wie die Pflicht es gebot.

Aber Lynley wollte nicht glauben, dass Andy Maiden einer dieser auf Abwege geratenen Polizeibeamten war. Er wollte nicht einmal glauben, dass Andy ganz einfach ein Vater war, der mit seinem Kind nicht mehr fertig geworden war und sich zu einer Verzweiflungstat hatte hinreißen lassen. Selbst jetzt noch, nachdem er mit Andy gesprochen hatte, nachdem er die Interaktionen zwischen Mann und Frau beobachtet und die Bedeutung jedes Worts, jeder Geste bis hin zur kleinsten Nuance zu erfassen versucht hatte, stellte Lynley fest, dass sein Herz und sein Verstand im Zwiespalt waren.

Nan Maiden hatte sich von ihrem Mann nicht vertreiben lassen. Sie hatte die Tür des stickigen kleinen Büros hinter dem Empfang in Maiden Hall hinter sich geschlossen und war geblieben. Ihr Mann hatte gesagt: »Nancy, lass das doch. Denk an die Gäste … du wirst hier nicht gebraucht«, und hatte Lynley einen hilfesuchenden Blick zugeworfen, auf den dieser nicht reagiert hatte. Denn Nan Maidens Anwesenheit war notwendig, wenn sie der Wahrheit über Nicola Maidens Tod im Calder Moor auf den Grund kommen wollten.

Sie sagte zu Lynley: »Wir haben nicht erwartet, dass heute noch einmal jemand kommen würde. Ich habe Inspector Hanken gestern gesagt, dass Andy an dem betreffenden Abend zu Hause war. Ich habe ihm erklärt –«

»Ja«, unterbrach Lynley. »Das hat er mir berichtet.«

»Dann verstehe ich nicht, was weitere Fragen noch für einen Sinn haben sollten.« Sie stand stocksteif neben der Tür, und ihre Stimme war so verkrampft wie ihr Körper, als sie zu sprechen fortfuhr: »Ich weiß, dass Sie deswegen gekommen sind, Inspector: um Andy zu vernehmen und nicht, um uns über Fortschritte bei Ihren Ermittlungen über das Verbrechen, dem unsere Tochter zum Opfer gefallen ist, zu berichten. Andy würde nicht so aussehen – als wäre er innerlich völlig ausgehöhlt –, wenn Sie nicht gekommen wären, um ihn allen Ernstes zu fragen, ob er … ob er ins Moor rausgefahren ist, um –« Sie brach ab. »Er war am Dienstagabend *hier*. Das hab ich Inspector Hanken bereits gesagt. Was wollen Sie denn noch von uns?«

Die Wahrheit, dachte Lynley. Er wollte sie hören. Ja, mehr noch, er wollte die beiden dazu bringen, ihr ins Auge zu sehen. Aber im letzten Moment, als er Nan Maiden klipp und klar hätte sagen können, was für ein Leben ihre Tochter in London geführt hatte, scheute er davor zurück. Früher oder später würde sowieso alles über Nicola herauskommen – in Vernehmungsräumen, in Polizeiprotokollen und beim Prozess –, daher bestand kein Grund, die Fakten jetzt schon ans Licht zu zerren wie ein grinsendes Skelett, von dessen Existenz Nicola Maidens Mutter keine Ahnung hatte. Wenigstens in dieser Hinsicht konnte er Andy Maidens Wünschen entgegenkommen, vorläufig jedenfalls.

Er sagte: »Wer kann Ihre Aussage bestätigen, Mrs. Maiden? Inspector Hanken hat mir berichtet, dass Andy an dem Abend früh zu Bett gegangen ist. Hat ihn sonst noch irgendjemand gesehen?«

»Wer sollte ihn denn gesehen haben? Unsere Angestellten kommen nicht in unsere Privaträume, wenn sie nicht dazu aufgefordert werden.«

»Und Sie haben im Laufe des Abends keinen von ihnen gebeten, einmal nach Andy zu sehen?«

»Ich habe selbst nach ihm gesehen.«

»Dann verstehen Sie unser Problem, nicht wahr?«

»Nein, das verstehe ich nicht. Ich sage Ihnen doch, dass Andy nicht –« Sie drückte ihre geballten Fäuste an ihren Hals und schloss die Augen. »Er hat sie nicht getötet.«

Endlich waren die Worte ausgesprochen. Die eine logische Frage jedoch, die Nan Maiden hätte stellen müssen, blieb unausgesprochen. Sie fragte nicht: Warum? Warum hätte mein Mann seine eigene Tochter töten sollen? Und das war eine verräterische Unterlassung.

Mit dieser einen Frage hätte Nan Maiden die Mutmaßungen der Polizei über ihren Mann am ehesten angreifen können; sie hätte sie ihnen wie einen Fehdehandschuh hinwerfen können, eine Herausforderung, glaubhaft zu erklären, warum ihr Mann dieses undenkbare Verbrechen wider die menschliche Natur verübt haben sollte. Aber sie stellte die Frage nicht. Und damit verriet sie sich. Denn hätte sie gefragt, so hätte sie Lynley Gelegenheit gegeben, bei ihr Zweifel zu säen, was sie offensichtlich nicht zulassen konnte. Lieber leugnen und vermeiden, als das Undenkbare denken und es dann auch noch akzeptieren zu müssen.

Lynley zwang sie nicht, diese entscheidende Frage vorzubringen, er beantwortete sie aber auch nicht von sich aus. Er sagte lediglich zu beiden: »Was wussten Sie eigentlich über die Zukunftspläne Ihrer Tochter?«, und bot Andy Maiden damit Gelegenheit, seiner Frau das Schlimmste zu eröffnen, was es über ihr einziges Kind zu wissen gab.

»Unsere Tochter hat keine Zukunft«, versetzte Nan. »Es ist deshalb völlig sinnlos, über ihre Pläne zu sprechen, wie auch immer sie ausgesehen haben mögen.«

»Ich werde mich einem Lügendetektortest unterziehen«, sagte Andy Maiden unvermittelt, und an seinem Angebot erkannte Lynley, wie verzweifelt er zu verhindern versuchte, dass seine Frau etwas über das Leben ihrer Tochter in London erfuhr. »Es kann doch nicht so schwierig sein, das zu arrangieren, nicht wahr? Wir finden sicher jemanden ... ich möchte den Test machen, Tommy.«

»Andy, nein!«

»Wir können ihn beide machen, wenn Sie das wollen«, fuhr Maiden fort, ohne auf die Proteste seiner Frau zu achten.

»Andy!«

»Wie sollen wir ihm denn sonst begreiflich machen, dass er völlig falschliegt?«, fragte Maiden sie.

»Aber deine Nerven!«, sagte sie. »Bei deinem jetzigen Zustand … Andy, es wird alles ganz falsch und verdreht herauskommen. Tu es nicht.«

»Ich habe keine Angst.«

Und Lynley hatte ihm ansehen können, dass er tatsächlich keine Angst hatte. An diesen einen Punkt hatte er sich die ganze lange Rückfahrt nach Tideswell und zum *Black-Angel*-Hotel über geklammert.

Als Lynley jetzt am Tisch vor seinem Essen saß, dachte er über diese Furchtlosigkeit Andy Maidens nach. Sie konnte Verschiedenes bedeuten: Schuldlosigkeit, Draufgängertum oder Verstellung. Jedes der drei Motive kann es sein, dachte Lynley, und er war sich auch darüber im Klaren, auf welches von den dreien er, trotz allem, was er über den Mann erfahren hatte, noch immer hoffte.

»Inspector Lynley?«

Er blickte auf. Die Bedienung stand am Tisch und sah stirnrunzelnd auf seine unberührte Mahlzeit. Er wollte sich gerade dafür entschuldigen, dass er bestellt hatte, was er dann nicht gegessen hatte, als sie sagte: »Ein Anruf für Sie. Aus London. Das Telefon ist hinter dem Tresen, wenn Sie gleich von hier aus telefonieren wollen.«

Der Anrufer war Winston Nkata, eifrig und aufgeregt. »Wir haben's, Chef«, sagte er knapp, als er Lynleys Stimme hörte. »Dem Autopsiebefund zufolge wurde an Coles Leiche ein Zedernholzsplitter gefunden. St. James sagt, die erste Waffe sei ein Pfeil gewesen. Der im Dunkeln abgeschossen wurde. Die Frau ist geflohen, deshalb konnte der Mörder nicht auf sie schießen. Er musste ihr nachlaufen und sie mit dem Stein erschlagen.«

Nkata erklärte, was St. James dem Autopsiebericht entnommen hatte, wie er die Angaben interpretiert hatte, und was er – Nkata – von einem Bogensportexperten in Kent über Pfeile und Langbogen erfahren hatte.

»Der Mörder musste also den abgeschossenen Pfeil vom Tatort verschwinden lassen, weil die meisten Langbogen bei Turnieren benutzt werden«, schloss Nkata, »und weil alle dazugehörigen Pfeile besonders gekennzeichnet sind, damit man weiß, wem sie gehören.«

»Und wie sind sie gekennzeichnet?«

»Mit den Initialen des Schützen.«

»Du meine Güte! Das kommt ja einer Unterschrift gleich.«

»Genau. Die Initialen können ins Holz eingeschnitzt oder eingebrannt werden, oder sie können auch aufgeklebt werden. Wie auch immer, am Tatort eines Verbrechens wäre eine solche Kennzeichnung so gut wie ein dicker fetter Fingerabdruck.«

»Hervorragend, Winnie«, lobte Lynley. »Ausgezeichnete Arbeit.«

Nkata räusperte sich. »Na ja, man tut, was man kann.«

»Wenn wir also den Bogenschützen finden, haben wir unseren Mörder«, stellte Lynley fest.

»Sieht ganz so aus.« Nkata stellte die nächste logische Frage: »Haben Sie schon mit den Maidens gesprochen, Inspector?«

»Er will einen Lügendetektortest machen.« Lynley berichtete von seinem Gespräch mit den Eltern Nicola Maidens.

»Ah ja«, sagte Nkata. »Dann sorgen Sie gleich dafür, dass er gefragt wird, ob er an seinen freien Nachmittagen Hundertjähriger Krieg spielt.«

»Wie bitte?«

»Mit so was vertreiben sich unsere Bogenschützen die Zeit. Sie nehmen an Wettbewerben und Turnieren teil und spielen alte historische Schlachten nach, wo sie dann mit Pfeil und Bogen aufeinander losgehen. Also, zieht der gute Mr. Maiden da oben in Derbyshire vielleicht hobbymäßig gegen die Franzosen in den Kampf?«

Lynley atmete tief auf. Er hatte das Gefühl, als fiele ihm der sprichwörtliche Stein vom Herzen, als er plötzlich begriff: »Broughton Manor«, sagte er.

»Was?«

»Dort finde ich bestimmt einen Langbogen«, erklärte Lynley. »Und ich denke, ich weiß auch schon, wer da oben versteht, mit so einem Gerät umzugehen.«

Barbara wartete, bis Nkata aufgelegt hatte. Er sah sie missmutig an.

»Was ist?« Sie spürte, wie sich alles in ihr zusammenkrampfte. »Sagen Sie mir bloß nicht, dass er Ihnen nicht geglaubt hat, Winnie.«

»Doch, doch, er hat mir geglaubt.«

»Gott sei Dank.« Sie betrachtete ihn forschend. Seine Miene wirkte so düster. »Was ist es dann?«

»Es war Ihre Arbeit, Barb. Ich schmücke mich nicht gern mit fremden Federn.«

»Ach so, das! Sie glauben doch nicht im Ernst, dass er auf mich gehört hätte, wenn ich ihn angerufen hätte? So ist es viel besser.«

»Kann schon sein, aber jetzt steh ich besser da als Sie. Ich find das ziemlich ätzend, wo ich überhaupt nichts dafür getan hab.«

»Ach was, vergessen Sie's. Es war doch die einzige Möglichkeit. Mich aus der Sache rauszuhalten, meine ich, damit der hohe Herr nicht gleich wieder Zustände kriegt. Was hat er denn jetzt vor?«

Sie hörte schweigend zu, als Nkata ihr von Lynleys Plan berichtete, den Langbogen in Broughton Manor zu suchen. Kopfschüttelnd über die Sinnlosigkeit seiner Überlegungen sagte sie am Ende: »Verlorene Liebesmüh, Winnie. Der Langbogen ist nicht in Derbyshire.«

»Wie können Sie da so sicher sein?«

»Ich fühle es einfach.« Sie packte die Sachen zusammen, die sie in Lynleys Büro mitgebracht hatte. »Kann sein, dass ich mich ein, zwei Tage grippekrank melde, aber Sie wissen natürlich nichts davon. Okay?«

Nkata nickte. »Was haben Sie denn vor?«

Barbara hielt hoch, was Jason Harley ihr mitgegeben hatte, bevor sie in Westerham weggefahren war. Es war eine ziemlich umfangreiche Adressenliste von Leuten, die regelmäßig jedes Vierteljahr seine Kataloge zugeschickt bekamen. Außerdem hatte er ihr eine Liste aller Personen mitgegeben, die in den vergangenen sechs Monaten etwas bei ihm bestellt hatten. »Wahrscheinlich werden Ihnen die Sachen nicht viel nützen«, hatte er gesagt, »denn es gibt ja reichlich Bogensportgeschäfte, bei denen der Mann, den Sie suchen, seine Pfeile bestellt haben kann. Aber wenn Sie die Listen mal durchsehen wollen, können Sie sie gern mitnehmen.«

Sie hatte sich das nicht zweimal sagen lassen und hatte obendrein noch zwei seiner Kataloge mitgenommen. Als leichte Sonntagabendlektüre, hatte sie sich gesagt, als sie sie in ihre Umhängetasche gestopft hatte. So, wie die Dinge jetzt standen, konnte sie ja sonst nur Däumchen drehen.

»Und Sie?«, fragte sie Nkata. »Hat der Inspector Ihnen einen neuen Auftrag gegeben?«

»Sonntagabend bei Mama und Dad!«

»Na, wenn das nichts ist!« Sie verabschiedete sich und wollte gerade hinausgehen, als das Telefon auf Lynleys Schreibtisch zu läuten begann. »Oje«, sagte sie. »Ich glaube, den Sonntagabend können Sie vergessen, Winston.«

»Mist«, grummelte er und griff zum Telefon.

Sie bekam nur seine Seite des Gesprächs mit, die sich etwa so anhörte: »Nein. Nein, er ist nicht hier. Tut mir leid ... er ist oben in Derbyshire ... Constable Winston Nkata ... ja. Richtig. Ich bin ziemlich auf dem Laufenden, aber es ist leider nicht derselbe Fall ...« Es folgte eine längere Pause, während der die Person am anderen Ende der Leitung unablässig sprach. Dann sagte Nkata: »Ach was?«, und lächelte. Er sah Barbara an und hielt aus irgendeinem Grund den Daumen gestreckt in die Höhe. »Das ist eine gute Nachricht. Die beste überhaupt. Vielen Dank.« Er hörte noch einen Moment zu und warf einen Blick auf die Wanduhr. »Ja, geht in Ordnung. Sagen wir, eine halbe Stunde ... ja. Klar, sicher haben wir jemanden, der eine Aussage aufnehmen kann.« Nach einem Grußwort legte er auf und nickte Barbara zu. »Das sind Sie.«

»Ich? Moment mal, Winnie, Sie haben mir nichts zu sagen«, protestierte Barbara, die ihre Sonntagabendpläne den Bach hinuntergehen sah.

»Stimmt. Aber ich kann mir nicht vorstellen, dass Sie das verpassen wollen.«

»Ich bin raus aus dem Fall.«

»Das weiß ich. Aber der Chef ist der Ansicht, dass diese Sache sowieso nicht mehr zu unserm Fall gehört. Ich wüsste nicht, warum Sie sie da nicht übernehmen sollten.«

»Was denn überhaupt?«

»Vi Nevin ist aufgewacht. Sie ist bei vollem Bewusstsein, Barb. Und irgendjemand muss ihre Aussage aufnehmen.«

Lynley rief Inspector Hanken zu Hause an, wo dieser sich in seiner kleinen Garage gerade verzweifelt bemühte, die Montageanleitung für eine Kinderschaukel zu begreifen. »Ich bin doch kein gottverdammter Bauingenieur«, erklärte er wütend und schien dankbar, einen Anlass zu haben, das hoffnungslose Unterfangen fürs Erste bleibenlassen zu können.

Lynley setzte ihn über die neuen Erkenntnisse ins Bild, und Hanken war ebenfalls der Ansicht, dass ein Pfeil die Waffe sein könnte, nach der sie gesucht hatten. »Das wäre auch eine Erklärung dafür, warum sie nicht zusammen mit dem Messer in dem Streugutkasten versteckt wurde«, sagte er. »Und ich denke, ich weiß auch schon, wessen Initialen wir auf dem Pfeil finden würden.«

»Ja, ich erinnere mich, dass Sie mir einmal erzählt haben, was Julian Britton alles versucht, um Geld für die Restaurierung von Broughton Manor zusammenzubekommen«, bestätigte Lynley. »Es sieht ganz so aus, als hätten wir ihn endlich am Kragen, Peter. Ich fahre jetzt rüber, um –«

»Wieso? Wo zum Teufel *sind* Sie denn?«, fragte Hanken scharf. »Sind Sie nicht in London?«

Lynley war ziemlich sicher, wie Hanken reagieren würde, wenn er hörte, warum er, Lynley, so rasch nach Derbyshire zurückgekommen war, und der Kollege bestätigte prompt seinen Verdacht. »Ich hab doch gewusst, dass es Maiden war«, rief er, als Lynley zum Ende seiner Erklärung gekommen war. »Er hat den Wagen gefunden, Thomas. Und er hätte ihn nie im Leben gefunden, wenn er nicht gewusst hätte, wohin sie gefahren war. Er hat gewusst, dass sie in London als Prostituierte gearbeitet hat, und ist nicht damit fertiggeworden. Und weil er sie nicht davon abhalten konnte, hat er sie umgebracht. Das war vermutlich die einzige Möglichkeit für ihn, um zu verhindern, dass sie ihrer Mutter reinen Wein einschenkte.«

Das kam den Tatsachen, soweit sie Andrew Maidens Bestrebungen betrafen, seine Frau zu schonen, so nahe, dass Lynley Hankens Scharfblick beinahe als unheimlich empfand. Dennoch bemerkte er: »Andy hat gesagt, er will sich einem Lügendetektortest unterziehen. Ich kann mir nicht vorstellen, dass er ein solches Angebot machen würde, wenn er wirklich seine Tochter getötet hätte.«

»Warum denn nicht?«, konterte Hanken. »Der Bursche hat jahrelang als verdeckter Ermittler gearbeitet, das wollen wir doch nicht vergessen. Er wäre längst ein toter Mann, wenn er nicht ein glänzender Lügner gewesen wäre. Wenn der sich einem Lügendetektortest unterzieht, ist das doch ein Witz. Auf unsere Kosten übrigens.«

»Trotzdem – Julian Britton hat das stärkere Motiv«, entgegnete Lynley. »Mal sehen, ob ich ihn nicht ein bisschen aus der Reserve locken kann.«

»Sie spielen Maiden direkt in die Hände. Das ist Ihnen doch klar, nicht? Der weiß so genau, wie er Sie bearbeiten muss, als wären Sie zusammen zur Schule gegangen.«

Was ja in gewisser Weise auch zutraf. Aber Lynley war nicht bereit, sich von ihrer gemeinsamen Geschichte blenden zu lassen. Er war entschlossen, die Augen nach allen Richtungen offen zu halten. Ohne jeglichen Zweifel an Andy Maidens Schuld zu glauben, war ebenso unverantwortlich, wie die mögliche Schuld eines anderen mit einem stärkeren Motiv einfach auszuschließen.

Hanken verabschiedete sich und legte auf. Lynley hatte von seinem Hotelzimmer aus angerufen und nahm sich jetzt fünf Minuten Zeit, um auszupacken, bevor er die Fahrt nach Broughton Manor antrat. Er hatte Schirm und Trenchcoat unten im Vestibül gelassen, als er sich nach oben begeben hatte, um den Anruf zu machen, und ging, nachdem er seinen Zimmerschlüssel auf den Empfangstisch geworfen hatte, hinaus, um beides zu holen.

Die meisten Sonntagsgäste des *Black Angel* waren inzwischen gegangen, wie er sah. Es waren nur noch drei Regenschirme da, und am Garderobenständer hing, abgesehen von seinem Mantel, nur noch eine einsame Jacke.

Normalerweise hätte er einer einsamen Jacke an einem Garderobenständer keine besondere Aufmerksamkeit gezollt. Aber als er versuchte, seinen Schirm zu befreien, dessen Griff irgendwie zwischen die Speichen eines anderen geraten war, stieß er mit der

Schulter gegen die Jacke, sie fiel herunter, und er musste sie aufheben.

Dass die Jacke aus Leder war, fiel ihm zunächst ebenso wenig auf wie die Tatsache, dass sie schwarz war. Erst als die Stille und Dunkelheit in der zuvor belebten Hotelbar ihm verrieten, dass alle Gäste gegangen waren, wurde ihm bewusst, dass die Jacke keinen Besitzer hatte.

Er blickte von der Bartür, hinter deren Milchglasscheibe alles dunkel war, wieder zu der schwarzen Lederjacke und verspürte ein Prickeln der Erregung. Nein, dachte er, unmöglich, das kann nicht sein. Aber noch während er in Gedanken die Worte formulierte, berührte er mit den Fingern das brettsteife Innenfutter – steif auf eine Art und Weise, wie nur eine einzige Substanz ein weiches Material erhärten kann, weil diese Substanz selbst nicht direkt trocknet, sondern vielmehr gerinnt …

Lynley ließ seinen Schirm fallen. Er ging mit der Jacke zum Fenster des Vestibüls, um sie im Licht genauer mustern zu können. Und dort sah er, dass nicht nur das Innenfutter gelitten hatte, sondern auch das Leder, wenn auch auf andere Art. Ein Loch – vielleicht von der Größe einer Fünfpencemünze – klaffte im Rücken.

Lynley hatte nicht nur auf Anhieb gewusst, dass das Futter der Jacke mit Blut durchtränkt war, sondern er erkannte auch augenblicklich, dass das Loch genau in Höhe des linken Schulterblatts des Unglückseligen saß, der die Jacke getragen hatte.

Nan fand ihren Mann in seinem kleinen Arbeitszimmer neben ihrem gemeinsamen Schlafzimmer. Er war aus dem Büro geflohen, sobald der Kriminalbeamte gegangen war, und sie war ihm nicht gefolgt. Vielmehr hatte sie die nächste Stunde damit ausgefüllt, in der Halle aufzuräumen und den Speisesaal für das Abendessen zu richten. Nachdem sie damit fertig gewesen war, hatte sie in der Küche nach dem Rechten gesehen und sich vergewissert, dass die Suppe für den Abend in Vorbereitung war. Anschließend hatte sie einer Gruppe amerikanischer Wanderer, die zu einer Aufführung von *Jane Eyre* in North Lees Hall wollten, erklärt, wie sie fahren mussten. Erst dann hatte sie sich auf die Suche nach ihrem Mann gemacht.

Sie tat es unter dem Vorwand, ihm etwas zu essen zu bringen: Er hatte seit Tagen kaum etwas gegessen, und wenn er so weitermachte, würde er unweigerlich krank werden. Tatsächlich sah die Sache etwas anders aus: Keinesfalls durfte sie zulassen, dass Andy seinen Plan, sich einem Lügendetektortest zu unterziehen, in die Tat umsetzte. In der Verfassung, in der er sich befand, würden seine Reaktionen nicht verlässlich sein.

Sie belud ein Tablett mit allem, was vielleicht seinen Appetit anregen könnte, stellte zwei Getränke zur Auswahl dazu und ging nach oben.

Er saß am Schreibtisch, einen offenen Schuhkarton vor sich, dessen Inhalt auf der Schreibplatte des Sekretärs ausgebreitet war. Nan rief gedämpft seinen Namen, aber er hörte sie gar nicht, so vertieft war er in die Durchsicht der Papiere, die in dem Karton gewesen waren.

Sie trat näher. Über seine Schulter hinweg konnte sie sehen, dass er in die Betrachtung einer Sammlung von Briefen und Briefchen, Zeichnungen und Glückwunschkarten vertieft war, die sich über einen Zeitraum von beinahe einem Vierteljahrhundert angehäuft hatte. All diese kleinen Schriftstücke und selbstgemalten Bilder stammten von derselben Hand, wenn auch zu verschiedenen Anlässen geschrieben oder gezeichnet. Alle hatte Andy von Nicola bekommen.

Nan stellte das Tablett auf einem kleinen runden Tisch neben dem bequemen alten Polstersessel ab, in dem Andy manchmal zu lesen pflegte. Sie sagte: »Ich habe dir etwas zu essen gebracht, Darling«, und war nicht verwundert, als er ihr nicht antwortete. Sie wusste nicht, ob er sie nicht hören konnte, oder ob er nur allein sein wollte und es nicht über sich brachte, es ihr unverblümt zu sagen. Aber wie auch immer, es spielte keine Rolle. Sie würde ihn zwingen, ihr zuzuhören, und sie würde nicht gehen.

»Bitte, mach diesen Lügendetektortest nicht, Andy«, sagte sie. »Ich weiß, dass diese Tests zuverlässig sein sollen, aber doch nur unter normalen Bedingungen, oder nicht? Dein Zustand ist aber nicht normal, schon seit Monaten nicht.« Sie wollte nicht darüber nachdenken, warum das so war, darum sprach sie eilig weiter: »Ich rufe gleich morgen früh diesen Polizeibeamten an und sage ihm, dass du es dir anders überlegt hast. Das ist schließlich kein Verbrechen. Das ist dein gutes Recht. Und das wird er auch wissen.«

Andy richtete sich leicht auf. In der einen Hand hielt er eine ungelenke Kinderzeichnung mit der Überschrift »Daddy steigt aus der Badewanne«, die sie beide vor vielen Jahren mit so herzlichem Gelächter betrachtet hatten. Aber jetzt rief der Anblick des Blatts, auf dem das kleine Mädchen seinen nackten Vater abgebildet hatte – komplett mit einem Penis von geradezu grotesker Größe – bei Nan ein Schaudern hervor, dem etwas wie ein Abschalten irgendeiner elementaren Funktion ihres Körpers und ein Aussetzen jeglicher Gefühlsregung folgte.

»Ich mache den Test.« Andy legte die Zeichnung zur Seite. »Es ist die einzige Möglichkeit.«

Die einzige Möglichkeit wozu?, wollte sie fragen und hätte es gefragt, wäre sie bereit gewesen, die Antwort zu hören. Stattdessen erwiderte sie: »Und was ist, wenn du ihn nicht bestehst?«

Erst jetzt wandte er sich ihr zu. Er hielt einen alten Brief in der Hand. Nan konnte die Wörter »Liebster Daddy« erkennen, in Nicolas großer, fester Handschrift geschrieben. »Warum sollte ich ihn nicht bestehen?«, fragte er.

»Wegen deines Gesundheitszustandes«, antwortete sie. Zu schnell, dachte sie. Viel zu schnell. »Wenn deine Nerven leiden, werden sie falsche Signale aussenden. Und die Polizei wird diese Signale falsch interpretieren. Das Gerät wird sagen, dass deine Körperfunktionen nicht in Ordnung sind. Die Polizei wird es anders nennen.«

Sie werden es Schuld nennen. Der Satz hing unausgesprochen zwischen ihnen. Nan hatte plötzlich den Eindruck, dass sie und ihr Mann sich auf zwei verschiedenen Kontinenten befanden. Sie hatte das Gefühl, dass sie diesen trennenden Ozean zwischen ihnen erschaffen hatte, aber sie konnte es nicht riskieren, seine Größe zu verringern.

Andy sagte: »Ein Polygraph misst Körpertemperatur, Puls und Atmung. Da wird es keine Probleme geben. Mit Nerven hat das nichts zu tun. Ich will den Test machen.«

»Aber warum denn nur?«

»Weil es die einzige Möglichkeit ist.« Er legte den Brief auf die

Schreibplatte und glättete ihn. Er zeichnete die Wörter »Liebster Daddy« mit dem Zeigefinger nach. »Ich habe nicht geschlafen«, sagte er zu ihr. »Ich habe versucht zu schlafen, aber ich konnte nicht, weil ich so außer mir darüber war, dass meine Augen plötzlich so nachließen. Sag mir, warum du ihnen erzählt hast, du hättest nach mir gesehen, Nancy?« Er sah auf und hielt ihren Blick mit seinem fest.

»Ich habe dir was zu essen gebracht, Andy«, sagte sie mit vorgetäuschter Munterkeit. »Da *muss* doch etwas dabei sein, das dich reizt. Wie wär's mit einem Stück Baguette mit Leberpastete?«

»Nancy, antworte mir. Bitte sag mir die Wahrheit.«

Aber das konnte sie nicht. Sie konnte es einfach nicht. Er hatte sie gezeugt. Er hatte sie aufwachsen sehen. Er hatte jedes Briefchen aufgehoben, jedes Wort in seinem Herzen bewahrt. Er hatte ihr durch Kinderkrankheiten und jugendliche Rebellion hindurchgeholfen, eine Erwachsene zu werden, auf die er so ungeheuer stolz gewesen war. Wenn also die Chance bestand – auch nur die geringste Möglichkeit –, dass sein körperlicher Zustand nichts mit Nicolas Tod zu tun hatte, dann würde sie ihr Leben an diese Chance knüpfen. Und auch ihren Tod, wenn nötig.

»Sie war wunderbar, nicht wahr?«, flüsterte Nan und zeigte auf die Andenken an Nicola, die ihr Mann auf dem Schreibtisch ausgebreitet hatte. »War unsere Tochter nicht ein wundervoller Mensch?«

Vi Nevin war nicht allein in ihrem Zimmer, als Barbara Havers im Chelsea and Westminster Hospital ankam. An ihrem Bett saß, den Kopf in die Matratze gedrückt wie eine demütige Bittstellerin zu Füßen einer Göttin, eine junge Frau mit organgerotem Haar und spindeldürren Gliedern. Sie hob den Kopf, als die Tür hinter Barbara zufiel.

»Wie sind Sie hier reingekommen?« Sie sprang auf und baute sich in Abwehrstellung vor dem Bett auf. »Der Bulle da draußen hat Anweisung, *niemanden* reinzu–«

»Regen Sie sich ab«, sagte Barbara und kramte ihren Ausweis aus ihrer Umhängetasche. »Ich gehöre zu den Guten.«

Die Frau kam vorsichtig näher, riss Barbara den Ausweis aus der Hand und las, ihre Aufmerksamkeit halb auf die Karte gerichtet, halb auf Barbara, für den Fall, dass diese einen Überraschungsangriff planen sollte.

Die Patientin im Bett hinter ihr bewegte sich. Sie murmelte: »Ist schon okay, Shell. Ich kenne sie. Sie war neulich mit dem Schwarzen bei mir. Du weißt schon.«

Shelly, die erklärte, sie sei Vis beste Freundin und entschlossen, bis ans Ende ihrer Tage für Vi zu sorgen, reichte Barbara den Ausweis zurück und setzte sich wieder auf ihren Stuhl am Bett.

Barbara wühlte in ihrer Tasche, fand einen Notizblock und einen angeknabberten Kugelschreiber und zog den anderen Stuhl im Zimmer herum, so dass sie und Vi Nevin einander sehen konnten. Sie sagte: »Tut mir leid, dass es Sie so erwischt hat. Ich hab vor ein paar Monaten selbst so was erlebt. War eine scheußliche Sache, aber ich konnte wenigstens sagen, wer der Schläger war. Können Sie das auch? Woran erinnern Sie sich?«

Shelly Platt ging zum Kopfende des Betts, umfasste Vi Nevins Hand und begann, sie zu streicheln. Barbara fand ihre Anwesenheit so irritierend wie einen plötzlichen starken Juckreiz, aber der jungen Frau im Bett schien sie ein Trost zu sein. Na schön, wenn's ihr hilft, dachte Barbara und zückte ihren Kugelschreiber.

Von Vi Nevins verbundenem Gesicht waren nur die geschwollenen Augen zu sehen, ein kleines Stück Stirn und die geplatzte Unterlippe, die genäht worden war. Sie sah aus wie das Opfer eines Splitterbombenangriffs.

Mit einer Stimme, die so schwach war, dass Barbara sich anstrengen musste, um sie zu hören, sagte sie: »Ich hatte auf 'nen Freier gewartet. Ein alter Mann. Er hat's gern mit Honig. Ich muss ihn zuerst damit einreiben ... verstehen Sie? Dann leck ich alles ab.«

Na köstlich, dachte Barbara und sagte: »Ah, Honig? Genial. Erzählen Sie weiter.«

Vi Nevin kam der Aufforderung nach. Sie hatte für den Besuch ihr Schulmädchenkostüm angelegt, das ihr Kunde bevorzugte. Aber als sie den Honig herausgeholt hatte, hatte sie gesehen, dass er nicht reichen würde. »Für den Schwanz war's noch reichlich«, erklärte Vi ungeniert. »Aber ich musste einen Vorrat dahaben, für den Fall, dass er mehr wollte.«

»Ich hab schon verstanden«, versicherte Barbara.

Shelly, die immer noch am Kopfende des Bettes stand, schob ein streichholzdünnes Bein auf die Matratze. Sie sagte: »Lass mich das doch erzählen, Vi. Du machst dich nur fertig.«

Vi Nevin schüttelte den Kopf, sie wollte es selbst erzählen. Viel gab es da sowieso nicht mehr zu berichten.

Sie war schnell noch losgegangen, um den Honig zu besorgen. Nach ihrer Rückkehr hatte sie den Honig in das Glas gegeben, in dem sie ihn stets aufzubewahren pflegte, und wie immer, wenn dieser Freier sie besuchte, ein Tablett mit diversen Leckerbissen gerichtet. Sie hatte das Tablett gerade ins Wohnzimmer tragen wollen, als sie aus einem der oberen Räume ein Geräusch gehört hatte.

Na bitte, dachte Barbara. Hier war die Bestätigung für ihre Interpretation der Fotos, die am Tatort in Fulham aufgenommen worden waren. Aber um ganz sicher zu sein, fragte sie: »War es Ihr Freier? War er vor Ihnen eingetroffen?«

»Nein, er war's nicht«, antwortete Vi Nevin.

Shelly sagte zu Barbara: »Sie sehen doch, dass sie total fertig ist. Jetzt reicht's wirklich.«

»Einen Moment noch«, entgegnete Barbara. »Es war also jemand oben, aber es war nicht Ihr Kunde? Wie ist der Mann denn reingekommen? Hatten Sie die Tür nicht abgeschlossen?«

Vi Nevin versuchte, eine Hand zu heben, schaffte aber nur die schwache Andeutung einer Bewegung. »Ich war ja nur kurz weggegangen, um den Honig zu kaufen«, erinnerte sie Barbara. »Höchstens zehn Minuten.« Sie hatte es deshalb nicht für nötig gehalten, die Tür abzuschließen. Als sie oben das Geräusch gehört hatte, erklärte sie, war sie hinaufgelaufen, um nachzusehen, und hatte in ihrem Schlafzimmer einen Mann vorgefunden. Das Zimmer selbst war völlig verwüstet gewesen.

»Sie haben ihn gesehen?«, fragte Barbara.

Nur flüchtig, schattenhaft, als er sich auf sie gestürzt hatte, erklärte Vi Nevin.

Nicht schlecht, dachte Barbara. Manchmal kann schon ein flüchtiger Blick genügen. »Das ist gut. Das ist doch ausgezeichnet. Versuchen Sie, den Mann zu beschreiben, soweit es Ihnen möglich ist. Jede Kleinigkeit ist wichtig. Vielleicht erinnern Sie sich an eine Narbe. Oder irgendeine Besonderheit. Sagen Sie einfach alles, was Ihnen einfällt.« Und sie rief sich Matthew King-Ryders Gesicht in Erinnerung, um mit Vi Nevins Angaben vergleichen zu können.

Doch was Vi Nevin ihr lieferte, war eine Allerweltsbeschreibung: mittelgroß, mittelkräftig, braunes Haar, helle Haut. Sie passte zwar genau auf Matthew King-Ryder, aber sie passte ebenso genau auf mindestens siebzig Prozent der männlichen Bevölkerung des Landes.

»Es ist alles viel zu schnell gegangen«, flüsterte Vi Nevin schwach.

»Aber der Mann war *nicht* der Kunde, den Sie erwartet hatten? Da sind Sie sich ganz sicher?«

Vi Nevin wollte mit ihrer genähten Unterlippe lächeln und zuckte vor Schmerz zusammen. »Der Mann ist einundachtzig. Der kommt nicht mal an seinen besten Tagen die Treppe rauf.«

»Und es war nicht Martin Reeve?«

Sie schüttelte den Kopf.

»Oder einer Ihrer anderen Kunden? Ein ehemaliger Liebhaber vielleicht?«

»Sie hat doch schon gesagt –« unterbrach Shelly Platt hitzig.

»Ich brauche absolute Klarheit«, erklärte Barbara ihr. »Sonst können wir den Kerl nicht schnappen. Und Sie wollen doch, dass wir ihn schnappen?«

Shelly gab maulend klein bei und tätschelte Vi Nevins Schulter. Barbara klopfte mit dem Kugelschreiber auf ihren Block und überlegte.

Sie konnten Vi Nevin kaum zu einer Gegenüberstellung schleppen, und selbst wenn das möglich gewesen wäre, hatten sie – jedenfalls im Augenblick – keinerlei Handhabe gegen Matthew King-Ryder, um diesen vorzuführen. Sie brauchten also ein Bild von ihm, aber sie würden es sich bei einer Zeitung oder Zeitschrift besorgen müssen. Oder unter irgendeinem stichhaltigen Vorwand bei der King-Ryder-Produktionsgesellschaft. Wenn nämlich King-Ryder Wind davon bekam, dass sie ihm auf die Schliche gekommen waren, würde er Pfeil und Bogen in Windeseile mit Betonklötzen beschweren und in der Themse versenken.

Aber es würde eine gewisse Zeit in Anspruch nehmen, ein Foto zu besorgen, weil sie das Original brauchten – scharf und deutlich – und nicht eine an das Krankenhaus gefaxte Kopie. Und wo sollten sie überhaupt an einem Sonntagabend um – hier sah Barbara auf ihre Uhr – um halb acht ein Foto von Matthew King-Ryder auftreiben? Aussichtslos. Nur Glück konnte hier noch helfen. Barbara holte tief Atem und fragte aufs Geratewohl: »Kennen Sie zufällig einen Mann namens Matthew King-Ryder?«

Und Vi Nevin sagte völlig unerwartet: »Ja.«

Lynley hielt die Jacke an ihrem Satinfutter. Zweifellos war sie von einem Dutzend Leute berührt worden, seit sie am Dienstagabend dem toten Terry Cole ausgezogen worden war. Aber auch der Mörder hatte sie in Händen gehabt, und wenn er nicht gewusst hatte, dass man von Leder beinahe so deutliche Fingerabdrücke abnehmen konnte wie von Glas oder lackiertem Holz, bestand durchaus die Chance, dass er ungewollt seine Unterschrift auf der Jacke zurückgelassen hatte.

Nachdem der Wirt des *Black Angel* die Bedeutung von Lynleys Bitte begriffen hatte, trommelte er alle Angestellten zu einer informellen Vernehmung in der Bar zusammen. In dem beinahe ängstlichen Bemühen, sich hilfsbereit zu zeigen, wie man das im Allgemeinen bei Leuten erlebte, die sich plötzlich ohne ihr Zutun in schwerwiegende polizeiliche Ermittlungen verwickelt sahen, bot er dem Inspector Tee, Kaffee oder irgendeine andere Erfrischung seiner Wahl an. Lynley lehnte alles ab. Das Einzige, was er brauche, sagte er, seien Informationen.

Aber das Vorzeigen der Jacke bei Wirt und Angestellten brachte ihm nichts. Für sie sah eine Jacke wie die andere aus. Keiner von ihnen konnte sagen, wie oder wann das Kleidungsstück, das Lynley in den Händen hielt, ins Hotel gekommen war. Sie zeigten sich zwar gebührend erschrocken und entsetzt, als er sie auf die Mengen geronnenen Bluts im Futter und das Loch im Rücken aufmerksam machte, und setzten angemessen bekümmerte Mienen auf, als er die beiden kürzlich im Calder Moor verübten Morde ansprach, aber keiner von ihnen zuckte auch nur mit der Wimper bei dem Hinweis, dass sich möglicherweise ein Mörder in ihrer Mitte befunden hatte.

»Ich nehme an, irgendjemand hat das Ding hier vergessen«, meinte die Barbedienung.

»Manchmal hängen Mäntel den ganzen Winter über an dem Garderobenständer«, fügte eines der Zimmermädchen hinzu. »Ich achte schon gar nicht mehr drauf.«

»Aber das ist ja genau der springende Punkt«, sagte Lynley. »Wir haben nicht Winter. Und es hat in den letzten Wochen, abgesehen von heute, kein einziges Mal so stark geregnet, dass man einen Mantel oder eine Jacke gebraucht hätte.«

»Und worauf wollen Sie jetzt hinaus?«, fragte der Wirt.

»Wie ist es möglich, dass keinem von Ihnen die Lederjacke aufgefallen ist, obwohl sie ganz allein am Garderobenständer hing und kein Mensch mehr hier war?«

Die zehn Angestellten, die sich in der Bar versammelt hatten, zeigten eine gewisse Unruhe und machten verlegene oder bedauernde Gesichter. Aber keiner konnte irgendetwas über die Jacke sagen oder darüber, wie sie an den Garderobenständer im Vestibül gekommen war. Zur Arbeit gingen sie durch die Hintertür ins Haus, nicht durch den Vordereingang, erklärten sie ihm. Und auf demselben Weg verließen sie abends das Haus wieder. Sie hätten also den Garderobenständer im Verlauf eines normalen Arbeitstags gar nicht zu Gesicht bekommen. Außerdem blieben häufig Dinge im *Black Angel* liegen: Schirme, Spazierstöcke, Regenzeug, Rucksäcke, Wanderkarten. Es dauerte meistens eine Weile, bis die vergessenen Gegenstände auffielen, und dann wanderten sie ins Fundbüro, ohne dass jemand sich viel Gedanken über sie machte.

Lynley beschloss, sein Glück auf dem direkten Weg zu versuchen. Ob ihnen die Familie Britton bekannt sei, fragte er. Ob sie Julian Britton vom Sehen kannten?

Der Wirt sprach für sich und die anderen. »Ja, wir alle hier kennen die Brittons.«

»Hat einer von Ihnen am Dienstagabend Julian Britton bemerkt?«

Niemand.

Lynley ließ sie gehen. Er bat um eine Tüte für die Jacke, und während man ihm eine holte, ging er zum Fenster, schaute in den Regen hinaus und dachte über Tideswell, das *Black Angel* und das Verbrechen nach.

Er hatte selbst gesehen, dass Tideswell an den Rand des Calder Moors grenzte, und der Mörder – dem das White-Peak-Gebiet weit vertrauter war als Lynley – hatte das natürlich auch gewusst. Und er hatte gewusst, dass er die Jacke mit dem verräterischen Loch im Rücken, das der Polizei deutliche Auskunft über den Hergang des Verbrechens gegeben hätte, schleunigst verschwinden lassen musste. Was war da einfacher, als auf der Rückfahrt vom Calder Moor einen Abstecher zum *Black-Angel*-Hotel zu machen, da er als Stammgast der Bar sehr wohl wusste, dass am Garderobenständer im Vestibül Mäntel und Jacken manchmal wochen- oder monatelang hingen, bevor jemand auf die Idee kam, sie sich näher anzusehen.

Aber hätte Julian Britton es schaffen können, die Lederjacke ins Vestibül zu hängen, ohne von jemandem in der Bar bemerkt zu werden? Möglich war es, sagte sich Lynley. Teuflisch riskant zwar, aber möglich.

Und an diesem Punkt war Lynley bereit, das, was möglich war, zu akzeptieren. Es bewahrte ihn davor, sich über das, was wahrscheinlich war, den Kopf zu zerbrechen.

Barbara beugte sich gespannt vor. »Sie kennen ihn?«, fragte sie. »Matthew King-Ryder, meine ich. Sie *kennen* ihn?« Sie bemühte sich, ihre Erregung nicht zu zeigen.

»Terry«, murmelte Vi Nevin.

Es war nicht zu übersehen, dass ihr die Lider schwer wurden. Aber Barbara ließ nicht locker, trotz der Proteste Shelly Platts. »Terry hat Matthew King-Ryder gekannt? Wieso denn das?«

»Die Musik«, sagte Vi Nevin.

Barbara war enttäuscht. Mist, dachte sie. Terry Cole, die Chandler-Kompositionen und Matthew King-Ryder. Daran war nichts Neues. Sie waren wieder am Ausgangspunkt angelangt.

Dann sagte Vi Nevin: »Hat sie in der Albert Hall gefunden. Terry, mein ich.«

Barbara zog die Brauen zusammen. »In der Albert Hall? Terry hat die Musik in der Albert Hall gefunden?«

»Unter einem Sitz.«

Barbara blieb, wie sie es gern formulierte, die Spucke weg. Sie versuchte noch angestrengt, das Gehörte zu verarbeiten, während Vi ihr bereits alles erklärte.

Im Rahmen seines Jobs als *card boy* hatte Terry regelmäßig auch in den Telefonzellen in South Kensington Karten verteilt. Er hatte das immer nur abends erledigt, weil nach Einbruch der Dunkelheit die Wahrscheinlichkeit geringer war, mit der Polizei Ärger zu bekommen. Er hatte in der Gegend von Queens Gate seine übliche Runde gemacht, als in einer der Zellen das Telefon zu läuten begonnen hatte.

»In Elvaston Place, an der Ecke von einer der kleinen Straßen dort«, erklärte Vi Nevin.

Nur zum Spaß war Terry hingelaufen und hatte den Hörer abgenommen, worauf eine Männerstimme sich gemeldet hatte. »Das Päckchen liegt in der Albert Hall. Rang Q, Reihe 7, Platz 19«, hatte der Mann gesagt und sofort wieder aufgelegt.

Die mysteriöse Botschaft hatte Terry neugierig gemacht. Das Wort »Päckchen« – bei dem er sofort an eine Geld- oder Drogenübergabe gedacht hatte – hatte den letzten Anstoß gegeben. Da er gar nicht so weit entfernt war von der Albert Hall, die oben in Knightsbridge zum Südzipfel des Hyde Park hinüberschaute, hatte sich Terry unverzüglich auf den Weg gemacht, um zu sehen, was es mit dieser geheimnisvollen Sache auf sich hatte. Gerade war ein Konzert zu Ende gegangen, die Türen der Konzerthalle standen noch offen, so dass er keine Mühe hatte hineinzugelangen. Auf einem der oberen Ränge hatte er unter dem Sitz des bezeichneten Platzes einen Packen Notenblätter gefunden.

Die Chandler-Kompositionen, dachte Barbara. Aber was zum Teufel hatten die *dort* zu suchen gehabt?

Zunächst hatte Terry geglaubt, auf einen Streich hereingefallen zu sein, der dem Dummkopf gegolten hatte, an den der Anruf in Elvaston Place gerichtet gewesen war. Und als er sich später mit Vi getroffen hatte, um einen Stapel Karten zur Verteilung abzuholen, hatte er ihr von seinem Abenteuer erzählt.

»Ich dachte, da ließe sich vielleicht Geld rausschlagen«, sagte Vi Nevin zu Barbara. »Und Nikki war der gleichen Meinung, als wir ihr die Geschichte erzählten.«

Shelly ließ abrupt Vi Nevins Hand los. »Von diesem Miststück will ich nichts hören.«

»Reg dich nicht auf, Shell«, sagte Vi Nevin. »Sie ist tot.«

Shelly war eingeschnappt. Sie kehrte zu dem Stuhl zurück, auf dem sie vorher gesessen hatte, ließ sich auf ihn niederfallen und verschränkte trotzig die Arme über ihrer knochigen Brust. Barbara dachte flüchtig über die unsichere Zukunft einer Beziehung zwischen zwei Frauen nach, von denen eine so gefährlich bedürftig war. Vi Nevin ignorierte die beleidigte Freundin einfach.

Sie hatten alle große Ziele gehabt, berichtete sie Barbara. Terry hatte eine Galerie im Kopf gehabt, sie und Nikki hatten geplant, einen erstklassigen Hostessenservice aufzuziehen. Außerdem hatten sie Geld für ihren Lebensunterhalt gebraucht, nachdem Nikki mit Adrian Beattie gebrochen hatte. Sie hatten gehofft, sich die nötigen Mittel mit Hilfe der gefundenen Noten beschaffen zu können.

»Wissen Sie, mir fiel ein, dass bei Sotheby's – oder irgendwo anders – mal eine Komposition von Lennon und McCartney versteigert worden war. Das war nur ein einziges Blatt gewesen, aber es hatte mehrere tausend Pfund gebracht. Und wir hatten hier einen ganzen Stapel Noten. Ich schlug vor, dass Terry versuchen sollte, den ganzen Packen zu verkaufen. Nikki bot sich an, die nötigen Erkundigungen einzuziehen, um das richtige Versteigerungshaus zu finden. Den Erlös aus dem Verkauf der Noten wollten wir miteinander teilen.«

»Aber wieso war Terry bereit, Sie und Nikki zu beteiligen?«, fragte Barbara. »Schließlich hatte er doch die Noten gefunden.«

»Ja, das stimmt, aber er war in Nikki verknallt«, antwortete Vi Nevin. »Er wollte sie beeindrucken.«

Den Rest der Geschichte kannte Barbara. Neil Sitwell beim Versteigerungshaus Bowers hatte Terry über das Urheberrecht aufgeklärt. Er hatte dem Jungen die Adresse von King-Ryder Productions gegeben und ihm geraten, sich dort zu informieren, wer die Familie Chandler vertrat. Mit den Noten in der Hand hatte Terry Cole Matthew King-Ryder aufgesucht. Der hatte die Noten gesehen und sofort erkannt, dass sich damit ein Vermögen machen ließ. Aber warum hat er dem Jungen die Musik nicht einfach auf der Stelle abgekauft?, fragte sich Barbara. Warum hatte er ihn umgebracht, um an die Notenblätter heranzukommen? Oder genauer, warum hatte er nicht einfach der Familie Chandler die Rechte abgekauft? Wenn sich aus den Noten etwas hätte machen lassen, was an die King-Ryder-Chandler-Produktionen der Vergangenheit herangereicht hätte, hätte er das große Geld gemacht, auch wenn fünfzig Prozent davon an die Chandlers gegangen wären.

Vi Nevin sagte gerade: »– bekam den Namen nicht«, als Barbara sich aus ihren Gedanken riss.

»Wie bitte?«, fragte sie. »Entschuldigen Sie. Was haben Sie eben gesagt?«

»Matthew King-Ryder hat Terry den Namen des Testamentsvollstreckers nicht genannt. Er hat ihm nicht einmal Gelegenheit gegeben, danach zu fragen. Er hat ihn aus seinem Büro gescheucht, sobald er gesehen hatte, was Terry mitgebracht hatte.«

»Sie meinen, die Noten?«

Vi Nevin nickte. »Terry hat uns erzählt, dass er den Sicherheitsdienst gerufen hat. Und sofort waren zwei Wachmänner da und haben ihn rausgeworfen.«

»Aber Terry hatte doch nur wissen wollen, wer Chandlers Testamentsvollstrecker war, nicht wahr? Mehr hatte er doch von King-Ryder nicht verlangt? Oder hat er Geld verlangt? Eine Belohnung vielleicht?«

»Geld wollten wir von den Chandlers. Nachdem wir erfahren hatten, dass die Noten nicht versteigert werden konnten.«

Eine Schwester kam ins Zimmer, in der Hand ein kleines Tablett, auf dem eine Spritze lag. Zeit für das Schmerzmittel, sagte sie.

»Eine letzte Frage noch«, bat Barbara. »Warum ist Terry am Dienstag nach Derbyshire raufgefahen?«

»Weil ich ihn drum gebeten hatte«, antwortete Vi Nevin. »Nikki fand, ich wäre hysterisch wegen Shelly –« An dieser Stelle hob Shelly Platt den Kopf. Vi Nevin richtete ihre Worte mehr an sie als an Barbara. »Sie hat uns mit diesen Briefen bombardiert und sich dauernd vor unserem Haus rumgetrieben, und ich bekam es langsam mit der Angst zu tun.«

Shelly hob ihre magere Hand und deutete auf ihre Brust. »Du hattest Angst vor mir?«, fragte sie. »Vor *mir*?«

»Nikki hat nur gelacht, als ich ihr von den Briefen erzählt hab. Ich dachte, wenn sie sie selbst sähe, könnten wir uns überlegen, was wir gegen Shelly unternehmen könnten. Ich hab Nikki einen Brief geschrieben und Terry gebeten, ihn zusammen mit den anonymen Briefen zu ihr zu bringen. Ich sagte ja schon, er war verknallt in sie. Jeder Vorwand war ihm recht, um sie zu sehen. Sie wissen schon, was ich meine.«

An dieser Stelle schaltete sich die Pflegerin ein. »Jetzt reicht es aber wirklich«, sagte sie und hielt die Spritze hoch.

»Ja, okay«, sagte Vi Nevin.

Auf der Rückfahrt nach Chalk Farm erledigte Barbara noch ihre Einkäufe; deshalb war es bereits nach neun, als sie nach Hause kam. Sie packte aus und verstaute ihre Besorgungen in den Schränken und dem Minikühlschrank in ihrem Bungalow. Dabei war sie in Gedanken unaufhörlich damit beschäftigt, die Geschichte durchzugehen, die Vi Nevin ihr erzählt hatte. Irgendwo in dieser Geschichte steckte die Erklärung für alles, was geschehen war: nicht nur in Derbyshire, sondern auch in London. Wenn sie die einzelnen Informationen nur richtig ordnete, würde sie sicherlich finden, was sie suchte.

Mit einem Teller indischen Lammragouts aus der Fertiggerichteabteilung des Lebensmittelgeschäfts, bei der sie bald Stammkundin geworden war, nachdem sie hier in die Gegend gezogen war, setzte sie sich an ihren kleinen Esstisch am Fenster. Sie schenkte sich ein Bier ein und legte das Heft mit ihren Aufzeichnungen neben den Kaffeebecher, aus dem sie trinken musste, da ihr ganzer Bestand an Gläsern schmutzig im kleinen Spülbecken in der Küche stand. Sie trank einen Schluck Bier, aß eine Gabel voll Lammragout und schlug in ihrem Heft die Seite mit den Notizen ihres Gesprächs mit Vi Nevin auf.

Diese war bald eingeschlafen, nachdem sie die Schmerzspritze bekommen hatte, zuvor jedoch hatte sie noch einige Fragen beantwortet. Shelly Platt, die immer noch mit Argusaugen über ihre Freundin gewacht hatte, hatte sich über Barbaras Hartnäckigkeit empört; Vi jedoch, angenehm entspannt von dem Schmerzmittel, hatte jede Frage bereitwillig beantwortet, bis ihr die Augen zugefallen waren.

Als Barbara jetzt ihre Aufzeichnungen durchsah, kam sie zu dem Schluss, dass der logische Ausgangspunkt zur Entwicklung einer Hypothese nur der Anruf sein konnte, den Terry Cole in der Telefonzelle South Kensington abgefangen hatte. Dieses Ereignis hatte alle anderen ins Rollen gebracht. Und es warf genug

Fragen auf, um die Vermutung nahezulegen, dass sie nur die Hintergründe verstehen musste – was diesen Anruf veranlasst und was genau sich daraus ergeben hatte –, um zu den Erkenntnissen zu gelangen, die es ihr ermöglichen würden, Matthew King-Ryder als Mörder zu überführen.

Vi Nevin hatte ganz klar und ohne den geringsten Zweifel gesagt, dass Terry Cole den Anruf in South Kensington im Juni abgefangen hatte. Das genaue Datum hatte sie nicht angeben können, aber sie wusste noch, dass es in den ersten Junitagen gewesen war, weil sie Anfang des Monats einen neuen Posten ihrer Telefonzellenkarten abgeholt und sie noch am selben Tag Terry zur Verteilung übergeben hatte. Bei dieser Gelegenheit hatte er ihr von dem merkwürdigen Anruf erzählt.

Es war nicht vielleicht Anfang Juli gewesen?, fragte Barbara. Oder Anfang August? Auch nicht September?

Nein, es sei im Juni gewesen, beharrte Vi Nevin. Sie erinnerte sich deshalb so genau, weil sie zu dieser Zeit schon zusammen in Fulham gewohnt hatten – sie und Nikki. Und da Nikki zu der Zeit bereits nach Derbyshire gefahren war, hatte Terry sie gefragt, ob er ihre – Nikkis – Karten überhaupt in den Telefonzellen verteilen solle, da sie doch gar nicht erreichbar war. Vi Nevin selbst war es wichtig gewesen, dass Terry ihre Karten so bald wie möglich verteilte, weil sie ihren Kundenkreis vergrößern wollte, und sie hatten dem Jungen gesagt, er solle Nikkis Karten bis zur Rückkehr der Freundin im Herbst zurückhalten.

Aber wieso Terry dann so lange gebraucht habe, um mit den gefundenen Noten zu Bowers zu gehen, wollte Barbara wissen.

Erstens, erklärte Vi Nevin, weil sie Nikki nicht gleich von Terrys Fund erzählt hatte. Und zweitens, weil es dann, nachdem Nikki die Geschichte gehört hatte, und sie zu dritt den Plan ausgeheckt hatten, die Noten irgendwie zu Geld zu machen, eine Weile gedauert hatte, ehe Nikki das Auktionshaus ausfindig gemacht hatte, das am besten geeignet war, einen Gegenstand wie die Noten zu verkaufen.

»Wir wollten nicht einen Haufen Provision zahlen«, murmelte sie schläfrig. »Nikki dachte zuerst an eine Auktion auf dem Land. Sie hat alle möglichen Leute angerufen und sich erkundigt.«

»Und so kam sie auf Bowers?«

»Genau.« Vi Nevin hatte sich auf die Seite gedreht. Shelly Platt hatte die Bettdecke hochgezogen und sie sorgsam um ihre Freundin herum festgesteckt.

Und jetzt saß Barbara in ihrem Häuschen in Chalk Farm beim Essen und dachte immer noch über diesen Anruf nach. Ganz gleich, von welcher Seite sie die Sache betrachtete, sie gelangte stets zu derselben Schlussfolgerung. Der Anruf musste für Matthew King-Ryder bestimmt gewesen sein, der es jedoch versäumt hatte, zur vereinbarten Zeit zur Stelle zu sein, um ihn entgegenzunehmen. Und als der Anrufer eine Männerstimme – Terry Coles Stimme – mit einem knappen »Ja?« antworten gehört hatte, hatte er automatisch angenommen, dass er die richtige Person erreicht hatte, die nämlich, der seine Nachricht galt. Da der unbekannte Besitzer der Chandler-Noten offensichtlich nicht hatte gesehen werden wollen – warum sonst hätte er in einer Telefonzelle anrufen sollen? –, war anzunehmen, dass die Übergabe der Noten von ihm an King-Ryder in irgendeiner Weise rechtswidrig war; entweder war sie mit einer Erpressung verbunden, oder der Unbekannte war auf krummen Wegen in den Besitz der Noten gelangt, oder aber King-Ryder wollte sie für einen Zweck benutzen, der als solcher rechtswidrig war. Wie auch immer, der Anrufer hatte geglaubt, die Noten an King-Ryder übergeben zu haben, der zweifellos eine beträchtliche Summe für sie bezahlt hatte. Mit diesem Geld in der Hand – das wahrscheinlich im Voraus und bar bezahlt worden war – war der Anrufer von der Bildfläche verschwunden und King-Ryder hatte dumm dagestanden – ohne sein Geld, ohne die Noten, weg vom Fenster. Als dann Terry Cole bei ihm erschienen war und ein Notenblatt von Chandlers Hand vor seiner Nase geschwenkt hatte, musste Matthew King-Ryder geglaubt haben, dass der Gauner, der ihn bereits betrogen hatte, sich nun auch noch über ihn lustig machen wollte. Denn wenn er zu diesem verabredeten Anruf in South Kensington auch nur eine einzige Minute zu spät gekommen war, hatte er zweifellos stundenlang auf das Läuten dieses öffentlichen Telefons gewartet und schließlich angenommen, man habe ihn zum Narren gehalten.

Natürlich wollte er Rache. Natürlich wollte er immer noch die

Noten. Und um diese beiden Ziele zu erreichen, gab es nur einen Weg.

Vi Nevins Aussage untermauerte Barbaras Hypothese, dass Matthew King-Ryder der Mann war, den sie suchten. Leider war sie jedoch kein Beweis, und Barbara war klar, dass sie nicht die geringste Chance hatte, Lynley zu überzeugen, wenn sie ihm nicht etwas Handfesteres als lediglich Mutmaßungen präsentieren konnte. Nur wenn sie ihm unwiderlegbare Fakten vorlegte, würde sie ihr Ansehen in seinen Augen wiederherstellen können. Er hatte ihre Eigenmächtigkeit als weiteren Beweis ihrer Gleichgültigkeit der Dienstordnung gegenüber gesehen. Sie musste ihm begreiflich machen, dass in dieser Eigenmächtigkeit der von ihm gepriesene Mut zur Eigeninitiative steckte, dem die Überführung eines Mörders zu verdanken war.

Während Barbara sich das alles durch den Kopf gehen ließ, hörte sie draußen jemanden ihren Namen rufen. Als sie zum Fenster hinausblickte, sah sie Hadiyyah den Weg zu ihrem Bungalow entlanghüpfen. Die automatische Beleuchtung im Garten flammte auf, als sie an den Lampen vorbeilief. Der Effekt hatte etwas Theaterhaftes, als würde eine Tänzerin auf bisher dunkler Bühne plötzlich von einem Scheinwerfer angestrahlt.

»Wir sind wieder da, wir sind wieder da!«, rief Hadiyyah aufgeregt. »Und schau mal, was Dad für mich gewonnen hat!«

Barbara winkte dem kleinen Mädchen zu und schloss ihr Heft. Sie ging zur Tür und öffnete, als Hadiyyah eben dabei war, eine Pirouette zu vollenden. Eine der Schleifen an ihren langen Zöpfen war aufgegangen, und das silberne Band flatterte wie ein Kometenschweif hinter ihr her. Ihre Söckchen waren heruntergerutscht, und ihr T-Shirt war voller Senf- und Ketchupflecken, aber sie strahlte über das ganze Gesicht.

»Es war so schön!«, rief sie. »Es ist echt schade, dass du nicht mitkommen konntest, Barbara. Wir sind mit der Achterbahn gefahren und mit den Segelschiffen und dem Zeppelinkarussell, und stell dir vor, Barbara, ich durfte den Zug lenken. Und wir waren auch noch im *Burnt-House*-Hotel, und ich habe Mrs. Porter besucht, aber nur kurz, weil Dad mich dann wieder abgeholt hat. Wir haben am Strand Picknick gemacht, und danach sind wir ein Stück ins Wasser gewatet, aber es war so kalt, dass wir dann lieber in die Spielhalle gegangen sind.« Sie hielt inne, um Luft zu schnappen.

»Es wundert mich, dass du dich nach so einem aufregenden Tag überhaupt noch auf den Beinen halten kannst!«

»Ich habe im Auto geschlafen«, erklärte Hadiyyah. »Fast die ganze Fahrt.« Sie streckte den Arm aus und hielt Barbara einen kleinen Plüschfrosch hin. »Schau mal, was Dad mit dem Kranschnapper für mich gewonnen hat, Barbara. Er kann das ganz toll mit dem Kranschnapper.«

»Der ist ja niedlich«, sagte Barbara, den Frosch betrachtend. »Tja, früh übt sich, was ein Meister werden will.«

Hadiyyah sah stirnrunzelnd auf ihren Frosch hinunter. »Üben? Was denn?«

»Na, das Küssen.« Barbara lächelte über die Verwirrung des kleinen Mädchens. Sie legte ihr die Hand auf die schmale Schulter, führte sie zum Tisch und sagte: »Schon gut, vergiss es. War nur ein blöder Witz. Bis du mal deine erste Verabredung hast, hat sich in der Richtung bestimmt einiges gebessert. So. Was hast du denn da noch?« Barbara wies auf eine Plastiktüte, deren Henkel um eine der Gürtelschlaufen ihrer Shorts verknotet waren.

»Das ist für dich«, erklärte Hadiyyah. »Das hat auch Dad gewonnen. Am Kranschnapper. Er kann das –«

»– ganz toll«, vollendete Barbara für sie. »Ja, ich weiß.«

»Weil ich's schon mal gesagt hab.«

»Aber manche Dinge darf man ruhig wiederholen«, meinte Barbara. »Na, dann zeig mal her. Ich möchte doch sehen, was es ist.«

Mit einiger Mühe löste Hadiyyah die Tüte von der Gürtelschlaufe und überreichte sie Barbara. Als diese sie öffnete, fand sie darin ein kleines rotes Samtherz mit weißem Spitzenbesatz rundherum.

»Na so was!«, sagte Barbara. Sie legte das Herz vorsichtig auf den Esstisch.

»Ist es nicht süß?« Hadiyyah betrachtete das Herz voller Entzücken. »Dad hat es mit dem Kranschnapper gewonnen, Barbara. Genau wie den Frosch. Ich hab gesagt: ›Hol ihr einen Frosch, Dad, damit sie auch einen hat, und dann können sie Freunde sein.‹ Aber er hat gesagt: ›Nein, ein Frosch ist nicht das Richtige für unsere Freundin, kleine *khushi*.‹ So nennt er mich nämlich immer.«

»*Khushi*. Ja, ich weiß.« Barbara hatte plötzlich heftiges Herzklopfen. Sie starrte das Herz an wie eine Wallfahrerin einen Haufen Reliquien des von ihr verehrten Heiligen.

»Drum hat er lieber das Herz geholt. Er hat's dreimal versuchen müssen, ehe er es hatte. Er hätte den Elefanten schnappen können, das wäre viel leichter gewesen. Oder er hätte zuerst den Elefanten schnappen können, um ihn aus dem Weg zu haben. Er hätte ihn ja mir schenken können, aber ich hab schon einen, und wahrscheinlich ist ihm das auch eingefallen. Na ja, auf jeden Fall wollte er das Herz haben. Wahrscheinlich hätte er es dir selbst gegeben, aber ich wollte es dir so gern geben, und er hat gesagt, dass ich darf, wenn bei dir noch Licht brennt und du noch auf bist. Es ist dir doch recht, oder? Du machst auf einmal so ein komisches Gesicht. Aber es war noch Licht bei dir, und ich hab dich am Fenster gesehen. Hätte ich es dir lieber nicht bringen sollen, Barbara?«

Hadiyyah sah sie voll ängstlicher Besorgnis an. Barbara lächelte und legte dem kleinen Mädchen den Arm um die Schultern. »Ich freu mich ganz einfach so, dass ich nicht weiß, was ich sagen soll. Vielen Dank. Und richte deinem Dad aus, dass ich mich auch bei ihm ganz herzlich bedanke, ja? Schade, dass sich solches Geschick am Kranschnapper nicht zu Geld machen lässt.«

»Er kann das ganz –«

»– toll. Ja, ich weiß. Ich hab's ja mit eigenen Augen gesehen, wie du weißt.«

Hadiyyah drückte ihren Plüschfrosch an ihre Wange. »So ein Andenken an einen Tag am Meer ist was ganz Besonderes, findest du nicht auch? Immer, wenn wir irgendwas Besonderes zusammen unternehmen, kauft Dad mir ein Andenken, weißt du? Damit ich mich daran erinnere, wie schön es war. Er sagt, dass das wichtig ist. Dass man sich erinnert. Er sagt, das Erinnern ist genauso wichtig wie das Tun.«

»Ja, das denke ich auch.«

»Nur schade, dass du nicht mitkommen konntest. Was hast du denn heute getan?«

»Leider nur gearbeitet.« Barbara wies zum Tisch, wo ihr Heft lag. Daneben warteten die Adressenlisten und die Kataloge von Jason Harley. »Ich bin immer noch dabei.«

»Dann geh ich lieber wieder.« Hadiyyah wandte sich zur Tür.

»Nein, nein, lass nur«, sagte Barbara hastig. Sie wurde sich plötzlich bewusst, wie sehr sie sich nach menschlicher Gesellschaft gesehnt hatte. »Ich wollte nicht –«

»Dad hat gesagt, ich dürfte nur für fünf Minuten rüberkommen. Eigentlich hätte ich gleich ins Bett gehen sollen, aber ich hab ihn gefragt, ob ich dir wenigstens noch dein Andenken bringen könnte, und da hat er gesagt, ›Fünf Minuten, *khushi.*‹ So nennt er –«

»So nennt er dich, ich weiß.«

»Es war so nett von ihm, dass er mit mir ans Meer gefahren ist, findest du nicht auch, Barbara?«

»Doch, was Netteres hätte er gar nicht tun können.«

»Und drum muss ich auch auf ihn hören, wenn er sagt: ›Fünf Minuten, *khushi*‹. Zum Dank, weißt du?«

»Ach so. Ja, natürlich. Dann solltest du besser losflitzen.«

»Aber das Herz gefällt dir doch wirklich, nicht?«

»Besser als alles andere auf der Welt«, antwortete Barbara.

Als Hadiyyah gegangen war, trat Barbara an den Tisch. Sie näherte sich so vorsichtig, als wäre das Herz ein scheues Geschöpf, das durch eine hastige Bewegung vertrieben werden könnte. Den Blick auf den roten Samt gerichtet, tastete sie nach ihrer Tasche, kramte ihre Zigaretten heraus und zündete sich eine an. Sie rauchte versonnen, während sie das Herz betrachtete.

Ein Frosch ist nicht das Richtige für unsere Freundin, kleine khushi.

Nur elf simple Worte, und doch so bedeutungsschwer.

28

Hanken behandelte die schwarze Lederjacke beinahe ehrfürchtig: Er zog sich Latexhandschuhe über, bevor er die Tüte zur Hand nahm, in der Lynley das Kleidungsstück verstaut hatte, und breitete die Jacke mit wahrer Andacht auf einem der Tische im leeren Speisesaal des *Black-Angel*-Hotels aus.

Lynley hatte ihn unmittelbar nach der ergebnislosen Befragung der Angestellten des *Black Angel* angerufen. Hanken, der gerade beim Abendessen gesessen hatte, hatte versprochen, innerhalb der nächsten halben Stunde in Tideswell zu sein. Und er hatte Wort gehalten.

Jetzt beugte er sich über die Lederjacke und begutachtete das Loch in ihrem Rücken. »Sieht frisch aus«, bemerkte er zu Lynley, der ihm am Tisch gegenüberstand und beobachtete, wie er jeden Millimeter Material rund um das Loch genauestens prüfte. Absolute Gewissheit würde natürlich erst eine mikroskopische Untersuchung der Jacke bringen, fuhr Hanken fort, aber das Loch scheine neueren Datums zu sein, das gehe aus dem Zustand des Leders drumherum hervor, und wäre es nicht eine Wonne, wenn die Freunde im Labor am Rand dieses Lochs auch nur ein Fäserchen Zedernholz fänden?

»Wenn wir die Bestätigung bekommen, dass das Blut an der Jacke von Terry Cole stammt, ist alle Zeder überflüssig«, meinte Lynley. »Wir haben schließlich den Holzspan aus der Wunde.«

»Stimmt«, bestätigte Hanken. »Aber ich ess meinen Kuchen gern mit Guss.« Er stopfte die Jacke wieder in die Tüte, nachdem er das blutdurchtränkte Futter begutachtet hatte. »Das reicht für einen Durchsuchungsbefehl, Thomas. Das reicht dicke!«

»Ja, es erleichtert die Sache«, stimmte Lynley zu. »Und die Tatsache, dass er Haus und Gelände für Turniere und ähnliche Spektakel zur Verfügung stellte, sollte eigentlich ausreichen, um uns –«

»Moment mal! Ich rede nicht von einer Durchsuchung von Broughton Manor. Das hier –« Hanken hob die Tüte – »gibt uns eine Handhabe gegen *Maiden.*«

»Wieso? Das verstehe ich nicht.« Aber als er sah, dass Hanken zu einer langatmigen Erklärung seiner Gründe, einen Durchsuchungsbefehl für Maiden Hall zu erwirken, ansetzte, sagte er schnell: »Hören Sie mir nur einen Moment zu. Stimmen Sie mit mir darin überein, dass unsere dritte Waffe wahrscheinlich ein Langbogen ist?«

»Angesichts des Lochs in der Jacke, ja«, antwortete Hanken. »Worauf wollen Sie hinaus?«

»Ich will darauf hinaus, dass wir bereits von einem Ort wissen, wo höchstwahrscheinlich solche Waffen zu finden sind. In Broughton Manor werden immer wieder Turniere ausgetragen, nicht wahr? Es werden große Feste und historische Schlachten inszeniert, wie Sie mir selbst erzählt haben. Warum sollten wir angesichts dieser Gegebenheiten und der Tatsache, dass Julian Britton von der Frau, die er zu heiraten hoffte, rücksichtslos betrogen wurde, Maiden Hall durchsuchen wollen?«

»Weil Andy Maiden der Mann war, der Nicola in London bedrohte«, entgegnete Hanken. »Weil er sie angeschrien hat, dass er sie eher umbringen würde, als sie tun zu lassen, was sie wollte. Weil er einen gottverdammten Kredit aufgenommen hat, um sie durch Bestechung dazu zu bringen, so zu leben, wie er es für richtig hielt, und weil sie dieses Geld eingesteckt hat, sich drei erbärmliche Monate lang nach ihm gerichtet und dann freundlich gesagt hat: ›Tausend Dank für die Kohle. Es war echt nett, Dad, aber jetzt hau ich wieder nach London ab und verdien mir mein Geld damit, dass ich gut zahlenden Freiern den Hodenspanner anlege. Ich hoffe, du kannst das verstehen.‹ Aber er hat es nicht verstanden. Welcher Vater würde so etwas auch verstehen?«

»Peter«, sagte Lynley, »ich weiß, es sieht nicht gut aus für Andy …«

»Man kann es drehen und wenden wie man will, es sieht nie gut aus für Andy.«

»Aber als ich die Angestellten im Hotel fragte, ob jemand unter ihnen die Brittons kennt, sagten sie alle ja. Mehr als das, sie sagten: ›Wir kennen die Brittons vom Sehen.‹ Na, wie kommt das wohl?« Lynley wartete nicht auf Hankens Antwort. »Weil sie mehr oder weniger regelmäßig hierherkommen. Sie kommen in die

Bar, um was zu trinken. Sie kommen ins Restaurant, um hier zu essen. Es ist ja auch gar keine Mühe für sie, da Tideswell praktisch an der direkten Verbindungsstraße zwischen Broughton Manor und dem Calder Moor liegt. Sie können nicht losstürmen und in Maiden Hall das Unterste zuoberst kehren, ohne vorher zu bedenken, was das alles bedeutet.«

Hanken sah Lynley unverwandt an, während dieser sprach. Und als er zum Ende seiner Rede gekommen war, sagte er nur: »Kommen Sie mit«, und führte den Kollegen zum Empfang des Hotels, wo er um eine Karte des Peak District bat. Er führte Lynley in die Bar und breitete die Karte auf einem Tisch in der Ecke aus.

Lynley habe recht, bestätigte er. Tideswell lag am Ortsrand des Calder Moors. Ein tüchtiger Wanderer, der Mord im Sinn hatte, konnte vom *Black-Angel*-Hotel aus losgehen, zum Rand des Städtchens hinaufsteigen und von dort aus über das Moor zum Steinkreis von Nine Sisters Henge wandern. Das würde ein paar Stunden dauern, da das Moor schließlich ein großes Gebiet umfasste, und es wäre auch umständlicher, als einfach denselben Weg wie Nicola Maiden zu nehmen, der gleich hinter dem Weiler Sparrowpit begann. Aber es war zu machen. Andererseits konnte der Mörder ebenso gut den Wagen genommen haben; er konnte ihn an derselben Stelle abgestellt haben, wo Nicola Maiden ihren Saab gelassen hatte, und nach erledigtem Geschäft nach Hause zurückgefahren sein, indem er nicht nur einen Abstecher zum *Black-Angel*-Hotel gemacht hatte, sondern auch zu dem Dörfchen Peak Forest, wo er sich des Messers entledigte.

»Genau«, sagte Lynley. »Genau darauf will ich hinaus. Sie sehen also –«

Aber, unterbrach Hanken ihn, wenn der Kollege sich die Karte einmal genauer ansehen wolle, würde er feststellen, dass der kurze Umweg von circa drei Kilometern über Peak Forest und Tideswell derselbe war, ganz gleich, ob der Mörder, nachdem er sich des Messers und der Jacke entledigt hatte, nach Süden, in Richtung Bakewell und Broughton Manor, gefahren war oder nach Norden, in Richtung Padleyschlucht und Maiden Hall.

Lynley sah sich die beiden Routen an, die Hanken ihm zeigte, und musste zugeben, dass sein Einwand berechtigt war. Der Mörder konnte nach vollbrachter Tat und den Abstechern nach Peak Forest und Tideswell weitergefahren sein zu der Straßenkreuzung bei Wardlow Mires. Von dort führte eine Straße zur Padley-Schlucht und eine andere nach Bakewell. Und wenn es bei einer Morduntersuchung zwei Verdächtige gab, die Mittel und Gelegenheit gehabt hatten, dann verlangten Logik und Verantwortungsbewusstsein, dass man zuerst die Person unter die Lupe nahm, gegen die die stärkeren Verdachtsmomente vorlagen. Folglich sprach alles für eine Durchsuchung von Maiden Hall.

Das würde bitter werden für Andy Maiden und seine Frau, aber Lynley musste einräumen, dass es unvermeidlich war. Dennoch fühlte er sich aus alter Loyalität gegenüber Andy gezwungen, Hanken um eine Zusicherung zu bitten. Die Maidens würden natürlich nicht darüber aufgeklärt werden, was die Polizei in Maiden Hall suchte. Es bestehe daher ja wohl auch kein Grund, meinte Lynley, anlässlich dieser Durchsuchung erneut Nicola Maidens Lebenswandel in London zur Sprache zu bringen.

»Sie schieben das Unvermeidbare nur hinaus, Thomas. Wenn Nan Maiden nicht zufällig stirbt, bevor es zur Festnahme und zum Prozess kommt, wird sie früher oder später das Schlimmste über ihre Tochter erfahren müssen. Selbst dann, wenn nicht ihr Vater sie getötet hat – was ich allerdings keinen Moment glaube. Auch wenn Britton sie umgebracht hat …« Hanken machte eine ziellose Handbewegung.

… wird alles herauskommen, vollendete Lynley im Stillen. Das wusste er. Aber wenn er seinen ehemaligen Kollegen schon nicht vor der Demütigung einer amtlichen Durchsuchung seiner Wohnung und seines Geschäfts verschonen konnte, wollte er ihm wenigstens vorläufig den zusätzlichen Kummer ersparen, das Leiden seiner Frau, des einzigen Menschen, der ihm auf dieser Welt noch etwas bedeutete, mitansehen zu müssen.

»Wir machen es gleich morgen«, sagte Hanken, faltete die Karte und ergriff die Tüte mit ihrem belastenden Inhalt. »Ich bring das hier ins Labor. Und Sie sehen zu, dass Sie ein bisschen schlafen.«

Eine Anordnung, die ich wohl kaum befolgen kann, dachte Lynley.

Auch Lynleys Frau schlief unruhig in dieser Nacht und erwachte am nächsten Morgen in nachdenklicher Stimmung. Unruhiger Schlaf war für Helen etwas völlig Ungewohntes. Im Allgemeinen versank sie, sobald sie ihren Kopf aufs Kissen legte, in einen Zustand, der Bewusstlosigkeit glich, und blieb bis zum Morgen in diesem Zustand. Aus diesem Grund nahm Helen die Tatsache, dass sie so schlecht geschlafen hatte, als einen klaren Hinweis darauf, dass irgendetwas sie quälte, und sie brauchte keine tiefschürfende Seelenerforschung vorzunehmen, um herauszubekommen, was das war.

Tommys Reaktionen in Bezug auf Barbara Havers und seine Art, mit ihr umzugehen, irritierten sie seit Tagen wie ein winziger Splitter, der sich unter ihre Haut geschoben und eine kleine Entzündung hervorgerufen hatte; etwas, das sie im gewohnten Alltagstrott ignorieren konnte, das aber quälend und schmerzhaft wurde, wenn es ihr zu Bewusstsein kam. Und bei dem letzten Zusammenstoß ihres Mannes mit Barbara war es ihr mehr als deutlich bewusst geworden.

Helen hatte Verständnis für Tommys Position: Er hatte Barbara eine Reihe von Anweisungen erteilt, und Barbara hatte sich bei ihrer Ausführung alles andere als kooperativ gezeigt. Tommy hatte dies als eine Bewährungsprobe angesehen, die seine ehemalige Mitarbeiterin nicht bestanden hatte; Barbara hatte es als ungerechte Bestrafung betrachtet. Keiner von beiden war bereit, den Standpunkt des anderen anzuerkennen, und Barbara stand mit ihren Argumenten, wenn sie ihre Auffassung zu verteidigen versuchte, auf recht unsicherem Boden. Es fiel Helen deshalb nicht schwer einzuräumen, dass Tommys letzte Reaktion auf Barbaras Widersetzlichkeit gerechtfertigt war, und sie wusste, dass seine Vorgesetzten die Maßnahme, die er ergriffen hatte, billigen würden.

Aber ebendiese Maßnahme – im Zusammenhang mit seiner früheren Entscheidung gesehen, mit Winston Nkata zu arbeiten und nicht mit Barbara Havers – gab Helen zu denken. Was, überlegte sie, als sie aufstand und ihren Morgenrock überzog, steckte wirklich hinter der Aufgebrachtheit ihres Mannes gegen Barbara: die Tatsache, dass sie sich ihm widersetzt hatte, oder die Tatsache, dass sie eine *Frau* war, die sich ihm widersetzt hatte? Helen hatte ihm genau diese Frage ihn leicht abgewandelter Form bereits vor seiner Abreise am vergangenen Tag gestellt, und wenig überraschend hatte er sofort wütend behauptet, das Geschlecht habe mit seinem Verhalten gegen Barbara überhaupt nichts zu tun. Aber war es nicht so, dass Tommys ganze persönliche Geschichte eine solche Behauptung widerlegte?

Während Helen sich das Gesicht wusch und sich mit der Bürste durch ihr Haar fuhr, dachte sie über die Frage nach. Immer hatten in Tommys Vergangenheit Frauen eine große Rolle gespielt: Frauen, die er begehrt hatte; Frauen, mit denen er liiert gewesen war; Frauen, mit denen er zusammengearbeitet hatte. Seine erste Geliebte war die Mutter eines Schulfreunds gewesen, die stürmische Affäre hatte sich über mehr als ein Jahr hingezogen, und vor seiner Beziehung zu Helen hatte seine tiefste Liebe einer Frau gehört, die jetzt mit seinem engsten Freund verheiratet war. Abgesehen von dieser Bindung war, soweit Helen sehen konnte, allen seinen Beziehungen eines gemeinsam gewesen: Tommy hatte den Kurs bestimmt. Die Frauen waren ihm bereitwillig gefolgt.

Es war ihm ein Leichtes gewesen, die Führung zu übernehmen und zu behalten. Zahllose Frauen im Laufe der Jahre waren so geblendet gewesen von seinem Aussehen, seinem Titel oder Reichtum, dass es ihnen in Anbetracht dessen, was sie sich im Austausch dafür erhofften, nicht schwergefallen war, sich ihm nicht nur körperlich, sondern auch geistig zu unterwerfen. Und Tommy hatte sich an diese Macht gewöhnt. Wem wäre das nicht so ergangen?

Die Grundfrage war, weshalb er bei jenem allerersten Mal mit jener allerersten Frau die Macht ergriffen hatte. Er war jung gewesen, gewiss, aber obwohl er sich dafür hätte entscheiden können, dieser Frau und jeder anderen nach ihr auf gleicher Ebene zu begegnen, selbst wenn die Frau das vielleicht gar nicht gewollt oder gefordert hätte, hatte er es nicht getan. Helen war überzeugt, dass das *Warum* von Tommys Bedürfnis, über Frauen Macht auszuüben, hinter seinen Schwierigkeiten mit Barbara Havers stand.

Aber Barbara war im Unrecht, konnte Helen ihren Mann sagen hören, *und du kannst die Fakten drehen und wenden, wie du willst, du wirst daran nichts ändern.*

In diesem Punkt konnte Helen ihm nicht widersprechen. Aber sie hätte ihm gern gesagt, dass Barbara Havers nur ein Symptom war. Die Krankheit, dessen war sie sicher, war etwas ganz anderes.

Sie ging aus dem Schlafzimmer nach unten ins Speisezimmer, wo Denton ihr das Frühstück bereitgestellt hatte, wie sie es liebte. Sie nahm sich von den Eiern mit Pilzen, goss sich ein Glas Saft und eine Tasse Kaffee ein und trug alles zum Esstisch, wo neben ihrem Besteck die Morgenausgabe der *Daily Mail* und darunter Tommys *Times* lag. Sie sah flüchtig die Post durch, während sie Milch und Zucker in ihren Kaffee gab. Die Rechnungen legte sie zur Seite – kein Grund, sich das Frühstück zu verderben, dachte sie – und schob auch die *Daily Mail* weg, auf deren erster Seite die neueste, entschieden reizlose königliche Auserwählte als »Strahlend schön bei der jährlichen Benefizveranstaltung zugunsten von ›Kinder in Not‹« präsentiert wurde. Kein Grund, dachte Helen grimmig, sich auch noch den ganzen Tag zu verderben.

Sie war gerade dabei, einen Brief von ihrer älteren Schwester zu öffnen, dessen Poststempel verriet, dass Daphne sich mit ihrem Wunsch, den zwanzigsten Hochzeitstag in Positano zu feiern, gegen ihren Mann durchgesetzt hatte, als Denton hereinkam.

»Guten Morgen, Charlie«, begrüßte Helen ihn heiter. »Die Pilze sind heute ganz vorzüglich.«

Denton erwiderte ihren Gruß weniger enthusiastisch. Er sagte: »Lady Helen ...«, und stockte – so jedenfalls schien es Helen – irgendwo zwischen Verlegenheit und Bekümmerung.

»Sie wollen mich doch hoffentlich nicht wegen der Tapete ausschimpfen, Charlie? Ich habe bei Harrods angerufen und um einen weiteren Tag gebeten. Wirklich.«

»Nein, es geht nicht um die Tapete«, antwortete Denton und hob den braunen Umschlag hoch, den er in der Hand hielt.

Helen legte ihren Toast nieder. »Worum dann? Irgendwas stimmt doch nicht. Sie sehen so ...« Ja, wie sieht er eigentlich aus?, fragte sie sich. Irgendwie verwirrt und aufgeregt, fand sie. »Ist etwas passiert?«, fragte sie. »Haben Sie schlechte Nachrichten bekommen? Ihrer Familie geht es doch gut? Ach, du meine Güte, Charlie, Sie stecken doch nicht etwa wegen einer Frau in Schwierigkeiten?«

Er schüttelte den Kopf. Helen sah das Staubtuch, das er über dem Arm hängen hatte, und es dämmerte ihr: Er hatte saubergemacht und wollte ihr wegen ihrer notorischen Unordentlichkeit die Leviten lesen. Der arme Kerl. Er wusste offenbar nicht, wie er anfangen sollte.

Er war aus dem Wohnzimmer gekommen, und Helen erinnerte sich, dass sie die Notenblätter, die Barbara am vergangenen Nachmittag bei ihrem überstürzten Abgang zu Boden gerissen hatte, nicht aufgehoben hatte. Das hatte Denton natürlich gar nicht gefallen. Er war Tommy so ähnlich in seinem Sinn für Ordnung und Sauberkeit.

»Sie haben mich ertappt«, bekannte sie mit einer kurzen Geste zu dem Umschlag. »Barbara Havers hat ihn gestern vorbeigebracht, um ihn meinem Mann zu zeigen. Ich hatte ihn vollkommen vergessen, Charlie. Hilft es, wenn ich verspreche, mich zu bessern? Hm, wahrscheinlich nicht. Das verspreche ich ja ständig, nicht wahr?«

»Woher haben Sie das hier, Lady Helen? Das ... ich meine, diese ...?« Denton schwenkte den Umschlag, als fehlten ihm die Worte zu beschreiben, was er enthielt.

»Das hab ich Ihnen doch eben gesagt. Barbara Havers hat es vorbeigebracht. Warum? Ist es wichtig?«

Plötzlich tat Charlie Denton etwas völlig Unerwartetes. Zum ersten Mal seit Helen ihn kannte, setzte er sich unaufgefordert zu ihr an den Tisch.

»Das Blut stimmt«, meldete Hanken Lynley kurz. Er rief von Buxton aus an, wo er gerade die Bestätigung vom Labor erhalten hatte. »Die Jacke hat dem Jungen gehört.«

Der Durchsuchungsbefehl für Maiden Hall, fuhr er fort, sei bereits in Arbeit. »Ich hab hier sechs Männer, die Diamanten in Hundescheiße finden können. Wenn er den Langbogen irgendwo bei sich versteckt hat, stöbern wir ihn auf.« Hanken schimpfte darüber, dass Andy Maiden mehr als genug Zeit gehabt hatte, sich des Bogens an mehr als drei Dutzend Orten rund um die White Peaks zu entledigen, was ihnen die Arbeit doppelt schwermachen würde. Aber wenigstens hatte er keine Ahnung davon, dass sie inzwischen herausbekommen hatten, dass die fehlende Waffe ein Pfeil war; da hatten sie das Überraschungsmoment auf ihrer Seite, falls er nicht den Rest seiner Ausrüstung hatte verschwinden lassen.

»Wir haben nicht den kleinsten Hinweis darauf, dass Andy Maiden Bogenschütze ist«, bemerkte Lynley.

»Was meinen Sie wohl, wie viele Rollen der als verdeckter Ermittler gespielt hatte?«, entgegnete Hanken. Abschließend sagte er: »Sie sind dabei, wenn Sie wollen. In anderthalb Stunden in Maiden Hall.«

Tief bedrückt legte Lynley auf.

Hanken hatte ja recht damit, Andy auf den Fersen zu bleiben. Wenn praktisch jede Spur, die man entdeckte, zu einem bestimmten Verdächtigen führte, ließ man nicht locker. Man ignorierte nicht, was einem direkt vor der Nase lag, nur weil man es nicht sehen wollte. Man unterließ es nicht, das Undenkbare zu denken, nur weil man sich nicht von der Vergangenheit lösen konnte und von einer Erinnerung an sein fünfundzwanzigstes Jahr und eine Undercoveroperation, an der man so brennend gerne hatte teilnehmen wollen. Man tat, was die Pflicht gebot.

Aber obwohl Lynley wusste, dass Hanken sich nur an das vorschriftsmäßige Verfahren hielt, wenn er darauf bestand, Maiden Hall zu durchsuchen, konnte er es nicht lassen, in dem Wust von Beweisen, Fakten und Mutmaßungen herumzuwühlen, in der Hoffnung, irgendetwas zu finden, das Andy entlasten würde. Es war, so glaubte er weiterhin störrisch, das Mindeste, was er tun konnte.

Er stöberte jedoch nur eine einzige halbwegs brauchbare Tatsache auf: nämlich dass Nicolas Regencape am Tatort nicht unter ihren Sachen gewesen war. Allein in seinem Zimmer, umgeben von den morgendlichen Geräuschen des Hotels, die zu ihm heraufdrangen, dachte Lynley über dieses Regencape nach und was es bedeuten konnte, dass es nicht am Tatort gefunden worden war.

Ursprünglich hatten sie geglaubt, der Mörder habe das Cape übergezogen, um seine blutbespritzten Kleider zu verdecken. Aber wenn er am Dienstag nach den Morden das *Black-Angel*-Hotel aufgesucht hatte, dann sicher nicht in einem Regencape. Es war ein schöner Sommerabend gewesen, und da wäre er in einem Regencape zweifellos aufgefallen. Das aber hatte er gewiss nicht riskieren wollen.

Um jedoch ganz sicherzugehen, rief Lynley den Wirt des *Black Angel* an. Eine einzige Frage – von einem Angestellten an den nächsten weitergegeben – reichte Lynley, um die Zusicherung zu bekommen, dass in letzter Zeit nichts dergleichen im Hotel vorgefallen war, soweit sich irgendjemand erinnern konnte. Wo aber war dann das Regencape geblieben?

Lynley begann im Zimmer auf und ab zu gehen. Seine Gedanken schweiften vom Calder Moor zu den Morden und den Waffen und verweilten schließlich bei der Vorstellung, die er sich vom Hergang der Verbrechen gemacht hatte.

Wenn der Mörder das Regencape vom Tatort mitgenommen, es aber nicht übergezogen hatte, wozu hatte er es dann gebraucht? Es schien nur zwei Möglichkeiten zu geben: Entweder das Cape war zu einer Art Sack umfunktioniert worden, in dem der Mörder irgendetwas vom Tatort davongetragen hatte; oder es war bei der Verübung des Verbrechens zu irgendeinem Zweck verwendet worden.

Die erste Möglichkeit verwarf Lynley als unwahrscheinlich: Die beiden jungen Leute waren zu Fuß nach Nine Sisters Henge hinausgewandert. Hätten sie da etwas mitgenommen, was so sperrig war, dass es nur in einem Behältnis von der Größe eines Regencapes befördert werden konnte?

Er nahm sich die zweite Möglichkeit vor. Und als er sie dem gegenüberstellte, was sie über die Morde wussten, was sie über den Tathergang vermuteten und was sie im *Black-Angel*-Hotel entdeckt hatten, hatte er plötzlich die Antwort.

Der Mörder hatte den Jungen mit einem Pfeil handlungsunfähig gemacht. Dann hatte er der fliehenden jungen Frau nachgesetzt und sie ohne große Mühe getötet. Bei seiner Rückkehr in den Steinkreis hatte er gesehen, dass der Junge zwar schwer, aber nicht tödlich verletzt war. Er hatte nach einer Möglichkeit gesucht, ihn auf schnellstem Weg zu erledigen. Er hätte versuchen können, ihn auf die Beine zu bringen – nach Exekutionskommandomanier –, um mit ihm wie mit einem modernen heiligen Sebastian zu verfahren, aber da hätte der Junge wohl kaum mitgemacht. Darum hatte der Mörder die Campingausrüstung am Tatort durchsucht und das Messer und das Regencape gefunden. Das Cape hatte er übergezogen, um seine Kleider zu schützen, während er den Jungen mit dem Messer niedergestochen hatte. So hatte er später gefahrlos das *Black-Angel*-Hotel betreten können.

Aber ein blutbespritztes Regencape konnte man nicht einfach in der Hotelgarderobe hängenlassen wie die schwarze Lederjacke. Das Blut an der Jacke war vom Futter aufgesaugt worden und dank der Farbe des Stoffes nicht aufgefallen. Es war also damit zu rechnen gewesen, dass die Jacke so schnell nicht auffallen würde. Ein blutbeflecktes Regencape jedoch wäre nicht so leicht zu übersehen gewesen.

Aber irgendwie hatte der Mörder es loswerden *müssen.* Und möglichst rasch. Wo also ...?

Lynley fuhr fort, hin und her zu gehen, während er sich vorzustellen versuchte, wie die Morde begangen worden waren und was danach geschehen war.

Das Messer hatte der flüchtende Mörder unterwegs zurückgelassen. Es war ein Kinderspiel gewesen, es in einem Streugutbehälter in ein paar Zentimetern Sand zu vergraben; länger als dreißig Sekunden hatte er dafür sicher nicht gebraucht. Aber das Cape hatte er dort nicht verstecken können, weil nicht mehr genug Sand in dem Behälter gewesen war. Und selbst wenn, dann hätte er einen so voluminösen Gegenstand wie das Cape nicht mir nichts, dir nichts verscharren können, und es wäre der reine Schwachsinn gewesen, längere Zeit an einer relativ vielbefahrenen Straße anzuhalten.

Aber irgendetwas von der Art eines solchen Streugutkastens hätte sich als Versteck für das Cape geeignet, irgendetwas, das täglich benutzt wurde, das man sah, ohne es zu beachten, und das sich irgendwo auf dem Weg zum Hotel befand, wo man – wie der Killer wusste – eine schwarze Lederjacke offen hängenlassen konnte, ohne dass sie irgendjemandem so schnell auffallen würde ...

Ein Briefkasten?, fragte sich Lynley. Aber er verwarf den Gedanken sogleich wieder. Es hätte den Mörder zu viel Zeit und Mühe gekostet, das Cape Zentimeter für Zentimeter in den Briefschlitz zu stopfen, und außerdem wurde die Post jeden Tag abgeholt.

Eine Mülltonne vielleicht? Aber da stellte sich praktisch das gleiche Problem. Der Mörder hätte das Cape tief unter dem angesammelten Müll vergraben müssen, wenn er nicht gewollt hätte, dass die Eigentümer der Tonne es entdeckten, sobald sie das nächste Mal ihren Müll hinausbrachten. Es sei denn, der Mörder hätte es geschafft, einen Abfallbehälter zu finden, der so konstruiert war, dass der bereits darin befindliche Müll von draußen nicht sichtbar war, wenn die nächste Ladung hineingestopft wurde. Dafür hätten sich vielleicht die Container geeignet, die gewöhnlich in öffentlichen Parks standen, wo der Abfall entweder durch eine Öffnung im Deckel oder auf der Seite hineinbefördert wurde. Aber wo auf dem Weg vom Calder Moor nach Tideswell gab es einen solchen Park mit solchen Containern? Das musste er erst einmal herausfinden.

Lynley ging nach unten und holte sich am Empfang die gleiche Karte des Peak District, die Hanken am vergangenen Abend bei seiner kleinen Demonstration benutzt hatte. Das Einzige in der näheren Umgebung, was einem öffentlichen Park nahekam, war ein Naturschutzgebiet in der Nähe von Hargatewall, wie Lynley nach genauer Inspektion der Karte feststellte. Stirnrunzelnd vermerkte er, wie weit abseits es von der direkten Route lag. Der Mörder hätte einen großen Umweg machen müssen. Aber es war einen Versuch wert.

Der Morgen war wie der Tag zuvor: grau, windig und regnerisch. Doch anders als am Vortag, als Lynley angekommen war, war der Parkplatz des *Black-Angel*-Hotels jetzt praktisch leer. Selbst den hartnäckigsten Trinkern unter den Stammgästen des Hotels war es noch zu früh, sich an die Bar zu drängen.

Mit aufgespanntem Schirm und hochgeklapptem Jackenkragen eilte Lynley, Pfützen überspringend, um das Haus herum zu seinem Wagen, der jetzt einsam und verlassen an dem Platz stand, der am Nachmittag zuvor als einziger noch frei gewesen war.

Jetzt erst nahm er zur Kenntnis, was er schon bei seiner Ankunft gesehen, aber nicht weiter beachtet hatte.

Der Platz, den er mit Müh und Not für den Bentley gefunden hatte, war gestern deshalb frei gewesen, weil niemand dort zu parken pflegte, wenn es sich vermeiden ließ. Keiner, dem sein Auto lieb und teuer war, würde es direkt neben einem überquellenden Müllcontainer abstellen, der von Wind und Regen gepeitscht wie eben jetzt nach allen Seiten Abfälle spie.

Natürlich, dachte Lynley, als er hinter sich das Rumpeln eines näher kommenden Lastwagens hörte.

Er schaffte es gerade noch, den überfüllten Container eine Sekunde vor den Männern der Müllabfuhr zu erreichen, die gekommen waren, um die Abfälle abzuholen, die sich im Lauf einer Woche im *Black-Angel*-Hotel angesammelt hatten.

Samantha hörte den Lärm, noch bevor sie ihren Onkel sah. Das Geräusch aneinanderschlagender Flaschen hallte laut durch den alten steinernen Treppenschacht, als Jeremy Britton zur Küche hinunterging, wo Samantha das Frühstücksgeschirr spülte. Sie warf einen Blick auf ihre Uhr, die sie auf ein Bord in der Nähe des Spülbeckens gelegt hatte. Selbst für Onkel Jeremys Verhältnisse war es für Alkohol noch reichlich früh am Tag.

Sie scheuerte die Pfanne, in der sie am Morgen den Schinkenspeck gebraten hatte, und versuchte, die Anwesenheit ihres Onkels zu ignorieren. Hinter sich hörte sie seine schlurfenden Schritte. Die Flaschen klirrten. Als es sich nicht länger vermeiden ließ, blickte Samantha sich schließlich doch nach ihrem Onkel um.

Jeremy trug einen großen Korb am Arm, der mit etwa einem Dutzend Schnapsflaschen gefüllt war. Größtenteils handelte es sich um Gin. Er begann die Vorratsschränke in der Küche durchzusehen, kramte raschelnd die gelagerten Lebensmittel durch und zog immer neue Flaschen heraus. Es waren lauter Minifläschchen. Er holte sie aus dem Mehlkasten, aus den Behältern mit Reis, Zucker und Bohnen, angelte sie hinter gestapelten Konservendosen hervor und aus den Tiefen der Schränke, in denen Töpfe und Pfannen standen. Klirrend und scheppernd wie ein Poltergeist hantierte er in der Küche herum, und die Sammlung in dem Korb an seinem Arm wuchs beständig.

»Diesmal schaff ich's«, murmelte er. »Ganz bestimmt.«

Samantha stellte den letzten Topf auf die Trockenablage und zog den Stöpsel im Spülbecken heraus, um das Wasser ablaufen zu lassen. Sie trocknete sich die Hände an ihrer Schürze und beobachtete ihren Onkel. Er sah alt und verfallen aus, beinahe als wäre er ernstlich krank, und das krampfartige Zittern, das seinen Körper schüttelte, verstärkte diesen Eindruck noch.

»Onkel Jeremy?«, sagte sie. »Geht es dir nicht gut? Was ist denn los?«

»Der Entzug«, antwortete er. »Es ist dieses gottverdammte Teufelszeug. Erst lockt es dich mit süßester Verheißung, dann stürzt es dich in die Hölle.«

Er hatte angefangen zu schwitzen, und im trüben Licht der Küche schimmerte sein Gesicht gelblich wie eine eingeölte Zitrone. Mit zitternden Händen, die ihm nicht gehorchen wollten, hievte er den vollen Korb auf die Geschirrablage und packte die erste Flasche. Bombay Sapphire, seine ganze Liebe. Er schraubte den Deckel ab und leerte den Inhalt der Flasche ins Spülbecken. Gingeruch stieg auf wie ausströmendes Gas.

Als die Flasche leer war, zerschlug er sie am Rand des Spülbeckens. »Schluss damit«, sagte er. »Ich bin fertig mit diesem Zeug. Ich schwör's. Jetzt ist *Schluss.*«

Dann begann er zu weinen. Er weinte mit einem trockenen, stoßartigen Schluchzen, das seinen ganzen Körper erschütterte. Er sagte: »Aber allein schaff ich's nicht.«

Tiefes Mitleid erfasste Samantha. »Ach, Onkel Jeremy. Warte. Ich helfe dir. Ich halte den Korb, ja? Oder soll ich lieber die Flaschen aufmachen?« Sie nahm eine heraus – Beefeater diesmal – und hielt sie ihrem Onkel hin.

»Das wird mich noch umbringen«, rief er schluchzend. »Es bringt mich ja jetzt schon um. Sieh mich doch an. Sieh mich doch bloß an!« Er hielt seine Hände hoch, um ihr zu zeigen, was sie bereits gesehen hatte: das heftige Zittern. Er packte die Flasche Beefeater und schlug sie gegen die Kante des Spülbeckens, ohne sie vorher zu leeren. Gin ergoss sich über sie beide. Er griff schon nach der nächsten Flasche. »Nichts als ein runtergekommener, elender Säufer«, stammelte er weinend. »Drei hast du schon rausgescheucht, aber das hat dir ja nicht gereicht. Nein. Nein. Du gibst erst Ruhe, wenn auch der Letzte weg ist.«

Samantha versuchte, sich darauf einen Reim zu machen. Er sprach von seiner Frau und seinen Kindern, erkannte sie. Julians Geschwister und seine Mutter waren schon vor Jahren geflohen, aber sie konnte nicht glauben, dass Julian seinen Vater je verlassen würde.

»Julian liebt dich doch, Onkel Jeremy«, sagte sie. »Er verlässt dich ganz sicher nicht. Er will nur das Beste für dich. Du musst doch wissen, dass er nur deshalb so hart arbeitet, um das Gut wieder instand zu setzen.«

Jeremy kippte eine weitere Flasche Gin ins Spülbecken. »Er ist ein großartiger Junge. Das war er schon immer. Und jetzt ist Schluss, Schluss, Schluss! Aus und vorbei.« Und der Inhalt der nächsten Flasche landete im Spülbecken. »Da schuftet er sich krumm und bucklig, um das Haus auf Vordermann zu bringen, und sein Vater, dieser Trunkenbold, versäuft alles. Aber damit ist jetzt Schluss. Ein für alle Mal.«

Das Spülbecken füllte sich rasch mit Glasscherben, aber das kümmerte Samantha nicht. Sie sah, dass ihr Onkel in den Wehen einer Wandlung steckte, die von so ungeheurer Bedeutung war, dass ein oder zwei Kilo Glasscherben im Vergleich dazu eine Lappalie waren.

»Willst du das Trinken aufgeben, Onkel Jeremy?«, fragte sie. »Bist du ernstlich dazu entschlossen?«

Sie hatte ihre Zweifel an seiner Aufrichtigkeit, doch Flasche für Flasche ging den Weg der ersten. Als Jeremy die letzte geleert und zerschlagen hatte, lehnte er sich über das Spülbecken und begann zu beten, mit einer tiefen Inbrunst, die Samantha bis ins Innerste traf.

Er schwor beim Leben seiner Kinder und seiner zukünftigen Enkel, dass er nie wieder einen Tropfen trinken würde. Er würde nicht als wandelndes Beispiel für die Übel lebenslanger Trunksucht durch die letzten Jahre seines Lebens gehen. Er würde jetzt und hier dem Alkohol den Rücken kehren und niemals zurückblicken. Das schuldete er, wenn schon nicht sich selbst, so doch zumindest seinem Sohn, der aus Liebe zu ihm in dieser verfallenden Ruine ausgehalten hatte, obwohl er jederzeit hätte gehen und irgendwo anders ein normales und glücklicheres Leben hätte führen können.

»Wenn ich nicht gewesen wäre, dann wäre er jetzt schon verheiratet. Er hätte Frau und Kinder. Ein Leben. Ich hab ihm das alles genommen. Es ist meine Schuld.«

»Onkel Jeremy, so darfst du nicht denken. Julie liebt dich. Er weiß, wie wichtig dir Broughton Manor im Grunde genommen ist, und er möchte es wieder zu einem richtigen Zuhause machen.

Außerdem ist er ja noch nicht einmal dreißig. Er hat noch unheimlich viel Zeit, eine Familie zu gründen.«

»Das Leben rauscht an ihm vorbei«, sagte Jeremy. »Und er wird nie was von seinem Leben haben, solange er hier schuftet und kämpft. Und eines Tages, wenn ihm die Augen aufgehen und er das sieht, wird er mich dafür hassen.«

»Aber das hier *ist* doch das Leben.« Samantha legte ihrem Onkel tröstend die Hand auf die Schulter. »Das, was wir hier jeden Tag tun, das ist das Leben, Onkel Jeremy.«

Er richtete sich auf, griff in seine Tasche, zog ein ordentlich gefaltetes Taschentuch heraus und schnäuzte sich geräuschvoll, ehe er sich ihr zuwandte. Der arme Mann, dachte sie. Wann mochte er das letzte Mal geweint haben? Und warum war es Männern immer so peinlich, wenn sie schließlich unter dem Druck aufgestauter Emotionen zusammenbrachen?

»Ich will wieder dazugehören«, sagte er.

»Dazugehören?«

»Zum Leben. Ich will ein Leben, Sammy. Das da« – Er wies mit einer Geste zum Spülbecken – »stiehlt einem das Leben. Ich sage, es reicht.«

Merkwürdig, dachte Samantha. Er wirkte plötzlich so stark, als stünde keinerlei Hindernis zwischen ihm und seiner Hoffnung auf ein Leben ohne Alkohol. Und plötzlich wünschte sie ihm genau das: dieses Leben, das er sich für sich vorstellte, glücklich und zufrieden in seinem Haus, umgeben von seinen Enkelkindern. Sie konnte sie sogar vor sich sehen, diese Schar fröhlicher Enkelkinder, die noch gar nicht gezeugt waren.

»Ich bin so froh, Onkel Jeremy«, sagte sie. »Ich bin so unglaublich froh. Und Julian ... Julie wird einfach glücklich sein. Er wird dir bestimmt helfen wollen. Das weiß ich.«

Jeremy nickte, den Blick auf sie gerichtet. »Glaubst du?«, fragte er zaghaft. »Nach all diesen Jahren ... wo ich immer nur ... immer nur betrunken war?«

»Ich weiß, dass er dir helfen wird«, versicherte sie. »Ganz bestimmt.«

Jeremy schnäuzte sich noch einmal trompetend die Nase und schob das Taschentuch wieder ein. Er sagte: »Du liebst ihn, nicht wahr?«

Samantha wurde verlegen.

»Du bist nicht wie die andere. Du würdest alles für ihn tun.«

»Ja, das würde ich«, erwiderte Samantha. »Ich würde alles für ihn tun.«

Als Lynley in Maiden Hall ankam, war die Durchsuchung schon in vollem Gang. Hanken hatte sechs Beamte mitgebracht und sie klug und ökonomisch verteilt. Drei Männer durchsuchten die Privaträume der Familie, die Gästeetage und das Erdgeschoss des Hauses. Einer nahm sich die Nebengebäude auf dem Grundstück vor. Zwei weitere durchsuchten das Gelände. Hanken selbst koordinierte die Aktion, und als Lynley auf dem Parkplatz aus seinem Wagen stieg, sah er den Kollegen nachdenklich rauchend unter einem Schirm bei einem Streifenwagen stehen, wo er sich den Bericht des Beamten anhörte, der für die Privaträume zuständig war.

»Dann machen Sie jetzt mit den anderen auf dem Gelände weiter«, wies er ihn an. »Und wenn Sie irgendwo auf frische Grabungsspuren stoßen, dann nichts wie ran an den Speck. Verstanden?«

Der Constable trottete in Richtung Hang davon. Dort waren, wie Lynley sehen konnte, zwei weitere Beamte, die im Regen unter den Bäumen hin und her wanderten.

»Bis jetzt haben wir noch nichts«, teilte Hanken Lynley mit. »Aber das Ding ist hier irgendwo. Oder irgendwas, was damit zu tun hat. Und wir werden es finden.«

»Ich habe das Regencape«, sagte Lynley.

Hanken zog eine Augenbraue hoch und warf seine Zigarette zu Boden. »Tatsächlich? Das ist gute Arbeit, Thomas. Wo haben Sie es gefunden?«

Lynley berichtete ihm von den Überlegungen, die ihn zu dem Müllcontainer geführt hatten. Vergraben unter den Abfällen einer ganzen Woche hatte er mit Hilfe einer Heugabel und dank der Geduld der Müllmänner, die warteten, während er grub, das Regencape gefunden.

»Für so schmutzige Arbeit sehen Sie erstaunlich adrett aus«, sagte Hanken.

»Ich habe in der Zwischenzeit geduscht und mich umgezogen«, erklärte Lynley.

Der Müll hatte das Cape vor dem Regen geschützt, der sonst vielleicht alle auf dem Material vorhandenen Spuren weggespült hätte. So aber war das Cape lediglich mit Kaffeesatz, Gemüseabfällen, Essensresten, alten Zeitungen und zerknüllten Papiertüchern in Berührung gekommen. Und da es gewendet unter diesen Abfällen gelegen hatte, hatten diese auch nur die Innenseite des Materials befleckt, die danach ausgesehen hatte wie eine alte Zeltplane. Die Außenseite war größtenteils unberührt gewesen, die Blutspritzer waren erhalten geblieben: stumme Zeugen dessen, was sich im Steinkreis von Nine Sisters Henge zugetragen hatte. Lynley hatte das Cape in einer Supermarkttüte verstaut. Es liege jetzt, sagte er, im Kofferraum seines Wagens.

»Dann zeigen Sie doch mal her.«

»Einen Moment noch.« Lynley wies mit dem Kopf zum Haus. »Sind die Maidens hier?«

»Wir brauchen das Cape nicht identifizieren zu lassen, wenn das Blut des Jungen noch darauf ist, Thomas.«

»Aus diesem Grund habe ich nicht gefragt. Wie kommen sie mit der Durchsuchung zurecht?«

»Maiden behauptet, er hätte irgendjemanden in London aufgetrieben, bei dem er einen Lügendetektortest machen kann. Eine Firma, die sich *Polygraph Professionals* nennt oder so ähnlich.«

»Wenn er bereit ist –«

»Alles Quatsch«, unterbrach Hanken ihn gereizt. »Sie wissen doch, dass diese Tests nichts taugen. Und Maiden weiß das auch. Aber sie eignen sich hervorragend dazu, Zeit zu schinden. ›Bitte verhaften Sie mich noch nicht. Ich hab einen Termin für einen Lügendetektortest.‹ Alles Blödsinn. Los, her mit dem Cape.«

Lynley holte es. Es war noch genauso zusammengeknüllt, wie er es gefunden hatte, die Innenseite nach außen gekehrt. Aber man brauchte es nur ein wenig auseinanderzuziehen, um die Blutflecken zu sehen.

»Aha« meinte Hanken. »Ja. Das geht sofort ins Labor. Aber ich würde sagen, es ist sowieso alles vorbei.«

Lynley war sich da nicht so sicher. Er fragte sich, warum nicht. Weil er nicht glauben konnte, dass Andy Maiden seine Tochter getötet hatte? Oder weil die Fakten tatsächlich in eine andere Richtung wiesen?

»Es sieht völlig verlassen aus«, bemerkte er mit einem Blick zum Haus.

»Wegen des Regens«, erklärte Hanken. »Aber sie sind drinnen. Alle miteinander. Die meisten Gäste sind abgereist, weil heute ja Montag ist. Aber die Maidens sind drinnen. Und die Angestellten auch. Bis auf den Koch. Der kommt immer erst nach zwei, haben sie gesagt.«

»Haben Sie mit den Maidens gesprochen?«

Hanken schien zu erraten, worum es Lynley ging. »Ich habe der Frau nichts gesagt, Thomas«, erklärte er und packte die Tüte mit dem Regencape auf den vorderen Sitz des Streifenwagens. »Fryer!«, rief er laut zum Hang hinüber. Der Constable, den er eben weggeschickt hatte, kam im Laufschritt zurück, als Hanken ihm winkte. »Fürs Labor«, sagte Hanken und klopfte auf die Tüte im Wagen. »Die sollen uns eine komplette Blutuntersuchung machen. Schauen Sie, ob Sie veranlassen können, dass Miss Kubowsky das übernimmt. Die ist fix, und wir haben's eilig.«

Der Constable schien nichts dagegen zu haben, endlich ins Trockene zu kommen. Er schlüpfte aus seinem lindgrünen Anorak und setzte sich in den Wagen. In weniger als zehn Sekunden war er verschwunden.

»Reine Formsache«, meinte Hanken. »Das Blut stammt bestimmt von dem Jungen.«

»Ja, zweifellos«, stimmte Lynley zu. Wieder sah er zum Haus hinüber. »Haben Sie was dagegen, wenn ich mit Andy spreche?«

Hanken musterte ihn. »Sie werden nicht damit fertig, nicht?«

»Ich komme nicht an der Tatsache vorbei, dass er Polizist ist.«

»Er ist ein Mensch, mit den gleichen Gefühlen und Leidenschaften wie jeder andere«, sagte Hanken. »Vergessen Sie das nicht«, fügte er noch hinzu und ging dann zu einem der Nebengebäude davon.

Lynley fand Andy Maiden und seine Frau im Salon vor, in der Nische, in der er und Hanken bei ihrem ersten Besuch mit ihnen gesprochen hatten. Diesmal saßen sie jedoch getrennt; jeder für sich auf seinem kleinen Sofa. Ihre Haltung war die gleiche: Sie saßen vorgebeugt, die Arme etwas oberhalb der Knie auf die Oberschenkel gestützt. Andy rieb sich unablässig die Hände. Seine Frau beobachtete ihn.

Lynley verbannte das Shakespeare'sche Bild, das sich ihm bei Andys Beschäftigung mit seinen Händen aufdrängte, aus seinen Gedanken. Er sprach den ehemaligen Kollegen an, und Andy blickte auf.

»Wonach suchen sie?«, fragte er.

Lynley entging nicht, dass er mit dem Gebrauch dieses »sie« zwischen ihm – Lynley – und Hankens Truppe unterschied.

Er sagte: »Wie geht es Ihnen beiden?«

»Was glauben Sie wohl, wie es uns geht? Als wäre es noch nicht genug, dass Nicola uns genommen worden ist, brechen sie jetzt auch noch in unser Haus ein und nehmen alles auseinander, ohne wenigstens den *Anstand* zu haben, uns zu sagen, warum. Sie halten uns einfach ein läppisches Stück Papier von einem Richter unter die Nase und stürzen hier herein wie eine Bande Rowdys, um –« Nan Maidens Zorn drohte sich in Tränen aufzulösen. Sie ballte die Hände in ihrem Schoß und schlug sie aneinander, als hoffte sie, so die Gelassenheit wiederzufinden, die sie verloren hatte.

»Tommy?«, fragte Maiden.

Lynley sagte ihm, was er konnte. »Wir haben ihr Regencape gefunden.«

»Wo?«

»Es ist mit Blut bespritzt. Wahrscheinlich mit dem des Jungen. Wir vermuten, der Mörder hat es sich übergezogen, um seine eigenen Kleider zu schützen. Es werden sich vielleicht noch andere Spuren daran feststellen lassen. Er muss es sich ja über den Kopf und die Haare gezogen haben.«

»Heißt das, Sie wollen eine Probe von mir?«

»Sie sollten sich vielleicht einen Anwalt nehmen.«

»Sie können doch nicht allen Ernstes glauben, dass Andy das getan hat!«, rief Nan Maiden. »Er war hier! Warum in Gottes Namen glauben Sie mir nicht, wenn ich Ihnen sage, dass er hier war?«

»Glauben Sie denn, dass ich einen Anwalt brauche?«, fragte Maiden Lynley. Und beide wussten, was er wirklich fragte: *Wie gut kennen Sie mich, Thomas?* Und: *Glauben Sie, dass ich so bin, wie ich zu sein scheine?*

Lynley konnte Maiden nicht die Antwort geben, die dieser hören wollte. Stattdessen sagte er: »Warum haben Sie eigentlich speziell mich angefordert? Warum haben Sie mich verlangt, als Sie im Yard angerufen haben?«

»Wegen Ihrer besonderen Stärken«, antwortete Maiden. »Zu denen an erster Stelle immer die Ehre gehörte. Ich wusste, dass ich mich auf Sie verlassen könnte. Dass Sie das Richtige tun würden. Und dass Sie, wenn es darauf ankäme, Ihr Wort halten würden.«

Sie tauschten einen Blick. Lynley verstand seine Bedeutung. Aber er konnte es nicht riskieren, zum Narren gehalten zu werden. Er sagte: »Wir nähern uns einem Ende, Andy. Und da wird es keinen Unterschied machen, ob ich mein Wort halte oder nicht. Jetzt ist ein Anwalt erforderlich.«

»Ich brauche keinen.«

»Natürlich brauchst du keinen«, stimmte seine Frau zu. Sie war wieder ruhig geworden, hatte, wie es schien, neue Kraft aus der Unerschütterlichkeit ihres Mannes geschöpft. »Du hast nichts getan. Man braucht keinen Anwalt, wenn man nichts zu verbergen hat.«

Andy senkte den Blick auf seine Hände. Er begann von neuem, sie zu massieren. Lynley verließ den Raum.

Die Durchsuchung des Hauses und des Geländes ging weiter. Aber als sie nach einer Stunde beendet war, hatten die fünf noch verbliebenen Beamten nichts gefunden, das auch nur im Entferntesten mit einer Bogenschützenausrüstung zu tun hatte. Hanken stand draußen im strömenden Regen, wo der Wind ihm seinen Regenmantel um die Beine peitschte. Er rauchte und grübelte, den Blick unverwandt auf Maiden Hall gerichtet, als wäre er nicht bereit zu kapitulieren.

Seine Leute warteten auf weitere Instruktionen, die Schultern hochgezogen, das Haar flach an den Schädel gepresst, Regentropfen an den Wimpern. Lynley fühlte sich bestätigt durch die Ergebnislosigkeit der Durchsuchung. Wenn Hanken jetzt behaupten sollte, Andy Maiden hätte alles, was ihn als Bogenschützen ausgewiesen hätte, aus dem Haus geschafft – ohne überhaupt zu wissen, dass es ihnen gelungen war, die dritte Waffe, den Pfeil, zu identifizieren –, würde er das nicht kampflos hinnehmen. Kein Killer dachte an alles. Selbst wenn der Killer ein ehemaliger Polizist war, würde er irgendwann einen Fehler machen, und dieser Fehler würde ihn überführen.

Lynley sagte: »Fahren wir rüber nach Broughton Manor, Peter. Wir haben die Leute beisammen, und es wird nicht lange dauern, einen zweiten Durchsuchungsbefehl zu bekommen.«

Hanken riss sich aus seinen Gedanken. »Fahren Sie zur Dienststelle zurück«, wies er seine Leute an, und als die Beamten gegangen waren, wandte er sich an Lynley: »Ich möchte diesen Bericht von der SO10, den Ihr Mann in London zusammengestellt hat.«

»Sie können doch nicht immer noch glauben, dass es sich bei den Morden um einen Racheakt handelt, der sich aus Andys Vergangenheit ergeben hat.«

»Das glaube ich auch nicht«, versetzte Hanken. »Aber unser Freund mit der interessanten Vergangenheit hat sich seiner Vergangenheit vielleicht in einer Weise bedient, an die wir noch gar nicht gedacht haben.«

»Wie denn?«

»Indem er sich jemanden gesucht hat, der bereit war, einen dreckigen Job für ihn zu erledigen. Kommen Sie, Inspector. Ich möchte mir gern mal das Register Ihres *Black-Angel*-Hotels anschauen.«

29

Die Polizei war gründlich gewesen, aber sie war dennoch nicht völlig achtlos mit dem Hab und Gut der Maidens umgegangen. Andy Maiden hatte zu seiner Zeit weit schlimmere Hausdurchsuchungen erlebt und versuchte, Hoffnung daraus zu schöpfen, dass die Beamten der örtlichen Polizei sein Haus bei ihrer Aktion nicht völlig verwüstet hatten. Dennoch musste natürlich wieder Ordnung geschaffen werden. Nachdem die Polizei abgefahren war, teilten sich Andy, seine Frau und die Angestellten diese Aufgabe, wobei jeder einen anderen Teil des Hauses übernahm.

Andy war froh, dass Nan mit diesem vernünftigen Arrangement einverstanden gewesen war. So brauchte er sie eine Weile nicht um sich zu haben. Er hasste sich dafür, dass er ihre Nähe scheute. Er wusste, dass sie ihn brauchte, aber nachdem die Polizei das Feld geräumt hatte, wurde er sich bewusst, wie stark sein Bedürfnis nach Alleinsein war. Er musste nachdenken. Und er wusste, dass er das nicht würde tun können, wenn Nan ihn ständig mit ihrer Fürsorge umgab und ihren Schmerz damit zu verdrängen suchte, dass sie ihn bemutterte. Er wollte jetzt keine Fürsorge von ihr. Dazu waren die Dinge schon zu weit vorangeschritten.

Das Rad, das durch Nicolas Tod ins Rollen gebracht worden war, kam unerbittlich näher und drohte sie beide zu zermalmen. Solange die Ermittlungen im Gang waren, konnte er Nan davor schützen, aber er wusste nicht, wie es weitergehen sollte, wenn die Polizei eine Verhaftung vornahm. Das kurze Gespräch mit Lynley hatte ihm nur allzu klar gezeigt, dass dieser Moment unaufhaltsam näher rückte. Und Tommys Vorschlag, dass er – Andy – sich an einen Anwalt wenden solle, war ein ziemlich deutlicher Hinweis darauf, was die Polizei als Nächstes vorhatte.

Tommy ist ein guter Mann, dachte Andy. Aber auch von einem guten Mann konnte man nicht mehr verlangen, als er leisten konnte. Wenn diese Grenze erreicht war, konnte man sich nur noch auf sich selbst verlassen.

Nach diesem Grundsatz hatte auch Nicola gelebt. Gekoppelt mit ihrer unersättlichen Gier nach sofortiger Befriedigung jedes ihrer Wünsche hatte diese Einstellung, sich einzig auf sich selbst zu verlassen, sie auf den Weg geführt, den sie genommen hatte.

Andy hatte schon lange gewusst, dass seine Tochter sich zum Ziel gesetzt hatte, niemals auf irgendetwas verzichten zu müssen. Sie hatte miterlebt, wie ihre Eltern hatten sparen müssen, um das Geld für den Kauf eines Hauses auf dem Land zusammenzubringen und gleichzeitig Andys Vater zu unterstützen, dessen Pension zur Finanzierung seines ausschweifenden Lebenswandels nicht ausgereicht hatte. Und mehr als einmal, besonders wenn ihre Eltern es abgelehnt hatten, eine ihrer Forderungen zu erfüllen, hatte sie verkündet, dass sie bestimmt nie in eine Situation kommen würde, wo sie an allen Ecken und Enden knausern und sparen musste und, statt sich hin und wieder eine kleine Freude zu gönnen, zu Hause sitzen würde, um Bettlaken und Kissenbezüge auszubessern, Hemdenkragen zu wenden und Strümpfe zu stopfen. »Pass nur auf, dass es dir nicht mal so wie Großvater ergeht, Dad«, hatte sie des Öfteren zu Andy gesagt. »Ich hab nämlich vor, mein ganzes Geld für mich selbst auszugeben.«

Dennoch war es nicht wirklich Geldgier gewesen, die ihr Verhalten bestimmt hatte. Vielmehr schien sie getrieben von einer inneren Leere, die sie mit der Anhäufung von Besitz zu füllen gesucht hatte. Wie oft hatte er versucht, ihr das grundlegende Dilemma des Menschen zu erklären. Wir werden von Eltern in Familien hineingeboren, sind also anderen Menschen verbunden, aber letztlich sind wir eben doch allein. Und dieses Urgefühl des Alleinseins erzeugt ein Loch in unserem Inneren. Dieses Loch kann nur durch die Entwicklung von Geist und Seele gefüllt werden. »Ja, aber ich *will* das Motorrad haben«, hatte sie erwidert, als hätte er nicht soeben versucht, ihr zu erklären, warum der Erwerb eines Motorrads nicht zur Besänftigung eines Geistes taugte, der ruhelos nach Bestätigung suchte. Oder die Gitarre, antwortete sie vielleicht. Oder die goldenen Ohrringe, die Reise nach Spanien, das schicke Auto. »Wenn genug Geld da ist, um es zu kaufen, versteh ich nicht, warum wir es nicht tun sollten. Was haben Geist und Seele damit zu tun, ob man das Geld hat, ein Motorrad zu kaufen, Dad? Ich brauche kein Geld für meine

Seele. Was soll ich denn mit Geld tun, wenn ich welches habe? Soll ich es vielleicht wegschmeißen?« Und dann pflegte sie alle möglichen Leute aufzuzählen, die dank Leistung oder gesellschaftlicher Stellung über große Vermögen verfügten: die königliche Familie, ehemalige Rockstars, Industriekapitäne und Großunternehmer. »Die haben Häuser und Autos und Schiffe und Flugzeuge, Dad«, pflegte sie zu sagen. »Und die sind auch nie allein. Und sie sehen auch nicht so aus, als hätten sie ein Riesenloch in ihrem Inneren, wenn du mich fragst.« Nicola konnte sehr wortgewandt und überzeugend sein, wenn sie etwas wollte; und ganz gleich, was er sagte, es reichte nie aus, ihr klarzumachen, dass sie lediglich das äußere Leben dieser Menschen sah, deren materiellen Besitz sie so bewunderte. Wer sie wirklich waren – und was sie fühlten –, das konnte niemand außer ihnen selbst sehen. Und wenn sie endlich bekommen hatte, was sie wollte, war sie unfähig zu erkennen, dass es ihr nur flüchtige Befriedigung brachte. Der Blick dafür war ihr verstellt von dem Verlangen nach dem nächsten Objekt, von dem sie glaubte, es würde ihre Seele besänftigen.

Und alles das – was Nicola an sich schon zu einem schwierigen Kind machte – ging Hand in Hand mit ihrem Hang zu Risiko und Abenteuer. Das Vorbild dazu hatte er, Andy, ihr geliefert: Sie hatte miterlebt, wie er in den Jahren seiner Tätigkeit als verdeckter Ermittler in immer neue Rollen geschlüpft war, sie hatte die Geschichten aufgesogen, die seine Kollegen bei Tisch erzählt hatten, nachdem reichlich Wein geflossen war. Die andere Seite dieser tollkühnen Unternehmungen, die sie so sehr faszinierten, hatten er und Nan ihr bewusst verheimlicht. Sie hatte nie erfahren, welch hohen Preis ihr Vater gezahlt hatte, welch schwere gesundheitliche Schäden er erlitten hatte unter dem Zwang ewiger Verstellung und Täuschung, dem seine Seele nicht hatte standhalten können. Sie sollte ihren Vater als stark, vollkommen und unerschütterlich sehen. Alles andere würde sie in ihrem Urvertrauen erschüttern, hatten Andy und Nan geglaubt.

Es war daher nur natürlich gewesen, dass Nicola sich nichts dabei gedacht hatte, als es darum ging, ihm die Wahrheit über ihre Zukunftspläne zu sagen. Sie hatte ihn angerufen und gefragt, ob er nach London kommen würde. »Machen wir uns einen schönen Tag, Dad«, hatte sie gesagt. Hocherfreut, dass seine hübsche Tochter ihn sehen wollte, war er nach London gefahren. Sie würden einen herrlichen Tag miteinander verbringen – er sei zu allen Schandtaten bereit, hatte er gesagt –, und dann würde er gleich einen Teil ihrer Sachen für den Sommer nach Derbyshire mitnehmen. Erst später, als er sich in ihrem ordentlichen kleinen Apartment umgesehen und sie gefragt hatte, was er denn nun in den Land Rover laden solle, hatte sie ihm reinen Wein eingeschenkt.

Sie begann mit den Worten: »Ich hab mir das mit dem Sommerjob bei Will doch wieder anders überlegt. Und über das Jurastudium hab ich auch noch mal nachgedacht. Deswegen wollte ich dich sehen, Dad. Aber –« Mit einem Lächeln, und sie war wirklich hinreißend, wenn sie lächelte, fügte sie hinzu: »Unser gemeinsamer Tag war natürlich herrlich. Ich war vorher noch nie im Planetarium.«

Sie machte Tee und Sandwiches, und als sie am Tisch saßen, sagte sie: »Bist du eigentlich auch mal mit der Sadomasoszene in Berührung gekommen, als du als Undercoveragent gearbeitet hast, Dad?«

Anfangs hatte er geglaubt, sie machten höfliche Konversation: liebevolle Tochter animiert alternden Vater, in der Kiste seiner Erinnerungen zu kramen. Er habe mit dieser Szene nicht viel zu tun gehabt, antwortete er ihr. Das war in die Zuständigkeit einer anderen Abteilung von New Scotland Yard gefallen. Sicher, er war ein paarmal in einschlägigen Clubs und Läden gewesen, und einmal auf einer Party, wo so ein idiotischer Kerl, der sich als Schulmädchen herausstaffiert hatte, an einem Kreuz ausgepeitscht worden war. Aber das war auch schon alles gewesen. Gott sei Dank, sagte er, denn er habe nie das Bedürfnis gehabt, mit solchem Schmutz in nähere Berührung zu kommen.

»Es ist doch nur ein Lebensstil, Dad«, entgegnete Nicola, nahm sich ein Schinkenbrötchen und kaute nachdenklich. »Es wundert mich eigentlich, dass du das nach allem, was du erlebt hast, so verurteilst.«

»Es ist eine Maske für eine Krankheit«, widersprach er seiner Tochter. »Diese Leute haben Probleme, denen sie sich nicht stellen wollen, weil sie Angst haben. Perversion scheint ihnen die

Antwort zu sein, obwohl sie in Wirklichkeit nur ein Teil dessen ist, woran sie leiden.«

»Das denkst *du*«, wies Nicola ihn vorsichtig zurecht. »Die Realität könnte aber doch etwas anders aussehen, meinst du nicht? Was für dich eine Abartigkeit ist, könnte für jemand anderen vielleicht völlig normal sein. In seinen Augen könntest sogar du der Abartige sein.«

Das sei sicher möglich, räumte er ein. Aber wäre es denn nicht so, dass das als normal gelte, woran sich die meisten Menschen orientierten?

»Das würde heißen, dass Kannibalismus unter Kannibalen normal ist, Dad.«

»Ja, sicher, unter Kannibalen.«

»Und wenn nun eine Gruppe unter den Kannibalen beschließt, kein Menschenfleisch mehr zu essen, ist sie dann anormal? Oder kann man sagen, dass sich bei diesen Leuten der Geschmack verändert hat? Und wenn jemand aus unserer Gesellschaft unter die Kannibalen geht und plötzlich feststellt, dass er an Menschenfleisch Geschmack findet, ist er dann anormal? Und für wen ist er anormal?«

Darüber hatte Andy gelächelt und gesagt: »Du wirst mal eine hervorragende Anwältin.«

Und diese Bemerkung hatte sie beide geradewegs in die Hölle geführt.

»Was das angeht, Dad«, hatte sie begonnen, »was die Juristerei angeht …« Zuerst hatte sie ihm ihren Entschluss mitgeteilt, nicht bei Will Upman zu arbeiten, sondern den Sommer über in London zu bleiben. Er hatte anfänglich geglaubt, sie meinte damit, dass sie für den Sommer eine Praktikumsstelle bei einer Kanzlei in London gefunden habe, die ihr mehr zusagte. Vielleicht, dachte er hoffnungsvoll, ist sie bei einem der Inns of Court angekommen. Eine derartige Karriere war zwar nicht das, was er sich für sie erträumte, aber er war sich der Auszeichnung bewusst, die eine solche Position bedeutete.

»Das enttäuscht mich natürlich«, sagte er. »Und deine Mutter wird sicher auch enttäuscht sein. Aber wir haben Will immer nur als eine Möglichkeit für den Fall gesehen, dass sich nichts Besseres ergeben sollte. Und was hat sich denn nun ergeben?«

Sie sagte es ihm. Anfänglich glaubte er, sie scherze, obwohl Nicola nie jemand gewesen war, der Sinn für Scherze gehabt hatte, wenn es um etwas ging, das sie haben oder tun wollte. Tatsächlich hatte sie ihre Absichten stets so klar und präzise ausgedrückt wie an jenem Tag in Islington: Das ist der Plan, das ist der Grund dafür, das ist das Ergebnis, das ich erreichen will.

»Ich fand, du solltest Bescheid wissen«, schloss sie. »Du hast ein Recht darauf, schließlich hast du mein Jurastudium bezahlt. Und das werde ich dir übrigens alles zurückzahlen.«

Wieder dieses Lächeln, dieses süße, aufreizende, so typische Lächeln, das stets ihre Worte begleitete, wenn sie ihre Eltern vor vollendete Tatsachen stellte. »Ich laufe weg«, pflegte sie zu ihren Eltern zu sagen, wenn diese sich weigerten, eine unbillige Forderung zu erfüllen. »Ich komme heute nach der Schule nicht nach Hause. Ich gehe überhaupt nicht zur Schule. Ihr braucht mit dem Abendessen nicht auf mich zu warten und mit dem Frühstück morgen auch nicht. Ich laufe weg.«

»Ich müsste das Geld, um dir die Kosten des Studiums zurückzuerstatten, spätestens bis zum Herbst beisammen haben. Ich hätte es schon jetzt gehabt, wenn ich mir nicht das notwendige Zubehör hätte kaufen müssen. Das hat eine Menge Geld gekostet. Möchtest du's mal sehen?«

Er hatte noch immer geglaubt, es wäre nur ein makabrer Scherz. Selbst als sie ihm ihre Ausrüstung präsentiert und ihm den Gebrauch jedes einzelnen obszönen Artikels erläutert hatte: der Lederpeitschen, der Masken und Handschellen, der Ketten und Halsbänder.

»Verstehst du, Dad, es gibt Leute, bei denen klappt's nicht ohne Schmerz und Erniedrigung«, erklärte sie ihrem Vater, als ob dieser in den langen Jahren seiner beruflichen Tätigkeit nicht praktisch jede Art menschlicher Verirrung kennengelernt hätte. »Sie wollen Sex haben – und das ist ja ganz natürlich, nicht wahr? Ich meine, wer will ihn nicht? –, aber wenn er nicht mit Erniedrigung oder Schmerz verbunden ist, kommen sie entweder nicht zum Orgasmus oder sie können erst gar nicht. Bei anderen ist es wieder so, dass sie das Gefühl haben, für irgendetwas büßen zu müssen. Es ist, als hätten sie eine Sünde begangen, und wenn sie dann die verdiente Strafe bekommen haben – eine Tracht mit dem spanischen Rohr für den ungezogenen kleinen Jungen und all das –, dann sind sie glücklich und wie erlöst. Sie gehen heim zu Frau und Kindern und fühlen sich, na ja, sie fühlen sich … es hört sich wahrscheinlich total verrückt an, aber sie fühlen sich irgendwie erfrischt.«

Erst da schien sie etwas in der Miene ihres Vaters zu sehen, das sie stutzig machte; sie griff über den Tisch, an dem sie saßen, und legte beschwörend ihre Hand auf Andys geballte Faust. »Dad, ich bin immer die Domina. Das weißt du doch, nicht wahr? Ich würde nie jemandem erlauben, das mit mir zu machen, was ich mit denen … das interessiert mich einfach nicht. Ich tu's, weil ich damit sagenhaft verdienen kann, einfach unglaublich, und solange ich jung und hübsch und kräftig genug bin, um acht oder neun Sitzungen am Tag zu machen …« Mit einem spitzbübischen Lächeln griff sie nach einem letzten Gegenstand, den sie ihm zeigen wollte. »Der Pferdeschwanz ist wirklich das Lächerlichste von allem. Du kannst dir nicht vorstellen, wie albern ein Siebzigjähriger aussieht, dem dieses Ding da raushängt … na, du weißt schon, wo.«

»Sag es«, forderte er sie auf, als er endlich seine Stimme wiederfand.

Sie sah ihn verständnislos an, in der wohlgeformten schlanken Hand den schwarzen Plastikstöpsel mit den schwarzen Lederfransen. »Was denn?«

»Das Wort! Wo hängt ihm das Ding heraus? Wenn du es nicht aussprechen kannst, wie kannst du es dann tun?«

»Ach so. *Das.* Ich hab's bloß nicht gesagt, weil du mein Vater bist.«

Bei diesem Bekenntnis barst etwas in ihm, ein letzter brüchiger Damm der Beherrschung und altmodischer Zurückhaltung, geboren aus lebenslanger Unterdrückung von Gefühlen. »Arschloch«, brüllte er. »Es hängt ihm aus dem gottverdammten Arschloch, Nick!« Und Andy hatte sämtliche Folterinstrumente, die sie ihm vorgeführt hatte, mit einer einzigen Bewegung vom Tisch gefegt.

Nicola erkannte – endlich –, dass sie zu weit gegangen war. Sie wich vor ihm zurück, als er seiner Wut, Verständnislosigkeit und Verzweiflung freien Lauf ließ. Er warf Möbelstücke um, zerschlug Geschirr und riss ihre juristischen Bücher aus ihren Einbänden.

Er sah ihre Angst und dachte an die vielen Male in der Vergangenheit, als er sie das Fürchten hätte lehren können und es doch nicht getan hatte. Das erbitterte ihn noch mehr, und er schlug in blinder Zerstörungswut um sich, bis seine Tochter zu einem zitternden Häufchen Leinen und Seide zusammensank. Die Arme schützend um den Kopf gelegt, kauerte sie in der Ecke, aber selbst das reichte ihm noch nicht. Er schleuderte ihre obszönen Gerätschaften nach ihr und brüllte: »Eher bringe ich dich um, als dass ich zulasse, dass du das tust!«

Erst später, als er Zeit hatte, Nicolas Denkweise nachzuvollziehen, erkannte er, dass es einen anderen Weg gab, seine Tochter von ihrem Vorhaben abzubringen. Seine Hoffnung galt Will Upman und der Möglichkeit, dass er Nicola umgarnen würde, wie er seinem Ruf zufolge so viele andere Frauen umgarnte. Und so hatte er Nicola zwei Tage nach seinem Besuch in London angerufen und ihr sein Angebot gemacht. Und als sie begriffen hatte, dass sie in Derbyshire mehr Geld verdienen konnte als in London, hatte sie angenommen.

Damit habe ich mir erst einmal Zeit erkauft, hatte er gedacht. Und sie verloren kein Wort mehr über das, was an jenem Tag in Islington zwischen ihnen vorgefallen war.

Um Nancys willen bemühte sich Andy den ganzen Sommer über, die Illusion aufrechtzuerhalten, dass am Ende doch noch alles gut werden würde. Er wäre sogar bereit gewesen, bis an sein Lebensende so zu tun, als hätte es jenen Tag in Islington nie gegeben, wenn Nicola sich entschieden hätte, im Herbst ihr Studium wiederaufzunehmen.

»Erzähl bloß deiner Mutter nichts von dieser Geschichte«, hatte er zu seiner Tochter gesagt, als er mit ihr gesprochen hatte.

»Aber Dad, Mama –«

»Nein! Verdammt noch mal, Nick, keine Widerrede. Ich möchte dein Wort darauf, dass du absolut den Mund hältst, wenn du nach Hause kommst. Ist das klar? Wenn deine Mutter auch nur ein Wörtchen von alledem erfährt, bekommst du von mir keinen Penny, verlass dich darauf. Also, gib mir dein Wort.«

Das hatte Nicola getan. Das war das einzig Tröstliche an dieser grauenvollen Geschichte, dass es Nancy erspart geblieben war zu erfahren, was für ein Leben ihre Tochter geführt hatte.

Jetzt aber drohte seine Frau ihrer Ahnungslosigkeit beraubt zu werden, womit ein weiterer Teil seines Lebens zerstört werden würde. Er hatte seine Tochter an Schmutz und Schande verloren. Er war nicht willens, auch noch seine Frau an den Schmerz und den Kummer zu verlieren, die es ihr bereiten würde, das zu erfahren.

Er sah, dass es nur eine Möglichkeit gab, das Rad der Zerstörung anzuhalten, das Nicolas Tod ins Rollen gebracht hatte. Er wusste, dass er die Macht hatte, es anzuhalten. Er konnte nur beten, dass er im letzten Moment auch die Kraft dazu haben würde.

Was spielte es schon für eine Rolle, dass es noch ein Leben kosten würde? Männer waren schon für Geringeres gestorben. Und Frauen auch.

Bis zum Montagvormittag hatte Barbara Havers ihre Kenntnisse über den Bogensport beträchtlich vertieft. In Zukunft würde sie mühelos über die Vorzüge einer Mylarbefiederung oder die Unterschiede zwischen einfachem Sportbogen, Langbogen und Verbundbogen plaudern können. Aber was ihr eifriges Bestreben anging, Matthew King-Ryder die Wilhelm-Tell-Medaille ans Jackett zu heften ... in dieser Hinsicht hatte sie leider nicht die geringsten Fortschritte gemacht.

Sie hatte Jason Harleys Liste durchgearbeitet. Sie hatte sogar jeden auf der Liste, der in London wohnhaft war, angerufen, um festzustellen, ob King-Ryder vielleicht ein Pseudonym benutzte. Aber nach drei Stunden war sie noch immer keinen Schritt weitergekommen, und das Studium des Katalogs – das lediglich ihren Bestand an unnützem Wissen vergrößert hatte, mit dem man sich eventuell bei langweiligen Cocktailpartys hervortun konnte – hatte ihr ebenfalls nichts gebracht. Deshalb war Barbara, als ihr Telefon klingelte und Helen Lynley sich meldete, um zu fragen, ob sie nach Belgravia kommen könne, nur allzu gern dazu bereit. Helen war absolut gewissenhaft in der Einhaltung ihrer Mahlzeiten, es ging auf die Mittagszeit zu, und Barbaras Kühlschrank war leer bis auf einen Rest Lammragout. Diese Abwechslung kam wie gerufen.

Keine Stunde später traf sie in Eaton Terrace ein. Helen selbst öffnete ihr, perfekt gekleidet wie immer. Sie trug eine elegante beigefarbene Hose mit dunkelgrüner Bluse, und bei ihrem Anblick kam Barbara sich vor wie ein als Pennerin verkleideter Fleischklops. Da sie sich für den Tag krankgemeldet hatte, hatte sie sich noch nachlässiger angezogen als sonst. Sie trug ein voluminöses graues T-Shirt über schwarzen Leggings, und ihre Füße steckten strumpflos in den roten Baseballstiefeln.

»Beachten Sie mich nicht weiter. Ich reise inkognito«, sagte sie zu Lynleys Frau.

Helen lächelte. »Danke, dass Sie so rasch gekommen sind. Ich wäre ja zu Ihnen gekommen, aber ich dachte, es wäre Ihnen wahrscheinlich ganz recht, in dieser Gegend zu sein, wenn wir fertig sind.«

Fertig?, überlegte Barbara. Na super. Dann war also tatsächlich mit einem Mittagessen zu rechnen.

Helen bat Barbara ins Haus und rief: »Charlie? Barbara Havers ist hier. – Haben Sie schon zu Mittag gegessen, Barbara?«

»Äh – nein«, antwortete Barbara und fügte hinzu: »Ich meine, nicht direkt«, weil brutale Ehrlichkeit sie zwang zuzugeben, dass ein Toast mit Knoblauchcremesoße, den sie als zweites Frühstück vertilgt hatte, in gewissen Kreisen vielleicht als frühes Mittagessen betrachtet worden wäre.

»Ich muss gleich weg – Pen kommt heute Nachmittag ausnahmsweise einmal ohne Kinder aus Cambridge, und wir haben uns zum Essen in Chelsea verabredet –, aber Charlie kann Ihnen ein Sandwich oder einen Salat machen, wenn Ihnen der Magen knurrt.«

»Ich werde schon nicht umkippen«, versicherte Barbara und hörte selbst, wie halbherzig das klang.

Sie folgte Helen in das elegante Wohnzimmer, wo, wie sie sah, die Türen der antiken Vitrine offen standen, in der Lynleys Stereoanlage untergebracht war. Die ganze Anlage war beleuchtet, und auf dem Radio lag aufgeklappt eine CD-Hülle. Helen forderte Barbara auf, es sich bequem zu machen, und sie setzte sich an denselben Platz wie am vergangenen Nachmittag, als Lynley sie in Ungnaden entlassen hatte.

Im Plauderton sagte sie: »Ich hoffe doch, der Inspector ist heil und gesund in Derbyshire angekommen?«

»Es tut mir wirklich leid«, erwiderte Helen, »dass es zu diesem Krach zwischen Ihnen beiden gekommen ist. Tommy ist … na ja, Tommy ist eben Tommy.«

»So kann man es auch formulieren«, stimmte Barbara zu. »Eins steht jedenfalls fest, nachdem er erschaffen war, hat der liebe Gott die Gussform weggeworfen.«

»Wir haben hier etwas, das wir Ihnen gern vorspielen würden«, sagte Helen.

»Sie und der Inspector?«

»Tommy? Nein. Er weiß gar nichts davon.« Helen schien irgendetwas in Barbaras Miene zu sehen, denn sie fügte eilig und einigermaßen rätselhaft hinzu: »Wir wussten nicht so recht, was wir mit dem, was wir hier haben, anfangen sollten. Darum sagte ich: ›Rufen wir doch einfach Barbara an.‹«

»Wir«, warf Barbara ein.

»Charlie und ich. Ah, da ist er ja. Spielen Sie es doch Barbara bitte mal vor, Charlie.« Denton begrüßte Barbara und überreichte ihr, was er mit ins Zimmer gebracht hatte: ein Tablett mit einem Teller köstlich riechender Hühnerbrust, umrahmt von einem Arrangement dreifarbiger Pasta, einem Glas Wein und einem Brötchen und einer Leinenserviette, in die das Besteck eingeschlagen war.

»Ich dachte mir, Sie hätten gegen eine kleine Mahlzeit sicher nichts einzuwenden«, sagte er zu ihr. »Ich hoffe nur, Sie mögen Basilikum.«

»Oh, für Basilikum lasse ich jeden Mann sausen.«

Denton lachte. Barbara machte sich über ihr Essen her, und er ging zur Vitrine. Helen setzte sich zu Barbara aufs Sofa, während Denton sich an der Stereoanlage zu schaffen machte und sagte: »Gleich geht's los, hören Sie gut zu.«

Barbara ließ sich Dentons vorzügliches Hühnchen schmecken und dachte, als die Holzbläser eines Orchesters etwas Getragenes zu spielen begannen, dass es sich so aushalten ließe.

Ein Bariton begann zu singen. Barbara verstand einen Teil des Texts, aber nicht alles:

»… leben, leben, weiterleben oder sterben
quälende Frage, der Menschheit ewiges Erbe

sterben, sterben, das Herzweh enden und das Unheil
indem du annimmst, was des Fleisches Erbteil,
was Menschsein ist, Angst und flüchtige Gebärde.
Warum nicht den Tod umarmen, ewigen Schlaf in kühler Erde,
die Schrecken, die dort warten, die Träume, die uns kommen mögen,
wenn wir sorglos schlafend glauben, wir entflögen
Geißeln und Schmach, die uns die Zeit beschert im Leben,
und dieser Schlaf brächt Frieden dem, der nicht fähig zu vergeben ...«

»Hübsch«, sagte Barbara zu Denton und Helen. »Ganz toll, sogar. Ich hab das noch nie gehört.«

»Ich kann Ihnen sagen, warum.« Helen reichte ihr denselben braunen Umschlag, den Barbara selbst am Vortag mitgebracht hatte.

Als Barbara den Stapel Blätter herausgleiten ließ, sah sie, dass es die handgeschriebenen Noten waren, die Mrs. Baden ihr überlassen hatte.

»Ich verstehe nicht«, sagte sie.

»Schauen Sie.« Helen lenkte Barbaras Aufmerksamkeit auf das erste der Notenblätter. Sehr bald las Barbara mit, was der Bariton sang. Sie warf einen Blick auf den Titel des Lieds, der oben auf dem Blatt stand: »Welche Träume auch kommen mögen.« Der Liedtext war genau wie die Noten und die Unterschrift in der Handschrift Michael Chandlers geschrieben.

Ihre erste Reaktion war Enttäuschung. »Verdammt«, murmelte sie, als ihr klarwurde, dass ihre Theorie über das Motiv hinter den Morden in Derbyshire wie ein Kartenhaus einstürzte. »Es gibt die Musik also schon auf Platten. Das wirft alle meine Überlegungen über den Haufen.« Denn warum hätte Matthew King-Ryder Terry Cole und Nicola Maiden töten sollen – ganz zu schweigen von seinem Überfall auf Vi Nevin –, wenn die Musik, auf die er scheinbar so scharf gewesen war, bereits vermarktet worden war. Mit alter Musik konnte er keine brandneue Produktion auf die Bühne bringen. Er konnte höchstens eine Neuinszenierung machen. Und dafür zu morden hätte sich nicht gelohnt, da für alle Profite aus Neuinszenierungen der Stücke von Chandler und King-Ryder die Bedingungen des Testaments seines Vaters galten.

Sie wollte das Notenblatt schon auf den Tisch werfen, aber Helen legte ihr die Hand auf den Arm. »Warten Sie«, sagte sie. »Ich glaube, Sie haben nicht verstanden. Charlie! Zeigen Sie es Barbara.«

Denton reichte ihr zwei Dinge: zuerst die Hülle der CD, die gerade lief; und dann eines dieser opulenten Theaterprogramme, für die man im Allgemeinen einen unverschämten Preis bezahlte. Der Titel *Hamlet* sprang ihr von CD und Programm entgegen. Und auf der CD stand zusätzlich: »Text und Musik von David King-Ryder.« Barbara starrte mehrere Sekunden lang auf diese wenigen Worte, während ihr langsam dämmerte, was sie bedeuteten. Und dann sah sie, dass alles auf eine einzige herzerfrischende Tatsache hinauslief: Sie hatte endlich Matthew King-Ryders wahres Mordmotiv.

Hanken war von seinem Vorhaben nicht abzubringen. Er wollte die Unterlagen des *Black-Angel*-Hotels einsehen und würde erst Ruhe geben, wenn er sie in Händen hatte. Lynley könne ihn begleiten, oder er könne auf eigene Faust in Broughton Manor herumfuhrwerken – was Hanken ihm jedoch nicht raten würde, da er nichts unternommen hatte, um einen entsprechenden Durchsuchungsbefehl zu erwirken, und nicht glaubte, dass die Brittons begeistert sein würden, wenn da plötzlich jemand in dem jahrhundertealten Gerümpel ihres Familiensitzes herumzuwühlen anfinge.

»Für die riesige Bude brauchen wir mindestens zwanzig Mann«, erklärte Hanken. »Wenn es sein muss, werden wir es tun. Aber ich wette darauf, dass es sich als überflüssig erweisen wird.«

In kürzester Zeit hatten sie die Hotelunterlagen in Händen. Während Lynley nach London telefonierte, um Nkata zu beauftragen, ihm Havers' SO10-Bericht zu faxen, setzte sich Hanken mit den Anmeldeformularen des Hotels in die Bar und bestellte sich das Mittagsmenü, Schweinekotelett mit Bratäpfeln. Als Lynley sich etwas später mit dem Fax von Havers' Bericht zu ihm gesellte, war er schon dabei, die Formulare durchzusehen, und führte sich dabei gleichzeitig das Gericht des Tages zu Gemüte.

Ein zweiter dampfender Teller wurde ihm gegenüber auf den Tisch gestellt, daneben ein Glas Lager.

»Danke«, sagte Lynley und hielt ihm den Bericht hin.

»Immer das Tagesmenü bestellen«, belehrte Hanken ihn und wies mit einer kurzen Geste auf die Papiere in Lynleys Hand. »Und? Gibt's da was zu holen?«

Lynley glaubte es nicht, obwohl ihm die Namen von drei Personen im Gedächtnis geblieben waren, die man, das musste er trotz all seiner Voreingenommenheit einräumen, vielleicht genauer unter die Lupe nehmen sollte. Der eine war ein ehemaliger Spitzel Maidens. Die beiden anderen waren dubiose Gestalten, die am Rand von Maidens Ermittlungen operiert, aber nie eine Gefängnisstrafe verbüßt hatten. Ben Venables war der Spitzel, Clifford Thompson und Gar Brick die beiden anderen.

Auf der Rückfahrt zum *Black Angel* hatte Hanken eine neue Theorie aufgestellt. Maiden, meinte er, sei viel zu clever, um die Torheit zu begehen, seine Tochter selbst zu töten, auch wenn er ihren Tod noch so sehr gewünscht hatte. Er hatte höchstwahrscheinlich einen der Ganoven aus seiner Vergangenheit gedungen, ihm die Arbeit abzunehmen, und hatte dann die Polizei auf die falsche Fährte gelenkt, indem er ihnen weisgemacht hatte, es handle sich bei dem Mord um einen Racheakt. Auf diese Weise hatte er die Polizei dazu bringen wollen, sich ganz auf die Kerle zu konzentrieren, die entweder im Knast saßen oder entlassen waren, während alle anderen, mit denen Maiden zu tun gehabt hatte, die aber keinen Grund hatten, sich an ihm zu rächen, unbeachtet bleiben würden. Sehr schlau. Und darum wollte Hanken jetzt den SO10-Bericht sehen, um festzustellen, ob vielleicht ein Name darunter war, der auch auf einem Anmeldeformular des Hotels auftauchte.

»Wie es hätte ablaufen können, ist ja wohl klar«, erklärte Hanken Lynley. »Maiden hätte dem Kerl, den er beauftragt hatte, nur zu erklären brauchen, wo seine Tochter campierte. Und er hat gewusst, wo sie campierte, Thomas. Das war von Anfang an offensichtlich.«

Lynley hätte gern widersprochen, aber er tat es nicht. Gerade Andy Maiden würde wissen, wie riskant es war, einen Mord in Auftrag zu geben. Dass er ebendies getan haben sollte, um seine

Tochter loszuwerden, deren Lebensstil er nicht dulden konnte, war undenkbar. Wenn der Mann Nicola hätte töten wollen, weil er sie nicht dazu zwingen konnte, ihren Lebenswandel zu ändern, hätte er niemals einen anderen für diese schmutzige Arbeit angeheuert, und schon gar nicht jemanden, von dem er fürchten musste, dass er unter dem Druck polizeilicher Verhöre zusammenbrechen und ihn verraten würde. Nein. Wenn Andy Maiden seine Tochter wirklich hätte töten wollen, dann hätte er es selbst getan, davon war Lynley überzeugt. Und sie hatten nicht den Schatten eines Beweises dafür, dass er etwas Derartiges getan hatte.

Lynley stocherte lustlos in seinem Essen herum, während Hanken hungrig seine Mahlzeit verschlang und dabei den Bericht las. Er beendete Lektüre und Mittagessen gleichzeitig. »Venables, Thompson und Brick«, sagte er, zu dem gleichen Schluss gekommen wie Lynley. »Aber ich schlage vor, wir vergleichen sämtliche Namen mit den Anmeldebögen.«

Sie nahmen sich also die Unterlagen der vergangenen Woche vor und verglichen die Namen sämtlicher Gäste während dieser Zeitspanne mit denen in Havers' Bericht. Da der Bericht mehr als zwanzig Jahre polizeilicher Tätigkeit Andy Maidens umfasste, dauerte das einige Zeit. Und am Ende ihrer Bemühungen waren sie keinen Schritt weitergekommen. Keiner der Namen aus Havers' Bericht fand sich auf der Gästeliste wieder.

Lynley wies darauf hin, dass jemand, der hierhergefahren war, um Nicola Maiden zu töten, wohl kaum unter seinem eigenen Namen in einem örtlichen Hotel abgestiegen wäre. Das leuchtete Hanken ein. Aber anstatt daraufhin die Idee von einem gedungenen Mörder, der im Hotel gewohnt und die Jacke und das Regencape zurückgelassen hatte, gänzlich aufzugeben, sagte er, ohne sich näher zu erklären: »Natürlich! Auf nach Buxton.«

»Und Broughton Manor?«, wollte Lynley wissen. »Wollten Sie das einfach vergessen, um … was? Einem Phantom nachzujagen?«

»Der Killer ist kein Phantom, Thomas«, entgegnete Hanken und stand auf. »Und ich denke, wir werden ihm über Buxton auf die Spur kommen.«

Barbara sah Helen an und fragte: »Aber warum haben Sie mich angerufen? Warum nicht den Inspector?«

Helen wandte sich an Denton. »Vielen Dank, Charlie. Würden Sie netterweise die Tapetenmuster zu Harrods zurückbringen? Ich habe mich endlich entschieden.«

Denton nickte, sagte: »In Ordnung«, und ging hinaus, nachdem er die Stereoanlage ausgeschaltet und seine CD herausgenommen hatte.

»Ein Glück, dass Charlie so ein Faible für Musicals hat«, bemerkte Helen, als sie und Barbara allein waren. »Je besser ich ihn kennenlerne, desto unentbehrlicher wird er mir. Das hätte ich nie für möglich gehalten. Als Tommy und ich geheiratet haben, habe ich mich gefragt, wie ich es auf die Dauer ertragen soll, wenn ständig der Diener meines Mannes – oder was Charlie sonst ist – um mich herumschwirrt. Aber er ist wirklich unentbehrlich. Wie Sie eben selbst gesehen haben.«

»Warum, Helen?«, fragte Barbara, die sich vom leichten Geplauder Helens nicht ablenken ließ.

Helens Gesicht wurde weich. »Ich liebe ihn«, sagte sie. »Aber er ist nicht unfehlbar. Kein Mensch ist das.«

»Es wird ihm nicht recht sein, dass Sie das mit mir besprochen haben.«

»Ja. Hm. Damit befasse ich mich, wenn es so weit ist.« Helen wies auf die Notenblätter. »Und was halten Sie nun davon?«

»In Anbetracht der Morde?«

Als Helen nickte, überdachte Barbara alle möglichen Antworten. David King-Ryder hatte sich, wie sie sich erinnerte, am Abend nach der Premiere seiner Inszenierung von *Hamlet* das Leben genommen. Den Worten seines Sohnes zufolge musste King-Ryder schon an diesem Abend gewusst haben, dass das Stück ein Riesenerfolg werden würde. Dennoch hatte er seinem Leben ein Ende gesetzt, und als Barbara diese Tatsache nicht nur mit der Erkenntnis verknüpfte, wer der wirkliche Verfasser von Musik und Libretto war, sondern auch mit Vi Nevins Bericht darüber, wie die Noten in Terry Coles Hände gelangt waren, konnte sie nur zu einem Schluss gelangen: Irgendjemand hatte gewusst, dass David King-Ryder weder die Musik noch den Text des Stückes geschrieben hatte, das er unter seinem Namen auf die

Bühne bringen wollte. Diese Person hatte davon Kenntnis bekommen, weil sie irgendwie an die Originalnoten herangekommen war. Und wenn man berücksichtigte, dass der Anruf, den Terry Cole zufällig in Elvaston Place abgefangen hatte, im Juni erfolgt war, als *Hamlet* Premiere gehabt hatte, schien es logisch zu folgern, dass dieser Anruf nicht für Matthew King-Ryder bestimmt gewesen war, der ganz versessen darauf war, ein Stück zu inszenieren, das nicht den Testamentsbedingungen seines Vaters unterliegen würde, sondern für David King-Ryder selbst, dem alles daran lag, die Originale wieder in seinen Besitz zu bekommen und vor der Öffentlichkeit zu verbergen, dass sie nicht von seiner Hand stammten.

Weshalb hätte King-Ryder sich umbringen sollen, wenn nicht deshalb, weil er fünf Minuten zu spät bei der Telefonzelle angekommen war, um den Anruf in Empfang zu nehmen? Weshalb hätte er sich umbringen sollen, wenn nicht deshalb, weil er glaubte, dass er – obwohl er den Erpresser bezahlt hatte, der ihm telefonisch mitteilen sollte, wo er das Päckchen abholen könne – bis ans Ende seiner Tage erpresst werden würde? Oder, schlimmer noch, dass er vor aller Welt als Betrüger entlarvt werden würde? Natürlich hat er keinen anderen Weg gesehen, als sich das Leben zu nehmen, dachte Barbara. Er hatte ja nicht wissen können, dass Terry Cole den Anruf entgegengenommen hatte, der für ihn bestimmt gewesen war. Er hatte nicht gewusst, wie er mit dem Erpresser in Verbindung treten sollte, um in Erfahrung zu bringen, was schiefgegangen war. Als nach seiner verspäteten Ankunft in Elvaston Place der Anruf ausgeblieben war, hatte er nur glauben können, er wäre erledigt.

Die einzige Frage war: Wer hatte David King-Ryder erpresst? Und darauf gab es nur eine Antwort, die einleuchtete: sein eigener Sohn. Indizien dafür gab es genug. Zweifellos hatte Matthew King-Ryder schon vor dem Selbstmord seines Vaters gewusst, dass er bei dessen Tod leer ausgehen würde. Wenn er gewusst hatte, dass er einmal die Leitung der King-Ryder-Stiftung übernehmen sollte – und das hatte er ja zugegeben, als Barbara mit ihm gesprochen hatte –, musste er über die Testamentsbedingungen seines Vaters unterrichtet gewesen sein. Und somit war ihm klargewesen, dass es nur eine Möglichkeit gab, wenigstens einen Teil des Geldes seines Vaters in die Hände zu bekommen, nämlich, indem er ihn erpresste.

All dies erklärte Barbara Helen, und als sie zum Ende gekommen war, fragte diese: »Aber haben Sie auch Beweise dafür? Denn ohne Beweise ...« Ihre Miene sagte den Rest: ... können Sie einpacken.

Barbara dachte angestrengt über die Frage nach, während sie die letzten Bissen des Mittagessens verzehrte, das Denton ihr bereitet hatte. Und sie fand die Antwort bei einem kurzen Rückblick auf ihren Besuch bei King-Ryder in seiner Wohnung in der Baker Street.

»Das Haus«, sagte sie zu Helen. »Er wollte gerade umziehen. Er sagte, er hätte endlich das Geld beisammen, um sich am Südufer der Themse ein Grundstück zu kaufen.«

»Aber am Südufer ...? Für ein Grundstück in dieser Gegend hätte er sich doch wahrscheinlich das Geld auch einfach zusammensparen können? Ich meine ...« Helen war offensichtlich unbehaglich zumute, und Barbara schätzte dieses Widerstreben an ihr, von Lynleys Reichtum zu sprechen. Man musste schon in Geld schwimmen, um in Belgravia auch nur eine Abstellkammer kaufen zu können. Das Südufer der Themse andererseits – wo die gewöhnlichen Sterblichen sich niederließen – stellte einen nicht vor solche Probleme. King-Ryder konnte sich durchaus im Laufe der Jahre das Geld zusammengespart haben, um dort ein Grundstück zu erwerben. Das musste Barbara gelten lassen.

Dennoch sagte sie: »Es gibt keine andere Erklärung für King-Ryders Verhalten. Er hat gelogen, als ich ihn nach Terry Coles Besuch in seinem Büro gefragt habe; er hat Terrys Wohnung in Battersea durchsucht; er hat eines von Cilla Thompsons scheußlichen Bildern gekauft; er hat Vi Nevins Wohnung auseinandergenommen. Er will unbedingt diese Noten haben. Er muss sie haben, und er ist bereit, alles zu tun, um sie in seinen Besitz zu bringen. Sein Vater ist tot, und er trägt die Schuld daran. Er will nicht, dass nun auch noch der gute Name des armen Mannes in den Dreck gezogen wird. Er wollte etwas von seinem Geld haben, das ist richtig. Aber er wollte ihn nicht vernichten.«

Helen ließ sich das durch den Kopf gehen und strich dabei nachdenklich über die Bügelfalte in ihrer eleganten Hose. »Ja, ich verstehe, wie Sie die Sache sehen«, räumte sie ein. »Aber ein Beweis, dass er auch nur ein Erpresser ist, geschweige denn ein Mörder …?« Sie blickte auf und breitete die Hände aus, als wollte sie sagen: Wo ist dieser Beweis?

Barbara überlegte, was sie außer der Tatsache, dass er von seinem Vater nichts geerbt hatte, noch über King-Ryder wusste. Terry hatte ihn aufgesucht; er hatte Terrys Wohnung durchsucht; er war in dem Atelier in der Portslade Road gewesen. …

»Der Scheck«, sagte sie. »Er hat Cilla Thompson einen Scheck ausgestellt, als er dieses schaurige Gemälde von ihr kaufte.«

»Gut«, meinte Helen vorsichtig. »Aber führt das weiter?«

»Ja, nach Jersey«, antwortete Barbara mit einem Lächeln. »Cilla hat sich eine Kopie des Schecks gemacht – wahrscheinlich weil sie noch nie in ihrem Leben etwas verkauft hat und diese einmalige Gelegenheit auf ewig in Erinnerung behalten will. Der Scheck war auf eine Bank in St. Helier ausgestellt. Und jetzt sagen Sie mir mal, Helen, warum unser Freund ein Konto auf den Kanalinseln haben sollte, wenn nicht um Schwarzgeld zu verbergen? Wie zum Beispiel ein paar hunderttausend Pfund, die er seinem Vater durch Erpressung abgeluchst hatte. Das ist der Beweis!«

»Aber das sind doch alles nur Vermutungen. Wie können Sie irgendetwas beweisen? An die Bankunterlagen kommen Sie nicht heran. Was wollen Sie also unternehmen?«

Barbara musste zugeben, dass das in der Tat ein Problem war. Sie konnte nichts beweisen. Die Polizei konnte sich keinen Zugang zu King-Ryders Bankunterlagen beschaffen, und selbst wenn sie das irgendwie auf eigene Faust fertigbrächte, was würde eine hohe Einzahlung kurz vor dem Anruf im Juni schon anderes beweisen, als dass da jemand versucht hatte, das Finanzamt hinters Licht zu führen?

Es gab natürlich noch den Fußabdruck, den sie in Vi Nevins Wohnung gesichert hatten, diese Schuhsohle mit dem Hexagonmuster. Aber wenn sich zeigte, dass dieses Muster so alltäglich war wie Toast auf dem Frühstückstisch, was war dann für die Ermittlungen gewonnen? Zweifellos hatte King-Ryder noch andere Spuren in Vi Nevins Wohnung hinterlassen. Aber er würde wohl kaum kooperieren, wenn die Bullen ihn um eine Haarsträhne oder ein Fläschchen Blut für eine vergleichende DNA-Analyse bäten. Und selbst wenn er ihnen alles, von seiner Handcreme bis zu seiner Zahnseide, zur Verfügung stellte, würde das keine Möglichkeit bieten, ihm die Morde in Derbyshire nachzuweisen, es sei denn, die Kollegen dort oben hatten am Tatort ebenfalls solches Belastungsmaterial gesichert.

Barbara wusste, dass ihr Schlimmeres blühen würde als Zurückstufung und vorübergehende Suspendierung, wenn sie es wagte, Lynley anzurufen, um sich mit ihm über die in Derbyshire gesicherten Spuren zu unterhalten. Sie hatte sich seinen Anordnungen widersetzt; sie hatte eigenmächtig gehandelt. Er hatte sie von dem Fall abgezogen. Was er tun würde, wenn er herausbekam, dass sie auf eigene Faust weiterermittelt hatte, daran wollte sie lieber gar nicht erst denken. Wenn sie King-Ryder zur Strecke bringen wollte, musste sie das mehr oder weniger im Alleingang tun. Blieb nur noch die Kleinigkeit zu überlegen, wie sie das anstellen sollte.

»Er ist verdammt schlau«, sagte sie zu Helen. »Dieser Kerl hat Köpfchen – aber wenn mir was einfällt, um ihn zu überlisten ... wenn ich irgendwas von dem benützen kann, was ich mittlerweile weiß ...«

»Sie haben doch die Noten«, sagte Helen. »Und das ist es doch, was er von Anfang an haben wollte, nicht wahr?«

»Ja, er hat weiß Gott nichts unversucht gelassen, um sie in die Finger zu kriegen. Er hat den Lagerplatz da oben in Derbyshire auseinandergenommen. Er hat die Wohnung in Battersea durchsucht. Er hat Vi Nevins Wohnung zu Kleinholz gemacht. Er hat sich lang genug in Cilla Thompsons Atelier rumgetrieben, um festzustellen, ob es da irgendwo ein Versteck gäbe. Ja, ich denke, wir können mit Sicherheit sagen, dass er hinter den Noten her ist. Und er weiß, dass sie nicht bei Terry, Cilla oder Vi Nevin waren.«

»Aber er weiß auch, dass sie irgendwo sein müssen.«

Richtig, dachte Barbara. Aber wo und in wessen Händen? Wen gab es, den King-Ryder nicht kannte und der ihn davon überzeugen könnte, dass die Noten mehr als einmal den Besitzer gewechselt hatten und dass er – King-Ryder – sich melden müsse, um sich diese Noten zu holen? Und wie zum Teufel konnte man ihm einen Strick daraus drehen, wenn er scheinbar ganz harmlos ein Bündel Notenblätter verlangte – zumal er jederzeit behaupten konnte, von der Existenz dieser Noten gar nichts gewusst zu haben?

Pest und Teufel, dachte Barbara. In ihrem Kopf drehte sich alles. Sie musste jetzt dringend mit einem anderen Profi sprechen. Sie brauchte dringend ein Brainstorming mit jemandem, der nicht nur sämtliche Aspekte dieses Verbrechens sehen konnte, sondern auch die Lösung bieten, Teil der Lösung sein und sich gegen King-Ryder verteidigen konnte, falls alles in die Hose gehen sollte.

Inspector Lynley wäre der Richtige gewesen. Aber er kam nicht in Frage. Trotzdem, sie brauchte jemanden wie ihn. Sie brauchte jemanden, der wie Lynley dachte, und bei dem sie sich absolut darauf verlassen konnte, dass er nicht –

Barbara fuhr aus ihren Gedanken und lächelte. »Natürlich«, sagte sie.

Helen zog eine Augenbraue hoch. »Sie haben eine Idee?«

»Ich habe eben einen Geistesblitz gehabt.«

Erst um ein Uhr merkte Nan Maiden, dass ihr Mann nicht da war. Sie war damit beschäftigt gewesen, das Erdgeschoss von Maiden Hall wieder in Ordnung zu bringen und die Aufräumungsarbeiten in den Gästezimmern zu beaufsichtigen, und sie hatte sich so angestrengt bemüht, so zu tun, als wären unerwartete Hausdurchsuchungen etwas ganz Alltägliches, dass ihr Andys Verschwinden gar nicht aufgefallen war.

Als sie ihn im Haus nirgends fand, nahm sie zunächst an, er wäre irgendwo draußen auf dem Grundstück. Aber als sie einen der Küchenjungen bat, hinauszulaufen und ihn zu fragen, ob er nicht etwas essen wolle, sagte der Junge, Andy sei keine halbe Stunde zuvor im Land Rover weggefahren.

»Ach so. Ich verstehe.« Nan bemühte sich, den Eindruck zu erwecken, als wäre ein solches Verhalten unter den gegebenen Umständen völlig normal. Sie versuchte sogar, sich selbst davon zu überzeugen: Denn es war unvorstellbar, dass Andy nach dem, was sie beide durchgemacht hatten, einfach wortlos verschwinden würde.

»Eine Durchsuchung?«, hatte sie Hanken gefragt, der mit ausdrucksloser Miene vor ihr stand. »Aber wonach suchen Sie denn?

Wir haben nichts … wir verbergen nichts … Sie werden nichts finden …«

»Komm, Liebes«, hatte Andy beschwichtigend gesagt und sich den Durchsuchungsbefehl zeigen lassen. Nachdem er ihn gesehen hatte, hatte er ihn zurückgereicht. »Na schön, dann machen Sie sich mal an die Arbeit«, hatte er zu Hanken gesagt.

Nan wollte nicht darüber nachdenken, was sie suchten. Sie wollte nicht darüber nachdenken, was ihr Erscheinen bedeutete. Als sie schließlich mit leeren Händen wieder abfuhren, war sie so ungeheuer erleichtert, dass ihr die Knie zitterten und sie sich schleunigst setzen musste, um nicht zu fallen.

Aber ihre Erleichterung über die erfolglosen Bemühungen der Polizei wich rasch ängstlicher Erregung, als sie hörte, dass Andy weggefahren war. Seine Entschlossenheit, jemanden aufzutreiben, der ihn einem Lügendetektortest unterziehen würde, hing wie ein Damoklesschwert über ihren Köpfen, und obwohl man weder bei der Polizei noch bei Gericht den Lügendetektor für nützlich – geschweige denn zuverlässig – hielt, wusste Nan, wie Andys Bereitschaft, sich einem solchen Test zu unterwerfen, interpretiert werden konnte.

»Er bildet sich ein, er kann sich da irgendwie rauslügen«, würde die Polizei sagen. »Er hat ja bei der SO10 jahrelang nur gelogen. Und jetzt meint er, er kommt auch diesmal damit durch.«

Und obwohl feststand, dass Andys derzeitiger Gesundheitszustand die Messungen völlig verfälschen würde, würde die Polizei sagen, wenn ein Lügendetektortest zeige, dass ein routinierter Meisterlügner tatsächlich log, dann müsse man die Messungen des Geräts für korrekt halten.

Deswegen ist er weggefahren, sagte sich Nan. Er hat jemanden gefunden, der mit ihm den Test macht. Diese Durchsuchung hier hat ihn dazu getrieben. Er ist fest entschlossen, sich dem Test zu unterziehen und allen seine Unschuld zu beweisen.

Sie musste ihn aufhalten. Sie musste ihm begreiflich machen, dass er der Polizei nur in die Hände spielte. Sie waren mit einem Durchsuchungsbefehl gekommen, weil sie gewusst hatten, dass sie ihn damit mürbe machen würden, und sie hatten recht gehabt. Die Durchsuchung hatte sie beide mürbe gemacht.

Nan zupfte an ihren abgeknabberten Fingernägeln. Hätte ich mich nicht vorübergehend schwach und flau gefühlt, dann hätte ich zu ihm gehen können, sagte sie sich. Sie hätten miteinander reden können. Sie hätte ihn in die Arme nehmen und seine Gewissensqualen lindern und ... nein. Darüber würde sie nicht nachdenken. Nicht über das Gewissen. Niemals. Sie würde nur darüber nachdenken, was sie tun könnte, um ihren Mann von seinem Vorhaben abzubringen.

Es gab nur eine Möglichkeit. Sie ging zum Telefon.

Sie konnte es nicht riskieren, von der Rezeption aus zu telefonieren, deshalb eilte sie nach oben in ihr Schlafzimmer, zu dem Telefon, das neben ihrem Bett stand. Sie hatte schon den Hörer in der Hand und wollte gerade die Nummer eintippen, als sie den gefalteten Zettel auf ihrem Kopfkissen sah.

Die Nachricht, die ihr Mann ihr hinterlassen hatte, bestand aus einem einzigen Satz. Nan las ihn und ließ den Hörer fallen.

Sie wusste nicht, wohin sie gehen sollte. Sie wusste nicht, was sie tun sollte. Sie stürzte aus dem Schlafzimmer, rannte mit Andys Zettel in der Hand die Treppe hinunter. So viele Stimmen in ihrem Kopf schrien ihr zu, etwas zu unternehmen, dass sie nicht ein einziges vernünftiges Wort verstehen konnte, das ihr gesagt hätte, was sie als Erstes tun sollte. Am liebsten hätte sie jeden, der ihr begegnete, gepackt: in der Gästeetage, im Empfang, in der Küche, draußen auf dem Grundstück. Sie wollte sie alle schütteln. Sie wollte schreien: Wo ist er, helft mir, was tut er, wohin ist er gefahren, was hat es zu bedeuten, dass er ... o Gott, sagt es mir nicht, weil ich es schon weiß, ich weiß, ich weiß, was es bedeutet, und ich habe es immer gewusst, und ich will es nicht hören, nicht sehen, nicht fühlen, nicht begreifen müssen, was er ... nein, nein, nein ... helft mir, ich muss ihn finden, helft mir!

Sie rannte über den Parkplatz, ohne zu wissen, wie sie überhaupt dorthin gekommen war, und begriff, dass ihr Körper die Kontrolle über ihren Verstand übernommen hatte. Im selben Moment, als ihr klarwurde, was sie zu tun hatte, sah sie, was sie bereits gehört hatte: Der Land Rover war nicht da. Andy hatte ihn genommen, in der Absicht, sie hilflos zurückzulassen.

Aber das würde sie nicht akzeptieren. Sie rannte ins Hotel zurück. Die erste Person, der sie begegnete, war eine der beiden Grindleford-Frauen – und warum um alles in der Welt nannte sie sie eigentlich immer die Grindleford-Frauen, als hätten sie keine eigenen Namen? –, und sie stürzte auf sie zu.

Sie wusste, dass sie wie eine Wahnsinnige aussah. Sie fühlte sich wie wahnsinnig. Aber das durfte jetzt keine Rolle spielen.

Sie sagte: »Ihr Auto. Bitte.« Mehr brachte sie nicht heraus, weil sie kaum atmen konnte.

Die Frau blinzelte verwirrt. »Mrs. Maiden? Sind Sie krank?«

»Die Schlüssel. Für Ihr Auto. Es geht um Andy.«

Das reichte zum Glück. Augenblicke später saß Nan hinter dem Steuer eines uralten Morris, dessen Polsterung so durchgesessen war, dass man jede einzelne Sprungfeder im Gesäß spürte.

Sie gab Gas und raste den Hang hinunter. Ihr einziger Gedanke war, ihn zu finden. Wohin er gefahren war und warum er dorthin gefahren war, darüber wollte sie gar nicht erst anfangen nachzudenken.

Barbara stellte fest, dass es nicht so einfach war, Winston Nkata zum Mitmachen zu überreden. Sicher, er hatte sie zur Mitarbeit bei den Ermittlungen aufgefordert, als sie tatenlos herumgesessen und auf einen Auftrag gewartet hatte, während er mit Lynley in Derbyshire herumgegurkt war. Es war jedoch etwas völlig anderes, wenn *sie* jetzt *ihn* aufforderte, gemeinsam mit ihr auf eigene Faust in genau dem Fall zu ermitteln, von dem ihr Vorgesetzter sie abgezogen hatte. Die kleine Schnitzeljagd, die sie vorschlug, war nicht von höherer Stelle genehmigt. Sie kam sich deshalb, als sie mit Nkata telefonierte, ein wenig wie Mr. Christian vor, wohingegen ihr Kollege nicht den Eindruck machte, als hätte er große Lust auf eine Fahrt auf der *Bounty*.

»Kommt nicht in Frage, Barb«, sagte er. »Das ist höllisch riskant.«

Sie sagte: »Winnie! Es handelt sich doch nur um einen einzigen Anruf. Und Sie haben doch jetzt sowieso Mittagspause. Oder es könnte zumindest Ihre Mittagspause sein, nicht? Sie müssen schließlich essen. Kommen Sie einfach hin, und wir treffen uns dort. Wir essen irgendwo in der Gegend was. Sie können sich bestellen, was Sie wollen. Ich lade Sie ein. Ehrenwort.«

»Aber der Chef –«

»– der braucht noch nicht mal was davon zu erfahren, wenn nichts dabei rauskommt«, fiel Barbara ihm ins Wort und fügte dann bittend hinzu: »Winnie, ich brauche Sie.«

Er zögerte. Barbara hielt den Atem an. Winston Nkata war kein Mann übereilter Entschlüsse, deshalb ließ sie ihm Zeit, ihre Bitte gründlich zu überdenken. Und während er überlegte, betete sie. Sie hatte keine Ahnung, an wen sie sich sonst wenden sollte, wenn Nkata sich nicht auf ihren Plan einließ. Er sagte schließlich: »Der Chef hat sich Ihren SO10-Bericht faxen lassen, Barb.«

»Da sehen Sie's!«, entgegnete sie. »Er rennt immer noch denselben Holzweg rauf und runter. Und es bringt überhaupt nichts. Kommen Sie, Winnie. Bitte. Sie sind meine einzige Hoffnung. Wir sind ganz dicht dran. Ich weiß es einfach. Das Einzige, was ich von Ihnen brauche, ist ein kurzer, kleiner Anruf.«

Sie hörte ihn seufzen. Sie hörte ihn unterdrückt das Wort »Verdammt!« murmeln. Dann sagte er: »Geben Sie mir eine halbe Stunde.«

»Super!«, rief sie und wollte schon auflegen.

»Barb!«, sagte er, ihr zuvorkommend. »Ich hoffe, ich muss das hinterher nicht bereuen.«

Sie brauste ab nach South Kensington. Nachdem sie jede Straße von der Exhibition Road bis nach Palace Gate hinauf- und hinuntergefahren war, fand sie endlich einen Parkplatz in Queen's Gate Gardens und ging zu Fuß hinüber zur Ecke Elvaston Place und Petersham Mews, wo die einzigen Telefonzellen in Elvaston Place standen. Es waren zwei, und sie waren mit mindestens drei Dutzend solcher Karten gepflastert, wie Barbara sie unter Terry Coles Bett gefunden hatte. Da Nkata, der es von Westminster aus weiter hatte, noch nicht da war, ging Barbara in die Gloucester Road hinüber in eine französische Bäckerei, die sie auf ihrer Parkplatzsuche entdeckt hatte. Selbst im Auto hatte sie den verlockenden Duft der Schokoladencroissants gerochen. Da sie sowieso noch auf Winston warten musste, beschloss sie, den verzweifelten Schrei ihres Körpers nach den beiden Grundnahrungsmitteln, die sie ihm heute noch nicht gegönnt hatte – Butter und Zucker –, nicht länger zu ignorieren.

Zwanzig Minuten später sah sie Winston Nkata, groß und lässig, von der Cromwell Road her die Straße heraufkommen. Sie schob sich den Rest des Croissants in den Mund, wischte sich die Finger an ihrem T-Shirt ab, kippte den letzten Schluck Cola hinunter und rannte über die Straße, gerade als er die Ecke erreicht hatte.

»Danke, dass Sie gekommen sind.«

»Wenn Sie so sicher sind, dass der Kerl unser Mann ist, warum schnappen wir ihn uns dann nicht einfach?«, fragte Nkata und fügte hinzu: »Sie haben Schokolade am Kinn, Barb.«

Sie beseitigte die Spuren mit ihrem T-Shirt. »Sie kennen doch das Theater. Was haben wir an Beweisen?«

»Also, erstens hat der Chef diese Lederjacke gefunden.« Er berichtete ihr von Lynleys Entdeckung im *Black-Angel*-Hotel.

Barbara hörte sich die Einzelheiten mit Genugtuung an, zumal sie ihre Theorie untermauerten, dass eine der Waffen des Mörders ein Pfeil gewesen war. Aber Nkata war derjenige gewesen, der Lynley die Informationen über den Pfeil weitergegeben hatte, und Barbara wusste, wenn er jetzt den Inspector ein zweites Mal anriefe und sagte: »Ach, übrigens, Chef, warum schnappen wir uns nicht spaßeshalber diesen King-Ryder und nehmen ihm die Fingerabdrücke ab, während wir ihn über Lederjacken und Fahrten nach Derbyshire ausquetschen?«, würde Lynley darin sofort ihre – Barbaras – Handschrift erkennen und Nkata befehlen, unter allen Umständen die Finger davon zu lassen.

Nkata war kein Typ, der die Befehle eines Vorgesetzten missachtete, weder für Geld noch gute Worte, und er würde sich gewiss nicht Barbara zuliebe plötzlich ändern. Nein, Lynley musste außen vor bleiben, bis der Vogelkäfig gebaut war und King-Ryder darin hockte und sang.

Barbara erklärte Nkata das alles, und er hörte ihr kommentarlos zu. Am Ende nickte er, sagte aber: »Trotzdem ist's mir unsympathisch, so ganz auf eigene Faust loszuziehen.«

»Das weiß ich, Winnie. Aber er hat uns ja keine andere Wahl gelassen, oder?«

Das musste Nkata zugeben. Mit einer Kopfbewegung zu den Telefonzellen sagte er: »Welche soll's denn sein?«

»Das ist im Moment egal«, antwortete Barbara. »Hauptsache, wir sehen zu, dass sie beide frei bleiben, nachdem Sie den Anruf gemacht haben. Aber ich würde die linke nehmen. Da hängt eine irre Karte von den ›Unwiderstehlichen Transvestiten‹ für den Fall, dass Sie abends mal eine aufregende Abwechslung suchen.«

Nkata verdrehte nur die Augen. Er trat in die Zelle, kramte einige Münzen heraus und wählte. Barbara hörte über seine Schulter hinweg zu. Er redete wie ein westindischer Halbstarker vom Southbank. Da dies die Sprache seiner ersten zwanzig Lebensjahre war, gab er eine Glanzvorstellung.

Sein Text war denkbar einfach. »Ich schätze, ich habe da ein Päckchen, das Sie gern hätten, Mr. King-Ryder«, begann er, nachdem er King-Ryder am Apparat hatte. Dann schwieg er einen Moment und lauschte. »Ach, ich denk mir, Sie wissen schon, was für ein Päckchen ich mein … Sagt Ihnen Albert Hall was? Hey, kommt nicht in Frage, Mann. Sie wollen einen Beweis? Sie kennen die Telefonzelle. Sie kennen die Nummer. Sie wollen die Noten haben? Dann rufen Sie an.«

Er legte auf und sah Barbara an. »So, der Köder wäre ausgelegt.«

»Hoffen wir, dass unser Freund auch anbeißt.« Barbara zündete sich eine Zigarette an und ging die paar Schritte bis zur Petersham Mews, wo sie sich an den Kotflügel eines staubigen Volvo lehnte und bis fünfzehn zählte, ehe sie langsam zur Telefonzelle zurückging und dann wieder zu dem Wagen. King-Ryder musste natürlich genau überlegen, bevor er handelte. Er musste das Risiko bedenken, das er einging, wenn er in Soho zum Telefon griff und sich verriet. Das würde ein paar Minuten in Anspruch nehmen. Er war scharf auf die Noten, er war jemand, der vor nichts zurückschreckte, er war fähig zu morden. Aber ein Narr war er nicht.

Weitere Sekunden verstrichen. Wurden zu Minuten. Nkata sagte: »Er hat's nicht geschluckt.«

Barbara winkte ab. Sie sah von den Telefonzellen die Elvaston Place hinauf zum Queen's Gate. Trotz ihrer eigenen Nervosität konnte sie sich lebhaft vorstellen, wie sich die Sache an jenem Abend vor drei Monaten abgespielt haben musste: Terry Cole donnert mit seinem Motorrad die Straße herauf, springt ab, um einen neuen Posten Karten in den beiden Telefonzellen anzubringen, die zweifellos zu seiner üblichen Route gehörten. Er braucht ein paar Minuten; er muss eine ganze Menge Karten verteilen. Während er noch an der Arbeit ist, läutet das Telefon, und aus Jux hebt er ab und hört die Nachricht, die für David King-Ryder bestimmt ist. Hey, mal sehen, was da dahintersteckt, denkt er sich und fährt sofort los. Keinen Kilometer auf seiner BMW, und er ist vor der Albert Hall angelangt. Inzwischen trifft King-Ryder mit fünf Minuten Verspätung – vielleicht auch weniger – bei den Telefonzellen ein. Er parkt in der Mews, geht zu den Zellen, wartet. Eine Viertelstunde verstreicht. Vielleicht auch mehr. Aber nichts geschieht, und er weiß nicht, warum. Er weiß ja nichts von Terry Cole. Schließlich glaubt er, man hätte ihn aufs Kreuz gelegt. Er glaubt, er sei erledigt. Seine Karriere – und sein Leben – sind in der Hand eines Erpressers, der das Ziel hat, ihn zu vernichten.

Eine einzige Minute hätte gereicht. Und wie leicht konnte man sich in London verspäten, wo der Verkehr so unberechenbar war. Es ließ sich nie genau absehen, wie lange eine Fahrt von A nach B dauern würde: ob eine Viertelstunde oder eine Dreiviertelstunde. Und vielleicht war King-Ryder auch gar nicht aus London gekommen. Vielleicht war er vom Land gekommen, auf der Autobahn, wo jederzeit etwas passieren konnte, was einem einen Strich durch die Rechnung machte. Oder vielleicht hatte er eine Autopanne gehabt? Batterie leer oder Reifen platt. Was spielten die genauen Umstände schon für eine Rolle. Die einzige Tatsache, die zählte, war, dass er den Anruf verpasst hatte. Den Anruf von seinem Sohn. Den Anruf, der mit Sicherheit nicht so viel anders gewesen war als der, auf den Barbara und Nkata jetzt warteten.

»Das war's wohl«, sagte Nkata.

»Scheiße«, sagte Barbara.

Und da schrillte das Telefon.

Barbara warf ihre Zigarette auf die Straße. Sie rannte zur Telefonzelle. Es war nicht diejenige, von der Nkata angerufen hatte, sondern die daneben. Was alles oder nichts bedeuten kann, dachte Barbara, da sie ja nicht wussten, in welcher der beiden Zellen Terry Cole den Anruf abgefangen hatte.

Beim dritten Läuten hob Nkata ab. »Mr. King-Ryder?«, sagte er, und Barbara hielt den Atem an.

Ja, ja, ja, dachte sie, als Nkata den Daumen hob. Endlich waren sie im Geschäft.

»Diese gottverdammten Computer! Wofür hat man die eigentlich, wenn sie Tag für Tag abstürzen? Sagen Sie mir das mal!«

Constable Peggy Hammer hatte diese Wutanfälle ihres Vorgesetzten offenbar schon des Öfteren erlebt. »Mit dem Computer selbst ist alles in Ordnung, Sir«, erklärte sie mit bewundernswerter Geduld. »Es ist genau so wie neulich. Wir sind aus irgendeinem Grund off-line. Das Problem liegt wahrscheinlich irgendwo in Swansea. Es kann natürlich auch London sein. Und unsere eigene –«

»Ersparen Sie mir Ihre Analyse, Hammer«, giftete Hanken. »Ich möchte, dass hier was passiert.«

Sie hatten die Anmeldeformulare aus dem *Black-Angel*-Hotel ins Teambesprechungszimmer gebracht und die denkbar simpelsten Anweisungen gegeben, um, wie sie hofften, innerhalb von Minuten die Information zu erhalten, die sie brauchten: Stellen Sie eine Verbindung zur allgemeinen Zulassungsstelle in Swansea her. Geben Sie das amtliche Kennzeichen jedes Fahrzeugs ein, dessen Fahrer in den letzten zwei Wochen im *Black-Angel*-Hotel Gast war. Fordern Sie den Namen des Fahrzeughalters an. Vergleichen Sie diesen Namen mit dem auf dem Anmeldebogen des Hotels. Zweck der Übung: festzustellen, ob jemand unter falschem Namen in dem Hotel abgestiegen war.

Es war eine einfache Sache, die nicht mehr als einige Minuten in Anspruch nehmen würde, weil die Computer schnell arbeiteten und die Anzahl der Anmeldebögen – dank der Größe des Hotels und der Anzahl seiner Zimmer – relativ klein war. Es hätte höchstens fünfzehn Minuten Arbeit erfordert. Wenn der verteufelte Computer ausnahmsweise einmal funktioniert hätte.

Lynley konnte Hanken diese Gedanken förmlich vom Gesicht ablesen. Er selbst war kaum weniger frustriert. Allerdings war die Quelle seiner Unzufriedenheit eine andere: Hanken war auf Andy Maiden als Täter fixiert, und er konnte ihn einfach nicht davon abbringen.

Er hatte Verständnis für Hankens Überlegungen. Andy hatte Motiv und Gelegenheit gehabt. Ob er auch nur die geringste Ahnung vom Umgang mit einem Langbogen hatte, spielte keine Rolle, wenn jemand, der sich unter falschem Namen im *Black-Angel*-Hotel eingemietet hatte, auf diesem Gebiet bewandert war.

Und solange sie nicht wussten, ob in Tideswell falsche Identitäten benutzt worden waren oder nicht, dachte Hanken überhaupt nicht daran, sich einem anderen Bereich der Ermittlungen zuzuwenden.

Logisch wäre es gewesen, Julian Britton unter die Lupe zu nehmen. Das war von Anfang an das Logische gewesen. Im Gegensatz zu Andy Maiden fand sich bei Julian Britton alles das, was sie bei dem Mörder suchten, nach dem sie fahndeten. Er hatte Nicola Maiden geliebt und heiraten wollen. Er hatte sie seinem eigenen Geständnis zufolge in London besucht. Wie wahrscheinlich war es da, dass er niemals auf einen Hinweis gestoßen war, der ihm verraten hatte, was sie wirklich für ein Leben führte? Und weiter – wie wahrscheinlich war es, dass er nie auch nur die geringste Ahnung von den Männerbeziehungen gehabt hatte, die sie in Derbyshire unterhalten hatte?

An Motiven mangelte es Julian Britton also nicht. Und er hatte für den Mordabend kein stichhaltiges Alibi. Was die Frage anging, ob er mit einem Langbogen umgehen konnte, so konnte man vermutlich davon ausgehen, dass er bei den kriegerischen Spektakeln auf Broughton Manor genug Erfahrung mit dieser Waffe hatte sammeln können.

Eine Durchsuchung von Broughton Manor würde endgültig Aufschluss darüber geben. Und ein Vergleich von Julian Brittons Fingerabdrücken mit den Abdrücken, die man im Labor an der Lederjacke gefunden hatte, würde die Sache besiegeln. Aber es fiel Hanken gar nicht ein, in dieser Richtung zu forschen, solange die Überprüfung der Anmeldungen im *Black Angel* nicht eindeutig zeigte, dass er in eine Sackgasse geraten war. Da spielte es für ihn keine Rolle, dass Julian Britton die schwarze Lederjacke im *Black Angel* zurückgelassen und das Regencape in den Müllcontainer geworfen haben konnte; dass ihn das auf der Heimfahrt vom Calder Moor nicht mehr als einen Umweg von fünf Minuten gekostet hätte. Hanken war entschlossen, Andy Maiden auf Herz und Nieren zu prüfen, und solange er damit nicht fertig war, existierte Julian Britton für ihn gar nicht.

Angesichts der Computerpanne warf Hanken schimpfend die Anmeldeformulare auf Constable Hammers Schreibtisch und befahl ihr, auf das altmodische Telefon zurückzugreifen.

»Rufen Sie Swansea an und sagen Sie denen, sie sollen's von Hand machen, wenn es nicht anders geht«, schnauzte er.

Worauf Peggy Hammer nur lammfromm »Ja, Sir«, sagte.

Dann gingen sie, Hanken schäumend vor Wut darüber, dass sie jetzt nichts anderes tun konnten als »Däumchen zu drehen«, bis Constable Hammer und Swansea die benötigten Informationen lieferten, während Lynley darüber nachdachte, wie er das Gespräch am besten auf Julian Britton bringen könnte. Noch im Korridor holte eine Sekretärin sie ein, um ihnen mitzuteilen, dass am Empfang jemand auf ihn warte.

»Es ist Mrs. Maiden«, fügte sie hinzu. »Und ich warne Sie lieber gleich – sie ist völlig aufgelöst.«

Sie war tatsächlich in heller Panik, als sie ein paar Minuten später von einem Beamten in Hankens Büro geführt wurde. Mit einer Hand hielt sie ein zusammengeknülltes Blatt Papier umklammert, und als sie Lynley sah, rief sie verzweifelt: »Helfen Sie mir!« Abrupt wandte sie sich Hanken zu. »Sie haben ihn dazu getrieben! Sie wollten es einfach nicht lassen. Sie *konnten* es nicht lassen. Sie wollten nicht einsehen, dass er schließlich etwas tun würde … dass er … o Gott …« Und sie drückte die Faust mit dem zusammengeknüllten Zettel an ihre Stirn.

»Mrs. Maiden –«, begann Lynley.

»Sie haben doch mit ihm zusammengearbeitet. Sie waren sein Freund. Sie kennen ihn. Sie kannten ihn. Sie müssen etwas unternehmen. Wenn Sie nichts tun … wenn Sie nichts tun können … Bitte, bitte!«

»Was zum Teufel ist eigentlich los?«, fragte Hanken scharf. Er hatte offensichtlich wenig Mitgefühl mit der Ehefrau seines Hauptverdächtigen.

Lynley trat zu Nan Maiden und umfasste ihre geballte Faust. Er zog ihren Arm hinunter und löste behutsam das Papier aus ihren Fingern.

Sie sagte: »Ich habe gesucht … ich bin losgefahren und habe gesucht … Aber ich weiß nicht, wo ich suchen soll, und ich hab solche Angst.«

Lynley las die Worte auf dem Zettel und erschrak.

»Ich erledige das selbst«, hatte Andy Maiden geschrieben.

Julian hatte gerade den letzten von Cass' Welpen gewogen, als seine Cousine hereinkam. Sie hatte ihn offensichtlich gesucht, denn sie rief erfreut: »Ach, hier bist du, Julie. Natürlich. Wie dumm von mir. Das hätte ich mir doch gleich denken können.«

Er war dabei, Cass' Zitzen mit Anisöl einzureiben, ein Verfahren, um den Geruchssinn der Welpen zu prüfen. Als Jagdhunde mussten sie über eine ausgezeichnete Witterung verfügen.

Cass knurrte misstrauisch, als Samantha eintrat, beruhigte sich aber schnell wieder, als diese den sanft beschwichtigenden Ton anschlug, den die Hunde gewohnt waren.

»Julie«, sagte sie, »ich habe heute etwas ganz Unglaubliches mit deinem Vater erlebt. Ich wollte es dir eigentlich beim Mittagessen erzählen, aber als du nicht gekommen bist – Julie, hast du heute überhaupt schon etwas gegessen?«

Julian war an diesem Morgen nicht nach Frühstück zumute gewesen. Und zu Mittag war es ihm nicht anders ergangen. Er hatte sich lieber in die Arbeit gestürzt – einige der Pachthöfe inspiziert, in Bakewell nachgefragt, welche Verrenkungen man machen musste, um an einem unter Denkmalschutz stehenden Gebäude Umbauten vornehmen zu dürfen, sich um die Hunde gekümmert. Auf diese Weise hatte er alles andere verdrängen können.

Sams Erscheinen im Zwinger jedoch machte alle weiteren Ablenkungsbemühungen unmöglich. Da er aber dem Gespräch mit ihr, das er sich eigentlich vorgenommen hatte, aus dem Weg gehen wollte, sagte er: »Tut mir leid, Sam, ich habe über der Arbeit alles andere vergessen.«

Er versuchte, seine Worte bedauernd klingen zu lassen. Genau genommen hatte er tatsächlich das Gefühl, sich entschuldigen zu müssen, denn Sam schuftete hier in Broughton Manor praktisch Tag und Nacht bis zum Umfallen. Da könnte ich wenigstens etwas Dankbarkeit zeigen, dachte er, indem ich zu den Mahlzeiten erscheine, die sie eigens für uns kocht.

»Du hältst hier alles zusammen, das weiß ich, Sam«, sagte er. »Und ich bin dir sehr dankbar dafür. Wirklich.«

»Das tue ich doch gern«, antwortete Sam herzlich. »Weißt du, ich fand es immer so schade, dass wir kaum Gelegenheit hatten –« Sie zögerte. Sie schien das Gefühl zu haben, dass ein Kurswechsel angebracht sei. »Stell dir vor, wenn unsere Eltern irgendwann mal auf den Gedanken gekommen wären, sich auszusöhnen, dann hätten wir beide –« Ein neuerlicher Kurswechsel. »Ich meine, wir sind doch *eine* Familie. Und ich finde es traurig, wenn man keine Gelegenheit hat, die Angehörigen seiner eigenen Familie kennenzulernen. Besonders wenn man später, wenn man sie dann doch endlich kennenlernt, feststellt, was für – äh – feine Menschen sie sind.« Sie spielte mit dem dicken Zopf, der ihr über die Schulter hing, und Julian fiel zum ersten Mal auf, wie ordentlich er geflochten war.

»Na ja«, sagte er, »mit dem Bedanken hapert's bei mir manchmal ein bisschen.«

»Ich finde, du bist total in Ordnung.«

Er spürte, wie er rot wurde; der Fluch seines hellen Teints. Er wandte sich von ihr ab und widmete sich wieder den Hunden. Sie fragte, was er tue, und er war froh, mit einer Erklärung über den Gebrauch von Anisöl und Wattetupfern einen peinlichen Moment überbrücken zu können. Aber als er ihr alles erklärt hatte, was es über Pawlow und den konditionierten Reflex und die Prüfung des Geruchssinns von Welpen zu sagen gab, breitete sich wieder verlegenes Schweigen zwischen ihnen aus. Und wieder war es Samantha, die sie erlöste.

»Ach, du lieber Gott«, rief sie. »Jetzt hätte ich beinahe vergessen, worüber ich mit dir reden wollte. Über deinen Dad. Julie, was da passiert ist, das ist echt umwerfend.«

Julian rieb Cass' letzte Zitze mit dem Öl ein und ließ den Hund frei. Er schraubte die Flasche zu, während Sam berichtete, was sie mit seinem Vater erlebt hatte.

»Jede einzelne Flasche hat er weggeworfen, Julie«, schloss sie. »Jede Flasche im ganzen Haus. Und er hat geweint.«

»Ja, er hat mir auch schon gesagt, dass er aufhören will«, sagte Julian. Und weil Fairness und Wahrheitsliebe es geboten, fügte er hinzu: »Aber das hat er schon oft gesagt.«

»Dann glaubst du ihm nicht? Aber er war … Wirklich, Julie, du hättest ihn sehen sollen. Es war, als hätte ihn plötzlich die Verzweiflung überkommen. Und es ging vor allem um dich, weißt du?«

»Um mich?« Julian stellte die Ölflasche in den Schrank zurück.

»Ja, er hat gesagt, er hätte dein Leben verpfuscht, und er hätte deinen Bruder und deine Schwester von hier fortgetrieben –«

Und das ist keine Lüge, dachte Julian.

»– und er hätte jetzt endlich begriffen, dass er dich auch noch vertreiben würde, wenn er sich nicht ändert. Ich hab ihm natürlich gesagt, dass du ihn niemals im Stich lassen würdest. Jeder kann ja sehen, wie sehr du an ihm hängst. Aber das Entscheidende ist, dass er sich ändern will. Er ist bereit dazu. Deswegen habe ich dich gesucht ... Ich musste dir das einfach erzählen. Freust du dich denn nicht? Es ist die reine Wahrheit. Er hat eine Flasche nach der anderen weggeworfen. Erst den Gin in die Spüle gekippt und dann die Flasche zerschlagen.«

Julian wusste, dass man das Verhalten seines Vaters auch anders sehen konnte. Es mochte wahr sein, dass er vom Alkohol wegwollte; genauso gut war es aber auch möglich, dass er wie alle hartgesottenen Alkoholiker einzig aus schlauer Berechnung handelte. Die Frage war nur, warum gerade jetzt? Was wollte er damit erreichen, und was hatte es zu bedeuten, dass er es gerade jetzt erreichen wollte?

Aber was, fragte sich Julian, wenn es seinem Vater diesmal ausnahmsweise ernst mit seinen Worten war? Was, wenn ein Klinikaufenthalt und eine Nachbehandlung oder was immer sonst auf einen solchen Klinikentzug folgte, ausreichen würde, um ihn von der Sucht zu heilen? Wie konnte er – das einzige Kind, das Jeremy geblieben war – auch nur daran denken, ihm die Gelegenheit zu verwehren? Zumal wenn es so verdammt wenig brauchte, ihm diese Gelegenheit zu bieten.

»Ich bin jetzt hier fertig«, sagte er, um Zeit zum Nachdenken zu gewinnen. »Komm, gehen wir rüber ins Haus.«

Sie verließen den Zwinger. Sie gingen den überwachsenen Weg hinunter.

»Dad hat schon früher immer wieder mal vom Aufhören geredet«, sagte er.

»Ja, das sagtest du schon, Julie.«

»Er hat sogar schon ein paarmal aufgehört. Aber er hält immer nur ein paar Wochen durch. Das heißt – einmal hat er es fast dreieinhalb Monate geschafft. Aber anscheinend ist er jetzt überzeugt –«

»– dass er es schafft«, vollendete Samantha und hakte sich bei ihm ein. Sie drückte sacht seinen Arm und sagte: »Julie, du hättest ihn sehen sollen. Dann wüsstest du, dass es ihm ernst ist. Ich glaube, der Schlüssel zum Erfolg wäre, dass wir uns gemeinsam etwas überlegen, was ihm hilft. Einfach nur den Gin wegzuschütten hat ja offensichtlich nie gereicht.« Sie blickte ihn forschend an, vielleicht um zu sehen, ob sie ihn mit dem Hinweis darauf, was er in früheren Jahren unternommen hatte, um seinen Vater dem Alkohol zu entwöhnen, gekränkt hatte. »Und wir werden ihn auch ganz sicher nicht davon abhalten können, in den nächsten Laden zu gehen und sich das Zeug zu kaufen, wenn er unbedingt welches haben will.«

»Genauso wenig wie wir ihm in sämtlichen Hotels und Pubs von hier bis Manchester Besuchsverbot erteilen lassen können.«

»Genau. Aber wenn es eine Möglichkeit gibt ... Julian, wenn wir gemeinsam darüber nachdenken, muss uns doch etwas einfallen.«

Sie hatte ihm soeben die perfekte Gelegenheit gegeben, mit ihr über die Klinik und das Geld für die Entziehungskur zu sprechen. Aber die Worte, die er hätte sagen müssen, blieben ihm im Hals stecken. Wie konnte er sie um Geld bitten? Noch dazu um so viel Geld! Er konnte doch nicht einfach sagen: Sam, könntest du uns zehntausend Pfund geben? Nicht leihen, Sam – denn es bestand ja überhaupt keine Aussicht, dass er ihr das Geld irgendwann in absehbarer Zeit würde zurückgeben können –, sondern schenken. Und es muss bald sein, Sam, bevor Jeremy es sich wieder anders überlegt. Komm, investiere in einen Säufer, der das heulende Elend hat und noch nie in seinem Leben Wort gehalten hat.

Julian brachte es einfach nicht über sich. Trotz des Versprechens, das er seinem Vater gegeben hatte, war er jetzt, da er seiner Cousine von Angesicht zu Angesicht gegenüberstand, nicht fähig, die Worte auszusprechen.

Als sie das Ende des Wegs erreichten und die alte Straße überquerten, um zum Haus weiterzugehen, bog ein silberner Bentley um die Ecke des Gebäudes. Ihm folgte ein Streifenwagen. Zwei uniformierte Beamte stiegen zuerst aus und sahen sich so misstrauisch um, als erwarteten sie einen kriegerischen Angriff. Aus dem Bentley stieg der große blonde Kriminalbeamte, der das erste Mal mit Inspector Hanken nach Broughton Manor gekommen war.

Samantha legte Julian die Hand auf den Arm. Er spürte, wie angespannt sie plötzlich war.

»Vergewissern Sie sich, dass das Haus sicher ist«, sagte Inspector Lynley zu den Beamten, die er als Constable Emmes und Constable Benson vorstellte. »Dann suchen Sie das Gelände ab. Am besten fangen Sie wahrscheinlich mit den Gärten an. Und danach nehmen Sie sich das Gebiet um den Hundezwinger und den Wald vor.«

Emmes und Benson eilten durch das Hoftor. Julian beobachtete sie in sprachlosem Erstaunen. Samantha jedoch rief in ärgerlichem Ton: »Moment mal, Sie beide. Was zum Teufel tun Sie hier, Inspector? Haben Sie einen Durchsuchungsbefehl? Mit welchem Recht dringen Sie hier in unser Leben ein und –«

»Gehen Sie ins Haus«, sagte Lynley. »Schnell. Sofort.«

»Was?«, fragte Samantha ungläubig. »Wenn Sie glauben, Sie können uns hier herumkommandieren, dann täuschen Sie sich aber gewaltig.«

»Was ist denn überhaupt los?«, fragte Julian endlich.

»Das siehst du doch«, antwortete Samantha. »Dieser Mensch hier will in Broughton Manor eine Hausdurchsuchung veranstalten. Er hat nicht einen einzigen Grund, hier alles auf den Kopf zu stellen, außer dass du mit Nicola liiert warst. Was anscheinend ein Verbrechen ist. Ich möchte Ihren Durchsuchungsbefehl sehen, Inspector.«

Lynley trat zu ihr und nahm sie beim Arm.

»Lassen Sie mich sofort los«, schimpfte sie und versuchte, ihn abzuschütteln.

Er sagte: »Mr. Britton ist in Gefahr. Ich möchte, dass er schnellstens hier verschwindet.«

»Julian?«, rief Samantha erschrocken. »Julian ist in Gefahr?«

Lynley versprach, alles zu erklären, sobald die beiden Beamten die Sicherheit des Hauses geprüft hätten. Drinnen begaben sie sich in die Lange Galerie, die, wie Lynley bemerkte, gut zu überwachen war.

»Zu überwachen?«, fragte Julian. »Wen oder was wollen Sie denn hier überwachen? Und warum?«

Lynley erklärte endlich den Sachverhalt, kurz und unverblümt. Dennoch war Julian kaum fähig zu begreifen, was er da hörte. Die Polizei glaube, dass Andy Maiden die Dinge selbst in die Hand genommen habe, berichtete Lynley, dieses Risiko bestünde immer, wenn ein Familienangehöriger eines Polizeibeamten Opfer eines Verbrechens geworden war.

»Ich verstehe nicht«, sagte Julian. »Wenn Andy hierherkommt … hierher, nach Broughton Manor …« Er versuchte, sich darüber klarzuwerden, was die Worte des Inspectors bedeuteten. »Wollen Sie sagen, dass Andy hinter *mir* her ist?«

»Wir wissen nicht, hinter wem er her ist«, antwortete Lynley. »Inspector Hanken sorgt für die Sicherheit des anderen Herrn.«

»Des anderen …?«

»O mein Gott.« Samantha, die neben Julie stand, riss ihn abrupt von den rautenförmigen Fenstern der Langen Galerie weg. »Setz dich hin, Julie. Hier. Am Kamin. Den kann man von draußen nicht sehen, und selbst wenn jemand hier reinstürmt, bist du zu weit von der Tür entfernt … Julie … Julie! Bitte!«

Julian ließ sich von ihr mitziehen. Er war wie betäubt. Er sagte: »Was genau hat das zu bedeuten? Glaubt Andy etwa, ich könnte … *Andy*?«

Am liebsten wäre er in Tränen ausgebrochen, so kindisch und absurd es war. Plötzlich brachen die Ereignisse der letzten sechs Tage, seit er Nicola gebeten hatte, ihn zu heiraten, wie eine gewaltige Lawine über ihn herein, und er konnte nichts, nicht die geringste Kleinigkeit, mehr ertragen. Dieser letzte Schlag, dass der Vater der Frau, die er geliebt hatte, im Ernst glauben konnte, er hätte sie getötet, besiegte ihn endgültig. Wie merkwürdig: Er war nicht daran zerbrochen, dass sie seinen Heiratsantrag zurückgewiesen hatte; er war nicht an den Eröffnungen zerbrochen, die sie ihm an jenem Abend gemacht hatte; er war nicht an ihrem Verschwinden zerbrochen, an der vergeblichen Suche nach ihr, an ihrem Tod. Doch dieser Verdacht ihres Vaters traf ihn aus irgendeinem Grund wie ein Todesstoß. Er spürte, wie ihm die Tränen kamen, und bei der Vorstellung, vor diesem Fremden, vor seiner Cousine, vor irgendjemandem zu weinen, schnürte sich ihm die Kehle zu.

Samantha legte ihm tröstend den Arm um die Schultern. Er

spürte ihren hastigen Kuss an seiner Schläfe. »Es ist alles in Ordnung«, sagte sie. »Du bist hier sicher. Und es ist doch völlig egal, was andere denken. Ich weiß die Wahrheit. Und das ist die Hauptsache.«

»Welche Wahrheit?«, fragte Lynley vom Fenster her, wo er auf ein Zeichen zu warten schien, dass seine beiden Leute die Prüfung des Hauses abgeschlossen hatten. »Miss McCallin?«, sagte er, als Samantha nicht antwortete.

»Ach, hören Sie doch auf«, fuhr sie ihn gereizt an. »Julian hat Nicola nicht getötet. Und ich auch nicht. Und auch sonst niemand in diesem Haus, falls Sie das glauben sollten.«

»Und was ist das für eine Wahrheit, von der Sie da eben sprachen?«

»Die Wahrheit über Julian. Dass er ein guter und anständiger Mensch ist, und dass gute und anständige Menschen sich im Allgemeinen nicht gegenseitig umbringen, Inspector Lynley.«

»Auch dann nicht«, entgegnete Lynley, »wenn einer von ihnen nicht ganz so gut und anständig ist?«

»Ich weiß nicht, wovon Sie reden.«

»Aber ich vermute, Mr. Britton weiß es.«

Sie ließ ihren Arm von seinen Schultern gleiten. Julian spürte ihren forschenden Blick auf seinem Gesicht. Sie sagte zögernd seinen Namen und wartete darauf, dass er ihr erklären würde, was die Bemerkungen des Kriminalbeamten zu bedeuten hatten.

Und selbst jetzt brachte er das nicht fertig. Er sah sie noch immer vor sich – so viel lebendiger, als er je gewesen war, ein Mensch, der das Leben beim Schopf packte. Er konnte nicht ein Wort gegen sie sagen, auch wenn er noch so viel Grund dazu gehabt hätte. Nach den allgemeinen Vorstellungen und Maßstäben hatte Nicola ihn betrogen, und er wusste, wenn er von ihrem Leben in London erzählte, so wie sie es ihm geschildert hatte, könnte er sich als Opfer bezeichnen. Jeder, den er und Nicola gekannt hatten, würde in ihm ein Opfer sehen. Und es ließ sich in der Tat eine gewisse Genugtuung daraus schöpfen. Aber die Wahrheit war, dass er nur von denjenigen, die lediglich die äußeren Umstände kannten, als der Mann gesehen werden konnte, dem tiefes Unrecht zugefügt worden war. Wer Nicola so kannte, wie sie in Wahrheit gewesen war, würde wissen, dass er sich seinen ganzen Kummer selbst aufgeladen hatte. Nicola hatte ihn nicht ein einziges Mal belogen. Er hatte lediglich die Augen vor allem verschlossen, was er nicht hatte sehen wollen.

Es hätte sie nicht im Geringsten gekümmert, wenn er jetzt die Wahrheit über sie erzählt hätte. Aber er würde es nicht tun. Weniger, weil er ihr Andenken schützen wollte, mehr um die Menschen zu schützen, die sie geliebt hatten, ohne alles über sie zu wissen.

»Ich weiß nicht, wovon Sie sprechen«, sagte er zu Lynley. »Und ich verstehe nicht, warum Sie uns nicht einfach in Frieden lassen können.«

»Das werde ich nicht tun, solange nicht Nicola Maidens Mörder gefunden ist.«

»Dann suchen Sie anderswo«, sagte Julian. »Hier werden Sie ihn nicht finden.«

Die Tür am anderen Ende des Raums wurde geöffnet, und einer der Constables führte Julians Vater in die Lange Galerie. Er sagte zu Lynley: »Den hab ich im Wohnzimmer gefunden, Sir. Emmes ist schon raus in die Gärten.«

Jeremy Britton entzog Constable Benson seinen Arm. Er schien verwirrt. Er sah verängstigt aus. Aber er wirkte nicht angetrunken. Er ging zu Julian und kauerte vor ihm nieder.

»Alles in Ordnung, mein Junge?«, fragte er, und obwohl die Worte ein wenig genuschelt waren, hatte Julian den Eindruck, dass nicht Alkohol die Ursache war, sondern Jeremys aufrichtige Sorge um ihn.

Ihm wurde plötzlich warm ums Herz. Er sagte: »Alles okay, Dad«, und machte seinem Vater auf dem Boden vor dem Kamin Platz, indem er näher an Sam heranrückte.

Sie legte Julian wieder den Arm um die Schultern. »Ich bin so froh darüber«, sagte sie.

30

Barbara wählte einen Treffpunkt, den Matthew King-Ryder gut kennen musste: das Agincourt-Theater, wo die *Hamlet*-Produktion seines Vaters gezeigt wurde. Aber nachdem Nkata diese Nachricht von der Telefonzelle in South Kensington aus an King-Ryder übermittelt hatte, sagte er Barbara klipp und klar, dass er nicht im Traum daran denke, sie allein zu dem Stelldichein mit dem Killer gehen zu lassen.

»Ach, dann sind Sie also bekehrt?«, fragte Barbara. »Glauben Sie jetzt auch, dass King-Ryder der Mörder ist?«

»Sonst könnte er doch die Nummer dieser Telefonzelle nicht gewusst haben, ohne nachzufragen, Barb.« Aber Nkata schien bekümmert, und als er zu sprechen fortfuhr, verstand Barbara, warum. »Ich kann einfach nicht begreifen, wie er seinen eigenen Vater erpressen konnte.«

»Er wollte eben mehr Geld, als sein Vater ihm zu geben bereit war. Und er hat nur eine Möglichkeit gesehen, es sich zu beschaffen.«

»Aber wie ist er überhaupt zu diesen Noten gekommen? Sein Vater hätte ihm doch bestimmt nichts davon erzählt, oder?«

»Nein, ich kann mir nicht vorstellen, dass er seinem eigenen Sohn – oder sonst einem Menschen – erzählt hätte, dass sein ganzes Stück geklaut war, und noch dazu von seinem alten Freund und Partner. Aber Matthew war der Manager seines Vaters, Winnie. Er muss rein zufällig irgendwo auf die Noten gestoßen sein.«

Sie gingen zu Barbaras Wagen in Queen's Gate Gardens. Nkata hatte King-Ryder gesagt, er solle genau eine halbe Stunde nach Beendigung des Telefongesprächs ins Agincourt kommen. »Wenn Sie zu früh aufkreuzen, kriegen Sie mich nicht zu sehen«, hatte er King-Ryder gewarnt. »Sie können froh sein, dass ich überhaupt bereit bin, auf Ihrem eigenen Terrain mit Ihnen zu verhandeln.«

King-Ryder solle dafür sorgen, dass die Bühnentür nicht abgeschlossen war. Er solle ferner dafür sorgen, dass das Haus leer war.

Für die Fahrt zum West End brauchten sie weniger als zwanzig Minuten. Das Agincourt-Theater stand neben dem Museum für Theatergeschichte in einer schmalen Seitenstraße der Shaftesbury Avenue. Der Bühneneingang befand sich gegenüber einer Reihe von Müllcontainern, die zum *Royal-Standard*-Hotel gehörten. Es gab keine Fenster mit Blick auf den Eingang. Nkata und Barbara konnten sich also unbeobachtet in das Theater stehlen.

Nkata bezog Posten in der letzten Parkettreihe. Barbara versteckte sich hinter der Bühne, in den tiefen Schatten einer hohen Kulisse. Obwohl der Verkehrslärm der Shaftesbury Avenue sie bis zum Bühneneingang begleitet hatte, war es im Haus grabesstill. Darum hörte Barbara die Ankunft des Mannes, auf den sie warteten, als dieser etwa sieben Minuten später durch den Bühneneingang eintrat.

Er verhielt sich genau so, wie Nkata es von ihm verlangt hatte. Er schloss die Tür. Er ging auf die Bühne. Er schaltete die Bühnenbeleuchtung ein. Er ging zur Mitte der Bühne. Wahrscheinlich steht er ziemlich genau an derselben Stelle, dachte Barbara, wo Hamlet in Horatios Armen Abend für Abend sein Leben aushaucht. Wie passend.

Er starrte in den dunklen Zuschauerraum und sagte: »Also los, verdammt noch mal. Ich bin hier.«

Nkata sprach aus der Dunkelheit, die ihn verbarg. »Das seh ich.«

King-Ryder trat einen Schritt vor und rief unerwartet mit schriller, schmerzerfüllter Stimme: »Sie haben ihn umgebracht, Sie dreckiges Schwein! Sie haben ihn umgebracht. Sie beide zusammen. Sie alle miteinander. Und ich schwöre zu Gott, dafür werden Sie büßen!«

»Ich hab niemanden umgebracht. Ich war in letzter Zeit überhaupt nicht in Derbyshire.«

»Sie wissen genau, wovon ich spreche. Sie haben meinen Vater getötet.«

Barbara runzelte die Stirn, als sie das hörte. Was zum Teufel redete der Mann da?

»So wie ich's gehört hab, hat der gute Mann sich selbst die Kugel gegeben«, sagte Nkata.

King-Ryder ballte die Fäuste. »Und warum? Was glauben Sie

wohl, warum er sich erschossen hat? Er brauchte diese Noten. Und er hätte sie bekommen – jedes einzelne Blatt –, wenn Sie und Ihre Kumpane nicht dazwischengefunkt hätten. Er hat sich erschossen, weil er dachte ... weil er glaubte ... Mein Vater war überzeugt ...« Seine Stimme brach. »Sie haben ihn getötet. Los, geben Sie mir die Noten. Sie haben ihn getötet.«

»Erst müssen wir uns einig werden.«

»Dann kommen Sie ins Licht, wo ich Sie sehen kann.«

»Ich schätze, das lass ich lieber bleiben.«

»Sie müssen verrückt sein, wenn Sie glauben, ich würde einen Haufen Geld an jemanden übergeben, den ich nicht mal sehen kann.«

»Von Ihrem Vater haben Sie das aber erwartet.«

»Unterstehen Sie sich, von meinem Vater zu sprechen. Wagen Sie es nicht, auch nur seinen Namen auszusprechen.«

»Plagt Sie das schlechte Gewissen, oder was?«

»Geben Sie mir einfach die Noten. Kommen Sie hier herauf. Benehmen Sie sich wie ein Mann. Na los, geben Sie her.«

»Das wird Sie einiges kosten.«

»In Ordnung. Wie viel?«

»Das Gleiche, was Ihr Vater gezahlt hat.«

»Sie sind ja verrückt!«

»Das war ein ganz schöner Haufen Knete«, sagte Nkata. »Ich nehm sie Ihnen gerne ab. Und keine dummen Tricks, Mann. Ich kenne den Betrag. Ich gebe Ihnen vierundzwanzig Stunden, das Geld zu beschaffen. In bar. Ich kann mir denken, dass es ein bisschen dauert, wenn's über St. Helier läuft, und ich bin ja ein verständnisvoller Mensch.«

Mit der Anspielung auf St. Helier war Nkata eindeutig zu weit gegangen. Barbara sah es an King-Ryders körperlicher Reaktion: Sein Rücken wurde plötzlich stocksteif, als ob sämtliche Nervenfasern auf Alarm geschaltet hätten. Ein gewöhnlicher kleiner Gauner, der ein Ding drehen wollte, hätte niemals von dem Geld auf der Bank in St. Helier gewusst.

King-Ryder entfernte sich von der Bühnenmitte. Er spähte suchend in die Dunkelheit des Zuschauerraums. Misstrauisch sagte er: »Wer zum Teufel sind Sie?«

Barbara nahm das als ihr Stichwort.

»Ich glaube, die Antwort darauf wissen Sie, Mr. King-Ryder.« Sie trat aus den Schatten auf die Bühne. »Die Noten sind übrigens nicht hier. Und Sie wären wahrscheinlich nie aufgetaucht, hätten Sie nicht Terry Cole getötet, um sie sich zurückzuholen. Terry hatte sie seiner Nachbarin geschenkt, einer alten Dame namens Mrs. Baden. Und sie hatte keine blasse Ahnung, was sie da in ihrem Besitz hatte.«

»Sie!«, rief King-Ryder.

»Richtig. Kommen Sie freiwillig mit, oder wollen Sie es auf eine Szene ankommen lassen?«

»Sie haben *nichts* gegen mich in der Hand«, sagte King-Ryder. »Ich habe nicht ein verdammtes Wort gesagt, das Sie als Beweis dafür verwenden könnten, dass ich irgendjemandem etwas angetan habe.«

»Da ist was Wahres dran.« Nkata kam durch den Mittelgang des Theaters zur Bühne. »Aber wir haben oben in Derbyshire eine schöne schwarze Lederjacke. Und wenn Ihre Fingerabdrücke mit denen auf der Jacke übereinstimmen, werden Sie verdammt große Mühe haben, sich da rauszuwinden.«

Barbara sah förmlich, wie King-Ryders Gedanken rasten, während er blitzschnell alle Möglichkeiten durchging: Kampf, Flucht oder Kapitulation. Seine Aussichten waren gering – trotz der Tatsache, dass einer seiner Gegner eine Frau war –, und obwohl das Theater und seine Umgebung zahllose Verstecke boten, wäre es doch nur eine Frage der Zeit, bis man ihn schnappte, wenn er zu fliehen versuchte.

Seine Haltung änderte sich wieder. »Sie haben meinen Vater getötet«, sagte er. »Sie haben Dad getötet.«

Als Andy Maiden nach zwei Stunden noch immer nicht in Broughton Manor aufgetaucht war, begann Lynley an der Richtigkeit der Folgerung zu zweifeln, die er aus der von Maiden hinterlassenen Nachricht gezogen hatte. Ein Anruf von Hanken, der ihm mitteilte, dass Will Upman keinerlei Gefahr drohte, verstärkte seine Zweifel.

»Hier hat er sich auch nicht blicken lassen«, sagte Lynley zu Hanken. »Pete, ich habe ein ganz ungutes Gefühl.«

Das ungute Gefühl wurde zur bösen Vorahnung, als Winston

Nkata aus London anrief. Er habe Matthew King-Ryder im Yard, teilte Nkata mit und berichtete in einem Tempo, das keine Unterbrechung zuließ. Barbara Havers hatte einen Plan entwickelt, um den Burschen zu schnappen, und die Sache hatte reibungslos geklappt. Der Kerl war bereit, über die Morde auszupacken. Nkata und Havers könnten ihn einlochen und auf den Inspector warten oder gleich selbst an die Arbeit gehen, ganz wie Lynley wünschte.

»Es war alles wegen der Noten, die Barb in Battersea aufgestöbert hat. Terry Cole hatte King-Ryders Pläne durchkreuzt, und weil die Noten nicht dort landeten, wo sie landen sollten, hat King-Ryders Vater sich erschossen. Matthew behauptet, er hätte seinen Tod rächen wollen. Aber natürlich wollte er auch die Noten wiederhaben.«

Lynley hörte verständnislos zu, während Nkata vom West End sprach, der Inszenierung von *Hamlet,* von Telefonzellen in South Kensington und von Terry Cole. Als der Constable schließlich zum Ende gekommen war und noch einmal fragte, ob sie mit King-Ryders Vernehmung bis zu Lynleys Rückkehr warten sollten, antwortete Lynley verwirrt: »Aber was ist mit Nicola Maiden? Was für eine Rolle hat sie gespielt?«

»Sie war nur zur falschen Zeit am falschen Ort«, erklärte Nkata. »King-Ryder hat sie getötet, weil sie da war. Als Terry Cole von dem Pfeil getroffen wurde, hat sie ihn mit dem Bogen gesehen. Barb hat übrigens gesagt, sie hätte in seiner Wohnung ein Foto gesehen: Matthew als Kind mit seinem Vater beim Schulsportfest. Sie glaubt, dass er einen Köcher getragen hat. Sie hat den Gurt gesehen, der quer über seiner Brust lag. Ich nehme an, wenn wir uns einen Durchsuchungsbefehl holen, finden wir diesen Langbogen in seiner Bude. Soll ich mich darum schon mal kümmern?«

»Was hat Havers mit der ganzen Sache zu tun?«

»Sie hat Vi Nevin auf den Zahn gefühlt, als sie gestern Abend aufgewacht ist. Die meisten Einzelheiten hat sie von ihr erfahren.« Lynley hörte, wie Nkata hastig Luft holte, um fortfahren zu können. »Da die Nevin ja mit dem Fall nichts zu tun zu haben schien, Inspector … ich meine, weil wir doch inzwischen wegen diesem Krach in Islington – und wegen der Drohung und der

Reifenkralle Andy Maiden auf dem Kieker hatten und so – hab ich Barb gesagt, sie soll mit der Nevin reden. Wenn's da was auszusetzen gibt, muss ich das eben auf meine Kappe nehmen.«

Lynley fühlte sich überschwemmt von der Flut von Informationen, die Nkata über ihm ausgeschüttet hatte, aber nach den ersten Augenblicken der Sprachlosigkeit sagte er: »Gut gemacht, Winston.«

»Ich bin eigentlich nur hinter Barb hergetrottet, Inspector.«

»Dann richten Sie auch Constable Havers aus, dass sie ihre Sache gut gemacht hat.«

Lynley legte auf. Er merkte, dass seine Bewegungen langsamer waren als sonst, und er wusste, dass Überraschung – Schock – die Ursache war. Aber als ihm schließlich in vollem Umfang klarwurde, was sich da während seiner Abwesenheit in London abgespielt hatte, senkte sich Furcht wie eine finstere Wolke über ihn.

Nach ihrem Auftritt in der Polizeidienststelle Buxton war Nancy Maiden nach Hause gefahren, um auf Nachricht von ihrem Mann zu warten. Das Angebot der Polizei, ihr eine Beamtin mitzugeben, die bei ihr bleiben würde, bis ihr Mann gefunden war, hatte sie hartnäckig abgelehnt. »Bitte, finden Sie ihn«, hatte sie nur zu Lynley gesagt, als sie wieder gegangen war. Und mit den Augen hatte sie ihm etwas mitzuteilen versucht, was sie nicht in Worte fassen wollte.

Jetzt bat Lynley die Brittons und Samantha McCallin, mit ihren polizeilichen Bewachern in der Langen Galerie zu bleiben, bis sie Neues hörten. Und dort ließ er sie zurück.

Ihm war klar, was für ein schwieriges Unternehmen eine Fahndung nach Andy Maiden werden würde. Wenn er in den letzten Tagen eines gelernt hatte, dann war es die Tatsache, dass der Peak District ein riesiges Gebiet war: kreuz und quer durchzogen von Wanderwegen, gekennzeichnet von völlig unterschiedlichen topographischen Besonderheiten und gezeichnet von den Spuren fünftausendjähriger menschlicher Besiedelung. Aber als er sich Andys Hoffnungslosigkeit bei ihrem letzten Gespräch ins Gedächtnis rief und an die Worte: »Ich erledige das selbst«, dachte, war er sich ziemlich sicher, wo er mit seiner Suche beginnen musste.

Von Broughton Manor aus brauste er, von Furcht getrieben, nach Norden in Richtung Bakewell. Andy war überzeugt, dass das Netz der Ermittlungen sich unaufhaltsam um ihn zusammenzog, und alles, was Lynley und Hanken bei ihren letzten beiden Zusammentreffen mit dem Mann getan und gesagt hatten, musste ihm das bestätigt haben. Sollte er wegen des Mordes an seiner Tochter verhaftet werden – sollte er auch nur eingehender über die Ermordnung seiner Tochter vernommen werden –, so würde die Wahrheit über Nicolas Leben in London ans Licht kommen. Und er hatte bereits bewiesen, dass er bereit war, bis zum Äußersten zu gehen, um die Wahrheit über dieses Leben geheim zu halten.

Lynley raste nach Sparrowpit und weiter die Landstraße hinunter zu dem weißen Eisentor, hinter dem die riesige Fläche des Calder Moor lag. Ein Land Rover stand am Ende der kurzen, schmalen Straße, wo der Weg ins Moor begann. Direkt dahinter parkte ein klappriger alter Morris.

Im Laufschritt eilte Lynley den matschigen, holprigen Trampelpfad entlang. Er wollte nicht darüber nachdenken, wie weit Andy gegangen sein könnte, um zu verhindern, dass seine Frau die Wahrheit über ihre Tochter erfuhr, darum konzentrierte er sich auf jene Erinnerung, die ihn seit mehr als zehn Jahren mit diesem Mann verband.

Eine Kanone zu tragen ist nicht weiter schwer, Jungchen, hatte Dennis Hextell zu ihm gesagt. Den Mund aufzumachen und nicht daherzureden, als wär man mit 'nem goldenen Löffel zwischen den Zähnen geboren, ist was ganz andres. Hextell hatte ihn verachtet und geduldig darauf gewartet, dass er sich bei seiner Arbeit als Undercoveragent unfähig zeigen würde, irgendetwas anderes überzeugend darzustellen als das, was er war: der privilegierte Sohn eines privilegierten Sohns. Andy Maiden dagegen hatte gesagt: Gib ihm eine Chance, Dan. Und als er diese Chance dann bekommen hatte, dass ein ganzer LKW voll Semtex – als Köder gedacht – von genau den Leuten entführt worden war, die man hatte einfangen wollen, war noch in derselben Stunde die Meldung »Kein Amerikaner gebraucht das Wort ›torch‹, wenn er Taschenlampe meint, Jack«, in der Met eingegangen – Illustration dafür, dass ein einziges falsches Wort Menschenleben kosten und Karrieren zerstören kann. Dass es Lynleys Karriere nicht zerstört hatte, hatte er Andy Maiden zu verdanken. Er hatte den niedergeschmetterten jungen Beamten nach dem nachfolgenden Bombenanschlag in Belfast beiseitegenommen und gesagt: »Kommen Sie herein, Tommy. Sprechen Sie mit mir. Reden Sie!«

Und das hatte Lynley schließlich getan. Er hatte sich seine Schuldgefühle, seine Verwirrung und seinen Schmerz in einer Weise von der Seele geredet, die ihm letztlich gezeigt hatte, wie dringend er eine Vaterfigur in seinem Leben brauchte.

Andy Maiden hatte diese Rolle übernommen, ohne je danach zu fragen, warum Lynley das so verzweifelt gebraucht hatte. Er hatte gesagt: »Hören Sie zu, mein Junge«, und Lynley hatte zugehört, zum Teil, weil der andere sein Vorgesetzter war, vor allem jedoch, weil niemand je zuvor ihn mit »mein Junge« angesprochen hatte. Lynley kam aus einer Welt, in der die Leute ihren Platz in der gesellschaftlichen Hierarchie kannten und sich im Allgemeinen danach richteten oder die Konsequenzen zu spüren bekamen, wenn sie es nicht taten. Aber Andy Maiden war keiner von diesen Leuten. »Sie haben nicht das Zeug für die SO10«, hatte Andy ihm erklärt. »Was Sie durchgemacht haben, beweist das, Tommy. Aber Sie mussten es durchmachen, um es zu erkennen, verstehen Sie? Lernen ist kein Verbrechen. Ein Verbrechen ist nur, wenn man sich weigert, das Gelernte anzuwenden.«

An diese Lebensphilosophie Andy Maidens musste Lynley jetzt denken. Andy hatte sie sein ganzes Berufsleben hindurch angewandt, und in den letzten Tagen ihrer erneuerten Bekanntschaft war Lynley nichts aufgefallen, was ihm jetzt das beruhigende Gefühl hätte geben können, dass Andy dieser Philosophie nicht auch heute folgen würde.

Die Angst trieb ihn nach Nine Sisters Henge. Als er dort ankam, war alles still bis auf den Wind, der in gewaltigen Böen wehte, um zwischendurch immer wieder für ein paar Sekunden abzuflauen. Er kam von Westen von der Irischen See her und verhieß neue Regenschauer in den kommenden Stunden.

Lynley näherte sich dem Wäldchen und ging hinein. Der Boden war noch feucht vom morgendlichen Regen, und das von den Birken gefallene Laub bildete ein schwammiges Polster unter seinen Füßen. Er folgte dem Pfad, der von dem hohen Wächterstein in die Mitte des Hains führte. Hier im Windschatten war nur das Rascheln der Blätter zu hören und das Geräusch seines vor Anstrengung keuchenden Atems.

Im letzten Moment zögerte er. Er wollte nicht sehen, und er wollte nicht wissen. Aber er zwang sich weiterzugehen, in den Steinkreis hinein. Und in der Mitte des Steinkreises fand er sie.

Nan Maiden hockte in halb sitzender, halb kniender Haltung auf dem Boden, den Rücken Lynley zugekehrt. Andy Maiden lag vor ihr, das eine Bein angewinkelt, das andere ausgestreckt, Kopf und Schultern in den Schoß seiner Frau gebettet.

Lynleys Verstand sagte: *Daher kommt das ganze Blut, aus seinem Kopf und seinen Schultern.* Aber Lynleys Herz rief: *Großer Gott, nein,* und er wünschte, dass das, was er sah, als er um die beiden Gestalten herumging, nur ein Traum wäre. Ein Alptraum, der wie alle Träume aus dem aufgestiegen war, was tief im Unterbewusstsein liegt und nach eingehender Prüfung verlangt, wenn man die größte Angst hat.

Er sagte: »Mrs. Maiden. Nancy.«

Nan hob den Kopf. Sie hatte sich über Andy gebeugt, und ihre Wangen und ihre Stirn waren mit seinem Blut befleckt. Sie weinte nicht, und vielleicht hatte sie auch überhaupt nicht geweint, da sie längst über Tränen hinaus war. Sie sagte: »Er glaubte, er hätte versagt. Und als er einsehen musste, dass er nichts wiedergutmachen konnte …« Ihre Hände spannten sich fester um den Körper ihres Mannes, als sie versuchte, die klaffende Wunde in seinem Hals zu schließen, aus der sein Blut geflossen war, seine Kleider durchtränkt und eine Lache unter ihm gebildet hatte. »Er musste … etwas tun.«

Lynley sah blutbespritztes Papier zerknittert auf dem Boden neben ihr liegen. Er hob es auf und las die Worte, die er erwartet hatte: Andy Maidens falsches Geständnis, die Tochter ermordet zu haben, die er so innig geliebt hatte.

»Ich wollte es nicht glauben«, sagte Nan Maiden, den Blick auf das fahle Gesicht ihres Mannes geheftet. Sie strich über sein Haar. »Ich konnte es nicht glauben und weiter mit mir selbst leben. Und weiter mit ihm leben. Ich merkte, dass ihn irgendetwas schrecklich belastete, als diese nervösen Störungen eintraten, aber ich konnte mir nicht vorstellen, dass er ihr je etwas antun würde. Wie konnte ich denn so etwas auch nur denken? Selbst jetzt. Wie? Sagen Sie es mir! Wie?«

»Mrs. Maiden ...« Was konnte er schon sagen? Sie stand im Augenblick zu stark unter Schock, um das, was hinter dem Handeln ihres Mannes stand, in seinem ganzen Umfang zu begreifen. Im Moment hatte sie reichlich genug mit ihrem Entsetzen über den vermeintlichen Mord ihres Mannes an ihrer gemeinsamen Tochter zu tun.

Lynley kauerte neben Nan Maiden nieder und legte ihr die Hand auf die Schulter. »Mrs. Maiden«, sagte er, »kommen Sie fort von hier. Ich habe mein Handy im Wagen gelassen, und wir müssen die Polizei rufen.«

»Er ist die Polizei«, sagte sie. »Er hat seine Arbeit geliebt. Er konnte sie nicht mehr machen, weil seine Nerven nicht mehr mitgemacht haben.«

»Ja«, antwortete Lynley. »Ja, das habe ich gehört.«

»Und daher wusste ich es, verstehen Sie? Aber ich konnte mir trotzdem nicht sicher sein. Ich konnte niemals sicher sein, darum wollte ich nichts sagen. Ich konnte es nicht riskieren.«

»Natürlich.« Lynley versuchte, sie hochzuheben. »Mrs. Maiden, bitte kommen Sie ...«

»Ich dachte, wenn ich ihn nur davor bewahren könnte, es je zu erfahren ... Das war es, was ich wollte. Aber nun zeigt sich, dass er längst über alles Bescheid gewusst hat, deshalb hätten wir ebenso gut offen darüber sprechen können, Andy und ich. Und wenn wir darüber gesprochen hätten ... Begreifen Sie, was das heißt? Wenn wir miteinander gesprochen hätten, hätte ich ihn aufhalten können. Ich weiß es. Ich fand es entsetzlich, was sie tat – zuerst dachte ich, es würde mich umbringen –, und wenn ich gewusst hätte, dass sie ihm gesagt hatte, was sie trieb ...« Nan neigte sich wieder zu ihrem Mann hinunter. »Wir hätten einander gehabt. Wir hätten miteinander reden können. Ich hätte die richtigen Worte gefunden, um ihn aufzuhalten.«

Lynleys Hand fiel von ihrer Schulter herab. Er hatte ihr die ganze Zeit zugehört, aber plötzlich wurde er sich bewusst, dass er nichts gehört hatte. Andys Anblick – die klaffende Wunde an der Kehle, von eigener Hand aufgeschlitzt – hatte alle seine Sinne außer dem Sehvermögen betäubt. Aber jetzt endlich hörte er, was Nan Maiden sagte. Und als er es hörte, begriff er.

»Sie haben alles über sie gewusst«, sagte er. »Sie haben es gewusst.«

Und ein gähnender Abgrund der Schuld tat sich unter ihm auf, als er erkannte, welche Rolle er selbst bei Andy Maidens sinnlosem Tod gespielt hatte.

»Ich bin ihm gefolgt«, sagte Matthew King-Ryder.

Sie hatten ihn in einen Vernehmungsraum gebracht. Er saß auf der einen Seite des Tisches mit der Resopalplatte, Barbara Havers und Winston Nkata auf der anderen. Zwischen ihnen, am Tischende, stand ein Recorder, der seine Antworten aufzeichnete.

King-Ryder schien gebrochen. Nun, da er sein Schicksal durch den Fund einer Lederjacke und eines Zedernsplitters in der Wunde eines seiner Opfer besiegelt sah, hatte er offenbar Rückblick auf einige der unerfreulichen Realitäten gehalten, die ihn an diesen Punkt geführt hatten. Beides, der Blick in die Zukunft und der in die Vergangenheit, hatte ihn merklich verändert. Die wütende Rachsucht, die er im Agincourt-Theater an den Tag gelegt hatte, war der tiefen Niedergeschlagenheit eines Kämpfers gewichen, der sich endgültig besiegt sieht.

Den ersten Teil seiner Geschichte erzählte er mit fast teilnahmsloser, monotoner Stimme. In einer Hintergrundbeschreibung schilderte er den Groll, der ihn veranlasst hatte, seinen eigenen Vater zu erpressen. David King-Ryder, so viele Millionen wert, dass ein Heer von Buchhaltern nötig gewesen war, um sein Geld zu verwalten, hatte beschlossen, sein ganzes Vermögen einer Stiftung für Bühnen- und Theaterkünstler zu hinterlassen, ohne seinen eigenen Kindern auch nur einen Penny zu vermachen. Eines dieser Kinder hatte die Testamentsbestimmungen mit der Resignation einer Tochter akzeptiert, die nur zu gut wusste, dass es sinnlos wäre, Widerspruch zu erheben. Das andere Kind – Matthew – hatte Mittel und Wege gesucht, um das Blättchen zu wenden.

»Ich hatte schon seit Jahren über die Musik zu *Hamlet* Bescheid gewusst, aber davon hatte mein Dad keine Ahnung«, erklärte King-Ryder. »Er konnte auch gar nichts davon ahnen, da er und meine Mutter längst geschieden waren, als Michael die Musik schrieb, und da er nicht wusste, dass Michael mit uns in Verbindung geblieben war. Michael Chandler war mir im Grunde mehr ein Vater als mein leiblicher. Er spielte mir aus dem Stück vor – Teile natürlich nur –, wenn ich ihn in den Ferien oder an Feiertagen besuchte. Er war damals nicht verheiratet, aber er wünschte sich immer einen Sohn, und ich hab's mir gern gefallen lassen, dass er bei mir den Vater gespielt hat.«

David King-Ryder hatte nicht geglaubt, dass die Hamlet-Partitur viel Aussicht auf Erfolg hatte. Die Partner hatten sie deshalb, nachdem Michael Chandler sie vollendet hatte, zu den Akten gelegt. Das war vor zwanzig Jahren gewesen. Und dort waren die Noten geblieben – begraben irgendwo unter den King-Ryder-Chandler-Denkwürdigkeiten in den Büros der King-Ryder-Produktionsgesellschaft in Soho. Als David King-Ryder die Partitur eines Tages als sein neuestes Werk präsentiert hatte, hatte Matthew nicht nur augenblicklich die Musik und die Texte erkannt, sondern auch begriffen, was sie für seinen Vater bedeuteten: einen letzten Versuch, seinen Ruf zu retten, der infolge zweier aufeinanderfolgender und teurer Misserfolge beinahe schon zerstört war.

Es hatte Matthew nicht viel Mühe gekostet, die Originalnoten zu finden. Und als er sie erst einmal in Händen hatte, sah er, wie er sie zu Geld machen konnte. Sein Vater würde nicht wissen, wer die Noten hatte – jeder aus den Produktionsbüros konnte sie aus den Akten gestohlen haben, wenn er gewusst hatte, wo er suchen musste –, und da ihm sein Ruf über alles ging, würde er jeden Preis zahlen, um die Noten zurückzubekommen. Auf diese Weise würde Matthew an das Erbe kommen, das ihm sein Vater mit seinem Testament verwehren wollte.

Der Plan war einfach gewesen. Vier Wochen vor der Premiere des *Hamlet* hatte Matthew ein Notenblatt zusammen mit einem Erpresserschreiben an die Privatadresse seines Vaters gesandt. Wenn er nicht eine Million Pfund auf ein Bankkonto in St. Helier einzahle, würden die Noten rechtzeitig zur Premiere an die größte Boulevardzeitung des Landes geschickt werden. Sobald das Geld auf der Bank sei, würde David King-Ryder davon in Kenntnis gesetzt werden, wo er den Rest der Noten abholen könne.

»Als ich das Geld hatte, habe ich bis eine Woche vor der Premiere gewartet«, erzählte King-Ryder. »Ich wollte ihn schmoren lassen.«

Dann hatte er seinen Vater angerufen und ihn aufgefordert, zu den Telefonzellen in South Kensington zu kommen und dort weitere Instruktionen abzuwarten. Punkt zehn, hatte er gesagt, würde David King-Ryder erfahren, wo die Noten abgeholt werden könnten.

»Aber dann ist Terry Cole ans Telefon gegangen und nicht Ihr Vater«, warf Barbara ein. »Wieso haben Sie nicht gemerkt, dass es eine fremde Stimme war?«

»Er hat nur ›Ja?‹ gesagt und sonst nichts«, erklärte King-Ryder. »Ich dachte, er wäre nervös, in Eile. Und es hörte sich so an, als hätte er den Anruf erwartet.«

In den folgenden Tagen hatte er bemerkt, dass sein Vater sehr unruhig war, aber er hatte angenommen, King-Ryder sei verärgert darüber, dass er eine Million Pfund hatte lockermachen müssen. Er hatte ja nicht wissen können, dass sein Vater von Tag zu Tag nervöser wurde, weil der Anruf, den er zu erhalten hoffte – von dem Erpresser, der ihn, wie er glaubte, nie in der Telefonzelle in Elvaston angerufen hatte –, nicht kam. Als der Tag der Hamlet-Premiere immer näher rückte, hatte David King-Ryder angefangen zu glauben, er sei Leuten in die Hände gefallen, die ihn entweder mit immer neuen Geldforderungen ausbluten oder ihn endgültig ruinieren würden, indem sie Michael Chandlers Musik an die Boulevardpresse weitergaben.

»Als er am Premierenabend immer noch nichts gehört hatte und das Stück ein solcher Erfolg war … Nun, Sie wissen, was da geschehen ist.«

Matthew schlug die Hände vors Gesicht. »Ich wollte nicht, dass er stirbt«, sagte er. »Er war mein Vater. Aber ich fand es nicht fair, dass sein ganzes Geld – jeder Penny bis auf diesen lächerlichen Betrag für Ginny …« Er senkte die Hände, und sein Ton wurde grimmig. »Er war mir etwas schuldig. Er war mir kein guter Vater. Er schuldete mir wenigstens das.«

»Warum haben Sie ihn nicht einfach darum gebeten?«, fragte Nkata.

Matthew lachte bitter. »Mein Vater hat sich alles selbst erarbeitet, seinen Ruf, seine Stellung und sein Geld. Er erwartete von mir, dass ich es genauso machen würde. Und ich habe es auch getan – ich habe immer gearbeitet –, und ich hätte weiter gearbeitet. Aber dann habe ich gesehen, dass er sich den Weg zum Erfolg mit Hilfe von Michaels Musik abkürzen wollte. Und da habe ich mir gesagt, was er kann, das kann ich auch. Und es wäre ja auch alles gutgegangen, wenn nicht dieser verdammte kleine Scheißer aufgetaucht wäre. Und als mir klarwurde, dass er die Musik dazu benutzen wollte, das gleiche miese Spiel mit mir zu spielen, musste ich etwas unternehmen. Ich konnte das doch nicht einfach tatenlos hinnehmen.«

Barbara runzelte die Stirn. Bis zu diesem Moment hatte alles genau ins Bild gepasst. Sie sagte: »Dasselbe Spiel? Was denn für eines?«

»Erpressung«, antwortete King-Ryder. »Cole marschierte mit diesem höhnischen Grinsen in mein Büro und sagte: ›Ich hab hier was, bei dem ich Ihre Hilfe brauche, Mr. King-Ryder‹, und sobald ich es sah – es war ein einzelnes Notenblatt, genau wie ich es meinem Vater geschickt hatte –, war mir klar, was dieser Deckskerl vorhatte. Ich habe ihn gefragt, wie er zu den Noten gekommen sei, aber das wollte er mir nicht sagen. Da habe ich ihn rausgeschmissen. Aber ich bin ihm gefolgt. Ich wusste, dass er nicht allein arbeitete.«

Der Musik auf der Spur, war er Terry Cole zu den Ateliers unter den Eisenbahnarkaden in Battersea gefolgt und von dort aus zu seiner Wohnung in der Anhalt Road. Als der Junge ins Haus gegangen war, hatte Matthew es riskiert, die Satteltaschen an seinem Motorrad zu durchsuchen, hatte aber nichts gefunden. Daraufhin hatte er beschlossen, dem Jungen so lange auf den Fersen zu bleiben, bis er ihn entweder zu den Noten führte oder zu der Person, in deren Besitz sie waren.

Als er ihm dann zur Rostrevor Road gefolgt war, hatte er geglaubt, auf der richtigen Spur zu sein. Terry war nämlich mit einem großen braunen Umschlag aus Vi Nevins Haus gekommen und hatte ihn in seine Satteltasche geschoben. Matthew King-Ryder war überzeugt gewesen, dass dieser Umschlag nur die Noten enthalten konnte.

»Als er Richtung Motorway fuhr, hatte ich keine Ahnung, wohin er wollte. Aber mitgehangen, mitgefangen. Also bin ich hinter ihm hergefahren.«

Und als er Terry und Nicola Maiden bei ihrer Zusammenkunft draußen in der Wildnis beobachtet hatte, war er sicher gewesen, dass sie am Tod seines Vaters und an seinem eigenen Missgeschick schuld waren. Die einzige Waffe, die er zur Hand hatte, war der Langbogen, der in seinem Wagen lag. Er lief zurück, um ihn zu holen, wartete bis zum Einbruch der Dunkelkeit und tötete die beiden dann.

»Aber die Noten waren nirgends auf dem Zeltplatz«, sagte King-Ryder. »In dem Umschlag waren nur Briefe, die aus aufgeklebten Buchstaben aus Zeitungen und Zeitschriften zusammengesetzt waren.«

Er hatte weitergesucht. Er musste die Noten zu *Hamlet* finden. Er war nach London zurückgekehrt und hatte überall dort gesucht, wohin Terry ihn geführt hatte.

»An die alte Frau habe ich überhaupt nicht gedacht«, sagte er am Ende.

»Sie hätten annehmen sollen, als sie Ihnen Kuchen angeboten hat«, versetzte Barbara.

Wieder senkte King-Ryder den Blick auf seine Hände. Seine Schultern zuckten. Er begann zu weinen.

»Ich habe nie gewollt, dass ihm etwas zustößt. Ich schwöre es. Wenn er doch nur gesagt hätte, dass er mir etwas hinterlassen würde. Aber das hat er nicht getan. Ich war sein Sohn, sein einziger Sohn, aber ich sollte nichts bekommen. Seine Familienbilder könnte ich haben, hat er gesagt. Sein verdammtes Klavier und die Gitarre. Aber Geld? Geld – o nein, keinen einzigen Penny von seinem gottverdammten vielen Geld ... Wieso hat er nicht gesehen, dass es mich zu einem Nichts gemacht hat, so übergangen zu werden? Ich sollte dankbar dafür sein, dass ich sein Sohn war, dass ich lebte, weil er mich gezeugt hatte. Er wollte mir Arbeit geben, aber sonst ... nichts. Ich musste es ganz allein schaffen. Und das war nicht fair. Denn ich habe ihn geliebt. Ich habe ihn immer geliebt, auch in den langen Jahren seines Scheiterns. Und auch, wenn er nie wieder Erfolg gehabt hätte. Das hätte keinen Unterschied gemacht. Nicht für mich.«

Sein Schmerz schien echt. Barbara hätte gern Mitleid mit ihm gehabt, aber sie konnte keines aufbringen, als sie merkte, wie sehr er darauf spekulierte. Er wollte von ihr als das Opfer der Gleichgültigkeit seines Vaters gesehen werden. Ganz gleich, dass er seinen Vater für den Preis von einer Million Pfund vernichtet hatte. Ganz gleich, dass er zwei brutale Morde verübt hatte. Sie sollten Mitleid mit ihm haben, weil Umstände außerhalb seiner Kontrolle ihn gezwungen hatten, so zu handeln, wie er gehandelt hatte; weil David King-Ryder es nicht für angebracht gehalten hatte, ihm wenigstens einen Teil seines Vermögens zu vermachen, was von vornherein verhindert hätte, dass die Morde überhaupt jemals verübt worden wären.

Gott, ja, dachte Barbara, da haben wir es, das Übel unserer Zeit. »Ich kann nichts dafür.« Nicht mit mir. Tu jemand anderem weh. Gib jemand anderem die Schuld. Aber tu mir nicht weh, gib nicht mir die Schuld.

Auf eine solche Denkweise würde sie sich gar nicht erst einlassen. Alles Mitleid, das Barbara vielleicht für den Mann aufgebracht hätte, wurde ausgelöscht durch den sinnlosen Tod zweier Menschen in Derbyshire und die Erinnerung daran, was er Vi Nevin angetan hatte. Für diese Verbrechen würde er büßen. Aber eine Gefängnisstrafe – ganz gleich, wie lang – schien keine angemessene Strafe für Erpressung, Selbstmord, Mord, Körperverletzung und die Nachwirkungen jedes dieser Verbrechen. Sie sagte: »Sie möchten vielleicht die Wahrheit über Terry Coles Absichten wissen, Mr. King-Ryder. Ja, ich denke, es ist wichtig für Sie, das zu erfahren.«

Und sie sagte ihm, dass Terry Cole nicht mehr gewollt hatte als eine Adresse und eine Telefonnummer. Ja, dass der Junge wahrscheinlich überglücklich gewesen wäre, wenn Matthew King-Ryder angeboten hätte, ihm die Noten abzukaufen und ihn großzügig dafür zu bezahlen, dass er sie hergebracht hatte.

»Er wusste ja nicht einmal, worum es sich handelte«, sagte Barbara. »Er hatte keine Ahnung, dass er die Musik zu *Hamlet* in den Händen hielt.«

Matthew King-Ryder hörte sich das schweigend an. Aber wenn Barbara geglaubt hatte, ihm mit dieser Neuigkeit einen tödlichen Schlag zu versetzen, der sein zukünftiges Leben im Gefängnis noch verschlimmern würde, so wurde sie dieser Illusion beraubt, als er entgegnete: »Er ist schuld am Selbstmord meines Vaters.

Wenn er sich nicht eingemischt hätte, wäre mein Vater heute noch am Leben.«

Es war zehn Uhr abends, als Lynley zu Hause ankam. Er fand seine Frau im Badezimmer in der Wanne, in duftendem Seifenschaum versunken. Ihre Augen waren geschlossen, ihr Kopf ruhte auf einem Frotteekissen, und ihre Hände – verrückterweise in weißen Satinhandschuhen – ruhten auf der blitzenden Ablage aus rostfreiem Stahl quer über der Wanne, in der ihre Seifen und Schwämme lagen. Auf dem Toilettentisch stand ein CD-Player inmitten von Dosen, Fläschchen und Tuben. Eine Sopranstimme sang, begleitet von einem Orchester.

»›Sie legen ihn – sanft und leise – in die kalte, kalte Erde,
sie legen ihn – sanft und leise – in die kalte, kalte Erde.
Und hier stehe ich, ein Kind ohne Licht, um mich durch
das nahende Dunkel zu führen,
oh, halt mich fest und sage mir
dass ich nicht allein bin.‹«

Lynley schaltete den Apparat aus. »Ophelia vermute ich, nachdem Hamlet Polonius getötet hat.«

Helen fuhr aus den Schaumkronen in die Höhe. »Tommy! Du hast mich zu Tode erschreckt.«

»Das tut mir leid.«

»Bist du gerade erst gekommen?«

»Ja. Darf man fragen, wozu du Handschuhe trägst, Helen?«

»Handschuhe?« Helens Blick fiel auf ihre Hände. »Ach so! Die *Handschuhe*. Für die Nagelhaut. Ich mache gerade eine Behandlung mit Wärme und Öl.«

»Ich bin erleichtert«, sagte er.

»Wieso? Hat dich meine Nagelhaut gestört?«

»Nein. Aber ich dachte schon, du hättest eine Zukunft als Königin von England ins Auge gefasst, was unserer Beziehung ein Ende bereiten würde. Hast du die Queen schon mal ohne Handschuhe gesehen?«

»Warte mal. Ich glaube nicht. Aber ich kann mir nicht vorstellen, dass sie sogar mit Handschuhen badet.«

»Wer weiß. Vielleicht scheut sie jeglichen menschlichen Kontakt, auch den mit sich selbst.«

Helen lachte. »Ich bin so froh, dass du wieder da bist.« Sie streifte die Handschuhe ab und tauchte ihre Hände ins Wasser. Sie legte ihren Kopf wieder auf das kleine Kissen und sah ihn an. »Sag es mir«, sagte sie behutsam. »Bitte.«

Das war ihre Art, und Lynley hoffte, es würde immer ihre Art bleiben: in ihn hineinzuschauen und sich ihm mit diesen einfachen Worten zu öffnen.

Er zog sich einen Hocker neben die Wanne. Er zog seine Jacke aus, warf sie auf den Boden, krempelte seine Ärmel hoch und griff nach einem der Schwämme und einem Stück Seife. Zuerst nahm er ihren Arm, lang und schlank, und ließ den Schwamm darübergleiten. Und während er sie wusch, erzählte er ihr alles. Sie hörte schweigend zu, ohne ihn aus den Augen zu lassen.

»Das Schlimmste von allem ist«, sagte er am Ende, »dass Andy Maiden noch am Leben wäre, wenn ich mich an die Vorschriften gehalten hätte, als wir gestern Nachmittag miteinander gesprochen haben. Aber seine Frau kam ins Zimmer, und anstatt sie nach Nicolas Leben in London zu fragen – wobei herausgekommen wäre, dass sie schon länger davon wusste als Andy –, habe ich geschwiegen. Weil ich ihm helfen wollte, sie zu schonen.«

Lynley drückte den Schwamm aus und ließ das warme Seifenwasser über die Schultern seiner Frau laufen, ehe er den Schwamm auf die Ablage zurücklegte. »Ich hätte mich an die Vorschriften halten sollen. Das wäre in dem Moment das Beste gewesen, Helen. Er war ein Verdächtiger. Und sie war ebenfalls verdächtig. Ich habe sie beide nicht so behandelt. Hätte ich es getan, dann wäre er nicht tot.«

Lynley hätte nicht sagen können, was das Schlimmste gewesen war: der Anblick des blutverschmierten Schweizer Armeemessers, das Andy noch in der erstarrten Hand hielt; der Versuch, Nancy Maiden von der Leiche ihres Mannes wegzuziehen; mit ihr zusammen zum Wagen zurückzustolpern, immer in Angst, dass der Schock dem Ausbruch des Schmerzes weichen würde, mit dem er nicht hätte umgehen können; scheinbar endlos lange auf das Eintreffen der Polizei zu warten; den Toten ein zweites Mal sehen zu müssen, und diesmal ohne Andys Frau, um seine Aufmerksamkeit davon abzulenken, wie sein ehemaliger Kollege zu Tode gekommen war.

»Sieht nach dem Messer aus, das er mir gezeigt hat«, hatte Hanken festgestellt, als er es gesehen hatte.

»Das ist es wahrscheinlich auch«, war Lynleys einzige Erwiderung gewesen. Dann hatte er erregt gesagt: »Verdammt noch mal, Peter. Das ist alles meine Schuld. Wenn ich alle meine Karten auf den Tisch gelegt hätte, als ich sie *beide* vor mir hatte ... Aber ich habe es nicht getan. Ich habe es nicht getan.«

Hanken hatte seinen Leuten zugenickt, um ihnen zu bedeuten, dass die Leiche fortgebracht werden konnte. Er hatte eine Zigarette aus seiner Packung geschüttelt und Lynley die Packung angeboten. »Nehmen Sie eine, Herrgott noch mal«, hatte er gesagt. »Sie brauchen es, Thomas.« Und Lynley hatte eine Zigarette genommen.

Sie waren aus dem uralten Steinkreis hinausgegangen, jedoch beim Wächterstein stehen geblieben. Dort hatten sie ihre Zigaretten geraucht. »Kein Mensch funktioniert automatisch«, hatte Hanken gesagt. »Die Hälfte unserer Arbeit ist Intuition, und die kommt aus dem Herzen. Sie sind Ihrem Herzen gefolgt. Ich kann nicht behaupten, dass ich an Ihrer Stelle anders gehandelt hätte.«

»Nein?«

»Nein.«

Aber Lynley hatte gewusst, dass Hanken log. Denn das Wichtigste bei dieser Arbeit war zu wissen, wann man seinem Herzen folgen konnte und wann es katastrophale Folgen haben würde.

»Barbara hatte von Anfang an recht«, sagte Lynley zu Helen, als sie aus der Wanne stieg und das Badetuch nahm, das er ihr hinhielt. »Hätte ich wenigstens *das* gesehen, dann wäre dies alles nicht geschehen, weil ich in London geblieben wäre und die Ermittlungen in Derbyshire zurückgefahren hätte, während wir King-Ryder geschnappt hätten.«

»Wenn das zutrifft«, sagte Helen leise und wickelte das Badetuch um ihren Körper, »dann trifft mich genauso viel Schuld an dem, was passiert ist, Tommy.« Und sie erzählte ihm, wie es dazu gekommen war, dass Barbara King-Ryder in die Falle gelockt hatte, nachdem sie von dem Fall abgezogen worden war. »Ich hätte dich anrufen können, als Denton mich über die Musik aufgeklärt hatte. Aber ich habe es nicht getan.«

»Ich bezweifle, dass ich auf dich gehört hätte, wenn ich gewusst hätte, dass deine Informationen Barbara recht geben würden.«

»Apropos Barbara ...« Helen ging zum Toilettentisch, nahm eine kleine Flasche Lotion, die sie in ihr Gesicht einzumassieren begann. »Was hat dich an Barbara wirklich so wütend gemacht? Wegen dieser Geschichte auf der Nordsee. Denn ich weiß doch, dass du Barbara im Grunde für eine gute Kriminalbeamtin hältst. Sie geht vielleicht hin und wieder eigene Wege, aber sie hat doch das Herz am rechten Fleck.«

Und da war es wieder, dieses Wort »Herz« mit all seinen Bedeutungen für die Gründe menschlichen Handelns. Als Lynley das Wort jetzt aus dem Mund seiner Frau hörte, fühlte er sich an eine andere erinnert, die es viele Jahre früher gebraucht hatte, an eine Frau, die weinend zu ihm gesagt hatte: »Mein Gott, Tommy, hast du denn überhaupt kein Herz mehr?«, als er sich in seiner Erschütterung über die Entdeckung ihres Ehebruchs geweigert hatte, mit ihr zu sprechen.

Und da begriff er endlich. Er verstand zum ersten Mal, und dieses Verstehen ließ ihn schaudernd vor dem Mann zurückweichen, der er zwanzig Jahre lang gewesen war. »Ich konnte sie nicht beherrschen«, sagte er leise, mehr zu sich selbst als zu seiner Frau. »Ich konnte sie nicht in das Bild hineinpressen, das ich von ihr hatte. Sie hatte ihren eigenen Willen, und das konnte ich nicht ertragen. Er stirbt, dachte ich, und sie soll sich verdammt noch mal wie eine Frau verhalten, deren Mann im Sterben liegt.«

Helen verstand. »Ah. Deine Mutter.«

»Ich dachte, ich hätte ihr schon vor langer Zeit verziehen. Aber vielleicht habe ich ihr nie verziehen. Vielleicht ist sie immer noch da – in jeder Frau, mit der ich zu tun habe –, und vielleicht versuche ich immer noch, sie zu etwas zu machen, das sie nicht sein will.«

»Oder vielleicht hast du dir auch einfach selbst nie dafür verziehen, dass du sie nicht aufhalten konntest.« Helen stellte die Lotion weg und kam zu ihm. »Ach, wir schleppen alle so viel Gepäck mit uns herum, nicht? Und gerade wenn wir glauben, wir hätten endlich alles ausgepackt, ist plötzlich alles wieder da, wartet vor der Schlafzimmertür, um uns ins Stolpern zu bringen, wenn wir am Morgen aufstehen.«

Sie nahm den Turban um ihren Kopf ab und schüttelte ihr Haar aus. Auf ihren Schultern schimmerten Wassertröpfchen und sammelten sich in ihrer Halsgrube.

»Deine Mutter, mein Vater«, sagte sie. Sie nahm seine Hand und drückte sie an ihre Wange. »Irgendjemand ist es immer. Ich war völlig durcheinander wegen dieser albernen Tapeten. Ich sagte mir, wenn ich nicht die Rolle übernommen hätte, die mein Vater mir zugedacht hatte – als Gattin eines Mannes mit einem Adelstitel –, hätte ich bei der Durchsicht der Tapeten gleich gewusst, was ich will. Und weil ich nicht wusste, was ich wollte, habe ich ihm die Schuld gegeben. Meinem Vater. Aber wahr ist, dass ich immer meinen eigenen Weg hätte gehen können, genau wie Pen und Iris das getan haben. Ich hätte nein sagen können. Aber ich habe es nicht getan, weil der vorgezeichnete Weg so viel bequemer war und längst nicht so beängstigend wie ein Weg ins Unbekannte, den ich mir selbst hätte bahnen müssen.«

Lynley strich ihr liebevoll über die Wange. Er ließ seine Finger zu ihrem langen, schönen Hals hinuntergleiten.

»Manchmal hasse ich es, erwachsen zu sein«, sagte Helen. »Als Kind hat man so viel mehr Freiheit.«

»Ja«, stimmte er zu. Er legte seine Hände um das Badetuch, in das sie eingehüllt war. Er küsste ihren Hals und sagte dann: »Aber das Erwachsensein hat auch seine guten Seiten, finde ich.«

Er löste das Badetuch und zog sie an sich.

31

Als am nächsten Morgen ihr Wecker rasselte, wälzte sich Barbara mit hämmernden Kopfschmerzen aus dem Bett. Sie stolperte ins Badezimmer, kramte Aspirin heraus und kämpfte mit der Dusche. Scheiße, dachte sie. Offensichtlich hatte sie in den letzten Jahren viel zu asketisch gelebt. Das Resultat war, dass sie überhaupt keine Kondition mehr hatte, was den Fetensektor betraf.

Dabei war es noch nicht mal eine so wilde Feier gewesen. Nachdem sie Matthew King-Ryders Aussage zu Protokoll genommen hatten, waren sie und Nkata losgezogen, um ein bisschen auf den Putz zu hauen. Sie waren nur in vier Pubs gewesen, und sie hatten beide keine wirklich harten Sachen getrunken. Aber was sie getrunken hatte, hatte gereicht. Barbara fühlte sich, als wäre ihr ein Schwertransporter über den Kopf gedonnert.

Sie stellte sich unter die Dusche und ließ das Wasser mit hartem Strahl über sich strömen, bis das Aspirin zu wirken begann. Sie schrubbte sich und wusch sich die Haare und schwor sich, in Zukunft nur noch am Wochenende Alkohol zu trinken. Sie dachte daran, Nkata anzurufen und sich zu erkundigen, ob er auch so elend verkatert sei. Aber dann überlegte sie sich, wie seine Mutter reagieren würde, wenn ihr Liebling schon vor sieben Uhr morgens von einer fremden Frau angerufen wurde, und ließ den Gedanken wieder fallen. Wozu Mrs. Nkata Anlass geben, sich um die Keuschheit von Leib und Seele ihres geliebten Winnie zu sorgen? Barbara würde ihn ja bald genug im Yard sehen.

Nachdem sie ihre Morgentoilette absolviert hatte, trat sie vor ihren Kleiderschrank und überlegte, was heute als modisches Statement angebracht wäre. Sie entschied sich für dezente Zurückhaltung und zog einen Hosenanzug heraus, den sie seit bestimmt zwei Jahren nicht mehr getragen hatte.

Sie warf ihn auf das zerwühlte Bett und ging in die Küche. Nachdem sie den Elektrotopf eingeschaltet und die Pop-Tarts in den Toaströster geschoben hatte, frottierte sie ihr Haar und kleidete sich an. Aus den BBC-Morgennachrichten erfuhr sie, dass

Straßenarbeiten den Verkehr in die City behinderten, dass es auf dem M1 südlich von Kreuz vier einen Unfall gegeben hatte und dass infolge eines Wasserrohrbruchs an der A23 nördlich von Streatham die Straße überschwemmt war. Ein weiterer Tag im Pendlerparadies.

Der Wassertopf schaltete sich aus, und Barbara trottete in die Küche, um Kaffeepulver in einen Henkelbecher zu geben, der mit einer Karikatur des Prinzen von Wales geziert war: ein kinnloser Kopf mit Riesennase und Elefantenohren auf einem winzigen Körper im Schottenrock. Sie warf ihre Pop-Tarts auf ein Stück Küchenrolle und trug diese ausgewogene Mahlzeit zum Esstisch hinüber.

Das Samtherz lag noch immer in der Mitte, wo Barbara es hingelegt hatte, nachdem Hadiyyah es ihr am Sonntagabend mitgebracht hatte. Dort harrte es ihrer Betrachtungen, rot wie Blut und voll tieferer Bedeutung. Mehr als sechsunddreißig Stunden hatte Barbara jeden Gedanken an das Herz vermieden, und da sie in dieser Zeit weder Hadiyyah noch ihren Vater gesehen hatte, hatte sie sich auch nicht dazu äußern müssen. Aber ewig konnte das nicht so weitergehen. Der Anstand verlangte zumindest, dass sie Azhar gegenüber eine Bemerkung machte, wenn sie ihn das nächste Mal sah.

Die Frage war nur: Was sollte sie sagen? Er war immerhin ein verheirateter Mann. Gewiss, er lebte nicht mit seiner Frau zusammen. Gewiss, die Frau, mit der er zusammengelebt hatte, seit er nicht mehr mit seiner Frau lebte, war nicht seine Frau. Gewiss, diese Frau hatte sich offenbar auf Dauer abgesetzt und ein bezauberndes kleines Mädchen und einen etwas düsteren – wenn auch aufmerksamen und gütigen – Mann von fünfunddreißig Jahren zurückgelassen, der eine Partnerin brauchte. Aber nichts von alledem machte es leichter, die Situation anzusprechen, ohne die althergebrachten Regeln der Etikette zu verletzen. Nicht, dass Barbara sich je um die althergebrachten Regeln der Etikette gekümmert hätte. Aber sie war ja auch nie wirklich in einer Lage gewesen, wo solche Regeln galten. Jedenfalls keine Mann-Frau-Regeln. Und keine Mann-Frau-Kind-Regeln. Und schon gar nicht Mann-Frau-Lebensgefährtin-Kind-Zusatzfrau-Regeln. Trotzdem, sie musste vorbereitet sein, wenn sie Azhar das nächste Mal sah.

Sie musste in der Lage sein, etwas Schlagfertiges, Brauchbares, Direktes, Sinnvolles, Lässiges und Vernünftiges zu sagen. Und es musste ihr ganz spontan über die Lippen kommen, wie aus dem Moment geboren.

Also … was würde sie sagen? Tausend Dank, Sie sind ein Schatz …? Was genau bezwecken Sie damit …? Wie lieb von Ihnen, an mich zu denken …

Mist, Mist, dachte Barbara und stopfte den Rest ihres Pop-Tart in den Mund. Menschliche Beziehungen waren ein Graus.

In dem Moment klopfte jemand an die Tür. Barbara fuhr zusammen und sah auf ihre Uhr. Für die Heilsarmee war es noch viel zu früh, und der Besuch des Mannes vom Gaswerk war das gesellschaftliche Highlight der letzten Woche gewesen. Wer also …?

Kauend stand sie auf. Sie öffnete die Tür. Azhar stand vor ihr.

Sie wünschte, sie hätte ihr Studium angemessener Dankesworte ernster genommen. Sie sagte: »Hallo. Äh – guten Morgen.«

Er sagte: »Sie sind gestern sehr spät nach Hause gekommen, Barbara.«

»Äh – ja. Der Fall ist abgeschlossen. Ich meine, er ist so weit abgeschlossen, dass wir eine Verhaftung vornehmen konnten. Das heißt, dass das Material erst noch gesichtet und geordnet werden muss, damit wir es dann der Kronanwaltschaft übergeben können. Aber die eigentliche Untersuchung –« Sie zwang sich aufzuhören. »Ja, wir haben jemanden verhaftet.«

Er nickte mit ernster Miene. »Das ist eine gute Nachricht.«

»Ja. Gute Nachricht.«

Er sah an ihr vorbei. Wollte er vielleicht sehen, ob sie den Abschluss der Ermittlungen in Gesellschaft griechischer Tanzknaben gefeiert hatte, die noch immer irgendwo herumlungerten? Sie erinnerte sich endlich ihrer guten Manieren und sagte: »Kommen Sie doch rein. Möchten Sie eine Tasse Kaffee? Ich hab leider nur Pulverkaffee.« Etwas verspätet fügte sie hinzu: »Heute Morgen«, als stünde sie sonst täglich in der Küche und mahlte Kaffeebohnen.

Er lehnte dankend ab, mit der Begründung, er könne nicht lange bleiben. Nur einen Moment, da er gleich wieder zurückmüsse, um Hadiyyah, die sich gerade anzog, die Zöpfe zu flechten.

»Klar«, sagte Barbara. »Aber es stört Sie doch nicht, wenn ich …« Und mit ihrem Prinz-Charles-Becher wies sie zum Wassertopf.

»Nein. Natürlich nicht. Ich habe Sie beim Frühstück gestört.«

»Wenn man es Frühstück nennen kann«, meinte Barbara.

»Ich hätte einen günstigeren Zeitpunkt abgewartet, aber heute Morgen wurde mir klar, dass ich nicht länger warten kann.«

»Ah.« Barbara ging zum Wassertopf und schaltete ihn ein, während sie sich fragte, was sein feierlicher Ernst zu bedeuten hätte. Er war zwar immer ernst, aber heute mischte sich noch etwas anderes in diese Ernsthaftigkeit, eine Art, sie anzusehen, als hätte sie Zuckerguss von ihrem Pop-Tart im Gesicht.

»Setzen Sie sich doch. Da drüben auf dem Tisch liegen Zigaretten. Wollen Sie wirklich keinen Kaffee?«

»Nein, danke.« Aber er nahm sich eine ihrer Zigaretten und beobachtete sie schweigend, während sie sich eine zweite Tasse Kaffee machte. Erst als sie sich zu ihm an den Tisch setzte – zwischen ihnen das Samtherz wie eine unausgesprochene Erklärung –, sprach er wieder.

»Barbara, es ist etwas schwierig für mich. Ich weiß nicht recht, wie ich anfangen soll.«

Sie schlürfte ihren Kaffee und bemühte sich, eine ermutigende Miene aufzusetzen.

Nervös griff Azhar nach dem Samtherz.

»Essex«, soufflierte Barbara hilfsbereit.

»Hadiyyah und ich waren am Sonntag am Meer. In Essex. Wie Sie wissen«, sagte er.

»Ja. Richtig.« Dies war der richtige Moment, um zu sagen, vielen Dank für das Herz, aber es wollte ihr nicht über die Lippen. »Hadiyyah hat mir erzählt, wie schön es war. Sie hat gesagt, dass Sie auch im *Burnt-House*-Hotel waren.«

»*Sie* war dort«, berichtigte er. »Das heißt, ich habe sie hingebracht und bei der netten Mrs. Porter gelassen – Sie werden sich an sie erinnern …«

Barbara nickte. Hinter ihrer Gehhilfe sitzend, hatte Mrs. Porter Hadiyyah beaufsichtigt, während ihr Vater sich im Rahmen einer Morduntersuchung als Vermittler zwischen der Polizei und einer kleinen, aber unruhigen pakistanischen Gemeinde betätigte.

»Ja, natürlich«, sagte sie. »Ich erinnere mich an Mrs. Porter. Es war nett von Ihnen, sie zu besuchen.«

»Wie ich schon sagte – es war Hadiyyah, die Mrs. Porter besucht hat. Ich selbst war bei der örtlichen Polizei.«

Barbara spürte, wie sie innerlich in Abwehrstellung ging. Sie wollte irgendetwas sagen, um ihn von der bevorstehenden Unterhaltung abzubringen, aber ihr fiel nicht schnell genug eine passende Bemerkung ein, denn Azhar sprach bereits weiter.

»Ich habe mit Constable Fogarty gesprochen«, bemerkte er. »Constable Michael Fogarty, Barbara.«

Sie nickte. »Klar. Mike. Richtig.«

»Er verwaltet bei der Polizei von Balford-le-Nez die Waffen.«

»Ja. Stimmt.«

»Er hat mir erzählt, was sich auf dem Boot abgespielt hat, Barbara. Was Inspector Barlow über Hadiyyah gesagt hat, was sie vorhatte, und was Sie daraufhin getan haben.«

»Azhar –«

Er stand auf. Er ging zur Bettcouch. Barbara verzog das Gesicht. Sie hatte das Bett noch nicht gemacht, und das grässliche T-Shirt mit dem Grinsegesicht, das sie als Nachthemd benutzte, lag noch mitten in der zerwühlten Decke. Einen Moment lang glaubte sie, er wolle das Bett machen – er war ja wirklich der ordentlichste Mensch, der ihr je begegnet war –, aber da drehte er sich schon wieder zu ihr um. Sie sah die Erregung in seinem Gesicht.

»Wie soll ich Ihnen nur danken? Was kann ich sagen, um Ihnen für das Opfer zu danken, das Sie meinem Kind zuliebe gebracht haben?«

»Sie brauchen mir nicht zu danken.«

»Doch. Inspector Barlow –«

»Em Barlow ist mit einer Überdosis Ehrgeiz auf die Welt gekommen, Azhar. Das hat ihr Urteilsvermögen beeinträchtigt. Meines nicht.«

»Aber das Resultat war, dass Sie auf einen rangniedrigeren Posten versetzt wurden. Sie sind in Ungnade gefallen. Ihre dienstliche Partnerschaft mit Inspector Lynley, den Sie sehr schätzen, wie ich weiß, ist in die Brüche gegangen, nicht wahr?«

»Zugegeben, zwischen uns ist nicht gerade alles Friede, Freude,

Eierkuchen. Aber der Inspector hat die Dienstvorschriften auf seiner Seite, es ist also sein gutes Recht, sauer auf mich zu sein.«

»Aber das ... das ist doch alles nur die Folge dessen, was Sie getan haben ... die Folge davon, dass Sie Hadiyyah beschützt haben, als Inspector Barlow sie zurücklassen wollte, sie ein ›Pakibalg‹ nannte und sie ohne Skrupel hätte ertrinken lassen.«

Er war so erregt, dass Barbara wünschte, Constable Michael Fogarty wäre am Sonntag krank geworden und hätte nach Hause gehen müssen und nur noch Inspector Emily Barlow wäre in der Dienststelle gewesen, um einen gründlich gereinigten Bericht von der Jagd auf der Nordsee zu liefern, die damit geendet hatte, dass Barbara auf sie geschossen hatte.

»Ich habe überhaupt nicht an die Konsequenzen gedacht«, sagte sie zu Azhar. »Wichtig war nur Hadiyyah. Und sie ist immer noch das Wichtigste. Basta.«

»Ich muss eine Möglichkeit finden, um Ihnen zu zeigen, wie mir zumute ist«, sagte er ihren beschwichtigenden Worten zum Trotz. »Sie dürfen nicht glauben, dass Ihr Opfer –«

»Es war kein Opfer, Azhar. Und was den Dank angeht – Sie haben mir ja ein Herz geschenkt. Das genügt doch vollkommen.«

»Ein Herz?« Er war verwirrt. Dann folgte sein Blick Barbaras ausgestreckter Hand, und er sah das Herz, das er auf dem Rummel gewonnen hatte. »Ach, das! Das Herz. Aber das ist doch gar nichts. Ich habe es nur wegen des kleinen Spruchs darauf genommen, Barbara, weil ich mir vorgestellt habe, wie Sie lächeln würden, wenn Sie ihn lesen.«

»Ein Spruch?«

»Ja. Haben Sie ihn nicht gesehen?« Er kam zum Tisch und drehte das Herz herum. Auf der Rückseite – die sie natürlich längst gesehen hätte, wenn sie den Mut gehabt hätte, sich das Herz näher anzuschauen, als Hadiyyah es ihr gebracht hatte – war »I ♥ Essex« eingestickt. »Es war als Scherz gemeint. Denn nach dem, was Sie in Essex durchgemacht haben, werden Sie den Ort wohl kaum lieben. Aber Sie haben den Spruch gar nicht gesehen?«

»Ach so, *den* Spruch«, sagte Barbara hastig mit einem herzhaften Ha-ha, um ihre Erheiterung über seinen kleinen Scherz zu bekunden. »Doch. Natürlich. Und wie ich Essex liebe! Es ist so ungefähr der letzte Fleck auf Erden, an den ich zurückmöchte. Danke, Azhar. Das ist doch viel besser als ein Plüschelefant.«

»Aber es ist nicht genug. Und nichts, was ich Ihnen zum Dank schenken kann, wird je genug sein. Nichts wird das aufwiegen, was Sie mir geschenkt haben.«

Barbara erinnerte sich, was sie über sein Volk gelernt hatte: leña-deña. Zum Dank für ein Geschenk überreicht man ein Gegengeschenk, das dem empfangenen gleichwertig ist oder es übertrifft. So bewies man seine Bereitschaft, sich auf eine Beziehung einzulassen, erklärte seine Absichten, ohne die Taktlosigkeit zu begehen, sie offen auszusprechen. Wie vernünftig diese Asiaten doch sind, dachte sie. Da bleibt nichts im Unklaren.

»Was zählt, ist doch Ihr Wunsch, etwas Gleichwertiges zu schenken, meinen Sie nicht?«, fragte Barbara ihn. »Ich meine, wir können doch den Wunsch allein zählen lassen, wenn wir wollen, oder nicht, Azhar?«

»Doch, das wäre vielleicht möglich«, sagte er zweifelnd.

»Schön, dann betrachten Sie das gleichwertige Geschenk als gemacht. Und jetzt gehen Sie und flechten Hadiyyah die Zöpfe. Sie wartet bestimmt schon auf Sie.«

Er schien noch etwas sagen zu wollen, aber dann trat er nur an den Tisch und drückte seine Zigarette aus. »Ich danke Ihnen, Barbara Havers«, sagte er leise.

»Machen Sie's gut«, antwortete sie. Und sie spürte den Hauch einer Berührung an ihrer Schulter, als er auf dem Weg zur Tür an ihr vorüberging.

Als sich die Tür hinter ihm geschlossen hatte, lachte Barbara müde über ihre grenzenlose Torheit. Sie nahm das Herz zur Hand und hielt es zwischen Daumen und Zeigefinger. Ich liebe Essex, dachte sie. Nun ja, er hätte auch auf üblere Art mit ihr scherzen können.

Sie goss den Rest ihres Kaffees ins Spülbecken und ging rasch noch einmal ins Bad. Mit geputzten Zähnen, gekämmtem Haar und einem Tupfer Rouge auf jeder Wange nahm sie ihre Umhängetasche, schloss hinter sich ab und lief den Weg hinauf zur Straße.

Sie trat durch das Tor hinaus und blieb dann abrupt stehen.

Lynleys silberner Bentley wartete in der Einfahrt.

»Das ist aber eigentlich nicht Ihr Revier, Inspector«, bemerkte sie, als er aus dem Wagen stieg.

»Winston hat mich angerufen. Er sagte, Sie hätten Ihren Wagen gestern Abend im Yard gelassen und ein Taxi nach Hause genommen.«

»Wir hatten ein bisschen was getrunken, da schien mir das gescheiter.«

»Richtig. Ich wollte Sie nach Westminster mitnehmen. Bei der Northern Circle Line gibt es heute Morgen Probleme.«

»Wann gibt's bei der Northern Circle Line mal keine Probleme?«

Er lächelte. »Also …?«

»Danke.«

Sie warf ihre Umhängetasche auf den Beifahrersitz und stieg ein. Lynley setzte sich neben sie, aber er fuhr nicht los. Stattdessen nahm er etwas aus seiner Jackentasche und reichte es ihr.

Barbara betrachtete es verwundert. Es war ein Anmeldebogen des *Black-Angel*-Hotels. Er war jedoch nicht leer, sonst hätte sie vielleicht geglaubt, Lynley wolle ihr einen Urlaub in Derbyshire empfehlen. Der Bogen war ordnungsgemäß ausgefüllt mit Namen, Adresse und anderen Angaben über Nationalität und Passnummer, Fahrzeugtyp und -kennzeichen. Unterschrieben war die Anmeldung mit M. R. Davidson. Als Wohnort war eine Adresse in West Essex angegeben, unter »Fahrzeugtyp« stand »Audi«.

»Okay«, sagte Barbara. »Ich hab schon angebissen. Was ist das?«

»Ein Andenken für Sie.«

»Aha.« Barbara erwartete, dass er jetzt den Motor anlassen würde. Aber er tat es nicht. Er wartete nur. Also sagte sie. »Ein Andenken woran?«

Er erklärte: »Inspector Hanken vermutete, dass der Mörder in der Mordnacht im *Black-Angel*-Hotel übernachtet hatte. Er prüfte die Bögen sämtlicher Hotelgäste über die Kfz-Zulassungsstelle, um festzustellen, ob einer oder mehrere unter ihnen Autos fuhren, die auf einen anderen Namen zugelassen waren als den, der auf dem Bogen stand. Das hier war die Anmeldung mit den nicht übereinstimmenden Namen.«

»Davidson«, sagte Barbara nachdenklich, während sie das Formular betrachtete. »Ah ja. Ich verstehe. Davids Sohn. Matthew King-Ryder hat also im *Black-Angel*-Hotel übernachtet.«

»Nicht weit vom Calder Moor, nicht weit von Peak Forest, wo das Messer gefunden wurde.«

»Und bei der Überprüfung zeigte sich, dass dieser Audi auf ihn zugelassen ist«, folgerte Barbara, »und nicht auf einen M. R. Davidson.«

»Gestern ging alles so drunter und drüber, dass wir die Meldung erst am späten Nachmittag gesehen haben. Die Computer in Buxton funktionierten nicht, darum mussten die Informationen per Telefon eingeholt werden. Wenn die Computerpanne nicht gewesen wäre ...« Lynley starrte durch die Windschutzscheibe. Es gab dort nichts zu sehen als das Heck von Taymullah Azhars Fiat. Lynley seufzte und sagte tief in Gedanken: »Ich würde so gerne glauben, dass die moderne Technik schuld war und dass Andy Maiden noch am Leben wäre, wenn wir die Informationen von der Zulassungsstelle schnell genug bekommen hätten.«

»Was?«, fragte Barbara tief erstaunt. »Dass er noch am Leben wäre? Was ist denn passiert?«

Lynley berichtete es ihr, und er ersparte sich nichts, wie Barbara sah. Aber das war eben seine Art.

Er schloss mit den Worten: »Ich habe mich auf mein Urteil verlassen, als ich beschloss, im Beisein der Mutter nicht über Nicola Maidens Lebenswandel zu sprechen. Ich wusste, dass Andy es so wollte, und ich habe ihm den Gefallen getan. Hätte ich einfach getan, was ich hätte tun sollen ...« Er machte eine ziellose Handbewegung. »Ich habe mich von meinen persönlichen Gefühlen für den Mann beeinflussen lassen. Ich habe die falsche Entscheidung getroffen, und infolge dieser Entscheidung ist er gestorben. Sein Blut klebt an meinen Händen, so unauslöschlich, als hätte ich selbst das Messer geführt.«

»Jetzt sind Sie aber ein bisschen sehr hart gegen sich«, erwiderte Barbara. »Sie hatten schließlich nicht gerade massenhaft Zeit, sich zu überlegen, wie Sie am besten vorgehen sollten, nachdem Nan Maiden mitten in Ihr Gespräch geplatzt war.«

»Nein. Ich konnte ihr *ansehen*, dass sie etwas wusste. Aber ich dachte, was sie wüsste – oder zumindest glaubte –, wäre, dass

Andy ihre Tochter getötet hatte. Aber selbst da bin ich nicht mit der Wahrheit herausgerückt, weil *ich* nicht glauben konnte, dass er seine Tochter ermordet hatte.«

»Und er hat es ja auch nicht getan«, sagte Barbara. »Ihre Entscheidung war also richtig.«

»Ich glaube nicht, dass man die Entscheidung vom Ausgang der Sache trennen kann«, erklärte Lynley. »Früher hätte ich das geglaubt, jetzt nicht mehr. Die Sache ist *wegen* der Entscheidung so und nicht anders ausgegangen. Und wenn das Ergebnis ein unnötiger Tod ist, dann war die Entscheidung schlecht. Wir können die Fakten nicht verdrehen, um das Bild zu schönen, auch wenn wir das noch so gern tun würden.«

Es klang wie ein Schlusswort, fand Barbara. Sie nahm es als solches. Sie griff nach ihrem Gurt und zog ihn um sich herum. Als sie ihn einrasten lassen wollte, sagte Lynley: »Sie haben die richtige Entscheidung getroffen, Barbara.«

»Ja, aber ich war Ihnen gegenüber ja auch im Vorteil«, erwiderte sie. »Ich habe mit Cilla Thompson persönlich gesprochen. Sie nicht. Und ich hatte auch mit King-Ryder persönlich gesprochen. Und als ich sah, dass er tatsächlich eines von ihren scheußlichen Bildern gekauft hatte, war es für mich nicht weiter schwierig zu folgern, dass er unser Mann war.«

»Ich spreche nicht von diesem Fall«, sagte Lynley. »Ich spreche von Essex.«

»Oh.« Barbara hatte unerklärlicherweise das Gefühl, ganz klein zu werden. »Ach so«, sagte sie. »Essex.«

»Ja, Essex. Ich habe versucht, die Entscheidung, die Sie an dem Tag getroffen haben, vom Ausgang der Sache zu trennen. Ich beharrte auf dem Standpunkt, dass das Kind vielleicht auch dann am Leben geblieben wäre, wenn Sie nicht eingegriffen hätten. Aber Sie konnten sich nicht den Luxus erlauben, Berechnungen über die Entfernung des Boots von dem Kind anzustellen und über die Möglichkeiten, ihm einen Rettungsring zuzuwerfen. Ihnen blieb nur eine Sekunde Zeit, um zu entscheiden, was Sie tun sollten. Und dank der Entscheidung, die Sie getroffen haben, ist das kleine Mädchen mit dem Leben davongekommen. Ich hingegen, der Stunden Zeit hatte, um mir über Andy Maiden und seine Frau Gedanken zu machen, habe dennoch in ihrem Fall die falsche Entscheidung getroffen. Ich habe Andy in den Tod getrieben. Sie haben dem Kind das Leben gerettet. Man kann die Situation drehen und wenden, wie man will, ich weiß, welchen Ausgang ich lieber zu verantworten hätte.«

Barbara wandte sich ab und sah zum Haus hinüber. Sie wusste nicht, was sie sagen sollte. Sie hätte ihm gern gesagt, dass sie nächtelang wachgelegen und tagelang nervös herumgewandert war, während sie auf den Moment gewartet hatte, wo er sagen würde, dass er verstand und guthieß, was sie getan hatte. Aber nun, da dieser Moment endlich gekommen war, brachte sie die Worte nicht über die Lippen. Stattdessen murmelte sie: »Danke. Danke, Inspector«, und schluckte.

»Barbara! Barbara!«, schallte es von der kleinen Terrasse vor dem Haus herüber. Hadiyyah stand auf der Bank neben der Terrassentür zu der Wohnung, in der sie mit ihrem Vater lebte. »Guck doch mal, Barbara!«, jubelte sie und hüpfte auf und nieder. »Ich hab meine neuen Schuhe. Dad hat gesagt, ich brauch nicht bis November zu warten. Hier, sieh doch nur! Ich hab meine neuen Schuhe!«

Barbara ließ das Fenster herunter. »Super«, rief sie. »Du bist ein Prachtkind.«

Das Prachtkind lachte strahlend.

»Wer ist das?«, fragte Lynley.

»Das ist das Kind, von dem wir gesprochen haben«, antwortete Barbara. »Fahren wir, Inspector Lynley. Wir wollen doch nicht zu spät zur Arbeit kommen.«

Danksagung

Wer Derbyshire und den Peak District kennt, weiß, dass es das Calder Moor nicht gibt. Ich bitte um Verständnis für die Freiheiten, die ich mir erlaubt habe, indem ich die Landschaft den Erfordernissen meines Romans entsprechend umgestaltete.

Mein aufrichtiger Dank gilt den Menschen, die mir in England bei den Recherchen für *Undank ist der Väter Lohn* und bei meiner schriftstellerischen Arbeit geholfen haben. Ohne sie hätte ich das Projekt gar nicht angehen können. Im Norden danke ich Inspector David Barlow und Paul Rennie von der Organisation *Outdoor Pursuits Services* in Disley für detaillierte Informationen über die Tätigkeit des Bergrettungsdienstes; Clare Lowery vom forensischen Labor der Polizei Birmingham für einen Schnellkursus in forensischer Botanik; Russell Jackson von Haddon Hall für einen Blick hinter die Kulissen eines architektonischen Juwels des vierzehnten Jahrhunderts. Im Süden danke ich Chief Inspector Pip Lane aus Cambridge für die Erweiterung meiner Kenntnisse auf allen Gebieten der Polizeiarbeit, ob es sich nun um den *Criminal Reporting Information Service* oder Durchsuchungsbefehle handelte; James Mott in London für hilfreiche Hintergrundinformationen über das Londoner *College of Law;* Tim und Pauline East in Kent für Unterricht im Bogenschießen; Tom Foy in Kent für eine Lektion in der Herstellung von Pfeilen und tiefere Einsichten in das Verbrechen in diesem Buch; und Bettina Jamani in London für großartige Detektivarbeit. Ich möchte auch meiner Lektorin bei Hodder & Stoughton in London, Sue Fletcher, danken, die sich dem Projekt mit großem Enthusiasmus widmete und mir Bettina Jamani ausgeliehen hat, wann immer ich sie brauchte. Und ich danke auch Stephanie Cabot von der Agentur William Morris für ihre Bereitschaft, mit mir die Sexshops in Soho abzuklappern.

In Frankreich schulde ich meiner französischen Übersetzerin Marie-Claude Ferrer Dank, die mich nicht nur mit zusätzlichen schriftlichen und visuellen Informationen über SM belieferte, sondern auch bereit war, eine Domina ausfindig zu machen – Claudia –, die nichts gegen ein Interview einzuwenden hatte.

In den Vereinigten Staaten danke ich Dr. Tom Ruben für die medizinischen Fachinformationen, die er stets bereitwillig liefert; meiner langjährigen Lektorin bei Bantam, Kate Miciak, für die Herausforderung, vor die sie mich mit den vier schlichten, aber irritierenden Worten »Ich sehe zwei Leichen« stellte, sowie für ihre Bereitschaft, mit mir zusammen in endlosen Diskussionen an der Handlung zu schmieden, während ich versuchte, diese beiden Leichen in meinem Roman unterzubringen; meiner wunderbaren Assistentin Dannielle Azoulay, ohne deren tatkräftige Hilfe in zahllosen Bereichen ich nicht die Zeit für den Computer gehabt hätte, die ich brauchte; und den Studenten meines Schreibseminars, die dafür sorgen, dass ich mir bei der Ausübung meines Handwerks Wachheit und Ehrlichkeit bewahre.

Zum Schluss danke ich noch Robert Gottlieb, Marcy Posner und Stephanie Cabot von der Agentur William Morris: Literaturagenten *par excellence.*

Lust auf mehr Spannung von
Elizabeth George?

Dann wird Sie auch ihr Roman,

NIE SOLLST DU VERGESSEN,

begeistern.

Gute Unterhaltung mit der
folgenden Leseprobe!

Maida Vale London

Dicke sind toll. Dicke sind toll. Dicke sind toll, toll, toll.

Katie Waddington begleitete ihren schwerfälligen Schritt mit dem gewohnten Mantra, während sie den Bürgersteig entlang zu ihrem Wagen ging. Sie sprach die Worte nicht laut, sondern sagte sie sich in Gedanken vor, weniger deshalb, weil sie allein war und fürchtete, für verrückt gehalten zu werden, sondern vor allem, weil lautes Sprechen ihre strapazierte Lunge zusätzlich angestrengt hätte. Und die hatte schon Mühe genug durchzuhalten. Genau wie ihr Herz, das, ihrem stets dozierenden Hausarzt zufolge, nicht dazu geschaffen war, Blut durch Arterien zu pumpen, die durch Fettablagerungen stetig enger wurden.

Wenn er sie betrachtete, sah er Fettwülste; Brüste, die wie Säcke von ihren Schultern herabhingen; statt eines Bauchs schlaff wabbelnde Massen, die ihre Scham verdeckten; von Cellulite gewellte Haut. Sie schleppte so viel Fett mit sich herum, dass sie ein ganzes Jahr von ihren Reserven hätte zehren können, ohne einen Bissen zu essen, und wenn dem Arzt zu glauben war, begann das Fett, die lebenswichtigen Organe anzugreifen. Wenn sie nicht bald anfinge, sich bei Tisch zu bremsen, erklärte er bei jedem ihrer Besuche, würde sie nicht mehr lange leben.

»Herzversagen oder ein Schlaganfall, Kathleen«, pflegte er kopfschüttelnd zu sagen. »Sie können es sich aussuchen. Bei Ihrem Zustand müssen Sie unbedingt etwas tun, und dazu gehört vor allem, dass Sie sich nicht ständig Essen in den Mund schieben, das sich sofort in Fettgewebe verwandelt. Verstehen Sie?«

Natürlich, wie sollte sie nicht verstehen? Es war schließlich *ihr* Körper, über den sie hier sprachen, und man konnte nicht aussehen wie ein Nilpferd im Schneiderkostüm, ohne das gelegentlich zu bemerken, wenn man an einem Spiegel vorüberkam.

Tatsache war jedoch, dass der Arzt der Einzige in Katies Bekannten- und Familienkreis war, dem es schwerfiel, sie als die Dicke zu akzeptieren, die sie schon seit ihrer Kindheit war. Und da die Menschen, die für sie zählten, sie so nahmen, wie sie war, trieb nichts sie an, den vom Arzt immer wieder empfohlenen Kampf gegen die achtzig Kilo Übergewicht aufzunehmen.

Wenn je Zweifel sie plagten, ob sie in einer Gesellschaft, in der die Körper immer glatter, straffer und durchtrainierter wurden, einen Platz hatte, so wurden diese gewöhnlich von ihren *Eros-Action*-Gruppen, die montags, mittwochs und freitags von neunzehn bis zweiundzwanzig Uhr zusammenzukommen pflegten, umgehend beseitigt. In diesen Gruppen versammelte sich die sexuell gestörte Bevölkerung Groß-Londons auf der Suche nach Trost und Problemlösungen. Unter der Leitung von Katie Waddington – die sich das Studium der menschlichen Sexualität zur Leidenschaft gemacht hatte – wurde die Libido der Gruppenteilnehmer unter die Lupe genommen; Erotomanie und -phobie wurden seziert; Frigidität, Nymphomanie, Satyriasis, Transvestismus und Fetischismus gebeichtet; erotische Fantasien gefördert; die sinnliche Vorstellungskraft stimuliert.

Ihre Klienten überschütteten sie mit Dankbarkeit. »Du hast unsere Ehe gerettet«, hieß es häufig, oder: »mein Leben«, »meinen Verstand«, »meine Karriere«.

Sex ist Kommerz, lautete Katies Motto, und zum Beweis der Richtigkeit ihrer These konnte sie beinahe zwanzig Jahre Erfahrung mit etwa sechstausend zufriedenen Klienten und eine lange Warteliste vorweisen.

Kein Wunder, dass sie an diesem Abend nach der Gruppe recht beschwingt zu ihrem Wagen ging, nicht gerade ekstatisch, aber doch sehr zufrieden mit sich. Sie selbst hatte zwar noch nie einen Orgasmus gehabt, aber das brauchte ja niemand zu wissen; Hauptsache, es gelang ihr, anderen zu diesem Glückserlebnis zu verhelfen. Denn die Leute wollten doch alle das Gleiche: sexuelle Befriedigung auf Kommando und ohne Schuldgefühle.

Und wer zeigte ihnen den Weg dorthin? Eine Dicke.

Wer befreite sie von der Scham über ihre Lust? Eine Dicke.

Wer zeigte ihnen die Tricks von der Stimulation der erogenen Zonen bis zum Simulieren von Leidenschaft, um Leidenschaft neu anzufachen? Eine unförmige Dicke aus Canterbury.

Das war wichtiger, als Kalorien zu zählen. Wenn Katie Waddington dazu bestimmt war, als Dicke zu sterben, dann würde sie eben als Dicke sterben.

– Leseprobe –

Es war ein kühler Abend, genau so, wie sie es mochte. Nach einem glühenden Sommer war endlich der Herbst in die Stadt eingezogen, und während sie sich mit ihrem watschelnden Gang durch die Dunkelheit bewegte, dachte sie wie stets an diesen Abenden an die Glanzpunkte der vergangenen Gruppensitzung zurück.

Tränen, ja, Tränen gab es immer, ebenso Händeringen, schamhaftes Erröten, Stottern und Schwitzen. Aber es gab auch jedes Mal einen besonderen Moment, einen Moment des Durchbruchs, der es wert war, sich stundenlang immer wieder dieselben alten Geschichten anzuhören.

Heute Abend hatten ihr Felix und Dolores (Nachnamen taten nichts zur Sache) diesen Moment beschert. Sie waren in die Gruppe gekommen, weil sie, wie sie es ausgedrückt hatten, »den Zauber« in ihrer Ehe wiederfinden wollten, nachdem jeder von ihnen zwei Jahre – und zwanzigtausend Pfund – darauf verwendet hatte, seine ganz persönlichen sexuellen Bedürfnisse zu erforschen. Felix hatte längst eingestanden, dass er die Befriedigung außerhalb der Ehe suchte, und Dolores hatte bekannt, dass sie ihren Vibrator und ein Bild Laurence Oliviers als Heathcliff weit erregender fand als die Umarmungen ihres Ehemanns. An diesem Abend jedoch waren Felix' laute Überlegungen darüber, warum der Anblick von Dolores' nacktem Gesäß Gedanken an seine alte Mutter weckte, drei älteren Frauen in der Gruppe zu viel geworden. Sie hatten ihn so heftig angegriffen, dass Dolores selbst leidenschaftlich für ihn in die Bresche gesprungen war und mit ihren selbstlosen Tränen allem Anschein nach seine Aversion gegen ihren Hintern fortgespült hatte. Die beiden waren sich in die Arme gesunken und hatten nicht mehr voneinander gelassen bis zum Ende der Sitzung, als sie in schöner Einmütigkeit gejubelt hatten: »Du hast unsere Ehe gerettet!«

Katie war sich bewusst, dass sie nicht mehr getan hatte, als ihnen ein Forum zu bieten. Aber es gab eben genügend Leute, die gar nicht mehr wollten als eine Gelegenheit, sich selbst oder ihren Partner in der Öffentlichkeit zu demütigen und so eine Situation zu schaffen, die es dem Partner letztlich ermöglichte, zu retten oder gerettet zu werden.

Das Geschäft mit den sexuellen Nöten der Briten war eine

echte Goldgrube. Katie fand es ausgesprochen clever von sich, dass sie auf diese Marktlücke gestoßen war.

Sie gähnte herzhaft und bemerkte dabei das laute Knurren ihres Magens. Nach einem Tag und einem Abend harter Arbeit hatte sie ein üppiges Mahl und danach ein paar Stunden Faulenzen vor dem Fernsehgerät als Belohnung redlich verdient. Die alten Filme mit ihrer romantischen Schönfärberei waren ihr die liebsten. Eine Abblende im entscheidenden Moment wirkte auf sie weit erregender als Nahaufnahmen gewisser Körperteile und ein Soundtrack, der nur aus Keuchen und Stöhnen bestand. Heute Abend würde sie sich *Es geschah in einer Nacht* gönnen: Clark und Claudette und die prickelnde Spannung zwischen den beiden.

Das ist genau das, was in den meisten Beziehungen fehlt, dachte sie bestimmt zum tausendsten Mal in diesem Monat. Die erotische Spannung. Zwischen Männern und Frauen bleibt nichts mehr der Fantasie überlassen. Wir leben in einer Welt, die alles weiß, alles sagt und alles fotografiert; in der es keine Erwartungsfreude und keine Geheimnisse mehr gibt.

Aber darüber durfte sie sich am allerwenigsten beklagen. An diesem Zustand der Welt verdiente sie; und mochte sie noch so dick sein, die Leute dachten nicht daran, sich über sie lustig zu machen, wenn sie sahen, in welchem Haus sie lebte, welche Kleider sie trug, welchen Schmuck sie sich kaufte, welches Auto sie fuhr.

Das besagte Auto stand gleich drüben auf der anderen Straßenseite, auf einem Privatparkplatz um die Ecke der Klinik, in der sie ihre Tage verbrachte. Sie war sich, als sie am Bordstein stehen blieb, bewusst, dass sie schwerer atmete als gewöhnlich. Mit einer Hand stützte sie sich an einen Laternenpfahl, während ihr Herz sich pflichtschuldig abrackerte.

Vielleicht sollte sie doch einmal über die Diät nachdenken, die der Arzt ihr vorgeschlagen hatte. Aber sogleich verwarf sie den Gedanken wieder. Was blieb denn noch vom Leben, wenn man sich jeden Genuss versagte?

Ein leichter Wind kam auf. Er blies ihr das Haar aus dem Gesicht und kühlte ihren Nacken. Nur einen Moment verschnaufen. Sobald sie wieder zu Atem gekommen war, würde sie topfit sein wie immer.

– Leseprobe –

Sie horchte in die Stille, die sie umgab. Das Viertel hier war teils Wohn-, teils Gewerbegebiet, die meisten Geschäfte waren längst geschlossen, und vor den Fenstern der Wohnungen in den Mietshäusern waren die Jalousien heruntergelassen.

Merkwürdig, dachte sie. Ihr war nie aufgefallen, wie still und leer die Straßen hier nach Einbruch der Dunkelheit waren. Sie sah sich um. In so einer Gegend konnte alles geschehen – Gutes oder Böses –, und Zeugen gäbe es hier sicher nur zufällig.

Sie fröstelte. Besser nicht hier herumstehen.

Sie trat vom Bürgersteig auf die Fahrbahn und schickte sich an, sie zu überqueren.

Das Auto am Ende der Straße nahm sie erst wahr, als seine Scheinwerfer aufflammten und sie blendeten. Donnernd wie ein galoppierender Stier raste es auf sie zu.

Sie wollte laufen, aber der Wagen war schon da. Sie war zu dick, um ihm auszuweichen.

– Leseprobe –